GRANDI CLASSICI CON RISORSE ONLINE

D1662784

Progetto di copertina
Re-Active Srl

© 2017 Edimedia
www.edimediafirenze.it
www.facebook.com/edimediafirenze
info@edimediafirenze.it

ISBN: 9788867581214

Luigi Pirandello

NOVELLE PER UN ANNO

I
Scialle nero. La vita nuda. La rallegrata.
L'uomo solo. La mosca

SOMMARIO

VII *Introduzione biobibliografica*
XIX *Bibliografia essenziale*

NOVELLE PER UN ANNO

SCIALLE NERO

5   Scialle nero
19   Prima notte
24   Il «fumo»
43   Il tabernacolo
50   Difesa del Mèola
55   I fortunati
60   Visto che non piove...
64   Formalità
76   Il ventaglino
80   E due!
85   Amicissimi
89   Se...
93   Rimedio: la geografia
97   Risposta
101 Il pipistrello

LA VITA NUDA

109 La vita nuda
117 La toccatina
123 Acqua amara

131 Pallino e Mimì
137 Nel segno
141 La casa del Granella
152 Fuoco alla paglia
158 La fedeltà del cane
164 Tutto per bene
174 La buon'anima
179 Senza malizia
186 Il dovere del medico
199 Pari
204 L'uscita del vedovo
211 Distrazione

LA RALLEGRATA

217 La rallegrata
221 Canta l'Epistola
225 Sole e ombra
233 L'avemaria di Bobbio
237 L'imbecille
242 Sua Maestà
249 I tre pensieri della sbiobbina
252 Sopra e sotto
256 Un «goj»
260 La patente
264 Notte
268 O di uno o di nessuno

279 Nenia

281 Nenè e Ninì

286 «Requiem aeternam dona eis, Domine!»

L'UOMO SOLO

293 L'uomo solo

297 La cassa riposta

303 Il treno ha fischiato...

307 Zia Michelina

312 Il professor Terremoto

316 La veste lunga

322 I nostri ricordi

326 Di guardia

331 Dono della Vergine Maria

337 La verità

341 Volare

347 Il coppo

351 La trappola

355 Notizie del mondo

369 La tragedia d'un personaggio

LA MOSCA

375 La mosca

380 L'eresia catara

385 Le sorprese della scienza

392 Le medaglie

403 La Madonnina

407 La berretta di Padova

412 Lo scaldino

417 Lontano

439 La fede

443 Con altri occhi

447 Tra due ombre

452 Niente

459 Mondo di carta

463 Il sonno del vecchio

467 La distruzione dell'uomo

472 Sgombero

477 *Risorse online*
    1. Testi ed edizioni (p. 477)
    2. Sitografia e documenti utili (p. 479)
    3. Video e filmati (p. 480)

INTRODUZIONE BIOBIBLIOGRAFICA

Luigi Pirandello nasce il 28 giugno 1867 a Girgenti (ribattezzata Agrigento sotto il Fascismo) in una casa a strapiombo sul mare situata in contrada "Caos" da Stefano Pirandello e Caterina Ricci-Gramitto («Io dunque son figlio del Caos; e non allegoricamente, ma in giusta realtà, perché son nato in una nostra campagna, che trovasi presso ad un intricato bosco, denominato, in forma dialettale, Càvusu dagli abitanti di Girgenti»). Proprio il nome della villa natale di Pirandello ha ispirato la pellicola *Kaos* dei fratelli Taviani, trasposizione cinematografica di alcuni racconti di Pirandello.

La famiglia della madre, di agiata condizione borghese, vanta una tradizione garibaldina e antiborbonica e possiede alcune zolfare. Il fratello di Caterina, Rocco, partecipa alla liberazione di Roma del 1862, terminata con la battaglia di Aspromonte: in questa occasione Rocco stringe amicizia con un commilitone, Stefano Pirandello. Stefano inizierà a frequentare la casa di Rocco legandosi affettivamente alla sorella Caterina, tanto da sposarla nel 1863 e a prendere in mano l'attività imprenditoriale della famiglia di lei. Proprio in vista della prosecuzione dell'attività, Stefano iscriverà Luigi – il figlio nato dalla loro relazione – all'Istituto tecnico della città, ma dopo due anni questi supera di nascosto l'ammissione al ginnasio, per poi conseguire la maturità liceale a Palermo. La scelta di aiutare il padre nella gestione delle zolfare, che naufraga ben presto, lo mette a contatto con la realtà operaia delle miniere e del porto mercantile. Luigi inizia quindi gli studi universitari alla Facoltà di Lettere di Palermo, per poi trasferirsi a Roma, dove le sue ricerche si concentrano sulla materia più amata, la filologia romanza. Ernesto Monaci, che ha avuto modo di conoscere la vivacità intellettuale di Luigi (in seguito a un diverbio del giovane con il preside Onorato Occioni) lo invita a proseguire il suo percorso di studi a Bonn, dove un collega e amico, Wendelin Foerster, avrebbe potuto seguire da vicino la sua formazione. Così, nell'ottobre del 1889, l'autore arriva nella città tedesca, dove rimane per circa due anni come lettore di italiano, completando la sua formazione con una tesi dedicata ai suoni del dialetto di Girgenti. In Germania entra in contatto con gli autori romantici tedeschi, che tanta influenza ebbero sulla sua opera. Intanto ha già esordito come poeta con *Mal giocondo* (1889) e con *Pasqua di Gea* (1891), raccolta di versi che dedica a Jenny Schulz-Lander («lucifera fanciulla, tu che il mio tutto sei e pur, forse, sei nulla»), di cui a Bonn si è innamorato e con cui è andato ad abitare nella pensione tenuta dalla madre della ragazza. Nel 1892 fa ritorno in Italia, stabilendosi a Roma dove può mantenersi con un assegno mensile del padre. Grazie all'amicizia con Ugo Fleres si unisce al gruppo di intellettuali frequentatori del Caffè Aragno e conosce il conterraneo Luigi Capuana, promotore e maestro dei più giovani, che lo sollecita a indirizzarsi verso la narrativa. Pirandello inizia quindi a collaborare a "La Nuova Antologia" e "Il Marzocco", rivista fondata nel 1896 da Angiolo Orvieto che accoglierà fino al 1909 suoi contributi narrativi, poetici e saggistici.

Il ritorno a Roma segna l'inizio della vita borghese: nel 1893 sposa a Girgenti una donna tanto bella quanto dotata di una sensibilità intensa e fragile, Maria Antonietta Portulano, figlia di un ricco socio del padre, educata dalla famiglia e dalle suore di San Vincenzo in un clima isolano rigido e puritano. Dal legame nascono tre figli: Stefano (1895), Rosalia (1897) e Fausto (1899). Il matrimonio, benché combinato, per i primi anni fiorisce in un'atmosfera di vero amore e intensa passionalità, garantendo all'autore una serenità affettiva e una stabile situazione economica, supportata dal suo nuovo impiego fisso, la cattedra al Magistero femminile. In questi anni fonda con Ugo Fleres il settimanale letterario "Ariel", periodico curato dagli amici romani; scrive i primi testi teatrali (per lo più perduti) e produce raccolte in versi ispirate ai poeti dell'Ottocento romantico, oltre alle prime novelle. Tra queste ricordiamo *Amori senza amore*, 1894 (che ha ispirato l'omonimo film del 1968 di Luigi Filippo D'Amico); *Beffe della morte e della vita, 2 serie*, 1902-1903; *Quand'ero matto...*, 1902; *Bianche e nere*, 1904. Nella sua opera, che prende le mosse dal Verismo siciliano di De Roberto, Capuana e Verga, comincia a delinearsi una visione angosciosamente relativistica dell'esistenza (anche per l'avvicinamento alle teorie dello psicologo Alfred Binet sulla pluralità dell'io) in cui emergono discordanze e discrepanze tra l'*essere* e l'*apparire*. Qualunque filosofia è per Pirandello destinata a fallire di fronte all'impossibilità di sondare gli oscuri e profondi recessi dell'uomo, quando a prevalere sono in lui le forze irrazionali e animalesche: «davanti agli occhi di una bestia crolla come un castello di carte qualunque sistema filosofico.» (L. Pirandello, dai *Foglietti*). Comincia a prendere corpo nella sua poetica la teoria della "crisi dell'io", secondo la quale il nostro spirito consiste di frammenti che si possono disgregare e ricomporre, tanto da produrre una compresenza nel medesimo individuo di più personalità. Paradossalmente, il solo modo per recuperare l'identità è affermare con coraggio il proprio punto di vista, oltre ogni formalismo, ogni convenzione sociale, ogni ipocrisia. Comportamento che conduce inevitabilmente all'isolamento e, agli occhi degli altri, alla "pazzia". Rifiutando ciò che la società e la morale impongono, l'uomo riesce a entrare in sintonia con la propria interiorità e a vivere secondo le proprie leggi; la maschera cala, il personaggio svanisce, e può finalmente rivelarsi qual è: semplicemente una "persona".

Alcuni di questi temi, tra i quali la condanna degli schemi sociali puramente formali, il ribaltamento dei piani fra realtà e apparenza, l'impossibilità di definire ciò che è in modo obiettivo e univoco, contraddistinguono anche il primo romanzo di Pirandello, che uscirà nel 1901 a puntate sul quotidiano "La Tribuna" (poi nel 1908 in volume), dal titolo *L'esclusa* (che ha ispirato l'omonimo film del 1980 di Piero Schivazappa, con Scilla Gabel, Silvana Tranquilli, Arnoldo Foà). Il romanzo – originariamente intitolato *Marta Ajala* – ha preso forma anni prima, nel 1893, durante un'estate trascorsa in solitudine nei vicini Monti Albani. L'opera, connotata da una notevole precisione impersonale della messa in scena, assume un tratto nettamente teatrale, tanto che da queste pagine Pirandello ricaverà la commedia *L'uomo, la bestia e la virtù*, portata in scena nel 1919, da cui è stato anche tratto il film omonimo del 1953 diretto da Steno con Totò, Orson Welles, Viviane Romance, interpretato magistralmente a teatro da Giuseppe Pambieri e Lia Tanzi. Protagonista del romanzo è la giovane Marta, sposata con Rocco Pentagora: incinta, viene accusata ingiustamente di adulterio, e per questo cacciata di casa. Da qui il conflitto con l'ambiente paesano bigotto e conformista che la isola. A Palermo, dove è costretta a trasferirsi, e dove si rimette in gioco reagendo al sopruso, trova un ambiente nuovo, che ignora il suo passato, e che le permette di rifarsi una vita. Qui allora stringe davvero una relazione con Gregorio Alvignani (l'uomo con il quale l'ex marito di Marta credeva erroneamente lo tradisse) e ha un figlio con lui. Paradossalmente, ora che è davvero colpevole, Rocco perdona la moglie e la riporta a casa. Ogni principio positivistico di causa-effetto viene ribaltato: una colpa non commessa provoca gravi conseguenze, e viceversa. Il sospetto di una colpa appare più vero, e credibile, della colpa stessa; e ciò che invece è vero (il tradimento reale) non viene riconosciuto come tale.

L'opera è ambientata nel contesto sociale di una Sicilia archetipica durante gli ultimi anni dell'Ottocento, e ritrae un piccolo mondo borghese di provincia. L'autore lavora sullo sfondo del Verismo, in un Meridione culturalmente arretrato: pregiudizi morali, maschilismo, timore dello scandalo, superstizione e fatalismo religioso contraddistinguono una realtà in cui la condotta del singolo si modula sul "cosa dice la gente", e il pettegolezzo, o ancora la credenza, ostacolano il dispiegarsi della vita. In questa società, incapace di vivere nella verità e di riconoscerla – perché interessata solo a logiche di conservazione e di anacronistici quanto logori rituali – il matrimonio si rivela necessariamente come un mero contratto. Manca ogni tentativo di dialogo tra eguali;

istinti e sentimenti naufragano soffocati da formalismi di facciata. In questo "relativismo conoscitivo", che sarà uno dei temi pirandelliani per antonomasia, tutti i personaggi sono condannati a una fatale solitudine, all'incapacità di comprendersi a vicenda, non riuscendo neppure a concepire i reciproci punti di vista. I sentimenti più istintivi e ancestrali (la cieca rabbia del marito e l'orgoglio istintivo della moglie, che difende la sua innocenza) impediscono la soluzione dell'incomprensione; ognuno è irrigidito nella propria visione puramente soggettiva. Questo perché, ci suggerisce Pirandello, l'essere umano nasconde in sé il *vulnus* di una velleitaria aspirazione a bloccare, secondo la sua logica ("macchinetta infernale che la natura volle regalargli"), in schemi, forme, ideali, una realtà che si manifesta attraverso forme sempre nuove, e sempre necessariamente relative.

Pirandello, dopo l'*exploit* d'esordio con *L'esclusa*, cerca la conferma con un secondo romanzo, *Il turno* (che ha ispirato la celebre pellicola di Tonino Cervi del 1981, con Vittorio Gassman e Paolo Villaggio). Pubblicato nel 1902, fu composto nel 1895, quindi un anno dopo la pubblicazione della sua prima raccolta di novelle, *Amore senza amori*, e dodici mesi dopo il suo matrimonio. Non stupisce quindi che l'opera, dal tono effervescente e macchiettistico, sia incentrata proprio sul legame coniugale, scommessa rischiosa e imprevedibile nei suoi esiti, come del resto avrà modo di sperimentare l'autore stesso. L'allegria satirica e grottesca di un romanzo, che Pirandello definì "gaio", nasconde in realtà un umorismo nero che si riverbera in quella amara consapevolezza che già aveva caratterizzato *L'esclusa*: nei rapporti umani la difficoltà di comunicare rende impossibile un vero scambio. Ciascuno antepone il proprio tornaconto personale, che quasi necessariamente confligge con quello del prossimo: così in famiglia i padri si affannano a imporre quello che credono essere il bene dei figli, che a loro volta reagiscono con rancore e ingratitudine a decisioni che sentono di aver dovuto subire. Al fondo di tutte le vicende il destino si diverte a disporre pedine ed eventi a proprio piacimento. Marcantonio Ravì è un padre che vuole garantire l'avvenire della figlia, e che con una strategia calcolata a tavolino decide che Stellina dovrà sposare il vecchio e ricchissimo Don Diego, un colto epicureo al suo quinto matrimonio. Ravì è convinto che la figlia rimarrà presto vedova, ricca e felice, libera di sposare il giovane Pepè Alletto, un nobile squattrinato. Il progetto sembra ben congegnato, e di questo è convinto Ravì, nonostante i paesani lo irridano pubblicamente. Le premesse sembrano dunque costruite alla perfezione, ma la realtà ancora una volta si diverte a giocare con il suo contrario. Gli eventi non sono prevedibili, controllabili, e il destino procede a plasmare la realtà a proprio piacimento. Le vicende si sviluppano dunque all'opposto di quanto auspicato: l'uomo che sembrava scoppiare di salute (l'avvocato Ciro Coppa, cognato di Pepè, vedovo, che sposerà Stellina dopo che questa ha abbandonato Don Diego) morirà in seguito a un colpo apoplettico. E quel vecchio, che sembrava avere gli anni contati, si dimostrerà al contrario molto più vitale del previsto: detesta la solitudine e sa che la vita non è altro che una «sciocca fantocciata», per cui ha deciso di prendere quanto di positivo possa offrirgli. Per questo pensa bene, una volta liquidato il matrimonio con Stellina, di progettare le sue seste nozze! Gli uomini dunque si affannano a fare progetti, ma è la sorte a disporre, a volte in modo specularmente opposto alle attese: agli uomini non resta che il ruolo di figuranti nelle mani di un anonimo burattinaio assolutamente capriccioso, il caso (altro tema centrale di Pirandello).

Il 1903, per lo scrittore, è un anno cruciale: a causa di una frana, la zolfara di Aragona – nella quale il padre aveva investito tutto il suo patrimonio e la dote della stessa nuora Antonietta – si allaga: l'evento incide pesantemente sulla finanze dei Pirandello, provocando il dissesto economico della famiglia. Ma soprattutto investe come un uragano la fragile psiche della moglie, che non si riprenderà mai completamente dallo shock e comincerà a manifestare i primi sintomi di una malattia mentale destinata a sprofondarla nella paranoia. Pirandello si occupa con dedizione della moglie, colpita anche da paralisi alle gambe, cercando di convincerla a più riprese della inconsistenza di una realtà che non è quella che le suggerisce la follia. Le frequenti crisi di Antonietta (che verrà internata in una casa di cura solo nel 1919, e che viene quindi curata in casa per ben 15 anni), scandiranno dunque il ritmo della quotidianità coniugale. Pirandello, in un disperato tentativo di gestire la gelosia paranoide e immotivata della moglie, si ritira in una vita sempre più solitaria, dopo aver abbandonato l'idea del suicidio per amore dei figli. Da questa esperienza estrema "rinasce" con una nuova convinzione, ovvero che la realtà sia un flusso caratterizzato da caos, imprevedibilità e cambiamento. Consapevolezza a cui arriva anche tramite l'approfondimento delle nuove teorie psicoanalitiche freudiane.

Dal 1897 al 1922 Pirandello insegna stilistica italiana presso l'Istituto superiore di magistero femminile, nomina per la quale valsero i suoi studi su *Arte e scienza* e *L'umorismo*, del 1908. Nel saggio *Arte e coscienza d'oggi* Pirandello espone la sua concezione relativistica della realtà: il Verismo è superato, dato che l'oggettività positivistica è crollata, e l'uomo contemporaneo ha perso ogni fiducia in una verità univoca e assoluta. Il soggetto non può più dare forma e senso alla realtà, né dal punto di vista oggettivo (poiché cade l'illusione di poterla fondare su basi misurabili e quantificabili); né dal punto di vista soggettivo (poiché il soggetto non è più unitario e organico, ma è a sua volta scisso in se stesso e preda di contraddizioni). In particolare il saggio *L'Umorismo* – in cui confluiscono idee, brani di scritti e appunti precedenti – è l'occasione per delineare una poetica che rimarrà centrale in tutta l'opera di Pirandello. Il *comico* viene distinto dall'*umoristico*: il primo ("avvertimento del contrario") è immediato, spietato e sfrontato. Nasce dal contrasto tra realtà e apparenza, e genera subito la risata, perché mostra una situazione che è l'esatto contrario di quella che dovrebbe essere. L'umorismo ("sentimento del contrario") nasce invece da una comprensione più profonda: si prova empatia, compassione per la situazione che si ha davanti, le cui vittime appaiono fragili proprio quanto noi, accomunate dalla stessa umana, intrinseca debolezza. Il sentimento del contrario appare quindi strettamente intrecciato con il momento critico della ragione, della riflessione, che irrompe nel cuore stesso della creazione per vanificare l'illusione e mettere in luce il suo contrario. Scopo dell'arte umoristica è svelare tale contraddizione tra forma e vita, tra ciò che blocca e imprigiona, e la spinta vitale che libera. La *forma* è contrapposta alla *vita*: la prima è l'autoinganno illusorio che permette di dare senso a un'esistenza che da sempre appare priva di senso; il *personaggio*, o maschera, vive nella forma: recita il ruolo che la società impone con i suoi valori morali e le sue aspettative. All'opposto del personaggio si pone invece la *maschera nuda*, la "persona" che si è spogliata dai ruoli imposti e che ha preso consapevolezza dell'autoinganno. L'esistenza vive dunque di una sua contraddizione intrinseca (ma anche la realtà definita in cui Pirandello vive, quell'Italia postrisorgimentale delle beghe parlamentari e degli scandali bancari). La ragione è lo strumento principe per demistificare i miti borghesi che imbellettano le forme, e scardinare quelle rassicuranti menzogne in cui siamo abituati a vivere.

Il romanzo che segna la svolta "umoristica" nella produzione letteraria di Pirandello esce a puntate nel 1904 sulla rivista "La Nuova Antologia" e si intitola *Il fu Mattia Pascal*. Composto mentre lo scrittore veglia di notte la moglie paralizzata, riscuote un grande successo di pubblico e viene tradotto in diverse lingue, anche se la critica (che in generale guarderà con diffidenza alle opere dell'autore) non riesce a coglierne il carattere di novità. Il romanzo ispirerà molte pellicole cinematografiche, tra le quali *Feu Mathias Pascal* (1926), film muto del regista francese Marcel L'Herbier (1890-1979); *L'homme de nulle part* (1937) di Pierre Chenal; *Le due vite di Mattia Pascal* di Mario Monicelli, del 1985, con Marcello Mastroianni. De *Il fu Mattia Pascal* si contano, inoltre, migliaia di adattamenti teatrali, come quello, celebre, di Tato Russo.

Incentrato sul tema della perdita d'identità, è la storia di un bibliotecario di provincia che apprende da un giornale di essere stato scambiato per un suicida annegato in un fiume. Stanco di una vita costruita sull'apparenza, decide di approfittare dell'equivoco, e di una vincita al gioco, per ricostruirsi una nuova esistenza in cui vivere finalmente da uomo libero. Assume così una nuova identità fittizia sotto il nome di Adriano Meis, a Roma, lontano dal suo paese. Ma l'illusione ha breve durata: ben presto infatti comprende che il suo tentativo è velleitario, dal momento che senza uno stato civile, senza un riconoscimento ufficiale, sono negati i più semplici atti del vivere quotidiano. Adriano Meis si scopre così sottoposto alle regole sociali tanto quanto lo era stato il fu Mattia Pascal. Si persuade così che non sia possibile evadere dalla "forma" in cui si è intrappolati (cioè dal ruolo che la società ci ha imposto), e che l'unica soluzione sia quella di recuperare la situazione precedente, ri-indossando i vecchi panni. Ma anche per questo è troppo tardi: la fuga ha reso impossibile ogni ritorno: il "cittadino" che ha osato ribellarsi è diventato di fatto un "apolide", un senza patria, un senza storia. La vita procede indifferente senza aspettare nessuno; e a lui – eroe sconfitto e impedito di ogni possibile riscatto – non resta che ritirarsi nella vecchia e polverosa biblioteca, condannato al senso di una totale estraneità dal mondo, in un consapevole e sterile esilio.

Nel romanzo troviamo dunque alcuni fra i temi più significativi della poetica pirandelliana: innanzi tutto il *topos* della società-trappola, che con le sue norme, le sue costrizioni, la sua burocrazia, ingabbia e costringe l'individuo in ruoli precodificati. Un lavoro frustrante e una famiglia opprimente costituiscono una prigione esistenziale che condanna l'uomo a un'esistenza vuota e mortificante. Il protagonista, che pure si è rifatto una vita altrove, comprende ben presto che una "identità", una "forma" è sempre assolutamente necessaria alla vita sociale: l'infelicità non dipende da una situazione specifica, ma dall'impossibilità stessa di vivere liberi dai condizionamenti identitari. Indossare una maschera è parte integrante e ineludibile delle regole del gioco: denudarsi, chiamarsi fuori, equivale a perdere ogni beneficio relazionale. Perché chi non è riconosciuto dalle istituzioni, di fatto non esiste: è simile a un guscio vuoto, depotenziato di qualsiasi riconoscibilità: «Fuori dalla legge e fuori di quelle particolarità, liete o tristi che siano, per cui noi siamo noi, caro signor Pascal, non è possibile vivere», così dice al protagonista il sacerdote don Eligio Pellegrinotto. Così a una maschera è destinata necessariamente a succederne un'altra, e anzi il "nuovo qualcuno" rischia di diventare uno spettatore estraneo della vita, sospeso tra vecchia e nuova identità. Il rifiuto anarcoide delle convenzioni borghesi pare dunque risolversi nella presa di coscienza della loro ineluttabilità; la lotta potrà anche apparire titanica, ma è assolutamente inutile, perché evadere è impossibile. Vivere lo è ugualmente, se non nel caos. L'esistenza non può essere che paradigma di disordine, perdita di assoluto, casualità.

Nel 1909 Pirandello inizia la collaborazione, destinata a durare tutta la vita, con "Il Corriere della Sera", sulle cui pagine pubblicherà gran parte delle novelle; nello stesso anno viene pubblicata anche la prima parte del romanzo *I vecchi e i giovani* (la seconda parte sarà pubblicata nel 1913). Scritto nel 1899 sullo sfondo di fatti storici, Pirandello cerca di venire a capo del proprio vissuto autobiografico, riannodando i fili, individuali e collettivi, della propria epoca. L'opera si sviluppa attorno a episodi della sua vita (la psicosi della moglie, l'impatto con la mondanità romana) e a fatti storici (i sanguinosi moti dei Fasci del 1893, la lotta di classe, lo scandalo della Banca romana). La narrazione ha infatti inizio dai turbolenti mesi che precedono le elezioni politiche del 1892, e si conclude nel 1894, con la proclamazione dello stato d'assedio in Sicilia. Pubblicato dapprima nel 1909 sulla "Rassegna contemporanea", e quindi nel 1913 dall'editore Treves, è ispirato a una linea narrativa che va da Verga a De Roberto. Come dice lo stesso autore, è il «romanzo della Sicilia dopo il 1870, amarissimo e popoloso romanzo, ov'è racchiuso il dramma della mia generazione».

Con occhio lucido sono descritte le condizioni socio-economiche isolane (la crisi dell'industria mineraria zolfara, la miseria delle campagne) e sviscerati i vizi italiani. Quelli di ieri, che sono poi in parte anche quelli di oggi: il malgoverno, il disordine morale della politica, stretta tra affarismo e compromessi, la corruzione come male endemico, il parassitismo, l'incapacità e l'arroganza delle classi dirigenti. Nel romanzo il tema del doppio prende sostanza analizzando il fallimento di due generazioni messe a confronto. I "Vecchi" sono i protagonisti del Risorgimento, testimoni diretti del periodo garibaldino: tramontato il clima eroico di quel passato, finiscono con l'adattarsi a una vita di compromessi, incapaci di cogliere le aspirazioni di rinnovamento e liberazione che provengono del Meridione. I "Giovani" sono coloro che confidano nella nuova nazione; sono la generazione del socialismo che fonda i Fasci dei lavoratori e crede nella rivoluzione. Ma questa nuova generazione, nei fatti, è incapace di sentirsi protagonista dell'eredità ricevuta dai padri, e vive in una società che appare pervasa da una generica corruzione storico-esistenziale. Tre «fallimenti collettivi: quello del Risorgimento, come moto generale di rinnovamento del nostro paese; quello dell'Unità, come strumento di liberazione e di sviluppo delle zone più arretrate, e in particolare della Sicilia e dell'Italia meridionale; quello del socialismo, che avrebbe potuto essere la ripresa del movimento risorgimentale» si sovrappongono ai «fallimenti individuali: dei vecchi che non hanno saputo passare dagli ideali alla realtà e si trovano a essere responsabili degli scandali, della corruzione e del malgoverno dei giovani» (Salinari). La denuncia dell'incapacità della nuova classe dirigente post-unitaria diventa lucida consapevolezza di un caos onnipresente, del tramonto delle vecchie fedi, di un vuoto di obiettivi e valori morali. A riallacciare quest'opera alle tematiche tipicamente pirandelliane è la consapevolezza di uno smarrimento che non risparmia nessuno. Il caos del macrocosmo storico-sociale è lo stesso morbo che contamina il microcosmo della famiglia e dell'individuo, condannandolo a un senso di inettitudine dal quale non si intravedono vie d'uscita.

Il 1911 è l'anno del romanzo *Suo marito*. Pubblicato dalla casa editrice Quattrini, dopo la prima edizione non viene più dato alle stampe per volontà dello stesso autore, che nell'ultimo periodo della sua vita lo vorrà addirittura riscrivere «da cima a fondo», modificando il titolo in *Giustino Roncella nato Boggiòlo*. Secondo il figlio Stefano, lo scrittore non ripropose il volume agli editori perché si ispirava alla vita «d'una illustre scrittrice allora vivente», probabilmente Grazia Deledda, e soprattutto a suo marito, come scrive Pirandello il 18 dicembre 1908 a Ugo Ojetti: «Manderò pure al Treves, spero in aprile, il romanzo *Suo marito*. Son partito dal marito di Grazia Deledda. Lo conosci? Che capolavoro, Ugo mio! Dico, il marito di Grazia Deledda, intendiamoci» (Deledda 1980, p. 28). Protagonista del romanzo è Silvia Roncella, una letterata talentuosa come Grazia Deledda. La conflittualità con il marito (Giustino Boggiolo), impiegato di scarsa cultura che, lasciato il lavoro, diventa il manager tuttofare della moglie, è destinata a esplodere mano a mano che la scrittrice acquista popolarità. La scrittura, da attività privata che necessita di silenzio e ispirazione, diviene obbligo quotidiano. È così che la frenesia del marito, che preme sulla moglie perché scriva, prende le forme di una gabbia opprimente: Silvia comincia a sentirsi distaccata da se stessa, e ad avvertire la "comicità" di un marito pronto a sfidare il ridicolo pur di raggiungere il successo. E in effetti Giustino, attratto dalle prospettive di guadagno e dalle sirene della nuova vita romana, arriva quasi a rinunciare a sé, e accetta di buon grado di farsi chiamare dai colleghi con il cognome della moglie. Per Silvia, donna introversa e senza troppe ambizioni, la conflittualità fra i propri slanci creativi e le attese del marito la conduce a una sorta di sdoppiamento; come dicotomica appare la scelta fra il ruolo materno naturale e la maternità di scrittrice (Silvia abbandonerà di fatto il figlio alla suocera piemontese, per poter "partorire" i suoi libri, vivendo poi fra sensi di colpa). Le due maternità della donna, quella artistica e quella biologica, non possono coesistere se non a costo di enormi compromessi, o a patto di rinunce e/o abbandoni. La donna "emancipata" sembra destinata a pagare lo scotto della libertà con un qualche necessario fallimento: o nella sua vita di donna, o nella sua vita di madre. La ricchezza e il successo porteranno infine alla dissoluzione della coppia: Silvia si allontana progressivamente fino a cedere alla corte dello scrittore Maurizio Gueli (fuga d'amore che durerà un breve lasso di tempo). Né tornerà con il marito quando viene chiamata al capezzale del figlioletto. Sepolto il piccolo, i due si separeranno per sempre. Entrambi si sono trovati costretti, in una logica tipicamente pirandelliana, a recitare un ruolo prestabilito, che determinerà la loro infelicità, imprigionati in una solitudine esistenziale che è prima di tutto incomunicabilità. Le maschere costringono gli individui in schemi di comportamento prefissati e prevedibili, in cui la forma impone spietatamente di recitare il proprio copione.

Nel 1914, alla vigilia della Prima guerra mondiale, Pirandello scrive il suo sesto romanzo, pubblicato per la prima volta sulla rivista letteraria "Nuova Antologia", e poi in un volume nel 1916 con il titolo *Si gira...*, successivamente riveduto e corretto con il nuovo titolo *Quaderni di Serafino Gubbio operatore*. Moltissime le trasposizioni teatrali, tra le quali l'adattamento con Adolfo Margiotta prodotto dal Teatro Stabile di Roma sotto la direzione artistica di Giorgio Albertazzi (2006). Il romanzo, suddiviso in sette "quaderni" (a loro volta composti da capitoli) è la storia di Serafino Gubbio, cineoperatore di una casa di produzione cinematografica, la Kosmograph, che prende consapevolezza dell'alienazione che lo ha reso mero servitore del proprio strumento di lavoro, la cinepresa, obbligato a compiere azioni meccanicamente ripetute («finii di essere Gubbio e diventai una mano»). Il suo lavoro lo obbliga infatti a registrare passivamente le immagini che gli viene imposto di documentare. Decide allora di vendicarsi di questa meccanizzazione dell'esistenza, annotando in forma di diario la "fluidità interiore" (sentimenti e pensieri) provata davanti alle vicende della *troupe* del film. In particolare vengono narrati i rapporti con gli uomini della diva russa Varia Nestoroff, figura a suo modo esemplare delle nuove dive dello schermo, che con le sue pose da *femme fatale* gioca a piacimento con i suoi spasimanti (oggetto ultimo dell'attenzione di Serafino Gubbio). La storia si conclude con una tragedia, raccontata nel settimo quaderno: il protagonista arriva a tal punto di alienazione che, impassibile, continua a girare la macabra scena di un uomo sbranato da una tigre; imprigionato in quella identificazione, assoluta e definitiva, con la macchina.

La tematica centrale del romanzo è quella della "meccanizzazione del mondo" in un momento storico in cui Marinetti – e la tradizione positivistica ottocentesca – si sforzavano di esaltare le meraviglie della tecnologia, della velocità, e delle stesse macchine, arrivando addirittura ad auspicare la loro antropomorfizzazione. Al culto futurista della macchina, intesa come segno di una definitiva efficienza non offuscata dai fragili sentimentalismi, o anche concepita come un modello di positiva rivoluzione della sensibilità, Pirandello oppone una critica che rovescia ogni illusorio ottimismo. Il prodotto tecnologico nasconde una deriva bestiale: la macchina non è "buona", come vuol far credere Marinetti, ma è piuttosto un Moloch che esige l'omaggio servile dell'uomo, ridotto a vittima di un assurdo sacrificio. L'affermarsi delle macchine porta a vivere una vita spersonalizzata fatta di solitudine, e costretta da un ritmo sempre più accelerato, vertiginoso, caotico. La velocità priva così l'uomo della libertà di manipolare e modificare la realtà; il ritmo frenetico imposto dalle macchine finisce per renderlo simile a un automa. In questo scenario viene a perdere significato qualsiasi voce critica. È questo il senso del mutismo di Serafino Gubbio, che nel finale del romanzo si trasforma in quel perfetto operatore-manichino (unito simbioticamente alla macchina da presa) che l'industria cinematografica richiede. Serafino non si oppone più, non si sforza più di capire o di reagire; suo unico rifugio diventa il silenzio. Il processo di reificazione, come suggerisce Pirandello, è già andato troppo oltre, e ormai preclusa appare ogni via di riscatto identitario: «mi domando se veramente tutto questo fragoroso e vertiginoso meccanismo della vita, che di giorno in giorno sempre più si complica e s'accelera, non abbia ridotto l'umanità in tale stato di follia, che presto proromperà frenetica a sconvolgere e a distruggere tutto. Sarebbe forse, in fin dei conti, tanto di guadagnato».

L'opera narrativa di Pirandello comprende anche, sotto il titolo complessivo di *Novelle per un anno*, una serie di racconti scritti da Pirandello tra il 1884 e il 1936 (il progetto, rimasto incompiuto, prevedeva 365 novelle, una per ogni giorno dell'anno). L'autore le rielaborerà fino alla fine della sua vita, cercando di racchiuderle in un unico *corpus*, anche se la raccolta non presenta una fisionomia compiuta, e conserva piuttosto un carattere aperto a continue sperimentazioni. La struttura è affidata alla legge del caos tanto cara a Pirandello, e si ripropone di riflettere la vita nel suo carattere frantumato, caleidoscopico: le novelle sono infatti assolutamente prive di una cornice, di una struttura che le unisca e le ordini. Molte saranno trasposte poi in opere teatrali: come *L'uomo dal fiore in bocca*, interpretato magistralmente da Gabriele Lavia; *Il piacere dell'o-*

nestà, interpretato da Giuseppe Pambieri e Lia Tanzi. Molti anche gli adattamenti per il cinema e la televisione. Tra questi *L'uomo dal fiore in bocca*, con Vittorio Gassman; *Il piacere dell'onestà*, di Mario Landi (1961); *Questa è la vita*, film a episodi del 1954 (la pellicola racconta quattro episodi tratti dalle novelle pirandelliane: *La giara*, *Il ventaglino*, *La patente* e *Marsina stretta*).

L'ambientazione che connota le novelle è divisa tra la Sicilia e Roma: la prima è rappresentata nella sua dimensione mitica e arcaica, con il sostrato magico-religioso e le sue caratteristiche figure contadine; la seconda è teatro di vite anonime e alienate, tipiche del mondo piccolo borghese della burocrazia e degli impieghi. I personaggi delle novelle sono spesso degli inetti, costretti a vivere in maschere loro attribuite dalla società o dalla famiglia, luogo quest'ultimo di responsabilità monotone e servili; il lavoro, ripetitivo e deprimente, non fa che rinchiudere l'individuo in ruoli alienanti. La misura breve della novella consente all'autore di rendere la narrazione più condensata, amplificando la tensione. Questa trova il suo apice nella rivelazione finale, che spesso rovescia la situazione di partenza. Al centro troviamo il procedimento umoristico e il sentimento del contrario: il personaggio, spesso grottesco, prende coscienza della propria alienazione esistenziale in un momento apparentemente casuale della propria quotidianità. Con l'epifania emerge anche la consapevolezza della propria estraneità: è solo allora che nella palude del vivere sociale si forma una frattura, e può emergere la realtà più profonda, nascosta nelle ipocrisie dell'apparenza. Con l'irrompere della "pazzia" (quello scarto che è in sé una ribellione individualistica), le maschere cadono improvvisamente, e l'inganno si disvela: la libertà recuperata riconduce l'uomo alla natura, luogo deputato a una purificazione vitalistica. Alla fissità meccanica dell'ordinamento sociale si contrappone dunque il mito della natura, il cui ritmo vitale fluisce e rigenera gratuitamente. Ecco allora che nella novella di *Ciàula*, una fra le più belle, la condizione umana dei solfatari si contrappone alla rivelazione di una notte piena di stupore, in cui la luna appare a Ciàula come una divinità.

Pirandello, che nel periodo compreso fra il 1901 e il 1916 si è dedicato principalmente alla narrativa, nel quinquennio compreso fra il 1915 e il 1920 si concentra sulla produzione drammaturgica, dedicandosi quasi interamente al teatro. Le sue commedie, *Pensaci, Giacomino!*, *Il berretto a sonagli*, *Liolà*, *Così è (se vi pare)*, *Il giuoco delle parti* si impongono al pubblico dopo la fine della Prima guerra mondiale, e sono portate sulle scene dalle più grandi compagnie teatrali. Fra il 1925 e il 1928 Pirandello decide anche di fondare una compagnia stabile, il Teatro d'Arte di Roma, di cui diventa capocomico, e che inaugura la propria attività nella rinnovata Sala Odescalchi. La compagnia mira a promuovere giovani autori che rinnovino la scena del teatro italiano; la fama di Pirandello varca così i confini nazionali, tanto che le sue commedie vengono rappresentate nei più importanti palcoscenici di tutto il mondo. Dopo la contrastata prima messa in scena al teatro Valle di Roma (1921), i *Sei personaggi in cerca d'autore* riscuote un grandissimo successo a Londra e New York (1922), e l'anno successivo a Parigi. Intanto, nella vita privata la situazione precipita: il figlio Stefano viene chiamato alle armi e fatto prigioniero; la madre, sempre più instabile, accusa Pirandello di aver indotto la sua partenza e di aver causato la sua successiva prigionia. Nel 1919 Antonietta, che soffre di crisi sempre più gravi, viene internata in una casa di cura, dove rimarrà rinchiusa fino alla morte, nel 1959.

Nella commedia *Pensaci, Giacomino!* troviamo uno dei tratti distintivi delle novelle pirandelliane, quello cioè del paradosso della vita borghese, caratterizzata da moralismo, pregiudizi e ipocrisie. Un vecchio professore, Toti, per rivalersi del governo (colpevole di averlo lungamente sottopagato) sposa per beneficiarla Lillina, una ragazza giovanissima che già aspetta un figlio: in tal modo, quando lui morirà, lo Stato sarà costretto a continuare a corrisponderle la sua pensione. Secondo il progetto escogitato dal professore, sarà il giovane Giacomino (l'innamorato che non può mantenere Lillina) a compiere i doveri maritali, mentre a lui resterà la carica "formale" di capofamiglia. Ma la situazione è causa di scandalo in paese, e Giacomino avvertendo il supposto *ménage a trois* come sempre più inaccettabile e grottesco vorrebbe sciogliere il patto. Toti cerca di convincerlo ad andare avanti con la farsa, per continuare a godere dei vantaggi affettivi ed economici che ne derivano, senza curarsi del moralismo paesano.

La poetica dell'umorismo ancora una volta è chiamata a capovolgere il senso delle cose: le chiavi di lettura dipendono unicamente dai punti di vista, e anche il concetto di "bene" si rivela assolutamente relativo. Toti, personaggio che veicola il "sentimento del contrario", accetta di apparire stravagante (se non pazzo) pur di "fare del bene". E, dato che il falso triangolo è l'unica soluzione ispirata ai principi di utilità e carità, l'unico vero benefattore è di fatto lui. Così viene squarciato il velo e si propone l'immagine di un mondo capovolto. Moralità e immoralità, vero e falso, si scambiano di ruolo: ciò che sembrava immorale e riprovevole non è, per Toti, che un artificio utile e doveroso. D'altra parte ciascuno dei protagonisti reclama (a diritto) le proprie ragioni. Tutte plausibili, tutte credibili, tutte a loro modo "vere".

Fra le rappresentazioni teatrali merita di essere ricordata l'interpretazione di Salvo Randone, che dal 1975 legò il proprio nome a quello del protagonista, per molte stagioni teatrali.

Nel 1916, in un momento molto doloroso della sua vita, Pirandello scrive *Liolà*: il figlio è detenuto in un campo di prigionia, e la moglie è preda di sempre più frequenti crisi psicotiche. L'opera tuttavia è giocosa e spensierata, proprio a dispetto del triste momento familiare. Pirandello se ne compiace in una lettera al figlio: «L'ho scritta in 15 giorni, quest'estate, è stata la mia villeggiatura. È così gioconda, che non pare opera mia». Racconta la storia del vecchio e ricco zio Simone, che vorrebbe un figlio a cui trasmettere l'eredità. Ma dal momento che non riesce ad averlo con la moglie è disposto a riconoscersi padre del bambino di Tuzza, la nipote che Liolà (giovane e vigoroso bracciante) ha reso madre. La moglie, da lui maltrattata, decide a sua volta di ricorrere ai favori di Liolà, attratta dalla forza di un personaggio spensierato e ribelle, che nessuno riesce a irretire. Così improvvisamente Simone si trova a non aver più motivo per riconoscere il figlio di Tuzza. Questa allora tenta di farsi sposare da Liolà, ma senza riuscirci.

La società contadina qui lucidamente "mitizzata" da Pirandello si propone come un mondo rurale semplice e primitivo, in cui a prevalere è l'istintualità. Liolà è un canterino che «cento ne vede e cento ne vuole», che ha reso madri tre ragazze e si è fatto carico dei figli affidandoli alla madre. Personaggio mitico, quasi dionisiaco, espressione dell'energia fecondatrice della Natura, Liolà viene a portare scompiglio e a sovvertire l'ordine costruito sugli spartiti sociali. Confidando nella natura, e nei suoi doni, e vivendo in sintonia con i suoi ritmi, puro e a suo modo innocente, rappresenta una sorta di riparatore dei torti subiti.

Numerosi gli adattamenti di *Liolà* per il cinema e il teatro: celebre la riduzione cinematografica del 1963 di Alessandro Blasetti con Ugo Tognazzi e Giovanna Ralli; mirabile la rappresentazione di Turi Ferro (1968) e di Massimo Ranieri.

Rappresentata per la prima volta nel 1917, *Così è (se vi pare)* è un'opera tratta dalla novella *La signora Frola e il signor Ponza, suo genero*. La commedia, che si dipana come una sorta di surreale investigazione, è costruita attorno al tema dell'inconoscibilità, della inconsistenza di una verità oggettiva: la "realtà" non esiste infatti *a priori*, ma trova tante declinazioni storiche quanti sono gli sguardi che le danno sostanza, incarnandosi così in un numero indefinito di ruoli e di maschere. La verità assoluta appare un miraggio, un'illusione assolutamente fuorviante. Tutto ha inizio con l'arrivo in paese di una strana famiglia: il Signor Ponza, la suocera, la Signora Frola, e la moglie del signor Ponza, che nessuno ha in realtà mai visto. Un gruppo di concittadini inizia a interessarsi al misterioso *ménage* dei forestieri: le supposizioni, le illazioni, le interpretazioni così si moltiplicano senza alcun freno. I primi tre, da parte loro, una volta interrogati, forniscono ricostruzioni che appaiono tutte verosimili, ma che sono fra loro assolutamente contraddittorie. Le accuse che si scambiano a vicenda non possono essere verificate, perché non esiste una fonte di verità cui fare riferimento: ogni parvenza di una consistenza oggettiva tende a dissolversi; più verità, soggettivamente vere, sono invece contemporaneamente accreditate a coesistere. Impossibile stabilire infatti con sicurezza a chi credere: non a caso i documenti originali sono andati distrutti nel terremoto della Marsica. Il confronto va avanti senza poter trovare soluzione, finché a intervenire è la moglie del signor Ponza, che propone una semplice verità: *la realtà è quella che si vuole ritenere che sia* («Per me, io sono colei che mi si crede»). La realtà non è dunque mai univoca, assoluta, oggettiva. Del resto lo rivelava già il titolo della commedia, che ha in sé una struttura ossimorica: "Così è" (apparente *oggettività*) "se vi pare" (*relativismo*).

Tra le trasposizioni cinematografiche segnaliamo la produzione Rai del 1964, con Enrico Maria Salerno; e il *Così è (se vi pare)* del 1986, di Franco Zeffirelli, con Paola Borboni e Pino Colizzi.

Nel 1918 Pirandello scrive *Il giuoco delle parti*, una commedia in tre atti pubblicata sulla rivista fiorentina "Nuova Antologia" (poi edita nel 1919 nelle edizioni dei Fratelli Treves). È un dramma incentrato sul ruolo della maschera, sul contrasto fra l'essere e l'apparire, su quel "gioco delle parti" che ciascuno di noi è chiamato necessariamente a recitare. Al centro della trama il classico triangolo: Leone (il marito), dal momento che la moglie lo tradisce abitualmente, per sfuggire alla propria sofferenza decide di separarsene segretamente, senza però dare scandalo, mantenendo la facciata di un matrimonio felice, e andando a farle visita ogni sera. Facendosi forte della ragione, e trovando conforto nei libri e nella filosofia, riesce in qualche modo a gestire la lacerante contraddizione dei propri sentimenti. Quando però si porrà il problema di vendicare l'onorabilità della moglie, e sarà necessario partecipare a un duello, la singolarità della situazione emergerà in tutto il suo grottesco umorismo: l'atto di sfida spetterà a Leone (il marito formale), ma a combattere dovrà essere – secondo quanto imposto da Leone – il Venanzi (l'amante di lei, che morrà nel corso del duello). Perché, al di là del *ruolo delle parti*, è lui "in sostanza" il vero marito. A nessuno è dato sottrarsi al senso del ridicolo, e al ruolo che la società impone. Né tantomeno sottrarsi all'assalto delle passioni, che all'improvviso irrompono e vincono ogni capacità di dominio.

Tra le rappresentazioni de *Il giuoco delle parti,* notevole quella del 1970, con Romolo Valli, Rossella Falk e Carlo Giuffré.

Sei personaggi in cerca d'autore è il dramma più conosciuto di Pirandello. Messo in scena per la prima volta il 9 maggio 1921 al Teatro Valle di Roma, questa "commedia da fare" (così recita il sottotitolo, a indicare un'opera "aperta", non congelata in alcuna "forma") ha un primo riscontro di pubblico a dir poco tempestoso: in molti la contestano al grido di "Manicomio! Manicomio!". Per evitare il disorientamento dello spettatore, nell'edizione del 1925 l'autore decide così di chiarirne le tematiche fondamentali, con un'edificante prefazione.

L'opera, che rompe gli schemi tradizionali del teatro aristotelico, non è suddivisa in scene/ atti, ma è interrotta da due pause apparentemente casuali, che la suddividono in tre parti. Viene considerata la prima della trilogia del "teatro nel teatro", comprendente anche *Questa sera si recita a soggetto* e *Ciascuno a suo modo*, fra le più alte espressioni del metateatro pirandelliano. Su un palcoscenico una compagnia di attori prova la commedia *Il giuoco delle parti*. Irrompono sei "intrusi", sei presenze a metà tra il reale e l'immaginario, un Padre, una Madre, il Figlio, la Figliastra, il Giovinetto e la Bambina. Personaggi rifiutati e abbandonati proprio dall'autore che li ha partoriti, e che ora chiedono al Capocomico di mettere in scena la loro tragica storia. Una volta inseriti in una forma artistica organica, e "fissati" in un dramma formale e coerente, potranno finalmente cominciare a vivere. Dopo aver incontrato molte resistenze, la compagnia infine acconsente, e i Personaggi raccontano agli attori la loro storia, perché venga messa in scena. Nonostante gli sforzi però gli attori non riescono a dare corpo alla realtà intima dei Personaggi, incapaci di comprendere, e quindi di far rivivere, ciò che i Personaggi cercano di comunicare. La *Vita* non tollera di essere irrigidita in alcuna *Forma* (tematica del resto endemicamente presente in Pirandello), ecco perché la rappresentazione degli attori delude i Personaggi: inizia, poi viene interrotta, poi riparte, ma senza mai decollare. L'impossibilità di far coincidere i soggetti che l'autore ha immaginato con l'interpretazione degli attori appare come una plastica esemplificazione di quella contraddizione cui siamo tutti condannati. Ciascuno ha una sua percezione della realtà, che nasce dal suo modo soggettivo di sentire le cose: «Crediamo d'intenderci; non c'intendiamo mai!».

Il centro tematico dell'*Enrico IV*, dramma in tre atti scritto nel 1921 e messo in scena il 24 febbraio 1922 al Teatro Manzoni di Milano, è la "pazzia" concepita come unico grimaldello, unico *escamotage* per sfuggire a un mondo di forme imposte dalle convenzioni sociali, unica via di riscatto rispetto a una società avvilente e ipocrita in cui l'individuo non riesce a più a trovare un proprio spazio di verità, né margini di vera libertà.

Protagonista dell'opera è un ricco borghese, che vent'anni prima, dopo una caduta da cavallo durante una cavalcata in costume, ha battuto la testa ed ha perso la ragione. Allora portava la "maschera" di Enrico IV, l'antico imperatore di Germania. Oggi, nella sua follia, il protagonista ripete l'illusione di essere Enrico IV, e i parenti facoltosi lo assecondano "mettendo in scena" un'ambientazione surreale, in cui le sue follie sembrano trovare una convincente conferma. Poi improvvisamente – come spesso accade nella narrazione pirandelliana – il meccanismo si inceppa senza alcuna ragione apparente: Enrico, dopo dodici anni di malattia, d'un tratto guarisce, e ricorda come sia stato il barone Belcredi a farlo cadere intenzionalmente, per rivalità d'amore verso la marchesa Matilde Spina. Dunque all'improvviso la vita si disvela in tutta la sua meschina falsità: ma la consapevolezza di essere stato defraudato della sua giovinezza (e quindi di essere stato doppiamente tradito) lo convince a fingersi ancora pazzo, per altri otto anni. Ma anche questo precario equilibrio è destinato a spezzarsi: amici e parenti decidono di provare a guarirlo, attraverso una ridicola quanto penosa messinscena. Ed ecco che l'artificio sembra riuscire: Enrico dunque non è più pazzo, è finalmente guarito: e la sua guarigione è a tutti manifesta. Ma ancora una volta il gioco delle parti, l'alternanza fra "l'apparente normalità" e "la necessaria pazzia" si diverte a mescolare le carte: basta un gesto del rivale Belcredi, ed ecco che il "folle" lo trafigge con la spada, condannandosi a riappropriarsi, questa volta per sempre, del suo ruolo di pazzo. Dovrà dunque continuare a fingersi folle per sempre, dovrà di nuovo indossare la maschera se vorrà sfuggire alle responsabilità del suo "folle" gesto. Enrico IV è la metafora di un uomo che prende consapevolezza delle verità fittizie e artificiose con cui è costretto a convivere; e al contempo è il simbolo di un ineludibile fallimento, della propria necessaria rassegnazione. Ogni illusione di poter sfuggire al cortocircuito esistenziale, a quella trappola invincibile che appare l'esistenza, si rivela nella sua più tragica velleitarietà. In un mondo in cui tutto è finzione, tutto sembra fondale di cartapesta, tutto è ipocrita illusione e gioco di specchi, l'unico modo per trovare uno spazio (un simulacro) di libertà è accettare la condanna a non avere identità, a diventare estranei e irriconoscibili anche se stessi, a rifugiarsi nell'irresponsabilità della "pazzia". Se è vero che la vita stessa è follia, solo ai folli è dato avere un'opportunità di (parziale) riscatto, che in realtà coincide con un più o meno dorato esilio esistenziale.

Tra le trasposizioni per il cinema e la televisione segnaliamo l'*Enrico IV* di Marco Bellocchio, 1984; l'*Enrico IV* di Giorgio de Lullo, con Romolo Valli, Rai, 1979; l'*Enrico IV* con Salvo Randone, Rai, 1967; l'*Enrico IV* di Claudio Fino, Rai, 1956.

Uno, nessuno e centomila è il romanzo di Pirandello riferibile alla sua piena maturità artistica (1926), vera summa dei temi presenti nelle sue opere (perdita di identità, rapporto ribaltato fra pazzia e normalità, polivalenza dei segni). Il protagonista è Vitangelo Moscarda, il personaggio archetipico più maturo e complesso dell'universo pirandelliano. Conduce una vita normale, è un uomo qualunque che vive di rendita, senza inquietudini. Un giorno la moglie gli fa notare una imperfezione del suo naso, e questo particolare (di per sé insignificante) è sufficiente a far crollare il castello di certezze che definisce il profilo del suo "io". Allo specchio vede ora un volto nuovo, un insieme di "centomila" forme differenti che lo fanno esistere solo in funzione delle proiezioni altrui. Comprende di possedere tante diverse personalità quante gli altri gliene attribuiscono, e la sua identità si frantuma. Il tranquillo Gengé decide allora di ribellarsi, smantellando sistematicamente i tratti del suo "io sociale", per cercare di far emergere il suo "io profondo" e tornare ad essere "uno per tutti". Il suo essere un marito, perfino il suo avere un nome, tutte i ruoli vengono smascherati, fino al rifiuto totale di sé. Il mondo, che non riconosce più il vecchio Vitangelo nelle azioni contraddittorie e apparentemente illogiche che compie (sfratta da una catapecchia di sua proprietà Marco di Dio, scultore caduto in povertà, ma si accorda con il notaio per donargli un'altra casa migliore) crede che sia diventato folle e decide di farlo interdire. Anna Rosa, alla quale Gengé rivela le sue considerazioni circa l'inconsistenza della personalità sociale, è sconvolta dalle sue rivelazioni, e con gesto improvviso e inspiegabile gli spara. Dopo lo scandalo che ne deriva, Gengé dona tutti i suoi averi per fondare un ospizio, dove trova il proprio esilio. Qui, proprio perché folle, è libero da ogni regola e imposizione: può vivere momento per momento, in un abbandono totale al fluire dell'esistenza, rinascendo via via in modo diverso, come "le nuvole, gli alberi e la natura". La contrapposizione fra la natura (luogo mitico di rigenerazione) e la società (luogo di alienazione) è ormai pienamente svolta e compiuta. La soluzione alla crisi di identità, ci suggerisce Pirandello, può trovare sollievo solo attraverso un'immersione nel perenne ciclo di genesi-morte, concepita come un'eterna rinascita senza ricordi, senza sovrastrutture, in una fusione totalizzante (e quasi misticheggiante) con la Natura: «muoio ogni attimo, io, e rinasco nuovo e senza ricordi: vivo e intero, non più in me, ma in ogni cosa fuori».

Il 1922 è l'anno della Marcia su Roma: Pirandello deve fare i conti con un nuovo scenario politico. Più che all'ideologia fascista, la sua adesione è all'auspicio, comune a molti intellettuali italiani, che Mussolini possa fare da riorganizzatore di una società percepita nel caos. In una lettera pubblicata su "L'Impero", pochi mesi dopo l'omicidio Matteotti, Pirandello chiede al Duce l'iscrizione al partito fascista, per poi firmare il Manifesto degli intellettuali fascisti di Gentile, scelta che sorprese anche i suoi più intimi amici. Il fallimento della compagnia teatrale da lui stesso fondata lo allontana dall'Italia, e lo porta nel 1928 a stabilirsi a Berlino, accompagnato dalla "prima attrice" Marta Abba, che rimase a lui legata fino alla morte. L'anno dopo Mussolini, che cercherà sempre di presentare Pirandello come un intellettuale di regime, lo include nell'appena fondata Accademia d'Italia. L'autore, la cui visione "relativistica" è spesso criticata dalla stampa, che non la ritiene coerente con gli ideali di regime, maturerà una progressiva presa di distanza rispetto alla vita politico-culturale del Paese. Tuttavia, nonostante dichiarazioni aperte di apoliticità («Sono apolitico: mi sento soltanto uomo sulla terra») e gesti eclatanti, come quello di strappare la tessera del partito, non romperà mai apertamente con il Fascismo. Dopo la Germania è la volta di Parigi, dove proseguono i suoi contatti con l'industria del cinema. Proprio nel 1930 il successo internazionale dell'opera *Come tu mi vuoi* convince la Metro Goldwyn Mayer a realizzare (nel 1932) un film con Greta Garbo. Nel 1933 Pirandello decide di tornare ad abitare a Roma, con il figlio Stefano, nel villino di Via Bosio. Sarà questo un periodo elaborativo particolarmente fertile nella sua produzione novellistica, che tende ad assumere tratti onirici vicini al surrealismo. Il 1934 è l'anno del premio Nobel, tanto a lungo desiderato, mentre vanno finalmente in porto gli adattamenti cinematografici delle sue opere. Ma proprio quando il set de *Il Fu mattia Pascal* sta per concludersi, si ammala di polmonite. Muore nel 1936, lasciando incompiuto *I giganti della montagna*. A dispetto del regime fascista, che avrebbe voluto esequie di Stato, viene rispettato il suo testamento: «Carro d'infima classe, quello dei poveri. Nudo. E nessuno m'accompagni, né parenti né amici. Il carro, il callo, il cocchiere e basta». Nel 1949 la Villa del Caos viene dichiarata monumento nazionale.

Bibliografia essenziale

Opere di Pirandello

Tutti i romanzi, a cura di G. Macchia, con la collaborazione di M. Costanzo, 2 voll., Mondadori, Milano 1973.
Saggi e interventi, a cura e con un saggio introduttivo di F. Taviani e una testimonianza di Andrea Pirandello, Mondadori, Milano 2006.
Tutte le novelle (1884-1904), a cura di L. Lugnani, Bur, Milano 2007.

Documenti, manoscritti, materiali di consultazione

A. Barbina, *La biblioteca di Luigi Pirandello*, Bulzoni, Roma 1980.
Pirandello capocomico, a cura di A. d'Amico e A. Tinterri, Sellerio, Palermo 1987.
Taccuino segreto, a cura di A. Andreoli, Mondadori, Milano 1997.
Taccuino di Harvard, a cura di O. Frau e C. Gragnani, Mondadori, Milano 2002.

Epistolari

Carteggi inediti con Ojetti, Albertini, Orvieto, Novaro, De Gubernatis, De Filippo, a cura di S. Zappulla Muscarà, Bulzoni, Roma 1980.
Lettere da Bonn (1889-1891), introduzione e note di E. Providenti, Bulzoni, Roma 1984.
Epistolario familiare giovanile (1886-1898), a cura di E. Providenti, Le Monnier, Firenze 1986.
Lettere a Marta Abba, a cura di B. Ortolani, Mondadori, Milano 1995.
Lettere della formazione 1891-1898. Con un'appendice di lettere sparse 1899-1919, a cura di E. Providenti, Bulzoni, Roma 1996.
Nel tempo della lontananza (1919-1936), a cura di S. Zappulla Muscarà, La Cantinella, Catania 2005.

Biografie

L. Lucignani, *Pirandello, la vita nuda*, Camunia, Firenze 1999.
E. Providenti, *Colloqui con Pirandello*, Polistampa, Firenze 2005.

Monografie

A. Leone de Castris, *Storia di Pirandello*, Laterza, Bari 1966.
L. Lugnani, *Pirandello. Letteratura e teatro*, La Nuova Italia, Firenze 1970.
C. Vicentini, *L'estetica di Pirandello*, Mursia, Milano 1970.

R. S. Dombroski, *La totalità dell'artificio. Ideologia e forma nel romanzo di Pirandello*, Liviana, Padova 1978.

G. Corsinovi, *Pirandell e l'espressionismo*, Tilgher, Genova 1979.

E. Lauretta, *Come leggere «Il fu Mattia Pascal» di Luigi Pirandello*, Mursia, Milano 1982.

N. Borsellino, *Ritratto di Pirandello*, Laterza, Bari 1983.

W. Krysinski, *Il paradigma inquieto. Pirandello e lo spazio comparativo della modernità*, Edizioni Scientifiche Italiane, Napoli 1988.

L. Sciascia, *Alfabeto pirandelliano*, Adelphi, Milano 1989.

F. Angelini, *Serafino e la tigre. Pirandello fra scrittura, teatro e cinema*, Marsilio, Padova 1990.

G. Macchia, *Pirandello o la stanza della tortura*, Mondadori, Milano 1992.

M. A. Grignani, *Retoriche pirandelliane*, Liguori, Napoli 1993.

B. Stasi, *Apologie della letteratura: Leopardi tra De Roberto e Pirandello*, Il Mulino, Bologna 1995

G. Mazzacurati, *Pirandello nel romanzo europeo*, Il Mulino, Bologna 1995.

M. Cantelmo, *L'abito, il corpo, la carta del cielo. Saggi su Pirandello*, Manni, Lecce 1996.

G. Patrizi, *Pirandello e l'umorismo*, Lithos, Roma 1997.

G. Debenedetti, *Il romanzo del Novecento*, Garzanti, Milano 1998.

R. Luperini, *Pirandello*, Laterza, Roma-Bari 1999.

P. Guaragnello, *Il matto e il povero. Temi e figure in Pirandello, Sbarbaro, Vittorini*, Dedalo, Bari 2000.

M. Ganeri, *Pirandello romanziere*, Rubbettino, Soveria Mannelli 2001.

G. Bonifacino, *Allegorie malinconiche. Studi su Pirandello e Gadda*, Palomar, Bari 2006.

M. Guglielminetti, *Pirandello*, Salerno, Roma 2006.

R, Alonge, *Luigi Pirandello*, Laterza, Roma-Bari 2010.

M. Polacco, *Pirandello*, Il Mulino, Bologna 2011.

A. R. Pupino, *Pirandello. Poetiche e pratiche dell'umorismo*, Salerno, Roma 2013.

Saggi

P. Cudini, *«Il fu Mattia Pascal»: dalle fonti chamissiane e zoliane alla nuova struttura narrativa di Luigi Pirandello*, in «Belfagor», 6, 1971, pp.702-713.

A. Pagliaro, *La dialettalità di Luigi Pirandello*, in Id., *Forma e tradizione*, Flaccovio, Palermo 1972, pp.205-252.

A. Marchese, *«Il fu Mattia Pascal»: anatomia di un romanzo*, in Id., *Il segno letterario. I metodi della semiotica*, D'Anna, Messina-Firenze 1987, pp.301-329.

G. Mazzacurati, *L'arte del titolo, da Sterne a Pirandello*, in AA.VV., *Effetto Sterne. La narrazione umoristica in Italia da Foscolo a Pirandello*, Nistri-Lischi, Pisa 1990, pp.294-332

M. M. Pedroni, *La biblioteca di Mattia Pascal. Fonti, funzioni e figure*, in «Studi novecenteschi», 76, 2008, pp.377-399.

D. Farafonova, *Pirandello lettore di Pascal. Premesse al «Fu Mattia Pascal»*, in «Lettere Italiane», 1, 2013, pp.29-69.

Atti e convegni

AA.VV., *Lo strappo nel cielo di carta. Introduzione alla lettura del «Fu Mattia Pascal»*, La Nuova Italia Scientifica, Roma 1988.

Magia di un romanzo. «Il fu Mattia Pascal» prima e dopo, a cura di P. Frassica, Interlinea, Novara 2005.

Pirandello e l'identità europea, a cura di F. de Michele e M. Rössner, Metauro, Pesaro 2007.

NOVELLE PER UN ANNO

SCIALLE NERO

SCIALLE NERO

I

– Aspetta qua, – disse il Bandi al D'Andrea. – Vado a prevenirla. Se s'ostina ancora, entrerai per forza.

Miopi tutti e due, parlavano vicinissimi, in piedi, l'uno di fronte all'altro. Parevano fratelli, della stessa età, della stessa corporatura: alti, magri, rigidi, di quella rigidezza angustiosa di chi fa tutto a puntino, con meticolosità. Ed era raro il caso che, parlando così tra loro, l'uno non aggiustasse all'altro col dito il sellino delle lenti sul naso, o il nodo della cravatta sotto il mento, oppure, non trovando nulla da aggiustare, non toccasse all'altro i bottoni della giacca. Parlavano, del resto, pochissimo. E la tristezza taciturna della loro indole si mostrava chiaramente nello squallore dei volti.

Cresciuti insieme, avevano studiato aiutandosi a vicenda fino all'Università, dove poi l'uno s'era laureato in legge, l'altro in medicina. Divisi ora, durante il giorno, dalle diverse professioni, sul tramonto facevano ancora insieme quotidianamente la loro passeggiata lungo il viale all'uscita del paese.

Si conoscevano così a fondo, che bastava un lieve cenno, uno sguardo, una parola, perché l'uno comprendesse subito il pensiero dell'altro. Dimodoché quella loro passeggiata principiava ogni volta con un breve scambio di frasi e seguitava poi in silenzio, come se l'uno avesse dato all'altro da ruminare per un pezzo. E andavano a testa bassa, come due cavalli stanchi; entrambi con le mani dietro la schiena. A nessuno dei due veniva mai la tentazione di volgere un po' il capo verso la ringhiera del viale per godere la vista dell'aperta campagna sottostante, svariata di poggi e di valli e di piani, col mare in fondo, che s'accendeva tutto agli ultimi fuochi del tramonto: vista di tanta bellezza, che pareva perfino incredibile che quei due vi potessero passar davanti così, senza neppur voltarsi a guardare.

Giorni addietro il Bandi aveva detto al D'Andrea:

– Eleonora non sta bene.

Il D'Andrea aveva guardato negli occhi l'amico e compreso che il male della sorella doveva esser lieve:

– Vuoi che venga a visitarla?

– Dice di no.

E tutti e due, passeggiando, s'erano messi a pensare con le ciglia aggrottate, quasi per rancore, a quella donna che aveva fatto loro da madre e a cui dovevano tutto.

Il D'Andrea aveva perduto da ragazzo i genitori ed era stato accolto in casa d'uno zio, che non avrebbe potuto in alcun modo provvedere alla riuscita di lui. Eleonora Bandi, rimasta orfana anch'essa a diciotto anni col fratello molto più piccolo di lei, industriandosi dapprima con minute e sagge economie su quel po' che le avevano lasciato i genitori, poi lavorando, dando lezioni di pianoforte e di canto, aveva potuto mantenere agli studii il fratello, e anche l'amico indivisibile di lui.

– In compenso però, – soleva dire ridendo ai due giovani – mi son presa tutta la carne che manca a voi due.

Era infatti un donnone che non finiva mai; ma aveva tuttavia dolcissimi i lineamenti del volto, e l'aria ispirata di quegli angeloni di marmo che si vedono nelle chiese, con le tuniche svolazzanti. E lo sguardo dei begli occhi neri, che le lunghe ciglia quasi vellutavano, e il suono della voce armoniosa pareva volessero anch'essi attenuare, con un certo studio che le dava pena, l'impressione d'alterigia che quel suo corpo così grande poteva destare sulle prime; e ne sorrideva mestamente.

Sonava e cantava, forse non molto correttamente ma con foga appassionata. Se non fosse nata e cresciuta tra i pregiudizii d'una piccola città e non avesse avuto l'impedimento di quel fratellino, si sarebbe forse avventurata alla vita di teatro. Era stato quello, un tempo, il suo sogno; nient'altro che un sogno però. Aveva ormai circa quarant'anni. La considerazione, del resto, di cui godeva in paese per quelle sue doti artistiche la compensava, almeno in parte, del sogno fallito, e la soddisfazione d'averne invece attuato un altro, quello cioè d'avere schiuso col proprio lavoro l'avvenire a due poveri orfani, la compensava del lungo sacrifizio di se stessa.

Il dottor D'Andrea attese un buon pezzo nel salotto, che l'amico ritornasse a chiamarlo.

Quel salotto pieno di luce, quantunque dal tetto basso, arredato di mobili già consunti, d'antica foggia, respirava quasi un'aria d'altri tempi e pareva s'appagasse, nella quiete dei due grandi specchi a riscontro, dell'immobile visione della sua antichità scolorita. I vecchi ritratti di famiglia appesi alle pareti erano, là dentro, i veri e soli inquilini. Di nuovo, c'era soltanto il pianoforte a mezzacoda, il pianoforte d'Eleonora, che le figure effigiate in quei ritratti pareva guardassero in cagnesco.

Spazientito, alla fine, dalla lunga attesa, il dottore si alzò, andò fino alla soglia, sporse il capo, udì piangere nella camera di là, attraverso l'uscio chiuso. Allora si mosse e andò a picchiare con le nocche delle dita a quell'uscio.

– Entra, – gli disse il Bandi, aprendo. – Non riesco a capire perché s'ostina così.

– Ma perché non ho nulla! – gridò Eleonora tra le lagrime.

Stava a sedere su un ampio seggiolone di cuoio, vestita come sempre di nero, enorme e pallida; ma sempre con quel suo viso di bambinona, che ora pareva più che mai strano, e forse più ambiguo che strano, per un certo indurimento negli occhi, quasi di folle fissità, ch'ella voleva tuttavia dissimulare.

– Non ho nulla, v'assicuro, – ripeté più pacatamente. – Per carità, lasciatemi in pace: non vi date pensiero di me.

– Va bene! – concluse il fratello, duro e cocciuto. – Intanto, qua c'è Carlo. Lo dirà lui quello che hai. – E uscì dalla camera, richiudendo con furia l'uscio dietro di sé.

Eleonora si recò le mani al volto e scoppiò in violenti singhiozzi. Il D'Andrea rimase un pezzo a guardarla, fra seccato e imbarazzato; poi domandò:

– Perché? Che cos'ha? Non può dirlo neanche a me?

E, come Eleonora seguitava a singhiozzare, le s'appressò, provò a scostarle con fredda delicatezza una mano dal volto:

– Si calmi, via; lo dica a me; ci son qua io.

Eleonora scosse il capo; poi, d'un tratto, afferrò con tutt'e due le mani la mano di lui, contrasse il volto, come per un fitto spasimo, e gemette:

– Carlo! Carlo!

Il D'Andrea si chinò su lei, un po' impacciato nel suo rigido contegno.

– Mi dica...

Allora ella gli appoggiò una guancia su la mano e pregò disperatamente, a bassa voce:

– Fammi, fammi morire, Carlo; aiutami tu, per carità! non trovo il modo; mi manca il coraggio, la forza.

– Morire? – domandò il giovane, sorridendo. – Che dice? Perché?

– Morire, sì! – riprese lei, soffocata dai singhiozzi. – Insegnami tu il modo. Tu sei medico. Toglimi da questa agonia, per carità! Debbo morire. Non c'è altro rimedio per me. La morte sola.

Egli la fissò, stupito. Anche lei alzò gli occhi a guardarlo, ma subito li richiuse, contraendo di nuovo il volto e restringendosi in sé, quasi colta da improvviso, vivissimo ribrezzo.

– Sì, sì, – disse poi, risolutamente. – Io, sì, Carlo: perduta! perduta!

Istintivamente il D'Andrea ritrasse la mano, ch'ella teneva ancora tra le sue.

– Come! Che dice? – balbettò.

Senza guardarlo, ella si pose un dito su la bocca, poi indicò la porta:

– Se lo sapesse! Non dirgli nulla, per pietà! Fammi prima morire; dammi, dammi qualche cosa: la prenderò come una medicina; crederò che sia una medicina, che mi dai tu; purché sia subito! Ah, non ho coraggio, non ho coraggio! Da due mesi, vedi, mi dibatto in quest'agonia, senza trovar la forza, il modo di farla finita. Che aiuto puoi darmi, tu, Carlo, che dici?

– Che aiuto? – ripeté il D'Andrea, ancora smarrito nello stupore.

Eleonora stese di nuovo le mani per prendergli un braccio e, guardandolo con occhi supplichevoli, soggiunse:

– Se non vuoi farmi morire, non potresti... in qualche altro modo... salvarmi?

Il D'Andrea, a questa proposta, s'irrigidì più che mai, aggrottando severamente le ciglia.

– Te ne scongiuro, Carlo! – insistette lei. – Non per me, non per me, ma perché Giorgio non sappia. Se tu credi che io abbia fatto qualche cosa per voi, per te, aiutami ora, salvami! Debbo finir così, dopo aver fatto tanto, dopo aver tanto sofferto? così, in questa ignominia, all'età mia? Ah, che miseria! che orrore!

– Ma come, Eleonora? Lei! Com'è stato? Chi è stato? – fece il D'Andrea, non trovando, di fronte alla tremenda ambascia di lei, che questa domanda per la sua curiosità sbigottita.

Di nuovo Eleonora indicò la porta e si coprì il volto con le mani:

– Non mi ci far pensare! Non posso pensarci! Dunque, non vuoi risparmiare a Giorgio questa vergogna?

– E come? – domandò il D'Andrea. – Delitto, sa! Sarebbe un doppio delitto. Piuttosto, mi dica: non si potrebbe in qualche altro modo... rimediare?

– No! – rispose lei, recisamente, infoscandosi. – Basta. Ho capito. Lasciami! Non ne posso più...

Abbandonò il capo su la spalliera del seggiolone, rilassò le membra: sfinita.

Carlo D'Andrea, con gli occhi fissi dietro le grosse lenti da miope, attese un pezzo, senza trovar parole, non sapendo ancor credere a quella rivelazione, né riuscendo a immaginare come mai quella donna, finora esempio, specchio di virtù, d'abnegazione, fosse potuta cadere nella colpa. Possibile? Eleonora Bandi? Ma se aveva in gioventù, per amore del fratello, rifiutato tanti partiti, uno più vantaggioso dell'altro! Come mai ora, ora che la gioventù era tramontata... – Eh! ma forse per questo...

La guardò, e il sospetto, di fronte a quel corpo così voluminoso, assunse all'improvviso, agli occhi di lui magro, un aspetto orribilmente sconcio e osceno.

– Va', dunque, – gli disse a un tratto, irritata, Eleonora, che pur senza guardarlo, in quel silenzio, si sentiva addosso l'inerte orrore di quel sospetto negli occhi di lui. – Va', va' a dirlo a Giorgio, perché faccia subito di me quello che vuole. Va'.

Il D'Andrea uscì, quasi automaticamente. Ella sollevò un poco il capo per vederlo uscire; poi, appena richiuso l'uscio, ricadde nella positura di prima.

II

Dopo due mesi d'orrenda angoscia, quella confessione del suo stato la sollevò, insperatamente. Le parve che il più, ormai, fosse fatto.

Ora, non avendo più forza di lottare, di resistere a quello strazio, si sarebbe abbandonata, così, alla sorte, qualunque fosse.

Il fratello, tra breve, sarebbe entrato e l'avrebbe uccisa? Ebbene: tanto meglio! Non aveva più diritto a nessuna considerazione, a nessun compatimento. Aveva fatto, sì, per lui e per quell'altro ingrato, più del suo dovere, ma in un momento poi aveva perduto il frutto di tutti i suoi benefizi.

Strizzò gli occhi, colta di nuovo dal ribrezzo.

Nel segreto della propria coscienza, si sentiva pure miseramente responsabile del suo fallo. Sì, lei, lei che per tanti anni aveva avuto la forza di resistere a gli impulsi della gioventù, lei che aveva sempre accolto in sé sentimenti puri e nobili, lei che aveva considerato il proprio sacrifizio come un dovere: in un momento, perduta! Oh miseria! miseria!

L'unica ragione che sentiva di potere addurre in sua discolpa, che valore poteva avere davanti al fratello? Poteva dirgli: «Guarda, Giorgio, che sono forse caduta per te»? Eppure la verità era forse questa.

Gli aveva fatto da madre, è vero? a quel fratello. Ebbene: in premio di tutti i benefizi lietamente prodigati, in premio del sacrifizio della propria vita, non le era stato concesso neanche il piacere di scorgere un sorriso, anche lieve, di soddisfazione su le labbra di lui e dell'amico. Pareva che avessero entrambi l'anima avvelenata di silenzio e di noia, oppressa come da una scimunita angustia. Ottenuta la laurea, s'eran subito buttati al lavoro, come due bestie; con tanto impegno, con tanto accanimento che in poco tempo erano riusciti a bastare a se stessi. Ora, questa fretta di sdebitarsi in qualche modo, come se a entrambi non ne paresse l'ora, l'aveva proprio ferita nel cuore. Quasi d'un tratto, così, s'era trovata senza più scopo nella vita. Che le restava da fare, ora che i due giovani non avevano più bisogno di lei? E aveva perduto, irrimediabilmente, la gioventù.

Neanche coi primi guadagni della professione era tornato il sorriso su le labbra del fratello. Sentiva forse ancora il peso del sacrifizio ch'ella aveva fatto per lui? si sentiva forse vincolato da questo sacrifizio per tutta la vita, condannato a sacrificare a sua volta la propria gioventù, la libertà dei proprii sentimenti alla sorella? E aveva voluto parlargli a cuore aperto:

– Non prenderti nessun pensiero di me, Giorgio! Io voglio soltanto vederti lieto, contento... capisci?

Ma egli le aveva troncato subito in bocca le parole:

– Zitta, zitta! Che dici? So quel che debbo fare. Ora spetta a me.

Ma come? così? – avrebbe voluto gridargli, lei, che, senza pensarci due volte, s'era sacrificata col sorriso sempre su le labbra e il cuor leggero.

Conoscendo la chiusa, dura ostinazione di lui, non aveva insistito. Ma, intanto, non si sentiva di durare in quella tristezza soffocante.

Egli raddoppiava di giorno in giorno i guadagni della professione; la circondava d'agi; aveva voluto che smettesse di dar lezioni. In quell'ozio forzato, che la avviliva, aveva allora accolto, malauguratamente, un pensiero che, dapprincipio, quasi l'aveva fatta ridere:

«Se trovassi marito!»

Ma aveva già trentanove anni, e poi con quel corpo... oh via! – avrebbe dovuto fabbricarselo apposta, un marito. Eppure, sarebbe stato l'unico mezzo per liberar sé e il fratello da quell'opprimente debito di gratitudine.

Quasi senza volerlo, s'era messa allora a curare insolitamente la persona, assumendo una cert'aria di nubile che prima non s'era mai data.

Quei due o tre che un tempo l'avevano chiesta in matrimonio, avevano ormai moglie e figliuoli. Prima, non se n'era mai curata; ora, a ripensarci, ne provava dispetto; provava invidia di tante sue amiche che erano riuscite a procurarsi uno stato.

Lei sola era rimasta così...

Ma forse era in tempo ancora: chi sa? Doveva proprio chiudersi così la sua vita sempre attiva? in quel vuoto? doveva spegnersi così quella fiamma vigile del suo spirito appassionato? in quell'ombra?

E un profondo rammarico l'aveva invasa, inasprito talvolta da certe smanie, che alteravano le sue grazie spontanee, il suono delle sue parole, delle sue risa. Era divenuta pungente, quasi aggressiva nei discorsi. Si rendeva conto lei stessa del cangiamento della propria indole; provava in certi momenti quasi odio per se stessa, repulsione per quel suo corpo vigoroso, ribrezzo dei desiderii insospettati in cui esso, ora, all'improvviso, le s'accendeva turbandola profondamente.

Il fratello, intanto, coi risparmi, aveva di recente acquistato un podere e vi aveva fatto costruire un bel villino.

Spinta da lui, vi era andata dapprima per un mese in villeggiatura; poi, riflettendo che il fratello aveva forse acquistato quel podere per sbarazzarsi di tanto in tanto di lei, aveva deliberato di ritirarsi colà per sempre. Così, lo avrebbe lasciato libero del tutto: non gli avrebbe più dato la pena della sua compagnia, della sua vista, e anche lei a poco a poco, là, si sarebbe tolta quella strana idea dal capo, di trovar marito all'età sua.

I primi giorni eran trascorsi bene, e aveva creduto che le sarebbe stato facile seguitare così.

Aveva già preso l'abitudine di levarsi ogni giorno all'alba e di fare una lunga passeggiata per i campi, fermandosi di tratto in tratto, incantata, ora per ascoltare nell'attonito silenzio dei piani, ove qualche filo d'erba vicino abbrividiva alla frescura dell'aria, il canto dei galli, che si chiamavano da un'aia all'altra; ora per ammirare qualche masso tigrato di gromme verdi, o il velluto del lichene sul vecchio tronco stravolto di qualche olivo saraceno.

Ah, lì, così vicina alla terra, si sarebbe presto rifatta un'altr'anima, un altro modo di pensare e di sentire; sarebbe divenuta come quella buona moglie del mezzadro che si mostrava così lieta di tenerle compagnia e che già le aveva insegnato tante cose della campagna, tante cose pur così semplici della vita e che ne rivelano tuttavia un nuovo senso profondo, insospettato.

Il mezzadro, invece, era insoffribile: si vantava d'aver idee larghe, lui: aveva girato il mondo, lui; era stato in America, otto anni a *Benossarie*; e non voleva che il suo unico figliuolo, Gerlando, fosse un vile zappaterra. Da tredici anni, pertanto, lo manteneva alle scuole; voleva dargli «un po' di lettera», diceva, per poi spedirlo in America, là, nel gran paese, dove senza dubbio avrebbe fatto fortuna.

Gerlando aveva diciannove anni e in tredici di scuola era arrivato appena alla terza tecnica. Era un ragazzone rude, tutto d'un pezzo. Quella fissazione del padre costituiva per lui un vero martirio. Praticando coi compagni di scuola, aveva preso, senza volere, una cert'aria di città, che però lo rendeva più goffo.

A forza d'acqua, ogni mattina, riusciva a rassettarsi i capelli ispidi, a tirarvi una riga da un lato; ma poi quei capelli, rasciugati, gli si drizzavan compatti e irsuti di qua e di là, come se gli schizzassero dalla cute del cranio; anche le sopracciglia pareva gli schizzassero poco più giù dalla fronte bassa, e già dal labbro e dal mento cominciavano a schizzare i primi peli dei baffi e della barba, a cespuglietti. Povero Gerlando! faceva compassione, così grosso, così duro, così ispido, con un libro aperto davanti. Il padre doveva sudare una camicia, certe mattine, per scuoterlo dai saporiti sonni profondi, di porcellone satollo e pago, e avviarlo ancora intontito e barcollante, con gli occhi imbambolati, alla vicina città; al suo martirio.

Venuta in campagna la signorina, Gerlando le aveva fatto rivolgere dalla madre la preghiera di persuadere al padre che la smettesse di tormentarlo con questa scuola, con questa scuola, con questa scuola! Non ne poteva più!

E difatti Eleonora s'era provata a intercedere; ma il mezzadro, – ah, nonononò – ossequio, rispetto, tutto il rispetto per la signorina; ma anche preghiera di non immischiarsi. Ed allora essa, un po' per pietà, un po' per ridere, un po' per darsi da fare, s'era messa ad aiutare quel povero giovanotto, fin dove poteva.

Lo faceva, ogni dopo pranzo, venir su coi libri e i quaderni della scuola. Egli saliva impacciato e vergognoso, perché s'accorgeva che la padrona prendeva a goderselo per la sua balordaggine, per la sua durezza di mente; ma che poteva farci? il padre voleva così. Per lo studio, eh, sì: bestia; non aveva difficoltà a riconoscerlo; ma se si fosse trattato d'atterrare un albero, un bue, eh perbacco... – e Gerlando mostrava le braccia nerborute, con certi occhi teneri e un sorriso di denti bianchi e forti...

Improvvisamente, da un giorno all'altro, ella aveva troncato quelle lezioni; non aveva più voluto vederlo; s'era fatto portare dalla città il pianoforte e per parecchi giorni s'era chiusa nella villa a sonare, a cantare, a leggere, smaniosamente. Una sera, in fine, s'era accorta che quel ragazzone, privato così d'un tratto dell'aiuto di lei, della compagnia ch'ella gli concedeva e degli scherzi che si permetteva con lui, s'appostava per spiarla, per sentirla cantare o sonare: e, cedendo a una cattiva ispirazione, aveva voluto sorprenderlo, lasciando d'un tratto il pianoforte e scendendo a precipizio la scala della villa.

– Che fai lì?
– Sto a sentire...
– Ti piace?
– Tanto, sì signora... Mi sento in paradiso.

A questa dichiarazione era scoppiata a ridere; ma, all'improvviso, Gerlando, come sferzato in faccia da quella risata, le era saltato addosso, lì, dietro la villa, nel buio fitto, oltre la zona di luce che veniva dal balcone aperto lassù.

Così era stato.

Sopraffatta a quel modo, non aveva saputo respingerlo; s'era sentita mancare – non sapeva più come – sotto quell'impeto brutale e s'era abbandonata, sì, cedendo pur senza voler concedere.

Il giorno dopo, aveva fatto ritorno in città.

E ora? come mai Giorgio non entrava a svergognarla? Forse il D'Andrea non gli aveva detto ancor nulla: forse pensava al modo di salvarla. Ma come?

Si nascose il volto tra le mani, quasi per non vedere il vuoto che le s'apriva davanti. Ma era pur dentro di lei quel vuoto. E non c'era rimedio. La morte sola. Quando? come?

L'uscio, a un tratto, s'aprì, e Giorgio apparve su la soglia scontraffatto, pallidissimo, coi capelli scompigliati e gli occhi ancora rossi di pianto. Il D'Andrea lo teneva per un braccio.

– Voglio sapere questo soltanto, – disse alla sorella, a denti stretti, con voce fischiante, quasi scandendo le sillabe: – Voglio sapere *chi è stato.*

Eleonora, a capo chino, con gli occhi chiusi, scosse lentamente il capo e riprese a singhiozzare.

– Me lo dirai, – gridò il Bandi, appressandosi, trattenuto dall'amico. – E chiunque sia, tu lo sposerai!

– Ma no, Giorgio! – gemette allora lei, raffondando vie più il capo e torcendosi in grembo le mani. – No! non è possibile! non è possibile!

– È ammogliato? – domandò lui, appressandosi di più, coi pugni serrati, terribile.

– No, – s'affrettò a risponder lei. – Ma non è possibile, credi!

– Chi è? – riprese il Bandi, tutto fremente, stringendola da presso. – Chi è? subito, il nome!

Sentendosi addosso la furia del fratello, Eleonora si strinse nelle spalle, si provò a sollevare appena il capo e gemette sotto gli occhi inferociti di lui:

– Non posso dirtelo...

– Il nome, o t'ammazzo! – ruggì allora il Bandi, levando un pugno sul capo di lei.

Ma il D'Andrea s'interpose, scostò l'amico, poi gli disse severamente:

– Tu va'. Lo dirà a me. Va', va'...

E lo fece uscire, a forza, dalla camera.

III

Il fratello fu irremovibile.

Ne' pochi giorni che occorsero per le pubblicazioni di rito, prima del matrimonio, s'accanì nello scandalo. Per prevenir le beffe che s'aspettava da tutti, prese ferocemente il partito d'andar sbandendo la sua vergogna, con orribili crudezze di linguaggio. Pareva impazzito; e tutti lo commiseravano.

Gli toccò, tuttavia, a combattere un bel po' col mezzadro, per farlo condiscendere alle nozze del figliuolo.

Quantunque d'idee larghe, il vecchio, dapprima, parve cascasse dalle nuvole: non voleva creder possibile una cosa simile. Poi disse:

– Vossignoria non dubiti: me lo pesterò sotto i piedi; sa come? come si pigia l'uva. O piuttosto, facciamo così: glielo consegno, legato mani e piedi; e Vossignoria si prenderà tutta quella soddisfazione che vuole. Il nerbo, per le nerbate, glielo procuro io, e glielo tengo prima apposta tre giorni in molle, perché picchi più sodo.

Quando però comprese che il padrone non intendeva questo, ma voleva altro, il matrimonio, trasecolò di nuovo:

– Come! Che dice, Vossignoria? Una signorona di quella fatta col figlio d'un vile zappaterra?

E oppose un reciso rifiuto.

– Mi perdoni. Ma la signorina aveva il giudizio e l'età; conosceva il bene e il male; non doveva far mai con mio figlio quello che fece. Debbo parlare? Se lo tirava su in casa tutti i giorni. Vossignoria m'intende... Un ragazzaccio... A quell'età, non si ragiona, non si bada... Ora ci posso perdere così il figlio, che Dio sa quanto mi costa? La signorina, con rispetto parlando, gli può esser madre...

Il Bandi dovette promettere la cessione in dote del podere e un assegno giornaliero alla sorella.

Così il matrimonio fu stabilito; e, quando ebbe luogo, fu un vero avvenimento per quella cittaduzza.

Parve che tutti provassero un gran piacere nel far pubblicamente strazio dell'ammirazione, del rispetto per tanti anni tributati a quella donna; come se tra l'ammirazione e il rispetto, di cui non la stimavano più degna, e il dileggio, con cui ora la accompagnavano a quelle nozze vergognose, non ci potesse esser posto per un po' di commiserazione.

La commiserazione era tutta per il fratello; il quale, s'intende, non volle prender parte alla cerimonia. Non vi prese parte neanche il D'Andrea, scusandosi che doveva tener compagnia, in quel triste giorno, al suo povero Giorgio.

Un vecchio medico della città, ch'era già stato di casa dei genitori d'Eleonora, e a cui il D'Andrea, venuto di fresco dagli studii, con tutti i fumi e le sofisticherie della novissima terapeutica, aveva tolto gran parte della clientela, si proffere per testimonio e condusse con sé un altro vecchio, suo amico, per secondo testimonio.

Con essi Eleonora si recò in vettura chiusa al Municipio; poi in una chiesetta fuorimano, per la cerimonia religiosa.

In un'altra vettura era lo sposo, Gerlando, torbido e ingrugnato, coi genitori.

Questi, parati a festa, stavano su di sé, gonfi e serii, perché, alla fin fine, il figlio sposava una vera signora, sorella d'un avvocato, e gli recava in dote una campagna con una magnifica villa, e denari per giunta. Gerlando, per rendersi degno del nuovo stato, avrebbe seguitato gli studii. Al podere avrebbe atteso lui, il padre, che se n'intendeva. La sposa era un po' anzianotta? Tanto meglio! L'erede già c'era per via. Per legge di natura ella sarebbe morta prima, e Gerlando allora sarebbe rimasto libero e ricco.

Queste e consimili riflessioni facevano anche, in una terza vettura, i testimonii dello sposo, contadini amici del padre, in compagnia di due vecchi zii materni. Gli altri parenti e amici dello sposo innumerevoli, attendevano nella villa, tutti parati a festa, con gli abiti di panno turchino, gli uomini; con le mantelline nuove e i fazzoletti dai colori più sgargianti, le donne; giacché il mezzadro, d'idee larghe, aveva preparato un trattamento proprio coi fiocchi.

Al Municipio, Eleonora, prima d'entrare nell'aula dello Stato civile, fu assalita da una convulsione di pianto; lo sposo che si teneva discosto, in crocchio coi parenti, fu spinto da questi ad accorrere; ma il vecchio medico lo pregò di non farsi scorgere, di star lontano, per il momento.

Non ben rimessa ancora da quella crisi violenta, Eleonora entrò nell'aula; si vide accanto quel ragazzo, che l'impaccio e la vergogna rendevano più ispido e goffo; ebbe un impeto di ribellione; fu per gridare: «No! No!» e lo guardò come per spingerlo a gridar così anche lui. Ma poco dopo dissero *sì* tutti e due, come condannati a una pena inevitabile. Sbrigata in gran fretta l'altra funzione nella chiesetta solitaria, il triste corteo s'avviò alla villa. Eleonora non voleva staccarsi dai due vecchi amici; ma le fu forza salire in vettura con lo sposo e coi suoceri.

Strada facendo, non fu scambiata una parola nella vettura.

Il mezzadro e la moglie parevano sbigottiti: alzavano di tanto in tanto gli occhi per guardar di sfuggita la nuora; poi si scambiavano uno sguardo e riabbassavano gli occhi. Lo sposo guardava fuori, tutto ristretto in sé, aggrottato.

In villa, furono accolti con uno strepitoso sparo di mortaretti e grida festose e battimani. Ma l'aspetto e il contegno della sposa raggelarono tutti i convitati, per quanto ella si provasse anche a sorridere a quella buona gente, che intendeva farle festa a suo modo, come usa negli sposalizi.

Chiese presto licenza di ritirarsi sola; ma nella camera in cui aveva dormito durante la villeggiatura, trovando apparecchiato il letto nuziale, s'arrestò di botto, su la soglia: – Lì? con lui? No! Mai! Mai! – E, presa da ribrezzo, scappò in un'altra camera: vi si chiuse a chiave; cadde a sedere su una seggiola, premendosi forte, forte, il volto con tutt'e due le mani.

Le giungevano, attraverso l'uscio, le voci, le risa dei convitati, che aizzavano di là Gerlando, lodandogli, più che la sposa, il buon parentado che aveva fatto e la bella campagna.

Gerlando se ne stava affacciato al balcone e, per tutta risposta, pieno d'onta, scrollava di tratto in tratto le poderose spalle.

Onta sì, provava onta d'esser marito a quel modo, di quella signora: ecco! E tutta la colpa era del padre, il quale, per quella maledetta fissazione della scuola, lo aveva fatto trattare al modo d'un ragazzaccio stupido e inetto dalla signorina, venuta in villeggiatura, abilitandola a certi scherzi che lo avevano ferito. Ed ecco, intanto, quel che n'era venuto. Il padre non pensava che alla bella campagna. Ma lui, come avrebbe vissuto d'ora in poi, con quella donna che gl'incuteva tanta soggezione, e che certo gliene voleva per la vergogna e il disonore? Come avrebbe ardito d'alzar gli occhi in faccia a lei? E, per giunta, il padre pretendeva ch'egli seguitasse a frequentar la scuola! Figurarsi la baia che gli avrebbero data i compagni! Aveva venti anni più di lui, la moglie, e pareva una montagna, pareva...

Mentre Gerlando si travagliava con queste riflessioni, il padre e la madre attendevano a gli ultimi preparativi del pranzo. Finalmente l'uno e l'altra entrarono trionfanti nella sala, dove già la mensa era apparecchiata. Il servizio da tavola era stato fornito per l'avvenimento da un trattore della città, che aveva anche inviato un cuoco e due camerieri per servire il pranzo.

Il mezzadro venne a trovar Gerlando al balcone e gli disse:

– Va' ad avvertire tua moglie che a momenti sarà pronto.

– Non ci vado, gnornò! – grugnì Gerlando, pestando un piede. – Andateci voi.

– Spetta a te, somarone! – gli gridò il padre. – Tu sei il marito: va'!

– Grazie tante... Gnornò! non ci vado! – ripeté Gerlando, cocciuto, schermendosi.

Allora il padre, irato, lo tirò per il bavero della giacca e gli diede uno spintone.

– Ti vergogni, bestione? Ti ci sei messo, prima? E ora ti vergogni? Va'! È tua moglie!

I convitati accorsero a metter pace, a persuadere Gerlando a andare.

– Che male c'è? Le dirai che venga a prendere un boccone...

– Ma se non so neppure come debba chiamarla! – gridò Gerlando, esasperato.

Alcuni convitati scoppiarono a ridere, altri furono pronti a trattenere il mezzadro che s'era lanciato per schiaffeggiare il figlio imbecille che gli guastava così la festa preparata con tanta solennità e tanta spesa.

– La chiamerai col suo nome di battesimo, – gli diceva intanto, piano e persuasiva, la madre. – Come si chiama? Eleonora, è vero? e tu chiamala Eleonora. Non è tua moglie? Va', figlio mio, va'...

E, così dicendo, lo avviò alla camera nuziale.

Gerlando andò a picchiare all'uscio. Picchiò una prima volta, piano. Attese. Silenzio. Come le avrebbe detto? Doveva proprio darle del tu, così alla prima? Ah, maledetto impiccio! E perché, intanto, ella non rispondeva? Forse non aveva inteso. Ripicchiò più forte. Attese. Silenzio.

Allora, tutto impacciato, si provò a chiamare a bassa voce, come gli aveva suggerito la madre. Ma gli venne fuori un *Eneolora* così ridicolo, che subito, come per cancellarlo, chiamò forte, franco:

– Eleonora!

Intese alla fine la voce di lei che domandava dietro l'uscio di un'altra stanza:

– Chi è?

S'appressò a quell'uscio, col sangue tutto rimescolato.

– Io, – disse – io Ger... Gerlando... È pronto.

– Non posso, – rispose lei. – Fate senza di me.

Gerlando tornò in sala, sollevato da un gran peso.

– Non viene! Dice che non viene! Non può venire!

– Viva il bestione! – esclamò allora il padre, che non lo chiamava altrimenti. – Le hai detto ch'era in tavola? E perché non l'hai forzata a venire?

La moglie s'interpose: fece intendere al marito che sarebbe stato meglio, forse, lasciare in pace la sposa, per quel giorno. I convitati approvarono.

– L'emozione... il disagio... si sa!

Ma il mezzadro che s'era inteso di dimostrare alla nuora che, all'occorrenza, sapeva far l'obbligo suo, rimase imbronciato e ordinò con mala grazia che il pranzo fosse servito.

C'era il desiderio dei piatti fini, ch'ora sarebbero venuti in tavola, ma c'era anche in tutti quei convitati una seria costernazione per tutto quel superfluo che vedevano luccicar sulla tovaglia nuova, che li abbagliava: quattro bicchieri di diversa forma e forchette e forchettine, coltelli e coltellini, e certi pennini, poi, dentro gl'involtini di cartavelina.

Seduti ben discosti dalla tavola, sudavano anche per i grevi abiti di panno della festa, e si guardavano nelle facce dure, arsicce, svisate dall'insolita pulizia; e non osavano alzar le grosse mani sformate dai lavori della campagna per prendere quelle forchette d'argento (la piccola o la grande?) e quei coltelli, sotto gli occhi dei camerieri che, girando coi serviti, con quei guanti di filo bianco incutevano loro una terribile soggezione.

Il mezzadro, intanto, mangiando, guardava il figlio e scrollava il capo, col volto atteggiato di derisoria commiserazione:

– Guardatelo, guardatelo! – borbottava tra sé. – Che figura ci fa, lì solo, spaiato, a capo tavola? Come potrà la sposa aver considerazione per uno scimmione così fatto? Ha ragione, ha ragione di vergognarsi di lui. Ah, se fossi stato io al posto suo!

Finito il pranzo fra la musoneria generale, i convitati, con una scusa o con un'altra, andarono via. Era già quasi sera.

– E ora? – disse il padre a Gerlando, quando i due camerieri finirono di sparecchiar la tavola, e tutto nella villa ritornò tranquillo. – Che farai, ora? Te la sbroglierai tu!

E ordinò alla moglie di seguirlo nella casa colonica, ove abitavano, poco discosto dalla villa.

Rimasto solo, Gerlando si guardò attorno, aggrondato, non sapendo che fare.

Sentì nel silenzio la presenza di quella che se ne stava chiusa di là. Forse, or ora, non sentendo più alcun rumore, sarebbe uscita dalla stanza. Che avrebbe dovuto far lui, allora?

Ah, come volentieri se ne sarebbe scappato a dormire nella casa colonica, presso la madre, o anche giù all'aperto, sotto un albero, magari!

E se lei intanto s'aspettava d'esser chiamata? Se, rassegnata alla condanna che aveva voluto infliggerle il fratello, si riteneva in potere di lui, suo marito, e aspettava che egli la... sì, la invitasse a...

Tese l'orecchio. Ma no: tutto era silenzio. Forse s'era già addormentata. Era già buio. Il lume della luna entrava, per il balcone aperto, nella sala.

Senza pensar d'accendere il lume, Gerlando prese una seggiola e si recò a sedere al balcone, che guardava tutt'intorno, dall'alto, l'aperta campagna declinante al mare laggiù in fondo, lontano.

Nella notte chiara splendevano limpide le stelle maggiori; la luna accendeva sul mare una fervida fascia d'argento; dai vasti piani gialli di stoppia si levava tremulo il canto dei grilli, come un fitto, continuo scampanellio. A un tratto, un assiolo, da presso, emise un *chiù* languido, accorante; da lontano un altro gli rispose, come un'eco, e tutti e due seguitarono per un pezzo a singultar così, nella chiara notte.

Con un braccio appoggiato alla ringhiera del balcone, egli allora, istintivamente, per sottrarsi all'oppressione di quell'incertezza smaniosa, fermò l'udito a quei due *chiù* che si rispondevano nel silenzio incantato dalla luna; poi, scorgendo laggiù in fondo un tratto del muro che cingeva tutt'intorno il podere, pensò che ora tutta quella terra era sua; suoi quegli alberi: olivi, mandorli, carrubi, fichi, gelsi; sua quella vigna.

Aveva ben ragione d'esserne contento il padre, che d'ora in poi non sarebbe stato più soggetto a nessuno.

Alla fin fine, non era tanto stramba l'idea di fargli seguitare gli studii. Meglio lì, meglio a scuola, che qua tutto il giorno, in compagnia della moglie. A tenere a posto quei compagni che avessero voluto ridere alle sue spalle, ci avrebbe pensato lui. Era un signore, ormai, e non gl'importava più se lo cacciavano via dalla scuola. Ma questo non sarebbe accaduto. Anzi egli si proponeva di studiare d'ora innanzi con impegno, per potere un giorno, tra breve, figurare tra i «galantuomini» del paese, senza più sentirne soggezione, e parlare e trattare con loro, da pari a pari. Gli bastavano altri quattro anni di scuola per aver la licenza dell'Istituto tecnico: e poi, perito agronomo o ragioniere. Suo cognato allora, il signor avvocato, che pareva avesse buttato là, ai cani, la sorella, avrebbe dovuto fargli tanto di cappello. Sissignori. E allora egli avrebbe avuto tutto il diritto di dirgli: «Che mi hai dato? A me, quella vecchia? Io ho studiato, ho una professione da signore e potevo aspirare a una bella giovine, ricca e di buoni natali come lei!».

Così pensando, s'addormentò con la fronte sul braccio appoggiato alla ringhiera.

I due *chiù* seguitavano, l'uno qua presso, l'altro lontano, il loro alterno lamentio voluttuoso; la notte chiara pareva facesse tremolar su la terra il suo velo di luna sonoro di grilli, e arrivava ora da lontano, come un'oscura rampogna, il borboglio profondo del mare.

A notte avanzata, Eleonora apparve, come un'ombra, su la soglia del balcone.

Non s'aspettava di trovarvi il giovine addormentato. Ne provò pena e timore insieme. Rimase un pezzo a pensare se le convenisse svegliarlo per dirgli quanto aveva tra sé stabilito e toglierlo di lì; ma, sul punto di scuoterlo, di chiamarlo per nome, sentì mancarsi l'animo e si ritrasse pian piano, come un'ombra, nella camera dond'era uscita.

IV

L'intesa fu facile.

Eleonora, la mattina dopo, parlò maternamente a Gerlando: lo lasciò padrone di tutto, libero di fare quel che gli sarebbe piaciuto, come se tra loro non ci fosse alcun vincolo. Per sé domandò solo d'esser lasciata lì, da canto, in quella cameretta, insieme con la vecchia serva di casa, che l'aveva vista nascere.

Gerlando, che a notte inoltrata s'era tratto dal balcone tutto indurito dall'umido a dormire sul divano della sala da pranzo, ora, così sorpreso nel sonno, con una gran voglia di stropicciarsi gli occhi coi pugni, aprendo la bocca per lo sforzo d'aggrottar le ciglia, perché voleva mostrare non tanto di capire, quanto d'esser convinto, disse a tutto di sì, di sì, col capo. Ma il padre e la madre, quando seppero di quel patto, montarono su tutte le furie, e invano Gerlando si provò a fare intender loro che gli conveniva così, che anzi ne era più che contento.

Per quietare in certo qual modo il padre, dovette promettere formalmente che, ai primi d'ottobre, sarebbe ritornato a scuola. Ma, per ripicco, la madre gl'impose di scegliersi la camera più bella per dormire, la camera più bella per studiare, la camera più bella per mangiare... tutte le camere più belle!

– E comanda tu, a bacchetta, sai! Se no, vengo io a farti ubbidire e rispettare.

Giurò infine che non avrebbe mai più rivolto la parola a quella smorfiosa che le disprezzava così il figlio, un così bel pezzo di giovanotto, che colei non era neanco degna di guardare.

Da quel giorno stesso, Gerlando si mise a studiare, a riprendere la preparazione interrotta per gli esami di riparazione. Era già tardi, veramente: aveva appena ventiquattro giorni innanzi a sé; ma, chi sa! mettendoci un po' d'impegno, forse sarebbe riuscito a prendere finalmente quella licenza tecnica, per cui si torturava da tre anni.

Scosso lo sbalordimento angoscioso dei primi giorni, Eleonora, per consiglio della vecchia serva, si diede a preparare il corredino per il nascituro.

Non ci aveva pensato, e ne pianse.

Gesa, la vecchia serva, la aiutò, la guidò in quel lavoro, per cui era inesperta: le diede la misura per le prime camicine, per le prime cuffiette... Ah, la sorte le serbava questa consolazione, e lei non ci aveva ancora pensato; avrebbe avuto un piccino, una piccina a cui attendere, a cui consacrarsi tutta! Ma Dio doveva farle la grazia di mandarle un maschietto. Era già vecchia, sarebbe morta presto, e come avrebbe lasciato a quel padre una femminuccia, a cui lei avrebbe ispirato i suoi pensieri, i suoi sentimenti? Un maschietto avrebbe sofferto meno di quella condizione d'esistenza, in cui fra poco la mala sorte lo avrebbe messo.

Angosciata da questi pensieri, stanca del lavoro, per distrarsi, prendeva in mano uno di quei libri che l'altra volta s'era fatti spedire dal fratello, e si metteva a leggere. Ogni tanto, accennando col capo, domandava alla serva:

– Che fa?

Gesa si stringeva nelle spalle, sporgeva il labbro, poi rispondeva:

– Uhm! Sta con la testa sul libro. Dorme? Pensa? Chi sa!

Pensava, Gerlando: pensava che, tirate le somme, non era molto allegra la sua vita.

Ecco qua: aveva il podere, ed era come se non lo avesse; la moglie, e come se non l'avesse; in guerra coi parenti; arrabbiato con se stesso, che non riusciva a ritener nulla, nulla, nulla di quanto studiava.

E in quell'ozio smanioso, intanto, si sentiva dentro come un fermento d'acri desiderii; fra gli altri, quello della moglie, perché gli s'era negata. Non era più desiderabile, è vero, quella donna. Ma... che patto era quello? Egli era il marito, e doveva dirlo lui, se mai.

Si alzava; usciva dalla stanza; passava innanzi all'uscio della camera di lei; ma subito, intravedendola, sentiva cadersi ogni proposito di ribellione. Sbuffava e, tanto per non riconoscere che sul punto gliene mancava l'animo, diceva a se stesso che non ne valeva la pena.

Uno di quei giorni, finalmente tornò dalla città sconfitto, bocciato, bocciato ancora una volta agli esami di licenza tecnica. E ora basta! basta davvero! Non voleva più saperne! Prese libri, quaderni, disegni, squadre, astucci, matite e li portò giù, innanzi alla villa per farne un falò. Il padre accorse per impedirglielo; ma Gerlando, imbestialito, si ribellò:

– Lasciatemi fare! Sono il padrone!

Sopravvenne la madre; accorsero anche alcuni contadini che lavoravano nella campagna. Una fumicaia prima rada, poi a mano a mano più densa si sprigionò, tra le grida degli astanti, da quel mucchio di carte; poi un bagliore; poi crepitò la fiamma e si levò. Alle grida, si fecero al balcone Eleonora e la serva.

Gerlando, livido e gonfio come un tacchino, scagliava alle fiamme, scamiciato, furibondo, gli ultimi libri che teneva sotto il braccio, gli strumenti della sua lunga inutile tortura.

Eleonora si tenne a stento di ridere, a quello spettacolo, e si ritrasse in fretta dal balcone. Ma la suocera se ne accorse e disse al figlio:

– Ci prova gusto, sai? la signora; la fai ridere.

– Piangerà! – gridò allora Gerlando, minaccioso, levando il capo verso il balcone.

Eleonora intese la minaccia e impallidì: comprese che la stanca e mesta quiete, di cui aveva goduto finora, era finita per lei. Nient'altro che un momento di tregua le aveva concesso la sorte. Ma che poteva voler da lei quel bruto? Ella era già esausta: un altro colpo, anche lieve, l'avrebbe atterrata.

Poco dopo, si vide innanzi Gerlando, fosco e ansante.

– Si cangia vita da oggi! – le annunziò. – Mi son seccato. Mi metto a fare il contadino, come mio padre; e dunque tu smetterai di far la signora costà. Via, via tutta codesta biancheria! Chi nascerà, sarà contadino anche lui, e dunque senza tanti lisci e tante gale. Licenzia la serva: farai tu da mangiare e baderai alla casa, come fa mia madre. Inteso?

Eleonora si levò, pallida e vibrante di sdegno:

– Tua madre è tua madre, – gli disse, guardandolo fieramente negli occhi. – Io sono io, e non posso diventare con te, villano, villana.

– Mia moglie sei! – gridò allora Gerlando, appressandosi violento e afferrandola per un braccio. – E farai ciò che voglio io; qua comando io, capisci?

Poi si volse alla vecchia serva e le indicò l'uscio:

– Via! Voi andate subito via! Non voglio serve per la casa!

– Vengo con te, Gesa! – gridò Eleonora cercando di svincolare il braccio che egli le teneva ancora afferrato.

Ma Gerlando non glielo lasciò; glielo strinse più forte; la costrinse a sedere.

– No! Qua! Tu rimani qua, alla catena, con me! Io per te mi son prese le beffe: ora basta! Vieni via, esci da codesto tuo covo. Non voglio star più solo a piangere la mia pena. Fuori! Fuori!

E la spinse fuori della camera.

– E che hai tu pianto finora? – gli disse lei con le lagrime a gli occhi. – Che ho preteso, io da te?

– Che hai preteso? Di non aver molestie, di non aver contatto con me, quasi che io fossi... che non meritassi confidenza da te, matrona! E m'hai fatto servire a tavola da una salariata, mentre toccava a te a servirmi, di tutto punto, come fanno le mogli.

– Ma che n'hai da fare tu, di me? – gli domandò, avvilita, Eleonora. – Ti servirò, se vuoi, con le mie mani, d'ora in poi. Va bene?

Ruppe, così dicendo, in singhiozzi, poi sentì mancarsi le gambe e s'abbandonò. Gerlando, smarrito, confuso, la sostenne insieme con Gesa, e tutt'e due la adagiarono su una seggiola.

Verso sera, improvvisamente, fu presa dalle doglie.

Gerlando, pentito, spaventato, corse a chiamar la madre: un garzone fu spedito in città per una levatrice; mentre il mezzadro, vedendo già in pericolo il podere, se la nuora abortiva, bistrattava il figlio:

– Bestione, bestione, che hai fatto? E se ti muore, adesso? Se non hai più figli? Sei in mezzo a una strada! Che farai? Hai lasciato la scuola e non sai neppur tenere la zappa in mano. Sei rovinato!

– Che me ne importa? – gridò Gerlando. – Purché non abbia nulla lei!

Sopravvenne la madre, con le braccia per aria:

– Un medico! Ci vuole subito un medico! La vedo male!

– Che ha? – domandò Gerlando, allibito.

Ma il padre lo spinse fuori:

– Corri! Corri!

Per via, Gerlando, tutto tremante, s'avvilì, si mise a piangere, sforzandosi tuttavia di correre. A mezza strada s'imbatté nella levatrice che veniva in vettura col garzone.

– Caccia! caccia! – gridò. – Vado pel medico, muore!

Inciampò, stramazzò; tutto impolverato, riprese a correre, disperatamente, addentandosi la mano che s'era scorticata.

Quando tornò col medico alla villa, Eleonora stava per morire, dissanguata.

– Assassino! assassino! – nicchiava Gesa, attendendo alla padrona. – Lui è stato! Ha osato di metterle le mani addosso.

Eleonora però negava col capo. Si sentiva a mano a mano, col sangue, mancar la vita, a mano a mano le forze raffievolendo scemare; era già fredda... Ebbene: non si doleva di morire; era pur dolce così la morte, un gran sollievo, dopo le atroci sofferenze. E, col volto come di cera, guardando il soffitto, aspettava che gli occhi le si chiudessero da sé, pian piano, per sempre. Già non distingueva più nulla. Come in sogno rivide il vecchio medico che le aveva fatto da testimonio; e gli sorrise.

V

Gerlando non si staccò dalla sponda del letto, né giorno né notte, per tutto il tempo che Eleonora vi giacque tra la vita e la morte.

Quando finalmente dal letto poté esser messa a sedere sul seggiolone, parve un'altra donna: diafana, quasi esangue. Si vide innanzi Gerlando, che sembrava uscito anch'esso da una mortale malattia, e premurosi attorno i parenti di lui. Li guardava coi begli occhi neri ingranditi e dolenti nella pallida magrezza, e le pareva che ormai nessuna relazione esistesse più tra essi e lei, come se ella fosse or ora tornata, nuova e diversa, da un luogo remoto, dove ogni vincolo fosse stato infranto, non con essi soltanto, ma con tutta la vita di prima.

Respirava con pena; a ogni menomo rumore il cuore le balzava in petto e le batteva con tumultuosa repenza; una stanchezza greve la opprimeva.

Allora, col capo abbandonato su la spalliera del seggiolone, gli occhi chiusi, si rammaricava dentro di sé di non esser morta. Che stava più a farci, lì? perché ancora quella condanna per gli occhi di veder quei visi attorno e quelle cose, da cui già si sentiva tanto, tanto lontana? Perché quel ravvicinamento con le apparenze opprimenti e nauseanti della vita passata, ravvicinamento che talvolta le pareva diventasse più brusco, come se qualcuno la spingesse di dietro, per costringerla a vedere, a sentir la presenza, la realtà viva e spirante della vita odiosa, che più non le apparteneva?

Credeva fermamente che non si sarebbe rialzata mai più da quel seggiolone; credeva che da un momento all'altro sarebbe morta di crepacuore. E no, invece; dopo alcuni giorni, poté levarsi in piedi, muovere, sorretta, qualche passo per la camera; poi, col tempo, anche scendere la scala e recarsi all'aperto, a braccio di Gerlando e della serva. Prese infine l'abitudine di recarsi sul tramonto fino all'orlo del ciglione che limitava a mezzogiorno il podere.

S'apriva di là la magnifica vista della piaggia sottostante all'altipiano, fino al mare laggiù. Vi si recò i primi giorni accompagnata, al solito, da Gerlando e da Gesa; poi, senza Gerlando; infine, sola.

Seduta su un masso, all'ombra d'un olivo centenario, guardava tutta la riviera lontana che s'incurvava appena, a lievi lunate, a lievi seni, frastagliandosi sul mare che cangiava secondo lo spirare dei venti; vedeva il sole ora come un disco di fuoco affogarsi lentamente tra le brume muffose sedenti sul mare tutto grigio, a ponente, ora calare in trionfo su le onde infiammate, tra una pompa meravigliosa di nuvole accese; vedeva nell'umido cielo crepuscolare sgorgar liquida e calma la luce di Giove, avvivarsi appena la luna diafana e lieve; beveva con gli occhi la mesta dolcezza della sera imminente, e respirava, beata, sentendosi penetrare fino in fondo all'anima il fresco, la quiete, come un conforto sovrumano.

Intanto, di là, nella casa colonica, il vecchio mezzadro e la moglie riprendevano a congiurare a danno di lei, istigando il figliuolo a provvedere a' suoi casi.

– Perché la lasci sola? – badava a dirgli il padre. – Non t'accorgi che lei, ora, dopo la malattia, t'è grata dell'affezione che le hai dimostrata? Non la lasciare un momento, cerca d'entrarle sempre più nel cuore; e poi... e poi ottieni che la serva non si corichi più nella stessa camera con lei. Ora lei sta bene, e non ne ha più bisogno, la notte.

Gerlando, irritato, si scrollava tutto, a questi suggerimenti.

– Ma neanche per sogno! Ma se non le passa più neanche per il capo che io possa... Ma che! Mi tratta come un figliuolo... Bisogna sentire che discorsi mi fa! Si sente già vecchia, passata e finita per questo mondo. Che!

– Vecchia? – interloquiva la madre. – Certo, non è più una bambina; ma vecchia neppure; e tu...

– Ti levano la terra! – incalzava il padre. – Te l'ho già detto: sei rovinato, in mezzo a una strada. Senza figli, morta la moglie, la dote torna ai parenti di lei. E tu avrai fatto questo bel guadagno; avrai perduto la scuola e tutto questo tempo, così, senza nessuna soddisfazione... Neanche un pugno di mosche! Pensaci, pensaci a tempo: già troppo ne hai perduto... Che speri?

– Con le buone, – riprendeva, manierosa, la madre. – Tu devi andarci con le buone, e magari dirglielo: «Vedi? che n'ho avuto io, di te? t'ho rispettato, come tu hai voluto; ma ora pensa un po' a me, tu: come resto io? che farò, se tu mi lasci così?». Alla fin fine, santo Dio, non deve andare alla guerra!

– E puoi soggiungere, – tornava a incalzare il padre, – puoi soggiungere: «Vuoi far contento tuo fratello che t'ha trattata così? farmi cacciar via di qua come un cane, da lui?». È la santa verità, questa, bada! Come un cane sarai cacciato, a pedate, e io e tua madre, poveri vecchi, con te.

Gerlando non rispondeva nulla. Ai consigli della madre provava quasi un sollievo, ma irritante, come una vellicazione; le previsioni del padre gli movevano la bile, lo accendevano d'ira. Che fare? Vedeva la difficoltà dell'impresa e ne vedeva pure la necessità impellente. Bisognava a ogni modo tentare.

Eleonora, adesso, sedeva a tavola con lui. Una sera, a cena, vedendolo con gli occhi fissi su la tovaglia, pensieroso, gli domandò:

– Non mangi? che hai?

Quantunque da alcuni giorni egli s'aspettasse questa domanda provocata dal suo stesso contegno, non seppe sul punto rispondere come aveva deliberato, e fece un gesto vago con la mano.

– Che hai? – insistette Eleonora.

– Nulla, – rispose, impacciato, Gerlando. – Mio padre, al solito...

– Daccapo con la scuola? – domandò lei sorridendo, per spingerlo a parlare.

– No: peggio, – diss'egli. – Mi pone... mi pone davanti tante ombre, m'affligge col... col pensiero del mio avvenire, poiché lui è vecchio, dice, e io così, senza né arte né parte: finché ci sei tu, bene; ma poi... poi, niente, dice...

– Di' a tuo padre, – rispose allora, con gravità, Eleonora, socchiudendo gli occhi, quasi per non vedere il rossore di lui, – di' a tuo padre che non se ne dia pensiero. Ho provveduto io a tutto, digli, e che stia dunque tranquillo. Anzi, giacché siamo a questo discorso, senti: se io venissi a mancare d'un tratto – siamo della vita e della morte – nel secondo cassetto del canterano, nella mia camera, troverai in una busta gialla una carta per te.

– Una carta? – ripeté Gerlando, non sapendo che dire, confuso di vergogna.

Eleonora accennò di sì col capo, e soggiunse:

– Non te ne curare.

Sollevato e contento, Gerlando, la mattina dopo, riferì ai genitori quanto gli aveva detto Eleonora; ma quelli, specialmente il padre, non ne furono per nulla soddisfatti.

– Carta? Imbrogli!

Che poteva essere quella carta? Il testamento: la donazione cioè del podere al marito. E se non era fatta in regola e con tutte le forme? Il sospetto era facile, atteso che si trattava della scrittura privata d'una donna, senza l'assistenza d'un notaio. E poi, non si doveva aver da fare col cognato, domani, uomo di legge, imbroglione?

– Processi, figlio mio? Dio te ne scampi e liberi! La giustizia non è per i poverelli. E quello là, per la rabbia, sarà capace di farti bianco il nero e nero il bianco.

E inoltre, quella carta, c'era davvero, là, nel cassetto del canterano? O glie l'aveva detto per non esser molestata?

– Tu l'hai veduta? No. E allora? Ma, ammesso che te la faccia vedere, che ne capisci tu? che ne capiamo noi? Mentre con un figliuolo... là! Non ti lasciare infinocchiare: da' ascolto a noi! Carne! carne! che carta!

Così un giorno Eleonora, mentre se ne stava sotto a quell'olivo sul ciglione, si vide all'improvviso accanto Gerlando, venuto furtivamente.

Era tutta avvolta in un ampio scialle nero. Sentiva freddo, quantunque il febbraio fosse così mite, che già pareva primavera. La vasta piaggia, sotto, era tutta verde di biade; il mare, in fondo, placidissimo, riteneva insieme col cielo una tinta rosea un po' sbiadita, ma soavissima, e le campagne in ombra parevano smaltate.

Stanca di mirare, nel silenzio, quella meravigliosa armonia di colori, Eleonora aveva appoggiato il capo al tronco dell'olivo. Dallo scialle nero tirato sul capo si scopriva soltanto il volto, che pareva anche più pallido.

– Che fai? – le domandò Gerlando. – Mi sembri una Madonna Addolorata.

– Guardavo... – gli rispose lei, con un sospiro, socchiudendo gli occhi.

Ma lui riprese:

– Se vedessi come... come stai bene così, con codesto scialle nero...

– Bene? – disse Eleonora, sorridendo mestamente. – Sento freddo!

– No, dico, bene di... di... di figura, – spiegò egli, balbettando, e sedette per terra accanto al masso.

Eleonora, col capo appoggiato al tronco, richiuse gli occhi, sorrise per non piangere, assalita dal rimpianto della sua gioventù perduta così miseramente. A diciott'anni, sì, era stata pur bella, tanto!

A un tratto, mentre se ne stava così assorta, s'intese scuotere leggermente.

– Dammi una mano, – le chiese egli da terra, guardandola con occhi lustri.

Ella comprese; ma finse di non comprendere.

– La mano? Perché? – gli domandò. – Io non posso tirarti su: non ho più forza, neanche per me... È già sera, andiamo.

E si alzò.

– Non dicevo per tirarmi su, – spiegò di nuovo Gerlando, da terra. – Restiamo qua, al buio; è tanto bello...

Così dicendo, fu lesto ad abbracciarle i ginocchi, sorridendo nervosamente, con le labbra aride.

– No! – gridò lei. – Sei pazzo? Lasciami!

Per non cadere, s'appoggiò con le braccia a gli omeri di lui e lo respinse indietro. Ma lo scialle, a quell'atto, si svolse, e, com'ella se ne stava curva su lui sorto in ginocchio, lo avvolse, lo nascose dentro.

– No: ti voglio! ti voglio! – diss'egli, allora, com'ebbro, stringendola vieppiù con un braccio, mentre con l'altro le cercava, più su, la vita, avvolto nell'odore del corpo di lei.

Ma ella, con uno sforzo supremo, riuscì a svincolarsi; corse fino all'orlo del ciglione; si voltò; gridò:
– Mi butto!

In quella, se lo vide addosso, violento; si piegò indietro, precipitò giù dal ciglione.

Egli si rattenne a stento, allibito, urlando, con le braccia levate. Udì il tonfo terribile, giù. Sporse il capo. Un mucchio di vesti nere, tra il verde della piaggia sottostante. E lo scialle, che s'era aperto al vento, andava a cadere mollemente, così aperto, più in là.

Con le mani tra i capelli, si voltò a guardare verso la casa campestre; ma fu colpito negli occhi improvvisamente dall'ampia faccia pallida della Luna sorta appena dal folto degli olivi lassù; e rimase atterrito a mirarla, come se quella dal cielo avesse veduto e lo accusasse.

PRIMA NOTTE

quattro camìce,

quattro lenzuola,

quattro sottane,

quattro, insomma, di tutto. E quel corredo della figliuola, messo su, un filo oggi, un filo domani, con la pazienza d'un ragno, non si stancava di mostrarlo alle vicine.

– Roba da poverelli, ma pulita.

Con quelle povere mani sbiancate e raspose, che sapevano ogni fatica, levava dalla vecchia cassapanca d'abete, lunga e stretta che pareva una bara, piano piano, come toccasse l'ostia consacrata, la bella biancheria, capo per capo, e le vesti e gli scialli doppii di lana: quello dello sposalizio, con le punte ricamate e la frangia di seta fino a terra; gli altri tre, pure di lana, ma più modesti; metteva tutto in vista sul letto, ripetendo, umile e sorridente: – Roba da poverelli... – e la gioia le tremava nelle mani e nella voce.

– Mi sono trovata sola sola, – diceva. – Tutto con queste mani, che non me le sento più. Io sotto l'acqua, io sotto il sole; lavare al fiume e in fontana; smallare mandorle, raccogliere ulive, di qua e di là per le campagne; far da serva e da acquaiola... Non importa. Dio, che ha contato le mie lagrime e sa la vita mia, m'ha dato forza e salute. Tanto ho fatto, che l'ho spuntata; e ora posso morire. A quel sant'uomo che m'aspetta di là, se mi domanda di nostra figlia, potrò dirglielo: «Sta' in pace, poveretto; non ci pensare: tua figlia l'ho lasciata bene; guai non ne patirà. Ne ho patiti tanti io per lei». Piango di gioia, non ve ne fate...

E s'asciugava le lagrime, Mamm'Anto', con una cocca del fazzoletto nero che teneva in capo, annodato sotto il mento.

Quasi quasi non pareva più lei, quel giorno, così tutta vestita di nuovo, e faceva una curiosa impressione a sentirla parlare come sempre.

Le vicine la lodavano, la commiseravano a gara. Ma la figlia Marastella, già parata da sposa con l'abito grigio di raso (una galanteria!) e il fazzoletto di seta celeste al collo, in un angolo della stanzuccia addobbata alla meglio per l'avvenimento della giornata, vedendo pianger la madre, scoppiò in singhiozzi anche lei.

– Maraste', Maraste', che fai?

Le vicine le furono tutte intorno, premurose, ciascuna a dir la sua:

– Allegra! Oh! Che fai? Oggi non si piange... Sai come si dice? Cento lire di malinconia non pagano il debito d'un soldo.

– Penso a mio padre! – disse allora Marastella, con la faccia nascosta tra le mani.

Morto di mala morte, sett'anni addietro! Doganiere del porto, andava coi *luntri*, di notte, in perlustrazione. Una notte di tempesta, bordeggiando presso le Due Riviere, il *luntro* s'era capovolto e poi era sparito, coi tre uomini che lo governavano.

Era ancor viva, in tutta la gente di mare, la memoria di questo naufragio. E ricordavano che Marastella, accorsa con la madre, tutt'e due urlanti, con le braccia levate, tra il vento e la spruzzaglia dei cavalloni, in capo alla scogliera del nuovo porto, su cui i cadaveri dei tre annegati erano stati tratti dopo due giorni di ricerche disperate, invece di buttarsi ginocchioni presso il cadavere del padre, era rimasta come impietrita davanti a un altro cadavere, mormorando, con le mani incrociate sul petto:

– Ah! Amore mio! amore mio! Ah, come ti sei ridotto...

Mamm'Anto', i parenti del giovane annegato, la gente accorsa, erano restati, a quell'inattesa rivelazione. E la madre dell'annegato – che si chiamava Tino Sparti – (vero giovane d'oro, poveretto!) sentendola gridar così, le aveva subito buttato le braccia al collo e se l'era stretta al cuore, forte forte, in presenza di tutti, come per farla sua, sua e di lui, del figlio morto, chiamandola con alte grida:

– Figlia! Figlia!

Per questo ora le vicine, sentendo dire a Marastella: «Penso a mio padre», si scambiarono uno sguardo d'intelligenza, commiserandola in silenzio. No, non piangeva per il padre, povera ragazza. O forse piangeva, sì, pensando che il padre, vivo, non avrebbe accettato per lei quel partito, che alla madre, nelle misere condizioni in cui era rimasta, sembrava ora una fortuna.

Quanto aveva dovuto lottare Mamm'Anto' per vincere l'ostinazione della figlia!

– Mi vedi? sono vecchia ormai: più della morte che della vita. Che speri? che farai sola domani, senz'aiuto, in mezzo a una strada?

Sì. La madre aveva ragione. Ma tant'altre considerazioni faceva lei, Marastella, dal suo canto. Brav'uomo, sì, quel don Lisi Chìrico che le volevano dare per marito, – non lo negava – ma quasi vecchio, e vedovo per giunta. Si riammogliava, poveretto, più per forza che per amore, dopo un anno appena di vedovanza, perché aveva bisogno d'una donna lassù, che badasse alla casa e gli cucinasse la sera. Ecco perché si riammogliava.

– E che te n'importa? – le aveva risposto la madre. – Questo anzi deve affidarti: pensa da uomo sennato. Vecchio? Non ha ancora quarant'anni. Non ti farà mancare mai nulla: ha uno stipendio fisso, un buon impiego. Cinque lire al giorno: una fortuna!

– Ah sì, bell'impiego! bell'impiego!

Qui era l'intoppo: Mamm'Anto' lo aveva capito fin da principio: nella qualità dell'impiego del Chìrico.

E una bella giornata di maggio aveva invitato alcune vicine – lei, poveretta! – a una scampagnata lassù, sull'altipiano sovrastante il paese.

Don Lisi Chìrico, dal cancello del piccolo, bianco cimitero che sorge lassù, sopra il paese, col mare davanti e la campagna dietro, scorgendo la comitiva delle donne, le aveva invitate a entrare.

– Vedi? Che cos'è? Pare un giardino, con tanti fiori... – aveva detto Mamm'Anto' a Marastella, dopo la visita al camposanto. – Fiori che non appassiscono mai. E qui, tutt'intorno, campagna. Se sporgi un po' il capo dal cancello, vedi tutto il paese ai tuoi piedi; ne senti il rumore, le voci... E hai visto che bella cameretta bianca, pulita, piena d'aria? Chiudi porta e finestra, la sera; accendi il lume; e sei a casa tua: una casa come un'altra. Che vai pensando?

E le vicine, dal canto loro:

– Ma si sa! E poi, tutto è abitudine; vedrai: dopo un paio di giorni, non ti farà più impressione. I morti, del resto, figliuola, non fanno male; dai vivi devi guardarti. E tu che sei più piccola di noi, ci avrai tutte qua, a una a una. Questa è la casa grande, e tu sarai la padrona e la buona guardiana.

Quella visita lassù, nella bella giornata di maggio, era rimasta nell'anima di Marastella come una visione consolatrice, durante gli undici mesi del fidanzamento: a essa s'era richiamata col pensiero nelle ore di sconforto, specialmente al sopravvenire della sera, quando l'anima le si oscurava e le tremava di paura.

S'asciugava ancora le lagrime, quando don Lisi Chìrico si presentò su la soglia con due grossi cartocci su le braccia – quasi irriconoscibile.

– Madonna! – gridò Mamm'Anto'. – E che avete fatto, santo cristiano?

– Io? Ah sì... La barba... – rispose don Lisi con un sorriso squallido che gli tremava smarrito sulle larghe e livide labbra nude.

Ma non s'era solamente raso, don Lisi: s'era anche tutto inciciato, tanto ispida e forte aveva radicata la barba in quelle gote cave, che or gli davano l'aspetto d'un vecchio capro scorticato.

– Io, io, gliel'ho fatta radere io, – s'affrettò a intromettersi, sopravvenendo tutta scalmanata, donna Nela, la sorella dello sposo, grassa e impetuosa.

Recava sotto lo scialle alcune bottiglie, e parve, entrando, che ingombrasse tutta quanta la stanzuccia, con quell'abito di seta verde pisello, che frusciava come una fontana.

La seguiva il marito, magro come don Lisi, taciturno e imbronciato.

– Ho fatto male? – seguitò quella, liberandosi dello scialle. – Deve dirlo la sposa. Dov'è? Guarda, Lisi: te lo dicevo io? Piange... Hai ragione, figliuola mia. Abbiamo troppo tardato. Colpa sua, di Lisi. «Me la rado? Non me la rado?» Due ore per risolversi. Di' un po', non ti sembra più giovane così? Con quei pelacci bianchi, il giorno delle nozze...

– Me la farò ricrescere, – disse Chìrico interrompendo la sorella e guardando triste la giovane sposa. – Sembro vecchio lo stesso e, per giunta, più brutto.

– L'uomo è uomo, asinaccio, e non è né bello né brutto! – sentenziò allora la sorella stizzita. – Guarda intanto: l'abito nuovo! Lo incigni adesso, peccato!

E cominciò a dargli manacciate su le maniche per scuoterne via la sfarinatura delle paste ch'egli reggeva ancora nei due cartocci.

Era già tardi; si doveva andar prima al Municipio, per non fare aspettar l'assessore, poi in chiesa; e il festino doveva esser finito prima di sera. Don Lisi, zelantissimo del suo ufficio, si raccomandava, tenuto su le spine specialmente dalla sorella intrigante e chiassona, massime dopo il pranzo e le abbondanti libazioni.

– Ci vogliono i suoni! S'è mai sentito uno sposalizio senza suoni? Dobbiamo ballare! Mandate per Sidoro l'orbo... Chitarre e mandolini!

Strillava tanto, che il fratello dovette chiamarsela in disparte.

– Smettila, Nela, smettila! Avresti dovuto capirlo che non voglio tanto chiasso.

La sorella gli sgranò in faccia due occhi così.

– Come? Anzi! Perché?

Don Lisi aggrottò le ciglia e sospirò profondamente:

– Pensa che è appena un anno che quella poveretta...

– Ci pensi ancora davvero? – lo interruppe donna Nela con una sghignazzata. – Se stai riprendendo moglie! Oh povera Nunziata!

– Riprendo moglie, – disse don Lisi socchiudendo gli occhi e impallidendo, – ma non voglio né suoni né balli. Ho tutt'altro nel cuore.

E quando parve a lui che il giorno inchinasse al tramonto, pregò la suocera di disporre tutto per la partenza.

– Lo sapete, debbo sonare l'avemaria, lassù.

Prima di lasciar la casa, Marastella, aggrappata al collo della madre, scoppiò di nuovo a piangere, a piangere, che pareva non la volesse finir più. Non se la sentiva, non se la sentiva di andar lassù, sola con lui...

– T'accompagneremo tutti noi, non piangere, – la confortava la madre. – Non piangere, sciocchina!

Ma piangeva anche lei e piangevano anche tant'altre vicine.

– Partenza amara!

Solo donna Nela, la sorella del Chìrico, più rubiconda che mai, non era commossa: diceva d'avere assistito a dodici sposalizii e che le lagrime alla fine, come i confetti, non erano mancate mai.

– Piange la figlia nel lasciare la madre; piange la madre nel lasciare la figlia. Si sa! Un altro bicchierotto per sedare la commozione, e andiamo via ché Lisi ha fretta.

Si misero in via. Pareva un mortorio, anziché un corteo nuziale. E nel vederlo passare, la gente, affacciata alle porte, alle finestre, o fermandosi per via, sospirava: – Povera sposa!

Lassù, sul breve spiazzo innanzi al cancello, gl'invitati si trattennero un poco, prima di prender commiato, a esortare Marastella a far buon animo. Il sole tramontava, e il cielo era tutto rosso, di fiamma, e il mare, sotto, ne pareva arroventato. Dal paese sottostante saliva un vocìo incessante, indistinto, come d'un tumulto lontano, e quelle onde di voci rissose vanivano contro il muro bianco, grezzo, che cingeva il cimitero perduto lassù nel silenzio.

Lo squillo aereo argentino della campanella sonata da don Lisi per annunziar l'*ave*, fu come il segnale della partenza per gli invitati. A tutti parve più bianco, udendo la campanella, quel muro del camposanto. Forse perché l'aria s'era fatta più scura. Bisognava andar via per non far tardi. E tutti presero a licenziarsi, con molti augurii alla sposa.

Restarono con Marastella, stordita e gelata, la madre e due fra le più intime amiche. Su in alto, le nuvole, prima di fiamma, erano divenute ora fosche, come di fumo.

– Volete entrare? – disse don Lisi alle donne, dalla soglia del cancello.

Ma subito Mamm'Anto' con una mano gli fece segno di star zitto e d'aspettare. Marastella piangeva, scongiurandola tra le lagrime di riportarsela giù in paese con sé.

– Per carità! per carità!

Non gridava; glielo diceva così piano e con tanto tremore nella voce, che la povera mamma si sentiva strappare il cuore. Il tremore della figlia – lei lo capiva – era perché dal cancello aveva intraveduto l'interno del camposanto, tutte quelle croci là, su cui calava l'ombra della sera.

Don Lisi andò ad accendere il lume nella cameretta, a sinistra dell'entrata; volse intorno uno sguardo per vedere se tutto era in ordine, e rimase un po' incerto se andare o aspettare che la sposa si lasciasse persuadere dalla madre a entrare.

Comprendeva e compativa. Aveva coscienza che la sua persona triste, invecchiata, imbruttita, non poteva ispirare alla sposa né affetto né confidenza: si sentiva anche lui il cuore pieno di lagrime.

Fino alla sera avanti s'era buttato ginocchioni a piangere come un bambino davanti a una crocetta di quel camposanto, per licenziarsi dalla sua prima moglie. Non doveva pensarci più. Ora sarebbe stato tutto di quest'altra, padre e marito insieme; ma le nuove cure per la sposa non gli avrebbero fatto trascurare quelle che da tant'anni si prendeva amorosamente di tutti coloro, amici o ignoti, che dormivano lassù sotto la sua custodia.

Lo aveva promesso a tutte le croci in quel giro notturno, la sera avanti.

Alla fine Marastella si lasciò persuadere a entrare. La madre chiuse subito la porta quasi per isolar la figlia nell'intimità della cameretta, lasciando fuori la paura del luogo. E veramente la vista degli oggetti familiari parve confortasse alquanto Marastella.

– Su, levati lo scialle, – disse Mamm'Anto'. – Aspetta, te lo levo io. Ora sei a casa tua...

– La padrona, – aggiunse don Lisi, timidamente, con un sorriso mesto e affettuoso.

– Lo senti? – riprese Mamm'Anto' per incitare il genero a parlare ancora.

– Padrona mia e di tutto, – continuò don Lisi. – Lei deve già saperlo. Avrà qui uno che la rispetterà e le vorrà bene come la sua stessa mamma. E non deve aver paura di niente.

– Di niente, di niente, si sa! – incalzò la madre. – Che è forse una bambina più? Che paura! Le comincerà tanto da fare, adesso... È vero? È vero?

Marastella chinò più volte il capo, affermando; ma appena Mamm'Anto' e le due vicine si mossero per andar via, ruppe di nuovo in pianto, si buttò di nuovo al collo della madre, aggrappandosi. Questa, con dolce violenza si sciolse dalle braccia della figlia, le fece le ultime raccomandazioni d'aver fiducia nello sposo e in Dio, e andò via con le vicine piangendo anche lei.

Marastella restò presso la porta, che la madre, uscendo, aveva raccostata, e con le mani sul volto si sforzava di soffocare i singhiozzi irrompenti, quando un alito d'aria schiuse un poco, silenziosamente, quella porta.

Ancora con le mani sul volto, ella non se n'accorse: le parve invece che tutt'a un tratto – chi sa perché – le si aprisse dentro come un vuoto delizioso, di sogno; sentì un lontano, tremulo scampanello di grilli, una fresca inebriante fragranza di fiori. Si tolse le mani dagli occhi: intravide nel cimitero un chiarore, più che d'alba, che pareva incantasse ogni cosa, là immobile e precisa.

Don Lisi accorse per richiudere la porta. Ma, subito, allora, Marastella, rabbrividendo e restringendosi nell'angolo tra la porta e il muro, gli gridò:

– Per carità, non mi toccate!

Don Lisi, ferito da quel moto istintivo di ribrezzo, restò.

– Non ti toccavo, – disse. – Volevo richiudere la porta.

– No, no, – riprese subito Marastella, per tenerlo lontano. – Lasciatela pure aperta. Non ho paura!

– E allora?... – balbettò don Lisi, sentendosi cader le braccia.

Nel silenzio, attraverso la porta semichiusa, giunse il canto lontano d'un contadino che ritornava spensierato alla campagna, lassù, sotto la luna, nella frescura tutta impregnata dell'odore del fieno verde, falciato da poco.

– Se vuoi che passi, – riprese don Lisi avvilito, profondamente amareggiato, – vado a richiudere il cancello che è rimasto aperto.

Marastella non si mosse dall'angolo in cui s'era ristretta. Lisi Chìrico si recò lentamente a richiudere il cancello; stava per rientrare, quando se la vide venire incontro, come impazzita tutt'a un tratto.

– Dov'è, dov'è mio padre? Ditemelo! Voglio andare da mio padre.

– Eccomi, perché no? è giusto; ti ci conduco, – le rispose egli cupamente. – Ogni sera, io faccio il giro prima d'andare a letto. Obbligo mio. Questa sera non lo facevo per te. Andiamo. Non c'è bisogno di lanternino. C'è la lanterna del cielo.

E andarono per i vialetti inghiaiati, tra le siepi di spigo fiorite.

Spiccavano bianche tutt'intorno, nel lume della luna, le tombe gentilizie e nere per terra, con la loro ombra da un lato, come a giacere, le croci di ferro dei poveri.

Più distinto, più chiaro, veniva dalle campagne vicine il tremulo canto dei grilli e, da lontano, il borboglio continuo del mare.

– Qua, – disse il Chìrico, indicando una bassa, rustica tomba, su cui era murata una lapide che ricordava il naufragio e le tre vittime del dovere. – C'è anche lo Sparti, – aggiunse, vedendo cader Marastella in ginocchio innanzi alla tomba, singhiozzante. – Tu piangi qua... Io andrò più là; non è lontano...

La luna guardava dal cielo il piccolo camposanto su l'altipiano. Lei sola vide quelle due ombre nere su la ghiaia gialla d'un vialetto presso due tombe, in quella dolce notte d'aprile.

Don Lisi, chino su la fossa della prima moglie, singhiozzava:

– Nunzia', Nunzia', mi senti?

IL «FUMO»

I

Appena i zolfatari venivan su dal fondo della «buca» col fiato ai denti e le ossa rotte dalla fatica, la prima cosa che cercavano con gli occhi era quel verde là della collina lontana, che chiudeva a ponente l'ampia vallata.

Qua, le coste aride, livide di tufi arsicci, non avevano più da tempo un filo d'erba, sforacchiate dalle zolfare come da tanti enormi formicai e bruciate tutte dal *fumo*.

Sul verde di quella collina, gli occhi infiammati, offesi dalla luce dopo tante ore di tenebra laggiù, si riposavano.

A chi attendeva a riempire di minerale grezzo i forni o i «calcheroni», a chi vigilava alla fusione dello zolfo, o s'affaccendava sotto i forni stessi a ricevere dentro ai giornelli che servivan da forme lo zolfo bruciato che vi colava lento come una densa morchia nerastra, la vista di tutto quel verde lontano alleviava anche la pena del respiro, l'agra oppressura del *fumo* che s'aggrappava alla gola, fino a promuovere gli spasimi più crudeli e le rabbie dell'asfissia.

I *carusi*, buttando giù il carico dalle spalle peste e scorticate, seduti su i sacchi, per rifiatare un po' all'aria, tutti imbrattati dai cretosi acquitrini lungo le gallerie o lungo la lubrica scala a gradino rotto della «buca», grattandosi la testa e guardando a quella collina attraverso il vitreo fiato sulfureo che tremolava al sole vaporando dai «calcheroni» accesi o dai forni, pensavano alla vita di campagna, vita lieta per loro, senza rischi, senza gravi stenti là all'aperto, sotto il sole, e invidiavano i contadini.

– Beati loro!

Per tutti, infine, era come un paese di sogno quella collina lontana. Di là veniva l'olio alle loro lucerne che a mala pena rompevano il crudo tenebrore della zolfara; di là il pane, quel pane solido e nero che li teneva in piedi per tutta la giornata, alla fatica bestiale; di là il vino, l'unico loro bene, la sera, il vino che dava loro il coraggio, la forza di durare a quella vita maledetta, se pur vita si poteva chiamare: parevano, sottoterra, tanti morti affaccendati.

I contadini della collina, all'incontro, perfino sputavano: – Puh! – guardando a quelle coste della vallata.

Era là il loro nemico: il *fumo* devastatore.

E quando il vento spirava di là, recando il lezzo asfissiante dello zolfo bruciato, guardavano gli alberi come a difenderli e borbottavano imprecazioni contro quei pazzi che s'ostinavano a scavar la fossa alle loro fortune e che, non contenti d'aver devastato la vallata, quasi invidiosi di quell'unico occhio di verde, avrebbero voluto invadere coi loro picconi e i loro forni anche le belle campagne.

Tutti, infatti, dicevano che anche sotto la collina ci doveva esser lo zolfo. Quelle creste in cima, di calcare siliceo e, più giù, il briscale degli affioramenti lo davano a vedere; gl'ingegneri minerarii avevano più volte confermato la voce.

Ma i proprietarii di quelle campagne, quantunque tentati insistentemente con ricche profferte, non solo non avevan voluto mai cedere in affitto il sottosuolo, ma neanche alla tentazione di praticar loro stessi per curiosità qualche assaggio, così sopra sopra.

La campagna era lì, stesa al sole, che tutti potevano vederla: soggetta sì alle cattive annate, ma compensata poi anche dalle buone; la zolfara, all'incontro, cieca, e guai a scivolarci dentro. Lasciare il certo per l'incerto sarebbe stata impresa da pazzi.

Queste considerazioni, che ciascuno di quei proprietarii della collina ribadiva di continuo nella mente dell'altro, volevano essere come un impegno per tutti di resistere uniti alle tentazioni, sapendo bene che se uno di loro avesse ceduto e una zolfara fosse sorta là in mezzo, tutti ne avrebbero sofferto; e allora, cominciata la distruzione, altre bocche d'inferno si sarebbero aperte e, in pochi anni, tutti gli alberi, tutte le piante sarebbero morti, attossicati dal *fumo*, e addio campagne!

II

Tra i più tentati era don Mattia Scala che possedeva un poderetto con un bel giro di mandorli e d'olivi a mezza costa della collina, ove, per suo dispetto, affiorava con più ricca promessa il minerale.

Parecchi ingegneri del R. Corpo delle Miniere eran venuti a osservare, a studiare quegli affioramenti e a far rilievi. Lo Scala li aveva accolti come un marito geloso può accogliere un medico, che gli venga in casa a visitare qualche segreto male della moglie.

Chiudere la porta in faccia a quegli ingegneri governativi che venivan per dovere d'ufficio, non poteva. Si sfogava in compenso a maltrattare quegli altri che, o per conto di qualche ricco produttore di zolfo o di qualche società mineraria, venivano a proporgli la cessione o l'affitto del sottosuolo.

– Corna, vi cedo! – gridava. – Neanche se m'offriste i tesori di Creso; neanche se mi diceste: Mattia, raspa qua con un piede, come fanno le galline; ci trovi tanto zolfo, che diventi d'un colpo più ricco di... che dico? di re Fàllari! Non rasperei, parola d'onore.

E se, poco poco, quelli insistevano:

– Insomma, ve n'andate, o chiamo i cani?

Gli avveniva spesso di ripetere questa minaccia dei cani, perché il suo poderetto aveva il cancello su la *trazzera*, cioè su la via mulattiera che traversava la collina, accavalcandola, e che serviva da scorciatoia agli operai delle zolfare, ai capimastri, a gl'ingegneri direttori, che dalla prossima città si recavano alla vallata o ne tornavano. Ora, quest'ultimi segnatamente pareva avessero preso gusto a farlo stizzire; e, almeno una volta la settimana, si fermavano innanzi al cancello, vedendo don Mattia lì presso, per domandargli:

– Niente, ancora?

– Tè, *Scampirro*! Tè, *Regina*!

Don Mattia, per chiasso, chiamava davvero i cani.

Aveva avuto anche lui un tempo la mania delle zolfare, per cui s'era ridotto – eccolo là – scannato miserabile! Ora non poteva veder neanche da lontano un pezzo di zolfo che subito, con rispetto parlando, non si sentisse rompere lo stomaco.

– E che è, il diavolo? – gli domandavano.

E lui:

– Peggio! Perché vi danna l'anima, il diavolo, ma vi fa ricchi, se vuole! Mentre lo zolfo vi fa più poveri di Santo Giobbe; e l'anima ve la danna lo stesso!

Parlando, pareva il telegrafo. (Il telegrafo s'intende come usava prima, ad asta.) Lungo lungo, allampanato, sempre col cappellaccio bianco in capo, buttato indietro, a spera; e portava a gli orecchi un paio di catenaccetti d'oro, che davano a vedere quello che, del resto, egli non si curava di nascondere, come fosse cioè venuto su da una famiglia mezzo popolana e mezzo borghese.

Nel volto raso, pallido, di quel pallore proprio dei biliosi, gli spiccavano stranamente le sopracciglia enormi, spioventi, come un gran paio di baffi che si fosse sfogato a crescer lì, visto che giù, sul labbro, non gli era nemmen permesso di spuntare. E sotto, all'ombra di quelle sopracciglia, gli lampeggiavano gli occhi chiari, taglienti, vivi vivi, mentre le narici del gran naso aquilino, energico, gli si dilatavano di continuo e fremevano.

Tutti i possidenti della collina gli volevano bene.

Ricordavano com'egli, molto ricco un giorno, fosse venuto lì a pigliar possesso di quei pochi ettari di terra comperati dopo la rovina, col denaro ricavato dalla vendita della casa in città e di tutte le masserizie di essa e delle gioie della moglie morta di crepacuore; ricordavano come si fosse prima rintanato nelle quattro stanze della casa rustica annessa al podere, senza voler vedere nessuno, insieme con una ragazza di circa sedici anni, Jana, che tutti in principio avevano creduto sua figlia e che poi s'era saputo esser la sorella minore d'un tal Dima Chiarenza, cioè proprio di quell'infame che lo aveva tradito e rovinato.

C'era tutta una storia sotto.

Lo Scala aveva conosciuto questo Chiarenza ragazzo, e lo aveva sempre aiutato, sapendolo orfano di padre e di madre, con quella sorellina molto più piccola di lui; se l'era anzi preso con sé per farlo lavorare; poi, avendolo sperimentato veramente esperto e amante del lavoro, aveva voluto averlo anche socio nell'affitto d'una zolfara. Tutte le spese per la lavorazione se l'era accollate lui; Dima Chiarenza doveva soltanto star lì, sul posto, vigilare all'amministrazione e ai lavori.

Intanto Jana (*Januzza*, come la chiamavano) gli cresceva in casa. Ma don Mattia aveva anche un figlio (unico!) quasi della stessa età, che si chiamava Neli. Si sa, presto padre e madre s'erano accorti che i due ragazzi avevano preso a volersi bene, non come fratello e sorella; e per non tener la paglia accanto al fuoco e dare tempo al tempo, avevano pensato giudiziosamente d'allontanare dalla casa Neli, che non aveva ancora diciotto anni, e lo avevano mandato alla zolfara, a tener compagnia e a prestare aiuto al Chiarenza. Fra due, tre anni, li avrebbero sposati, se tutto, come pareva, fosse andato bene.

Poteva mai sospettare don Mattia Scala che Dima Chiarenza, di cui si fidava come di se stesso, Dima Chiarenza, ch'egli aveva raccolto dalla strada, trattato come un figliuolo e messo a parte degli affari, Dima Chiarenza lo dovesse tradire, come Giuda tradì Cristo?

Proprio così! S'era messo d'accordo, l'infame, con l'ingegnere direttore della zolfara, d'accordo coi capimastri, coi pesatori, coi carrettieri, per rubarlo a man salva su le spese d'amministrazione, su lo zolfo estratto, finanche sul carbone che doveva servire ad alimentar le macchine per l'eduzione delle acque sotterranee. E la zolfara, una notte, gli s'era allagata, irreparabilmente, distruggendo l'impianto del piano inclinato, che allo Scala costava più di trecento mila lire.

Neli, che in quella notte d'inferno s'era trovato sul luogo e aveva partecipato a gl'inutili sforzi disperati per impedire il disastro, presentendo l'odio che il padre da quell'ora avrebbe portato al Chiarenza, e in cui forse avrebbe coinvolto Jana, la sorella innocente, la sua Jana; temendo che avrebbe chiamato anche lui, forse, responsabile della rovina per non essersi accorto o per non aver denunziato a tempo il tradimento di quel Giuda che doveva esser tra poco suo cognato; nella stessa notte, era fuggito come un pazzo, in mezzo alla tempesta; e scomparso, senza lasciar nessuna traccia di sé.

Pochi giorni dopo la madre era morta, assistita amorevolmente da Jana, e lo Scala s'era trovato solo, in casa, rovinato, senza più la moglie, senza più il figlio, solo con quella ragazza, la quale, come impazzita dall'onta e dal cordoglio, s'era stretta a lui, non aveva voluto lasciarlo, aveva minacciato di buttarsi da una finestra s'egli la avesse respinta in casa del fratello.

Vinto da quella fermezza e reprimendo la repulsione che la sua vista ora gli destava, lo Scala aveva condisceso a condurla con sé, vestita di nero, come una figliuola due volte orfana, là, nel poderetto acquistato allora.

Uscendo a poco a poco, con l'andar del tempo, dal suo lutto, s'era messo a scambiare qualche parola coi vicini e a dar notizie di sé e della ragazza.

– Ah, non è figlia vostra?

– No. Ma come se fosse.

Si vergognava dapprima a dir chi era veramente. Del figlio, non diceva nulla. Era una spina troppo grande. E del resto, che notizie poteva darne? Non ne aveva. Se n'era tanto occupata la questura, ma senza venire a capo di nulla.

Dopo alcuni anni, però, Jana, stanca d'aspettar così senza speranza il ritorno del fidanzato, aveva voluto tornarsene in città, in casa del fratello, il quale, sposata una vecchia di molti denari, famigerata usuraia, s'era messo a far l'usuraio anche lui, ed era adesso tra i più ricchi del paese.

Così lo Scala era restato solo, lì, nel poderetto. Otto anni erano già trascorsi e, almeno apparentemente, aveva ripreso l'umore di prima; era divenuto amico di tutti i proprietarii della collina che, spesso, sul tramonto venivano a trovarlo dai poderi vicini.

Pareva che la campagna avesse voluto compensarlo dei danni della zolfara.

Era pure stata una fortuna l'aver potuto acquistare quei pochi ettari di terra, perché uno dei proprietarii dei sei poderi in cui era frazionata la collina, il Butera, riccone, s'era fitto in capo di diventar col tempo padrone di tutte quelle terre. Prestava denaro e andava a mano a mano allargando i confini del suo fondo. Già s'era annesso quasi metà del podere di un certo Nino Mo; e aveva ridotto un altro proprietario, il Làbiso, a vivere in un pezzettino di terra largo quanto un fazzoletto da naso, anticipandogli la dote per cinque figliuole; teneva da un pezzo gli occhi anche su le terre del Lopes; ma questi, per bizza, dovendo disfarsi dopo una serie di male annate d'una parte della sua tenuta, s'era contentato di venderla, anche a minor prezzo, a un estraneo: allo Scala.

In pochi anni, buttatosi tutto al lavoro, per distrarsi dalle sue sciagure, don Mattia aveva talmente beneficato quei pochi ettari di terra, che ora gli amici, il Lopes stesso, quasi stentavano a riconoscerli; e ne facevano le meraviglie.

Il Lopes, veramente, si rodeva dentro dalla gelosia. Rosso di pelo, dal viso lentigginoso, e tutto sciamannato, teneva di solito il cappello buttato sul naso, come per non veder più niente, né nessuno; ma sotto la falda di quel cappello qualche occhiata obliqua gli sguisciava di tanto in tanto, come nessuno s'aspettava da quei grossi occhi verdastri che pareva covassero il sonno.

Girato il podere, gli amici si riducevano su lo spiazzetto innanzi alla cascina.

Là, lo Scala li invitava a sedere sul murello che limitava giro giro, sul davanti, la scarpata su cui la cascina era edificata. Ai piedi di quella scarpata, dalla parte di dietro, sorgevano, come a proteggere la cascina, certe pioppe nere, alte alte, di cui don Mattia non si sapeva dar pace, perché il Lopes ce l'avesse piantate.

– Che stanno a farci? Me lo dite? Non danno frutto e ingombrano.

– E voi buttatele a terra e fatene carbone, – gli rispondeva, indolente, il Lopes.

Ma il Butera consigliava:

– Vedete un po', prima di buttarle giù, se qualcuno ve le prende.

– E chi volete che le prenda?

– Mah! Quelli che fanno i Santi di legno.

– Ah! I Santi! Guarda, guarda! Ora capisco, – concludeva don Mattia – se li fanno di questo legno, perché non fanno più miracoli i Santi!

Su quelle pioppe, al vespro, si davano convegno tutti i passeri della collina, e col loro fitto, assordante cinguettio disturbavano gli amici che si trattenevano lì a parlare, al solito, delle zolfare e dei danni delle imprese minerarie.

Moveva quasi sempre il discorso Nocio Butera, il quale, com'era il possidente più ricco, così era anche la più grossa pancia di tutte quelle contrade. Era avvocato, ma una volta sola in vita sua, poco dopo ottenuta la laurea, s'era provato a esercitar la professione: s'era impappinato nel bel meglio della sua prima arringa; smarrito; con le lagrime in pelle, come un bambino, lì, davanti ai giurati e alla Corte aveva levato le braccia, a pugni chiusi, contro la Giustizia raffigurata nella volta con tanto di bilancia in mano, gemendo, esasperato: – Eh che! Santo Dio! – perché, povero giovine, aveva sudato una camicia a cacciarsi l'arringa a memoria e credeva di poterla recitare proprio bene, tutta filata, senza impuntature.

Ogni tanto, ancora, qualcuno gli ricordava quel fiasco famoso:

– Eh che, don No', santo Dio!

E Nocio Butera figurava di sorriderne anche lui, ora, masticando: – Già... già... – mentre si grattava con le mani paffute le fedine nere su le guance rubiconde o s'aggiustava sul naso a gnocco o su gli orecchi il sellino o le staffe degli occhiali d'oro. Veramente avrebbe potuto riderne di cuore, perché, se come avvocato aveva fatto quella pessima prova, come coltivatore di campi e amministratore di beni, via, portava bandiera. Ma l'uomo, si sa, l'uomo non si vuol mai contentare, e Nocio Butera pareva godesse soltanto nel sapere che altri, come lui, aveva fatto cecca in qualche impresa. Veniva nel fondo dello Scala unicamente per annunziar la rovina prossima o già accaduta di questo o di quello, e per spiegarne le ragioni e dimostrare così, che a lui non sarebbe certo accaduta.

Tino Làbiso, lungo lungo, rinfichito, tirava dalla tasca dei calzoni un pezzolone a dadi rossi e neri, vi strombettava dentro col naso che pareva una buccina marina; poi ripiegava diligentemente il pezzolone, se lo ripassava, così ripiegato, parecchie volte sotto il naso, e se lo rimetteva in tasca; infine, da uomo prudente, che non si lascia mai scappar giudizii avventati, diceva:

– Può essere.

– Può essere? È è è! – scattava Nino Mo, che non poteva soffrire quell'aria flemmatica del Làbiso.

Il Lopes accennava di scuotersi dalla cupa noia e, sotto al cappellaccio buttato sul naso, consigliava con voce sonnolenta:

– Lasciate parlare don Mattia che se n'intende più di voi.

Ma don Mattia, ogni volta, prima di mettersi a parlare, si recava in cantina per offrire a gli amici un buon boccale di vino.

– Aceto, avvelenatevi!

Beveva anche lui, sedeva, s'attortigliava le gambe e domandava:

– Di che si tratta?

– Si tratta, – prorompeva al solito Nino Mo, – che sono tante bestie, tutti, a uno a uno!

– Chi?

– Ma quei figli di cane! I zolfatari. Scavano, scavano, e il prezzo dello zolfo giù, giù, giù! Senza capire che fanno la loro e la nostra rovina; perché tutti i danari vanno a finir là, in quelle buche, in quelle bocche d'inferno sempre affamate, bocche che ci mangiano vivi!

– E il rimedio, scusate? – tornava a domandare lo Scala.

– Limitare, – rispondeva allora placidamente Nocio Butera – limitare la produzione dello zolfo. L'unica, per me, sarebbe questa.

– Madonna, che locco! – esclamava subito don Mattia Scala sorgendo in piedi per gestire più liberamente: – Scusate, don Nocio mio, locco, sì, locco e ve lo provo! Dite un po': quante, tra mille zolfare, credete che siano coltivate direttamente, in economia, dai proprietarii? Duecento appena! Tutte le altre sono date in affitto. Tu, Tino Làbiso, ne convieni?

– Può essere, – ripeteva Tino Làbiso, intento e grave.

E Nino Mo:

– Può essere? È è è!

Don Mattia protendeva le mani per farlo tacere.

– Ora, don Nocio mio, quanto vi pare che duri, per l'ingordigia e la prepotenza dei proprietarii panciuti come voi, l'affitto d'una zolfara? Dite su! dite su!

– Dieci anni? – arrischiava, incerto, il Butera, sorridendo con aria di condiscendente superiorità.

– Dodici, – concedeva lo Scala – venti, anzi, qualche volta. Bene, e che ve ne fate? che frutto potete cavarne in così poco tempo? Per quanto lesti e fortunati si sia, in venti anni non c'è modo neanche di rifarsi delle spese che ci vogliono per coltivare come Dio comanda una zolfara. Questo, per dirvi che, data in commercio una minore domanda, se è possibile che il proprietario coltivatore rallenti la produzione per non rinvilire la merce, non sarà mai possibile per l'affittuario a breve scadenza, il quale, facendolo, sacrificherebbe i proprii interessi a beneficio del successore. Dunque l'impegno, l'accanimento dell'affittuario nel produrre quanto più gli sia possibile, mi spiego? Poi, sprovvisto com'è quasi sempre di mezzi, deve per forza smerciar subito il suo prodotto, a qualunque prezzo, per seguitare il lavoro; perché, se non lavora – voi lo sapete – il proprietario gli toglie la zolfara. E, per conseguenza, come dice Nino Mo: lo zolfo giù, giù, giù, come se fosse pietraccia vile. Ma, del resto, voi don Nocio che avete studiato, e tu Tino Làbiso: sapreste dirmi che diavolo sia lo zolfo e a che cosa serva?

Finanche il Lopes, a questa domanda speciosa, si voltava a guardare con gli occhi sbarrati. Nino Mo si cacciava in tasca le mani irrequiete, come se volesse cercarvi rabbiosamente la risposta; mentre Tino Làbiso tirava al solito daccapo il pezzolone per soffiarsi il naso e prender tempo, da uomo prudente.

– Oh bella! – esclamava intanto Nocio Butera, imbarazzato anche lui. – Serve... serve per... per inzolfare le viti, serve.

– E... e anche per... già, per i fiammiferi di legno, mi pare, – aggiungeva Tino Làbiso ripiegando con somma diligenza il fazzoletto.

– Mi pare... mi pare... – si metteva a sghignazzare don Mattia Scala. – Che vi pare? È proprio così! Questi due soli usi ne conosciamo noi. Domandatene a chi volete: nessuno vi saprà dire per che altro serva lo zolfo. E intanto lavoriamo, ci ammazziamo a scavarlo, poi lo trasportiamo giù alle marine, dove tanti vapori inglesi, americani, tedeschi, francesi, perfino greci, stanno pronti con le stive aperte come tante bocche a ingoiarselo; ci tirano una bella fischiata, e addio! Che ne faranno, di là, nei loro paesi? Nessuno lo sa; nessuno si cura di saperlo! E la ricchezza nostra, intanto, quella che dovrebbe essere la ricchezza nostra, se ne va via così dalle vene delle nostre montagne sventrate, e noi rimaniamo qua, come tanti ciechi, come tanti allocchi, con le ossa rotte dalla fatica e le tasche vuote. Unico guadagno: le nostre campagne bruciate dal fumo.

I quattro amici, a questa vivace, lampantissima dimostrazione della cecità con cui si esercitava l'industria e il commercio di quel tesoro concesso dalla natura alle loro contrade e intorno a cui pur ferveva tanta briga, tanta guerra di lucro, insidiosa e spietata, restavano muti, come oppressi da una condanna di perpetua miseria.

Allora lo Scala, riprendendo il primo discorso, si metteva a rappresentar loro tutti gli altri pesi, a cui doveva sottostare un povero affittuario di zolfare. Li sapeva tutti, lui, per averli purtroppo sperimentati. Ed ecco, oltre l'affitto breve, l'*estaglio*, cioè la quota d'affitto che doveva esser pagata in natura, sul prodotto lordo, al proprietario del suolo, il quale non voleva affatto sapere se il giacimento fosse ricco o povero, se le zone sterili fossero rare o frequenti, se il sotterraneo fosse asciutto o invaso dalle acque, se il prezzo fosse alto o basso, se insomma l'industria fosse o no remunerativa. E, oltre l'estaglio, le tasse governative d'ogni sorta; e poi l'obbligo di costruire, non solo le gallerie inclinate per l'accesso alla zolfara e quella per la ventilazione e i pozzi per l'estrazione e l'eduzione delle acque; ma anche i calcheroni, i forni, le strade, i caseggiati e quanto mai potesse occorrere alla superficie per l'esercizio della zolfara. E tutte queste costruzioni, alla fine del contratto, dovevano rimanere al proprietario del suolo, il quale, per giunta, esigeva che tutto gli fosse consegnato in buon ordine e in buono stato, come se le spese fossero state a suo carico. Né bastava! Neppur dentro le gallerie sotterranee l'affittuario era padrone di lavorare a suo modo, ma ad archi, o a colonne, o a pasture, come il proprietario imponeva, talvolta anche contro le esigenze stesse del terreno.

Si doveva esser pazzi o disperati, no?, per accettar siffatte condizioni, per farsi mettere così i piedi sul collo. Chi erano, infatti, per la maggior parte i produttori di zolfo? Poveri diavoli, senza il becco d'un quattrino, costretti a procacciarsi i mezzi, per coltivar la zolfara presa in affitto, dai mercanti di zolfo delle marine, che li assoggettavano ad altre usure, ad altre soperchierie.

Tirati i conti, che cosa restava, dunque, ai produttori? E come avrebbero potuto dare, essi, un men tristo salario a quei disgraziati che faticavano laggiù, esposti continuamente alla morte? Guerra, dunque, odio, fame, miseria per tutti; per i produttori, per i picconieri, per quei poveri ragazzi oppressi, schiacciati da un carico superiore alle loro forze, su e giù per le gallerie e le scale della buca.

Quando lo Scala terminava di parlare e i vicini si alzavano per tornarsene alle loro abitazioni rurali, la luna, alta e come smarrita nel cielo, quasi non fosse di quella notte, ma la luna d'un tempo lontano lontano, dopo il racconto di tante miserie, illuminando le due coste della vallata ne faceva apparir più squallida e più lugubre la desolazione.

E ciascuno, avviandosi, pensava che là, sotto quelle coste così squallidamente rischiarate, cento, duecento metri sottoterra, c'era gente che s'affannava ancora a scavare, a scavare, poveri picconieri sepolti laggiù, a cui non importava se su fosse giorno o notte, poiché notte era sempre per loro.

III

Tutti, a sentirlo parlare, credevano che lo Scala avesse già dimenticato i dolori passati e non si curasse più di nulla ormai, tranne di quel suo pezzetto di terra, da cui non si staccava più da anni, nemmeno per un giorno.

Del figliuolo scomparso, sperduto per il mondo, – se qualche volta ne parlava, perché qualcuno gliene moveva il discorso – si sfogava a dir male, per l'ingratitudine che gli aveva dimostrata, per il cuor duro di cui aveva dato prova.

– Se è vivo, – concludeva – è vivo per sé; per me, è morto, e non ci penso più.

Diceva così, ma, intanto, non partiva per l'America da tutti quei dintorni un contadino, dal quale non si recasse di nascosto, alla vigilia della partenza, per consegnargli segretamente una lettera indirizzata a quel suo figliuolo.

– Non per qualche cosa, oh! Se niente niente t'avvenisse di vederlo o d'averne notizia, laggiù.

Molte di quelle lettere gli eran tornate indietro, con gli emigranti rimpatriati dopo quattro o cinque anni, gualcite, ingiallite, quasi illeggibili ormai. Nessuno aveva visto Neli, né era riuscito ad averne notizia, né all'Argentina, né al Brasile, né a gli Stati Uniti.

Egli ascoltava, poi scrollava le spalle:

– E che me n'importa? Da' qua, da' qua. Non mi ricordavo più neanche d'averti dato questa lettera per lui.

Non voleva mostrare a gli estranei la miseria del suo cuore, l'inganno in cui sentiva il bisogno di persistere ancora: che il figlio, cioè, fosse là, in America, in qualche luogo remoto, e che dovesse un giorno o l'altro ritornare, venendo a sapere ch'egli s'era adattato alla nuova condizione e possedeva una campagna, dove viveva tranquillo, aspettandolo.

Era poca, veramente, quella terra; ma da parecchi anni don Mattia covava, di nascosto al Butera, il disegno d'ingrandirla, acquistando la terra d'un suo vicino, col quale già s'era messo a prezzo e accordato. Quante privazioni, quanti sacrifizii non s'era imposti, per metter da parte quanto gli bisognava per attuare quel suo disegno! Era poca, sì, la sua terra; ma da un pezzo egli, affacciandosi al balcone della cascina, s'era abituato a saltar con gli occhi il muro di cinta tra il suo podere e quello del vicino e a considerar come sua tutta quanta quella terra. Raccolta la somma convenuta, aspettava solamente che il vicino si risolvesse a firmare il contratto e a sloggiare di là.

Gli sapeva mill'anni, allo Scala; ma, per disgrazia, gli era toccato ad aver da fare con un benedett'uomo! Buono, badiamo, quieto, garbato, remissivo, don Filippino Lo Cìcero, ma senza dubbio un po' svanito di cervello. Leggeva dalla mattina alla sera certi libracci latini, e viveva solo in campagna con una scimmia che gli avevano regalata.

La scimmia si chiamava Tita; era vecchia e tisica per giunta. Don Filippino la curava come una figliuola, la carezzava, s'assoggettava senza mai ribellarsi a tutti i capricci di lei; con lei parlava tutto il giorno, certissimo d'esser compreso. E quando essa, triste per la malattia, se ne stava arrampicata su la trabacca del letto, ch'era il suo posto preferito, egli, seduto su la poltrona, si metteva a leggerle qualche squarcio delle *Georgiche* o delle *Bucoliche*:

– Tityre, tu patulae...

Ma quella lettura era di tratto in tratto interrotta da certi soprassalti d'ammirazione curiosissimi: a qualche frase, a qualche espressione, talvolta anche per una semplice parola, di cui don Filippino comprendeva la squisita proprietà o gustava la dolcezza, posava il libro su le ginocchia, socchiudeva gli occhi e si metteva a dire celerissimamente: – *Bello! bello! bello! bello! bello!* – abbandonandosi man mano su la spalliera, come se svenisse dal piacere. Tita allora scendeva dalla trabacca e gli montava sul petto, angustiata, costernata; don Filippino la abbracciava e le diceva, al colmo della gioia:

– Senti, Tita, senti... Bello! bello! bello! bello! bello...

Ora don Mattia Scala voleva la campagna: aveva fretta, cominciava a essere stufo, e aveva ragione: la somma convenuta era pronta – e notare che quel denaro a don Filippino avrebbe fatto tanto comodo; ma, Dio benedetto, come avrebbe poi potuto in città gustar la poesia pastorale e campestre del suo divino Virgilio?

– Abbi pazienza, caro Mattia!

La prima volta che lo Scala s'era sentito rispondere così, aveva sbarrato tanto d'occhi:

– Mi burlate, o dite sul serio?

Burlare? Ma neanche per sogno! Diceva proprio sul serio, don Filippino.

Certe cose lo Scala, ecco, non le poteva capire. E poi c'era Tita, Tita ch'era abituata a vivere in campagna, e che forse non avrebbe più saputo farne a meno, poverina.

Nei giorni belli don Filippino la conduceva a passeggio, un po' facendola camminare pian pianino coi suoi piedi, un po' reggendola in braccio, come fosse una bambina; poi sedeva su qualche masso a piè d'un albero; Tita allora s'arrampicava sui rami e, spenzolandosi, afferrata per la coda, tentava di ghermirgli la papalina per il fiocco o di acciuffargli la parrucca o di strappargli il Virgilio dalle mani.

– Bonina, Tita, bonina! Fammi questo piacere, povera Tita!

Povera, povera, sì, perché era condannata, quella cara bestiola. E Mattia Scala, dunque, doveva avere ancora un po' di pazienza.

– Aspetta almeno, – gli diceva don Filippino – che questa povera bestiola se ne vada. Poi la campagna sarà tua. Va bene?

Ma era già passato più d'un anno di comporto, e quella brutta bestiaccia non si risolveva a crepare.

– Vogliamo farla invece guarire? – gli disse un giorno lo Scala. – Ho una ricetta coi fiocchi!

Don Filippino lo guardò sorridente, ma pure con una cert'ansia, e domandò:

– Mi burli?

– No. Sul serio. Me l'ha data un veterinario che ha studiato a Napoli: bravissimo.

– Magari, caro Mattia!

– Dunque fate così. Prendete quanto un litro d'olio fino. Ne avete, olio fino? ma fino, proprio fino?

– Lo compro, anche se dovessi pagarlo sangue di papa.

– Bene. Quanto un litro. Mettetelo a bollire, con tre spicchi d'aglio, dentro.

– Aglio?

– Tre spicchi. Date ascolto a me. Quando l'olio comincerà a muoversi, prima che alzi il bollo, toglietelo dal fuoco. Prendete allora una buona manata di farina di Maiorca e buttatecela dentro.

– Farina di Maiorca?

– Di Maiorca, gnorsì. Mestate; poi, quando si sarà ridotta come una pasta molle, oleosa, applicatela, ancora calda, sul petto e su le spalle di quella brutta bestia; ricopritela ben bene di bambagia, di molta bambagia, capite?

– Benissimo: di bambagia; e poi?

– Poi aprite una finestra e buttatela giù.

– Ohooo! – miaolò don Filippino. – Povera Tita!

– Povera campagna, dico io! Voi non ci badate; io debbo guardarla da lontano, e intanto, pensate: non c'è più vigna; gli alberi aspettano da una diecina d'anni almeno, la rimonda; i frutici crescono senza innesti, coi polloni sparpagliati, che si succhian la vita l'un l'altro e par che chiedano aiuto da tutte le parti; di molti olivi non resta che da far legna. Che debbo comperarmi, alla fine? Possibile seguitare così?

Don Filippino, a queste rimostranze, faceva una faccia talmente afflitta, che don Mattia non si sentiva più l'animo d'aggiunger altro.

Con chi parlava, del resto? Quel pover uomo non era di questo mondo. Il sole, il sole vero, il sole della giornata non era forse mai sorto per lui: per lui sorgevano ancora i soli del tempo di Virgilio.

Aveva vissuto sempre là, in quella campagna, prima insieme con lo zio prete, che, morendo, gliel'aveva lasciata in eredità, poi sempre solo. Orfano a tre anni, era stato accolto e cresciuto da quello zio, appassionato latinista e cacciatore per la vita. Ma di caccia don Filippino non s'era mai dilettato, forse per l'esperienza fatta su lo zio, il quale – quantunque prete – era terribilmente focoso: l'esperienza cioè, di due dita saltate a quella buon'anima, dalla mano sinistra, nel caricare il fucile. Si era dato tutto al latino, lui, invece, con passione quieta, contentandosi di svenire dal piacere, parecchie volte, durante la lettura; mentre l'altro, lo zio prete, si levava in piedi, nei suoi soprassalti d'ammirazione, infocato in volto, con le vene della fronte così gonfie che pareva gli volessero scoppiare, e leggeva ad altissima voce e in fine prorompeva, scaraventando il libro per terra o su la faccia rimminchionita di don Filippino:

– Sublime, santo diavolo!

Morto di colpo questo zio, don Filippino era rimasto padrone della campagna; ma padrone per modo di dire.

In vita, lo zio prete aveva anche posseduto una casa nella vicina città, e questa casa aveva lasciato nel testamento al figliuolo di un'altra sua sorella, il quale si chiamava Saro Trigona. Ora forse, costui, considerando la propria condizione di sfortunato sensale di zolfo, di sfortunatissimo padre di famiglia con una caterva di figliuoli, s'aspettava che lo zio prete lasciasse tutto a lui, la casa e la campagna, con l'obbligo, si capisce, di prendere con sé e di mantenere, vita natural durante, il cugino Lo Cìcero, il quale, cresciuto sempre come un figlio di famiglia, sarebbe stato inetto, per altro, ad amministrar da sé quella campagna. Ma, poiché lo zio non aveva avuto per lui questa considerazione, Saro Trigona, non potendo per diritto, cercava di trar profitto in tutte le maniere anche dell'eredità del cugino, e mungeva spietatamente il povero don Filippino. Quasi tutti i prodotti della campagna andavano a lui: frumento, fave, frutta, vino, ortaggi; e, se don Filippino ne vendeva qualche parte di nascosto, come se non fosse roba sua, il cugino Saro, scoprendo la vendita, gli piombava in campagna su le furie, quasi avesse scoperto una frode a suo danno, e invano don Filippino gli dimostrava umilmente che quel denaro gli serviva per i molti lavori di cui la campagna aveva bisogno. Voleva il denaro:

– O mi uccido! – gli diceva, accennando di cavar la rivoltella dal fodero sotto la giacca. – Mi uccido qua, davanti a te Filippino, ora stesso! Perché non ne posso più, credimi! Nove figliuoli, Cristo sacrato, nove figliuoli che mi piangono per il pane!

E meno male quando veniva solo, in campagna, a far quelle scenate! Certe volte conduceva con sé la moglie e la caterva dei figliuoli. A don Filippino, abituato a vivere sempre solo, gli pareva d'andar via col cervello. Quei nove nipoti, tutti maschi, il maggiore dei quali non aveva ancora quattordici anni, quantunque «piangenti per il pane» prendevano d'assalto, come nove demonii scatenati, la tranquilla casa campestre dello zio; gli mettevano tutto sossopra: ballavano, ballavano proprio quelle stanze, dagli urli, dalle risa, dai pianti, dalle corse sfrenate; poi s'udiva, immancabilmente, il fracasso, il rovinio di qualche grossa rottura, almeno almeno di qualche specchio d'armadio andato in briciole; allora Saro Trigona balzava in piedi, gridando:

– Faccio l'organo! faccio l'organo!

Rincorreva, acciuffava quelle birbe; distribuiva calci, schiaffi, pugni, sculacciate; poi, com'essi si mettevano a strillare in tutti i toni, li disponeva in fila, per ordine d'altezza, e così facevano l'organo.

– Fermi là! Belli... belli davvero, guarda, Filippino! Non sono da dipingere? Che sinfonia!

Don Filippino si turava gli orecchi, chiudeva gli occhi e si metteva a pestare i piedi dalla disperazione.

– Mandali via! Rompano ogni cosa; si portino via casa, alberi, tutto; ma lasciatemi in pace per carità!

Aveva torto, però, don Filippino. Perché la cugina, per esempio, non veniva mai con le mani vuote a trovarlo in campagna: gli portava qualche papalina ricamata, con un bel fiocco di seta: come no? quella che teneva in capo; o un paio di pantofole gli portava, pur ricamate da lei: quelle che teneva ai piedi. E la parrucca? Dono e attenzione del cugino, per guardarlo dai raffreddori frequenti, a cui andava soggetto, per la calvizie precoce. Parrucca di Francia! Gli era costata un occhio, a Saro Trigona. E la scimmia, Tita? Anch'essa, regalo della cugina: regalo di sorpresa, per rallegrare gli ozii e la solitudine del buon cugino esiliato in campagna. Come no?

– Somarone, scusate, somarone! – gli gridava don Mattia Scala. – O perché mi fate ancora aspettare a pigliar possesso? Firmate il contratto, levatevi da questa schiavitù! Col denaro che vi do io, voi senza vizii, voi con così pochi bisogni, potreste viver tranquillo, in città, gli anni che vi restano. Siete pazzo? Se perdete ancora altro tempo per amore di Tita e di Virgilio, vi ridurrete all'elemosina, vi ridurrete!

Perché don Mattia Scala, non volendo che andasse in malora il podere ch'egli considerava già come suo, s'era messo ad anticipare al Lo Cìcero parte della somma convenuta.

– Tanto, per la potatura; tanto per gl'innesti; tanto per la concimazione... Don Filippino, diffalchiamo!

– Diffalchiamo! – sospirava don Filippino. – Ma lasciami stare qui. In città, vicino a quei demonii, morirei dopo due giorni. Tanto a te non do ombra. Non sei tu qua il padrone, caro Mattia? Puoi far quello che ti pare e piace. Io non ti dico niente. Basta che tu mi lasci star tranquillo...

– Sì. Ma intanto, – gli rispondeva lo Scala – i beneficii se li gode vostro cugino!

– Che te ne importa? – gli faceva osservare il Lo Cìcero. – Questo denaro tu dovresti darmelo tutto in una volta, è vero? Me lo dai invece così, a spizzico; e ci perdo io, in fondo, perché, diffalcando oggi, diffalcando domani, mi verrà un giorno a mancare, mentre tu lo avrai speso qua, a beneficar la terra che allora sarà tua.

IV

Il ragionamento di don Filippino era senza dubbio convincente; ma che sicuro aveva intanto lo Scala di quei denari spesi nel fondo di lui? E se don Filippino fosse venuto a mancare d'un colpo, Dio liberi! senza aver tempo e modo di firmar l'atto di vendita, per quel tanto che oramai gli toccava, Saro Trigona, suo unico erede, avrebbe poi riconosciuto quelle spese e il precedente accordo col cugino?

Questo dubbio sorgeva di tanto in tanto nell'animo di don Mattia; ma poi pensava che, a voler forzare don Filippino a cedergli il possesso del fondo, a volerlo mettere alle strette per quei denari anticipati, poteva correre il rischio di sentirsi rispondere: «O infine, chi t'ha costretto ad anticiparmeli? Per me, il fondo poteva restar bene com'era e andar anche in malora: non me ne sono mai curato. Non puoi mica, ora, cacciarmi di casa mia, se io non voglio». Pensava inoltre lo Scala che aveva da fare con un vero galantuomo, incapace di far male, neanche a una mosca. Quanto al pericolo che morisse d'un colpo, questo pericolo non c'era: senza vizii, e viveva così morigeratamente, sempre sano e vegeto, che prometteva anzi di campar cent'anni. Del resto, il termine del comporto era già fissato: alla morte della scimmia, che poco più ormai si sarebbe fatta aspettare.

Era tal fortuna, infine, per lui, il poter acquistar quella terra a così modico prezzo, che gli conveniva star zitto e fidare; gli conveniva tenervi così, anzi, la mano sopra, con quei denari che ci veniva spendendo a mano a mano, quietamente, e come gli pareva e piaceva. Il vero padrone, lì, era lui; stava più lì, si può dire, che nel suo podere.

– Fate questo; fate quest'altro.

Comandava; s'abbelliva la campagna, e non pagava tasse. Che voleva di più?

Tutto poteva aspettarsi il povero don Mattia, tranne che quella scimmia maledetta, che tanto lo aveva fatto penare, gli dovesse far l'ultima!

Era solito lo Scala di levarsi prima dell'alba, per vigilare ai preparativi del lavoro prestabilito la sera avanti col garzone: non voleva che questi, dovendo, per esempio, attendere alla rimonda, tornasse due o tre volte dalla costa alla cascina o per la scala, o per la pietra d'affilare la ronca o l'accetta, o per l'acqua o per la colazione: doveva andarsene munito e provvisto di tutto punto, per non perder tempo inutilmente.

– Lo ziro, ce l'hai? Il companatico? Tieni, ti do una cipolla. E svelto, mi raccomando.

Passava quindi, prima che il sole spuntasse, nel podere del Lo Cìcero.

Quel giorno, a causa d'una carbonaia a cui si doveva dar fuoco, lo Scala fece tardi. Erano già passate le dieci. Intanto, la porta della cascina di don Filippino era ancora chiusa, insolitamente. Don Mattia picchiò: nessuno gli rispose: picchiò di nuovo, invano; guardò su ai balconi e alle finestre: chiusi per notte, ancora.

«Che novità?» pensò, avviandosi alla casa colonica lì vicino, per aver notizie dalla moglie del garzone.

Ma anche lì trovò chiuso. Il podere pareva abbandonato.

Lo Scala allora si portò le mani alla bocca per farsene portavoce e, rivolto verso la campagna, chiamò forte il garzone. Come questi, poco dopo, dal fondo della piaggia, gli diede la voce, don Mattia gli domandò se don Filippino fosse là con lui. Il garzone gli rispose che non s'era visto. Allora, già con un po' d'apprensione, lo Scala tornò a picchiare alla cascina; chiamò più volte: – Don Filippino! Don Filippino! – e, non avendo risposta, né sapendo che pensarne, si mise a stirarsi con una mano quel suo nasone palpitante.

La sera avanti egli aveva lasciato l'amico in buona salute. Malato, dunque, non poteva essere, almeno fino al punto di non poter lasciare il letto per un minuto. Ma forse, ecco, s'era dimenticato di aprir le finestre delle camere poste sul davanti, ed era uscito per la campagna con la scimmia: il portone forse lo aveva chiuso, vedendo che nella casa colonica non c'era alcuno di guardia.

Tranquillatosi con questa riflessione, si mise a cercarlo per la campagna, ma fermandosi di tratto in tratto qua e là, dove con l'occhio esperto e previdente dell'agricoltore scorgeva a volo il bisogno di qualche riparo; di tratto in tratto chiamando:

– Don Filippino, oh don Filippìì...

Si ridusse così in fondo alla piaggia, dove il garzone attendeva con tre giornanti a zappare la vigna.

– E don Filippino? Che se n'è fatto? Io non lo trovo.

Ripreso dalla costernazione, di fronte all'incertezza di quegli uomini, a cui pareva strano ch'egli avesse trovata chiusa la villa com'essi la avevano lasciata nell'avviarsi al lavoro, lo Scala propose di ritornar su tutti insieme a vedere che fosse accaduto.

– Ho bell'e capito! Questa mattina è infilata male!

– Quando mai, lui! – badava a dire il garzone. – Di solito così mattiniero...

– Ma gli starà male la scimmia, vedrete! – disse uno dei giornanti. – La terrà in braccio, e non vorrà muoversi per non disturbarla.

– Neanche a sentirsi chiamato, come l'ho chiamato io, non so più quante volte? – osservò don Mattia. – Va' là! Qualcosa dev'essergli accaduto!

Pervenuti su lo spiazzo innanzi alla cascina, tutti e cinque, ora l'uno ora l'altro, si provarono a chiamarlo, inutilmente; fecero il giro della cascina; dal lato di tramontana, trovarono una finestra con gli scuri aperti; si rincorarono:

– Ah! – esclamò il garzone. – Ha aperto, finalmente! È la finestra della cucina.

– Don Filippino! – gridò lo Scala. – Mannaggia a voi! Non ci fate disperare!

Attesero un pezzo coi nasi per aria; tornarono a chiamarlo in tutti i modi; alla fine, don Mattia, ormai costernatissimo e infuriato, prese una risoluzione.

– Una scala!

Il garzone corse alla casa colonica e ritornò poco dopo con la scala.

– Monto io! – disse don Mattia, pallido e fremente al solito, scostando tutti.

Pervenuto all'altezza della finestra, si tolse il cappellaccio bianco, vi cacciò il pugno e infranse il vetro, poi aprì la finestra e saltò dentro.

Il focolare, lì, in cucina, era spento. Non s'udiva nella casa alcun rumore. Tutto, là dentro, era ancora come se fosse notte: soltanto dalle fessure delle imposte traspariva il giorno.

– Don Filippino! – chiamò ancora una volta lo Scala: ma il suono della sua stessa voce, in quel silenzio strano, gli suscitò un brivido, dai capelli alla schiena.

Attraversò, a tentoni, alcune stanze; giunse alla camera da letto, anch'essa al buio. Appena entrato, s'arrestò di botto. Al tenue barlume che filtrava dalle imposte, gli parve di scernere qualcosa, come un'ombra, che si moveva sul letto, strisciando, e dileguava. I capelli gli si drizzarono su la fronte; gli mancò la voce per gridare. Con un salto fu al balcone, lo aprì, si voltò e spalancò gli occhi e la bocca, dal raccapriccio, scotendo le mani per aria. Senza fiato, senza voce, tutto tremante e ristretto in sé dal terrore, corse alla finestra della cucina.

– Su... su, salite! Ammazzato! Assassinato!

– Assassinato? Come! Che dice? – esclamarono quelli che attendevano ansiosamente, slanciandosi tutti e quattro insieme per montare. Il garzone volle andare innanzi agli altri, gridando:

– Piano per la scala! A uno a uno!

Sbalordito, allibito, don Mattia si teneva con tutt'e due le mani la testa, ancora con la bocca aperta e gli occhi pieni di quell'orrenda vista.

Don Filippino giaceva sul letto col capo rovesciato indietro, affondato nel guanciale, come per uno stiramento spasmodico, e mostrava la gola squarciata e sanguinante: teneva ancora alzate le mani, quelle manine che non gli parevano nemmeno, orrende ora a vedere, così scompostamente irrigidite e livide.

Don Mattia e i quattro contadini lo mirarono un pezzo, atterriti; a un tratto, trabalzarono tutt'e cinque, a un rumore che venne di sotto al letto: si guardarono negli occhi; poi, uno di loro si chinò a guardare.

– La scimmia! – disse con un sospiro di sollievo, e quasi gli venne di ridere.

Gli altri quattro, allora, si chinarono anch'essi a guardare.

Tita, accoccolata sotto il letto, con la testa bassa e le braccia incrociate sul petto, vedendo quei cinque che la esaminavano, giro giro, così chinati e stravolti, tese le mani alle tavole del letto e saltò più volte a balziculi, poi accomodò la bocca ad o, ed emise un suono minaccioso:

– *Chhhh*...

– Guardate! – gridò allora lo Scala. – Sangue... Ha le mani... il petto insanguinati... essa lo ha ucciso!

Si ricordò di ciò che gli era parso di scernere, entrando, e raffermò, convinto:

– Essa, sì! l'ho veduta io, con gli occhi miei! Stava sul letto...

E mostrò ai quattro contadini inorriditi le scigrigne su le gote e sul mento del povero morto:

– Guardate!

Ma come mai? La scimmia? Possibile? Quella bestia ch'egli teneva da tanti anni con sé, notte e giorno?

– Fosse arrabbiata? – osservò uno dei giornanti, spaventato.

Tutt'e cinque, a un tempo, con lo stesso pensiero si scostarono dal letto.

– Aspettate! Un bastone... – disse don Mattia.

E cercò con gli occhi nella camera, se ce ne fosse qualcuno, o se ci fosse almeno qualche oggetto che potesse farne le veci.

Il garzone prese per la spalliera una seggiola e si chinò; ma gli altri, così inermi, senza riparo, ebbero paura e gli gridarono:

– Aspetta! Aspetta!

Si munirono di seggiole anche loro. Il garzone allora spinse la sua più volte sotto il letto: Tita balzò fuori dall'altra parte, s'arrampicò con meravigliosa agilità su per la trabacca del letto, andò ad accoccolarsi in cima al padiglione, e lassù, pacificamente, come se nulla fosse, si mise a grattarsi il ventre, poi a scherzar con le cocche d'un fazzoletto che il povero don Filippino le aveva legato alla gola.

I cinque uomini stettero a mirare quell'indifferenza bestiale, rimbecilliti.

– Che fare, intanto? – domandò lo Scala, abbassando gli occhi sul cadavere; ma subito alla vista di quella gola squarciata, voltò la faccia. – Se lo coprissimo con lo stesso lenzuolo?

– Nossignore! – disse subito il garzone. – Vossignoria dia ascolto a me. Bisogna lasciarlo così come si trova. Io sono qua, di casa, e non voglio impicci con la giustizia, io. Anzi mi siete tutti testimoni.

– Che c'entra adesso! – esclamò don Mattia, dando una spallata.

Ma il garzone riprese ponendo avanti le mani:

– Non si sa mai, con la giustizia, padrone mio! Siamo poveretti, noialtri, e con noi... so io quel che mi dico...

– Io penso, invece, – gridò don Mattia, esasperato, – penso che lui, là, povero pazzo, è morto come un minchione, per la sua stolidaggine, e che io, intanto, più pazzo e più stolido di lui, son bell'e rovinato! Oh, ma – tutti testimoni davvero, voi qua – che in questa campagna io ho speso i miei denari, il sangue mio: lo direte... Ora andate ad avvertire quel bel galantuomo di Saro Trigona e il pretore e il delegato, che vengano a vedere le prodezze di questa... Maledetta! – urlò, con uno scatto improvviso, strappandosi dal capo il cappellaccio e lanciandolo contro la scimmia.

Tita lo colse a volo, lo esaminò attentamente, vi stropicciò la faccia, come per soffiarsi il naso, poi se lo cacciò sotto e vi si pose a sedere. I quattro contadini scoppiarono a ridere, senza volerlo.

V

Niente: né un rigo di testamento, né un appunto pur che fosse in qualche registro o in qualche pezzetto di carta volante.

E non bastava il danno: toccavano per giunta a don Mattia Scala le beffe degli amici. Eh già, perché infatti, Nocio Butera, per esempio, avrebbe facilmente immaginato, che don Filippino Lo Cìcero sarebbe morto a quel modo, ucciso dalla scimmia.

– Tu, Tino Làbiso, che ne dici, eh? *Può essere*, è vero? Che bestia! che bestia! che bestia!

E don Mattia si calcava fin sopra gli occhi con le mani afferrate alla tesa il cappellaccio bianco, e pestava i piedi dalla rabbia.

Saro Trigona, finché il cugino non fu sotterrato, dopo gli accertamenti del medico e del pretore, non gli volle dare ascolto, protestando che la disgrazia non gli consentiva di parlar d'affari.

– Sì! Come se la scimmia non gliel'avesse regalata lui, apposta! – si sfogava a dire lo Scala, di nascosto.

Avrebbe dovuto farle coniare una medaglia d'oro, a quella scimmia, e invece – ingrato, – l'aveva fatta fucilare: proprio così, fu-ci-la-re, il giorno dopo, non ostante che il giovane medico, venuto in campagna insieme col pretore, avesse trovato una graziosa spiegazione del delitto incosciente della bestia. Tita, malata di tisi, si sentiva forse mancare il respiro, anche a causa, probabilmente, di quel fazzoletto che il povero don Filippino le aveva legato al collo, forse un po' troppo stretto, o perché se lo fosse stretto lei stessa tentando di slegarselo. Ebbene: forse era saltata sul letto per indicare al padrone dove si sentiva mancare il respiro, lì, al collo, e gliel'aveva preso con le mani; poi, nell'oppressura, non riuscendo a tirare il fiato, esasperata, forse s'era messa a scavare con le unghie, lì, nella gola del padrone. Ecco fatto! Bestia era, infine. Che capiva?

E il pretore, serio serio, accigliato, col testone calvo, rosso, sudato, aveva fatto ripetuti segni d'approvazione alla rara perspicacia del giovine medico – tanto carino!

Basta. Sotterrato il cugino, fucilata la scimmia, Saro Trigona si mise a disposizione di don Mattia Scala.

– Caro don Mattia, discorriamo.

C'era poco da discorrere. Lo Scala, con quel suo fare a scatti, gli espose brevemente il suo accordo col Lo Cìcero, e come, aspettando di giorno in giorno che quella maledetta bestiaccia morisse per pigliar possesso, avesse speso nel podere, in più stagioni, col consenso del Lo Cìcero stesso, beninteso, parecchie migliaia di lire, che dovevano per conseguenza detrarsi dalla somma convenuta. Chiaro, eh?

– Chiarissimo! – rispose il Trigona, che aveva ascoltato con molta attenzione il racconto dello Scala, approvando col capo, serio serio, come il pretore. – Chiarissimo! E io, dal canto mio, caro don Mattia, sono disposto a rispettare l'accordo. Fo il sensale; e, voi lo sapete: tempacci! Per collocare una partita di zolfo ci vuol la mano di Dio: la senseria se ne va in francobolli e in telegrammi. Questo, per dirvi che io, con la mia professione, non potrei attendere alla campagna, di cui non so proprio che farmi. Ho poi, come sapete, caro don Mattia, nove figliuoli maschi, che debbono andare a scuola: bestie, uno più dell'altro: ma vanno a scuola. Debbo, dunque, per forza stare in città. Veniamo a noi. C'è un guaio, c'è. Eh, caro don Mattia, pur troppo! Guaio grosso. Nove figliuoli, dicevamo, e voi non sapete, non potete farvi un'idea di quanto mi costino: di scarpe soltanto... ma già, è inutile che stia a farvi il conto! Impazzireste. Per dirvi, caro don Mattia...

– Non me lo dite più, per carità, *caro don Mattia*, – proruppe lo Scala, irritato di quell'interminabile discorso che non veniva a capo di nulla. – *Caro don Mattia... caro don Mattia...* basta! concludiamo! Ho già perso troppo tempo con la scimmia e con don Filippino!

– Ecco, – riprese il Trigona, senza scomporsi. – Volevo dirvi che ho avuto sempre bisogno di ricorrere a certi messeri, che Dio ne scampi e liberi, per... mi spiego? e, si capisce, mi hanno messo i piedi sul collo. Voi sapete chi porta la bandiera, nel nostro paese, in questa specie d'operazioni...

– Dima Chiarenza? – esclamò subito lo Scala scattando in piedi, pallidissimo. Scaraventò il cappello per terra, si passò furiosamente una mano su i capelli; poi, rimanendo con la mano dietro la nuca, sbarrando gli occhi e appuntando l'indice dell'altra mano, come un'arma, verso il Trigona:

– Voi? – aggiunse. – Voi, da quel boia? da quell'assassino, che mi ha mangiato vivo? Quanto avete preso?

– Aspettate, vi dirò, – rispose il Trigona, con calma dolente, ponendo innanzi una mano. – Non io! perché quel boia, come voi dite benissimo, della mia firma non ha mai voluto saperne...

– E allora... don Filippino? – domandò lo Scala coprendosi il volto con le mani, come per non veder le parole che gli uscivano di bocca.

– L'avallo... – sospirò il Trigona, tentennando il capo amaramente.

Don Mattia si mise a girar per la stanza, esclamando, con le mani per aria:

– Rovinato! Rovinato! Rovinato!

– Aspettate, – ripeté il Trigona. – Non vi disperate. Vediamo di rimediarla. Quanto intendevate di dare voi, a Filippino, per la terra?

– Io? – gridò lo Scala, fermandosi di botto, con le mani sul petto. – Diciotto mila lire, io: contanti! Son circa sei ettari di terra: tre salme giuste, con la nostra misura: sei mila lire a salma, contanti! Dio sa quel che ho penato per metterle insieme: e ora, ora mi vedo sfuggir l'affare, la terra sotto i piedi, la terra che già consideravo mia!

Mentre don Mattia si sfogava così, Saro Trigona si toccava le dita, accigliato, per farsi i conti:

– Diciotto mila... oh, dunque, si dice...

– Piano, – lo interruppe lo Scala. – Diciotto mila, se la buon'anima m'avesse lasciato subito il possesso del fondo. Ma più di sei mila già ce l'ho spese. E questo è conto che si può far subito, sul luogo. Ho i testimoni: quest'anno stesso, ho piantato due migliaia di vitigni americani, spaventosi! e poi...

Saro Trigona si levò in piedi per troncare quella discussione, dichiarando:

– Ma dodici mila non bastano, caro don Mattia. Gliene debbo più di venti mila a quel boia, figuratevi!

– Venti mila lire? – esclamò lo Scala, trasecolando. – E che avete mangiato, denari, voi e i vostri figliuoli?

Il Trigona trasse un lunghissimo sospiro e, battendo una mano sul braccio dello Scala, disse:

– E le mie disgrazie, don Mattia? Non è ancora un mese, che mi è toccato a pagar nove mila lire a un negoziante di Licata, per differenza di prezzo su una partita di zolfo. Lasciatemi stare! Furono le ultime cambiali che mi avallò il povero Filippino, Dio l'abbia in gloria!

Dopo altre inutili rimostranze, convennero di recarsi quel giorno stesso, con le dodici mila lire in mano, dal Chiarenza, per tentare un accordo.

VI

La casa di Dima Chiarenza sorgeva su la piazza principale del paese.

Era una casa antica, a due piani, annerita dal tempo, innanzi alla quale solevano fermarsi con le loro macchinette fotografiche i forestieri, inglesi e tedeschi che si recavano a veder le zolfare, destando una certa meraviglia mista di dileggio o di commiserazione negli abitanti del paese, per i quali quella casa non era altro che una cupa decrepita stamberga, che guastava l'armonia della piazza, col palazzo comunale di fronte, stuccato e lucido, che pareva di marmo, e maestoso anche, con quel loggiato a otto colonne; la Matrice di qua, il Palazzo della Banca Commerciale di là, che aveva a pianterreno uno splendido Caffè da una parte, dall'altra il Circolo di Compagnia.

Il Municipio, secondo i soci di questo Circolo, avrebbe dovuto provvedere a quello sconcio, obbligando il Chiarenza a dare almeno un intonaco decente alla sua casa. Avrebbe fatto bene anche a lui, dicevano: gli si sarebbe forse schiarita un po' la faccia che, da quando era entrato in quella casa, gli era diventata dello stesso colore. – Però – soggiungevano – volendo esser giusti, gliel'aveva recata in dote la moglie, quella casa, ed egli, proferendo il *sì* sacramentale, s'era forse obbligato a rispettare la doppia antichità.

Don Mattia Scala e Saro Trigona trovarono nella vasta anticamera quasi buia una ventina di contadini, vestiti tutti, su per giù, allo stesso modo, con un greve abito di panno turchino scuro; scarponi di cuoio grezzo imbullettati, ai piedi; in capo, una berretta nera a calza con la nappina in punta: alcuni portavano gli orecchini; tutti, essendo domenica, rasi di fresco.

– Annunziami, – disse il Trigona al servo che se ne stava seduto presso la porta, innanzi a un tavolinetto, il cui piano era tutto segnato di cifre e di nomi.

– Abbiano pazienza un momento, – rispose il servo, che guardava stupito lo Scala, conoscendo l'antica inimicizia di lui per il suo padrone. – C'è dentro don Tino Làbiso.

– Anche lui? Disgraziato! – borbottò don Mattia, guardando i contadini in attesa, stupiti come il servo della presenza di lui in quella casa.

Poco dopo, dall'espressione dei loro volti lo Scala poté facilmente argomentare chi fra essi veniva a saldare il suo debito, chi recava soltanto una parte della somma tolta in prestito e aveva già negli occhi la preghiera che avrebbe rivolta all'usuraio perché avesse pazienza per il resto fino al mese venturo; chi non portava nulla e pareva schiacciato sotto la minaccia della fame, perché il Chiarenza lo avrebbe senza misericordia spogliato di tutto e buttato in mezzo a una strada.

A un tratto, l'uscio del banco s'aprì, e Tino Làbiso, col volto infocato, quasi paonazzo, con gli occhi lustri, come se avesse pianto, scappò via senza veder nessuno, tenendo in mano il suo pezzolone a dadi rossi e neri: l'emblema della sua sfortunata prudenza.

Lo Scala e il Trigona entrarono nella sala del banco.

Era anch'essa quasi buia, con una sola finestra ferrata, che dava su un angusto vicoletto. Di pieno giorno, il Chiarenza doveva tenere su la scrivania il lume acceso, riparato da un mantino verde.

Seduto su un vecchio seggiolone di cuoio innanzi alla scrivania, il cui palchetto a casellario era pieno zeppo di carte, il Chiarenza teneva su le spalle uno sciaelletto, in capo una papalina, e un paio di mezzi guanti di lana alle mani orribilmente deformate dall'artritide. Quantunque non avesse ancora quarant'anni, ne mostrava più di cinquanta, la faccia gialla, itterica, i capelli grigi, fitti, aridi che gli si allungavano come a un malato su le tempie. Aveva, in quel momento, gli occhiali a staffa rialzati su la fronte stretta, rugosa, e guardava innanzi a sé con gli occhi torbidi, quasi spenti sotto le grosse palpebre gravi. Evidentemente, si sforzava di dominare l'interna agitazione e di apparir calmo di fronte allo Scala.

La coscienza della propria infamità, non gl'ispirava ora che odio, odio cupo e duro, contro tutti e segnatamente contro il suo antico benefattore, sua prima vittima. Non sapeva ancora che cosa lo Scala volesse da lui; ma era risoluto a non concedergli nulla, per non apparire pentito d'una colpa ch'egli aveva sempre sdegnosamente negata, rappresentando lo Scala come un pazzo.

Questi, che da anni e anni non lo aveva più riveduto, neanche da lontano, rimase dapprima stupito, a mirarlo. Non lo avrebbe riconosciuto, ridotto in quello stato, se lo avesse incontrato per via.

«Il castigo di Dio» pensò; e aggrottò le ciglia, comprendendo subito che, così ridotto, quell'uomo doveva credere d'aver già scontato il delitto e di non dovergli più, perciò, nessuna riparazione.

Dima Chiarenza, con gli occhi bassi, si pose una mano dietro le reni per tirarsi su, pian piano, dal seggiolone di cuoio, col volto atteggiato di spasimo; ma Saro Trigona lo costrinse a rimaner seduto e, subito, col suo solito opprimente garbuglio di frasi, cominciò a esporre lo scopo della visita: egli, vendendo la campagna ereditata dal cugino al caro don Mattia lì presente, avrebbe pagato, subito, dodici mila lire, a scomputo del suo debito, al carissimo don Dima, il quale, dal canto suo, doveva obbligarsi di non muovere nessuna azione giudiziaria contro l'eredità Lo Cìcero, aspettando...

– Piano, piano, figliuolo, – lo interruppe a questo punto il Chiarenza, riponendosi gli occhiali sul naso. – Già l'ho mossa oggi stesso, protestando le cambiali a firma di vostro cugino, scadute da un pezzo. Le mani avanti!

– E il mio denaro? – scattò allora lo Scala. – Il fondo del Lo Cìcero non valeva più di diciotto mila lire; ma ora io ce ne ho spese più di sei mila; dunque, facendolo stimare onestamente, tu non potresti averlo per meno di ventiquattro mila.

– Bene, – rispose, calmissimo, il Chiarenza. – Siccome il Trigona me ne deve venticinque mila, vuol dire che io, prendendomi il podere, vengo a perdercene mille, oltre gl'interessi.

– Dunque... venticinque? – esclamò allora don Mattia, rivolto al Trigona, con gli occhi sbarrati.

Questi si agitò su la seggiola, come su un arnese di tortura, balbettando:

– Ma... co... come?

– Ecco, figlio mio: ve lo faccio vedere, – rispose senza scomporsi il Chiarenza, ponendosi di nuovo la mano dietro le reni e tirandosi su con pena. – Ci sono i registri. Parlano chiaro.

– Lascia stare i registri! – gridò lo Scala, facendosi avanti. – Qua ora si tratta de' miei denari: quelli spesi da me nel podere.

– E che ne so io? – fece il Chiarenza, stringendosi nelle spalle e chiudendo gli occhi. – Chi ve li ha fatti spendere?

Don Mattia Scala ripeté, su le furie, al Chiarenza il suo accordo col Lo Cìcero.

– Male, – soggiunse, richiudendo gli occhi, il Chiarenza, per la pena che gli costava la calma che voleva dimostrare; ma quasi non tirava più fiato. – Male. Vedo che voi, al solito, non sapete trattare gli affari.

– E me lo rinfacci tu? – gridò lo Scala, – tu!

– Non rinfaccio nulla; ma, santo Dio, avreste dovuto almeno sapere, prima di spendere codesti denari che voi dite, che il Lo Cìcero non poteva più vendere a nessuno il podere, perché aveva firmato a me tante cambiali per un valore che sorpassava quello del podere stesso.

– E così, – riprese lo Scala – tu ti approfitterai anche del mio denaro?

– Non mi approfitto di nulla, io, – rispose, pronto, il Chiarenza. – Mi pare di avervi dimostrato che, anche secondo la stima che voi fate della terra, io vengo a perderci più di mille lire.

Saro Trigona cercò d'interporsi, facendo balenare al Chiarenza le dodici mila lire contanti che don Mattia aveva nel portafogli.

– Il denaro è denaro!

– E vola! – aggiunse subito il Chiarenza. – Il meglio impiego del denaro oggi è su terre, sappiatelo, caro mio. Le cambiali, armi da guerra, a doppio taglio: la rendita sale e scende; la terra, invece, è là, che non si muove.

Don Mattia ne convenne e, cangiando tono e maniera, parlò al Chiarenza del suo lungo amore per quella campagna contigua, soggiungendo che non avrebbe saputo acconciarsi mai a vedersela tolta, dopo tanti stenti durati per essa. Si contentasse, dunque, il Chiarenza, per il momento, del denaro ch'egli aveva con sé; avrebbe avuto il resto, fino all'ultimo centesimo, da lui, non più dal Trigona, tenendo anche ferma la stima di ventiquattro mila lire, come se quelle sei mila lui non ce le avesse spese; e anche fino al saldo delle venticinque mila, se voleva, cioè dell'intero debito del Trigona.

– Che posso dirti di più?

Dima Chiarenza ascoltò, con gli occhi chiusi, impassibile, il discorso appassionato dello Scala. Poi gli disse, assumendo anche lui un altro tono, più funebre e più grave:

– Sentite, don Mattia. Vedo che vi sta molto a cuore quella terra, e volentieri ve la lascerei, per farvi piacere, se non mi trovassi in queste condizioni di salute. Vedete come sto? I medici mi hanno consigliato riposo e aria di campagna...

– Ah! – esclamò lo Scala fremente. – Te ne verresti là, dunque, accanto a me?

– Per altro, – riprese il Chiarenza – voi ora non mi dareste neanche la metà di quanto io debbo avere. Chi sa dunque fino a quando dovrei aspettare per esser pagato; mentre ora, con un lieve sacrificio, prendendomi quella terra, posso riavere subito il mio e provvedere alla mia salute. Voglio lasciar tutto in regola, io, ai miei eredi.

– Non dir così! – proruppe lo Scala, indignato e furente. – Tu pensi agli eredi? Non hai figli, tu! Pensi ai nipoti? Giusto ora? Non ci hai mai pensato. Di' franco: Voglio nuocerti, come t'ho sempre nociuto! Ah non t'è bastato d'avermi distrutta la casa, d'avermi quasi uccisa la moglie e messo in fuga per disperazione l'unico figlio, non t'è bastato d'avermi ridotto là, misero, in ricompensa del bene ricevuto; anche la terra ora vuoi levarmi, la terra dove io ho buttato il sangue mio? Ma perché, perché così feroce contro di me? Che t'ho fatto io? Non ho nemmeno fiatato dopo il tuo tradimento da Giuda: avevo da pensare alla moglie che mi moriva per causa tua, al figlio scomparso per causa tua: prove, prove materiali del furto non ne avevo, per mandarti in galera; e dunque, zitto; me ne sono andato là, in quei tre palmi di terra; mentre qua tutto il paese, a una voce, t'accusava, ti gridava: Ladro! Giuda! Non io, non io! Ma Dio c'è, sai? e t'ha punito: guarda le tue mani ladre come sono ridotte... Te le nascondi? Sei morto! sei morto! e ti ostini ancora a farmi del male? Oh ma, sai? questa volta, no: tu non ci arrivi! Io t'ho detto i sacrificii che sarei disposto a fare per quella terra. Alle corte, dunque, rispondi: – Vuoi lasciarmela?

– No! – gridò, pronto, rabbiosamente, il Chiarenza, torvo, stravolto.

– E allora, né io né tu!

E lo Scala s'avviò per uscire.

– Che farete? – domandò il Chiarenza, rimanendo seduto e aprendo le labbra a un ghigno squallido.

Lo Scala si voltò, alzò la mano a un violento gesto di minaccia e rispose, guardandolo fieramente negli occhi:

– Ti brucio!

VII

Uscito dalla casa del Chiarenza e sbarazzatosi con una furiosa scrollata di spalle del Trigona che voleva dimostrargli, tutto dolente, la sua buona intenzione, don Mattia Scala si recò prima in casa d'un suo amico avvocato per esporgli il caso di cui era vittima e domandargli se, potendo agire giudiziariamente per il riconoscimento del suo credito, sarebbe riuscito a impedire al Chiarenza di pigliar possesso del podere.

L'avvocato non comprese nulla in principio, sopraffatto dalla concitazione con cui lo Scala aveva parlato. Si provò a calmarlo, ma invano.

– Insomma, prove, documenti, ne avete?

– Non ho un corno!

– E allora andate a farvi benedire! Che volete da me?

– Aspettate, – gli disse don Mattia, prima d'andarsene. – Sapreste, per caso, indicarmi dove sta di casa l'ingegnere Scelzi, della Società delle Zolfare di Comitini?

L'avvocato gl'indicò la via e il numero della casa, e don Mattia Scala, ormai deciso, vi andò difilato.

Lo Scelzi era uno di quegli ingegneri che, passando ogni mattina per la via mulattiera innanzi al cancello della villa per recarsi alle zolfare della vallata, lo avevano con maggior insistenza sollecitato per la cessione del sottosuolo. Quante volte lo Scala, per chiasso, non lo aveva minacciato di chiamare i cani per farlo scappare!

Quantunque di domenica lo Scelzi non ricevesse per affari, si affrettò a lasciar passare nello studio l'insolito visitatore.

– Voi, don Mattia? Qual buon vento?

Lo Scala con le enormi sopracciglia aggrottate si piantò di fronte al giovine ingegnere sorridente, lo guardò negli occhi, e rispose:

– Sono pronto.

– Ah! benissimo! Cedete?

– Non cedo. Voglio contrattare. Sentiamo i patti.

– E non li sapete? – esclamò lo Scelzi. – Ve li ho ripetuti tante volte...

– Avete bisogno di far altri rilievi lassù? – domandò don Mattia, cupo, impetuoso.

– Eh no! Guardate... – rispose l'ingegnere indicando la grande carta geologica appesa alla parete, ov'era tracciato per cura del R. Corpo delle Miniere tutto il campo minerale della regione. Fissò col dito un punto nella carta e aggiunse: – È qui: non c'è bisogno d'altro...

– E allora possiamo contrattare subito?

– Subito?... Domani. Domattina stesso io ne parlerò al Consiglio d'Amministrazione. Intanto, se volete, qua, ora, possiamo stendere insieme la proposta, che sarà senza dubbio accettata, se voi non ponete avanti altri patti.

– Ho bisogno di legarmi subito! – scattò lo Scala. – Tutto, tutto distrutto, è vero?... sarà tutto distrutto lassù?

Lo Scelzi lo guardò meravigliato: conosceva da un pezzo l'indole strana, impulsiva, dello Scala; ma non ricordava d'averlo mai veduto così.

– Ma i danni del fumo, – disse – saranno previsti nel contratto e compensati...

– Lo so! Non me n'importa! – soggiunse lo Scala. – Le campagne, dico, le campagne, tutte distrutte... è vero?

– Eh... – fece lo Scelzi, stringendosi nelle spalle.

– Questo, questo cerco! questo voglio! – esclamò allora don Mattia, battendo un pugno sulla scrivania. – Qua, ingegnere: scrivete, scrivete! Né io né lui! Lo brucio... Scrivete. Non vi curate di quello che dico.

Lo Scelzi sedette innanzi alla scrivania e si mise a scrivere la proposta, esponendo prima, man mano, i patti vantaggiosi, tante volte già respinti sdegnosamente dallo Scala, che ora, invece, cupo, accigliato, annuiva col capo, a ognuno.

Stesa finalmente la proposta, l'ingegnere Scelzi non seppe resistere al desiderio di conoscere il perché di quella risoluzione improvvisa, inattesa.

– Mal'annata?

– Ma che mal'annata! Quella che verrà, – gli rispose lo Scala – quando avrete aperto la zolfara!

Sospettò allora lo Scelzi che don Mattia Scala avesse ricevuto tristi notizie del figliuolo scomparso: sapeva che, alcuni mesi addietro, egli aveva rivolto una supplica a Roma perché, per mezzo degli agenti consolari, fossero fatte ricerche dovunque. Ma non volle toccar quel tasto doloroso.

Lo Scala, prima d'andarsene, raccomandò di nuovo allo Scelzi di sbrigar la faccenda con la massima sollecitudine.

– A tamburo battente, e legatemi bene!

Ma dovettero passar due giorni per la deliberazione del Consiglio della Società delle zolfare, per la scrittura dell'atto presso il notaio, per la registrazione dell'atto stesso: due giorni tremendi per don Mattia Scala. Non mangiò, non dormì, fu come in un continuo delirio, andando di qua e di là dietro allo Scelzi, a cui ripeteva di continuo:

– Legatemi bene! Legatemi bene!

– Non dubiti, – gli rispondeva sorridendo l'ingegnere. – Adesso non ci scappa più!

Firmato alla fine e registrato il contratto di cessione, don Mattia Scala uscì come un pazzo dallo studio notarile; corse al fondaco, all'uscita del paese, dove, nel venire, tre giorni addietro, aveva lasciato la giumenta; cavalcò e via.

Il sole era al tramonto. Per lo stradone polveroso don Mattia s'imbatté in una lunga fila di carri carichi di zolfo, i quali dalle lontane zolfare della vallata, di là dalla collina che ancora non si scorgeva, si recavano, lenti e pesanti, alla stazione ferroviaria sotto il paese.

Dall'alto della giumenta, lo Scala lanciò uno sguardo d'odio a tutto quello zolfo che cigolava e scricchiolava continuamente a gli urti, ai sobbalzi dei carri senza molle.

Lo stradone era fiancheggiato da due interminabili siepi di fichidindia, le cui pale, per il continuo transito di quei carri, eran tutte impolverate di zolfo.

Alla loro vista, la nausea di don Mattia si accrebbe. Non si vedeva che zolfo, da per tutto, in quel paese! Lo zolfo era anche nell'aria che si respirava, e tagliava il respiro, e bruciava gli occhi.

Finalmente, a una svolta dello stradone, apparve la collina tutta verde. Il sole la investiva con gli ultimi raggi.

Lo Scala vi fissò gli occhi e strinse nel pugno le briglie fino a farsi male. Gli parve che il sole salutasse per l'ultima volta il verde della collina. Forse egli, dall'alto di quello stradone, non avrebbe mai più riveduto la collina, come ora la vedeva. Fra vent'anni, quelli che sarebbero venuti dopo di lui, da quel punto dello stradone, avrebbero veduto là un colle calvo, arsiccio, livido, sforacchiato dalle zolfare.

«E dove sarò io, allora?» pensò, provando un senso di vuoto, che subito lo richiamò al pensiero del figlio lontano, sperduto, randagio per il mondo, se pure era ancor vivo. Un impeto di commozione lo vinse, e gli occhi gli s'empirono di lagrime. Per lui, per lui egli aveva trovato la forza di rialzarsi dalla miseria in cui lo aveva gettato il Chiarenza, quel ladro infame che ora gli toglieva la campagna.

– No, no! – ruggì, tra i denti, al pensiero del Chiarenza. – Né io né lui!

E spronò la giumenta, come per volare là a distruggere d'un colpo la campagna che non poteva più esser sua.

Era già sera, quando pervenne ai piedi della collina. Dové girarla per un tratto, prima d'imboccar la via mulattiera. Ma era sorta la luna, e pareva che a mano a mano raggiornasse. I grilli, tutt'intorno, salutavano freneticamente quell'alba lunare.

Attraversando le campagne, lo Scala si sentì pungere da un acuto rimorso, pensando ai proprietarii di quelle terre, tutti suoi amici, i quali in quel momento non sospettavano certo il tradimento ch'egli aveva fatto loro.

Ah, tutte quelle campagne sarebbero scomparse tra breve: neppure un filo d'erba sarebbe più cresciuto lassù; e lui, lui sarebbe stato il devastatore della verde collina! Si riportò col pensiero al balcone della sua prossima cascina, rivide il limite della sua angusta terra, pensò che gli occhi suoi ora avrebbero dovuto arrestarsi là, senza più scavalcare quel muro di cinta e spaziar lo sguardo nella terra accanto: e si sentì come in prigione, quasi più senz'aria, senza più libertà in quel campicello suo, col suo nemico che sarebbe venuto ad abitare là. No! No!

– Distruzione! distruzione! Né io né lui! Brucino!

E guardò attorno gli alberi, con la gola stretta d'angoscia: quegli olivi centenarii, dal grigio poderoso tronco stravolto, immobili, come assorti in un sogno misterioso nel chiarore lunare. Immaginò come tutte quelle foglie, ora vive, si sarebbero aggricciate ai primi fiati agri della zolfara, aperta lì come una bocca d'inferno; poi sarebbero cadute; poi gli alberi nudi si sarebbero anneriti, poi sarebbero morti, attossicati dal fumo dei forni. L'accetta, lì, allora. Legna da ardere, tutti quegli alberi...

Una brezza lieve si levò, salendo la luna. E allora le foglie di tutti quegli alberi, come se avessero sentito la loro condanna di morte, si scossero quasi in un brivido lungo, che si ripercosse su la schiena di don Mattia Scala, curvo su la giumenta bianca.

IL TABERNACOLO

I

Coricatosi accanto alla moglie, che già dormiva, voltata verso il lettuccio, su cui giacevano insieme i due figliuoli, Spatolino disse prima le consuete orazioni, s'intrecciò poi le mani dietro la nuca; strizzò gli occhi, e – senza badare a quello che faceva – si mise a fischiettare, com'era solito ogni qual volta un dubbio o un pensiero lo rodevano dentro.

– *Fifìfì... fifìfì... fifìfì...*

Non era propriamente un fischio, ma uno zufolio sordo, piuttosto; a fior di labbra, sempre con la medesima cadenza.

A un certo punto, la moglie si destò:

– Ah! ci siamo? Che t'è accaduto?

– Niente. Dormi. Buona notte.

Si tirò giù, voltò le spalle alla moglie e si raggricchiò anche lui da fianco, per dormire. Ma che dormire!

– *Fifìfì... fifìfì... fifìfì...*

La moglie allora gli allungò un braccio sulla schiena, a pugno chiuso.

– Ohé, la smetti? Bada che mi svegli i piccini!

– Hai ragione. Sta' zitta! M'addormento.

Si sforzò davvero di scacciare dalla mente quel pensiero tormentoso che diventava così, dentro di lui, come sempre, un grillo canterino. Ma, quando già credeva d'averlo scacciato:

– *Fifìfì... fifìfì... fifìfì...*

Questa volta non aspettò neppure che la moglie gli allungasse un altro pugno più forte del primo; saltò dal letto, esasperato.

– Che fai? dove vai? – gli domandò quella.

E lui:

– Mi rivesto, mannaggia! Non posso dormire. Mi metterò a sedere qua davanti la porta, su la strada. Aria! Aria!

– Insomma, – riprese la moglie – si può sapere che diavolo t'è accaduto?

– Che? Quella canaglia, – proruppe allora Spatolino, sforzandosi di parlar basso, – quel farabutto, quel nemico di Dio...

– Chi? chi?

– Ciancarella.

– Il notaio?

– Lui. M'ha fatto dire che mi vuole domani alla villa.

– Ebbene?

– Ma che può volere da me un uomo come quello, me lo dici? Porco, salvo il santo battesimo! porco, e dico poco! Aria! aria!

Afferrò, così dicendo, una seggiola, riaprì la porta, la riaccostò dietro di sé e si pose a sedere sul vicoletto addormentato, con le spalle appoggiate al muro del suo casalino.

Un lampione a petrolio, lì presso, sonnecchiava languido, verberando del suo lume giallastro l'acqua putrida d'una pozza, seppure era acqua, giù tra l'acciottolato, qua gobbo là avvallato, tutto sconnesso e logoro.

Dall'interno delle casupole in ombra veniva un tanfo grasso di stalla e, a quando a quando, nel silenzio, lo scalpitare di qualche bestia tormentata dalle mosche.

Un gatto, che strisciava lungo il muro, s'arrestò, obliquo, guardingo.

Spatolino si mise a guardare in alto, nella striscia di cielo, le stelle che vi fervevano; e, guardando, si recava alla bocca i peli dell'arida barbetta rossiccia.

Piccolo di statura, quantunque fin da ragazzo avesse impastato terra e calcina, aveva un che di signorile nell'aspetto.

A un tratto, gli occhi chiari rivolti al cielo gli si riempirono di lagrime. Si scosse su la seggiola e, asciugandosi il pianto col dorso della mano, mormorò nel silenzio della notte:

– Aiutatemi voi, Cristo mio!

II

Dacché nel paese la consorteria clericale era stata battuta e il partito nuovo, degli scomunicati, aveva invaso i seggi del Comune, Spatolino si sentiva come in mezzo a un campo nemico.

Tutti i suoi compagni di lavoro, come tante pecore, s'erano messi dietro ai nuovi caporioni; e stretti ora in corporazione, spadroneggiavano.

Con pochi altri operai rimasti fedeli alla santa Chiesa, Spatolino aveva fondato una *Società Cattolica di Mutuo Soccorso tra gl'Indegni Figli della Madonna Addolorata.*

Ma la lotta era impari; e le beffe dei nemici (e anche degli amici) e la rabbia dell'impotenza avevano fatto perdere a Spatolino il lume degli occhi.

S'era intestato, come presidente di quella Società Cattolica, a promuovere processioni e luminarie e girandole, nella ricorrenza delle feste religiose, osservate prima e favorite dall'antico Consiglio Comunale, e tra i fischi, gli urli e le risate del partito avversario ci aveva rimesso le spese, per S. Michele Arcangelo, per S. Francesco di Paola, per il Venerdì Santo, per il Corpus Domini e insomma per tutte le feste principali del calendario ecclesiastico.

Così il capituluccio, che gli aveva finora permesso d'assumer qualche lavoro in appalto, s'era talmente assottigliato, ch'egli prevedeva non lontano il giorno che da capomastro muratore si sarebbe ridotto a misero giornante.

La moglie, già da un pezzo, non aveva più per lui né rispetto né considerazione: s'era messa a provvedere da sé ai suoi bisogni e a quelli dei figliuoli, lavando, cucendo per conto d'altri, facendo ogni sorta di servizii.

Come se lui stesse in ozio per piacere! Ma se la corporazione di quei figli di cane assumeva tutti i lavori! Che pretendeva la moglie? ch'egli rinunziasse alla fede, rinnegasse Dio, e andasse a iscriversi al partito di quelli? Ma si sarebbe fatto tagliar le mani piuttosto!

L'ozio intanto lo divorava, gli faceva di giorno in giorno crescere l'orgasmo e il puntiglio, e lo inveleniva contro tutti.

Ciancarella, il notaio, non aveva mai parteggiato per nessuno; ma era pur notoriamente nemico di Dio; ne faceva professione, dacché non esercitava più quell'altra del notaio. Una volta, aveva osato finanche d'aizzare i cani contro un santo sacerdote, don Lagàipa, che s'era recato da lui per intercedere in favore d'alcuni parenti poveri, che morivano addirittura di fame, mentr'egli, nella splendida villa che s'era fatta costruire all'uscita del paese, viveva da principe, con la ricchezza accumulata chi sa come e accresciuta da tant'anni d'usura.

Tutta la notte Spatolino (per fortuna era d'estate), un po' seduto, un po' passeggiando per il vicoletto deserto, meditò (*fififì... fififì... fififì...*) su quell'invito misterioso del Ciancarella.

Poi, sapendo che questi era solito di lasciare il letto per tempo, e sentendo che la moglie già s'era levata, con l'alba, e sfaccendava per casa, pensò d'avviarsi, lasciando lì fuori la seggiola ch'era vecchia, e nessuno se la sarebbe presa.

III

La villa del Ciancarella era tutta murata come una fortezza, e aveva il cancello su lo stradone provinciale.

Il vecchio, che pareva un rospaccio calzato e vestito, oppresso da una cisti enorme su la nuca, che lo obbligava a tener sempre giù e piegato da un lato il testone raso, vi abitava solo, con un servitore; ma aveva molta gente di campagna ai suoi ordini, armata, e due mastini che incutevano paura, solo a vederli.

Spatolino sonò la campana. Subito quelle due bestiacce s'avventarono furibonde alle sbarre del cancello, e non si quietarono neppure quando il servitore accorse a rincorare Spatolino che non voleva entrare. Bisognò che il padrone, il quale prendeva il caffè nel chioschetto d'edera, a un lato della villa, in mezzo al giardino, li chiamasse col fischio.

– Ah, Spatolino! Bravo, – disse il Ciancarella. – Siedi lì.

E gl'indicò uno degli sgabelli di ferro disposti, giro giro, nel chioschetto.

Ma Spatolino rimase in piedi, col cappelluccio roccioso e ingessato tra le mani.

– Tu sei un *indegno figlio*, è vero?

– Sissignore, e me ne vanto: della Madonna Addolorata. Che comandi ha da darmi?

– Ecco, – disse Ciancarella; ma, invece di seguitare, si recò la tazza alle labbra e trasse tre sorsi di caffè. – Un tabernacolo – (e un altro sorso).

– Come dice?

– Vorrei costruito da te un tabernacolo – (ancora un sorso).

– Un tabernacolo, Vossignoria?

– Sì, su lo stradone, di fronte al cancello – (altro sorso, l'ultimo; posò la tazza, e – senza asciugarsi le labbra – si levò in piedi. Una goccia di caffè gli scese da un angolo della bocca di tra gl'irti peli della barba non rifatta da parecchi giorni). – Un tabernacolo, dunque, non tanto piccolo, perché ci ha da entrare una statua, grande al vero, di Cristo alla colonna. Alle pareti laterali ci voglio allogare due bei quadri, grandi: di qua, un *Calvario*; di là, una *Deposizione*. Insomma, come un camerotto agiato, su uno zoccolo alto un metro, col cancelletto di ferro davanti, e la croce su, s'intende. Hai capito?

Spatolino chinò più volte il capo, con gli occhi chiusi; poi, riaprendo gli occhi e traendo un sospiro, disse:

– Ma Vossignoria scherza, è vero?

– Scherzo? Perché?

– Io credo che Vossignoria voglia scherzare. Mi perdoni. Un tabernacolo, Vossignoria, all'*Ecce Homo*?

Ciancarella si provò ad alzare un po' il testone raso, se lo tenne con una mano e rise in un suo modo speciale, curiosissimo, come se frignasse, per via di quel malanno che gli opprimeva la nuca.

– Eh che! – disse. – Non ne son forse degno, secondo te?

– Ma nossignore, scusi! – s'affrettò a negare Spatolino, stizzito, infiammandosi. – Perché dovrebbe Vossignoria commettere così, senza ragione, un sacrilegio? Si lasci pregare, e mi perdoni se parlo franco. Chi vuol gabbare, Vossignoria? Dio, no; Dio non lo gabba; Dio vede tutto, e non si lascia gabbare da Vossignoria. Gli uomini? Ma vedono anche loro e sanno che Vossignoria...

– Che sanno, imbecille? – gli gridò il vecchio, interrompendolo. – E che sai tu di Dio, verme di terra? Quello che te n'hanno detto i preti! Ma Dio... Vah, vah, vah, io mi metto a ragionare con te, adesso... Hai fatto colazione?

– Nossignore.

– Brutto vizio, caro mio! dovrei dartela io, ora, eh?

– Nossignore. Non prendo nulla.

– Ah, – esclamò Ciancarella con uno sbadiglio. – Ah! I preti, figliuolo, i preti ti hanno sconcertato il cervello. Vanno predicando, è vero? che io non credo in Dio. Ma sai perché? perché non do loro da mangiare. Ebbene, sta' zitto: ne avranno, quando verranno a consacrare il nostro tabernacolo. Voglio che sia una bella festa, Spatolino. Perché mi guardi così? Non credi? O vuoi sapere come mi sia venuto in mente? In sogno, figliuolo! Ho avuto un sogno, l'altra notte. Ora certo i preti diranno che Dio m'ha toccato il cuore. Dicano pure; non me n'importa nulla! Dunque, siamo intesi, eh? Parla... smuoviti... Sei allocchito?

– Sissignore, – confessò Spatolino, aprendo le braccia.

Ciancarella, questa volta, si prese la testa con tutt'e due le mani, per ridere a lungo.

– Bene, – poi disse. – Tu sai com'io tratto. Non voglio impicci di nessun genere. So che sei un bravo operaio e che fai le cose ammodo e onestamente. Fa' da te, spese e tutto, senza seccarmi. Quando avrai finito, faremo i conti. Il tabernacolo... hai capito come lo voglio?

– Sissignore.

– Quando ti metterai all'opera?

– Per me, anche domani.

– E quando potrà esser finito?

Spatolino stette un po' a pensare.

– Eh, – poi disse, – se dev'essere così grande, ci vorrà almeno..., che so, un mese.

– Sta bene. Andiamo ora a vedere insieme il posto.

La terra, dall'altra parte dello stradone, apparteneva pure al Ciancarella, che la lasciava incolta, in abbandono: l'aveva acquistata per non aver soggezioni lì davanti alla villa; e permetteva che i pecorai vi conducessero le loro greggiole a pascolare, come se fosse terra senza padrone. Per costruirvi il tabernacolo non si doveva dunque chieder licenza a nessuno. Stabilito il posto, lì, proprio dirimpetto al cancello, il vecchio rientrò nella villa, e Spatolino, rimasto solo, – *fifìfì... fifìfì... fifìfì...* – non la finì più. Poi s'avviò. Cammina e cammina, si ritrovò, quasi senza saperlo, dinanzi la porta di don Lagàipa, ch'era il suo confessore. Si ricordò, dopo aver bussato, che il prete era da parecchi giorni a letto, infermo: non avrebbe dovuto disturbarlo con quella visita mattutina; ma il caso era grave; entrò.

IV

Don Lagàipa era in piedi e, tra la confusione delle sue donne, la serva e la nipote, che non sapevano come obbedire agli ordini ch'egli impartiva, stava, in calzoni e maniche di camicia, in mezzo alla camera a pulire le canne d'un fucile.

Il naso vasto e carnoso, tutto bucherato dal vaiuolo come una spugna, pareva gli fosse divenuto, dopo la malattia, più abbondante. Di qua e di là, divergenti quasi per lo spavento di quel naso, gli occhi lucidi, neri, pareva volessero scappargli dalla faccia gialla, disfatta.

– Mi rovinano, Spatolino, mi rovinano! È venuto poco fa il garzone, baccalà, a dirmi che la mia campagna è diventata proprietà comune, già! roba di tutti. I socialisti, capisci? mi rubano l'uva ancora acerba; i fichidindia, tutto! Il tuo è mio, capisci? Il tuo è mio! Gli mando questo fucile. Alle gambe! gli ho detto; tira loro alle gambe: cura di piombo, ci vuole! (Rosina, papera, papera, papera, un altro po' d'aceto t'ho detto, e una pezzuola pulita.) Che volevi dirmi, figliuolo mio?

Spatolino non sapeva più da che parte cominciare. Appena gli uscì di bocca il nome di Ciancarella, una furia di male parole; all'accenno della costruzione del tabernacolo, vide don Lagàipa trasecolare.

– Un tabernacolo?

– Sissignore: all'*Ecce Homo*. Vorrei sapere da Vostra Reverenza se debbo farglielo.

– Lo domandi a me? Pezzo d'asino, che gli hai risposto?

Spatolino ripeté quanto aveva detto al Ciancarella e altro aggiunse, che non aveva detto, infervorandosi alle lodi del prete battagliero.

– Benissimo! E lui? Muso di cane!

– Ha avuto un sogno, dice.

– Imbroglione! Non starci a credere! Imbroglione! Se Dio veramente gli avesse parlato in sogno, gli avrebbe suggerito piuttosto di aiutare un po' quei poveretti dei Lattuga, che non vuol riconoscere per parenti solo perché son divoti e fedeli a noi, mentre protegge i Montoro, capisci? quegli atei socialisti, a cui lascerà tutte le sue ricchezze. Basta. Che vuoi da me? Fagli il tabernacolo. Se non glielo fai tu, glielo farà un altro. Tanto, per noi, sarà sempre bene, che un tal peccatore dia segno di volere in qualche modo riconciliarsi con Dio. Imbroglione! Muso di cane!

Tornato a casa, Spatolino, per tutto quel giorno, disegnò tabernacoli. Verso sera si recò a provvedere i materiali, due manovali, un ragazzo calcinaio. E il giorno appresso, all'alba, si mise all'opera.

V

La gente che passava a piedi o a cavallo o coi carri per lo stradone polveroso, si fermava a domandare a Spatolino che cosa facesse.

– Un tabernacolo.

– Chi ve l'ha ordinato?

E lui, cupo, alzando un dito al cielo:

– L'*Ecce Homo*.

Non rispose altrimenti, per tutto il tempo che durò la fabbrica. La gente rideva o scrollava le spalle.

– Giusto qua? – gli domandava però qualcuno, guardando verso il cancello della villa.

A nessuno veniva in mente che il notaio potesse avere ordinato quel tabernacolo; tutti, invece, ignorando che quel pezzo di terra appartenesse pure al Ciancarella, e conoscendo il fanatismo religioso di Spatolino, pensavano che questi, o per incarico del vescovo o per voto della Società Cattolica, costruisse lì quel tabernacolo, per far dispetto al vecchio usuraio. E ne ridevano.

Intanto, come se Dio veramente fosse sdegnato di quella fabbrica, capitarono a Spatolino, lavorando, tutte le disgrazie. Già, quattro giorni a sterrare, prima di trovare il pancone per le fondamenta; poi liti lassù alla cava, per la pietra; liti per la calce, liti col fornaciaio; e infine, nell'assettar la centina per costruir l'arco, cade la centina e per miracolo non accoppa il ragazzo calcinaio.

All'ultimo, la bomba. Il Ciancarella, proprio nel giorno che Spatolino doveva mostrargli il tabernacolo bell'e finito, un colpo apoplettico, di quelli genuini, e in capo a tre ore, morto.

Nessuno allora poté più levar dal capo a Spatolino che quella morte improvvisa del notaio fosse la punizione di Dio sdegnato. Ma non credette, dapprima, che lo sdegno divino dovesse rovesciarsi anche su lui, che – pur di contraggenio – s'era prestato a innalzare quella fabbrica maledetta.

Lo credette quando, recatosi dai Montoro, eredi del notaio, per aver pagata l'opera sua, s'udì rispondere che nulla essi ne sapevano e che non volevano perciò riconoscere quel debito non comprovato da nessun documento.

– Come! – esclamò Spatolino. – E il tabernacolo dunque per chi l'ho fatto io?

– Per l'*Ecce Homo*.

– Di testa mia?

– Oh insomma, – gli dissero quelli, per cavarselo di torno. – Noi crederemmo di mancar di rispetto alla memoria di nostro zio supponendo anche per un momento ch'egli abbia potuto davvero darti un incarico così contrario al suo modo di pensare e di sentire. Non risulta da nulla. Che vuoi dunque da noi? Tieniti il tabernacolo; e, se non t'accomoda, ricorri al tribunale.

Ma subito, come no? ricorse al tribunale, Spatolino. Poteva forse perdere? Potevano forse credere sul serio i giudici che egli avesse costruito di testa sua un tabernacolo? E poi c'era il servo, per testimonio, il servo del Ciancarella appunto, ch'era venuto a chiamarlo per incarico del padrone; e don Lagàipa c'era, con cui era andato a consigliarsi quel giorno stesso; c'era la moglie poi, a cui egli l'aveva detto, e i manovali che avevano lavorato con lui, tutto quel tempo. Come poteva perdere?

Perdette, perdette, sissignori. Perdette, perché il servo del Ciancarella, passato ora al servizio dei Montoro, andò a deporre che aveva chiamato sì Spatolino per incarico del padrone, sant'anima; ma non certo perché il padrone, sant'anima, avesse in mente di dargli l'incarico di costruire quel tabernacolo lì, bensì perché dal giardiniere, ora morto, (guarda combinazione!) aveva sentito dire che Spatolino aveva lui l'intenzione di costruire un tabernacolo proprio lì, dirimpetto al cancello, e aveva voluto avvertirlo che il pezzo di terra dall'altra parte dello stradone gli apparteneva, e che dunque si fosse guardato bene dal costruirvi una *minchioneria* di quel genere. Soggiunse che anzi, avendo egli un giorno detto al padrone, sant'anima, che Spatolino, non ostante il divieto, scavava di là con tre manovali, il padrone, sant'anima, gli aveva risposto: – E lascialo scavare, non lo sai ch'è matto? Cerca forse il tesoro per terminare la chiesa di Santa Caterina! –. A nulla giovò la testimonianza di don Lagàipa, notoriamente ispiratore a Spatolino di tante altre follie. Che più? Gli stessi manovali deposero che non avevano veduto mai il Ciancarella e che la mercede giornaliera l'avevano ricevuta sempre dal capomastro.

Spatolino scappò via dalla sala del tribunale come levato di cervello; non tanto per la perdita del suo capitaluccio, buttato lì, nella costruzione di quel tabernacolo; non tanto per le spese del processo a cui, per giunta, era stato condannato; quanto per il crollo della sua fede nella giustizia divina.

– Ma dunque, – andava dicendo, – dunque non c'è più Dio?

Istigato da don Lagàipa, s'appellò. Fu il tracollo. Il giorno che gli arrivò la notizia che anche in Corte d'appello aveva perduto, Spatolino non fiatò: con gli ultimi soldi che gli erano rimasti in tasca, comprò un metro e mezzo di tela bambagina rossa, tre sacchi vecchi e ritornò a casa.

– Fammi una tonaca! – disse alla moglie, buttandole i tre sacchi in grembo.

La moglie lo guardò, come se non avesse inteso.

– Che vuoi fare?

– T'ho detto: fammi una tonaca... No? Me la faccio da me.

In men che non si dica, sfondò due sacchi e li cucì insieme, per lungo; fece, a quello di su, uno spacco davanti; col terzo sacco fece le maniche e le cucì intorno a due buchi praticati nel primo sacco, a cui chiuse la bocca per un tratto di qua e di là, per modo che vi restasse il largo per il collo. Ne fece un fagottino, prese la tela bambagina rossa e, senza salutar nessuno, se n'andò.

Circa un'ora dopo, si sparse per tutto il paese la notizia che Spatolino, impazzito, s'era impostato da statua di Cristo alla colonna, là, nel tabernacolo nuovo, su lo stradone, dirimpetto alla villa del Ciancarella.

– Come impostato? che vuol dire?

– Ma sì, lui, da Cristo, là dentro il tabernacolo!

– Dite davvero?

– Davvero!

E tutto un popolo accorse a vederlo, dentro il tabernacolo, dietro il cancello, insaccato in quella tonaca con le marche del droghiere ancora lì stampate, la tela bambagina rossa su le spalle a mo' di mantello, una corona di spine in capo, una canna in mano.

Teneva la testa bassa, inclinata da un lato, e gli occhi a terra. Non si scompose minimamente né alle risa, né ai fischi, né a gli urli indiavolati della folla che cresceva a mano a mano. Più d'un monello gli tirò qualche buccia; parecchi, lì, sotto il naso, gli lanciarono crudelissime ingiurie: lui, sodo, immobile, come una vera statua; solo che sbatteva di tanto in tanto le palpebre.

Né valsero a smuoverlo le preghiere, prima, le imprecazioni, poi, della moglie accorsa con le altre donne del vicinato, né il pianto dei figliuoli. Ci volle l'intervento di due guardie che, per porre fine a quella gazzarra, forzarono il cancelletto del tabernacolo e trassero Spatolino in arresto.

– Lasciatemi stare! Chi più Cristo di me? – si mise allora a strillare Spatolino, divincolandosi. – Non vedete come mi beffano e come m'ingiuriano? Chi più Cristo di me? Lasciatemi! Questa è casa mia! Me la son fatta io, col mio danaro e con le mie mani! Ci ho buttato il sangue mio! Lasciatemi, giudei!

Ma que' giudei non vollero lasciarlo prima di sera.

– A casa! – gli ordinò il delegato. – A casa, e giudizio, bada!

– Sì, signor Pilato, – gli rispose Spatolino, inchinandosi.

E, quatto quatto, se ne ritornò al tabernacolo. Di nuovo, lì, si parò da Cristo; vi passò tutta la notte, e più non se ne mosse.

Lo tentarono con la fame; lo tentarono con la paura, con lo scherno; invano. Finalmente lo lasciarono tranquillo, come un povero matto che non faceva male a nessuno.

VI

Ora c'è chi gli porta l'olio per la lampada; c'è chi gli porta da mangiare e da bere; qualche donnicciola, pian piano, comincia a dirlo santo e va a raccomandarglisi perché preghi per lei e pe' suoi; qualche altra gli ha recato una tonaca nuova, men rozza, e gli ha chiesto in compenso tre numeri da giocare al lotto.

I carrettieri, che passano di notte per lo stradone, si sono abituati a quel lampadino ch'arde nel tabernacolo, e lo vedono da lontano con piacere; si fermano un pezzo lì davanti, a conversare col povero Cristo, che sorride benevolmente a qualche loro lazzo; poi se ne vanno; il rumor dei carri si spegne a poco a poco nel silenzio; e il povero Cristo si riaddormenta, o scende a fare i suoi bisogni dietro al muro, senza più pensare in quel momento che è parato da Cristo, con la tonaca di sacco e il mantello di bambagina rossa.

Spesso però qualche grillo, attirato dal lume, gli schizza addosso e lo sveglia di soprassalto. Allora egli si rimette a pregare; ma non è raro il caso che, durante la preghiera, un altro grillo, l'antico grillo canterino si ridesti ancora in lui. Spatolino si scosta dalla fronte la corona di spine, a cui già s'è abituato, e – grattandosi lì, dove le spine gli han lasciato il segno – con gli occhi invagiti, si rimette a fischiettare:

– *Fififì... fififì... fififì...*

DIFESA DEL MÈOLA
(Tonache di Montelusa)

Ho tanto raccomandato ai miei concittadini di Montelusa di non condannare così a occhi chiusi il Mèola, se non vogliono macchiarsi della più nera ingratitudine.

Il Mèola ha rubato.

Il Mèola s'è arricchito.

Il Mèola probabilmente domani si metterà a far l'usuraio.

Sì. Ma pensiamo, signori miei, a chi e perché ha rubato il Mèola. Pensiamo che è niente il bene che il Mèola ha fatto a se stesso rubando, se lo confrontiamo col bene che da quel suo furto è derivato alla nostra amatissima Montelusa.

Io per me non so tollerare in pace che i miei concittadini, riconoscendo da un canto questo bene, seguitino dall'altro a condannare il Mèola e a rendergli se non proprio impossibile, difficilissima la vita nel nostro paese.

Ragion per cui m'appello al giudizio di quanti sono in Italia liberali equanimi e ben pensanti.

Un incubo orrendo gravava su tutti noi Montelusani, da undici anni: dal giorno nefasto che Monsignor Vitangelo Partanna, per istanze e mali uffizii di potenti prelati a Roma, ottenne il nostro vescovado.

Avvezzi com'eravamo da tempo al fasto, alle maniere gioconde e cordiali, alla copiosa munificenza dell'Eccell.mo nostro Monsignor Vivaldi (Dio l'abbia in gloria!), tutti noi Montelusani ci sentimmo stringere il cuore, allorché vedemmo per la prima volta scendere dall'alto e vetusto Palazzo Vescovile, a piedi tra i due segretarii, incontro al sorriso della nostra perenne primavera, lo scheletro intabarrato di questo vescovo nuovo: alto, curvo su la sua trista magrezza, proteso il collo, le tumide e livide labbra in fuori, nello sforzo di tener ritta la faccia incartapecorita, con gli occhialacci neri su l'adunco naso.

I due segretarii, il vecchio don Antonio Sclepis, zio del Mèola, e il giovane don Arturo Filomarino (che durò poco in carica), si tenevano un passo indietro e andavano interiti e come sospesi, consci dell'orribile impressione che Sua Eccellenza destava in tutta la cittadinanza.

E infatti parve a tutti che il cielo, il gaio aspetto della nostra bianca cittadina s'oscurassero a quell'apparizione ispida, lugubre. Un brulichio sommesso, quasi di raccapriccio, si propagò al passaggio di lui per tutti gli alberi del lungo e ridente viale del Paradiso, vanto della nostra Montelusa, terminato laggiù da due azzurri: quello aspro e denso del mare, quello tenue e vano del cielo.

Difetto precipuo di noi Montelusani è senza dubbio l'impressionabilità. Le impressioni, a cui andiamo così facilmente soggetti, possono a lungo su le nostre opinioni, su i nostri sentimenti, e c'inducono nell'animo mutamenti sensibilissimi e durevoli.

Un vescovo a piedi? Da che il Vescovado sedeva lassù come una fortezza in cima al paese, tutti i Montelusani avevan sempre veduto scendere in carrozza i loro vescovi al viale del Paradiso. Ma vescovado, disse Monsignor Partanna fin dal primo giorno, insediandosi, è nome d'opera e non d'onore. E smise la vettura, licenziò cocchieri e lacchè, vendette cavalli e paramenti, inaugurando la più gretta tirchieria.

Pensammo dapprima:

«Vorrà fare economia. Ha molti parenti poveri nella sua nativa Pisanello.»

Se non che, venne un giorno da Pisanello a Montelusa uno di questi parenti poveri, un suo fratello appunto, padre di nove figliuoli, a pregarlo in ginocchio a mani giunte, come si pregano i santi, perché gli desse aiuto, tanto almeno da pagare i medici che dovevano operar la moglie moribonda. Non volle dargli nemmeno da pagarsi il ritorno a Pisanello. E lo vedemmo tutti, sentimmo tutti quel che disse il pover uomo con gli occhi gonfi di lagrime e la voce rotta dai singhiozzi nel Caffè di Pedoca, appena sceso dal Vescovado.

Ora, la Diocesi di Montelusa – è bene saperlo – è tra le più ricche d'Italia.

Che voleva fare Monsignor Partanna con le rendite di essa, se negava con tanta durezza un così urgente soccorso a' suoi di Pisanello?

Marco Mèola ci svelò il segreto.

L'ho presente (potrei dipingerlo), quella mattina che ci chiamò tutti, noi liberali di Montelusa, nella piazza innanzi al Caffè Pedoca. Gli tremavano le mani; le ciocche ricciute della testa leonina, rizzandosi, lo costringevano più del solito a rincalcarsi con manate furiose il cappelluccio floscio, che non gli vuol mai sedere in capo. Era pallido e fiero. Un fremito di sdegno gli arricciava il naso di tratto in tratto.

Vive orrenda tuttora negli animi dei vecchi Montelusani la memoria della corruzione seminata nelle campagne e in tutto il paese, con le prediche e la confessione, dai Padri Liguorini, e dello spionaggio, dei tradimenti operati da essi negli anni nefandi della tirannia borbonica, di cui segretamente s'eran fatti strumento.

Ebbene, i Liguorini, i Liguorini voleva far tornare a Montelusa Monsignor Partanna, i Liguorini cacciati a furia di popolo quando scoppiò la rivoluzione.

Per questo egli accumulava le rendite della Diocesi.

Ed era una sfida a noi Montelusani, che il fervido amore della libertà non avevamo potuto dimostrare altrimenti, che con quella cacciata di frati, giacché, al primo annunzio dell'entrata di Garibaldi a Palermo, s'era squagliata la sbirraglia, e con essa la scarsa soldatesca borbonica di presidio a Montelusa.

Quell'unico nostro vanto voleva dunque fiaccare Monsignor Partanna.

Ci guardammo tutti negli occhi, frementi d'ira e di sdegno. Bisognava a ogni costo impedire che un tal proposito si riducesse a effetto. Ma come impedirlo?

Parve che da quel giorno il cielo s'incavernasse su Montelusa. La città prese il lutto. Il Vescovado lassù, ove colui covava il reo disegno e di giorno in giorno ne avvicinava l'attuazione, ce lo sentimmo tutti come un macigno sul petto.

Nessuno, allora, pur sapendo che Marco Mèola era nipote dello Sclepis, segretario del vescovo, dubitava della sua fede liberale. Tutti anzi ammiravano la sua forza d'animo quasi eroica, comprendendo di quanta amarezza dovesse in fondo esser cagione quella fede per lui, allevato e cresciuto come un figliuolo da quello zio prete.

I miei concittadini di Montelusa mi domandano adesso con aria di scherno:

– Ma se veramente gli sapeva di sale il pane dello zio prete, perché non si allibertava lavorando?

E dimenticano che, per esser scappato, giovinetto, dal seminario, lo Sclepis, che lo voleva a ogni costo prete come lui, lo aveva tolto dagli studii; dimenticano che tutti allora compiangevamo amaramente che per la bizza d'una chierica stizzita si dovesse perdere un ingegno di quella sorte.

Io ricordo bene che cori d'approvazione e che applausi e quanta ammirazione, allorché, sfidando i fulmini del Vescovado e l'indignazione e la vendetta dello zio, Marco Mèola, facendosi cattedra d'un tavolino del Caffè Pedoca, si mise per un'ora al giorno a commentare ai Montelusani le opere latine e volgari di Alfonso Maria de' Liguori, segnatamente i *Discorsi sacri e morali per tutte le domeniche dell'anno* e *Il libro delle Glorie di Maria*.

Ma noi vogliamo far scontare al Mèola le frodi della nostra illusione, le aberrazioni della nostra deplorabilissima impressionabilità.

Quando il Mèola, un giorno, con aria truce, levando una mano e ponendosela poi sul petto, ci disse: – «Signori, io prometto e giuro che i Liguorini non torneranno a Montelusa!» – voi, Montelusani, voleste per forza immaginare non so che diavolerie: mine, bombe, agguati, assalti notturni al Vescovado e Marco Mèola come Pietro Micca con la miccia in mano pronto a far saltare in aria vescovo e Liguorini.

Ora questo, con buona pace e sopportazione vostra, vuol dire avere una concezione dell'eroe alquanto grottesca. Con tali mezzi avrebbe potuto mai il Mèola liberar Montelusa dalla calata dei Liguorini? Il vero eroismo consiste nel sapere attemperare i mezzi all'impresa.

E Marco Mèola seppe.

Sonavano nell'aria che inebriava, satura di tutte le fragranze della nuova primavera, le campane delle chiese, tra i gridi festivi delle rondini guizzanti a frotte nel luminoso ardore di quel vespero indimenticabile.

Io e il Mèola passeggiavamo per il nostro viale del Paradiso, muti e assorti nei nostri pensieri.

Il Mèola a un tratto si fermò e sorrise.

– Senti, – mi disse, – queste campane più prossime? Sono della badia di Sant'Anna. Se tu sapessi chi le suona!

– Chi le suona?

– Tre campane, tre colombelle!

Mi voltai a guardarlo, stupito del tono e dell'aria con cui aveva proferito quelle parole.

– Tre monache?

Negò col capo, e mi fe' cenno d'attendere.

– Ascolta, – soggiunse piano. – Ora, appena tutt'e tre finiranno di sonare, l'ultima, la campanella più piccola e più argentina, batterà tre tocchi, timidi. Ecco... ascolta bene!

Difatti, lontano, nel silenzio del cielo, rintoccò tre volte – *din din din* – quella timida campanella argentina, e parve che il suono di quei tre tintinni si fondesse beato nell'aurea luminosità del crepuscolo.

– Hai inteso? – mi domandò il Mèola. – Questi tre rintocchi dicono a un felice mortale: «*Io penso a te!*».

Tornai a guardarlo. Aveva socchiuso gli occhi, per sospirare, e alzato il mento. Sotto la folta barba crespa gli s'intravedeva il collo taurino, bianco come l'avorio.

– Marco! – gli gridai, scotendolo per un braccio.

Egli allora scoppiò a ridere; poi, aggrottando le ciglia, mormorò:

– Mi sacrifico, amico mio, mi sacrifico! Ma sta' pur sicuro che i Liguorini non torneranno a Montelusa.

Non potei strappargli altro di bocca per molto tempo.

Che relazione poteva esserci tra quei tre rintocchi di campana, che dicevano *Io penso a te*, e i Liguorini che non dovevano tornare a Montelusa? E a qual sacrifizio s'era votato il Mèola per non farli tornare?

Sapevo che nella badia di Sant'Anna egli aveva una zia, sorella dello Sclepis e della madre; sapevo che tutte le monache delle cinque badie di Montelusa odiavano anch'esse cordialmente Monsignor Partanna, perché appena insediatosi vescovo, aveva dato per esse tre disposizioni, una più dell'altra crudele:

1ª *che non dovessero più né preparare né vendere dolci o rosolii* (quei buoni dolci di miele e di pasta reale, infiocchettati e avvolti in fili d'argento! quei buoni rosolii, che sapevano d'anice e di cannella!);

2ª *che non dovessero più ricamare* (neanche arredi e paramenti sacri), *ma far soltanto la calzetta*;

3ª *che non dovessero più avere*, in fine, *un confessore particolare, ma servirsi tutte, senza distinzione, del Padre della comunità*.

Che pianti, che angoscia disperata in tutte e cinque le badie di Montelusa, specialmente per quest'ultima disposizione! che maneggi per farla revocare!

Ma Monsignor Partanna era stato irremovibile. Forse aveva giurato a se stesso di far tutto il contrario di quel che aveva fatto il suo Eccell.mo Predecessore. Largo e cordiale con le monache, Monsignor Vivaldi (Dio l'abbia in gloria!), si recava a visitarle almeno una volta la settimana, e accettava di gran cuore i loro trattamenti, lodandone la squisitezza, e si intratteneva a lungo con esse in lieti e onesti conversari.

Monsignor Partanna, invece, non si era mai recato più d'una volta al mese in questa o in quella badia, sempre accompagnato dai due segretarii, arcigno e duro, e non aveva mai voluto accettare, non che una tazza di caffè, neppure un bicchier d'acqua. Quante riprensioni avevano dovuto fare alle monache e alle educande le madri badesse e le vicarie per ridurle all'obbedienza e farle scendere giù nel parlatorio, quando la portinaia per annunziar la visita di Monsignore strappava a lungo la catena del campanello che strillava come un cagnolino a cui qualcuno avesse pestato una piota! Ma se le spaventava tutte con

quei segnacci di croce! con quella vociaccia borbottante: – *Santa, figlia,* – in risposta al saluto che ciascuna gli porgeva, facendosi innanzi alla doppia grata, col viso vermiglio e gli occhi bassi:

– Vostra Eccellenza benedica!

Nessun discorso, che non fosse di chiesa. Il giovine segretario don Arturo Filomarino aveva perduto il posto per aver promesso un giorno nel parlatorio di Sant'Anna alle educande e alle monacelle
più giovani, che se lo mangiavano con gli occhi dalle grate, una pianticina di fragole da piantare nel
giardino della badia.

Odiava ferocemente le donne, Monsignor Partanna. E la donna, la donna più pericolosa, la donna
umile, tenera e fedele, egli scopriva sotto il manto e le bende della monaca. Perciò ogni risposta che
dava loro era come un colpo di ferula su le dita. Marco Mèola sapeva, per via dello zio segretario, di
quest'odio di Monsignor Partanna per le donne. E quest'odio gli parve troppo e che, come tale, dovesse avere una ragione recondita e particolare nell'animo e nel passato di Monsignore. Si mise a cercare;
ma presto troncò le ricerche, all'arrivo misterioso di una nuova educanda alla badia di Sant'Anna,
d'una povera gobbetta che non poteva neanche reggere sul collo la grossa testa dai grandi occhi ovati
nella macilenza squallida del viso. Questa gobbetta era nipote di Monsignor Partanna; ma una nipote
di cui non sapevano nulla i parenti di Pisanello. E difatti non era arrivata da Pisanello, ma da un altro
paese dell'interno, ove alcuni anni addietro il Partanna era stato parroco.

Lo stesso giorno dell'arrivo di questa nuova educanda alla badia di Sant'Anna, Marco Mèola gridò
solennemente in piazza a tutti noi compagni della sua fede liberale:

– Signori, io prometto e giuro che i Liguorini non torneranno a Montelusa.

E vedemmo, stupiti, subito dopo quel giuramento solenne, cambiar vita a Marco Mèola; lo vedemmo ogni domenica e in tutte le feste del calendario ecclesiastico entrare in chiesa e sentirsi la messa; lo
vedemmo a passeggio in compagnia di preti e di vecchi bigotti; lo vedemmo in gran faccende ogni qual
volta si preparavano le visite pastorali nella Diocesi, che Monsignor Partanna faceva con la massima
vigilanza a' tempi voluti dai Canoni, non ostante la gran difficoltà delle vie e la mancanza di comunica-
zioni e di veicoli; e lo vedemmo con lo zio far parte del seguito in quelle visite.

Tuttavia, io non volli – io solo – credere a un tradimento da parte del Mèola. Come rispose egli ai
primi nostri rimproveri, alle prime nostre rimostranze? Rispose energicamente:

– Signori, lasciatemi fare!

Voi scrollaste le spalle, indignati; diffidaste di lui; credeste e gridaste al voltafaccia. Io seguitai a
essergli amico e mi ebbi da lui in quel vespro indimenticabile, quando la timida campanella argentina
sonò i tre rintocchi nel cielo luminoso, quella mezza confessione misteriosa.

Marco Mèola, che non era mai andato più di una volta l'anno a visitare quella sua zia monaca a
Sant'Anna, cominciò a visitarla ogni settimana in compagnia della madre. La zia monaca, nella badia
di Sant'Anna, era preposta alla sorveglianza delle tre educande. Le tre educande, le tre colombelle,
volevano molto bene alla loro maestra; la seguivano per tutto come i pulcini la chioccia; la seguivano
anche quand'essa era chiamata in parlatorio per la visita della sorella e del nipote.

E un giorno si vide il miracolo. Monsignor Partanna, che aveva negato alle monache di quella badia la licenza, che esse avevano sempre avuta, di entrare due volte l'anno in chiesa, la mattina, a porte
chiuse, per pararla con le loro mani nelle ricorrenze del *Corpus Domini* e della Madonna del Lume,
tolse il *veto,* riconcesse la licenza, per le preghiere insistenti delle tre educande e segnatamente della sua
nipote, quella povera gobbetta nuova arrivata.

Veramente, il miracolo si vide dopo: quando venne la festa della Madonna del Lume.

La sera della vigilia, Marco Mèola si nascose nella chiesa, a tradimento, e dormì nel confessionale
del Padre della comunità. All'alba, una vettura era pronta nella piazzetta innanzi alla badia; e quando le
tre educande, due belle e vivaci come rondinine in amore, l'altra gobba e asmatica, scesero con la loro
maestra a parar l'altare della Madonna del Lume...

Ecco, voi dite: il Mèola ha rubato; il Mèola s'è arricchito; il Mèola probabilmente domani si metterà a far l'usuraio. Sì. Ma pensate, signori miei, pensate che di quelle tre educande non una delle due
belle, ma la terza, la terza, quella misera sbiobbina asmatica e cisposa toccò a Marco Mèola di rapirsi,
quand'era invece amato fervidamente anche dalle altre due! quella, proprio quella gobbetta, per impedire che i padri Liguorini tornassero a Montelusa.

Monsignor Partanna infatti – per costringere il Mèola alle nozze con la nipote rapita – dovette convertire in dote a questa nipote il fondo raccolto per il ritorno dei padri Liguorini. Monsignor Partanna è vecchio e non avrà più tempo di rifare quel fondo.

Che aveva promesso Marco Mèola a noi liberali di Montelusa? Che i Liguorini non sarebbero tornati.

Ebbene, o signori, e non è certo ormai che i Liguorini non torneranno a Montelusa?

I FORTUNATI
(Tonache di Montelusa)

Una commovente processione in casa del giovine sacerdote don Arturo Filomarino.

Visite di condoglianza.

Tutto il vicinato stava a spiare dalle finestre e dagli usci di strada il portoncino stinto imporrito fasciato di lutto, che così, mezzo chiuso e mezzo aperto, pareva la faccia rugosa di un vecchio che strizzasse un occhio per accennar furbescamente a tutti quelli che entravano, dopo l'ultima uscita – piedi avanti e testa dietro – del padrone di casa.

La curiosità, con cui il vicinato stava a spiare, faceva nascere veramente il sospetto che quelle visite avessero un significato o, piuttosto, un intento ben diverso da quello che volevano mostrare.

A ogni visitatore che entrava nel portoncino, scattavano qua e là esclamazioni di meraviglia:

– Uh, anche questo?

– Chi, chi?

– L'ingegner Franci!

– Anche lui?

Eccolo là, entrava. Ma come? un massone? un trentatré? Sissignori, anche lui. E prima e dopo di lui, quel gobbo del dottor Niscemi, l'ateo, signori miei, l'ateo; e il repubblicano e libero pensatore avvocato Rocco Turrisi, e il notaio Scimè e il cavalier Preato e il commendator Tino Laspada, consigliere di prefettura, e anche i fratelli Morlesi che, appena seduti, poverini, come se avessero le anime avvelenate di sonno, si mettevano tutt'e quattro a dormire, e il barone Cerrella, anche il barone Cerrella: i meglio, insomma, i pezzi più grossi di Montelusa: professionisti, impiegati, negozianti...

Don Arturo Filomarino era arrivato la sera avanti da Roma, dove, appena caduto in disgrazia di Monsignor Partanna, per la pianticina di fragole promessa alle monacelle di Sant'Anna, s'era recato a studiare per addottorarsi in lettere e filosofia. Un telegramma d'urgenza lo aveva richiamato a Montelusa per il padre colto da improvviso malore. Era arrivato troppo tardi. Neanche l'amara consolazione di rivederlo per l'ultima volta!

Le quattro sorelle maritate e i cognati, dopo averlo in fretta in furia ragguagliato della sciagura fulminea e avergli rinfacciato con certi versacci di sdegno, anzi di schifo, di abominazione, che i preti suoi colleghi di Montelusa avevano preteso dal moribondo ventimila lire, venti, ventimila lire per amministrargli i santi sacramenti, come se la buon'anima non avesse già donato abbastanza a opere pie, a congregazioni di carità, e lastricato di marmo due chiese, edificato altari, regalato statue e quadri di santi, profuso a piene mani denari per tutte le feste religiose; se n'erano andati via, sbuffanti, indignati, dichiarandosi stanchi morti di tutto quello che avevano fatto in quei due giorni tremendi; e lo avevano lasciato solo, là, solo, santo Dio, con la governante, piuttosto... sì, piuttosto giovine, che il padre, buon'anima, aveva avuto la debolezza di farsi venire ultimamente da Napoli, e che già con collosa amorevolezza lo chiamava *don Arturì*.

Per ogni cosa che gli andasse attraverso, don Arturo aveva preso il vezzo d'appuntir le labbra e soffiare a due, a tre riprese, pian piano, passandosi le punte delle dita su le sopracciglia. Ora, poverino, a ogni *don Arturì*...

Ah, quelle quattro sorelle! quelle quattro sorelle! Lo avevano sempre malvisto, fin da piccino, anzi propriamente non lo avevano mai potuto soffrire, forse perché unico maschio e ultimo nato, forse perché esse, poverette, erano tutt'e quattro brutte, una più brutta dell'altra, mentre lui bello, fino fino, biondo e riccioluto. La sua bellezza doveva parer loro doppiamente superflua, sì perché uomo e sì perché destinato fin dall'infanzia, col piacer suo, al sacerdozio. Prevedeva che sarebbero avvenute scene disgustose, scandali e liti al momento della divisione ereditaria. Già i cognati avevano fatto apporre i suggelli alla cassaforte e alla scrivania nel banco del suocero, morto intestato.

Che c'entrava intanto rinfacciare a lui ciò che i ministri di Dio avevano stimato giusto e opportuno pretendere dal padre perché morisse da buon cristiano? Ahi, per quanto crudele potesse riuscire al suo cuore di figlio, doveva pur riconoscere che la buon'anima aveva per tanti anni esercitato l'usura e senza in parte neppur quella discrezione che può almeno attenuare il peccato. Vero è che con la stessa mano, con cui aveva tolto, aveva poi anche dato, e non poco. Non erano però, a dir proprio, denari suoi. E per questo appunto, forse, i sacerdoti di Montelusa avevano stimato necessario un altro sacrifizio, all'ultimo. Egli, da parte sua, s'era votato a Dio per espiare con la rinunzia ai beni della terra il gran peccato in cui il padre era vissuto e morto. E ora, per quel che gli sarebbe toccato dell'eredità paterna, era pieno di scrupoli e si proponeva di chieder lume e consiglio a qualche suo superiore, a Monsignor Landolina per esempio, direttore del Collegio degli Oblati, sant'uomo, già suo confessore, di cui conosceva bene l'esemplare, fervidissimo zelo di carità.

Tutte quelle visite, intanto, lo imbarazzavano.

Per quel che volevano parere, data la qualità dei personaggi, rappresentavano per lui un onore immeritato; per il fine recondito che le guidava, un avvilimento crudele.

Temeva quasi d'offendere a ringraziare per quell'apparenza d'onore che gli si faceva; a non ringraziare affatto, temeva di scoprir troppo il proprio avvilimento e d'apparir doppiamente sgarbato.

D'altra parte, non sapeva bene che cosa gli volessero dire tutti quei signori, né che cosa doveva rispondere, né come regolarsi. Se sbagliava? se commetteva, senza volerlo, senza saperlo, qualche mancanza?

Egli voleva ubbidire ai suoi superiori, sempre e in tutto. Così, ancor senza consiglio, si sentiva proprio sperduto in mezzo a quella folla.

Prese dunque il partito di sprofondarsi su un divanuccio sgangherato in fondo allo stanzone polveroso e sguarnito, quasi buio, e di fingersi almeno in principio così disfatto dal cordoglio e dallo strapazzo del viaggio, da non potere accogliere se non in silenzio tutte quelle visite.

Dal canto loro i visitatori, dopo avergli stretto la mano, sospirando e con gli occhi chiusi, si mettevano a sedere giro giro lungo le pareti e nessuno fiatava e tutti parevano immersi in quel gran cordoglio del figlio. Schivavano intanto di guardarsi l'un l'altro, come se a ciascuno facesse stizza che gli altri fossero venuti là a dimostrare la sua stessa condoglianza.

Non pareva l'ora, a tutti, di andarsene, ma ognuno aspettava che prima se n'andassero via gli altri, per dir sottovoce, a quattr'occhi, una parolina a don Arturo.

E in tal modo nessuno se ne andava.

Lo stanzone era già pieno e i nuovi arrivati non trovavan più posto da sedere e tutti gonfiavano in silenzio e invidiavano i fratelli Morlesi che almeno non s'avvedevano del tempo che passava, perché, al solito, appena seduti, s'erano addormentati tutt'e quattro profondamente.

Alla fine, sbuffando, s'alzò per primo, o piuttosto scese dalla seggiola il barone Cerrella, piccolo e tondo come una balla, e *dri dri dri*, con un irritatissimo sgrigliolio delle scarpe di coppale, andò fino al divanuccio, si chinò verso don Arturo, e gli disse piano:

– Con permesso, padre Filomarino, una preghiera.

Quantunque abbattuto, don Arturo balzò in piedi:

– Eccomi, signor barone!

E lo accompagnò, attraversando tutto lo stanzone, fino alla saletta d'ingresso. Ritornò poco dopo, soffiando, a sprofondarsi nel divanuccio; ma non passarono due minuti, che un altro s'alzò e venne a ripetergli:

– Con permesso, padre Filomarino, una preghiera.

Dato l'esempio, cominciò la sfilata. A uno a uno, di due minuti in due minuti, s'alzavano, e... ma dopo cinque o sei, don Arturo non aspettò più che venissero a pregarlo fino al divanuccio in fondo allo stanzone; appena vedeva uno alzarsi, accorreva pronto e servizievole e lo accompagnava fino alla saletta.

Per uno che se n'andava però, ne sopravvenivano altri due o tre alla volta, e quel supplizio minacciava di non aver più fine per tutta la giornata.

Fortunatamente, quando furono le tre del pomeriggio, non venne più nessuno. Restavano nello stanzone soltanto i fratelli Morlesi, seduti uno accanto all'altro, tutt'e quattro nella stessa positura, col capo ciondoloni sul petto.

Dormivano lì da circa cinque ore.

Don Arturo non si reggeva più su le gambe. Indicò con un gesto disperato alla giovine governante napoletana quei quattro dormienti là.

– Voi andate a mangiare, don Arturì, – disse quella. – Mo' ci pens'io.

Svegliati, però, dopo aver volto un bel po' in giro gli occhi sbarrati e rossi di sonno per raccapezzarsi, i fratelli Morlesi vollero dire anch'essi la parolina in confidenza a don Arturo, e invano questi si provò a far loro intendere che non ce n'era bisogno; che già aveva capito e che avrebbe fatto di tutto per contentarli, come gli altri, fin dove gli sarebbe stato possibile. I fratelli Morlesi non volevano soltanto pregarlo come tutti gli altri di fare in modo che venisse a lui la loro cambiale nella divisione dei crediti per non cadere sotto le grinfie degli altri eredi; avevano anche da fargli notare che la loro cambiale non era già, come figurava, di mille lire, ma di sole cinquecento.

– E come? perché? – domandò, ingenuamente, don Arturo.

Si misero a rispondergli tutt'e quattro insieme, correggendosi a vicenda e aiutandosi l'un l'altro a condurre a fine il discorso:

– Perché suo papà, buon'anima, purtroppo...

– No, purtroppo... per... per eccesso di...

– Di prudenza, ecco!

– Già, ecco... ci disse, firmate per mille...

– E tant'è vero che gli interessi...

– Come risulterà dal registro...

– Interessi del ventiquattro, don Arturì! del ventiquattro! del ventiquattro!

– Glieli abbiamo pagati soltanto per cinquecento lire, puntualmente, fino al quindici del mese scorso.

– Risulterà dal registro...

Don Arturo, come se da quelle parole sentisse ventar le fiamme dell'inferno, appuntiva le labbra e soffiava, passandosi la punta delle mani immacolate su le sopracciglia.

Si dimostrò grato della fiducia che essi, come tutti gli altri, riponevano in lui, e lasciò intravedere anche a loro quasi la speranza che egli, da buon sacerdote, non avrebbe preteso la restituzione di quei denari.

Contentarli tutti, purtroppo, non poteva: gli eredi erano cinque, e dunque a piacer suo egli non avrebbe potuto disporre che di un quinto dell'eredità.

Quando in paese si venne a sapere che don Arturo Filomarino, in casa dell'avvocato scelto per la divisione ereditaria, discutendo con gli altri eredi circa gli innumerevoli crediti cambiarii, non si era voluto contentare della proposta dei cognati, che fosse cioè nominato per essi un liquidatore di comune fiducia, il quale a mano a mano, concedendo umanamente comporti e rinnovazioni, li liquidasse agli interessi più che onesti del cinque per cento, mentre il meno che il suocero soleva pretendere era del ventiquattro; più che più si raffermò in tutti i debitori la speranza che egli generosamente, con atto da vero cristiano e degno ministro di Dio, avrebbe non solo abbonato del tutto gl'interessi a quelli che avrebbero avuto la fortuna di cadere in sua mano, ma fors'anche rimessi e condonati i debiti.

E fu una nuova processione alla casa di lui. Tutti pregavano, tutti scongiuravano per esser compresi tra i fortunati, e non rifinivano di porgli sotto gli occhi e di fargli toccar con mano le miserande piaghe della loro esistenza.

Don Arturo non sapeva più come schermirsi; aveva le labbra indolenzite dal tanto soffiare; non trovava un minuto di tempo, assediato com'era, per correre da Monsignor Landolina a consigliarsi; e gli pareva mill'anni di ritornarsene a Roma a studiare. Aveva vissuto sempre per lo studio, lui, ignaro affatto di tutte le cose del mondo.

Quando alla fine fu fatta la difficilissima ripartizione di tutti i crediti cambiarii, ed egli ebbe in mano il pacco delle cambiali che gli erano toccate, senza neppur vedere di chi fossero per non rimpiangere gli esclusi, senza neppur contare a quanto ammontassero, si recò al Collegio degli Oblati per rimettersi in tutto e per tutto al giudizio di Monsignor Landolina.

Il consiglio di questo sarebbe stato legge per lui.

Il Collegio degli Oblati sorgeva nel punto più alto del paese ed era un vasto, antichissimo edificio quadrato e fosco esternamente, roso tutto dal tempo e dalle intemperie; tutto bianco, all'incontro, arioso e luminoso, dentro.

Vi erano accolti i poveri orfani e i bastardelli di tutta la provincia, dai sei ai diciannove anni, i quali vi imparavano le varie arti e i varii mestieri. La disciplina era dura, segnatamente sotto Monsignor Landolina, e quando quei poveri Oblati alla mattina e al vespro cantavano al suono dell'organo nella chiesina del Collegio, le loro preghiere sapevan di pianto e, a udirle da giù, provenienti da quella fabbrica fosca nell'altura, accoravano come un lamento di carcerati.

Monsignor Landolina non pareva affatto che dovesse avere in sé tanta forza di dominio e così dura energia.

Era un prete lungo e magro, quasi diafano, come se la gran luce di quella bianca ariosa cameretta in cui viveva, lo avesse non solo scolorito ma anche rarefatto, e gli avesse reso le mani d'una gracilità tremula quasi trasparenti e su gli occhi chiari ovati le palpebre più esili d'un velo di cipolla.

Tremula e scolorita aveva anche la voce e vani i sorrisi su le lunghe labbra bianche, tra le quali spesso filava qualche grumetto di biascia.

– Oh Arturo! – disse, vedendo entrare il giovine: e, come questi gli si buttò sul petto piangendo: – Ah, già! un gran dolore... Bene bene, figliuolo mio! Un gran dolore, mi piace. Ringraziane Dio! Tu sai com'io sono per tutti gli sciocchi che non vogliono soffrire. Il dolore ti salva, figliuolo! E tu, per tua ventura, hai molto, molto da soffrire, pensando a tuo padre che, poveretto, eh... fece tanto, tanto male! Sia il tuo cilizio, figliuolo, il pensiero di tuo padre. E di', quella donna? quella donna? Tu l'hai ancora in casa?

– Andrà via domani, Monsignore, – s'affrettò a rispondergli don Arturo, finendo d'asciugarsi le lagrime. – Ha dovuto preparar le sue robe...

– Bene bene, subito via, subito via. Che hai da dirmi, figliuolo mio?

Don Arturo trasse fuori il pacco delle cambiali, e subito cominciò a esporre il piato per esse coi parenti, e le visite e le lamentazioni delle vittime.

Ma Monsignor Landolina, come se quelle cambiali fossero armi diaboliche o imagini oscene, appena gli occhi si posavano su esse, tirava indietro il capo e muoveva convulsamente tutte le dita delle gracili mani diafane, quasi per paura di scottarsele, non già a toccarle, ma a vederle soltanto, e diceva al Filomarino che le teneva su le ginocchia:

– Non lì sull'abito, caro, non lì sull'abito...

Don Arturo fece per posarle su la seggiola accanto.

– Ma no, ma no... per carità, dove le posi? Non tenerle in mano, caro, non tenerle in mano...

– E allora? – domandò sospeso, perplesso, avvilito, don Arturo, anche lui con un viso disgustato e tenendole con due dita e scostando le altre, come se veramente avesse in mano un oggetto schifoso.

– Per terra, per terra, – gli suggerì Monsignor Landolina. – Caro mio, un sacerdote, tu intendi...

Don Arturo, tutto invermigliato in volto, le posò per terra e disse:

– Avevo pensato, Monsignore, di restituirle a quei poveri disgraziati...

– Disgraziati? No, perché? – lo interruppe subito Monsignor Landolina. – Chi ti dice che sono disgraziati?

– Mah... – fece don Arturo. – Il solo fatto, Monsignore, che han dovuto ricorrere a un prestito...

– I vizii, caro, i vizii! – esclamò Monsignor Landolina. – Le donne, la gola, le triste ambizioni, l'incontinenza... Che disgraziati! Gente viziosa, caro, gente viziosa. Vuoi darla a conoscere a me? Tu sei ragazzo inesperto. Non ti fidare. Piangono, si sa! È così facile piangere... Difficile è non peccare! Peccano allegramente; e, dopo aver peccato, piangono. Va' va'! Te li insegno io quali sono i veri disgraziati, caro, poiché Dio t'ha ispirato a venir da me. Sono tutti questi ragazzi sotto la mia custodia qua, frutto delle colpe e dell'infamia di codesti tuoi signori disgraziati. Da' qua, da' qua!

E, chinandosi, con le mani fe' cenno al Filomarino di raccattar da terra il fascio delle cambiali.

Don Arturo lo guardò, titubante. Come, ora sì? Doveva prenderle con le mani?

– Vuoi disfartene? Prendile! Prendile! – s'affrettò a rassicurarlo Monsignor Landolina. – Prendile pure con le mani, sì! Leveremo subito da esse il sigillo del demonio, e le faremo strumento di carità. Puoi ben toccarle ora, se debbono servire per i miei poverini! Tu le dai a me, eh? le dai a me; e li faremo pagare, li faremo pagare, caro mio; vedrai se li faremo pagare, codesti tuoi signori disgraziati!

Rise, così dicendo, d'un riso senza suono, con le bianche labbra appuntite e con uno scotimento fitto fitto del capo.

Don Arturo avvertì, a quel riso, come un friggio per tutto il corpo, e soffiò. Ma di fronte alla sicurezza sbrigativa con cui il superiore si prendeva quei crediti a titolo di carità, non ardì replicare. Pensò a tutti quegli infelici, che si stimavano fortunati d'esser caduti in sua mano e tanto lo avevano pregato e tanto commosso col racconto delle loro miserie. Cercò di salvarli almeno dal pagamento degli interessi.

– E no! E perché? – gli diede subito su la voce Monsignor Landolina. – Dio si serve di tutto, caro mio, per le sue opere di misericordia! Di' un po', di' un po', che interessi faceva tuo padre? Eh, forti, lo so! Almeno del ventiquattro, mi par d'avere inteso. Bene; li tratteremo tutti con la stessa misura. Pagheranno tutti il ventiquattro per cento.

– Ma... sa, Monsignore... veramente, ecco... – balbettò don Arturo su le spine, – i miei coeredi, Monsignore, hanno stabilito di liquidare i loro crediti con gl'interessi del cinque, e...

– Fanno bene! ah! fanno bene! – esclamò pronto e persuaso Monsignor Landolina. – Loro sì, benissimo, perché questo è denaro che va a loro! Il nostro no, invece. Il nostro andrà ai poveri, figliuolo mio! Il caso è ben diverso, come vedi! È denaro che va ai poveri, il nostro; non a te, non a me! Ti pare che faremmo bene noi, se defraudassimo i poveri di quanto possono pretendere secondo il minimo dei patti stabiliti da tuo padre? Sian pur patti d'usura, li santifica adesso la carità! No no! Pagheranno, pagheranno gli interessi, altro che! gl'interessi del ventiquattro. Non vengono a te; non vengono a me! Denaro dei poveri, sacrosanto! Va' pur via senza scrupoli, figliuolo mio; ritorna subito a Roma ai tuoi diletti studi, e lascia fare a me, qua. Tratterò io con codesti signori. Denaro dei poveri, denaro dei poveri... Dio ti benedica, figliuolo mio! Dio ti benedica!

E Monsignor Landolina, animato da quell'esemplare, fervidissimo zelo di carità, di cui meritamente godeva fama, arrivò fino al punto di non voler neppure riconoscere che la cambiale dei quattro poveri fratelli Morlesi che dormivano sempre, firmata per mille, fosse in realtà di cinquecento lire; e pretese da loro, come da tutti gli altri, gl'interessi del ventiquattro per cento anche su le cinquecento lire che non avevano mai avute.

E li voleva per giunta convincere, filando tra le labbra bianche que' suoi grumetti di biascia, che fortunati erano davvero, fortunati, fortunati di fare, anche nolenti, un'opera di carità, di cui certamente il Signore avrebbe loro tenuto conto un giorno, nel mondo di là...

Piangevano?

– Eh! Il dolore vi salva, figliuoli!

VISTO CHE NON PIOVE...
(Tonache di Montelusa)

Era ogni anno una sopraffazione indegna, una sconcia prepotenza di tutto il contadiname di Montelusa contro i poveri canonici della nostra gloriosa Cattedrale.

La statua della SS. Immacolata, custodita tutto l'anno dentro un armadio a muro nella sagrestia della chiesa di S. Francesco d'Assisi, il giorno otto dicembre, tutta parata d'ori e di gemme, col manto azzurro di seta stellato d'argento, dopo le solenni funzioni in chiesa, era condotta sul fercolo in processione per le erte vie di Montelusa, tra le vecchie casupole screpolate, pigiate, quasi l'una sull'altra; su, su, fino alla Cattedrale in cima al colle; e lì lasciata, la sera, ospite del patrono S. Gerlando.

Nella Cattedrale, la SS. Immacolata avrebbe dovuto rimanere dalla sera del giovedì alla mattina della domenica: due giorni e mezzo. Ma ormai, per consuetudine, parendo troppo breve questo tempo, si lasciava stare per quella prima domenica dopo la festa, e si aspettava la domenica seguente per ricondurla con una nuova e più pomposa processione alla chiesa di S. Francesco.

Se non che, quasi ogni anno avveniva che il trasporto, quella seconda domenica, non si potesse fare per il cattivo tempo e si dovesse rimandare a un'altra domenica; e, di domenica in domenica, talvolta per più mesi di seguito.

Ora, questo prolungamento d'ospitalità, per se stesso, non sarebbe stato niente, se la SS. Immacolata non avesse goduto per antichissimo privilegio d'una prebenda durante tutto il tempo della sua permanenza alla Cattedrale. Per tutti i giorni che la SS. Immacolata vi stava, era come se nel Capitolo ci fosse un canonico di più: tirava, su le esequie e su tutto, proprio quanto un canonico; e i deputati della Congregazione sorvegliavano con tanto d'occhi perché nulla Le fosse detratto di quanto Le spettava, affinché più splendida, anche coi frutti di quella prebenda, potesse ogni anno riuscire la festa in Suo onore. Questo, oltre a tutte le altre spese che gravavano sul Capitolo per quella permanenza; spese e fatiche: cioè, funzioni ogni giorno, ogni giorno predica, e spari di mortaretti e di razzi e, anche per il povero sagrestano, lunghe scampanate tutte le mattine e tutte le sere.

Forse, per amore della SS. Vergine, i canonici della Cattedrale avrebbero sopportato in pace e sottrazione e spese e fatiche, se nel contadiname di Montelusa non si fosse radicata la credenza che la SS. Immacolata volesse rimanere nella Cattedrale uno e due mesi a loro marcio dispetto; e che essi ogni anno pregassero a mani giunte il cielo che non piovesse almeno la domenica che si doveva fare il trasporto.

Giusto in quel tempo accadeva che i contadini per i loro seminati non fossero mai paghi dell'acqua che il cielo mandava; e se davvero qualche anno non pioveva, ecco che la colpa era dei canonici della Cattedrale, a cui non pareva l'ora di levarsi d'addosso la SS. Immacolata.

Ebbene, a lungo andare e a furia di sentirselo ripetere, i canonici della Cattedrale in verità s'erano presi a dispetto, non propriamente la Vergine, ma quegli zotici villanacci, e più quei mezzi signori della Congregazione che, non contenti di tener desta nell'animo dei contadini quella sconcia credenza del loro dispetto per la Vergine, spingevano la tracotanza fino a spedirne tre o quattro ogni sabato, sul far della sera, tra i più sfrontati, su alla piazza innanzi alla Cattedrale, con l'incarico di mettersi a passeggiare con le mani dietro la schiena e il naso all'aria, in attesa che uno del Capitolo uscisse dalla chiesa, per domandargli con un riso scemo su le labbra:

– Scusi, signor Canonico, che prevede? pioverà o non pioverà domani?

Era, come si vede, anche un'intollerabile irriverenza.

Monsignor Partanna avrebbe dovuto farla cessare a ogni costo. Tanto più ch'era notorio a tutti che quei fratelloni della Congregazione, nella frenesia di far denari comunque, arrivavano fino a speculare indegnamente su la Madonna, mettendo anche in pegno alla banca cattolica di San Gaetano gli ori, le gemme e finanche il manto stellato, che la Madonna aveva ricevuto in dono dai fedeli divoti.

Monsignor Vescovo avrebbe dovuto ordinare che il ritorno della SS. Immacolata alla chiesa di San Francesco non andasse mai oltre la seconda domenica dopo la festa, comunque fosse il tempo, piovesse o non piovesse. Tanto, non c'era pericolo che si bagnasse sotto il magnifico baldacchino sorretto a turno dai seminaristi di più robusta complessione.

Erano invece le donne dei contadini, le femmine del popolo o – come ripetevano i reverendi canonici del Capitolo – le sgualdrinelle, le sgualdrinelle, che avevano paura di bagnarsi; e dicevano la Vergine! Non volevano sciuparsi gli abiti di seta, con cui si paravano per quella processione, dando uno spettacolo di sacrilega vanità atteggiate tutte come la SS. Immacolata, con le mani un po' levate e aperte innanzi al seno, piene d'anelli in tutte le dita, con lo scialle di seta appuntato con gli spilli alle spalle, gli occhi volti al cielo, e tutti i pendagli e tutti i lagrimoni degli orecchini e delle spille e dei braccialetti, ciondolanti a ogni passo.

Ma Monsignor Vescovo non se ne voleva dar per inteso.

Forse, ora ch'era vecchio e cadente, aveva paura di bagnarsi anche lui e di prendere un malanno, seguendo a capo scoperto il fercolo, sotto la pioggia; e poco gl'importava che il povero vicario capitolare, Monsignor Lentini, fosse ridotto, quell'anno, per le tante prediche, una al giorno, sempre su lo stesso argomento, in uno stato da far compassione finanche alle panche della chiesa.

Erano già undici domeniche, undici, dall'otto dicembre, che il pover uomo, levando il capo dal guanciale, chiedeva con voce lamentosa alla Piconella, sua vecchia casiera, la quale ogni mattina veniva a recargli a letto il caffè:

– Piove?

E la Piconella non sapeva più come rispondergli. Perché pareva veramente che il tempo si fosse divertito a straziare quel brav'uomo con una incredibile raffinatezza di crudeltà. Qualche domenica era aggiornato sereno; e allora la Piconella era corsa tutta esultante a darne l'annunzio al suo Monsignor Vicario:

– Il sole, il sole! Monsignor Vicario, il sole!

E il sagrestano della Cattedrale dàgli a sonare a festa le campane, *din don dan, din don dan*, ché certo la SS. Immacolata quella mattina, prima di mezzogiorno, se ne sarebbe andata via.

Se non che, quando già alla piazza della Cattedrale era cominciata ad affluir la gente per la processione e s'era finanche aperta la porta di ferro su la scalinata presso il seminario, donde la SS. Vergine soleva uscire ogni anno, e dal seminario erano arrivati a due a due in lungo ordine i seminaristi parati coi camici trapunti, e tutt'in giro alla piazza erano stati disposti i mortaretti, ecco sopravvenire in gran furia dal mare fra lampi e tuoni una nuova burrasca.

Il sagrestano, dàgli di nuovo a sonar tutte le campane per scongiurarla, sul fermento della folla che s'era messa intanto a protestare, indignata perché sotto quella incombente minaccia del tempo i canonici volessero mandar via a precipizio la Madonna.

E fischi e urli e invettive sotto il palazzo vescovile, finché Monsignor Vescovo, per rimettere la calma, non aveva fatto annunziare da uno de' suoi segretarii che la processione era rimandata alla domenica seguente, tempo permettendo.

Per ben cinque domeniche su undici s'era ripetuta questa scena.

Quell'undicesima domenica, appena la piazza fu sgombra, tutti i canonici del Capitolo irruppero furenti nella casa del vicario capitolare, Monsignor Lentini. A ogni costo, a ogni costo bisognava trovare un rimedio contro quella soperchieria brutale!

Il povero vicario capitolare si reggeva la testa con le mani e guardava tutti in giro come se fosse intronato.

S'erano avventati contro lui, più che contro gli altri, i fischi, gli urli, le minacce della folla. Ma non era intronato per questo il povero vicario capitolare. Dopo undici settimane, un'altra settimana di prediche su la SS. Immacolata! In quel momento il pover uomo non poteva pensare ad altro, e a questo pensiero, si sentiva proprio levar di cervello.

Il rimedio lo trovò Monsignor Landolina, il rettore terribile del Collegio degli Oblati. Bastò che egli proferisse un nome, perché d'improvviso si sedasse l'agitazione di tutti quegli animi.

– Il Mèola! Qua ci vuole il Mèola! Amici miei, bisogna ricorrere al Mèola!

Marco Mèola, il feroce tribuno anticlericale, che quattr'anni addietro aveva giurato di salvar Montelusa da una temuta invasione di padri Liguorini, aveva ormai perduto ogni popolarità. Perché, pur essendo vero da una parte che il giuramento era stato mantenuto, non era men vero dall'altra che i mezzi adoperati e le arti che aveva dovuto usare per mantenerlo, e poi quel ratto, e poi la ricchezza che glien'era derivata, non erano valsi a dar credito alla dimostrazione ch'egli voleva fare, che il suo, cioè, era stato un sacrifizio eroico. Se la nipote di Monsignor Partanna, infatti, la educanda rapita, era brutta e gobba, belli e ballanti e sonanti erano i denari della dote che il Vescovo era stato costretto a dargli; e, in fondo, i pezzi grossi del clero montelusano, ai quali non era mai andata a sangue quella promessa del loro Vescovo di far tornare i padri Liguorini, se non amici apertamente, avevano di nascosto, anche dopo quella scappata, anzi appunto per quella scappata, seguitato a veder di buon occhio Marco Mèola.

Tuttavia, ora, a costui doveva senza dubbio piacere che, senza rischio di guastarsi coi segreti amici, gli si offrisse un'occasione per riconquistar la stima degli antichi compagni, il prestigio perduto di tribuno anticlericale.

Orbene, bisognava mandar furtivamente al Mèola due fidati amici a proporgli a nome dell'intero Capitolo di tenere per la ventura domenica una conferenza contro le feste religiose in genere, contro le processioni sacre in ispecie, togliendo a pretesto i deplorati disordini delle scorse domeniche, quegli urli, quei fischi, quelle minacce del popolo per impedire il trasporto della SS. Immacolata dalla Cattedrale alla chiesa di S. Francesco.

Sparso per tutto il paese con molto rumore l'annunzio di quella conferenza, si sarebbe facilmente indotto il Vescovo a pubblicare un'indignata protesta contro la patente violazione che della libertà del culto avevano in animo di tentare i liberali di Montelusa, nemici della fede, e un invito sacro a tutti i fedeli della diocesi perché la ventura domenica, *con qualunque tempo, piovesse o non piovesse*, si raccogliessero nella piazza della Cattedrale a difendere da ogni possibile ingiuria la venerata immagine della SS. Immacolata.

Questa proposta di Monsignor Landolina fu accolta e approvata unanimemente dai canonici del Capitolo.

Solo quel sant'uomo del vicario, Monsignor Lentini, osò invitare i colleghi a considerare se non fosse imprudente sollevar disordini anche dall'altra parte, andare a stuzzicar quel vespaio. Ma, suggeritagli l'idea che da quella conferenza del Mèola avrebbe tratto argomento di predica per la settimana ventura contro l'intolleranza che voleva impedire ai fedeli di manifestare la propria divozione alla Vergine, con parecchi: – «Capisco, ma... capisco, ma...» – alla fine si arrese.

La trovata di Monsignor Landolina ebbe un effetto di gran lunga superiore a quello che gli stessi canonici del Capitolo se ne ripromettessero.

Dopo quattr'anni di silenzio, Marco Mèola si scagliò in piazza con le furie d'un leone affamato. Dopo due giorni di vociferazioni nel circolo degli impiegati civili, nel caffè di Pedoca, riuscì a promuovere una tale agitazione, che Monsignor Vescovo fu costretto veramente a rispondere con una fierissima pastorale e, nell'invito sacro, chiamò a raccolta per la ventura domenica non solo tutti i fedeli di Montelusa ma anche quelli dei paesi vicini.

«Piova pure a diluvio,» concludeva l'invito, *«noi siamo sicuri che la più fiera tempesta non smorzerà d'un punto il vostro sacro e fervidissimo ardore. Piova pure a diluvio, domenica ventura la SS. Immacolata uscirà dalla nostra gloriosa Cattedrale, e scortata e difesa da tutti i fedeli della Diocesi, la SS. Ospite rientrerà nella sua sede.»*

Ma, neanche a farlo apposta, quella dodicesima domenica recò, dopo tanta e così lunga intemperie, il riso della primavera, il primo riso, e con tale dolcezza, che ogni turbolenza cadde d'un tratto, come per incanto, dagli animi.

Al suono festivo delle campane, nell'aria chiara, tutti i Montelusani uscirono a inebriarsi del voluttuoso tepore del primo sole della nuova stagione; ed era su tutte le labbra un liquido sorriso di beatitudine e in tutte le membra un delizioso languore, un'accorata voglia d'abbandonarsi in cordiali abbracci fraterni.

Allora il vicario capitolare Monsignor Lentini, che dal lunedì al sabato di quella dodicesima settimana aveva dovuto fare altre sei prediche su la SS. Immacolata, con un filo di voce chiamò attorno a sé i canonici del Capitolo e domandò loro, se non si potesse in qualche modo impedire lo scandalo ormai inutile di quella conferenza anticlericale del Mèola, per cui si sentiva come una spina nel cuore.

Si poteva esser certi che né per quel giorno sarebbe piovuto, né più per mesi. Non poteva il Mèola darsi per ammalato e rimandar la conferenza ad altro tempo, all'anno venturo magari, per la seconda domenica di pioggia dopo l'otto dicembre?

– Eh già! Sicuro! – riconobbero subito i canonici. – Così il rimedio non andrebbe sciupato!

I due fidati amici dell'altra volta furono rimandati in gran fretta dal Mèola. Un raffreddore, una costipazione, un attacco di gotta, un improvviso abbassamento di voce:

– Visto che non piove...

Il Mèola recalcitrò, inferocito. Rinunziare? rimandare? Ah no, perdio, si pretendeva troppo da lui, ora ch'era riuscito a riacciuffare il favore dei liberali di Montelusa!

– Va bene, – gli dissero quei due amici. – Se pioveva... Ma visto che non piove...

– Visto che non piove, – tuonò il Mèola – il signor Prefetto della provincia che fa? Potrebbe lui solo, lui solo per ragioni d'ordine pubblico, proibire ormai la conferenza! Andate subito dal Prefetto, visto che non piove, e io potrò anche ricevere a letto, fra un'ora, con un febbrone da cavallo, l'annunzio della proibizione!

Così la SS. Immacolata ritornò, senz'alcun disordine, alla chiesa di S. Francesco d'Assisi dopo dodici domeniche di permanenza alla Cattedrale, il giorno 25 di febbraio. E il giubilo del popolo fu quell'anno veramente straordinario per la sconfitta data dal bel tempo ai liberali di Montelusa.

FORMALITÀ

I

Nell'ampio scrittoio del Banco Orsani, il vecchio commesso Carlo Bertone con la papalina in capo, le lenti su la punta del naso come per spremere dalle narici quei due ciuffetti di peli grigi, stava a fare un conto assai difficile in piedi innanzi a un'alta scrivania, su cui era aperto un grosso libro mastro. Dietro a lui, Gabriele Orsani, molto pallido e con gli occhi infossati, seguiva l'operazione, spronando di tratto in tratto con la voce il vecchio commesso, a cui, a mano a mano che la somma ingrossava, pareva mancasse l'animo d'arrivare in fondo.

– Queste lenti... maledette! – esclamò a un certo punto, con uno scatto d'impazienza, facendo saltare con una ditata le lenti dalla punta del naso sul registro.

Gabriele Orsani scoppiò a ridere:

– Che ti fanno vedere codeste lenti? Povero vecchio mio, vah! Zero via zero, zero...

Allora il Bertone, stizzito, prese dalla scrivania il grosso libro:

– Vuol lasciarmi andare di là? Qua, con lei che fa così, creda, non è possibile... Calma ci vuole!

– Bravo Carlo, sì, – approvò l'Orsani ironicamente. – Calma, calma... E intanto, – aggiunse, indicando il registro, – ti porti appresso codesto mare in tempesta.

Andò a buttarsi su una sedia a sdraio presso la finestra e accese una sigaretta.

La tenda turchina, che teneva la stanza in una grata penombra, si gonfiava a quando a quando a un buffo d'aria che veniva dal mare. Entrava allora con la subita luce più forte il fragore del mare che si rompeva alla spiaggia.

Prima d'uscire, il Bertone propose al principale di dare ascolto a un signore «curioso» che aspettava di là: nel frattempo lui avrebbe atteso in pace a quel conto molto complicato.

– *Curioso?* – domandò Gabriele. – E chi è?

– Non so: aspetta da mezz'ora. Lo manda il dottor Sarti.

– E allora fallo passare.

Entrò, poco dopo, un ometto su i cinquant'anni, dai capelli grigi, pettinati a farfalla, svolazzanti. Sembrava un fantoccio automatico, a cui qualcuno di là avesse dato corda per fargli porgere quegli inchini e trinciar quei gesti comicissimi.

Mani, ne aveva ancora due; occhi, uno solo; ma egli forse credeva sul serio di dare a intendere d'averne ancora due, riparando l'occhio di vetro con una caramella, la quale pareva stentasse terribilmente a correggergli quel piccolo difetto di vista.

Presentò all'Orsani il suo biglietto da visita così concepito:

LAPO VANNETTI
Ispettore della
London Life Assurance Society Limited
(Capit. sociale L. 4.500.000 – Capit. versato L. 2.559.400)

– Prezatissimo signore! – cominciò, e non la finì più.

Oltre al difetto di vista, ne aveva un altro di pronunzia; e come cercava di riparar quello dietro la caramella, cercava di nasconder questo appoggiando una risatina sopra ogni zeta ch'egli pronunziava in luogo della *c* e della *g*.

Invano l'Orsani si provò più volte a interromperlo.

– Son di passazzo per questa rispettabilissima provinzia, – badava a dir l'ometto imperterrito, con vertiginosa loquela, – *dove che* per merito della nostra Sozietà, la più antica, la più autorevole di quante ne esistano su lo stesso zenere, ho concluso ottimi, ottimi contratti, sissignore, in tutte le spezialissime combinazioni che essa offre ai suoi assoziati, senza dire dei vantazzi ezzezionali, che brevemente le esporrò per ogni combinazione, a sua sselta.

Gabriele Orsani si avvilì; ma il signor Vannetti vi pose subito riparo: cominciò a far tutto da sé: domande e risposte, a proporsi dubbii e a darsi schiarimenti:

– Qui Lei, zentilissimo signore, eh, lo so! potrebbe dirmi, obbiettarmi: Ecco, sì, caro Vannetti, d'accordo: piena fiduzia nella vostra Compagnia; ma, come si fa? per me è un po' troppo forte, poniamo, codesta tariffa; non ho tanto marzine nel mio bilanzio, e allora... (ognuno sa gli affari di casa sua, e qui Lei dize benissimo: Su questo punto, caro Vannetti, non ammetto discussioni). Ecco, io però, zentilissimo signore, mi permetto di farle osservare: E gli spezialissimi vantazzi che offre la nostra Compagnia? Eh, lo so, dize Lei: tutte le Compagnie, qual più qual meno, ne offrono. No, no, mi perdoni, signore, se oso mettere in dubbio codesta sua asserzione. I vantazzi...

A questo punto, l'Orsani, vedendogli trarre da una cartella di cuoio un fascio di prospettini a stampa, protese le mani, come in difesa:

– Scusi, – gridò. – Ho letto in un giornale che una Compagnia ha assicurato non so per quanto la mano d'un celebre violinista: è vero?

Il signor Lapo Vannetti rimase per un istante sconcertato; poi sorrise e disse:

– Americanate! Sissignore. Ma noi...

– Glielo domando, – riprese, senza perder tempo, Gabriele, – perché anch'io, una volta, sa?...

E fece segno di sonare il violino.

Il Vannetti, ancora non ben rimesso, credette opportuno congratularsene:

– Ah, benissimo! benissimo! Ma noi, scusi, veramente, non fazziamo di queste operazioni.

– Sarebbe molto utile, però! – sospirò l'Orsani levandosi in piedi. – Potersi assicurare tutto ciò che si lascia o si perde lungo il cammino della vita: i capelli! i denti, per esempio! E la testa? la testa che si perde così facilmente... Ecco: il violinista, la mano; uno zerbinotto, i capelli; un crapulone, i denti; un uomo d'affari, la testa... Ci pensi! È una trovata.

Si recò a premere un campanello elettrico alla parete, presso la scrivania, soggiungendo:

– Permetta un momento, caro signore.

Il Vannetti, mortificato, s'inchinò. Gli parve che l'Orsani, per cavarselo dai piedi, avesse voluto fare un'allusione, veramente poco gentile, al suo occhio di vetro.

Rientrò nello scrittoio il Bertone, con un'aria vie più smarrita.

– Nel casellario del palchetto della tua scrivania, – gli disse Gabriele, – alla lettera Z...

– I conti della zolfara? – domandò il Bertone.

– Gli ultimi, dopo la costruzione del piano inclinato...

Carlo Bertone chinò più volte il capo:

– Ne ho tenuto conto.

L'Orsani scrutò negli occhi del vecchio commesso; rimase accigliato, assorto; poi gli domandò:

– Ebbene?

Il Bertone, impacciato, guardò il Vannetti.

Questi allora comprese ch'era di troppo, in quel momento; e, riprendendo il suo fare cerimonioso, tolse commiato.

– Non z'è bisogno d'altro, con me. Capisco a volo. Mi ritiro. Vuol dire che, se non Le dispiaze, io vado a prendere un bocconzino qui presso, e ritorno. Non se ne curi. Stia comodo, per carità! So la via. A rivederla.

Ancora un inchino, e via.

II

– Ebbene? – domandò di nuovo Gabriele Orsani al vecchio commesso, appena uscito il Vannetti.

– Quella... quella costruzione... giusto adesso, – rispose, quasi balbettando, il Bertone.

Gabriele s'adirò.

– Quante volte me l'hai detto? Che volevi che facessi, d'altra parte? Rescindere il contratto, è vero? Ma se per tutti i creditori quella zolfara rappresenta ancora la speranza della mia solvibilità... Lo so! lo so! Sono state più di centotrenta mila lire buttate lì, in questo momento, senza frutto... Lo so meglio di te!... Non mi far gridare.

Il Bertone si passò più volte le mani su gli occhi stanchi; poi, dandosi buffetti su la manica, dove non c'era neppur l'ombra della polvere, disse piano, come a se stesso:

– Ci fosse modo, almeno, d'aver danaro per muovere ora tutto quel macchinario, che... che non è neanche interamente pagato. Ma abbiamo anche le scadenze delle cambiali alla Banca...

Gabriele Orsani, che s'era messo a passeggiare per lo scrittoio, con le mani in tasca, accigliato, s'arrestò:

– Quanto?

– Eh... – sospirò il Bertone.

– Eh... – rifece Gabriele; poi, scattando: – Oh, insomma! Dimmi tutto. Parla franco: è finita? capitombolo? Sia lodata e ringraziata la buona e santa memoria di mio padre! Volle mettermi qua, per forza: io ho fatto quello che dovevo fare: *tabula rasa*: non se ne parli più!

– Ma no, non si disperi, ora... – disse il Bertone, commosso. – Certo lo stato delle cose... Mi lasci dire!

Gabriele Orsani posò le mani su le spalle del vecchio commesso:

– Ma che vuoi dire, vecchio mio, che vuoi dire? Tremi tutto. Non così, ora; prima, prima, con l'autorità che ti veniva da codesti capelli bianchi, dovevi opporti a me, ai miei disegni, consigliarmi allora, tu che mi sapevi inetto agli affari. Vorresti illudermi, ora, così? Mi fai pietà!

– Che potevo io?... – fece il Bertone, con le lagrime agli occhi.

– Nulla! – esclamò l'Orsani. – E neanche io. Ho bisogno di pigliarmela con qualcuno, non te ne curare. Ma, possibile? io, *io*, qua, messo a gli affari? Se non so vedere ancora quali siano stati, in fondo, i miei sbagli... Lascia quest'ultimo della costruzione del piano inclinato, a cui mi son veduto costretto con l'acqua alla gola... Quali sono stati i miei sbagli?

Il Bertone si strinse nelle spalle, chiuse gli occhi e aprì le mani, come per dire: Che giova adesso?

– Piuttosto, i rimedii... – suggerì con voce opaca, di pianto.

Gabriele Orsani scoppiò di nuovo a ridere.

– Il rimedio lo so! Riprendere il mio vecchio violino, quello che mio padre mi tolse dalle mani per dannarmi qua, a questo bel divertimento, e andarmene come un cieco, di porta in porta, a far le sonatine per dare un tozzo di pane ai miei figliuoli. Che te ne pare?

– Mi lasci dire, – ripeté il Bertone, socchiudendo gli occhi. – Tutto sommato, se possiamo superare queste prossime scadenze, restringendo, naturalmente, tutte, tutte le spese (anche quelle... mi scusi!... su, di casa), credo che... almeno per quattro o cinque mesi potremo far fronte agli impegni. Nel frattempo...

Gabriele Orsani scrollò il capo, sorrise; poi, traendo un lungo sospiro, disse:

– Fra Tempo è un monaco, vecchio mio, che vuol crearmi illusioni!

Ma il Bertone insistette nelle sue previsioni e uscì dallo scrittoio per finir di stendere l'intero quadro dei conti.

– Glielo farò vedere. Mi permetta un momento.

Gabriele andò a buttarsi di nuovo su la sedia a sdraio presso la finestra e, con le mani intrecciate dietro la nuca, si mise a pensare.

Nessuno ancora sospettava di nulla; ma per lui, ormai, nessun dubbio: qualche mese ancora di disperati espedienti, e poi il crollo, la rovina.

Da circa venti giorni, non si staccava più dallo scrittoio, come se lì, dal palchetto della scrivania, dai grossi libri di cassa, aspettasse al varco qualche suggerimento. La violenta, inutile tensione del cervello a mano a mano però, contro ogni sforzo, gli s'allentava, la volontà gli s'istupidiva; ed egli se ne accorgeva sol quando, alla fine, si ritrovava attonito o assorto in pensieri alieni, lontani dall'assiduo tormento.

Tornava allora a rimpiangere, con crescente esasperazione, la sua cieca, supina obbedienza alla volontà del padre, che lo aveva tolto allo studio prediletto delle scienze matematiche, alla passione per la musica, e gettato lì in quel torbido mare insidioso dei negozii commerciali. Dopo tanti anni, risentiva ancor vivo lo strazio che aveva provato nel lasciar Roma. Se n'era venuto in Sicilia con la laurea di dottore in scienze fisiche e matematiche, con un violino e un usignuolo. Beata incoscienza! Aveva sperato di potere attendere ancora alla scienza prediletta, al prediletto strumento, nei ritagli di tempo che i complicati negozii del padre gli avrebbero lasciato liberi. Beata incoscienza! Una volta sola, circa tre mesi dopo il suo arrivo, aveva cavato dalla custodia il violino, ma per chiudervi dentro, come in una degna tomba, l'usignoletto morto e imbalsamato.

E ancora domandava a se stesso come mai il padre, tanto esperto nelle sue faccende, non si fosse accorto dell'assoluta inettitudine del figliuolo. Gli aveva forse fatto velo la passione ch'egli aveva del commercio, il desiderio che l'antica ditta Orsani non venisse a cessare, e s'era forse lusingato che, con la pratica degli affari, con l'allettamento dei grossi guadagni, a poco a poco il figlio sarebbe riuscito ad adattarsi e a prender gusto a quel genere di vita.

Ma perché lagnarsi del padre, se egli si era piegato ai voleri di lui senza opporre la minima resistenza, senza arrischiar neppure la più timida osservazione, come a un patto fin dalla nascita stabilito e concluso e ormai non più discutibile? se egli stesso, proprio per sottrarsi alle tentazioni che potevano venirgli dall'ideale di vita ben diverso, fin allora vagheggiato, s'era indotto a prender moglie, a sposar colei che gli era stata destinata da gran tempo: la cugina orfana, Flavia?

Come tutte le donne di quell'odiato paese, in cui gli uomini, nella briga, nella costernazione assidua degli affari rischiosi, non trovavan mai tempo da dedicare all'amore, Flavia, che avrebbe potuto essere per lui l'unica rosa lì tra le spine, s'era invece acconciata subito, senza rammarico, come d'intesa, alla parte modesta di badare alla casa, perché nulla mancasse al marito dei comodi materiali, quando stanco, spossato, ritornava dalle zolfare o dal banco o dai depositi di zolfo lungo la spiaggia, dove, sotto il sole cocente, egli aveva atteso tutto il giorno all'esportazione del minerale.

Morto il padre quasi repentinamente, era rimasto a capo dell'azienda, nella quale ancora non sapeva veder chiaro. Solo, senza guida, aveva sperato per un momento di poter liquidare tutto e ritirarsi dal commercio. Ma sì! Quasi tutto il capitale era impegnato nella lavorazione delle zolfare. E s'era allora rassegnato ad andare innanzi per quella via, togliendo a guida quel buon uomo del Bertone, vecchio scritturale del banco, a cui il padre aveva sempre accordato la massima fiducia.

Che smarrimento sotto il peso della responsabilità piombatagli addosso d'improvviso, resa anche più grave dal rimorso d'aver messo al mondo tre figliuoli, minacciati ora dalla sua inettitudine nel benessere, nella vita! Ah egli, fino allora, non ci aveva pensato: bestia bendata, alla stanga d'una macina. Era stato sempre doglioso il suo amore per la moglie, pe' figliuoli, testimonii viventi della sua rinunzia a un'altra vita; ma ora gli attossicava il cuore d'amara compassione. Non poteva più sentir piangere i bambini o che si lamentassero minimamente; diceva subito a se stesso: – «Ecco, per causa mia!» – e tanta amarezza gli restava chiusa in petto, senza sfogo. Flavia non s'era mai curata nemmeno di cercar la via per entrargli nel cuore; ma forse, nel vederlo mesto, assorto e taciturno, non aveva mai neppur supposto ch'egli chiudesse in sé qualche pensiero estraneo a gli affari. Anch'ella forse si rammaricava in cuor suo dell'abbandono in cui egli la lasciava; ma non sapeva muovergliene rimprovero, supponendo che vi fosse costretto dalle intricate faccende, dalle cure tormentose della sua azienda.

E certe sere vedeva la moglie appoggiata alla ringhiera dell'ampio terrazzo della casa, alle cui mura veniva quasi a battere il mare.

Da quel terrazzo che pareva il cassero d'una nave, ella guardava assorta nella notte sfavillante di stelle, piena del cupo eterno lamento di quell'infinita distesa d'acque, innanzi a cui gli uomini avevano con fiducia animosa costruito le lor piccole case, ponendo la loro vita quasi alla mercé d'altre lontane genti. Veniva di tanto in tanto dal porto il fischio roco, profondo, malinconico di qualche vapore che s'apparecchiava a salpare. Che pensava in quell'atteggiamento? Forse anche a lei il mare, col lamento delle acque irrequiete, confidava oscuri presagi.

Egli non la richiamava: sapeva, sapeva bene che ella non poteva entrare nel mondo di lui, giacché entrambi a forza erano stati spinti a lasciar la propria via. E lì, nel terrazzo, sentiva riempirsi gli occhi di lagrime silenziose. Così, sempre, fino alla morte, senza nessun mutamento? Nell'intensa commozione di quelle tetre sere, l'immobilità della condizione della propria esistenza gli riusciva intollerabile, gli suggeriva pensieri subiti, strani, quasi lampi di follia. Come mai un uomo, sapendo bene che si vive una volta sola, poteva acconciarsi a seguire per tutta la vita una via odiosa? E pensava a tanti altri infelici, costretti dalla sorte a mestieri più aspri e più ingrati. Talvolta, un noto pianto, il pianto di qualcuno dei figliuoli lo richiamava d'improvviso a sé. Anche Flavia si scoteva dal suo fantasticare; ma egli si affrettava a dire: – Vado io! – Toglieva dal lettuccio il bambino e si metteva a passeggiare per la camera, cullandolo tra le braccia, per riaddormentarlo e quasi per addormentare insieme la sua pena. A poco a poco, col sonno della creaturina, la notte diveniva più tranquilla anche per lui; e, rimesso sul lettuccio il bambino, si fermava un tratto a guardare attraverso i vetri della finestra, nel cielo, la stella che brillava di più...

Erano passati così nove anni. Sul principio di quest'anno, proprio quando la posizione finanziaria cominciava a infoscarsi, Flavia s'era messa a eccedere un po' troppo in certe spese di lusso; aveva voluto anche per sé una carrozza; ed egli non aveva saputo opporsi.

Ora il Bertone gli consigliava di limitar tutte le spese e anche, anzi specialmente, quelle di casa.

Certo il dottor Sarti, suo intimo amico fin dall'infanzia, aveva consigliato a Flavia di cangiar vita, di darsi un po' di svago, per vincere la depressione nervosa che tanti anni di chiusa, monotona esistenza le avevano cagionato. A questa riflessione, Gabriele si scosse, si levò dalla sedia a sdraio e si mise a passeggiare per lo scrittoio, pensando ora all'amico Lucio Sarti, con un sentimento d'invidia e con dispetto.

Erano stati insieme a Roma, studenti.

Tanto l'uno che l'altro, allora, non potevano stare un sol giorno senza vedersi; e, fino a poco tempo addietro, quel legame antico di fraterna amicizia non si era affatto rallentato. Egli si vietava assolutamente di fondar la ragione di tal cambiamento su una impressione avuta durante l'ultima malattia d'uno dei suoi bambini: che il Sarti cioè avesse mostrato esagerate premure per sua moglie: impressione e null'altro, conoscendo a prova la rigidissima onestà dell'amico e della moglie.

Era vero e innegabile tuttavia che Flavia s'accordava in tutto e per tutto col modo di pensare del dottore: nelle discussioni, da qualche tempo molto frequenti, ella assentiva sempre col capo alle parole di lui, ella che, di solito, in casa, non parlava mai. Se n'era stizzito. O se ella approvava quelle idee, perché non gliele aveva manifestate prima? perché non s'era messa a discutere con lui intorno all'educazione dei figliuoli, per esempio, se approvava i rigidi criterii del dottore, anziché i suoi? Ed era arrivato finanche ad accusar la moglie di poco affetto pe' figli. Ma doveva pur dire così, se ella, stimando in coscienza che egli educasse male i figliuoli, aveva sempre taciuto, aspettando che un altro ne movesse il discorso.

Il Sarti, del resto, non avrebbe dovuto immischiarsene. Da un pezzo in qua, pareva a Gabriele che l'amico dimenticasse troppe cose: dimenticasse per esempio di dover tutto, o quasi tutto, a lui.

Chi, se non lui, infatti, lo aveva sollevato dalla miseria in cui le colpe dei genitori lo avevano gettato? Il padre gli era morto in galera, per furti; dalla madre, che lo aveva condotto con sé nella prossima città, era fuggito, non appena con l'uso della ragione aveva potuto intravedere a quali tristi espedienti era ricorsa per vivere. Ebbene, egli lo aveva tolto da un misero caffeuccio in cui s'era ridotto a prestar servizio e gli aveva trovato un posticino nel banco del padre; gli aveva prestato i suoi libri, i suoi appunti di scuola, per farlo studiare; gli aveva insomma aperto la via, schiuso l'avvenire.

E ora, ecco: il Sarti s'era fatto uno stato tranquillo e sicuro col suo lavoro, con le sue doti naturali, senza dover rinunziare a nulla: era un uomo; mentre lui... lui, all'orlo di un abisso!

Due colpi all'uscio a vetri, che dava nelle stanze riservate all'abitazione, riscossero Gabriele da queste amare riflessioni.

– Avanti, – disse.

E Flavia entrò.

III

Indossava un vestito azzurro cupo, che pareva dipinto su la flessibile e formosa persona, alla cui bellezza bionda dava un meraviglioso risalto. Portava in capo un ricco e pur semplice cappello scuro; si abbottonava ancora i guanti.

– Volevo domandarti, – disse, – se non ti occorreva la carrozza, perché il baio oggi non si può attaccare alla mia.

Gabriele la guardò, come se ella venisse, così elegante e leggera, da un mondo fittizio, vaporoso, di sogno, dove si parlasse un linguaggio ormai per lui del tutto incomprensibile.

– Come? – disse. – Perché?

– Mah, pare che l'abbiano inchiodato, poverino. Zoppica da un piede.

– Chi?

– Il baio, non senti?

– Ah, – fece Gabriele, riscotendosi. – Che disgrazia, perbacco!

– Non pretendo che te ne affligga, – disse Flavia, risentita. – Ti ho domandato la carrozza. Andrò a piedi.

E s'avviò per uscire.

– Puoi prenderla; non mi serve, – s'affrettò allora a soggiungere Gabriele. – Esci sola?

– Con Carluccio. Aldo e la Titti sono in castigo.

– Poveri piccini! – sospirò Gabriele, quasi senza volerlo.

Parve a Flavia che questa commiserazione fosse un rimprovero per lei, e pregò il marito di lasciarla fare.

– Ma sì, sì, se hanno fatto male, – diss'egli allora. – Pensavo che, senza aver fatto nulla, si sentiranno forse, tra qualche mese, cader sul capo un ben più grosso castigo.

Flavia si voltò a guardarlo.

– Sarebbe?

– Nulla, cara. Una cosa lievissima, come il velo o una piuma di codesto cappello. La rovina, per esempio, della nostra casa. Ti basta?

– La rovina?

– La miseria, sì. E peggio forse, per me.

– Che dici?

– Ma sì, fors'anche... Ti fo stupire?

Flavia s'appressò, turbata, con gli occhi fissi sul marito, come in dubbio ch'egli non dicesse sul serio.

Gabriele, con un sorriso nervoso su le labbra, rispose piano, con calma, alle trepide domande di lei, come se non si trattasse della propria rovina; poi nel veder la moglie sconvolta:

– Eh, mia cara! – esclamò. – Se ti fossi curata un tantino di me, se avessi, in tanti anni, cercato d'intendere che piacere mi procurava questo mio grazioso lavoro, non proveresti ora tanto stupore. Non tutti i sacrifizi sono possibili. E quando un pover uomo è costretto a farne uno superiore alle proprie forze...

– Costretto? Chi t'ha costretto? – disse Flavia, interrompendolo, poiché egli con la voce aveva pigiato su quella parola.

Gabriele guardò la moglie, come frastornato dall'interruzione e dall'atteggiamento di sfida, ch'ella, dominando ora l'interna agitazione, assumeva di fronte a lui. Sentì come un rigurgito di bile salirgli alla gola e inaridirgli la bocca. Riaprendo tuttavia le labbra al sorriso nervoso di prima, ora più squallido, domandò:

– Spontaneamente, allora?

– Io, no! – soggiunse con forza Flavia, guardandolo negli occhi. – Se per me, avresti potuto risparmiartelo, codesto sacrifizio. La miseria più squallida io l'avrei mille volte preferita...

– Sta' zitta! – gridò egli infastidito. – Non lo dire, finché non sai che cosa sia!

– La miseria? Ma che n'ho avuto io, della vita?

– Ah, tu? E io?

Rimasero un pezzo accesi e vibranti, l'uno di fronte all'altra, quasi sgomenti del loro odio intimo reciproco, covato per tanti anni nascostamente e scoppiato ora, all'improvviso, senza la loro volontà.

– Perché dunque ti lagni di me? – riprese Flavia con impeto. – Se io di te non mi sono mai curata, e tu quando di me? Mi rinfacci ora il tuo sacrificio, come se non fossi stata sacrificata anch'io, e condannata qua a rappresentare per te la rinunzia alla vita che tu sognavi! E per me doveva esser questa, la vita? Non dovevo sognar altro, io? Tu, nessun dovere d'amarmi. La catena che t'imprigionava qua, a un lavoro forzato. Si può amar la catena? E io dovevo esser contenta, è vero? che tu lavorassi, e non pretender altro da te. Non ho mai parlato. Ma tu mi provochi, ora.

Gabriele s'era nascosto il volto con le mani, mormorando di tratto in tratto: – Anche questo!... anche questo!... – Alla fine proruppe:

– E anche i miei figli, è vero? verranno qua, adesso, a buttarmi in faccia, come uno straccio inutile, il mio sacrifizio?

– Tu falsi le mie parole, – rispose ella, scrollando una spalla.

– Ma no! – seguitò Gabriele con foga mordace. – Non merito altro ringraziamento. Chiamali! Chiamali! Io li ho rovinati; e me lo rinfacceranno con ragione!

– No! – s'affrettò a dir Flavia, intenerendosi per i figliuoli. – Poveri piccini, non ti rinfacceranno la miseria... no!

Strizzò gli occhi, s'afferrò le mani e le scosse in aria.

– Come faranno? – esclamò. – Cresciuti così...

– Come? – scattò egli. – Senza guida, è vero? Anche questo mi butteranno in faccia? Va', va' ad imbeccarli! Anche i rimproveri di Lucio Sarti, per giunta?

– Che c'entra Lucio Sarti? – fece Flavia, stordita da quell'improvvisa domanda.

– Ripeti le sue parole, – incalzò Gabriele, pallidissimo, sconvolto. – Non ti resta che da metterti sul naso le sue lenti da miope.

Flavia trasse un lungo sospiro e, socchiudendo gli occhi con calmo disprezzo, disse:

– Chiunque sia per poco entrato nell'intimità della nostra casa, ha potuto accorgersi...

– No, lui! – la interruppe Gabriele, con maggior violenza. – Lui soltanto! lui che è cresciuto come un aguzzino di se stesso, perché suo padre...

S'arrestò, pentito di ciò che stava per dire, e riprese:

– Non gliene fo carico; ma dico che lui aveva ragione di vivere com'ha vissuto, vigilando, pauroso, rigido, ogni suo minimo atto: doveva sollevarsi, sotto gli occhi della gente, dalla miseria, dall'ignominia, in cui lo avevano gettato i suoi genitori. Ma i miei figliuoli, perché? Perché avrei dovuto essere un tiranno, io, per i miei figliuoli?

– Chi dice tiranno? – si provò a osservare Flavia.

– Ma liberi, liberi! – proruppe egli. – Io volevo che crescessero liberi i miei figliuoli, poiché io ero stato dannato qua da mio padre, a questo supplizio! E come un premio mi ripromettevo, unico premio! di godere della loro libertà, almeno, procacciata a costo del mio sacrifizio, della mia esistenza spezzata... inutilmente, ora, inutilmente spezzata...

A questo punto, come se l'orgasmo a mano a mano cresciuto gli si fosse a un tratto spezzato dentro, egli scoppiò in irrefrenabili singhiozzi; poi, in mezzo a quel pianto strano, convulso, quasi rabbioso, alzò le braccia tremanti, soffocato, e s'abbandonò, privo di sensi.

Flavia, smarrita, atterrita, chiamò aiuto. Accorsero dalle stanze del banco il Bertone e un altro scritturale. Gabriele fu sollevato e adagiato sul canapè, mentre Flavia, vedendogli il volto soffuso d'un pallore cadaverico e bagnato del sudore della morte, smaniava, disperata:

– Che ha? che ha? Dio, ma guardi... Aiuto!... Ah, per causa mia!...

Lo scritturale corse a chiamare il dottor Sarti, che abitava lì vicino.

– Per causa mia!... per causa mia!... – ripeteva Flavia.

– No, signora, – le disse il Bertone, tenendo amorosamente un braccio sotto il capo di Gabriele. – Da stamattina... Ma già, da un pezzo, qua... Povero figliuolo... Se lei sapesse!

– So! So!

– E che vuole, dunque? Per forza!

Intanto urgeva, urgeva un rimedio. Che fare? Bagnargli le tempie? Sì... ma meglio forse un po' d'etere. Flavia sonò il campanello; accorse un cameriere:

– L'etere! la boccetta dell'etere: su, presto!

– Che colpo... che colpo, povero figliuolo! – si rammaricava piano il Bertone, contemplando tra le lagrime il volto del padrone.

– La rovina... proprio? – gli domandò Flavia, con un brivido.

– Se m'avesse dato ascolto!... – sospirò il vecchio commesso. – Ma egli, poverino, non era nato per stare qui...

Ritornò di corsa il cameriere, con la boccetta dell'etere.

– Nel fazzoletto?

– No: meglio nella stessa boccetta! Qua... qua... – suggerì il Bertone. – Vi metta il dito su... così, che possa aspirare pian piano...

Sopravvenne poco dopo, ansante, Lucio Sarti, seguito dallo scritturale.

Alto, dall'aspetto rigido, che toglieva ogni grazia alla fine bellezza dei lineamenti quasi femminili, il Sarti portava, molto aderenti a gli occhi acuti, un paio di piccole lenti. Quasi senza notare la presenza di Flavia, egli scostò tutti, e si chinò a osservare Gabriele; poi, rivolto a Flavia che affollava di domande e d'esclamazioni la sua ansia angosciosa, disse con durezza:

– Non fate così, vi prego. Lasciatemi ascoltare.

Scoprì il petto del giacente, e vi poggiò l'orecchio, dalla parte del cuore. Ascoltò un pezzo; poi si sollevò, turbato, e si tastò in petto, come per cercare nelle tasche interne qualcosa.

– Ebbene? – chiese ancora Flavia.

Egli trasse lo stetoscopio, e domandò:

– C'è caffeina, in casa?

– No... io non so, – s'affrettò a rispondere Flavia. – Ho mandato a prender l'etere...

– Non giova.

S'appressò alla scrivania, scrisse una ricetta, la porse allo scritturale.

– Ecco. Presto.

Subito dopo, anche il Bertone fu spedito di corsa alla farmacia per una siringhetta da iniezioni, che il Sarti non aveva con sé.

– Dottore... – supplicò Flavia.

Ma il Sarti, senza darle retta, s'appressò di nuovo al canapè. Prima di chinarsi a riascoltare il giacente, disse, senza voltarsi:

– Fate disporre per portarlo su.

– Va', va'! – ordinò Flavia al cameriere; poi, appena uscito questi, afferrò per un braccio il Sarti e gli domandò, guardandolo negli occhi: – Che ha? È grave? Voglio saperlo!

– Non lo so bene ancora neanche io, – rispose il Sarti con calma forzata.

Poggiò lo stetoscopio sul petto del giacente e vi piegò l'orecchio per ascoltare. Ve lo tenne a lungo, a lungo, serrando di tratto in tratto gli occhi, contraendo il volto, come per impedirsi di precisare i pensieri, i sentimenti che lo agitavano, durante quell'esame. La sua coscienza turbata, sconvolta da ciò che percepiva nel cuore dell'amico, era in quel punto incapace di riflettere in sé quei pensieri e quei sentimenti, né egli voleva che vi si riflettessero, come se ne avesse paura.

Quale un febbricitante che, abbandonato al buio, in una camera, senta d'improvviso il vento sforzar le imposte della finestra, rompendone con fracasso orribile i vetri, e si trovi d'un tratto smarrito, vaneggiante, fuor del letto, contro i lampi e la furia tempestosa della notte, e pur tenti con le deboli braccia di richiudere le imposte; egli cercava d'opporsi affinché il pensiero veemente dell'avvenire, la luce sinistra d'una tremenda speranza non irrompessero in lui, in quel momento: quella stessa speranza, di cui tanti e tanti anni addietro, liberatosi dall'incubo orrendo della madre, lusingato dall'incoscienza giovanile, s'era fatta come una meta luminosa, alla quale gli era parso d'aver qualche diritto d'aspirare per tutto quello che gli era toccato soffrire senza sua colpa. Allora, ignorava che Flavia Orsani, la cugina del suo amico e benefattore, fosse ricca, e che il padre di lei, morendo, avesse affidato al fratello le sostanze della figliuola: la credeva un'orfana accolta per carità in casa dello zio. E dunque, forte della testimonianza di ogni atto della sua vita, intesa tutta a cancellare il marchio d'infamia che il padre e la madre gli avevano inciso su la fronte; quando sarebbe ritornato in paese, con la laurea di medico, e si sarebbe formata un'onesta posizione, non avrebbe potuto chiedere agli Orsani, in prova dell'affetto che gli avevano sempre dimostrato, la mano di quell'orfana, di cui già si lusingava di goder la simpatia? Ma Flavia, poco dopo il ritorno di lui dagli studii, era diventata moglie di Gabriele, a cui egli, è vero, non aveva mai dato alcun motivo di sospettare il suo amore per la cugina. Sì; ma gliel'aveva pur tolta; e senza fare la propria felicità, né quella di lei. Ah, non per lui soltanto quelle nozze, ma per se stesse erano state un delitto; datava da allora la sciagura di tutti e tre. Per tanti anni, come se nulla fosse stato, egli aveva assistito in qualità di medico, in ogni occasione, la nuova famigliuola dell'amico, celando sotto una rigida maschera impassibile lo strazio che la triste intimità di quella casa senza amore gli cagionava, la vista di quella donna abbandonata a se stessa, che pur dagli occhi lasciava intendere quale tesoro d'affetti serbasse in cuore, non richiesti e neppur forse sospettati dal marito; la vista di quei bambini che crescevano senza guida paterna. E si era negato perfino di scrutar negli occhi di Flavia o d'avere da qualche parola di lei un cenno fuggevole, una prova anche lieve che ella, da fanciulla, si fosse accorta dell'affetto che gli aveva ispirato. Ma questa prova, non cercata, non voluta, gli s'era offerta da sé in una di quelle occasioni, in cui la natura umana spezza e scuote ogni imposizione, infrange ogni freno sociale e si scopre qual è, come un vulcano che per tanti inverni si sia lasciato cader neve e neve e neve addosso, a un tratto rigetta quel gelido mantello e scopre al sole le fiere viscere infocate. E l'occasione era stata appunto la malattia del bambino. Tutto immerso negli affari, Gabriele non aveva neppur sospettato la gravità del male e aveva lasciato sola la moglie a trepidare per la vita del figliuolo; e Flavia in un momento di suprema angoscia, quasi delirante, aveva parlato, s'era sfogata con lui, gli aveva lasciato intravedere che ella aveva tutto compreso, sempre, sempre, fin dal primo momento.

E ora?

– Ditemi, per carità, dottore! – insistette Flavia, esasperata, nel vederlo così sconvolto e taciturno. – È grave assai?

– Sì, – rispose egli, cupo, bruscamente.

– Il cuore? Che male? Così all'improvviso? Ditemelo!

– Vi giova saperlo? Termini di scienza: che c'intendereste?

Ma ella volle sapere.

– Irreparabile? – chiese poi.

Egli si tolse le lenti, strizzò gli occhi, poi esclamò:

– Ah, non così, non così, credetemi! Vorrei potergli dare la mia vita.

Flavia diventò pallidissima; guardò il marito, e disse più col cenno che con la voce:

– Tacete.

– Voglio che lo sappiate, – aggiunse egli. – Ma già m'intendete, non è vero? Tutto, tutto quello che mi sarà possibile... Senza pensare a me, a voi...

– Tacete, – ripeté ella, come inorridita.

Ma egli seguitò:

– Abbiate fiducia in me. Non abbiamo nulla da rimproverarci. Del male ch'egli mi fece, non ha sospetto, e non ne avrà. Avrà tutte le cure che potrà prestargli l'amico più devoto.

Flavia, ansante, vibrante, non staccava gli occhi dal marito.

– Si riscuote! – esclamò a un tratto.

Il Sarti si volse a guardare.

– No...

– Sì, s'è mosso, – aggiunse ella piano.

Rimasero un pezzo sospesi, a spiare. Poi egli si accostò al canapè, si chinò sul giacente, gli prese il polso e chiamò:

– Gabriele... Gabriele...

IV

Pallido, ancora un po' affannato per tutti i respiri che s'era affrettato a trarre appena rinvenuto, Gabriele pregò la moglie di andarsene.

– Non mi sento più nulla. Prendi, prendi la carrozza e vai pure a passeggio, – disse, per rassicurarla. – Voglio parlare con Lucio. Va'.

Flavia, per non dargli sospetto della gravità del male, finse d'accettar l'invito; gli raccomandò tuttavia di non agitarsi troppo, salutò il dottore e rientrò in casa.

Gabriele rimase un pezzo assorto, guardando la bussola per cui ella era uscita; poi si recò una mano al petto, sul cuore, e seguitando a tener fissi gli occhi, mormorò:

– Qua, è vero? Tu mi hai ascoltato... Io... Che cosa buffa! Mi pareva che quel signor... come si chiama?... Lapo, sì: quell'ometto dall'occhio di vetro, mi tenesse legato, qua; e non potevo svincolarmi; tu ridevi e dicevi: *Insufficienza...* è vero?... *insufficienza delle valvole aortiche...*

Lucio Sarti, nel sentir proferire quelle parole da lui dette a Flavia, allibì. Gabriele si scosse, si voltò a guardarlo e sorrise:

– T'ho sentito, sai?

– Che... che hai sentito? – balbettò il Sarti, con un sorriso squallido su le labbra, dominandosi a stento.

– Quello che hai detto a mia moglie, – rispose, calmo, Gabriele, fissando di nuovo gli occhi, senza sguardo. – Vedevo... mi pareva di vedere, come se avessi gli occhi aperti... sì! Dimmi, ti prego, – aggiunse, riscotendosi, – senza ambagi, senza pietose bugie: Quanto posso vivere ancora? Quanto meno, tanto meglio.

Il Sarti lo spiava, oppresso di stupore e di sgomento, turbato specialmente da quella calma. Ribellandosi con uno sforzo supremo all'angoscia che lo istupidiva, scattò.

– Ma che ti salta in mente?

– Un'ispirazione! – esclamò Gabriele, con un lampo negli occhi. – Ah, perdio!

E sorse in piedi. Si recò ad aprir l'uscio che dava nella stanza del banco e chiamò il Bertone.

– Senti, Carlo: se tornasse quell'ometto che è venuto stamattina, fallo aspettare. Anzi manda subito a chiamarlo, o meglio: va' tu stesso! Subito, eh?

Richiuse l'uscio e si voltò a guardare il Sarti, stropicciandosi le mani, allegramente:

– Me l'hai mandato tu. Ah, l'acciuffo per quei capelli svolazzanti e lo pianto qua, tra me e te. Dimmi, spiegami subito come si fa. Voglio assicurarmi. Tu sei il medico della Compagnia, è vero?

Lucio Sarti, angosciato dal dubbio tremendo che l'Orsani avesse inteso tutto quello ch'egli aveva detto a Flavia, rimase stordito a quella subitanea risoluzione; gli parve senza nesso, ed esclamò, sollevato per il momento da un gran peso:

– Ma è una pazzia!

– No, perché? – rispose, pronto, Gabriele. – Posso pagare, per quattro o cinque mesi. Non vivrò più a lungo, lo so!

– Lo sai? – fece il Sarti, forzandosi a ridere. – E chi ti ha prescritto i termini così infallibilmente? Va' là! va' là!

Rinfrancato, pensò che fosse una gherminella per fargli dire quel che pensasse della sua salute. Ma Gabriele, assumendo un'aria grave, si mise a parlargli del suo prossimo crollo inevitabile. Il Sarti sentì gelarsi. Ora vedeva il nesso e la ragione di quella risoluzione improvvisa, e si sentì preso al laccio, a una terribile insidia, ch'egli stesso, senza saperlo, si era tesa quella mattina, inviando all'Orsani quell'ispettore della Compagnia d'Assicurazione, di cui era il medico. Come dirgli, adesso, che non poteva in coscienza prestarsi ad aiutarlo, senza fargli intendere nello stesso tempo la disperata gravità del male, che gli s'era così d'un colpo rivelato?

– Ma tu, col tuo male, – disse, – puoi vivere ancora a lungo, a lungo, mio caro, purché t'abbi un po' di riguardo...

– Riguardo? Come? – gridò Gabriele. – Son rovinato, ti dico! Ma tu ritieni che io possa vivere ancora a lungo? Bene. E allora, se è vero questo, non avrai difficoltà...

– E i tuoi calcoli allora? – osservò il Sarti con un sorriso di soddisfazione, e aggiunse, quasi per il piacere di chiarire a se stesso quella felice scappatoia, che gli era balenata all'improvviso: – Se dici che per tre o quattro mesi soltanto potresti far fronte...

Gabriele rimase un po' sopra pensiero.

– Bada, Lucio! Non ingannarmi, non mettermi davanti questa difficoltà per avvilirmi, per non farmi commettere un'azione che tu disapprovi, è vero? e a cui non vorresti partecipare, sia pure con poca o nessuna tua responsabilità...

– T'inganni! – scappò detto al Sarti.

Gabriele sorrise allora amaramente.

– Dunque è vero, – disse, – dunque tu sai che io sono condannato, tra poco, forse prima ancora del tempo calcolato da me. Ma già, ti ho sentito. Basta, dunque! Si tratta ora di salvare i miei figliuoli. E li salverò! Se m'ingannassi, non dubitare, saprei procurarmi a tempo la morte, di nascosto.

Lucio Sarti si alzò, scrollando le spalle, e cercò con gli occhi il cappello.

– Vedo che tu non ragioni, mio caro. Lascia che me ne vada.

– Non ragiono? – disse Gabriele, trattenendolo per un braccio. – Vieni qua! Ti dico che si tratta di salvare i miei figliuoli! Hai capito?

– Ma come vuoi salvarli? Vuoi salvarli sul serio, così?

– Con la mia morte.

– Pazzie! Ma scusa, vuoi ch'io stia qua a sentir codesti discorsi?

– Sì – disse con violenza Gabriele, senza lasciargli il braccio. – Perché tu devi aiutarmi.

– A ucciderti? – domandò il Sarti, con tono derisorio.

– No: a questo, se mai, ci penserò io...

– E allora... a ingannare? a... a rubare, scusa?

– Rubare? A chi rubo? Rubo per me? Si tratta d'una Società esposta per se stessa al rischio di siffatte perdite... Lasciami dire! Quel che perde con me, lo guadagnerà con cento altri. Ma chiamalo pur furto... Lascia fare! Ne renderò conto a Dio. Tu non c'entri.

– T'inganni! – ripeté con più forza il Sarti.

– Viene forse a te quel danaro? – gli domandò allora Gabriele, figgendogli gli occhi negli occhi. – L'avrà mia moglie e quei tre poveri innocenti. Quale sarebbe la tua responsabilità?

D'un tratto, sotto lo sguardo acuto dell'Orsani, Lucio Sarti comprese tutto: comprese che Gabriele aveva bene udito e che si frenava ancora perché voleva prima raggiungere il suo scopo: porre cioè un ostacolo insormontabile fra lui e la moglie, facendolo suo complice in quella frode. Egli, infatti, medico della Compagnia, dichiarando ora sano Gabriele, non avrebbe poi potuto far più sua Flavia, vedova, a cui sarebbe venuto il premio dell'assicurazione, frutto del suo inganno. La Società avrebbe agito, senza dubbio, contro di lui. Ma perché tanto e così feroce odio fin oltre la morte? Se egli aveva udito, doveva pur sapere che nulla, nulla aveva da rimproverare né a lui, né alla moglie. Perché, dunque?

Sostenendo lo sguardo dell'Orsani, risoluto a difendersi fino all'ultimo, gli domandò con voce mal ferma:

– La mia responsabilità, tu dici, di fronte alla Compagnia?

– Aspetta! – riprese Gabriele, come abbagliato dall'efficacia stringente del suo ragionamento. – Devi pensare che io sono tuo amico da prima assai che tu diventassi il medico di codesta Compagnia. È vero?

– È vero... ma... – balbettò Lucio.

– Non turbarti! Non voglio rinfacciarti nulla; ma solo farti osservare che tu, in questo momento, in queste condizioni, pensi, non a me, come dovresti, ma alla Compagnia...

– Al mio inganno! – replicò il Sarti, fosco.

– Tanti medici s'ingannano! – ribatté subito Gabriele. – Chi te ne può accusare? Chi può dire che in questo momento io non sia sano? Vendo salute! Morrò di qui a cinque o sei mesi. Il medico non può prevederlo. Tu non lo prevedi. D'altra parte, il tuo inganno, per te, per la tua coscienza, è carità d'amico.

Annichilito, col capo chino, il Sarti si tolse le lenti, si stropicciò gli occhi; poi, losco, con le palpebre semichiuse, tentò con voce tremante l'estrema difesa:

– Preferirei – disse, – dimostrartela altrimenti, questa che tu chiami carità d'amico.

– E come?

– Ricordi dove morì mio padre e perché?

Gabriele lo guatò, stordito; bisbigliò tra sé:

– Che c'entra?

– Tu non sei al mio posto, – rispose il Sarti, risoluto, aspro, rimettendosi le lenti. – Non puoi giudicarne. Ricordati come sono cresciuto. Ti prego, lasciami agire correttamente, senza rimorsi.

– Non capisco, – rispose Gabriele con freddezza, – che rimorso potrebbe essere per te l'aver beneficato i miei figliuoli...

– Col danno altrui?

– Io non l'ho cercato.

– Sai di farlo!

– So qualche altra cosa che mi sta più a cuore e che dovrebbe stare a cuore anche a te. Non c'è altro rimedio! Per un tuo scrupolo, che non può essere anche mio ormai, vuoi che rigetti questo mezzo che mi si offre spontaneo, quest'ancora che tu, tu stesso m'hai gettata?

S'appressò all'uscio, ad origliare, facendo cenno al Sarti di non rispondere.

– Ecco, è venuto!

– No, no, è inutile, Gabriele! – gridò allora il Sarti, risolutamente. – Non costringermi!

L'Orsani lo afferrò per un braccio:

– Bada, Lucio! È l'ultima mia salvezza.

– Non questa, non questa! – protestò il Sarti. – Senti, Gabriele: Quest'ora sia sacra per noi. Io ti prometto che i tuoi figliuoli...

Ma Gabriele non lo lasciò finire:

– L'elemosina? – disse, con un ghigno.

– No! – rispose Lucio, pronto. – Renderei a loro quel che m'ebbi da te!

– A qual titolo? Come vorresti provvedere ai miei figliuoli? Tu? Hanno una madre! A qual titolo? Non di semplice gratitudine, è vero? Tu menti! Per altro fine ti ricusi, che non puoi confessare.

Così dicendo, lo afferrò per le spalle e lo scosse, intimandogli di parlar piano e domandandogli fino a che punto avesse osato ingannarlo. Il Sarti tentò di svincolarsi, difendendo dall'atroce accusa sé e Flavia e rifiutandosi ancora di cedere a quella violenza.

– Voglio vederti! – ruggì a un tratto fra i denti l'Orsani.

D'un balzo aprì l'uscio e chiamò il Vannetti, mascherando subito l'estrema concitazione con una tumultuosa allegria:

– Un premio, un premio, – gridò, investendo l'ometto cerimonioso, – un grosso premio, signor ispettore, all'amico nostro, al nostro dottore, che non è soltanto il medico della Compagnia, ma il suo più eloquente avvocato. M'ero quasi pentito; non volevo saperne... Ebbene, lui, lui mi ha persuaso, mi ha vinto... Gli dia, gli dia subito da firmare la dichiarazione medica: ha premura, deve andar via. Poi noi stabiliremo il quanto e il come...

Il Vannetti, felicissimo, tra uno scoppiettio di esclamazioni ammirative e di congratulazioni, trasse dalla cartella un modulo a stampa, e ripetendo: – *Formalità... formalità...* – lo porse a Gabriele.

– Ecco, scrivi, – disse questi, rimettendo il modulo al Sarti, che assisteva come trasognato a quella scena e vedeva ora in quell'omiciattolo sbricio, quasi artefatto, estremamente ridicolo, la personificazione del suo sconcio destino.

IL VENTAGLINO

Il giardinetto pubblico, meschino e polveroso, in quel torrido pomeriggio d'agosto era quasi deserto, in mezzo alla vasta piazza cinta tutt'intorno da alte case giallicce, assopite nell'afa.

Tuta vi entrò, col bambino in braccio.

Su un sedile in ombra, un vecchietto magro, perduto in un abito grigio d'alpagà, teneva in capo un fazzoletto. Sul fazzoletto, il cappelluccio di paglia ingiallito. Aveva rimboccato diligentemente le maniche sui polsi e leggeva un giornale.

Accanto, sullo stesso sedile, un operaio disoccupato dormiva con la testa tra le braccia, appoggiato di traverso.

Di tanto in tanto, il vecchietto interrompeva la lettura e si voltava a osservare con una certa amba- scia il suo vicino, a cui stava per cader dal capo il cappellaccio unto, ingessato. Evidentemente quel cappellaccio, chi sa da quanto tempo così in bilico, cado e non cado, cominciava a esasperarlo: avrebbe voluto rassettarglielo sul capo o buttarglielo giù con una ditata. Sbuffava; poi volgeva un'occhiata ai sedili intorno, chi sa gli avvenisse di scoprirne qualche altro in ombra. Ce n'era uno solo, poco disco- sto; ma vi stava seduta una vecchia grassa, cenciosa, la quale, ogni volta che lui si voltava a guardare, spalancava la bocca sdentata a un formidabile sbadiglio.

Tuta s'appressò sorridente, pian pianino, in punta di piedi. Si pose un dito su le labbra, per segno di far silenzio; poi, adagio adagio, prese con due dita il cappellaccio al dormente e glielo rimise a posto sul capo.

Il vecchio stette a seguir con gli occhi tutti quei movimenti, prima sorpreso, poi aggrondato.

– Co' la bona grazia, signo', – gli disse Tuta, ancora sorridente e inchinandosi, come se il servizio lo avesse reso a lui e non all'operaio che dormiva. – Da' 'n sordo a sta pôra creatura.

– No! – rimbeccò subito il vecchietto con stizza (chi sa perché), e abbassò gli occhi sul giornale.

– Tiramo a campà! – sospirò Tuta. – Dio pruvede.

E andò a sedere di là, su l'altro sedile, accanto alla vecchia cenciosa, con la quale attaccò subito discorso.

Aveva appena vent'anni; bassotta, formosa, bianchissima di carnagione, coi capelli lucidi, neri, spar- titi sul capo, stirati sulla fronte e annodati in fitte treccioline dietro la nuca. Gli occhi furbi le brillavano, quasi aggressivi. Si mordeva di tanto in tanto le labbra. E il nasino all'insù, un po' storto, le fremeva.

Raccontava alla vecchia la sua sventura. Il marito...

Fin da principio la vecchia le rivolse un'occhiata, che poneva i patti della conversazione, cioè: uno sfogo, sì, era disposta a offrirglielo; ma ingannata, no, non voleva essere, ecco.

– Marito vero?

– Semo sposati co' la chiesa.

– Ah, be', co' la chiesa.

– E ched'è? nun è marito?

– No, fija: nun serve.

– Come nun serve?

– Lo sai, nun serve.

Eh sì, difatti, la vecchia aveva ragione. Non serviva. Da un pezzo, difatti, quell'uomo voleva libe- rarsi di lei, e per forza l'aveva mandata a Roma, perché cercasse di allogarsi per balia. Ella non voleva venire; capiva ch'era troppo tardi, poiché il bambino aveva già circa sette mesi. Era stata quindici giorni in casa d'un sensale, la cui moglie, per rifarsi delle spese e per aver pagato l'alloggio, aveva osato alla fine di proporle...

– Capischi? A me!

Dalla «collera» le era andato addietro il latte. E ora non ne aveva più, neanche per la sua creatura. La moglie del sensale le aveva preso gli orecchini e s'era tenuto anche il fagottello con cui era venuta dal paese. Da quella mattina era in mezzo alla strada.

– Pe' davero, sa'!

Tornare al paese non poteva e non voleva: il marito non se la sarebbe ripresa. Che fare, intanto, con quel bambino che le legava le braccia? Certo, non avrebbe trovato neppure da mettersi per serva.

La vecchia l'ascoltava con diffidenza, perché ella diceva quelle cose, come se non ne fosse affatto disperata; anzi, ripetendo spesso quel suo: – *Pe' davero, sa'!* – sorrideva.

– Di dove sei? – le domandò la vecchia.

– De Core.

E restò un pezzo come se rivedesse col pensiero il paesello lontano. Poi si scosse; guardò il piccino e disse:

– Addo' lo lascio? Qua pe' tera? Pôro cocco mio saporito!

Lo sollevò su le braccia e lo baciò forte forte, più volte.

La vecchia disse:

– L'hai fatto? Te lo piagni.

– Io l'ho fatto? – si rivoltò la giovane. – Be', l'ho fatto e Dio m'ha castigato. Ma patisce pure lui, pôro innocente! E c'ha fatto, lui? Va', Dio nun fa le cose giuste. E si nun le fa lui, figùrete noi. Tiramo a campà!

– Mondo, mondo! – sospirò la vecchia, levandosi in piedi a stento.

– È 'n gran penà! – aggiunse, scrollando il capo, un'altra vecchia asmatica, corpulenta, che passava di lì, appoggiandosi a un bastoncino.

L'altra cavò fuori di tra i cenci un sacchetto sudicio che le pendeva dalla cintola, nascosto sotto la veste, e ne trasse un tozzo di pane.

– Tiè, lo vuoi?

– Sì. Dio te lo paghi, – s'affrettò a risponderle Tuta. – Me lo magno. Ce credi che so' digiuna da stamattina?

Ne fece due pezzi: uno, più grosso, per sé; cacciò l'altro fra gli esili ditini rosei del bimbo, che non si volevano aprire.

– Pappa, Nino. Bono, sa'! 'Na sciccheria! Pappa, pappa.

La vecchia se n'andò, strascicando i piedi, insieme con l'altra dal bastoncino.

Il giardinetto s'era già un po' animato. Il custode annaffiava le piante. Ma neppure alle trombate d'acqua si volevano destare dal sogno in cui parevano assorti – sogno d'una tristezza infinita – quei poveri alberi sorgenti dalle aiuole rade, fiorite di bucce, di gusci d'uovo, di pezzetti di carta, e riparate da stecchi e spuntoni qua e là sconnessi o da un giro di roccia artificiale, in cui s'incavavano i sedili.

Tuta si mise a guardar la vasca bassa, rotonda, che sorgeva in mezzo, la cui acqua verdastra stagnava sotto un velo di polvere, che si rompeva a quando a quando al tonfo di qualche buccia lanciata dalla gente che sedeva attorno.

Già il sole stava per tramontare, e quasi tutti i sedili erano ormai in ombra.

In uno lì accanto venne a sedere una signora su i trent'anni, vestita di bianco. Aveva i capelli rossi, come di rame, arruffati, e il viso lentigginoso. Come se non ne potesse più dal caldo, cercava di scostarsi dalle gambe un ragazzo scontroso, giallo come la cera, vestito alla marinara; e intanto guardava di qua e di là, impaziente, strizzando gli occhi miopi, come se aspettasse qualcuno; e tornava di tratto in tratto a spingere il ragazzo, perché si trovasse più là qualche compagno di giuoco. Ma il ragazzo non si moveva: teneva gli occhi fissi su Tuta che mangiava il pane. Anche Tuta guardava e osservava intenta la signora e quel ragazzo; a un tratto disse:

– Lei, signo', co' la bona grazia, si tante vorte je servisse 'na donna pe' fa' er bucato o a mezzo servizio... No? Embè!

Poi, vedendo che il ragazzo malaticcio non staccava gli occhi da lei e non voleva cedere ai ripetuti inviti della madre, lo chiamò a sé:

– Vôi vede er pupetto? Viello a vede, carino, vie'.

Il ragazzo, spinto violentemente dalla madre, s'accostò; guardò un pezzo il bambino con gli occhi invetrati come quelli d'un gatto fustigato; poi gli strappò dalla manina il tozzo di pane. Il bambino si mise a strillare.

– No! pôro pupo! – esclamò Tuta. – J'hai levato er pane? Piagne mo', vedi? Ha fame... Dàjene armeno un pezzetto.

Alzò gli occhi per chiamare la madre del ragazzo, ma non la vide più sul sedile: parlava là in fondo, concitatamente, con un omaccione barbuto che l'ascoltava disattento, con un curioso sorriso sulle labbra, le mani dietro la schiena e il cappellaccio bianco buttato su la nuca. Il bambino intanto seguitava a strillare.

– Be', – fece Tuta, – te lo levo io un pezzetto...

Allora anche il ragazzo si mise a strillare. Accorse la madre, a cui Tuta, *co' la bona grazia*, spiegò ciò che era accaduto. Il ragazzo stringeva con le due mani al petto il tozzo di pane, senza volerlo cedere, neppure alle esortazioni della madre.

– Lo vuoi davvero? E te lo mangi, Ninnì? – disse la signora rossa. – Non mangia niente, sapete, niente: sono disperata! Magari lo volesse davvero... Sarà un capriccio... Lasciateglielo, per piacere.

– Be', sì, volentieri, – fece Tuta. – Tiello, cocco, magnalo tu...

Ma il ragazzo corse alla vasca e vi buttò il tozzo di pane.

– Ai pescetti, eh Ninnì? – esclamò allora Tuta, ridendo. – E sta pôra creatura mia ch'è digiuna... Nun ciò latte, nun ciò casa, nun ciò gnente... Pe' davero, sape', signo'... Gnente!

La signora aveva fretta di ritornare a quell'uomo che l'aspettava di là: trasse dalla borsetta due soldi e li diede a Tuta.

– Dio te lo paghi, – le disse dietro, questa. – Su, su, sta' bono, cocco mio: te ce crompo la bobona, sa'! Ci avemo fatto du' baiocchi cor pane de la vecchia. Zitto, Nino mio! Mo' semo ricchi...

Il bimbo si quietò. Ella rimase, coi due soldi stretti in una mano, a guardar la gente che già popolava il giardinetto: ragazzi, balie, bambinaie, soldati...

Era un gridio continuo.

Tra le ragazze che saltavano la corda, e i ragazzi che si rincorrevano, e i bambini strillanti in braccio alle balie che chiacchieravano placidamente tra loro, e le bambinaie che facevano all'amore coi soldati, si aggiravano i venditori di lupini, di ciambelle o d'altre golerie.

Gli occhi di Tuta s'accendevano, talvolta, e le labbra le s'aprivano a uno strano sorriso.

Proprio nessuno voleva credere che ella non sapeva più come fare, dove andare? Stentava a crederlo lei stessa. Ma era proprio così. Era entrata là, in quel giardinetto, per cercarvi un po' d'ombra; vi si tratteneva da circa un'ora; poteva rimanervi fino a sera; e poi? dove passar la notte, con quella creatura in braccio? e il giorno dopo? e l'altro appresso? Non aveva nessuno, nemmeno là al paese, tranne quell'uomo che non voleva più saperne di lei; e, del resto, come tornarci? – Ma allora? Nessuna via di scampo? Pensò a quella vecchia strega che le aveva tolto gli orecchini e il fagotto. Tornare da lei? Il sangue le montò alla testa. Guardò il suo piccino, che s'era addormentato.

– Eh, Nino, ar fiume tutt'e dua? Così...

Sollevò le braccia, come per buttarlo. E lei, appresso. – Ma che, no! – Rialzò il capo e sorrise, guardando la gente che le passava davanti.

Il sole era tramontato, ma il caldo persisteva, soffocante. Tuta si sbottonò il busto alla gola, rimboccò in dentro le due punte, scoprendo un po' del petto bianchissimo.

– Caldo?

– Se more!

Le stava davanti un vecchietto con due ventagli di carta infissi nel cappello, altri due in mano, aperti, sgargianti, e una cesta al braccio, piena di tant'altri ventaglini alla rinfusa, rossi, celesti, gialli.

– Du' baiocchi!

– Vattene! – disse Tuta, dando una spallata. – De che so? de carta?

– E di che lo vuoi? de seta?

– Mbè, perché no? – fece Tuta, guardandolo con un sorriso di sfida; poi schiuse la mano in cui teneva i due soldi, e aggiunse: – Ciò questi du' baiocchi soli. Pe' 'n sordo me lo dai?

Il vecchio scosse il capo, dignitosamente.

– Du' baiocchi? Manco pe' fallo!

– Be', mannaggia a tene! Dammelo. Moro de callo. Er pupo dorme... Tiramo a campà. Dio pruvede.

Gli diede i due soldi, prese il ventaglino e, tirandosi più giù la rimboccatura sul petto, cominciò a farsi vento vento vento lì sul seno quasi scoperto, e a ridere e a guardare, spavalda, con gli occhi lucenti, invitanti, aizzosi, i soldati che passavano.

E DUE!

Dopo aver vagato a lungo per il quartiere addormentato dei Prati di Castello, rasentando i muri delle caserme, sfuggendo istintivamente il lume dei lampioni sotto gli alberi dei lunghissimi viali, pervenuto alla fine sul Lungotevere dei Mellini, Diego Bronner montò, stanco, sul parapetto dell'argine deserto e vi si pose a sedere, volto verso il fiume, con le gambe penzoloni nel vuoto.

Non un lume acceso nelle case di fronte, della Passeggiata di Ripetta, avvolte nell'ombra e stagliate nere nel chiaror lieve e ampio che, di là da esse, la città diffondeva nella notte. Immobili, le foglie degli alberi del viale, lungo l'argine. Solo, nel gran silenzio, s'udiva un lontanissimo zirlio di grilli e – sotto – il cupo borbogliare delle acque nere del fiume, in cui, con un tremolio continuo, serpentino, si riflettevano i lumi dell'argine opposto.

Correva per il cielo una trama fitta d'infinite nuvolette lievi, basse, cineree, come se fossero chiamate in fretta di là, di là, verso levante, a un misterioso convegno, e pareva che la luna, dall'alto, le passasse in rassegna.

Il Bronner stette un pezzo col volto in su a contemplar quella fuga, che animava con così misteriosa vivacità il silenzio luminoso di quella notte di luna. A un tratto udì un rumor di passi sul vicino ponte Margherita e si volse a guardare.

Il rumore dei passi cessò.

Forse qualcuno, come lui, s'era messo a contemplare quelle nuvolette e la luna che le passava in rassegna, o il fiume con quei tremuli riflessi dei lumi nell'acqua nera fluente.

Trasse un lungo sospiro e tornò a guardare in cielo, un po' infastidito della presenza di quell'ignoto, che gli turbava il triste piacere di sentirsi solo. Ma egli, qua, era nell'ombra degli alberi: pensò che colui, dunque, non avrebbe potuto scorgerlo; e quasi per accertarsene, si voltò di nuovo a guardare.

Presso un fanale imbasato sul parapetto del ponte scorse un uomo in ombra. Non comprese dapprima che cosa colui stesse a far lì, silenziosamente. Gli vide posare come un involto su la cimasa, a piè del fanale. – Involto? No: era il cappello. E ora? che! Possibile? Ora scavalcava il parapetto. Possibile?

Istintivamente il Bronner si trasse indietro col busto, protendendo le mani e strizzando gli occhi; si restrinse tutto in sé; udì il tonfo terribile nel fiume.

Un suicidio? – Così?

Riaprì gli occhi, riaffondò lo sguardo nel buio. Nulla. L'acqua nera. Non un grido. Nessuno. Si guardò attorno. Silenzio, quiete. Nessuno aveva veduto? nessuno udito? E quell'uomo intanto affogava... E lui non si moveva, annichilito. Gridare? Troppo tardi, ormai. Raggomitolato nell'ombra, tutto tremante, lasciò che la sorte atroce di quell'uomo si compisse, pur sentendosi schiacciare dalla complicità del suo silenzio con la notte, e domandandosi di tratto in tratto: «Sarà finito? sarà finito?» come se con gli occhi chiusi vedesse quell'infelice dibattersi nella lotta disperata col fiume.

Riaprendo gli occhi, risollevandosi, dopo quel momento d'orribile angoscia, la quiete profonda della città dormente, vegliata dai fanali, gli parve un sogno. Ma come guizzavano ora quei riflessi dei lumi nell'acqua nera! Rivolse paurosamente lo sguardo al parapetto del ponte: vide il cappello lasciato lì da quell'ignoto. Il fanale lo illuminava sinistramente. Fu scosso da un lungo brivido alle reni, e col sangue che gli frizzava ancora per le vene, in preda a un tremito convulso di tutti i muscoli, come se quel cappello là potesse accusarlo, scese e, cercando l'ombra, s'avviò rapidamente verso casa.

– Diego, che hai?

– Nulla, mamma. Che ho?

– No, mi pareva... È già tardi...

– Non voglio che tu m'aspetti, lo sai; te l'ho detto tante volte. Lasciami rincasare quando mi fa comodo.

– Sì, sì. Ma vedi, stavo a cucire... Vuoi che t'accenda il lumino da notte?

– Dio, me lo domandi ogni sera!

La vecchia madre, come sferzata da questa risposta alla domanda superflua, corse, curva, trascinando un po' una gamba, ad accendergli in camera il lumino da notte e a preparargli il letto.

Egli la seguì con gli occhi, quasi con rancore; ma, com'ella scomparve dietro l'uscio, trasse un sospiro di pietà per lei. Subito però il fastidio lo riprese.

E rimase lì ad aspettare, senza saper perché, né che cosa, in quella tetra saletta d'ingresso che aveva il soffitto basso basso, di tela fuligginosa, qua e là strappata e con lo strambello pendente, in cui le mosche s'eran raccolte e dormivano a grappoli.

Vecchi arredi decaduti, mescolati con rozzi mobili e oggetti nuovi di sartoria, stipavano quella saletta: una macchina da cucire, due impettiti manichini di vimini, una tavola liscia massiccia per tagliarvi le stoffe, con un grosso paio di forbici, il gesso, il metro e alcuni smorfiosi giornali di moda.

Ma, ora, il Bronner, percepiva appena tutto questo.

S'era portato con sé, come uno scenario, lo spettacolo di quel cielo corso da quelle nuvolette basse e lievi; e del fiume con quei riflessi dei fanali; lo spettacolo di quelle alte case nell'ombra, là dirimpetto stagliate nel chiarore della città, e di quel ponte con quel cappello... E l'impressione spaventosa, come di sogno, dell'impassibilità di tutte quelle cose ch'erano con lui là, presenti, più presenti di lui, perché lui, anzi, nascosto nell'ombra degli alberi, era veramente come se non ci fosse. Ma il suo orrore, lo sconvolgimento, adesso, erano appunto per questo, per esser egli rimasto lì in quell'attimo come quelle cose, presente e assente, notte, silenzio, argine, alberi, lumi, senza gridare aiuto, *come se non ci fosse*; e il sentirsi ora qua stordito, stralunato, come se quello che aveva veduto e sentito, lo avesse sognato.

A un tratto vide venire a posarsi con un balzo agile e netto, là su la tavola massiccia, il grosso gatto bigio di casa. Due occhi verdi, immobili e vani.

Ebbe un momentaneo terrore di quegli occhi, e aggrottò le ciglia, urtato.

Pochi giorni addietro, quel gatto era riuscito a far cadere dal muro di quella saletta una gabbia col cardellino, di cui sua madre aveva cura amorosa. Con industriosa e paziente ferocia, cacciando le granfie di tra le gretole, l'aveva tratto fuori e se l'era mangiato. La madre non se ne sapeva ancora dar pace; anche lui pensava tuttora allo scempio di quel cardellino; ma il gatto, eccolo là: del tutto ignaro del male che aveva fatto. Se egli lo avesse cacciato via da quella tavola sgarbatamente, non ne avrebbe mica capito il perché.

Ed ecco già due prove contro di lui, quella sera. Due altre prove. E questa seconda gli balzava innanzi all'improvviso, con quel gatto; come all'improvviso gli era venuta l'altra, con quel suicidio dal ponte. Una prova: che egli non poteva essere come quel gatto là che, compiuto uno scempio, un momento dopo non ci pensava più; l'altra prova: che gli uomini, alla presenza d'un fatto, non potevano restare impassibili come le cose, per quanto come lui si forzassero, non solo a non parteciparvi, ma anche a tenersene quasi assenti.

La dannazione del ricordo in sé, e il non poter sperare che gli altri dimenticassero. Ecco. Queste due prove. Una dannazione e una disperazione.

Che modo nuovo di guardare avevano acquistato da un pezzo in qua i suoi occhi? Guardava sua madre, ritornata or ora dall'avergli apparecchiato il letto di là e acceso il lumino da notte, e la vedeva non più come sua madre, ma come una povera vecchia qualunque, quale essa era per sé, con quel grosso porro accanto alla pinna destra del naso un po' schiacciato, le guance esangui e flaccide, striate da venicciuole violette, e quegli occhi stanchi che subito, sotto lo sguardo di lui così stranamente spietato, le s'abbassavano, ecco, dietro gli occhiali, quasi per vergogna, di che? Ah, egli lo sapeva bene, di che. Rise d'un brutto riso; disse:

– Buona notte, mamma.

E andò a chiudersi in camera.

La vecchia madre, piano piano per non farsi sentire, si rimise a sedere nella saletta e a cucire: a pensare.

Dio, perché così pallido e stravolto, quella notte? Bere, non beveva, o almeno dal fiato non si sentiva. Ma se fosse ricaduto in mano dei cattivi compagni che lo avevano rovinato, o fors'anche di peggiori?

Questa era la paura sua più grave.

Tendeva di tanto in tanto l'orecchio per sentire che cosa egli facesse di là, se si fosse coricato, se già dormisse; e intanto ripuliva gli occhiali, che a ogni sospiro le s'appannavano. Lei, prima d'andare a letto, voleva finire quel lavoro. La pensioncina che il marito le aveva lasciato, non bastava più, ora che Diego aveva perduto l'impiego. E poi accarezzava un sogno, che pur sarebbe stato la sua morte: metter tanto da parte, lavorando e risparmiando, da mandare il figlio lontano, in America. Perché qua, lo capiva, il suo Diego, ora, non avrebbe trovato più da collocarsi, e nel triste ozio, che da sette mesi lo divorava, si sarebbe perduto per sempre.

In America... là – oh, il suo figliuolo era tanto bravo! sapeva tante cose! scriveva, prima, anche nei giornali... – in America, là, – lei magari ne sarebbe morta – ma il suo figliuolo avrebbe ripreso la vita, avrebbe dimenticato, cancellato il suo fallo di gioventù, di cui erano stati cagione i cattivi compagni: quel Russo, o Polacco che fosse, pazzo, crapulone, capitato a Roma per la sciagura di tante oneste famiglie. Giovinastri, si sa! Invitati a casa da questo forestiere, riccone e scostumato, avevano fatto pazzie: vino, donnacce... s'ubriacavano... Ubriaco, quello voleva giocare a carte, e perdeva... Se l'era procacciata da sé, con le sue mani, la rovina: che c'entrava poi l'accusa a tradimento dei suoi compagni di crapula, quel processo scandaloso, che aveva sollevato tanto rumore e infamato tanti giovanotti, scapati, sì, ma di famiglie onorate e per bene?

Le parve di sentire un singhiozzo di là e chiamò:

– Diego!

Silenzio. Rimase un pezzo con l'orecchio teso e gli occhi intenti.

Sì: era sveglio ancora. Che faceva?

Si alzò, e, in punta di piedi, s'accostò all'uscio, a origliare; poi si chinò per guardare attraverso il buco della serratura: – Leggeva... Ah, ecco! quei maledetti giornali ancora! il resoconto del processo... – Come mai, come mai s'era dimenticata di distruggerli, quei giornali, comperati nei tremendi giorni del processo? – E perché, quella notte, a quell'ora, appena rincasato, li aveva ripresi e tornava a leggerli?

– Diego! – chiamò di nuovo, piano; e schiuse timidamente l'uscio.

Egli si voltò di scatto, come per paura.

– Che vuoi? Ancora in piedi?

– E tu?... – fece la madre. – Vedi, mi fai rimpiangere ancora la mia stolidaggine...

– No. Mi diverto, – rispose egli, stirando le braccia.

Si alzò; si mise a passeggiare per la stanza.

– Stracciali, buttali via, te ne prego! – supplicò la madre a mani giunte. – Perché vuoi straziarti ancora? Non ci pensare più!

Egli si fermò in mezzo alla stanza; sorrise e disse:

– Brava. Come se, non pensandoci più io, per questo poi non dovessero più pensarci gli altri. Dovremmo metterci a fare i distratti, tutti quanti... per lasciarmi vivere. Distratto io, distratti gli altri... – Che è stato? Niente. Sono stato tre anni «in villeggiatura». Parliamo d'altro... – Ma non vedi, non vedi come mi guardi anche tu?

– Io? – esclamò la madre. – Come ti guardo?

– Come mi guardano tutti gli altri!

– No, Diego! ti giuro! Guardavo... ti guardavo, perché... dovresti passare dal sarto, ecco...

Diego Bronner si guardò addosso il vestito, e tornò a sorridere.

– Già, è vecchio. Per questo tutti mi guardano... Eppure, me lo spazzolo bene, prima d'uscire; mi aggiusto... Non so, mi sembra che potrei passare per un signore qualunque, per uno che possa ancora indifferentemente partecipare alla vita... Il guaio è là, è là... – aggiunse, accennando i giornali sulla scrivania. – Abbiamo offerto un tale spettacolo, che, via, sarebbe troppa modestia presumere che la gente se ne sia potuta dimenticare... Spettacolo d'anime ignude, gracili e sudicette, vergognose di mostrarsi in pubblico, come i tisici alla leva. E cercavamo tutti di coprirci le vergogne con un lembo della toga dell'avvocato difensore. E che risate il pubblico! Vuoi che la gente, per esempio, si dimentichi che il Russo, noi, quel cagliostro, lo chiamavamo *Luculloff* e che lo paravamo da antico romano, con gli occhiali d'oro a stanghetta sul naso rincagnato? Quando lo han veduto là con quel faccione rosso brozzoloso, e han saputo come noi lo trattavamo, che gli strappavamo i coturni dai piedi e lo picchiavamo sodo sul cranio pelato, e che lui, sotto a quei picchi sodi, rideva, sghignava, beato...

– Diego! Diego, per carità! – scongiurò la madre.

–... Ubriaco. Lo ubriacavamo noi...

– Tu no!

– Anch'io, va' là, con gli altri. Era uno spasso! E allora venivano le carte da giuoco. Giocando con un ubriaco, capirai, facilissimo barare...

– Per carità, Diego!

– Così... scherzando... Oh, questo, te lo posso giurare. Là risero tutti, giudici, presidente; finanche i carabinieri; ma è la verità. Noi rubavamo senza saperlo, o meglio, sapendolo e credendo di scherzare. Non ci pareva una truffa. Erano i denari d'un pazzo schifoso, che ne faceva getto così... E del resto, neppure un centesimo ne rimaneva poi nelle nostre tasche: ne facevamo getto anche noi, come lui, con lui, pazzescamente...

S'interruppe; s'accostò allo scaffale dei libri; ne trasse uno.

– Guarda. Questo solo rimorso. Con quei denari comprai una mattina, da un rivendugliolo, questo libro qua.

E lo buttò su la scrivania. Era *La corona d'olivo selvaggio* del Ruskin, nella traduzione francese.

– Non l'ho aperto nemmeno.

Vi fissò lo sguardo, aggrottando le ciglia. Come mai, in quei giorni, gli era potuto venire in mente di comprare quel libro? S'era proposto di non leggere più, di non più scrivere un rigo; e andava lì, in quella casa, con quei compagni, per abbrutirsi, per uccidere in sé, per affogare nel bagordo un sogno, il suo sogno giovanile, poiché le tristi necessità della vita gl'impedivano d'abbandonarsi a esso, come avrebbe voluto.

La madre stette un pezzo a guardare anche lei quel libro misterioso; poi gli chiese dolcemente:

– Perché non lavori? perché non scrivi più, come facevi prima?

Egli le lanciò uno sguardo odioso, contraendo tutto il volto, quasi per ribrezzo.

La madre insistette, umile:

– Se ti chiudessi un po' in te... Perché disperi? Credi tutto finito? Hai ventisei anni... Chi sa quante occasioni ti offrirà la vita, per riscattarti...

– Ah sì, una, proprio questa sera! – sghignò egli. – Ma sono rimasto lì, come di sacco. Ho visto un uomo buttarsi nel fiume...

– Tu?

– Io. Gli ho veduto posare il cappello sul parapetto del ponte; poi l'ho visto scavalcare, quietamente, poi ho udito il tonfo nel fiume. E non ho gridato, non mi son mosso. Ero nell'ombra degli alberi, e ci sono rimasto, spiando se nessuno avesse veduto. E l'ho lasciato affogare. Sì. Ma poi ho scorto lì, sul parapetto del ponte, sotto il fanale, il cappello, e sono scappato via, impaurito...

– Per questo... – mormorò la madre.

– Che cosa? Io non so nuotare. Buttarmi? tentare? La scaletta d'accesso al fiume era lì, a due passi. L'ho guardata, sai? e ho finto di non vederla. Avrei potuto... ma già era inutile... troppo tardi... Sparito!...

– Non c'era nessuno?

– Nessuno. Io solo.

– E che potevi fare tu solo, figlio mio? È bastato lo spavento che ti sei preso, e quest'agitazione... Vedi? tremi ancora... Va', va' a letto, va' a letto... È molto tardi... Non ci pensare!...

La vecchia madre gli prese una mano e gliela carezzò. Egli le fe' cenno di sì col capo e le sorrise.

– Buona notte, mamma.

– Dormi tranquillo, eh? – gli raccomandò la madre, commossa dalla carezza a quella mano, che egli s'era lasciata fare e, asciugandosi gli occhi, per non guastarsi questa tenerezza angosciosa, se n'uscì.

Dopo circa un'ora, Diego Bronner era di nuovo seduto sull'argine del fiume, al posto di prima, con le gambe penzoloni.

Continuava per il cielo la fuga delle nuvolette lievi, basse, cineree. Il cappello di quell'ignoto sul parapetto del ponte non c'era più. Forse eran passate di là le guardie notturne e se l'erano preso.

All'improvviso, si girò verso il viale, ritraendo le gambe; scese dalla spalletta dell'argine e si recò là, sul ponte. Si tolse il cappello e lo posò allo stesso posto di quell'altro.

– E due! – disse.

Ma come se facesse per giuoco; per un dispetto alle guardie notturne che avevano tolto di là il primo.

Andò dall'altra parte del fanale, per vedere l'effetto del suo cappello, solo là, su la cimasa, illuminato come quell'altro. E rimase un pezzo, chinato sul parapetto, col collo proteso, a contemplarlo, come se lui *non ci fosse più*. A un tratto rise orribilmente: si vide là appostato come un gatto dietro il fanale: e il topo era il suo cappello... – Via, via, pagliacciate!

Scavalcò il parapetto: si sentì drizzare i capelli sul capo: sentì il tremito delle mani che si tenevano rigidamente aggrappate: le schiuse; si protese nel vuoto.

AMICISSIMI

Gigi Mear, in pipistrello quella mattina (eh, con la tramontana, dopo i quaranta non ci si scherza più!), il fazzoletto da collo tirato su e rinvoltato con cura fin sotto il naso, un paio di grossi guanti inglesi alle mani; ben pasciuto, liscio e rubicondo, aspettava sul Lungo Tevere de' Mellini il tram per Porta Pia, che doveva lasciarlo, come tutti i giorni, in Via Pastrengo, innanzi alla Corte dei Conti, ove era impiegato.

Conte di nascita, ma purtroppo senza più né contea né contanti, Gigi Mear aveva nella beata incoscienza dell'infanzia manifestato al padre il nobile proposito d'entrare in quell'ufficio dello Stato credendo allora ingenuamente che fosse una Corte, in cui ogni conte avesse il diritto d'entrare.

È noto a tutti ormai che i tram non passano mai, quando sono aspettati. Piuttosto si fermano a mezza via per interruzione di corrente, o preferiscono d'investire un carro o di schiacciare magari un pover uomo. Bella comodità, non pertanto, tutto sommato.

Quella mattina intanto tirava la tramontana, gelida, tagliente, e Gigi Mear pestava i piedi guardando l'acqua aggricciata del fiume, che pareva sentisse un gran freddo anch'esso, poverino, lì, come in camicia, tra quelle dighe rigide, scialbe, della nuova arginatura.

Come Dio volle, *dindìn*, *dindìn*: ecco il tram. E Gigi Mear si disponeva a montarvi senza farlo fermare, quando, dal nuovo Ponte Cavour, si sentì chiamare a gran voce:

– Gigin! Gigin!

E vide un signore che gli correva incontro gestendo come un telegrafo ad asta. Il tram se la filò. In compenso, Gigi Mear ebbe la consolazione di trovarsi tra le braccia d'uno sconosciuto, suo intimo amico, a giudicarne dalla violenza con cui si sentiva baciato, là, là, sul fazzoletto di seta che gli copriva la bocca.

– T'ho riconosciuto subito, sai, Gigin! Subito! Ma che vedo? Già venerando? Ih, ih, tutto bianco! E non ti vergogni? Un altro bacio, permetti, Gigione mio? per la tua santa canizie! Stavi qua fermo: mi pareva che stessi ad aspettarmi. Quando t'ho visto alzar le braccia per montare su quel demonio, m'è parso un tradimento, m'è parso!

– Già! – fece il Mear, forzandosi a sorridere. – Andavo all'ufficio.

– Mi farai il piacere di non parlare di porcherie in questo momento!

– Come?

– Così! Te lo comando io.

– Pregare sempre, che c'entra! Sai che sei un bel tipo?

– Sì, lo so. Ma tu non m'aspettavi, è vero? Eh, ti vedo all'aria; non m'aspettavi.

– No... per dire la verità...

– Sono arrivato iersera. E ti porto i saluti di tuo fratello, il quale... ti faccio ridere! voleva darmi un biglietto di presentazione per te. – Come! dico. Per Gigione? Ma sa che io l'ho conosciuto prima di lei, per modo di dire: amici d'infanzia, perdio, ci siamo rotti tante volte reciprocamente la testa... Compagni poi d'Università... La gran Padova, Gigione, ti ricordi? il campanone, che tu non sentivi mai, mai, dormendo come un... diciamo ghiro, eh? ti toccherebbe porco, però. Basta. Una volta sola lo sentisti, e ti parve che chiamassero al fuoco! Bei tempi! Tuo fratello sta benone, sai, grazie a Dio. Abbiamo combinato insieme un certo affaruccio, e sono qua per questo. Oh, ma tu che hai? Sei funebre. Hai preso moglie?

– No, caro! – esclamò Gigi Mear, riscotendosi.

– Stai per prenderla?

– Sei matto? Dopo i quaranta? Neanche per sogno!

– Quaranta? E se fossero cinquanta, Gigione, e sonati? Ma già, tu hai la specialità di non sentir sonare mai niente: né le campane né gli anni, me ne scordavo. Cinquanta, cinquanta, caro, te l'assicuro io, sonati. Sospiriamo! la faccenda comincia a farsi un po' seria. Sei nato... aspetta: nell'aprile del 1851, è vero o non è vero? 12 aprile.

– Maggio, se permetti, e mille ottocento cinquantadue, se permetti, – corresse il Mear, sillabando, indispettito. – O vuoi saperlo meglio di me, adesso? Dodici maggio 1852. Dunque, finora, quaranta-nove anni e qualche mese.

– E niente moglie! Benissimo. Io sì, sai? Ah, una tragedia: ti farò schiattare dalle risa. Restiamo inte-si, intanto, oh! che tu mi hai invitato a pranzo. Dove divori di questi tempi? Sempre dal vecchio *Barba*?

– Ah, – esclamò con crescente stupore Gigi Mear, – sai anche del vecchio *Barba*? C'eri forse anche tu?

– Io? Da *Barba*? Come vuoi ci fossi, se sto a Padova? Me l'hanno detto e mi hanno raccontato le belle prodezze che vi fai, con gli altri commensali, in quella vecchia... debbo dire bettola, macelleria, trattoria?

– Bettola, bettolaccia, – rispose il Mear, – ma adesso... eh, se devi desinare con me, bisogna che avverta a casa mia, la serva...

– Giovane?

– Eh no, vecchia, caro, vecchia! E da *Barba*, sai? non ci vado più, e prodezze, basta, da tre anni ormai. A una certa età...

– Dopo i quaranta!

– Dopo i quaranta, bisogna avere il coraggio di voltar le spalle a un cammino che, seguitando, ti porterebbe al precipizio. Scendere, va bene, ma pian pianino, pian pianino, senza ruzzolare. Ecco, vieni su. Sto qua. Ti fo vedere come mi son messa per benino la casetta.

– *Pian pianino... per benino... la casetta...* – cominciò a dire l'amico, salendo la scala, dietro Gigi Mear. – Ma tu mi parli anche in diminutivi, adesso, e sei così grosso, così superlativo, povero Gigione mio! Che t'hanno fatto? T'hanno bruciato la coda? Vuoi farmi piangere?

– Mah! – fece il Mear, aspettando sul pianerottolo che la serva venisse ad aprire la porta. – Bisogna prenderla ormai con le buone questa vitaccia, carezzarla, carezzarla coi diminutivi, o te la fa. Non vo-glio mica ridurmi alla fossa a quattro piedi, io.

– Ah tu credi l'uomo bipede? – scattò l'altro, a questo punto. – Non lo dire, Gigione! So io che sforzi faccio certi momenti a tenermi ritto su due zampe soltanto. Credi, amico mio: a lasciar fare alla natura, noi saremmo, per inclinazione, tutti quadrupedi. La meglio cosa! Più comodi, ben posati, sempre in equilibrio... Quante volte mi butterei a camminare a terra, così con le mani puntate, gatto-ne! Questa maledetta civiltà ci rovina! Quadrupede, io sarei una bella bestia selvaggia; quadrupede, ti sparerei un paio di calci nel ventre per le bestialità che hai detto; quadrupede, non avrei moglie, né debiti, né pensieri... Vuoi farmi piangere? Me ne vado!

Gigi Mear, intontito dalla buffonesca loquela di quel suo amico piovuto dal cielo, lo osservava met-tendo a tortura la memoria per sapere come diamine si chiamasse, come e quando lo avesse conosciuto, a Padova, da ragazzo o da studente d'Università; e passava e ripassava in rassegna tutti i suoi intimi amici d'allora, invano: nessuno rispondeva alla fisonomia di questo. Non ardiva intanto di domandargli uno schiarimento. L'intimità che esso gli dimostrava era tanta e tale, che temeva d'offenderlo. Si pro-pose di riuscirvi con l'astuzia.

La serva tardava ad aprire: non s'aspettava il padrone così presto di ritorno. Gigi Mear sonò di nuovo, e quella venne alla fine, ciabattando.

– Vecchia mia, – le disse il Mear. – Eccomi di ritorno, e in compagnia. Apparecchierai per due, oggi, e disimpégnati! Con questo mio amico, che ha un nome curiosissimo, non si scherza, bada!

– Antropofago Capribarbicornìpede! – esclamò l'altro con un versaccio, che lasciò la vecchietta perplessa, se sorriderne o farsi la croce. – E nessuno vuol più saperne, di questo mio bel nome, vecchia! I direttori delle banche arricciano il naso, gli strozzini strabiliano. Soltanto mia moglie è stata felicissi-ma di prenderselo; ma il nome soltanto, veh! le ho lasciato prendere. Me, no! me, no! Son troppo bel giovine, per l'anima di tutti i diavoli! Su, Gigione, poiché hai codesta debolezza, mostrami adesso le tue miserie. Tu vecchia, subito: – Biada alla bestia!

Il Mear, sconfitto, se lo portò in giro per le cinque stanzette del quartierino arredate con cura amorosa, con la cura di chi non voglia trovar più nulla da desiderare fuori della propria casa, fatto il proponimento di diventar chiocciola. Salottino, camera da letto, stanzino da bagno, sala da pranzo, studiolo.

Nel salottino, il suo stupore e la sua tortura s'accrebbero nel sentir parlare l'amico delle cose più intime e particolari della sua famiglia, guardando le fotografie disposte su la mensola.

– Gigione! Vorrei un cognato come questo tuo. Sapessi quant'è birbone il mio!

– Tratta forse male tua sorella?

– Tratta male me! E gli sarebbe così facile aiutarmi, in questi frangenti... Ma!

– Scusa, – disse il Mear, – non ricordo più come si chiami tuo cognato...

– Lascia fare! non te lo puoi ricordare: non lo conosci. Sta a Padova da due anni appena. Sai che m'ha fatto? Tuo fratello, tanto buono con me, m'aveva promesso aiuto, se quella canaglia m'avesse avallato le cambiali... Lo crederesti? M'ha negato la firma! E allora tuo fratello, che alla fin fine, benché amicissimo, è un estraneo, ne ha fatto a meno, tanto se n'è indignato... È vero che il nostro negozio è sicuro... Ma se ti dicessi la ragione del rifiuto di mio cognato! Sono ancora un bel giovine: non puoi negarlo; simpaticone, non fo per dire. Bene: la sorella di mio cognato ha avuto la cattiva ispirazione d'innamorarsi di me, poverina. Ottimo gusto, ma poco discernimento. Figurati se io... Basta. S'è avvelenata.

– Morta? – domandò il Mear, restando.

– No. Ha vomitato un pochino ed è guarita. Ma io, capirai, non ho potuto metter più piede in casa di mio cognato, dopo questa tragedia. Mangiamo, santo Dio, sì o no? Io non ci vedo più dalla fame. Allupo!

Poco dopo, a tavola, Gigi Mear, oppresso dalle espansioni d'affetto dell'amico, che lo caricava di male parole e per miracolo non lo picchiava, cominciò a domandargli notizie di Padova e di questo e di quello, sperando di fargli uscir di bocca il proprio nome, così per caso, o sperando almeno, nell'esasperazione crescente di punto in punto, che gli avvenisse di distrarsi dalla fissazione di venirne a capo, parlando d'altro.

– E di' un po', e quel Valverde, direttore della Banca d'Italia, con quella moglie bellissima e quel magnifico mostro di sorella, guercia, per giunta, se non m'inganno? Ancora a Padova?

L'amico, a questa interrogazione, scoppiò a ridere a crepapelle.

– Che cos'è? – riprese il Mear, incuriosito. – Non è forse guercia?

– Sta' zitto! sta' zitto! – pregò l'altro che non riusciva a frenar le risa, come in una convulsione. – Guercissima. E con un naso, Dio liberi, che le lascia vedere il cervello. È quella!

– Quella, chi?

– Mia moglie!

Gigi Mear restò intronato e poté a mala pena balbettare qualche sciocca scusa. Ma quegli riprese a ridere più forte e più a lungo di prima. Alla fine si quietò, aggrottò le ciglia, trasse un profondo sospiro.

– Caro mio, – disse, – ci sono eroismi ignorati nella vita, che la più sbrigliata fantasia di poeta non potrà mai arrivare a concepire!

– Eh sì! – sospirò il Mear. – Hai ragione... comprendo...

– Non comprendi un corno! – negò subito l'altro. – Credi che io voglia alludere a me? Io, l'eroe? Tutt'al più, la vittima potrei essere. Ma neppure. L'eroismo è stato quello di mia cognata: la moglie di Lucio Valverde. Senti un po': cieco, stupido, imbecille...

– Io?

– No, io, io: potei lusingarmi che la moglie di Lucio Valverde si fosse innamorata di me, fino al punto di fare un torto al marito che, in coscienza, puoi crederlo, Gingin, se lo sarebbe meritato. Ma che! Ma che! Sai che era invece? Disinteressato spirito di sacrificio. Sta' a sentire. Valverde parte, o meglio, finge di partire come si fa di solito (d'intesa, certo, con lei). E lei allora mi riceve in casa. Venuto il momento tragico della sorpresa, mi caccia in camera della cognata guercia, la quale, accogliendomi tutta tremante e pudibonda, aveva l'aria di sacrificarsi anche lei per la pace e per l'onore del fratello. Io ebbi appena il tempo di gridare: «Ma abbia pazienza, signora mia, com'è possibile che Lucio creda sul serio...». Non potei finire; Lucio irruppe, furibondo, nella camera, e il resto te lo puoi immaginare.

– E come? – esclamò Gigi Mear, – tu, col tuo spirito...

– E le mie cambiali? – gridò l'altro. – Le mie cambiali in sofferenza, di cui Valverde m'accordava la rinnovazione per le finte buone grazie della moglie? Ora me le avrebbe protestate *ipso facto*, capisci? E mi avrebbe rovinato. Vilissimo ricatto! Non ne parliamo più, ti prego. In fin de' conti, visto e considerato che non ho neppure un soldo di mio e che non ne avrò mai, visto e considerato che non ho intenzione di prender moglie...

– Come! – lo interruppe, a questo punto, Gigi Mear. – Se hai sposato!

– Io? Ah, io no, davvero! Lei mi ha sposato, lei sola. Io, per conto mio, gliel'ho detto avanti. Patti chiari, amici cari: «Lei, signorina, vuole il mio nome? E se lo pigli pure: non so proprio che farmene! Ma basta, eh?».

– Cosicché, – arrischiò Gigi Mear, gongolante, – non c'è altro: prima si chiamava Valverde e ora si chiama...

– Purtroppo! – sbuffò l'altro, alzandosi di tavola.

– Ah no, senti! – esclamò Gigi Mear, non potendone più e prendendo il coraggio a due mani. – Tu m'hai fatto passare una mattinata deliziosa: io ti ho accolto come un fratello: ora mi devi fare un favore...

– Vorresti, per caso, in prestito, mia moglie?

– No, grazie! Voglio che tu mi dica come ti chiami.

– Io? come mi chiamo io? – domandò l'amico, sentendosi cascar dalle nuvole e appuntandosi l'indice d'una mano sul petto, quasi non credesse a se stesso. – E che vuol dire? non lo sai? Non ti ricordi più?

– No – confessò, avvilito, il Mear. – Scusami, chiamami l'uomo più smemorato della terra; ma io proprio potrei giurare di non averti mai conosciuto.

– Ah sì? Ah, benissimo! benissimo! – riprese quegli. – Caro Gigione mio, qua la mano. Ti ringrazio con tutto il cuore del pranzo e della compagnia, e me ne vado senza dirtelo. Figurati!

– Tu me lo dirai, perdio! – scattò Gigi Mear, balzando in piedi. – Mi sono torturato il cervello un'intera mattinata! Non ti faccio uscire di qua, se non me lo dici.

– Ammazzami, – rispose l'amico impassibile, – tagliami a pezzi; non te lo dirò.

– Via, sii buono! – riprese, cangiando tono, il Mear. – Non avevo mai sperimentato prima d'ora... guarda, questa mia mancanza di memoria, e ti giuro che mi fa una penosissima impressione: tu, in questo momento, rappresenti un incubo per me. Dimmi come ti chiami, per carità!

– Vattelapesca.

– Te ne scongiuro! Vedi: la dimenticanza non m'ha impedito di farti sedere alla mia tavola; e, del resto, quand'anche non t'avessi mai conosciuto, quand'anche tu non fossi mai stato amico mio, lo sei diventato adesso e carissimo, credi! sento per te una simpatia fraterna, ti ammiro, ti vorrei sempre con me: dunque, dimmi come ti chiami!

– È inutile, sai, – concluse l'altro, – non mi seduci. Sii ragionevole: vuoi che mi privi adesso di questo inatteso godimento, di farti restare cioè con un palmo di naso, senza sapere a chi tu abbia dato da mangiare? No, via: pretendi troppo, e si vede proprio che non mi conosci più. Se vuoi che non ti serbi rancore dell'indegna dimenticanza, lasciami andar via così.

– Vattene via subito, allora, te ne scongiuro! – esclamò Gigi Mear, esasperato. – Non ti posso più vedere innanzi a me!

– Me ne vado, sì. Ma prima un bacetto, Gigione: me ne riparto domani...

– Non te lo do! – gridò il Mear, – se non mi dici...

– Basta, no, no, basta. E allora, addio, eh? – troncò l'altro.

E se n'andò ridendo e voltandosi per la scala a salutarlo con la mano, ancora una volta.

SE...

Parte o arriva? – domandò a se stesso il Valdoggi, udendo il fischio d'un treno e guardando da un tavolino innanzi allo *châlet* in Piazza delle Terme l'edificio della stazione ferroviaria.

S'era appigliato al fischio del treno, come si sarebbe appigliato al ronzio sordo continuo che fanno i globi della luce elettrica, pur di riuscire a distrarre gli occhi da un avventore, il quale, dal tavolino accanto, stava a fissarlo con irritante immobilità.

Per qualche minuto vi riuscì. Si rappresentò col pensiero l'interno della stazione, ove il fulgore opalino della luce elettrica contrasta con la vacuità fosca e cupamente sonora sotto l'immenso lucernario fuligginoso; e si diede a immaginare tutte le seccature d'un viaggiatore, sia che parta, sia che arrivi.

Inavvertitamente però gli cadde di nuovo lo sguardo su quell'avventore del tavolino accanto.

Era un uomo su i quarant'anni, vestito di nero, coi capelli e i baffetti rossicci, radi, spioventi, la faccia pallida e gli occhi tra il verde e il grigio, torbidi e ammaccati.

Gli stava a fianco una vecchierella mezzo appisolata, alla cui placidità dava un'aria molto strana la veste color cannella diligentemente guarnita di cordellina nera a zig-zag, e il cappellino logoro e stinto su i capelli lanosi, i cui grossi nastri neri terminati in punta da una frangia a grillotti d'argento, che li faceva sembrar due nastri tolti a una corona mortuaria, erano annodati voluminosamente sotto il mento.

Il Valdoggi distrasse subito, di nuovo, lo sguardo da quell'uomo, ma questa volta in preda a una vera esasperazione, che lo fece rigirar su la seggiola sgarbatamente e soffiar forte per le nari.

Che voleva insomma quello sconosciuto? Perché lo guardava a quel modo? Si rivoltò: volle guardarlo anche lui, con l'intenzione di fargli abbassare gli occhi.

– Valdoggi – bisbigliò quegli allora, quasi tra sé, tentennando leggermente il capo, senza muover gli occhi.

Il Valdoggi aggrottò le ciglia e si sporse un po' avanti per discerner meglio la faccia di colui che aveva mormorato il suo nome. O s'era ingannato? Eppure, quella voce...

Lo sconosciuto sorrise mestamente e ripeté:

– Valdoggi: è vero?

– Sì... – disse il Valdoggi smarrito, provandosi a sorridergli, indeciso. E balbettò: – Ma io... scusi... lei...

– Lei? Io son Griffi!

– Griffi? Ah... – fece il Valdoggi, confuso, vieppiù smarrito, cercando nella memoria un'immagine che gli si ravvivasse a quel nome.

– Lao Griffi... tredicesimo reggimento fanteria... Potenza...

– Griffi!... tu? – esclamò il Valdoggi a un tratto, sbalordito. – Tu?... così...

Il Griffi accompagnò con un desolato tentennar del capo le esclamazioni di stupore del ritrovato amico; e ogni tentennamento era forse insieme un cenno e un saluto lagrimevole ai ricordi del buon tempo andato.

– Proprio io... così! Irriconoscibile, è vero?

– No... non dico... ma t'immaginavo...

– Di', di', come m'immaginavi? – lo interruppe subito il Griffi; e, quasi spinto da un'ansia strana, con moto repentino gli s'accostò, battendo più e più volte di seguito le palpebre e tenendosi le mani, come per reprimer la smania. – M'immaginavi? Eh, certo... di', di'... come?

– Che so! – fece il Valdoggi. – A Roma? Ti sei dimesso?

– No, dimmi come m'immaginavi, te ne prego! – insisté il Griffi vivamente. – Te ne prego...

– Mah... ancora ufficiale, che so! – riprese il Valdoggi alzando le spalle. – Capitano, per lo meno... Ti ricordi? Oh, e *Artaserse?*... ti ricordi d'*Artaserse*, il tenentino?

– Sì... sì... – rispose Lao Griffi, quasi piangendo. – *Artaserse*... Eh, altro!

– Chi sa che ne è!

– Chi sa! – ripeté l'altro con solenne e cupa gravità, sgranando gli occhi.

– Io ti credevo a Udine... – riprese il Valdoggi, per cambiar discorso.

Ma il Griffi sospirò, astratto e assorto:

– *Artaserse*...

Poi si scosse di scatto e domandò:

– E tu? Anche tu dimesso, è vero? Che t'è accaduto?

– Nulla a me, – rispose il Valdoggi. – Terminai a Roma il servizio...

– Ah, già! Tu, allievo ufficiale... Ricordo benissimo: non ci badare... Ricordo, ricordo...

La conversazione languì. Il Griffi guardò la vecchierella che gli stava a fianco, appisolata.

– Mia madre! – disse, accennandola con espressione di profonda tristezza nella voce e nel gesto.

Il Valdoggi, senza saper perché, sospirò.

– Dorme, poverina...

Il Griffi contemplò un pezzo sua madre in silenzio. Le prime sviolinate d'un concerto di ciechi nel Caffè lo scossero, e si rivolse al Valdoggi.

– A Udine, dunque. Ti ricordi? io avevo domandato che mi s'ascrivesse o al reggimento di Udine, perché contavo, in qualche licenza d'un mese, di passare i confini (senza disertare), per visitare un po' l'Austria... Vienna: dicono ch'è tanto bella!... e un po' la Germania; oppure al reggimento di Bologna per visitar l'Italia di mezzo: Firenze, Roma... Nel peggior dei casi, rimanere a Potenza – nel peggiore dei casi, bada! Orbene, il Governo mi lasciò a Potenza, capisci? A Potenza, a Potenza! Economie... economie... E si rovina, si assassina così un pover uomo!

Pronunziò quest'ultime parole con voce così cangiata e vibrante, con gesti così insoliti, che molti avventori si voltarono a guardarlo dai tavolini intorno, e qualcuno zittì.

La madre si destò di soprassalto e, accomodandosi in fretta il gran nodo sotto il mento, gli disse:

– Lao, Lao... ti prego, sii buono...

Il Valdoggi lo squadrò, tra stordito e stupito, non sapendo come regolarsi.

– Vieni, vieni Valdoggi, – riprese il Griffi, lanciando occhiatacce alla gente che si voltava. – Vieni... Alzati, mamma. Ti voglio raccontare... O paghi tu, o pago io... Pago io, lascia fare...

Il Valdoggi cercò d'opporsi, ma il Griffi volle pagar lui: si alzarono e si diressero tutti e tre verso Piazza dell'Indipendenza.

– A Vienna, – riprese il Griffi, appena si furono allontanati dal Caffè, – è come se io ci fossi stato veramente. Sì... Ho letto guide, descrizioni... ho domandato notizie, schiarimenti a viaggiatori che ci sono stati... ho veduto fotografie, panorami, tutto... posso insomma parlarne benissimo, quasi con cognizione di causa, come si dice. E così di tutti quei paesi della Germania che avrei potuto visitare, passando i confini, nel mio giretto d'un mese. Sì... Di Udine, poi, non ti parlo: ci sono stato addirittura; ci son voluto andare per tre giorni, e ho veduto tutto, tutto esaminato: ho cercato di viverci tre giorni la vita che avrei potuto viverci, se il Governo assassino non m'avesse lasciato a Potenza. Lo stesso ho fatto a Bologna. E tu non sai ciò che voglia dire vivere la vita che avresti potuto vivere, se un caso in- dipendente dalla tua volontà, una contingenza imprevedibile, non t'avesse distratto, deviato, spezzato talvolta l'esistenza, com'è avvenuto a me, capisci? a me...

– Destino! – sospirò a questo punto con gli occhi bassi la vecchia madre.

– Destino!... – si rivolse a lei il figlio, con ira. – Tu ripeti sempre codesta parola che mi dà ai nervi maledettamente, lo sai! Dicessi almeno imprevidenza, predisposizione... Quantunque, sì – la previ- denza! a che ti giova? Si è sempre esposti, sempre, alla discrezione della sorte. Ma guarda, Valdoggi, da che dipende la vita d'un uomo... Forse non potrai intendermi bene neanche tu; ma immagina un uomo, per esempio, che sia costretto a vivere, incatenato, con un'altra creatura, contro la quale covi un intenso odio, soffocato ora per ora dalle più amare riflessioni: immagina! Oh, un bel giorno, mentre sei a colazione – tu qui, lei lì – conversando, ella ti narra che, quand'era bambina, suo padre fu sul punto di partire, poniamo, per l'America, con tutta la famiglia, per sempre; oppure, che mancò poco ella non restasse cieca per aver voluto un giorno ficcare il naso in certi congegni chimici del padre. Orbene: tu che soffri l'inferno a cagione di questa creatura, puoi sottrarti alla riflessione che, se un caso o l'altro (probabilissimi entrambi) fosse avvenuto, la tua vita non sarebbe quella che è: migliore o peggiore, adesso, poco importa? Tu esclameresti dentro di te: «Oh fosse avvenuto! Tu saresti cieca, mia cara; io non sarei certamente tuo marito!». E immagineresti, magari commiserandola, la sua vita da cieca e la tua da scapolo, o in compagnia di un'altra donna qualsiasi...

– Ma perciò ti dico che tutto è destino – disse ancora una volta, convintissima, senza scomporsi, la vecchierella, a occhi bassi, andando con passo pesante.

– Mi dai ai nervi! – urlò questa volta, nella piazza deserta, Lao Griffi. – Tutto ciò che avviene doveva dunque fatalmente avvenire? Falso! Poteva non avvenire, se... E qui mi perdo io: in questo *se*! Una mosca ostinata che ti molesti, un movimento che tu fai per scacciarla, possono di qui a sei, a dieci, a quindici anni, divenir causa per te di chi sa quale sciagura. Non esagero, non esagero! È certo che noi, vivendo, guarda, esplichiamo – così – lateralmente, forze imponderate, inconsiderate – oh, premetti questo. Da per sé, poi, queste forze si esplicano, si svolgono latenti, e ti tendono una rete, un'insidia che tu non puoi scorgere, ma che alla fine t'avviluppa, ti stringe, e tu allora ti trovi preso, senza saperti spiegar come e perché. È così! I piaceri d'un momento, i desiderii immediati ti s'impongono, è inutile! La natura stessa dell'uomo, tutti i tuoi sensi te li reclamano così spontaneamente e imperiosamente, che tu non puoi loro resistere; i danni, le sofferenze che possono derivarne non ti s'affacciano al pensiero con tal precisione, né la tua immaginativa può presentir questi danni, queste sofferenze, con tanta forza e tale chiarezza, che la tua inclinazione irresistibile a soddisfar quei desiderii, a prenderti quei piaceri ne è frenata. Se talvolta, buon Dio, neppure la coscienza dei mali immediati è ritegno che basti contro ai desiderii! Noi siamo deboli creature... Gli ammaestramenti, tu dici, dell'esperienza altrui? Non servono a nulla. Ciascuno può pensare che l'esperienza è frutto che nasce secondo la pianta che lo produce e il terreno in cui la pianta è germogliata; e se io mi credo, per esempio, rosaio nato a produr rose, perché debbo avvelenarmi col frutto attossicato colto all'albero triste della vita altrui? No, no. – Noi siamo deboli creature... – Non destino, dunque, né fatalità. Tu puoi sempre risalire alla causa de' tuoi danni o delle tue fortune; spesso, magari, non la scorgi; ma non di meno la causa c'è: o tu o altri, o questa cosa o quella. È proprio così, Valdoggi; e senti: mia madre sostiene ch'io sono aberrato, ch'io non ragiono...

– Ragioni troppo, mi pare... – affermò il Valdoggi, già mezzo intontito.

– Sì! E questo è il mio male! – esclamò con viva spontanea sincerità Lao Griffi, sbarrando gli occhi chiari. – Ma io vorrei dire a mia madre: senti, io sono stato imprevidente, oh! – quanto vuoi... – ero anche predisposto, predispostissimo al matrimonio – concedo! Ma è forse detto che a Udine o a Bologna avrei trovato un'altra Margherita? (Margherita era il nome di mia moglie).

– Ah, – fece il Valdoggi. – T'è morta?

Lao Griffi si cangiò subito in volto e si cacciò le mani in tasca, stringendosi nelle spalle.

La vecchierella chinò il capo e tossì leggermente.

– L'ho uccisa! – rispose Lao Griffi seccamente. Poi domandò: – Non hai letto nei giornali? Credevo che sapessi...

– Non... non so nulla... – disse il Valdoggi sorpreso, impacciato, afflitto d'aver toccato un tasto che non doveva, ma pur curioso di sapere.

– Te lo racconterò, – riprese il Griffi. – Esco adesso dal carcere. Cinque mesi di carcere... Ma, preventivo, bada! Mi hanno assolto. Eh sfido! Ma se mi lasciavano dentro, non credere che me ne sarebbe importato! Dentro o fuori, ormai, carcere lo stesso! Così ho detto ai giurati: «Fate di me ciò che volete: condannatemi, assolvetemi; per me è lo stesso. Mi dolgo di quel che ho fatto, ma in quell'istante terribile non seppi, né potei fare altrimenti. Chi non ha colpa, chi non ha da pentirsi, è uomo libero sempre; anche se voi mi date la catena, sarò libero sempre, internamente: del di fuori ormai non m'importa più nulla». E non volli dir altro, né volli discolpe d'avvocato. Tutto il paese però sapeva bene che io, la temperanza, la morigeratezza in persona, avevo fatto per lei un monte di debiti... ch'ero stato costretto a dimettermi... E poi... ah poi... Me lo sai dire come una donna, dopo esser costata tanto a un uomo, possa far quello che mi fece colei? Infame! Ma sai? con queste mani... Ti giuro che non volevo

ucciderla; volevo sapere come avesse fatto, e glielo domandavo, scotendola, afferrata, così, per la gola...
Strinsi troppo. Lui s'era buttato giù dalla finestra, nel giardino... Il suo ex-fidanzato... Sì, lo aveva prima
piantato, come si dice, per me: per il simpatico ufficialetto... E guarda, Valdoggi! Se quello sciocco non
si fosse allontanato per un anno da Potenza, dando così agio a me d'innamorarmi per mia sciagura di
Margherita, a quest'ora quei due sarebbero senza dubbio marito e moglie, e probabilmente felici... Sì.
Li conoscevo bene tutti e due: erano fatti per intendersi a meraviglia. Posso benissimo, guarda, immagi-
narmi la vita che avrebbero vissuto insieme. Me l'immagino, anzi. Posso crederli vivi entrambi, quando
voglio, laggiù a Potenza, nella loro casa... So finanche la casa dove sarebbero andati ad abitare, appena
sposi. Non ho che da metterci Margherita, viva, come tante volte, figurati, nelle varie occorrenze della
vita l'ho veduta... Chiudo gli occhi e la vedo per quelle stanze, con le finestre aperte al sole: vi canta con
la sua vocina tutta trilli e scivoli. Come cantava! Teneva, così, le manine intrecciate sul capo biondo.
«Buon dì, sposa felice!» – Figli, non ne avrebbero, sai? Margherita non poteva farne... Vedi? Se follia
c'è, è questa la mia follia... Posso veder tutto ciò che sarebbe stato, se quel che è avvenuto non fosse
avvenuto. Lo vedo, ci vivo; anzi vivo lì soltanto... Il *se*, insomma, il *se*, capisci?

Tacque un buon tratto, poi esclamò con tanta esasperazione, che il Valdoggi si voltò a guardarlo,
credendo che piangesse:

– E se mi avessero mandato a Udine?

La vecchierella non ripeté questa volta: *Destino*! Ma se lo disse certo in cuore. Tanto vero, che
scosse amaramente il capo e sospirò piano, con gli occhi sempre a terra, movendo sotto il mento tutti i
grillotti d'argento di quei due nastri da corona mortuaria.

RIMEDIO: LA GEOGRAFIA

La bussola, il timone... Eh, sì! Volendo navigare... Dovreste dimostrarmi però che anche sia necessario, voglio dire che conduca a una qualsiasi conclusione, prendere una rotta anziché un'altra, o anziché a questo porto approdare a quello.

– Come! – dite, – e gli affari? senza una regola, senza un criterio direttivo? E la famiglia? l'educazione dei figliuoli? la buona reputazione in società? l'obbedienza che si deve alle leggi dello Stato? l'osservanza dei proprii doveri?

Con quest'azzurro che si beve liquido, oggi... Per carità! E che non bado forse regolarmente ai miei affari? La mia famiglia... Ma sì, vi prego di credere, mia moglie mi odia. Regolarmente e né più né meno di quanto vostra moglie odii voi. E anche i miei piccini, ma volete che non li educhi regolarmente, come voi i vostri? Con un profitto, credete, non molto diverso di quello che la vostra saggezza riesce a ottenere. Obbedisco a tutte le leggi dello Stato e scrupolosamente osservo i miei doveri.

Soltanto, ecco, io porto – come dire? – una certa elasticità spirituale in tutti questi esercizii; profitto di tutte quelle nozioni scientifiche, positive, apprese nell'infanzia e nell'adolescenza, delle quali voi, che pur le avete apprese come me, dimostrate di non sapere o di non volere profittare.

Con molto danno, v'assicuro, della vostra salute.

Certo non è facile valersi opportunamente di quelle nozioni che contrastino, ad esempio, con le illusioni dei sensi. Che la terra si muove, ecco, se ne potrebbe valere opportunamente, come di elegante scusa, un ubriaco. Noi, in realtà, non la sentiamo muovere, se non di tanto in tanto, per qualche modesto terremoto. E le montagne, data la nostra statura, così alte le vediamo che – capisco – pensarle piccole grinze della crosta terrestre non è facile. Ma santo Dio, domando e dico perché abbiamo allora studiato tanto da piccoli? Se costantemente ci ricordassimo di ciò che la scienza astronomica ci ha insegnato, l'infimo, quasi incalcolabile posto che il nostro pianeta occupa nell'universo...

Lo so; c'è anche la malinconia dei filosofi che ammettono, sì, piccola la terra, ma non piccola intanto l'anima nostra se può concepire l'infinita grandezza dell'universo.

Già. Chi l'ha detto? Biagio Pascal.

Bisognerebbe pur tuttavia pensare che questa grandezza dell'uomo, allora, se mai, è solo a patto d'intendere, di fronte a quell'infinita grandezza dell'universo, la sua infinita piccolezza, e che perciò grande è solo quando si sente piccolissimo, l'uomo, e non mai così piccolo come quando si sente grande.

E allora, di nuovo, domando e dico che conforto e che consolazione ci può venire da questa speciosa grandezza, se non debba aver altra conseguenza che quella di saperci qua condannati alla disperazione di veder grandi le cose piccole (tutte le cose nostre, qua, della terra) e piccole le grandi, come sarebbero le stelle del cielo. E non varrà meglio allora per ogni sciagura che ci occorra, per ogni pubblica o privata calamità, guardare in su e pensare che dalle stelle la terra, signori miei, ma neanche si suppone che ci sia, e che alla fin fine tutto è dunque come niente?

Voi dite:

– Benissimo. Ma se intanto, qua sulla terra, mi fosse morto, per esempio, un figliuolo?

Eh, lo so. Il caso è grave. E più grave diventerà, ve lo dico io, quando comincerete a uscire dal vostro dolore e sotto gli occhi che non vorrebbero più vedere v'accadrà di scorgere, che so? la grazia timida di questi fiorellini bianchi e celesti che spuntano ora nei prati ai primi soli di marzo; e appena la dolcezza di vivere che, pur non volendo, sentirete ai nuovi tepori inebrianti della stagione, vi si tramuterà in una più fitta ambascia pensando a lui che, intanto, non la può più sentire.

Ebbene?... Ma che consolazione, in nome di Dio, vorreste voi avere della morte del vostro figliuolo? Non è meglio niente? Ma sì, niente, credete a me. Questo niente della terra, non solo per le sciagure, ma anche per questa dolcezza di vivere che pur ci dà: il niente assoluto, insomma, di tutte le cose umane che possiamo pensare guardando in cielo Sirio o l'Alpha del Centauro.

Non è facile. Grazie. E che forse vi sto dicendo che è facile? La scienza astronomica, vi prego di credere, è difficilissima non solo a studiare, ma anche ad applicare ai casi della vita.

Del resto, vi dico che siete incoerenti. Volete avere, di questo nostro pianeta, l'opinione ch'esso meriti un certo rispetto, e che non sia poi tanto piccolo in rapporto alle passioni che ci agitano, e che offra molte belle vedute e varietà di vita e di climi e di costumi; e poi vi chiudete in un guscio e non pensate neppure a tanta vita che vi sfugge, mentre ve ne state tutti sprofondati in un pensiero che v'affligge o in una miseria che v'opprime.

Lo so; voi adesso mi rispondete che non è possibile, quando una cura prema veramente, quando una passione accechi, sfuggire col pensiero e frastornarsene immaginando una vita diversa, altrove. Ma io non dico di porre voi stessi con l'immaginazione altrove, né di fingervi una vita diversa da quella che vi fa soffrire. Questo lo fate comunemente, sospirando: Ah, se non fossi così! Ah, se avessi questo o quest'altro! Ah se potessi esser là! E son vani sospiri. Perché la vostra vita, se potesse veramente esser diversa, chi sa che sentimenti, che speranze, che desiderii vi susciterebbe altri da questi che ora vi suscita per il solo fatto che essa è così! Tanto è vero, che quelli che sono come voi vorreste essere, o che hanno quello che voi vorreste avere, o che sono là dove voi vi desiderereste, vi fanno stizza, perché vi sembra che in quelle condizioni da voi invidiate non sappiano esser lieti come voi sareste. Ed è una stizza – scusatemi – da sciocchi. Perché quelle condizioni voi le invidiate perché non sono le vostre, e se fossero, non sareste più voi, voglio dire con codesto desiderio di esser diversi da quelli che siete.

No, no, cari miei. Il mio rimedio è un altro. Non facile certo neanche questo, ma possibilissimo. Tanto, che ho potuto io stesso farne esperienza.

Lo intravidi quella notte – una delle tante tristissime – che mi toccò vegliare una lunga, eterna agonia: quella in cui la mia povera madre per mesi e mesi s'era quasi incadaverita viva.

Per mia moglie, era la suocera; per i miei figliuoli moriva una, di cui il figlio ero io. Dico così, perché quando morrò io, mi veglierà qualcuno di loro, si spera. Avete capito? Quella volta moriva mia madre; e dunque non toccava a loro, ma a me.

– Ma come! – dite. – La nonna!

Già. La nonnina. La cara nonnina... E poi anche per me, che – v'assicuro – potevo meritarmela un po' di considerazione, di non farmi stare in piedi anche la notte, con tutto quel freddo, che cascavo a pezzi dalla stanchezza, dopo una giornata di faticosissimo lavoro.

Ma sapete com'è? Il tempo della nonnina, della cara nonnina era finito da un pezzo. S'era guastato per i nipotini il giocattolo della cara nonnina, da che l'avevano veduta, dopo l'operazione della cateratta, con un occhio grosso grosso e vano nella concavità del vetro degli occhiali; e l'altro piccolo. A presentare una nonnina così non c'era più niente di bello. E a poco a poco era divenuta anche sorda come una pietra, la povera nonnina; aveva ottantacinque anni e non capiva più niente: una balla di carne, che ansimava e si reggeva appena, pesante e traballante; e obbligava a cure, per cui ci voleva un'adorazione come la mia, a vincer la pena e il ribrezzo che costavano.

Si pensava, vedendola, a uno spaventoso castigo, di cui nessuno meglio di me sapeva che la mia povera madre era immeritevole; lasciata lì, senza più nulla di ciò che un tempo era stata, neppur la memoria; sola carne, vecchia carne disfatta che pativa, che seguitava a patire, chi sa perché...

Ma il sonno, signori miei... Non c'è più nessun affetto che tenga, quando una necessità crudele costringa a trascurar certi bisogni, che si debbono per forza soddisfare. Provatevi a non dormire per parecchie e parecchie notti di fila, dopo aver faticato tutto il giorno. Il pensiero dei miei figliuoli, che durante l'intera giornata non avevano fatto nulla e ora dormivano saporitamente, al caldo, mentr'io tremavo e spasimavo di freddo, in quella camera ammorbata dal lezzo dei medicinali, mi faceva saltar dalla rabbia come un orso, e venir la tentazione di correre a strappar le coperte dai loro lettucci e dal letto di mia moglie per vederli balzar dal sonno in camicia a quel freddo. Ma poi, sentendo in me come avrebbero tremato, e pensando che avrei voluto esser io al loro posto, perché tremassero loro in vece mia, non più contro essi, ma mi rivoltavo contro la crudeltà di quella sorte, che teneva ancora là, rantolante e insensibile a tutto, il corpo, il solo corpo ormai, e anch'esso quasi irriconoscibile, di mia madre; e pensavo, sì, sì, pensavo che, Dio, poteva finalmente finir di rantolare.

Finché una volta, nel terribile silenzio sopravvenuto nella camera a una momentanea sospensione di quel rantolo, non mi sorpresi nello specchio dell'armadio, voltando non so perché il capo, curvo sul letto di mia madre e intento a spiare davvicino, se non fosse morta.

Vidi con orrore in quello specchio la mia faccia. Proprio come per farsi vedere da me, essa conservava, mentr'io me la guardavo, la stessa espressione con cui stava sospesa a spiare in un quasi allegro spavento la liberazione.

La ripresa del rantolo mi incusse in quel punto un tale raccapriccio di me, che mi nascosi quella faccia, come se avessi commesso un delitto. Ma cominciai a piangere come un bambino: come il bambino che ero stato per quella mia mamma santa, di cui sì, sì, volevo ancora la pietà per il freddo e la stanchezza che sentivo, pur avendo or ora finito di desiderar la sua morte, povera mamma santa, che n'aveva perdute di notti per me, quand'ero piccino e malato... Ah! Strozzato dall'angoscia, mi diedi a passeggiare per la camera.

Ma non potevo guardar più nulla, perché mi parevano vivi, nella loro immobilità sospesa, gli oggetti della camera: là lo spigolo illuminato dell'armadio, qua il pomo d'ottone della lettiera su cui avevo poc'anzi posato la mano. Disperato, cascai a sedere davanti alla scrivanietta della più piccola delle mie figliuole, la nipotina che si faceva ancora i compiti di scuola nella camera della nonna. Non so quanto tempo rimasi lì. So che a giorno chiaro, dopo un tempo incommensurabile, durante il quale non avevo più avvertito minimamente né la stanchezza, né il freddo, né la disperazione, mi ritrovai col trattatello di geografia della mia figliuola sotto gli occhi, aperto a pagina 75, sgorbiato nei margini e con una bella macchia d'inchiostro cilestrino su l'emme di Giamaica.

Ero stato tutto quel tempo nell'isola di Giamaica, dove sono le Montagne Azzurre, dove dal lato di tramontana le spiagge s'innalzano grado grado fino a congiungersi col dolce pendio di amene colline, la maggior parte separate le une dalle altre da vallate spaziose piene di sole, e ogni vallata ha il suo ruscello e ogni collina la sua cascata. Avevo veduto sotto le acque chiare le mura delle case della città di Porto Reale sprofondate nel mare da un terribile terremoto; le piantagioni dello zucchero e del caffè, del grano d'India e della Guinea; le foreste delle montagne; avevo sentito e respirato con indicibile conforto il tanfo caldo e grasso del letame nelle grandi stalle degli allevamenti; ma proprio sentito e respirato, ma proprio veduto tutto, col sole che è là su quelle praterie, con gli uomini e con le donne e coi ragazzi come sono là, che portano con le ceste e rovesciano a mucchi sugli spiazzi assolati il raccolto del caffè ad asciugarsi; con la certezza precisa e tangibile che tutto questo era vero, in quella parte del mondo così lontana; così vero da sentirlo e opporlo come una realtà altrettanto viva a quella che mi circondava là nella camera di mia madre moribonda.

Ecco, nient'altro che questa certezza d'una realtà di vita altrove, lontana e diversa, da contrapporre, volta per volta, alla realtà presente che v'opprime; ma così, senza alcun nesso, neppure di contrasto, senz'alcuna intenzione, come una cosa che è perché è, e che voi non potete fare a meno che sia. Questo, il rimedio che vi consiglio, amici miei. Il rimedio che io mi trovai inopinatamente quella notte.

E per non divagar troppo, e sistemarvi in qualche modo l'immaginazione, che non abbia a stancarvisi soverchiamente, fate come ho fatto io, che a ciascuno dei miei quattro figliuoli e a mia moglie ho assegnato una parte di mondo, a cui mi metto subito a pensare, appena essi mi diano un fastidio o una afflizione.

Mia moglie, per esempio, è la Lapponia. Vuole da me una cosa ch'io non le posso dare? Appena comincia a domandarmela, io sono già nel golfo di Botnia, amici miei, e le dico seriamente come se nulla fosse:

– Umèa, Lulèa, Pitèa, Skelleftèa...

– Ma che dici?

– Niente, cara. I fiumi della Lapponia.

– E che c'entrano i fiumi della Lapponia?

– Niente, cara. Non c'entrano per niente affatto. Ma ci sono, e né tu né io possiamo negare che in questo preciso momento sboccano là nel golfo di Botnia. E vedessi, cara, vedessi come vedo io la tristezza di certi salici e di certe betulle, là... D'accordo, sì, non c'entrano neanche i salici e le betulle; ma ci sono anch'essi, cara, e tanto tanto tristi attorno ai laghi gelati tra le steppe. *Lap* o *Lop*, sai? è un'ingiuria. I Lapponi da sé si chiamano Sami. Sudici nani, cara mia! Ti basti sapere... – sì, lo so, tutto questo veramente non c'entra – ma ti basti sapere che, mentr'io ti tengo così cara, essi tengono così poco alla fedeltà coniugale, che offrono la moglie e le figliuole al primo forestiere che capita. Per conto mio, puoi star sicura: non son tentato per nulla, cara, a profittarne.

– Ma che diavolo dici? Sei pazzo? Io ti sto domandando...

– Sì, cara. Tu mi stai domandando, non dico di no. Ma che triste paese, la Lapponia!...

RISPOSTA

Ti sei sfogato bene, amico mio!

Veramente è da rimpiangere che tu, facendo violenza alla tua nativa disposizione, non abbia potuto dedicarti alle Muse. Quanto calore nelle tue espressioni, e con quale trasparente evidenza, in pochi tocchi, fai balzar vivi innanzi agli occhi luoghi, fatti e persone!

Sei addolorato, sei indignato, povero Marino mio; e non vorrei che questa mia risposta ti accrescesse il dolore e l'indignazione. Ma tu vuoi che io ti esponga francamente quel che penso del tuo caso. Lo farò per contentarti, pur essendo sicuro che non ti contenterò.

Seguo il mio metodo, se permetti. Prima, riassumo in breve i fatti, poi ti espongo, con la franchezza che desideri, il mio parere.

Dunque, con ordine.

I – PERSONE, CONNOTATI E CONDIZIONI

a) *La signorina Anita.* – Ventisei anni (ne dimostra appena venti; va bene; ma sono intanto ventisei e sonati). Bruna; occhi notturni:

> *Negli occhi suoi la notte si raccoglie,*
> *profonda...*

Labbra di corallo; e va bene.

Ma il naso, amico mio? Tu non mi parli del naso. Alle brune, innanzi tutto, guardare il naso; e segnatamente le pinne del naso.

Io sono sicuro che la signorina Anita l'ha un po' in su. Non dico brutto; diciamo anzi nasino; ma in su. E con due pinne piuttosto carnosette, che le si dilatano molto, quando serra i denti, quando fissa gli occhi nel vuoto e trae per le nari un lungo lungo sospiro silenzioso.

Hai notato come gli occhi le si velano e le cangiano di colore, quando trae qualcuno di questi sospiri silenziosi?

Ha molto sofferto la signorina Anita, perché molto intelligente. Era agiata, quando il padre era vivo; ora, morto il padre, è povera. E ventisei anni. Nasino ritto e occhi notturni.

Andiamo avanti.

b) *Il mio amico Marino.* – Ventiquattro anni, due di meno della signorina Anita, che forse perciò ne dimostra appena venti.

Povero anche lui; orfano di padre anche lui. Cose tristi, ma care quando si hanno in comune con una persona cara. Identità, che paiono predestinazioni!

Ma l'amico Marino, orfano e povero com'è, ha la mamma e una sorella da mantenere. Orfana e povera, la signorina Anita ha anche lei la mamma, ma non la mantiene.

Pensa al mantenimento il commendator Ballesi.

Il mio amico Marino odia, naturalmente, questo commendator Ballesi.

Testa accesa, cuore ardente. Facilissima loquela, colorita, affascinante, come lo sguardo dei begli occhi cerulei. Diciamo che il mio amico Marino è il giorno e che la signorina Anita è la notte. Quello ha il biondo del sole nei capelli e il cielo azzurro negli occhi; questa, negli occhi, due stelle, e nei capelli la notte. Mi pare che, parlando con un poeta, non potrei esprimermi meglio di così.

Proseguiamo.

Costretto dalla necessità a esser saggio, l'amico Marino non può commettere la follia, finché durano le presenti condizioni (e dureranno per un pezzo!), di assumersi il fardello di un'altra donna; e deve lasciar quella che meno gli peserebbe.

Forse questo terzo peso gli farebbe sentir più lievi quegli altri due, ch'egli non può, né oserebbe mai togliersi d'addosso.

Ma c'è chi pensa che in tre sulle spalle di uno non si può star comodamente e di buon accordo. E anch'egli, saggio per forza, deve riconoscerlo.

c) *Il commendator Ballesi.* – Vecchio amico della buon'anima. S'intende, del babbo d'Anita. Sessantasei anni. Piccoletto, fino fino; gambette come due dita, ma armate da tacchettini imperiosi. Testa grossa, grossi baffi spioventi, sotto i quali sparisce non solo la bocca, ma anche il mento, dato che si possa dire che il commendator Ballesi abbia davvero un mento. Folte ciglia sempre aggrottate, e un dito spesso nel naso. Quel dito pensa. Pensano anche i peli delle sue sopracciglia. È come un cannoncino carico di pensieri, il commendator Ballesi. Le sorti finanziarie della nuova Italia sono ne' suoi piccoli pugni ferrigni.

Ora, non si sa come né perché, tutt'a un tratto il commendator Ballesi ha creduto di dover cangiare l'amor paterno per la signorina Anita in un amore d'altro genere. E l'ha chiesta in isposa.

La signorina Anita ha strappato parecchi fazzoletti, con le mani e coi denti. Più che sdegno, ha provato onta, ribrezzo, orrore. La mamma ha pianto. Perché ha pianto la mamma? Per la gioia, ha detto. Ma di gioia, ammesso che si pianga, si piange poco, e poi si ride. La mamma della signorina Anita ha pianto molto e non ride più. *Honni soit qui mal y pense.*

E veniamo all'ultimo personaggio.

d) *Nicolino Respi.* – Trent'anni, solido, atletico, nuotatore e cavalcatore famoso, canottiere, spadaccino; e poi impudente, ignorante come un pollo d'India, biscazziere, donnaiolo... Di' su, di' su, amico mio: te le passo tutte. Conosco Nicolino Respi e condivido i tuoi apprezzamenti e la tua indignazione. Ma non credere, con questo, che gli dia torto.

Do dunque torto a te? No. Alla signorina Anita? Neppure. Oh Dio, lasciami dire, lasciami seguire il mio metodo. Credi, amico mio, che il tuo caso è vecchissimo. Di nuovo, di originale, qui, non c'è altro che il mio metodo, e la spiegazione che ti darò.

Proseguiamo per ordine.

II – IL LUOGO E IL FATTO

La spiaggia d'Anzio, d'estate, in una notte di luna.

Me n'hai fatto una tale descrizione, che non m'arrischio a descriverla anch'io. Soltanto, troppe stelle, caro. Con la luna quasi in quintadecima, se ne vedono poche. Ma un poeta può anche non badare a queste cose, che son di fatto. Un poeta può veder le stelle anche quando non si vedono, e viceversa poi non vedere tant'altre cose, che tutti gli altri vedono.

Il commendator Ballesi ha preso in affitto un villino su la spiaggia, e la signorina Anita è con la mamma ai bagni.

Occupato a Roma, il Commendatore va e viene. Nicolino Respi è fisso ad Anzio, per i bagni e per la bisca; e dà ogni mattina, in acqua, e ogni sera al tappeto verde, spettacolo delle sue bravure.

La signorina Anita ha bisogno di smorzare la fiamma dello sdegno, e s'indugia perciò molto nel bagno. Non può competere certamente con Nicolino Respi, ma tuttavia, da brava nuotatrice, una mattina s'allontana, in gara con lui, dalla spiaggia. Vanno e vanno. Tutti i bagnanti seguono ansiosi dalla spiaggia quella gara, prima a occhio nudo, poi coi binocoli.

La mamma, a un certo punto, non vuole più guardare; comincia a smaniare, a trepidare. Oh Dio, come farà adesso la figliuola a ritornare a nuoto da così lontano? Certo la lena non le basterà... Oh Dio, oh Dio! Dov'è? Dio, com'è lontana... non si vede più... Bisogna mandare subito un aiuto, per carità! una lancia, una lancia! qualcuno subito in aiuto!

E tanto fa e tanto dice, che alla fine due bravi giovanotti balzano eroicamente su una lancia, e via a quattro remi.

Santa ispirazione! Perché la signorina Anita, poco dopo che i giovani sono partiti, è colta da un crampo a una gamba, e dà un grido; Nicolino Respi accorre con due bracciate e la sorregge; ma la signorina Anita è per svenire e gli s'aggrappa al collo disperatamente; Nicolino si vede perduto; sta per affogare con lei; nella rabbia, per farsi lasciare, le dà un morso feroce al collo. Allora la signorina Anita s'abbandona inerte; egli può sostenerla; le forze stanno per mancargli quando la lancia sopravviene. Il salvataggio è compiuto.

Ma la signorina Anita deve curarsi per più d'una settimana del morso al collo di Nicolino Respi.

Sono impressioni che rimangono, Marino mio!

Per parecchi giorni la signorina Anita, appena muove il collo, non può negare che Nicolino Respi morde bene. E quel morso non può dispiacerle, perché deve a esso la sua salvezza.

Tutto questo è, veramente, antefatto.

Eppure no, forse. È e non è. Perché tutto sta dove e come si tagliano i fatti.

Quando tu, Marino mio, nella magnifica sera di luna arrivasti ad Anzio con la morte nel cuore, per avere un ultimo abboccamento con la signorina Anita già ufficialmente fidanzata al commendator Ballesi, ella aveva ancora nel collo l'impressione dei denti di Nicolino Respi.

Per tua stessa confessione, ella ti seguì docile lungo la spiaggia, si perdette con te nella lontananza delle sabbie deserte, fino al grande scoglio inarenato, laggiù laggiù. Tutti e due, sotto la luna, a braccetto, inebriati dalla brezza marina, storditi dal sommesso perpetuo fragorio delle spume d'argento.

Che le dicesti? Lo so, tutto il tuo amore e tutto il tuo tormento; e le proponesti di ribellarsi all'infame imposizione di quel vecchio odioso e di accettare la tua povertà.

Ma ella, amico mio, infiammata, sconvolta, straziata dalle tue parole, non poteva accettare la tua povertà; voleva sì, invece, accettare il tuo amore e vendicarsi con esso anticipatamente, quella sera stessa, dell'infame imposizione del vecchio, che sopra di lei, così, da usuraio, voleva pagarsi dei lunghi benefizi.

Tu, onestamente, nobilmente, le hai impedito questa vendetta.

Amico mio, ti credo: sarai scappato via come un pazzo. Ma alla signorina Anita, rimasta sola lì, su la sabbia, all'ombra dello scoglio, non sembrasti un pazzo, te l'assicuro io, in quella fuga scomposta lungo la spiaggia, sotto la luna. Sembrasti uno sciocco e un villano.

E purtroppo, povero Marino, su quello scoglio, quella sera, a godersi zitto zitto, in grazia delle tasche vuote, il bel chiaro di luna, e poi anche lo spettacolo della tua fuga, c'era Nicolino Respi, quello del morso e del salvataggio.

Gli bastarono tre parole e una risata, di lassù:

– Che sciocco, è vero, signorina?

E saltò giù.

Tu avesti, poco dopo, la soddisfazione di sorprendere, insieme col commendator Ballesi, arrivato tardi da Roma in automobile, Nicolino Respi, sotto la luna, a braccetto con la signorina Anita.

Tu, nell'andata, e lui nel ritorno. Più dolce l'andata o il ritorno?

Ed ecco, amico mio, che viene adesso il punto originale.

III – SPIEGAZIONE

Tu credi, caro Marino, d'aver sofferto un'atroce disillusione, perché hai veduto all'improvviso la signorina Anita orribilmente diversa da quella che conoscevi tu, da quella ch'era per te. Sei ben certo, adesso, che la signorina Anita era un'altra.

Benissimo. Un'altra, la signorina Anita è di certo. Non solo; ma anche tante e tante altre, amico mio, quanti e quanti altri son quelli che la conoscono e che lei conosce. Il tuo errore fondamentale, sai dove consiste? Nel credere che, pur essendo un'altra per come tu credi, e tante altre per come credo io, la signorina Anita non sia anche, tuttora, quella che conoscevi tu.

La signorina Anita è quella, e un'altra, e anche tante altre, perché vorrai ammettere che quella che è per me non sia quella che è per te, quella che è per sua madre, quella che è per il commendator Ballesi, e per tutti gli altri che la conoscono, ciascuno a suo modo.

Ora, guarda. Ciascuno, per come la conosce, le dà – è vero? – una realtà. Tante realtà, dunque, amico mio, che fanno «realmente», e non per modo di dire, la signorina Anita una per te, una per me, una per la madre, una per il commendator Ballesi, e via dicendo; pur avendo l'illusione ciascuno di noi che la vera signorina Anita sia quella sola che conosciamo noi; e anche lei, anzi lei soprattutto, l'illusione d'esser una, sempre la stessa, per tutti.

Sai da che nasce questa illusione, amico mio? Dal fatto che crediamo in buona fede d'esser tutti, ogni volta, in ogni nostro atto; mentre purtroppo non è così. Ce ne accorgiamo quando, per un caso disgraziatissimo, all'improvviso restiamo agganciati e sospesi a un atto solo tra i tanti che commettiamo; ci accorgiamo bene, voglio dire, di non esser tutti in quell'atto, e che un'atroce ingiustizia sarebbe giudicarci da quello solo, tenerci agganciati e sospesi a esso, alla gogna, per l'intera esistenza, come se questa fosse tutta assommata in quell'atto solo.

Ora questa ingiustizia appunto stai commettendo tu, amico mio, contro la signorina Anita.

L'hai sorpresa in una realtà diversa da quella che le davi tu, e vuoi credere adesso, che la sua vera realtà non sia quella bella che tu le davi prima, ma questa brutta in cui l'hai sorpresa insieme col commendator Ballesi di ritorno dallo scoglio con Nicolino Respi.

Non per nulla, amico mio, guarda, tu non mi hai parlato del nasino all'insù della signorina Anita!

Quel nasino non ti apparteneva. Quel nasino non era della *tua* Anita. Erano tuoi gli occhi notturni, il cuore appassionato, la raffinata intelligenza di lei. Non quel nasino ardito dalle pinne piuttosto carnosette.

Quel nasino fremeva ancora al ricordo del morso di Nicolino Respi. Quel nasino voleva vendicarsi dell'odiosa imposizione del vecchio commendator Ballesi. Tu non gli hai permesso di fare con te la sua vendetta, e allora esso l'ha fatta con Nicolino.

Chi sa come piangono adesso quegli occhi notturni, e come sanguina quel cuore appassionato, e come si rivolta quella raffinata intelligenza: voglio dire tutto quello che di lei appartiene a te.

Ah, credi, Marino, fu assai più dolce per lei l'andata con te allo scoglio, che il ritorno da esso con Nicolino Respi.

Bisogna che tu te ne persuada e ti disponga a imitare il commendatore, il quale – vedrai – perdonerà e sposerà la signorina Anita.

Ma non pretendere che ella sia una e tutta per te. Sarà una e tutta per te sincerissimamente; e un'altra per il commendator Ballesi, non meno sinceramente. Perché non c'è una sola signorina o signora Anita, amico mio.

Non sarà bello, ma è così.

E procura che Nicolino Respi, mostrando i denti, non vada a far visita a quel nasino all'insù.

IL PIPISTRELLO

Tutto bene. La commedia, niente di nuovo, che potesse irritare o frastornare gli spettatori. E congegnata con bell'industria d'effetti. Un gran prelato tra i personaggi, una rossa Eminenza che ospita in casa una cognata vedova e povera, di cui in gioventù, prima d'avviarsi per la carriera ecclesiastica, era stato innamorato. Una figliuola della vedova, già in età da marito, che Sua Eminenza vorrebbe sposare a un giovine suo protetto, cresciutogli in casa fin da bambino, apparentemente figlio di un suo vecchio segretario, ma in realtà... – insomma, via, un certo antico trascorso di gioventù, che non si potrebbe ora rimproverare a un gran prelato con quella crudezza che necessariamente deriverebbe dalla brevità d'un riassunto, quando poi è per così dire il fulcro di tutto il second'atto, in una scena di grandissimo effetto con la cognata, al buio, o meglio, al chiaro di luna che inonda la veranda, poiché Sua Eminenza, prima di cominciar la confessione, ordina al suo fidato servitore Giuseppe: «*Giuseppe, smorzate i lumi*». Tutto bene, tutto bene, insomma. Gli attori, tutti a posto; e innamorati a uno a uno della loro parte. Anche la piccola Gàstina, sì. Contentissima, contentissima della parte della nipote orfana e povera, che naturalmente non vuol saperne di sposare quel protetto di Sua Eminenza, e fa certe scene di fiera ribellione, che alla piccola Gàstina piacevano tanto, perché se ne riprometteva un subisso d'applausi.

Per farla breve, più contento di così nell'aspettazione ansiosa d'un ottimo successo per la sua nuova commedia l'amico Faustino Perres non poteva essere alla vigilia della rappresentazione.

Ma c'era un pipistrello.

Un maledetto pipistrello, che ogni sera, in quella stagione di prosa alla nostra Arena Nazionale, o entrava dalle aperture del tetto a padiglione, o si destava a una cert'ora dal nido che doveva aver fatto lassù, tra le imbracature di ferro, le cavicchie e le chiavarde, e si metteva a svolazzar come impazzito non già per l'enorme vaso dell'Arena sulla testa degli spettatori, poiché durante la rappresentazione i lumi nella sala erano spenti, ma là, dove la luce della ribalta, delle bilance e delle quinte, le luci della scena, lo attiravano: sul palcoscenico, proprio in faccia agli attori.

La piccola Gàstina ne aveva un pazzo terrore. Era stata tre volte per svenire, le sere precedenti, nel vederselo ogni volta passar rasente al volto, sui capelli, davanti agli occhi, e l'ultima volta – Dio che ribrezzo! – fin quasi a sfiorarle la bocca con quel volo di membrana vischiosa che stride. Non s'era messa a gridare per miracolo. La tensione dei nervi per costringersi a star lì ferma a rappresentare la sua parte mentre irresistibilmente le veniva di seguir con gli occhi, spaventata, lo svolazzio di quella bestia schifosa, per guardarsene, o, non potendone più, di scappar via dal palcoscenico per andare a chiudersi nel suo camerino, la esasperava fino a farle dichiarare ch'ella ormai, con quel pipistrello lì, se non si trovava il rimedio d'impedirgli che venisse a svolazzar sul palcoscenico durante la rappresentazione, non era più sicura di sé, di quel che avrebbe fatto una di quelle sere.

Si ebbe la prova che il pipistrello non entrava da fuori, ma aveva proprio eletto domicilio nelle travature del tetto dell'Arena, dal fatto che, la sera precedente la prima rappresentazione della commedia nuova di Faustino Perres, tutte le aperture del tetto furono tenute chiuse, e all'ora solita si vide il pipistrello lanciarsi come tutte le altre sere sul palcoscenico col suo disperato svolazzio. Allora Faustino Perres, atterrito per le sorti della sua nuova commedia, pregò, scongiurò l'impresario e il capocomico di far salire sul tetto due, tre, quattro operai, magari a sue spese, per scovare il nido e dar la caccia a quella insolentissima bestia; ma si sentì dare del matto. Segnatamente il capocomico montò su tutte le furie a una simile proposta, perché era stufo, ecco, stufo stufo stufo di quella ridicola paura della signorina Gàstina per i suoi magnifici capelli.

– I capelli?

– Sicuro! sicuro! i capelli! Non ha ancora capito? Le hanno dato a intendere che, se per caso le sbatte in capo, il pipistrello ha nelle ali non so che viscosità, per cui non è più possibile distrigarlo dai capelli, se non a patto di tagliarli. Ha capito? Non teme per altro! Invece d'interessarsi alla sua parte, d'immedesimarsi nel personaggio, almeno fino al punto di non pensare a simili sciocchezze!

Sciocchezze, i capelli d'una donna? i magnifici capelli della piccola Gàstina? Il terrore di Faustino Perres alla sfuriata del capocomico si centuplicò. Oh Dio! oh Dio! se veramente la piccola Gàstina temeva per questo, la sua commedia era perduta!

Per far dispetto al capocomico, prima che cominciasse la prova generale, la piccola Gàstina, col gomito appoggiato sul ginocchio d'una gamba accavalciata sull'altra e il pugno sotto il mento, seriamente domandò a Faustino Perres, se la battuta di Sua Eminenza al secondo atto: – «*Giuseppe, smorzate i lumi*» – non poteva essere ripetuta, all'occorrenza, qualche altra volta durante la rappresentazione, visto e considerato che non c'è altro mezzo per fare andar via un pipistrello, che entri di sera in una stanza, che spegnere il lume.

Faustino Perres si sentì gelare.

– No, no, dico proprio sul serio! Perché, scusate, Perres: volete dare veramente, con la vostra commedia, una perfetta illusione di realtà?

– Illusione? No. Perché dice illusione, signorina? L'arte crea veramente una realtà.

– Ah, sta bene. E allora io vi dico che l'arte la crea, e il pipistrello la distrugge.

– Come! perché?

– Perché sì. Ponete il caso che, nella realtà della vita, in una stanza dove si stia svolgendo di sera un conflitto familiare, tra marito e moglie, tra una madre e una figlia, che so! o un conflitto d'interessi o d'altro, entri per caso un pipistrello. Bene: che si fa? Vi assicuro io, che per un momento il conflitto s'interrompe per via di quel pipistrello che è entrato; o si spegne il lume, o si va in un'altra stanza, o qualcuno anche va a prendere un bastone, monta su una seggiola e cerca di colpirlo per abbatterlo a terra; e gli altri allora, credete a me, si scordano lì per lì del conflitto e accorrono tutti a guardare, sorridenti e con schifo, come quella odiosissima bestia sia fatta.

– Già! Ma questo, nella vita ordinaria! – obiettò, con un sorriso smorto sulle labbra, il povero Faustino Perres. – Nella mia opera d'arte, signorina, il pipistrello, io, non ce l'ho messo.

– Voi non ce l'avete messo; ma se lui ci si ficca?

– Bisogna non farne caso!

– E vi sembra naturale? V'assicuro io, io che debbo vivere nella vostra commedia la parte di Livia, che questo non è naturale; perché Livia, lo so io, lo so io meglio di voi, che paura ha dei pipistrelli! La vostra Livia, – badate – non più io. Voi non ci avete pensato, perché non potevate immaginare il caso che un pipistrello entrasse nella stanza, mentr'ella si ribellava fieramente all'imposizione della madre e di Sua Eminenza. Ma questa sera, potete esser certo che il pipistrello entrerà nella camera durante quella scena. E allora io vi domando, per la realtà stessa che voi volete creare, se vi sembri naturale che ella, con la paura che ha dei pipistrelli, col ribrezzo che la fa contorcere e gridare al solo pensiero d'un possibile contatto, se ne stia lì come se nulla fosse, con un pipistrello che le svolazza attorno alla faccia, e mostri di non farne caso. Voi scherzate! Livia se ne scappa, ve lo dico io; pianta la scena e se ne scappa, o si nasconde sotto il tavolino, gridando come una pazza. Vi consiglio perciò di riflettere, se proprio non vi convenga meglio di far chiamare Giuseppe da Sua Eminenza e di fargli ripetere la battuta: – «*Giuseppe, smorzate i lumi*». – Oppure... aspettate! oppure... – ma sì! meglio! sarebbe la liberazione! – che gli ordinasse di prendere un bastone, montare su una seggiola, e...

– Già! sì! proprio! interrompendo la scena a metà, è vero? tra l'ilarità fragorosa di tutto il pubblico.

– Ma sarebbe il colmo della naturalezza, caro mio! Credetelo. Anche per la vostra stessa commedia, dato che quel pipistrello c'è e che in quella scena – è inutile – vogliate o non vogliate – ci si ficca: *pipistrello vero!* Se non ne tenete conto, parrà finta, per forza, Livia che non se ne cura, gli altri due che non ne fanno caso e seguitano a recitar la commedia come se lui non ci fosse. Non capite questo?

Faustino Perres si lasciò cader le braccia, disperatamente.

– O Dio mio, signorina, – disse. – Se volete scherzare, è un conto...

– No no! Vi ripeto che sto discutendo con voi sul serio, sul serio, proprio sul serio! – ribatté la Gàstina.

– E allora io vi rispondo che siete matta, – disse il Perres alzandosi. – Dovrebbe far parte della realtà che ho creato io, quel pipistrello, perché io potessi tenerne conto e farne tener conto ai personaggi della mia commedia; dovrebbe essere un pipistrello finto e non vero, insomma! Perché non può, così, incidentalmente, da un momento all'altro, un elemento della realtà casuale introdursi nella realtà creata, essenziale, dell'opera d'arte.

– E se ci s'introduce?

– Ma non è vero! Non può! Non s'introduce mica nella mia commedia, quel pipistrello, ma sul palcoscenico dove voi recitate.

– Benissimo! Dove io recito la vostra commedia. E allora sta tra due: o lassù è viva la vostra commedia; o è vivo il pipistrello. Il pipistrello, vi assicuro io che è vivo, vivissimo, comunque. Vi ho dimostrato che con lui così vivo lassù non possono sembrar naturali Livia e gli altri due personaggi, che dovrebbero seguitar la loro scena come se lui non ci fosse, mentre c'è. Conclusione: o via la vostra commedia, o via il pipistrello. Se stimate impossibile eliminare il pipistrello, rimettetevi in Dio, caro Perres, quanto alle sorti della vostra commedia. Ora vi faccio vedere che la mia parte io la so e che la recito con tutto l'impegno, perché mi piace. Ma non rispondo dei miei nervi stasera.

Ogni scrittore, quand'è un vero scrittore, ancor che sia mediocre, per chi stia a guardarlo in un momento come quello in cui si trovava Faustino Perres la sera della prima rappresentazione, ha questo di commovente, o anche, se si vuole, di ridicolo: che si lascia prendere, lui stesso prima di tutti, lui stesso qualche volta solo fra tutti, da ciò che ha scritto, e piange e ride e atteggia il volto, senza saperlo, delle varie smorfie degli attori sulla scena, col respiro affrettato e l'animo sospeso e pericolante, che gli fa alzare or questa or quella mano in atto di parare o di sostenere.

Posso assicurare, io che lo vidi e gli tenni compagnia, mentre se ne stava nascosto dietro le quinte tra i pompieri di guardia e i servi di scena, che Faustino Perres per tutto il primo atto e per parte del secondo non pensò affatto al pipistrello, tanto era preso dal suo lavoro e immedesimato in esso. E non è a dire che non ci pensava perché il pipistrello non aveva ancor fatto la sua consueta comparsa sul palcoscenico. No. Non ci pensava perché non poteva pensarci. Tanto vero, che quando, sulla metà del second'atto, il pipistrello finalmente comparve, egli nemmeno se n'accorse; non capì nemmeno perché io col gomito lo urtassi e si voltò a guardarmi in faccia come un insensato:

– Che cosa?

Cominciò a pensarci solo quando le sorti della commedia, non per colpa del pipistrello, non per l'apprensione degli attori a causa di esso, ma per difetti evidenti della commedia stessa, accennarono di volgere a male. Già il primo atto, per dir la verità, non aveva riscosso che pochi e tepidi applausi.

– Oh Dio mio, eccolo, guarda... – cominciò a dire il poverino, sudando freddo; e alzava una spalla, tirava indietro o piegava di qua, di là il capo, come se il pipistrello svolasse attorno a lui e volesse scansarlo; si storceva le mani; si copriva il volto. – Dio, Dio, Dio, pare impazzito... Ah, guarda, a momenti in faccia alla Rossi!... Come si fa? come si fa? Pensa che proprio ora entra in iscena la Gàstina!

– Sta' zitto, per carità! – lo esortai, scrollandolo per le braccia e cercando di strapparlo di là.

Ma non ci riuscii. La Gàstina faceva la sua entrata dalle quinte dirimpetto, e il Perres, mirandola, come affascinato, tremava tutto.

Il pipistrello girava in alto, attorno al lampadario che pendeva dal tetto con otto globi di luce, e la Gàstina non mostrava d'accorgersene, lusingata certo dal gran silenzio d'attesa, con cui il pubblico aveva accolto il suo apparire sulla scena. E la scena proseguiva in quel silenzio, ed evidentemente piaceva.

Ah, se quel pipistrello non ci fosse stato! Ma c'era! c'era! Non se n'accorgeva il pubblico, tutto intento allo spettacolo; ma eccolo lì, eccolo lì, come se, a farlo apposta, avesse preso di mira la Gàstina, ora, proprio lei che, poverina, faceva di tutto per salvar la commedia, resistendo al suo terrore di punto in punto crescente per quella persecuzione ostinata, feroce, della schifosa, maledettissima bestia.

A un tratto Faustino Perres vide l'abisso spalancarglisi davanti agli occhi sulla scena, e si recò le mani al volto, a un grido improvviso, acutissimo della Gàstina, che s'abbandonava tra le braccia di Sua Eminenza.

Fui pronto a trascinarmelo via, mentre dalla scena gli attori si trascinavano a loro volta la Gàstina svenuta.

Nessuno, nel subbuglio del primo momento, là sul palcoscenico in iscompiglio, poté pensare a ciò che intanto accadeva nella sala del teatro. S'udiva come un gran frastuono lontano, a cui nessuno badava. Frastuono? Ma no, che frastuono! – Erano applausi. – Che? – Ma sì! Applausi! applausi! Era un delirio d'applausi! Tutto il pubblico, levato in piedi, applaudiva da quattro minuti freneticamente, e voleva l'autore, gli attori al proscenio, per decretare un trionfo a quella scena dello svenimento, che aveva preso sul serio come se fosse nella commedia, e che aveva visto rappresentare con così prodigiosa verità.

Che fare? Il capocomico, su tutte le furie, corse a prendere per le spalle Faustino Perres, che guardava tutti, tremando d'angosciosa perplessità, e lo cacciò con uno spintone fuori delle quinte, sul palcoscenico. Fu accolto da una clamorosa ovazione, che durò più di due minuti. E altre sei o sette volte dovette presentarsi a ringraziare il pubblico che non si stancava d'applaudire, perché voleva alla ribalta anche la Gàstina.

– Fuori la Gàstina! Fuori la Gàstina!

Ma come far presentare la Gàstina, che nel suo camerino si dibatteva ancora in una fierissima convulsione di nervi, tra la costernazione di quanti le stavano attorno a soccorrerla?

Il capocomico dovette farsi al proscenio ad annunziare, dolentissimo, che l'acclamata attrice non poteva comparire a ringraziare l'eletto pubblico, perché quella scena, vissuta con tanta intensità, le aveva cagionato un improvviso malore, per cui anche la rappresentazione della commedia, quella sera, doveva essere purtroppo interrotta.

Si domanda a questo punto, se quel dannato pipistrello poteva rendere a Faustino Perres un servizio peggiore di questo.

Sarebbe stato in certo qual modo un conforto per lui attribuire a esso la caduta della commedia; ma dovergli ora il trionfo, un trionfo che non aveva altro sostegno che nel pazzo volo di quelle sue ali schifose!

Riavutosi appena dal primo stordimento, ancora più morto che vivo, corse incontro al capocomico che lo aveva spinto con tanta mala grazia sul palcoscenico a ringraziare il pubblico, e con le mani tra i capelli gli gridò:

– E domani sera?

– Ma che dovevo dire? che dovevo fare? – gli urlò furente, in risposta, il capocomico. – Dovevo dire al pubblico che toccavano al pipistrello quegli applausi, e non a lei? Rimedii piuttosto, rimedii subito; faccia che tocchino a lei domani sera!

– Già! Ma come? – domandò, con strazio, smarrendosi di nuovo, il povero Faustino Perres.

– Come! Come! Lo domanda a me, come?

– Ma se quello svenimento nella mia commedia non c'è e non c'entra, commendatore!

– Bisogna che lei ce lo faccia entrare, caro signore, a ogni costo! Non ha veduto che po' po' di successo? Tutti i giornali domattina ne parleranno. Non se ne potrà più fare a meno! Non dubiti, non dubiti che i miei attori sapranno far per finta con la stessa verità ciò che questa sera hanno fatto senza volerlo.

– Già... ma, lei capisce, – si provò a fargli osservare il Perres, – è andato così bene, perché la rappresentazione, lì, dopo quello svenimento, è stata interrotta! Se domani sera, invece, deve proseguire...

– Ma è appunto questo, in nome di Dio, il rimedio che lei deve trovare! – tornò a urlargli in faccia il commendatore.

Se non che, a questo punto:

– E come? e come? – venne a dire, calcandosi con ambo le mani sfavillanti d'anelli il berretto di pelo sui magnifici capelli, la piccola Gàstina già rinvenuta. – Ma davvero non capite che qua deve dirlo il pipistrello e non voi, signori miei?

– Lei la finisca col pipistrello! – fremette il capocomico, facendolesi a petto, minaccioso.

– Io, la finisco? Deve finirla lei, commendatore! – rispose, placida e sorridente, la Gàstina, sicurissi-ma di fargli così, ora, il maggior dispetto. – Perché, guardi, commendatore, ragioniamo: io potrei aver sotto comando uno svenimento finto, al secondo atto, se il signor Perres, seguendo il suo consiglio, ce lo mette. Ma dovreste anche aver voi allora sotto comando il pipistrello vero, che non mi procuri un altro svenimento, non finto ma vero al primo atto, o al terzo, o magari nel secondo stesso, subito dopo quel primo finto! Perché io vi prego di credere, signori miei, che sono svenuta davvero, sentendomelo venire in faccia, qua, qua, sulla guancia! E domani sera non recito, no, no, non recito, commendatore, perché né lei né altri può obbligarmi a recitare con un pipistrello che mi sbatte in faccia!

– Ah no, sa! Questo si vedrà! questo si vedrà! – le rispose, crollando il capo energicamente, il ca-pocomico.

Ma Faustino Perres, convinto pienamente che la ragione unica degli applausi di quella sera era stata l'intrusione improvvisa e violenta di un elemento estraneo, casuale, che invece di mandare a gambe all'aria, come avrebbe dovuto, la finzione dell'arte, s'era miracolosamente inserito in essa, conferendole lì per lì, nell'illusione del pubblico, l'evidenza d'una prodigiosa verità, ritirò la sua commedia, e non se ne parlò più.

LA VITA NUDA

LA VITA NUDA

... Un morto, che pure è un morto, caro mio, vuole anche lui la sua casa. E se è un morto per bene, bella la vuole; e ha ragione! Da starci comodo, e di marmo la vuole, e decorata anche. E se poi è un morto che può spendere, la vuole anche con qualche profonda... come si dice? allegoria, già!, con qualche profonda allegoria d'un grande scultore come me: una bella lapide latina: HIC JACET... chi fu, chi non fu... un bel giardinetto attorno, con l'insalatina e tutto, e una bella cancellata a riparo dei cani e dei...

– M'hai seccato! – urlò, voltandosi tutt'acceso e in sudore, Costantino Pogliani.

Ciro Colli levò la testa dal petto, con la barbetta a punta ridotta ormai un gancio, a furia di torcersela; stette un pezzo a sbirciar l'amico di sotto al cappelluccio a pan di zucchero calato sul naso, e con placidissima convinzione disse, quasi posando la parola:

– Asino.

Là.

Stava seduto su la schiena; le gambe lunghe distese, una qua, una là, sul tappetino che il Pogliani aveva già bastonato ben bene e messo in ordine innanzi al canapè.

Si struggeva dalla stizza il Pogliani nel vederlo sdraiato lì, mentr'egli s'affannava tanto a rassettar lo studio, disponendo i gessi in modo che facessero bella figura, buttando indietro i bozzettacci ingialliti e polverosi, che gli eran ritornati sconfitti dai concorsi, portando avanti con precauzione i cavalletti coi lavori che avrebbe potuto mostrare, nascosti ora da pezze bagnate. E sbuffava.

– Insomma, te ne vai, sì o no?

– No.

– Non mi sedere lì sul pulito, almeno, santo Dio! Come te lo devo dire che aspetto certe signore?

– Non ci credo.

– Ecco qua la lettera. Guarda! L'ho ricevuta ieri dal commendator Seralli: *Egregio amico, La avverto che domattina, verso le undici...*

– Sono già le undici?

– Passate!

– Non ci credo. Seguita!

–... *verranno a trovarla, indirizzate da me, la signora Con...* come dice qua?

– Confucio.

– Cont... o Consalvi, non si legge bene, *e la figliuola, le quali hanno bisogno dell'opera sua. Sicuro che...* ecc. ecc.

– Non te la sei scritta da te, codesta lettera? – domandò Ciro Colli, riabbassando la testa sul petto.

– Imbecille! – esclamò, gemette quasi, il Pogliani che, nell'esasperazione, non sapeva più se piangere o ridere.

Il Colli alzò un dito e fece segno di no.

– Non me lo dire. Me n'ho per male. Perché, se fossi imbecille, ma sai che personcina per la quale sarei io? Guarderei la gente come per compassione. Ben vestito, ben calzato, con una bella cravatta elioprò... eliotrò... come si dice?... tropio, e il panciotto di velluto nero come il tuo... Ah, quanto mi piacerei col panciotto di velluto come il tuo, scannato miserabile che non sono altro! Senti. Facciamo così, per il tuo bene. Se è vero che codeste signore Confucio debbono venire, rimettiamo in disordine lo studio, o si faranno un pessimo concetto di te. Sarebbe meglio che ti trovassero anche intento al lavoro, col sudore... come si dice? col pane... insomma col sudore del pane della tua fronte. Piglia un bel tocco di creta, schiaffalo su un cavalletto e comincia alla brava un bozzettuccio di me così sdraiato. Lo intitolerai *Lottando*, e vedrai che te lo comprano subito per la Galleria Nazionale. Ho le scarpe... sì, non tanto nuove; ma tu, se vuoi, puoi farmele anche novissime, perché come scultore, non te lo dico per adularti, sei un bravo calzolaio...

Costantino Pogliani, intento ad appendere alla parete certi cartoni, non gli badava più. Per lui, il Colli era un disgraziato fuori della vita, ostinato superstite d'un tempo già tramontato, d'una moda già smessa tra gli artisti; sciamannato, inculto, noncurante e con l'ozio ormai incarognito nelle ossa. Peccato veramente, perché poi, quand'era in tempera di lavorare, poteva dar punti ai migliori. E lui, il Pogliani, ne sapeva qualche cosa, ché tante volte, lì nello studio, con due tocchi di pollice impressi con energica sprezzatura s'era veduto metter su d'un tratto qualche bozzetto che gli cascava dallo stento. Ma avrebbe dovuto studiare, almeno un po' di storia dell'arte, ecco; regolar la propria vita; avere un po' di cura della persona: così cascante di noia e con tutta quella trucia addosso, era inaccostabile, via! Lui, il Pogliani... ma già lui aveva fatto finanche due anni d'università, e poi... signore, campava sul suo... si vedeva...

Due discreti picchi alla porta lo fecero saltare dallo sgabello su cui era montato per appendere i cartoni.

– Eccole! E adesso? – disse al Colli, mostrandogli le pugna.

– Loro entrano e io me ne esco, – rispose il Colli senza levarsi. – Ne stai facendo un caso pontificale! Del resto, potresti anche presentarmi, pezzo d'egoista!

Costantino Pogliani corse ad aprir la porta, rassettandosi su la fronte il bel ciuffo biondo riccioluto.

Prima entrò la signora Consalvi, poi la figliuola: questa, in gramaglie, col volto nascosto da un fitto velo di crespo e con in mano un lungo rotolo di carta; quella, vestita d'un bell'abito grigio chiaro, che le stava a pennello su la persona formosa. Grigio l'abito, grigi i capelli, giovanilmente acconciati sotto un grazioso cappellino tutto contesto di violette.

La signora Consalvi dava a veder chiaramente che si sapeva ancor fresca e bella, a dispetto dell'età. Poco dopo, sollevando il crespo sul cappello, non meno bella si rivelò la figliuola, quantunque pallida e dimessa nel chiuso cordoglio.

Dopo i primi convenevoli, il Pogliani si vide costretto a presentare il Colli che era rimasto lì con le mani in tasca, e mezza sigaretta spenta in bocca, il cappelluccio ancora sul naso; e non accennava d'andarsene.

– Scultore? – domandò allora la signorina Consalvi invermigliandosi d'un subito per la sorpresa: – Colli... Ciro?

– Codicillo, già! – disse questi, impostandosi su l'attenti, togliendosi il cappelluccio e scoprendo le folte ciglia giunte e gli occhi accostati al naso. – Scultore? perché no? Anche scultore.

– Ma mi avevano detto, – riprese, impacciata, contrariata, la signorina Consalvi, – che lei non stava più a Roma...

– Ecco... già! io... come si dice? Passeggio, – rispose il Colli. – Passeggio per il mondo, signorina. Stavo prima ozioso fisso a Roma, perché avevo vinto la cuccagna: il Pensionato. Poi...

La signorina Consalvi guardò la madre che rideva, e disse:

– Come si fa?

– Debbo andar via? – domandò il Colli.

– No, no, al contrario, – s'affrettò a rispondere la signorina. – La prego anzi di rimanere, perché...

– Combinazioni! – esclamò la madre; poi, rivolgendosi al Pogliani: – Ma si rimedierà in qualche modo... Loro sono amici, non è vero?

– Amicissimi, – rispose subito il Pogliani.

E il Colli:

– Mi voleva cacciar via a pedate un momento fa, si figuri!

– E sta' zitto! – gli diede su la voce il Pogliani. – Prego, signore mie, s'accomodino. Di che si tratta?

– Ecco, – cominciò la signora Consalvi, sedendo. – La mia povera figliuola ha avuto la sciagura di perdere improvvisamente il fidanzato.

– Ah sì?

– Oh!

– Terribile. Proprio alla vigilia delle nozze, si figurino! Per un accidente di caccia. Forse l'avranno letto su i giornali. Giulio Sorini.

– Ah, Sorini, già! – disse il Pogliani. – Che gli esplose il fucile?

– Su i primi del mese scorso... cioè, no... l'altro... insomma, fanno ora tre mesi. Il poverino era un po' nostro parente: figlio d'un mio cugino che se n'andò in America dopo la morte della moglie. Ora, ecco, Giulietta (perché si chiama Giulia anche lei)...

Un bell'inchino da parte del Pogliani.

– Giulietta, – seguitò la madre, – avrebbe pensato d'innalzare un monumento nel Verano alla memoria del fidanzato, che si trova provvisoriamente in un loculo riservato; e avrebbe pensato di farlo in un certo modo... Perché lei, mia figlia, ha avuto sempre veramente una grande passione per il disegno.

– No... così... – interruppe, timida, con gli occhi bassi, la signorina in gramaglie. – Per passatempo, ecco...

– Scusa, se il povero Giulio voleva anzi che prendessi lezioni...

– Mamma, ti prego... – insisté la signorina. – Io ho veduto in una rivista illustrata il disegno d'un monumento funerario del signore qua... del signor Colli, che mi è molto piaciuto, e...

– Ecco, già, – appoggiò la madre, per venire in aiuto alla figliuola che si smarriva.

– Però, – soggiunse questa, – con qualche modificazione l'avrei pensato io...

– Scusi, qual è? – domandò il Colli. – Ne ho fatti parecchi, io, di questi disegni, con la speranza di avere almeno qualche commissione dai morti, visto che i vivi...

– Lei, scusi, signorina, – interloquì il Pogliani, un po' piccato nel vedersi messo così da parte, – ha ideato un monumento su qualche disegno del mio amico?

– No, proprio uguale, no... ecco, – rispose vivacemente la signorina. – Il disegno del signor Colli rappresenta la Morte che attira la Vita, se non sbaglio...

– Ah, ho capito! – esclamò il Colli. – Uno scheletro col lenzuolo, è vero? che s'indovina appena, rigido, tra le pieghe, e ghermisce la Vita, un bel tocco di figliuola che non ne vuol sapere... Sì, sì... Bellissimo! Magnifico! Ho capito.

La signora Consalvi non poté tenersi di ridere di nuovo, ammirando la sfacciataggine di quel bel tipo.

– Modesto, sa? – disse il Pogliani alla signora. – Genere particolare.

– Su, Giulia, – fece la signora Consalvi levandosi. – Forse è meglio che tu faccia vedere senz'altro il disegno.

– Aspetta, mamma, – pregò la signorina. – È bene spiegarsi prima col signor Pogliani, francamente. Quando mi nacque l'idea del monumento, devo confessare che pensai subito al signor Colli. Sì. Per via di quel disegno. Ma mi dissero, ripeto, che Lei non stava più a Roma. Allora m'ingegnai d'adattare da me il suo disegno all'idea e al sentimento mio, a trasformarlo cioè in modo che potesse rappresentare il mio caso e il proposito mio. Mi spiego?

– A meraviglia! – approvò il Pogliani.

– Lasciai, – seguitò la signorina, – le due figurazioni della Morte e della Vita, ma togliendo affatto la violenza dell'aggressione, ecco. La Morte non ghermisce più la Vita, ma questa anzi, volentieri, rassegnata al destino, si sposa alla Morte.

– Si sposa? – fece il Pogliani, frastornato.

– Alla Morte! – gli gridò il Colli. – Lascia dire!

– Alla Morte, – ripeté con un modesto sorriso la signorina. – E ho voluto anzi rappresentare chiaramente il simbolo delle nozze. Lo scheletro sta rigido, come lo ha disegnato il signor Colli, ma di tra le pieghe del funebre paludamento vien fuori, appena, una mano che regge l'anello nuziale. La Vita, in atto modesto e dimesso, si stringe accanto allo scheletro e tende la mano a ricevere quell'anello.

– Bellissimo! Magnifico! Lo vedo! – proruppe allora il Colli. – Questa è un'altra idea! stupenda! un'altra cosa, diversissima! stupenda! L'anello... il dito... Magnifico!

– Ecco, sì, – soggiunse la signorina, invermigliandosi di nuovo a quella lode impetuosa. – Credo anch'io che sia un po' diversa. Ma è innegabile che ho tratto partito dal disegno e che...

– Ma non se ne faccia scrupolo! – esclamò il Colli. – La sua idea è molto più bella della mia, ed è sua! Del resto, la mia... chi sa di chi era!

La signorina Consalvi alzò le spalle e abbassò gli occhi.

– Se devo dire la verità, – interloquì la madre, scotendosi, – lascio fare la mia figliuola, ma a me l'idea non piace per nientissimo affatto!

– Mamma, ti prego... – ripeté la figlia; poi volgendosi al Pogliani, riprese: – Ora, ecco, io domandai consiglio al commendator Seralli, nostro buon amico...

– Che doveva fare da testimonio alle nozze, – aggiunse la madre, sospirando.

– E avendoci il commendatore fatto il nome di lei, – seguitò l'altra, – siamo venute per...

– No, no, scusi, signorina, – s'affrettò a dire il Pogliani. – Poiché Lei ha trovato qua il mio amico...

– Oh fa' il piacere! Non mi seccare! – proruppe il Colli, scrollandosi furiosamente e avviandosi per uscire.

Il Pogliani lo trattenne per un braccio, a viva forza.

– Scusa, guarda... se la signorina... non hai inteso? s'è rivolta a me perché ti sapeva fuori di Roma...

– Ma se ha cambiato tutto! – esclamò il Colli, divincolandosi. – Lasciami! Che c'entro più io? È venuta qua da te! Scusi, signorina; scusi, signora, io le riverisco...

– Oh sai! – disse il Pogliani, risoluto, senza lasciarlo. – Io non lo faccio; non lo farai neanche tu, e non lo farà nessuno dei due...

– Ma, scusino... insieme? – propose allora la madre. – Non potrebbero insieme?

– Sono dolente d'aver cagionato... – si provò ad aggiungere la signorina.

– Ma no! – dissero a un tempo il Colli e il Pogliani.

Seguitò il Colli:

– Io non c'entro più per nulla, signorina! E poi, guardi, non ho più studio, non so più concluder nulla, altro che di dire male parole a tutti quanti... Lei deve assolutamente costringere quest'imbecille qua...

– È inutile, sai? – disse il Pogliani. – O insieme, come propone la signora, o io non accetto.

– Permette, signorina? – fece allora il Colli, stendendo una mano verso il rotolo di carta ch'ella teneva accanto sul canapè. – Mi muoio dal desiderio di veder il suo disegno. Quando l'avrò veduto...

– Oh, non s'immagini nulla di straordinario, per carità! – premise la signorina Consalvi, svolgendo con mani tremolanti il rotolo. – So tenere appena la matita... Ho buttato giù quattro segnacci, tanto per render l'idea... ecco...

– Vestita?! – esclamò subito il Colli, come se avesse ricevuto un urtone guardando il disegno.

– Come... vestita? – domandò, timida e ansiosa la signorina.

– Ma no, scusi! – riprese con calore il Colli. – Lei ha fatto la Vita in camicia... cioè, con la tunica, diciamo! Ma no, nuda, nuda, nuda! la Vita dev'esser nuda, signorina mia, che c'entra!

– Scusi, – disse, con gli occhi bassi, la signorina Consalvi. – La prego di guardar più attentamente.

– Ma sì, vedo, – replicò con maggior vivacità il Colli. – Lei ha voluto raffigurarsi qua, ha voluto fare il suo ritratto; ma lasciamo andare che Lei è molto più bella; qua siamo nel campo... nel camposanto dell'arte, scusi! e questa vuol essere la Vita che si sposa alla Morte. Ora, se lo scheletro è panneggiato, la Vita dev'esser nuda, c'è poco da dire; tutta nuda e bellissima, signorina, per compensare col contrasto la presenza macabra dello scheletro involto! Nuda, Pogliani, non ti pare? Nuda, è vero, signora? Tutta nuda, signorina mia! Nudissima, dal capo alle piante! Creda pure che altrimenti, così, verrebbe una scena da ospedale: quello col lenzuolo, questa con l'accappatoio... Dobbiamo fare scultura, e non c'è ragioni che tengano!

– No no, scusi, – disse la signorina Consalvi alzandosi con la madre. – Lei avrà forse ragione, dal lato dell'arte; non nego, ma io voglio dire qualche cosa, che soltanto così potrei esprimere. Facendo come vorrebbe Lei, dovrei rinunciarvi.

– Ma perché, scusi? perché Lei vede qua la sua persona e non il simbolo, ecco! Dire che sia bello, scusi, non si potrebbe dire...

E la signorina:

– Niente bello, lo so; ma appunto come dice lei, non il simbolo ho voluto rappresentare, ma la mia persona, il mio caso, la mia intenzione, e non potrei che così. Penso poi anche al luogo dove il monumento dovrà sorgere... Insomma, non potrei transigere.

Il Colli aprì le braccia e s'insaccò nelle spalle.

– Opinioni!

– O piuttosto, – corresse la signorina con un dolce, mestissimo sorriso, – un sentimento da rispettare!

Stabilirono che i due amici si sarebbero intesi per tutto il resto col commendator Seralli, e poco dopo la signora Consalvi e la figliuola in gramaglie tolsero commiato.

Ciro Colli – due passetti – trallarallèro trallarallà – girò sopra un calcagno e si fregò le mani.

Circa una settimana dopo, Costantino Pogliani si recò in casa Consalvi per invitar la signorina a qualche seduta per l'abbozzo della testa.

Dal commendator Seralli, amico molto intimo della signora Consalvi, aveva saputo che il Sorini, sopravvissuto tre giorni allo sciagurato accidente, aveva lasciato alla fidanzata tutta intera la cospicua fortuna ereditata dal padre, e che però quel monumento doveva esser fatto senza badare a spese.

Epuisé s'era dichiarato il commendator Seralli delle cure, dei pensieri, delle noie che gli eran diluviati da quella sciagura; noie, cure, pensieri, aggravati dal caratterino un po'... *emporté, voilà*, della signorina Consalvi, la quale, sì, poverina, meritava veramente compatimento; ma pareva, buon Dio, si compiacesse troppo nel rendersi più grave la pena. Oh, uno *choc* orribile, chi diceva di no? un vero fulmine a ciel sereno! E tanto buono lui, il Sorini, poveretto! Anche un bel giovine, sì. E innamoratissimo! La avrebbe resa felice senza dubbio, quella figliuola. E forse per questo era morto.

Pareva anche fosse morto e fosse stato tanto buono per accrescer le noie del commendator Seralli.

Ma figurarsi che la signorina non aveva voluto disfarsi della casa, che egli, il fidanzato, aveva già messa su di tutto punto: un vero nido, un *joli rêve de luxe et de bien-être*. Ella vi aveva portato tutto il suo bel corredo da sposa, e stava lì gran parte del giorno, non a piangere, no; a straziarsi fantasticando intorno alla sua vita di sposina così miseramente stroncata... *arrachée...*

Difatti il Pogliani non trovò in casa la signorina Consalvi. La cameriera gli diede l'indirizzo della casa nuova, in via di Porta Pinciana. E Costantino Pogliani, andando, si mise a pensare all'angosciosa, amarissima voluttà che doveva provare quella povera sposina, già vedova prima che maritata, pascendosi nel sogno – lì quasi attuato – d'una vita che il destino non aveva voluto farle vivere.

Tutti quei mobili nuovi, scelti chi sa con quanta cura amorosa da entrambi gli sposini, e festivamente disposti in quella casa che tra pochi giorni doveva essere abitata, quante promesse chiudevano?

Riponi in uno stipetto un desiderio: aprilo: vi troverai un disinganno. Ma lì, no: tutti quegli oggetti avrebbero custodito, con le dolci lusinghe, i desiderii e le promesse e le speranze. E come dovevano essere crudeli gl'inviti che venivano alla sposina da quelle cose intatte attorno!

– In un giorno come questo! – sospirò Costantino Pogliani.

Si sentiva già nella limpida freschezza dell'aria l'alito della primavera imminente; e il primo tepore del sole inebriava.

Nella casa nuova, con le finestre aperte a quel sole, povera signorina Consalvi, chi sa che sogni e che strazio!

La trovò che disegnava, innanzi a un cavalletto, il ritratto del fidanzato. Con molta timidezza lo ritraeva ingrandito da una fotografia di piccolo formato, mentre la madre, per ingannare il tempo, leggeva un romanzo francese della biblioteca del commendator Seralli.

Veramente la signorina Consalvi avrebbe voluto star sola lì, in quel suo nido mancato. La presenza della madre la frastornava. Ma questa, temendo fra sé che la figliuola, nell'esaltazione, si lasciasse andare a qualche atto di romantica disperazione, voleva seguirla e star lì, gonfiando in silenzio e sforzandosi di frenar gli sbuffi per quell'ostinato capriccio intollerabile.

Rimasta vedova giovanissima, senza assegnamenti, con quell'unica figliuola, la signora Consalvi non aveva potuto chiuder le porte alla vita e porvi il dolore per sentinella come ora pareva volesse fare la figliuola.

Non diceva già che Giulietta non dovesse piangere per quella sua sorte crudele; ma credeva, come il suo intimo amico commendator Seralli, credeva che... ecco, sì, ella esagerasse un po' troppo e che, avvalendosi della ricchezza che il povero morto le aveva lasciata, volesse concedersi il lusso di quel cordoglio smodato. Conoscendo pur troppo le crude e odiose difficoltà dell'esistenza, le forche sotto alle quali ella, ancora addolorata per la morte del marito, era dovuta passare per campar la vita, le pareva molto facile quel cordoglio della figliuola; e le sue gravi esperienze glielo facevano stimare quasi una leggerezza scusabile, sì, certamente, ma a patto che non durasse troppo... – *voilà*, come diceva sempre il commendator Seralli.

Da savia donna, provata e sperimentata nel mondo, aveva già, più d'una volta, cercato di richiamare alla giusta misura la figliuola – invano! Troppo fantastica, la sua Giulietta aveva, forse più che il sentimento del proprio dolore, l'idea di esso. E questo era un gran guaio! Perché il sentimento, col tempo, si sarebbe per forza e senza dubbio affievolito, mentre l'idea no, l'idea s'era fissata e le faceva commettere certe stranezze come quella del monumento funerario con la Vita che si marita alla Morte (bel matrimonio!) e quest'altra qua della casa nuziale da serbare intatta per custodirvi il sogno quasi attuato d'una vita non potuta vivere.

Fu molto grata la signora Consalvi al Pogliani di quella visita.

Le finestre erano aperte veramente al sole, e la magnifica pineta di Villa Borghese, sopra l'abbagliamento della luce che pareva stagnasse su i vasti prati verdi, sorgeva alta e respirava felice nel tenero limpidissimo azzurro del cielo primaverile.

Subito la signorina Consalvi accennò di nascondere il disegno, alzandosi; ma il Pogliani la trattenne con dolce violenza.

– Perché? Non vuol lasciarmi vedere?

– È appena cominciato...

– Ma cominciato benissimo! – esclamò egli, chinandosi a osservare. – Ah, benissimo... Lui, è vero? il Sorini... Già, ora mi pare di ricordarmi bene, guardando il ritratto. Sì, sì... L'ho conosciuto... Ma aveva questa barbetta?

– No, – s'affrettò a rispondere la signorina. – Non l'aveva più, ultimamente.

– Ecco, mi pareva... Bel giovine, bel giovine...

– Non so come fare, – riprese la signorina. – Perché questo ritratto non risponde... non è più veramente l'immagine che ho di lui, in me.

– Eh sì, – riconobbe subito il Pogliani, – meglio, lui, molto più... più animato, ecco... più sveglio, direi...

– Se l'era fatto in America, codesto ritratto, – osservò la madre, – prima che si fidanzasse, naturalmente...

– E non ne ho altri! – sospirò la signorina. – Guardi: chiudo gli occhi, così, e lo vedo preciso com'era ultimamente; ma appena mi metto a ritrarlo, non lo vedo più: guardo allora il ritratto, e lì per lì mi pare che sia lui, vivo. Mi provo a disegnare, e non lo ritrovo più in questi lineamenti. È una disperazione!

– Ma guarda, Giulia, – riprese allora la madre, con gli occhi fissi sul Pogliani, – tu dicevi la linea del mento, volendo levare la barba... Non ti pare che qua nel mento, il signor Pogliani...

Questi arrossì, sorrise. Quasi senza volerlo, alzò il mento, lo presentò; come se con due dita, delicatamente, la signorina glielo dovesse prendere per metterlo lì, nel ritratto del Sorini.

La signorina levò appena gli occhi a guardarglielo, timida e turbata. (Non aveva proprio alcun riguardo per il suo lutto, la madre!)

– E anche i baffi, oh! guarda... – aggiunse la signora Consalvi, senza farlo apposta. – Li portava così ultimamente il povero Giulio, non ti pare?

– Ma i baffi, – disse, urtata, la signorina, – che vuoi che siano? Non ci vuol niente a farli!

Costantino Pogliani, istintivamente, se li toccò. Sorrise di nuovo. Confermò:

– Niente, già...

S'accostò quindi al cavalletto e disse:

– Guardi, se mi permette... vorrei farle vedere, signorina... così, in due tratti, qua... non s'incomodi, per carità! qua in quest'angolo... (poi si cancella)... com'io ricordo il povero Sorini.

Sedette e si mise a schizzare, con l'aiuto della fotografia, la testa del fidanzato, mentre dalle labbra della signorina Consalvi, che seguiva i rapidi tocchi con crescente esultanza di tutta l'anima protesa e spirante, scattavano di tratto in tratto certi *sì... sì... sì...*, che animavano e quasi guidavano la matita. Alla fine, non poté più trattenere la propria commozione:

– Sì, oh guarda, mamma... è lui... preciso... oh, lasci... grazie... Che felicità, poter così... è perfetto... è perfetto...

– Un po' di pratica, – disse, levandosi, il Pogliani, con umiltà che lasciava trasparire il piacere per quelle vivissime lodi. – E poi, le dico, lo ricordo tanto bene, povero Sorini...

La signorina Consalvi rimase a rimirare il disegno, insaziabilmente.

– Il mento, sì... è questo... preciso... Grazie, grazie...

In quel punto il ritrattino del Sorini che serviva da modello, scivolò dal cavalletto, e la signorina, ancora tutta ammirata nello schizzo del Pogliani, non si chinò a raccoglierlo.

Lì per terra, quell'immagine già un po' sbiadita apparve più che mai malinconica, come se comprendesse che non si sarebbe rialzata mai più.

Ma si chinò a raccoglierla il Pogliani, cavallerescamente.

– Grazie, – gli disse la signorina. – Ma io adesso mi servirò del suo disegno, sa? Non lo guarderò più, questo brutto ritratto.

E d'improvviso, levando gli occhi, le sembrò che la stanza fosse più luminosa. Come se quello scatto d'ammirazione le avesse a un tratto snebbiato il petto da tanto tempo oppresso, aspirò con ebbrezza, bevve con l'anima quella luce ilare viva, che entrava dall'ampia finestra aperta all'incantevole spettacolo della magnifica villa avvolta nel fascino primaverile.

Fu un attimo. La signorina Consalvi non poté spiegarsi che cosa veramente fosse avvenuto in lei. Ebbe l'impressione improvvisa di sentirsi come nuova fra tutte quelle cose nuove attorno. Nuova e libera; senza più l'incubo che la aveva soffocata fino a poc'anzi. Un alito, qualche cosa era entrata con impeto da quella finestra a sommuovere tumultuosamente in lei tutti i sentimenti, a infondere quasi un brillio di vita in tutti quegli oggetti nuovi, a cui ella aveva voluto appunto negar la vita, lasciandoli intatti lì, come a vegliare con lei la morte d'un sogno.

E, udendo il giovane elegantissimo scultore con dolce voce lodare la bellezza di quella vista e della casa, conversando con la madre che lo invitava a veder le altre stanze, seguì l'uno e l'altra con uno strano turbamento, come se quel giovine, quell'estraneo, stesse davvero per penetrare in quel suo sogno morto, per rianimarlo.

Fu così forte questa nuova impressione, che non poté varcar la soglia della camera da letto; e vedendo il giovine e la madre scambiarsi lì un mesto sguardo di intelligenza, non poté più reggere; scoppiò in singhiozzi.

E pianse, sì, pianse ancora per la stessa cagione per cui tante altre volte aveva pianto; ma avvertì confusamente che, tuttavia, quel pianto era diverso, che il suono di quei suoi singhiozzi non le destava dentro l'eco del dolore antico, le immagini che prima le si presentavano. E meglio lo avvertì, allorché la madre accorsa prese a confortarla come tant'altre volte la aveva confortata, usando le stesse parole, le stesse esortazioni. Non poté tollerarle; fece un violento sforzo su se stessa; smise di piangere; e fu grata al giovine che, per distrarla, la pregava di fargli vedere la cartella dei disegni scorta lì su una sedia a libriccino.

Lodi, lodi misurate e sincere, e appunti, osservazioni, domande, che la indussero a spiegare, a discutere; e infine un'esortazione calda a studiare, a seguir con fervore quella sua disposizione all'arte, veramente non comune. Sarebbe stato un peccato! un vero peccato! Non s'era mai provata a trattare i colori? Mai, mai? Perché? Oh, non ci sarebbe mica voluto molto con quella preparazione, con quella passione...

Costantino Pogliani si proffrese d'iniziarla; la signorina Consalvi accettò; e le lezioni cominciarono dal giorno appresso, lì, nella casa nuova, che invitava e attendeva.

Non più di due mesi dopo, nello studio del Pogliani, ingombro già d'un colossale monumento funerario tutto abbozzato alla brava, Ciro Colli, sdraiato sul canapè col vecchio camice di tela stretto fra le gambe, fumava a pipa e teneva uno strano discorso allo scheletro, fissato diritto su la predellina nera, che s'era fatto prestare per modello da un suo amico dottore.

Gli aveva posato un po' a sghembo sul teschio il suo berretto di carta; e lo scheletro pareva un fantaccino su l'attenti, ad ascoltar la lezione che Ciro Colli scultore-caporale, tra uno sbuffo e l'altro di fumo gl'impartiva:

– E tu perché te ne sei andato a caccia? Vedi come ti sei conciato, caro mio? Brutto... le gambe secche... tutto secco... Diciamo la verità, ti pare che codesto matrimonio si possa combinare? La vita, caro... guardala là, ma eh! che tocco di figliolona senza risparmio m'è uscita dalle mani! Ti puoi sul serio lusingare che quella lì ti voglia sposare? Ti s'è accostata, timida e dimessa; lagrime giù a fontana... ma mica per ricevere l'anello nuziale... levatelo dal capo! Spendola, caro, spendola giù la borsa... Gliel'hai data? E ora che vuoi da me! Inutile dire, se me lo credevo! Povero mondo e chi ci crede! S'è messa a studiar pittura, la Vita, e il suo maestro sai chi è? Costantino Pogliani. Scherzo che passa la parte, diciamo la verità. Se fossi in te, caro mio, lo sfiderei. Hai sentito stamane? Ordine positivo: non vuole, mi pro-i-bisce assolutamente che io la faccia nuda. Eppure lui, per quanto somaro, scultore è, e sa bene che per vestirla bisogna prima farla nuda... Ma te lo spiego io il fatto com'è: non vuole che si veda su quel nudo là meraviglioso il volto della sua signorina... È salito lassù, hai visto? su tutte le furie, e con due colpi di stecca, *taf! taf!* me l'ha tutto guastato... Sai dirmi perché, fantaccino mio? Gli ho gridato: «Lascia! Te la vesto subito! Te la vesto!». Ma che vestire! Nuda la vogliono ora... la Vita nuda, nuda e cruda com'è, caro mio! Sono tornati al mio primo disegno, al simbolo: via il ritratto! Tu che ghermisci, bello mio, e lei che non ne vuol sapere... Ma perché te ne sei andato a caccia? me lo dici?

LA TOCCATINA

I

Col cappellaccio bianco buttato sulla nuca, le cui tese parevano una spera attorno al faccione rosso come una palla di formaggio d'Olanda, Cristoforo Golisch s'arrestò in mezzo alla via con le gambe aperte un po' curve per il peso del corpo gigantesco; alzò le braccia; gridò:

– Beniamino!

Alto quasi quanto lui, ma secco e tentennante come una canna, gli veniva incontro pian piano, con gli occhi stranamente attoniti nella squallida faccia, un uomo sui cinquant'anni, appoggiato a un bastone dalla grossa ghiera di gomma. Strascicava a stento la gamba sinistra.

– Beniamino! – ripeté il Golisch; e questa volta la voce espresse, oltre la sorpresa, il dolore di ritrovare in quello stato, dopo tanti anni, l'amico.

Beniamino Lenzi batté più volte le palpebre: gli occhi gli rimasero attoniti; vi passò solamente come un velo di pianto, senza però che i lineamenti del volto si scomponessero minimamente. Sotto i baffi già grigi le labbra, un po' storte, si spiccicarono e lavorarono un pezzo con la lingua annodata a pronunziare qualche parola:

– O... oa... oa sto meo... cammìo...

– Ah, bravo... – fece il Golisch, agghiacciato dall'impressione di non aver più dinanzi un uomo, Beniamino Lenzi, qual egli lo aveva conosciuto; ma quasi un ragazzo ormai, un povero ragazzo che si dovesse pietosamente ingannare.

E gli si mise accanto e si sforzò di camminare col passo di lui. (Ah, quel piede che non si spiccicava più da terra e strisciava, quasi non potesse sottrarsi a una forza che lo tirava da sotto!)

Cercando di dissimulare alla meglio la pena, la costernazione strana che a mano a mano lo vinceva nel vedersi accanto quell'uomo toccato dalla morte, quasi morto per metà e cangiato, cominciò a domandargli dove fosse stato tutto quel tempo, da che s'era allontanato da Roma; che avesse fatto; quando fosse ritornato.

Beniamino Lenzi gli rispose con parole smozzicate quasi inintelligibili, che lasciarono il Golisch nel dubbio che le sue domande non fossero state comprese. Solo le palpebre, abbassandosi frequentemente su gli occhi, esprimevano lo stento e la pena, e pareva che volessero far perdere allo sguardo quel teso, duro, strano attonimento. Ma non ci riuscivano.

La morte, passando e toccando, aveva fissato così la maschera di quell'uomo. Egli doveva aspettare con quel volto, con quegli occhi, con quell'aria di spaurita sospensione, ch'ella ripassasse e lo ritoccasse un tantino più forte per renderlo immobile del tutto e per sempre.

– Che spasso! – fischiò tra i denti Cristoforo Golisch.

E lanciò di qua e di là occhiatacce alla gente che si voltava e si fermava a mirar col volto atteggiato di compassione quel pover uomo accidentato.

Una sorda rabbia prese a bollirgli dentro.

Come camminava svelta la gente per via! svelta di collo, svelta di braccia, svelta di gambe... E lui stesso! Era padrone, lui, di tutti i suoi movimenti; e si sentiva così forte... Strinse un pugno. Perdio! Sentì come sarebbe stato poderoso a calarlo bene scolpito su la schiena di qualcuno. Ma perché? Non sapeva...

Lo irritava la gente, lo irritavano in special modo i giovani che si voltavano a guardare il Lenzi. Cavò dalla tasca un grosso fazzoletto di cotone turchino e si asciugò il sudore che gli grondava dal faccione affocato.

– Beniamino, dove vai adesso?

Il Lenzi s'era fermato, aveva appoggiata la mano illesa a un lampione e pareva lo carezzasse, guardandolo amorosamente. Biascicò:

– *Da dottoe... Esecìio de piee.*

E si provò ad alzare il piede colpito.

– Esercizio? – disse il Golisch. – Ti eserciti il piede?

– *Piee,* – ripeté il Lenzi.

– Bravo! – esclamò di nuovo il Golisch.

Gli venne la tentazione d'afferrargli quel piede, stirarglielo, prendere per le braccia l'amico e dargli un tremendo scrollone, per scomporlo da quell'orribile immobilità.

Non sapeva, non poteva vederselo davanti, ridotto in quello stato. Eccolo qua, il compagno delle antiche scapataggini, nei begli anni della gioventù e poi nelle ore d'ozio, ogni sera, scapoli com'eran rimasti entrambi. Un bel giorno, una nuova via s'era aperta innanzi all'amico, il quale s'era incamminato per essa, svelto anche lui, allora, – oh tanto! – svelto e animoso. Sissignore! Lotte, fatiche, speranze; e poi, tutt'a un tratto: eccolo qua, com'era ritornato... Ah, che buffonata! che buffonata!

Avrebbe voluto parlargli di tante cose, e non sapeva. Le domande gli s'affollavano alle labbra e gli morivano assiderate.

«Ti ricordi,» avrebbe voluto dirgli, «delle nostre famose scommesse alla *Fiaschetteria Toscana*? E di Nadina, ti ricordi? L'ho ancora con me, sai! Tu me l'hai appioppata, birbaccione, quando partisti da Roma. Cara figliuola, quanto bene ti voleva... Ti pensa ancora, sai? mi parla ancora di te, qualche volta. Andrò a trovarla questa sera stessa e le dirò come t'ho riveduto, poveretto... È proprio inutile ch'io ti domandi: tu non ricordi più nulla; tu forse non mi riconosci più, o mi riconosci appena.»

Mentre il Golisch pensava così, con gli occhi gonfi di lagrime, Beniamino Lenzi seguitava a guardare amorosamente il lampione e pian piano con le dita gli levava la polvere.

Quel lampione segnava per lui una delle tre tappe della passeggiata giornaliera. Strascinandosi per via, non vedeva nessuno, non pensava a niente; mentre la vita gli turbinava intorno, agitata da tante passioni, premuta da tante cure, egli tendeva con tutte le forze che gli erano rimaste a quel lampione, prima; poi, più giù, alla vetrina d'un bazar, che segnava la seconda tappa; e qui si tratteneva più a lungo a contemplare con gioia infantile una scimmietta di porcellana sospesa a un'altalena dai cordoncini di seta rossa. La terza sosta era alla ringhiera del giardinetto in fondo alla via, donde poi si recava alla casa del medico.

Nel cortile di quella casa, tra i vasi di fiori e i cassoni d'aranci, di lauro e di bambù, eran disposti parecchi attrezzi di ginnastica, tra i quali alcune pertiche elastiche, fermate orizzontalmente in cima a certi pali tozzi e solidi; pertiche da tornitore, dalla cui estremità pendeva una corda, la quale, dato un giro attorno a un rocchetto, scendeva ad annodarsi a una leva di legno, fermata per un capo al suolo da una forcella.

Beniamino Lenzi poneva il piede colpito su questa leva e spingeva; la pertica in alto molleggiava e brandiva, e il rocchetto, sostenuto orizzontalmente da due toppi, girava per via della corda.

Ogni giorno, mezz'ora di questo esercizio. E in capo a pochi mesi, sarebbe guarito. Oh, non c'era alcun dubbio! Guarito del tutto...

Dopo avere assistito per un pezzetto a questo grazioso spettacolo, Cristoforo Golisch uscì dal cortile a gran passi, sbuffando come un cavallo, dimenando le braccia, furibondo.

Pareva che la morte avesse fatto a lui e non al povero Lenzi lo scherzo di quella toccatina lì, al cervello.

N'era rivoltato.

Con gli occhi torvi, i denti serrati, parlava tra sé e gesticolava per via, come un matto.

– Ah, sì? – diceva. – Ti tocco e ti lascio? No, ah, no perdio! Io non mi riduco in quello stato! Ti faccio tornare per forza, io! Mi passeggi accanto e ti diverti a vedere come mi hai conciato? a vedermi strascicare un piede? a sentirmi biascicare? Mi rubi mezzo alfabeto, mi fai dire *oa* e *cao*, e ridi? No, caa! Vieni qua! Mi tio una pistoettata, com'è veo Dio! Questo spasso io non te lo do! Mi sparo, m'ammazzo com'è vero Dio! Questo spasso non te lo do.

Tutta la sera e poi il giorno appresso e per parecchi giorni di fila non pensò ad altro, non parlò d'altro, a casa, per via, al caffè, alla fiaschetteria, quasi se ne fosse fatta una fissazione. Domandava a tutti:

– Avete veduto Beniamino Lenzi?

E se qualcuno gli rispondeva di no:

– Colpito! Morto per metà! Rimbambito... Come non s'ammazza? Se io fossi medico, lo ammazzerei! Per carità di prossimo... Gli fanno girare il tornio, invece... Sicuro! Il tornio... Il medico gli fa girare il tornio nel cortile... e lui crede che guarirà! Beniamino Lenzi, capite? Beniamino Lenzi che s'è battuto tre volte in duello, dopo aver fatto con me la campagna del '66, ragazzotto... Perdio, e quando mai l'abbiamo calcolata noi, questa pellaccia? La vita ha prezzo per quello che ti dà... Dico bene? Non ci penserei neanche due volte...

Gli amici, alla fiaschetteria, alla fine non ne poterono più.

– M'ammazzo... m'ammazzo... E ammazzati una buona volta e falla finita!

Cristoforo Golisch si scosse, protese le mani:

– No; io dico, se mai...

II

Circa un mese dopo, mentre desinava con la sorella vedova e il nipote, Cristoforo Golisch improvvisamente stravolse gli occhi, storse la bocca, quasi per uno sbadiglio mancato, e il capo gli cadde sul petto e la faccia sul piatto.

Una toccatina, lieve lieve, anche a lui.

Perdette lì per lì la parola e mezzo lato del corpo: il destro.

Cristoforo Golisch era nato in Italia, da genitori tedeschi; non era mai stato in Germania, e parlava romanesco, come un romano di Roma. Da un pezzo gli amici gli avevano italianizzato anche il cognome, chiamandolo Golicci, e gl'intimi anche Golaccia, in considerazione del ventre e del formidabile appetito. Solo con la sorella egli soleva di tanto in tanto scambiare qualche parola in tedesco, perché gli altri non intendessero.

Ebbene, riacquistato a stento, in capo a poche ore, l'uso della parola, Cristoforo Golisch offrì al medico un curioso fenomeno da studiare; non sapeva più parlare in italiano: parlava tedesco.

Aprendo gli occhi insanguati, pieni di paura, contraendo quasi in un mezzo sorriso la sola guancia sinistra e aprendo alquanto la bocca da questo lato, dopo essersi più volte provato a snodar la lingua inceppata, alzò la mano illesa verso il capo e balbettò, rivolto al medico:

– *Ih... ihr... wie ein Faustschlag...*

Il medico non comprese, e bisognò che la sorella, mezzo istupidita dall'improvvisa sciagura, gli facesse da interprete.

Era divenuto tedesco a un tratto, Cristoforo Golisch: cioè, un altro; perché tedesco veramente, lui, non era mai stato. Soffiata via, come niente, dal suo cervello ogni memoria della lingua italiana, anzi tutta quanta l'italianità sua.

Il medico si provò a dare una spiegazione scientifica del fenomeno: dichiarò il male: emiplegia; prescrisse la cura. Ma la sorella, spaventata, lo chiamò in disparte e gli riferì i propositi violenti manifestati dal fratello pochi giorni innanzi, avendo veduto un amico colpito da quello stesso male.

– Ah, signor dottore, da un mese non parlava più d'altro; quasi se la fosse sentita pendere sul capo la condanna! S'ammazzerà... Tiene la rivoltella lì, nel cassetto del comodino... Ho tanta paura...

Il medico sorrise pietosamente.

– Non ne abbia, non ne abbia, signora mia! Gli daremo a intendere che è stato un semplice disturbo digestivo, e vedrà che...

– Ma che, dottore!

– Le assicuro che lo crederà. Del resto, il colpo, per fortuna, non è stato molto grave. Ho fiducia che tra pochi giorni riacquisterà l'uso degli arti offesi, se non bene del tutto, almeno da potersene servire pian piano... e, col tempo, chi sa! Certo è stato per lui un terribile avviso. Bisognerà cangiar vita e tenersi a un regime scrupolosissimo per allontanare quanto più sarà possibile un nuovo assalto del male.

La sorella abbassò le palpebre per chiudere e nascondere negli occhi le lagrime. Non fidandosi però dell'assicurazione del medico, appena questi andò via, concertò col figliuolo e con la serva il modo di portar via dal cassetto del comodino la rivoltella: lei e la serva si sarebbero accostate alla sponda del letto con la scusa di rialzare un tantino le materasse, e nel frattempo – ma, attento per carità! – il ragazzo avrebbe aperto il cassetto senza far rumore e... – attento! – via, l'arma.

Così fecero. E di questa sua precauzione la sorella si lodò molto, non parendole naturale, di lì a poco, la facilità con cui il fratello accolse la spiegazione del male, suggerita dal medico: disturbo digestivo.

– *Ja... ja... es ist doch...*

Da quattro giorni se lo sentiva ingombro lo stomaco.

– *Unver... Unverdaulichkeit... ja... ja...*

Ma possibile, – pensava la sorella, – ch'egli non avverta la paralisi di mezzo lato del corpo? possibile ch'egli, già prevenuto dal caso recente del Lenzi, creda che una semplice indigestione possa avere un tale effetto?

Fin dalla prima veglia cominciò a suggerirgli amorosamente, come a un bambino, le parole della lingua dimenticata; gli domandò perché non parlasse più italiano.

Egli la guardò imbalordito. Non s'era accorto peranche di parlare in tedesco: tutt'a un tratto gli era venuto di parlar così, né credeva che potesse parlare altrimenti. Si provò tuttavia a ripetere le parole italiane, facendo eco alla sorella. Ma le pronunziava ora con voce cangiata e con accento straniero, proprio come un tedesco che si sforzasse di parlare italiano. Chiamava Giovannino, il nipote, *Ciofaio*. E il nipote – scimunito! – ne rideva, come se lo zio lo chiamasse così per ischerzo.

Tre giorni dopo, quando alla *Fiaschetteria Toscana* si seppe del malore improvviso del Golisch, gli amici accorsi a visitarlo poterono avere un saggio pietoso di quella sua nuova lingua. Ma egli non aveva punto coscienza della curiosissima impressione che faceva, parlando a quel modo.

Pareva un naufrago che si arrabattasse disperatamente per tenersi a galla, dopo essere stato tuffato e sommerso per un attimo eterno nella vita oscura, a lui ignota, della sua gente. E da quel tuffo, ecco, era balzato fuori un altro; ridivenuto bambino, a quarant'otto anni, e straniero.

E contentissimo era. Sì, perché proprio in quel giorno aveva cominciato a poter muovere appena appena il braccio e la mano. La gamba no, ancora. Ma sentiva che forse il giorno dopo, con uno sforzo, sarebbe riuscito a muovere anche quella. Ci si provava anche adesso, ci si provava... e, no eh? non scorgevano alcun movimento gli amici?

– *Tomai... tomai...*

– Ma sì, domani, sicuro!

A uno a uno gli amici, prima d'andar via – quantunque lo spettacolo offerto dal Golisch non desse più luogo ad alcun timore – stimarono prudente raccomandare alla sorella la sorveglianza.

– Da un momento all'altro, non si sa mai... Può darsi che la coscienza gli si ridesti, e...

Ciascuno pensava, ora, come già aveva pensato il Golisch, da sano: che l'unica, cioè, era di finirsi con una pistolettata per non restar così malvivo e sotto la minaccia terribile, inovviabile, d'un nuovo colpo da un momento all'altro.

Ma loro sì, adesso, lo pensavano: non più il Golisch però. L'allegrezza del Golisch, invece, quando – una ventina di giorni dopo – sorretto dalla sorella e dal nipote, poté muovere i primi passi per la camera!

Gli occhi, è vero, no, senza uno specchio non se li poteva vedere: attoniti, smarriti, come quelli di Beniamino Lenzi; ma della gamba sì, perbacco, avrebbe potuto accorgersi bene che la strascicava a stento... Eppure, che allegrezza!

Si sentiva rinato. Aveva di nuovo tutte le meraviglie d'un bambino, e anche le lagrime facili, come le hanno i bambini, per ogni nonnulla. Da tutti gli oggetti della camera sentiva venirsi un conforto dolcissimo, familiare, non mai provato prima; e il pensiero ch'egli ora poteva andare co' suoi piedi fino a quegli oggetti, a carezzarli con le mani, lo inteneriva di gioia fino a piangerne. Guardava dall'uscio gli oggetti delle altre stanze e si struggeva dal desiderio di recarsi a carezzare anche quelli. Sì, via... pian piano, pian piano, sorretto di qua e di là... Poi volle fare a meno del braccio del nipote, e girò appoggiato alla sorella soltanto e col bastone nell'altra mano; poi, non più sorretto da alcuno, col bastone soltanto; e finalmente volle dare una gran prova di forza:

– *Oh... oh... guaddae, guaddae... sea battoe...*

E davvero, tenendo il bastone levato, mosse due o tre passi. Ma dovettero accorrere con una seggiola per farlo subito sedere.

Gli era quasi scolata addosso tutta la carne, e pareva l'ombra di se stesso; pur non di meno, neanche il minimo dubbio in lui che il suo non fosse stato un disturbo digestivo; e, sedendo ora di nuovo a tavola con la sorella e il nipote, condannato a bere latte invece di vino, ripeteva per la millesima volta che s'era presa una bella paura:

– *Una bea paua...*

Se non che, la prima volta che poté uscir di casa, accompagnato dalla sorella, in gran segreto manifestò a questa il desiderio d'esser condotto alla casa del medico che curava Beniamino Lenzi. Nel cortile di quella casa voleva esercitarsi il piede al tornio anche lui.

La sorella lo guardò, sbigottita. Dunque egli sapeva?

– Di', vuoi andarci oggi stesso?

– Sì... sì...

Nel cortile trovarono Beniamino Lenzi, già al tornio, puntuale.

– *Beiamìo!* – chiamò il Golisch.

Beniamino Lenzi non mostrò affatto stupore nel riveder lì l'amico, conciato come lui: spiccicò le labbra sotto i baffi, contraendo la guancia destra; biascicò:

– *Tu pue?*

E seguitò a spingere la leva. Due pertiche ora molleggiavano e brandivano, facendo girare i rocchetti con la corda.

Il giorno dopo Cristoforo Golisch, non volendo esser da meno del Lenzi che si recava al tornio da solo, rifiutò recisamente la scorta della sorella. Questa, dapprima, ordinò al figliuolo di seguire lo zio a una certa distanza, senza farsi scorgere; poi, rassicurata, lo lasciò davvero andar solo.

E ogni giorno, adesso, alla stess'ora, i due colpiti si ritrovano per via e proseguono insieme facendo le stesse tappe: al lampione, prima; poi, più giù, alla vetrina del bazar, a contemplare la scimmietta di porcellana sospesa all'altalena; in fine, alla ringhiera del giardinetto.

Oggi, intanto, a Cristoforo Golisch è saltata in mente un'idea curiosa; ed ecco, la confida al Lenzi. Tutti e due, appoggiati al fido lampione, si guardano negli occhi e si provano a sorridere, contraendo l'uno la guancia destra, l'altro la sinistra. Confabulano un pezzo, con quelle loro lingue torpide; poi il Golisch fa segno col bastone a un vetturino d'accostarsi. Aiutati da questo, prima l'uno e poi l'altro, montano in vettura, e via, alla casa di Nadina in Piazza di Spagna.

Nel vedersi innanzi quei due fantasmi ansimanti, che non si reggono in piedi dopo l'enorme sforzo della salita, la povera Nadina resta sgomenta, a bocca aperta. Non sa se debba piangere o ridere. S'affretta a sostenerli, li trascina nel salotto, li pone a sedere accanto e si mette a sgridarli aspramente della pazzia commessa, come due ragazzini discoli, sfuggiti alla sorveglianza dell'aio.

Beniamino Lenzi fa il greppo, e giù a piangere.

Il Golisch, invece, con molta serietà, accigliato, le vuole spiegare che si è inteso di farle una bella sorpresa.

– *Una bea soppea...*

(Bellino! Come parla adesso, il tedescaccio!)

– Ma sì, ma sì, grazie... – dice subito Nadina. – Bravi! Siete stati bravi davvero tutt'e due... e m'avete fatto un gran piacere... Io dicevo per voi... venire fin qua, salire tutta questa scala... Su, su, Beniamino! Non piangere, caro... Che cos'è? Coraggio, coraggio!

E prende a carezzarlo su le guance, con le belle mani lattee e paffutelle, inanellate.

– Che cos'è? che cos'è? Guardami!... Tu non volevi venire, è vero? Ti ha condotto lui, questo discolaccio! Ma non farò nemmeno una carezza a lui... Tu sei il mio buon Beniamino, il mio gran giovanottone sei... Caro! caro!... Suvvia, asciughiamo codeste lagrimucce... Così... così... Guarda qua questa bella turchese: chi me l'ha regalata? chi l'ha regalata a Nadina sua? Ma questo mio bel vecchiaccio me l'ha regalata... Toh, caro!

E gli posa un bacio su la fronte. Poi si alza di scatto e rapidamente con le dita si porta via le lagrime dagli occhi.

– Che posso offrirvi?

Cristoforo Golisch, rimasto mortificato e ingrugnato, non vuole accettar nulla; Beniamino Lenzi accetta un biscottino e lo mangia accostando la bocca alla mano di Nadina che lo tiene tra le dita e finge di non volerglielo dare, scattando con brevi risatine:

– No... no... no...

Bellini tutt'e due, adesso, come ridono, come ridono a quello scherzo...

ACQUA AMARA

Poca gente, quella mattina, nel parco attorno alle Terme. La stagione balneare era ormai per finire.

In due sediletti vicini, in un crocicchio sotto gli alti platani, stavano un giovanotto pallido, anzi giallo, magro da far pietà dentro l'abito nuovo, chiaro, le cui pieghe, per esser troppo ampio, ancora fresche della stiratura, cascavano tutte a zig-zag, e un omaccione su la cinquantina, con un abituccio di teletta tutto raggrinzito dove la pinguedine enorme non lo stirava fino a farlo scoppiare, e un vecchio panama sformato sul testone raso.

Reggevano entrambi per il manico i bicchieri ancor pieni della tepida e greve acqua alcalina presa or ora alla fonte.

L'uomo grasso, quasi intronato ancora dagli strepitosi ronfi che aveva dovuto tirar col naso durante la notte, socchiudeva di tanto in tanto nel faccione da padre abate satollo e pago gli occhi imbambolati dal sonno. Il giovanotto magro, all'aria frizzante della mattina, sentiva freddo e aveva perfino qualche brivido.

Né l'uno né l'altro sapevano risolversi a bere e pareva che ciascuno aspettasse dall'altro l'esempio. Alla fine, dopo il primo sorso, si guardarono coi volti contratti dalla medesima espressione di nausea.

– Il fegato, eh? – domandò piano, a un tratto, l'uomo grasso al giovinotto, riscotendosi. – Colichette epatiche, eh? Lei ha moglie, mi figuro...

– No, perché? – domandò a sua volta il giovinotto con un penoso raggrinzamento di tutta la faccia, che voleva esser sorriso.

– Mi pareva, così all'aria... – sospirò l'altro. – Ma se non ha moglie, stia pur tranquillo: Lei guarirà!

Il giovinotto tornò a sorridere come prima.

– Lei soffre forse di fegato? – domandò poi, argutamente.

– No no, niente più moglie, io! – s'affrettò a rispondere con serietà l'uomo grasso. – Soffrivo di fegato; ma grazie a Dio, mi sono liberato della moglie; son guarito. Vengo qua, da tredici anni ormai, per atto di gratitudine. Scusi, quand'è arrivato lei?

– Ieri sera, alle sei, – disse il giovinotto.

– Ah, per questo! – esclamò l'altro, socchiudendo gli occhi e tentennando il testone. – Se fosse arrivato di mattina, già mi conoscerebbe.

– Io... la conoscerei?

– Ma sì, come mi conoscono tutti, qua. Sono famoso! Guardi, alla Piazza dell'Arena, in tutti gli Alberghi, in tutte le Pensioni, al Circolo, al Caffè da Pedoca, in farmacia, da tredici anni a questa parte, stagione per stagione, non si parla che di me. Io lo so e ne godo e ci vengo apposta. Dov'è sceso lei? Da Rori? Bravo. Stia pur sicuro che oggi, a tavola da Rori, le narreranno la mia storia. Ci prendo avanti, se permette, e gliela narro io, filo filo.

Così dicendo, si tirò su faticosamente dal suo sedile e andò a quello del giovinotto, che gli fece posto, con la faccetta gialla tutta strizzata per la contentezza.

– Prima di tutto, per intenderci, qua mi chiamano *Il marito della dottoressa*. Cambiè mi chiamo. Di nome, Bernardo. Bernardone, perché son grosso. Beva. Bevo anch'io.

Bevvero. Fecero una nuova smorfia di disgusto, che vollero cangiar subito in un sorriso, guardandosi teneramente. E Cambiè riprese:

– Lei è giovanissimo e patituccio sul serio. Queste confidenze sviscerate che le farò, le potranno servire più di quest'acquaccia qua, che è amara, ma, in compenso, non giova a nulla, creda pure. Ce la danno a bere, in tutti i sensi, e noi la beviamo perché è cattiva. Se fosse buona... Ma no, basta: perché lei fa la cura, e le conviene aver fiducia.

Deve sapere che sentivo dire matrimonio e, con rispetto parlando, mi si rompeva lo stomaco, proprio mi... mi veniva di... sissignore. Vedevo un corteo nuziale? sapevo che un amico andava a nozze? Lo stesso effetto. Ma che vuole da noi, sciagurati mortali? Spunta una macchiolina nel sole? un subisso di cataclismi. Un re si alza con la lingua sporca? guerre e sterminii senza fine. Un vulcano ci ha il singhiozzo? terremoti, catastrofi, un'ecatombe...

A Napoli, al tempo mio, ci scoppiò il colera: quel gran colera di circa vent'anni fa, di cui lei, se non si ricorda, avrà certo sentito parlare.

Mio padre, povero impiegato, con la bella fortuna che lo perseguitava, naturalmente si trovò a Napoli, l'anno del colera. Io, che avevo già trent'anni e vi avevo trovato un buon collocamento, avevo preso a pigione un quartierino da scapolo, non molto lontano da casa mia. Stavo in famiglia, e lì tenevo una ragazza che m'era piovuta come dal cielo.

Carlotta. Si chiamava così. Ed era figlia d'un... non c'è niente di male, sa! professioni, – figlia d'uno strozzino. Prete spogliato.

Era scappata di casa per certi litigi con la madraccia e un fratellino farabutto, che non starò a raccontarle. Pareva bonina, lei; ed era forse, allora; ma, capirà: amante, poco ci sofisticavo.

Scusi, è religioso lei? Così così. Forse più no che sì. Come me. Mia madre, invece, caro signore, religiosissima. Povera donna, soffriva molto di quella mia relazione per lei peccaminosa. Sapeva che quella ragazza, prima che mia, non era stata d'altri. Scoppiato il colera, atterrita dalla grande moria e convinta fermamente che dovessimo tutti morire, io sopra tutti, ch'ero, secondo lei, in peccato mortale, per placare l'ira divina, pretese da me il sacrifizio che sposassi, almeno in chiesa solamente, quella ragazza.

Creda pure che non l'avrei mai fatto, se Carlotta non fosse stata colpita dal male. Dovevo salvarle l'anima, almeno: l'avevo promesso a mia madre. Corsi a chiamare un prete e la sposai. Ma che fu? mano santa? miracolo? Pareva morta, guarì!

Mia madre, per spirito di carità, anzi di sacrifizio, non ostante la tremarella, aveva voluto assistere alla cerimonia, e poi rimanere lì presso al letto della colpita.

Sembrava che il colera fosse venuto a Napoli per me, per castigar me del peccato mortale, e che dovesse passare con la guarigione di Carlotta, tanto impegno, tanto zelo mise mia madre a curarla. Appena l'ebbe salvata, vedendo che lì, in quel quartierino, mancavano per la convalescente tutti i comodi, volle anche portarsela a casa, non ostante la mia opposizione.

Capirà bene che, entrata, Carlotta non ne uscì se non mia sposa legittima di lì a poco, appena cessata la moria.

E ribeviamo, caro signore!

Per fortuna, a Carlotta durante l'epidemia erano morti padre, madre e fratelli. Fortuna e disgrazia, perché, unica superstite della famiglia, ereditò trentotto o quarantamila lire, frutto della nobile professione paterna.

Moglie e con la dote, che vide, signor mio? cambiò da un giorno all'altro, da così a così.

Ora senta. Sarà che io mi trovo in corpo un certo spiritaccio... come dire? fi... filosofesco, che magari a lei potrà sembrare strambo; ma mi lasci dire.

Crede lei che ci siano due soli generi, il maschile e il femminile?

Nossignore.

La moglie è un genere a parte; come il marito, un genere a parte.

E, quanto ai generi, la donna, col matrimonio, ci guadagna sempre. Avanza! Entra cioè a partecipar di tanto del genere mascolino, di quanto l'uomo, necessariamente, ne scapita. E ne scapita molto, creda a me.

Se mi venisse la malinconia di comporre una grammatichetta ragionata come dico io, vorrei mettere per regola che si debba dire: *il* moglie; e, per conseguenza, *la* marito.

Lei ride? Ma per la moglie, caro signore, il marito non è più uomo. Tanto vero, che non si cura più di piacergli.

«Con te non c'è più sugo,» pensa la moglie. «Tu già mi conosci.»

Ma pure, se il marito è così dabbenaccio da rinzelarsi, vedendola per esempio a letto come una diavola, coi capelli incartocciati, col viso impiastricciato, e via dicendo:

– Ma io lo faccio per te! – è capace di rispondergli lei.

– Per me?

– Sicuro. Per non farti sfigurare. Ti piacerebbe che la gente, vedendoci per via, dicesse: «Oh guarda un po' che moglie è andata a sceglieresi quel pover uomo»?

E il marito, che – gliel'assicuro – non è più uomo, si sta zitto; quand'invece dovrebbe gridare:

«Ma me lo dico io da me, cara, che moglie sono andato a scegliermi, nel vederti così, adesso, accanto a me! Ah, tu mi ti mostri brutta per casa e a letto, perché gli altri poi, per via, possano esclamare: "Oh guarda che bella moglie ha quel pover uomo"? E mi debbono invidiare per giunta? Ma grazie, grazie, cara, di quest'invidia per me, che si traduce, naturalmente, in un desiderio per te. Tu vuoi esser desiderata perché io sia invidiato? Quanto sei buona! Ma più buono sono io che t'ho sposata.»

E il dialogo potrebbe seguitare. Perché c'è il caso, sa? che la moglie abbia anche l'impudenza incosciente di domandare al marito se, acconciata adesso e parata per uscire a passeggio, gli pare che stia bene.

Il marito dovrebbe risponderle:

«Ma sai, cara? i gusti son tanti. A me, come a me, già te l'ho detto, codesti capelli pettinati così non mi garbano. A chi vuoi piacere? Bisognerebbe che tu me lo dicessi, per saperti rispondere. A nessuno? proprio a nessuno? Ma allora, benedetta te, nessuno per nessuno, cerca di piacere a tuo marito, che almeno è uno!»

Caro signore, a una tale risposta la moglie guarderebbe il marito quasi per compassione, poi farebbe una spallucciata, come a dire:

«Ma tu che c'entri?»

E avrebbe ragione. Le donne non possono farne a meno: per istinto, vogliono piacere. Han bisogno d'esser desiderate, le donne.

Ora, capirà, un marito non può più desiderar la moglie che ha giorno e notte con sé. Non può desiderarla, intendo, com'ella vorrebbe esser desiderata.

Già, come la moglie nel marito non vede più l'uomo, così l'uomo nella moglie, a lungo andare, non vede più la donna.

L'uomo, più filosofo per natura, ci passa sopra; la donna, invece, se ne offende; e perciò il marito le diventa presto increscioso e spesso insopportabile.

Essa deve fare il comodo suo, e il marito no.

Ma qualunque cosa egli facesse, creda pure, non andrebbe mai bene per lei, perché l'amore, quel tale amore di cui ella ha bisogno, il marito, solamente perché marito, non può più darglielo. Più che amore è una cert'aura di ammirazione di cui ella vuol sentirsi avviluppata. Ora vada lei ad ammirarla per casa coi diavoletti in capo, senza busto, in ciabatte, e oggi, poniamo, col mal di pancia e domani col mal di denti. Quella cert'aura può spirar fuori, dagli occhi degli uomini che non sanno, e dei quali essa, senza parere, con arte sopraffina, ha voluto e saputo attirare e fermare gli sguardi per inebriarsene deliziosamente. Se è una moglie onesta, questo le basta. Le parlo adesso delle mogli oneste, io, intendiamoci, anzi delle intemerate addirittura. Delle altre non c'è più sugo a parlarne.

Mi consenta un'altra piccola riflessione. Noi uomini abbiamo preso il vezzo di dire che la donna è un essere incomprensibile. Signor mio, la donna, invece, è tal quale come noi, ma non può né mostrarlo, né dirlo, perché sa, prima di tutto, che la società non glielo consente, recando a colpa a lei quel che invece reputa naturale per l'uomo; e poi perché sa che non farebbe piacere agli uomini, se lo mostrasse e lo dicesse. Ecco spiegato l'enimma. Chi ha avuto come me la disgrazia d'intoppare in una moglie senza peli sulla lingua, lo sa bene.

E diamo ancora una bevutina. Coraggio!

Non era così dapprima, Carlotta. Diventò così subito dopo il matrimonio, appena cioè si sentì a posto e s'accorse ch'io cominciai naturalmente a vedere in lei non soltanto il piacere, ma anche quella bruttissima cosa che è il dovere.

Io dovevo rispettarla, adesso, no? Era mia moglie! Ebbene, forse lei non voleva essere rispettata. Chi sa perché, il vedermi diventare di punto in bianco un marito esemplare, le diede terribilmente ai nervi.

Cominciò per noi una vita d'inferno. Lei, sempre ingrugnata, spinosa, irrequieta; io, paziente, un po' per paura, un po' per la coscienza d'aver commesso la più grossa delle bestialità e di doverne piangere le conseguenze. Le andavo appresso come un cagnolino. E facevo peggio! Per quanto mi ci scapassi, non riuscivo però a indovinare, che diamine volesse mia moglie. Ma avrei sfidato chiunque a indovinarlo! Sa che voleva? Voleva esser nata uomo, mia moglie. E se la pigliava con me perché era nata femmina. – Uomo, – diceva, – e magari cieco d'un occhio! –

Un giorno le domandai:

– Ma sentiamo un po', che avresti fatto, se fossi nata uomo?

Mi rispose, sbarrando tanto d'occhi:

– Il mascalzone!

– Brava!

– E moglie, niente, sai! Non l'avrei presa.

– Grazie, cara.

– Oh, puoi esserne più che sicuro!

– E ti saresti spassato? Dunque tu credi che con le donne ci si possa spassare?

Mia moglie mi guardò nel fondo degli occhi.

– Lo domandi a me? – mi disse. – Tu forse non lo sai? Io non avrei preso moglie anche per non far prigioniera una povera donna.

– Ah, – esclamai. – Prigioniera ti senti?

E lei:

– Mi sento? E che sono? che sono stata sempre, da che vivo? Io non conosco che te. Quando mai ho goduto io?

– Avresti voluto conoscer altri?

– Ma certo! ma precisamente come te, che ne hai conosciute tante prima e chi sa quante dopo!

Dunque, signor mio, tenga bene a mente questo: che una donna desidera proprio tal quale come noi. Lei, per modo d'esempio, vede una bella donna, la segue con gli occhi, se la immagina tutta, e col pensiero la abbraccia, senza dirne nulla, naturalmente, a sua moglie che le cammina accanto? Nel frattempo, sua moglie vede un bell'uomo, lo segue con gli occhi, se lo immagina tutto, e col pensiero lo abbraccia, senza dirne nulla a lei, naturalmente.

Niente di straordinario in questo; ma creda pure che non fa punto piacere il supporre questa cosa ovvia e comunissima nella propria moglie, prigioniera col corpo, non con l'anima. E il corpo stesso! Dica un po': non abbiamo noi uomini la coscienza che, avendo un'opportunità, non sapremmo affatto resistere? Ebbene, s'immagini che è proprio lo stesso per la donna. Cascano, cascano che è un piacere, con la stessa facilità, se loro vien fatto, se trovano cioè un uomo risoluto, di cui si possan fidare. Me l'ha lasciato intender bene mia moglie, parlando – s'intende – delle altre.

E vengo al caso mio.

Naturalmente, dopo un anno di matrimonio, m'ammalai di fegato.

Per sei anni di fila, cure inutili, che fecero strazio del mio povero corpo, ridotto in uno stato da far pietà finanche agli altri ammalati del mio stesso male.

Il rimedio dovevo trovarlo qua.

Ci venni con mia moglie e, nei primi giorni, alloggiai da Rori, dove ora è lei. Ordinai, appena arrivato, che mi si chiamasse un medico per farmi visitare e prescrivere quanti bicchieri al giorno avrei dovuto bere, o se mi sarebbero convenute più le docce o i bagni d'acqua sulfurea.

Mi si presentò un bel giovane, bruno, alto, aitante della persona, dall'aria marziale, tutto vestito di nero. Seppi poco dopo che era stato, difatti, nell'esercito, medico militare, tenente medico; che a Rovigo aveva contratto una relazione con la figlia d'un tipografo; che ne aveva avuto una bambina, e che, costretto a sposare, s'era dimesso ed era venuto qua in condotta. Otto mesi dopo questo suo grande sacrifizio, gli erano morte quasi contemporaneamente moglie e figliuola. Erano già passati circa tre anni dalla doppia sciagura, ed egli vestiva ancora di nero, come un bellissimo corvo.

Faceva furore, capirà, con quel sacrifizio delle dimissioni **per** amore, così mal ricompensato dalla sorte; con quelle due disgrazie che gli si leggevano ancora scolpite in tutta la persona, impostata che neanche Carlomagno. Tutte le donne, a lasciarle fare, avrebbero voluto consolarlo. Egli lo sapeva e si mostrava sdegnoso.

Dunque venne da me; mi visitò ben bene, palpandomi tutto; mi ripeté press'a poco quel che già tant'altri medici mi avevano detto, e infine mi prescrisse la cura: tre mezzi bicchieri, di questi mezzani, pei primi giorni, poi tre interi, e un giorno bagno, un giorno doccia. Stava per andarsene, quando finse d'accorgersi della presenza di mia moglie.

– Anche la signora? – domandò, guardandola freddamente.

– No no, – negò subito mia moglie con un viso lungo lungo e le sopracciglia sbalzate fino all'attaccatura dei capelli.

– Eppure, permette? – fece lui.

Le si accostò, le sollevò con delicatezza il mento con una mano, e con l'indice dell'altra le rovesciò appena una palpebra.

– Un po' anemica, – disse.

Mia moglie mi guardò, pallidissima, come se quella diagnosi a bruciapelo la avesse lì per lì anemizzata. E con un risolino nervoso su le labbra, alzò le spalle, disse:

– Ma io non mi sento nulla...

Il medico s'inchinò, serio:

– Meglio così.

E andò via con molta dignità.

Fosse l'acqua o il bagno o la doccia, o piuttosto, com'io credo, la bella aria che si gode qua e la dolcezza della campagna toscana, il fatto è che mi sentii subito meglio; tanto che decisi di fermarmi per un mese o due; e, per stare con maggior libertà, presi a pigione un appartamentino presso la Pensione, un po' più giù, da Coli, che ha un bel poggiolo donde si scopre tutta la vallata coi due laghetti di Chiusi e di Montepulciano.

Ma – non so se lei lo ha già supposto – cominciò a sentirsi male mia moglie.

Non diceva anemia, perché lo aveva detto il medico; diceva che si sentiva una certa stanchezza al cuore e come un peso sul petto che le tratteneva il respiro.

E allora io, con l'aria più ingenua che potei:

– Vuoi farti visitare anche tu, cara?

Si stizzì fieramente, com'io prevedevo, e rifiutò.

Il male, si capisce, crebbe di giorno in giorno, crebbe quanto più lei s'ostinò nel rifiuto. Io, duro, non le dissi più nulla. Finché lei stessa, un giorno, non potendone più, mi disse che voleva la visita, ma non di quel medico, no, recisamente no; dell'altro medico condotto (ce n'erano due, allora): dal dottor Berri voleva farsi visitare, ch'era un vecchiotto ispido, asmatico, quasi cieco, già mezzo giubilato, ora giubilato del tutto, all'altro mondo.

– Ma via! – esclamai. – Chi chiama più il dottor Berri? E sarebbe poi uno sgarbo immeritato al dottor Loero, che s'è dimostrato sempre così premuroso e cortese con noi!

Di fatti, ogni giorno, qua alle Terme, vedendomi scendere dalla vettura con mia moglie, il dottor Loero ci si faceva innanzi con quella impostatura altera e compunta; si congratulava con me della rapida miglioria; m'accompagnava alla fonte e poi su e giù per questi vialetti del parco, non mancando ai debiti riguardi verso mia moglie, ma curandosi pochissimo, nei primi giorni, di lei, che ne gonfiava, s'intende, in silenzio.

Da una settimana, però, avevano preso a battagliar fra loro su l'eterna questione degli uomini e delle donne, dell'uomo che è prepotente, della donna che è vittima, della società che è ingiusta, ecc. ecc.

Creda, signor mio, non posso più sentirne parlare, di queste baggianate. In sette anni di matrimonio, fra me e mia moglie non si parlò mai d'altro.

Le confesso tuttavia che in quella settimana gongolai nel sentir ripetere al dottor Loero con molta compostezza le mie stesse argomentazioni, e col pepe e col sale dell'autorità scientifica. Mia moglie, a me, mi caricava d'insulti; col dottor Loero, invece, doveva rodere il freno della convenienza; ma della bile che non poteva sputare, insaporava ben bene le parole.

Speravo, con questo, che il mal di cuore le passasse. Ma che! Come le ho detto, le crebbe di giorno in giorno. Segno, non le pare? ch'ella voleva convincere con altri argomenti l'avversario. E guardi un po' che razza di parte tocca talvolta di rappresentare a un povero marito! Sapevo benissimo ch'ella voleva esser visitata dal dottor Loero e ch'era tutta una commedia l'antipatia che questi le faceva, una commedia la pretesa d'esser visitata invece da quel vecchio asmatico e rimbecillito, come una commedia era quel suo mal di cuore. Eppure dovetti fingere di credere sul serio a tutt'e tre le cose e sudare una camicia per indurla a far quello che lei, in fondo, desiderava.

Caro signore, quando mia moglie, senza busto – s'intende – si stese sul letto e lui, il dottore, la guardò negli occhi nel chinarsi per posarle l'orecchio sulla mammella, io la vidi quasi mancare, quasi disfarsi; le vidi negli occhi e nel volto quel tale turbamento... quel tale tremore, che... – lei m'intende bene. La conoscevo e non potevo sbagliare.

Poteva bastare, no? Una moglie rimane onestissima, illibata, inammendabile, dopo una visita come quella; visita medica, c'è poco da dire, sotto gli occhi del marito. E va bene! Che bisogno c'era, domando io, di venirmi a cantar sul muso quel che già sapevo dentro di me e avevo visto con gli occhi miei e quasi toccato con mano?

Su, su. Coraggio. Ribeviamo. Ribeviamo.

Me ne stavo una sera sul poggiolo a contemplare il magnifico spettacolo dell'ampia vallata sotto la luna.

Mia moglie s'era già messa a letto.

Lei mi vede così grasso e forse non mi suppone capace di commuovermi a uno spettacolo di natura. Ma creda che ho un'anima piuttosto mingherlina. Un'animuccia coi capelli biondi ho, e col visino dolce dolce, diafano e affilato e gli occhi color di cielo. Un'animuccia insomma che pare un'inglesina, quando, nel silenzio, nella solitudine, s'affaccia alle finestre di questi miei occhiacci di bue, e s'intenerisce alla vista della luna e allo scampanellio che fanno i grilli sparsi per la campagna.

Gli uomini, di giorno, nelle città, e i grilli non si danno requie la notte nelle campagne. Bella professione, quella del grillo!

– Che fai?

– Canto.

– E perché canti?

Non lo sa nemmeno lui. Canta. E tutte le stelle tremano nel cielo. Lei le guarda. Bella professione, anche quella delle stelle! Che stanno a farci lassù! Niente. Guardano anche loro nel vuoto e par che n'abbiano un brivido continuo. E sapesse quanto mi piace il gufo che, in mezzo a tanta dolcezza, si mette a singhiozzare da lontano, angosciato. Ci piange lui, dalla dolcezza.

Basta. Guardavo commosso, come le ho detto, quello spettacolo, ma già sentivo un po' di fresco (eran passate le undici) e stavo per ritirarmi: quando udii picchiar forte e a lungo all'uscio di strada. Chi poteva essere a quell'ora?

Il dottor Loero.

In uno stato, signor mio, da far compassione finanche alle pietre.

Ubriaco fradicio.

Erano venuti da Firenze, da Perugia e da Roma cinque o sei medici, per la cura dell'acqua, ed egli, col farmacista, aveva pensato bene di dare una cena ai colleghi, nell'Ospedaletto della Croce Verde, dietro la Collegiata, lì vicino a Rori.

Allegra, come lei può immaginare, una cenetta all'ospedale! E altro che cura d'acqua! s'erano ubriacati tutti come tanti... non diciamo maiali, perché i maiali, poveracci, non hanno veramente quest'abitudine.

Che idea gli era balenata, nel vino, di venire a inquietar me, ch'ero quella sera, come le ho detto, tutto chiaro di luna?

Barcollava, e dovetti sorreggerlo fino al poggiolo. Lì m'abbracciò stretto stretto e mi disse che mi voleva bene, un bene da fratello, e che tutta la sera aveva parlato di me coi colleghi, del mio fegato e del mio stomaco rovinati, che gli stavano a cuore, tanto a cuore che, passando innanzi alla mia porta, non aveva voluto trascurare di farmi una visitina, temendo che il giorno appresso non sarebbe potuto andare alle Terme, perché – non si sarebbe detto, veh! – ma aveva proprio bevuto un pochino. Io a ringraziarlo, si figuri, e a esortarlo ad andarsene a casa, ché era già tardi... Niente! Volle una seggiola per mettersi a sedere sul poggiolo, e cominciò a parlarmi di mia moglie, che gli piaceva tanto, e voleva che andassi a destarla, perché con lui ci stava, la signora Carlottina, oh se ci stava! e come! e come! Bella puledra ombrosa, che sparava calci per amore, per farsi carezzare... E via di questo passo, sghignazzando e tentando con gli occhi, che gli si chiudevano soli, certi furbeschi ammiccamenti.

Mi dica lei che potevo fargli, in quello stato. Schiaffeggiare un ubriaco che non si reggeva in piedi? Mia moglie, che s'era svegliata, me lo gridò rabbiosamente tre o quattro volte dal letto. Anche a me la volontà di schiaffeggiarlo era scesa alle mani: ma chi sa che impressione avrebbe fatto uno schiaffo a quel povero giovine che, nella beata incoscienza del vino, aveva perduto ogni nozione sociale e civile e gridava in faccia la verità allegramente. Lo afferrai e lo tirai su dalla seggiola: una certa scrollatina non potei far a meno di dargliela, ma fu lì lì per cascare e dovetti aver cura del suo stato fino alla porta; là... sì, gli diedi un piccolo spintone e lo mandai a ruzzolare per la strada.

Quando entrai in camera da letto, trovai mia moglie con un diavolo per capello: frenetica addirittura. S'era levata da letto. Mi assaltò con ingiurie sanguinose; mi disse che se fossi stato un altro uomo, avrei dovuto pestarmi sotto i piedi quel mascalzone e poi buttarlo dal poggiolo; che ero un uomo di cartapesta, senza sangue nelle vene, senza rossore in faccia, incapace di difendere la rispettabilità della moglie, e capacissimo invece di far tanto di cappello al primo venuto che...

Non la lasciai finire; levai una mano; le gridai che badasse bene: lo schiaffo che avrei dovuto dare a colui, se non fosse stato ubriaco, l'avrei appioppato a lei, se non taceva. Non tacque, si figuri! Dal furore passò al dileggio. Ma sicuro che m'era facilissimo fare il gradasso con lei, schiaffeggiare una donna, dopo aver accolto e accompagnato coi debiti riguardi fino alla porta uno che era venuto a insultarmi fino a casa. Ma perché, perché non ero andato a destarla subito? Anzi perché non gliel'avevo introdotto in camera e pregato di mettersi a letto con lei?

– Tu lo sfiderai! – mi gridò in fine, fuori di sé. – Tu lo sfiderai domani, e guai a te se non lo fai!

A sentirsi dire certe cose da una donna, qualunque uomo si ribella. M'ero già spogliato e messo a letto. Le dissi che la smettesse una buona volta e mi lasciasse dormire in pace: non avrei sfidato nessuno, anche per non dare a lei questa soddisfazione.

Ma durante la notte, tra me e me, ci pensai molto. Non sapevo e non so di cavalleria, se un gentiluomo debba raccogliere l'insulto e la provocazione di un ubriaco che non sa quel che si dica. La mattina dopo, ero sul punto di recarmi a prender consiglio da un maggiore in ritiro che avevo conosciuto alle Terme, quando questo stesso maggiore, in compagnia di un altro signore del paese, venne a chiedermi lui soddisfazione a nome del dottor Loero. Già! per il modo come lo avevo messo alla porta la sera precedente. Pare che, al mio spintone, cadendo, si fosse ferito al naso.

– Ma se era ubriaco! – gridai a quei signori.

Tanto peggio per me. Dovevo usargli un certo riguardo. Io, capisce? E per miracolo mia moglie non mi aveva mangiato, perché non lo avevo buttato giù dal poggiolo!

Basta. Voglio andar per le leste. Accettai la sfida; ma mia moglie mi sghignò sul muso e, senza por tempo in mezzo, cominciò a preparar le sue robe. Voleva partir subito; andarsene, senza aspettar l'esito del duello, che pure sapeva a condizioni gravissime.

Da che ero in ballo, volevo ballare. Le impose lui, le condizioni: alla pistola. Benissimo! Ma io pretesi allora, che si facesse a quindici passi. E scrissi una lettera, alla vigilia, che mi fa crepar dalle risa ogni qual volta la rileggo. Lei non può figurarsi che sorta di scempiaggini vengano in mente a un pover uomo in siffatti frangenti.

Non avevo mai maneggiato armi. Le giuro che, istintivamente, chiudevo gli occhi, sparando. Il duello si fece su alla Faggeta. I due primi colpi andarono a vuoto; al terzo... no, il terzo andò pure a vuoto; fu al quarto; al quarto colpo – veda un po' che testa dura, quella del dottore! – la palla ci vide per me e andò a bollarlo in fronte, ma non gl'intaccò l'osso, gli strisciò sotto la cute capelluta e gli riuscì di dietro, dalla nuca.

Lì per lì parve morto. Accorremmo tutti; anch'io; ma uno dei miei padrini mi consigliò d'allontanarmi, di salire in vettura e scappare per la via di Chiusi.

Scappai.

Il giorno dopo venni a sapere di che si trattava; e un'altra cosa venni a sapere, che mi riempì di gioia e di rammarico a un tempo: di gioia per me, di rammarico per il mio avversario, il quale, dopo una palla in fronte, pover uomo, non se la meritava davvero.

Riaprendo gli occhi, nell'Ospedaletto della Croce Verde, il dottor Loero si vide innanzi un bellissimo spettacolo: mia moglie, accorsa al suo capezzale per assisterlo!

Della ferita guarì in una quindicina di giorni: di mia moglie, caro signore, non è più guarito.

Vogliamo andare per il secondo bicchiere?

PALLINO E MIMÌ

Si chiamò prima *Pallino* perché, quando nacque, pareva una palla.

Di tutta la figliata, che fu di sei, si salvò lui solo, grazie alle preghiere insistenti e alla tenera protezione dei ragazzi.

Babbo Colombo, come non poteva andare più a caccia, ch'era stata la sua passione, non voleva più neanche cani per casa, e tutti, tutti morti li voleva quei cuccioli là. Così pure fosse morta la *Vespina* loro madre, che gli ricordava le belle cacciate degli altri anni, quand'egli non soffriva ancora dei maledetti reumi, dell'artritide, che – eccolo là – lo avevano torto come un uncino!

A Chianciano, già il vento ci dava anche nei mesi caldi: certe libecciate che investivano e scotevan le case da schiantarle e portarsele via. Figurarsi d'inverno! E dunque tutti in cucina, stretti accovacciati da mane a sera nel canto del foco, sotto la cappa, senza cacciar fuori la punta del naso, neanche per andare a messa la domenica. Giusto, la Collegiata era lì dirimpetto a due passi. Quasi quasi la messa si poteva vederla dai vetri della finestra di cucina. Nelle altre camere della casa non ci s'andava se non per ficcarsi a letto, la sera di buon'ora. Ma babbo Colombo ci faceva anche di giorno una capatina di tanto in tanto, curvo, con le gambe fasciate, spasimando a ogni passo, per andar a vedere dal balcone della sala da pranzo tutta la Val di Chiana che si scopriva di là e il suo bel podere di Caggiolo. E *Vespina*, a farglielo apposta, gravida, così che poteva appena spicciar le piote da terra, lo seguiva lemme lemme, per accrescergli il rimpianto della campagna lontana, il dispetto di vedersi ridotto in quello stato. Maledetta! E ora gli faceva i figliuoli, per giunta. Ma glieli avrebbe accomodati lui! Oh, senza farli penare, beninteso. Li avrebbe presi per la coda e là, avrebbe loro sbatacchiata la testa in una pietra.

I ragazzi, la Delmina, Ezio, Iginio, la Norina, nel vedergli far l'atto, gridavano:

– No, babbo! piccinini!

Sicché, quando i cuccioli vennero alla luce, ne vollero salvare almeno uno, quello che sembrò loro il più carino, sottraendolo e nascondendolo. Ottenuta la grazia, andarono per veder *Pallino*, e sissignori, gli mancava la coda! Parve loro un tradimento, e si guardarono tutt'e quattro negli occhi:

– Madonna! Senza coda! E come si fa?

Appiccicargliene una finta non si poteva, né fare che il babbo non se n'accorgesse. Ma ormai la grazia era concessa, e *Pallino* fu tenuto in casa, per quanto già la tenerezza dei padroncini, a causa di quel ridicolo difetto, fosse venuta a mancare.

Per giunta anche si fece di giorno in giorno più brutto. Ma non ne sapeva nulla lui, bestiolino! Senza coda era nato, e pareva ne facesse a meno volentieri; pareva anzi non sospettasse minimamente che gli mancava qualche cosa. E voleva ruzzare.

Ora, farà pena un bimbo nato male, zoppetto o gobbino, a vederlo ridere e scherzare, ignaro della sua disgrazia; ma una brutta bestiola non ne fa, e se ruzza e disturba, non si ha sofferenza di lei; le si dà un calcio, là e addio.

Pallino, distratto dai suoi giuochi furibondi con un gomitolo o con qualche pantofola da una pedata che lo mandava a ruzzolare da un capo all'altro della cucina, si levava lesto lesto su le due zampette davanti, le orecchie dritte, la testa da un lato, e stava un pezzo a guardare.

Non guaiva né protestava.

Pareva che a poco a poco si capacitasse che i cani debbano esser trattati così, che questa fosse una condizione inerente alla sua esistenza canina e che non ci fosse perciò da aversene a male.

Gli ci vollero però circa tre mesi per capire ben bene che al padrone non piaceva che le pantofole gli fossero rosicchiate. Allora imparò anche a cansar le pedate: appena babbo Colombo alzava il piede, lasciava la preda e andava a cacciarsi sotto il letto. Lì riparato, imparò un'altra cosa: quanto, cioè, gli uomini siano cattivi. Si sentì chiamare amorevolmente, invitare a venir fuori col frullo delle dita:

– Qua, _Pallino_! Caro! caro! qua, piccinino!

S'aspettava carezze, s'aspettava il perdono, ma, appena ghermito per la cuticagna, botte da levare il pelo. Ah sì? E allora, anche lui si buttò alle cattive: rubò, stracciò, insudiciò, arrivò finanche a morsicare. Ma ci guadagnò questo, che fu messo alla porta; e, siccome nessuno intercedette per lui, andò randagio e mendico per il paese.

Finché non se lo tolse in bottega Fanfulla Mochi, macellaio, a cui era morto in quei giorni il cagnolino.

Fanfulla Mochi era un bel tipo.

Amava le bestie, e gli toccava ammazzarle; non poteva soffrire gli uomini e gli toccava servirli e rispettarli. Avrebbe tenuto in cuor suo dalla parte dei poveri; ma, da macellaio, non poteva, perché la carne ai poveri, si sa, riesce indigesta. Doveva servire i signori che non avevano voluto averlo dalla loro. Sicuro! Perché era nato signore, lui, almeno per metà! Lo desumeva dal fatto che, uscito a sedici anni da un nobile ospizio in cui era stato accolto fin dalla nascita, gli eran venuti, non sapeva né donde, né come, né perché, sei mila lire, residuo d'un rimorso liquidato in contanti. Lo avevan messo garzone in una macelleria; e da che c'era, con quella sommetta, aveva seguitato a fare il macellaio per conto suo. Ma il sanguaccio del gran signore se lo sentiva nelle vene torpide, nelle piote gottose, e un cotal fluido pazzesco gli circolava per il corpo, che ora gli dava una noia cupa e amara, ora lo spingeva a certi atti... Per esempio: tre anni fa, radendosi la barba e vedendosi nello specchio più brutto del solito, già invecchiato, infermiccio, s'era lasciata andare una bella rasoiata alla gola, tirata coscienziosamente a regola d'arte. Condotto mezzo morto all'ospedaletto, aveva rassicurato la gente che gli correva dietro spaventata:

– Non è niente, non è niente: un'incicciatina!

Per prima cosa, Fanfulla Mochi ribattezzò _Pallino_: gli impose il nome di _Bistecchino_; poi lo portò alla finestra e gli disse:

– Vedi là, _Bistecchino_, il mio bel Monte Amiata! Grosse le scarpe, ma tu sapessi che cervelli fini ci si fa! Bastardi, ma fini. Se tu vuoi stare con me, dev'essere a patto che tu diventi un canino saggio e per bene. T'addottoro io, non temere: acculati qua! Se fossi porco, _Bistecchino_, mangeresti tu? Io no. Il porco crede di mangiare per sé e ingrassa per gli altri. Non è punto bella la sorte del porco. Ah – io direi – m'allevate per questo? Ringrazio, signori. Mangiatemi magro.

Pallino a questo punto sternutì due o tre volte, come in segno d'approvazione. Fanfulla ne fu molto contento, e seguitò a conversare a lungo con lui, ogni giorno; e quello ad ascoltare serio serio, finché, prima una zampa ad annaspare, poi levava la testa e spalancava la bocca a uno sbadiglio seguito da un variato mugolio, per far intendere al padrone che bastava.

Fosse per la triste esperienza fatta in casa di babbo Colombo, per via della coda che gli mancava, fosse per gli ammaestramenti di Fanfulla, fatto sta ed è che _Pallino_ divenne un cane di carattere, un cane che si faceva notare, non solamente perché scodato, ma anche per il suo particolar modo di condursi tra le bestie sue pari e le superiori.

Era un cane serio, che non dava confidenza a nessuno.

Se qualche suo simile gli veniva dietro o incontro, esso lo puntava raccolto in sé, fermo su le quattro zampe, come per dirgli:

«Chi ti cerca? Lasciami andare!»

E questo faceva, non certo per paura, sì per profondo disprezzo dei cani del suo paese, tanto maschi che femmine.

Pareva almeno così, perché d'estate quando a Chianciano venivano per la cura dell'acqua i villeggianti in gran numero coi loro cagnolini, e le loro cagnoline, _Pallino_ cangiava di punto in bianco, diventava socievole, chiassone, proprio un altro; tutto il giorno in giro da questa a quella Pensione, a lasciare a suo modo, alzando un'anca, biglietti da visita, il benvenuto ai cani forestieri, agli ospiti, che poi accompagnava da per tutto e, al bisogno, difendeva con feroce zelo dalle aggressioni dei paesani.

Scodinzolare non poteva per salutarli, e si dimenava tutto, si storcignava, si buttava finanche a terra per invitarli a ruzzare. E i cagnolini forestieri gliene sapevano grado. In città, uscivano incatenati e con la museruola; qua invece, liberi e sciolti, perché i padroni eran sicuri di non perderli e di non incorrere in multe. Quei cagnolini, insomma, facevano la villeggiatura anche loro, e *Pallino* era il loro spasso. Se qualche giorno tardava, essi, in tre, in quattro, si presentavano innanzi alla bottega di Fanfulla a reclamarlo.

– *Bistecchino*, abbi senno! – gli diceva Fanfulla, minacciandolo col dito. – Codesti cani signorini non sono per te. Tu cane di strada sei, proletario rinnegato! Non mi piace che tu faccia così da buffone ai cani de' signori.

Ma *Pallino* non gli dava retta, non gli dava retta, non gliene poteva dare, segnatamente quell'anno, perché tra quei cani signorini che venivano a stuzzicarlo in bottega, c'era un amor di canina, piccola quanto un pugno, un batuffoletto bianco arruffato, che non si sapeva dove avesse le zampe, dove le orecchie; letichina di prima forza, che mordeva però per davvero qualche volta. Certi morsichetti, che ardevano e lasciavano il segno per più d'un giorno!

Ma *Pallino* se li pigliava tanto volentieri.

Quella cosina bianca gli guizzava, abbaiando, di tra i piedi, per assaltarlo di qua e di là. Fermo per farle piacere, esso la seguiva con gli occhi in quelle mossette aggraziate; poi, quasi temendo che si straccasse e affiochisse dal troppo abbaiare (donde la cavava quella voce più grossa di lei?) si sdraiava a terra, a pancia all'aria, e aspettava che essa, dopo essersi fogata per finta, tornasse indietro con la stessa furia e gli saltasse addosso; la abbracciava e si lasciava mordere beatamente il muso e le orecchie.

Se n'era proprio innamorato insomma; e, così rozzo e senza coda, povero *Pallino*, ne' suoi vezzi smorfiosi a quel niente fatto di peli, era d'una ridicolaggine compassionevole.

La canina si chiamava *Mimì* e alloggiava con la padrona alla Pensione Ronchi.

La padrona era una signorina americana, ormai un po' attempatella, da parecchi anni dimorante in Italia – in cerca d'un marito, dicevano le male lingue.

Perché non lo trovava?

Brutta non era: alta di statura, svelta e anche formosa; begli occhi, bei capelli, labbra un po' tumide, accese, e in tutto il corpo e nel volto un'aria di nobiltà e una certa grazia malinconica. E poi miss Galley vestiva con ricca e linda semplicità e portava enormi cappelli ondeggianti di lunghi e tenui veli, che le stavano a meraviglia.

Corteggiatori, non gliene mancavano; ne aveva anzi sempre attorno due o tre alla volta, e tutti dapprima, sapendola americana, animati dai più serii propositi; ma poi... eh poi, discorrendo, tastando il terreno... Ecco: povera no, e si vedeva dal modo come viveva; ma ricca miss Galley non era neppure. E allora... allora perché era americana?

Senza una buona dote, tanto valeva sposare una signorina paesana. E tutti i corteggiatori si ritiravano pulitamente in buon ordine. Miss Galley se ne rodeva e sfogava il rodio segreto in furiose carezze alla sua piccola, cara, fedele *Mimì*.

Ma fossero state carezze soltanto! La voleva zitella miss Galley, sempre zitella, zitella come lei la sua piccola, cara, fedele *Mimì*. Oh avrebbe saputo guardarla lei dalle insidie dei maschiacci! Guai, guai se un canino le si accostava. Subito miss Galley se la toglieva in braccio; ed eran busse, se *Mimì*, che aveva già cinque anni e non sapeva capacitarsi per qual ragione, rimanendo zitella la padrona, dovesse rimaner zitella anche lei, si ribellava; busse se agitava le zampette per springare a terra, busse se allungava il collo o cacciava il musetto sotto il braccio della sua tiranna per vedere se il canino innamorato la seguisse tuttavia.

Per fortuna, questa crudele sorveglianza si faceva men rigorosa ogni qual volta un nuovo corteggiatore veniva a rinverdir le speranze di miss Galley. Se *Mimì* avesse potuto ragionare e riflettere, dalla maggiore o minore libertà di cui godeva, avrebbe potuto argomentare di quanta speranza la nuova avventura desse alimento al cuore inesausto della sua padrona, uccellino dal becco sempre aperto.

Ora, quell'estate, a Chianciano, *Mimì* era liberissima.

C'era, difatti, alla Pensione Ronchi, un signore, un bell'uomo d'oltre quarant'anni, molto bruno, precocemente canuto, ma coi baffi ancor neri (forse un po' troppo), elegantissimo, il quale, venuto a Chianciano pei quindici giorni della cura, vi si tratteneva da oltre un mese e non accennava ancora d'andarsene, per quanto all'arrivo avesse dichiarato d'avere a Roma urgentissimi affari, a cui s'era sottratto a stento e non senza grave rischio. Di che genere fossero questi affari, non diceva; aveva molto viaggiato e mostrava di conoscer bene Londra e Parigi e d'aver molte aderenze nel mondo giornalistico romano. Sul registro della Pensione s'era firmato: Comm. Basilio Gori. Fin dal primo giorno s'era messo a parlare in inglese, a lungo, con miss Galley. Ora l'uno e l'altra ogni mattina uscivano dalla Pensione per tempissimo e si recavano a piedi, per il lungo stradale alberato, alle Terme dell'Acqua Santa.

Miss Galley non beveva: diceva d'esser venuta a Chianciano solo per cambiamento d'aria.

Beveva lui.

Passeggiavano accanto, loro due soli, pe' vialetti del prato in pendìo sotto gli alti platani, bersagliati dalla maligna curiosità di tutti gli altri bagnanti. A lui questa maligna curiosità pareva non dispiacesse punto; e se due o tre si fermavano apposta per godere davvicino e con una certa impertinenza di quello spettacolo d'amor peripatetico, egli volgeva loro uno sguardo freddo, sprezzante, ma con un'aria di vanità soddisfatta; ella, invece, abbassava gli occhi, per levarli poco dopo in volto a lui, a ricevere il compenso di quella tenera, istintiva gratitudine che ogni uomo prova per la donna che, sacrificando un po' del suo pudore, dimostra di voler piacere a uno solo, sfidando la malignità degli altri.

Mimì li seguiva, e spesso provocava le risa di quanti stavano a osservar la coppia innamorata, perché di tratto in tratto addentava di dietro la veste della padrona e gliela tirava, gliela scoteva, squassando rabbiosamente la testina, come se volesse richiamarla in sé, arrestarla. Miss Galley, assalita dalla stizza, strappava la veste dai denti della cagnolina e la mandava a ruzzolar lontano su l'erbetta del prato. Ma, poco dopo, *Mimì* ritornava all'assalto, non già perché le premesse la buona reputazione della padrona, ma perché a girar lì per quei pratelli scoscesi s'annoiava maledettamente e voleva ritornare in paese, ove si sapeva aspettata dal suo *Pallino*.

Tira e tira, raggiunse finalmente l'intento. Miss Galley la lasciò, con molti avvertimenti, alla Pensione, adducendo in iscusa che temeva si stancasse troppo, la povera bestiola.

Difatti miss Galley e il commendator Gori, dopo aver girato per più d'un'ora pei viali dell'Acqua Santa, ritornavano, sempre a piedi, al paese, ma per riprender poco dopo a vagabondare o su per la strada di Montepulciano, o giù per quella che conduce alla stazione, o salivano al poggio dei Cappuccini, e non rientravano alla Pensione se non all'ora di pranzo. E, via facendo, ella con l'ombrellino rosso riparava anche lui dai raggi del sole, e tutti e due andavano mollemente quasi avviluppati in una tenerezza deliziosa, assaporando l'ebrietà squisita delle carezze rattenute, dei contatti fuggevoli delle mani, dei lunghi sguardi appassionati, in cui le anime si allacciano, si stringono fino a spasimar di voluttà.

Intanto i vetturini, che non li potevano soffrire perché li vedevano andar sempre a piedi, si facevano venir la tosse ogni qual volta li incontravano per la strada, e quella tosse faceva ridere i signori che traballavano nelle vetturette sgangherate.

A Chianciano ormai non si parlava d'altro; in tutte le Pensioni, al Circolo, al Caffè, in farmacia, al Giuoco del Pallone, all'Arena, miss Galley e il commendator Gori facevano da mane a sera le spese della conversazione. Chi li aveva incontrati qua e chi là, e lui era messo così e lei era messa cosà... Quelli che, finita la cura, partivano, ragguagliavano i nuovi arrivati, e dopo quattro o cinque giorni domandavano ancora, da lontano, nelle cartoline illustrate, notizie della coppia felice.

Tutt'a un tratto (si era ormai ai primi di settembre) si sparse per Chianciano la notizia che il commendator Gori partiva per Roma all'improvviso, lui solo. I commenti furono infiniti e grandissimo lo stupore.

Che era accaduto?

Alcuni dicevano che miss Galley aveva saputo che egli era ammogliato e diviso dalla moglie; altri, che il Gori, essendo d'un balzo in principio salito ai sette cieli, aveva avuto bisogno di tutto quel tempo per calare con garbo a ghermir la preda, la quale, alla stretta, gli s'era scoperta magra e spennata; altri poi volevano sostenere che non c'era rottura; che miss Galley avrebbe raggiunto a Roma il fidanzato, e altri infine, che il Gori sarebbe ritornato a Chianciano fra pochi giorni per ripartire quindi con la sposa per Firenze. Ma quelli della Pensione Ronchi assicuravano che l'avventura era proprio finita, tanto vero che miss Galley non era scesa quel giorno in sala a desinare e che il Gori s'era mostrato a tavola molto turbato.

Tutti questi discorsi s'intrecciavano nella piazza del Giuoco del Pallone, ove l'intera colonia bagnante e molti del paese eran convenuti per assistere alla partenza del Gori.

Quando la vettura uscì dalla porta del paese, tutti si fecero alla spalletta della piazza.

Il Gori, in vettura, leggeva tranquillamente il giornale. Passando sotto la piazza, levò gli occhi, come per godere, lui attore, dello spettacolo di tanti spettatori.

Ma, all'improvviso, dietro la piccola Arena che sorge in mezzo alla piazza si levò un furibondo abbaio d'una frotta di cani azzuffati, aggrovigliati in una mischia feroce. Tutti si voltarono a guardare, alcuni ritraendosi per paura, altri accorrendo coi bastoni levati.

In mezzo a quel groviglio c'era *Pallino* con la sua *Mimì*, *Pallino* e *Mimì* che, tra l'invidia e la gelosia terribile dei loro compagni, erano riusciti finalmente a celebrar le loro nozze.

Le signore torcevano il viso, gli uomini sghignazzavano, quando, preceduta da una frotta di monellacci, si precipitò nella piazza miss Galley, come una furia, scapigliata dal vento e dalla corsa, col cappello in mano e gli occhi gonfi e rossi di pianto.

– *Mimì! Mimì! Mimì!*

Alla vista dell'orribile scempio, levò le braccia, allibita, poi si coprì il volto con le mani, volse le spalle e risalì in paese con la stessa furia con la quale era venuta. Rientrata alla Pensione come una bufera, s'avventò contro il Ronchi, contro i camerieri, con le dita artigliate, quasi volesse sbranarli; si contenne a stento, strozzata dalla rabbia, arrangolata, senza potere articolar parola. Già dianzi aveva perduto la voce, strillando, nell'accorgersi (dopo tanti giorni!) che *Mimì* non era sorvegliata, che *Mimì* non era in casa e non si sapeva dove fosse. Salì nella sua camera, afferrò, ammassò tutte le sue robe nel baule, nelle valige, ordinò una vettura a due cavalli, che la conducesse subito subito alla stazione di Chiusi, perché non voleva trattenersi più a Chianciano, neanche un'ora, neanche un minuto.

Sul punto di partire, da quegli stessi monellacci che erano corsi con lei in cerca della cagnolina, ansanti, esultanti per la speranza d'una buona mancia, le fu presentata la povera *Mimì*, più morta che viva. Ma miss Galley, contraffatta dall'ira, con un violentissimo scatto la respinse, storcendo la faccia.

Mimì, all'urto furioso, cadde a terra, batté il musetto e, con acuti guaiti, corse ranca ranca a ficcarsi sotto un divano alto appena tre dita dal suolo, mentre la padrona inviperita montava sul legno e gridava al vetturino:

– Via!

Il Ronchi, i camerieri, i bagnanti rientrati di corsa alla Pensione, restarono un pezzo a guardarsi tra loro, sbalorditi; poi ebbero pietà della povera cagnolina abbandonata; ma, per quanto la chiamassero e la invitassero coi modi più affettuosi, non ci fu verso di farla uscire da quel nascondiglio. Bisognò che il Ronchi, aiutato da un cameriere, sollevasse e scostasse il divano. Ma allora *Mimì* s'avventò alla porta come una freccia e prese la fuga. I monelli le corsero dietro, girarono tutto il paese, per ogni verso, arrivarono fin presso la stazione: non la poterono rintracciare.

Il Ronchi, che aveva avuto per lei tante noie, scrollò le spalle, esclamando:

– O vada a farsi benedire!

Dopo cinque o sei giorni, verso sera, *Mimì*, sudicia, scarduffata, famelica, irriconoscibile, fu rivista per le vie di Chianciano, sotto la pioggia lenta, che segnava la fine della stagione. Gli ultimi bagnanti partivano: in capo a una settimana, il paesello, annidato su l'alto colle ventoso, avrebbe ripreso il fosco aspetto invernale.

– To', la cagnetta della signorina! – disse qualcuno, vedendola passare.

Ma nessuno si mosse a prenderla, nessuno la chiamò. E *Mimì* seguitò a vagare, sotto la pioggia. Era già stata alla Pensione Ronchi, ma l'aveva trovata chiusa, perché il proprietario s'era affrettato di andare in campagna per la vendemmia.

Di tratto in tratto s'arrestava a guardare con gli occhietti cisposi tra i peli, come se non sapesse ancora comprendere come mai nessuno avesse pietà di lei così piccola, di lei così carezzata prima e curata: come mai nessuno la prendesse per riportarla alla padrona, che l'aveva perduta, alla padrona, che essa aveva cercato invano per tanto tempo e cercava ancora. Aveva fame, era stanca, tremava di freddo, e non sapeva più dove andare, dove rifugiarsi.

Nei primi giorni, qualcuno, nel vedersi seguito da lei, si chinò a lisciarla, a commiserarla; ma poi, seccato di trovarsela sempre alle calcagna, la cacciò via sgarbatamente. Era gravida. Pareva quasi impossibile: una coserellina lì, che non pareva nemmeno: gravida! E la scostavano col piede.

Fanfulla Mochi, dalla soglia della bottega, vedendola trotterellar per via, sperduta, un giorno la chiamò; le diede da mangiare; e siccome la povera bestiola, ormai avvezza a vedersi scacciata da tutti, se ne stava con la schiena arcuata, per paura, come in attesa di qualche calcio, la lisciò, la carezzò, per rassicurarla. La povera *Mimì*, quantunque affamata, lasciò di mangiare per leccar la mano al benefattore. Allora Fanfulla chiamò *Pallino*, che dormiva nella cuccia sotto il banco:

– Cane, figlio di cane, brutto libertino scodato, guarda qua la tua sposa!

Ma ormai *Mimì* non era più una cagnetta signorina, era divenuta una cagnetta di strada, una delle tante del paese. E *Pallino* non la degnò nemmeno d'uno sguardo.

NEL SEGNO

Come seppe che nella mattinata gli studenti di medicina sarebbero ritornati all'ospedale, Raffaella Òsimo pregò la capo-sala d'introdurla nella sala del primario, dove si tenevano le lezioni di semeiotica.

La capo-sala la guardò male.

– Vuoi farti vedere dagli studenti?

– Sì, per favore; prendete me.

– Ma lo sai che sembri una lucertola?

– Lo so. Non me n'importa! Prendete me.

– Ma guarda un po' che sfacciata. E che ti figuri che ti faranno là dentro?

– Come a Nannina, – rispose la Òsimo. – No?

Nannina, sua vicina di letto, uscita il giorno avanti dall'ospedale, le aveva mostrato, appena rientrata in corsia dopo la lezione là nella sala in fondo, il corpo tutto segnato come una carta geografica; segnati i polmoni, il cuore, il fegato, la milza, col lapis dermografico.

– E ci vuoi andare? – concluse quella. – Per me, ti servo. Ma bada che il segno non te lo levi più per molti giorni, neppure col sapone.

La Òsimo alzò le spalle e disse sorridendo:

– Voi portatemi, e non ve ne curate.

Le era tornato in volto un po' di colore; ma era ancor tanto magra: tutta occhi e tutta capelli. Gli occhi però, neri, bellissimi, le brillavano di nuovo, acuti. E in quel lettuccio il suo corpo di ragazzina, minuscolo, non pareva nemmeno, tra le pieghe delle coperte.

Per quella capo-sala, come per tutte le suore infermiere, era una vecchia conoscenza, Raffaella Òsimo.

Già due altre volte era stata lì, all'ospedale. La prima volta, per... – eh, benedette ragazze! si lasciano infinocchiare, e poi, chi ci va di mezzo? una povera creaturina innocente, che va a finire all'ospizio dei trovatelli.

La Òsimo, a dir vero, lo aveva scontato amaramente anche lei, il suo fallo; due mesi circa dopo il parto, era ritornata all'ospedale più di là che di qua, con tre pasticche di sublimato in corpo. Ora c'era per l'anemia, da un mese. A forza d'iniezioni di ferro s'era già rimessa, e tra pochi giorni sarebbe uscita dall'ospedale.

Le volevano bene in quella corsia e avevano carità e sofferenza di lei per la timida e sorridente grazia della sua bontà pur così sconsolata. Ma anche la disperazione in lei non si manifestava né con fosche maniere né con lacrime.

Aveva detto sorridendo, la prima volta, che non le restava ormai più altro che morire. Vittima come era, però, d'una sorte comune a troppe ragazze, non aveva destato né una particolare pietà né un particolar timore per quell'oscura minaccia. Si sa che tutte le sedotte e le tradite minacciano il suicidio: non bisogna darsi a credere tante cose.

Raffaella Òsimo, però, lo aveva detto e lo aveva fatto.

Invano, allora, le buone suore assistenti s'eran provate a confortarla con la fede; ella aveva fatto, come faceva anche adesso; ascoltava attenta, sorrideva, diceva di sì; ma si capiva che il groppo che le stringeva il cuore non si scioglieva né s'allentava per quelle esortazioni.

Nessuna cosa più la invogliava a sperare nella vita: riconosceva che s'era illusa, che il vero inganno le era venuto dall'inesperienza, dall'appassionata e credula sua natura, più che dal giovine a cui s'era abbandonata e che non avrebbe potuto mai esser suo.

Ma rassegnarsi, no, non poteva.

Che se per gli altri la sua storia non aveva nulla di particolare, non era per ciò men dolorosa per lei. Aveva sofferto tanto! Prima lo strazio di vedersi ucciso il padre, proditoriamente; poi, la caduta irreparabile di tutte le sue aspirazioni.

Era una povera cucitrice, adesso, tradita come tante altre, abbandonata come tante altre; ma un giorno... Sì, anche le altre, è vero, dicevano allo stesso modo: – *Ma un giorno...* – e mentivano; perché ai miseri, ai vinti, sorge spontaneo dal petto oppresso il bisogno di mentire.

Ma lei non mentiva.

Giovinetta ancora, lei, certamente avrebbe preso la patente di maestra, se il padre, che la manteneva con tanto amore agli studii, non le fosse venuto a mancare così di colpo, laggiù, in Calabria, assassinato, non per odio diretto, ma durante le elezioni politiche, per mano d'un sicario rimasto ignoto, pagato senza dubbio dalla fazione avversaria del barone Barni, di cui egli era segretario zelante e fedele.

Eletto deputato, il Barni, sapendola anche orfana di madre e sola, per farsi bello d'un atto di carità di fronte agli elettori, la aveva accolta in casa.

Così era venuta a Roma, in uno stato incerto: la trattavano come se fosse della famiglia, ma figurava intanto come istitutrice dei figliuoli più piccoli del barone e anche un po' come dama di compagnia della baronessa: senza stipendio, beninteso.

Lei lavorava: il Barni si prendeva il merito della carità.

Ma che glien'importava, allora? Lavorava con tutto il cuore, per acquistarsi la benevolenza paterna di chi la ospitava, con una speranza segreta: che quelle sue cure amorose, cioè, quei suoi servizi senz'alcun compenso, dopo il sacrificio del padre, valessero a vincere l'opposizione che forse il barone avrebbe fatta al figliuolo maggiore, Riccardo, quando questi, come già le aveva promesso, gli avrebbe dichiarato l'amore che sentiva per lei. Oh, era sicurissimo Riccardo che il padre avrebbe condisceso di buona voglia; ma aveva appena diciannove anni, era ancora studente di liceo; non si sentiva il coraggio di far quella dichiarazione ai genitori: meglio aspettare qualche anno.

Ora, aspettando... Ma lì, possibile? nella stessa casa, sempre vicini, fra tante lusinghe, dopo tante promesse, con tanti giuramenti...

La passione la aveva accecata.

Quando, alla fine, il fallo non s'era più potuto nascondere, cacciata via! Sì, proprio cacciata via, poteva dire, senz'alcuna misericordia, senz'alcun riguardo neanche per il suo stato. Il Barni aveva scritto a una vecchia zia di lei, perché fosse venuta subito a riprendersela e a portarsela via, laggiù in Calabria, promettendo un assegno; ma la zia aveva scongiurato il barone di aspettare almeno che la nipote si fosse prima liberata a Roma, per non affrontar lo scandalo in un piccolo paese; e il Barni aveva ceduto, ma a patto che il figliuolo non ne avesse saputo nulla e le avesse credute già fuori di Roma. Dopo il parto, però, ella non era voluta tornare in Calabria; il barone allora, su tutte le furie, aveva minacciato di togliere l'assegno; e lo aveva tolto difatti, dopo il tentato suicidio. Riccardo era partito per Firenze; lei, salvata per miracolo, s'era messa a far la giovine di sarta per mantenere sé e la zia. Era passato un anno; Riccardo era ritornato a Roma; ma ella non aveva nemmen tentato di rivederlo. Fallitole il proposito violento, s'era fitto in capo di lasciarsi morire a poco a poco. La zia, un bel giorno, aveva perduto la pazienza e se n'era ritornata in Calabria. Un mese addietro, durante uno svenimento in casa della sarta presso la quale lavorava, era stata condotta lì all'ospedale, e c'era rimasta per curarsi dell'anemia.

L'altro giorno, intanto, dal suo lettino, Raffaella Òsimo aveva veduto passare per la corsia gli studenti di medicina che facevano il corso di semeiotica, e fra questi studenti aveva riveduto, dopo circa due anni, Riccardo, con accanto una giovinetta, che doveva essere una studentessa anche lei, bionda, bella, straniera all'aspetto: e dal modo con cui la guardava... – ah, Raffaella non poteva ingannarsi! – appariva chiaramente che n'era innamorato. E come gli sorrideva lei, pendendo quasi dagli occhi di lui...

Li aveva seguiti con lo sguardo fino in fondo alla corsia; poi era rimasta con gli occhi sbarrati, levata su un gomito. Nannina, la sua vicina di letto, s'era messa a ridere.

– Che hai veduto?

– Nulla...

E aveva sorriso anche lei, riabbandonandosi sul letto, perché il cuore le batteva come volesse balzarle dal seno.

Era venuta poi la capo-sala a invitare Nannina a vestirsi, perché il professore la voleva di là per la lezione agli studenti.

– E che debbono farmi? – aveva domandato Nannina.

– Ti mangeranno! Che vuoi che ti facciano? – le aveva risposto quella. – Tocca a te; toccherà anche alle altre. Tanto, tu domani andrai via.

Aveva tremato, dapprima, Raffaella al pensiero che potesse toccare anche a lei. Ah, così caduta, così derelitta, come ricomparirgli davanti, lì? Per certi falli, quando la bellezza sia sparita, né compatimento, né commiserazione.

Certo i compagni di Riccardo, vedendola così misera, lo avrebbero deriso:

– Come! Con quella lucertolina t'eri messo?

Non sarebbe stata una vendetta. Né lei, del resto, voleva vendicarsi.

Quando però, dopo circa mezz'ora, Nannina era ritornata al suo lettuccio e le aveva spiegato che cosa le avevano fatto di là e mostrato il corpo tutto segnato, Raffaella improvvisamente aveva cangiato idea; ed ecco, fremeva d'impazienza, ora, aspettando l'arrivo degli studenti.

Giunsero, alla fine, verso le dieci. C'era Riccardo e, come l'altro giorno, accanto alla studentessa straniera. Si guardavano e si sorridevano.

– Mi vesto? – domandò Raffaella alla capo-sala, balzando a sedere tutt'accesa sul letto, appena quelli entrarono nella sala in fondo alla corsia.

– Ih che prescia! giù, – le impose la capo-sala, – aspetta prima che il professore dia l'ordine.

Ma Raffaella, come se colei le avesse detto: «Vestiti!» prese a vestirsi di nascosto.

Era già bella e pronta sotto le coperte, quando la capo-sala venne a chiamarla.

Pallida come una morta, convulsa in tutto il misero corpicino, sorridente, con gli occhi sfavillanti e i capelli che le cascavano da tutte le parti, entrò nella sala.

Riccardo Barni parlava con la giovine studentessa e non s'accorse in prima di lei, che – smarrita fra tanti giovani – lo cercava con gli occhi e non sentiva il medico primario, libero docente di semeiotica, che le diceva:

– Qua, qua, figliuola!

Alla voce del professore, il Barni si voltò e vide Raffaella che lo fissava, avvampata ora in volto: allibì; diventò pallidissimo; gli s'intorbidò la vista.

– Insomma! – gridò il professore. – Qua!

Raffaella sentì ridere tutti gli studenti e si riscosse vie più smarrita; vide che Riccardo si ritraeva in fondo alla sala, verso la finestra; si guardò attorno; sorrise nervosamente e domandò:

– Che debbo fare?

– Qua, qua, qua, stendetevi qua! – le ordinò il professore che stava a capo d'un tavolino, su cui era stesa una specie d'imbottita.

– Eccomi, sissignore! – s'affrettò a ubbidire Raffaella; ma siccome stentava a tirarsi su a sedere sul tavolino, sorrise di nuovo e disse: – Non ci arrivo...

Uno studente la aiutò a montare. Seduta, prima di stendersi, guardò il professore, ch'era un bell'uomo, alto di statura, tutto raso, con gli occhiali d'oro, e gli disse, indicando la studentessa straniera:

– Se me lo facesse disegnare da lei...

Nuovo scoppio di risa degli studenti. Sorrise anche il professore:

– Perché? Ti vergogni?

– Nossignore. Ma sarei più contenta.

E si volse a guardare verso la finestra, là in fondo, ove Riccardo s'era rincantucciato, con le spalle volte alla sala.

La bionda studentessa seguì istintivamente quello sguardo. Aveva già notato l'improvviso turbamento del Barni. Ora s'accorse ch'egli s'era ritirato là, e si turbò anche lei vivamente.

Ma il professore la chiamò:

– Su, dunque, a lei, signorina Orlitz. Contentiamo la paziente.

Raffaella si stese sul tavolino e guardò la studentessa che si sollevava la veletta su la fronte. Ah, com'era bella, bianca e delicata, con gli occhi celesti, dolci dolci. Ecco, si liberava della mantella, prendeva il lapis dermografico che il professore le porgeva e si chinava su lei per scoprirle, con mani non ben sicure, il seno.

Raffaella Òsimo serrò gli occhi per vergogna di quel suo misero seno, esposto agli sguardi di tanti giovani, là, attorno al tavolino. Sentì posarsi una mano fredda sul cuore.

– Batte troppo... – disse subito, con spiccato accento esotico, la signorina, ritraendo la mano.

– Quant'è che siete all'ospedale? – domandò il professore.

Raffaella rispose, senza schiuder gli occhi; ma con le palpebre che le fervevano, nervosamente:

– Trentadue giorni. Son quasi guarita.

– Senta se c'è soffio anemico, – riprese il professore, porgendo alla studentessa lo stetoscopio.

Raffaella sentì sul seno il freddo dello strumento; poi la voce della signorina che diceva:

– Soffio, no... Palpitazione, troppo.

– Andiamo, faccia la percussione, – ingiunse allora il professore.

Ai primi picchi, Raffaella piegò da un lato la testa, strinse i denti e si provò ad aprire gli occhi; li richiuse subito, facendo un violento sforzo su se stessa per contenersi. Di tratto in tratto come la studentessa sospendeva un po' la percussione per segnare sotto il dito medio una breve lineetta col lapis intinto in un bicchier d'acqua che uno studente lì presso reggeva, ella soffiava penosamente per le nari il fiato trattenuto.

Quanto durò quel supplizio? Ed egli era sempre là, presso la finestra... Perché non lo richiamava il professore? perché non lo invitava a vedere il cuore di lei, che la sua bionda compagna tracciava man mano su quello squallido seno, così ridotto per lui?

Ecco, finalmente la percussione era finita. Ora la studentessa congiungeva tutte le lineette per compire il disegno. Raffaella fu tentata di guardarselo, quel suo cuore, lì disegnato; ma, improvvisamente, non poté più reggere; scoppiò in singhiozzi.

Il professore, seccato, la rimandò nella corsia, ordinando alla capo-sala d'introdurre un'altra inferma meno isterica e meno scema di quella.

La Òsimo sopportò in pace i rimbrotti della capo-sala e tornò al suo lettuccio ad aspettare, tutta tremante, che gli studenti uscissero dalla sala.

La avrebbe egli cercata con gli occhi, almeno, attraversando la corsia? Ma no, no: che importava più a lei, ormai? Non avrebbe alzato nemmeno il capo per farsi scorgere. Egli non doveva più vederla. Le bastava di avergli fatto conoscere come s'era ridotta per lui.

Prese con le mani tremanti la rimboccatura del lenzuolo e se la tirò sul volto, come se fosse morta.

Per tre giorni Raffaella Òsimo vigilò con attenta cura che il segno del cuore non le si cancellasse dal seno.

Uscita dall'ospedale, innanzi a un piccolo specchio nella sua povera cameretta, si confisse uno stiletto puntato contro la parete, là, nel bel mezzo del segno che la rivale ignara le aveva tracciato.

LA CASA DEL GRANELLA

I

I topi non sospettano l'insidia della trappola. Vi cascherebbero, se la sospettassero? Ma non se ne capacitano neppure quando vi son cascati. S'arrampicano squittendo su per le gretole; cacciano il musetto aguzzo tra una gretola e l'altra; girano; rigirano senza requie, cercando l'uscita.

L'uomo che ricorre alla legge sa, invece, di cacciarsi in una trappola. Il topo vi si dibatte. L'uomo, che sa, sta fermo. Fermo, col corpo, s'intende. Dentro, cioè con l'anima, fa poi come il topo, e peggio.

E così facevano, quella mattina d'agosto, nella sala d'aspetto dell'avvocato Zummo i numerosi clienti, tutti in sudore, mangiati dalle mosche e dalla noia.

Nel caldo soffocante, la loro muta impazienza, assillata dai pensieri segreti, si esasperava di punto in punto. Fermi però, là, si lanciavano tra loro occhiatacce feroci.

Ciascuno avrebbe voluto tutto per sé, per la sua lite, il signor avvocato, ma prevedeva che questi, dovendo dare udienza a tanti nella mattinata, gli avrebbe accordato pochissimo tempo, e che, stanco, esausto dalla troppa fatica, con quella temperatura di quaranta gradi, confuso, frastornato dall'esame di tante questioni, non avrebbe più avuto per il suo caso la solita lucidità di mente, il solito acume.

E ogni qualvolta lo scrivano, che copiava in gran fretta una memoria, col colletto sbottonato e un fazzoletto sotto il mento, alzava gli occhi all'orologio a pendolo, due o tre sbuffavano e più d'una seggiola scricchiolava. Altri, già sfiniti dal caldo e dalla lunga attesa, guardavano oppressi le alte scansie polverose, sovraccariche d'incartamenti: litigi antichi, procedure, flagello e rovina di tante povere famiglie! Altri ancora, sperando di distrarsi, guardavano le finestre dalle stuoie verdi abbassate, donde venivano i rumori della via, della gente che andava spensierata e felice mentr'essi qua... auff! E con un gesto furioso scacciavano le mosche, le quali, poverine, obbedendo alla loro natura, si provavano a infastidirli un po' più e a profittare dell'abbondante sudore che l'agosto e il tormento smanioso delle brighe giudiziarie spremono dalle fronti e dalle mani degli uomini.

Eppure c'era qualcuno più molesto delle mosche nella sala d'aspetto, quella mattina: il figlio dell'avvocato, brutto ragazzotto di circa dieci anni, il quale era certo scappato di soppiatto dalla casa annessa allo studio, senza calze, scamiciato, col viso sporco, per rallegrare i clienti di papà.

– Tu come ti chiami? Vincenzo? Oh che brutto nome! E questo ciondolo è d'oro? si apre? come si apre? e che c'è dentro? Oh, guarda... capelli... E di chi sono? e perché ce li tieni?

Poi, sentendo dietro l'uscio dello studio i passi di papà che veniva ad accompagnare fino alla porta qualche cliente di conto, si cacciava sotto il tavolino, tra le gambe dello scrivano. Tutti nella sala d'aspetto si levavano in piedi e guardavano con occhi supplici l'avvocato, il quale, alzando le mani, diceva, prima di rientrare nello studio:

– Un po' di pazienza, signori miei. Uno per volta.

Il fortunato, a cui toccava, lo seguiva ossequioso e richiudeva l'uscio; per gli altri ricominciava più smaniosa e opprimente l'attesa.

II

Tre soltanto, che parevano marito, moglie e figliuola, non davano alcun segno d'impazienza.

L'uomo, su i sessant'anni, aveva un aspetto funebre; non s'era voluto levar dal capo una vecchia tuba dalle tese piatte, spelacchiata e inverdita, forse per non scemar solennità all'abito nero, all'ampia, greve, antica finanziera, che esalava un odore acuto di naftalina.

Evidentemente s'era parato così perché aveva stimato di non poterne fare a meno, venendo a parlare col signor avvocato.

Ma non sudava.

Pareva non avesse più sangue nelle vene, tanto era pallido; e che avesse le gote e il mento ammuffiti, per una peluria grigia e rada che voleva esser barba. Aveva gli occhi strabi, chiari, accostati a un gran naso a scarpa; e sedeva curvo, col capo basso, come schiacciato da un peso insopportabile; le mani scarne, diafane, appoggiate al bastoncino.

Accanto a lui, la moglie aveva invece un atteggiamento fierissimo nella lampante balordaggine. Grassa, popputa, prosperosa, col faccione affocato e un po' anche baffuto e un paio d'occhi neri spalancati, volti al soffitto.

Con la figliuola, dall'altro lato, si ricascava nel medesimo squallore contegnoso del padre. Magrissima, pallida, con gli occhi strabi anche lei, sedeva come una gobbina. Tanto la figlia quanto il padre pareva non cascassero a terra perché nel mezzo avevano quel donnone atticciato che in qualche modo li teneva su.

Tutti e tre erano osservati dagli altri clienti con intensa curiosità, mista d'una certa costernazione ostile, quantunque essi già tre volte, poverini, avessero ceduto il passo, lasciando intendere che avevano da parlare a lungo col signor avvocato.

Quale sciagura li aveva colpiti? Chi li perseguitava? L'ombra d'una morte violenta, che gridava loro vendetta? La minaccia della miseria?

La miseria, no, di certo. La moglie era sovraccarica d'oro: grossi orecchini le pendevano dagli orecchi; una collana doppia le stringeva il collo; un gran fermaglio a lagrimoni le andava su e giù col petto, che pareva un mantice, e una lunga catena le reggeva il ventaglio e tanti e tanti anelli massicci quasi le toglievano l'uso delle tozze dita sanguigne.

Ormai nessuno più domandava loro il permesso di passare avanti: era già inteso ch'essi sarebbero entrati dopo di tutti. Ed essi aspettavano, pazientissimi, assorti, anzi sprofondati nel loro cupo affanno segreto. Solo, di tanto in tanto, la moglie si faceva un po' di vento, e poi lasciava ricadere il ventaglio, e l'uomo si protendeva per ripetere alla figlia:

– Tinina, ricordati del ditale.

Più d'un cliente aveva cercato di spingere il molestissimo figlio dell'avvocato verso quei tre; ma il ragazzo, aombrato da quel funebre squallore, s'era tratto indietro, arricciando il naso.

L'orologio a pendolo segnava già quasi le dodici, quando, andati via più o meno soddisfatti tutti gli altri clienti, lo scrivano, vedendoli ancora lì immobili come statue, domandò loro:

– E che aspettano per entrare?

– Ah, – fece l'uomo, levandosi in piedi con le due donne. – Possiamo?

– Ma sicuro che possono! – sbuffò lo scrivano. – Avrebbero potuto già da tanto tempo! Si sbrighino, perché l'avvocato desina a mezzogiorno. Scusino, il loro nome?

L'uomo si tolse finalmente la tuba e, all'improvviso, scoprendo il capo calvo, scoprì anche il martirio che quella terribile finanziera gli aveva fatto soffrire: infiniti rivoletti di sudore gli sgorgarono dal roseo cranio fumante e gl'inondarono la faccia esangue, spiritata. S'inchinò, sospirando il suo nome:

– Piccirilli Serafino.

III

L'avvocato Zummo credeva d'aver finito per quel giorno, e rassettava le carte su la scrivania, per andarsene, quando si vide innanzi quei tre nuovi, ignoti clienti.

– Lor signori? – domandò di mala grazia.

– Piccirilli Serafino, – ripeté l'uomo funebre, inchinandosi più profondamente e guardando la moglie e la figliuola per vedere come facevano la riverenza.

La fecero bene, e istintivamente egli accompagnò col corpo la loro mossa da bertucce ammaestrate.

– Seggano, seggano, – disse l'avvocato Zummo, sbarrando tanto d'occhi allo spettacolo di quella mimica. – È tardi. Debbo andare.

I tre sedettero subito innanzi alla scrivania, imbarazzatissimi. La contrazione del timido sorriso, nella faccia cerea del Piccirilli, era orribile: stringeva il cuore. Chi sa da quanto tempo non rideva più quel pover uomo!

– Ecco, signor avvocato...

– Siamo venuti, – cominciò contemporaneamente la figlia.

E la madre, con gli occhi al soffitto, sbuffò:

– Cose dell'altro mondo!

– Insomma, parli uno, – disse Zummo, accigliato. – Chiaramente e brevemente. Di che si tratta?

– Ecco, signor avvocato, – riprese il Piccirilli, dando un'ingollatina. – Abbiamo ricevuto una citazione.

– Assassinio, signor avvocato! – proruppe di nuovo la moglie.

– Mammà, – fece timidamente la figlia, per esortarla a tacere o a parlar più pacata.

Il Piccirilli guardò la moglie, e, con quella autorità che la meschinissima corporatura gli poteva conferire, aggiunse:

– Mararo', ti prego: parlo io! Una citazione, signor avvocato. Noi abbiamo dovuto lasciar la casa in cui abitavamo, perché...

– Ho capito. Sfratto? – domandò Zummo per tagliar corto.

– Nossignore, – rispose umilmente il Piccirilli. – Al contrario. Abbiamo pagato sempre la pigione, puntualmente, anticipata. Ce ne siamo andati da noi, contro la volontà del proprietario, anzi. E il proprietario ora ci chiama a rispettare il contratto di locazione e, per di più, responsabili di danni e interessi, perché, dice, la casa noi gliel'abbiamo infamata.

– Come come? – fece Zummo, rabbuiandosi e guardando, questa volta, la moglie. – Ve ne siete andati da voi; gli avete infamato la casa, e il proprietario... Non capisco. Parliamoci chiaro, signori miei! L'avvocato è come il confessore. Commercio illecito?

– Nossignore! – s'affrettò a rispondere il Piccirilli, ponendosi le mani sul petto. – Che commercio? Niente! Noi non siamo commercianti. Solo mia moglie dà qualche cosina... così... in prestito, ma a un interesse...

– Onesto, ho capito!

– Creda, sissignore, consentito finanche dalla Santa Chiesa... Ma questo non c'entra. Il Granella, proprietario della casa, dice che noi gliel'abbiamo infamata, perché in tre mesi, in quella casa maledetta, ne abbiamo vedute di tutti i colori, signor avvocato! Mi vengono... mi vengono i brividi solo a pensarci!

– Oh Signore, scampatene e liberatene tutte le creature della terra! – esclamò con un formidabile sospiro la moglie, levandosi in piedi, levando le braccia e poi facendosi con la mano piena d'anelli il segno della croce.

La figlia, col capo basso e con le labbra strette, aggiunse:

– Una persecuzione... (Siedi, mammà).

– Perseguitati, sissignore – rincalzò il padre. – (Siedi, Mararo'!). Perseguitati, è la parola. Noi siamo stati per tre mesi perseguitati a morte, in quella casa.

– Perseguitati da chi? – gridò Zummo, perdendo alla fine la pazienza.

– Signor avvocato, – rispose piano il Piccirilli, protendendosi verso la scrivania e ponendosi una mano presso la bocca, mentre con l'altra imponeva silenzio alle due donne, – (*Ssss...*) Signor avvocato, dagli spiriti!

– Da chi? – fece Zummo, credendo d'aver sentito male.

– Dagli spiriti, sissignore! – raffermò forte, coraggiosamente, la moglie, agitando in aria le mani.

Zummo scattò in piedi, su le furie:

– Ma andate là! Non mi fate ridere! Perseguitati dagli spiriti? Io devo andare a mangiare, signori miei!

Quelli, allora, alzandosi anche loro, lo circondarono per trattenerlo, e presero a parlare tutti e tre insieme, supplici:

– Sissignore, sissignore! Vossignoria non ci crede? Ma ci ascolti... Spiriti, spiriti infernali! Li abbiamo veduti noi, coi nostri occhi. Veduti e sentiti... Siamo stati martoriati, tre mesi!

E Zummo, scrollandosi rabbiosamente:

– Ma andate, vi dico! Sono pazzie! Siete venuti da me? Al manicomio, al manicomio, signori miei!

– Ma se ci hanno citato... – gemette a mani giunte il Piccirilli.

– Hanno fatto benone! – gli gridò Zummo sul muso.

– Che dice, signor avvocato? – s'intromise la moglie, scostando tutti. – È questa l'assistenza che Vossignoria presta alla povera gente perseguitata? Oh Signore! Vossignoria parla così perché non ha veduto come noi! Ci sono, creda pure, ci sono, gli spiriti! ci sono! E nessuno meglio di noi lo può sapere!

– Voi li avete veduti? – le domandò Zummo con un sorriso di scherno.

– Sissignore, con gli occhi miei, – affermò subito, non interrogato, il Piccirilli.

– Anch'io, coi miei, – aggiunse la figlia, con lo stesso gesto.

– Ma forse coi vostri! – non poté tenersi dallo sbuffare l'avvocato Zummo con gl'indici tesi verso i loro occhi strabi.

– E i miei, allora? – saltò a gridare la moglie, dandosi una manata furiosa sul petto e spalancando gli occhiacci. – Io ce li ho giusti, per grazia di Dio, e belli grossi, signor avvocato! E li ho veduti anch'io, sa, come ora vedo Lei!

– Ah sì? – fece Zummo. – Come tanti avvocati?

– E va bene! – sospirò la donna. – Vossignoria non ci crede; ma abbiamo tanti testimoni, sa? tutto il vicinato che potrebbe venire a deporre...

Zummo aggrottò le ciglia:

– Testimoni che hanno veduto?

– Veduto e udito, sissignore!

– Ma veduto... che cosa per esempio? – domandò Zummo, stizzito.

– Per esempio, seggiole muoversi, senza che nessuno le toccasse...

– Seggiole?

– Sissignore.

– Quella seggiola là, per esempio?

– Sissignore, quella seggiola là, mettersi a far le capriole per la stanza, come fanno i ragazzacci per istrada; e poi, per esempio... che debbo dire? un portaspilli, per esempio, di velluto, in forma di melarancia, fatto da mia figlia Tinina, volare dal cassettone su la faccia del povero mio marito, come lanciato... come lanciato da una mano invisibile; l'armadio a specchio scricchiolare e tremar tutto, come avesse le convulsioni, e dentro... dentro l'armadio, signor avvocato... mi s'aggricciano le carni solo a pensarci... risate!

– Risate! – aggiunse la figlia.

– Risate! – il padre.

E la moglie, senza perder tempo, seguitò:

– Tutte queste cose, signor avvocato mio, le hanno vedute e udite le nostre vicine, che sono pronte, come le ho detto, a testimoniare. Noi abbiamo veduto e udito ben altro!

– Tinina, il ditale, – suggerì, a questo punto, il padre.

– Ah, sissignore, – prese a dire la figlia, riscotendosi con un sospiro. – Avevo un ditalino d'argento, ricordo della nonna, sant'anima! Lo guardavo, come la pupilla degli occhi. Un giorno, lo cerco nella tasca e non lo trovo! lo cerco per tutta la casa e non lo trovo! Tre giorni a cercarlo, che a momenti ci perdevo anche la testa. Niente! Quando una notte, mentre stavo a letto, sotto la zanzariera...

– Perché ci sono anche le zanzare, in quella casa, signor avvocato! – interruppe la madre.

– E che zanzare! – appoggiò il padre, socchiudendo gli occhi e tentennando il capo.

– Sento, – riprese la figlia, – sento qualcosa che salta sul cielo della zanzariera...

A questo punto il padre la fece tacere con un gesto della mano. Doveva attaccar lui. Era un pezzo concertato, quello.

– Sa, signor avvocato? tal quale come si fanno saltare le palle di gomma, che si dà loro un colpetto e rivengono alla mano.

– Poi, – seguitò la figlia, – come lanciato più forte, il mio ditalino dal cielo della zanzariera va a schizzare al soffitto e casca per terra, ammaccato.

– Ammaccato, – ripeté la madre.

E il padre:

– Ammaccato!

– Scendo dal letto, tutta tremante, per raccoglierlo e, appena mi chino, al solito, dal tetto...

– Risate, risate, risate... – terminò la madre.

L'avvocato Zummo restò a pensare, col capo basso e le mani dietro la schiena, poi si riscosse, guardò negli occhi i tre clienti, si grattò il capo con un dito e disse con un risolino nervoso:

– Spiriti burloni, dunque! Seguitate, seguitate... mi diverto.

– Burloni? Ma che burloni, signor avvocato! – ripigliò la donna. – Spiriti infernali, deve dire Vossignoria! Tirarci le coperte del letto; sederci su lo stomaco, la notte; percuoterci alle spalle; afferrarci per le braccia; e poi scuotere tutti i mobili, sonare i campanelli, come se, Dio liberi e scampi, ci fosse il terremoto; avvelenarci i bocconi, buttando la cenere nelle pentole e nelle casseruole... Li chiama burloni Lei? Non ci hanno potuto né il prete né l'acqua benedetta! Allora ne abbiamo parlato al Granella, scongiurandolo di sciòglierci dal contratto, perché non volevamo morire là, dallo spavento, dal terrore... Sa che ci ha risposto quell'assassino? Storie! ci ha risposto. Gli spiriti? Mangiate, dice, buone bistecche, dice, e curatevi i nervi. Lo abbiamo invitato a vedere con gli occhi suoi, a sentire con le sue orecchie. Niente. Non ha voluto saperne; anzi ci ha minacciati: «Guardatevi bene» dice «dal farne chiasso, o vi fulmino!». Proprio così.

– E ci ha fulminato! – concluse il marito, scotendo il capo amaramente. – Ora, signor avvocato, noi ci mettiamo nelle sue mani. Vossignoria può fidarsi di noi: siamo gente dabbene: sapremo fare il nostro dovere.

L'avvocato Zummo finse, al solito, di non udire queste ultime parole: si stirò per un pezzo ora un baffo ora l'altro, poi guardò l'orologio. Era presso il tocco. La famiglia, di là, lo aspettava da un'ora per il desinare.

– Signori miei, – disse, – capirete benissimo che io non posso credere ai vostri spiriti. Allucinazioni... storielle da femminucce. Guardo il caso, adesso, dal lato giuridico. Voi dite d'aver veduto... non diciamo spiriti, per carità! dite d'avere anche testimoni, e va bene; dite che l'abitazione in quella casa vi era resa intollerabile da questa specie di persecuzione... diciamo, strana... ecco! Il caso è nuovo e speciosissimo; e mi tenta, ve lo confesso. Ma bisognerà trovare nel codice un qualche appoggio, mi spiego? un fondamento giuridico alla causa. Lasciatemi vedere, studiare, prima di prendermene l'accollo. Ora è tardi. Ritornate domani e vi saprò dare una risposta. Va bene così?

IV

Subito il pensiero di quella strana causa si mise a girar nella mente dell'avvocato Zummo come una ruota di molino. A tavola, non poté mangiare; dopo tavola, non poté riposare come soleva d'estate, ogni giorno, buttato sul letto.

«Gli spiriti!» ripeteva tra sé di tratto in tratto; e le labbra gli s'aprivano a un sorriso canzonatorio, mentre davanti a gli occhi gli si rappresentavano le comiche figure dei tre nuovi clienti, che giuravano e spergiuravano d'averli veduti.

Tante volte aveva sentito parlar di spiriti; e, per certi racconti delle serve, ne aveva avuto anche lui una gran paura, da ragazzo. Ricordava ancora le angosce che gli avevano strizzato il coricino atterrito nelle terribili insonnie di quelle notti lontane.

– L'anima! – sospirò a un certo punto, stirando le braccia verso il cielo della zanzariera, e lasciandole poi ricader pesantemente sul letto. – L'anima immortale... Eh già! Per ammetter gli spiriti bisogna presupporre l'immortalità dell'anima; c'è poco da dire. L'immortalità dell'anima... Ci credo, o non ci credo? Dico e ho detto sempre di no. Dovrei ora, almeno, ammettere il dubbio, contro ogni mia precedente asserzione. E che figura ci faccio? Vediamo un po'. Noi spesso fingiamo con noi stessi, come con gli altri. Io lo so bene. Sono molto nervoso e, qualche volta, sissignore, trovandomi solo, io ho avuto paura. Paura di che? Non lo so. Ho avuto paura! Noi... ecco, noi temiamo di indagare il nostro intimo essere, perché una tale indagine potrebbe scoprirci diversi da quelli che ci piace di crederci o di esser creduti. Io non ho mai pensato sul serio a queste cose. La vita ci distrae. Faccende, bisogni, abitudini, tutte le minute brighe cotidiane non ci lasciano tempo di riflettere a queste cose, che pure dovrebbero interessarci sopra tutte le altre. Muore un amico? Ci arrestiamo là, davanti alla sua morte, come tante bestie restie, e preferiamo di volgere indietro il pensiero, alla sua vita, rievocando qualche ricordo, per vietarci d'andare oltre con la mente, oltre il punto cioè che ha segnato per noi la fine del nostro amico. Buona notte! Accendiamo un sigaro per cacciar via col fumo il turbamento e la malinconia. La scienza s'arresta anch'essa, là, ai limiti della vita, come se la morte non ci fosse e non ci dovesse dare alcun pensiero. Dice: «Voi siete ancora qua; attendete a vivere, voialtri: l'avvocato pensi a far l'avvocato; l'ingegnere a far l'ingegnere...». E va bene! Io faccio l'avvocato. Ma ecco qua: l'anima immortale, i signori spiriti che fanno? vengono a bussare alla porta del mio studio: «Ehi, signor avvocato, ci siamo anche noi, sa? Vogliamo ficcare anche noi il naso nel suo codice civile! Voi, gente positiva, non volete curarvi di noi? Non volete più darvi pensiero della morte? E noi, allegramente, dal regno della morte, veniamo a bussare alle porte dei vivi, a sghignazzar dentro gli armadii, a far rotolare sotto gli occhi vostri le seggiole, come se fossero tanti monellacci, ad atterrir la povera gente e a mettere in imbarazzo, oggi, un avvocato che passa per dotto; domani, un tribunale chiamato a dar su noi una novissima sentenza...».

L'avvocato Zummo lasciò il letto in preda a una viva eccitazione e rientrò nello studio per compulsare il codice civile.

Due soli articoli potevano offrire un certo fondamento alla lite: l'articolo 1575 e il 1577.

Il primo diceva:

Il locatore è tenuto per la natura del contratto e senza bisogno di speciale stipulazione:

1° a consegnare al conduttore la cosa locata;

2° a mantenerla in istato di servire all'uso per cui viene locata;

3° a garantirne al conduttore il pacifico godimento per tutto il tempo della locazione.

L'altro articolo diceva:

Il conduttore debb'essere garantito per tutti quei vizii o difetti della cosa locata che ne impediscano l'uso, quantunque non fossero noti al locatore al tempo della locazione. Se da questi vizii o difetti proviene qualche danno al conduttore, il locatore è tenuto a farnelo indenne, salvo che provi d'averli ignorati.

Se non che, eccependo questi due articoli, non c'era via di mezzo, bisognava provare l'esistenza reale degli spiriti.

C'erano i fatti e c'erano le testimonianze. Ma fino a qual punto erano queste attendibili? e che spiegazione poteva dare la scienza di quei fatti?

L'avvocato Zummo interrogò di nuovo, minutamente, i Piccirilli; raccolse le testimonianze indicategli e, accettata la causa, si mise a studiarla appassionatamente.

Lesse dapprima una storia sommaria dello Spiritismo, dalle origini delle mitologie fino ai dì nostri, e il libro del Iacolliot su i prodigi del fachirismo; poi tutto quanto avevano pubblicato i più illustri e sicuri sperimentatori, dal Crookes al Wagner, all'Aksakof; dal Gibier allo Zoellner al Janet, al de Rochas, al Richet, al Morselli; e con suo sommo stupore venne a conoscere che ormai i fenomeni così detti spiritici, per esplicita dichiarazione degli scienziati più scettici e più positivi, erano innegabili.

– Ah, perdio! – esclamò Zummo, già tutto acceso e vibrante. – Qua la cosa cambia d'aspetto!

Finché quei fenomeni gli erano stati riferiti da gentuccia come i Piccirilli e i loro vicini, egli, uomo serio, uomo colto, nutrito di scienza positiva, li aveva derisi e senz'altro respinti. Poteva accettarli? Seppure glieli avessero fatti vedere e toccar con mano, avrebbe piuttosto confessato d'essere un allucinato anche lui. Ma ora, ora che li sapeva confortati dall'autorità di scienziati come il Lombroso, come il Richet, ah perdio, la cosa cambiava d'aspetto!

Zummo, per il momento, non pensò più alla lite dei Piccirilli, e si sprofondò tutto, a mano a mano sempre più convinto e con fervore crescente, ne' nuovi studii.

Da un pezzo non trovava più nell'esercizio dell'avvocatura, che pur gli aveva dato qualche soddisfazione e ben lauti guadagni, non trovava più nella vita ristretta di quella cittaduzza di provincia nessun pascolo intellettuale, nessuno sfogo a tante scomposte energie che si sentiva fremere dentro, e di cui egli esagerava a se stesso l'intensità, esaltandole come documenti del proprio valore, via! quasi sprecato lì, tra le meschinità di quel piccolo centro. Smaniava da un pezzo, scontento di sé, di tutto e di tutti; cercava un puntello, un sostegno morale e intellettuale, una qualche fede, sì, un pascolo per l'anima, uno sfogo per tutte quelle energie. Ed ecco, ora, leggendo quei libri... Perdìo! Il problema della morte, il terribile *essere o non essere* d'Amleto, la terribile questione era dunque risolta? Poteva l'anima d'un trapassato tornare per un istante a «materializzarsi» e venire a stringergli la mano? Sì, a stringere la mano a lui, Zummo, incredulo, cieco fino a ieri, per dirgli: «Zummo, sta' tranquillo; non ti curare più delle miserie di codesta tua meschinissima vita terrena! C'è ben altro, vedi? ben altra vita tu vivrai un giorno! Coraggio! Avanti!».

Ma Serafino Piccirilli veniva anche lui, ora con la moglie ora con la figliuola, quasi ogni giorno, a sollecitarlo, a raccomandarglisi.

– Studio! studio! – rispondeva loro Zummo, su le furie. – Non mi distraete, perdìo! state tranquilli; sto pensando a voi.

Non pensava più a nessuno, invece. Rinviava le cause, rimandava anche tutti gli altri clienti.

Per debito di gratitudine, tuttavia, verso quei poveri Piccirilli, i quali, senza saperlo, gli avevano aperto innanzi allo spirito la via della luce, si risolse alla fine a esaminare attentamente il loro caso.

Una grave questione gli si parò davanti e lo sconcertò non poco, su le prime. In tutti gli esperimenti, la manifestazione dei fenomeni avveniva costantemente per la virtù misteriosa d'un *medium*. Certo, uno dei tre Piccirilli doveva esser *medium* senza saperlo. Ma in questo caso il vizio non sarebbe stato più della casa del Granella, bensì degli inquilini; e tutto il processo crollava. Però, ecco, se uno dei Piccirilli era *medium* senza saperlo, la manifestazione dei fenomeni non sarebbe avvenuta anche nella nuova casa presa da essi in affitto? Invece, no! E anche nelle case precedentemente abitate i Piccirilli assicuravano d'essere stati sempre tranquilli. Perché dunque nella sola casa del Granella si erano verificate quelle paurose manifestazioni? Evidentemente, doveva esserci qualcosa di vero nella credenza popolare delle case abitate dagli spiriti. E poi c'era la prova di fatto. Negando nel modo più assoluto la dote della medianità alla famiglia Piccirilli, egli avrebbe dimostrato falsa la spiegazione biologica, che alcuni scienziati schizzinosi avevan tentato di dare dei fenomeni spiritici. Che biologia d'Egitto! Bisognava senz'altro ammettere l'ipotesi metafisica. O che era forse *medium*, lui, Zummo? Eppure parlava col tavolino. Non aveva mai composto un verso in vita sua; eppure il tavolino gli parlava in versi, coi piedi. Che biologia d'Egitto!

Del resto, giacché a lui più che la causa dei Piccirilli premeva ormai d'accertare la verità, avrebbe fatto qualche esperimento in casa dei suoi clienti.

Ne parlò ai Piccirilli; ma questi si ribellarono, impauriti. Egli allora s'inquietò e diede loro a intendere che quell'esperimento era necessario, per la lite, anzi imprescindibile! Fin dalle prime sedute, la signorina Piccirilli, Tinina, si rivelò un *medium* portentoso. Zummo, convulso, coi capelli irti su la fronte, atterrito e beato, poté assistere a tutte, o quasi, le manifestazioni più stupefacenti registrate e descritte nei libri da lui letti con tanta passione. La causa crollava, è vero; ma egli, fuori di sé, gridava ai suoi clienti a ogni fine di seduta:

– Ma che ve n'importa, signori miei? Pagate, pagate... Miserie! Sciocchezze! Qua, perdìo, abbiamo la rivelazione dell'anima immortale!

Ma potevano quei poveri Piccirilli condividere questo generoso entusiasmo del loro avvocato? Lo presero per matto. Da buoni credenti, essi non avevano mai avuto il minimo dubbio su l'immortalità delle loro afflitte e meschine animelle. Quegli esperimenti, a cui si prestavano da vittime, per obbedienza, sembravano loro pratiche infernali. E invano Zummo cercava di rincorarli. Fuggendo dalla casa del Granella, essi credevano d'essersi liberati dalla tremenda persecuzione; e ora, nella nuova casa, per opera del signor avvocato, eccoli di nuovo in commercio coi demonii, in preda ai terrori di prima!

Con voce piagnucolosa scongiuravano l'avvocato di non farne trapelar nulla, di quelle sedute, di non tradirli, per carità!

– Ma va bene, va bene! – diceva loro Zummo, sdegnato. – Per chi mi prendete? per un ragazzino? State tranquilli, signori miei! Io esperimento qua, per conto mio. L'uomo di legge, poi, saprà fare il suo dovere in tribunale, che diamine! Sosterremo il vizio occulto della casa, non dubitate!

V

Lo sostenne, di fatti, il vizio occulto della casa, ma senz'alcun calore di convinzione, certo com'era ormai della medianità della signorina Piccirilli.

Invece sbalordì i giudici, i colleghi, il pubblico che stipava l'aula del tribunale, con una inaspettata, estrosa, fervida professione di fede. Parlò di Allan Kardech come d'un novello messia; definì lo spiritismo la religione nuova dell'umanità; disse che la scienza co' suoi saldi ma freddi ordigni, col suo formalismo troppo rigoroso aveva sopraffatto la natura; che l'albero della vita, allevato artificialmente dalla scienza, aveva perduto il verde, s'era isterilito o dava frutti che imbozzacchivano e sapevano di cenere e tosco, perché nessun calore di fede più li maturava. Ma ora, ecco, il mistero cominciava a schiudere le sue porte tenebrose: le avrebbe spalancate domani! Intanto, da questo primo spiraglio all'umanità sgomenta, in angosciosa ansia, venivano ombre ancora incerte e paurose a rivelare il mondo di là: strane luci, strani segni...

E qui l'avvocato Zummo, con drammaticissima eloquenza, entrò a parlare delle più meravigliose manifestazioni spiritiche, attestate, controllate, accettate dai più grandi luminari della scienza: fisici, chimici, psicologi, fisiologi, antropologi, psichiatri; soggiogando e spesso atterrendo addirittura il pubblico che ascoltava a bocca aperta e con gli occhi spalancati.

Ma i giudici, purtroppo, si vollero tenere terra terra, forse per reagire ai voli troppo sublimi dell'avvocato difensore. Con irritante presunzione, sentenziarono che le teorie, tuttora incerte, dedotte dai fenomeni così detti spiritici, non erano ancora ammesse e accettate dalla scienza moderna, eminentemente positiva; che, del resto, venendo a considerar più da vicino il processo, se per l'articolo 1575 il locatore è tenuto a garantire al conduttore il pacifico godimento della cosa locata, nel caso in esame, come avrebbe potuto il locatore stesso garantir la casa dagli spiriti, che sono ombre vaganti e incorporee? come scacciare le ombre? E, d'altra parte, riguardo all'articolo 1577, potevano gli spiriti costituire uno di quei vizii occulti che impediscono l'uso dell'abitazione? Erano forse ingombranti? E quali rimedii avrebbe potuto usare il locatore contro di essi? Senz'altro, dunque, dovevano essere respinte le eccezioni dei convenuti.

Il pubblico, commosso ancora e profondamente impressionato dalle rivelazioni dell'avvocato Zummo, disapprovò unanimemente questa sentenza, che nella sua meschinità, pur presuntuosa, sonava come un'irrisione. Zummo inveì contro il tribunale con tale scoppio d'indignazione che per poco non fu tratto in arresto. Furibondo, sottrasse alla commiserazione generale i Piccirilli, proclamandoli in mezzo alla folla plaudente martiri della nuova religione.

Il Granella intanto, proprietario della casa, gongolava di gioia maligna.

Era un omaccione di circa cinquant'anni, adiposo e sanguigno. Con le mani in tasca, gridava forte a chiunque volesse sentirlo, che quella sera stessa sarebbe andato a dormire nella casa degli spiriti – solo! Solo, solo, sì, perché la vecchia serva che stava da tant'anni con lui, grazie all'infamia dei Piccirilli, lo aveva piantato, dichiarandosi pronta a servirlo dovunque, foss'anche in una grotta, tranne che in quella povera casa infamata da quei signori là. E non gli era riuscito di trovare in tutto il paese un'altra serva o un servo che fosse, i quali avessero il coraggio di stare con lui. Ecco il bel servizio che gli avevano reso quegli impostori! E una casa perduta, come andata in rovina!

Ma ora egli avrebbe dimostrato a tutto il paese che il tribunale, condannando alle spese e al risarcimento dei danni quegli imbecilli, gli aveva reso giustizia. Là, egli solo! Voleva vederli in faccia questi signori spiriti!

E sghignazzava.

VI

La casa sorgeva nel quartiere più alto della città, in cima al colle.

La città aveva lassù una porta, il cui nome arabo, divenuto stranissimo nella pronunzia popolare: *Bibirrìa*, voleva dire Porta dei Venti.

Fuori di questa porta era un largo spiazzo sterrato; e qui sorgeva solitaria la casa del Granella. Dirimpetto aveva soltanto un fondaco abbandonato, il cui portone imporrito e sgangherato non riusciva più a chiudersi bene, e dove solo di tanto in tanto qualche carrettiere s'avventurava a passar la notte a guardia del carro e della mula.

Un solo lampioncino a petrolio stenebrava a mala pena, nelle notti senza luna, quello spiazzo sterrato. Ma, a due passi, di qua dalla porta, il quartiere era popolatissimo, oppresso anzi di troppe abitazioni.

La solitudine della casa del Granella non era dunque poi tanta, e appariva triste (più che triste, ora, paurosa) soltanto di notte. Di giorno, poteva essere invidiata da tutti coloro che abitavano in quelle case ammucchiate. Invidiata la solitudine, e anche la casa per se stessa, non solo per la libertà della vista e dell'aria, ma anche per il modo com'era fabbricata, per l'agiatezza e i comodi che offriva, a molto minor prezzo di quelle altre, che non ne avevano né punto né poco.

Dopo l'abbandono del Piccirilli, il Granella l'aveva rimessa tutta a nuovo; carte da parato nuove; pavimenti nuovi, di mattoni di Valenza; ridipinti i soffitti; rinverniciati gli usci, le finestre, i balconi e le persiane. Invano! Eran venuti tanti a visitarla, per curiosità; nessuno aveva voluto prenderla in affitto. Ammirandola, così pulita, così piena d'aria e di luce, pensando a tutte le spese fatte, quasi quasi il Granella piangeva dalla rabbia e dal dolore.

Ora egli vi fece trasportare un letto, un cassettone, un lavamano e alcune seggiole, che allogò in una delle tante camere vuote; e, venuta la sera, dopo aver fatto il giro del quartiere per far vedere a tutti che manteneva la parola, andò a dormire solo in quella sua povera casa infamata.

Gli abitanti del quartiere notarono che s'era armato di ben due pistole. E perché?

Se la casa fosse stata minacciata dai ladri, eh, quelle armi avrebbero potuto servirgli, ed egli avrebbe potuto dire che se le portava per prudenza. Ma contro gli spiriti, caso mai, a che gli sarebbero servite? Uhm!

Aveva tanto riso, là, in tribunale, che ancora nel faccione sanguigno aveva l'impronta di quelle risa.

In fondo in fondo, però... ecco, una specie di vellicazione irritante allo stomaco se la sentiva, per tutti quei discorsi che si erano fatti, per tutte quelle chiacchiere dell'avvocato Zummo.

Uh, quanta gente, anche gente per bene, spregiudicata, che in presenza sua aveva dichiarato più volte di non credere a simili fandonie, ora, prendendo ardire dalla fervida affermazione di fede dell'avvocato Zummo e dall'autorità dei nomi citati e dalle prove documentate, non s'era messa di punto in bianco a riconoscere che... sì, qualche cosa di vero infine poteva esserci, doveva esserci, in quelle *esperienze*... (ecco, esperienze ora, non più fandonie!).

Ma che più? Uno degli stessi giudici, dopo la sentenza, uscendo dal tribunale, s'era avvicinato all'avvocato Zummo che aveva ancora un diavolo per capello, e – sissignori – aveva ammesso anche lui che non pochi fatti riferiti in certi giornali, col presidio di insospettabili testimonianze di scienziati famosi, lo avevano scosso, sicuro! E aveva narrato per giunta che una sua sorella, maritata a Roma, fin da ragazza, una o due volte l'anno, di pieno giorno, trovandosi sola, era visitata, com'ella asseriva, da un certo ometto rosso misterioso, che le confidava tante cose e le recava finanche doni curiosi...

Figurarsi Zummo, a una tale dichiarazione, dopo la sentenza contraria! E allora quel giudice imbecille s'era stretto nelle spalle e gli aveva detto:

– Ma, capirà, caro avvocato, allo stato delle cose...

Insomma, tutta la cittadinanza era rimasta profondamente scossa dalle affermazioni e dalle rivelazioni di Zummo. E Granella ora si sentiva solo: solo e stizzito, come se tutti lo avessero abbandonato, vigliaccamente.

La vista dello sterrato deserto, dopo il quale l'alto colle su cui sorge la città strapiomba in ripidissimo pendio su un'ampia vallata, con quell'unico lampioncino, la cui fiammella vacillava come impaurita dalla tenebra densa che saliva dalla valle, non era fatta certamente per rincorare un uomo dalla fantasia un po' alterata. Né poté rincorarlo poi di più il lume d'una sola candela stearica, la quale – chi sa perché – friggeva, ardendo, come se qualcuno vi soffiasse su, per spegnerla. (Non s'accorgeva Granella che aveva un ansito da cavallo, e che soffiava lui, con le nari, su la candela.)

Attraversando le molte stanze vuote, silenziose, rintronanti, per entrare in quella nella quale aveva allogato i pochi mobili, tenne fisso lo sguardo su la fiamma tremolante riparata con una mano, per non veder l'ombra del proprio corpo mostruosamente ingrandita, fuggente lungo le pareti e sul pavimento.

Il letto, le seggiole, il cassettone, il lavamano gli parvero come sperduti in quella camera rimessa a nuovo. Posò la candela sul cassettone, vietandosi di allungar lo sguardo all'uscio, oltre al quale le altre camere vuote eran rimaste buie. Il cuore gli batteva forte. Era tutto in un bagno di sudore.

Che fare adesso? Prima di tutto, chiudere quell'uscio e metterci il paletto. Sì, perché sempre, per abitudine, prima d'andare a letto, egli si chiudeva così, in camera. È vero che, di là, adesso, non c'era nessuno, ma... l'abitudine, ecco! E perché in tanto aveva ripreso in mano la candela per andare a chiudere quell'uscio nella stessa stanza? Ah... già, distratto!...

Non sarebbe stato bene, ora, aprire un tantino il balcone? Auff! si soffocava dal caldo, là dentro... E poi, c'era ancora un tanfo di vernice... Sì sì, un tantino, il balcone. E nel mentre che la camera prendeva un po' d'aria, egli avrebbe rifatto il letto con la biancheria che s'era portata.

Così fece. Ma appena steso il primo lenzuolo su le materasse, gli parve di sentire come un picchio all'uscio. I capelli gli si drizzarono su la fronte, un brivido gli spaccò le reni, come una rasoiata a tradimento. Forse il pomo della lettiera di ferro aveva urtato contro la parete? Attese un po', col cuore in tumulto. Silenzio! Ma gli parve misteriosamente animato, quel silenzio...

Granella raccolse tutte le forze, aggrottò le ciglia, cavò dalla cintola una delle pistole, riprese in mano la candela, riaprì l'uscio e, coi capelli che gli fremevano sul capo, gridò:

– Chi è là?

Rimbombò cupamente il vocione nelle vuote camere. E quel rimbombo fece indietreggiare il Granella. Ma subito egli si riprese; batté un piede; avanzò il braccio con la pistola impugnata. Attese un tratto, poi si mise a ispezionare dalla soglia quella camera accanto.

C'era solamente una scala, in quella camera, appoggiata alla parete di contro: la scala di cui s'erano serviti gli operai per riattaccar la carta da parato nelle stanze. Nient'altro. Ma sì, via, non ci poteva esser dubbio: il pomo della lettiera aveva urtato contro la parete.

E Granella rientrò nella camera, ma con le membra d'un subito rilassate e appesantite così, che non poté più per il momento rimettersi a rifare il letto. Prese una seggiola e andò a sedere al balcone, al fresco.

– *Zrì!*

Accidenti al pipistrello! Ma riconobbe subito, eh, che quello era uno strido di pipistrello attirato dal lume della candela che ardeva nella camera. E rise Granella della paura che, questa volta, non aveva avuto, e alzò gli occhi per discerner nel buio lo svolazzo del pipistrello. In quel mentre, gli giunse all'orecchio dalla camera uno scricchiolio. Ma riconobbe subito ugualmente che quello scricchiolio era della carta appicciata di fresco alle pareti, e ci si divertì un mondo! Ah, erano uno spasso gli spiriti, a quella maniera... Se non che, nel voltarsi, così sorridente, a guardar dentro la camera, vide... – non comprese bene, che fosse, in prima: balzò in piedi, esterrefatto; s'afferrò, rinculando, alla ringhiera del balcone. Una lingua spropositata, bianca, s'allungava silenziosamente lungo il pavimento, dall'uscio dell'altra camera, rimasto aperto!

Maledetto, maledetto, maledetto! un rotolo di carta da parato, un rotolo di carta da parato che gli operai forse avevano lasciato lì, in capo a quella scala... Ma chi lo aveva fatto precipitare di là e poi scivolare così, svolgendosi, lungo il pavimento di due stanze, imbroccando perfettamente l'uscio aperto?

Granella non poté più reggere. Rientrò con la sedia; richiuse di furia il balcone; prese il cappello, la candela, e scappò via, giù per la scala. Aperto pian piano il portone, guardò nello sterrato. Nessuno! Tirò a sé il portone e, rasentando il muro della casa, sgattaiolò per il viottolo fuori delle mura al buio.

Che doveva perderci la salute, lui, per amor della casa? Fantasia alterata, sì; non era altro... dopo tutte quelle chiacchiere... Gli avrebbe fatto bene passare una notte all'aperto, con quel caldo. La notte, del resto, era brevissima. All'alba, sarebbe rincasato. Di giorno, con tutte le finestre aperte, non avrebbe avuto più, di certo, quella sciocchissima paura; e, venendo di nuovo la sera, avendo già preso confidenza con la casa, sarebbe stato tranquillo, senza dubbio, che diamine! Aveva fatto male, ecco, ad andarci a dormire, così, in prima, per una bravata. Domani sera...

Credeva il Granella che nessuno si fosse accorto della sua fuga. Ma in quel fondaco dirimpetto alla casa, un carrettiere era ricoverato quella sera, che lo vide uscire con tanta paura e tanta cautela, e lo vide poi rientrare ai primi albori. Impressionato del fatto e di quei modi, costui ne parlò nel vicinato con alcuni che, il giorno avanti, erano andati a testimoniare in favore dei Piccirilli. E questi testimoni allora si recarono in gran segreto dall'avvocato Zummo ad annunziargli la fuga del Granella spaventato.

Zummo accolse la notizia con esultanza.

– Lo avevo previsto! – gridò loro, con gli occhi che gli schizzavano fiamme. – Vi giuro, signori miei, che lo avevo previsto! E ci contavo. Farò appellare i Piccirilli, e mi avvarrò di questa testimonianza dello stesso Granella! A noi, adesso! Tutti d'accordo, ohé, signori miei!

Complottò subito, per quella notte stessa, l'agguato. Cinque o sei, con lui, cinque o sei: non si doveva essere in più! Tutto stava a cacciarsi in quel fondaco, senza farsi scorgere dal Granella. E zitti, per carità! Non una parola con nessuno, durante tutta la giornata.

– Giurate!

– Giuriamo!

Più viva soddisfazione di quella non poteva dare a Zummo l'esercizio della sua professione d'avvocato! Quella notte stessa, poco dopo le undici, egli sorprese il Granella che usciva scalzo dal portone della sua casa, proprio scalzo, quella notte, in maniche di camicia, con le scarpe e la giacca in una mano, mentre con l'altra si reggeva su la pancia i calzoni che, sopraffatto dal terrore, non era riuscito ad abbottonarsi.

Gli balzò addosso, dall'ombra, come una tigre, gridando:

– Buon passeggio, Granella!

Il pover uomo, alle risa sgangherate degli altri appostati, si lasciò cader le scarpe di mano, prima una e poi l'altra; e restò, con le spalle al muro, avvilito, basito addirittura.

– Ci credi ora, imbecille, all'anima immortale? – gli ruggì Zummo, scrollandolo per il petto. – La giustizia cieca ti ha dato ragione. Ma tu ora hai aperto gli occhi. Che hai visto? Parla!

Ma il povero Granella, tutto tremante, piangeva, e non poteva parlare.

FUOCO ALLA PAGLIA

Non avendo più nessuno a cui comandare, Simone Lampo aveva preso da un pezzo l'abitudine di comandare a se stesso. E si comandava a bacchetta:

– Simone, qua! Simone, là!

S'imponeva apposta, per dispetto del suo stato, le faccende più ingrate. Fingeva talvolta di ribellarsi per costringersi a obbedire, rappresentando a un tempo le due parti in commedia. Diceva, per esempio, rabbioso:

– Non lo voglio fare!

– Simone, ti bastono. T'ho detto, raccogli quel concime! No?

Pum!... S'appioppava un solennissimo schiaffo. E raccoglieva il concime.

Quel giorno, dopo la visita al poderetto, l'unico che gli fosse restato di tutte le terre che un tempo possedeva (appena due ettari di terra, abbandonati lassù, senza custodia d'alcun villano), si comandò di sellar la vecchia asinella, con la quale soleva pur fare, ritornando al paese, i più speciosi discorsi.

L'asinella, drizzando ora questa ora quella orecchia spelata, pareva gli prestasse ascolto, paziente, non ostante un certo fastidio, che da qualche tempo il padrone le infliggeva e ch'essa non avrebbe saputo precisare: qualcosa che, nell'andare, le sbatteva dietro, sotto la coda.

Era un cestello di vimini senza manico, legato con due lacci al posolino della sella e sospeso sotto la coda alla povera bestia, per raccogliervi e conservare belle calde, fumanti, le pallottole di fimo, ch'essa altrimenti avrebbe seminato lungo la strada.

Tutti ridevano, vedendo quella vecchia asinella col cestino dietro, lì pronto al bisogno; e Simone Lampo ci scialava.

Era ben noto alla gente del paese con quale e quanta liberalità fosse un tempo vissuto e in che conto avesse tenuto il denaro. Ma ora, ecco, era andato a scuola dalle formiche, le quali, *b-a-ba, b-a-ba,* gli avevano insegnato questo espediente per non perdere neanche quel po' di fimo buono a ingrassar la terra. Sissignori!

– Su, Nina, su, lasciati mettere questa bella gala qua! Che siamo più noi, Nina? Tu niente e io nessuno. Buoni soltanto da far ridere il paese. Ma non te ne curare. Ci restano ancora a casa qualche centinaio d'uccellini. *Ciò -ciò -ciò -ciò...* Non vorrebbero essere mangiati! Ma io me li mangio; e tutto il paese ride. Viva l'allegria!

Alludeva a un'altra sua bella pensata, che poteva veramente fare il paio col cestello appeso sotto la coda dell'asina.

Mesi addietro aveva finto di credere che avrebbe potuto novamente arricchire con la cultura degli uccelli. E aveva fatto delle cinque stanze della sua casa in paese tutt'una gabbia (per cui era detta la gabbia del matto), riducendosi a vivere in due stanzette del piano superiore con la scarsa suppellettile scampata al naufragio delle sue sostanze e con gli usci, gli scuri e le invetriate delle finestre e dei finestroni, che aveva chiuso, per dar aria agli uccelli, con ingraticolati.

Dalla mattina alla sera, dalle cinque stanze da basso venivan su, con gran delizia di tutto il vicinato, ringhi e strilli e cinfoli e squittii, chioccolio di merli, spincionar di fringuelli: un cinguettio, un passeraio fitto, continuo, assordante.

Da parecchi giorni però, sfiduciato del buon esito di quel negozio, Simone Lampo mangiava uccellini a tutto pasto, e aveva distrutto lì, nel poderetto, l'apparato di reti e di canne, con cui aveva preso, a centinaia e centinaia, quegli uccellini.

Sellata l'asina, cavalcò e si mise in via per il paese.

Nina non avrebbe affrettato il passo, neanche se il padrone la avesse tempestata di nerbate. Pareva glielo facesse apposta, per fargli assaporar meglio con la lentezza del suo andare i tristi pensieri che, a suo dire, gli nascevano anche per colpa di lei, di quel tentennio del capo, cioè, ch'essa gli cagionava con la sua andatura. Sissignori. A forza di far così e così con la testa, guardando attorno dall'alto della sua groppa la desolazione dei campi che s'incupiva a mano a mano sempre più con lo spegnersi degli ultimi barlumi crepuscolari, non poteva fare a meno di mettersi a commiserar la sua rovina.

Lo avevano rovinato le zolfare.

Quante montagne sventrate per il miraggio del tesoro nascosto! Aveva creduto di scoprire dentro ogni montagna una nuova California. Californie da per tutto! Buche profonde fino a duecento, a trecento metri, buche per la ventilazione, impianti di macchine a vapore, acquedotti per la eduzione delle acque e tante e tante altre spese per uno straterello di zolfo, che non metteva conto, alla fine, di coltivare. E la triste esperienza fatta più volte, il giuramento di non cimentarsi mai più in altre imprese, non eran valsi a distoglierlo da nuovi tentativi, finché non s'era ridotto, com'era adesso, quasi al lastrico. E la moglie lo aveva abbandonato, per andare a convivere con un suo fratello ricco, poiché l'unica figlia era andata a farsi monaca per disperata.

Era solo, adesso, senza neanche una servaccia in casa; solo e divorato da un continuo orgasmo, che gli faceva commettere tutte quelle follie.

Lo sapeva, sì: era cosciente delle sue follie; le commetteva apposta, per far dispetto alla gente che, prima, da ricco, lo aveva tanto ossequiato, e ora gli voltava le spalle e rideva di lui. Tutti, tutti ridevano di lui e lo sfuggivano; nessuno che volesse dargli aiuto, che gli dicesse: «Compare, che fate? venite qua: voi sapete lavorare, avete lavorato sempre, onestamente; non fate più pazzie; mettetevi con me a una buona impresa!». Nessuno.

E la smania, l'interno rodio, in quell'abbandono, in quella solitudine agra e nuda, crescevano e lo esasperavano sempre più.

L'incertezza di quella sua condizione era la sua maggiore tortura. Sì, perché non era più né ricco, né povero. Ai ricchi non poteva più accostarsi, e i poveri non lo volevano riconoscere per compagno, per via di quella casa in paese e di quel poderetto lassù. Ma che gli fruttava la casa? Niente. Tasse, gli fruttava. E quanto al poderetto, ecco qua: c'era, per tutta ricchezza, un po' di grano che, mietuto fra pochi giorni, gli avrebbe dato, sì e no, tanto da pagare il censo alla mensa vescovile. Che gli restava dunque, per mangiare? Quei poveri uccellini, là... E che pena, anche questa! Finché s'era trattato di prenderli, per tentare un negozio da far ridere la gente, *transeat*; ma ora, scender giù nel gabbione, acchiapparli, ucciderli e mangiarseli...

– Su Nina, su! Dormi, stasera? Su!

Maledetta la casa e maledetto il podere, che non lo lasciavano essere neanche povero bene, povero e pazzo, lì, in mezzo a una strada, povero senza pensieri, come tanti ne conosceva e per cui, nell'esasperazione in cui si trovava, sentiva un'invidia angosciosa.

Tutt'a un tratto Nina s'impuntò con le orecchie tese.

– Chi è là? – gridò Simone Lampo.

Sul parapetto d'un ponticello lungo lo stradone gli parve di scorgere, nel buio, qualcuno sdraiato.

– Chi è là?

Colui che stava lì sdraiato alzò appena il capo ed emise come un grugnito.

– Oh tu, Nàzzaro? Che fai lì?

– Aspetto le stelle.

– Te le mangi?

– No: le conto.

– E poi?

Infastidito da quelle domande, Nàzzaro si rizzò a sedere sul parapetto e gridò iroso, tra il fitto barbone abbatuffolato:

– Don Simo', andate, non mi seccate! Sapete bene che a quest'ora non negozio più; e con voi non voglio discorrere!

Così dicendo, si sdraiò di nuovo, a pancia all'aria, sul parapetto, in attesa delle stelle.

Quando aveva guadagnato quattro soldi, o strigliando due bestie o accudendo a qualche altra faccenda, purché spiccia, Nàzzaro diventava padrone del mondo. Due soldi di pane e due soldi di frutta. Non aveva bisogno d'altro. E se qualcuno gli proponeva di guadagnarsi, oltre a quei quattro soldi, per qualche altra faccenda, una o magari dieci lire, rifiutava, rispondendo sdegnosamente a quel suo modo:

– Non negozio più!

E si metteva a vagar per le campagne o lungo la spiaggia del mare o su per i monti. S'incontrava da per tutto, e dove meno si sarebbe aspettato, scalzo, silenzioso, con le mani dietro la schiena e gli occhi chiari, invagati e ridenti.

– Ve ne volete andare, insomma, sì o no? – gridò levandosi di nuovo a sedere sul parapetto, più iroso, vedendo che quello s'era fermato con l'asina a contemplarlo.

– Non mi vuoi neanche tu? – disse allora Simone Lampo, scotendo il capo. – Eppure, va' là, che potremmo far bene il paio, noi due.

– Col demonio, voi, il paio! – borbottò Nàzzaro, tornando a sdraiarsi. – Siete in peccato mortale, ve l'ho detto!

– Per quegli uccellini?

– L'anima, l'anima, il cuore... non ve lo sentite rodere, il cuore? Sono tutte quelle creature di Dio, che vi siete mangiate! Andate... Peccato mortale!

– *Arrì*, – disse Simone Lampo all'asinella.

Fatti pochi passi, s'arrestò di nuovo, si voltò indietro e chiamò:

– Nàzzaro!

Il vagabondo non gli rispose.

– Nàzzaro, – ripeté Simone Lampo. – Vuoi venire con me a liberare gli uccelli?

Nàzzaro si rizzò di scatto.

– Dite davvero?

– Sì.

– Volete salvarvi l'anima? Non basta. Dovreste dar fuoco anche alla paglia!

– Che paglia?

– A tutta la paglia! – disse Nàzzaro, accostandosi, rapido e leggero come un'ombra.

Posò una mano sul collo dell'asina, l'altra su una gamba di Simone Lampo e, guardandolo negli occhi, tornò a domandargli:

– Vi volete salvar l'anima davvero?

Simone Lampo sorrise e gli rispose:

– Sì.

– Proprio davvero? Giuratelo! Badate, io so quello che ci vorrebbe per voi. Studio la notte, e so quello che ci vorrebbe, non per voi soltanto, ma anche per tutti i ladri, per tutti gl'impostori che abitano laggiù, nel nostro paese; quello che Dio dovrebbe fare per la loro salvazione e che fa, presto o tardi, sempre: non dubitate! Dunque volete davvero liberare gli uccelli?

– Ma sì, te l'ho detto.

– E fuoco alla paglia?

– E fuoco alla paglia!

– Va bene. Vi prendo in parola. Andate avanti e aspettatemi. Devo ancora contare fino a cento.

Simone Lampo riprese la via, sorridendo e dicendo a Nàzzaro:

– Bada, t'aspetto.

S'intravedevano ormai laggiù, lungo la spiaggia, i lumi fiochi del paesello. Da quella via su l'altipiano marnoso che dominava il paese, si spalancava nella notte la vacuità misteriosa del mare, che faceva apparir più misero quel gruppetto di lumi laggiù.

Simone Lampo trasse un profondo sospiro e aggrottò le ciglia. Salutava ogni volta così, da lontano, l'apparizione di quei lumi.

C'eran due pazzi patentati per gli uomini che stavano laggiù, oppressi, ammucchiati: lui e Nàzzaro. Bene: ora si sarebbero messi insieme, per accrescere l'allegria del paese! Libertà agli uccellini e fuoco alla paglia! Gli piaceva questa esclamazione di Nàzzaro; e se la ripeté con crescente soddisfazione parecchie volte prima di giungere al paese.

– Fuoco alla paglia!

Gli uccellini, a quell'ora, dormivano tutti, nelle cinque stanze del piano di sotto. Quella sarebbe stata per loro l'ultima notte da passar lì. Domani, via! Liberi. Una gran volata! E si sarebbero sparpagliati per l'aria; sarebbero ritornati ai campi, liberi e felici. Sì, era una vera crudeltà, la sua. Nàzzaro aveva ragione. Peccato mortale! Meglio mangiar pane asciutto, e lì.

Legò l'asina nella stalluccia e, con la lucernetta a olio in mano, andò su ad aspettar Nàzzaro, che doveva contare, come gli aveva detto, fino a cento stelle. – Matto! Chi sa perché? Ma era forse una divozione...

Aspetta e aspetta, Simone Lampo cominciò ad aver sonno. Altro che cento stelle! Dovevano esser passate più di tre ore. Mezzo firmamento avrebbe potuto contare... Via! via! Forse glie l'aveva detto per burla, che sarebbe venuto. Inutile aspettarlo ancora. E si disponeva a buttarsi sul letto, così vestito, quando sentì bussare forte all'uscio di strada.

Ed ecco Nàzzaro, ansante e tutto ilare e irrequieto.

– Sei venuto di corsa?

– Sì. Fatto!

– Che hai fatto?

– Tutto. Ne parleremo domani, don Simo'! Sono stanco morto.

Si buttò a sedere su una seggiola e cominciò a stropicciarsi le gambe con tutt'e due le mani, mentre gli occhi d'animale forastico gli brillavano d'un riso strano, abbozzato appena sulle labbra di tra il folto barbone.

– Gli uccelli? – domandò.

– Giù. Dormono.

– Va bene. Non avete sonno voi?

– Sì. T'ho aspettato tanto...

– Prima non ho potuto. Coricatevi. Ho sonno anch'io, e dormo qua, su questa seggiola. Sto bene, non v'incomodate! Ricordatevi che siete ancora in peccato mortale! Domani compiremo l'espiazione.

Simone Lampo lo mirava dal letto, appoggiato su un gomito; beato. Quanto gli piaceva quel matto vagabondo! Gli era passato il sonno, e voleva seguitare la conversazione.

– Perché conti le stelle, Nàzzaro, di'?

– Perché mi piace contarle. Dormite!

– Aspetta. Dimmi: sei contento tu?

– Di che? – domandò Nàzzaro, levando la testa, che aveva già affondata tra le braccia appoggiate al tavolino.

– Di tutto, – disse Simone Lampo. – Di vivere così...

– Contento? Tutti in pena siamo, don Simo'! Ma non ve n'incaricate. Passerà! Dormiamo.

E riaffondò la testa tra le braccia.

Simone Lampo sporse il capo per spegnere la candela; ma, sul punto, trattenne il fiato. Lo costernava un po' l'idea di restare al buio con quel matto là.

– Di', Nàzzaro: vorresti rimanere sempre con me?

– *Sempre* non si dice. Finché volete. Perché no?

– E mi vorrai bene?

– Perché no? Ma, né voi padrone, né io servo. Insieme. Vi sto appresso da un pezzo, sapete? So che parlate con l'asina e con voi stesso; e ho detto tra me: La sorba si matura... Ma non mi volevo accostare a voi, perché avevate gli uccelli prigionieri in casa. Ora che m'avete detto di voler salvare l'anima, starò con voi, finché mi vorrete. Intanto, v'ho preso in parola, e il primo passo è fatto. Buona notte.

– E il rosario, non te lo dici? Parli tanto di Dio!

– Me lo son detto. È in cielo il mio rosario. Un'avemaria per ogni stella.

– Ah, le conti per questo?

– Per questo. Buona notte.

Simone Lampo, raffidato da queste parole, spense la candela. E poco dopo, tutti e due dormivano.

All'alba, i primi cinguettii degli uccelli imprigionati svegliarono subito il vagabondo, che dalla seggiola s'era buttato a dormire in terra. Simone Lampo, che a quei cinguettii era già avvezzo, ronfava ancora.

Nàzzaro andò a svegliarlo.

– Don Simo', gli uccelli ci chiamano.

– Ah, già! – fece Simone Lampo, destandosi di soprassalto e sgranando tanto d'occhi alla vista di Nàzzaro.

Non si ricordava più di nulla. Condusse il compagno nell'altra stanzetta e, sollevata la caditoia su l'assito, scesero entrambi la scala di legno della cateratta e pervennero nel piano di sotto, intanfato dello sterco di tutte quelle bestioline e di rinchiuso.

Gli uccelli, spaventati, presero tutti insieme a strillare, levandosi con gran tumulto d'ali verso il tetto.

– Quanti! quanti! – esclamò Nàzzaro, pietosamente, con le lagrime a gli occhi. – Povere creature di Dio!

– E ce n'erano di più! – esclamò Simone Lampo, tentennando il capo.

– Meritereste la forca, don Simo'! – gli gridò quello mostrandogli le pugna. – Non so se basterà l'espiazione che v'ho fatto fare! Su, andiamo! Bisognerà mandarli tutti in una stanza, prima.

– Non ce n'è bisogno. Guarda! – disse Simone Lampo, afferrando un fascio di cordicelle che, per un congegno complicatissimo, tenevano aderenti ai vani delle finestre e dei finestroni gli ingraticolati.

Vi si appese, e giù! Gl'ingraticolati, alla strappata, precipitarono tutt'insieme con fracasso indiavolato.

– Cacciamo via, ora! cacciamo via! Libertà! Libertà! Sciò! sciò! sciò!

Gli uccelli, da più mesi lì imprigionati, in quel subitaneo scompiglio, sgomenti, sospesi sul fremito delle ali, non seppero in prima spiccare il volo: bisognò che alcuni, più animosi, s'avventassero via, come frecce, con uno strido di giubilo e di paura insieme; seguiron gli altri, cacciati, a stormi, a stormi, in gran confusione, e si sparpagliarono dapprima, come per rimettersi un po' dallo stordimento, su gli scrimoli dei tetti, su le torrette dei camini, su i davanzali delle finestre, su le ringhiere dei balconi del vicinato, suscitando giù, nella strada, un gran clamore di meraviglia, a cui Nàzzaro, piangente dalla commozione, e Simone Lampo rispondevano seguitando a gridare per le stanze ormai vuote:

– Sciò! sciò! Libertà! Libertà!

S'affacciarono quindi anch'essi a godere dello spettacolo della via invasa da tutti quegli uccellini liberati alla nuova luce dell'alba. Ma già qualche finestra si schiudeva; qualche ragazzo, qualche donna tentavano, ridendo, di ghermire questo o quell'uccellino; e allora Nàzzaro, furibondo, protese le braccia e cominciò a sbraitare come un ossesso:

– Lasciate! Non v'arrischiate! Ah, mascalzone! ah, ladra di Dio! Lasciateli andare!

Simone Lampo cercò di calmarlo:

– Va' là! Sta' tranquillo, che non si lasceranno più prendere ormai...

Ritornarono al piano di sopra, sollevati e contenti. Simone Lampo s'accostò a un fornelletto per accendere il fuoco e fare il caffè; ma Nàzzaro lo trasse di furia per un braccio.

– Che caffè, don Simo'! Il fuoco è già acceso. L'ho acceso io stanotte. Su, corriamo a vedere l'altra volata di là!

– L'altra volata? – gli domandò Simone Lampo, stordito. – Che volata?

– Una di qua, e una di là! – disse Nàzzaro. – L'espiazione, per tutti gli uccelli che vi siete mangiati. Fuoco alla paglia, non ve l'ho detto? Andiamo a sellare l'asina, e vedrete.

Simone Lampo vide passarsi come una vampa davanti agli occhi. Temette d'intendere. Afferrò Nàzzaro per le braccia e, scotendolo, gli gridò:

– Che hai fatto?

– Ho bruciato il grano del vostro podere, – gli rispose tranquillamente Nàzzaro.

Simone Lampo allibì, dapprima; poi, trasfigurato dall'ira, si lanciò contro il matto.

– Tu? Il grano? Assassino! Dici davvero? M'hai bruciato il grano?

Nàzzaro lo respinse con una bracciata furiosa.

– Don Simo', a che gioco giochiamo? Di quanti parlari siete? Fuoco alla paglia, mi avete detto. E io ho dato fuoco alla paglia, per l'anima vostra!

– Ma io ti mando ora in galera! – ruggì Simone Lampo.

Nàzzaro ruppe in una gran risata, e gli disse chiaro e tondo:

– Pazzo siete! L'anima, eh? Così ve la volete salvare l'anima? Niente, don Simo'! Non ne facciamo niente.

– Ma tu m'hai rovinato, assassino! – gridò con altro tono di voce Simone Lampo, quasi piangente, ora. – Potevo figurarmi che tu intendessi dir questo? bruciarmi il grano? E come faccio ora? Come pago il censo alla mensa vescovile? il censo che grava sul podere?

Nàzzaro lo guardò con aria di compatimento sdegnoso:

– Bambino! Vendete la casa, che non vi serve a nulla, e liberate del censo il podere. È presto fatto.

– Sì, – sghignò Simone Lampo. – E intanto che mangio io là, senza uccelli e senza grano?

– A questo ci penso io, – gli rispose con placida serietà Nàzzaro. – Non devo star con voi? Abbiamo l'asina; abbiamo la terra; zapperemo e mangeremo. Coraggio, don Simo'!

Simone Lampo rimase stupito a mirare la fiducia serena di quel matto, ch'era rimasto innanzi a lui con una mano alzata a un gesto di noncuranza sdegnosa e un bel riso d'arguta spensieratezza negli occhi chiari e tra il folto barbone abbatuffolato.

LA FEDELTÀ DEL CANE

Mentre donna Giannetta, ancora in sottana, e con le spalle e le braccia scoperte e un po' anche il seno (più d'un po', veramente) si racconciava i bei capelli corvini seduta innanzi alla specchiera, il marchese don Giulio del Carpine finiva di fumarsi una sigaretta, sdraiato sulla poltrona a piè del letto disfatto, ma con tale cipiglio, che in quella sigaretta pareva vedesse e volesse distruggere chi sa che cosa, dal modo come la guardava nel toglierla dalle labbra, dalla rabbia con cui ne aspirava il fumo e poi lo sbuffava. D'improvviso si rizzò sulla vita e disse scrollando il capo:

– Ma no, via, non è possibile!

Donna Giannetta si voltò sorridente a guardarlo, con le belle braccia levate e le mani tra i capelli, come donna che non tema di mostrar troppo del proprio corpo.

– Ancora ci pensi?

– Perché non c'è logica! – scattò egli, alzandosi, stizzito. – Tra me e... coso, e Lulù, via, non tocca a dirlo a me...

Donna Giannetta chinò il capo da una parte e stette così a osservar don Giulio di sotto il braccio come per farne una perizia disinteressata prima di emettere un giudizio. Poi, comicamente, quasiché la coscienza proprio non le permettesse di concedere senza qualche riserva, sospirò:

– Eh, secondo...

– Ma che secondo, fa' il piacere!

– Secondo, secondo, caro mio, – ripeté allora senz'altro donna Giannetta.

Del Carpine scrollò le spalle e si mosse per la camera.

Quand'aveva la barba era veramente un bell'uomo; alto di statura, ferrigno. Ma ora, tutto raso per obbedire alla moda, con quel mento troppo piccolo e quel naso troppo grosso, dire che fosse bello, via, non si poteva più dire, soprattutto perché pareva che lui lo pretendesse, anche così con la barba rasa, anzi appunto perché se l'era rasa.

– La gelosia, del resto, – sentenziò, – non dipende tanto dalla poca stima che l'uomo ha della donna, o viceversa, quanto dalla poca stima che abbiamo di noi stessi. E allora...

Ma guardandosi per caso le unghie, perdette il filo del discorso, e fissò donna Giannetta, come se avesse parlato lei e non lui. Donna Giannetta, che se ne stava ancora alla specchiera, con le spalle voltate, lo vide nello specchio, e con una mossetta degli occhi gli domandò:

– E allora... che cosa?

– Ma sì, è proprio questo! Nasce da questo! – riprese lui, con rabbia. – Da questa poca stima di noi, che ci fa credere, o meglio, temere di non bastare a riempire il cuore o la mente, a soddisfare i gusti o i capricci di chi amiamo; ecco!

– Oh, – fece allora lei, con un respiro di sollievo. – E tu non l'hai, di te?

– Che cosa?

– Cotesta poca stima che dici.

– Non l'ho, non l'ho, non l'ho, se mi paragono con... coso, con Lulù; ecco!

– Povero Lulù mio! – esclamò allora donna Giannetta, rompendo in una sua abituale risatina, ch'era come una cascatella gorgogliante.

– Ma tua moglie? – domandò poi. – Bisognerebbe ora vedere che stima ha di te tua moglie.

– Oh senti! – s'affrettò a risponderle don Giulio, infiammato. – Non posso in nessun modo crederla capace di preferirmi...

– Coso!

– Non c'è logica! non c'è logica! Mia moglie sarà... sarà come tu vuoi; ma intelligente è. Di noi, ch'io sappia, non sospetta. Perché lo farebbe? E con Lulù, poi?

Donna Giannetta, finito d'acconciarsi i capelli, si levò dalla specchiera.

– Tu insomma, – disse, – difendi la logica. La tua, però. Prendimi il copribusto, di là. Ecco, sì, codesto, grazie. Non la logica di tua moglie, caro mio. Come ragionerà Livia? Perché Lulù è affettuoso, Lulù è prudente, Lulù è servizievole... E mica tanto sciocco poi, sai? Guarda: io, per esempio, non ho il minimo dubbio che lui...

– Ma va'! – negò recisamente don Giulio, dando una spallata. – Del resto, che sai tu? chi te l'ha detto?

– Ih, – fece donna Giannetta, appressandoglisi, prendendolo per le braccia e guardandolo negli occhi. – Ti alteri? Ti turbi sul serio? Ma scusa, è semplicemente ridicolo... mentre noi, qua...

– Non per questo! – scattò Del Carpine, infocato in volto. – Non ci so credere, ecco! Mi pare impossibile, mi pare assurdo che Livia...

– Ah sì? Aspetta, – lo interruppe donna Giannetta.

Gli tese prima il copribusto di *nansouk*, perch'egli l'aiutasse a infilarselo, poi andò a prendere dalla mensola una borsetta, ne trasse un cartoncino filettato d'oro, strappato dal taccuino, e glielo porse.

Vi era scritto frettolosamente a matita un indirizzo: *Via Sardegna, 96.*

– Se vuoi, per pura curiosità...

Don Giulio del Carpine restò a guardarla, stordito, col pezzettino di carta in mano.

– Come... come l'hai scoperto?

– Eh, – fece donna Giannetta, stringendosi nelle spalle e socchiudendo maliziosamente gli occhi. – Lulù è prudente, ma io... Per la nostra sicurezza... Caro mio, tu badi troppo a te... Non ti sei accorto, per esempio, com'io da qualche tempo venga qua e ne vada via più tranquilla?

– Ah... – sospirò egli astratto, turbato. – E Livia, dunque...? Via Sardegna: sarebbe una traversa di Via Veneto?

– Sì: numero 96, una delle ultime case, in fondo. C'è sotto uno studio di scultura, preso anche a pigione da Lulù. Ah! ah! ah! Te lo figuri Lulù... scultore?

Rise forte, a lungo. Rise altre volte, a scatti, mentre finiva di vestirsi, per le comiche immagini che le suscitava il pensiero di Lulù, suo marito, scultore in una scuola di nudo, con Livia del Carpine per modella. E guardava obliquamente don Giulio, che s'era seduto di nuovo su la poltrona, col cartoncino arrotolato fra le dita. Quando fu pronta, col cappellino in capo e la veletta abbassata, si guardò allo specchio, di faccia, di fianco, poi disse:

– Non bisogna presumer troppo di sé, caro! Io ci ho piacere per il povero Lulù, e anche per me... Anche tu, del resto, dovresti esserne contento.

Scoppiò di nuovo a ridere, vedendo la faccia che lui le faceva; e corse a sederglisi su le ginocchia e a carezzarlo:

– Vendicati su me, via, Giugiù! Come sei terribile... Ma chi la fa l'aspetta, caro: proverbio! Poiché Lulù è contento, noi adesso...

– Io voglio prima accertarmene, capisci? – diss'egli duramente, con un moto di rabbia mal represso, quasi respingendola.

Donna Giannetta si levò subito in piedi, risentita, e disse fredda fredda:

– Fa' pure. Addio, eh?

Ma s'affrettò a levarsi anche lui, pentito. L'espansione d'affetto a cui stava per abbandonarsi gli fu però interrotta dalla stizza persistente. Tuttavia disse:

– Scusami, Gianna... Mi... mi hai frastornato, ecco. Sì, hai ragione. Dobbiamo vendicarci bene. Più mia, più mia, più mia...

E la prese, così dicendo, per la vita e la strinse forte a sé.

– No... Dio... mi guasti tutta di nuovo! – gridò lei, ma contenta, cercando d'opporsi con le braccia.

Poi lo baciò pian piano, teneramente da dietro la veletta, e scappò via.

Giugiù del Carpine, aggrottato e con gli occhi fissi nel vuoto, rimase a raschiarsi le guance rase con le unghie della mano spalmata sulla bocca.

Si riscosse come punto da un improvviso ribrezzo per quella donna che aveva voluto morderlo velenosamente, così, per piacere.

Contenta ne era; ma non per la loro sicurezza. No! contenta di non esser sola; e anche (ma sì, lo aveva detto chiaramente) per aver punito la presunzione di lui. Senza capire, imbecille, che se lei, avendo Lulù per marito, poteva in certo qual modo avere una scusa al tradimento, Livia no, perdio, Livia no!

S'era fisso ormai questo chiodo, e non si poteva dar pace.

Dell'onestà di sua moglie, come di quella di tutte le donne in genere, non aveva avuto mai un gran concetto. Ma uno grandissimo ne aveva di sé, della sua forza, della sua prestanza maschile; e riteneva perciò, fermamente, che sua moglie...

Forse però poteva essersi messa con Lulù Sacchi per vendetta.

Vendetta?

Ma Dio mio, che vendetta per lei? Avrebbe fatto, se mai, quella di Lulù Sacchi, non già la sua, mettendosi con un uomo che valeva molto meno di suo marito.

Già! Ma non s'era egli messo scioccamente con una donna che valeva senza dubbio molto meno di sua moglie?

Ecco allora perché Lulù Sacchi mostrava di curarsi così poco del tradimento di donna Giannetta. Sfido! Erano suoi tutti i vantaggi di quello scambio. Anche quello d'aver acquistato, dalla relazione di lui con donna Giannetta, il diritto d'esser lasciato in pace. Il danno e le beffe, dunque. Ah, no, perdio! no, e poi no!

Uscì, pieno d'astio e furioso.

Tutto quel giorno si dibatté tra i più opposti propositi, perché più ci pensava, più la cosa gli pareva inverosimile. In sei anni di matrimonio aveva sperimentato sua moglie, se non al tutto insensibile, certo non molto proclive all'amore. Possibile che si fosse ingannato così?

Stette tutto quel giorno fuori; rincasò a tarda notte per non incontrarsi con sua moglie. Temeva di tradirsi, quantunque dicesse ancora a se stesso che, prima di credere, voleva vedere.

Il giorno dopo si svegliò fermo finalmente in questo proposito di andare a vedere.

Ma, appena sulle mosse, cominciò a provare un'acre irritazione; avvilimento e nausea.

Perché, dato il caso che il tradimento fosse vero, che poteva far lui? Nulla. Fingere soltanto di non sapere. E non c'era il rischio d'imbattersi nell'uno o nell'altra, per quella via? Forse sarebbe stato più prudente andar prima, di mattina, a veder soltanto quella casa, far le prime indagini e deliberare quindi sul posto ciò che gli sarebbe convenuto di fare.

Si vestì in fretta; andò. Vide così la casa al numero 96, la quale aveva realmente al pianterreno lo studio di scultura, per cui donna Giannetta aveva tanto riso. La verità di questa indicazione gli rimescolò tutto il sangue, come se essa importasse di conseguenza la prova del tradimento. Dal portone d'una casa dirimpetto, un po' più giù si fermò a guardare le finestre di quella casa e a domandarsi quali fossero quelle del quartierino appigionato da Lulù. Pensò infine che quel portone, non guardato da nessuno, poteva essere per lui un buon posto da vedere senz'esser visto, quando, a tempo debito, sarebbe venuto a spiare.

Conoscendo le abitudini della moglie, le ore in cui soleva uscir di casa, argomentò che il convegno con l'amante poteva aver luogo o alla mattina, fra le dieci e le undici, o nel pomeriggio, poco dopo le quattro. Ma più facilmente di mattina. Ebbene, poiché era lì, perché non rimanerci? Poteva darsi benissimo che gli riuscisse di togliersi il dubbio quella mattina stessa. Guardò l'orologio; mancava poco più di un'ora alle dieci. Impossibile star lì fermo, in quel portone, tanto tempo. Poiché lì vicino c'era l'entrata a Villa Borghese da Porta Pinciana: ecco, si sarebbe recato a passeggiare a Villa Borghese per un'oretta.

Era una bella mattinata di novembre, un po' rigida.

Entrato nella Villa, don Giulio vide nella prossima pista due ufficiali d'artiglieria insieme con due signorine, che parevano inglesi, sorelle, bionde e svelte nelle amazzoni grige, con due lunghi nastri scarlatti annodati attorno al colletto maschile. Sotto gli occhi di don Giulio essi presero tutt'e quattro a un tempo la corsa, come per una sfida. E don Giulio si distrasse: scese il ciglio del viale, s'appressò alla pista per seguir quella corsa e notò subito, con l'occhio esperto, che il cavallo, un sauro, montato dalla signorina che stava a destra, buttava male i quarti anteriori. I quattro scomparvero nel giro della pista. E don Giulio rimase lì a guardare, ma dentro di sé: sua moglie, donna Livia, su un grosso baio focoso. Nessuna donna stava così bene in sella, come sua moglie. Era veramente un piacere vederla. Cavallerizza nata! E con tanta passione pei cavalli, così nemica dei languori femminili, s'era andata a mettere con quel Lulù Sacchi frollo, melenso?... Era da vedere, via!

Girò, astratto, assorto, pe' viali, dove lo portavano i piedi. A un certo punto consultò l'orologio e s'affrettò a tornare indietro. S'eran fatte circa le dieci, perbacco! e diventava quasi un'impresa, ora, traversare Via Sardegna per arrivare a quel portone là in fondo. Certo sua moglie non sarebbe venuta dalla parte di Via Veneto, ma da laggiù, per una traversa di Via Boncompagni. C'era però il rischio che di qua venisse Lulù e lo scorgesse.

Simulando una gran disinvoltura, senza voltarsi indietro, ma allungando lo sguardo fin in fondo alla via, Del Carpine andava con un gran batticuore che, dandogli una romba negli orecchi, quasi gli toglieva il senso dell'udito. Man mano che inoltrava, l'ansia gli cresceva. Ma ecco il portone: ancora pochi passi... E don Giulio stava per trarre un gran respiro di sollievo, sgattaiolando dentro il portone, quando...

– Tu, qua?

Trasecolò. Lulù Sacchi era lì anche lui, nello stesso portone. Curvo, carezzava un cagnolino lungo lungo, basso basso, di pelo nero; e quel cagnolino gli faceva un mondo di feste, tutto fremente, e si storcignava, si allungava, grattando con le zampette su le gambe di lui, o saltava per arrivare a lambirgli il volto. Ma non era *Liri*, quello? Sì, *Liri*, il cagnolino di sua moglie.

Lulù era pallido, alterato dalla commozione; aveva gli occhi pieni di lagrime, evidentemente per le feste che gli faceva il cagnolino, quella bestiola buona, quella bestiola cara, che lo conosceva bene e gli era fedele, ah esso sì, esso sì! non come quella sua padronaccia, donna indegna, donna vile, sì, sì, o buon *Liri*, anche vile, vile; perché una donna che si porta nel quartierino pagato dal proprio amante un altro amante, il quale dev'essere per forza un miserabile, un farabutto, un mascalzone, questa donna, o buon *Liri*, è vile, vile, vile.

Così diceva fra sé Lulù Sacchi, carezzando il cagnolino e piangendo dall'onta e dal dolore, prima che Giulio del Carpine entrasse nel portone, dove anche lui era venuto ad appostarsi.

Per un equivoco preso dalla vecchia serva che si recava dopo i convegni a rassettare il quartierino, Lulù aveva scoperto quell'infamia di donna Livia; e, venendo ad appostarsi, aveva trovato per istrada *Liri*, smarrito evidentemente dalla padrona nella fretta di salir su al convegno.

La presenza del cagnolino, lì, in quella strada, aveva dato la prova a Lulù Sacchi che il tradimento era vero, era vero! Anche lui non aveva voluto crederci; ma con più ragione, lui, perché veramente una tale indegnità passava la parte. E adesso si spiegava perché ella non aveva voluto ch'egli tenesse la chiave del quartierino e se la fosse tenuta lei, invece, costringendolo ogni volta ad aspettare lì, nello studio di scultura, ch'ella venisse. Oh com'era stato imbecille, stupido, cieco!

Tutto intanto poteva aspettarsi il povero Lulù, tranne che don Giulio del Carpine venisse a sorprenderlo nel suo agguato.

I due uomini si guardarono, allibiti. Lulù Sacchi non pensò che aveva gli occhi rossi di pianto, ma istintivamente, poiché le lagrime gli si erano raggelate sul volto in fiamme, se le portò via con due dita e, alla prima domanda lanciata nello stupore da don Giulio: *Tu qua!* rispose balbettando e aprendo le labbra a uno squallido sorriso:

– Eh?... già... sì.... a-aspettavo...

Del Carpine guardò, accigliato, il cane.

– E *Liri*?

Lulù Sacchi chinò gli occhi a guardarlo, come se non lo avesse prima veduto, e disse:

– Già... Non so... si trova qui...

Di fronte a quella smarrita scimunitaggine, don Giulio ebbe come un fremito di stizza; scese sul marciapiede della via e guardò in su, al numero del portone.

– Insomma è qua? Dov'è?

– Che dici? – domandò Lulù Sacchi ancora col sorriso squallido su le labbra, ma come se non avesse più una goccia di sangue nelle vene.

Del Carpine lo guardò con gli occhi invetrati.

– Chi aspettavi tu qua?

– Un... un mio amico, – balbettò Lulù. – È... è andato su...

– Con Livia? – domandò Del Carpine.

– No! Che dici? – fece Lulù Sacchi, smorendo vieppiù.

– Ma se *Liri* è qua...

– Già, è qua; ma ti giuro che io l'ho proprio trovato per istrada, – disse col calore della verità Lulù Sacchi infoscandosi a un tratto.

– Qua? per istrada? – ripeté Del Carpine, chinandosi verso il cane. – Sai tu dunque la strada, eh, *Liri*? Come mai? Come mai?

La povera bestiola, sentendo la voce del padrone insolitamente carezzevole, fu presa da una subita gioia; gli si slanciò su le gambe, dimenandosi tutta; cominciò a smaniare con le zampette; s'allungò, guaiolando; poi s'arrotolò per terra e, quasi fosse improvvisamente impazzita, si mise a girare, a girar di furia per l'androne; poi a spiccar salti addosso al padrone, addosso a Lulù, abbaiando forte, ora, come se, in quel suo delirio d'affetto, in quell'accensione della istintiva fedeltà, volesse uniti quei due uomini, fra i quali non sapeva come spartire la sua gioia e la sua devozione.

Era veramente uno spettacolo commoventissimo la fedeltà di questo cane d'una donna infedele, verso quei due uomini ingannati. L'uno e l'altro, ora, per sottrarsi al penosissimo imbarazzo in cui si trovavano così di fronte, si compiacevano molto della festa frenetica ch'esso faceva loro; e presero ad aizzarlo con la voce, col frullo delle dita: – Qua, *Liri*! – Povero *Liri*! – ridendo tutti e due convulsamente.

A un tratto però *Liri* s'arrestò, come per un fiuto improvviso: andò su la soglia del portone, vi si acculò un po', sospeso, inquieto, guardando nella via, con le due orecchie tese e la testina piegata da una parte, quindi spiccò la corsa precipitosamente.

Don Giulio sporse il capo a guardare, e vide allora sua moglie che svoltava dalla via, seguita dal cagnolino. Ma sentì afferrarsi per un braccio da Lulù Sacchi, il quale – pallido, stravolto, fremente – gli disse:

– Aspetta! Lasciami vedere con chi...

– Come! – fece don Giulio, restando.

Ma Lulù Sacchi non ragionava più; lo strappò indietro, ripetendo:

– Lasciami vedere, ti dico! Sta' zitto...

Vide *Liri*, che s'era fermato all'angolo della via, perplesso, come tenuto tra due, guardando verso il portone, in attesa. Poco dopo, dalla porta segnata col numero 96 uscì un giovanottone su i vent'anni, tronfio, infocato in volto, con un paio di baffoni in su, inverosimili.

– Il Toti! – esclamò allora Lulù Sacchi, con un ghigno orribile, che gli contraeva tutto il volto; e, senza lasciare il braccio di don Giulio, aggiunse: – Il Toti, capisci? Un ragazzaccio! Uno studentello! Capisci, che fa tua moglie? Ma gliel'accomodo io, adesso! Lasciami fare... Hai visto? E ora basta, Giulio! Basta per tutti, sai?

E scappò via, su le furie.

Don Giulio del Carpine rimase come intronato. Eh che? Due, dunque? Lulù messo da parte, oltrepassato? Lì, un altro, nello stesso quartierino? Un giovinastro... Sua moglie! E come mai Lulù?... Dunque, stava ad aspettare anche lui?... E quel cagnolino smarrito lì, in mezzo alla via, confuso... eh sfido!... tra tanti... E aveva fatto le feste anche a lui... carino... carino... carino...

– Ah! – fece don Giulio, scrollandosi tutto dalla nausea, dal ribrezzo, ma pur con un segreto compiacimento che, per Lulù almeno, era come aveva detto lui: che veramente, cioè, sua moglie non aveva potuto prenderlo sul serio, e lo aveva ingannato, ecco qua; e non solo, ma anche schernito! anche schernito!

Cavò il fazzoletto e si stropicciò le mani che la bestiola devota gli aveva lambite; se le stropicciò forte forte forte, fin quasi a levarsi la pelle.

Ma, a un tratto, se lo vide accanto, chiotto chiotto, con le orecchie basse, la coda tra le gambe, quel povero *Liri*, che s'era provato a seguir prima la padrona, poi il Toti, poi Lulù e che ora infine aveva preso a seguir lui.

Don Giulio fu assalito da una rabbia furibonda: gli parve oscenamente scandalosa la fedeltà di quella brutta bestiola, e le allungò anche lui un violentissimo calcio.

– Va' via!

TUTTO PER BENE

I

La signorina Silvia Ascensi, venuta a Roma per ottenere il trasferimento dalla Scuola normale di Perugia in altra sede – qualunque e dovunque fosse, magari in Sicilia, magari in Sardegna – si rivolse per aiuto al giovane deputato del collegio, onorevole Marco Verona, che era stato discepolo devotissimo del suo povero babbo, il professor Ascensi dell'Università di Perugia, illustre fisico, morto da un anno appena, per uno sciagurato accidente di gabinetto.

Era sicura che il Verona, conoscendo bene i motivi per cui ella voleva andar via dalla città natale, avrebbe fatto valere in suo favore la grande autorità che in poco tempo era riuscito ad acquistarsi in Parlamento.

Il Verona, difatti, la accolse non solo cortesemente, ma con vera benevolenza. Ebbe finanche la degnazione di ricordarle le visite che, da studente, egli aveva fatto al compianto professore, perché ad alcune di queste visite, se non s'ingannava, ella era stata presente, giovinetta allora, ma non tanto piccolina, se già – ma sicuro! – se già faceva da segretaria al babbo...

La signorina Ascensi, a tal ricordo, s'invermiglì tutta. Piccolina? Altro che! Aveva nientemeno che quattordici anni lei, allora... E lui, l'onorevole Verona, quanti poteva averne? Venti, ventuno al più. Oh, ella avrebbe potuto ripetergli ancora, parola per parola, tutto ciò ch'egli era venuto a chiedere al babbo in quelle visite.

Il Verona si mostrò dolentissimo di non aver seguito gli studii, pei quali il professor Ascensi aveva saputo ispirargli in quel tempo tanto fervore; poi esortò la signorina a farsi animo, poiché ella, al ricordo della sciagura recente, non aveva saputo trattener le lagrime. Infine, per raccomandarla con maggiore efficacia, volle accompagnarla – (ma proprio scomodarsi fino a tal punto?) – sì sì, lui in persona volle accompagnarla al Ministero della Pubblica Istruzione.

D'estate, però, erano tutti in vacanza, quell'anno, alla Minerva. Per il ministro e il sotto-segretario di Stato l'onorevole Verona lo sapeva; ma non credeva di non trovare in ufficio il capo-divisione, neppure il capo-sezione... Dovette contentarsi di parlare col cavalier Martino Lori, segretario di prima classe, che reggeva in quel momento lui solo l'intera divisione.

Il Lori, scrupolosissimo impiegato, era molto ben visto dai superiori e dai subalterni per la squisita cordialità dei modi, per l'indole mite, che gli traspariva dallo sguardo, dal sorriso, dai gesti, e per la correttezza anche esteriore della persona linda, curata con diligenza amorosa.

Egli accolse l'onorevole Verona con molti ossequii e rosso in volto per la gioia, non solo perché prevedeva che questo deputato, senza dubbio, un giorno o l'altro sarebbe stato suo capo supremo, ma perché veramente da anni era ammiratore fervido dei discorsi di lui alla Camera. Volgendosi poi a guardare la signorina e sapendo ch'era figlia del compianto e illustre professore dell'Ateneo perugino, il cavalier Lori provò un'altra gioia, non meno viva.

Egli aveva poco più di trent'anni, e la signorina Silvia Ascensi aveva un curioso modo di parlare: pareva che con gli occhi – d'uno strano color verde, quasi fosforescenti – spingesse le parole a entrar bene nell'anima di chi l'ascoltava; e s'accendeva tutta. Rivelava, parlando, un ingegno lucido e preciso, un'anima imperiosa; ma quella lucidità man mano era turbata e quella imperiosità vinta e sopraffatta da una grazia irresistibile che le affiorava in volto, vampando. Ella notava con dispetto che, a poco a poco, le sue parole, il suo ragionamento, non avevano più efficacia, poiché chi stava ad ascoltarla era tratto piuttosto ad ammirare quella grazia e a bearsene. Allora, nel volto infocato, un po' per la stizza, un po' per l'ebbrezza, che istintivamente e suo malgrado le cagionava il trionfo della sua femminilità, ella si confondeva; il sorriso di chi la ammirava, si rifletteva, senza che lei lo volesse, anche su le sue labbra; scoteva con una rabbietta il capo, si stringeva nelle spalle e troncava il discorso, dichiarando di non saper parlare, di non sapersi esprimere.

– Ma no! Perché? Mi pare anzi che si esprima benissimo! – s'affrettò a dirle il cavalier Martino Lori.

E promise all'onorevole Verona che avrebbe fatto di tutto per contentar la signorina e procurarsi il piacere di rendere un servizio a lui.

Due giorni dopo, Silvia Ascensi ritornò sola al Ministero. S'era accorta subito che per il cavalier Lori non aveva proprio bisogno di alcun'altra raccomandazione. E con la più ingenua semplicità del mondo andò a dirgli che non poteva più assolutamente lasciare Roma: aveva tanto girato in quei tre giorni, senza mai stancarsi, e tanto ammirato le ville solitarie vegliate dai cipressi, la soavità silenziosa degli orti dell'Aventino e del Celio, la solennità tragica delle rovine e di certe vie antiche, come l'Appia, e la chiara freschezza del Tevere... S'era innamorata di Roma, insomma, e voleva esservi trasferita, senz'altro. Impossibile? Perché impossibile? Sarebbe stato difficile, via! Impossibile, no. Dif-fi-ci-lis-si-mo, là! Ma volendo, via... Anche *comandata* in qualche classe aggiunta... Sì, sì. Doveva farle questo piacere! Sarebbe venuta tante, tante, tante volte a seccarlo, altrimenti. Non lo avrebbe lasciato più in pace! Un *comando* era facile, no? Dunque...

Dunque, la conclusione fu un'altra.

Dopo sei o sette di quelle visite, un dopopranzo, il cavalier Martino Lori si assentò dall'ufficio, s'abbigliò come per le grandi occasioni e andò a Montecitorio a domandare dell'onorevole Verona.

Si guardava i guanti, si guardava le scarpine, si tirava fuori i polsini con le punte delle dita, molto irrequieto, aspettando l'usciere che doveva introdurlo.

Appena introdotto, per nascondere l'imbarazzo, prese a dir calorosamente all'onorevole Verona che la sua protetta chiedeva proprio l'impossibile, ecco!

– La mia protetta? – lo interruppe l'onorevole Verona. – Quale protetta?

Il Lori, riconoscendo addoloratissimo d'aver usato, senz'ombra di malizia però, una parola che poteva prestarsi veramente a una... sì, a una malevola interpretazione, s'affrettò a dire che intendeva parlare della signorina Ascensi.

– Ah, la signorina Ascensi? Ma allora sì, protetta! – gli rispose l'onorevole Verona, sorridendo e accrescendo l'imbarazzo del povero cavalier Martino Lori. – Non ricordavo più d'avergliela raccomandata e non ho indovinato in prima di chi intendesse parlarmi. Io venero la memoria dell'illustre professore, padre della signorina e mio maestro, e vorrei che anche lei, cavaliere, ne proteggesse la figliuola – *proteggesse*, proprio – e me la contentasse a ogni modo, perché lo merita.

Ma se era venuto appunto per questo, il cavalier Martino Lori! Trasferirla a Roma, però, non poteva in nessun modo. Se era lecito, ecco, desiderava di conoscere la vera ragione per cui... per cui la signorina voleva andar via da Perugia.

Mah! Non bella, pur troppo, questa ragione. Il professor Ascensi era stato tradito e abbandonato dalla moglie, tristissima donna, molto danarosa, la quale s'era messa a convivere con un altr'uomo degno di lei, da cui aveva avuto due o tre figli. L'Ascensi s'era tenuta con sé, naturalmente, l'unica figliuola, restituendo a colei tutto il suo avere. Grand'uomo, ma sprovvisto del tutto di senso pratico, il professor Ascensi aveva avuto un'esistenza tribolatissima, tra angustie e amarezze d'ogni genere. Comperava libri e libri e libri, strumenti per il suo gabinetto, e poi non sapeva spiegarsi come mai il suo stipendio non bastasse a sopperire ai bisogni d'una famiglia ormai così ristretta. Per non affliggere il babbo con privazioni, la signorina Ascensi s'era veduta costretta a darsi anche lei all'insegnamento. Oh, la vita di quella ragazza, fino alla morte del padre, era stata un continuo esercizio di pazienza e di virtù. Ma ella era orgogliosa, e giustamente, della fama del padre, che a fronte alta poteva contrapporre alla vergogna materna. Ora però, morto sciaguratamente il padre e rimasta senza presidio, quasi povera e sola, non sapeva più adattarsi a vivere a Perugia, dove stava anche la madre ricca e svergognata. Ecco tutto.

Martino Lori, commosso a questo racconto (commosso veramente anche prima d'ascoltarlo dalla bocca autorevole d'un deputato di grande avvenire), nel licenziarsi gli lasciò intravedere il proposito di ricompensare del suo meglio quella fanciulla, tanto del sacrifizio e delle amarezze, quanto della meravigliosa devozione filiale.

E così la signorina Silvia Ascensi, venuta a Roma per ottenere un trasferimento, vi trovò – invece – marito.

II

Il matrimonio, però, almeno nei primi tre anni, fu disgraziatissimo. Tempestoso.

Nel fuoco dei primi giorni Martino Lori buttò, per così dire, tutto se stesso; la moglie vi lasciò cadere, invece, pochino pochino di sé. Attutita la fiamma che fonde anime e corpi, la donna ch'egli credeva divenuta ormai tutta sua, come egli era divenuto tutto di lei, gli balzò innanzi molto diversa da quella che s'era immaginata.

S'accorse, insomma, il Lori che ella non lo amava, che s'era lasciata sposare come in un sogno strano, da cui ora si destava aspra, cupa, irrequieta.

Che aveva sognato?

Di ben altro il Lori s'accorse col tempo: che ella, cioè, non solo non lo amava, ma non poteva neanche amarlo, perché le loro nature erano proprio opposte. Non era possibile tra loro nemmeno il compatimento reciproco. Che se egli, amandola, era disposto a rispettare il carattere vivacissimo, lo spirito indipendente di lei, ella, che non lo amava, non sapeva aver neppure sofferenza dell'indole e delle opinioni di lui.

– Che opinioni! – gli gridava, scrollandosi sdegnosamente. – Tu non puoi avere opinioni, caro mio! Sei senza nervi...

Che c'entravano i nervi con le opinioni? Il povero Lori restava a bocca aperta. Ella lo stimava duro e freddo perché taceva, è vero? Ma egli taceva per cansar liti! taceva perché s'era chiuso nel cordoglio, rassegnato già al crollo del suo bel sogno, d'avere cioè una compagna affettuosa e premurosa, una casetta linda, sorrisa dalla pace e dall'amore.

Rimaneva stupito Martino Lori del concetto che sua moglie s'andava man mano formando di lui, delle interpretazioni che dava dei suoi atti, delle sue parole. Certi giorni quasi quasi dubitava fra sé ch'egli non fosse quale si riteneva, quale si era sempre ritenuto, e che avesse, senz'accorgersene, tutti quei difetti, tutti quei vizii che ella gli rinfacciava.

Aveva avuto sempre vie piane innanzi a sé; non si era mai addentrato negli oscuri e profondi meandri della vita, e forse perciò non sapeva diffidare né di se stesso né d'alcuno. La moglie, all'incontro, aveva assistito fin dall'infanzia a scene orribili e imparato, purtroppo, che tutto può esser tristo, che nulla vi è di sacro al mondo, se finanche la madre, la madre, Dio mio... – Ah, sì: povera Silvia, meritava scusa, compatimento, anche se vedeva il male dove non era e si dimostrava perciò ingiusta verso di lui. Ma più egli, con la mite bontà, cercava d'accostarsi a lei, per ispirarle una maggior fiducia nella vita, per persuaderla a più equi giudizii, e più ella s'inaspriva e si rivoltava.

Ma se non amore, buon Dio, almeno un po' di gratitudine per lui che, alla fin fine, le aveva ridato una casa, una famiglia, togliendola a una vita randagia e insidiosa! No; neppure gratitudine. Era superba, sicura di sé, di potere e di saper bastare a se stessa col proprio lavoro. E sei o sette volte, in quei primi tre anni, lo minacciò di riprendere l'insegnamento e di separarsi da lui. Un giorno, alla fine, pose anche ad effetto la minaccia.

Ritornando quel giorno dall'ufficio, il Lori non trovò in casa la moglie. La mattina, aveva avuto con lei un nuovo e più aspro litigio per un lieve rimprovero che aveva osato di muoverle. Ma già da un mese circa si addensava la tempesta ch'era scoppiata quella mattina. Ella era stata stranissima tutto quel mese; di fosche maniere; e aveva finanche mostrato un'acerba ripugnanza per lui.

Senza ragione, al solito!

Ora, nella lettera lasciata in casa, ella gli annunziava il proposito irremovibile di romperla per sempre e che avrebbe fatto di tutto per riottenere il posto di maestra; e in fine, perché egli non desse in vane smanie e non facesse chiassose ricerche, gl'indicava l'albergo ove provvisoriamente aveva preso alloggio: ma e che non andasse a trovarla, perché sarebbe stato inutile.

Il Lori rimase a lungo a riflettere con quella lettera in mano, perplesso.

Aveva troppo sofferto, e ingiustamente. Il liberarsi però di quella donna sarebbe stato, sì, forse, un sollievo; ma anche un indicibile dolore. Egli la amava. E dunque, un sollievo momentaneo, e poi una gran pena e un gran vuoto per tutta la vita. Sapeva, sentiva bene che non avrebbe potuto più amare alcun'altra donna, mai. E lo scandalo, inoltre, che non si meritava: egli, così corretto in tutto, separato ora dalla moglie, esposto alla malignità della gente, che avrebbe potuto sospettare chi sa quali torti in lui, quando Dio era testimonio di quanta longanimità, di quanta condiscendenza avesse dato prova in quei tre anni.

Che fare?

Deliberò di non muoversi per quella sera. La notte avrebbe portato a lui consiglio, a lei forse il pentimento.

Il giorno dopo non andò all'ufficio e attese tutta la mattinata in casa. Nel pomeriggio si disponeva ad uscire, senza aver bene tuttavia fermato l'animo ad alcuna deliberazione, quando gli pervenne dalla Camera dei deputati un invito dell'on. Marco Verona.

Si era in crisi ministeriale: e, da alcuni giorni, alla Minerva si faceva con insistenza il nome del Verona come probabile Sottosegretario di Stato: qualcuno lo preconizzava anche Ministro.

Al Lori, fra le tante idee, era venuta anche quella di recarsi dal Verona per consiglio. Se n'era astenuto, immaginando a quali brighe egli dovesse trovarsi in mezzo, di quei giorni. Silvia, evidentemente, non aveva avuto questo ritegno e, sapendo ch'egli sarebbe stato a capo della Pubblica Istruzione, era forse andata da lui per farsi riammettere nell'insegnamento.

Martino Lori si rabbuiò, pensando che forse il Verona, avvalendosi adesso dell'autorità di suo prossimo superiore, volesse ordinargli di non interporsi negli uffici contro il desiderio della moglie.

Ma invece Marco Verona lo accolse alla Camera con molta benignità.

Si mostrò seccatissimo d'essere stato preso, come lui diceva, al laccio. Ministro, no, no, per fortuna! Sottosegretario. Non avrebbe voluto assumersi neanche questa minore responsabilità, date le condizioni di quel momento politico. La disciplina del partito lo aveva forzato. Orbene, egli avrebbe voluto almeno nel gabinetto l'ausilio d'un uomo onesto a tutta prova ed espertissimo, e aveva perciò pensato subito a lui, al cavalier Lori. Accettava?

Pallido per l'emozione e con le orecchie infocate, il Lori non seppe come ringraziarlo dell'onore che gli faceva, della fiducia che gli dimostrava; ma tuttavia, profondendo questi ringraziamenti, aveva negli occhi una domanda ansiosa, lasciava intender chiaramente con lo sguardo ch'egli, in verità, si aspettava un altro discorso. Non voleva proprio nient'altro da lui l'on. Verona, anzi Sua Eccellenza?

Questi sorrise, alzandosi, e gli posò lievemente una mano su la spalla. Eh sì, qualcos'altro voleva; pazienza, voleva, e perdono per la signora Silvia. Via, ragazzate!

– È venuta a trovarmi e mi ha esposto i suoi «fieri» proposti, – disse, sempre sorridendo. – Le ho parlato a lungo e... ma sì! ma sì! non c'è proprio bisogno che lei si discolpi, cavaliere. So bene che il torto è della signora, e gliel'ho detto, sa? francamente. Anzi, l'ho fatta piangere... Sì, perché le ho parlato del padre, di quanto il padre soffrese per il tristo disordine della famiglia... e d'altro ancora le ho parlato. Vada via tranquillo, cavaliere. Ritroverà a casa la signora.

– Eccellenza, io non so come ringraziarla... – si provò a dire, commosso, il Lori inchinandosi.

Ma il Verona lo interruppe subito:

– Non mi ringrazi; e sopra tutto, non mi chiami Eccellenza.

E, licenziandolo, lo assicurò che la signora Silvia, donna di carattere, avrebbe mantenuto senza dubbio le promesse che gli aveva fatte; e che, non solo le scene spiacevoli non si sarebbero più rinnovate, ma che ella gli avrebbe dimostrato in tutti i modi il pentimento delle ingiuste amarezze che gli aveva finora cagionate.

III

Fu veramente così.

La sera della riconciliazione segnò per Martino Lori una data indimenticabile: indimenticabile per tante ragioni ch'egli comprese, o meglio, intuì subito, dal modo com'ella fin dal primo vederlo gli s'abbandonò tra le braccia.

Quanto, quanto pianse! Ma quanta e quale gioia egli bevve in quelle lagrime di pentimento e di amore!

Le vere sue nozze le celebrò allora; da quel giorno ebbe la compagna sognata; e un altro suo segreto ardentissimo sogno si compì certo in quel primo ricongiungimento.

Quando Martino Lori non poté più avere alcun dubbio su lo stato della moglie e quand'ella poi gli mise al mondo una bambina, nel vedere di quale gratitudine, di qual devozione per lui e di quali sacrifizii per la figliuola la maternità avesse reso capace quella donna, tant'altre cose comprese e si spiegò. Ella voleva esser madre. Forse non comprendeva e non sapeva spiegarselo neppur lei, questo segreto bisogno della sua natura; e perciò era prima così strana e la vita le sembrava così insulsa e vuota. Voleva esser madre.

La felicità del sogno finalmente raggiunto, fu turbata soltanto dall'improvvisa caduta del Ministero di cui faceva parte l'onorevole Verona e un po' anche – nell'ombra – Martino Lori, suo segretario particolare.

Forse più indignato dello stesso on. Verona si mostrò il Lori per l'aggressione violenta delle opposizioni coalizzate per rovesciare, quasi senza ragione, il Ministero. L'on. Verona, per conto suo, dichiarò d'averne fino alla gola della vita politica, e che voleva ritirarsene per riprendere con miglior frutto e maggiore soddisfazione gli studii interrotti.

Alle nuove elezioni, infatti, riuscì a vincere le pressioni insistenti degli elettori, e non si presentò. S'era infervorato d'una grande opera scientifica lasciata a mezzo dal professor Bernardo Ascensi. Se la figliuola, signora Lori, gli faceva l'onore d'affidargliela, egli si sarebbe provato a seguitare gli esperimenti del maestro e a portare a compimento quell'opera.

Silvia ne fu felicissima.

In quell'anno di devota, fervida collaborazione, s'erano stretti fortemente i legami d'amicizia fra il marito e il Verona. Il Lori, però, per quanto il Verona non avesse mai fatto pesar su lui il proprio grado e la propria dignità e lo trattasse ora con la massima confidenza, con la massima cordialità, fino a dargli e a farsi dare del tu, si mostrava timido e un po' impacciato, vedeva sempre nell'amico il superiore. Il Verona se n'aveva per male e spesso lo motteggiava. Rideva, sì, di quei motteggi il Lori, ma con una segreta afflizione, perché notava nell'animo dell'amico una certa amarezza che diveniva di giorno in giorno più acre. Ne attribuiva la causa al ritiro sdegnoso dalla vita politica, dalle lotte parlamentari; e ne parlava alla moglie e le consigliava di avvalersi di quell'ascendente, ch'ella pareva avesse su lui, per indurlo, per spingerlo a rituffarsi nella vita.

– Sì! vorrà dare ascolto a me! – gli rispondeva Silvia. – Quando ha detto no, è no, lo sai. Del resto, a me non pare. Lavora con tanto impegno, con tanta passione...

Martino Lori si stringeva nelle spalle.

– Sarà così!

Gli pareva però che il Verona ritrovasse la serenità di prima solamente quando scherzava con la loro piccola Ginetta, che cresceva a vista d'occhio, florida e vispa.

Marco Verona aveva veramente per quella bimba certe tenerezze, che commovevano il Lori fino alle lagrime. Gli diceva che stesse bene attento perché qualche giorno glie l'avrebbe portata via. Sul serio, veh! non scherzava. E Ginetta non se lo sarebbe lasciato dire due volte: avrebbe abbandonato il babbo, la mamma, è vero? anche la mamma, per andar via con lui... Ginetta diceva di sì: cattivona! pei regali, eh? pei regali ch'egli le faceva a ogni minima occasione. E che regali! Ne soffrivano finanche, ogni volta, il Lori e la moglie. Questa, anzi, non sapeva tenersi dal dimostrare al Verona che se ne sentiva offesa. Avvilimento di superbia? No. Erano proprio troppi e di troppo costo, quei regali, e lei non voleva! Il Verona, però, beandosi della festa che Ginetta faceva a quei giocattoli, scrollava le spalle, urtato dal loro rammarico e dalle loro proteste, e finanche si rivoltava con poco garbo a imporre che si stessero zitti e lasciassero godere la bambina.

Silvia cominciò a poco a poco a dirsi stufa di questi modi del Verona, e al marito che, per scusarlo, tornava a battere su quel chiodo, ch'era stato cioè un grave danno per l'amico il ritiro dalla vita politica, rispondeva che questa non era una buona ragione perché egli venisse a sfogare in casa loro il malumore.

Il Lori avrebbe voluto far notare alla moglie che, in fin dei conti, quel malumore il Verona lo sfogava facendo felice la loro bambina; ma si stava zitto per non turbare l'accordo che, fin dal primo giorno della riconciliazione, s'era stabilito fra essi.

Ciò che egli, nei primi anni, aveva trovato d'ostile in lei era divenuto pregio, ora, e virtù a gli occhi suoi. Dallo spirito, dalla fermezza, dall'energia di lei, non più volti adesso contro di lui, egli si sentiva riempire tutto e sostenere. E gli pareva così piena, ora, la vita e così solidamente fondata, con quella donna accanto, sua, tutta sua, tutta per la casa e per la figliuola.

Stimava, sì, preziosa in cuor suo l'amicizia del Verona e avrebbe voluto perciò che nell'animo della moglie non si raffermasse l'impressione ch'egli fosse divenuto importuno e fastidioso per quella soverchia affezione per Ginetta; d'altra parte però, se questa affezione troppo invadente doveva turbargli la pace della casa, la buona armonia con la moglie... Ma come farlo intendere al Verona, che non voleva accorgersi neppure della freddezza con cui Silvia, ora, lo accoglieva?

Col crescer degli anni, Ginetta cominciò a dimostrare una passione vivissima per la musica. Ed ecco il Verona, due, tre volte la settimana, pronto con la vettura per condurre la ragazza a questo e a quel concerto; e spesso, durante la stagione lirica, veniva a congiurar con lei, a metterla su, perché inducesse con le sue graziette la mamma e il babbo ad accompagnarla a teatro, nel palco già fissato per lei.

Il Lori, angustiato, imbarazzato, sorrideva; non sapeva dir di no, per non scontentare l'amico e la figliuola; ma, santo Dio, il Verona avrebbe dovuto comprendere ch'egli non poteva, così spesso: la spesa non era soltanto per il palco e per la vettura: Silvia doveva pure vestirsi bene; non poteva far cattiva figura. Sì, egli era ormai capo-divisione, aveva già un discreto stipendio; ma non aveva certo denari da buttar via.

Era tanta la passione per quella ragazza, che il Verona non avvertiva a queste cose e non s'avvedeva neppure del sacrifizio che doveva far Silvia, certe sere, rimanendo sola a casa, con la scusa che non si sentiva bene.

E così fosse sempre rimasta a casa! Una di quelle sere, ella ritornò dal teatro in preda a continui brividi di freddo. La mattina dopo tossiva, con una febbre violenta. E in capo a cinque giorni moriva.

IV

Per la violenza fulminea di quella morte, Martino Lori restò dapprima quasi più sbigottito che addolorato.

Venuta la sera, il Verona, come urtato da quell'attonimento angoscioso, da quel cordoglio cupo, che minacciava di vanir nell'ebetismo, lo spinse fuori della camera mortuaria, lo forzò a recarsi dalla figlia, assicurandolo che sarebbe rimasto lui, là, a vegliare tutta la notte.

Il Lori si lasciò mandar via; ma poi, a notte alta, silenzioso come un'ombra, ricomparve nella camera mortuaria e vi trovò il Verona con la faccia affondata nella sponda del letto, su cui giaceva rigido e allividito il cadavere.

Dapprima gli parve che, vinto dal sonno, il Verona avesse reclinato lì la testa, inavvertitamente; poi, osservando meglio, s'accorse che il corpo di lui era scosso a tratti, come da singhiozzi soffocati. Allora il pianto, il pianto che finora non aveva potuto rompergli dal cuore, assalì anche lui furiosamente, vedendo piangere così l'amico. Ma questi, di scatto gli si levò contro, fremente, trasfigurato; e – come egli, convulso, gli tendeva le mani per abbracciarlo – lo respinse, proprio lo respinse con fosca durezza, con rabbia. Doveva sentirsi in gran parte responsabile di quella sciagura, perché proprio lui, cinque sere prima, aveva forzato Silvia ad andare a teatro, ed ora non gli reggeva l'animo a veder soffrire in quel modo l'amico. Così pensò il Lori, per spiegarsi quella violenza; pensò che il dolore può diversamente su gli animi: certi, li atterra; certi altri li arrabbia.

E né le visite senza fine degli impiegati subalterni, che lo amavano come un padre, né le esortazioni del Verona, che gl'indicava la figliuola smarrita nella pena e costernata per lui, valsero a scuoterlo da quella specie d'annientamento in cui era caduto, quasi che il mistero cupo e crudo di quella morte improvvisa lo avesse circondato, diradandogli tutt'intorno la vita.

Gli pareva, ora, di veder tutto diversamente, e che i rumori gli arrivassero come di lontano, e le voci, le voci stesse a lui più note, quella dell'amico, quella della propria figliuola, avessero un suono ch'egli non aveva mai prima avvertito.

Cominciò così man mano a sorgere in lui da quell'attonimento come una curiosità nuova, ma spassionata, per il mondo che lo circondava, che prima non gli era mai apparso né aveva conosciuto così.

Era mai possibile che Marco Verona fosse stato sempre quale egli lo vedeva ora? Finanche la persona, l'aria del volto gli sembravano diverse. E la sua stessa figliuola? Ma come! Era davvero già cresciuta di tanto? o dalla sciagura, tutt'a un tratto, era balzata su un'altra Ginetta, così alta, esile, un po' fredda, segnatamente con lui? Sì, somigliava nelle fattezze alla madre, ma non aveva quella grazia che, in gioventù, accendeva, illuminava la bellezza della sua Silvia; e perciò tante volte Ginetta non pareva neanche bella. Aveva la stessa imperiosità della madre, ma senza quegl'impeti franchi, senza scatti.

Ora il Verona veniva con più scioltezza, quasi ogni giorno a casa del Lori: spesso rimaneva a desinare o a cenare. Aveva finalmente compiuto la poderosa opera scientifica concepita e iniziata da Bernardo Ascensi, e già attendeva a mandarla a stampa in una magnifica edizione. Molti giornali ne recavano le prime notizie, e di alcune fra le più importanti conclusioni avevano anche preso a discutere animatamente le maggiori riviste non solo italiane ma anche straniere, lasciando così prevedere la fama altissima, a cui tra breve quell'opera sarebbe salita.

Il merito del Verona per il proseguimento di essa e per le nuove ardite deduzioni tratte dalla prima idea fu, dopo la pubblicazione, riconosciuto universalmente non inferiore a quello dello stesso Ascensi. Ne ebbe gloria questi, ma assai più il Verona. Da ogni parte gli fioccarono plausi e onorificenze. Tra le altre, la nomina a senatore. Non aveva voluto averla subito dopo la sua uscita dal mondo parlamentare; la accolse ora di buon grado, perché non gli veniva per il tramite della politica.

Martino Lori in quei giorni, pensando alla gioia, all'esultanza che avrebbe provato la sua Silvia nel veder così glorificato il nome del padre, s'indugiò più a lungo nelle visite che ogni sera, uscendo dal Ministero, soleva fare alla tomba della moglie. Aveva preso quest'abitudine; e andava anche d'inverno, con le cattive giornate, a curar le piante attorno alla gentilizia, a rinnovare i lumini nella lampada; e parlava pian piano con la morta. La vista quotidiana del camposanto e le riflessioni ch'essa gli suggeriva, gl'improntavano sempre più di squallore il volto.

Tanto la figlia quanto il Verona avevano cercato di distoglierlo da questa abitudine; egli dapprima aveva negato come un bambino colto in fallo; poi, costretto a confessare, aveva alzato le spalle, sorridendo pallidamente.

– Non mi fa nulla... Anzi è per me un conforto, – aveva detto. – Lasciatemi andare.

Tanto, se fosse ritornato a casa subito, dopo l'ufficio, chi vi avrebbe trovato? Giornalmente il Verona veniva a prendersi Ginetta. Non se ne lagnava lui, no; anzi era gratissimo all'amico degli svaghi che procurava alla figliuola. Quella certa asprezza che aveva avvertito in talune occasioni nei modi di lui e qualche altro lieve difetto di carattere non avevano potuto fargli scemare l'ammirazione, né tanto meno ora la gratitudine, la devozione per quest'uomo, a cui né l'altezza dell'ingegno e della fama e degli uffici a cui era salito, né la fortuna toglievano d'accordare una così intima, più che fraterna amicizia a un pover uomo come lui che, tranne il buon cuore, non si riconosceva altra virtù, altro pregio per meritarsela.

Egli vedeva adesso con soddisfazione che non s'era ingannato quando diceva alla moglie che l'affetto del Verona sarebbe stato una fortuna per la loro Ginetta. N'ebbe la prova maggiore allorché questa compì diciott'anni. Oh come avrebbe voluto che la sua Silvia fosse stata presente quella sera, dopo la festa per il compleanno!

Il Verona, venuto apposta senza alcun regalo in mano per Ginetta, appena questa se ne andò a dormire, se lo trasse in disparte e, serio e commosso, gli annunziò che un suo giovane amico, il marchese Flavio Gualdi, chiedeva a lui per suo mezzo la mano della figliuola.

Martino Lori, lì per lì, rimase stupito. Il marchese Gualdi? Un nobile... ricchissimo... la mano di Ginetta? Andando col Verona nei concerti, nelle conferenze, a passeggio, Ginetta, sì, era potuta entrare in un mondo, a cui né per nascita né per condizione sociale avrebbe potuto accostarsi, vi aveva destato qualche simpatia; ma lui...

– Tu lo sai, – disse all'amico, quasi smarrito e afflitto nella gioia, – sai qual è il mio stato... Non vorrei che il marchese Gualdi...

Il Verona lo interruppe:

– Gualdi sa... sa quel che deve sapere.

– Capisco. Ma, essendo tanta la disparità, non vorrei che egli... per quanto predisposto, non riuscisse neppure a figurarsi tante cose...

Il Verona tornò a interromperlo, stizzito:

– Mi pareva ozioso dirtelo, ma giacché tu, scusa, mi tieni ora un discorso così sciocco, per tranquillarti ti dirò che, via, essendo io da tant'anni tuo amico...

– Eh, lo so!

– Ginetta è cresciuta più con me che con te, si può dire...

– Sì... sì...

– O che mi piangi, adesso? Non vorrò mica essere l'intermediario di questo matrimonio per nulla. Su, su, finiscila! Io me ne vado. Ne parlerai tu, domattina, a Ginetta. Vedrai che non ti riuscirà difficile.

– Se l'aspetta? – domandò, sorridendo tra le lagrime, il Lori.

– E non hai visto che non s'è punto meravigliata nel vedermi arrivare questa sera a mani vuote?

Così dicendo, Marco Verona rise gaiamente, come da tant'anni il Lori non lo aveva più sentito ridere.

V

Un'impressione curiosa, di gelo, dapprincipio. Ma non ci avrebbe fatto caso Martino Lori, perché, come tant'altre cose in vita sua s'era spiegate, persuaso dall'ingenua bontà, anche questa si sarebbe spiegata qual effetto naturale della preveduta disparità di condizione, e un po' anche del carattere, dell'educazione, della figura stessa del genero.

Non era più giovanissimo il marchese Gualdi: era ancor biondo, d'un biondo acceso, ma già calvo: lucido e roseo come una figurina di finissima porcellana smaltata; e parlava piano con accento più francese che piemontese, piano, piano, affettando nella voce una tal quale benignità condiscendente, che contrastava però in modo strano con lo sguardo rigido degli occhi azzurri, vitrei.

Da questi occhi il Lori s'era sentito se non propriamente respinto, quasi allontanato, e gli era parso finanche di scorgervi come una commiserazione lievemente derisoria per lui, per i suoi modi forse troppo semplici prima, ora troppo circospetti, forse.

Ma anche il tratto del tutto diverso che il Gualdi usava tanto col Verona quanto con Ginetta, egli si sarebbe spiegato; quantunque, via, paresse che la moglie a colui fosse venuta da parte dell'amico e non da lui ch'era il padre... Veramente era stato così, ma il Verona...

Ecco: il Verona non sapeva spiegarsi più, Martino Lori.

Ora che egli era rimasto solo in casa e non aveva più neanche l'ufficio, essendosi messo a riposo per far piacere al genero, non avrebbe dovuto Marco Verona prodigargli con maggior premura il conforto dell'amicizia fraterna, di cui per tanti anni aveva voluto onorarlo?

Egli, il Verona, andava ogni giorno a trovar Ginetta nel villino del Gualdi; e da lui, dall'amico, dopo il giorno delle nozze, non era più venuto, neanche una volta per isbaglio. S'era forse stancato di vederlo così chiuso ancora nel cordoglio antico, ed essendo ormai vecchio anche lui, preferiva andare dove si godeva, dove Ginetta, per opera di lui, pareva felice?

Sì, anche questo poteva darsi. Ma perché poi, quand'egli andava a veder la figlia, e lo trovava lì, a tavola con lei e il genero, come se fosse di casa, era accolto da lui quasi con dispetto, gelidamente? Poteva darsi che quest'impressione di gelo gli fosse data dal luogo, da quella vasta sala da pranzo, lucida di specchi, splendidamente arredata? Ma che! no! no! Non si era soltanto allontanato il Verona; il tratto, il tratto di lui era proprio cangiato; gli stringeva appena la mano, appena lo guardava, e seguitava a conversar col Gualdi, come se non fosse entrato nessuno.

Per poco lì non lo lasciavano in piedi, innanzi alla tavola. Solo Ginetta gli rivolgeva qualche parola, di tanto in tanto, ma così, fuor fuori, perché non si potesse dire che proprio nessuno si curava di lui.

Col cuore strizzato da un'angoscia inesplicabile, confuso e avvilito, Martino Lori se n'andava.

Non doveva proprio avere alcun rispetto per lui, alcun riguardo, il genero? Tutte le feste e gl'inviti per il Verona, perché ricco e illustre? Ma se doveva esser così, se volevano tutti e tre seguitare ad accoglierlo ogni sera a quel modo, come un importuno, come un intruso, egli non sarebbe andato più; no, no, perdio, non sarebbe andato più! Voleva stare a vedere che cosa avrebbero fatto quei signori, tutt'e tre, allora.

Ebbene, passarono due giorni; ne passarono quattro e cinque; passò un'intera settimana, e né il Verona, né il genero e neanche Ginetta, nessuno, neppure un servo, venne a chieder di lui, se per caso fosse malato...

Con gli occhi senza sguardo, vagando per la camera, il Lori si grattava di continuo la fronte con le dita irrequiete, quasi per destar la mente dal torpore angoscioso in cui era caduta. Non sapendo più che pensare, riandava, riandava con l'anima smarrita il passato...

Tutt'a un tratto, senza saper perché, il pensiero gli s'appuntò in un ricordo lontano, nel più triste ricordo della sua vita. Ardevano in quella notte funesta quattro ceri, e Marco Verona, con la faccia affondata nella sponda del letto, su cui giaceva Silvia morta, piangeva.

Fu all'improvviso come se, nella sua anima scombuiata, quei ceri funebri guizzassero e accendessero un lampo livido a rischiarargli orridamente tutta la vita, fin dal primo giorno che Silvia gli era venuta innanzi, accompagnata da Marco Verona.

Sentì mancarsi le gambe, e gli parve che tutta la camera gli girasse attorno. Si nascose il volto con le mani, tutto ristretto in sé:

– Possibile? Possibile?

Alzò gli occhi al ritratto della moglie, dapprima quasi sgomento di ciò che gli avveniva dentro; poi aggredì quel ritratto con lo sguardo, serrando le pugna e contraendo tutta la faccia in una espressione d'odio, di ribrezzo, d'orrore:

– Tu? tu?

Più di tutti lei lo aveva ingannato. Forse perché il pentimento di lei, dopo, era stato sincero. Il Verona, no... il Verona, no... Costui gli veniva in casa, là, come un padrone e... ma sì! forse sospettava ch'egli sapesse e fingesse di non accorgersi di nulla per vile tornaconto...

Come questo pensiero odioso gli balenò, Martino Lori sentì artigliarsi le dita e le reni fenderglisi. Balzò in piedi; ma una nuova vertigine lo colse. L'ira, il dolore gli si sciolsero in un pianto convulso, impetuoso.

Si riebbe, alla fine, stremato di forze e come tutto vuoto, dentro.

Più di vent'anni c'eran voluti perché comprendesse. E non avrebbe compreso, se quelli con la loro freddezza, con la loro noncuranza sdegnosa non gliel'avessero dimostrato e quasi detto chiaramente.

Che fare più, dopo tant'anni? ora che tutto era finito... così, da un pezzo, in silenzio... pulitamente, come usa fra gente per bene, fra gente che sa fare a modo le cose? Non glielo avevano lasciato intendere con garbo forse, che oramai non aveva più nessuna parte da rappresentare? Aveva rappresentato la parte del marito, poi quella del padre... e ora basta: ora non c'era più bisogno di lui, poiché essi, tutti e tre, si erano così bene intesi fra loro...

La men trista fra tutti, la meno perfida, forse era stata colei che s'era pentita subito dopo il fallo ed era morta...

E Martino Lori, quella sera, come tutte le sere, seguendo l'antica abitudine, si ritrovò per la via che conduce al cimitero. S'arrestò, fosco e perplesso, se andare avanti o tornare indietro. Pensò alle piante attorno alla gentilizia, che da tant'anni, ormai, curava con amore. Là, tra poco, anch'egli avrebbe riposato... Là sotto, accanto a lei? Ah, no, no: non più ormai... Eppure, come aveva pianto quella donna, allora, ritornando a lui, e di quanto affetto lo aveva circondato, dopo... Sì, sì: s'era pentita... A lei, sì, a lei soltanto egli forse poteva perdonare.

E Martino Lori riprese la via per il cimitero. Aveva qualche cosa di nuovo da dire alla morta, quella sera.

LA BUON'ANIMA

Fin dal primo giorno, Bartolino Fiorenzo s'era sentito dire dalla promessa sposa:

– Lina, veramente, ecco... Lina no, non è il mio nome. Carolina mi chiamo. La buon'anima mi volle chiamar Lina, e m'è rimasto così.

La buon'anima era Cosimo Taddei, il primo marito.

– Eccolo là!

Glielo aveva anche indicato, la promessa sposa, perché era ancora là, ridente e in atto di salutare col cappello (vivacissima istantanea fotografica ingrandita), nella parete di fronte al canapè, presso al quale Bartolino Fiorenzo stava seduto. E istintivamente a Bartolino era venuto di inchinar la testa per rispondere a quel saluto.

A Lina Sarulli, vedova Taddei, non era neanche passato per il capo di togliere quel ritratto dal salotto, il ritratto del padrone di casa. Era di Cosimo Taddei, infatti, la casa in cui ella abitava; lui, ingegnere, la aveva levata di pianta, lui poi così elegantemente arredata, per lasciargliela alla fine in eredità con l'intero patrimonio.

La Sarulli seguitò, senza notare affatto l'impaccio del promesso sposo:

– A me non piaceva cangiar nome. Ma la buon'anima allora mi disse: «E se invece di *Carolina* ti chiamassi *cara Lina* non sarebbe meglio? Quasi lo stesso, ma tanto di più!». Va bene?

– Benissimo! sì, sì, benissimo! – rispose Bartolino Fiorenzo, come se la buon'anima avesse domandato a lui un parere.

– Dunque, *cara Lina*, siamo intesi? – concluse la Sarulli, sorridendo.

E Bartolino Fiorenzo:

– Intesi... sì, sì... intesi... – balbettò, smarrito di confusione e di vergogna, pensando che il marito, intanto, guardava ridente dalla parete e lo salutava.

Quando – tre mesi dopo – i Fiorenzo, marito e moglie, accompagnati alla stazione dai parenti e dagli amici, partirono per il viaggio di nozze, diretti a Roma, Ortensia Motta, intima di casa Fiorenzo e anche amicissima della Sarulli, disse al marito, alludendo a Bartolino:

– Povero figliuolo, ha preso moglie? Io direi piuttosto che gli hanno dato marito!

Ma con ciò, si badi, la Motta non voleva mica dire che Lina Sarulli, prima Lina Taddei, ora Lina Fiorenzo, avesse più dell'uomo che della donna. No. Troppo donna, anzi, quella cara Lina! Fra i due, però, via! non si poteva mettere in dubbio che avesse molta più esperienza della vita e più giudizio lei che lui. Ah, lui – tondo biondo rubicondo – aveva l'aria d'un bamboccione; d'un bamboccione curioso, però: calvo, ma d'una calvizie che pareva finta, come se egli stesso si fosse rasa la sommità del capo per togliersi quell'aria infantile. E senza riuscirci, povero Bartolino!

– Ma che povero! Ma perché povero? – miagolò, con la voce nasina, stizzito, il Motta, vecchio marito della giovine Ortensia, il quale aveva combinato quel matrimonio e non voleva se ne dicesse male. – Bartolino non è mica uno sciocco. Valentissimo chimico...

– Ma sì! di prima forza! – ghignò la moglie.

– Di primissima forza! – ribatté lui.

Valentissimo chimico, se avesse voluto mandare a stampa gli studii profondi, nuovi, d'indiscutibile originalità, che aveva fatto fin da giovinetto in quella scienza – passione finora unica, esclusiva della sua vita – ma senza dubbio, chi sa... al primo concorso, chi sa di qual primaria Università del regno sarebbe stato professore. Dotto, dotto. E ora, come marito, sarebbe stato esemplare. Nella vita coniugale entrava puro, vergine di cuore.

– Ah, per questo... – riconobbe la moglie, come se, quanto a quella verginità, fosse disposta a concedere anche di più.

Il fatto è che ella, prima che si fosse concluso quel matrimonio con la Sarulli, ogni qual volta in casa Fiorenzo sentiva consigliare dal marito allo zio di Bartolino, che bisognava «coniugare» questo ragazzo, scoppiava a ridere. Oh, certe risate ci faceva...

– Coniugarlo, sì signora, coniugarlo! – si voltava a dirle il marito, irosamente.

E allora lei, frenandosi di scatto:

– Ma coniugatelo pure, cari miei! Io rido per me, rido di ciò che sto leggendo.

Difatti leggeva lei, mentre il Motta si faceva la solita partita a scacchi col signor Anselmo, zio di Bartolino; leggeva qualche romanzo francese alla vecchia signora Fiorenzo da sei mesi relegata in una poltrona dalla paralisi.

Oh, allegre veramente, quelle serate! Bartolino, tappato ermeticamente nel suo gabinetto di chimica; la vecchia zia, che fingeva di prestare ascolto alla lettura e non capiva più una saetta; quegli altri due vecchi intenti alla loro partita... Bisognava «coniugare» Bartolino per avere un po' d'allegria in casa. Ed ecco, povero figliuolo, lo avevano coniugato davvero!

Intanto Ortensia pensava ai due sposini in viaggio, e rideva immaginandosi la Lina a tu per tu con quel giovanottone calvo, inesperto, vergine di cuore, come diceva il marito: Lina Sarulli ch'era stata quattr'anni in compagnia di quel caro ingegner Taddei, espertissimo, vivace, gioviale, e intraprendente... anche troppo!

Forse a quell'ora la vedova sposina aveva già notato la differenza tra i due.

Prima che il treno si scrollasse per partire, lo zio Anselmo aveva detto alla nuova nipote:

– Lina, ti raccomando Bartolino... Guidalo tu!

Intendeva dire, guidarlo per Roma, dove Bartolino non era mai stato.

Lei sì c'era stata, nel suo primo viaggio di nozze, con la buon'anima; e serbava memoria anche delle minime cose, dei più lievi incidenti che le erano occorsi; minutissima e lucidissima memoria, quasi che fossero passati, non sei anni, ma sei mesi, da allora.

Il viaggio con Bartolino durò un'eternità: le tendine non si poterono abbassare. Appena il treno s'arrestò alla stazione di Roma, Lina disse al marito:

– Ora lascia fare a me, ti prego. Giù le valige! – E, al facchino che venne ad aprir lo sportello:

– Ecco: tre valige, due cappelliere, no, tre cappelliere, un porta-mantelli, un altro porta-mantelli, questo sacchetto, quest'altro sacchetto... che altro c'è? Niente, basta. Hôtel Vittoria!

Uscendo dalla stazione, dopo ritirato il baule, riconobbe subito il conduttore dell'omnibus, e gli fe' cenno. Come furono montati, disse al marito:

– Vedrai: albergo modesto, ma comodissimo; buon servizio, pulizia, prezzi modici, e centrale poi!

La buon'anima – senza volerlo, ella lo ricordava – se n'era trovato molto contento. Ora, anche Bartolino senza dubbio se ne sarebbe trovato contentone. Oh, bonissimo figliuolo! Non fiatava neppure.

– Stordito, eh? – gli disse. – Anche a me ha fatto lo stesso effetto, la prima volta... Ma vedrai: Roma ti piacerà. Guarda, guarda... Piazza delle Terme... Terme di Diocleziano... Santa Maria degli Angeli... e quella là, voltati!, fino in fondo, Via Nazionale... magnifica, non è vero? Poi ci passeremo...

Scesi all'albergo, Lina si sentì come a casa sua. Avrebbe voluto che qualcuno la riconoscesse, come lei riconosceva quasi tutti: ecco, quel vecchio cameriere, per esempio... *Pippo*, sì; lo stesso di sei anni fa.

– Che camera?

Avevano assegnato loro la camera n. 12, al primo piano: bella camera, ampia, con alcova, ben messa. Ma Lina disse al vecchio cameriere:

– Pippo, e la camera al n. 19, al secondo piano? Vorreste vedere se fosse libera?

– Subito, – rispose il cameriere inchinandosi.

– Molto più comoda, – spiegò Lina al marito. – Ci dev'essere un piccolo vano accanto all'alcova... E poi, più aria e meno frastuono. Staremmo molto meglio...

Ricordava che anche alla buon'anima era capitato lo stesso caso: gli avevano assegnato una camera al primo piano, e lui se l'era fatta cambiare.

Il cameriere, poco dopo, venne a dire che il n. 19 era libero e a loro disposizione, se lo preferivano.

– Ma sì! ma sì! – s'affrettò a dir Lina, lietissima, battendo le mani.

E, appena entrata, ebbe la gioia di riveder quella camera tal quale, con la stessa tappezzeria, gli stessi mobili nella stessa posizione... Bartolino restava estraneo a quella gioia.

– Non ti piace? – gli domandò Lina, spuntandosi il cappellino innanzi al noto specchio sul cassettone.

– Sì... va bene... – rispose egli.

– Oh, guarda! Me n'accorgo dallo specchio... Quel quadretto lì non c'era, allora... C'era un piatto giapponese... Si sarà rotto. Ma di', non ti piace? No no no no no! Niente baci, per ora... col muso sporco... Tu ti laverai qua; io andrò di là nel mio bugigattolino... Addio!

E scappò via, felice, esultante.

Bartolino Fiorenzo si guardò attorno, un po' mortificato; poi s'appressò all'alcova, ne sollevò il cortinaggio e vide il letto. Doveva esser lo stesso in cui la moglie per la prima volta aveva dormito con l'ingegner Taddei.

E da lontano, da un ritratto appeso alla parete del salotto nella casa della moglie, Bartolino si vide salutare.

Per tutto il tempo che durò il viaggio di nozze, non solamente poi si coricò in quello stesso letto, ma desinò e cenò anche negli stessi ristoranti, dove la buon'anima aveva condotto a desinare la moglie; andò in giro per Roma, seguendo come un cagnolino i passi della buon'anima che guidava nel ricordo la moglie; visitò le antichità e i musei e le gallerie e le chiese e i giardini, vedendo e osservando tutto ciò che la buon'anima aveva fatto vedere e osservare alla moglie.

Era timido, e non osava dimostrare in quei primi giorni l'avvilimento, la mortificazione, che cominciava a provare nel dover seguire così, in tutto e per tutto, l'esperienza, il consiglio, i gusti, le inclinazioni di quel primo marito.

Ma la moglie non lo faceva per male. Non se n'accorgeva, né poteva accorgersene.

A diciott'anni, priva d'ogni discernimento, d'ogni nozione della vita, era stata presa tutta da quell'uomo, e istruita e formata e fatta donna da lui; era insomma una creatura di Cosimo Taddei, doveva tutto, tutto a lui, e non pensava e non sentiva e non parlava e non si moveva se non a modo di lui.

E come mai, dunque, aveva ripreso marito? Ma perché Cosimo Taddei le aveva insegnato che alle sciagure le lagrime non son rimedio. La vita a chi resta, la morte a chi tocca. Se fosse morta lei, egli avrebbe certamente ripreso moglie; e dunque...

Dunque ora Bartolino doveva fare a modo di lei, cioè a modo di Cosimo Taddei, ch'era il loro maestro e la loro guida: non pensare a nulla, non affliggersi di nulla, ridere e divertirsi, poiché n'era tempo. Ella non lo faceva per male.

Sì, ma almeno, ecco... un bacio, una carezza, qualcosa infine che non fosse propriamente a modo di quell'altro... Niente, niente, niente di particolare doveva egli far sentire a quella donna? Niente di suo che la sottraesse anche per poco al dominio di quel morto?

Bartolino Fiorenzo cercava, cercava... Ma la timidezza gl'impediva d'escogitar carezze nuove.

Cioè, ne escogitava, tra sé e sé, anche di arditissime, ma poi, bastava che la moglie nel vederlo diventar rosso rosso gli domandasse:

– Che hai?

Addio, gli sbollivano tutte! Faceva un viso da scemo e le rispondeva:

– Che ho?

Di ritorno dal viaggio di nozze, furono turbati da una triste notizia inattesa: il Motta, l'autore del loro matrimonio, era morto improvvisamente.

Lina Fiorenzo, che alla morte del Taddei s'era trovata accanto Ortensia e n'aveva avuto conforto e cure da sorella, corse subito da lei, per curarla a sua volta.

Non credeva che questo compito pietoso dovesse riuscirle difficile: Ortensia, via, non doveva essere in fondo troppo afflitta di quella sciagura; buon uomo, sì, il povero Motta, ma seccantissimo e molto più vecchio di lei.

Rimase però costernata nel ritrovare l'amica, dopo dieci giorni dalla disgrazia, addirittura inconsolabile. Suppose che il marito la avesse lasciata in tristi condizioni finanziarie. E arrischiò con garbo una domanda.

– No no! – s'affrettò a risponderle Ortensia, tra le lagrime. – Ma... capirai...

Che cosa? Tutta quella pena, sul serio? Non la capiva, Lina Fiorenzo. E volle confessarlo al marito.

– Eh! – fece Bartolino, stringendosi nelle spalle, rosso come un gambero di fronte a quella specie d'incoscienza della moglie pur tanto sapiente. – In fin de' conti... dico... le è morto il marito...

– Eh via, adesso! marito... – esclamò Lina. – Le poteva esser padre, a momenti!

– E ti par poco?

– Ma non era neanche padre, poi!

Lina aveva ragione. Ortensia piangeva troppo.

Nei tre mesi del fidanzamento di Bartolino, la Motta aveva notato che il povero giovine era rimasto molto turbato della facilità con cui la promessa sposa parlava innanzi a lui del primo marito; turbato, perché non riusciva a metter d'accordo la memoria viva, continua, persistente, ch'ella serbava di colui, col fatto che ora stesse per riprender marito. Ne aveva discusso in casa con lo zio, e questi aveva cercato di rassicurarlo, dicendogli che era anzi una prova di franchezza – quella – da parte della sposa, di cui non avrebbe dovuto offendersi, perché appunto dal fatto che ella riprendeva marito doveva venirgli la certezza che la memoria di quell'uomo non aveva più radici nel cuore di lei, bensì nella mente soltanto, sicché dunque ella poteva parlarne senza scrupoli, anche dinanzi a lui. Bartolino non s'era affatto raffidato, dopo questo ragionamento. Ortensia lo sapeva bene. Ora poi ella aveva motivo di credere che il turbamento del giovine, per quella così detta franchezza della moglie, dopo il viaggio di nozze, doveva essere di molto cresciuto. Nel ricevere la visita di condoglianza dei due sposi, ella aveva voluto perciò mostrarsi, non tanto a Lina quanto a Bartolino, inconsolabile.

E Bartolino Fiorenzo rimase così simpaticamente impressionato di quel dolore della vedova, che per la prima volta osò contraddire alla moglie che a quel dolore non voleva credere. E le disse col volto in fiamme:

– Ma anche tu, scusa, non hai forse pianto quando t'è morto...

– Che c'entra! – lo interruppe Lina. – Prima di tutto la buon'anima era...

– Ancor giovane, sì – disse avanti Bartolino, per non farlo dire a lei.

– E poi, io, – riprese ella, – ho pianto, ho pianto, ho pianto, è vero...

– Non molto? – arrischiò Bartolino.

– Molto, molto... ma, in fine, mi son fatta una ragione, ecco! Credi pure, Bartolino; tutto quel pianto di Ortensia è troppo.

Bartolino non ci volle credere; Bartolino sentì anzi più aspra entro di sé, dopo questo discorso, la stizza, ma non tanto contro la moglie, quanto contro il defunto Taddei, perché comprendeva bene ormai che quel modo di ragionare, quel modo di sentire non eran proprii di lei, della moglie, ma frutto della scuola di quell'uomo, che doveva essere stato un gran cinico. Non si vedeva forse Bartolino, ogni giorno, entrando nel salotto, sorridere e salutare da colui?

Ah, quel ritratto lì, non poteva più soffrirlo! Era una persecuzione! Lo aveva sempre davanti a gli occhi. Entrava nello studio? Ed ecco: l'immagine del Taddei gli rideva e lo salutava, come per dirgli:

«Passi! passi pure! Qui era anche il mio studio d'ingegnere, sa? Ora lei vi ha allogato il suo gabinetto di chimica? Buon lavoro! La vita a chi resta, la morte a chi tocca!»

Entrava nella camera da letto? Ed ecco, l'immagine del Taddei lo perseguitava anche lì. Rideva e lo salutava:

«Si serva! si serva pure! Buona notte! È contento di mia moglie? Ah, gliel'ho istruita bene... La vita a chi resta, la morte a chi tocca!»

Non ne poteva più! Tutta quella casa lì era piena di quell'uomo, come sua moglie. Ed egli, tanto pacifico prima, ora si trovava in preda a un continuo orgasmo, che pur si sforzava di dissimulare.

Alla fine cominciò a fare stranezze, per scuotere le abitudini della moglie.

Se non che, queste abitudini, Lina le aveva contratte da vedova. Cosimo Taddei, d'indole vivacissima, non aveva abitudini, non aveva voluto mai averne. Sicché dunque Bartolino, alle prime stranezze, si sentì rimproverare dalla moglie:

– Oh Dio, Bartolino, come la buon'anima?

Ma non volle darsi per vinto. Sforzò violentemente la propria natura per farne di nuove. Qualunque cosa però facesse, pareva a Lina che la avesse fatta pure quell'altro, che ne aveva fatte veramente di tutti i colori.

Bartolino si avvilì; tanto più che Lina mostrava di riprender gusto a quelle scapataggini. Seguitando così, a lei doveva certo sembrare di rivivere proprio con la buon'anima.

E allora... allora Bartolino, per dare uno sfogo all'orgasmo crescente di giorno in giorno, concepì un tristo disegno.

Veramente, egli non intese tanto di tradir la moglie quanto di vendicarsi di quell'uomo che gliel'aveva presa tutta e se la teneva ancora. Credette che quest'idea cattiva fosse nata in lui spontaneamente; ma in verità bisogna dire in sua scusa che gli fu quasi suggerita, insinuata, infiltrata da colei che invano da scapolo aveva più volte tentato con le sue arti di rimuoverlo dall'eccessivo studio della chimica.

Fu per Ortensia Motta una rivincita. Ella si mostrò dolentissima d'ingannar l'amica; ma fece intendere a Bartolino che lei, prima ancora che egli prendesse moglie... via! era quasi fatale!

Questa fatalità non apparve a Bartolino molto chiara; e però, da buon figliuolo, restò deluso, quasi frodato dalla facilità con cui era riuscito nel suo intento. Rimasto per un tratto solo, là nella camera del buon vecchio Motta, si pentì della sua cattiva azione. A un certo punto, gli occhi gli andarono per caso su qualcosa che luccicava su lo scendiletto, dalla parte d'Ortensia. Era un ciondolo d'oro, con una catenella, che doveva esserle scivolato dal collo. Lo raccolse, per restituirglielo; ma, aspettando, con le dita nervose, senza volerlo, gli venne fatto d'aprirlo.

Trasecolò.

Un ritrattino piccolo piccolo di Cosimo Taddei, anche lì.

Rideva e lo salutava.

SENZA MALIZIA

I

Quando Spiro Tempini, con le lunghe punte dei baffetti insegate come due capi di spago lì pronti per passar nel foro praticato da una lesina, facendo a leva di continuo con le dita sui polsini inamidati per tirarseli fuor delle maniche della giacca; timido e smilzo, miope e compito, chiese debitamente alla maggiore delle quattro sorelle Margheri la mano di Iduccia, la minore, e se ne andò con quelle piote ben calzate ma fuori di squadra e indolenzite, inchinandosi più e più volte di seguito; tanto Serafina, quanto Carlotta, quanto Zoe, quanto Iduccia stessa rimasero per un pezzo quasi intronate.

Ormai non s'aspettavano più che a qualcuno potesse venire in mente di chieder la mano d'una di loro. Dopo essersi rassegnate a tante gravi sciagure, alla rovina improvvisa e alla conseguente morte per crepacuore del padre, poi a quella della madre, e quindi a dover trarre profitto dei buoni studii compiuti per arricchire squisitamente la loro educazione signorile, s'erano anche rassegnate a rimaner zitelle.

Veramente, certe loro amiche carissime non volevano credere a quest'ultima rassegnazione, perché pareva loro che le Margheri, da un pezzo, si fossero come impuntate: Serafina a trent'anni; Carlotta, a ventinove; Zoe a ventisette; Ida a venticinque. Il tempo passava, cominciava a urtarle un po' sgarbatamente alle spalle; invano. Lì, ferme ostinatamente su la triste soglia di quegli anni oltrepassati, che stavano ad aspettare? Eh via, qualcuno che le inducesse finalmente a muoversene, ad andare innanzi non più sole. Quando queste care amiche sentivano dalle tre sorelle maggiori chiamar per nome l'ultima, si confessavano che faceva loro l'effetto che la chiamassero da lontano, da molto lontano, *Iduccia*. Perché, a conti fatti, Ida, via! doveva aver per lo meno ventotto anni.

Intanto, aiutate da amici autorevoli, rimasti fedeli dopo la rovina, le Margheri erano riuscite col lavoro, cioè impartendo lezioni particolari di lingue straniere (inglese e francese), di pittura ad acquerello, d'arpa e di miniatura, a tener su intatta la casa, che attestava con l'eleganza sobria e semplice della mobilia e della tappezzeria l'agiatezza in cui eran nate e di cui avevano goduto; e andavano ancora a concerti e a radunanze, accolte dovunque con molta deferenza e con simpatia per il coraggio di cui davano prova, per il garbo disinvolto con cui portavano gli abiti non più sopraffini, per le maniere gentili e dolcissime e anche per le fattezze graziose e tuttora piacevoli. Erano magroline (forse un po' troppo; *spighite*, dicevano i maligni) e di alta statura tutt'e quattro; Ida e Serafina, bionde; Carlotta e Zoe, brune.

Certamente era una bella soddisfazione per loro poter bastare a se stesse col proprio lavoro. Avrebbero potuto morir di fame, e non morivano. Si procuravano da mangiare, da vestir discretamente, da pagar la pigione. E quelle care amiche che avevano marito e le altre che avevano il fidanzato o facevano all'amore si congratulavano tanto con esse di questo bel fatto; e quelle promettevano che avrebbero mandato presto la piccola Tittì o il piccolo Cocò a studiar l'arpa o la pittura ad acquerello; e le altre per miracolo, nelle effusioni d'affetto e d'ammirazione, non promettevano che si sarebbero affrettate a mettere al mondo un figliuolo, una figliuola, per avere anch'esse il piacere d'aiutare le coraggiose amiche a provvedersi da vestir discretamente, da pagar la pigione e non morire di fame.

Ma ecco intanto questo signor Tempini, piovuto dal cielo.

Ci volle un bel po', prima che le quattro sorelle rinvenissero dallo stupore. Conoscevano il Tempini soltanto da pochi mesi; lo avevano veduto, sì e no, una dozzina di volte nei salotti ch'esse frequentavano; né pareva loro ch'egli avesse mai manifestato in alcun modo – timido com'era, e impensierito sempre di quei piedi troppo grossi, ben calzati e indolenziti – d'aver qualche mira su esse.

Quasi quasi, dopo tanta vana e smaniosa attesa, quella richiesta così improvvisa e insperata le contrariava; le insospettiva.

Che considerazioni aveva potuto far costui nel venirsi a cacciare, così a cuor leggero, con quell'aria smarrita, tra quattro ragazze sole, senza dote, senza stato se non precario, o almeno molto incerto, unite fra loro, legate inseparabilmente dall'aiuto che eran costrette a prestarsi a vicenda? Che s'era immaginato? Come s'era indotto? Che aveva fatto Iduccia per indurlo?

– Ma niente! vi giuro: nientissimo! – badava a protestare Iduccia infocata in volto.

Le sorelle dapprima si mostrarono incredule; tanto che Iduccia si stizzì e dichiarò finanche che non voleva saperne, perché le era antipatico, ecco, antipaticissimo quel... come si chiamava? Tempini.

Eh via! eh via! Antipatico? Perché? Ma no! – Giovane serio, – disse Serafina; – giovane colto, – disse Carlotta; – laureato in legge, – disse Zoe; e Serafina aggiunse: – Segretario al Ministero di Grazia e Giustizia; – e Carlotta: – Libero docente di... di... non ricordo bene di che cosa, all'Università di Roma.

E lo conoscevano appena le sorelle Margheri!

Zoe finanche si ricordò che il Tempini aveva tenuto una volta una conferenza al Circolo Giuridico: sì, una conferenza con proiezioni, in cui si mostravano le impronte digitali dei delinquenti – ricordava benissimo – anzi la conferenza era intitolata: *Segnalamenti dactiloscopici col rilievo delle impronte digitali.*

Del resto, Serafina e Carlotta avrebbero domandato maggiori ragguagli, si sarebbero consigliate con gli amici autorevoli, non perché dubitassero minimamente del Tempini, ma per far le cose proprio a modo.

II

Tre giorni dopo, Spiro Tempini fu accolto in casa, e quindi presentato nelle radunanze quale promesso sposo di Iduccia.

Di Iduccia soltanto? Pareva veramente il promesso sposo di tutt'e quattro le Margheri; anzi, più che di Iduccia, delle altre tre; perché Iduccia, vedendo così naturalmente partecipi le sorelle della soddisfazione, della gioia che avrebbero dovuto esser sue principalmente, s'irrigidiva in un contegno piuttosto riserbato, e faceva peggio; ché quelle, supponendo ch'ella non riuscisse ancora a vincere la prima, ingiusta antipatia per il Tempini, ritenevano che fosse loro dovere compensarlo di quella freddezza, opprimendolo di cure, d'amorevolezze, così che egli non se n'accorgesse.

– Spiro, il fazzoletto da collo! Avvolgiti bene, mi raccomando. Hai la voce un po' rauca.

– Spiro, hai le mani troppo calde. Perché?

Poi ciascuna gli aveva chiesto un piccolo sacrifizio.

Zoe:

– Per carità, Spiro, non t'insegare più codesti baffetti.

Carlotta:

– Se fossi in te, Spiro, me li lascerei un po' più lunghetti i capelli. Non ti pare, Iduccia, che pettinati così a spazzola gli stieno male? Meglio con la scriminatura da un lato. Alla Guglielmo.

E Serafina:

– Iduccia dovrebbe farti smettere codesti occhiali a staffa. Da notaio, Dio mio, o da professore tedesco! Meglio le lenti, Spiro! Un paio di lenti, e senza laccio, mi raccomando! A *pincenez*.

Alle piote, nessun accenno. Erano irrimediabili.

In men d'un mese Spiro Tempini diventò un altro. I maligni però lo commiseravano a torto, perché egli, cresciuto sempre solo, senza famiglia, senza cure, era felicissimo tra quelle quattro sorelle tanto buone e intelligenti e animose, che lo vezzeggiavano e gli stavano sempre attorno a domandargli ora una notizia, ora un consiglio, ora un servizietto.

– Spiro, chi è Bacone?

– Per piacere, Spiro, abbottonami questo guanto.

– Auff, che caldo! Ti seccherebbe, Spiro, di portarmi questa mantellina?

– Oh di', Spiro, sapresti regolarmi quest'orologino? Va sempre indietro...

Iduccia, zitta. Sospettare delle sorelle, questo no, neanche per ombra; ma certo cominciava a essere un po' stufa di tutto quello sfoggio di civetteria senza malizia. Avrebbero dovuto comprenderlo le sorelle, che diamine! avvedersi che il Tempini, essendo per natura così timido e servizievole, e standogli esse così d'attorno senza requie, tre pittime, la trascurava per badare a loro. Non gli lasciavano più né tempo né modo non che d'accostarsi a lei, ma neanche di respirare. Spiro di qua, Spiro di là... Avrebbe dovuto aver quattro braccia quel poveretto per offrirne uno a ciascuna e altrettante mani per pigliarsele tutte e quattro. Le seccava poi maggiormente che esse, con le loro manierine, quasi quasi lo costringevano ogni volta a portar quattro regali invece di uno. Ma sì! Gli facevano tanta festa, ogni volta, che egli, per paura che rimanessero poi deluse, si guardava bene dal recarne qualcuno particolare a lei ch'era la fidanzata.

Non parlava, Iduccia, ma certe bili ci pigliava a quello spettacolo di vezzi e di premure! Così, santo Dio, egli avrebbe potuto chiedere senz'altro la mano di Zoe, o di Carlotta, o anche di Serafina... Perché aveva chiesto la sua?

Iduccia aspettava dunque con molta impazienza, quantunque senza il minimo entusiasmo, il giorno delle nozze, sperando bene che, in tal giorno almeno, una certa distinzione egli finalmente avrebbe dovuto farla.

III

Avvenne un contrattempo spiacevolissimo.

Per fare il viaggio di nozze, Spiro Tempini aveva sollecitato al Ministero di Grazia e Giustizia un lavoro straordinario. Non ostante l'amore e il gran da fare che gli davano le tre future cognatine, lo aveva condotto a termine con quella minuziosa diligenza, con quello zelo scrupoloso che soleva mettere in tutti i lavori d'ufficio e negli studii pregiatissimi di scienza positiva. Contava che questo lavoro gli fosse retribuito pochi giorni prima di quello fissato per le nozze; ma, all'ultimo momento, quando già tutto era disposto per la celebrazione del matrimonio, stampate le partecipazioni, spiccati gli inviti, il decreto ministeriale era stato respinto dalla Corte dei Conti per vizio di forma.

Spiro Tempini parve lì lì per cader fulminato da una congestione cerebrale. Lui, di solito così timido, così ossequente, così misurato nelle espressioni, si lasciò scappare parole di fuoco contro la burocrazia, contro l'amministrazione dello Stato, anche contro il Ministro, contro tutto il Governo, che gli mandava a monte il viaggio di nozze. Non per il viaggio di nozze in se stesso; ma perché si vedeva costretto a venir meno a un riguardo di delicatezza verso le tre cognatine nubili.

S'era stabilito (anzi non s'era messo neanche in discussione) ch'egli avrebbe fatto casa comune con esse; sì, ma santo Dio, almeno la prima notte non avrebbe voluto rimanere lì, sotto lo stesso tetto. S'immaginava l'imbarazzo, per non dir altro, di quelle tre povere ragazze, quando, andati via tutti gl'invitati, finita la festa, lui e Iduccia... Ah! Ci sudava freddo. Sarebbe stato un momento terribile, uno strappo a tutte le convenienze, un angoscioso tormento di tutta la notte... Come la avrebbero passata quelle tre povere anime, con la sorellina divisa da loro per la prima volta, di là, in un'altra camera con lui?

Invano Spiro Tempini, per rimediarvi, pregò, scongiurò Iduccia, che si contentasse d'un viaggetto di pochi giorni, pur che fosse, d'una giterella a Frascati o ad Albano. Iduccia – forse perché non capiva ed egli non osò di farla anzi tempo capace – Iduccia non volle saperne. Le parve un ripiego meschino e umiliante. Là, là, meglio rimanere a casa.

Il Tempini diede un'ingollatina e arrischiò:

– Dicevo per... per le tue sorelle, ecco...

Ma la sposina, che si teneva già da un bel pezzo, gli piantò tanto d'occhi in faccia e gli domandò:

– Perché? Che c'entrano le mie sorelle? Ancora?

E chi sa che altro avrebbe aggiunto Iduccia, nella stizza, se non fosse stata una ragazza per bene, che doveva figurare di non capir nulla fino all'ultimo momento.

Fu però una bella festa; non molto vivace, perché si sa, l'idea delle nozze richiama alla mente di chi abbia un po' di senno e di coscienza non lievi doveri e responsabilità; ma degna tuttavia e decorosa, soprattutto per la qualità degli invitati. Spiro Tempini, che teneva più alla libera docenza che al posto di segretario al Ministero di Grazia e Giustizia, perché credeva di contare in fine qualche cosa fuori dell'ufficio, invitò pochi colleghi e molti professori d'Università, i quali ebbero la degnazione di parlare animatamente di studii antropologici e psicofisiologici e di sociologia e d'etnografia e di statistica.

Poi il «momento terribile» venne, e fu, pur troppo, quale il Tempini lo aveva preveduto.

Quantunque volessero sembrar disinvolte, le tre sorelle e anche Iduccia stessa vibravano dalla commozione. Avevano trattato finora con la massima confidenza il Tempini; ma quella sera, che impaccio! che senso, nel vederlo rimanere in casa, con loro; lui solo, uomo; già nel pieno diritto d'entrare in una intimità che, per quanto timida in quei primi istanti e imbarazzata, avventava.

Profondamente turbate, con gli occhi lampeggianti, le tre sorelle guardavano la sposa e le leggevano negli occhi la stessa ambascia che strizzava le loro animucce non al tutto ignare, certo, ma perciò anzi più trepidanti.

Iduccia si staccava da loro; cominciava da quella sera ad appartenere più a quell'estraneo che ad esse. Era una violenza che tanto più le turbava, quanto più delicate eran le maniere con cui si manifestava finora. E poi? Poi Iduccia, lei sola, tra breve, avrebbe saputo...

Le s'accostarono, sorridendo nervosamente, per baciarla. Subito il sorriso si cangiò in pianto. Due, Serafina e Carlotta, scapparono via nella loro camera senza neanche volgersi a guardare il cognato; Zoe fu più coraggiosa: gli mostrò gli occhi rossi di pianto e, alzando il pugno in cui teneva il fazzoletto, gli disse tra due singhiozzi:

– Cattivo!

IV

Ma era destino che Iduccia non dovesse godere della distinzione che il Tempini, finalmente, aveva dovuto fare tra lei e le sorelle. La pagò, e come! questa distinzione, la povera Iduccia. Può dirsi che cominciò a morire fin dalla mattina dopo.

Il Tempini volle dare a intendere tanto a lei quanto alle sorelle, che non era propriamente una malattia.

– Disturbi, – diceva alle cognatine, afflitto ma non impensierito.

Alla moglie diceva:

– Eh, troppo presto, Iduccia mia! troppo presto! Basta. Pazienza.

Ma Iduccia soffriva tanto! Troppo soffriva. Non aveva un momento solo di requie. Nausee, capogiri, e una prostrazione così grave di tutte le membra che, dopo il terzo mese, non poté più reggersi in piedi.

Abbandonata su una poltrona, con gli occhi chiusi, senza più forza neanche di sollevare un dito, udiva intanto di là, nella saletta da pranzo, conversare lietamente le tre sorelle col marito, e si struggeva dall'invidia. Ah che invidia rabbiosa le sorgeva man mano per quelle tre ragazze, che le pareva ostentassero innanzi a lei, così sconfitta, con tutti i loro movimenti, le corse pazze per le stanze, quasi una loro vittoria: quella d'esser rimaste ancora agili e salde nella loro verginità.

Era tanto il dispetto, che quasi quasi credeva il suo male provenisse principalmente dal fastidio ch'esse le cagionavano con la loro vista e le loro parole.

Ecco, ridevano, sonavano l'arpa, si paravano, come se nulla fosse, senza alcun pensiero per lei che stava tanto male.

Ma non era giusto? non era naturale?

Lei aveva marito: esse non l'avevano; bisognava dunque ch'ella ne piangesse pure le conseguenze.

Spiro, del resto, le tranquillava; diceva loro che non c'era da darsene pensiero. La lieve afflizione che potevano sentire per il malessere di lei era poi bilanciata dalla gioia d'aver presto un nipotino, una nipotina. Ed era tale questa gioia, ch'esse stimavano finanche ingiusti, talvolta, i lamenti e i sospiri di lei.

Ah, in certi giorni, l'invidia di Iduccia, nel veder le tre sorelle come prima, più di prima attorno al marito, tre pecette addirittura, s'inveleniva, fino a diventar vera e propria gelosia.

Poi si calmava, si pentiva dei cattivi pensieri; diceva a se stessa ch'era giusto infine che, non potendo lei, badassero almeno loro a Spiro. E forse, chi sa! ci avrebbero badato sempre loro, tutte e tre vestite di nero.

Perché lei sarebbe morta. Sì, sì: lo sentiva. N'era sicurissima! Quell'esserino che man mano le si maturava in grembo, le succhiava a filo a filo la vita. Che supplizio lento e smanioso! Se la sentiva proprio tirare, la vita, a filo a filo, dal cuore. Sarebbe morta. Le tre sorelle avrebbero fatto loro da madre alla sua creaturina. Se femmina, l'avrebbero chiamata Iduccia, come lei. Poi, passando gli anni, nessuna delle tre avrebbe più pensato a lei, perché avrebbero avuto un'altra Iduccia, loro.

Ma il marito? Per lui non poteva essere la stessa cosa, quella bambina. Egli forse... quale delle tre avrebbe scelto?

Zoe? Carlotta? Serafina?

Che orrore! Ma perché ci pensava? Tutte e tre insieme, sì, avrebbero potuto far da madre alla sua creaturina; ma se egli ne sceglieva una... Zoe, per esempio, ecco Zoe, no, non sarebbe stata una buona madre, perché avrebbe avuto da attendere ad altri figliuoli, ai *suoi*; e alla piccina orfana avrebbero allora badato con più amore Carlotta e Serafina, quelle cioè ch'egli non avrebbe scelto.

Ecco dunque: se lo faceva per il bene della sua piccina, Spiro non avrebbe dovuto sceglierne alcuna. Non poteva forse rimanere lì, in casa, come un fratello?

Glielo volle domandare Iduccia, pochi giorni prima del parto, confessandogli la gran paura che aveva di morire e i tristi pensieri che l'avevano straziata durante tutti quei mesi d'agonia.

Spiro le diede su la voce, dapprima; si ribellò; ma poi cedendo alle insistenze di lei – ch'eran puerili, via! come quel timore – dovette giurare.

– Sei contenta, ora?

– Contenta...

Tre giorni dopo, Iduccia morì.

V

Ma potevano mai pensare sul serio le tre sorelle superstiti di prendere il posto della sorellina morta, che aveva lasciato un così gran vuoto nel loro cuore e nella casa? Come sospettarlo? Ma nessuna delle tre!

Ecco, faceva male Zoe, anzi, a mostrar troppo il compianto e la tenerezza per la povera piccina orfana.

Serafina e Carlotta, più riserbate, più chiuse, quasi irrigidite nel loro cordoglio, la richiamavano:

– Zoe!

– Perché? – domandava Zoe, dopo aver cercato invano di leggere negli occhi delle sorelle la ragione di quel richiamo.

– Lasciala stare, – le diceva freddamente Carlotta.

Serafina poi, a quattr'occhi, le consigliava di frenare un po', ecco, quelle troppo vivaci effusioni d'affetto per la bambina.

– Ma perché? – tornava a domandare Zoe, stordita. – Quella povera cosuccia nostra!

– Va bene. Ma innanzi a *lui*...

– A Spiro?

– Sì. Frenati. Potrebbe parergli che tu...

– Che cosa?

– Capirai... La nostra condizione, adesso, è un po'... un po' difficile, ecco... Finché c'era Iduccia...

Ah già! Zoe capiva. Finché c'era Iduccia, Spiro era come un fratello; ma ora che Iduccia non c'era più... Esse erano tre ragazze sole, costrette, per via di quella piccina, a convivere col cognato vedovo, e... e...

– Dobbiamo farlo per Iduccia nostra! – concludeva Serafina, con un profondo sospiro.

Poco dopo, però, Zoe, ripensandoci meglio, domandava a se stessa:

«Che cosa dobbiamo fare per Iduccia nostra? Poche carezze alla piccina? E perché? Perché Spiro, vedendo ch'io gliene faccio troppe, potrebbe supporre... Oh Dio! Com'è potuta venire in mente a Serafina una tale idea? Io?»

Così, tutte e tre, ora, si vigilavano a vicenda, quando Spiro era in casa e anche quando non c'era. E questa vigilanza puntigliosa e il rigido contegno scioglievano a mano a mano e facevano cader tutti i legami d'intimità che s'eran prima annodati fraternamente tra esse e il cognato.

Questi notò presto la freddezza; ma suppose in principio che dipendesse dal cordoglio per la recente sciagura. Poi cominciò ad avvertire negli sguardi, nelle parole, in tutte le maniere delle tre cognatine un certo ritegno quasi sospettoso, come una mutria impacciata, che distornava la confidenza.

Perché? Non intendevano più trattarlo da fratello?

Il gelo cresceva di giorno in giorno.

E anche Spiro allora si vide costretto a frenarsi, a ritrarsi.

Un giorno gli cascarono le lenti dal naso; e invece di comperarsene un altro paio, inforcò gli occhiali a staffa già smessi per far piacere a Serafina.

La prima volta che gli toccò d'andare dal barbiere, gli disse che voleva smettere la pettinatura con la divisa da un lato, adottata per consiglio di Carlotta, e si fece tagliare i capelli a spazzola, come prima.

Non riprese a insegarsi i baffi, per non far supporre che, da vedovo, pensasse ancora ad aver cura della propria persona, quantunque Zoe però gli avesse detto che i baffi insegati gli stavano male.

Ma poi, notando che Serafina e Carlotta, a tavola, lanciavano qualche occhiata obliqua a quei baffi e poi si guardavano tra loro, temendo ch'esse potessero sospettare ch'egli intendesse usare qualche particolarità a Zoe, tornò anche a insegarsi i baffi come un tempo.

Così si ritrasse dall'intimità anche con la figura.

Tante cure – pensava – tante amorevolezze prima, e ora... Ma in che aveva mancato? Era forse lui cagione, se Iduccia era morta? Era stata una sciagura.

Egli la sentiva come loro, più di loro. Non avrebbe dovuto anzi affratellarli di più il dolore comune? Desideravano forse le sue cognate che si staccasse da loro e facesse casa da sé? Ma egli, rimanendo, aveva creduto di far loro piacere; le aiutava, e non poco; provvedeva lui quasi del tutto ormai al mantenimento della casa. E poi c'era la bambina. La piccola Iduccia. Non la aveva egli affidata alle loro cure? Ma ecco, notava intanto con grandissimo dolore che anche la piccina era trattata con freddezza, se non proprio trascurata.

Spiro Tempini non sapeva più che pensare. Prese il partito di trattenersi quanto più poteva fuori di casa, per pesare il meno possibile in famiglia. Da tanti segni gli parve di dovere argomentare che la sua presenza dava ombra e impicciava.

Ma il gelo crebbe ancor più. Ora Serafina diceva a Carlotta:

– Vedi? Non sta più in casa, il signore. Quel poco che ci sta: guardingo, impacciato. Chi sa che cova! Ah, povera Iduccia nostra!

Carlotta si stringeva nelle spalle:

– Che ci possiamo far noi?

– Eh già, – incalzava Serafina. – Vorrei sapere che cosa pretenderebbe da noi, con quella freddezza. Dovremmo forse buttargli le braccia al collo per trattenerlo? Dico la verità, non me lo sarei mai aspettato!

Carlotta abbassava gli occhi; sospirava:

– Pareva tanto buono...

Ed ecco Zoe:

– Parlate di Spiro? Uomini, e tanto basta! Tutti gli stessi. Sono appena sei mesi, e già...

Altro sospiro di Carlotta. Sospirava anche Serafina, e aggiungeva:

– Mi tormenta il pensiero di quella povera creaturina.

E Zoe:

– È chiaro che a lui non basta esser trattato come possiamo trattarlo noi.

E Carlotta, di nuovo con gli occhi bassi:

– Nella condizione nostra...

– Pensate, intanto, pensate, – riprendeva Serafina. – La nostra piccola Iduccia in mano a una estranea, a una matrigna!

Le tre sorelle fremevano a questo pensiero; si sentivano proprio fendere la schiena da certi brividi, che parevano rasoiate a tradimento.

No, no, via! Un sacrifizio era necessario per amore della bambina. Necessità! Dura necessità! Ma quale delle tre doveva sacrificarsi?

Serafina pensava: «Tocca a me. Io sono la maggiore. Ormai qui non si tratta di fare all'amore. Più che una moglie per sé, egli deve scegliere una madre per la bambina. Io sono la maggiore; dunque, la più adatta. Scegliendo me, dimostrerà che non ha voluto far torto alla memoria d'Iduccia. Siamo quasi coetanei. Ho solamente sei mesi più di lui».

«Tocca a me» pensava invece Zoe. «Son la minore; la più vicina a Iduccia, sant'anima! Egli allora aveva scelto l'ultima. Ora l'ultima sono io. Tocca dunque a me. Senz'alcun dubbio, se s'affaccia anche a lui la necessità di questo sacrificio, sceglierà me.»

Carlotta poi, dal canto suo, non credeva d'esser meno indicata delle altre due. Pensava che Serafina era troppo attempatella e che, sposando Zoe, Spiro avrebbe dimostrato di badare più a sé che alla piccina. Le pareva indubitabile, dunque, che avrebbe scelto lei, piuttosto, che stava nel mezzo, come la virtù.

Ma Spiro? Che pensava Spiro?

Egli aveva giurato. È vero che non sempre chi vive può serbar fede al giuramento fatto a una morta. La vita ha certe difficoltà, da cui chi muore si scioglie. E chi si scioglie non può tener legato chi rimane in vita.

Se non che, quando per la prima volta Spiro Tempini s'era accostato improvvisamente alle quattro Margheri, la scelta aveva potuto farla lui. Ora, per stare in pace, capiva che avrebbero dovuto invece scegliere loro.

Ma come scegliere, Dio mio, se egli era uno ed esse erano tre?

IL DOVERE DEL MEDICO

I

E sono miei, – pensava Adriana, udendo il cinguettio de' due bambini nell'altra stanza; e sorrideva tra sé, pur seguitando a intrecciare speditamente una maglietta di lana rossa. Sorrideva, non sapendo quasi credere a se stessa, che quei bambini fossero suoi, che li avesse fatti lei, e che fossero passati tanti anni, già circa dieci, dal giorno in cui era andata sposa. Possibile! Si sentiva ancor quasi fanciulla, e il maggiore dei figli intanto aveva otto anni, e lei trenta, fra poco: trenta! possibile? vecchia a momenti! Ma che! ma che! – E sorrideva.

– Il dottore? – domandò a un tratto, quasi a se stessa, sembrandole di udir nella saletta d'ingresso la voce del medico di casa; e si alzò, col dolce sorriso ancora su le labbra.

Le morì subito dopo quel sorriso, assiderato dall'aspetto sconvolto e imbarazzato del dottor Vocalòpulo, che entrava ansante, come se fosse venuto di corsa, e batteva nervosamente le palpebre dietro le lenti molto forti da miope, che gli rimpiccolivano gli occhi.

– Oh Dio, dottore?

– Nulla... non si agiti...

– La mamma?

– No no! – negò subito, forte, il dottore. – La mamma, no!

– Tommaso, allora? – gridò Adriana. E, poiché il dottore, non rispondendo, lasciava intendere che si trattava proprio del marito: – Che gli è accaduto? Mi dica la verità... Oh Dio, dov'è, dov'è?

Il dottor Vocalòpulo tese le mani, quasi per opporre un argine alle domande.

– Nulla, vedrà... Una feritina...

– Ferito? E lei... Me l'hanno ucciso?

E Adriana afferrò un braccio al dottore, sgranando gli occhi, come impazzita.

– Ma no, ma no, signora... si calmi... una ferita... speriamo leggera...

– Un duello?

– Sì, – lasciò cadersi dalle labbra, esitando, il dottore vieppiù turbato.

– Oh, Dio, Dio, no... mi dica la verità! – insistette Adriana. – Un duello? Con chi? Senza dirmi nulla?

– Lo saprà. Intanto... intanto, calma: pensiamo a lui... Il letto?...

– Di là... – rispose ella, stordita, non comprendendo in prima. Poi riprese con ansia più smaniosa: – Dove l'hanno ferito? Lei mi spaventa... Non era con lei, Tommaso? Dov'è? Perché s'è battuto? Con chi? Quand'è stato?... Mi dica...

– Piano, piano... – la interruppe il dottor Vocalòpulo, non potendone più. – Saprà tutto... Adesso, è in casa la serva? Per piacere, la chiami. Un po' di calma, e ordine: dia ascolto a me.

E mentre ella, quasi istupidita, si faceva a chiamare la serva, il dottore, toltosi il cappello, si passò una mano tremolante su la fronte, come si sforzasse di rammentare qualcosa; poi, sovvenendosi, si sbottonò in fretta la giacca, trasse dalla tasca in petto il portabiglietti e scosse più volte la penna stilografica, pensando alle ordinazioni da scrivere.

Adriana ritornò con la serva.

– Ecco, – disse il Vocalòpulo, seguitando a scrivere. E, appena ebbe finito: – Subito, alla farmacia più vicina... Fiaschi... no, no... andate pure, ve li darà il farmacista stesso. Lesta, mi raccomando.

– È molto grave, dottore? – domandò Adriana, con espressione timida e appassionata, come per farsi perdonare la insistenza.

– No, le ripeto. Speriamo bene, – le rispose il Vocalòpulo e, per impedire altre domande, aggiunse:
– Mi vuol far vedere la camera?

– Sì, ecco, venga...

Ma, appena nella camera, ella domandò ancora, tutta tremante:

– Ma come, dottore; lei non era con Tommaso? Assistono pure due medici ai duelli...

– Bisognerebbe trasportare il letto un po' più qua... – osservò il dottore, come se non avesse inteso.

Entrò, in quel punto, di corsa un bellissimo ragazzo, dalla faccia ardita, coi capelli neri ricci e lunghi, svolazzanti.

– Mamma, una barella! Quanta gen...

Vide il medico e s'arrestò di botto, confuso, mortificato, in mezzo alla stanza.

La madre diè un grido e scostò il ragazzo per accorrere dietro al dottore. Su la soglia questi si voltò e la trattenne:

– Stia qua, signora: sia buona! Vado io, non dubiti... Col suo pianto gli potrà far male...

Adriana allora si chinò per stringersi forte al seno il figlioletto che le si era aggrappato alla veste, e ruppe in singhiozzi.

– Perché, mamma, perché? – domandava il ragazzo sbigottito, non comprendendo e mettendosi a piangere anche lui.

II

A piè della scala il dottore accolse la barella condotta da quattro militi della carità, mentre due questurini, aiutati dal portinaio, impedivano a una folla di curiosi d'entrare.

– Dottor Vocalòpulo! – gridava un giovanotto tra la folla.

Il dottore si voltò e gridò a sua volta alle guardie:

– Lo lascino passare: è il mio assistente. Entri, dottor Sià.

I quattro militi si riposavano un po', preparando le cinghie per la salita. Il portone fu chiuso. La gente di fuori vi picchiava con le mani e coi piedi, fischiando, vociando.

– Ebbene? – domandò il dottor Vocalòpulo al Sià che sbuffava ancora, tutto sudato. – La donna?

– Che corsa, caro professore! – rispose il dottor Cosimo Sià. – La donna? All'ospedale... Sono tutto sudato! Frattura alla gamba e al braccio...

– Congestione?

– Credo. Non so... Son venuto a tempesta. Che caldo, per bacconaccio! Se potessi avere un bicchier d'acqua...

Il dottor Vocalòpulo scostò un poco la tendina di cerata della barella per vedere il ferito; la riabbassò subito e si volse ai militi:

– Andiamo, su! Piano e attenzione, figliuoli, mi raccomando.

Mentre si eseguiva con la massima cautela la penosa salita, allo scalpiccio, al rumor delle voci brevi affannose, si schiudevano sui pianerottoli le porte degli altri casigliani.

– Piano, piano... – ammoniva, quasi a ogni scalino, il dottor Vocalòpulo.

Il Sià veniva dietro, asciugandosi ancora il sudore dalla nuca e dalla fronte, e rispondeva ai casigliani:

– Il signor... come si chiama? Corsi... Quarto piano, è vero?

Una signora e una signorina, madre e figlia, scapparono su di corsa per la scala con un grido d'orrore, e, poco dopo, s'intesero le grida disperate di Adriana.

Il Vocalòpulo scosse la testa, contrariato, e voltosi al Sià:

– Ci badi lei, mi raccomando, – disse, e salì a balzi le altre due branche di scala fino alla porta del Corsi.

– Via, si faccia forza, signora: non gridi così! Non capisce che gli farà male? Prego, signore, la conducano di là!

– Voglio vederlo! Mi lascino! Voglio vederlo! – gridava, piangendo e smaniando, Adriana.

E il medico:

– Lo vedrà, non dubiti, non ora però... La conducano di là!

La barella era già arrivata.

– La porta! – gridò uno dei militi, ansimando.

Il dottor Vocalòpulo accorse ad aprire l'altro battente della porta, mentre Adriana, divincolandosi, trascinava seco le due vicine, imbalordite, verso la barella.

– In quale camera? Prego... Dov'è il letto? – domandò il dottor Sià.

– Di qua... ecco! – disse il Vocalòpulo, e gridò alle due pigionali accorse: – Ma la trattengano, perdio! Non son buone neanche da trattenerla?

– Oh Dio benedetto! – esclamò la signora del secondo piano, tozza, popputa, parandosi davanti ad Adriana furibonda.

Le due guardie erano dietro la barella e se ne stavano innanzi alla porta d'ingresso. A un tratto, per la scala, un vociare e un salire frettoloso di gente. Certo il portinaio aveva riaperto il portone, e la folla curiosa aveva invaso la scala.

Le due guardie tennero testa all'irruzione.

– Lasciatemi passare! – gridava tra la ressa su gli ultimi scalini, facendosi largo con le braccia, una signora alta, ossuta, vestita di nero, con la faccia pallida, disfatta, e i capelli aridi, ancor neri, non ostante l'età e le sofferenze evidenti. Si voltava ora di qua ora di là, come se non vedesse: aveva infatti quasi spento lo sguardo tra le palpebre gonfie semichiuse. Pervenuta alla fine innanzi alla porta, con l'aiuto di un giovinotto ben vestito, che le veniva dietro, fu su la soglia fermata dalle guardie:

– Non si entra!

– Sono la madre! – rispose imperiosamente e, con un gesto che non ammetteva replica, scostò le guardie e s'introdusse in casa.

Il giovinotto ben vestito sguisciò dentro, dietro a lei, dandosi a vedere come uno della famiglia anche lui.

La nuova arrivata si diresse a una stanza quasi buia, con un sol finestrino ferrato presso il tetto. Non discernendo nulla, chiamò forte:

– Adriana!

Questa, che se ne stava tra le due pigionali che cercavano scioccamente di confortarla, balzò in piedi, gridando:

– Mamma!

– Vieni! vieni con me, figlia mia! povera figlia mia! Andiamocene subito! – disse in fretta, con voce vibrante di sdegno e di dolore, la vecchia signora. – Non m'abbracciare! Tu non devi rimanere più qua un solo minuto!

– Oh! mamma! mamma mia! – piangeva intanto Adriana, con le braccia al collo della madre.

Questa si sciolse dall'abbraccio, gemendo:

– Figlia disgraziata, più di tua madre!

Poi dominando la commozione, riprese con l'accento di prima:

– Un cappello, subito! uno scialle! Prendi questo mio... Andiamocene subito, coi bambini... Dove sono? Già mi scottano i piedi, qua... Maledici questa casa, com'io la maledico!

– Mamma.. che dici, mamma? – domandò Adriana, smarrita nell'atroce cordoglio.

– Ah, non sai? Non sai nulla ancora? non t'hanno detto nulla? non hai nulla sospettato? Tuo marito è un assassino! – gridò la vecchia signora.

– Ma è ferito, mamma!

– Da sé s'è ferito, con le sue mani! Ha ucciso il Nori, capisci? Ti tradiva con la moglie del Nori... E lei s'è buttata dalla finestra...

Adriana cacciò un urlo e s'abbandonò su la madre, priva di sensi. Ma la madre, non badandole, sorreggendola, seguitava a dirle tutta tremante:

– Per quella lì... per quella lì... te, te, figlia, angelo mio, ch'egli non era degno di guardare... Assassino!... Per quella lì... capisci? capisci?

E con una mano le batteva dolcemente la spalla, carezzandola, quasi ninnandola con quelle parole.

– Che disgrazia! che tragedia! Ma com'è avvenuto? – domandò sottovoce la signora tozza del secondo piano al giovinotto ben vestito che si teneva in un angolo, con un taccuino in mano.

– Quella è la moglie? – domandò il giovinotto a sua volta, in luogo di rispondere. – Scusi, saprebbe dirmi il casato?

– Di lei?... Sì, fa Montesani, lei.

– E il nome, scusi?

– Adriana. Lei è giornalista?

– Zitta, per carità! A servirla. E mi dica, quella è la madre, è vero?

– La madre di lei, la signora Amalia, sissignore.

– Amalia, grazie, grazie. Una tragedia, sì signora, una vera tragedia...

– È morta lei, la Nori?

– Ma che morta! La mal'erba, lei m'insegna... È morto lui, invece, il marito.

– Il giudice?

– Giudice? No, sostituto procuratore del re.

– Sì, quel giovane... brutto, insomma, mingherlino, calabrese, venuto da poco... Erano tanto amici col signor Tommaso!

– Eh, si sa! – sghignò il giovinotto. – Avviene sempre così, lei m'insegna... Ma, scusi, il Corsi dov'è? Vorrei vederlo... Se lei m'indicasse...

– Ecco, vada di là... Dopo quella stanza, l'uscio a destra.

– Grazie, signora. Scusi un'altra domanda: Quanti figliuoli?

– Due. Due angioletti! Un maschietto di otto anni, una bambina di cinque...

– Grazie di nuovo; scusi...

Il giovinotto s'avviò, seguendo l'indicazione, alla camera del ferito. Passando per la saletta d'ingresso, sorprese il bel ragazzo del Corsi che, con gli occhi sfavillanti, un sorriso nervoso su le labbra e le mani dietro la schiena, domandava a una delle guardie:

– E dimmi una cosa: come gli ha sparato, col fucile?

III

Tommaso Corsi, col torso nudo, poderoso, sorretto da guanciali, teneva i grandi occhi neri e lucidissimi intenti sul dottor Vocalòpulo, il quale, scamiciato, con le maniche rimboccate su le magre braccia pelose, premeva e studiava da presso la ferita. Di tanto in tanto gli occhi del Corsi si levavano anche su l'altro medico, come se, nell'attesa che qualcosa a un tratto dovesse mancargli dentro, volesse coglierne il segno o il momento negli occhi altrui. L'estremo pallore cresceva bellezza al suo maschio volto di solito acceso.

Ora egli fissò sul giornalista, che entrava timido, perplesso, uno sguardo fiero, come se gli domandasse chi fosse e che volesse. Il giovinotto impallidì, appressandosi al letto, pur senza poter chinare gli occhi, quasi ammaliato da quello sguardo.

– Oh, Vivoli! – disse il dottor Vocalòpulo, voltandosi appena.

Il Corsi chiuse gli occhi, traendo per le nari un lungo respiro.

Lello Vivoli aspettò che il Vocalòpulo gli volgesse di nuovo lo sguardo; ma poi, impaziente:

– Ss, – lo chiamò piano e, accennando il giacente, domandò come stesse, con un gesto della mano.

Il dottore alzò le spalle e chiuse gli occhi, poi con un dito accennò la ferita alla mammella sinistra.

– Allora... – disse il Vivoli, alzando una mano in atto di benedire.

Una goccia di sangue si partì dalla ferita e rigò lungamente il petto. Il dottore la deterse con un bioccolo di bambagia, dicendo quasi tra sé:

– Dove diavolo si sarà cacciata la palla?

– Non si sa? – domandò timidamente il Vivoli, senza staccar gli occhi dalla ferita, non ostante il ribrezzo che ne provava. – E di', sai di che calibro era?

– Nove... calibro nove, – interloquì con evidente soddisfazione il giovine dottor Sià. – Dalla ferita si può arguire...

– Suppongo, – rispose il Vocalòpulo accigliato, assorto, – che si sia cacciata qua sotto la scapola... Eh sì, purtroppo... il polmone...

E torse la bocca.

Indovinare, determinare il corso capriccioso della palla: per il momento, non si trattava d'altro per lui. Gli stava davanti un paziente qualunque, sul quale egli doveva esercitare la sua bravura, valendosi di tutti gli espedienti della sua scienza: oltre a questo suo compito materiale e limitato non vedeva nulla, non pensava a nulla. Solo, la presenza del Vivoli gli fece considerare che, essendo il Corsi conosciutissimo nella città e avendo quella tragedia sconvolto tutta la cittadinanza, poteva giovargli che il pubblico sapesse che il dottor Vocalòpulo era il medico curante.

– Oh, Vivoli, dirai che è affidato alle mie cure.

Il dottor Cosimo Sià dall'altra sponda del letto tossì leggermente.

– E puoi aggiungere, – riprese il Vocalòpulo, – che sono assistito dal dottor Cosimo Sià: te lo presento.

Il Vivoli chinò appena il capo, con un lieve sorriso. Il Sià, che s'era precipitato con la mano tesa per stringer quella del Vivoli, all'inchino sostenuto di questo, restò goffo, arrossì, trinciò in aria con la mano già tesa un saluto, come per dire: «Ecco, fa lo stesso: Saluto così!».

Il moribondo schiuse gli occhi e aggrottò le ciglia. I due medici e il Vivoli lo guardarono quasi con paura.

– Adesso lo fasceremo, – disse con voce premurosa, chinandosi su lui, il Vocalòpulo.

Tommaso Corsi scosse la testa sul guanciale, poi riabbassò lentamente le palpebre su gli occhi foschi, come se non avesse compreso: così almeno parve al dottor Vocalòpulo, il quale, storcendo un'altra volta la bocca, mormorò:

– La febbre...

– Io scappo, – disse piano il Vivoli, salutando con la mano il Vocalòpulo e di nuovo inchinando appena il capo al Sià, che rispose, questa volta, con un inchino frettoloso.

– Sià, venga da questa parte. Bisogna sollevarlo. Ci vorrebbero due dei nostri infermieri... – esclamò il Vocalòpulo. – Basta, ci proveremo. Ma tengo a fare una sola fasciatura, ben solida, e lì.

– Lo laviamo, ora? – domandò il Sià.

– Sì! L'alcool dov'è? e il catino, prego. Così, aspetti... Intanto, lei prepari le fasce. Preparate? Poi la vescica di ghiaccio.

Tommaso Corsi, allorché il dottor Vocalòpulo si fece a fasciarlo, aprì gli occhi, s'infoscò in volto, tentò con una mano di scostar dal petto quelle del dottore, dicendo con voce cavernosa:

– No... no...

– Come no? – domandò, sorpreso, il dottor Vocalòpulo.

Ma un empito di sangue impedì al Corsi di rispondere, e le parole gli gorgogliarono nella strozza soffocate dalla tosse. Poi giacque, prostrato, privo di sensi.

E allora fu ripulito e fasciato a dovere dai due medici curanti.

IV

– No, mamma, no... E come potrei? – rispose Adriana, appena rinvenuta, all'ingiunzione della madre d'abbandonar la casa del marito insieme coi figliuoli.

Si sentiva quasi inchiodata lì, su la seggiola, stordita e tremante, come se un fulmine le fosse caduto da presso. E invano la madre le smaniava innanzi e la spingeva:

– Via, via, Adriana! Non mi senti?

Si era lasciata mettere uno scialletto addosso e il cappello, e guardava innanzi a sé, come una mendicante. Non riusciva ancora a farsi un'idea dell'accaduto. Che le diceva la madre? d'abbandonar quella casa? e come mai, in quel momento? O prima o poi avrebbe dovuto abbandonarla pur sempre? Perché? Il marito non le apparteneva più? Si era spenta in lei l'ansia di vederlo. Che volevano intanto quelle due guardie che la madre le accennava lì nella saletta d'ingresso?

– Meglio che muoia! Se vive, in galera!

– Mamma! – supplicò, guardandola. Ma riabbassò subito gli occhi per trattenere le lagrime. Sul volto della madre rilesse la condanna del marito: «*Ha ucciso il Nori; ti tradiva con la moglie del Nori*». Non sapeva però, né poteva ancor quasi pensarlo, né immaginarlo: si vedeva ancora la barella sotto gli occhi e non poteva pensar altri che lui – Tommaso – ferito, forse moribondo, lì... E Tommaso dunque aveva ucciso il Nori? aveva una tresca con Angelica Nori, e tutt'e due erano stati scoperti dal marito? Pensò che Tommaso portava sempre con sé la rivoltella. Per il Nori? No: l'aveva sempre portata, e il Nori e la moglie erano in città da un anno soltanto.

Nello scompiglio della coscienza, una moltitudine d'immagini si ridestavano in lei tumultuosamente: l'una chiamava l'altra e insieme si raggruppavano in balenanti scene precise e subito si disgregavano per ricomporsi in altre scene con vertiginosa rapidità. Quei due eran venuti da un paese di Calabria accompagnati da una lettera di presentazione a Tommaso, il quale li aveva accolti con la festosa espansione della sua indole sempre gioconda, con aria confidenziale, col sorriso schietto di quel suo maschio volto, in cui gli occhi lampeggiavano, esprimendo la vitalità piena, l'energia operosa, costante, che lo rendevano caro a tutti.

Da quest'indole vivacissima, da questa natura esuberante, in continuo bisogno d'espandersi quasi con violenza, ella era stata investita fin dai primi giorni del matrimonio: s'era sentita trascinare dalla fretta ch'egli aveva di vivere: anzi furia, più che fretta: vivere senza tregua, senza tanti scrupoli, senza tanto riflettere; vivere e lasciar vivere, passando sopra a ogni impedimento, a ogni ostacolo. Più volte ella si era arrestata un po' in questa corsa, per giudicare fra sé qualche azione di lui non stimata perfettamente corretta. Ma egli non dava tempo al giudizio, come non dava peso ai suoi atti. Ed ella sapeva ch'era inutile richiamarlo indietro a considerare il mal fatto: scrollava le spalle, sorrideva, e avanti! aveva bisogno d'andare avanti a ogni modo, per ogni via, senza indugiarsi a riflettere tra il bene e il male; e rimaneva sempre alacre e schietto, purificato dall'attività incessante, e sempre lieto e largo di favori a tutti, con tutti alla mano: a trent'otto anni, un fanciullone, capacissimo di mettersi a giocar sul serio coi due figliuoli, e ancora, dopo dieci anni di matrimonio, così innamorato di lei, che ella tante volte, anche di recente, aveva dovuto arrossire per qualche atto imprudente di lui innanzi ai bambini o alla serva.

E ora, così d'un colpo, quest'arresto fulmineo, questo scoppio! Ma come? come? La cruda prova del fatto non riusciva ancora a dissociare in lei i sentimenti, più che di solida stima, d'amore fortissimo e devoto per il marito, da cui si sentiva in cuor suo ricambiata.

Forse qualche lieve inganno, sì, sotto quella tumultuosa vitalità; ma la menzogna, no, la menzogna non poteva annidarsi sotto l'allegria costante di lui. Che egli avesse una tresca con Angelica Nori, non significava, no, aver tradito lei, la moglie; e questo la madre non poteva comprenderlo, perché non sapeva, non sapeva tante cose... Egli non poteva aver mentito con quelle labbra, con quegli occhi, con quel riso che allegrava tutti i giorni la casa. – Angelica Nori? Oh ella sapeva bene che cosa fosse costei, anche per il marito: neppure un capriccio: nulla, nulla! la prova soltanto d'una debolezza, nella quale nessun uomo forse sa o può guardarsi dal cadere... Ma in quale abisso era egli adesso caduto? e la sua casa e lei coi figliuoli giù, giù con lui?

– Figli miei! figli miei! – proruppe alla fine, singhiozzando, con le mani sul volto, quasi per non veder l'abisso che le si spalancava orribile davanti. – Portali via con te, – aggiunse, rivolgendosi alla madre. – Loro sì, portali via, ché non vedano... Io no, mamma: io resto. Te ne prego...

Si alzò e, cercando alla meglio di trattener le lagrime, andò, seguita dalla madre, in cerca dei bambini che giocavano tra loro in un camerino, ove la serva li aveva chiusi. Si mise a vestirli, soffocando i singhiozzi che le irrompevano dal petto a ogni loro lieta domanda infantile.

– Con la nonna, sì... a spasso con la nonna... E il cavalluccio, sì... la sciabola pure... Te li compra la nonna...

Questa contemplava, straziata, la sua cara figliuola, la creatura sua adorata, tanto buona, tanto bella, per cui tutto ormai era finito; e, nell'odio feroce contro colui che gliela faceva soffrir così, avrebbe voluto strapparle dalle mani quel bambino che somigliava tutto al padre, fin nella voce e nei gesti.

– Non vuoi proprio venire? – domandò alla figlia, quando i bambini furono pronti. – Io, bada, qua non metto più piede. Resti sola... La casa di tua madre è aperta. Ci verrai, se non oggi, domani. Ma già, anche se non morisse...

– Mamma! – supplicò Adriana, additandole i bambini.

La vecchia signora tacque e andò via coi nipotini, vedendo uscire dalla camera del ferito il dottor Vocalòpulo.

Questi si appressò ad Adriana per raccomandarle di non farsi vedere per il momento dal marito.

– Un'emozione improvvisa, anche lieve, potrebbe riuscirgli fatale. Non si faccia nulla, per carità, che possa contrariarlo o impressionarlo in qualche modo. Questa notte resterà a vegliarlo il mio collega. Se ci fosse bisogno di me...

Non terminò il discorso, notando che ella non gli dava ascolto né gli domandava notizie intorno alla gravità della ferita, e che aveva in capo il cappellino, come se stesse per abbandonare la casa. Socchiuse gli occhi, scosse un po' il capo, sospirando, e andò via.

V

Nella notte, Tommaso Corsi si riscosse incosciente dal letargo. Stordito dalla febbre, teneva gli occhi aperti nella penombra della camera. Un lampadino ardeva sul cassettone, riparato da uno specchio a tre luci: il lume si proiettava su la parete vivamente, precisando il disegno e i colori della carta da parato.

Aveva solo la sensazione che il letto fosse più alto, e che soltanto per ciò notasse in quella camera qualcosa che prima non vi aveva mai notato. Vedeva meglio l'insieme dell'arredo, il quale, nella quiete altissima, gli pareva spirasse, dall'immobilità sua quasi rassegnata, un conforto familiare, a cui le ricche tende, che dall'alto scendevano fin sul tappeto, davano un'aria insolita di solennità. «Noi siamo qui, come tu ci hai voluti, per i tuoi comodi» pareva gli dicessero, nella coscienza che man mano si risentiva, i varii oggetti della camera: «siamo la tua casa: tutto è come prima.»

A un tratto richiuse gli occhi, quasi abbagliato bruscamente nella penombra da un lampo di luce cruda: la luce che s'era fatta in quell'altra camera, quando colei, urlando, aveva aperto la finestra, d'onde s'era buttata.

Riebbe allora, d'un subito, la memoria orrenda: rivide tutto, come se accadesse proprio allora.

Egli, trattenuto dall'istintivo pudore, non riusciva a balzar dal letto, svestito com'era, e il Nori, ecco, gli esplodeva contro il primo colpo che infrangeva il vetro di un'immagine sacra al capezzale; egli tendeva la mano alla rivoltella sul comodino, ed ecco il sibilo della seconda palla innanzi al volto... Ma non ricordava d'aver tirato sul Nori: solo quando questi era caduto a sedere sul pavimento, e poi s'era ripiegato bocconi, egli s'era accorto d'aver l'arma ancor calda e fumante in pugno. Era allora saltato dal letto e, in un attimo, entro di sé, la tremenda lotta di tutte le energie vitali contro l'idea della morte; prima, l'orrore di essa; poi la necessità e il sorgere d'un sentimento atroce, oscuro, a vincere ogni ripugnanza e ogni altro sentimento. Aveva guardato il cadavere, la finestra donde quella era saltata; aveva udito i clamori della via sottostante, e s'era sentito aprire come un abisso nella coscienza: allora la determinazione violenta gli s'era imposta lucidamente, come un atto a lungo meditato e discusso. Sì. Così era stato.

«No,» diceva a se stesso, un istante dopo, riaprendo gli occhi brillanti di febbre. «No; se questa è la mia casa, se io sto qui sul mio letto...»

Gli pareva di udir voci liete e confuse di là, nelle altre stanze. Aveva fatto mettere quelle tende nuove e i tappeti nelle stanze per il battesimo dell'ultimo bambino, morto di venti giorni. Ecco, gli invitati tornavano or ora dalla chiesa. Angelica Nori, a cui egli offriva il braccio, glielo stringeva a un tratto furtivamente con la mano; egli si voltava a guardarla, stupito, ed ella accoglieva quello sguardo con un sorriso impudente, da scema, e chiudeva voluttuosamente le palpebre su i grandi occhi neri, globulenti, in presenza di tutti.

«Quel bambino è morto,» pensava ora egli, «perché l'ha tenuto a battesimo colui, ch'era fra l'altro un iettatore.»

Immagini imprevedute, visioni strane, confuse, sensazioni fantastiche, improvvise, pensieri lucidi e precisi, si avvicendavano in lui, nel delirio intermittente.

Sì, sì, lo aveva ucciso. Ma due volte quel forsennato s'era messo per uccider lui, ed egli nel volgersi per prendere l'arma dal comodino gli aveva gridato sorridendo: – Che fai? – tanto gli pareva impossibile che colui, prima ch'egli si vedesse costretto a minacciarlo e a reagire, non comprendesse ch'era un'infamia, una pazzia ucciderlo a quel modo, in quel momento, uccider lui che si trovava lì per caso, che aveva tant'altra vita fuori di lì: i suoi affari, gli affetti suoi vivi e veri, la sua famiglia, i figli da difendere. Eh via, disgraziato!

Come mai tutt'a un tratto, quell'omiciattolo sbricio, brutto, scialbo, dall'anima apatica, attediata, che si trascinava nella vita senza alcuna voglia, senz'alcun affetto, e che da tant'anni si sapeva spudoratamente ingannato dalla moglie e non se ne curava, a cui pareva costasse pena e fatica guardare o trar fuori quella sua voce molle miagolante; come mai, tutt'a un tratto, s'era sentito muovere il sangue e per lui soltanto? Non sapeva che donna fosse sua moglie? e non sentiva ch'era una cosa ridicola e pazza e infame nello stesso tempo difender a quel modo ancora l'onor suo affidato a colei, che ne aveva fatto strazio tant'anni, senza che egli avesse mai mostrato d'accorgersene? Ma aveva pure assistito – sì, sì – a tante scene familiari, in cui ella, proprio sotto gli occhi di lui, sotto gli occhi stessi d'Adriana, aveva cercato di sedurlo con quei suoi lezii da scimmietta patita. Adriana sì se n'era accorta, e lui no? Ne avevano riso tanto insieme, lui e Adriana. Per una donna come quella lì, dunque, sul serio, una tragedia? Lo scandalo, la morte di lui, la sua morte? Oh, per quel disgraziato, forse, era stata un bene la morte; un regalo! Ma egli... doveva egli morire per così poco? Sul momento, col cadavere sotto gli occhi, assalito dai clamori della via, aveva creduto di non poter farne a meno. Ebbene, e intanto come mai non era tutto finito? Egli viveva ancora, lì, nella sua stessa camera tranquilla, coricato sul suo letto, come se nulla fosse accaduto. Ah, se veramente fosse un sogno orribile!... No: e quel dolore cocente al petto, che gli toglieva il respiro? E poi il letto...

Stese pian piano un braccio nel posto accanto; vuoto; ecco! Adriana... Sentì di nuovo l'abisso aprirglisi dentro. Dov'era ella? e i figliuoli? Lo avevano abbandonato? Solo, dunque, nella casa? e come mai?

Riaprì gli occhi per accertarsi, se quella fosse veramente la sua camera da letto. Sì: tutto come prima. Allora un dubbio crudele, in quell'alternativa di delirio e di lucidità mentale, lo vinse: non sapeva più se, aprendo gli occhi, vedesse per allucinazione la sua camera che spirava la pace consueta, o se sognasse chiudendo gli occhi e rivedendo, con lucidezza di percezione ch'era quasi realtà, l'orribile tragedia della mattina. Emise un gemito, e subito davanti a gli occhi si vide un volto sconosciuto; sentì posarsi una mano su la fronte, la cui pressione lo confortava, e richiuse gli occhi sospirando, sentendo di dover rassegnarsi a non comprendere più nulla, a non saper che cosa fosse veramente accaduto. Era fors'anche sogno quel volto or ora intraveduto, la mano che gli premeva la fronte... E ricadde nel letargo.

Il dottor Sià si accostò in punta di piedi a un angolo della camera quasi al buio, dove Adriana vegliava nascosta.

– Forse è meglio, – le disse sottovoce, – che si mandi per il dottor Vocalòpulo. La febbre cresce e l'aspetto non mi...

S'interruppe; le domandò:

– Vuol vederlo?

Adriana fece segno di no col capo, angosciata. Poi, sentendo di non poter trattenere un empito improvviso di pianto, balzò in piedi e scappò via dalla camera.

Il dottor Sià richiuse, cauto, l'uscio per impedire che giungesse all'orecchio del morente il pianto convulso della moglie; poi tolse dal petto di lui la vescica, ne vuotò l'acqua e, riempitala novamente di pezzetti di ghiaccio, la ripose su la fasciatura al posto della ferita.

– Ecco fatto.

Osservò quindi di nuovo, a lungo, il volto del giacente, ne ascoltò la respirazione affannosa; poi, non avendo altro da fare, e come se per lui bastasse l'aver provveduto al ghiaccio e l'aver fatto quelle osservazioni, ritornò al proprio posto, alla poltrona, dall'altra parte del letto.

Lì, con gli occhi chiusi, godeva di lasciarsi prendere a mano a mano dal sonno, spegnendo gradatamente in sé la volontà di resistervi, fino al punto estremo in cui il capo gli dava un crollo: schiudeva allora gli occhi e tornava da capo ad abbandonarsi a quella voluttà proibita, che quasi lo inebriava.

VI

Le complicazioni temute dal dottor Vocalòpulo si verificarono pur troppo: prima e più grave fra tutte, l'infiammazione polmonare, che cagionava quell'altissima febbre.

Senza alcuna preoccupazione estranea alla scienza, di cui era fervidamente appassionato, il dottor Vocalòpulo raddoppiò lo zelo, come se si fosse fatta una fissazione di salvare a ogni costo quel moribondo.

Negli infermi sotto la sua cura egli non vedeva uomini ma casi da studiare: un bel caso, un caso strano, un caso mediocre o comune; quasi che le infermità umane dovessero servire per gli esperimenti della scienza, e non la scienza per le infermità. Un caso grave e complicato lo interessava sempre a quel modo; ed egli allora non sapeva staccare più il pensiero dal malato: metteva in pratica le più recenti esperienze delle primarie cliniche del mondo, di cui consultava scrupolosamente i bollettini, le rassegne e le minute esposizioni dei tentativi, degli espedienti dei più grandi luminari della scienza medica, e spesso adottava le cure più arrischiate con fermo coraggio, con fiducia incrollabile. Si era costituita così una grande reputazione. Ogni anno faceva un viaggio e ritornava entusiasta degli esperimenti a cui aveva assistito, soddisfatto di qualche nuova cognizione appresa, provvisto di nuovi e più perfezionati strumenti chirurgici, che disponeva – dopo averne studiato minutamente il congegno e averli ripuliti con la massima cura – entro l'armamentario di cristallo, che aveva la forma di un'urna, lì, in mezzo al camerone da studio, e, chiusi, li contemplava ancora, stropicciandosi le mani solide, sempre fredde, o stirandosi con due dita il naso armato di quel paio di lenti fortissime, che accrescevano la rigidezza austera del suo volto pallido, lungo, equino.

Attorno al letto del Corsi condusse alcuni suoi colleghi, a studiare, a discutere; spiegò tutti i suoi tentativi, l'uno più nuovo e più ingegnoso dell'altro, finora però riusciti vani. Il ferito, sotto quell'altissima febbre, restava in uno stato quasi letargico, interrotto tuttavia da certe crisi di smania delirante, nelle quali, più d'una volta, eludendo la vigilanza, aveva finanche tentato di disfare la fasciatura.

Di questo «fenomeno» il Vocalòpulo non si era curato più di tanto; gli era bastato di raccomandare al dottor Sià maggiore attenzione. Aveva potuto, per mezzo della radiografia, estrarre il proiettile di sotto l'ascella, aveva rischiosamente applicato i lenzuoli freddi per abbassare la temperatura. E finalmente c'era riuscito! La febbre era abbassata, l'infiammazione polmonare era vinta, il pericolo quasi superato. Nessun compenso materiale avrebbe potuto uguagliare la soddisfazione morale del dottor Vocalòpulo. Era raggiante; e il dottor Sià con lui, per riflesso.

– Collega, collega, qua la mano! Questo si chiama vincere.

Il Sià gli rispondeva con una sola parola:

– Miracoloso!

Ora la primavera imminente avrebbe senza dubbio affrettato la convalescenza.

Già l'infermo cominciava a risentirsi un po', a uscir dallo stato d'incoscienza in cui s'era mantenuto per tanti giorni. Ma non sapeva ancora, non sospettava neppure, come si fosse ridotto.

Una mattina, si provò a sollevare le mani dal letto, per guardarsele e, nel veder le dita esangui tremolare, sorrise. Si sentiva ancora come nel vuoto, in un vuoto però tranquillo, soave, di sogno. Solo qualche minuzia, lì, nella camera, gli s'avvistava di tratto in tratto: un fregio dipinto nel soffitto, la peluria verde della coperta di lana sul letto, che gli richiamava alla memoria i fili d'erba d'un prato o d'una aiuola; e vi concentrava tutta l'attenzione, beato; poi, prima di stancarsene, richiudeva gli occhi e provava un dolce smarrimento d'ebbrezza, vaneggiava in una delizia ineffabile.

Tutto, tutto era finito; la vita ricominciava adesso... Ma non era forse rimasta sospesa anche per gli altri? No, no: ecco: un rumor di vettura... Fuori, per le vie, la vita in tutto quel tempo aveva seguito il suo corso...

Provò come una vellicazione irritante al ventre, a questo pensiero che oscuramente lo contrariava; e si rimise a guardar la caluggine verde della coperta, dove gli pareva di veder la campagna: qua la vita, sì, ricominciava veramente, con tutti quei fili d'erba... E anche così per lui ricominciava... Nuovo, tutto nuovo, egli si sarebbe riaffacciato alla vita... Un po' d'aria fresca! Ah, se il medico avesse voluto aprirgli un tantino la finestra...

– Dottore, – chiamò; e la sua stessa voce gli fece una strana impressione.

Ma nessuno rispose. Si provò a guardar nella camera. Nessuno... Come mai? Dov'era? – Adriana! Adriana! – Un'angosciosa tenerezza per la moglie lo vinse; e si mise a piangere come un bambino, nel desiderio cocente di buttarle le braccia al collo e stringersela forte, forte al petto... Chiamò di nuovo, nel dolce pianto:

– Adriana! Adriana!... Dottore!

Nessuno sentiva? Sgomento, allora, soffocato, stese un braccio al campanello sul comodino; ma avvertì subito un'acuta trafittura interna, che lo tenne un tratto quasi senza respiro, col volto pallido, contratto dallo spasimo; poi sonò, sonò furiosamente. Accorse, con la sua aria spiritata, il dottor Sià:

– Eccomi! Che abbiamo, signor Tommaso?

– Solo! Mi hanno lasciato solo...

– Ebbene? E perché codesta agitazione? Eccomi qua.

– No. Adriana! Mi chiami Adriana... Dov'è? Voglio vederla.

Comandava ora, eh? Il dottor Sià fece un viso lungo lungo e piegò il capo da un lato:

– Così, no! Se non si calma, no.

– Voglio veder mia moglie! – replicò egli stizzito, imperioso. – Può proibirmelo lei?

Il Sià sorrise, perplesso:

– Ecco... vorrei che... No no, si stia zitto: vado a chiamargliela.

Non ce ne fu bisogno. Adriana era dietro l'uscio: si asciugò in fretta le lagrime, accorse, si buttò singhiozzando tra le braccia del marito, come in un abisso d'amore e di disperazione. Egli non provò dapprima che la gioia di tenersi così stretta quella sua adorata, il cui calore, l'odor dei capelli, lo inebriavano. Quanto, quanto, quanto la amava... Ma, a un tratto, la sentì singhiozzare. Si provò a sollevarle con tutt'e due le mani il capo che si affondava su lui; non ne ebbe la forza, e si volse, stordito, al dottor Sià. Questi accorse e costrinse la signora a strapparsi dal letto; la condusse, sorreggendola in quella crisi violenta di pianto, fuori della camera; poi ritornò presso il convalescente.

– Perché? – domandò il Corsi, sconvolto.

Un pensiero gli attraversò la mente, in un baleno.

Senza badare alla risposta del medico, il Corsi richiuse gli occhi, trafitto. «Non mi perdona» pensò.

VII

Alle notizie di miglioramento, di prossima guarigione era cresciuta la sorveglianza alla casa del ferito. Il dottor Vocalòpulo, temendo che l'autorità giudiziaria desse intempestivamente l'ordine che fosse tradotto in carcere, pensò di recarsi da un avvocato amico suo e del Corsi, e a cui il Corsi certamente avrebbe affidato la sua difesa, per pregarlo di andare insieme dal questore a impegnar la loro parola, che l'infermo non avrebbe in alcun modo tentato di sottrarsi alla giustizia.

L'avvocato Camillo Cimetta accettò l'invito. Era un uomo sui sessant'anni, smilzo, altissimo di statura, tutto gambe. Gli spiccavano stranamente nel volto squallido, giallognolo, malaticcio, gli occhietti neri, acuti, d'una vivacità straordinaria. Dotto più di filosofia che di legge, scettico, oppresso dalla noia della vita, stanco delle amarezze che essa gli aveva procacciate, non aveva mai posto alcun impegno a guadagnarsi la grandissima fama di cui godeva e che gli aveva procurato una ricchezza di cui non sapeva più che farsi. La moglie, donna bellissima, insensibile, dispotica, che lo aveva torturato per tanti anni, gli s'era uccisa per neurastenia; l'unica figliuola gli era fuggita di casa con un misero scritturale del suo studio ed era morta soprapparto, dopo aver sofferto un anno di maltrattamenti dal marito indegno. Era rimasto solo, senza più scopo nella vita, e aveva rifiutato ogni carica onorifica, la soddisfazione di far valere le sue doti non comuni in una grande città. E mentre i suoi colleghi si presentavano al banco dell'accusa o della difesa armati di cavilli, abbottati di procedura, o si empivano la bocca di paroloni altisonanti; egli, che non poteva soffrire la toga che l'usciere gli poneva su le spalle, si alzava con le mani in tasca e si metteva a parlare ai giurati, ai giudici, con la massima naturalezza, alla buona, cercando di presentare con la maggiore evidenza possibile qualche pensiero che potesse logicamente far loro impressione; distruggeva con irresistibile arguzia le magnifiche architetture oratorie de' suoi avversarii, e riusciva così talvolta ad abbattere i confini formalistici del tristo ambiente giudiziario, perché un'aura di vita vi spirasse, vi passasse un soffio doloroso di umanità, di pietà fraterna, oltre e sopra la legge, per l'uomo nato a soffrire, a errare.

Ottenuta dal questore la promessa che la traduzione in carcere non sarebbe avvenuta se non dopo il consenso del medico, egli e il dottor Vocalòpulo si recarono insieme alla casa del Corsi.

In pochi giorni Adriana si era cangiata così, che non pareva più lei.

– Eccole, signora, il nostro caro avvocato, – le disse il Vocalòpulo. – Sarà meglio preparare a poco a poco il convalescente alla dura necessità...

– E come, dottore? – esclamò Adriana. – Pare che egli non ne abbia ancora il più lontano sospetto. È come un fanciullo... si commuove per ogni nonnulla... Giusto questa mattina mi diceva che, appena in grado di muoversi, vuole andare in campagna, in villeggiatura per un mese...

Il Vocalòpulo sospirò, stirandosi al solito il naso. Stette un po' a pensare, poi disse:

– Aspettiamo qualche altro giorno. Intanto facciamogli vedere l'avvocato. Non è possibile che il pensiero della punizione non gli si affacci.

– E lei crede, avvocato, – domandò Adriana, – crede che sarà grave?

Il Cimetta chiuse gli occhi, aprì le braccia. Gli occhi di Adriana si riempirono di lagrime.

Giunse, in quella, dall'altra stanza la voce dell'infermo. Subito Adriana accorse.

– Mi permettano!

Tommaso le tendeva le braccia dal letto. Ma appena le vide gli occhi rossi di pianto, le prese un braccio e, nascondendovi il volto, le disse:

– Ancora, dunque? non mi perdoni ancora?

Adriana strinse le labbra tremanti, mentre nuove lagrime le sgorgavano dagli occhi; e non trovò in prima la voce per rispondergli.

– No? – insistette egli, senza scoprire il volto.

– Io sì, – rispose Adriana, angosciata, timidamente.

– E allora? – ripigliò il Corsi, guardandola negli occhi lagrimosi.

Le prese il volto tra le mani, e aggiunse:

– Lo comprendi, lo senti, è vero? che tu mai, mai, nel mio cuore, nel mio pensiero, non sei venuta mai meno, tu santa mia, amore, amore mio...

Adriana gli carezzò lievemente i capelli.

– È stata un'infamia! – riprese egli. – Sì, è bene, è bene che te lo dica, per togliere ogni nube fra noi. Un'infamia sorprendermi in quel momento vergognoso, di stupido ozio... Tu lo comprendi, se mi hai perdonato! Stupido fallo, che quel disgraziato ha voluto rendere enorme, tentando d'uccidermi, capisci? due volte... Uccider me, proprio me, che dovevo per forza difendermi... perché... tu lo comprendi! non potevo lasciarmi uccidere per quella lì, è vero?

– Sì, sì, – diceva Adriana, piangendo, per calmarlo, più col cenno che con la voce.

– È vero? – seguitò egli con forza. – Non potevo... per voi! Glielo dissi; ma egli era come impazzito, tutt'a un tratto; m'era venuto sopra, con l'arma in pugno... E allora io, per forza...

– Sì, sì, – ripeté Adriana, ringoiando le lagrime. – Calmati, sì... Queste cose...

S'interruppe, vedendo il marito abbandonarsi sfinito sui guanciali, e chiamò forte:

– Dottore! Queste cose, – seguitò alzandosi e chinandosi sul letto, premurosa, – tu le dirai... le dirai ai giudici, e vedrai che...

Tommaso Corsi si rizzò improvvisamente su un gomito e guardò fiso il dottore e il Cimetta che gli si facevano incontro.

– Ma io, – disse, – eh già... il processo...

Allividì. Ricadde sul letto, annichilito.

– Formalità... – si lasciò cadere dalle labbra il Vocalòpulo, accostandosi di più al letto.

– E quale altra punizione, – fece il Corsi, quasi tra sé, guardando il soffitto con gli occhi sbarrati, – quale altra punizione maggiore di quella che mi son data io, con le mie mani?

Il Cimetta trasse una mano dalla tasca e agitò l'indice in segno negativo.

– Non conta? – domandò il Corsi. – E allora?... – si provò a replicare; ma si riprese: – Eh già! Sì, sì... Ci credi? Mi pareva che tutto fosse finito... Adriana! – chiamò, e le buttò di nuovo le braccia al collo. – Adriana! Sono perduto!

Il Cimetta, commosso, tentennò a lungo il capo, poi sbuffò:

– E perché? per una minchioneria di passata. Sarà difficile, difficilissimo, caro dottore, farne capace quella rispettabile istituzione che si chiama giuria. Non tanto, vedete, per il fatto in sé, quanto perché si tratta d'un sostituto procuratore del re. Se fosse almeno possibile dimostrare che delle corna precedenti il poveretto s'era già accorto! Ma i mezzi? Un morto non si può chiamare a giurare su la sua parola d'onore... L'onore dei morti se lo mangiano i vermi. Che valore può avere l'induzione contro la prova di fatto? Del resto, siamo giusti: su la propria testa ciascuno è padrone di accoglier quelle corna che gli garbano. Le tue, caro Tommaso, è chiaro, non le volle. Tu dici: «Ma potevo lasciarmi uccidere da lui?». No. Ma se volevi rispettato questo diritto di non aver tolta la vita, non dovevi andare a prendergli la moglie, quella bertuccia vestita! Così facendo, – bada, io vedo adesso le ragioni dell'accusa, – tu stesso hai derogato al tuo diritto, ti sei esposto al rischio, e non dovevi perciò reagire. Capisci? Due falli. Del primo, dell'adulterio, dovevi lasciarti punire da lui, dal marito offeso; e tu invece l'hai ucciso...

– Per forza! – gridò il Corsi, levando il volto rabbiosamente contratto. – Istintivamente! Per non farmi uccidere!

– Ma subito dopo, invece, – rimbeccò il Cimetta – hai tentato di ucciderti con le tue mani.

– E non deve bastare?

Il Cimetta sorrise.

– Non può bastare. È anzi a tuo danno, caro mio! Perché, tentando d'ucciderti, hai implicitamente riconosciuto il tuo fallo.

– Sì! E mi sono punito!

– No, caro, – disse con calma il Cimetta. – Hai tentato di sottrarti alla pena.

– Ma togliendomi la vita! – esclamò, infiammato, il Corsi. – Che potevo fare di più?

Il Cimetta si strinse nelle spalle, e disse:

– Avresti dovuto morire. Non essendo morto...

– Ma sarei morto, – riprese il Corsi, allontanando la moglie e additando fieramente il dottor Vocalòpulo, – sarei morto, se lui non avesse fatto di tutto per salvarmi!

– Come... io? – balbettò il Vocalòpulo, tirato in ballo quando meno se l'aspettava.

– Voi! Sì. Per forza! Io non volevo le vostre cure. Per forza avete voluto prodigarmele, ridarmi la vita. E perché, dunque, se ora...

– Con calma, con calma... – disse il Vocalòpulo, sorridendo nervosamente a fior di labbra, costernato. – Vi fate male, agitandovi così...

– Grazie, dottore! Quanta premura... – sghignò il Corsi. – Vi sta tanto a cuore l'avermi salvato? Ma senti, Cimetta, senti! Io voglio ragionare. M'ero ucciso. Viene un dottore, codesto nostro dottore. Mi salva. Con qual diritto mi salva? con qual diritto mi rida la vita ch'io m'ero tolta, se non poteva farmi rivivere per le mie creaturine, se sapeva ciò che m'aspettava?

Il Vocalòpulo tornò a sorridere nervosamente, intorbidandosi in volto.

– Dopo tutto, – disse, – è un bel modo di ringraziarmi, codesto. Che dovevo fare?

– Ma lasciarmi morire! – proruppe il Corsi, – se non avevate il diritto di sottrarmi alla pena ch'io m'ero data, molto maggiore del mio fallo! Non c'è più pena di morte; e io sarei morto, senza di voi. Ora come faccio io? Di che debbo ringraziarvi?

– Ma noi medici, scusate, – rispose, smarrito, il Vocalòpulo, – noi medici non abbiamo di questi diritti: noi medici abbiamo il dovere della nostra professione. E me n'appello all'avvocato qua presente.

– E in che differisce, allora, – domandò con amaro scherno il Corsi, – codesto vostro dovere da quello d'un aguzzino?

– Oh insomma! – esclamò, scrollandosi tutto, il Vocalòpulo, – vorreste che un medico passasse sopra la legge?

– Ah, bene! Voi dunque la legge avete servito, – riprese il Corsi, con foga rabbiosa. – La legge; non me, poveretto... Mi ero tolta la vita; voi me l'avete ridata a forza. Tre, quattro volte tentai di strapparmi le fasce. Voi avete fatto di tutto per salvarmi, per ridarmi la vita. E perché? Perché la legge, ora, di nuovo me la ritolga, e in un modo più crudele. Ecco: a questo, dottore, vi ha condotto il dovere della vostra professione. E non è un'ingiustizia?

– Ma, scusa, – si provò a interloquire il Cimetta, – del male che hai fatto...

– Mi sono lavato, col mio sangue! – compì subito la frase il Corsi, tutto acceso e vibrante. – Io sono un altro, ora! Io sono rinato! Come posso restar sospeso a un solo momento di quell'altra mia vita che non esiste più per me? sospeso, agganciato a quel momento, come se esso rappresentasse tutta la mia esistenza, come se io non fossi mai vissuto per altro? E la mia famiglia? mia moglie? i miei figli, a cui devo dare il pane, la riuscita? Ma come! come! Che volete di più? Non avete voluto che morissi... E allora perché? Per vendetta? Contro uno che s'era ucciso...

– Ma che pure ha ucciso! – ribatté forte il Cimetta.

– Trascinato! – rispose, pronto, il Corsi. – E il rimorso di quel momento io me lo son tolto; in un'ora, io scontai il mio fallo; in un'ora che poteva esser lunga quanto l'eternità. Ora non ho più nulla da scontare, io! Questa è un'altra vita per me, che m'è stata ridata. Debbo rimettermi a vivere per la mia famiglia, debbo rimettermi a lavorare per i miei figliuoli. M'avete ridato la vita per mandarmi in galera? E non è un atroce delitto, questo? E che giustizia può esser quella che punisce a freddo un uomo ormai privo di rimorsi? come starò io in un reclusorio a scontare un delitto che non ho pensato di commettere, che non avrei mai commesso, se non vi fossi stato trascinato; mentre, meditatamente, ora, a freddo, coloro che approfitteranno della vostra scienza, dottore, la quale mi ha tenuto per forza in vita solo per farmi condannare, commetteranno il delitto più atroce, quello di farmi abbrutire in un ozio infame, e di fare abbrutire nei vizii della miseria e nell'ignominia i miei figliuoli innocenti? Con quale diritto?

Si rizzò sul busto, sospinto da una rabbia che il sentimento della propria impotenza rendeva feroce: cacciò un urlo e s'afferrò con le dita artigliate la faccia e se la stracciò; poi si riversò bocconi sul letto, convulso; tentò di scoppiare in singhiozzi, ma non poté. Nella vanità di quello sforzo tremendo, rimase un tratto stordito, come in un vuoto strano, in un attonimento spaventevole. Diventò cadaverico nel volto segnato dallo strappo recente delle dita.

Adriana spaventata, accorse; gli sollevò prima il capo, poi, aiutata dal Cimetta, si provò a rialzarlo, ma ritrasse subito le mani con un grido di ribrezzo e di terrore: la camicia, sul petto, era zuppa di sangue.

– Dottore! Dottore!

– Gli s'è riaperta la ferita! – esclamò il Cimetta.

Il dottor Vocalòpulo sbarrò gli occhi, impallidì, allibito.

– La ferita?

E, istintivamente, s'appressò al letto. Ma il Corsi lo arrestò d'un subito, con gli occhi invetriati.

– Ha ragione, – disse allora il dottore, lasciandosi cader le braccia. – Hanno sentito? Io non posso, non debbo...

PARI

Bartolo Barbi e Guido Pagliocco, entrati insieme per concorso al Ministero dei Lavori Pubblici da vice-segretarii, promossi poi a un tempo segretarii di terza e poi di seconda e poi di prima classe, erano divenuti, dopo tanti anni di vita comune, indivisibili amici.

Abitavano insieme, in due camere ammobiliate al Babuino. Per grazia particolare della vecchia padrona di casa, che si lodava tanto di loro, avevano anche il salottino a disposizione, ove solevano passar le sere, quando – sempre d'accordo – stabilivano di non andare a teatro o a qualche caffè-concerto. Giocavano a dadi o a scacchi o a dama, intramezzando alle partite pacate e sennate conversazioncine o sui superiori o sui compagni d'ufficio o su le questioni politiche del momento o anche su le arti belle, di cui si reputavano con una certa soddisfazione estimatori non volgari. Ogni giorno, di fatti, passando e ripassando per via del Babuino, si indugiavano in lunghe contemplazioni o in accigliate meditazioni innanzi alle vetrine degli antiquarii e dei negozianti d'arte moderna; e Bartolo Barbi, ch'era molto perito in tutto ciò che si riferiva alle gerarchie, sia quella ecclesiastica, sia quella militare, sia quella burocratica, e a gli usi e ai costumi, si scialava a dar di bestia a certi pittori che, nei soliti quadretti di genere, osavano raffigurar cardinali con paramenti addirittura spropositati.

Era molto caro ai due amici quel salottino raccolto, dai mobili d'antica foggia, consunti a furia di tenerli puliti. Il vecchio finto tappeto persiano era qua e là ragnato; le tende turche, all'uscio e alla finestra, erano un po' scolorite come la carta da parato, come i fiori di pezza su la mensola e l'ombrellino giapponese, aperto e sospeso a un angolo. Qualche piccolo intaglio s'era scollato dai tanti porta-ritratti e porta-carte appesi alle pareti, eseguiti in casa, a traforo, dai due amici nei primi anni della loro convivenza.

Fin su l'orlo di quell'ombrellino giapponese, intanto, all'insaputa dei due amici, veniva a quando a quando, zitto zitto, un grosso ragno nero; stava lì un pezzo come a spiare misteriosamente ciò che essi facevano, ciò che essi dicevano; poi si ritraeva.

Dentro l'ombrellino giapponese era tessuta tutt'intorno al fusto un'ampia tela finissima e polverosa. Forse quel ragno misterioso ne aveva tratto la materia, a filo a filo, dalla vita de' due amici, dai loro giorni sempre uguali, dai loro savii discorsi, tradotti pazientemente in quella sua sottilissima bava seguace.

Né essi né la vecchia padrona di casa ne avevano il più lontano sospetto.

Di tanto in tanto Barbi e Pagliocco pensavano con rammarico che fra qualche anno sarebbero stati costretti a lasciar quella casa, quel caro salottino. Aspettavano dal paese i loro due fratelli minori, che dovevano intraprendere a Roma sotto la loro vigilanza gli studii universitarii; e in quella casa non ci sarebbe stato posto per tutti e quattro. Avrebbero affittato allora un quartierino; lo avrebbero ammobiliato modestamente per conto loro e avrebbero preso una vecchia serva per la pulizia e la cucina. Vecchia la serva, perché i due giovanottini di primo pelo... eh, non si sa mai! prudenza ci voleva! Per loro due non ci sarebbe stato più pericolo.

Ogni mattina erano in piedi, puntuali, alla stess'ora; uscivano insieme a prendere il caffè; entravano insieme al Ministero, dove lavoravano nella stessa stanza l'uno di fronte all'altro; a mezzogiorno andavano a desinare alla stessa trattoria; e insomma, come appaiati sotto il medesimo giogo, conducevano una vita affatto uguale, dignitosa, metodica per forza, ma non priva di qualche onesto svago, segnatamente le domeniche.

Quantunque si servissero dallo stesso sarto, pagato puntualmente a tanto al mese, non vestivano allo stesso modo. Spesso Bartolo Barbi sceglieva la stoffa per l'abito di Guido Pagliocco e viceversa; giudiziosamente; perché sapevano bene quale sarebbe stata più adatta all'uno, quale all'altro. Non erano già come due gocce d'acqua in tutto.

Bartolo Barbi era alto di statura e magro, di scarso pelo rossiccio, pallido in volto e lentigginoso, lungo di braccia, un po' dinoccolato: presentava da lontano nella faccia quattro fori e una caverna: gli occhi tondi, le nari aperte e una bocca enorme, dalle labbra aride e screpolate. Guido Pagliocco era invece robusto e sveglio, tozzo, bruno, bene azzampato, miope e ricciuto.

Si erano però medesimati nell'anima, vagheggiando uno stesso tipo ideale, che s'ingegnavano di raggiungere e d'incarnare in due, ponendovi ciascuno dal canto suo quel tanto che mancava all'altro.

E l'uno amava e ammirava le speciali facoltà e attitudini dell'altro, e lo lasciava fare, senza tentar mai d'invaderne il campo.

Subito, a ogni minima evenienza, si assegnavano le parti; riconoscevano a volo se dovesse parlare o agire l'uno o l'altro; e di ciò che l'uno diceva o faceva l'altro rimaneva sempre contento e soddisfatto, come se meglio non si fosse potuto né dire né fare.

Raggiunto il grado di segretarii di prima classe, proposti insieme per la croce di cavaliere, ottenuta questa onorificenza ben meritata, Barbi e Pagliocco furono invitati alle radunanze che il loro capo-divisione commendator Cargiuri-Crestari teneva ogni venerdì.

I due amici presero a frequentar quelle radunanze con la stessa puntualità scrupolosa con cui adempivano ai doveri d'ufficio. Ma presto s'accorsero che la loro comunanza di vita fraterna correva un serio pericolo in casa del commendator Cargiuri-Crestari.

Il capo-divisione e la moglie, non avendo proprii figliuoli e figliuole da accasare, pareva si fossero preso il compito di sposar tutti i giovani e le giovani che si raccoglievano ogni venerdì nel loro salotto.

La signora, invitando le vecchie amiche, lasciava intendere con mezzi sorrisi e mezze frasi che le loro figliuole avrebbero trovato presto marito; e molte mamme sollecitavano di continuo, ansiosamente, l'onore di essere ammesse in casa di lei.

Ella però voleva essere lasciata libera nella scelta, voleva che si avesse piena fiducia in lei, nel suo tatto, nel suo intuito, nella sua esperienza.

Guai se una fanciulla, non contenta del giovane ch'ella, nella sua saggezza, le aveva destinato, faceva invece l'occhiolino a qualche altro! Subito la signora Cargiuri-Crestari si dava attorno per dividere questi illeciti ravvicinamenti, di cui si aveva proprio per male, ecco, e lo lasciava intendere in tutti i modi. Ma sì, per male, perché Dio solo sapeva quanto e quale studio le costassero quelle sue combinazioni ideali. Prima di decidere, prima d'assegnare a quel tale giovine quella tal fanciulla, ella teneva l'uno e l'altra quattro o cinque mesi in esperimento; li interrogava su tutti i punti secondo un formulario prestabilito e segnava in un taccuino le risposte; e gusti, educazione, costumi, aspirazioni, tutto indagava, pesava tutto. E se qualche coppia, messa su da lei con tanto scrupolo, faceva alla fine una cattiva riuscita, non se ne sapeva proprio dar pace. Possibile? Ma se dovevano andar così bene d'accordo quei due! Ci doveva esser sotto certamente qualche malinteso fra loro! Ed ecco la signora Cargiuri-Crestari affannata, in continue spedizioni alle case delle tante coppie messe su da lei, per ristabilir l'accordo, che non poteva mancare, diamine! a chiarir quel malinteso che senza dubbio doveva esser sorto tra i due coniugi così bene appaiati.

Le vittime designate a quelle combinazioni ideali erano naturalmente gl'impiegati subalterni del marito. La promozione a segretario di prima classe, la croce di cavaliere, avevano per conseguenza inevitabile l'invito ai venerdì del commendatore e, in capo a un anno, il matrimonio. Il garbo del capo-divisione e della moglie era tanto e tale, che riusciva quasi impossibile ribellarsi; si temeva poi il malumore, l'astio e, chi sa, fors'anche la vendetta del superiore.

Pei due amici Barbi e Pagliocco la signora Cargiuri-Crestari non ebbe bisogno né di studio né di esame. Suo marito li teneva d'occhio, li covava da un pezzo; glien'aveva tanto parlato, come di due paranzelle che presto sarebbero entrate placidamente in porto!

Li aveva già belli e assegnati in precedenza la signora Cargiuri-Crestari e, come sempre, con intuito meraviglioso, a due fanciulle, amiche anch'esse tra loro, indivisibili: Gemma Gandini e Giulia Montà: quella bionda e questa bruna: la bionda a Pagliocco ch'era bruno, la bruna a Barbi che, se non era proprio biondo, ci pendeva.

Erano belline tutt'e due, e – già s'intende – buone come la stessa bontà. Ah, niente lezii! niente bischenchi! Il commendatore e la moglie non ammettevano in casa se non future mogli per bene, e dunque fanciulle sagge e modeste, econome e massaie. I giovani potevano fidarsene a occhi chiusi. Magari la signora Cargiuri-Crestari non badava tanto alle fattezze esteriori, perché – si sa – tutto non si può avere, e la bellezza non è dote che vada molto d'accordo con la modestia e con le altre virtù che a fare una perfetta moglie si ricercano.

Appena scoperta l'insidia, i due amici s'arrestarono alquanto sconcertati.

Avevano da un pezzo non solo chiuso la porta del cuore alla donna, ci avevano anche messo il catenaccio. Non ne aspettavano più, neanche in sogno. Che se talvolta qualche desiderio monello saltava dentro all'improvviso per la finestra degli occhi, subito la ragione arcigna lo cacciava via a pedate.

Non perché avessero in odio il sesso femminile: discorrendo di donne e di pigliar moglie, riconoscevano anzi, in astratto, che lo stato coniugale (fondato – beninteso – nell'onestà e governato dalla pace e dall'amore) era preferibile alla vita da scapolo. Ma purtroppo il matrimonio, nelle presenti tristissime condizioni sociali, doveva esser considerato come un lusso, che pochi solamente potevano concedersi, i quali poi non erano i più adatti a pregiarne i vantaggi.

Nelle loro conversazioni serali, Barbi e Pagliocco avevano definito insieme il *feminismo* questione essenzialmente economica. Ma sì, perché le donne, poverine, avevano compreso bene la ragione per cui diventava loro di giorno in giorno più difficile trovar marito. Il veder frustrata la loro naturale aspirazione, il dover soffocare il loro smanioso bisogno istintivo, le aveva esasperate e le faceva un po' farneticare. Ma tutta quella loro rivolta ideale contro i così detti pregiudizii sociali, tutte quelle loro prediche fervorose per la così detta emancipazione della donna, che altro erano in fondo se non una sdegnosa mascheratura del bisogno fisiologico, che urlava sotto? Le donne desiderano gli uomini e non lo possono dire; poverine. E volevano lavorare per trovar marito, ecco. Era un rimedio, questo, suggerito dal loro naturale buon senso. Ma, ahimè, il buon senso è nemico della poesia! E anche questo capivano le donne: capivano cioè che una donna, la quale lavori come un uomo, fra uomini, fuori di casa, non è più considerata dalla maggioranza degli uomini come l'ideale delle mogli, e si ribellavano contro a questo modo di considerare, che frustrava il loro rimedio, e lo chiamavano pregiudizio.

Ecco il torto. Pregiudizio il supporre che la donna, praticando di continuo con gli uomini, si sarebbe alla fine immascolinata troppo? Pregiudizio il prevedere che la casa, senza più le cure assidue, intelligenti, amorose della donna, avrebbe perduto quella poesia intima e cara, che è la maggiore attrattiva del matrimonio per l'uomo? Pregiudizio il supporre che la donna, cooperando anch'essa col proprio guadagno al mantenimento della casa, non avrebbe più avuto per l'uomo quella devozione e quel rispetto, di cui tanto esso si compiace? Ingiusto, questo rispetto? Ma perché allora, dal canto suo, voleva esser tanto rispettata la donna? Via! via! Se l'uomo e la donna non erano stati fatti da natura allo stesso modo, segno era che una cosa deve far l'uomo e un'altra la donna, e che pari dunque non possono essere.

Mai e poi mai Barbi e Pagliocco avrebbero sposato una donna emancipata, impiegata, padrona di sé. Non perché volessero schiava la moglie, ma perché tenevano alla loro dignità maschile e non avrebbero saputo tollerare che questa, di fronte ai guadagni della moglie, restasse anche minimamente diminuita. Metter su casa, d'altra parte, con lo scarso stipendio di segretario, sarebbe stata una vera e propria pazzia, e dunque niente: non ci pensavano nemmeno.

Ben radicati in queste idee, i due amici deliberarono di resistere; ma, per timore d'offendere il loro capo, non osarono fuggire; seguitarono a frequentare i venerdì del commendator Cargiuri-Crestari.

In capo a tre mesi, il ragno nero che si faceva di tratto in tratto fin su l'orlo dell'ombrellino giapponese a spiare i due amici, intisichì, diventò come una spoglia secca, morì d'inedia, là su la vedetta. I due amici non gli avevano dato più materia per quella sua bava seguace; s'erano anch'essi immalinconiti profondamente; giocavano a dama svogliati; non conversavano più tra loro.

Pareva che l'uno volesse fare avvertire all'altro il vuoto di quella loro esistenza, non mai prima avvertito.

Nessuno dei due però voleva muovere il discorso per il primo.

Una sera, finalmente, si mossero a parlare insieme, e ciascuno ripeté le parole che l'altro aveva su la punta della lingua da un pezzo, perché all'uno e all'altro eran venute da una medesima fonte: dal commendator Cargiuri-Crestari, il quale aveva stimato opportuno far loro in segreto una paternale, così senza parere, parlando in generale dei giovani d'oggi che ragionano troppo e sentono poco, che lasciano languire la fiamma della vita, perché han paura di scottarsi (parlava bene, poeticamente, alle volte, il commendatore), e che ci voleva un po' di coraggio, perdio: là, avanti, contro alle difficoltà dell'esistenza.

Le signorine Gandini e Montà avevano, per altro, una discreta doticina; erano poi tra loro da tanti anni amiche inseparabili, e non avrebbero perciò né sciolto, né allentato d'un punto il legame che teneva anch'essi uniti; e dunque... E dunque, giudiziosamente, al solito, i due amici stabilirono di prendere a pigione due appartamenti contigui, per seguitare a vivere insieme, uniti e separati a un tempo.

Le nozze furono fissate per lo stesso giorno. Ma una contrarietà piuttosto grave minacciò di rompere nel bel meglio la perfetta identità di sorte de' due amici. La fidanzata di Guido Pagliocco, Gemma Gandini, non poteva recare in dote più di dodici mila lire, mentre la Montà ne recava al Barbi venti.

Guido Pagliocco piantò i piedi, risolutamente.

Non tanto, veh, per il danno materiale che al suo contratto di nozze avrebbero arrecato quelle otto mila lire di meno, quanto per le conseguenze morali, che quella disparità avrebbe potuto cagionare, ponendo la propria sposa in una condizione alquanto inferiore a quella della Montà.

Pari in tutto, anche le doti dovevano esser pari.

La vedova Gandini, madre della sposa, riuscì per fortuna, con qualche sacrifizio, a metter la propria figliuola perfettamente in bilancia con la Montà; e così i due matrimoni furono celebrati nello stesso giorno, e le due coppie partirono per lo stesso viaggio di nozze a Napoli.

Nessuna ragione d'invidia fra le due spose. Se Guido Pagliocco era di fattezze più bello del Barbi, questi era però più intelligente del Pagliocco. Del resto, poi, eran così uniti idealmente quei due uomini, che quasi formavano un uomo solo, da amare insieme, senz'alcuna invidia né da una parte né dall'altra per quel tanto che a ciascuna necessariamente ne toccava, chiudendo a sera le porte de' due quartierini gemelli.

Ma che Giulia Montà, moglie di Bartolo Barbi, avesse segretamente, in fondo all'anima, una punta d'invidia non confessata neppure a se stessa, per quel tanto che del tipo ideale Barbi-Pagliocco toccava a Gemma Gandini, si vide chiaramente allorquando vennero a Roma i due fratelli degli sposi, Attilio Pagliocco e Federico Barbi, a intraprendere gli studii universitarii.

Le due amiche, che avrebbero provato orrore se anche fugacissimamente su lo specchio interiore della loro coscienza avesse fatto capolino, col viso spaventato del ladro, il desiderio d'un reciproco tradimento, sentirono subito e videro crescere in sé a un tratto e divampare una vivissima simpatia l'una per il cognato dell'altra, e non tardarono a dichiararsela apertamente, con gran sollievo dell'anima, come se ciascuna avesse acquistato di punto in bianco qualcosa che si sentiva mancare.

I due giovani, in fatti, somigliavano moltissimo ai loro fratelli.

Attilio Pagliocco era forse un po' più ottuso di mente del fratello maggiore e fors'anche men bello, ma più tacchinotto e violento. Federico Barbi era più proporzionato e men dinoccolato di Bartolo, con gli occhi meno languidi e le labbra meno aride; era poi più intelligente del fratello, faceva finanche poesie.

Giulia Barbi-Montà stimò come un pregio quel che di più animalesco aveva il giovine Pagliocco a paragone del fratello, perché le parve come un compenso alla cresciuta intellettualità intorno a sé, nel suo quartierino, con l'arrivo del cognato poeta; e Gemma Pagliocco-Gandini pregiò maggiormente quel che di più aereo, di più poetico aveva il giovine Barbi a paragone del fratello, perché le parve come un compenso alla cresciuta bestialità intorno a sé, nel suo quartierino, con l'arrivo del giovine Attilio che le pareva un mulotto accappucciato.

Naturalmente, né Bartolo Barbi né Guido Pagliocco s'accorsero punto della simpatia delle loro mogli pei loro fratelli. Se ne accorsero bene questi, però; e, se l'uno e l'altro da un canto ne furono lieti per sé, cominciarono dall'altro a guardarsi fra loro in cagnesco, volendo ciascuno custodir l'onore e la pace del proprio fratello.

E il giovine Federico Barbi, un giorno, andò a rinzelarsi acerbamente con Guido Pagliocco, perché...

– Zitto, per amor di Dio! – scongiurò questi, a mani giunte. – Non dica nulla al povero Bartolo, per carità! Lasci fare a me...

E zitto, sì, si stette zitto il giovine Barbi, per prudenza; ma né lui seppe accontentarsi, né la moglie del Pagliocco volle che s'accontentasse senz'altro della fiera paternale, che Guido rivolse a quattr'occhi al fratello minore.

Venne allora la volta di questo. Non volendo, per la pace del fratello, accusar la cognata, e d'altro canto, non potendo prendersi soddisfazione da sé, poiché si sentiva in colpa anche lui, andò a rinzelarsi non meno acerbamente con Bartolo Barbi. E:

– Zitto, per amor di Dio! – scongiurò questi parimenti, a mani giunte. – Non dica nulla al povero Guido, per carità! Lasci fare a me...

Pochi giorni dopo, i due amici si trovarono d'accordo – come sempre – nell'idea di allontanare da casa i fratelli, con la scusa che – giovanotti, si sa! – davano un po' d'impaccio e di soggezione, limitando la libertà delle rispettive mogli.

– È vero, Giulia? – domandò Barbi alla sua, in presenza di Pagliocco.

E Giulia, con gli occhi bassi, rispose di sì.

– È vero, Gemma? – domandò alla sua Pagliocco, in presenza di Barbi.

E Gemma, con gli occhi bassi, rispose di sì.

«Povero Pagliocco!» pensava intanto Barbi.

«Povero Barbi!» pensava Pagliocco.

L'USCITA DEL VEDOVO

I

Tante volte la signora Piovanelli, conversando dopo cena col marito, aveva fatto l'augurio che se, per disgrazia, uno dei due dovesse morire prima del tempo – ma fosse morto lui! Lui, lui, sì; anziché lei. Per il bene dei figliuoli; non per sé, beninteso.

Con qual sorriso aveva accolto quest'augurio della moglie Teodoro Piovanelli, arrotondando su la tovaglia pallottoline di mollica!

Grosso e mite e di modi gentili, si sentiva ferire ogni volta fin nell'anima; sorrideva per dissimulare l'agro, e coi mansueti occhi pallidi e ovati che gli s'intenerivano afflitti nel biondo rossiccio delle ciglia e dei capelli, pareva chiedesse: Ma perché? Perché? Oh bella! Perché è sempre meglio per i figliuoli... cioè, meglio no: meno peggio – sosteneva la moglie – che muoia il padre, anziché la madre.

– Ma non sarebbe meglio nessuno? – arrischiava allora con lo stesso sorrisetto lui, Piovanelli. – Permetti? Io dico, va bene, la mamma è mamma. Mamma ce n'è una sola. E vale cento, che dico cento? mille volte più del babbo per i figliuoli; va bene? Ma l'amore... l'amore è una cosa, è il... sì, dico... il come si chiama, il mantenimento...

– Che c'entra il mantenimento? – scattava la moglie.

E lui, Piovanelli, subito:

– Permetti? Io dico... dico in genere, intendiamoci! Non stiamo mica a parlar di noi, adesso, che grazie a Dio stiamo tanto bene! In genere. Poni una famigliuola senza beni di fortuna, che viva unicamente di quel poco che guadagna il capo di casa. Muore lui, il capo di casa, va bene? Come farà la vedova a mantenere i figliuoli?

– Oooh! – rifiatava la moglie, tirandosi indietro e protendendo le mani, come per dire che qui lo aspettava. – Ti seguo nel tuo ragionamento. Che potrebbe far di peggio questa vedova? Di' su, lo lascio dire a te.

– Eh... – faceva Piovanelli, e si stringeva nelle spalle per non dire, sicuro che anche dicendo come voleva la moglie, questa lo avrebbe sempre tirato a riconoscere che aveva torto lui.

– Riprender marito, è vero? – domandava infatti la moglie. – Ebbene: per i figliuoli è cento mila volte meno peggio che riprenda marito la madre, anziché moglie il padre, perché è sempre centomila volte meglio un padrigno che una madrigna. E lo sanno tutti!

– Va bene, d'accordo... ma permetti? – (e Piovanelli si storceva come un cagnolino che vuol farsi perdonare). – Scusami, veh! Ma non ti pare che, dicendo così, tu venga a concludere che... – lo noto per te, bada! perché so che tu la pensi diversamente... – venga a concludere, dicevo, che l'uomo, in genere, è... è meglio della donna?

– Io, così? – prorompeva la moglie, balzando in piedi. – Chi te l'ha detto? Io vengo, anzi, a concludere, come ho sempre concluso, che l'uomo, o è mala carne...

– Sì, sì, scusami...

– O è un imbecille che si lascia menare per il naso dalle donne...

– In genere... sì, sì, scusami...

– Senza genere, né numero, né caso. Te lo provo! Una donna che ha figliuoli e che per necessità riprende marito, anche avendo altri figliuoli da questo secondo marito, non cessa mai d'amare i primi;

non solo, ma riesce a farli amare anche dal padrigno. Sfido! Li ha fatti lei, questi e quelli: suo sangue, sua carne! Un vedovo, invece, con figli, che riprenda moglie, anche se non abbia altri figliuoli dalla seconda moglie, non ama più quelli come prima, perché la madrigna se n'adombra, la madrigna se ne ingelosisce; e se poi questa gliene dà altri, lo tira ad amare i proprii e a trascurare i poveri orfanelli; e lui, vigliacco, schifoso, mascalzone, farabutto, obbedisce!

– Non dici a me, spero... – domandava, avvilito, Piovanelli con un fil di voce, vedendo la moglie così fuori di sé. – Sai pur bene che io...

– Tu? – inveiva la moglie. – Tu? Ma tu, il primo! Tu domani, se io morissi! Siete tutti gli stessi! Poveri figli miei! chi sa in quali mani cadrebbero! Con un tal uomo! Per questo, vedi, Dio mi deve conceder la grazia di non farmi morire prima di te! Io, scusami, sai! io, io, per il bene dei figliuoli, io prima con questi occhi devo vederti morto. Io, io. E piangerti anche! Oh, sta' pur sicuro che ti piango!

Teodoro Piovanelli si sentiva scoppiare il cuore.

– Ma sì... vorrei anch'io... me l'auguro anch'io...

E seguitando a sorridere a quel modo, si levava da tavola e si affacciava alla finestra; per un po' d'aria.

II

Nessuno meglio di lui poteva sapere quanto fosse ingiusta la moglie, dicendo così.

Riammogliarsi lui? Ma Dio lo doveva prima fulminare!

Non solo per il bene dei figliuoli non lo avrebbe mai fatto, ma neanche per sé. E non già perché fosse scottato del matrimonio a causa della moglie che gli era toccata in sorte, ma anche per un tristo concetto che gli s'era profondamente radicato in corpo: di non aver fortuna, ecco; e che infelicissimo sarebbe stato sempre con qualunque donna, se tale era con questa che in fondo, via, non era cattiva: tutt'altro, anzi! saggia massaia, amante della casa e dei figliuoli... forse un po' troppo franca nel parlare; sì, ma lieve difetto, in fin dei conti, che tante buone qualità avrebbero potuto compensare, se non fosse stato accompagnato da un brutto male, ah brutto... brutto... – la gelosia.

Santo Dio! Vera e propria mala sorte. Gelosa di lui! Fedele come un cane, per natura, una donna sola anche da scapolo gli era sempre bastata. Gli amici, in gioventù, lo burlavano per questo. Ma che poteva farci? Non gli piaceva cambiare. Forse... sì, magari non sapeva. Perché... inutile negarlo; timido, con le donne; tanto timido da far compassione finanche a se stesso, certe volte, per le meschine figure che faceva. E sua moglie, intanto, certe scene, certe scene che, se i suoi amici d'un tempo fossero stati dietro l'uscio a sentire, sarebbero crepati dalle risa. Per così futili pretesti, poi... Una volta, perché, distratto, s'era un po' arricciati i baffi, per via. Un'altra volta perché, in sogno, aveva riso... Una terza volta perché ella aveva letto nella cronaca d'un giornale che un marito aveva ingannato la moglie ed era stato scoperto...

Diventava un supplizio per lui, ogni sera, la lettura del giornale. Sua moglie gli si metteva dietro le spalle e cercava, come un bracco, nella cronaca, i fatti scandalosi. Appena ne trovava uno:

– Qua! Leggi qua! Hai letto? Lo vedi di che siete capaci?...

E giù una filza di male parole.

Gli altri facevano il male, e lui ne doveva pianger la pena, giacché, per la moglie, il tradimento di quei mariti era tal quale come se l'avesse commesso lui: gli toglieva la pace, l'amore di lei, tutte le gioie della famiglia, che aveva pur diritto di godere, lui, illibato com'era e con la coscienza tranquilla. Odiava il genere umano quella donna – tanto i maschi quanto le femmine – per quella sua terribile malattia. Il povero Piovanelli strabiliava, sentendola parlare delle donne, di che cosa erano capaci – secondo lei.

– Tu non lo sai, è vero? – gli gridava sdegnata, indispettita, nel vederlo così stupido. – Qua, mordi il ditino, pezzo d'ipocrita. Ma te lo dico io che posso parlar franca, perché nessuno può sospettare di me e non ho bisogno, io, di far l'ipocrita come tutte le altre per far piacere ai signori uomini. Te lo dico io!

E quante gliene diceva! Si sentiva violentare, povero Piovanelli, nella sua timidità.

Ormai, lui che aveva avuto sempre il ritegno più rispettoso per la donna, lui che non s'era mai permesso un atto un po' spinto, una parola arrischiata, lui che aveva creduto sempre difficilissima ogni conquista amorosa, si sentiva insidiato da tutte le parti, e andava per la strada a capo chino; e se qualche donna lo guardava, abbassava subito gli occhi; se qualche donna gli stringeva appena appena la mano, diventava di mille colori.

Tutte le donne della terra eran diventate per lui un incubo: tante nemiche della sua pace.

III

Con quest'animo può immaginarsi che cosa fu la morte per la signora Piovanelli, quando, colta all'improvviso da una fierissima polmonite, se la vide davanti inesorabile, a poco più di trentasei anni. Non potendo più parlare, parlava con gli occhi, parlava con le mani. Certi gesti! E gli occhi da bestia arrabbiata.

Il povero Piovanelli, quantunque straziato, ne ebbe paura: temette davvero che lo volesse strozzare, quando gli buttò le braccia al collo e glielo strinse, glielo strinse, per la Madonna santissima, con tutta la forza che le restava, quasi se lo volesse trascinare giù nella fossa, con sé.

Ma volentieri lui, sì, volentieri giù con lei.

– Sì, sì, te lo giuro, stai tranquilla! – le ripeteva in un torrente di lagrime, rispondendo al gesto di quelle mani e per placare la ferocia di quegli occhi.

Invano! La disperazione atroce in cui quella donna moriva per non volere, con ostinata ingiustizia, neppure in quel momento supremo fidarsi di lui, accordargli la stima che si meritava, riconoscere la verità del suo cordoglio, di quelle sue lagrime sincere, esasperò talmente Piovanelli, che a un certo punto si mise a urlare come un pazzo, si strappò i capelli, si percosse le guance, se le graffiò; poi, buttandosi ginocchioni innanzi al letto, con le braccia levate:

– Vuoi giurato, di', vuoi giurato che non avvicinerò mai più una donna, finché campo, perché le odio tutte? Te lo giuro! Non vivrò che per i nostri piccini! O vuoi che mi uccida qua, davanti a te? Pronto! Ma pensa ai nostri piccini, e non ti dannare per me! Oh Dio, che cosa! ah, che cosa... Dio! Dio!

Incanutì su le tempie in pochi giorni Teodoro Piovanelli, dopo il funerale.

Per nove interi anni non aveva vissuto che per quella donna, assorto continuamente nel pensiero di lei, unico e tormentoso: che non avesse mai cagione di lamentarsi, di diffidar minimamente di lui; in assidua, scrupolosa, timorosa vigilanza di sé. Quasi con gli occhi chiusi, con le orecchie turate aveva vissuto nove anni; quasi fuori del mondo, come se il mondo non fosse più esistito.

Si sentì a un tratto come balzato nel vuoto; annichilito.

Il mondo seguitava a vivere intorno a lui; col tramenio incessante, con le mille cure, le brighe giornaliere, svariate: lui n'era rimasto fuori, là serrato in quel cerchio di diffidente clausura, in quella casa vuota, ma pur tutta piena, come l'anima sua, degl'irti sospetti della moglie.

Da questi sospetti, dallo spirito ostile e alacre, dall'energia spesso aggressiva della moglie, egli – vivendo di lei e per lei unicamente – s'era sentito sostenere. Ora gli pareva d'esser rimasto come un sacco vuoto.

A chi affidarsi? a chi affidare la casa? a chi affidare i figliuoli?

Tutto il suo mondo era lì, in quella casa. Ma che cos'era più, ormai, quella casa senza colei che la animava tutta? Egli non vi si sapeva più neanche rigirare. Come curare i piccini? come attendere ad essi? Non sapeva da che parte rifarsi. Tra pochi giorni gli sarebbe toccato ritornare all'ufficio; e quei piccini?

Nessuna serva era mai durata in casa più di sei mesi. Quest'ultima c'era da pochi giorni; si era mostrata premurosa nella sventura; pareva una buona vecchina; ma poteva fidarsene?

No. La moglie, dentro, gli diceva no. Non per quella serva soltanto; per tutte le serve del mondo. No.

Se non che, per vivere com'ella voleva, com'egli le aveva giurato, avrebbe dovuto lasciar l'ufficio e tapparsi in casa dalla mattina alla sera. Era possibile? Doveva lavorare. Non poteva far le parti anche della moglie, che in fondo faceva tutto in casa. La sventura non lo aveva colpito per nulla. Bisognava pure che quella serva facesse qualche cosa invece della moglie. Ai figliuoli, no, ai figliuoli voleva badar lui: lui vestirli la mattina; preparar loro la colazione; poi condurre a scuola il maggiore; lui servirli a tavola, e poi la sera a cena, e far loro recitare le orazioni e svestirli per metterli a letto, nella loro cameretta vigilata da un ritratto fotografico ingrandito della mamma che non c'era più. Quanti baci dava loro tra le lagrime!

Che orrore, poi, quella casa muta, quando i piccini erano a letto!

Tornava a sedere innanzi alla tavola non ancora sparecchiata e si metteva ad arrotondare al solito pallottoline di mollica, rimeditando, angosciato, la sua orrenda sciagura.

Un cupo rammarico lo coceva per la crudele ingiustizia della sua sorte.

Aveva sofferto prima, immeritatamente; soffriva tanto adesso! E nessuno lo poteva consolare. La moglie non aveva saputo né voluto leggergli dentro, nell'anima; e lo aveva torturato senza ragione; ora ella non poteva vedere com'egli vivesse senza di lei in quella casa, come avesse mantenuto il giuramento fatto; e forse, se di là poteva pensare, immaginava ancora, testarda e cieca, che egli ora godesse, libero... Che irrisione!

Vedendolo così vinto e sprofondato nel cordoglio, la vecchia serva, una di quelle sere, si fece animo e gli suggerì d'andare un po' fuori a fare una giratina per sollievo.

Si voltò a guardarla, torvo; alzò le spalle; non volle neanche risponderle.

– Prenderà un po' d'aria... – insistette quella, timidamente. – Starò attenta io ai bambini, non dubiti... Del resto, non si svegliano mai... Lei dovrebbe farlo anche per loro, mi perdoni. Così si ammalerà.

Teodoro Piovanelli scosse il capo lentamente, con le ciglia aggrottate e gli occhi chiusi. Sotto la borsa delle palpebre gonfie gli fervevano le lagrime. Si levò da tavola, s'appressò alla finestra e si mise a guardar fuori dietro ai vetri.

Eh già... Egli poteva uscire, ormai, volendo. Nessuno più gliel'impediva. Ma dove andare? e perché? Che funebre squallore nel buio delle vie deserte, vegliate dai radi lampioni! Rivide col pensiero, come in sogno, altre vie meglio illuminate; immaginò la gente che vi passava, assorta nelle proprie cure, con affetti vivi in cuore, con desiderii vivi nell'anima, o guidata da una abitudine ch'egli non aveva più; immaginò i caffè luccicanti di specchi...

D'un subito si voltò a guardar la camera, come a un richiamo imperioso, minaccioso dello spettro della moglie. Cominciava già a venir meno al giuramento? No, no! E si recò nella camera dei bambini; si chinò sui lettucci per contemplarli nel dolce sonno; rattenne la mano tratta irresistibilmente a carezzar le loro testoline: poi si volse, soffocato dall'angoscia, a guardare il ritratto della moglie.

Oh con quale ardore la desiderò in quel momento! Sì, sì, non ostante tutto il martirio che ella gli aveva inflitto per nove anni. Sì, egli la voleva, la voleva! aveva bisogno di lei! Senza di lei non poteva più vivere. Oh, anche a costo di soffrire da lei le pene più ingiuste e più crudeli... Non poteva rassegnarsi a vedere così spezzata per sempre la sua esistenza!

Aveva appena quarant'anni!

IV

Man mano che i giorni passavano, e i mesi ormai (eran già quattro mesi!), quel posto vuoto, lì, nel letto matrimoniale, gli suscitava ogni notte, nel cocente ricordo, smanie vieppiù disperate.

Col volto nascosto, affondato nel guanciale che si bagnava di lagrime, bisbigliava nell'ambascia della passione il nome di lei:

– Cesira... Cesira...

E il cuore gli si schiantava.

– Sempre così... sempre così – mormorava poi, più calmo, con gli occhi sbarrati nel buio.

Ah come s'era ingannata la moglie sul conto di lui!

Ecco: questo pensiero lo struggeva più d'ogni altro, e di continuo vi ritornava su. Se n'era fatto una lima.

Che il mondo fosse tristo, tristi gli uomini, triste le donne, così come la moglie aveva creduto, egli poteva ammettere; ammetteva. Ma lui? tristo anche lui?

Certo, chi sa quanti uomini, rimasti vedovi all'età sua, dopo tre o quattro mesi, cedendo al bisogno stesso della natura... pur non volendo, pur serbando in cuore viva sempre l'immagine della moglie morta e la pena d'averla perduta, cominciavano a uscire di sera e... sì, a uscire per lo meno.

Aveva ragione la moglie: «Facilissime, le donne! Se ne incontrano tante per via...».

Ma a quarant'anni... eh, a quarant'anni, senza più l'abitudine, non doveva esser mica piacevole rimettersi a far la vita del giovanottino scapolo.

Chi sa quale avvilimento di vergogna!

D'altra parte, però... a mettersi con altre donne... Prima di tutto, perdita di tempo; poi, chi sa quanti impicci e anche... anche una certa difficoltà...

Per esempio, quella guantaia dalla quale egli andava prima a comperare i guanti per la sua Cesira, 6 e ¼ (vi era andato dopo la disgrazia a comperarne un paio anche per sé, neri, per il funerale) – quella guantaia, ecco... una signora, una vera signora! Come si moveva nella bella bottega lucida, tepida e profumata! Il corpo leggermente proteso... E mica si sentiva il rumore dei passi; si sentiva il fruscìo discreto della sottana di seta... Nessun imbarazzo, come nessuna sfrontatezza. Voce dolce, modulata; meravigliosa prontezza a comprendere... E non già soltanto per attirar la gente. Era così. O almeno, pareva così; naturalmente. Che nettezza e che precisione! Ebbene, a mettersi con quella... Dio liberi! E le conseguenze? I proprii piccini... Ah!

A questo pensiero, retrocedeva d'improvviso, quasi inorridito d'essersi indugiato a fantasticare su tale argomento. Ma, via! troppo bene sapeva che tali cose non potevano e non dovevano più sussistere per lui. Si forzava a dormire. Ma pur con gli occhi chiusi, poco dopo, ecco qualche altra visione tentatrice... Fingeva di non avvertirla, come se gli fosse apparsa non provocata da lui. La lasciava fare... A poco a poco s'addormentava.

Ma la sera dopo, il supplizio ricominciava. E la vecchia serva a insistere, a insistere, che via! uscisse di casa per una mezz'oretta sola, almeno, a prendere un po' d'aria...

Batti e batti, alla fine Teodoro Piovanelli si lasciò indurre. Ma quanto tempo mise a vestirsi! e volle prima recarsi a vedere i bambini che dormivano, e rassettò ben bene le coperte sui loro lettini, e poi quante raccomandazioni alla serva, che stesse bene attenta, per carità! Tuttavia, non ardì alzare gli occhi al ritratto della moglie.

E uscì.

V

Appena su la via, si vide come sperduto. Da anni e anni non andava più fuori, la sera. Il buio, il silenzio gli fecero un'impressione quasi lugubre... e quel riverbero là, vacillante, del gas sul lastricato... e più là, in fondo, nella piazza deserta, quelle lanterne vaghe delle vetture... Dove si sarebbe diretto?

Scese verso Piazza delle Terme, tutta sonora dell'acqua luminosa della fontana delle Naiadi. Ricordò che la moglie non voleva ch'egli si fermasse a guardar quelle Naiadi sguaiate. E non si fermò.

Povera Cesira! Com'era sdegnata che il corpo della donna fosse esposto in atteggiamenti così procaci a gli sguardi maligni e indiscreti degli uomini! Ci vedeva come un'irrisione, una mancanza di rispetto per il suo sesso, e voleva sapere perché nelle fontane i signori scultori non esponevano invece uomini nudi. Ma in Piazza Navona, veramente... la fontana del Moro... E poi, gli uomini nudi... in atteggiamenti procaci... via, forse sarebbero stati un pochino più scandalosi...

Teodoro Piovanelli, così pensando, ebbe un barlume di sorriso su le labbra amare; e imboccò Via Nazionale.

A mano a mano che andava, sopite immagini, impressioni rimaste nella sua coscienza d'altri tempi, non cancellate, sì svanite a lui per il sovrapporsi d'altri stati di coscienza opprimenti, gli si ridestavano, sommovendo e disgregando a poco a poco, con un senso di dolce pena, la triste compagine della coscienza presente. E ascoltò dentro di sé la voce lontana lontana di lui stesso, qual era in gioventù; la voce delle memorie sepolte, che risorgevano al respiro di quell'aria notturna, al suono de' suoi passi nel silenzio della via.

Arrivato all'imboccatura di Via del Boschetto, s'arrestò, come se qualcuno a un tratto lo avesse trattenuto. Si guardò attorno; poi, perplesso, con infinita tristezza, guardò giù per quella via, e scosse mestamente il capo.

Tutti i ricordi, le immagini, le impressioni del suo vagabondare notturno d'altri tempi, del tempo in cui era scapolo, si associavano al pensiero di una donna, di quell'unica ch'egli aveva conosciuta prima delle nozze, donna non sua solamente, ma a cui egli, per abitudine, per timidezza, era pure stato sempre fedele, come poi alla moglie.

Quella donna stava lì, allora, in Via del Boschetto.

Si chiamava Annetta; lavorava d'astucci e di sopraffondi; ma le piaceva vestir bene e gli ori le piacevano e i gioielli, anche falsi... Finché aveva avuta la madre, s'era mantenuta onesta; poi la madre le era morta, e lei non aveva più saputo veder la ragione di sacrificarsi a vivere in quel modo, senza il compenso di qualche godimento... Così era caduta. Ogni volta, come per rialzarsi innanzi a se stessa, per non sentir l'avvilimento di ciò che stava per fare, affliggeva quei pochi fidati che andavano a trovarla narrando quanto aveva fatto durante la lunga malattia della madre, tutte le cure che le aveva prodigate, i medicinali costosi che le aveva comperati, quasi per assicurare se stessa che, almeno per questo, non doveva aver rimorsi.

Ebbene, Teodoro Piovanelli, abbandonato in quella sua prima uscita ai ricordi d'allora, guidato naturalmente dall'istintiva esemplare fedeltà così crudelmente misconosciuta e negata dalla moglie, ecco, s'era proprio arrestato là, all'imboccatura di Via del Boschetto.

Si vietò d'assumer coscienza del pensiero sortogli d'improvviso, che non sarebbe stato un tradimento alla memoria della moglie, un venir meno al giuramento che le aveva fatto di non avvicinare mai più altra donna, se fosse ritornato a quella, che già la moglie sapeva per sua stessa confessione. Quella non sarebbe stata *un'altra*; quella era già stata sua; ed egli non avrebbe smentito, con quella, la sua fedeltà. La avrebbe anzi confermata.

No: non se lo volle dire; non se lo volle fare questo ragionamento. Scese per Via del Boschetto soltanto per curiosità, ecco; per la voluttà amara di seguir la traccia del tempo lontano: senza alcun altro scopo. Del resto, non sapeva più neppure se colei stesse ancora lì. Era molto difficile, dopo nove anni... L'aveva riveduta tre o quattro volte per via, vestita poveramente, invecchiata, imbruttita, certo caduta più in basso; ma, naturalmente, aveva fatto finta non solo di non riconoscerla, ma di non averla mai conosciuta.

Quando, di pochi passi lontano dal portoncino ben noto, a destra, scorse la finestretta quadra del mezzanino, sulla porta, con le persiane accostate, che dalle stecche e da sotto lasciavano intravedere il lume della cameretta, Teodoro Piovanelli si turbò profondamente, assalito dall'imagine precisa, là, vivente, del ricordo lontano... Tutto, tal quale, come allora! Ma ci stava proprio lei, là, ancora? S'accostò al muro, cauto, trepidante, e passò rasente, sotto la finestra; alzò il capo; scorse dietro alle persiane un'ombra, una donna... – lei? – Passò oltre, tutto sconvolto, insaccato nelle spalle, col sangue che gli frizzava per le vene, come sotto l'imminenza di qualche cosa che dovesse cadergli addosso.

Violentemente gli si ricompose la coscienza tetra e dura del suo stato presente; rivide in un baleno col pensiero la camera dei bambini e quel ritratto, là, vigilante, terribile, della moglie; e s'arrestò affannato nella corsa che aveva preso. A casa! a casa!

Se non che, davanti al portoncino... ma sì, lei... lei ch'era scesa... Annetta, sì. Egli la riconobbe subito. E anche lei lo riconobbe:

– Doro... tu?

E stese una mano. Egli si schermì.

– Lasciami... No, ti prego... Non posso... Lasciami...

– Come! – fece lei, ridendo e trattenendolo. – Se sei venuto a cercarmi... T'ho visto, sai? Caro... caro... sei tornato!... Su, via! Perché no? Se sei tornato a me... Su, su...

E lo trasse per forza dentro il portoncino, e poi su per la scala, tenendolo per il braccio. Egli ansava, col cuore in tumulto, la mente scombuiata. Voleva svincolarsi e non sapeva, non sapeva. Rivide la cameretta, tal quale anch'essa, dal tetto basso... il letto, il cassettone, il divanuccio... le oleografie alle pareti...

Ma quando ella, tra tante parole affollate di cui egli non udiva altro che il suono, gli tolse il cappello e il bastone e poi i guanti, e fece per abbracciarlo, Teodoro Piovanelli, che già tremava tutto, la respinse, si portò le mani al volto, vacillò, come per una vertigine.

– Che hai? – domandò ella sorpresa, un po' costernata: e lo trasse a sedere sul divanuccio.

Un impeto di pianto scosse le spalle di lui. Ella si provò a staccargli le mani dal volto; ma egli squassò il capo rabbiosamente.

– No! no!

– Tu piangi? – domandò la donna; poi, dopo aver guardato il cappello fasciato di lutto: – Forse... forse t'è morta?...

Egli accennò di sì col capo.

– Ah, poveretto... – sospirò lei, pietosamente.

Teodoro Piovanelli scattò in piedi, convulso; prese i guanti, il bastone, si buttò in capo il cappello; balbettò, soffocato:

– Impossibile... impossibile... lasciami andare...

Ella non si provò più a trattenerlo; lo accompagnò, dolente, fino alla porta. Poi lì, sicurissima ormai che sarebbe ritornato, gli domandò, con voce mesta e con un mesto sorriso:

– T'aspetto, eh, Doro?... Presto...

Ma egli s'era messo sulla bocca il fazzoletto listato di nero, e non le rispose.

DISTRAZIONE

Nero tra il baglior polverulento d'un sole d'agosto che non dava respiro, un carro funebre di terza classe si fermò davanti al portone accostato d'una casa nuova d'una delle tante vie nuove di Roma, nel quartiere dei Prati di Castello.

Potevano esser le tre del pomeriggio.

Tutte quelle case nuove, per la maggior parte non ancora abitate, pareva guardassero coi vani delle finestre sguarnite quel carro nero.

Fatte da così poco apposta per accogliere la vita, invece della vita – ecco qua – la morte vedevano, che veniva a far preda giusto lì.

Prima della vita, la morte.

E se n'era venuto lentamente, a passo, quel carro. Il cocchiere, che cascava a pezzi dal sonno, con la tuba spelacchiata, buttata a sghembo sul naso, e un piede sul parafango davanti, al primo portone che gli era parso accostato in segno di lutto, aveva dato una stratta alle briglie, l'arresto al manubrio della martinicca, e s'era sdraiato a dormire più comodamente su la cassetta.

Dalla porta dell'unica bottega della via s'affacciò, scostando la tenda di traliccio, unta e sgualcita, un omaccio spettorato, sudato, sanguigno, con le maniche della camicia rimboccate su le braccia pelose.

– Ps! – chiamò, rivolto al cocchiere. – Ahò! Più là...

Il cocchiere reclinò il capo per guardar di sotto la falda della tuba posata sul naso; allentò il freno; scosse le briglie sul dorso dei cavalli e passò avanti alla drogheria, senza dir nulla.

Qua o là, per lui, era lo stesso.

E davanti al portone, anch'esso accostato della casa più in là, si fermò e riprese a dormire.

– Somaro! – borbottò il droghiere, scrollando le spalle. – Non s'accorge che tutti i portoni a quest'ora sono accostati. Dev'esser nuovo del mestiere.

Così era veramente. E non gli piaceva per nientissimo affatto, quel mestiere, a Scalabrino. Ma aveva fatto il portinaio, e aveva litigato prima con tutti gl'inquilini e poi col padron di casa; il sagrestano a San Rocco, e aveva litigato col parroco; s'era messo per vetturino di piazza e aveva litigato con tutti i padroni di rimessa, fino a tre giorni fa. Ora, non trovando di meglio in quella stagionaccia morta, s'era allogato in una Impresa di pompe funebri. Avrebbe litigato pure con questa – lo sapeva sicuro – perché le cose storte, lui, non le poteva soffrire. E poi era disgraziato, ecco. Bastava vederlo. Le spalle in capo; gli occhi a sportello; la faccia gialla, come di cera, e il naso rosso. Perché rosso, il naso? Perché tutti lo prendessero per ubriacone; quando lui neppure lo sapeva che sapore avesse il vino.

– Puh!

Ne aveva fino alla gola, di quella vitaccia porca. E un giorno o l'altro, l'ultima litigata per bene l'avrebbe fatta con l'acqua del fiume, e buona notte.

Per ora là, mangiato dalle mosche e dalla noia, sotto la vampa cocente del sole, ad aspettar quel primo carico. Il morto.

O non gli sbucò, dopo una buona mezz'ora, da un altro portone in fondo, dall'altro lato della via?

– Te possino... (al morto) – esclamò tra i denti, accorrendo col carro, mentre i becchini, ansimanti sotto il peso d'una misera bara vestita di mussolo nero, filettata agli orli di fettuccia bianca, sacravano e protestavano:

– *Te possino...* (a lui) – *Te pij n'accidente* – O *ch'er nummero der portone non te l'aveveno dato?*

Scalabrino fece la voltata senza fiatare; aspettò che quelli aprissero lo sportello e introducessero il carico nel carro.

– Tira via!

E si mosse, lentamente, a passo, com'era venuto: ancora col piede alzato sul parafango davanti e la tuba sul naso.

Il carro, nudo. Non un nastro, non un fiore.

Dietro, una sola accompagnatrice.

Andava costei con un velo nero trapunto, da messa, calato sul volto; indossava una veste scura, di mussolo rasato, a fiorellini gialli, e un ombrellino chiaro aveva, sgargiante sotto il sole, aperto e appoggiato su la spalla.

Accompagnava il morto, ma si riparava dal sole con l'ombrellino. E teneva il capo basso, quasi più per vergogna che per afflizione.

– Buon passeggio, ah Rosi'! – le gridò dietro il droghiere scamiciato, che s'era fatto di nuovo alla porta della bottega. E accompagnò il saluto con un riso sguaiato, scrollando il capo.

L'accompagnatrice si voltò a guardarlo attraverso il velo; alzò la mano col mezzo guanto di filo per fargli un cenno di saluto, poi l'abbassò per riprendersi di dietro la veste, e mostrò le scarpe scalcagnate. Aveva però i mezzi guanti di filo e l'ombrellino, lei.

– Povero sor Bernardo, come un cane, – disse forte qualcuno dalla finestra d'una casa.

Il droghiere guardò in su, seguitando a scrollare il capo.

– Un professore, con la sola servaccia dietro... – gridò un'altra voce, di vecchia, da un'altra finestra.

Nel sole, quelle voci dall'alto sonavano nel silenzio della strada deserta, strane.

Prima di svoltare, Scalabrino pensò di proporre all'accompagnatrice di pigliare a nolo una vettura per far più presto, già che nessun cane era venuto a far coda a quel mortorio.

– Con questo sole... a quest'ora...

Rosina scosse il capo sotto il velo. Aveva fatto giuramento, lei, che avrebbe accompagnato a piedi il padrone fino all'imboccatura di via San Lorenzo.

– Ma che ti vede il padrone?

Niente! Giuramento. La vettura, se mai, l'avrebbe presa, lassù, fino a Campoverano.

– E se te la pago io? – insistette Scalabrino.

Niente. Giuramento.

Scalabrino masticò sotto la tuba un'altra imprecazione e seguitò a passo, prima per il ponte Cavour, poi per Via Tomacelli e per Via Condotti e per Piazza di Spagna e Via Due Macelli e Capo le Case e Via Sistina.

Fin qui, tanto o quanto, si tenne su, sveglio, per scansare le altre vetture, i tram elettrici e le automobili, considerando che a quel mortorio lì nessuno avrebbe fatto largo e portato rispetto.

Ma quando, attraversata sempre a passo Piazza Barberini, imboccò l'erta via di San Niccolò da Tolentino, rialzò il piede sul parafango, si calò di nuovo la tuba sul naso e si riaccomodò a dormire.

I cavalli, tanto, sapevano la via.

I rari passanti si fermavano e si voltavano a mirare, tra stupiti e indignati. Il sonno del cocchiere su la cassetta e il sonno del morto dentro il carro: freddo e nel buio, quello del morto; caldo e nel sole, quello del cocchiere; e poi quell'unica accompagnatrice con l'ombrellino chiaro e il velo nero abbassato sul volto: tutto l'insieme di quel mortorio, insomma, così zitto zitto e solo solo, a quell'ora bruciata, faceva proprio cader le braccia.

Non era il modo, quello, d'andarsene all'altro mondo! Scelti male il giorno, l'ora, la stagione. Pareva che quel morto lì avesse sdegnato di dare alla morte una conveniente serietà. Irritava. Quasi quasi aveva ragione il cocchiere che se la dormiva.

E così avesse seguitato a dormire Scalabrino fino al principio di Via San Lorenzo! Ma i cavalli, appena superata l'erta, svoltando per Via Volturno, pensarono bene d'avanzare un po' il passo; e Scalabrino si destò.

Ora, destarsi, veder fermo sul marciapiedi a sinistra un signore allampanato, barbuto, con grossi occhiali neri, stremenzito in un abito grigio, sorcigno, e sentirsi arrivare in faccia, su la tuba, un grosso involto, fu tutt'uno!

Prima che Scalabrino avesse tempo di riaversi, quel signore s'era buttato innanzi ai cavalli, li aveva fermati e, avventando gesti minacciosi, quasi volesse scagliar le mani, non avendo più altro da scagliare, urlava, sbraitava:

– A me? a me? mascalzone! canaglia! manigoldo! a un padre di famiglia? a un padre di otto figliuoli? manigoldo! farabutto!

Tutta la gente che si trovava a passare per via e tutti i bottegai e gli avventori s'affollarono di corsa attorno al carro e tutti gl'inquilini delle case vicine s'affacciarono alle finestre, e altri curiosi accorsero, al clamore, dalle prossime vie, i quali, non riuscendo a sapere che cosa fosse accaduto, smaniavano, accostandosi a questo e a quello, e si drizzavano su la punta dei piedi.

– Ma che è stato?

– Uhm... pare che... dice che... non so!

– Ma c'è il morto?

– Dove?

– Nel carro, c'è?

– Uhm!... Chi è morto?

– Gli pigliano la contravvenzione!

– Al morto?

– Al cocchiere...

– E perché?

– Mah!... pare che... dice che...

Il signore grigio allampanato seguitava intanto a sbraitare presso la vetrata d'un caffè, dove lo avevano trascinato; reclamava l'involto scagliato contro il cocchiere; ma non s'arrivava ancora a comprendere perché gliel'avesse scagliato. Sul carro, il cocchiere cadaverico, con gli occhi miopi strizzati, si rimetteva in sesto la tuba e rispondeva alla guardia di città che, tra la calca e lo schiamazzo, prendeva appunti su un taccuino.

Alla fine il carro si mosse tra la folla che gli fece largo, vociando; ma, come apparve di nuovo, sotto l'ombrellino chiaro, col velo nero abbassato sul volto, quell'unica accompagnatrice – silenzio. Solo qualche monellaccio fischiò.

Che era insomma accaduto?

Niente. Una piccola distrazione. Vetturino di piazza fino a tre giorni fa, Scalabrino, stordito dal sole, svegliato di soprassalto, s'era scordato di trovarsi su un carro funebre: gli era parso d'essere ancora su la cassetta d'una *botticella* e, avvezzo com'era ormai da tanti anni a invitar la gente per via a servirsi del suo legno, vedendosi guardato da quel signore sorcigno fermo lì sul marciapiede, gli aveva fatto segno col dito, se voleva montare.

E quel signore, per un piccolo segno, tutto quel baccano...

LA RALLEGRATA

LA RALLEGRATA

Appena il capostalla se n'andò, bestemmiando più del solito, Fofo si volse a Nero, suo compagno di mangiatoia, nuovo arrivato, e sospirò:

«Ho capito! Gualdrappe, fiocchi e pennacchi. Cominci bene, caro mio! Oggi è di prima classe.»

Nero voltò la testa dall'altra parte. Non sbruffò, perché era un cavallo bene educato. Ma non voleva dar confidenza a quel Fofo.

Veniva da una scuderia principesca, lui, dove uno si poteva specchiare nei muri: greppie di faggio a ogni posta, campanelle d'ottone, battifianchi imbottiti di cuoio e colonnini col pomo lucente.

Mah!

Il giovane principe, tutto dedito ora a quelle carrozze strepitose, che fanno – pazienza, puzzo – ma anche fumo di dietro e scappano sole, non contento che già tre volte gli avessero fatto correre il rischio di rompersi il collo, subito appena colpita di paralisi la vecchia principessa (che di quelle diavole là, oh benedetta!, non aveva voluto mai saperne), s'era affrettato a disfarsi, tanto di lui, quanto di Corbino, gli ultimi rimasti nella scuderia, per il placido landò della madre.

Povero Corbino, chi sa dov'era andato a finire, dopo tant'anni d'onorato servizio!

Il buon Giuseppe, il vecchio cocchiere, aveva loro promesso che, andando a baciar la mano con gli altri vecchi servi fidati alla principessa, relegata ormai per sempre in una poltrona, avrebbe interceduto per essi.

Ma che! Dal modo con cui il buon vecchio, ritornato poco dopo, li aveva accarezzati al collo e sui fianchi, subito l'uno e l'altro avevano capito che ogni speranza era perduta e la loro sorte decisa. Sarebbero stati venduti.

E difatti...

Nero non comprendeva ancora, dove fosse capitato. Male, proprio male, no. Certo, non era la scuderia della principessa. Ma una buona scuderia era anche questa. Più di venti cavalli, tutti mori e tutti anzianotti, ma di bella presenza, dignitosi e pieni di gravità. Oh, per gravità, forse ne avevano anche troppa!

Che anch'essi comprendessero bene l'ufficio a cui erano addetti, Nero dubitava. Gli pareva che tutti quanti, anzi, stessero di continuo a pensarci, senza tuttavia venirne a capo. Quel dondolio lento di code prolisse, quel raspare di zoccoli, di tratto in tratto, certo erano di cavalli cogitabondi.

Solo quel Fofo era sicuro, sicurissimo d'aver capito bene ogni cosa.

Bestia volgare e presuntuosa!

Brocco di reggimento, scartato dopo tre anni di servizio, perché – a suo dire – un tanghero di cavalleggere abruzzese lo aveva sgroppato, non faceva che parlare e parlare.

Nero, col cuore ancor pieno di rimpianto per il suo vecchio amico, non poteva soffrirlo. Più di tutto lo urtava quel tratto confidenziale, e poi la continua maldicenza sui compagni di stalla.

Dio, che lingua!

Di venti, non se ne salvava uno! Questo era così, quello cosà.

«La coda... guardami là, per piacere, se quella è una coda! se quello è un modo di muovere la coda! Che brio, eh?

«Cavallo da medico, te lo dico io.

«E là, là, guardami là quel bel truttrù calabrese, come crolla con grazia le orecchie di porco. E che bel ciuffo! e che bella barbozza! Brioso anche lui, non ti pare?

«Ogni tanto si sogna di non esser castrone, e vuol fare all'amore con quella cavalla là, tre poste a destra, la vedi? con la testa di vecchia, bassa davanti e la pancia fin a terra.

«Ma quella è una cavalla? Quella è una vacca, te lo dico io. E se sapessi come la va con passo di scuola! Pare che si scotti gli zoccoli, toccando terra. Eppure, certe saponate, amico mio! Già, perché è di bocca fresca. Deve ancor pareggiare i cantoni, figurati!»

Invano Nero dimostrava in tutti i modi a quel Fofo di non volergli dare ascolto. Fofo imperversava sempre più.

Per fargli dispetto.

«Sai dove siamo noi? Siamo in un ufficio di spedizione. Ce n'è di tante specie. Questo è detto delle pompe funebri.

«Pompa funebre sai che vuol dire? Vuol dire tirare un carro nero di forma curiosa, alto, con quattro colonnini che reggono il cielo, tutto adorno di balze e paramenti e dorature. Insomma, un bel carrozzone di lusso. Ma roba sprecata, non credere! Tutta roba sprecata, perché dentro vedrai che non ci sale mai nessuno.

«Solo il cocchiere, serio serio, in serpe.

«E si va piano, sempre di passo. Ah, non c'è pericolo che tu sudi e ti strofinino al ritorno, né che il cocchiere ti dia mai una frustata o ti solleciti in qualche altro modo!

«Piano – piano – piano.

«Dove devi arrivare, arrivi sempre a tempo.

«E quel carro lì – io l'ho capito bene – dev'essere per gli uomini oggetto di particolare venerazione.

«Nessuno, come t'ho detto, ardisce montarci sopra; e tutti, appena lo vedono fermo davanti a una casa, restano a mirarlo con certi visi lunghi spauriti; e certi gli vengono attorno coi ceri accesi; e poi appena cominciamo a muoverci, tanti dietro, zitti zitti, lo accompagnano.

«Spesso, anche, davanti a noi, c'è la banda. Una banda, caro mio, che ti suona una certa musica, da far cascare a terra le budella.

«Tu, ascolta bene, tu hai il vizio di sbruffare e di muover troppo la testa. Ebbene, codesti vizii te li devi levare. Se sbruffi per nulla, figuriamoci che sarà quando ascolterai quella musica!

«Il nostro è un servizio piano, non si nega; ma vuole compostezza e solennità. Niente sbruffi, niente beccheggio. È già troppo, che ti concedano di dondolar la coda, appena appena.

«Perché il carro che noi tiriamo, torno a dirtelo, è molto rispettato. Vedrai che tutti, come ci vedono passare, si levano il cappello.

«Sai come ho capito, che si debba trattare di spedizione? L'ho capito da questo.

«Circa due anni fa, me ne stavo fermo, con uno de' nostri carri a padiglione, davanti alla gran cancellata che è la nostra meta costante.

«La vedrai, questa gran cancellata! Ci sono dietro tanti alberi neri, a punta, che se ne vanno dritti dritti in due file interminabili, lasciando di qua e di là certi bei prati verdi, con tanta buon'erba grassa, sprecata anche quella, perché guai se, passando, ci allunghi le labbra.

«Basta. Me ne stavo lì fermo, allorché mi s'accostò un povero mio antico compagno di servizio al reggimento, ridotto assai male: a tirare, figurati, un traino ferrato, di quei lunghi, bassi e senza molle.

«Dice:

« – Mi vedi? Ah, Fofo, non ne posso proprio più!

« – Che servizio? – gli domando io.

«E lui:

« – Trasporto casse, tutto il giorno, da un ufficio di spedizione alla dogana.

« – Casse? – dico io. – Che casse?

« – Pesanti! – fa lui. – Casse piene di roba da spedire.

«Fu per me una rivelazione.

«Perché devi sapere, che una certa cassa lunga lunga, la trasportiamo anche noi. La introducono pian piano (tutto, sempre, pian piano) entro il nostro carro, dalla parte di dietro; e mentre si fa quest'operazione, la gente attorno si scopre il capo e sta a mirare sbigottita. Chi sa perché! Ma certo, se traffichiamo di casse anche noi, deve trattarsi di spedizione, non ti pare?

«Che diavolo contiene quella cassa? Pesa oh, non credere! Fortuna, che ne trasportiamo sempre una alla volta.

«Roba da spedire, certo. Ma che roba, non lo so. Pare di gran conto, perché la spedizione avviene con molta pompa e molto accompagnamento.

«A un certo punto, di solito (non sempre), ci fermiamo davanti a un fabbricato maestoso, che forse sarà l'ufficio di dogana per le spedizioni nostre. Dal portone si fanno avanti certi uomini parati con una sottana nera e la camicia di fuori (che saranno, suppongo, i doganieri); la cassa è tratta dal carro; tutti di nuovo si scoprono il capo; e quelli segnano sulla cassa il lasciapassare.

«Dove vada tutta questa roba preziosa, che noi spediamo – questo, vedi – non sono riuscito ancora a capirlo. Ma ho un certo dubbio, che non lo capiscano bene neanche gli uomini; e mi consolo.

«Veramente, la magnificenza delle casse e la solennità della pompa potrebbero far supporre, che qualche cosa gli uomini debbano sapere su queste loro spedizioni. Ma li vedo troppo incerti e sbigottiti. E dalla lunga consuetudine, che ormai ho con essi, ho ricavato questa esperienza: che tante cose fanno gli uomini, caro mio, senza punto sapere perché le facciano!»

Come Fofo, quella mattina, alle bestemmie del capostalla s'era figurato: gualdrappe, fiocchi e pennacchi. Tir'a quattro. Era proprio di prima classe.

«Hai visto? Te lo dicevo io?»

Nero si trovò attaccato con Fofo al timone. E Fofo, naturalmente, seguitò a seccarlo con le sue eterne spiegazioni.

Ma era seccato anche lui, quella mattina, della soperchieria del capostalla, che nei tiri a quattro lo attaccava sempre al timone e mai alla bilancia.

«Che cane! Perché, tu intendi bene, questi due, qua davanti a noi, sono per comparsa. Che tirano? Non tirano un corno! Tiriamo noi. Si va tanto piano! Ora si fanno una bella passeggiatina per sgranchirsi le gambe, parati di gala. E guarda un po' che razza di bestie mi tocca di vedermi preferire! Le riconosci?»

Erano quei due mori che Fofo aveva qualificati cavallo da medico e truttrù calabrese.

«Codesto calabresaccio! Ce l'hai davanti tu, per fortuna! Sentirai, caro; t'accorgerai che di porco non ha soltanto le orecchie, e ringrazierai il capostalla, che lo protegge e gli dà doppia profenda. Ci vuol fortuna a questo mondo, non sbruffare. Cominci fin d'adesso? Quieto con la testa! Ih, se fai così, oggi caro mio, a furia di strappate di briglia, tu farai sangue dalla bocca, te lo dico io. Ci sono i discorsi, oggi. Vedrai che allegria! Un discorso, due discorsi, tre discorsi... M'è capitato il caso d'una prima classe anche con cinque discorsi! Roba da impazzire. Tre ore di fermo, con tutte queste galanterie addosso che ti levano il respiro: le gambe impastoiate, la coda imprigionata, le orecchie tra due fori. Allegro, con le mosche che ti mangiano sotto la coda! Che sono i discorsi? Mah! Ci capisco poco, dico la verità. Queste di prima classe, debbono essere spedizioni molto complicate. E forse, con quei discorsi, fanno la spiega. Una non basta, e ne fanno due; non bastano due, e ne fanno tre. Arrivano a farne fino a cinque, come t'ho detto: mi ci son trovato io, che mi veniva di sparar calci, caro mio, a dritta e a manca, e poi di mettermi a rotolar per terra come un matto. Forse oggi sarà lo stesso. Gran gala! Hai visto il cocchiere, come s'è parato anche lui? E ci sono anche i famigli, i torcieri. Di', tu sei sitoso?»

«Non capisco.»

«Via, pigli ombra facilmente? Perché vedrai che tra poco, i ceri accesi te li metteranno proprio sotto il naso... Piano, uh... piano! che ti piglia? Vedi? Una prima strappata... T'ha fatto male? Eh, ne avrai di molte tu oggi, te lo dico io. Ma che fai? sei matto? Non allungare il collo così! (Bravo, cocco, nuoti? giochi alla morra?). Sta' fermo... Ah sì? Pigliati quest'altre... Ohé, dico, bada, fai strappar la bocca anche a me! Ma questo è matto! Dio, Dio, quest'è matto davvero! Ansa, rigna, annitrisce, fa ciambella, che cos'è? Guarda che rallegrata! È matto! è matto! fa la rallegrata, tirando un carro di prima classe!»

Nero difatti pareva impazzito davvero: ansava, nitriva, scalpitava, fremeva tutto. In fretta in furia, giù dal carro dovettero precipitarsi i famigli a trattenerlo davanti al portone del palazzo, ove dovevano fermarsi, tra una gran calca di signori incamatiti, in abito lungo e cappello a staio.

– Che avviene? – si gridava da ogni parte. – Uh, guarda, s'impenna un cavallo del carro mortuario!

E tutta la gente, in gran confusione, si fece intorno al carro, curiosa, meravigliata, scandalizzata. I famigli non riuscivano ancora a tener fermo Nero. Il cocchiere s'era levato in piedi e tirava furiosamente le briglie. Invano. Nero seguitava a zampare, a nitrire, friggeva, con la testa volta verso il portone del palazzo.

Si quietò, solo quando sopravvenne da quel portone un vecchio servitore in livrea, il quale, scostati i famigli, lo prese per la briglia, e subito, riconosciutolo, si diede a esclamare con le lagrime agli occhi:

– Ma è Nero! è Nero! Ah, povero Nero, sicuro che fa così! Il cavallo della signora! il cavallo della povera principessa! Ha riconosciuto il palazzo, sente l'odore della sua scuderia! Povero Nero, povero Nero... buono, buono... sì, vedi? sono io, il tuo vecchio Giuseppe. Sta' buono, sì... Povero Nero, tocca a te di portartela, vedi? la tua padrona. Tocca a te, poverino, che ti ricordi ancora. Sarà contenta lei d'essere trasportata da te per l'ultima volta.

Si voltò poi al cocchiere, che, imbestialito per la cattiva figura che la Casa di pompe faceva davanti a tutti quei signori, seguitava a tirar furiosamente le briglie, minacciando frustate, e gli gridò:

– Basta! Smettila! Lo reggo qua io. È manso come una pecora. Mettiti a sedere. Lo guiderò io per tutto il tragitto. Andremo insieme, eh Nero? a lasciar la nostra buona signora. Pian piano, al solito, eh? E tu starai buono, per non farle male, povero vecchio Nero, che ti ricordi ancora. L'hanno già chiusa nella cassa; ora la portano giù.

Fofo, che dall'altra parte del timone se ne stava a sentire, a questo punto domandò, stupito:

«Dentro la cassa, la tua padrona?»

Nero gli sparò un calcio di traverso.

Ma Fofo era troppo assorto nella nuova rivelazione, per aversene a male.

«Ah, dunque, noi» seguitò a dir tra sé, «ah, dunque, noi... guarda, guarda... lo volevo dire io... Questo vecchio piange; tant'altri ho visto piangere, altre volte... e tanti visi sbigottiti... e quella musica languida. Capisco tutto, adesso, capisco tutto... Per questo il nostro servizio è così piano! Solo quando gli uomini piangono, possiamo stare allegri e andar riposati noialtri...»

E gli venne la tentazione di fare una rallegrata anche lui.

CANTA L'EPISTOLA

– Avevate preso gli Ordini?

– Tutti no. Fino al Suddiaconato.

– Ah, suddiacono. E che fa il suddiacono?

– Canta l'Epistola; regge il libro al diacono mentre canta il Vangelo; amministra i vasi della Messa; tiene la patena avvolta nel velo in tempo del Canone.

– Ah, dunque voi cantavate il Vangelo?

– Nossignore. Il Vangelo lo canta il diacono; il suddiacono canta l'Epistola.

– E voi allora cantavate l'Epistola?

– Io? proprio io? Il suddiacono.

– Canta l'Epistola?

– Canta l'Epistola.

Che c'era da ridere in tutto questo?

Eppure, nella piazza aerea del paese, tutta frusciante di foglie secche, che s'oscurava e si rischiarava a una rapida vicenda di nuvole e di sole, il vecchio dottor Fanti, rivolgendo quelle domande a Tommasino Unzio uscito or ora dal seminario senza più tonaca per aver perduto la fede, aveva composto la faccia caprigna a una tale aria, che tutti gli sfaccendati del paese, seduti in giro innanzi alla *Farmacia dell'Ospedale*, parte storcendosi e parte turandosi la bocca, s'erano tenuti a stento di ridere.

Le risa erano prorotte squacquerate, appena andato via Tommasino inseguito da tutte quelle foglie secche; poi l'uno aveva preso a domandare all'altro:

– Canta l'Epistola?

E l'altro a rispondere:

– Canta l'Epistola.

E così a Tommasino Unzio, uscito suddiacono dal seminario senza più tonaca, per aver perduto la fede, era stato appiccicato il nomignolo di *Canta l'Epistola*.

La fede si può perdere per centomila ragioni; e, in generale, chi perde la fede è convinto, almeno nel primo momento, di aver fatto in cambio qualche guadagno; non foss'altro, quello della libertà di fare e dire certe cose che, prima, con la fede non riteneva compatibili.

Quando però cagione della perdita non sia la violenza di appetiti terreni, ma sete d'anima che non riesca più a saziarsi nel calice dell'altare e nel fonte dell'acqua benedetta, difficilmente chi perde la fede è convinto d'aver guadagnato in cambio qualche cosa. Tutt'al più, lì per lì, non si lagna della perdita, in quanto riconosce d'aver perduto in fine una cosa che non aveva più per lui alcun valore.

Tommasino Unzio, con la fede, aveva poi perduto tutto, anche l'unico stato che il padre gli potesse dare, mercé un lascito condizionato d'un vecchio zio sacerdote. Il padre, inoltre, non s'era tenuto di prenderlo a schiaffi, a calci, e di lasciarlo parecchi giorni a pane e acqua, e di scagliargli in faccia ogni sorta di ingiurie e di vituperii. Ma Tommasino aveva sopportato tutto con dura e pallida fermezza, e aspettato che il padre si convincesse non esser quelli propriamente i mezzi più acconci per fargli ritornar la fede e la vocazione.

Non gli aveva fatto tanto male la violenza, quanto la volgarità dell'atto così contrario alla ragione per cui s'era spogliato dell'abito sacerdotale.

Ma d'altra parte aveva compreso che le sue guance, le sue spalle, il suo stomaco dovevano offrire uno sfogo al padre per il dolore che sentiva anche lui, cocentissimo, della sua vita irreparabilmente crollata e rimasta come un ingombro lì per casa.

Volle però dimostrare a tutti che non s'era spretato per voglia di mettersi «a fare il porco» come il padre pulitamente era andato sbandendo per tutto il paese. Si chiuse in sé, e non uscì più dalla sua cameretta, se non per qualche passeggiata solitaria o su per i boschi di castagni, fino al Pian della Britta, o giù per la carraia a valle, tra i campi, fino alla chiesetta abbandonata di Santa Maria di Loreto, sempre assorto in meditazioni e senza mai alzar gli occhi in volto a nessuno.

È vero intanto che il corpo, anche quando lo spirito si fissi in un dolore profondo o in una tenace ostinazione ambiziosa, spesso lascia lo spirito così fissato e, zitto zitto, senza dirgliene nulla, si mette a vivere per conto suo, a godere della buon'aria e dei cibi sani.

Avvenne così a Tommasino di ritrovarsi in breve e quasi per ischerno, mentre lo spirito gli s'immalinconiva e s'assottigliava sempre più nelle disperate meditazioni, con un corpo ben pasciuto e florido, da padre abate.

Altro che Tommasino, adesso! Tommasone *Canta l'Epistola*. Ciascuno, a guardarlo, avrebbe dato ragione al padre. Ma si sapeva in paese come il povero giovine vivesse; e nessuna donna poteva dire d'essere stata guardata da lui, fosse pur di sfuggita.

Non aver più coscienza d'essere, come una pietra, come una pianta; non ricordarsi più neanche del proprio nome; vivere per vivere, senza saper di vivere, come le bestie, come le piante; senza più affetti, né desiderii, né memorie, né pensieri; senza più nulla che desse senso e valore alla propria vita. Ecco: sdraiato lì su l'erba, con le mani intrecciate dietro la nuca, guardare nel cielo azzurro le bianche nuvole abbarbaglianti, gonfie di sole; udire il vento che faceva nei castagni del bosco come un fragor di mare, e nella voce di quel vento e in quel fragore sentire, come da un'infinita lontananza, la vanità d'ogni cosa e il tedio angoscioso della vita.

Nuvole e vento.

Eh, ma era già tutto avvertire e riconoscere che quelle che veleggiavano luminose per la sterminata azzurra vacuità erano nuvole. Sa forse d'essere la nuvola? Né sapevan di lei l'albero e le pietre, che ignoravano anche se stessi.

E lui, avvertendo e riconoscendo le nuvole, poteva anche – perché no? – pensare alla vicenda dell'acqua, che divien nuvola per ridivenir poi acqua di nuovo. E a spiegar questa vicenda bastava un povero professoruccio di fisica; ma a spiegare il perché del perché?

Su nel bosco dei castagni, picchi d'accetta; giù nella cava, picchi di piccone.

Mutilare la montagna; atterrare gli alberi, per costruire case. Lì, in quel borgo montano, altre case. Stenti, affanni, fatiche e pene d'ogni sorta, perché? per arrivare a un comignolo e per fare uscir poi da questo comignolo un po' di fumo, subito disperso nella vanità dello spazio.

E come quel fumo, ogni pensiero, ogni memoria degli uomini.

Ma davanti all'ampio spettacolo della natura, a quell'immenso piano verde di querci e d'ulivi e di castagni, degradante dalle falde del Cimino fino alla valle tiberina laggiù laggiù, sentiva a poco a poco rasserenarsi in una blanda smemorata mestizia.

Tutte le illusioni e tutti i disinganni e i dolori e le gioie e le speranze e i desiderii degli uomini gli apparivano vani e transitorii di fronte al sentimento che spirava dalle cose che restano e sopravanzano ad essi, impassibili. Quasi vicende di nuvole gli apparivano nell'eternità della natura i singoli fatti degli uomini. Bastava guardare quegli alti monti di là dalla valle tiberina, lontani lontani, sfumanti all'orizzonte, lievi e quasi aerei nel tramonto.

Oh ambizioni degli uomini! Che grida di vittoria, perché l'uomo s'era messo a volare come un uccellino! Ma ecco qua un uccellino come vola: è la facilità più schietta e lieve, che s'accompagna spontanea a un trillo di gioia. Pensare adesso al goffo apparecchio rombante, e allo sgomento, all'ansia, all'angoscia mortale dell'uomo che vuol fare l'uccellino! Qua un frullo e un trillo; là un motore strepitoso e puzzolente, e la morte davanti. Il motore si guasta, il motore s'arresta; addio uccellino!

– Uomo, – diceva Tommasino Unzio, lì sdraiato sull'erba, – lascia di volare. Perché vuoi volare? E quando hai volato?

D'un tratto, come una raffica, corse per tutto il paese una notizia che sbalordì tutti: Tommasino Unzio, *Canta l'Epistola*, era stato prima schiaffeggiato e poi sfidato a duello dal tenente De Venera, comandante il distaccamento, perché, senza voler dare alcuna spiegazione, aveva confermato d'aver detto: – *Stupida!* – in faccia alla signorina Olga Fanelli, fidanzata del tenente, la sera avanti, lungo la via di campagna che conduce alla chiesetta di Santa Maria di Loreto.

Era uno sbalordimento misto d'ilarità, che pareva s'appigliasse a un'interrogazione su questo o quel dato della notizia, per non precipitare di botto nell'incredulità.

– Tommasino? – Sfidato a duello? – Stupida, alla signorina Fanelli? – Confermato? – Senza spiegazioni? – E ha accettato la sfida?

– Eh, perdio, schiaffeggiato!

– E si batterà?

– Domani, alla pistola.

– Col tenente De Venera alla pistola?

– Alla pistola.

E dunque il motivo doveva esser gravissimo. Pareva a tutti non si potesse mettere in dubbio una furiosa passione tenuta finora segreta. E forse le aveva gridato in faccia – *Stupida!* – perché ella, invece di lui, amava il tenente De Venera. Era chiaro! E veramente tutti in paese giudicavano che soltanto una stupida si potesse innamorare di quel ridicolissimo De Venera. Ma non lo poteva credere lui, naturalmente, il De Venera; e perciò aveva preteso una spiegazione.

Dal canto suo, però, la signorina Olga Fanelli giurava e spergiurava con le lagrime agli occhi che non poteva esser quella la ragione dell'ingiuria, perché ella non aveva veduto se non due o tre volte quel giovine, il quale del resto non aveva mai neppure alzato gli occhi a guardarla; e mai e poi mai, neppure per un minimo segno, le aveva dato a vedere di covar per lei quella furiosa passione segreta, che tutti dicevano. Ma che! no! non quella: qualche altra ragione doveva esserci sotto! Ma quale? Per niente non si grida: – *Stupida!* – in faccia a una signorina.

Se tutti, e in ispecie il padre e la madre, i due padrini, il De Venera e la signorina stessa si struggevano di saper la vera ragione dell'ingiuria; più di tutti si struggeva Tommasino di non poterla dire, sicuro com'era che, se l'avesse detta, nessuno la avrebbe creduta, e che anzi a tutti sarebbe sembrato che egli volesse aggiungere a un segreto inconfessabile l'irrisione.

Chi avrebbe infatti creduto che lui, Tommasino Unzio, da qualche tempo in qua, nella crescente e sempre più profonda sua melanconia, si fosse preso d'una tenerissima pietà per tutte le cose che nascono alla vita e vi durano alcun poco, senza saper perché, in attesa del deperimento e della morte? Quanto più labili e tenui e quasi inconsistenti le forme di vita, tanto più lo intenerivano, fino alle lagrime talvolta. Oh! in quanti modi si nasceva, e per una volta sola, e in quella data forma, unica, perché mai due forme non erano uguali, e così per poco tempo, per un giorno solo talvolta, e in un piccolissimo spazio, avendo tutt'intorno, ignoto, l'enorme mondo, la vacuità enorme e impenetrabile del mistero dell'esistenza. Formichetta, si nasceva, e moscerino, e filo d'erba. Una formichetta, nel mondo! nel mondo, un moscerino, un filo d'erba. Il filo d'erba nasceva, cresceva, fioriva, appassiva; e via per sempre; mai più, quello; mai più!

Ora, da circa un mese, egli aveva seguito giorno per giorno la breve storia d'un filo d'erba appunto: d'un filo d'erba tra due grigi macigni tigrati di musco, dietro la chiesetta abbandonata di Santa Maria di Loreto.

Lo aveva seguito, quasi con tenerezza materna, nel crescer lento tra altri più bassi che gli stavano attorno, e lo aveva veduto sorgere dapprima timido, nella sua tremula esilità, oltre i due macigni ingrommati, quasi avesse paura e insieme curiosità d'ammirar lo spettacolo che si spalancava sotto, della verde, sconfinata pianura; poi, su, su, sempre più alto, ardito, baldanzoso, con un pennacchietto rossigno in cima, come una cresta di galletto.

E ogni giorno, per una o due ore, contemplandolo e vivendone la vita, aveva con esso tentennato a ogni più lieve alito d'aria; trepidando era accorso in qualche giorno di forte vento, o per paura di non arrivare a tempo a proteggerlo da una greggiola di capre, che ogni giorno, alla stess'ora, passava dietro la chiesetta e spesso s'indugiava un po' a strappare tra i macigni qualche ciuffo d'erba. Finora, così il vento come le capre avevano rispettato quel filo d'erba. E la gioia di Tommasino nel ritrovarlo intatto lì, col suo spavaldo pennacchietto in cima, era ineffabile. Lo carezzava, lo lisciava con due dita delicatissime, quasi lo custodiva con l'anima e col fiato; e, nel lasciarlo, la sera, lo affidava alle prime stelle che spuntavano nel cielo crepuscolare, perché con tutte le altre lo vegliassero durante la notte. E proprio, con gli occhi della mente, da lontano, vedeva quel suo filo d'erba, tra i due macigni, sotto le stelle fitte fitte, sfavillanti nel cielo nero, che lo vegliavano.

Ebbene, quel giorno, venendo alla solita ora per vivere un'ora con quel suo filo d'erba, quand'era già a pochi passi dalla chiesetta, aveva scorto dietro a questa, seduta su uno di quei due macigni, la signorina Olga Fanelli, che forse stava lì a riposarsi un po', prima di riprendere il cammino.

Si era fermato, non osando avvicinarsi, per aspettare ch'ella, riposatasi, gli lasciasse il posto. E difatti, poco dopo, la signorina era sorta in piedi, forse seccata di vedersi spiata da lui: s'era guardata un po' attorno: poi, distrattamente, allungando la mano, aveva strappato giusto quel filo d'erba e se l'era messo tra i denti col pennacchietto ciondolante.

Tommasino Unzio s'era sentito strappar l'anima, e irresistibilmente le aveva gridato: – Stupida! – quand'ella gli era passata davanti, con quel gambo in bocca.

Ora, poteva egli confessare d'avere ingiuriato così quella signorina per un filo d'erba?

E il tenente De Venera lo aveva schiaffeggiato.

Tommasino era stanco dell'inutile vita, stanco dell'ingombro di quella sua stupida carne, stanco della baia che tutti gli davano e che sarebbe diventata più acerba e accanita se egli, dopo gli schiaffi, si fosse ricusato di battersi. Accettò la sfida, ma a patto che le condizioni del duello fossero gravissime. Sapeva che il tenente De Venera era un valentissimo tiratore. Ne dava ogni mattina la prova, durante le istruzioni del Tir'a segno. E volle battersi alla pistola, la mattina appresso, all'alba, proprio là, nel recinto del Tir'a segno.

Una palla in petto. La ferita, dapprima, non parve tanto grave; poi s'aggravò. La palla aveva forato il polmone. Una gran febbre; il delirio. Quattro giorni e quattro notti di cure disperate.

La signora Unzio, religiosissima, quando i medici alla fine dichiararono che non c'era più nulla da fare, pregò, scongiurò il figliuolo che, almeno prima di morire, volesse ritornare in grazia di Dio. E Tommasino, per contentar la mamma, si piegò a ricevere un confessore.

Quando questo, al letto di morte, gli chiese:

– Ma perché, figliuolo mio? perché?

Tommasino, con gli occhi socchiusi, con voce spenta, tra un sospiro ch'era anche sorriso dolcissimo, gli rispose semplicemente:

– Padre, per un filo d'erba...

E tutti credettero ch'egli fino all'ultimo seguitasse a delirare.

SOLE E OMBRA

I

Tra i rami degli alberi che formavano quasi un portico verde e lieve al viale lunghissimo attorno alle mura della vecchia città, la luna, comparendo all'improvviso, di sorpresa, pareva dicesse a un uomo d'altissima statura che, in un'ora così insolita, s'avventurava solo a quel buio mal sicuro:

«Sì, ma io ti vedo.»

E come se veramente si vedesse scoperto, l'uomo si fermava e, spalmando le manacce sul petto, esclamava con intensa esasperazione:

– Io, già! io! Ciunna!

Via via, sul suo capo, tutte le foglie allora, frusciando infinitamente, pareva si confidassero quel nome: *«Ciunna... Ciunna...»* come se, conoscendolo da tanti anni, sapessero perché egli, a quell'ora, passeggiava così solo per il pauroso viale. E seguitavano a bisbigliar di lui con mistero e di quel che aveva fatto... *ssss...* Ciunna! Ciunna!

Lui allora si guardava dietro, nel buio lungo il viale interrotto qua e là da tante fantasime di luna; chi sa qualcuno... *ssss...* Si guardava intorno e, imponendo silenzio a se stesso e alle foglie... *ssss...* si rimetteva a passeggiare, con le mani afferrate dietro la schiena.

Zitto zitto, duemila e settecento lire. Duemila e settecento lire sottratte alla cassa del magazzino generale dei tabacchi. Dunque reo... *ssss...* di peculato.

Domani sarebbe arrivato l'ispettore:

«– Ciunna, qui mancano duemila e settecento lire.

«– Sissignore. Me le son prese io, signor Ispettore.

«– Prese? Come?

«– Con due dita, signor Ispettore.

«– Ah sì? Bravo Ciunna! Prese come un pizzico di rapé? Le mie congratulazioni, da una parte; dall'altra, se non vi dispiace, favorite in prigione.

«– Ah no, ah mi scusi, signor cavaliere. Mi dispiace anzi moltissimo. Tanto che, se lei permette, guardi: domani Ciunna se ne scenderà in carrozza giù alla Marina. Con le due medaglie del Sessanta sul petto e un bel ciondolo di dieci chili legato al collo come un abitino, si butterà a mare, signor Ispettore. La morte è brutta; ha le gambe secche; ma Ciunna, dopo sessantadue anni di vita intemerata, in prigione non ci va.»

Da quindici giorni, questi strambi soliloquii dialogati, con accompagnamento di gesti vivacissimi. E, come tra i rami la luna, facevan capolino in questi soliloquii un po' tutti i suoi conoscenti, che eran soliti di pigliarselo a godere per la comica stranezza del carattere e il modo di parlare.

«Per te, Niccolino!» seguitava infatti il Ciunna, rivolgendosi mentalmente al figliuolo. «Per te ho rubato! Ma non credere che ne sia pentito. Quattro bambini, signore Iddio, quattro bambini in mezzo alla strada! E tua moglie, Niccolino, che fa? Niente, ride: incinta di nuovo. Quattro e uno, cinque. Benedetta! Prolifica, figliuolo mio, prolifica; popola di piccoli Ciunna il paese! Visto che la miseria non ti concede altra soddisfazione, prolifica, figliuolo! I pesci, che domani si mangeranno tuo papà, avranno poi l'obbligo di dar da mangiare a te e alla numerosa tua figliolanza. Paranze della Marina, un carico di pesci ogni giorno per i miei nipotini!»

Quest'obbligo dei pesci gli sovveniva adesso; perché, fino a pochi giorni addietro, s'era invece esortato così:

«Veleno! veleno! la meglio morte! Una pilloletta, e buona notte!»

E s'era procurato, per mezzo dell'inserviente dell'Istituto chimico, alcuni pezzetti cristallini d'anidride arseniosa. Con quei pezzetti in tasca, era anzi andato a confessarsi.

«Morire, sta bene; ma in grazia di Dio.»

Col veleno intanto, no! – soggiungeva adesso. – Troppi spasimi. L'uomo è vile; grida aiuto; e se mi salvano? No no, lì, meglio: a mare. Le medaglie, sul petto; il ciondolino al collo e *patapùmfete*. Poi: tanto di pancia. Signori, un garibaldino galleggiante: cetaceo di nuova specie! Di' su, Ciunna, che c'è in mare? Pesciolini, Ciunna, che hanno fame, come i tuoi nipotini in terra, come gli uccellini in cielo.

Avrebbe fissato la vettura per il domani. Alle sette del mattino, col frescolino, in via; un'oretta per scendere alla Marina; e, alle otto e mezzo, addio Ciunna!

Intanto, proseguendo per il viale, formulava la lettera da lasciare. A chi indirizzarla? Alla moglie, povera vecchia, o al figliuolo, o a qualche amico? No: al largo gli amici! Chi lo aveva aiutato? Per dir la verità, non aveva chiesto aiuto a nessuno; ma perché sapeva in precedenza che nessuno avrebbe avuto pietà di lui. E la prova eccola qua: tutto il paese lo vedeva da quindici giorni andar per via come una mosca senza capo: ebbene, neppure un cane s'era fermato per domandargli: «Ciunna, che hai?».

II

Svegliato, la mattina dopo, dalla serva alle sette in punto, si stupì d'aver dormito saporitissimamente tutta la notte.

– C'è già la carrozza?

– Sissignore, è giù che aspetta.

– Eccomi pronto! Ma, oh, le scarpe, Rosa! Aspetta: apro l'uscio.

Nello scendere dal letto per prendere le scarpe, altro stupore: aveva lasciato al solito, la sera avanti, le scarpe fuori dell'uscio, perché la serva le ripulisse. Come se gli avesse importato di andarsene all'altro mondo con le scarpe pulite.

Terzo stupore innanzi all'armadio, dal quale si recò per trarne l'abito, che era solito indossare nelle gite, per risparmiar l'altro, il *cittadino*, un po' più nuovo, o meno vecchio.

«E per chi lo risparmio adesso?»

Insomma, tutto come se lui stesso in fondo non credesse ancora che tra poco si sarebbe ucciso. Il sonno... le scarpe... l'abito... Ed ecco qua, ora sta a lavarsi la faccia; e ora si fa davanti allo specchio, al solito, per annodarsi con cura la cravatta.

«Ma che scherzo?»

No. La lettera. Dove l'aveva messa? Qua, nel cassetto del comodino. Eccola!

Lesse l'intestazione: «Per Niccolino».

«Dove la metto?»

Pensò di metterla sul guanciale del letto, proprio nel posto in cui aveva posato la testa per l'ultima volta.

«Qua la vedranno meglio.»

Sapeva che la moglie e la serva non entravano mai prima di mezzogiorno a rifar la camera.

«A mezzogiorno saran più di tre ore...»

Non terminò la frase; volse in giro uno sguardo, come per salutar le cose che lasciava per sempre; scorse al capezzale il vecchio crocifisso d'avorio ingiallito, si tolse il cappello e piegò le gambe in atto d'inginocchiarsi.

Ma in fondo ancora non si sentiva neanche sveglio del tutto.

Aveva ancora nel naso e sugli occhi, pesante e saporito, il sonno.

– Dio mio... Dio mio... – disse alla fine, improvvisamente smarrito.

E si strinse forte la fronte con una mano.

Ma poi pensò che giù la carrozza aspettava, e uscì a precipizio.

– Addio, Rosa. Di' che torno prima di sera.

Traversando in carrozza, di trotto, il paese (quella bestia del vetturino aveva messo le sonagliere ai cavalli come per una festa in campagna) il Ciunna si sentì, all'aria fresca, risvegliar subito l'estro comico che era proprio della sua natura, e immaginò che i sonatori della banda municipale, coi pennacchi svolazzanti degli elmetti, gli corressero dietro, gridando e facendo cenni con le braccia perché si fermasse o andasse più piano, ché gli volevano sonare la marcia funebre. Dietro, così a gambe levate, non potevano.

«Grazie tante! Addio, amici! Ne faccio a meno volentieri! Mi basta questo strepito dei vetri della carrozza, e quest'allegria qua dei sonaglioli!»

Oltrepassate le ultime case, allargò il petto alla vista della campagna che pareva allagata da un biondo mare di messi, su cui sornuotavano qua e là mandorli e olivi.

Vide alla sua destra sbucar da un carrubo una contadina con tre ragazzi; contemplò un tratto il grande albero nano, e pensò: «È come la chioccia che tien sotto i suoi pulcini». Lo salutò con la mano. Era in vena di salutare ogni cosa, per l'ultima volta, ma senz'alcuna afflizione; come se, con la gioia che in quel momento provava, si sentisse compensato di tutto.

La carrozza ora scendeva stentatamente per lo stradone polveroso, più che mai ripido. Salivano e scendevano lunghe file di carretti. Non aveva mai fatto caso al caratteristico abbrigliamento dei muli che tiravano quei carretti. Lo notò adesso, come se quei muli si fossero parati di tutte quelle nappe e quei fiocchi e festelli variopinti per far festa a lui.

A destra, a sinistra, qua e là su i mucchi di brecciame, stavan seduti a riposarsi alcuni mendicanti, storpii o ciechi, che dalla borgata marina salivano alla città sul colle, o da questa scendevano a quella per un soldo o un tozzo di pane promessi per quel tal giorno.

Della vista di costoro s'afflisse, e subito gli saltò in mente di invitarli tutti a salire in carrozza con lui: «Allegri! allegri! Andiamo a buttarci a mare tutti quanti! Una carrozzata di disperati! Su, su, figliuoli! salite salite! La vita è bella e non dobbiamo affliggerla con la nostra vista».

Si trattenne, per non svelare al vetturino lo scopo della gita. Sorrise però di nuovo, immaginando tutti quei mendicanti in carrozza con lui; e, come se veramente li avesse lì, vedendone qualche altro per via, ripeteva tra sé e sé l'invito:

«Vieni anche tu, sali! Ti do viaggio gratis!»

III

Nella borgata marina il Ciunna era noto a tutti.

– Immenso Ciunna! – si sentì infatti chiamare appena smontato dalla vettura; e si trovò tra le braccia d'un tal Tino Imbrò, suo giovane amico, che gli scoccò due sonori baci, battendogli una mano sulla spalla.

– Come va? Come va? Che è venuto a far qui, in questo paesettaccio di piedi-scalzi?

– Un affaruccio... – rispose il Ciunna sorridendo imbarazzato.

– Questa vettura è a sua disposizione?

– Sì, l'ho presa a nolo!

– Benone. Dunque: vetturino, va' a staccare! Caro Ciunna, per male che si senta, occhi pallidi, naso pallido, labbra pallide, io la sequestro. Se ha mal di capo, glielo faccio passare; le faccio passare la *qualunquissima* cosa!

– Grazie, Tino mio, – disse il Ciunna intenerito dalla festosa accoglienza dell'allegro giovinotto. – Guarda, ho davvero un affare molto urgente da sbrigare. Poi bisogna che torni su di fretta. Tra l'altro, non so, forse oggi m'arriva di botto, tra capo e collo, l'ispettore.

– Di domenica? E poi, come? senza preavviso?

– Ah sì! – replicò il Ciunna. – Vorresti anche il preavviso? Ti piombano addosso quando meno te l'aspetti.

– Non sento ragione, – protestò l'altro. – Oggi è festa, e vogliamo ridere. Io la sequestro. Sono di nuovo scapolo, sa? Mia moglie, poverina, piangeva notte e giorno... «Che hai, carina mia, che hai?» «*Voglio mammà! voglio papà!*» «O mi piangi per questo? Sciocchina, va' da mammà, va' da papà, che ti daranno la *bobona*, le *toserelle* belle belle...» Lei che è mio maestro, ho fatto bene?

Rise anche dalla cassetta il vetturino. E allora l'Imbrò:

– Scemo, sei ancora lì? *Marche!* T'ho detto: Va' a staccare!

– Aspetta, – disse allora il Ciunna, cavando dalla tasca in petto il portafogli. – Pago avanti.

Ma l'Imbrò gli trattenne il braccio:

– Non sia mai! Pagare e morire, più tardi che si può!

– No: avanti, – insisté il Ciunna. – Devo pagare avanti. Se mi trattengo, sia pure per poco, in questo paese di galantuomini, capirai, c'è pericolo mi rubino finanche le suole delle scarpe appena alzo il piede per camminare.

– Ecco il mio vecchio maestro! *Alfin ti riconosco!* Paghi, paghi e andiamo via.

Il Ciunna tentennò lievemente il capo, con un sorriso amaro su le labbra; pagò il vetturino e poi domandò all'Imbrò:

– Dove mi porti? Bada, per una mezzoretta soltanto.

– Lei scherza. La carrozza è pagata: può aspettar fino a sera. Senza no no: ora concerto io la giornata. Vede? ho con me la borsetta: andavo al bagno. Venga con me.

– Ma neanche per idea! – negò energicamente il Ciunna. – Io, il bagno? Altro che bagno, caro mio!

Tino Imbrò lo guardò meravigliato.

– Idrofobia?

– No, senti, – replicò il Ciunna, puntando i piedi come un mulo. – Quando ho detto no, è no. Il bagno, io, se mai, me lo farò più tardi.

– Ma l'ora è questa! – esclamò l'Imbrò. – Un buon bagno, e poi, con tanto d'appetito, di corsa al *Leon d'oro*: pappatoria e *trinchesvàine*! Si lasci servire!

– Un festino addirittura. Ma che! Mi fai ridere. Per altro, vedi, sono sprovvisto di tutto: non ho maglia, non ho accappatoio. Penso ancora alla decenza, io.

– Eh via! – esclamò quello, trascinando il Ciunna per un braccio. – Troverà tutto l'occorrente alla rotonda.

Il Ciunna si sottomise alla vivace, affettuosa tirannia del giovanotto.

Chiuso, poco dopo, nel camerino dei Bagni, si lasciò cadere su una seggiola e appoggiò la testa cascante alla parete di tavole, con tutte le membra abbandonate e impressa sul volto una sofferenza quasi rabbiosa.

– Un piccolo assaggio dell'elemento, – mormorò.

Sentì picchiare alle tavole del camerino accanto, e la voce dell'Imbrò:

– Ci siamo? Io sono già in maglia. Tinino dalle belle gambe!

Il Ciunna sorse in piedi:

– Ecco, mi svesto.

Cominciò a svestirsi. Nel trarre dal taschino del panciotto l'orologio, per nasconderlo prudentemente dentro una scarpa, volle guardar l'ora. Erano circa le nove e mezzo, e pensò: «Un'ora guadagnata!». Si mise a scendere la scaletta bagnata, tutto in preda alla sensazione del freddo.

– Giù, giù in acqua! – gli gridò l'Imbrò che già s'era tuffato, e minacciava con una mano di fargli una spruzzata.

– No, no! – gridò a sua volta il Ciunna, tremante e convulso, con quell'angoscia che confonde o rattiene davanti alla mobile, vitrea compattezza dell'acqua marina. – Bada, me ne risalgo! Non sarebbe uno scherzo... non ci resisto... Brrr, com'è fredda! – aggiunse, sfiorando l'acqua con la punta del piede rattratto. Poi, come colpito improvvisamente da un'idea, si tuffò giù tutto sott'acqua.

– Bravissimo! – gridò l'altro appena il Ciunna si rimise in piedi, grondante come una fontana.

– Coraggioso, eh? – disse il Ciunna, passandosi le mani sul capo e su la faccia.

– Sa nuotare?

– No, m'arrabatto.

– Io m'allontano un po'.

L'acqua nel recinto era bassa. Il Ciunna s'accoccolò, tenendosi con un braccio a un palo e battendo leggermente l'acqua con l'altra mano, come se volesse dirle: sta' bonina! sta' bonina!

Era veramente un'irrisione atroce, quel bagno: lui, in mutandine, accoccolato e sostenuto dal palo, che se l'intendeva con l'acqua.

Poco dopo però l'Imbrò, rientrando nel recinto e volgendo in giro lo sguardo, non lo ritrovò più. Già risalito? E s'avviava per accertarsene verso la scaletta del camerino, quand'ecco, a un tratto, se lo vide springar davanti, dall'acqua, paonazzo in volto, con uno sbruffo strepitoso.

– Ohé! Ma è matto? Che ha fatto? Non sa che così le può scoppiare qualche vena del collo?

– Lascia scoppiare... – fece il Ciunna ansimando, mezz'affogato, con gli occhi fuori dell'orbita.

– Ha bevuto?

– Un poco.

– Ohé, dico, – fece l'Imbrò e con la mano accennò di nuovo il dubbio che il suo vecchio amico fosse impazzito. Lo guardò un po'; gli domandò: – Ha voluto provarsi il fiato o s'è sentito male?

– Provarmi il fiato, – rispose cupo il Ciunna, passandosi di nuovo le mani su i capelli zuppi.

– Dieci con lode al ragazzino! – esclamò l'Imbrò. – Andiamo, via, andiamo a rivestirci! Troppo fredda oggi l'acqua. Tanto, l'appetito già c'è. Ma dica la verità: si sente proprio male?

Il Ciunna s'era messo ad arcoreggiare come un tacchino.

– No, – disse, quand'ebbe finito. – Benone mi sento! È passato! Andiamo, andiamo pure a rivestirci!

– Spaghetti ai vongoli, e glo glo, glo glo... un vinetto! Lasci fare; ci penso io. Regalo dei parenti di mia moglie, buon'anima. Me ne resta ancora un barilotto. Sentirà!

IV

Si levarono di tavola, ch'erano circa le quattro. Il vetturino s'affacciò alla porta della trattoria:

– Debbo attaccare?

– Se non te ne vai! – minacciò l'Imbrò acceso in volto, tirandosi con un braccio il Ciunna sul petto e ghermendo con l'altra mano un fiasco vuoto.

Il Ciunna, non meno acceso, si lasciò attirare: sorrise, non replicò; beato come un bambino di quella protezione.

– T'ho detto che prima di sera non si riparte! – riprese l'Imbrò.

– Si sa! Si sa! – approvarono a coro molte voci.

Perché la sala da pranzo s'era riempita d'una ventina d'amici del Ciunna e dell'Imbrò e gli altri avventori della trattoria si erano messi a desinare insieme, formando così una gran tavolata, allegra prima, poi a mano a mano più rumorosa: risa, urli, brindisi per burla, baccano d'inferno.

Tino Imbrò saltò su la seggiola. Una proposta! Tutti quanti a bordo del vapore inglese ancorato nel porto.

– Col capitano siamo *peggio* che fratelli! È un giovanotto di trent'anni, pieno di barba e di virtù: con certe bottiglie di *Gin* che non vi dico!

La proposta fu accolta da un turbine d'applausi.

Verso le sei, scioltasi la compagnia dopo la visita al vapore, il Ciunna disse all'Imbrò:

– Caro Tinino, è tempo di far via! Non so come ringraziarti.

– A questo non ci pensi, – lo interruppe l'Imbrò. – Pensi piuttosto che ha da attendere ancora all'affaruccio di cui mi parlò stamattina.

– Ah, già, hai ragione, – disse il Ciunna aggrottando le ciglia e cercando con una mano la spalla dell'amico, come se stesse per cadere. – Sì sì, hai ragione. E dire ch'ero sceso per questo... Bisogna infatti che vada.

– Ma se può farne a meno, – gli osservò l'Imbrò.

– No, – rispose il Ciunna, torvo; e ripeté: – Bisogna che vada. Ho bevuto, ho mangiato, e ora... Addio, Tinino. Non posso farne a meno.

– Vuole che l'accompagni? – domandò questi.

– No! Ah ah, vorresti accompagnarmi? Sarebbe curiosa. No no, grazie, Tinino mio, grazie. Vado solo, da me. Ho bevuto, ho mangiato, e ora... Addio, eh!

– Allora l'aspetto qua, con la carrozza, e ci saluteremo. Faccia presto!

– Prestissimo! prestissimo! Addio, Tinino!

E s'avviò.

L'Imbrò fece una smusata e pensò: «E gli anni! gli anni! Pare impossibile che Ciunna... In fin dei conti, che avrà bevuto?».

Il Ciunna si voltò e, alzando e agitando un dito all'altezza degli occhi che ammiccavano furbescamente, gli disse:

– Tu non mi conosci.

Poi si diresse verso il più lungo braccio del porto, quello di ponente, ancora senza banchina, tutto di scogli rammontati l'uno su l'altro, fra i quali il mare si cacciava con cupi tonfi, seguiti da profondi risucchi. Si reggeva male sulle gambe. Eppure saltava da uno scoglio all'altro, forse con l'intento, non preciso, di scivolare, di rompersi uno stinco, o di ruzzolare, così quasi senza volerlo, in mare. Ansava, sbuffava, scrollava il capo per levarsi dal naso un certo fastidio, che non sapeva se gli venisse dal sudore, dalle lacrime o dalla spruzzaglia delle ondate che si cacciavano tra gli scogli. Quando fu alla punta della scogliera, cascò a sedere, si levò il cappello, serrò gli occhi, la bocca, e gonfiò le gote, quasi per prepararsi a buttar via, con tutto il fiato che aveva in corpo, l'angoscia, la disperazione, la bile che aveva accumulato.

– Auff, vediamo un po', – disse alla fine, dopo lo sbuffo, riaprendo gli occhi.

Il sole tramontava. Il mare, d'un verde vitreo presso la riva, s'indorava intensamente in tutta la vastità tremula dell'orizzonte. Il cielo era tutto in fiamme, e limpidissima l'aria, nella viva luce, su tutto quel tremolio d'acque incendiate.

– Io là? – domandò il Ciunna poco dopo, guardando il mare, oltre gli ultimi scogli. – Per duemila e settecento lire?

Gli parvero pochissime. Come togliere a quel mare una botte d'acqua.

«Non si ha il diritto di rubare, lo so. Ma è da vedere se non se ne ha il dovere, perdio, quando quattro bambini ti piangono per il pane e tu questo schifoso denaro lo hai tra le mani e lo stai contando. La società non te ne dà il diritto; ma tu, padre, hai il dovere di rubare in simili casi. E io sono due volte padre per quei quattro innocenti là! E se muoio io, come faranno? Per la strada a mendicare? Ah, no, signor ispettore; la farò piangere io, con me. E se lei, signor ispettore, ha il cuore duro come questo scoglio qua, ebbene, mi mandi pure davanti ai giudici: voglio vedere se avranno cuore loro da condannarmi. Perdo il posto? Ne troverò un altro, signor ispettore! Non si confonda. Là, io, non mi ci butto! Ecco le paranze! Compro un chilo di triglie grosse così, e ritorno a casa a mangiarmele coi miei nipotini!»

Si alzò. Le paranze entravano a tutta vela, virando. Si mosse in fretta per arrivare in tempo al mercato del pesce.

Comprò, tra la ressa e le grida, le triglie ancora vive, guizzanti. Ma – dove metterle? Un panierino da pochi soldi: aliga, dentro; e: – non dubiti, signor Ciunna, arriveranno ancora vive vive al paese.

Su la strada, innanzi al *Leon d'oro*, ritrovò l'Imbrò, che subito gli fece con le mani un gesto espressivo:

– Svaporato?

– Che cosa? Ah, il vino... Credevi? Ma che! – fece il Ciunna. – Vedi, ho comperato le triglie. Un bacio, Tinino mio, e un milione di grazie.

– Di che?

– Un giorno forse te lo dirò. Oh, vetturino, su il mantice: non voglio esser veduto.

V

Appena fuori della borgata, cominciò l'erta penosa.

I due cavalli tiravano la carrozza chiusa, accompagnando con un moto della testa china ogni passo allungato a stento, e i sonagli ciondolanti pareva misurassero la lentezza e la pena.

Il vetturino, di tratto in tratto, esortava le povere magre bestie con una voce lunga e lamentosa.

A mezza via, era già sera chiusa.

Il buio sopravvenuto, il silenzio quasi in attesa d'un lieve rumore nella solitudine brulla di quei luoghi mal guardati, richiamarono lo spirito del Ciunna ancora tra annebbiato dai vapori del vino e abbagliato dallo splendore del tramonto sul mare.

A poco a poco, col crescere dell'ombra, aveva chiuso gli occhi, quasi per lusingar se stesso che poteva dormire. Ora, invece, si ritrovava con gli occhi sbarrati nel buio della vettura, fissi sul vetro dirimpetto, che strepitava continuamente.

Gli pareva che fosse or ora uscito, inavvertitamente, da un sogno. E, intanto, non trovava la forza di riscuotersi, di muovere un dito. Aveva le membra come di piombo e una tetra gravezza al capo. Sedeva quasi sulla schiena, abbandonato, col mento sul petto, le gambe contro il sedile di fronte, e la mano sinistra affondata nella tasca dei calzoni.

Oh che! Era davvero ubriaco?

– Ferma, – borbottò con la lingua grossa.

E immaginò, senza scomporsi, che scendeva dalla vettura e si metteva a errare per i campi, nella notte, senza direzione. Udì un lontano abbaiare, e pensò che quel cane abbaiasse a lui errante laggiù laggiù, per la valle.

– Ferma, – ripeté poco dopo, quasi senza voce, riabbassando su gli occhi le palpebre lente.

No! – egli doveva, zitto zitto, saltare dalla vettura, senza farla fermare, senza farsi scorgere dal vetturino; aspettare che la vettura s'allontanasse un po' per l'erto stradone, e poi cacciarsi nella campagna e correre, correre fino al mare là in fondo.

Intanto non si moveva.

– *Plumf!* – si provò a fare con la lingua torpida.

A un tratto, un guizzo nel cervello lo fece sobbalzare, e con la mano destra convulsa cominciò a grattarsi celermente la fronte:

– La lettera... la lettera...

Aveva lasciato la lettera per il figliuolo sul guanciale del letto. La vedeva. A quell'ora, in casa lo piangevano morto. Tutto il paese, a quell'ora, era pieno della notizia del suo suicidio. E l'ispettore? L'ispettore era certo venuto: «Gli avranno consegnato le chiavi; si sarà accorto del vuoto di cassa. La sospensione disonorante, la miseria, il ridicolo, il carcere».

E la vettura intanto seguitava ad andare, lentamente, con pena.

No, no. In preda a un tremito angoscioso, il Ciunna avrebbe voluto fermarla. E allora? No, no. Saltare dalla vettura? Trasse la mano sinistra dalla tasca e col pollice e l'indice s'afferrò il labbro inferiore, come per riflettere, mentre con l'altre dita stringeva, stritolava qualcosa. Aprì quella mano, sporgendola dal finestrino, al chiaro di luna, e si guardò nella palma. Restò. Il veleno. Lì, in tasca, il veleno dimenticato. Strizzò gli occhi, se lo cacciò in bocca: inghiottì. Rapidamente ricacciò la mano in tasca, ne trasse altri pezzetti: li inghiottì. Vuoto. Vertigine. Il petto, il ventre gli s'aprivano, squarciati. Sentì mancarsi il fiato e sporse il capo dal finestrino.

– Ora muoio.

L'ampia vallata sottoposta era allagata da un fresco e lieve chiarore lunare; gli alti colli di fronte sorgevano neri e si disegnavano nettamente nel cielo opalino.

Allo spettacolo di quella deliziosa quiete lunare una grande calma gli si fece dentro. Appoggiò la mano allo sportello, piegò il mento sulla mano e attese, guardando fuori.

Saliva dal basso della valle un limpido assiduo scampanellare di grilli, che pareva la voce del tremulo riflesso lunare sulle acque correnti d'un placido fiume invisibile.

Alzò gli occhi al cielo, senza levare il mento dalla mano, poi guardò i colli neri e la valle di nuovo, come per vedere quanto ormai rimaneva per gli altri, poiché nulla più era per lui. Tra breve, non avrebbe veduto, non avrebbe udito più nulla... S'era forse fermato il tempo? Come mai non sentiva ancora nessun accenno di dolore?

– Non muoio?

E subito, come se il pensiero gli avesse dato la sensazione attesa, si ritrasse, e con una mano si strinse il ventre. No: non sentiva ancor nulla. Però... Si passò una mano sulla fronte: ah! era già bagnata d'un sudor gelido! Il terrore della morte, alla sensazione di quel gelo, lo vinse: tremò tutto sotto l'enorme, nera, orrida imminenza irreparabile, e si contorse nella vettura, addentando un cuscino per soffocar l'urlo del primo spasimo tagliente alle viscere.

Silenzio. Una voce. Chi cantava? E quella luna...

Cantava il vetturino monotonamente, mentre i cavalli stanchi trascinavano con pena la carrozza nera per lo stradone polveroso, bianco di luna.

L'AVEMARIA DI BOBBIO

Un caso singolarissimo era accaduto, parecchi anni addietro, a Marco Saverio Bobbio, notaio a Richieri tra i più stimati.

Nel poco tempo che la professione gli lasciava libero, si era sempre dilettato di studii filosofici, e molti e molti libri d'antica e nuova filosofia aveva letti e qualcuno anche riletto e profondamente meditato.

Purtroppo Bobbio aveva in bocca più d'un dente guasto. E niente, secondo lui, poteva meglio disporre allo studio della filosofia, che il mal di denti. Tutti i filosofi, a suo dire, avevano dovuto avere e dovevano avere in bocca almeno un dente guasto. Schopenhauer, certo, più d'uno.

Il mal di denti, lo studio della filosofia; e lo studio della filosofia, a poco a poco, aveva avuto per conseguenza la perdita della fede, fervidissima un tempo, quando Bobbio era fanciullino e ogni mattina andava a messa con la mamma e ogni domenica si faceva la santa comunione nella chiesetta della Badiola al Carmine.

Ciò che conosciamo di noi è però solamente una parte, e forse piccolissima, di ciò che siamo a nostra insaputa. Bobbio anzi diceva che ciò che chiamiamo coscienza è paragonabile alla poca acqua che si vede nel collo d'un pozzo senza fondo. E intendeva forse significare con questo che, oltre i limiti della memoria, vi sono percezioni e azioni che ci rimangono ignote, perché veramente non sono più nostre, ma di noi quali ora siamo, viviamo in noi, quali fummo in altro tempo, con pensieri e affetti già da un lungo oblio oscurati in noi, cancellati, spenti; ma che al richiamo improvviso d'una sensazione, sia sapore, sia colore o suono, possono ancora dar prova di vita, mostrando ancor vivo in noi un altro essere insospettato.

Marco Saverio Bobbio, ben noto a Richieri non solo per la sua qualità di eccellente e scrupolosissimo notaio, ma anche e forse più per la gigantesca statura, che la tuba, tre menti e la pancia esorbitante rendevano spettacolosa; ormai senza fede e scettico, aveva tuttora dentro – e non lo sapeva – il fanciullo che ogni mattina andava a messa con la mamma e le due sorelline e ogni domenica si faceva la santa comunione nella chiesetta della Badiola al Carmine; e che forse tuttora, all'insaputa di lui, andando a letto con lui, per lui giungeva le manine e recitava le antiche preghiere, di cui Bobbio forse non ricordava più neanche le parole.

Se n'era accorto bene lui stesso, parecchi anni fa, quando appunto gli era occorso questo singolarissimo caso.

Si trovava a villeggiare con la famiglia in un suo poderetto a circa due miglia da Richieri. Andava la mattina col somarello (povero somarello!) in città, per gli affari dello studio, che non gli davano requie; ritornava, la sera.

La domenica, però, ah la domenica voleva passarsela tutta, e beatamente, in vacanza. Venivano parenti, amici; e si facevano gran tavolate all'aperto; le donne attendevano a preparare il pranzo o cicalavano; i ragazzi facevano il chiasso tra loro; gli uomini andavano a caccia o giocavano alle bocce.

Era uno spasso e uno spavento veder correre Bobbio dietro alle bocce, con quei tre menti e il pancione traballanti.

– Marco, – gli gridava la moglie da lontano, – non ti strapazzare! Bada, Marco, se starnuti!

Perché, Dio liberi se Bobbio starnutava! Era ogni volta una terribile esplosione da tutte le parti; e spesso, tutto sgocciolante, doveva correre ai ripari con una mano davanti e l'altra dietro.

Non aveva il governo di quel suo corpaccio. Pareva che esso, rompendo ogni freno, gli scappasse via, gli si precipitasse sbalestrato, lasciando tutti con l'anima pericolante in atto di pararglielo. Quando poi gli ritornava in dominio, riequilibrato, gli ritornava con certi strani dolori e guasti improvvisi, a un braccio, a una gamba, alla testa.

Più spesso, ai denti.

I denti, i denti erano la disperazione di Bobbio! Se n'era fatti strappare cinque, sei, non sapeva più quanti; ma quei pochi che gli erano restati pareva si fossero incaricati di torturarlo anche per gli altri andati via.

Una di quelle domeniche, ch'era sceso in villa da Richieri il cognato con tutta la famiglia, moglie e figli e parenti della moglie e parenti dei parenti, cinque carrozzate, e si era stati allegri più che mai, paf! all'improvviso, sul tardi, giusto nel momento di mettersi a tavola, uno di quei dolori... ma uno di quelli!

Per non guastare agli altri la festa, il povero Bobbio s'era ritirato in camera con una mano sulla guancia, la bocca semiaperta, e gli occhi come di piombo, pregando tutti che attendessero a mangiare senza darsi pensiero di lui. Ma, un'ora dopo, era ricomparso come uno che non sapesse più in che mondo si fosse, se un molino a vapore, proprio un molino a vapore, strepitoso, rombante, era potuto entrargli nella testa e macinargli in bocca, sì, sì, in bocca, in bocca, furiosamente. Tutti erano restati sospesi e costernati a guardargli la bocca, come se davvero s'aspettassero di vederne colar farina. Ma che farina! bava, bava gli colava. Non questo soltanto, però, era assurdo: tutto era assurdo nel mondo, e mostruoso, e atroce. Non stavano lì tutti a banchettare festanti, mentre lui arrabbiava, impazziva? mentre l'universo gli si sconquassava nella testa?

Ansando, con gli occhi stravolti, la faccia congestionata, le mani sfarfallanti, levava come un orso ora una cianca ora l'altra da terra, e dimenava la testa, come se la volesse sbattere alle pareti. Tutti gli atti e i gesti erano, nell'intenzione, di rabbia e violenti: ma si manifestavano molli e invano, quasi per non disturbare il dolore, per non arrabbiarlo di più.

Per carità, per carità, a sedere! a sedere! Oh, Dio! Lo volevano fare impazzire peggio, saltandogli addosso così? A sedere! a sedere! Niente. Nessuno poteva dargli aiuto! Sciocchezze... imposture... Niente, per carità! Non poteva parlare... Uno solo... andasse giù uno solo a far attaccare subito i cavalli a una delle carrozze arrivate la mattina. Voleva correre a Richieri a farsi strappare il dente. Subito! subito! Intanto, tutti a sedere. Appena pronta la carrozza... Ma no, voleva andar su, solo! Non poteva sentir parlare, non poteva veder nessuno... Per carità, solo! solo!

Poco dopo, in carrozza – solo, come aveva voluto – abbandonato, sprofondato, perduto nel rombo dello spasimo atroce, mentre lungo lo stradone in salita i cavalli andavano quasi a passo nella sera sopravvenuta... Ma che era accaduto? Nello sconvolgimento della coscienza, Bobbio all'improvviso aveva provato un tremore, un tremito di tenerezza angosciosa per se stesso, che soffriva, oh Dio, soffriva da non poterne più. La carrozza passava in quel momento davanti a un rozzo tabernacolo della SS. Vergine delle Grazie, con un lanternino acceso, pendulo innanzi alla grata, e Bobbio, in quel fremito di tenerezza angosciosa, con la coscienza sconvolta, senza sapere più quello che si facesse, aveva fissato lo sguardo lagrimoso a quel lanternino, e...

«Ave Maria, piena di grazie, il Signore è con Te, benedetta tra tutte le donne, e benedetto il frutto del Tuo ventre, Gesù. Santa Maria madre di Dio, prega per noi peccatori, ora e nell'ora della nostra morte. Così sia.»

E, all'improvviso, un silenzio, un gran silenzio gli s'era fatto dentro; e, anche fuori, un gran silenzio misterioso, come di tutto il mondo: un silenzio pieno di freschezza, arcanamente lieve e dolce.

Si era tolta la mano dalla guancia, ed era rimasto attonito, sbalordito, ad ascoltare. Un lungo, lungo respiro di refrigerio, di sollievo, gli aveva ridato l'anima. Oh Dio! Ma come? Il mal di denti gli era passato, gli era proprio passato, come per un miracolo. Aveva recitato l'avemaria e... Come, lui? Ma sì, passato, c'era poco da dire. Per l'avemaria? Come crederlo? Gli era venuto di recitarla così, all'improvviso, come una feminuccia...

La carrozza, intanto, aveva seguitato a salire verso Richieri; e Bobbio, intronato, avvilito, non aveva pensato di dire al vetturino di ritornare indietro, alla villa.

Una pungente vergogna di riconoscere, prima di tutto, il fatto che lui, come una feminuccia, aveva potuto recitare l'avemaria, e che poi, veramente, dopo l'avemaria il mal di denti gli era passato, lo irritava e lo sconcertava; e poi il rimorso di riconoscere anche, nello stesso tempo, che si mostrava ingrato non credendo, non potendo credere, che si fosse liberato dal male per quella preghiera, ora che aveva ottenuto la grazia; e infine un segreto timore che, per questa ingratitudine, subito il male lo potesse riassalire.

Ma che! Il male non lo aveva riassalito. E, rientrando nella villa, leggero come una piuma, ridente, esultante, a tutti i convitati, che gli erano corsi incontro, Bobbio aveva annunziato:

– Niente! Mi è passato tutt'a un tratto, da sé, lungo lo stradone, poco dopo il tabernacolo della Madonna delle Grazie. Da sé!

Orbene, a questo suo caso singolarissimo di parecchi anni fa pensava Bobbio con un risolino scettico a fior di labbra, un dopopranzo, steso su la greppina dello studio, col primo volume degli *Essais* di Montaigne aperto innanzi agli occhi.

Leggeva il capitolo XXVII, ov'è dimostrato che *c'est folie de rapporter le vray et le faux à notre suffisance.*

Era, non ostante quel risolino scettico, alquanto inquieto e, leggendo, si passava di tratto in tratto una mano su la guancia destra.

Montaigne diceva:

«*Quand nous lisons dans Bouchet les miracles des reliques de sainct Hilaire, passe; son credit n'est pas assez grand pour nous oster la licence d'y contredire; mais de condamner d'un train toutes pareilles histoires me semble singuliere imprudence. Ce grand sainct Augustin tesmoigne...*»

– Eh già! – fece Bobbio a questo punto, accentuando il risolino. – Eh già! *Ce grand sainct Augustin* attesta, o diciamo, autentica d'aver veduto, su le reliquie di San Gervaso e Protaso a Milano, un fanciullo cieco riacquistare la vista; una donna a Cartagine, guarire d'un cancro col segno della croce fattovi sopra da una donna di recente battezzata... Ma allo stesso modo il gran sant'Agostino avrebbe potuto affermare, o diciamo, autenticare su la mia testimonianza, che Marco Saverio Bobbio, notaio a Richieri tra i più stimati, guarì una volta all'improvviso d'un feroce mal di denti, recitando un'avemaria...

Bobbio chiuse gli occhi, accomodò la bocca ad o, come fanno le scimmie, e mandò fuori un po' d'aria.

– Fiato cattivo!

Strinse le labbra e, piegando la testa da un lato, sempre con gli occhi chiusi, si passò di nuovo, più forte, la mano su la mandibola.

Perdio, il dente! O non gli faceva male di nuovo, il dente? E forte, anche, gli faceva male. Perdio, di nuovo.

Sbuffò; si levò in piedi faticosamente; buttò il libro su la greppina, e si mise a passeggiare per la stanza con la mano su la guancia e la fronte contratta e il naso ansante. Si recò davanti allo specchio della mensola; si cacciò un dito a un angolo della bocca e la stirò per guardarvi dentro il dente cariato. All'impressione dell'aria, sentì una fitta più acuta di dolore, e subito serrò le labbra e contrasse tutto il volto per lo spasimo; poi levò il volto al soffitto e scosse le pugna, esasperato.

Ma sapeva per esperienza che, ad avvilirsi sotto il male o ad arrabbiarsi, avrebbe fatto peggio. Si sforzò dunque di dominarsi; andò a buttarsi di nuovo su la greppina e vi rimase un pezzo con le palpebre semichiuse, quasi a covar lo spasimo; poi le riaprì; riprese il libro e la lettura.

«*...une femme nouvellement baptisée lui fit; Hesperius...* no, appresso... Ah, ecco... *une femme en une procession ayant touché à la chasse sainct Estienne d'un bouquet, et de ce bouquet s'estant frottée les yeux, avoir recouvré la veüe qu'elle avoit pieça perdue...*»

Bobbio ghignò. Il ghigno gli si contorse subito in una smorfia, per un tiramento improvviso del dolore, ed egli vi applicò la mano su, forte, a pugno chiuso. Il ghigno era di sfida.

– E allora, – disse, – vediamo un po'. Montaigne e Sant'Agostino mi siano testimonii. Vediamo un po' se mi passa ora, come mi passò allora.

Chiuse gli occhi e, col sorriso frigido su le labbra tremanti per lo spasimo interno, recitò pian piano, con stento, cercando le parole, l'avemaria, questa volta in latino... *gratia plena... Dominus tecum... fructus ventris tui... nunc et in hora mortis...* Riaprì gli occhi, *Amen...* Attese un po', interrogando in bocca il dente... *Amen...*

Ma che! Non gli passava. Gli si faceva anzi più forte... Ecco, ahi ahi... più forte... più forte...

– Oh Maria! oh Maria!

E Bobbio rimase sbalordito. Quest'ultima, reiterata invocazione non era stata *sua*; gli era uscita dalle labbra con voce non *sua*, con fervore non *suo*. E già... ecco... una sosta... un refrigerio... Possibile? Di nuovo?... Ma che, no! Ahi ahi... ahi ahi...

– Al diavolo Montaigne! Sant'Agostino!

E Bobbio si cacciò la tuba in capo e, aggrondato, feroce, con la mano su la guancia, si precipitò in cerca d'un dentista.

Recitò o non recitò, durante il tragitto, senza saperlo, di nuovo, l'avemaria? Forse sì... forse no... Il fatto è che, davanti alla porta del dentista, si fermò di botto, più che mai aggrondato, con rivoli di sudore per tutto il faccione, in tale buffo atteggiamento di balorda sospensione, che un amico lo chiamò:

– Signor notaio!

– Ohé...

– E che fa lì?

– Io? Niente... avevo un... un dente che mi faceva male...

– Le è passato?

– Già... da sé...

– E lo dice così? Sia lodato Dio!

Bobbio lo guardò con una grinta da cane idrofobo.

– Un corno! – gridò. – Che lodato Dio! Vi dico, *da sé*! Ma perché vi dico così, vedrete che forse, di qui a un momento, mi ritornerà! Ma sapete che faccio? Non mi duole più: ma me lo faccio strappare lo stesso! Tutti me li faccio strappare, a uno a uno, tutti, ora stesso me li faccio strappare. Non voglio di questi scherzi... non voglio più di questi scherzi, io! Tutti, a uno a uno, me li faccio strappare!

E si cacciò, furibondo, tra le risa di quell'amico, nel portoncino del dentista.

L'IMBECILLE

Ma che c'entrava, in fine, Mazzarini, il deputato Guido Mazzarini, col suicidio di Pulino? – Pulino? Ma come? S'era ucciso Pulino? – Lulù Pulino, sì: due ore fa. Lo avevano trovato in casa, che pendeva dall'ansola del lume, in cucina. – Impiccato? – Impiccato, sì. Che spettacolo! Nero, con gli occhi e la lingua fuori, le dita raggricchiate. – Ah, povero Lulù! – Ma che c'entrava Mazzarini?

Non si capiva niente. Una ventina di energumeni urlavano nel caffè, con le braccia levate (qualcuno era anche montato sulla sedia), attorno a Leopoldo Paroni, presidente del *Circolo repubblicano* di Costanova, che urlava più forte di tutti.

– Imbecille! sì, sì, lo dico e lo sostengo: imbecille! imbecille! Gliel'avrei pagato io il viaggio! Io, gliel'avrei pagato! Quando uno non sa più che farsi della propria vita, perdio, se non fa così è un imbecille!

– Scusi, che è stato? – domandò un nuovo venuto, accostandosi, intronato da tutti quegli urli e un po' perplesso, a un avventore che se ne stava discosto, appartato in un angolo in ombra, tutto aggruppato, con uno scialle di lana su le spalle e un berretto da viaggio in capo, dalla larga visiera che gli tagliava con l'ombra metà del volto.

Prima di rispondere, costui levò dal pomo del bastoncino una delle mani ischeletrite, nella quale teneva un fazzoletto appallottato, e se la portò alla bocca, su i baffetti squallidi, spioventi. Mostrò così la faccia smunta, gialla, su cui era ricresciuta rada rada qua e là una barbettina da malato. Con la bocca otturata, combatté un pezzo, sordamente, con la propria gola, ove una tosse profonda irrompeva, rugliando tra sibili; in fine disse con voce cavernosa:

– Mi ha fatto aria, accostandosi. Scusi, lei, non è di Costanova, è vero?

(E raccolse e nascose nel fazzoletto qualche cosa.) Il forestiere, dolente, mortificato, imbarazzato dal ribrezzo che non riusciva a dissimulare, rispose:

– No; sono di passaggio.

– Siamo tutti di passaggio, caro signore.

E aprì la bocca, così dicendo, e scoprì i denti, in un ghigno frigido, muto, restringendo in fitte rughe, attorno agli occhi aguzzi, la gialla cartilagine del viso emaciato.

– Guido Mazzarini, – riprese poi, lentamente, – è il deputato di Costanova. Grand'uomo.

E stropicciò l'indice e il pollice d'una mano, a significare il perché della grandezza.

– Dopo sette mesi dalle elezioni politiche, a Costanova, caro signore, ribolle ancora furioso, come vede, lo sdegno contro di lui, perché, avversato qui da tutti, è riuscito a vincere col suffragio ben pagato delle altre sezioni elettorali del collegio. Le furie non sono svaporate, perché Mazzarini, per vendicarsi, ha fatto mandare al Municipio di Costanova... – si scosti, si scosti un poco; mi manca l'aria – un regio commissario. Grazie. Già! un regio commissario. Cosa... cosa di gran momento... Eh, un regio commissario...

Allungò una mano e, sotto gli occhi del forestiere che lo mirava stupito, chiuse le dita, lasciando solo ritto il mignolo, esilissimo; appuntì le labbra e rimase un pezzo intentissimo a fissar l'unghia livida di quel dito.

– Costanova è un gran paese, – disse poi. – L'universo, tutto quanto, gravita attorno a Costanova. Le stelle, dal cielo, non fanno altro che sbirciar Costanova; e c'è chi dice che ridano; c'è chi dice che sospirino dal desiderio d'avere in sé ciascuna una città come Costanova. Sa da che dipendono le sorti dell'universo? Dal partito repubblicano di Costanova, il quale non può aver bene in nessun modo, tra Mazzarini da un lato, e l'ex-sindaco Cappadona dall'altro, che fa il re. Ora il Consiglio comunale è stato sciolto e per conseguenza l'universo è tutto scombussolato. Eccoli là: li sente? Quello che strilla più di tutti è Paroni, sì, quello là col pizzo, la cravatta rossa e il cappello alla Lobbia; strilla così, perché vuole che la vita universa, e anche la morte, stiano a servizio dei repubblicani di Costanova. Anche la morte, sissignore. S'è ucciso Pulino... Sa chi era Pulino? Un povero malato, come me. Siamo parecchi, a Costanova, malati così. E dovremmo servire a qualche cosa. Stanco di penare, il povero Pulino oggi si è...

– Impiccato?

– All'ansola del lume, in cucina. Eh, ma così, no, non mi piace. Troppa fatica, impiccarsi. C'è la rivoltella, caro signore. Morte più spiccia. Bene; sente che dice Paroni? Dice che Pulino è stato un imbecille, non perché si è impiccato, ma perché, prima di impiccarsi, non è andato a Roma ad ammazzar Guido Mazzarini. Già! Perché Costanova, e conseguentemente l'universo, rifiatasse. Quando uno non sa più che farsi della propria vita, se non fa così, se prima d'uccidersi non ammazza un Mazzarini qualunque, è un imbecille. Gliel'avrebbe pagato lui il viaggio, dice. Con permesso, caro signore.

S'alzò di scatto; si strinse, da sotto, con ambo le mani lo scialle attorno al volto, fino alla visiera del berretto; e, così imbacuccato, curvo, lanciando occhiatacce al crocchio degli urloni, uscì dal caffè.

Quel forestiere di passaggio restò imbalordito; lo seguì con gli occhi fino alla porta: poi si volse al vecchio cameriere del caffè e gli domandò, costernatissimo:

– Chi è?

Il vecchio cameriere tentennò il capo amaramente; si picchiò il petto con un dito; e rispose, sospirando:

– Anche lui... eh, poco più potrà tirare. Tutti di famiglia! Già due fratelli e una sorella... Studente. Si chiama Fazio. Luca Fazio. Colpa della madraccia, sa? Per soldi, sposò un tisico, sapendo ch'era tisico. Ora lei sta così, grossa e grassa, in campagna, come una badessa, mentre i poveri figliuoli, a uno a uno... Peccato! Sa che testa ha quello lì? e quanto ha studiato! Dotto; lo dicono tutti. Viene da Roma, dagli studii. Peccato!

E il vecchio cameriere accorse al crocchio degli urloni che, pagata la consumazione, si disponevano a uscire dal caffè con Leopoldo Paroni in testa.

Serataccia, umida, di novembre. La nebbia s'affettava. Bagnato tutto il lastricato della piazza; e attorno a ogni fanale sbadigliava un alone.

Appena fuori della porta del caffè, tutti si tirarono su il bavero del pastrano, e ciascuno, salutando, s'avviò per la sua strada.

Leopoldo Paroni, nell'atteggiamento che gli era abituale, di sdegnosa, accigliata fierezza, sollevò di traverso il capo, e così col pizzo all'aria attraversò la piazza, facendo il mulinello col bastone. Imboccò la via di contro al caffè; poi voltò a destra, al primo vicolo, in fondo al quale era la sua casa.

Due fanaletti piagnucolosi, affogati nella nebbia, stenebravano a mala pena quel lercio budello: uno a principio, uno in fine.

Quando Paroni fu a metà del vicolo, nella tenebra, e già cominciava a sospirare al barlume che arrivava fioco dall'altro fanaletto ancor remoto, credette di discernere laggiù in fondo, proprio innanzi alla sua casa, qualcuno appostato. Si sentì rimescolar tutto il sangue e si fermò.

Chi poteva essere, lì, a quell'ora? C'era uno, senza dubbio, ed evidentemente appostato; lì proprio innanzi alla porta di casa sua. Dunque, per lui. Non per rubare, certo: tutti sapevano ch'egli era povero come Cincinnato. Per odio politico, allora... Qualcuno mandato da Mazzarini, o dal regio commissario? Possibile? Fino a tanto?

E il fiero repubblicano si volse a guardare indietro, perplesso, se non gli convenisse ritornare al caffè o correre a raggiungere gli amici, da cui si era separato or ora; non per altro, per averli testimonii della viltà, dell'infamia dell'avversario. Ma s'accorse che l'appostato, avendo udito certamente, nel silenzio, il rumore dei passi fin dal suo entrare nel vicolo, gli si faceva incontro, là dove l'ombra era più fitta. Eccolo: ora si scorgeva bene: era imbacuccato. Paroni riuscì a stento a vincere il tremore e la tentazione di darsela a gambe; tossì, gridò forte:

– Chi è là?

– Paroni, – chiamò una voce cavernosa.

Un'improvvisa gioia invase e sollevò Paroni, nel riconoscere quella voce:

– Ah, Luca Fazio... tu? Lo volevo dire! Ma come? Tu qua, amico mio? Sei tornato da Roma?

– Oggi, – rispose, cupo, Luca Fazio.

– M'aspettavi, caro?

– Sì. Ero al caffè. Non m'hai visto?

– No, affatto. Ah, eri al caffè? Come stai, come stai, amico mio?

– Male; non mi toccare.

– Hai qualche cosa da dirmi?

– Sì; grave.

– Grave? Eccomi qua!

– Qua, no: su a casa tua.

– Ma... c'è cosa? Che c'è, Luca? Tutto quello che posso, amico mio...

– T'ho detto, non mi toccare: sto male.

Erano arrivati alla casa. Paroni trasse di tasca la chiave; aprì la porta; accese un fiammifero, e prese a salir la breve scaletta erta, seguito da Luca Fazio.

– Attento... attento agli scalini...

Attraversarono una saletta; entrarono nello scrittoio, appestato da un acre fumo stagnante di pipa. Paroni accese un sudicio lumetto bianco a petrolio, su la scrivania ingombra di carte, e si volse premuroso al Fazio. Ma lo trovò con gli occhi schizzanti dalle orbite, il fazzoletto, premuto forte con ambo le mani, su la bocca. La tosse lo aveva riassalito, terribile, a quel puzzo di tabacco.

– Oh Dio... stai proprio male, Luca...

Questi dovette aspettare un pezzo per rispondere. Chinò più volte il capo. S'era fatto cadaverico.

– Non chiamarmi amico, e scostati – prese infine a dire. – Sono agli estremi... No, resto... resto in piedi... Tu scostati.

– Ma... ma io non ho paura... – protestò Paroni.

– Non hai paura? Aspetta... – sghignò Luca Fazio. – Lo dici troppo presto. A Roma, vedendomi così agli estremi, mi mangiai tutto: serbai solo poche lire per comperarmi questa rivoltella.

Cacciò una mano nella tasca del pastrano e ne trasse fuori una grossa rivoltella.

Leopoldo Paroni, alla vista dell'arma, in pugno a quell'uomo in quello stato, diventò pallido come un cencio, levò le mani, balbettò:

– Che... che è carica? Ohé, Luca...

– Carica, – rispose frigido il Fazio. – Hai detto che non hai paura...

– No... ma, se, Dio liberi...

– Scostati! Aspetta... M'ero chiuso in camera, a Roma, per finirmi. Quando, con la rivoltella già puntata alla tempia, ecco che sento picchiare all'uscio...

– Tu, a Roma?

– A Roma. Apro. Sai chi mi vedo davanti? Guido Mazzarini.

– Lui? a casa tua?

Luca Fazio fece di sì, più volte, col capo. Poi seguitò:

– Mi vide con la rivoltella in pugno, e subito, anche dalla mia faccia, comprese che cosa stessi per fare; mi corse innanzi; m'afferrò per le braccia; mi scosse e mi gridò: «Ma come? così t'uccidi? Oh Luca, sei tanto imbecille? Ma va'... se vuoi far questo... ti pago io il viaggio; corri a Costanova, e ammazzami prima Leopoldo Paroni!».

Paroni, intentissimo finora al truce e strano discorso, con l'animo in subbuglio nella tremenda aspettativa d'una qualche atroce violenza davanti a lui, si sentì d'un tratto sciogliere le membra; e aprì la bocca a un sorriso squallido, vano:

–... Scherzi?

Luca Fazio si trasse un passo indietro; ebbe come un tiramento convulso in una guancia, presso il naso, e disse, con la bocca scontorta:

– Non scherzo. Mazzarini m'ha pagato il viaggio; ed eccomi qua. Ora io, prima ammazzo te, e poi m'ammazzo.

Così dicendo, levò il braccio con l'arma e mirò.

Paroni, atterrito, con le mani innanzi al volto, cercò di sottrarsi alla mira, gridando:

– Sei pazzo?... Luca... sei pazzo?

– Non ti muovere! – intimò Luca Fazio. – Pazzo, eh? ti sembro pazzo? E non hai urlato per tre ore al caffè che Pulino è stato un imbecille perché, prima d'impiccarsi, non è andato a Roma ad ammazzar Mazzarini?

Leopoldo Paroni tentò d'insorgere:

– Ma c'è differenza, per dio! Io non sono Mazzarini!

– Differenza? – esclamò il Fazio, tenendo sempre sotto mira il Paroni. – Che differenza vuoi che ci sia tra te e Mazzarini, per uno come me o come Pulino, a cui non importa più nulla della vostra vita e di tutte le vostre pagliacciate? Ammazzar te o un altro, il primo che passa per via, è tutt'uno per noi! Ah, siamo imbecilli per te, se non ci rendiamo strumento, all'ultimo, del tuo odio o di quello d'un altro, delle vostre gare e delle vostre buffonate? Ebbene: io non voglio essere imbecille come Pulino, e ammazzo te!

– Per carità, Luca... che fai? Ti sono stato sempre amico! – prese a scongiurar Paroni, storcendosi, per scansar la bocca della rivoltella.

Guizzava veramente negli occhi di Fazio la folle tentazione di premere il grilletto dell'arma.

– Eh, – disse col solito ghigno frigido su le labbra. – Quando uno non sa più che farsi della propria vita... Buffone! Stai tranquillo; non t'ammazzo. Da bravo repubblicano, tu sarai libero pensatore, eh? Ateo! Certamente... Se no, non avresti potuto dire imbecille a Pulino. Ora tu credi ch'io non ti ammazzi, perché spero gioie e compensi in un mondo di là... No, sai? Sarebbe per me la cosa più atroce credere che io debba portarmi altrove il peso delle esperienze che mi è toccato fare in questi ventisei anni di vita. Non credo a niente! Eppure, non t'ammazzo. Né credo d'essere un imbecille, se non t'ammazzo. Ho pietà di te, della tua buffoneria, ecco. Ti vedo da lontano, e mi sembri così piccolo e miserabile. Ma la tua buffoneria la voglio patentare.

– Come? – fece Paroni, con una mano a campana, non avendo udito l'ultima parola, nell'intronamento in cui era caduto.

– Pa-ten-ta-re, – sillabò Fazio. – Ne ho il diritto, giunto come sono al confine. E tu non puoi ribellarti. Siedi là, e scrivi.

Gl'indicò la scrivania con la rivoltella, anzi quasi lo prese e lo condusse a seder lì per mezzo dell'arma puntata contro il petto.

– Che... che vuoi che scriva? – balbettò Paroni annichilito.

– Quello che ti detterò io. Ora tu stai sotto; ma domani, quando saprai che mi sono ucciso, tu rialzerai la cresta; ti conosco; e al caffè urlerai che sono stato un imbecille anch'io. No? Ma non lo faccio per me. Che vuoi che m'importi del tuo giudizio? Voglio vendicar Pulino. Scrivi dunque... Lì, lì, va bene. Due parole. Una dichiarazioncina, «*Io qui sottoscritto mi pento...*» Ah, no, perdio! scrivi, sai? A questo solo patto ti risparmio la vita! O scrivi, o t'ammazzo... «*...Mi pento d'aver chiamato imbecille Pulino, questa sera, al caffè, tra gli amici, perché, prima d'uccidersi, non è andato a Roma ad ammazzar Mazzarini.*» Questa è la pura verità: non c'è una parola di più. Anzi, lascio che gli avresti pagato il viaggio. Hai scritto? Ora seguita: «*Luca Fazio, prima d'uccidersi, è venuto a trovarmi...*». Vuoi metterci *armato di rivoltella*? Mettilo pure: «*armato di rivoltella*». Tanto, non pagherò la multa per porto d'arma abusivo. Dunque: «*Luca Fazio è venuto a trovarmi, armato di rivoltella*», hai scritto? «*e mi ha detto che, conseguentemente, anche lui, per non esser chiamato imbecille da Mazzarini o da qualche altro, avrebbe dovuto ammazzar me come un cane.*» Hai scritto, *come un cane*? Bene. A capo. «*Poteva farlo, e non l'ha fatto. Non l'ha fatto perché ha avuto schifo e pietà di me e della mia paura. Gli è bastato che gli dichiarassi che il vero imbecille sono io.*»

Paroni, a questo punto, congestionato, scostò furiosamente la carta, e si trasse indietro protestando:

– Questo poi...

– *Che il vero imbecille sono io,* – ripeté, freddo, perentoriamente, Luca Fazio. – La tua dignità la salvi meglio, caro mio, guardando la carta su cui scrivi, anziché quest'arma che ti sta sopra. Hai scritto? Firma adesso.

Si fece porgere la carta; la lesse attentamente: disse:

– Sta bene. Me la troveranno addosso, domani.

La piegò in quattro e se la mise in tasca.

– Consolati, Leopoldo, col pensiero ch'io vado a fare adesso una cosa un tantino più difficile di quella che or ora hai fatto tu. Buona notte.

SUA MAESTÀ

Accanto alla tragedia, però, si ebbe anche la farsa a Costanova, quando fu sciolto il Consiglio comunale e arrivò da Roma il Regio Commissario.

Quel giorno, Melchiorino Palì, nella sala d'aspetto della stazione, picchiandosi il petto con tutte e due le manine perdute in un vecchio paio di guanti grigi sforacchiati nelle punte, si sfogava a dire:

– Ma la faremo noi, noi, la rivoluzione... *one*. Noi!

I suoi colleghi del Consiglio disciolto (*icconsiglio andato a male*, come diceva sotto sotto il guardasala, ch'era un vecchietto toscano, ascritto, com'era allora di regola, alla lega socialista dei ferrovieri) avevano, dopo lungo dibattito, deciso di venire alla stazione per accogliere l'ospite, quantunque avversario. Ed erano venuti in abito lungo e cappello a staio. Il Palì aveva cercato di dissuaderli, dimostrando loro che non si doveva in nessun modo. Non c'era riuscito e alla fine era venuto anche lui. Coi miseri panni giornalieri, però. In segno di protesta.

Piccino, piccino, con la barbetta rossa e gli occhiali azzurri, oppresso da un cappello duro, roso, inverdito che gli sprofondava fin su la nuca, gli orecchi curvi sotto le tese, oppresso da un greve soprabito color tabacco, continuava a sfogarsi, gestendo furiosamente. Ma si rivolgeva ora di preferenza ai manifesti illustrati, appesi alle pareti della sala d'aspetto, visto che nessuno dei colleghi gli dava più ascolto.

Il vecchio guardasala, intanto, se lo stava a godere, con un sorrisetto canzonatorio su le labbra.

Da uno di quei manifesti, un bel tocco di ragazza scollacciata gli offriva ridendo una tazza di birra dalla spuma traboccante, come per farlo tacere. Ma invano.

– Rivoluzione! Rivoluzione! – incalzava Melchiorino Palì, il quale, quand'era così eccitato, soleva ripetere due e tre volte le ultime sillabe delle parole, come se egli stesso si facesse l'eco: – One... one...

Era indignato non tanto per lo scioglimento del Consiglio (glien'importava un fico... *ico*... un fico secco... *ecco*... a lui, se non era più consigliere) quanto per lo spettacolo stomachevole che il Governo dava all'intera nazione trescando spudoratamente col partito socialista, fino a darla vinta a quei quattro mascalzoni che a Costanova andavano per via col garofano rosso all'occhiello, protetti dall'on. Mazzarini, deputato del collegio, che a Costanova però non aveva raccolto più di ventidue voti... *oti*...

Ora questa, senz'alcun dubbio, era una vendetta del Mazzarini, il quale, partendo per Roma, aveva giurato di dare una lezione memorabile al paese che gli si era dimostrato così acerrimamente nemico... *ico*. Ma che lezione? Lo scioglimento del Consiglio? Eh via! Miserie! Melchiorino Palì considerava da un punto più alto la questione... *one*. Dieci, venti, trenta lire al giorno a un tramviere, a un ferroviere? Quattro, cinque mesi di preparazione, seppure! E un professor di liceo, un giudice, che han dovuto studiar vent'anni per strappare una laurea e affrontare esami e concorsi difficilissimi, non le avevano, non le avevano trenta lire al giorno! E tutte le commiserazioni, intanto, e tutte le cure per il così detto proletariato... *ato*!... *ato*!...

A questo punto, non si sa come, la ragazza scollacciata di quel manifesto, quasi fosse stufa di offrire invano la sua tazza di birra a uno che le avventava contro tanta furia di gesti irosi, si staccò dalla parete e precipitò con fracasso sul divano di cuoio, ove stava seduto l'ex-sindaco, cav. Decenzio Cappadona.

– Vai! È ito via icchiodo! – esclamò allora, accorrendo e sghignando, il vecchietto guardasala.

Il Cappadona balzò in piedi sacrando e tirò una spinta così furiosa a Melchiorino Palì rimasto a bocca aperta e con le dieci dita per aria, che lo mandò a schizzare addosso a uno dei colleghi.

– Io? Che c'entro io? So un corno io se il chiodo si stacca! – si rivoltò furibondo il Palì; quindi, parandosi di faccia a quel collega e prendendogli un bottone sul petto della finanziera: – Non ti paiono sacrosante ragioni? Perché, sissignore, io ci sto: trenta lire al giorno... *orno*... al tramviere, al ferroviere... ci sto! ma datene allora cento al giudice, al professore... *ore*... e se no, perdio, la faremo noi, la rivoluzione... *one*... perdio! Noi!

Quel collega si guardava il bottone. Aveva un tubino spelacchiato, ma lo portava con tanta dignità e s'era tutto aggiustato con tanta cura, che si sentiva struggere, ora, a quel discorso e approvava e sbuffava e strabuzzava gli occhi. Alla fine, non ne poté più: lo lasciò lì in asso e s'accostò al cavalier Cappadona per pregarlo che, avvalendosi della sua autorità, facesse tacere quell'energumeno. Era un'indecenza strillare così, con tutta quella trucia addosso. Comprometteva, ecco!

Ma il cavalier Decenzio Cappadona, che s'era già ricomposto e se ne stava ora astratto e assorto, fece un atto appena appena con la mano e seguitò a lisciarsi il gran pizzo regale.

Lo chiamavano a Costanova *Sua Maestà*, perché era il ritratto spiccicato di Vittorio Emanuele II vestito da cacciatore: la stessa corporatura, gli stessi baffi, lo stesso pizzo, lo stesso naso rincagnato all'insù; Vittorio Emanuele II insomma, *purus et putus, purus et putus*, come soleva ripetere il notaio Colamassimo che sapeva il latino.

Anche lui, il cavalier Cappadona, era venuto coi panni giornalieri; ma che c'entra! era noto a tutti ch'egli non cambiava mai, neanche nelle più solenni occasioni, quel suo splendido abito di velluto alla cacciatora e gli stivali e il cappellaccio a larghe tese con la penna infitta da un lato nel nastro, ch'erano tali e quali quelli che il Gran Re portava nel ritratto famoso che al cavalier Decenzio serviva da modello.

I maligni dicevano che non aveva altri titoli per esser sindaco di Costanova fuor che quella straordinaria somiglianza, e che non aveva fatto in vita sua altri studii oltre a quello attentissimo sul ritratto del primo re d'Italia.

Questa seconda malignazione poteva forse avere qualche fondamento di verità: la prima no.

Non bastava, infatti, nemmeno a quei tempi, somigliare a Vittorio Emanuele II per esser sindaco di un comune d'Italia. Tanto vero che in ogni città era raro il caso che non ci fosse per lo meno uno che non somigliasse o non si sforzasse di somigliare a Vittorio Emanuele II, o anche a Umberto I, senz'esser per questo nemmeno consigliere della minoranza.

In verità, ci voleva qualcos'altro.

E questo *qualcos'altro* il cavalier Decenzio Cappadona lo aveva. Milionario, poteva pigliarsi il gusto di sfogare esclusivamente l'attività morale e materiale di cui era capace nella *professione* di quella somiglianza.

A Costanova era re; la sua casa, una reggia; teneva in campagna una numerosa scorta di campieri in divisa, ch'erano come il suo esercito; tutti gli abitanti, tranne quel pugno di buffoni capitanati dal repubblicano Leopoldo Paroni, eran per lui più sudditi che elettori; aveva una scuderia magnifica, una muta di cani preziosa; amava le donne, amava la caccia; e dunque chi più Vittorio Emanuele di lui?

Ora, durante l'ultima amministrazione, qualcuno degli assessori aveva dovuto commettere qualche piccola sciocchezza amministrativa: il cavalier Decenzio non sapeva bene: era re, lui: regnava e non governava. Il fatto è che il Consiglio era stato sciolto. A momenti sarebbe arrivato il Regio Commissario; il cavalier Decenzio s'era incomodato a venire alla stazione; lo avrebbe accolto cortesemente, nella certezza che anche costui sarebbe diventato suo suddito temporaneo devotissimo; si sarebbero fatte le nuove elezioni, e sarebbe stato rieletto sindaco, riacclamato re, senz'alcun dubbio.

L'avvisatore elettrico cominciò a squillare. Il cavalier Cappadona sbadigliò, s'alzò, si batté il frustino su gli stivali, facendo al solito con le labbra: – Bembé... Bembé... – e uscì, seguito dagli altri, sotto la tettoia della stazione. Melchiorino Palì ripeteva ancora una volta che dobbiamo farla noi la rivolu... ma vide due carabinieri alla porta della sala d'aspetto, e le ultime sillabe della parola gli rimasero in gola: ne venne fuori, poco dopo, al solito, l'eco soltanto, attenuata:

– One... one...

La cornetta del casellante strepé in distanza: s'intese il fischio del treno.

– Campana! – ordinò allora il capostazione, che s'era avvicinato a ossequiare il cavalier Cappadona.

Ed ecco il treno, sbuffante, maestoso. Tutti si allineano, in attesa, ansiosi e con quell'eccitazione che l'arrivo del convoglio con la sua imponenza rumorosa e violenta suol destare; i ferrovieri corrono ad aprir gli sportelli gridando: *Costanova! Costanova!* Da una vettura di prima classe uno spilungone miope, squallido, con certi baffi biondicci alla cinese, tende una valigia al facchino, e gli dice piano:

– Regio Commissario.

Gli aspettanti lo mirano delusi, toccandosi sotto sotto coi gomiti, e il cavalier Decenzio Cappadona si fa avanti con la sua impostatura regale, quando tutt'a un tratto – è uno scherzo? un'allucinazione? – dietro quello spilungone miope scende maestoso su la predella della vettura un altro Vittorio Emanuele II, più Vittorio Emanuele II del cavalier Decenzio Cappadona.

I due uomini, così davanti a petto, si guatano allibiti. Nessuno degli ex-consiglieri osa farsi avanti; anche il capostazione, che s'era proposto di presentare l'ex-sindaco al Regio Commissario, rimane inchiodato al suo posto; e quell'altro Vittorio Emanuele che è il commendatore Amilcare Zegretti, proprio lui, il Regio Commissario, passa tra tutti quegli uomini quasi esterrefatti, e si caccia con un acuto sgrigliolio delle scarpe, che pare esprima la fierissima stizza ond'è preso, nella sala d'aspetto, seguito dal suo allampanato segretario particolare.

– Mi... mi... mi...

Non trova più la voce. Quegli intanto non ardisce alzare gli occhi a guardarlo in faccia.

– Mi chiami il ca... il capostazione, la prego.

Sotto la tettoia, il capostazione è rimasto a guardare a uno a uno i membri del Consiglio disciolto, tutti ancora come intronati, e il cavalier Decenzio Cappadona basito addirittura e quasi levato di cervello. Il segretario particolare gli s'accosta, timido, vacillante:

– Scusi, signor Capo, una parolina.

Il capostazione accorre premuroso alla sala d'aspetto e vi trova il commendator Zegretti con tanto d'occhi sbarrati e fulminanti e una mano spalmata sotto il naso in atteggiamento pensieroso, sì, ma che par fatto apposta per nascondere baffi e appendici.

– Quei... quei signori, scusi...

– Del Consiglio disciolto, sissignore. Venuti apposta per ossequiarla, signor Commendatore.

– Grazie, e... c'è, scusi, c'è anche il... come si chiama?

– L'ex-sindaco? Cavalier Cappadona, sissignore. Sarebbe anzi appunto...

– Va bene, va bene. Me lo ringrazi tanto, ma dica che... che io son venuto anche per fare una... una piccola inchiesta, ecco. Non sarebbe dunque prudente... Ci vedremo al Municipio. Mi faccia venire qua, la prego, il mio segretario. Dov'è? dove s'è cacciato?

Il segretario, sotto la tettoia, era assediato dai membri del Consiglio disciolto. Melchiorino Palì aveva posto crudamente il dilemma:

– O si rade l'uno o si rade l'altro.

Ma che! ma no! bisognava che si radesse il nuovo arrivato, per forza; perché del Cappadona era nota a tutti la somiglianza con Vittorio Emanuele II, e perciò, se si fosse raso lui e il Regio Commissario fosse entrato in sua vece da Vittorio Emanuele in Costanova, lo scandalo non si sarebbe evitato. Scandalo inaudito, perché a Costanova l'arrivo di quel Regio Commissario rappresentava un vero e proprio avvenimento. Una fischiata generale sarebbe scoppiata; tutto il paese sarebbe crepato dalle risa; fin le case di Costanova avrebbero traballato per un sussulto di spaventosa ilarità; fino i ciottoli delle vie sarebbero saltati fuori, scoprendosi come tanti denti, in una convulsione di riso.

– Mazzarini! Mazzarini! – strillava più forte degli altri Melchiorino Palì. – È stato lui, l'on. Mazzarini! Ecco la vendetta che ci ha giurato! la lezione memorabile! L'ha scelto lui, a Roma, il Regio Commissario per Costanova... ova... ova... Mascalzone! Offesa alla memoria, alla effigie del nostro Gran Re! Irrisione, attentato al prestigio dell'autorità!

Bisognava a ogni costo impedirlo; mandare presto presto per un barbiere fidato; e lì stesso, nella sala d'aspetto, indurre il Regio Commissario a sacrificare almeno il pappafico... sì, e un pochino pochino anche i baffi, prima d'entrare in paese.

Ma chi si prendeva l'accollo di fare una simile proposta al commendator Zegretti?

Il cavalier Decenzio Cappadona s'era allontanato, fosco, e col frustino si sfogava contro la innocente ruchetta bianca e il crespignolo dai fiori gialli, che crescevano di tra le crepe dell'antica spalletta che impedisce l'ingresso alla stazione.

– Marcocci! – tonò in quel punto il commendator Zegretti, facendosi su la soglia della sala d'aspetto, furibondo.

Il povero segretario, schiacciato sotto l'incarico che gli avevano dato gli ex-consiglieri, accorse come un cane che fiuti in aria le busse.

– Una vettura!

– Aspetti... perdoni, signor Commendatore... – si provò a dire il Marcocci. – Se... se lei volesse... dicevano quei signori... prima d'entrare in paese... qui stesso... dicevano quei signori... perché, Lei ha veduto? c'è qui... quello che... l'ex-sindaco, Lei ha veduto? Ora, dicevano quei signori...

– Insomma si spieghi! – gli urlò lo Zegretti.

– Ecco, sissignore... qui stesso, si potrebbe... se lei volesse... dicevano... mandare per un... come si chiama? e farsi... un pochino pochino almeno... ecco, i baffi soltanto, signor Commendatore, dicevano quei signori.

– Che? – ruggì il commendator Zegretti e gli si parò di fronte, quasi per scoppiargli addosso, gonfio com'era di collera e di sdegno. – Sa lei che io sono qua, adesso, la prima autorità del paese?

– Sissignore! sissignore! come non lo so?

– E dunque? Una vettura! *Marche*!

E s'avviò innanzi, col petto in fuori, aggrondato, i baffoni in aria, il naso al vento.

Naturalmente a Costanova accadde quel che i membri del Consiglio disciolto avevano purtroppo preveduto.

Più fiera vendetta di quella l'on. Mazzarini non poteva prendersi, non solo contro il cavalier Decenzio Cappadona, suo acerrimo avversario, ma anche contro l'autorità costituita; lui socialista.

Retrogrado, conservatore, il paese di Costanova? Là, due re! Di cui l'uno il ritratto dell'altro, e l'un contro l'altro armato.

Ora, come un leone in gabbia, il commendator Zegretti nella magna sala del Municipio, ripensando all'impegno di quel deputato a Roma, perché lui e non altri fosse mandato quale Regio Commissario a Costanova; ripensando alla grande soddisfazione che egli per quell'impegno aveva provato, fremeva di rabbia, s'arrotolava i baffoni fino a storcersi il labbro di qua e di là, si stirava il gran pizzo, si affondava le unghie nelle palme delle mani, vedeva rosso!

Come fare il Regio Commissario in quel paese, a cui non poteva mostrarsi, senza promuover subito uno scoppio di risa?

Se non ci fosse stato quell'altro, egli avrebbe certo ispirato maggior reverenza col suo aspetto, che attestava devozione alla monarchia, culto anche fanatico della memoria del Gran Re. Ma ora... così... E se qualcuno ne avesse scritto a Roma, ai giornali? se qualche deputato ne avesse parlato alla Camera?

Così pensando, il commendator Zegretti, sentiva di punto in punto crescer l'orgasmo; passeggiava, si fermava, passeggiava ancora un po', si rifermava, sbuffando ogni volta e scotendo in aria le pugna.

Quella sala del Municipio era magnifica, dal palco scompartito, in rilievo, ornato di dorature. Il cavalier Decenzio Cappadona l'aveva fatta decorare e addobbare sontuosamente a sue spese. Nella parete di fondo troneggiava un gran ritratto a olio del primo re d'Italia, che il Cappadona stesso aveva fatto eseguire lì a Costanova, da un pittore di passaggio, sedendo lui per modello.

– Imbecille! Buffone! Così nero? Quando mai Vittorio Emanuele II fu così nero?

Biondo scuro e con gli occhi cilestri: ecco com'era Vittorio Emanuele II; com'era lui, insomma, il commendator Zegretti, che aveva perciò quasi un diritto naturale a professarne la somiglianza. Eh, ma allora, qualunque mascalzone, purché avesse il naso un po' in su e un po' di crescenza nei peli della faccia, poteva figurare da Vittorio Emanuele II: se non si doveva tener conto del colore del pelo, del colore degli occhi.

Più d'uno a Costanova dava ragione al Regio Commissario, sosteneva cioè che veramente egli più del Cappadona somigliava a Vittorio Emanuele II con quegli occhi da vitellone; altri invece sosteneva il contrario; e le discussioni si facevano di giorno in giorno più calorose. Appena lo vedevano passare per via tutti uscivano fuori dalle botteghe, s'affacciavano alle finestre, si fermavano a mirarlo:

– Ma bello, vah! magnifico! guardatelo!

Nessuno poté assistere però alla scena più buffa, che si svolse nella sala del Municipio, dove una mattina dovettero pur trovarsi di fronte tutt'e due, quei Vittorii Emanueli. E ce n'era pure un terzo, lì, dipinto a olio, grande al vero, che se li godeva dall'alto della parete, così ammusati.

Una gran folla, quella mattina, all'annunzio dell'invito che il Regio Commissario aveva fatto al Cappadona per interrogarlo su l'ultima gestione amministrativa, s'era raccolta sotto il Municipio. Figurarsi dunque l'animo del cavalier Decenzio nel recarsi, tra tanta gente assiepata, a quel convegno; e l'animo del commendator Zegretti, a cui ne saliva dalla piazza il brusio.

Oltre l'irrisione, che era patente nella curiosità di tutti quegli oziosi, qualche altra cosa irritava sordamente il cavalier Cappadona.

Quantunque molto munifico al paese, era pur non di meno gelosissimo di tutti i suoi doni al Comune.

Ora, da più giorni, passando sotto il Municipio, aveva veduto spalancate al sole le ampie finestre poste sul davanti, ch'eran quelle appunto del salone. Povere tende, dunque! poveri mobili, a quella luce sfacciata! e chi sa quanta polvere! che disordine!

Quando, introdotto dal segretario Marcocci, vide il gran tappeto persiano, che copriva da un capo all'altro il pavimento, ridotto in uno stato miserando, come se ci fosse passato sopra un branco di porci, si sentì tutto rimescolare. Ma sentì addirittura artigliarsi le dita nel vedere che colui lo accoglieva senza il minimo riguardo. Signori miei, quell'intruso lì! Quell'intruso, che – dimostrandosi fino a tal segno villano e indegno d'abitare in un luogo addobbato con tanto decoro e tanto sfarzo – osava pure scimmiottare l'imagine d'un re.

Il commendator Zegretti stava seduto innanzi a un'elegantissima scrivania, piena zeppa di carte, che s'era fatta trasportare lì nel salone, e scriveva. Senza neppure alzar gli occhi, disse seccamente:

– S'accomodi.

Ma s'era già accomodato da sé, senz'invito, il Cappadona, sulla poltrona di faccia.

Il Regio Commissario, tenendo ancora gli occhi bassi, prese a esporre all'ex-sindaco la ragione per cui lo aveva invitato a venire.

A un certo punto il Cappadona, che lo guardava fieramente, scattò in piedi, serrando le pugna.

– Scusi, – disse, – non si potrebbero almeno accostare un tantino queste finestre?

Due, tre fischi partirono in quel momento dalla folla raccolta nella piazza sottostante.

Il commendator Zegretti alzò il capo, stirandosi un baffo con aria grave, e disse:

– Ma io non ho paura, sa.

– E chi ha paura? – fece il Cappadona. – Dico per queste povere tende... per questo tappeto, capirà...

Il commendator Zegretti guardò le tende, guardò il tappeto, si buttò indietro su la spalliera del seggiolone e, accarezzandosi ora l'interminabile pizzo:

– Mah! – sospirò. – Mi piace, sa, mi piace lavorare alla luce del sole!

– Eh, – squittì il Cappadona, – se non si rovinasse la tappezzeria... Capisco che a lei non importa nulla; ma, se permette, le faccio osservare che importa a me, perché è roba mia.

– Del Municipio, se mai...

– No! Mia, mia, mia. Fatta a mie spese! Mia la sedia, su cui lei siede; mia la scrivania, su cui lei scrive. Tutto quello che lei vede qua, mio, mio, mio, fatto col denaro mio, lo sappia! E se si vuole prendere il disturbo d'affacciarsi un pochino alla finestra, le faccio vedere là l'edificio delle scuole, che ho fatto levare io di pianta e costruire a mie spese e arredare di tutto punto: io! E ci sono anche le scuole tecniche che il signor Mazzarini, deputato del collegio, non è stato buono a ottenere dal Governo, com'era d'obbligo, e che mantengo io, a mie spese: io! Se si vuole alzare un pochino e affacciare alla finestra, le faccio vedere, più là, un altro edificio, l'ospedale, costruito, arredato e mantenuto anche da me, a mie spese.. E questa, ora, è la ricompensa, caro signore! Mi si manda qua lei, non so perché: aspetto che lei me lo dica... mi spieghi bene che cosa sia venuto a far qua, lei... Ma già lo vedo... già lo vedo...

E il cavalier Decenzio Cappadona, aprendo le braccia, si mise a guardare il tappeto rovinato.

Con fredda calma ostentata, il commendator Zegretti, inarcando le ciglia a mezzaluna:

– Ma io, – disse, – io invece, sa? sono qua per vedere che cosa ha fatto lei, piuttosto.

– Gliel'ho detto, che cosa ho fatto io! E ci sono le prove lì: c'è tutto il paese che può rispondere per me! Chi è lei? che cosa vuole da me?

– Io rappresento qua il Governo! – rispose infoscandosi il commendator Zegretti, e poggiò ambo le mani su la scrivania.

Il Cappadona si scrollò tutto, tre volte:

– Ma nossignore! ma che Governo! ma non ci creda! Glielo dico io che cosa rappresenta lei qua.

– Oh insomma! – gridò il Regio Commissario, levandosi in piedi anche lui. – Io non posso assolutamente tollerare che lei si dia codeste arie davanti a me!

E i due Vittorii Emanueli si guardarono finalmente negli occhi, pallidi e vibranti d'ira.

– Io, le arie? – fece con un sogghigno il Cappadona. – Ma se le dà lei, mi pare, le arie. Non si è degnato nemmeno d'alzarsi, quando io sono entrato, come se fosse entrato il signor nessuno qua, dove pure tutto mi appartiene.

– Ma io non le so, non le voglio, né le debbo sapere io, codeste cose! – rispose, sempre più eccitandosi, il commendator Zegretti. – Questa è la sede del Municipio.

– Benissimo! Del Municipio! Non stalla, dunque!

– Lei m'offende!

– Come le pare...

– Ah sì? E allora io la invito a uscir fuori! Là!

E il commendator Zegretti additò fieramente la porta.

Si videro, ora, l'uno addosso all'altro, i due re: i baffi tremavano, tremavano i pappafichi, e i nasi all'erta fremevano.

– A me osa dir questo? – tonò il Vittorio Emanuele paesano.

La sua voce s'intese nella piazza sottostante e un uragano di fischi e di grida scomposte si levò minaccioso.

– Proprio a lei! sissignore! Perché io non ho paura! – inveì, pallidissimo, il commendator Zegretti. – E se trovo qua, fra queste carte, qualche irregolarità...

– Mi manda in galera? – compì la frase il Cappadona, sghignazzando. – Ma si provi, si provi: vedrà che cosa succede... Lei qua non rappresenta che quattro mascalzoni messi su da quel farabutto del Mazzarini, deputato socialista, nemico della patria e del re, ha capito? Del re, del re; glielo grido sul muso a lei mascherato a codesto modo!

Trasecolò, nel suo furore, il commendator Zegretti.

– Io, mascherato? – disse. – Come... E lei? Ci vuole un bel coraggio, perdio! Ma si levi! Ma vada via! Io, mascherato? Ma dove, ma quando lo vide mai lei, Vittorio Emanuele, che ha fatto calunniare lì, in quel ritratto? Non era mica così nero, sa? come lei se l'immagina, Vittorio Emanuele II!

– Ah, no? com'era? rosso? nero? repubblicano? socialista come voi? protettore di farabutti? Ma radetevi! radetevi! ci farete miglior figura! Non profanate così l'immagine del Re! E basta, non vi dico altro. Ce la vedremo, caro signore, alle prossime elezioni!

E il cavalier Decenzio Cappadona, col volto in fiamme, uscì tutto sbuffante di fierissimo sdegno.

In piazza fu accolto da un fragoroso scoppio d'applausi. Agli amici più intimi, che lo attendevano ansiosi, non poté rispondere fuorché queste parole:

– Faccio nascere un macello, parola d'onore!

E la guerra cominciò, ferocissima, tra i due re.

Com'era però da prevedersi, la sconfitta fu per il commendator Zegretti, avendo il Cappadona tutto il paese dalla sua.

Appena si mostrava per via, due, tre lo chiamavano forte:

– Cavaliere! Signor sindaco!

Tirava via di lungo; e un quarto, ecco, lo raggiungeva di corsa, gli batteva amichevolmente una mano su la spalla.

– Caro Decenzio!

Si voltava di scatto, con gli occhi che gli schizzavano fiamme; e subito:

– Ah, scusi, signor Commendatore! Credevo che fosse il cavalier Cappadona... Capirà! Perdoni...

Rientrava al Municipio? Lungo l'androne c'erano parecchie porte murate; rimanevano però, di qua e di là, gli sguanci nella grossezza del muro, come tante nicchie: bene: da ciascuna saltava fuori un monello, al passaggio del commendatore. Un saluto militare; uno strillo: – *Maestà!* – e via a gambe levate.

Il commendator Zegretti licenziò allora il guardaportone ch'era un povero vecchietto allogato lì per carità e che non ne aveva nessuna colpa. Egli, infatti, lasciava in custodia alla moglie l'entrata e andava in giro tutto il giorno, domandando ad alta voce, da lontano, se per caso ci fosse qualcuno che volesse farsi la barba.

Buttato in mezzo alla strada, se n'andò a piangere dal cavalier Cappadona. *Sua Maestà* gli promise che, rifatte le elezioni, lo avrebbe riassunto in servizio, e intanto gli diede da vivere per sé e per la sua famiglia. Contento, il vecchietto mostrò le forbici al cavalier Cappadona:

– Non dubiti, signor Cavaliere, che se m'avviene di ripigliarlo a comodo, lo acciuffo e lo toso di prepotenza. Baffi e pappafico, signor Cavaliere!

Questa minaccia arrivò agli orecchi del commendator Zegretti, il quale d'allora in poi prese a uscire seguito da due guardie. E allora, da lontano, fischi, urli e altri rumori sguaiati, che arrivavano al cielo.

Fu peggio, quando il segretario Marcocci, divenuto d'un estremo squallore e molto più miope dal giorno dell'arrivo, una sera, cercando in uno sgabuzzino alcune carte, si bruciò per disgrazia con la candela che teneva in mano uno di quei suoi baffi biondicci alla cinese, e fu perciò costretto a radersi anche l'altro.

Tutto il paese, il giorno dopo, vedendolo così raso lo riaccompagnò quasi in trionfo al Municipio, come se quel pover uomo si fosse raso per dare una soddisfazione al Comune di Costanova e il buon esempio al suo principale.

Il commendator Zegretti non si lasciò più vedere per il paese. Il giorno per le elezioni era ormai vicino. Per prudenza, prevedendo l'esplosione del giubilo popolare per la vittoria incontrastabile del Cappadona, domandò al Prefetto del capoluogo un rinforzo di soldati.

Ma la popolazione di Costanova, ben pagata ed eccitata dal vino delle cantine di *Sua Maestà*, non si lasciò intimidire da quel rinforzo; e il giorno segnato insorse in una frenetica dimostrazione. Le guardie che presidiavano il Municipio caricarono violentemente la folla; ma le spinte, gli urtoni, che scaraventavano di qua e di là i dimostranti e li lasciavano un pezzo, compressi da tutte le parti, a boccheggiar come pesci, non giovarono a nulla: riprendevano fiato quei demonii scatenati e urlavano più forte di prima.

– Abbasso Zegrettìì! Abbasso il pappaficòòò! Si rada! si radàà! Viva Cappadonààà! Raditi, Zegrettìì!

Un pandemonio.

Ma radersi, no. Ah, radersi, no! Piuttosto il commendator Zegretti, non per paura, ma per non darla vinta a colui che indegnamente si credeva il ritratto di Vittorio Emanuele II, e per non far fuggire sconfitta nella sua persona la vera immagine del gran Re, s'era lasciati crescere da parecchi giorni i peli su le guance.

La sera stessa di quel giorno memorabile, egli, profondamente accorato, se ne andò con una barbaccia da padre cappuccino, mentre l'altro s'insediava di nuovo trionfante nel Municipio di Costanova più Vittorio Emanuele che mai.

I TRE PENSIERI DELLA SBIOBBINA

Bene, fino a nove anni: nata bene, cresciuta bene.

A nove anni, come se il destino avesse teso dall'ombra una manaccia invisibile e gliel'avesse imposta sul capo: – *Fin qua!* –, Clementina, tutt'a un tratto, aveva fatto il groppo. Là, a poco più d'un metro da terra.

I medici, eh! subito, con la loro scienza, avevano compreso che non sarebbe cresciuta più. Linfatico, cachessia, rachitide...

Bravi! Farlo intendere alle gambe, adesso, al busto di Clementina, che non si doveva più crescere! Busto e gambe, dacché, nascendo, ci s'erano messi, avevano voluto crescere per forza, senza sentir ragione. Non potendo per lungo, sotto l'orribile violenza di quella manaccia che schiacciava, s'erano ostinati a crescere di traverso: sbieche, le gambe; il busto, aggobbito, davanti e dietro. Pur di crescere...

Che non crescono forse così, del resto, anche certi alberelli, tutti a nodi e a sproni e a giunture storpie? Così. Con questa differenza però: che l'alberello, intanto, non ha occhi per vedersi, cuore per sentire, mente per pensare; e una povera sbiobbina, sì; che l'alberello storpio non è, che si sappia, deriso da quelli dritti, malvisto per paura del malocchio, sfuggito dagli uccellini; e una povera sbiobbina, sì, dagli uomini, e sfuggita anche dai fanciulli; e che l'alberello infine non deve fare all'amore, perché fiorisce a maggio da sé, naturalmente, così tutto storpio com'è, e darà in autunno i suoi frutti; mentre una povera sbiobbina...

Là, via, era una cosa riuscita male, e che non si poteva rimediare in alcun modo. Chi scrive una lettera, se non gli vien bene, la strappa e la rifà da capo. Ma una vita? Non si può mica rifar da capo, a strapparla una volta, la vita.

E poi, Dio non vuole.

Quasi quasi verrebbe voglia di non crederci, in Dio, vedendo certe cose. Ma Clementina ci credeva. E ci credeva appunto perché si vedeva così. Quale altra spiegazione migliore di questa, di tutto quel gran male che, innocente, senz'alcuna sua colpa, le toccava soffrire per tutta, tutta la vita, che è una sola, e che lei doveva passar tutta, tutta così, come fosse una burla, uno scherzo, compatibile sì e no per un minuto solo e poi basta? Poi dritta, su, svelta, agile, alta, e via tutta quella oppressione... Ma che! Sempre così.

Dio, eh? Dio – era chiaro – aveva voluto così, per un suo fine segreto. Bisognava far finta di crederci, per carità; ché altrimenti Clementina si sarebbe disperata. Spiegandoselo così, invece, lei poteva anche considerare come un bene tutto il suo gran male: un bene sommo e glorioso. Di là, s'intende. In cielo. Che bella angeletta sarà poi in cielo Clementina!

Ed ecco, ella sorride talvolta, camminando, alla gente che la guarda per istrada. Pare voglia dire: «Non mi deridete, via! perché, vedete? ne sorrido io per la prima. Sono fatta così; non mi son fatta da me; Dio l'ha voluto; e dunque non ve n'affliggete neppure, come non me n'affliggo io, perché, se l'ha voluto Dio, lo so sicuro che una ricompensa, poi, me la darà!».

Del resto, le gambe, tanto tanto non paiono, sotto la veste.

Dio solo sa quanto peni Clementina a farle andare, quelle gambe. E tuttavia sorride.

La pena è anche accresciuta dallo studio ch'ella pone a non barellare tanto, per non dar troppo nell'occhio alla gente. Passare inosservata non potrebbe. Sbiobbina è. Ma via, andando così, con una certa lestezza, e poi modesta, e poi sorridendo...

Qualcuno però, a quando a quando, si dimostra crudele: la osserva, magari col volto atteggiato di compassione, e le torna poco dopo davanti dall'altro lato, quasi volesse a tutti i costi rendersi conto di com'ella faccia con quelle gambe ad andare. Clementina, vedendo che col suo solito sorriso non riesce a disarmare quella curiosità spietata, arrossisce dalla stizza, abbassa il capo; talvolta, perdendo il dominio di sé, per poco non inciampa, non rotola giù per terra; e allora, arrabbiata, quasi quasi si tirerebbe su la veste e griderebbe a quel crudele:

«Eccoti qua: vedi? E ora lasciami fare la sbiobbina in pace.»

In questo quartiere non è ancora conosciuta. Clementina ha cambiato casa da poche settimane. Dove stava prima, era conosciuta da tutti; e nessuno più la molestava. Sarà così, tra breve, anche qua. Ci vuol pazienza! Lei è molto contenta della nuova casa, che sorge in una piazzetta quieta e pulita. Lavora da mane a sera, con gentilezza e maestria, di scatolette e sacchettini per nozze e per nascite. La sorella (ha una sorella, Clementina, che si chiama Lauretta, minore di cinque anni: ma... diritta lei, eh altro! e svelta e tanto bella, bionda, florida) lavora da modista in una bottega: va ogni mattina, alle otto; rincasa la sera, alle sette. Fra loro, le due sorelle si son fatte da mamma a vicenda; Clementina, prima, a Lauretta; ora Lauretta, invece, a Clementina, quantunque minore d'età. Ma se questa, per la disgrazia, è rimasta come una ragazzina di dieci anni!... Lauretta ha acquistato invece tanta esperienza della vita! Se non ci fosse lei...

Spesso Clementina sta ad ascoltarla a bocca aperta.

Gesù, Gesù... che cose!

E capisce, ora, che con que' due poveri piedi sbiechi non potrà mai entrare nel mondo misterioso, che Lauretta le lascia intravedere. Non ne prova invidia, però: sì un timor vago e come un intenerimento angoscioso, di pietà per sé. Lauretta, un giorno o l'altro, si lancerà in quel mondo fatto per lei; e come resterà, allora, la povera Clementina? Ma Lauretta l'ha rassicurata, le ha giurato che non l'abbandonerà mai, anche se le avverrà di prender marito.

E Clementina ora pensa a questo futuro marito di Lauretta. Chi sarà? Come si conosceranno? Per via, forse. Egli la guarderà, la seguirà; poi, qualche sera la fermerà. E che si diranno? Ah come dev'esser buffo, fare all'amore.

Con gli occhi invagati, seduta innanzi al tavolino presso la finestra, Clementina, così fantasticando, non sa risolversi a metter mano al lavoro apparecchiato sul piano del tavolino. Guarda fuori... Che guarda?

C'è un giovine, un bel giovine biondo, coi capelli lunghi e la barbetta alla nazarena, seduto a una finestra della casa dirimpetto, coi gomiti appoggiati sul davanzale e la testa tra le mani.

Possibile? Gli occhi di quel giovine sono fissi su lei, con una intensità strana. Pallido... Dio, com'è pallido! dev'esser malato. Clementina lo vede adesso per la prima volta, a quella finestra. Ed ecco, egli seguita a guardare... Clementina si turba; poi sospira e si rinfranca. Il primo pensiero che le viene in mente è questo:

«*Non guarda me!*»

Se Lauretta fosse in casa, lei penserebbe che quel giovine... Ma Lauretta non è mai in casa, di giorno. Forse alla finestra del quartierino accanto sarà affacciata qualche bella ragazza, con cui quel giovine fa all'amore. Ma si direbbe proprio ch'egli guarda qua, ch'egli guarda lei. Con quegli occhi? Via, impossibile! Oh, che! Ha fatto un cenno, quel giovine, con la mano: come un saluto! A lei? No, no! Ci sarà senza dubbio qualcuna affacciata.

E Clementina si fa alla finestra, monta su lo sgabelletto che sta lì apposta per lei, e – senza parere – guarda alla finestra accanto e poi all'altra appresso... guarda giù, alla finestra del piano di sotto, poi a quella del piano di sopra...

Non c'è nessuno!

Timidamente, volge di sfuggita uno sguardo al giovine, ed ecco... un altro cenno di saluto, a lei, proprio a lei... ah, questa volta non c'è più dubbio!

Clementina scappa dalla finestra, scappa dalla stanza, col cuore in tumulto. Che sciocca! Ma è uno sbaglio, certamente... Quel giovine là dev'esser miope. Chi sa per chi l'avrà scambiata... Forse per Lauretta? Ma sì! Forse avrà seguito Lauretta per via; avrà saputo che lei abita qua, dirimpetto a lui... Ma, altro che miope, allora! Dev'esser cieco addirittura... Eppure, non porta occhiali. Sì, Clementina non è brutta, di faccia: somiglia veramente un po' alla sorella; ma il corpo! Forse, chi sa! vedendola seduta, lì davanti al tavolino, col cuscino sotto, egli avrà potuto avere, così da lontano, l'illusione di veder Lauretta al lavoro.

Quella sera stessa ne domanda alla sorella. Ma questa casca dalle nuvole.

– Che giovine?

– Sta lì, dirimpetto. Non te ne sei accorta?

– Io, no. Chi è?

Clementina glielo descrive minutamente; e Lauretta allora le dichiara di non saperne nulla, di non averlo mai incontrato, mai veduto, né da vicino né da lontano.

Il giorno appresso, da capo. Egli è là, nello stesso atteggiamento, coi gomiti sul davanzale e il bel capo biondo tra le mani; e la guarda, la guarda come il giorno avanti, con quella strana intensità nello sguardo.

Clementina non può sospettare che quel giovine, il quale appare tanto, tanto triste, si voglia pigliare il gusto di beffarsi di lei. A che scopo? Ella è una povera disgraziata, che non potrebbe mai e poi mai prender sul serio la beffa crudele, abboccare all'amo, lasciarsi lusingare... E dunque? Oh, ecco: egli ripete il cenno di ieri, la saluta con la mano, china il capo più volte, come per dire: – «*A te, sì, a te*» – e si nasconde il volto con le mani, dolorosamente.

Clementina non può più rimanere lì, presso la finestra; scende dalla sedia, tutta in sussulto, e come una bestiolina insidiata va a spiare dalla finestra della camera accanto, dietro le tendine abbassate. Egli si è tratto dal davanzale; non guarda più fuori; sta ora in un atteggiamento sospeso e accorato; ed ecco, si volta di tratto in tratto a guardare verso la finestra di lei, per vedere se ella vi sia ritornata. La aspetta!

Che deve supporre Clementina? Le viene in mente quest'altro pensiero:

«*Non vedrà bene come sono fatta.*»

E, per essere lasciata in pace, povera sbiobbina, immagina d'un tratto questo espediente: accosta il tavolino alla finestra, prende uno strofinaccio e poi, con l'aiuto d'una seggiola, monta a gran fatica sul tavolino, là, in piedi, come per pulire con quello strofinaccio i vetri della finestra. Così egli la vedrà bene!

Ma per poco Clementina non precipita giù in istrada, nell'accorgersi che quel giovine, vedendola lì, s'è levato in piedi e gesticola furiosamente, spaventato, e le accenna di smontare, giù di lì, giù di lì, per carità: incrocia le mani sul petto, si prende il capo tra le mani e grida, ora, grida!

Clementina scende dal tavolino quanto più presto può, sgomenta, anzi atterrita; lo guarda, tutta tremante, con gli occhi sbarrati; egli le tende le braccia, le invia baci; e allora:

«*È matto...*» pensa Clementina, stringendosi, storcendosi le mani. «Oh Dio, è matto! è matto!»

Difatti, la sera, Lauretta glielo conferma.

Messa in curiosità dalle domande di Clementina, ella ha domandato notizie di quel giovine, e le hanno detto ch'egli è impazzito da circa un anno per la morte della fidanzata che abitava lì, dove abitano loro, Lauretta e Clementina. A quella fidanzata, prima che morisse, avevan dovuto amputare una gamba e poi l'altra, per un sarcoma che s'era rinnovato.

Ah, ecco perché! Clementina, ascoltando questo racconto della sorella, sente riempirsi gli occhi di lagrime. Per quel giovine o per sé? Sorride poi pallidamente e dice con tremula voce a Lauretta:

– Me l'ero figurato, sai? Guardava me...

SOPRA E SOTTO

Eran venuti su per la buia, erta scaletta di legno; su, in silenzio, quasi di furto, piano piano. Il professor Carmelo Sabato – tozzo pingue calvo – con in braccio, come un bamboccetto in fasce, un grosso fiasco di vino. Il professor Lamella, antico alunno del Sabato, con due bottiglie di birra, una per mano.

E da più d'un'ora, su l'alta terrazza sui tetti, irta di comignoli, di fumaioli di stufe, di tubi d'acqua, sotto lo sfavillio fitto, continuo delle stelle che pungevano il cielo senz'allargar le tenebre della notte profonda, conversavano.

E bevevano.

Vino, il professor Sabato: vino, fino a schiattarne: voleva morire. Il professor Lamella, birra: non voleva morire.

Dalle case, dalle vie della città non saliva più, da un pezzo, nessun rumore. Solo, di tratto in tratto, qualche remoto rotolio di vettura.

La notte era afosa, e il professor Carmelo Sabato s'era dapprima snodata la cravatta e sbottonato il colletto davanti, poi anche sbottonato il panciotto e aperta la camicia sul petto velloso: alla fine, nonostante l'ammonimento del Lamella: «Professore, voi vi raffreddate» s'era tolta la giacca, e con molti sospiri, ripiegatala, se l'era messa sotto, per star più comodo su la panchetta bassa, di legno, a sedere con le gambe distese e aperte, una qua, una là, sotto il tavolinetto rustico, imporrito dalla pioggia e dal sole.

Teneva ciondoloni il testone calvo e raso, socchiusi gli occhi bovini torbidi, venati di sangue, sotto le foltissime sopracciglia spioventi, e parlava con voce languida, velata, stiracchiata, come se si lamentasse in sogno:

– Enrichetto, Enrichetto mio, – diceva, – mi fai male... t'assicuro che mi fai male... tanto male...

Il Lamella, biondino, magro, itterico, nervosissimo, stava sdraiato su una specie d'amaca sospesa di qua a un anello nel muro del terrazzo, di là a due bacchette di ferro sui pilastrini del parapetto. Allungando un braccio, poteva prendere da terra la bottiglia: prendeva quasi sempre la vuota, e si stizziva; tanto che, alla fine, con una manata la mandò a rotolare sul pavimento in pendìo, con grande angoscia, anzi terrore del vecchio professor Sabato, che si buttò subito a terra, gattoni, e le corse dietro per pararla, fermarla, gemendo, arrangolando:

– Per carità... per carità... sei matto? giù parrà un tuono.

Parlando, il Lamella si storceva tutto, non poteva star fermo un momento, si raggricchiava, si stirava, dava calci e pugni all'aria.

– Vi farò male; ne sono persuaso, caro professore; ma apposta lo faccio: voi dovete guarire! vi voglio rialzare! E vi ripeto che le vostre idee sono antiquate, antiquate, antiquate... Rifletteteci bene, e mi darete ragione!

– Enrichetto, Enrichetto mio, non sono idee, – implorava quello, con voce stiracchiata, lamentosa.

– Forse prima erano idee. Ora sono il sentimento mio, quasi un bisogno, figliuolo: come questo vino: un bisogno.

– E io vi dimostro che è stupido! – incalzava l'altro. – E vi levo il vino e vi faccio cangiar di sentimento...

– Mi fai male...

– Vi faccio bene! State a sentire. Voi dite: Guardo le stelle, è vero? no, voi dite *rimiro*... è più bello, sì, rimiro le stelle, e subito sento la nostra infinita, inferma piccolezza inabissarsi! Ma sentite come parlate ancora bene voi, professore? E ricordo che sempre avete parlato così bene voi, anche quando ci facevate lezione. *Inabissarsi* è detto benissimo! – Che cosa diventa la terra, voi domandate, l'uomo, tutte le nostre glorie, tutte le nostre grandezze? È vero? dite così?

Il professor Sabato fece di sì più volte col testone raso. Aveva una mano abbandonata, come morta, su la panchetta, e con l'altra, sotto la camicia, s'acciuffava sul petto i peli da orso.

Il Lamella riprese con furia:

– E vi sembra serio, questo, egregio professore? Ma scusate! Se l'uomo può intendere e concepire così la infinita sua piccolezza, che vuol dire? Vuol dire ch'egli intende e concepisce l'infinita grandezza dell'universo! E come si può dir piccolo, dunque, l'uomo?

– Piccolo... piccolo – diceva, come da una lontananza infinita, il professor Sabato.

E il Lamella, sempre più infuriato:

– Voi scherzate! Piccolo? Ma dentro di me dev'esserci per forza, capite? qualcosa di quest'infinito, se no io non lo intenderei, come non lo intende... che so? questa mia scarpa, putacaso, o il mio cappello. Qualcosa che, se io affiso... così... gli occhi alle stelle, ecco, s'apre, egregio professore, s'apre e diventa, come niente, plaga di spazio, in cui roteano mondi, dico mondi, di cui sento e comprendo la formidabile grandezza. Ma questa grandezza di chi è? È mia, caro professore! Perché è sentimento mio! E come potete dunque dire che l'uomo è piccolo, se ha in sé tanta grandezza?

Un improvviso, curioso strido – *zrì* – ferì il silenzio succeduto vastissimo all'ultima domanda del Lamella. Questi si voltò di scatto:

– Come? che dite?

Ma vide il professor Sabato immobile, come morto, con la fronte appoggiata allo spigolo del tavolinetto.

Era stato forse lo strido d'un pipistrello.

In quella positura, più volte, il professor Carmelo Sabato, ascoltando le parole del Lamella, aveva gemuto:

– Tu mi rovini... tu mi rovini...

Ma a un tratto, balenandogli un'idea, levò il capo irosamente e gridò all'antico alunno:

– Ah, tu così ragioni? Questo, prima di tutto, l'ha detto Pascal. Ma va' avanti! va' avanti, perdio! Dimmi ora che significa. Significa che la grandezza dell'uomo, se mai, è solo a patto di sentire la sua infinita piccolezza! significa che l'uomo è solo grande quando al cospetto dell'infinito si sente e si vede piccolissimo; e che non è mai così piccolo, come quando si sente grande! Questo significa! E che conforto, che consolazione ti può venir da questo? che l'uomo è dannato qua a questa atroce disperazione: di vedere grandi le cose piccole – tutte le cose nostre, qua, della terra – e piccole le grandi là, le stelle?

Diede di piglio al fiasco, furiosamente, e ingollò due bicchieri di vino, uno sopra l'altro, come se li fosse meritati e ne avesse acquistato un incontrastabile diritto, dopo quanto aveva detto.

– E che c'entra? e che c'entra? – gridava intanto il Lamella, tirate le gambe fuori dell'amaca, e agitandole insieme con le braccia, come se volesse lanciarsi sul professore. – Conforto? consolazione? Voi cercate questo, lo so! Voi avete bisogno di vedervi, di sapervi piccolo...

– Piccolo, sì... piccolo, piccolo...

– Piccolo, tra cose piccole e meschine...

– Sì... così...

– Su un corpuscolo infinitesimale dello spazio, è vero?

– Sì, sì... infinitesimale...

– Ma perché? Per seguitare ad abbrutirvi, a incarognirvi!

Il professor Sabato non rispose: aveva in bocca di nuovo il bicchiere, che già gli ballava in mano: accennò di sì col testone, seguitando a bere.

– Vergognatevi! Vergognatevi! – inveì il Lamella. – Se la vita ha in sé, se l'uomo ha in sé quella sventura che voi dite, sta a noi di sopportarla nobilmente! Le stelle sono grandi, io sono piccolo, e dunque m'ubriaco, è vero? Questa è la vostra logica! Ma le stelle sono piccole, piccole, se voi non le concepite grandi: la grandezza dunque è in voi! E se voi siete così grande da concepir grandi le cose che paiono piccole, perché poi volete vedere piccole e meschine quelle che a tutti paiono grandi e gloriose? Paiono e sono, professore! Perché non è piccolo, come voi credete, l'uomo che le ha fatte, l'uomo che ha qua, qua in petto, in sé la grandezza delle stelle, quest'infinito, quest'eternità dei cieli, l'anima dell'universo immortale. Che fate? ah, voi piangete? ho capito! Siete già ubriaco, professore!

Il Lamella saltò dall'amaca e si chinò sul professor Sabato che, appoggiato al muro, si scoteva tutto, sussultando, quasi ruttando i singhiozzi, che a uno a uno gli rompevano dal fondo delle viscere, fetidi di vino.

– Su, su, smettetela, perdio! – gli gridò. – Mi fate rabbia, perché mi fate pietà! Un uomo del vostro ingegno, dei vostri studii, ridursi così! vergogna! Voi avete un'anima, un'anima, un'anima. Me la ricordo io, la vostra anima nobile, accesa di bene; me la ricordo io!

– Per carità... per carità... – gemeva, implorava il professor Carmelo Sabato, tra le lagrime, sussultando. – Enrichetto... Enrichetto mio... no, per carità... non mi dire che ho un'anima immortale... Fuori! fuori! Ecco, sì, ecco quello che io dico: fuori; sarà fuori l'anima immortale... e tu la respiri, tu sì, perché non ti sei ancora guastato... la respiri come l'aria, e te la senti dentro... certi giorni più, certi giorni meno... Ecco quello che io dico! Fuori... fuori... per carità, lasciala fuori, l'anima immortale... Io, no... io, no... mi sono guastato apposta per non respirarla più... m'empio di vino apposta, perché non la voglio più, non la voglio più dentro di me... la lascio a voi... sentitevela dentro voi... io non ne posso più... non ne posso più...

A questo punto, una voce dolce chiamò dal fondo della terrazza:

– Signore...

Il Lamella si volse. Là, nel vano nero dell'usciolo biancheggiavano le ampie ali della cornetta d'una suora di carità.

Il giovane professore accorse, confabulò piano con la suora, poi tutt'e due vennero premurosamente verso l'ubriaco e lo tirarono per le braccia su in piedi.

Il professor Carmelo Sabato, scamiciato, col testone ciondolante, il viso bagnato di lagrime, sbirciò l'uno e l'altra, sorpreso, intontito da tanta premura silenziosa; non disse nulla; si lasciò condurre, cempennante.

La discesa per la buia, angusta, ripida scaletta di legno fu difficile: il Lamella, avanti, con quasi tutto il peso addosso di quel corpaccio cascante; la suora, dietro, curva a trattener con ambedue le braccia, quanto più poteva, quel peso.

Alla fine, sorreggendolo per le ascelle, lo introdussero a traverso due stanzette buie nella camera in fondo, illuminata da due candele or ora accese sui due comodini ai lati del letto matrimoniale.

Rigido, impalato sul letto, con le braccia in croce, stava il cadavere della moglie, dal viso duro, arcigno, illividito dal riverbero delle candele sul soffitto basso, opprimente della camera.

Un'altra suora pregava inginocchiata e a mani giunte a piè del letto.

Il professor Carmelo Sabato, ancora sorretto per le ascelle, ansimante, guardò un pezzo la morta, quasi atterrito, in silenzio. Poi si volse al Lamella, come a fargli una domanda:

– Ah?

La suora, senza sdegno, con umiltà dolente e paziente gli fe' cenno di mettersi in ginocchio, ecco, così come faceva lei.

– L'anima, eh? – disse alla fine il Sabato, con un sussulto. – L'anima immortale, eh?

– Signore! – supplicò l'altra suora più anziana.

– Ah? sì... sì... subito... – si rimise, come spaurito, il professor Carmelo Sabato, calandosi faticosamente sui ginocchi.

Cadde, carponi, con la faccia a terra, e stette così un pezzo, picchiandosi il petto col pugno. Ma a un tratto dalla bocca, lì contro terra, gli venne fuori con suono stridulo e imbrogliato il ritornello d'una canzonettaccia francese: «*Mets-la en trou, mets-la en trou...*» seguito da un ghigno: ih ih ih ih...

Le due suore si voltarono, inorridite; il Lamella si chinò subito a strapparlo da terra e trascinarlo via nella stanza accanto; lo pose a sedere su una seggiola e lo scrollò forte, forte, a lungo, intimandogli:

– Zitto! zitto!

– Sì, l'anima... – disse piano, ansimando, l'ubriaco, – anche lei... l'anima... la plaga... la plaga di spazio... dove... dove roteano mondi, mondi...

– Statevi zitto! – seguitava a gridargli in faccia, con voce soffocata, il Lamella, scrollandolo. – Statevi zitto!

Il Sabato, allora, contro la sopraffazione provò di levarsi fiero in piedi; non poté; alzò un braccio; gridò:

– Due figlie... costei... due figlie mi buttò alla perdizione... due figlie!

Accorsero le due suore a scongiurarlo di calmarsi, di tacere, di perdonare; egli si rimise di nuovo, cominciò a dir di sì, di sì col capo, aspettando il pianto, che alla fine gli proruppe, dapprima con un mugolìo dalla gola serrata, poi in tremendi singhiozzi. A poco a poco si calmò esortato dalle due suore; poi non pensando d'aver lasciato su nella terrazza la giacca, cominciò a frugarsi in petto con una mano.

– Che cercate? – gli domandò il Lamella.

Guardando smarritamente le due suore e l'antico alunno, ora l'una ora l'altro, rispose:

– M'hanno scritto. Tutt'e due. Volevano veder la madre. M'hanno scritto.

Socchiuse gli occhi e aspirò col naso, a lungo, deliziosamente, accompagnando l'aspirazione con un gesto espressivo della mano:

– Che profumo... che profumo... Lauretta, da Torino... l'altra, da Genova...

Tese una mano e afferrò un braccio del Lamella.

– Quella che volevi tu...

Il Lamella, mortificato davanti alle due suore, s'infoscò in volto.

– Giovannina... Vanninella, sì... *Célie*... ah ah ah... *Célie Bouton*... La volevi tu...

– Statevi zitto, professore! – muggì il Lamella, contraffatto dall'ira e dallo sdegno.

Il Sabato insaccò il capo fra le spalle, per paura, ma guardò da sotto in su con malizia l'antico alunno:

– Hai ragione sì... Enrichetto, non mi far male... hai ragione... L'hai sentita all'Olympia? *Mets-la en trou, mets-la en trou...*

Le due suore alzarono le mani come a turarsi gli orecchi, col viso atteggiato di commiserazione, e ritornarono alla camera della defunta, chiudendone l'uscio.

Inginocchiate di nuovo a piè del letto funebre, udirono a lungo la contesa di quei due rimasti al buio.

– Vi proibisco di ricordarlo! – gridava, soffocato, il giovine.

– Va' a guardare le stelle... va' a guardare le stelle... – diceva l'altro.

– Siete un buffone!

– Sì... e sai? Vanninella m'ha... m'ha anche mandato un po' di danaro... e io non gliel'ho rimandato, sai? Sono andato alla Posta, a riscuotere il vaglia, e...

– E...?

– E ci ho comprato la birra per te, idealista.

UN «GOJ»

Il signor Daniele Catellani, mio amico, bella testa ricciuta e nasuta – capelli e naso di razza – ha un brutto vizio: ride nella gola in un certo modo così irritante, che a molti, tante volte, viene la tentazione di tirargli uno schiaffo.

Tanto più che, subito dopo, approva ciò che state a dirgli. Approva col capo; approva con precipitosi:

– Già, già! già, già!

Come se poc'anzi non fossero state le vostre parole a provocargli quella dispettosissima risata.

Naturalmente voi restate irritati e sconcertati. Ma badate che è poi certo che il signor Daniele Catellani farà come voi dite. Non c'è caso che s'opponga a un giudizio, a una proposta, a una considerazione degli altri.

Ma prima ride.

Forse perché, preso alla sprovvista, là, in un suo mondo astratto, così diverso da quello a cui voi d'improvviso lo richiamate, prova quella certa impressione per cui alle volte un cavallo arriccia le froge e nitrisce.

Della remissione del signor Daniele Catellani e della sua buona volontà d'accostarsi senz'urti al mondo altrui, ci sono del resto non poche prove, della cui sincerità sarebbe, io credo, indizio di soverchia diffidenza dubitare.

Cominciamo che per non offendere col suo distintivo semitico, troppo apertamente palesato dal suo primo cognome (Levi), l'ha buttato via e ha invece assunto quello di Catellani.

Ma ha fatto anche di più.

S'è imparentato con una famiglia cattolica, nera tra le più nere, contraendo un matrimonio cosiddetto misto, vale a dire a condizione che i figliuoli (e ne ha già cinque) fossero come la madre battezzati, e perciò perduti irremissibilmente per la sua fede.

Dicono però che quella risata così irritante del mio amico signor Catellani ha la data appunto di questo suo matrimonio misto.

A quanto pare, non per colpa della moglie, però, bravissima signora, molto buona con lui, ma per colpa del suocero, che è il signor Pietro Ambrini, nipote del defunto cardinale Ambrini, e uomo d'intransigentissimi principii clericali.

Come mai, voi dite, il signor Daniele Catellani andò a cacciarsi in una famiglia munita d'un futuro suocero di quella forza?

Mah!

Si vede che, concepita l'idea di contrarre un matrimonio misto, volle attuarla senza mezzi termini; e chi sa poi, fors'anche con l'illusione che la scelta stessa della sposa d'una famiglia così notoriamente divota alla santa Chiesa cattolica, dimostrasse a tutti che egli reputava come un accidente involontario, da non doversi tenere in alcun conto, l'esser nato semita.

Lotte acerrime ebbe a sostenere per questo matrimonio. Ma è un fatto che i maggiori stenti che ci avvenga di soffrire nella vita sono sempre quelli che affrontiamo per fabbricarci con le nostre stesse mani la forca.

Forse però – almeno a quanto si dice – non sarebbe riuscito a impiccarsi il mio amico Catellani, senza l'aiuto non del tutto disinteressato del giovine Millino Ambrini, fratello della signora, fuggito due anni dopo in America per ragioni delicatissime, di cui è meglio non far parola.

Il fatto è che il suocero, cedendo obtorto collo alle nozze, impose alla figlia come condizione imprescindibile di non derogare d'un punto alla sua santa fede e di rispettare col massimo zelo tutti i precetti di essa, senza mai venir meno a nessuna delle pratiche religiose. Pretese inoltre che gli fosse riconosciuto come sacrosanto il diritto di sorvegliare perché precetti e pratiche fossero tutti a uno a uno osservati scrupolosamente, non solo dalla nuova signora Catellani, ma anche e più dai figliuoli che sarebbero nati da lei.

Ancora, dopo nove anni, non ostante la remissione di cui il genero gli ha dato e seguita a dargli le più lampanti prove, il signor Pietro Ambrini non disarma. Freddo, incadaverito e imbellettato, con gli abiti che da anni e anni gli restano sempre nuovi addosso e quel certo odore ambiguo della cipria, che le donne si danno dopo il bagno, sotto le ascelle e altrove, ha il coraggio d'arricciare il naso, vedendolo passare, come se per le sue nari ultracattoliche il genero non si sia per anche mondato del suo pestilenzialissimo *foetor judaicus*.

Lo so perché spesso ne abbiamo parlato insieme.

Il signor Daniele Catellani ride in quel suo modo nella gola, non tanto perché gli sembri buffa questa vana ostinazione del fiero suocero a vedere in lui per forza un nemico della sua fede, quanto per ciò che avverte in sé da un pezzo a questa parte.

Possibile, via, che in un tempo come il nostro, in un paese come il nostro, debba sul serio esser fatto segno a una persecuzione religiosa uno come lui, sciolto fin dall'infanzia da ogni fede positiva e disposto a rispettar quella degli altri, cinese, indiana, luterana, maomettana?

Eppure, è proprio così. C'è poco da dire: il suocero lo perseguita. Sarà ridicola, ridicolissima, ma una vera e propria persecuzione religiosa, in casa sua, esiste. Sarà da una parte sola e contro un povero inerme, anzi venuto apposta senz'armi per arrendersi; ma una vera e propria guerra religiosa quel benedett'uomo del suocero gliela viene a rinnovare in casa ogni giorno, a tutti i costi, e con animo inflessibilmente e acerrimamente nemico.

Ora, lasciamo andare che – batti oggi e batti domani – a causa della bile che già comincia a muoverglisi dentro, l'*homo judaeus* prende a poco a poco a rinascere e a ricostituirsi in lui, senza ch'egli per altro voglia riconoscerlo. Lasciamo andare. Ma lo scadere ch'egli fa di giorno in giorno nella considerazione e nel rispetto della gente per tutto quell'eccesso di pratiche religiose della sua famiglia, così deliberatamente ostentato dal suocero, non per sentimento sincero, ma per un dispetto a lui e con l'intenzione manifesta di recare a lui una gratuita offesa, non può non essere avvertito dal mio amico signor Daniele Catellani. E c'è di più. I figliuoli, quei poveri bambini così vessati dal nonno, cominciano anch'essi ad avvertir confusamente che la cagione di quella vessazione continua che il nonno infligge loro, dev'essere in lui, nel loro papà. Non sanno quale, ma in lui dev'essere di certo. Il buon Dio, il buon Gesù – (ecco, il buon Gesù specialmente!) – ma anche i Santi, oggi questo e domani quel Santo, ch'essi vanno a pregare in chiesa col nonno ogni giorno, è chiaro ormai che hanno bisogno di tutte quelle loro preghiere, perché lui, il papà, deve aver fatto loro, di certo, chi sa che grosso male. Al buon Gesù, specialmente! E prima d'andare in chiesa, tirati per mano, si voltano, poveri piccini, ad allungargli certi sguardi così densi di perplessa angoscia e di doglioso rimprovero, che il mio amico signor Daniele Catellani si metterebbe a urlare chi sa quali imprecazioni, se invece... se invece non preferisse buttare indietro la testa ricciuta e nasuta e prorompere in quella sua solita risata nella gola.

Ma sì, via! Dovrebbe ammettere altrimenti sul serio d'aver commesso un'inutile vigliaccheria a voltar le spalle alla fede dei suoi padri, a rinnegare nei suoi figliuoli il suo popolo eletto: *'am olam*, come dice il signor Rabbino. E dovrebbe sul serio sentirsi in mezzo alla sua famiglia un *goj*, uno straniero; e sul serio infine prendere per il petto questo suo signor suocero cristianissimo e imbecille, e costringerlo ad aprir bene gli occhi e a considerare che, via, non è lecito persistere a vedere nel suo genero un *deicida*, quando in nome di questo Dio ucciso duemil'anni fa dagli ebrei, i cristiani che dovrebbero sentirsi in Cristo tutti quanti fratelli, per cinque anni si sono scannati tra loro allegramente in una guerra che, senza pregiudizio di quelle che verranno, non aveva avuto finora l'eguale nella storia.

No, no, via! Ridere, ridere. Son cose da pensare e da dir sul serio al giorno d'oggi?

Il mio amico signor Daniele Catellani sa bene come va il mondo. Gesù, sissignori. Tutti fratelli. Per poi scannarsi tra loro. È naturale. E tutto a fil di logica, con la ragione che sta da ogni parte: per modo che a mettersi di qua non si può fare a meno d'approvare ciò che s'è negato stando di là.

Approvare, approvare, approvar sempre.

Magari, sì, farci su prima, colti alla sprovvista, una bella risata. Ma poi approvare, approvar sempre, approvar tutto.

Anche la guerra, sissignori.

Però (Dio, che risata interminabile, quella volta!) però, ecco, il signor Daniele Catellani volle fare, l'ultimo anno della grande guerra europea, uno scherzo al suo signor suocero Pietro Ambrini, uno scherzo, di quelli che non si dimenticano più.

Perché bisogna sapere che, nonostante la gran carneficina, con una magnifica faccia tosta il signor Pietro Ambrini, quell'anno, aveva pensato di festeggiare, per i cari nipotini, la ricorrenza del Santo Natale più pomposamente che mai. E s'era fatti fabbricare tanti e tanti pastorelli di terracotta: i pastorelli che portano le loro umili offerte alla grotta di Bethlehem, al Bambinello Gesù appena nato: fiscelle di candida ricotta, panieri d'uova e cacio raviggiolo, e anche tanti branchetti di boffici pecorelle e somarelli carichi anch'essi d'altre più ricche offerte, seguiti da vecchi massari e da campieri. E sui cammelli, ammantati, incoronati e solenni, i tre re Magi, che vengono col loro seguito da lontano lontano dietro alla stella cometa che s'è fermata su la grotta di sughero, dove su un po' di paglia vera è il roseo Bambinello di cera tra Maria e San Giuseppe; e San Giuseppe ha in mano il bacolo fiorito, e dietro sono il bue e l'asinello.

Aveva voluto che fosse ben grande il presepe quell'anno, il caro nonno, e tutto bello in rilievo, con poggi e dirupi, agavi e palme, e sentieri di campagna per cui si dovevano veder venire tutti quei pastorelli ch'eran perciò di varie dimensioni, coi loro branchetti di pecorelle e gli asinelli e i re Magi.

Ci aveva lavorato di nascosto per più d'un mese, con l'aiuto di due manovali che avevan levato il palco in una stanza per sostener la plastica. E aveva voluto che fosse illuminato da lampadine azzurre in ghirlanda; e che venissero dalla Sabina, la notte di Natale, due zampognari a sonar l'acciarino e le ciaramelle.

I nipotini non ne dovevano saper nulla.

A Natale, rientrando tutti imbacuccati e infreddoliti dalla messa notturna, avrebbero trovato in casa quella gran sorpresa: il suono delle ciaramelle, l'odore dell'incenso e della mirra, e il presepe là, come un sogno, illuminato da tutte quelle lampadine azzurre in ghirlanda. E tutti i casigliani sarebbero venuti a vedere, insieme coi parenti e gli amici invitati al cenone, questa gran maraviglia ch'era costata a nonno Pietro tante cure e tanti quattrini.

Il signor Daniele lo aveva veduto per casa tutto assorto in queste misteriose faccende, e aveva riso; aveva sentito le martellate dei due manovali che piantavano il palco di là, e aveva riso.

Il demonio, che gli s'è domiciliato da tant'anni nella gola, quell'anno, per Natale, non gli aveva voluto dar più requie: giù risate e risate senza fine. Invano, alzando le mani, gli aveva fatto cenno di calmarsi; invano lo aveva ammonito di non esagerare, di non eccedere.

– Non esagereremo, no! – gli aveva risposto dentro il demonio. – Sta' pur sicuro che non eccederemo. Codesti pastorelli con le fiscelline di ricotta e i panierini d'uova e il cacio raviggiolo sono un caro scherzo, chi lo può negare? così in cammino tutti verso la grotta di Bethlehem! Ebbene, resteremo nello scherzo anche noi, non dubitare! Sarà uno scherzo anche il nostro, e non meno carino. Vedrai.

Così il signor Daniele s'era lasciato tentare dal suo demonio; vinto soprattutto da questa capziosa considerazione: che cioè sarebbe restato nello scherzo anche lui.

Venuta la notte di Natale, appena il signor Pietro Ambrini con la figlia e i nipotini e tutta la servitù si recarono in chiesa per la messa di mezzanotte, il signor Daniele Catellani entrò tutto fremente d'una gioia quasi pazzesca nella stanza del presepe: tolse via in fretta e furia i re Magi e i cammelli, le pecorelle e i somarelli, i pastorelli del cacio raviggiolo e dei panieri d'uova e delle fiscelle di ricotta – personaggi e offerte al buon Gesù, che il suo demonio non aveva stimato convenienti al Natale d'un anno di guerra come quello – e al loro posto mise più propriamente, che cosa? niente, altri giocattoli: soldatini di stagno, ma tanti, ma tanti, eserciti di soldatini di stagno, d'ogni nazione, francesi e tedeschi, italiani e austriaci, russi e inglesi, serbi e rumeni, bulgari e turchi, belgi e americani e ungheresi e montenegrini, tutti coi fucili spianati contro la grotta di Bethlehem, e poi, e poi tanti cannoncini di piombo, intere batterie, d'ogni foggia, d'ogni dimensione, puntati anch'essi di su, di giù, da ogni parte, tutti contro la grotta di Bethlehem, i quali avrebbero fatto veramente un nuovo e graziosissimo spettacolo.

Poi si nascose dietro il presepe.

Lascio immaginare a voi come rise là dietro, quando, alla fine della messa notturna, vennero incontro alla meravigliosa sorpresa il nonno Pietro coi nipotini e la figlia e tutta la folla degli invitati, mentre già l'incenso fumava e i zampognari davano fiato alle loro ciaramelle.

LA PATENTE

Con quale inflessione di voce e quale atteggiamento d'occhi e di mani, curvandosi, come chi regge rassegnatamente su le spalle un peso insopportabile, il magro giudice D'Andrea soleva ripetere: – Ah, figlio caro! – a chiunque gli facesse qualche scherzosa osservazione per il suo strambo modo di vivere!

Non era ancor vecchio; poteva avere appena quarant'anni; ma cose stranissime e quasi inverosimili, mostruosi intrecci di razze, misteriosi travagli di secoli bisognava immaginare per giungere a una qualche approssimativa spiegazione di quel prodotto umano che si chiamava il giudice D'Andrea.

E pareva ch'egli, oltre che della sua povera, umile, comunissima storia familiare, avesse notizia certa di quei mostruosi intrecci di razze, donde al suo smunto sparuto viso di bianco eran potuti venire quei capelli crespi gremiti da negro; e fosse consapevole di quei misteriosi infiniti travagli di secoli, che su la vasta fronte protuberante gli avevano accumulato tutto quel groviglio di rughe e tolto quasi la vista ai piccoli occhi plumbei, e scontorto tutta la magra, misera personcina.

Così sbilenco, con una spalla più alta dell'altra, andava per via di traverso, come i cani. Nessuno però, moralmente, sapeva rigar più diritto di lui. Lo dicevano tutti.

Vedere, non aveva potuto vedere molte cose, il giudice D'Andrea; ma certo moltissime ne aveva pensate, e quando il pensare è più triste, cioè di notte.

Il giudice D'Andrea non poteva dormire.

Passava quasi tutte le notti alla finestra a spazzolarsi una mano a quei duri gremiti suoi capelli da negro, con gli occhi alle stelle, placide e chiare le une come polle di luce, guizzanti e pungenti le altre; e metteva le più vive in rapporti ideali di figure geometriche, di triangoli e di quadrati, e, socchiudendo le palpebre dietro le lenti, pigliava tra i peli delle ciglia la luce d'una di quelle stelle, e tra l'occhio e la stella stabiliva il legame d'un sottilissimo filo luminoso, e vi avviava l'anima a passeggiare come un ragnetto smarrito.

Il pensare così di notte non conferisce molto alla salute. L'arcana solennità che acquistano i pensieri produce quasi sempre, specie a certuni che hanno in sé una certezza su la quale non possono riposare, la certezza di non poter nulla sapere e nulla credere non sapendo, qualche seria costipazione. Costipazione d'anima, s'intende.

E al giudice D'Andrea, quando si faceva giorno, pareva una cosa buffa e atroce nello stesso tempo, ch'egli dovesse recarsi al suo ufficio d'Istruzione ad amministrare – per quel tanto che a lui toccava – la giustizia ai piccoli poveri uomini feroci.

Come non dormiva lui, così sul suo tavolino nell'ufficio d'Istruzione non lasciava mai dormire nessun incartamento, anche a costo di ritardare di due o tre ore il desinare e di rinunziar la sera, prima di cena, alla solita passeggiata coi colleghi per il viale attorno alle mura del paese.

Questa puntualità, considerata da lui come dovere imprescindibile, gli accresceva terribilmente il supplizio. Non solo d'amministrare la giustizia gli toccava; ma d'amministrarla così, su due piedi.

Per poter essere meno frettolosamente puntuale, credeva d'aiutarsi meditando la notte. Ma, neanche a farlo apposta, la notte spazzolando la mano a quei suoi capelli da negro e guardando le stelle, gli venivano tutti i pensieri contrarii a quelli che dovevano fare al caso per lui, data la sua qualità di giudice istruttore; così che, la mattina dopo, anziché aiutata, vedeva insidiata e ostacolata la sua puntualità da quei pensieri della notte e cresciuto enormemente lo stento di tenersi stretto a quell'odiosa sua qualità di giudice istruttore.

Eppure, per la prima volta, da circa una settimana, dormiva un incartamento sul tavolino del giudice D'Andrea. E per quel processo che stava lì da tanti giorni in attesa, egli era in preda a un'irritazione smaniosa, a una tetraggine soffocante.

Si sprofondava tanto in questa tetraggine, che gli occhi aggrottati, a un certo punto, gli si chiudevano. Con la penna in mano, dritto sul busto, il giudice D'Andrea si metteva allora a pisolare, prima raccorciandosi, poi attrappandosi come un baco infratito che non possa più fare il bozzolo.

Appena, o per qualche rumore o per un crollo più forte del capo, si ridestava e gli occhi gli andavano lì, a quell'angolo del tavolino dove giaceva l'incartamento, voltava la faccia e, serrando le labbra, tirava con le nari fischianti aria aria aria e la mandava dentro, quanto più dentro poteva, ad allargar le viscere contratte dall'esasperazione, poi la ributtava via spalancando la bocca con un versaccio di nausea, e subito si portava una mano sul naso adunco a regger le lenti che, per il sudore, gli scivolavano.

Era veramente iniquo quel processo là: iniquo perché includeva una spietata ingiustizia contro alla quale un pover uomo tentava disperatamente di ribellarsi senza alcuna probabilità di scampo. C'era in quel processo una vittima che non poteva prendersela con nessuno. Aveva voluto prendersela con due, lì in quel processo, coi primi due che gli erano capitati sotto mano, e – sissignori – la giustizia doveva dargli torto, torto, torto, senza remissione, ribadendo così, ferocemente, l'iniquità di cui quel pover uomo era vittima.

A passeggio, tentava di parlarne coi colleghi; ma questi, appena egli faceva il nome del Chiàrchiaro, cioè di colui che aveva intentato il processo, si alteravano in viso e si ficcavano subito una mano in tasca a stringervi una chiave, o sotto sotto allungavano l'indice e il mignolo a far le corna, o s'afferravano sul panciotto i gobbetti d'argento, i chiodi, i corni di corallo pendenti dalla catena dell'orologio. Qualcuno, più francamente, prorompeva:

– Per la Madonna Santissima, ti vuoi star zitto?

Ma non poteva starsi zitto il magro giudice D'Andrea. Se n'era fatta proprio una fissazione, di quel processo. Gira gira, ricascava per forza a parlarne. Per avere un qualche lume dai colleghi – diceva – per discutere così in astratto il caso.

Perché, in verità, era un caso insolito e speciosissimo quello d'un iettatore che si querelava per diffamazione contro i primi due che gli erano caduti sotto gli occhi nell'atto di far gli scongiuri di rito al suo passaggio.

Diffamazione? Ma che diffamazione, povero disgraziato, se già da qualche anno era diffusissima in tutto il paese la sua fama di iettatore? se innumerevoli testimoni potevano venire in tribunale a giurare che egli in tante e tante occasioni aveva dato segno di conoscere quella sua fama, ribellandosi con proteste violente? Come condannare, in coscienza, quei due giovanotti quali diffamatori per aver fatto al passaggio di lui il gesto che da tempo solevano fare apertamente tutti gli altri, e primi fra tutti – eccoli là – gli stessi giudici?

E il D'Andrea si struggeva; si struggeva di più incontrando per via gli avvocati, nelle cui mani si erano messi quei due giovanotti, l'esile e patitissimo avvocato Grigli, dal profilo di vecchio uccello di rapina, e il grasso Manin Baracca, il quale, portando in trionfo su la pancia un enorme corno comperato per l'occasione e ridendo con tutta la pallida carnaccia di biondo maiale eloquente, prometteva ai concittadini che presto in tribunale sarebbe stata per tutti una magnifica festa.

Orbene, proprio per non dare al paese lo spettacolo di quella «magnifica festa» alle spalle d'un povero disgraziato, il giudice D'Andrea prese alla fine la risoluzione di mandare un usciere in casa del Chiàrchiaro per invitarlo a venire all'ufficio d'Istruzione. Anche a costo di pagar lui le spese, voleva indurlo a desistere dalla querela, dimostrandogli quattro e quattr'otto che quei due giovanotti non potevano essere condannati, secondo giustizia, e che dalla loro assoluzione inevitabile sarebbe venuto a lui certamente maggior danno, una più crudele persecuzione.

Ahimè, è proprio vero che è molto più facile fare il male che il bene, non solo perché il male si può fare a tutti e il bene solo a quelli che ne hanno bisogno; ma anche, anzi sopra tutto, perché questo bisogno d'aver fatto il bene rende spesso così acerbi e irti gli animi di coloro che si vorrebbero beneficare, che il beneficio diventa difficilissimo.

Se n'accorse bene quella volta il giudice D'Andrea, appena alzò gli occhi a guardare il Chiàrchiaro, che gli era entrato nella stanza, mentr'egli era intento a scrivere. Ebbe uno scatto violentissimo e buttò all'aria le carte, balzando in piedi e gridandogli:

– Ma fatemi il piacere! Che storie son queste? Vergognatevi!

Il Chiàrchiaro s'era combinata una faccia da iettatore, ch'era una meraviglia a vedere. S'era lasciata crescere su le cave gote gialle una barbaccia ispida e cespugliuta; s'era insellato sul naso un paio di grossi occhiali cerchiati d'osso, che gli davano l'aspetto d'un barbagianni; aveva poi indossato un abito lustro, sorcigno, che gli sgonfiava da tutte le parti.

Allo scatto del giudice non si scompose. Dilatò le nari, digrignò i denti gialli e disse sottovoce:

– Lei dunque non ci crede?

– Ma fatemi il piacere! – ripeté il giudice D'Andrea. – Non facciamo scherzi, caro Chiàrchiaro! O siete impazzito? Via, via, sedete, sedete qua.

E gli s'accostò e fece per posargli una mano su la spalla. Subito il Chiàrchiaro sfagliò come un mulo, fremendo:

– Signor giudice, non mi tocchi! Se ne guardi bene! O lei, com'è vero Dio, diventa cieco!

Il D'Andrea stette a guardarlo freddamente, poi disse:

– Quando sarete comodo... Vi ho mandato a chiamare per il vostro bene. Là c'è una sedia, sedete.

Il Chiàrchiaro sedette e, facendo rotolar con le mani su le cosce la canna d'India a mo' d'un matterello, si mise a tentennare il capo.

– Per il mio bene? Ah, lei si figura di fare il mio bene, signor giudice, dicendo di non credere alla iettatura?

Il D'Andrea sedette anche lui e disse:

– Volete che vi dica che ci credo? E vi dirò che ci credo! Va bene così?

– Nossignore, – negò recisamente il Chiàrchiaro, col tono di chi non ammette scherzi. – Lei deve crederci sul serio, e deve anche dimostrarlo istruendo il processo!

– Questo sarà un po' difficile, – sorrise mestamente il D'Andrea. – Ma vediamo di intenderci, caro Chiàrchiaro. Voglio dimostrarvi che la via che avete preso non è propriamente quella che possa condurvi a buon porto.

– Via? porto? Che porto e che via? – domandò, aggrondato, il Chiàrchiaro.

– Né questa d'adesso, – rispose il D'Andrea, – né quella là del processo. Già l'una e l'altra, scusate, sono tra loro così.

E il giudice D'Andrea infrontò gl'indici delle mani per significare che le due vie gli parevano opposte.

Il Chiàrchiaro si chinò e tra i due indici così infrontati del giudice ne inserì uno suo, tozzo, peloso e non molto pulito.

– Non è vero niente, signor giudice! – disse, agitando quel dito.

– Come no? – esclamò il D'Andrea. – Là accusate come diffamatori due giovani perché vi credono iettatore, e ora qua voi stesso vi presentate innanzi a me in veste di iettatore e pretendete anzi ch'io creda alla vostra iettatura.

– Sissignore.

– E non vi pare che ci sia contraddizione?

Il Chiàrchiaro scosse più volte il capo con la bocca aperta a un muto ghigno di sdegnosa commiserazione.

– Mi pare piuttosto, signor giudice, – poi disse, – che lei non capisca niente.

Il D'Andrea lo guardò un pezzo, imbalordito.

– Dite pure, dite pure, caro Chiàrchiaro. Forse è una verità sacrosanta questa che vi è scappata dalla bocca. Ma abbiate la bontà di spiegarmi perché non capisco niente.

– Sissignore. Eccomi qua, – disse il Chiàrchiaro, accostando la seggiola. – Non solo le farò vedere che lei non capisce niente; ma anche che lei è un mio mortale nemico. Lei, lei, sissignore. Lei che crede di fare il mio bene. Il mio più acerrimo nemico! Sa o non sa che i due imputati hanno chiesto il patrocinio dell'avvocato Manin Baracca?

– Sì. Questo lo so.

– Ebbene, all'avvocato Manin Baracca io, Rosario Chiàrchiaro, io stesso sono andato a fornire le prove del fatto: cioè, che non solo mi ero accorto da più d'un anno che tutti, vedendomi passare, facevano le corna, ma le prove anche, prove documentate e testimonianze irrepetibili dei fatti spaventosi su cui è edificata incrollabilmente, incrollabilmente, capisce, signor giudice? la mia fama di iettatore!

– Voi? Dal Baracca?

– Sissignore, io.

Il giudice lo guardò, più imbalordito che mai:

– Capisco anche meno di prima. Ma come? Per render più sicura l'assoluzione di quei giovanotti? E perché allora vi siete querelato?

Il Chiàrchiaro ebbe un prorompimento di stizza per la durezza di mente del giudice D'Andrea; si levò in piedi, gridando con le braccia per aria:

– Ma perché io voglio, signor giudice, un riconoscimento ufficiale della mia potenza, non capisce ancora? Voglio che sia ufficialmente riconosciuta questa mia potenza spaventosa, che è ormai l'unico mio capitale!

E ansimando, protese il braccio, batté forte sul pavimento la canna d'India e rimase un pezzo impostato in quell'atteggiamento grottescamente imperioso.

Il giudice D'Andrea si curvò, si prese la testa tra le mani, commosso, e ripeté:

– Povero caro Chiàrchiaro mio, povero caro Chiàrchiaro mio, bel capitale! E che te ne fai? che te ne fai?

– Che me ne faccio? – rimbeccò pronto il Chiàrchiaro. – Lei, padrone mio, per esercitare codesta professione di giudice, anche così male come la esercita, mi dica un po', non ha dovuto prender la laurea?

– La laurea, sì.

– Ebbene, voglio anch'io la mia patente, signor giudice! La patente di iettatore. Col bollo. Con tanto di bollo legale! Jettatore patentato dal regio tribunale.

– E poi?

– E poi? Me lo metto come titolo nei biglietti da visita. Signor giudice, mi hanno assassinato. Lavoravo. Mi hanno fatto cacciar via dal banco dov'ero scritturale, con la scusa che, essendoci io, nessuno più veniva a far debiti e pegni; mi hanno buttato in mezzo a una strada, con la moglie paralitica da tre anni e due ragazze nubili, di cui nessuno vorrà più sapere, perché sono figlie mie; viviamo del soccorso che ci manda da Napoli un mio figliuolo, il quale ha famiglia anche lui, quattro bambini, e non può fare a lungo questo sacrifizio per noi. Signor giudice, non mi resta altro che di mettermi a fare la professione del iettatore! Mi sono parato così, con questi occhiali, con quest'abito; mi sono lasciato crescere la barba; e ora aspetto la patente per entrare in campo! Lei mi domanda come? Me lo domanda perché, le ripeto, lei è un mio nemico!

– Io?

– Sissignore. Perché mostra di non credere alla mia potenza! Ma per fortuna ci credono gli altri, sa? Tutti, tutti ci credono! E ci son tante case da giuoco in questo paese! Basterà che io mi presenti; non ci sarà bisogno di dir nulla. Mi pagheranno per farmi andar via! Mi metterò a ronzare attorno a tutte le fabbriche; mi pianterò innanzi a tutte le botteghe; e tutti, tutti mi pagheranno la tassa, lei dice dell'ignoranza? io dico la tassa della salute! Perché, signor giudice, ho accumulato tanta bile e tanto odio, io, contro tutta questa schifosa umanità, che veramente credo d'avere ormai in questi occhi la potenza di far crollare dalle fondamenta una intera città!

Il giudice D'Andrea, ancora con la testa tra le mani, aspettò un pezzo che l'angoscia che gli serrava la gola desse adito alla voce. Ma la voce non volle venir fuori; e allora egli, socchiudendo dietro le lenti i piccoli occhi plumbei, stese le mani e abbracciò il Chiàrchiaro a lungo, forte forte, a lungo.

Questi lo lasciò fare.

– Mi vuol bene davvero? – gli domandò. – E allora istruisca subito il processo, e in modo da farmi avere al più presto quello che desidero.

– La patente?

Il Chiàrchiaro protese di nuovo il braccio, batté la canna d'India sul pavimento e, portandosi l'altra mano al petto, ripeté con tragica solennità:

– La patente.

NOTTE

Passata la stazione di Sulmona, Silvestro Noli rimase solo nella lercia vettura di seconda classe.

Volse un'ultima occhiata alla fiammella fumolenta, che vacillava e quasi veniva a mancare agli sbalzi della corsa, per l'olio caduto e guazzante nel vetro concavo dello schermo, e chiuse gli occhi con la speranza che il sonno, per la stanchezza del lungo viaggio (viaggiava da un giorno e una notte), lo togliesse all'angoscia nella quale si sentiva affogare sempre più, man mano che il treno lo avvicinava al luogo del suo esilio.

Mai più! mai più! mai più! Da quanto tempo il fragor cadenzato delle ruote gli ripeteva nella notte queste due parole?

Mai più, sì, mai più, la vita gaia della sua giovinezza, mai più, là tra i compagni spensierati, sotto i portici popolosi della sua Torino; mai più il conforto, quel caldo alito familiare della sua vecchia casa paterna; mai più le cure amorose della madre, mai più il tenero sorriso nello sguardo protettore del padre.

Forse non li avrebbe riveduti mai più, quei suoi cari vecchi! La mamma, la mamma specialmente! Ah, come l'aveva ritrovata, dopo sette anni di lontananza! Curva, rimpiccolita, in così pochi anni, e come di cera e senza più denti. Gli occhi soli ancora vivi. Poveri cari santi occhi belli!

Guardando la madre, guardando il padre, ascoltando i loro discorsi, aggirandosi per le stanze e cercando attorno, aveva sentito bene, che non per lui soltanto aveva avuto fine la vita della casa paterna. Con la sua ultima partenza, sette anni addietro, la vita era finita lì anche per gli altri.

Se l'era dunque portata via lui con sé? E che ne aveva fatto? Dov'era più in lui la vita? Gli altri avevano potuto credere che se la fosse portata via con sé; ma lui sapeva di averla lasciata lì, invece, la sua, partendo; e ora, a non ritrovarcela più, nel sentirsi dire che non poteva più trovarci nulla, perché s'era portato via tutto lui, aveva provato, nel vuoto, un gelo di morte.

Con questo gelo nel cuore ritornava ora in Abruzzo, spirata la licenza di quindici giorni concessagli dal direttore delle scuole normali maschili di Città Sant'Angelo, ove da cinque anni insegnava disegno.

Prima che in Abruzzo era stato professore un anno in Calabria; un altro anno, in Basilicata. A Città Sant'Angelo, vinto e accecato dal bisogno cocente e smanioso d'un affetto che gli riempisse il vuoto in cui si vedeva sperduto, aveva commesso la follia di prender moglie; e s'era inchiodato lì, per sempre.

La moglie, nata e cresciuta in quell'alto umido paesello, privo anche d'acqua, coi pregiudizii angustiosi, le gretterie meschine e la scontrosità e la rilassatezza della pigra sciocca vita provinciale, anziché dargli compagnia, gli aveva accresciuto attorno la solitudine, facendogli sentire ogni momento quanto fosse lontano dall'intimità d'una famiglia che avrebbe dovuto esser sua, e nella quale invece né un suo pensiero, né un suo sentimento riuscivano mai a penetrare.

Gli era nato un bambino, e – cosa atroce! – anche quel suo bambino aveva sentito, fin dal primo giorno, estraneo a sé, come se fosse appartenuto tutto alla madre, e niente a lui.

Forse il figliuolo sarebbe diventato suo, se egli avesse potuto strapparlo da quella casa, da quel paese; e anche la moglie forse sarebbe diventata sua compagna veramente, ed egli avrebbe sentito la gioia d'avere una casa sua, una famiglia sua, se avesse potuto chiedere e ottenere un trasferimento altrove. Ma gli era negato anche di sperare in un tempo lontano questa salvezza, perché sua moglie, che non s'era voluta muovere dal paese neanche per un breve viaggio di nozze, neanche per andare a conoscere la madre e il padre di lui e gli altri parenti a Torino, minacciava che, anziché dai suoi, si sarebbe divisa da lui a un caso di trasferimento.

Dunque, lì; funghire lì, stare lì ad aspettare, in quell'orrenda solitudine, che lo spirito a poco a poco gli si vestisse d'una scorza di stupidità. Amava tanto il teatro, la musica, tutte le arti, e quasi non sapeva parlar d'altro: sarebbe rimasto sempre con la sete di esse, anche di esse, sì, come d'un bicchier d'acqua pura! Ah, non la poteva bere, lui, quell'acqua greve, cruda, renosiccia delle cisterne. Dicevano che non faceva male; ma egli si sentiva da un pezzo anche malato di stomaco. Immaginario? Già! Per giunta, la derisione.

Le palpebre chiuse non riuscirono più a contenere le lagrime, di cui s'erano riempite. Mordendosi il labbro, come per impedire che gli rompesse dalla gola anche qualche singhiozzo, Silvestro Noli trasse di tasca un fazzoletto.

Non pensò che aveva il viso tutto affumicato dal lungo viaggio; e guardando il fazzoletto, restò offeso e indispettito dalla sudicia impronta del suo pianto. Vide in quella sudicia impronta la sua vita, e prese tra i denti il fazzoletto quasi per stracciarlo.

Alla fine il treno si fermò alla stazione di Castellamare Adriatico.

Per altri venti minuti di cammino, gli toccava aspettare più di cinque ore in quella stazione. Era la sorte dei viaggiatori che arrivavano con quel treno notturno da Roma e dovevano proseguire per le linee d'Ancona o di Foggia.

Meno male che, nella stazione, c'era il caffè aperto tutta la notte, ampio, bene illuminato, con le tavole apparecchiate, nella cui luce e nel cui movimento si poteva in qualche modo ingannar l'ozio e la tristezza della lunga attesa. Ma erano dipinti sui visi gonfi, pallidi, sudici e sbattuti dei viaggiatori una tetra ambascia, un fastidio opprimente, un'agra nausea della vita che, lontana dai consueti affetti, fuor della traccia delle abitudini, si scopriva a tutti vacua, stolta, incresciosa.

Forse tanti e tanti s'eran sentiti stringere il cuore al fischio lamentoso del treno in corsa nella notte. Ognun d'essi stava lì forse a pensare che le brighe umane non han requie neanche nella notte; e, siccome sopratutto nella notte appaion vane, prive come sono delle illusioni della luce, e anche per quel senso di precarietà angosciosa che tien sospeso l'animo di chi viaggia e che ci fa vedere sperduti su la terra, ognun d'essi, forse, stava lì a pensare che la follia accende i fuochi nelle macchine nere, e che nella notte, sotto le stelle, i treni correndo per i piani bui, passando strepitosi sui ponti, cacciandosi nei lunghi trafori, gridano di tratto in tratto il disperato lamento di dover trascinare così nella notte la follia umana lungo le vie di ferro, tracciate per dare uno sfogo alle sue fiere smanie infaticabili.

Silvestro Noli, bevuta a lenti sorsi una tazza di latte, si alzò per uscire dalla stazione per l'altra porta del caffè in fondo alla sala. Voleva andare alla spiaggia, a respirar la brezza notturna del mare, attraversando il largo viale della città dormente.

Se non che, passando innanzi a un tavolino, si sentì chiamare da una signora di piccolissima statura, esile, pallida, magra, in fitte gramaglie vedovili.

– Professor Noli...

Si fermò perplesso, stupito:

– Signora... oh, lei, signora Nina? come mai?

Era la moglie d'un collega, del professor Ronchi, conosciuto sei anni fa, a Matera, nelle scuole tecniche. Morto, sì, sì, morto – lo sapeva – morto pochi mesi addietro, a Lanciano, ancor giovane. Ne aveva letto con doloroso stupore l'annunzio nel bollettino. Povero Ronchi, appena arrivato al liceo, dopo tanti concorsi disgraziati, morto all'improvviso, di sincope, per troppo amore, dicevano, di quella sua minuscola mogliettina, ch'egli come un orso gigantesco, violento, testardo, si trascinava sempre dietro, da per tutto.

Ecco, la vedovina, portandosi alla bocca il fazzoletto listato di lutto, guardandolo con gli occhi neri, bellissimi, affondati nelle livide occhiaie enfiate, gli diceva con un lieve tentennio del capo l'atrocità della sua tragedia recente.

Vedendo da quei begli occhi neri sgorgare due grosse lagrime, il Noli invitò la signora ad alzarsi e ad uscire con lui dal caffè, per parlare liberamente, lungo il viale deserto fino al mare in fondo.

Ella fremeva in tutta la misera personcina nervosa e pareva andasse a sbalzi e gesticolava a scatti, con le spalle, con le braccia, con le lunghissime mani, quasi scusse di carne. Si mise a parlare affollatamente, e subito le s'infiammarono, di qua e di là, le tempie e gli zigomi. Raddoppiava, per un vezzo di pronunzia, la *effe* in principio di parola, e pareva sbuffasse, e di continuo si passava il fazzoletto su la punta del naso e sul labbro superiore che, stranamente, nella furia del parlare, le s'imperlavano di sudore; e la salivazione le si attivava con tanta abbondanza, che la voce, a tratti, quasi vi s'affogava.

– Ah, Noli, vedete? qua, caro Noli, m'ha lasciata qua, sola, con tre ffigliuoli, in un paese dove non conosco nessuno, dov'ero arrivata da due mesi appena... Sola, sola... Ah, che uomo terribile, Noli! S'è distrutto e ha distrutto anche me, la mia salute, la mia vita... tutto... Addosso, Noli, lo sapete? m'è morto addosso... addosso...

Si scosse in un brivido lungo, che finì quasi in un nitrito. Riprese:

– Mi levò dal mio paese, dove ora non ho più nessuno, tranne una sorella maritata per conto suo... Che andrei più a ffare lì? Non voglio dare spettacolo della mia miseria a quanti mi invidiarono un giorno... Ma qui, sola con tre bambini, sconosciuta da tutti... che ffarò? Sono disperata... mi sento perduta... Sono stata a Roma a sollecitare qualche assegno... Non ho diritto a niente: undici anni soli d'insegnamento, undici mesate: poche migliaia di lire... Non me le avevano ancora liquidate! Ho strillato tanto al Ministero, che mi hanno preso per pazza... Cara signora, dice, docce ffredde, docce ffredde!... Ma sì! fforse impazzisco davvero... Ho qui, perpetuo, qui, un dolore, come un rodio, un tiramento, qui, al cervelletto, Noli... E sono come arrabbiata... sì, sì... sono rimasta come arrabbiata... come arsa dentro... con un ffuoco, con un ffuoco in tutto il corpo... Ah, come siete ffresco, voi Noli, come siete ffresco, voi!

E, in così dire, in mezzo all'umido viale deserto, sotto le pallide lampade elettriche, le quali, troppo distanti l'una dall'altra, diffondevano appena nella notte un rado chiarore opalino, gli s'appese al braccio, gli cacciò sul petto la testa, chiusa nella cuffia di crespo vedovile, frugando, come per affondargliela dentro, e ruppe in smaniosi singhiozzi.

Il Noli, sbalordito, costernato, commosso, arretrò istintivamente per staccarsela d'addosso. Comprese che quella povera donna, nello stato di disperazione in cui si trovava, si sarebbe aggrappata forsennatamente al primo uomo di sua conoscenza, che le fosse venuto innanzi.

– Coraggio, coraggio, signora, – le disse. – Fresco? Eh sì, fresco! Ho già moglie, io, signora mia.

– Ah, – fece la donnetta, staccandosi subito. – Moglie? Avete preso moglie?

– Già da quattr'anni, signora. Ho anche un bambino.

– Qua?

– Qua vicino. A Città Sant'Angelo.

La vedovina gli lasciò anche il braccio.

– Ma non siete piemontese voi?

– Sì, di Torino proprio.

– E la vostra signora?

– Ah, no, la mia signora è di qua.

I due si fermarono sotto una delle lampade elettriche e si guardarono e si compresero.

Ella era dell'estremo lembo d'Italia, di Bagnara Calabra.

Si videro tutti e due, nella notte, sperduti in quel lungo, ampio viale deserto e malinconico, che andava al mare, tra i villini e le case dormenti di quella città così lontana dai loro primi e veri affetti e pur così vicina ai luoghi ove la sorte crudele aveva fermato la loro dimora. E sentirono l'uno per l'altra una profonda pietà, che, anziché ad unirsi, li persuadeva amaramente a tenersi discosti l'uno dall'altra, chiuso ciascuno nella propria miseria inconsolabile.

Andarono, muti, fino alla spiaggia sabbiosa, e si appressarono al mare.

La notte era placidissima; la frescura della brezza marina, deliziosa.

Il mare, sterminato, non si vedeva, ma si sentiva vivo e palpitante nella nera, infinita, tranquilla voragine della notte.

Solo, da un lato, in fondo, s'intravedeva tra le brume sedenti su l'orizzonte alcunché di sanguigno e di torbo, tremolante su le acque. Era forse l'ultimo quarto della luna, che declinava, avviluppata nella caligine.

Sulla spiaggia le ondate si allungavano e si spandevano senza spuma, come lingue silenziose, lasciando qua e là su la rena liscia, lucida, tutta imbevuta d'acqua, qualche conchiglia, che subito, al ritrarsi dell'ondata, s'affondava.

In alto, tutto quel silenzio fascinoso era trafitto da uno sfavillio acuto, incessante di innumerevoli stelle, così vive, che pareva volessero dire qualcosa alla terra, nel mistero profondo della notte.

I due seguitarono ad andar muti un lungo tratto su la rena umida, cedevole. L'orma dei loro passi durava un attimo: l'una vaniva, appena l'altra s'imprimeva. Si udiva solo il fruscio dei loro abiti.

Una lancia biancheggiante nell'ombra, tirata a secco e capovolta su la sabbia, li attrasse. Vi si posero a sedere, lei da un lato, lui dall'altro, e rimasero ancora un pezzo in silenzio a mirar le ondate che si allargavano placide, vitree su la bigia rena molliccia. Poi la donna alzò i begli occhi neri al cielo, e scoprì a lui, al lume delle stelle, il pallore della fronte torturata, della gola serrata certo dall'angoscia.

– Noli, non cantate più?

– Io... cantare?

– Ma sì, voi cantavate, un tempo, nelle belle notti... Non vi ricordate, a Matera? Cantavate... L'ho ancora negli orecchi, il suono della vostra vocetta intonata... Cantavate in ffalsetto... con tanta dolcezza... con tanta grazia appassionata... Non ricordate più?...

Egli si sentì sommuovere tutto il fondo dell'essere alla rievocazione improvvisa di quel ricordo ed ebbe nei capelli, per la schiena i brividi d'un intenerimento ineffabile.

Sì, sì... era vero: egli cantava, allora... fino laggiù, a Matera, ancora aveva nell'anima i dolci canti appassionati della sua giovinezza e, nelle belle sere, passeggiando con qualche amico, sotto le stelle, quei canti gli rifiorivano su le labbra.

Era dunque vero ch'egli se l'era portata via con sé, la vita, dalla casa paterna di Torino; ancora laggiù la aveva con sé, certo, se cantava... accanto a questa povera piccola amica, a cui forse aveva fatto un po' di corte, in quei giorni lontani, oh così, per simpatia, senza malizia... per bisogno di sentirsi accanto il tepore d'un po' d'affetto, la tenerezza blanda d'una donna amica.

– Vi ricordate, Noli?

Egli, con gli occhi nel vuoto della notte, bisbigliò:

– Sì... sì, signora, ricordo...

– Piangete?

– Ricordo...

Tacquero di nuovo. Guardando entrambi nella notte, sentivano ora che la loro infelicità quasi vaporava, non era più di essi soltanto, ma di tutto il mondo, di tutti gli esseri e di tutte le cose, di quel mare tenebroso e insonne, di quelle stelle sfavillanti nel cielo, di tutta la vita che non può sapere perché si debba nascere, perché si debba amare, perché si debba morire.

La fresca, placida tenebra, trapunta da tante stelle, sul mare, avvolgeva il loro cordoglio, che si effondeva nella notte e palpitava con quelle stelle e s'abbatteva lento, lieve, monotono con quelle ondate su la spiaggia silenziosa. Le stelle, anch'esse, lanciando quei loro guizzi di luce negli abissi dello spazio, chiedevano perché; lo chiedeva il mare con quelle stracche ondate, e anche le piccole conchiglie lasciate qua e là su la rena.

Ma a poco a poco la tenebra cominciò a diradarsi, cominciò ad aprirsi sul mare un primo frigido pallore d'alba. Allora, quanto c'era di vaporoso, d'arcano, quasi di vellutato nel cordoglio di quei due rimasti appoggiati ai fianchi della lancia capovolta su la sabbia, si restrinse, si precisò con nuda durezza, come i lineamenti dei loro volti nella incerta squallida prima luce del giorno.

Egli si sentì tutto ripreso dalla miseria abituale della sua casa vicina, ove tra poco sarebbe arrivato: la rivide, come se già vi fosse, con tutti i suoi colori, in tutti i suoi particolari, con entro la moglie e il suo piccino, che gli avrebbero fatto festa all'arrivo. E anch'ella, la vedovina, non vide più così nera e così disperata la sua sorte: aveva con sé parecchie migliaia di lire, cioè la vita assicurata per qualche tempo: avrebbe trovato modo di provvedere all'avvenire suo e dei tre piccini. Si racconciò con le mani i capelli su la fronte e disse, sorridendo, al Noli:

– Chi sa che ffaccia avrò, caro amico, non è vero?

E si mossero entrambi per ritornare alla stazione.

Nel più profondo recesso della loro anima il ricordo di quella notte s'era chiuso; forse, chi sa! per riaffacciarsi poi, qualche volta, nella lontana memoria, con tutto quel mare placido, nero, con tutte quelle stelle sfavillanti, come uno sprazzo d'arcana poesia e d'arcana amarezza.

O DI UNO O DI NESSUNO

I

Chi era stato? Uno de' due, certamente. O forse un terzo, ignoto. Ma no: in coscienza, né l'uno né l'altro de' due amici avevano alcun motivo di sospettarlo. Melina era buona, modesta; e poi, così disgustata dell'antica sua vita; a Roma non conosceva nessuno; viveva appartata e, se non proprio contenta, si dimostrava gratissima della condizione che le avevano fatta, richiamandola due anni addietro da Padova, dove, studenti allora d'università, l'avevano conosciuta.

Vinto insieme un concorso al Ministero della guerra, collegata la loro vita in tutto, Tito Morena e Carlino Sanni avevano stimato prudente e giudizioso, due anni addietro, cioè ai primi aumenti dello stipendio, provvedere anche insieme al bisogno indispensabile d'una donna, che li curasse e salvasse dal rischio a cui erano esposti, seguitando ciascuno per suo conto a cercare una qualche sicura stabilità d'amore, di contrarre un triste legame, non men gravoso d'un matrimonio, per adesso e forse per sempre conteso loro dalle ristrettezze finanziarie e dalle difficoltà della vita.

E avevano pensato a Melina, tenera e dolce amica degli studenti padovani, che erano soliti andar a trovare in via del Santo, nelle sere d'inverno e di primavera lassù. Ecco: Melina sarebbe stata la più adatta per loro: avrebbe recato con sé da Padova tutti i lieti ricordi della prima, spensierata gioventù. Le avevano scritto; aveva accettato; e allora (giudiziosamente, come sempre) avevano disposto che ella non coabitasse con loro. Le avevano preso in affitto due stanzette modeste in un quartiere lontano, fuori di porta, e lì andavano a trovarla, ora l'uno ora l'altro, così come s'erano accordati, senza invidia e senza gelosia.

Tutto era andato bene per due anni, con soddisfazione d'entrambi.

D'indole mitissima, di poche parole e ritegnosa, Melina si era mostrata amica a tutt'e due, senz'ombra di preferenza né per l'uno né per l'altro. Erano due bravi giovani, bene educati e cordiali. Certo, uno – Tito Morena – era più bello; ma Carlino Sanni (che non era poi brutto neanche lui, quantunque avesse la testa d'una forma curiosa) molto più vivace e grazioso dell'altro.

L'annunzio inatteso, di quel caso impreveduto, gettò i due amici in preda a una profonda costernazione.

Un figlio!

Uno di loro due era stato, certamente; chi de' due, né l'uno né l'altro, né la stessa Melina potevano sapere. Era una sciagura per tutti e tre; e nessuno de' due amici s'arrischiò a domandare dapprima alla donna: «*Tu chi credi?*» per timore che l'altro potesse sospettar ch'egli intendesse con ciò di sottrarsi alla responsabilità, rovesciandola soltanto addosso a uno; né Melina tentò minimamente d'indurre l'uno o l'altro a credere che il padre fosse lui.

Ella era nelle mani di tutti e due, e a tutti e due, non all'uno né all'altro, voleva affidarsi. Uno era stato; ma chi de' due ella non solo non poteva dire, ma non voleva nemmeno supporre.

Legati ancora alla propria famiglia lontana, con tutti i ricordi dell'intimità domestica, Carlino Sanni e Tito Morena sapevano che questa intimità non poteva più essere per loro, staccati come già ne erano per sempre. Ma, in fondo, erano rimasti come due uccellini che, sotto le penne già cresciute e per necessità abituate al volo, avessero serbato e volessero custodir nascosto il tepore del nido che li aveva accolti implumi. Ne provavano intanto quasi vergogna, come per una debolezza che, a confessarla, avrebbe potuto renderli ridicoli.

E forse l'avvertimento di questa vergogna cagionava loro un segreto rimorso. E il rimorso, a loro insaputa, si manifestava in una certa acredine di parole, di sorrisi, di modi, che essi credevano invece effetto di quella vita arida, priva di cure intime, in cui più nessun affetto vero avrebbe potuto metter radici, che eran costretti a vivere e a cui dovevano ormai abituarsi, come tanti altri. E negli occhi chiari, quasi infantili, di Tito Morena lo sguardo avrebbe voluto avere una durezza di gelo. Spesso lo aveva; ma pure talvolta quello sguardo gli si velava per la commozione improvvisa di qualche lontano ricordo; e allora quella velatura di gelo era come l'appannarsi dei vetri d'una finestra, per il caldo di dentro e il freddo di fuori. Carlino Sanni, dal canto suo, si raschiava con le unghie le gote rase e rompeva con lo stridore dei peli rinascenti certi angosciosi silenzii interiori e si richiamava all'ispida realtà del suo vigor maschile che, via, gl'imponeva ormai d'esser uomo, vale a dire, un po' crudele.

S'accorsero, all'annunzio inatteso della donna, che, senza saperlo e senza volerlo, ciascuno, dimenticandosi dell'altro e anche della voluta durezza e della voluta crudeltà, aveva messo in quella relazione con Melina tutto il proprio cuore, per quel segreto, cocente bisogno d'intimità familiare. E avvertirono un sordo astio, un'agra amarezza di rancore, non propriamente contro la donna, ma contro il corpo di lei che, nell'incoscienza dell'abbandono, aveva evidentemente dovuto prendersi più dell'uno che dell'altro. Non gelosia, perché il tradimento non era voluto. Il tradimento era della natura; ed era un tradimento quasi beffardo. Cecamente, di soppiatto, la natura s'era divertita a guastar quel nido, che essi volevano credere costruito più dalla loro saggezza, che dal loro cuore.

Che fare, intanto?

La maternità in quella ragazza assumeva per la loro coscienza un senso e un valore, che li turbava tanto più profondamente in quanto sapevano che ella non si sarebbe affatto ribellata, se essi non avessero voluto rispettargliela; ma li avrebbe in cuor suo giudicati ingiusti e cattivi.

Era in lei tanta dolcezza dolente e rassegnata! Con gli occhi, il cui sguardo talvolta esprimeva il sorriso mesto delle labbra non mosse, diceva chiaramente che lei, non ostante quell'ambiguo suo stato, da due anni, mercé loro, si sentiva rinata. E appunto da questo suo rinascere alla modestia degli antichi sentimenti, dovuto a loro, al modo con cui essi, quasi a loro insaputa, l'avevano trattata, proveniva la sua maternità, il rifiorire di essa che, nella trista arsura del vizio non amato, s'era per tanti anni isterilita.

Ora, non sarebbero venuti meno, d'improvviso, crudelmente, alla loro opera stessa, ricacciando Melina nell'avvilimento di prima, impedendole di raccogliere il frutto di tutto il bene che le avevano fatto?

Questo i due amici avvertivano in confuso nel turbamento della coscienza. E forse, se ciascuno dei due avesse potuto esser sicuro che il figlio era suo, non avrebbe esitato ad assumersene il peso e la responsabilità, persuadendo l'altro a ritrarsi. Ma chi poteva dare all'uno o all'altro questa certezza?

Nel dubbio inovviabile i due amici decisero che, senza dirne nulla per adesso a Melina, quando sarebbe stata l'ora l'avrebbero mandata a liberarsi in qualche ospizio di maternità, da cui quindi sarebbe ritornata a loro, sola.

II

Melina non chiese nulla: intuì la loro decisione; ma intuì pure con quale animo entrambi la avevano presa. Lasciò passare qualche tempo; quando le parve il momento opportuno, a Carlino Sanni che quella sera si trovava con lei, mostrò con gli occhi bassi e un timido sorriso sulle labbra una pezza di tela comperata il giorno avanti co' suoi risparmi.

– Ti piace?

Il giovine finse, dapprima, di non comprendere. Esaminò, appressandosi al lume, la tela, con gli occhi, col tatto:

– Buona, – disse. – E... quanto l'hai pagata?

Melina alzò gli occhi, ove la malizietta sorrideva implorante:

– Oh, poco, – rispose. – Indovina?

– Quanto?

– No... dico, perché l'ho comperata...

Carlino si strinse nelle spalle, fingendo ancora di non comprendere.

– Oh bella! perché ti bisognava. Ma l'hai comperata da te, e non dovevi. Potevi dirci che ti bisognava.

Melina allora alzò la tela e vi nascose la faccia. Stette un pezzo così; poi, con gli occhi pieni di lagrime, scotendo amaramente il capo, disse:

– Dunque, no? proprio no, è vero? non debbo... non debbo preparar nulla?

E vedendo, a questa domanda supplichevole, restare il giovine tra confuso e seccato e commosso, subito gli prese una mano, lo attirò a sé e s'affrettò a soggiungere con foga:

– Senti, Carlino, senti, per carità! io non voglio nulla, non chiedo nulla di più. Come ho comperato questa tela, così con altri piccoli risparmi potrei provvedere io a tutto. No, senti, stammi prima a sentire, senz'alzar le spalle, senza farmi cotesti occhiacci. Guarda, ti giuro, ti giuro che non n'avrete mai nessun fastidio, nessun peso, mai! Lasciami dire. M'avanza tanto tempo, qua. Ho imparato a lavorare per voi; seguiterò sempre a lavorare: oh, potete star sicuri che non vi mancheranno mai le mie cure! Ma ecco, vedi, badando a voi, come faccio, alla vostra biancheria, ai vostri abiti, m'avanza ancora tanto tempo, tanto che – lo sai – ho imparato a leggere e a scrivere, da me! Ebbene, ora lascerò questo, e cercherò altro lavoro, da fare qui in casa; e sarò felice, credimi! credimi! Non vi chiederò mai nulla, Carlino, mai nulla! Concedetemi questa grazia, per carità! Sì? sì?

Carlino schivava di guardarla, voltando la testa di qua e di là, e alzava una spalla e apriva e chiudeva le mani e sbuffava.

Prima di tutto, via, ci voleva poco a intendere che lui, così su due piedi, e senza consultare l'altro, non poteva darle nessuna risposta. E poi, sì, era presto detto nessun peso, nessun fastidio. Il peso, il fastidio sarebbero stati il meno! La responsabilità, la responsabilità d'una vita, perdio, che a uno dei due apparteneva di certo, ma a quale dei due non si poteva sapere. Ecco, era questo! era questo!

– Ma a me, Carlino? – rispose pronta, con ardore, Melina. – A me appartiene di certo! E la responsabilità... perché dovete assumervela voi? Me l'assumo io, ti dico, intera.

– E come? – gridò il giovine.

– Come? Ma così, me l'assumo! Stammi a sentire, per carità! Guarda, tra dieci anni, Carlino, chi sa quante cose potranno accadere a voi due! Tra dieci anni... E quand'anche voleste seguitare a vivere così, tutti e due insieme, tra dieci anni, che sarò più io? non sarò più certo buona per voi; vi sarete certo stancati di me. Ebbene: fino a dieci anni sarà ancora ragazzo il mio figliuolo, e non vi darà né spesa né fastidio, perché provvederò io a tutto col mio lavoro. Ma capisci che ora che ho imparato a lavorare, non posso più buttarlo via? Lo terrò con me; mi darà qui conforto e compagnia; e poi, quando voi non mi vorrete più, avrò lui almeno, avrò lui, capisci? Lo so, non devi né puoi dirmi di sì, per ora, da solo. Perché l'ho detto prima a te, e non a Tito? Non lo so! Il cuore mi ha suggerito così. È anche lui tanto buono, Tito! Parlagliene tu, come credi, quando credi. Io sono qua, in mano vostra. Non dirò più nulla. Farò come voi vorrete.

Carlino Sanni parlò a Tito Morena il giorno dopo.

Si mostrò seccatissimo di Melina, e veramente credeva di avercela con lei; ma appena vide Tito accordarsi con lui nel disapprovare la proposta di Melina, si accorse che aveva la stizza in corpo non per lei, ma perché prevedeva l'opposizione di Tito. Prevedeva l'opposizione; eppure forse, in fondo, sperava che Tito invece si assumesse contro a lui la parte di contentare Melina; cioè quella stessa parte che molto volentieri si sarebbe assunta lui, ove non avesse temuto di far peggio. Si stizzì del subitaneo accordo, e Tito rimase stordito di quella stizza inattesa; lo guardò un poco; gli domandò:

– Ma scusa, non dici quello che dico io?

E Carlino:

– Ma sì! ma sì! ma sì!

A ragionare, infatti, non potevano non esser d'accordo. E anche il sentimento avevano entrambi comune. Se non che, questo sentimento comune, anziché accordarli, non solo li divideva, ma li rendeva l'uno all'altro nemici.

Tito, ch'era il più calmo in quel momento, comprese bene che, a lasciar prorompere il sentimento, sarebbe di certo e subito avvenuta tra loro una rottura insanabile; avrebbe voluto perciò lasciar lì il discorso, ove la sua ragione e quella dell'amico, freddamente e così fuor fuori, potevano restar d'accordo.

Ma Carlino, turbato dalla stizza, non seppe trattenersi. Tanto disse, che alla fine fece perdere la calma anche a Tito. E, tutt'a un tratto, i due, finora l'uno accanto all'altro amici cordialissimi, si scoprirono negli occhi, l'uno di fronte all'altro, cordialissimi nemici.

– Vorrei sapere, intanto, perché prima l'ha detto a te e non a me!

– Perché iersera c'ero io; e l'ha detto a me.

– Poteva bene aspettar domani, e dirlo a me! Se l'ha detto iersera, che c'eri tu, è segno che t'ha creduto più tenero di cuore e più disposto a venir meno a ciò che tutti e due insieme, di pieno accordo, avevamo stabilito.

– Ma nient'affatto! Perché io le ho detto di no, di no, di no, precisamente come dici tu! Ma capirai che ella ha insistito, ha pianto, ha scongiurato, ha fatto tante promesse e tanti giuramenti; e, di fronte a queste lacrime e a queste promesse, io non so, non potevo sapere, come saresti rimasto tu, e se anche tu per tuo conto avresti voluto risponderle di no!

– Ma non s'era stabilito no? Dunque, no!

Carlino Sanni si scrollò rabbiosamente.

– Va bene! E ora andrai a dirglielo tu.

– Bello! Mi piace! – squittì Tito. – Così la parte del cuor duro, del tiranno, la faccio io, e tu rimani per lei quello che si era piegato, commosso e intenerito.

– E se fosse così? – saltò su Carlino, guardandolo da presso negli occhi. – Sei sicuro tu, che non ti saresti «piegato, commosso e intenerito» al posto mio? E avresti avuto il coraggio, così commosso e intenerito, di dirle di no, anche per conto di un altro, che forse al tuo posto si sarebbe, come te, commosso e intenerito? Rispondi a questo! Rispondi!

Così sfidato, con gli occhi negli occhi, Tito non volle darsi per vinto, e mentì, imperterrito.

– Io, commosso? Chi te lo dice?

– E dunque è vero, – esclamò allora Carlino trionfante, – che il cuor duro sei tu, e puoi bene andarglielo a dire!

– Oh sai che ti dico io, invece? – fremé Tito al colmo del dispetto. – Che n'ho abbastanza io, di codesta storia, e voglio farla finita!

Carlino gli s'appressò di nuovo, minaccioso:

– Cioè... cioè.... cioè... piano piano, caro mio, aspetta: farla finita, adesso, in che modo?

– Oh, – fece Tito con un sorriso stirato, guardandolo dall'alto in basso, – non ti credere che voglia venir meno a quanto debbo! Seguiterò a dare la parte mia, finché lei sarà in quello stato; poi faccia quello che vuole: se vuol tenersi il figlio, se lo tenga: se vuol buttarlo via, lo butti. Per me, non vorrò più saperne.

– E io? – domandò Carlino.

– Ma farai anche tu ciò che ti pare!

– Non è mica vero!

– Perché no?

– Lo capisci bene perché no! Se non ci vai più tu, non potrò più andarci neanche io!

– E perché?

– Perché da solo, sai bene che non posso accollarmi tutto il peso del mantenimento; non posso e non debbo, del resto, perché non so di certo se il figlio sia mio, e tu non puoi lasciarmi su le spalle il peso d'un figlio che può esser tuo.

– Ma se ti dico che seguiterò a dar la parte mia!

– Grazie tante! Non posso accettare! Già, in mezzo resterei sempre io, di più.

– Perché vuoi restarci!

– Ma scusa, ma scusa, ma scusa, e perché non vuoi tu restare ai patti? Che cosa chiede lei alla fine, che tu non possa accordarle? Se non ci fa nessun carico del figliuolo! Se lo terrà per sé. Ma senti... ma ascolta...

E Carlino prese a inseguir per la stanza Tito che si allontanava scrollandosi, per trattenerlo a ragionare. E non intendeva che, assumendo ora quel tono persuasivo, quella pacata difesa della donna, faceva peggio.

Tito stesso, alla fine, glielo gridò:

– Sarà un sospetto ingiusto, ma che vuoi farci? m'è entrato; non posso più scacciarlo! Non posso seguitare, così insieme, una relazione, che era solo possibile a patto che nessun contrasto sorgesse tra noi.

– Ma andiamo tutti e due insieme, allora, – propose Carlino, – tutti e due insieme a dirle di no. Io già gliel'ho detto per conto mio; ora andiamo a ripeterglielo insieme; e se vuoi, parlerò io più forte; le dimostrerò io che non è possibile accordarle quello che chiede!

– E poi? – fece Tito. – Credi che ella sarebbe più, quale è stata finora? Se desidera tanto di tenersi il figlio! La faremmo infelice, credi, Carlino, inutilmente. Perché... lo sento, lo sento bene, per me è finita! Sarà un dispetto sciocco: non mi passa; sento che non mi passa. E allora? Io non posso, non voglio più tornarci, ecco!

– E dovremmo abbandonarla così? – domandò Carlino accigliato.

– Ma nient'affatto, abbandonarla! – esclamò Tito. – T'ho detto e ripetuto che seguiterò a dar la parte mia, finché ella si troverà in questo stato e non troverà modo di provvedere a sé altrimenti! Tu poi, per conto tuo, fa' quello che credi. Te lo dico proprio senz'astio, bada! e con la massima franchezza.

Carlino rimase muto, ingrugnato, a raschiarsi con le unghie le gote rase. E, per quel giorno, il discorso finì lì.

III

Non fu più ripreso. Ma seguitò nell'animo d'entrambi, e a mano a mano tanto più violento, quanto più cresceva la violenza che l'uno e l'altro si facevano, per tacere.

Nessuno de' due andò più a trovar Melina. E Carlino, non andando, voleva dimostrare a Tito che la violenza la commetteva lui; che gl'impediva lui d'andare; e Tito, dal canto suo, che Carlino voleva lui, invece, usargli violenza con quel suo astenersi d'andare. Ma sì! per forzarlo, così, a recedere dal suo proposito, e averla vinta, pur essendo venuto meno, di sorpresa, a quanto già tra loro d'accordo si era stabilito.

Doveva passar sopra a tutto? Far quello che volevano loro, tutt'e due insieme, contro di lui? Non bastava che seguitasse a pagare, lasciando all'altro la libertà d'andare a trovar la donna?

Nossignori. Di questa libertà Carlino non voleva profittare, non solo, ma neppur dargli merito. La negava! Senza comprendere che, se egli avesse ceduto, se fosse tornato da Melina per farci andare anche lui, tutta la vittoria sarebbe stata di loro due, poich'egli alla fine avrebbe fatto quello che essi volevano. E non era una violenza, questa? No, perdio! Seguitava a pagare, e basta!

Per quanto, però, con questi argomenti cercasse di raffermarsi nella risoluzione di non cedere e volesse concludere che la ragione stava dalla sua, Tito si sentiva di giorno in giorno crescer l'orgasmo per la passiva ostinazione di Carlino; sentiva che il fosco silenzio del compagno assumeva per la sua coscienza un peso, che egli da solo non voleva sopportare.

Se quella ragazza, da loro invitata a venir da Padova a Roma, resa madre da uno di loro due, ora, in quello stato, si dibatteva in una incertezza angosciosa, di chi la colpa? Che pretendeva ella in fine, senza fastidio, senza peso, né responsabilità da parte loro? Che non si commettesse la violenza di buttar via il figlio, che o dell'uno o dell'altro era di certo.

Ebbene, lo volevano lasciar solo a sentire il rimorso di questa violenza.

Se Carlino avesse seguitato ad andare da Melina, egli avrebbe potuto, almeno in parte, togliersi questo rimorso col pensiero che, pur seguitando a pagare, non si prendeva più nessun piacere dalla donna.

Ma nossignori! Carlino non andava più neppur lui, Carlino non si prendeva più neppur lui nessun piacere dalla donna, e così non solo gl'impediva di togliersi il rimorso con quel pensiero, ma anzi glielo aggravava.

Privandosi egli solo del piacere e pur non di meno seguitando a dar la parte sua, avrebbe potuto anche pensare, che faceva un sacrifizio sciocco e fors'anche superfluo, giacché non era mica provato, che egli dovesse avere il rimorso di voler buttare il proprio figliuolo, potendo questo benissimo essere, invece, dell'altro. Eh già; ma a ragionare così, ad ammettere cioè che il figlio fosse dell'altro, poteva egli allora pretendere che quest'altro si assumesse intero il rimorso di buttar via il proprio figliuolo, per far piacere a lui? Se egli, Tito, avesse avuto la certezza d'essere il padre e Carlino avesse preteso che il figliuolo fosse buttato via, non si sarebbe egli ribellato?

Questa certezza non c'era!

Ma ecco, nel dubbio stesso, Carlino voleva che quella violenza non si commettesse.

Dovevano essere insieme, d'accordo, tutti e tre, a volere e a commettere la violenza. Il rimorso, condiviso, sarebbe stato minore. Ebbene, gli avevano fatto questo tradimento. E tanto più ne era arrabbiato, quanto più vedeva che la vendetta, che istintivamente si sentiva spinto a trarne, lo rendeva, contro il suo stesso sentimento, crudele; quanto più vedeva che anche a non trarne alcuna vendetta, esso, il tradimento, restava, restava pur sempre l'accordo di quei due nel venir meno per i primi a quanto si era stabilito; cosicché sempre sarebbe rimasta, attaccata a lui soltanto, la parte odiosa. E dunque, no, perdio, no! Perché cedere adesso? Sarebbe stato anche inutile!

Venne, intanto, il momento, che entrambi si videro costretti a riparlar di Melina: cadeva il mese, e bisognava farle avere il denaro per provvedere a sé e pagar la pigione delle due stanzette.

Tito avrebbe voluto schivare il discorso. Tratta dal portafogli la sua quota, l'aveva posata sul tavolino, senza dir nulla.

Carlino, guardati un pezzo quei denari, alla fine uscì a dire:

– Io non glieli porto.

Tito si voltò a guardarlo e disse seccamente:

– E io neppure.

Il silenzio, in cui l'uno e l'altro, dopo questo scambio di parole, con estremo sforzo si tennero per un lungo tratto, vibrò di tutto il loro interno ribollimento e rese a ciascuno spasimosa l'attesa che l'altro parlasse.

La voce uscì prima, sorda, opaca, dalle labbra di Carlino:

– Allora le si scrive. Le si mandano per posta.

– Scrivi, – disse Tito.

– Scriveremo insieme.

– Insieme, va bene; poiché ti piace di far la parte della vittima, e ch'io faccia quella del tiranno.

– Io fo, – rispose Carlino, alzandosi, – precisamente quello che fai tu, né più né meno.

– E va bene, – ripeté Tito. – E dunque puoi scriverle, che da parte mia sono disposto a rispettare il suo sentimento e a fare tutto ciò che vuole; disposto a pagare, finché lei stessa non dirà basta.

– Ma allora? – scappò su dal cuore a Carlino.

Tito, a questa esclamazione, non seppe più frenarsi e uscì dalla stanza, scrollandosi furiosamente con le braccia per aria e gridando:

– Ma che allora! che allora! che allora!

Rimasto solo, Carlino pensò un pezzo al senso da cavare da quella prima condiscendenza di Tito, a cui poi, così bruscamente, era seguito lo scatto, che nel modo più aperto raffermava la sua irremovibile decisione. Pareva che con Melina, ora, non ce l'avesse più, se era disposto a rispettare il sentimento di lei e a fare ciò che ella voleva. Dunque ce l'aveva con lui? Era chiaro! E perché, se adesso erano d'accordo? Per non aver riconosciuto prima di non aver ragione d'opporsi? Eh già! Ora gli pareva troppo tardi, e non si voleva più dare per vinto. Ah, che sbaglio aveva commesso Melina, non rivolgendosi prima a Tito! E un altro sbaglio, più grosso, aveva poi commesso lui, riferendo a Tito la proposta di lei. No, no; egli non doveva riferirgliela; doveva dire a Melina che ne parlasse a Tito direttamente, e che anzi non gli facesse intravvedere di averne prima parlato a lui. Ecco come avrebbe dovuto fare! Ma poteva mai immaginarsi che Tito se la pigliasse così a male?

Carlino era sicuro, adesso, che se Melina si fosse prima rivolta all'altro, lui non ci avrebbe trovato nulla da ridire.

Basta. Bisognava scrivere la lettera, adesso. Che dire a quella povera figliuola, in quello stato? Meglio non dirle nulla di quanto era avvenuto tra loro due; trovare una scusa plausibile di quel non andare nessuno de' due a trovarla. Ma che scusa? L'unica, poteva esser questa: che volevano lasciarla tranquilla nello stato in cui era. Tranquilla? Eh, troppa grazia, per una povera donna come lei, avvezza a così poca considerazione da parte degli uomini. E poi, tranquilla, va bene; ma perché non andavano nemmeno a vederla? a domandarle come stesse? se avesse bisogno di qualche cosa? Tanta considerazione per un verso e tanta noncuranza per un altro, bella tranquillità le avrebbero data!

Ma, via, infine, nella lettera poteva darle la più ferma assicurazione che non le sarebbe venuto meno l'assegno e tutto quell'aiuto che avrebbe potuto aver da loro. Bisognava che si contentasse di questo, per ora.

E Carlino scrisse la lettera in questo senso, con molta circospezione, perché Tito, leggendola (e voleva che la leggesse), non pigliasse altra ombra.

Pochi giorni dopo, com'era da aspettarsi, arrivò a entrambi la risposta di Melina. Poche righe, quasi indecifrabili che, impedendo la commozione per il modo ridicolo con cui l'ambascia e la disperazione erano espresse, produssero uno strano effetto di rabbia negli animi dei due giovani.

La poverina scongiurava che tutti e due insieme andassero a trovarla, ripetendo ch'era pronta a fare quel che essi volevano.

– Vedi? Per causa tua!

Tutti e due si trovarono sulle labbra le stesse parole; Carlino per l'ostinazione di Tito a non cedere; Tito per quella di Carlino a non andare. Ma né l'uno né l'altro poterono proferirle. Si guardarono. Ciascuno lesse negli occhi dell'altro la sfida a parlare. Ma lessero anche chiaramente l'odio, che adesso li univa, in luogo dell'antica amicizia; e subito compresero che non potevano e non dovevano più parlare su quell'argomento.

Quell'odio comandava loro non solo di non far prorompere la rabbia, ond'erano divorati, ma anzi d'indurir ciascuno il proprio proposito in una livida freddezza.

Dovevano rimanere insieme, per forza.

– Le si scrive di nuovo, che stia tranquilla, – fischiò tra i denti Carlino.

Tito si voltò appena a guardarlo, con le ciglia alzate:

– Ma sì, puoi dirglielo: tranquillissima!

IV

Ora, ogni sera, uscendo dal Ministero, non andavano più insieme, come prima, a passeggio o in qualche caffè. Si salutavano freddamente, e uno prendeva di qua, l'altro di là. Si riunivano a cena; ma spesso, non arrivando alla trattoria alla stess'ora e non trovando posto da sedere accanto, l'uno cenava a un tavolino e l'altro a un altro. Ma meglio così. Tito s'accorse, che aveva provato sempre vergogna, senza dirselo, del troppo appetito che Carlino dimostrava, mangiando. Anche dopo cena, ciascuno s'avviava per suo conto a passar fuori le due o tre ore prima d'andare a letto.

S'incupivano sempre più, covando in quella solitudine il rancore.

Ma l'uno non voleva dare a vedere all'altro la macerazione che aveva da quella catena non trascinata più di conserva per una stessa via, ma tirata, strappata di qua e di là dispettosamente, in quella finzione di libertà, che volevano darsi.

Sapevano che la catena, pur tirata e strappata così, non poteva e non doveva spezzarsi; ma lo facevano apposta, per farsi più male, quanto più male potevano. Forse, in questa macerazione, cercavano di stordir la pena cocente e il rimorso per la donna, che seguitava invano a chieder conforto e pietà.

Già da un pezzo ella si era arresa a ciò che credeva la loro volontà. Ma no: erano essi, ora, a volere assolutamente che ella si tenesse il figliuolo. E perché allora avrebbero sofferto tanto, e tanto la avrebbero fatta soffrire? Tornare indietro come prima, non era più possibile, ormai. E dunque, no, no: ella doveva tenersi il figliuolo. Nessuna discussione più su questo punto.

Uniti com'erano dallo stesso sentimento, che non poteva più in alcun modo svolgersi in un'azione comune d'amore, non potevano ammettere che esso, ora, venisse a mancare; volevano che durasse per svolgersi invece, così, necessariamente, in un'azione di reciproco odio.

E tanto quest'odio li accecava, che nessuno dei due per il momento pensava, che cosa avrebbero fatto domani di fronte a quel figliuolo, che non avrebbero potuto entrambi amare insieme.

Esso doveva vivere: non potendo né per l'uno né per l'altro esclusivamente, sarebbe vissuto per la madre, ai loro costi, così, senza che nessuno de' due neppur lo vedesse.

E difatti, nessuno de' due, quantunque entrambi se ne sentissero struggere dalla voglia, cedette all'invito di Melina, di correre a vedere il bambino appena nato.

Inesperti della vita, non si figuravano neppur lontanamente tra quali atroci difficoltà si fosse dibattuta quella poveretta, così sola, abbandonata, nel mettere al mondo quel bambino. Ne ebbero la rivelazione terribile, alcuni giorni dopo, quando una vecchia, vicina di casa della poveretta, venne a chiamarli, perché accorressero subito al letto di lei, che moriva.

Accorsero e restarono allibiti davanti a quel letto, da cui uno scheletro vestito di pelle, con la bocca enorme, arida, che scopriva già orribilmente tutti i denti, con enormi occhi, i cui globi parevan già appesiti e induriti dalla morte, voleva loro far festa.

Quella, Melina?

– No, no... là, – diceva la poveretta, indicando la culla: che la avrebbero ritrovata là, la Melina che conoscevano, cercando là, in quella culla, e tutt'intorno, nelle cose preparate per il suo bimbo, e nelle quali si era distrutta, o piuttosto, trasfusa.

Qua sul letto, ormai, ella non c'era più: non c'eran più che i resti di lei, miseri, irriconoscibili; appena un filo d'anima trattenuto a forza, per riveder loro un'ultima volta. Tutta l'anima sua, tutta la sua vita, tutto il suo amore, erano in quella culla, e là, là, nei cassetti del canterano, ov'era il corredino del bimbo, pieno di merletti, di nastri e di ricami, tutto preparato da lei, con le sue mani.

– Anche... anche cifrato, sì, di rosso... Tutto... capo per capo...

Capo per capo volle che la vecchia vicina lo mostrasse loro: le cuffiette, ecco... ecco le cuffiette, sì... quella coi fiocchi rossi... no, quell'altra, quell'altra... e i bavaglini, e le camicine, e la vestina lunga, ricamata, del battesimo, col trasparente di seta rossa... rossa, sì, perché era maschio, maschio il suo Nillì... e...

S'abbandonò a un tratto; crollò sul letto, riversa. Nell'accensione di quella festa, forse insperata, si consumò subito quell'ultimo filo d'anima trattenuto a forza per loro.

Atterriti da quel traboccare improvviso sul letto, i due accorsero, per sollevarla.

Morta.

Si guardarono. L'uno cacciò nell'anima dell'altro, fino in fondo, con quello sguardo, la lama d'un odio inestinguibile.

Fu un attimo.

Il rimorso, per ora, li sbigottiva. Avrebbero avuto tempo di dilaniarsi, tutta la vita. Per ora, qua, bisognava provvedere ancora d'accordo: provvedere alla vittima, provvedere al bambino.

Non potevano piangere, l'uno di fronte all'altro. Sentivano che, se per poco, nell'orgasmo, avessero ceduto al sentimento, l'uno al suono del pianto dell'altro sarebbe diventato feroce, l'uno si sarebbe avventato alla gola dell'altro per soffocarlo, quel pianto. Non dovevano piangere! Tremavano tutti e due; non potevano più guardarsi. Sentivano che rimaner così, a guardare con gli occhi bassi la morta, non potevano; ma come muoversi? Come parlar tra loro? Come assegnarsi le parti? Chi de' due doveva pensare alla morta, pei funerali? Chi de' due, al bambino, per una balia?

Il bambino!

Era là, nella culla. Di chi era? Morta la madre, esso restava a tutti e due. Ma come? Sentivano che nessuno dei due poteva più accostarsi a quella culla. Se l'uno avesse fatto un passo verso di essa, l'altro sarebbe corso a strapparlo indietro.

Come fare? Che fare?

Lo avevano intravisto appena, là, tra i veli, roseo, placido nel sonno.

La vecchia vicina disse:

– Quanto penò! E mai un lamento dalle sue labbra! Ah, povera creatura! Non gliela doveva negare Dio questa consolazione del figlio, dopo tutto quello che penò per lui. Povera, povera creatura! E ora? Per me, se vogliono... eccomi qua...

Si tolse lei l'incarico d'attendere al cadavere, insieme con altre vicine. Quanto al bimbo... – all'ospizio, no, è vero? – ebbene, conosceva lei una balia, una contadina d'Alatri, venuta a sgravarsi all'ospedale di San Giovanni: era uscita da parecchi giorni; il figlietto le era morto, e quella sera stessa sarebbe ripartita per Alatri: buona, ottima giovine; maritata, sì; il marito le era partito da pochi mesi per l'America; sana, forte; il figlietto le era morto per disgrazia, nel parto, non già per malattia. Del resto, potevano farla visitare da un medico; ma non ce n'era bisogno. Già il bimbo, per altro, da due giorni s'era attaccato a lei, poiché la povera mamma non avrebbe potuto allevarlo, ridotta in quello stato.

I due lasciarono parlar sempre la vecchia, approvando col capo ogni proposta, dopo essersi guardati un attimo con la coda dell'occhio, aggrondati. Migliore occasione di quella non poteva darsi. E meglio, sì, meglio che il bimbo andasse lontano, affidato alla balia. Sarebbero andati a vederlo, ad Alatri, un mese l'uno e un mese l'altro, giacché insieme non potevano.

– No! no! – gridarono a un tempo alla vecchia, impedendo che lo mostrasse loro.

S'accordarono con lei circa alle disposizioni da prendere per il trasporto del cadavere e il seppellimento. La vecchia fece un conto approssimativo; essi lasciarono il denaro, e uscirono insieme, senza parlare.

Tre giorni dopo, allorché il bimbo fu partito con la balia per Alatri con tutto il corredo preparato dalla povera Melina, si divisero per sempre.

V

Fu, nei primi tempi, una distrazione quella gita d'un giorno, un mese sì e un mese no, ad Alatri. Partivano la sera del sabato; ritornavano la mattina del lunedì.

Andavano come per obbligo a visitare il bambino. Questo, quasi non esistendo ancora per sé, non esisteva neppure propriamente per loro, se non così, come un obbligo; ma non gravoso: prendevano, in fine, una boccata d'aria; facevano, benché soli, una scampagnata: dall'alto dell'acropoli, su le maestose mura ciclopiche, si scopriva una vista meravigliosa. E quella visita mensile, in fondo, non aveva altro scopo che d'accertarsi se la balia curasse bene il bambino.

Provavano istintivamente una certa diffidenza ombrosa, se non proprio una decisa ripugnanza per lui. Ciascuno dei due pensava, che quel batuffolo di carne lì poteva anche non esser suo, ma di quell'altro; e, a tal pensiero, per l'odio acerrimo che l'uno portava all'altro, avvertivano subito un ribrezzo invincibile non solo a toccarlo, ma anche a guardarlo.

A poco a poco, però, cioè non appena Nillì cominciò a formare i primi sorrisi, a muoversi, a balbettare, l'uno e l'altro, istintivamente, furono tratti a riconoscer ciascuno se stesso in quei primi segni, e a escludere ogni dubbio, che il figlio non fosse suo.

Allora, subito, quel primo sentimento di repugnanza si cangiò in ciascuno in un sentimento di feroce gelosia per l'altro. Al pensiero che l'altro andava lì, con lo stesso suo diritto, a togliersi in braccio il bambino e a baciarlo, a carezzarlo per una intera giornata, e a crederlo suo, ciascuno de' due sentiva artigliarsi le dita, si dibatteva sotto la morsa d'un'indicibile tortura. Se per un caso si fossero incontrati insieme là, nella casa della balia, l'uno avrebbe ucciso l'altro, sicuramente, o avrebbe ucciso il bimbo, per la soddisfazione atroce di sottrarlo alla carezza dell'altro, intollerabile.

Come durare a lungo in questa condizione? Per ora, Nillì era piccino piccino, e poteva star lì con la balia, che assicurava di volerlo tenere con sé, come un figliuolo, almeno fino al ritorno del marito dall'America. Ma non ci poteva star sempre! Crescendo, bisognava pur dargli una certa educazione.

Sì, era inutile, per adesso, amareggiarsi di più il sangue, pensando all'avvenire. Bastava la tortura presente.

L'uno e l'altro s'erano confidati con la balia, la quale, impressionata dal fatto che quei due *zii* non venivano mai insieme a visitare il nipotino, ne aveva chiesto ingenuamente la ragione. Ciascuno dei due aveva assicurato la balia, che il figlio era suo, traendone la certezza da questo e da quel tratto del bimbo, il quale, certo, non somigliava spiccatamente né all'uno né all'altro, perché aveva preso molto dalla madre; ma, ecco, per esempio, la testa... non era forse un po' come quella di Carlino? poco, sì..., appena appena... un'idea..., ma era pure un segno, questo! Gli occhi azzurri del bimbo, invece, erano un segno rivelatore per Tito Morena che li aveva azzurri anche lui; sì, ma anche la madre, per dire la verità, li aveva azzurri, ma non così chiari e tendenti al verde, ecco.

– Già, pare... – rispondeva all'uno e all'altro la balia, dapprima costernata e afflitta da quell'accanita contesa, sul bimbo, ma poi raffidata appieno, per il consiglio che le avevano dato i parenti e i vicini, che fosse meglio, cioè, per lei e anche per il bimbo, tenerli così a bada tutti e due, senz'affermare mai e senza negare recisamente. Era difatti una gara, tra i due, d'amorevolezze, di pensieri squisiti, di regali, per guadagnarsi quanto più potevano il cuore del bimbo, a cui ella intanto dava istruzione non di malizia, ma d'accortezza: se veniva zio Carlo, non parlare di zio Tito, e viceversa; se uno gli domandava qualcosa dell'altro, risponder poco, un sì, un no, e basta; se poi volevano sapere a chi egli volesse più bene, rispondere a ciascuno: – *Più a te!* – solo per contentarli, ecco, perché poi egli doveva voler bene a tutti e due allo stesso modo.

E veramente a Nillì non costava alcuno sforzo rispondere, secondo i consigli della balia, all'uno e all'altro dei due zii: – *Più a te!* – perché, stando con l'uno o con l'altro, gli sembrava ogni volta che non si potesse star meglio, tanto amore e tante cure gli prodigavano entrambi, pronti a soddisfare ogni suo capriccio, pendendo ciascuno da ogni suo minimo cenno.

D'improvviso, ma quando già Carlino Sanni e Tito Morena erano più che mai sprofondati nella costernazione circa ai provvedimenti da prendere per l'educazione di Nillì che aveva ormai compiuti i cinque anni, arrivò alla balia una lettera del marito, che la chiamava in America.

Carlino Sanni e Tito Morena, senza che l'uno sapesse dell'altro, nel ricevere quest'annunzio, andarono da un giovane avvocato, loro comune amico, conosciuto tempo addietro nella trattoria, dove prima si recavano a desinare insieme.

L'avvocato ascoltò prima l'uno e poi l'altro, senza dire all'uno che l'altro era venuto poc'anzi a dirgli le stessissime cose e a fargli la stessissima proposta, che cioè il ragazzo, suo o non suo, fosse lasciato interamente a suo carico (nessuno dei due diceva al suo affetto), pur d'uscire da quella insopportabile situazione.

Ma non c'era, né ci poteva esser modo a uscirne, finché nessuno dei due voleva abbandonar del tutto all'altro il ragazzo. Né il giudizio di Salomone era applicabile. Salomone si era trovato in condizioni molto più facili, perché si trattava allora di due madri, e una delle due poteva esser certa che il figlio era suo. Qua l'uno e l'altro, non potendo aver questa certezza ed essendo animati da un odio reciproco così feroce, avrebbero lasciato spaccare a metà il ragazzo per prendersene mezzo per uno. Non si poteva, eh? Dunque, un rimedio. L'unico, per il momento, era di mettere in collegio il ragazzo, e accordarsi d'andarlo a visitare una domenica l'uno e una domenica l'altro, e che le feste le passasse un po' con l'uno e un po' con l'altro. Questo, per il momento. Se poi volevano veramente risolvere la situazione, il giovane avvocato non ci vedeva altro mezzo, che questo: che il figlio, non potendo essere di uno soltanto, non fosse più di nessuno dei due. Come? Cercando qualcuno che volesse adottarlo. Se i due volevano, egli poteva assumersi quest'incarico.

Nessuno dei due volle. Recalcitrarono, si scrollarono furiosamente alla proposta; l'uno tornò a gridar contro l'altro le ingiurie più crude, per la sopraffazione che intendeva usare: il figlio era suo! era suo! non poteva esser che suo! per questo segno e per quest'altro! E Carlino Sanni credeva anche d'aver maggior diritto, perché lui, lui, Tito, aveva fatto morire quella povera donna, di cui egli aveva avuto sempre pietà! Ma allo stesso modo Tito Morena credeva anche d'avere maggior diritto, perché non aveva sofferto meno, lui, della durezza che era stato costretto a usare verso Melina, per colpa di Carlino!

Inutile, dunque, tentare di metterli d'accordo. Nillì fu chiuso in collegio. Ricominciò, con la vicinanza, più aspra e più fiera la tortura di prima. E durò circa un anno. S'offerse da sé, infine, un caso, che rese possibile e accettabile ai due la proposta del giovane avvocato.

Nillì, nel collegio, durante quell'anno, aveva stretto amicizia con un piccolo compagno, unico figliuolo d'un colonnello, a cui tanto Carlino Sanni, quanto Tito Morena, avevano dovuto per forza accostarsi, giacché i due piccini (i più piccoli del collegio) entravano nel salone delle visite domenicali tenendosi per mano senza volersi staccare l'uno dall'altro. Il colonnello e la moglie eran molto grati a Nillì dell'affetto e della protezione che esso aveva per il piccolo amico, il quale, pur essendo della sua età, appariva minore, per la bionda gracilità feminea e la timidezza. Nillì, cresciuto in campagna, era bruno, robusto, sanguigno e vivacissimo. L'amore di quel piccolino per Nillì aveva qualcosa di morboso; e inteneriva assai la moglie del colonnello. Sulla fine dell'anno scolastico, esso morì all'improvviso, una notte, lì nel collegio, come un uccellino, dopo aver chiesto e bevuto un sorso d'acqua.

Il colonnello, per contentar la moglie inconsolabile, saputo dal direttore del collegio che Nillì era orfano, e che quei due signori che venivano la domenica a visitarlo, erano zii, fece per mezzo del direttore stesso la proposta d'adottare il ragazzo, a cui il piccino defunto era legato di tanto amore.

Carlino Sanni e Tito Morena chiesero tempo per riflettere; considerarono che la loro condizione e quella di Nillì sarebbe divenuta con gli anni sempre più difficile e triste; considerarono che quel colonnello e sua moglie erano due ottime persone; che la moglie era molto ricca e che perciò per Nillì quell'adozione sarebbe stata una fortuna; domandarono a Nillì, se aveva piacere di prendere il posto del suo amicuccio nel cuore e nella casa di quei due poveri genitori; e Nillì, che per i discorsi e i consigli della balia doveva aver capito, così in aria, qualcosa, disse di sì, ma a patto che i due zii venissero a visitarlo spesso, ma *insieme*, sempre *insieme*, in casa dei genitori adottivi.

E così Carlino Sanni e Tito Morena, ora che il figlio non poteva più essere né dell'uno né dell'altro, ritornarono a poco a poco di nuovo amici come prima.

NENIA

Con la valigia in mano, mi lanciai gridando, sul treno che già si scrollava per partire: potei a stento afferrarmi a un vagone di seconda classe e, aperto lo sportello con l'aiuto d'un conduttore accorso su tutte le furie, mi cacciai dentro.

– Benone!

Quattro donne, lì, due ragazzi e una bimba lattante, esposta per giunta, proprio in quel momento, con le gambette all'aria, sulle ginocchia d'una goffa balia enorme, che stava tranquillamente a ripulirla, con la massima libertà.

– Mamma, ecco un altro seccatore!

Così m'accolse (e me lo meritavo) il maggiore dei due ragazzi, che poteva aver circa sei anni, magrolino, orecchiuto, coi capelli ritti e il nasetto in su, rivolgendosi alla signora che leggeva in un angolo, con un ampio velo verdastro rialzato sul cappello, speciosa cornice al volto pallido e affilato.

La signora si turbò, ma finse di non sentire e seguitò a leggere. Scioccamente, perché il ragazzo – com'era facile supporre – tornò ad annunziarle con lo stesso tono:

– Mamma, ecco un altro seccatore.

– Zitto, impertinente! – gridò, stizzita, la signora. Poi volgendosi a me con ostentata mortificazione: – Perdoni, signore, la prego.

– Ma si figuri, – esclamai io, sorridendo.

Il ragazzo guardò la madre, sorpreso del rimprovero, e parve che le dicesse con quello sguardo: – «Ma come? Se l'hai detto tu!». Poi guardò me e sorrise così interdetto e, nello stesso tempo, con una mossa così birichina, ch'io non seppi tenermi dal dirgli:

– Sai, carino? Se no, perdevo il treno.

Il ragazzetto diventò serio, fissò gli occhi, poi, riscotendosi con un sospiro, mi domandò:

– E come lo perdevi? Il treno non si può mica perdere. Cammina solo, con l'acqua bollita, sul *biranio*. Ma non è una caffettiera. Perché la caffettiera non ha ruote e non può camminare.

Parve a me che il ragazzo ragionasse a meraviglia. Ma la madre, con un fare stanco e infastidito, lo rimproverò di nuovo:

– Non dire sciocchezze, Carlino.

L'altra ragazzetta, di circa tre anni, stava in piedi sul sedile, presso il balione, e guardava attraverso il vetro del finestrino la campagna fuggente. Di tanto in tanto, con la manina toglieva via l'appannatura del proprio fiato sul vetro, e se ne stava zitta zitta a mirare il prodigio di quella fuga illusoria d'alberi e di siepi.

Mi voltai dall'altra parte a osservare le altre due compagne di viaggio, che sedevano agli angoli, l'una di fronte all'altra, tutte e due vestite di nero.

Erano straniere: tedesche, come potei accertarmi poco dopo udendole parlare.

Una, la giovane, soffriva forse del viaggio: doveva esser malata: teneva gli occhi chiusi, il capo biondo abbandonato su la spalliera, ed era pallidissima. L'altra, vecchia, dal torso erto, massiccio, bruna di carnagione, pareva stesse sotto l'incubo del suo ispido cappelletto dalla falde dritte, stirate: pareva lo tenesse come per punizione in bilico su i pochi grigi capelli chiusi e impastocchiati entro una reticella nera.

Così immobile, non cessava un momento di guardar la giovine, che doveva essere la sua signora.

A un certo punto, dagli occhi chiusi della giovine vidi sgorgare due grosse lagrime, e subito guardai in volto la vecchia, che strinse le labbra rugose e ne contrasse gli angoli in giù, evidentemente per frenare un impeto di commozione, mentre gli occhi, battendo più e più volte di seguito, frenavano le lagrime.

Quale ignoto dramma si chiudeva in quelle due donne vestite di nero, in viaggio, lontane dal loro paese? Chi piangeva o perché piangeva, così pallida e vinta nel suo cordoglio, quella giovane signora?

La vecchia massiccia, piena di forza, nel guardarla, pareva si struggesse dall'impotenza di venirle in aiuto. Negli occhi però non aveva quella disperata remissione al dolore, che si suole avere per un caso di morte, ma una durezza di rabbia feroce, forse contro qualcuno che le faceva soffrir così quella creatura adorata.

Non so quante volte sospirai fantasticando su quelle due straniere; so che di tratto in tratto, a ogni sospiro, mi riscotevo per guardarmi intorno.

Il sole era tramontato da un pezzo. Perdurava fuori ancora un ultimo tetro barlume del crepuscolo: ora angosciosa per chi viaggia.

I due ragazzi si erano addormentati; la madre aveva abbassato il velo sul volto e forse dormiva anche lei, col libro su le ginocchia. Solo la bambina lattante non riusciva a prender sonno: pur senza vagire, si dimenava irrequieta, si stropicciava il volto coi pugnetti, tra gli sbuffi della balia che le ripeteva sottovoce:

– La ninna, cocca bella; la ninna, cocca...

E accennava, svogliata, quasi prolungando un sospiro d'impazienza, un motivo di nenia paesana.

– *Aoòh! Aoòh!*

A un tratto, nella cupa ombra della sera imminente, dalle labbra di quella rozza contadinona si svolse a mezza voce, con soavità inverosimile, con fascino d'ineffabile amarezza, la nenia mesta:

> *Veglio, veglio su te, fammi la ninna,*
> *Chi t'ama più di me, figlia, t'inganna.*

Non so perché, guardando la giovine straniera, abbandonata lì in quell'angolo della vettura, mi sentii stringere la gola da un nodo angoscioso di pianto. Ella, al canto dolcissimo aveva riaperto i begli occhi celesti e li teneva invagati nell'ombra. Che pensava? Che rimpiangeva?

Lo compresi poco dopo, quando udii la vecchia vigile domandarle piano con voce oppressa dalla commozione:

– *Willst Du deine Amme nah?*

«Vuoi accanto la tua nutrice?» E si alzò; andò a sederle a fianco e si trasse su l'arido seno il biondo capo di lei che piangeva in silenzio, mentre l'altra nutrice, nell'ombra, ripeteva alla bimba ignara:

> *Chi t'ama più di me, figlia, t'inganna.*

NENÈ E NINÌ

Nené aveva un anno e qualche mese, quando il babbo le morì. Ninì non era ancor nato, ma già c'era: si aspettava.

Ecco: se Ninì non ci fosse stato, forse la mammina, quantunque bella e giovane, non avrebbe pensato di passare a seconde nozze: si sarebbe dedicata tutta alla piccola Nené. Aveva da campare sul suo, modestamente, nella casetta lasciatale dal marito e col frutto della sua dote.

Il pensiero d'un maschio da educare, così inesperta come lei stessa si riconosceva e senza guida o consiglio di parenti né prossimi né lontani, la persuase ad accettar la domanda d'un buon giovine, che prometteva d'esser padre affettuoso per i due poveri orfanelli.

Nené aveva circa tre anni e Ninì uno e mezzo, quando la mammina passò a seconde nozze.

Forse per il troppo pensiero di Ninì, non badò che si potesse dare il caso d'aver altri figliuoli da questo secondo marito. Ma non trascorse neppure un anno, che si trovò nel rischio mortale d'un parto doppio. I medici domandarono chi si dovesse salvare, se la madre o le creaturine. La madre, s'intende! E le due nuove creaturine furono sacrificate. Il sacrifizio però non valse a nulla, perché, dopo circa un mese di strazii atroci, la povera mammina se ne morì anche lei, disperata.

Così Nené e Ninì restarono orfani anche di madre, con uno che non sapevano neppure come si chiamasse, né che cosa stesse a rappresentar lì in casa loro.

Quanto al nome, se Nené e Ninì lo volevano proprio sapere, la risposta era facile: Erminio Del Donzello, si chiamava; ed era professore: professore di francese nelle scuole tecniche. Ma quanto a sapere che cosa stesse più a far lì, ah non lo sapeva nemmeno lui, il professor Del Donzello.

Morta la moglie, morte prima di nascere le sue creature gemelle: la casa non era sua, la dote non era sua, quei due figliuoli non erano suoi. Che stava più a far lì? Se lo domandava lui stesso. Ma se ne poteva forse andare?

Lo chiedeva con gli occhi rossi e quasi smarriti nel pianto a tutto il vicinato che, dal momento della disgrazia, gli era entrato in casa, da padrone, costituendosi da sé tutore e protettore de' due orfanelli. Di che lui, forse, si sarebbe dichiarato gratissimo, se veramente il modo non lo avesse offeso.

Sì, sapeva che molti, purtroppo, giudicano dall'apparenza soltanto, e che i giudizii che si davano di lui forse erano iniqui addirittura, perché, effettivamente, la figura non lo aiutava troppo. La eccessiva magrezza lo rendeva ispido, e aveva il collo troppo lungo e per di più fornito d'un formidabile pomo d'Adamo, la sola cosa grossa in mezzo a tanta magrezza; e ruvidi i baffi, ruvidi i capelli pettinati a ventaglio dietro gli orecchi; e gli occhi armati di occhiali a staffa, poiché il naso non gli si prestava a reggere un più svelto paio di lenti. Ma, perdio, da quel suo collo così lungo egli credeva di saper tuttavia cavar fuori una seducentissima voce e accompagnare le sue frasi dolci e gentili con molta grazia di sguardi, di sorrisi e di gesti, con le mani costantemente calzate da guanti di filo di Scozia, che non si levava neanche a scuola, impartendo le sue lezioni di francese ai ragazzini delle tecniche, che naturalmente ne ridevano.

Ma che! Nessuna pietà, nessuna considerazione per lui, in tutto quel vicinato, per la sua doppia sciagura. Pareva anzi che la morte della moglie e delle sue creaturine gemelle fosse giudicata da tutti come una giusta e ben meritata punizione.

Tutta la pietà era per i due orfanelli, di cui in astratto si considerava la sorte. Ecco qua: il patrigno, adesso, senza alcun dubbio, avrebbe ripreso moglie: una megera, certo, una tiranna; ne avrebbe avuto chi sa quanti figliuoli, a cui Nené e Ninì sarebbero stati costretti a far da servi, fintanto che, a furia di maltrattamenti, di sevizie, prima l'una e poi l'altro, sarebbero stati soppressi.

Fremiti di sdegno, brividi d'orrore assalivano a siffatti pensieri uomini e donne del vicinato; e impetuosamente i due piccini, in questa o in quella casa, erano abbracciati e inondati di lagrime.

Perché il professor Erminio Del Donzello, ora, ogni mattina, prima di recarsi a scuola, per ingraziarsi quel vicinato ostile e dimostrar la cura e la sollecitudine che si dava de' due orfanelli, dopo averli ben lavati e calzati e vestiti se li prendeva per mano, uno di qua, l'altra di là, e li andava a lasciare ora in questa ora in quella famiglia tra le tante che si erano profferte.

Era – s'intende – in ciascuna di queste famiglie più delle altre caritatevoli e in pensiero per la sorte dei piccini, almeno una ragazza da marito; e tutte, senza eccezione, queste ragazze da marito sarebbero state mammine sviscerate amorose di quei due orfanelli; perfida tiranna, spietata megera sarebbe stata solo quell'una, che il professor Erminio Del Donzello avrebbe scelto tra esse.

Perché era una necessità ineluttabile, che il professor Erminio Del Donzello riprendesse moglie. Se l'aspettava di giorno in giorno tutto il vicinato, e per dir la verità ci pensava sul serio anche lui.

Poteva forse durare a lungo così? Quelle famiglie si prestavano con tanto zelo di carità ad accogliere i piccini, per adescarlo; non c'era dubbio. Se egli avesse fatto a lungo le viste di non comprenderlo, tra un po' di tempo gli avrebbero chiuso la porta in faccia; non c'era dubbio neanche su questo. E allora? Poteva forse da solo attendere a quei due piccini? Con la scuola tutte le mattine, le lezioni particolari nelle ore del pomeriggio, la correzione dei compiti tutte le sere... Una serva in casa? Egli era giovine, e caldo, quantunque di fuori non paresse. Una serva vecchia? Ma lui aveva preso moglie perché la vita di scapolo, quell'andare accattando l'amore, non gli era parso più compatibile con la sua età e con la sua dignità di professore. E ora, con quei due piccini...

No, via: era, era veramente una necessità ineluttabile.

L'imbarazzo della scelta, intanto, gli cresceva di giorno in giorno, di giorno in giorno lo esasperava sempre più.

E dire che in principio aveva creduto che dovesse riuscirgli molto difficile trovare una seconda moglie, in quelle condizioni! Gliene bisognava una? Ne aveva trovate subito dieci, dodici, quindici, una più pronta e impaziente dell'altra!

Sì, perché in fondo, via, era vedovo, ma appena: si poteva dire che quasi non aveva avuto tempo d'essere ammogliato. E quanto ai figliuoli, sì, c'erano, ma non erano suoi. La casa, intanto, fino alla maggiore età di questi, ch'erano ancor tanto piccini, era per lui, e così anche il frutto della dote, il quale insieme col suo stipendio di professore faceva un'entratuccia più che discreta.

Questo conto se l'erano fatto bene tutte le mamme e le signorine del vicinato. Ma il professor Erminio Del Donzello era certo che si sarebbe attirate addosso tutte le furie dell'inferno, se avesse fatto la scelta in quel vicinato.

Aveva soprattutto, e con ragione, paura delle suocere. Perché ognuna di quelle mamme disilluse sarebbe certo diventata subito una suocera per lui; tutte quante si sarebbero costituite mamme postume della sua povera moglie defunta, e nonne di quei due orfanelli. E che mamma, che nonna, e suocera sarebbe stata, ad esempio, quella signora Ninfa della casa dirimpetto, che più delle altre gli aveva fatto e seguitava a fargli le più pressanti esibizioni d'ogni servizio, insieme con la figliuola Romilda e il figlio Totò!

Venivano tutti e tre, quasi ogni mattina, a strappargli di casa i piccini, perché non li conducesse altrove. Via, uno almeno! ne desse loro uno almeno, o Nené o Ninì; meglio Nené, oh cara! ma anche Ninì, oh caro! E baci e chicche e carezze senza fine.

Il professor Erminio Del Donzello non sapeva come schermirsi; sorrideva, angustiato; si volgeva di qua e di là; si poneva innanzi al petto le mani inguantate; storceva il collo come una cicogna:

– Vede, cara signora... carissima signorina... non vorrei che... non vorrei che...

– Ma lasci dire, lasci dire, professore! Lei può star sicuro che come stanno da noi, non stanno da nessuno! La mia Romilda ne è pazza, sa? proprio pazza, tanto dell'una quanto dell'altro. E guardi il mio Totò! Eccolo là... A cavalluccio, eh Ninì? Gioia cara, quanto sei bello! To', caro! to', amore!

Il professor Erminio Del Donzello, costretto a cedere, se n'andava come tra le spine, voltandosi a sorridere di qua e di là, quasi a chiedere scusa alle altre vicine.

Ma nelle ore che lui, sempre coi guanti di filo di Scozia, insegnava il francese ai ragazzi delle scuole tecniche, che scuola facevano quelle vicine là, e segnatamente la signora Ninfa con la figliuola Romilda e il figlio Toto, a Nené e Ninì? che prevenzioni, che sospetti insinuavano nelle loro animucce? e che paure?

Già Nené, che s'era fatta una bella bamboccetta vispa e tosta, con le fossette alle guance, la boccuccia appuntita, gli occhietti sfavillanti, acuti e furbi, tutta scatti tra risatine nervose, coi capelli neri, irrequieti, sempre davanti agli occhi, per quanto di tratto in tratto se li mandasse via con rapide, rabbiose scrollatine, s'impostava fieramente incontro alle minacce immaginarie, ai maltrattamenti, ai soprusi della futura matrigna, che le vicine le facevano balenare; e, mostrando il piccolo pugno chiuso, gridava:

– E io l'ammazzo!

Subito, all'atto, quelle le si precipitavano addosso, se la strappavano, per soffocarla di baci e di carezze.

– Oh cara! Amore! Angelo! Sì, cara, così! Perché tutto è tuo, sai? La casa è tua, la dote della tua mammina è tua, tua e del tuo fratellino, capisci? E devi difenderlo, tu, il tuo fratellino! E se tu non basti, ci siamo qua noi, a farli stare a dovere, tanto lei che lui, non dubitare, ci siamo qua noi per te e per Ninì!

Ninì era un badalone grosso grosso, pacioso, con le gambette un po' a roncolo e la lingua ancora imbrogliata. Quando Nené, la sorellina, levava il pugno e gridava: – E io l'ammazzo – si voltava piano piano a guardarla e domandava con voce cupa e con placida serenità:

– *L'ammassi davero?*

E, a questa domanda, altri prorompimenti di frenetiche amorevolezze in tutte quelle buone vicine.

Dei frutti di questa scuola il professor Erminio Del Donzello si accorse bene, allorché, dopo un anno di titubamenti e angosciose perplessità, scelta alla fine una casta zitella attempata, di nome Caterina, nipote d'un curato, la sposò e la portò in casa.

Quella poverina pareva seguitasse a recitar le orazioni anche quando, con gli occhi bassi, parlava della spesa o del bucato. Pur non di meno, il professor Erminio Del Donzello, ogni mattina, prima d'andare a scuola, le diceva:

– Caterina mia, mi raccomando. So, so la tua mansuetudine, cara. Ma procura, per carità, di non dare il minimo incentivo a tutte queste vipere attorno, di schizzar veleno. Fa' che questi angioletti non gridino e non piangano per nessuna ragione. Mi raccomando.

Va bene; ma Nené, ecco, aveva i capelli arruffati: non si doveva pettinare? Ninì, mangione, aveva il musetto sporco, e sporchi anche i ginocchi: non si doveva lavare?

– Nené, vieni, amorino, che ti pettino.

E Nené, pestando un piede:

– Non mi voglio pettinare!

– Ninì, via, vieni tu almeno, caro caro: fa' vedere alla sorellina come ti fai lavare.

E Ninì, placido e cupo, imitando goffamente il gesto della sorella:

– *Non mi vollo lavare!*

E se Caterina li costringeva appena, o s'accostava loro col pettine o col catino, strilli che arrivavano al cielo!

Subito allora le vicine:

– Ecco che comincia! Ah, povere creature! Dio di misericordia, senti, senti! Ma che fa? Ih, strappa i capelli alla grande! Senti che schiaffi al piccino! Ah che strazio, Dio, Dio, abbiate pietà di questi due poveri innocenti!

Se poi Caterina, per non farli strillare, lasciava Nené spettinata e sporco Ninì:

– Ma guardate qua questi due amorini come sono ridotti: una cagnetta scarduffata e un porcellino!

Nené, certe mattine, scappava di casa in camicia, a piedi nudi; si metteva a sedere su lo scalino innanzi all'uscio di strada, accavalciando una gambetta su l'altra e squassando la testina per mandarsi via dagli occhi le ciocche ribelli, rideva e annunziava a tutti:

– Sono castigata!

Poco dopo, piano piano, scendeva con le gambette a roncolo Ninì, in camicina e scalzo anche lui, reggendo per il manico l'orinaletto di latta; lo posava accanto alla sorellina, vi si metteva a sedere, e ripeteva serio serio, aggrondato e con la lingua grossa:

– *So' cattigato!*

Figurarsi attorno le grida di commiserazione e di sdegno delle vicine indignate!

Eccoli qua, ignudi! ignudi! Che barbarie, con questo freddo! Far morire così d'una bronchite, d'una polmonite due povere creaturine! Come poteva Dio permetter questo? Ah sì, di nascosto, è vero? essi, di nascosto, erano scappati dal letto? E perché erano scappati? Segno che i due piccini chi sa com'erano trattati! Ah, già, niente... Gente di chiesa, figuriamoci! Diamo il supplizio senza fare strillare! Oh Dio, ecco le lagrime adesso, ecco le lagrime del coccodrillo!

Una santa, anche una santa avrebbe perduto la pazienza. Quella povera donna sentiva voltarsi il cuore in petto, non solamente per la crudele ingiustizia, ma anche per lo strazio di veder quella ragazzetta, Nené, così bellina, crescere come una diavola, messa su da quelle perfide pettegole, sguaiata, senza rispetto per nessuno.

– La casa è mia! La dote è mia!

Signore Iddio, la dote! Una piccina alta un palmo, che strillava e levava i pugni e pestava i piedi per la dote!

Il professor Erminio Del Donzello pareva in pochi mesi invecchiato di dieci anni.

Guardava la povera moglie, che gli piangeva davanti disperata, e non sapeva dirle niente, come non sapeva dir niente a quei due diavoletti scatenati.

Era inebetito? No. Non parlava, perché si sentiva male. E si sentiva male, perché... perché proprio portavano con sé questo destino, quei due piccini là!

Il padre era morto; e la mamma, per provvedere a loro, s'era rimaritata ed era morta. Ora... ora toccava a lui.

N'era profondamente convinto il professor Erminio Del Donzello.

Toccava a lui!

Domani, la sua vedova, quella povera Caterina per dare a Nené e a Ninì una guida, un sostegno, sarebbe passata, a sua volta, a seconde nozze, e sarebbe morta lei allora; e a quel secondo marito toccherebbe di riammogliarsi; e così, via via, un'infinita sequela di sostituti genitori sarebbe passata in poco tempo per quella casa.

La prova evidente era nel fatto, ch'egli si sentiva già molto, molto male.

Era destino, e non c'era dunque né da fare né da dir nulla.

La moglie, vedendo che non riusciva in nessun modo a scuoterlo da quella fissazione che lo inebetiva, si recò per consiglio dallo zio curato. Questi, senz'altro, le impose d'obbedire al proprio dovere e alla propria coscienza, senza badare alle proteste infami di tutti quei malvagi. Se con la bontà quei due piccini non si riducevano a ragione, usasse pure la forza!

Il consiglio fu savio; ma, ahimè, non ebbe altro effetto, che affrettar la fine del povero professore.

La prima volta che Caterina lo mise in pratica, Erminio Del Donzello, ritornando da scuola, si vide venire con le mani in faccia quel Toto della signora Ninfa seguito da tutte le vicine urlanti con le braccia levate.

La moglie s'era dovuta asserragliare in casa. E c'erano guardie e carabinieri innanzi alla porta.

Tutto il vicinato aveva apposto le firme a una protesta da presentare alla Questura per le sevizie che si facevano a quei due angioletti.

L'onta, la trepidazione per lo scandalo enorme furono tali e tanta la rabbia per quella ostinata, feroce iniquità, che Erminio Del Donzello si ridusse in pochi giorni in fin di vita, per un travaso di bile improvviso e tremendo.

Prima di chiuder gli occhi per sempre, si chiamò la moglie accanto al letto e con un fil di voce le disse:

– Caterina mia, vuoi un mio consiglio? Sposa, sposa quel Toto, cara, della signora Ninfa. Non temere; verrai presto a raggiungermi. E lascia allora che provveda lui, insieme con un'altra, a quei due piccini. Stai pur certa, cara, che morrà presto anche lui.

Nené e Ninì, intanto, in casa d'una vicina, avevano trovato una gattina mansa e un pappagalletto imbalsamato, e ci giocavano, ignari e felici.

– Mao, ti strozzo! – diceva Nené.

E Ninì, voltandosi, con la lingua imbrogliata:

– *Lo strossi davero?*

«REQUIEM AETERNAM
DONA EIS, DOMINE!»

Erano dodici. Dieci uomini e due donne, in commissione. Col prete che li conduceva, tredici.

Nell'anticamera, ingombra d'altra gente in attesa, non avevano trovato posto da sedere tutti quanti. Sette erano rimasti in piedi, addossati alla parete, dietro i sei seduti, tra i quali il prete in mezzo alle due donne.

Queste piangevano, con la mantellina di panno nero tirata fin sugli occhi. E gli occhi dei dieci uomini, anche quelli del prete, s'invetravano di lagrime, appena il pianto delle donne, sommesso, accennava di farsi più affannoso per l'urgere improvviso di pensieri, che facilmente essi indovinavano.

– Buone... buone... – le esortava allora il prete, sotto sotto, anche lui con la voce gonfia di commozione.

Quelle levavano il capo, appena, e scoprivano gli occhi bruciati dal pianto, volgendo intorno un rapido sguardo pieno d'ansietà torbida e schiva.

Esalavano tutti, compreso il prete, un lezzo caprino, misto a un sentor grasso di concime, così forte, che gli altri aspettanti o storcevano la faccia, disgustati, o arricciavano il naso; qualcuno anche gonfiava le gote e sbuffava.

Ma essi non se ne davano per intesi. Quello era il loro odore, e non l'avvertivano; l'odore della loro vita, tra le bestie da pascolo e da lavoro, nelle lontane campagne arse dal sole e senza un filo d'acqua. Per non morir di sete, dovevano ogni mattina andare con le mule per miglia e miglia a una gora limacciosa in fondo alla vallata. Figurarsi dunque, se potevano sprecarne per la pulizia. Erano poi sudati per il gran correre; e l'esasperazione, a cui erano in preda, faceva sbiocare dai loro corpi una certa acredine d'aglio, ch'era come il segno della loro ferinità.

Se pur s'accorgevano di quei versacci, li attribuivano alla nimicizia che, in quel momento, credevano d'avere da parte di tutti i signori, congiurati al loro danno.

Venivano dalle alture rocciose del feudo di Màrgari; ed erano in giro dal giorno avanti; il prete, fiero, tra le due donne, in testa; gli altri dieci, dietro, a branco.

Il lastricato delle strade aveva schizzato faville tutto il giorno al cupo fracasso dei loro scarponi imbullettati, di cuoio grezzo, massicci e scivolosi.

Nelle dure facce contadinesche, irte d'una barba non rifatta da parecchi giorni, negli occhi lupigni, fissi in un'intensa doglia tetra, avevano un'espressione truce, di rabbia a stento contenuta. Parevano cacciati dall'urgenza d'una necessità crudele, da cui temessero di non trovar più scampo che nella pazzia.

Erano stati dal sindaco e da tutti gli assessori e consiglieri comunali; ora, per la seconda volta, tornavano alla Prefettura.

Il signor prefetto, il giorno avanti, non aveva voluto riceverli; ma essi, a coro, tra pianti e urli e gesti furiosi d'implorazione e di minaccia avevano già esposto il loro reclamo contro il proprietario del feudo al consigliere delegato, il quale invano s'era scalmanato a dimostrare che né il sindaco, né lui, né il signor prefetto, né sua eccellenza il ministro e neppure sua maestà il re avevano il potere di contentarli in quello che chiedevano; alla fine, per disperato, aveva dovuto promettere che avrebbero avuto udienza dal signor prefetto, quella mattina, alle undici, presente anche il proprietario del feudo, barone di Màrgari.

Le undici eran già passate da un pezzo, stava per sonare mezzogiorno, e il barone non si vedeva ancora.

Intanto l'uscio della sala, ove il prefetto dava udienza, rimaneva chiuso anche agli altri aspettanti.

– C'è gente, – rispondevano gli uscieri.

Alla fine l'uscio s'aprì e venne fuori dalla sala, dopo uno scambio di cerimonie, proprio lui, il barone di Màrgari, col faccione in fiamme e un fazzoletto in mano; tozzo, panciuto, le scarpe sgrigliolanti, insieme col consigliere delegato.

I sei seduti balzarono in piedi; le due donne levarono acute le strida, e il prete fiero si fece avanti, gridando con enfasi, sbalordito:

– Ma questo... questo è un tradimento!

– Padre Sarso! – chiamò forte un usciere dall'uscio della sala rimasto aperto.

Il consigliere delegato si rivolse al prete:

– Ecco, siete chiamato per la risposta. Entrate, voi solo. Calma, signori miei, calma!

Il prete, agitato, sconvolto, rimase perplesso se accorrere o no alla chiamata, mentre i suoi uomini, non meno agitati e sconvolti di lui, domandavano, piangendo di rabbia per una ingiustizia, che sembrava loro patente:

– E noi? e noi? Ma come? Che risposta?

Poi, tutti insieme, in gran confusione, presero a vociare:

– Noi vogliamo il camposanto! – Siamo carne battezzata! – In groppa a una mula, signor Prefetto, i nostri morti! – Come bestie macellate! – Il riposo dei morti, signor Prefetto! – Vogliamo le nostre fosse! – Un palmo di terra, dove gettare le nostre ossa!

E le donne, tra un diluvio di lagrime:

– Per nostro padre che muore! Per nostro padre che vuol sapere, prima di chiudere gli occhi per sempre, che dormirà nella fossa che s'è fatta scavare! sotto l'erbuccia della nostra terra!

E il prete, più forte di tutti, con le braccia levate, innanzi all'uscio del prefetto:

– È l'implorazione suprema dei fedeli: *Requiem aeternam dona eis, Domine!*

Accorsero, a quel pandemonio, da ogni parte uscieri, guardie, impiegati che, a un comando gridato dal prefetto dalla soglia, sgombrarono violentemente l'anticamera, cacciando via tutti per la scala, anche quelli che non c'entravano.

Su la strada maestra, al precipitarsi di tutti quegli uomini urlanti dal palazzo della Prefettura, si raccolse subito una gran folla; e allora padre Sarso, al colmo dell'indignazione e dell'esaltazione, pressato dalle domande che gli piovevano da tutte le parti, si mise ad agitar le braccia come un naufrago e a far cenni col capo, con le mani di voler rispondere a tutti, or ora... ecco, sì... piano, un po' di largo... cacciato dall'autorità... ecco, sì... al popolo, al popolo...

E prese ad arringare:

– Parlo in nome di Dio, o cristiani, che sta sopra ogni legge che altri possa vantare, ed è padrone di tutti e di tutta la terra! Noi non siamo qua per vivere soltanto, o cristiani! Siamo qua per vivere e per morire! Se una legge umana, iniqua, nega al povero in vita il diritto d'un palmo di terra, su cui, posando il piede possa dire: «Questo è mio!», non può negargli, in morte, il diritto della fossa! O cristiani, questa gente è qua, in nome di altri quattrocento infelici, per reclamare il diritto della sepoltura! Vogliono le loro fosse! Per sé e per i loro morti!

– Il camposanto! il camposanto! – urlarono di nuovo tutti insieme, con le braccia per aria e gli occhi pieni di lagrime, i dodici margaritani.

E il prete, prendendo nuovo ardire dallo sbalordimento della folla, cercando di sollevarsi quanto più poteva su la punta dei piedi per dominarla tutta:

– Ecco, ecco, guardate, o cristiani: a queste due donne qua... dove siete? mostratevi! ecco: a queste due donne qua sta per morire il padre, che è il padre di tutti noi, il nostro capo, il fondatore della nostra borgata! Or son più di sessant'anni, quest'uomo, ora moribondo, salì alle terre di Màrgari e sul dorso roccioso della montagna levò con le sue mani la prima casa di canne e creta. Ora le case lassù sono più di centocinquanta; più di quattrocento gli abitanti. Il paese più vicino, o cristiani, è a circa sette miglia di distanza. Ognuno di questi uomini, a cui muore il padre o la madre, la moglie o il figlio, il fratello o la sorella, deve patir lo strazio di vedere il cadavere del parente issato, o cristiani, sul dorso d'una mula, per essere trasportato, sguazzante nella bara, per miglia e miglia di ripido cammino tra le rocce! E più volte s'è dato il caso che la mula è scivolata e la bara s'è spaccata e il morto è balzato tra i sassi e il fango del letto dei torrenti! Questo è accaduto, o cristiani, perché il signor barone di Màrgari ci nega barbaramente il permesso di seppellire in un cantuccio sotto la nostra borgatella i nostri morti, da poterli avere sotto gli occhi e custodire! Abbiamo finora sopportato lo strazio, senza gridare, contentandoci di pregare, di scongiurare a mani giunte questo barbaro signore! Ma ora che muore il padre di tutti noi, o cristiani, il vecchio nostro, con la brama di sapersi seppellito là, dove in tante case ora arde il fuoco da lui acceso per la prima volta, noi siamo venuti qua a reclamare, non un diritto propriamente legale, ma d'u... che? che c'è?... dico d'umanità, d'u...

Non poté seguitare. Un folto manipolo di guardie e di carabinieri irruppe nella folla e, dopo molto scompiglio, tra urla e fischi e applausi, riuscì a disperderla. Padre Sarso fu preso per le braccia da un delegato e tradotto insieme con gli altri dodici margaritani al commissariato di polizia.

Intanto, il barone di Màrgari, che finora se ne era stato discosto, tra un crocchio di conoscenti, stronfiando come se si sentisse a mano a mano soffocare e schiacciare sotto il peso dello scandalo pubblico per l'oltracotante predica di quel prete, e più volte aveva cercato di divincolarsi dalle braccia che lo trattenevano per lanciarsi addosso all'arringatore; ora che la folla si disperdeva, si mosse, attorniato da gente sempre in maggior numero, e, terreo, ansimante, come se fosse or ora uscito da una rissa mortale, si mise a raccontare che lui e, prima di lui, suo padre don Raimondo Màrgari, rappresentati da quella gente là e da quel prete ciarlatano come barbari spietati che negavano loro il diritto della sepoltura, erano invece da sessant'anni vittime d'una usurpazione inaudita, da parte del padre di quelle due donne là, uomo terribile, soperchiatore e abisso d'ogni malizia. Disse che da anni e anni egli non era più padrone d'andare nelle sue terre, dove coloro avevano edificato le loro case e quel prete la sua chiesa, senza pagare né censo, né fitto, senza neanche chiedergli il permesso d'invadere così la sua proprietà. Egli poteva mandare i suoi campieri a cacciarli via tutti, come tanti cani, e a diroccar le loro case; non lo aveva fatto; non lo faceva; li lasciava vivere e moltiplicare, peggio dei conigli: ognuna di quelle donne metteva al mondo una ventina di figliuoli; tanto che, in meno di sessant'anni, era cresciuta lassù una popolazione. Ma non bastava, ecco, non erano contenti: quel prete avvocato, che viveva alle loro spalle, che aveva imposto a tutti una tassa per il mantenimento della sua chiesa, li metteva su, ed eccoli qua: non solo volevano stare nelle sue terre da vivi, ci volevano stare anche da morti. Ebbene, no! questo, no! questo, mai! Li sopportava da vivi; ma la soperchieria di averli anche morti nelle sue terre, mai! Anche perché l'usurpazione loro non si radicasse sottoterra coi loro morti! Il prefetto gli aveva dato ragione; gli aveva anzi promesso di mandare lassù guardie e carabinieri per impedire ogni violenza: perché il vecchio, da un mese moribondo per idropisia, era uomo da farsi seppellire vivo nella fossa che già s'era fatta scavare nel posto ove sognava che dovesse sorgere il cimitero, appena le due figliuole e quel prete gli annunzierebbero il rifiuto.

Quando, di fatti, nel pomeriggio, padre Sarso e la sua ciurma furono rimessi in libertà e si avviarono al fondaco, ove il giorno avanti avevano lasciato le mule, vi trovarono in buon numero guardie e carabinieri a cavallo, incaricati di scortarli fino alle alture di Màrgari, alla borgata.

– Ancora? – fremette padre Sarso, vedendoli. – Ancora? Perché? Siamo forse gente di mal affare, da essere scortati così dalla forza? Ma già... meglio, sì... anzi, se ci volete ammanettare! Su, su, andiamo! a cavallo! a cavallo!

Pareva che avesse affrontato e sofferto il martirio. Gonfio di quanto aveva fatto, non gli pareva l'ora d'arrivare alla borgata con quella scorta, che avrebbe attestato a tutti lassù, con quanto fervore, con quale violenza egli si fosse adoperato a ottenere al vecchio la sepoltura.

S'era già fatto tardi, e si sapevano aspettati con impazienza fin dalla sera avanti. Chi sa se il vecchio era ancora in vita! Tutti si auguravano in cuore che fosse morto.

– O padruccio... o padruccio... – piagnucolavano le due donne.

Ma sì, meglio morto, nell'incertezza, con la speranza almeno, che essi fossero riusciti a strappare al barone la concessione del camposanto!

Su, via, via... Calava l'ombra della sera, e quanto più lungo si faceva il ritardo del loro ritorno, tanto più forse si radicava e cresceva nel cuore di tutti lassù quella speranza. E tanto più grave sarebbe stata allora la disillusione.

Gesù, Gesù! Che strepito di cavalcature! Pareva una marcia di guerra. Chi sa come sarebbero restati a Màrgari, vedendoli ritornare accompagnati così, da tanta forza!

Il vecchio se ne sarebbe subito accorto.

Moriva all'aperto, in mezzo ai suoi, seduto innanzi alla porta della sua casa terrena, non potendo più stare a letto, soffocato com'era dalla tumefazione enorme dell'idropisia. Stava anche di notte lì seduto, boccheggiante, con gli occhi alle stelle, assistito da tutta la borgata, che da un mese non si stancava di vegliarlo.

Se fosse almeno possibile impedirgli la vista di tutte quelle guardie...

Padre Sarso si rivolse al maresciallo, che gli cavalcava a fianco:

– Non potrebbero restare un po' indietro? – gli domandò. – Tenersi un poco discosti? Se si potesse far credere pietosamente a quel povero vecchio, che abbiamo ottenuto la concessione!

Il maresciallo tardò un pezzo a rispondere. Diffidava di quel prete; temeva di compromettersi acconsentendo. Alla fine disse:

– Vedremo, padre; vedremo sul posto.

Ma quando, dopo molte ore d'affannoso cammino, cominciò la salita della montagna, s'intravidero da lontano, non ostante il buio già fitto, tali cose straordinarie, che nessuno pensò più di poter fare al vecchio quell'inganno pietoso.

Era su l'alta costa rocciosa come un formicolio di lumi. Fasci di paglia ardevano qua e là, da cui salivano alle stelle spire dense di fumo infiammato, come nella novena di Natale. E cantavano lassù, cantavano, sì, proprio come nella novena di Natale, al lume di quelle fiammate.

Che era avvenuto? Su, di carriera! di carriera!

Tutta la borgata lassù si era raccolta quasi a celebrare un selvaggio rito funebre.

Il vecchio, non sapendo più reggere all'impazienza dell'attesa, sperando requie alle smanie della soffocazione, s'era fatto trasportare su una seggiola al posto dove sarebbe sorto il camposanto, innanzi alla sua fossa.

Lavato, pettinato e parato da morto, aveva accanto alla seggiola, su cui stava posato come un'enorme balla ansimante, la sua cassa d'abete, già pronta da parecchi giorni. Eran preparati sul coperchio di quella cassa una papalina di seta nera, un paio di pantofole di panno e un fazzoletto, anch'esso di seta nera, ripiegato a fascia che, appena morto, passato sotto il mento e legato sul capo, doveva servire a tenergli chiusa la bocca. Insomma tutto l'occorrente per l'ultima vestizione.

Attorno, coi lumi, era tutta la gente della borgata, che cantava al vecchio le litanie.

– *Sancta Dei Genitrix,*

– *Ora pro nobis!*

– *Sancta Virgo Virginum,*

– *Ora pro nobis!*

E al formicolio di tutti quei lumi rispondeva dalla cupola immensa del cielo il fitto sfavillio delle stelle.

Sul capo del vecchio tremolavano alla brezzolina notturna i radi capelli, ancora umidi e tesi per l'insolita pettinatura. Movendo appena le mani enfiate, una sul dorso dell'altra, gemeva tra il grasso rantolo, come per confortarsi e averne refrigerio:

– L'erbuccia!... l'erbuccia...

Quella che sarebbe schiumata dalla sua terra, tra poco, là, su la sua fossa. E verso di essa allungava i piedi deformati dal gonfiore, ridotti come due vesciche entro le grosse calze di cotone turchino.

Appena attorno a lui la sua gente levò le grida, vedendo accorrere tra strepito di sciabole su per l'erta una così grossa frotta di cavalcature, provò a rizzarsi in piedi; udì il pianto e le risposte affannose dei sopravvenuti; e, comprendendo, tentò di gettarsi a capofitto giù nella fossa. Fu trattenuto; tutti gli si strinsero attorno, come a proteggerlo dalla forza; ma il maresciallo riuscì a rompere la calca e ordinò che subito quel moribondo fosse trasportato a casa e che tutti sgombrassero di là.

Su la seggiola, come un santone su la bara, il vecchio fu sollevato, e i margaritani, reggendo alti i lumi, gridando e piangendo, s'avviarono verso le loro casupole, che biancheggiavano in alto, sparse su la roccia.

La scorta rimase al buio, sotto le stelle a guardia della fossa vuota e della cassa d'abete, lasciata lì, con quella papalina e quel fazzoletto e quelle pantofole posate sul coperchio.

L'UOMO SOLO

L'UOMO SOLO

Si riunivano all'aperto, ora che la stagione lo permetteva, attorno a un tavolinetto del caffè sotto gli alberi di via Veneto.

Venivano prima i Groa, padre e figlio. E tanta era la loro solitudine che, pur così vicini, parevano l'uno dall'altro lontanissimi. Appena seduti, sprofondavano in un silenzio smemorato, che li allontanava anche da tutto, così che se qualche cosa cadeva loro per caso sotto gli occhi, dovevano strizzare un po' le palpebre per guardarla. Venivano alla fine insieme gli altri due: Filippo Romelli e Carlo Spina. Il Romelli era vedovo da cinque mesi; lo Spina, scapolo. Mariano Groa era diviso dalla moglie da circa un anno e s'era tenuto con sé l'unico figliuolo, Torellino, già studente di liceo, smilzo, tutto naso, dai lividi occhietti infossati e un po' loschi.

Là attorno al tavolino, dopo i saluti, raramente scambiavano tra loro qualche parola. Sorseggiavano una piccola Pilsen, succhiavano qualche sciroppo con un cannuccio di paglia, e stavano a guardare, a guardar tutte le donne che passavano per via, sole, a coppie, o accompagnate dai mariti: spose, giovinette, giovani madri coi loro bambini; e quelle che scendevano dalla tranvia, dirette a Villa Borghese, e quelle che ne tornavano in carrozza, e le forestiere che entravano al grande albergo dirimpetto o ne uscivano, a piedi, in automobile.

Non staccavano gli occhi da una che per attaccarli subito a un'altra, e la seguivano con lo sguardo, studiandone ogni mossa o fissandone qualche tratto, il seno, i fianchi, la gola, le rosee braccia trasparenti dai merletti delle maniche: storditi, inebriati da tutto quel brulichio, da tutto quel fremito di vita, da tanta varietà d'aspetti e di colori e di espressioni, e tenuti in un'ansia angosciosa di confusi sentimenti e pensieri e rimpianti e desiderii, ora per uno sguardo fuggevole, ora per un sorriso lieve di compiacenza che riuscivano a cogliere da questa o da quella, tra il frastuono delle vetture e il passeraio fitto, continuo che veniva dalle prossime ville.

Sentivano tutti e quattro, ciascuno a suo modo, il bisogno cocente della donna, di quel bene che nella vita può dar solo la donna, che tante di quelle donne già davano col loro amore, con la loro presenza, con le loro cure, e forse senz'esserne ricompensate a dovere dagli uomini ingrati.

Appena questo dubbio sorgeva in essi per l'aria triste di qualcuna, i loro sguardi s'affrettavano a esprimere un intenso accoramento o un'acerba condanna o una pietosa adorazione. E quelle giovinette? Chi sa com'eran disposte e pronte a dar la gioia del loro corpo! E dovevano invece sciuparsi in un'attesa forse vana tra finte ritrosie in pubblico e chi sa che smanie in segreto.

Ciascuno, con quel quadro fascinoso davanti, pensando alla propria casa senza donna, vuota, squallida, muta, compreso da una profonda amarezza, sospirava.

Filippo Romelli, il vedovo, piccolino di statura, pulito, in quel suo abito nero da lutto ancora senza una grinza, preciso in tutti i lineamenti fini, d'omettino bello vezzeggiato dalla moglie, si recava tutte le domeniche al camposanto a portar fiori alla sua morta, e più degli altri due sentiva l'orrore della propria casa attufata dai ricordi, dove ogni oggetto, nell'ombra e nel silenzio, pareva stesse ancora ad aspettare colei che non vi poteva più far ritorno, colei che lo accoglieva ogni volta con tanta festa e lo curava e lo lisciava e gli ripeteva con gli occhi ridenti come e quanto fosse contenta d'esser sua.

In tutte le donne che vedeva passare per via lui badava ora a sorprender la grazia di qualche mossa che gli richiamasse viva l'immagine della sua donna, non com'era ultimamente, ma qual era stata un tempo, quando gli aveva dato quella tal gioia che quest'altra, ora, gli ridestava pungente nella memoria; e subito serrava le labbra per l'impeto della commozione che gli saliva amara alla gola, e socchiudeva un po' gli occhi, come fanno al vento gli uccelli abbandonati su un ramo.

Anche nella sua donna, negli ultimi tempi, aveva amato il ricordo delle gioie passate, che non potevano più, ormai, esser per lui. Nessuna donna più lo avrebbe amato, ora, per se stesso. Aveva già quasi cinquant'anni.

Ah, per lui la sorte era stata veramente crudele! Vedersi strappare la compagna in quel punto, alla soglia della vecchiaia, quando ne aveva più bisogno, quando anche l'amore, sempre irrequieto nella gioventù, cominciava a pregiar soltanto la tranquillità del nido fedele! E ecco che ora gli toccava a risentire l'irrequietezza di esso, fuori tempo, e perciò ridicola e disperata.

Allo Spina, amico suo indivisibile da tanti anni, aveva detto più volte:

– Verità sacrosanta, amico mio: l'uomo non può esser tranquillo, se non s'è assicurate tre cose: il pane, la casa, l'amore. Donne, tu ne trovi adesso; ti posso anche ammettere che, quanto a questo, tu stai meglio di me, per ora. Ma la gioventù, caro, è assai più breve della vecchiaia. Lo scapolo gode in gioventù; ma poi soffre in vecchiaia. L'ammogliato, al contrario. Ha più tempo di goder l'ammogliato dunque, come vedi!

Sissignori. Bella risposta gli aveva dato la sorte! Lo Spina, ora, vecchio scapolo, cominciava a soffrire del vuoto della sua vita, in una camera d'affitto, tra mobili volgari, neppur suoi; ma almeno poteva dire d'aver goduto a suo modo in gioventù e d'aver voluto lui che fosse così sola e senza conforto di cure amiche e senz'abitudine d'affetti la sua vecchiaia. Ma lui!

Eppure, forse più crudele della sua era la sorte di Mariano Groa. Bastava guardarlo, poveretto, per comprenderlo.

Lui, Romelli, pur così sconsolato com'era, trovava tuttavia in sé la forza di pulirsi, d'aggiustarsi, perfino d'insegarsi ancora i baffettini grigi; mentre quel povero Groa... Eccolo là: panciuto, sciamannato, con una grinta da can mastino con gli occhiali, ispido di una barba non rifatta chi sa da quanti giorni, e con la giacca senza bottoni, il colletto spiegazzato, giallo di sudore, la cravatta sudicia, annodata di traverso.

Guardava le donne con occhiacci feroci, quasi se le volesse mangiare.

E ogni tanto, fissandone qualcuna, ansimava, come se gli si stringesse il naso; si scoteva, facendo scricchiolar la sedia, e si metteva in un'altra positura non meno truce, col pomo del bastone sotto il mento, affondato nella pappagorgia lustra di sudore.

Sapeva da tant'anni che la moglie – vezzosa donnettina dal nasino ritto, due fossette impertinenti alle guance e occhietti vivi vivi, da furetto – lo tradiva. Alla fine, un brutto giorno, era stato costretto ad accorgersene, e s'era diviso da lei legalmente. Se n'era pentito subito dopo; ma lei non aveva più voluto saperne, contenta delle duecento lire al mese ch'egli le passava per mezzo del figliuolo, il quale andava a visitarla ogni due giorni.

Il pover uomo era divorato dalla brama di riaverla. La amava ancora come un pazzo, e senza lei non poteva più stare; non aveva più requie!

Spesso, il figliuolo, che gli dormiva accanto, sentendolo piangere o gemere con la faccia affondata nel guanciale, si levava su un gomito e cercava di confortarlo amorosamente:

– Papà, papà...

Ma spesso anche Torellino si seccava a vederlo smaniare così; e nei giorni che doveva recarsi a visitare la madre, sbuffava ogni qual volta egli si metteva a suggerirgli tutto quello che avrebbe desiderato le dicesse per intenerirla, lo stato in cui si trovava, così senza cure, alla sua età; la sua disperazione; il suo pianto; e che non poteva dormire, e che non sapeva più reggere, né come fare.

Era un tormento per Torellino! E anche una vergogna che lo sconcertava tutto e lo faceva sudar freddo. Tanto più che poi quelle ambasciate non servivano a nulla, perché già più volte la madre, irremovibile, gli aveva fatto rispondere che non ne voleva nemmeno sentir parlare.

E che altro tormento ogni qual volta ritornava da quelle visite! Il padre lo aspettava a piè della scala, ansante, la faccia infiammata e gli occhi acuti e spasimosi, lustri di lagrime. Subito, appena lo vedeva, lo assaliva di domande:

– Com'è? com'è? che t'ha detto? come l'hai trovata?

E a ogni risposta, arricciava il naso, chiudeva gli occhi, divaricava le labbra, come se ricevesse pugnalate.

– Ah, sì, tranquilla? Non dice niente? Ah, dice che sta bene così? E tu, tu che le hai detto?

– Niente, io, papà...

Ah, niente, è vero? E si mordeva le mani dalla rabbia; poi prorompeva:

– Eh sì! eh sì! Seguitate! Seguitate! È comodo... Seguita così, tu pure, caro! Sfido... Che vi manca? C'è il bue qua, che lavora per voi... Seguitate, seguitate senza nessuna considerazione per me! Ma non lo capisci, perdio, che io non posso più vivere così? Che ho bisogno d'aiuto? Che io così muoio, non lo capisci? Non lo capisci?

– Ma che ci posso fare io, papà? – si scrollava Torellino, alla fine, esasperato.

– Niente! Niente! Seguita! – riprendeva lui, ingozzando le lagrime. – Ma non ti pare almeno che sia una nequizia farmi morire così? Perché, sai? io muoio! Io vi lascio tutti e due in mezzo a una strada, e la faccio finita! La faccio finita!

Si pentiva subito di queste sfuriate, e compensava con carezze, con regali il figliuolo; lo avviziava; gli prodigava le cure di una madre; e non badava a sé, ai suoi abiti, alle sue scarpe, alla sua biancheria, purché il figlio andasse ben vestito, di tutto punto, e si presentasse alla mamma ogni due giorni come un figurino.

S'inteneriva lui stesso di quella sua bontà, non solo non rimeritata, ma neppur commiserata da nessuno, calpestata anzi da tutti; si struggeva in quella sua tenerezza; sentiva proprio che il cuore gli si sfaceva in petto, strizzato dall'angoscia, macerato dalla pena.

Aveva coscienza di non aver fatto mai, mai, il minimo torto a quell'infame donna che lo aveva trattato così!

Che ci poteva far lui se attorno al suo cuore tenero e semplice, di bambino, era cresciuto tutto quel corpaccio da maiale? Nato per la casa, per adorare una donna sola nella vita, che gli volesse – non molto! non molto! – un po' di bene, quanto compenso le avrebbe saputo dare, per questo po' di bene!

Con gli occhi invetrati dalle lagrime a stento contenute, ora stava a mirar per via ogni coppia di sposi, che gli pareva andasse d'amore e d'accordo. Si sarebbe buttato in ginocchio davanti a ogni moglie onesta e saggia, che fosse il sorriso e la benedizione d'una casa, che amasse teneramente il suo sposo e curasse i suoi figliuoli.

A lui, giusto a lui doveva toccare una donna come quella! Chi sa quante ce n'erano di buone, lì, tra quelle che passavano per via; quante avrebbero fatto la sua felicità, perché non chiedeva molto lui, un po' d'affetto, poco!

Lo mendicava con quegli occhi, che parevano truci, a tutte le donne che vedeva passare; ma non per averlo da esse: da una sola, da quella, lui lo voleva, poiché quella sola avrebbe potuto darglielo onestamente, legato com'era dal vincolo del matrimonio e con quel suo povero figliuolo accanto.

All'ombra dei grandi alberi della via, brulicava quella sera con fremito più intenso la vita.

I due amici Spina e Romelli tardavano ancora a venire.

L'aria, satura di tutte le fragranze delle ville vicine, pareva grillasse d'un baglior d'oro, e tutti i visi delle donne, sotto i cappelloni spavaldi, sorridevano accesi da riflessi purpurei. Offrivano con quel sorriso all'ammirazione e al desiderio degli uomini il loro corpo disegnato nettamente dagli abiti succinti.

Le rose d'una bottega di fioraio lì presso, dietro le spalle del Groa, esalavano un profumo così voluttuoso, che il pover uomo ne aveva un greve stordimento di ebbrezza, per cui già tutto quel brulichio di vita assumeva innanzi a lui contorni vaporosi di sogno, e gli destava quasi il dubbio della irrealtà di quanto vedeva, coi romori che gli si attutivano agli orecchi, come se venissero da lontano lontano, e non da tutto quel sogno lì maraviglioso.

Alla fine, quegli altri due arrivarono. Discutevano tra loro animatamente. Il piccolo Romelli, vestito di nero, era nervoso, convulso; scattava a tratti come per scosse elettriche, e lo Spina, accalorato, cercava di calmarlo, di convincerlo.

– Sì, due sorelle, due sorelle! Lasciate fare a me! Ancora è presto. Ora sediamo.

Il Groa fece segno con gli occhi ai due di non parlar di tali cose davanti al suo figliuolo; poi, comprendendo che essi, così accesi com'erano, non avrebbero saputo frenarsi, si volse a Torellino e lo invitò a farsi una giratina lì a Villa Borghese.

Il ragazzo s'avviò, svogliato, sbuffando. Fatti pochi passi, si voltò e vide che i tre, con le teste riunite, confabulavano misteriosamente attorno al tavolino; ma il padre scrollava il capo, diceva di no, di no.

Lo Spina, certo, li tentava.

Quando, dopo una mezz'ora, Torellino ritornò, i due, il Romelli e lo Spina, erano andati via. Il padre era solo, ad attenderlo; in una solitudine disperata; con un viso così alterato, con tanto spasimo tetro negli occhi, che il figlio restò a mirarlo, sgomento.

– Vogliamo andare, papà?

Il Groa parve non lo sentisse. Lo guatò. Serrò le labbra con una smorfia di pianto, quasi infantile, ed ebbe per tutta la persona uno scotimento di singhiozzi soffocati.

Poi si alzò; prese il figlio per un braccio; glielo strinse con tutta la forza, come se volesse comunicargli con quella stretta qualcosa che non poteva o non sapeva dire. E andarono, andarono verso via di Porta Pinciana.

Torellino si sentiva trascinato verso la casa ove abitava la madre. Ecco, vi sarebbero giunti tra poco: era là in capo al secondo vicolo, ove ardeva il fanale. E a mano a mano s'induriva contro il braccio del padre, il quale, avvertendo la resistenza, lo guardava ansioso, per intenerirlo.

«Oh Dio, oh Dio», pensava Torellino, «la solita storia! Il solito tormento! Andar su, è vero? Pregare la madre che s'arrendesse finalmente; sentirsi dire di no ancora una volta? No, no.»

E, risoluto, davanti al vicolo, sotto il fanale, s'impuntò e disse al padre:

– No, sai, papà? Io non salgo! Io non ci vado!

Il Groa guardò il figlio con occhi atroci.

– No? – fremette. – No?

E lo respinse da sé, piano, senza aggiungere altro. Lasciato lì quieto in mezzo alla via deserta, Torellino, dapprima un po' stordito, ebbe a un tratto l'impressione che il padre si fosse per sempre staccato da lui, quasi balzando d'improvviso laggiù, lontano, e che per sempre si perdesse confuso, estraneo tra i tanti estranei che andavano per quella via in discesa. Allora si mosse a seguirlo da lontano, costernato.

Lo seguì, senza farsi scorgere, giù per Capo le Case, giù per via Due Macelli, per via Condotti, per via Fontanella di Borghese, per piazza Nicosia... Sboccando in via di Tordinona, si fermò.

Venivano fuori da un vicoletto buio il Romelli e lo Spina, e il padre s'univa ad essi. Il Romelli aveva sugli occhi un fazzoletto listato di nero e singhiozzava. Tutti e tre andavano ad appoggiarsi alla spalletta del Lungotevere.

– Ma stupido! Perché? – gridava lo Spina, scotendo per un braccio il Romelli. – Tanto carina! Tanto graziosa!

E il Romelli, tra i singhiozzi:

– Impossibile! Impossibile! Tu non puoi comprendere... Il pudore! La santità della casa!

Lo Spina allora si volgeva al padre.

Nella chiara sera di maggio, presso le acque del fiume che pareva ritenessero ancora la luce del giorno sparito, si distinguevano con precisione tutti i gesti e anche i tratti del volto di quei tre uomini agitati.

Lo Spina voleva ora convincere il padre del torto del Romelli, che seguitava ad asciugarsi il volto in disparte. Il padre stava a guardar lo Spina con occhi sbarrati, feroci; all'improvviso lo afferrava per il bavero della giacca, gli dava un poderoso scrollone e lo mandava a schizzar lontano; poi, balzando sul parapetto dell'argine, gridava con le braccia levate, enorme:

– Ecco, si fa così!

E giù, nel fiume. Un tonfo. Due gridi, e un terzo grido, da lontano, più acuto, del figlio che non poteva accorrere, con le gambe quasi stroncate dal terrore.

LA CASSA RIPOSTA

Quando il biroccino fu sotto la chiesina di San Biagio lungo lo stradone, il Mèndola, di ritorno dal podere, pensò di salire al cimitero sul poggio a veder che cosa ci fosse di vero nelle lagnanze rivolte al Municipio per quel custode Nocio Pàmpina, detto *Sacramento.*

Assessore comunale da circa un anno, Nino Mèndola, proprio dal giorno che aveva assunto la carica, non stava più bene. Soffriva di capogiri. Senza volerlo confessare a se stesso, temeva d'esser colpito da un giorno all'altro d'apoplessia: male, di cui erano morti tutti i suoi, immaturamente. Era perciò sempre di pessimo umore; e ne sapeva qualche cosa quel suo cavalluccio attaccato al biroccino.

Ma tutta quella giornata, in campagna, s'era sentito bene. Il moto, lo svago... E, per bravar la paura segreta, aveva deciso lì per lì di fare quell'ispezione al cimitero, promessa ai colleghi della Giunta e rimandata per tanti giorni.

«Non bastano i vivi,» pensava, salendo al poggio, «danno da fare anche i morti in questo porco paese. Ma già, sono sempre quelli, i vivi, rottorio! Sanno un corno i morti, se son guardati bene o male. Forse, non dico di no: pensare che da morti saremo trattati male, affidati alla custodia di Pàmpina, stolido e ubriacone, può far dispiacere... Basta; adesso vedrò.»

Tutte calunnie.

Come custode di cimitero, Nocio Pàmpina, detto *Sacramento,* era l'ideale. Già una larva, che lo portava via il fiato; e certi occhi chiari, spenti; una vocina di zanzara. Pareva proprio un morto uscito di sotterra per attendere, così come poteva, alle faccenduole di casa.

Che c'era da fare poi? Tutta gente dabbene, lì ormai – e tranquilla.

Le foglie, sì. Qualche foglia caduta dalle siepi ingombrava i vialetti. Qualche sterpo era cresciuto qua e là. E i passeri monellacci, ignorando che lo stil lapidario non vuole interpunzioni, avevano seminato con le loro cacatine tra le tante virtù di cui erano ricche le iscrizioni di quelle pietre tombali, troppe virgole forse e troppi punti ammirativi.

Piccolezze.

Se non che, entrando nel bugigattolo del custode a destra del cancello, il Mèndola restò:

– E quella lì?

Nocio Pàmpina, detto *Sacramento,* aprì le labbra squallide a un'ombra di sorriso e bisbigliò:

– Cassa da morto, Eccellenza.

Era difatti una bellissima cassa da morto. Lustra, di castagno, con borchie e dorature. Fatta proprio senza risparmio. Là, quasi in mezzo alla stanzetta.

– Grazie; la vedo, – riprese il Mèndola. – Dico, perché la tieni lì?

– È del cavalier Piccarone, Eccellenza.

– Piccarone? E perché? Non è mica morto!

– No no, Eccellenza! Non sia mai! – disse Pàmpina. – Ma Vossignoria saprà che il mese scorso gli morì la moglie, povero galantuomo.

– E con ciò?

– La accompagnò fino qua, a piedi; attempatello com'è. Sissignore. Poi mi chiamò, dice: «Senti, Sacramento. Non scappa un mese, avrai anche me». «Ma che dice Vossignoria!» gli risposi. Ma lui: «Sta' zitto,» dice. «Senti. Questa cassa, figliuolo mio, mi costa più di vent'onze. Bella, la vedi. Per la sant'anima, capirai, non ho badato a spese. Ma ora la comparsa è fatta, dice. Che se ne fa più la sant'anima di questa bella cassa sottoterra? Peccato sciuparla, dice. Facciamo così. Caliamo la sant'anima, dice, pulitamente con quella di zinco, che sta dentro; e questa me la riponi: servirà anche per me. Uno di questi giorni, sull'imbrunire, manderò a ritirarla.»

Il Mèndola non volle più né sapere né veder altro. Non gli parve l'ora di giungere al paese per spargervi la nuova di quella cassa da morto, che Piccarone aveva fatto riporre per sé.

Era famoso in paese Gerolamo Piccarone, avvocato e, al tempo dei Borboni, cavaliere di San Gennaro, per la spilorceria e la furbizia. Mal pagatore, poi! Se ne raccontavano sul suo conto da far restare a bocca aperta. Ma questa – pensava il Mèndola, tempestando allegramente di frustate il povero cavalluccio – questa le passava tutte; e vera, ohé, come la stessa verità! La aveva veduta lui, là, la cassa da morto, con gli occhi suoi.

Pregustava le risate che avrebbero accolto il suo racconto bisbigliato con la vocina di Pàmpina, e non avvertiva neppure alla nuvola di polvere e al fragore che il biroccino sollevava per la corsa furiosa del cavalluccio, quand'ecco: – Para! Para! – udì gridare a squarciagola dall'*Osteria del Cacciatore*, che un tal Dolcemàscolo teneva lì su lo stradone.

Due amici, Bartolo Gaglio e Gaspare Ficarra, cacciatori accaniti, seduti davanti all'osteria sotto la pergola, s'erano messi a gridare a quel modo, credendo che il cavalluccio avesse preso la mano al Mèndola.

– Ma che mano! Correvo...

– Ah, tu corri così? – disse il Gaglio. – Hai qualche altro collo di ricambio a casa?

– Se sapeste, cari miei! – esclamò il Mèndola, smontando ilare e ansimante; e, per cominciare, narrò a que' due amici la storia della cassa da morto.

Quelli finsero lì per lì di non volerci credere, ma per un modo di dimostrar la loro maraviglia. E allora il Mèndola a giurare che – parola d'onore – la aveva veduta lui, con gli occhi suoi, la cassa da morto, nel bugigattolo di *Sacramento*.

Gli altri due, a loro volta, presero a narrare di Piccarone altre prodezze già note. Il Mèndola voleva rimontar subito sul biroccino; ma quelli avevano già ordinato a Dolcemàscolo un bicchiere per l'amico assessore, e volevano che questi bevesse.

Dolcemàscolo però era rimasto lì, come un ceppo.

– Dolcemàscolo, ohé! – gli gridò il Gaglio.

L'oste, col berretto di pelo a barca buttato a sghembo su un orecchio, senza giacca, con le maniche della camicia rimboccate su le braccia pelose, si riscosse sospirando:

– Mi perdonino, – disse. – Quaglio, sto quagliando propriamente, a sentire i loro discorsi. Giusto questa mattina il cane del cavalier Piccarone, *Turco*, quella brutta bestiaccia che va e viene da sé dalle terre del Cannatello alla villetta quassù... ma sanno che m'ha fatto? Più di venti rocchi di salsiccia m'ha rubati, che tenevo lì su lo sporto, che gli facciano veleno! Fortuna, dico, che ho due testimoni!

Il Mèndola, il Gaglio, il Ficarra scoppiarono a ridere. Il Mèndola disse:

– Te li sali, caro mio!

Dolcemàscolo alzò un pugno; schizzò fiamme dagli occhi:

– Ah no, perdio! a me la salsiccia me la pagherà! Me la pagherà, me la pagherà, – ribatté di fronte alle risate incredule e al negare ostinato dei tre avventori. – Lor signori vedranno. Ho trovato la via. So di che pelame è!

E con un gesto furbesco, che gli era abituale, strizzò un occhio e con l'indice teso si tirò giù la palpebra dell'altro.

Che via avesse trovato, non volle dire; disse che aspettava dalla campagna i due contadini che erano stati presenti, la mattina, al furto della salsiccia, e che con essi prima di sera si sarebbe recato alla villetta di Piccarone.

Il Mèndola rimontò sul biroccino, senza bere; Gaglio e Ficarra saldarono il conto e, dopo aver consigliato all'oste di piantare per il suo meglio quell'impresa di farsi pagare, andarono via.

A metter su quella villetta d'un sol piano, sul viale all'uscita del paese, Gerolamo Piccarone, avvocato e cavaliere di San Gennaro al tempo di Re Bomba, s'era industriato per più di vent'anni, ed era fama non gli fosse costata neppure un centesimo.

Le male lingue dicevano ch'era fatta di sassolini trovati per via e sospinti fin là a uno a uno coi piedi dallo stesso Piccarone.

Il quale era pure un dottissimo giureconsulto, e uomo d'alta mente e di profondo spirito filosofico. Un suo libro su lo Gnosticismo, un altro su la Filosofia Cristiana erano stati anche tradotti in lingua tedesca, dicevano.

Ma era *malva* di tre cotte, Piccarone, cioè nemico acerrimo di ogni novità. Andava ancora vestito alla moda del ventuno; portava la barba a collana; tozzo, rude, insaccato nelle spalle, con le ciglia sempre aggrottate e gli occhi socchiusi, si grattava di continuo il mento e approvava i suoi segreti pensieri con frequenti grugniti.

– Uh... uh... uh... l'Italia!... hanno fatto l'Italia... che bella cosa, uh, l'Italia... ponti e strade... uh... illuminazione... esercito e marina... uh... uh... uh... istruzione obbligatoria... e se voglio restar somaro? nossignore! istruzione obbligatoria... tasse! e Piccarone paga...

Pagava poco o nulla, veramente, a furia di sottilissimi cavilli, che stancavano ed esasperavano la pazienza più esercitata. Concludeva sempre così:

– Che c'entro io? Le ferrovie? Non viaggio. L'illuminazione? Non esco di sera. Non pretendo nulla io; grazie; non voglio nulla. Un po' d'aria soltanto, per respirare. L'avete fatta anche voi, l'aria? Debbo pagare anche l'aria che respiro?

S'era infatti appartato in quella sua villetta, ritirato dalla professione, che pure fino a pochi anni addietro gli aveva dato lauti guadagni. Ne doveva aver messi da parte parecchi. A chi li avrebbe lasciati, alla sua morte? Non aveva parenti, né prossimi né lontani. E i biglietti di banca magari, sì, avrebbe potuto portarseli giù con sé, in quella bella cassa da morto che s'era fatta riporre. Ma la villetta? e il podere laggiù al Cannatello?

Quando Dolcemàscolo, in compagnia de' due contadini, si fece innanzi al cancello, *Turco*, il canaccio di guardia, come se avesse compreso che l'oste veniva per lui, si fogò furibondo contro le sbarre. Il vecchio servo accorso non fu buono a trattenerlo e allontanarlo. Bisognò che Piccarone, il quale se ne stava a leggere nel chiosco in mezzo al giardinetto, lo chiamasse col fischio e lo tenesse poi agguantato per il collare, finché il servo non venne a incatenarlo.

Dolcemàscolo, che la sapeva lunga, s'era vestito di domenica e, bello raso, tra quei due poveri contadini che ritornavano stanchi e cretosi dal lavoro, appariva più del solito prosperoso e signorile, con un certo viso latte e rosa, ch'era una bellezza a vedere, e la simpatia di quel porretto peloso sulla guancia destra, presso la bocca, arricciolato.

Entrò nel chiosco esclamando, con finta ammirazione:

– Gran bel cane! Gran bella bestia! Che guardia! Vale tant'oro quanto pesa.

Piccarone, con le ciglia aggrottate e gli occhi socchiusi, grugnì più volte, assentendo col capo a quegli elogi; poi disse:

– Che volete? Sedete.

E indicò gli sgabelletti di ferro, disposti giro giro nel chiosco.

Dolcemàscolo ne trasse uno avanti, presso la tavola, dicendo ai due contadini:

– Sedete là, voi. Vengo da Vossignoria, uomo di legge, per un parere.

Piccarone aprì gli occhi.

– Non faccio più l'avvocato, caro mio, da tanto tempo.

– Lo so, – s'affrettò a soggiungere Dolcemàscolo. – Vossignoria però è uomo di legge antico. E mio padre, sant'anima, mi diceva sempre: «Segui gli antichi, figlio mio!». So poi quant'era coscienzioso Vossignoria nella professione. Dei giovani avvocatucci d'oggi poco mi fido. Non voglio attaccar lite con nessuno, badi! Fossi matto... Sono venuto qua per un semplice parere, che Vossignoria solo mi può dare.

Piccarone richiuse gli occhi:

– Parla, t'ascolto.

– Vossignoria sa, – cominciò Dolcemàscolo. Ma Piccarone ebbe uno scatto e uno sbuffo:

– Uh, quante cose so io! Quante ne sai tu! *So, so, sa...* E vieni al caso, caro mio!

Dolcemàscolo rimase un po' male; tuttavia sorrise e ricominciò:

– Sissignore. Volevo dire che Vossignoria sa che ho sullo stradone una trattoria...

– *Del Cacciatore*, sì: ci sono passato tante volte.

– Andando al Cannatello, già. E avrà veduto allora certamente che su lo sporto, sotto la pergola, tengo sempre esposta un po' di roba: pane, frutta, qualche presciutto.

Piccarone accennò di sì col capo, poi aggiunse misteriosamente:

– Veduto e sentito anche, qualche volta.

– Sentito?

– Che sanno di rena, figliuolo. Capirai, la polvere dello stradone... Basta, vieni al caso.

– Ecco, sissignore, – rispose Dolcemàscolo, ingollando. – Poniamo che io su lo sporto tenga esposta un po' di... salsiccia, putacaso. Ora, Vossignoria... forse questo... già!... stavo per dire di nuovo... ma è un mio vezzo... Vossignoria forse non lo sa, ma di questi giorni abbiamo il passo delle quaglie. Dunque, per lo stradone, cacciatori, cani, continuamente. Vengo, vengo al caso! Passa un cane, signor Cavaliere, spicca un salto e m'afferra la salsiccia dallo sporto.

– Un cane?

– Sissignore. Io mi precipito dietro, e con me questi due poveracci ch'erano entrati nella bottega per comperarsi un po' di companatico prima di recarsi in campagna, al lavoro. È vero, sì o no? Corriamo tutti e tre insieme, appresso al cane; ma non riusciamo a raggiungerlo. Del resto, anche a raggiungerlo, Vossignoria mi dica che avrei potuto farmene più di quella salsiccia addentata e strascinata per tutto lo stradone... Inutile raccattarla! Ma io riconosco il cane; so a chi appartiene.

– U... un momento, – interruppe a questo punto Piccarone. – Non c'era il padrone?

– Nossignore! – rispose subito Dolcemàscolo. – Tra quei cacciatori là non c'era. Si vede che il cane era scappato di casa. Bestie da fiuto, capirà, sentono la caccia, soffrono a star chiusi: scappano. Basta. So, come le ho detto, a chi appartiene il cane; lo sanno anche questi due amici miei, presenti al furto. Ora Vossignoria, uomo di legge, mi deve dire semplicemente se il padrone del cane è tenuto a risarcirmi del danno, ecco!

Piccarone non pose tempo a rispondere:

– Sicuro che è tenuto, figliuolo.

Dolcemàscolo balzò dalla gioia, ma subito si contenne; si volse a' due contadini:

– Avete sentito? Il signor avvocato dice che il padrone del cane è tenuto a risarcirmi del danno.

– Tenutissimo, tenutissimo, – raffermò Piccarone. – T'avevano detto forse di no?

– Nossignore, – rispose Dolcemàscolo gongolante, giungendo le mani. – Ma Vossignoria mi deve perdonare se, da povero ignorante come sono, ho fatto debolmente un giro così lungo per venirle a dire che Vossignoria deve pagarmi la salsiccia, perché il cane che me l'ha rubata è proprio il suo, *Turco*.

Piccarone stette un pezzo a guardare Dolcemàscolo come allocchito; poi, tutt'a un tratto, abbassò gli occhi e si mise a leggere nel libraccio che teneva aperto su la tavola.

I due contadini si guardarono negli occhi; Dolcemàscolo alzò una mano per far loro cenno di non fiatare.

Piccarone, fingendo tuttavia di leggere, si grattò il mento con una mano, grugnì, disse:

– Dunque *Turco* è stato?

– Glielo posso giurare, signor Cavaliere! – esclamò Dolcemàscolo, alzandosi in piedi e incrociando le mani sul petto per dar solennità al giuramento.

– E sei venuto qua, – riprese, cupo e calmo, Piccarone, – con due testimoni, eh?

– Nossignore! – negò subito Dolcemàscolo. – Per il caso che Vossignoria non avesse voluto credere alle mie parole.

– Ah, per questo? – borbottò Piccarone. – Ma io ti credo, caro mio. Siedi. Sei un gran dabbenuomo. Ti credo e ti pago. Godo fama di mal pagatore, eh?

– Chi lo dice, signor Cavaliere?

– Tutti lo dicono! E lo credi anche tu, va' là. Due... uh... due testimoni...

– Per la verità, tanto per lei, quanto per me!

– Bravo, sì: tanto per me, quanto per te; dici bene. Le tasse ingiuste, caro mio, non voglio pagare; ma quel ch'è giusto, sì, lo pago volentieri; l'ho sempre pagato. *Turco* t'ha rubato la salsiccia? Dimmi quant'è e te la pago.

Dolcemàscolo, venuto con la prevenzione di dover combattere chi sa che battaglia contro i cavilli e le insidie di quel vecchio rospo, di fronte a tanta remissione, s'abbiosciò a un tratto, mortificato.

– Una sciocchezza, signor Cavaliere, – disse. – Saranno stati una ventina di rocchi, poco più poco meno. Non mette quasi conto di parlarne.

– No no, – rispose Piccarone, fermo. – Dimmi quant'è: te la devo e te la voglio pagare. Subito, figliuolo mio! Tu lavori; hai patito un danno; devi essere risarcito. Quant'è?

Dolcemàscolo si strinse nelle spalle, sorrise e disse:

– Venti rocchi di quei grossi... due chili... a una lira e venti il chilo...

– Così a poco la vendi? – domandò Piccarone.

– Capirà, – rispose Dolcemàscolo, tutto miele. – Vossignoria non l'ha mangiata. Gliela faccio pagare (non vorrei...) gliela faccio pagare per quanto costa a me.

– Nient'affatto! – negò Piccarone. – Se non l'ho mangiata io, l'ha mangiata il mio cane. Dunque, si dice... a occhio, due chili. Va bene a due lire il chilo?

– Faccia come crede.

– Quattro lire. Benone. Ora dimmi un po', figliuolo mio: venticinque meno quattro, quanto fanno? Ventuno, se non m'inganno. Bene. Mi dai ventuna lira e non ne parliamo più.

Dolcemàscolo, lì per lì, credette d'aver inteso male.

– Come dice?

– Ventuna lira, – ripeté placido Piccarone. – Qua ci sono due testimoni, per la verità, tanto per me, quanto per te, va bene? Tu sei venuto da me per un parere. Ora, io, i pareri, figliuolo mio, i consulti legali, li faccio pagare venticinque lire. Tariffa. Quattro te ne devo di salsicce; dammene ventuna, e non se ne parli più.

Dolcemàscolo lo guardò in faccia, perplesso, se ridere o piangere, non volendo credere che dicesse sul serio e parendogli tuttavia che non scherzasse.

– Io a... a lei? – balbettò.

– Mi par chiaro, figliuolo, – spiegò Piccarone. – Tu fai l'oste; io, debolmente, l'avvocato. Ora, come io non nego il tuo diritto al risarcimento, così tu non negherai il mio per i lumi che m'hai chiesti e che t'ho dati. Adesso sai che se un cane ti ruba la salsiccia, il padrone del cane è tenuto a fartene indenne. Lo sapevi prima? No! Le cognizioni si pagano, caro mio. Ho penato e speso tanto io per apprenderle! Credi che ti faccia celia?

– Ma sissignore! – confessò Dolcemàscolo con le lagrime in pelle, aprendo le braccia. – Io le abbono le salsicce, signor Cavaliere: sono un povero ignorante; mi perdoni, e non ne parliamo più davvero.

– Ah no, ah no, caro mio! – esclamò Piccarone. – Non abbono niente io. Il diritto è diritto, tanto per te quanto per me. Pago io, pago, voglio pagare. Pagare ed esser pagato. Stavo qua a studiare, come vedi; m'hai fatto perdere un'ora di tempo. Ventuna lira. Tariffa. Se non ne sei ben persuaso, da' ascolto a me, caro: va' da un altro avvocato a domandare se mi spetti o no questo compenso. Ti do tre giorni. Se in capo al terzo giorno non mi avrai pagato, sta' pur sicuro, figliuolo mio, che ti cito.

– Ma signor Cavaliere! – scongiurò di nuovo Dolcemàscolo a mani giunte, alterandosi però in volto improvvisamente.

Piccarone alzò il mento, alzò le mani:

– Non sento ragioni. Ti cito!

Dolcemàscolo allora perdette il lume degli occhi. L'ira lo acciuffò. Che era il danno? Niente. Alle beffe pensò, che avrebbe avute, che già indovinava guardando le facce allegre di quei due contadini: lui che si credeva tanto scaltro, lui che s'era impegnato di spuntarla e già aveva quasi toccato con mano la vittoria. Tale impeto gli diede il vedersi preso, ora, quando meno se l'aspettava, nella sua stessa ragna, che si trovò d'un tratto mutato in bestia feroce.

– Ah, perciò, – disse, accostandoglisi, con le mani levate e contratte, – perciò è così ladro il suo cane? L'ha addottorato lei!

Piccarone si levò in piedi, torbido, levò un braccio:

– Esci fuori! Risponderai anche d'ingiurie a un galantuomo che...

– Galantuomo? – ruggì Dolcemàscolo, afferrandogli quel braccio e scotendoglielo furiosamente.

I due contadini si precipitarono per trattenerlo; ma tutt'a un tratto, che è che non è, il vecchio si abbandonò appeso inerte per quel braccio alle mani violente di Dolcemàscolo. E come questi, allibito, le aprì, cascò prima a sedere su lo sgabello, traboccò poi da un lato e rotolò per terra giù tutto in un fascio.

Di fronte al terrore de' due contadini, Dolcemàscolo contrasse il volto, come per uno spasimo di riso. O che? Non lo aveva nemmeno toccato.

Quelli si chinarono sul giacente, gli mossero un braccio.

– Scappate... scappate...

Dolcemàscolo li guardò entrambi, come inebetito. Scappare?

S'intese, in quel punto, cigolare una banda del cancello, e si vide la cassa da morto, che il vecchio aveva fatto riporre per sé, entrare in trionfo su le spalle di due portantini ansanti, quasi chiamati lì per lì, al bisogno.

A tale apparizione restarono tutti come basiti.

Dolcemàscolo non pensò che Nocio Pàmpina, detto *Sacramento*, dopo la visita e l'osservazione dell'assessore, si fosse affrettato a mettersi in regola, rimandando a destino quella cassa; ma si ricordò in un lampo di ciò che il Mèndola aveva detto la mattina, là, nella trattoria; e, all'improvviso, in quella cassa vuota che aspettava e sopravveniva ora al punto giusto come chiamata misteriosamente, vide il destino, il destino che s'era servito di lui, della sua mano.

S'afferrò la testa e si mise a gridare:

– Eccola! Eccola! Questa lo chiamava! Siatemi tutti testimoni che non l'ho nemmeno toccato! Questa lo chiamava! L'aveva fatta metter da parte per sé! Ed eccola qua che viene, perché doveva morire!

E prendendo per le braccia i due portantini per scuoterli dallo stupore:

– Non è vero? Non è vero? Ditelo voi!

Ma non erano per nulla stupiti, quei due portantini. Da che avevano portata appunto quella cassa da morto, era per loro la cosa più naturale del mondo che trovassero morto l'avvocato Piccarone. Si strinsero nelle spalle, e:

– Ma sì, – dissero, – eccoci qua.

IL TRENO HA FISCHIATO...

Farneticava. Principio di febbre cerebrale, avevano detto i medici; e lo ripetevano tutti i compagni d'ufficio, che ritornavano a due, a tre, dall'ospizio, ov'erano stati a visitarlo.

Pareva provassero un gusto particolare a darne l'annunzio coi termini scientifici, appresi or ora dai medici, a qualche collega ritardatario che incontravano per via:

– Frenesia, frenesia.

– Encefalite.

– Infiammazione della membrana.

– Febbre cerebrale.

E volevan sembrare afflitti; ma erano in fondo così contenti, anche per quel dovere compiuto; nella pienezza della salute, usciti da quel triste ospizio al gaio azzurro della mattinata invernale.

– Morrà? Impazzirà?

– Mah!

– Morire, pare di no...

– Ma che dice? che dice?

– Sempre la stessa cosa. Farnetica...

– Povero Belluca!

E a nessuno passava per il capo che, date le specialissime condizioni in cui quell'infelice viveva da tant'anni, il suo caso poteva anche essere naturalissimo; e che tutto ciò che Belluca diceva e che pareva a tutti delirio, sintomo della frenesia, poteva anche essere la spiegazione più semplice di quel suo naturalissimo caso.

Veramente, il fatto che Belluca, la sera avanti, s'era fieramente ribellato al suo capo-ufficio, e che poi, all'aspra riprensione di questo, per poco non gli s'era scagliato addosso, dava un serio argomento alla supposizione che si trattasse d'una vera e propria alienazione mentale.

Perché uomo più mansueto e sottomesso, più metodico e paziente di Belluca non si sarebbe potuto immaginare.

Circoscritto... sì, chi l'aveva definito così? Uno dei suoi compagni d'ufficio. Circoscritto, povero Belluca, entro i limiti angustissimi della sua arida mansione di computista, senz'altra memoria che non fosse di partite aperte, di partite semplici o doppie o di storno, e di defalchi e prelevamenti e impostazioni; note, libri-mastri, partitarii, stracciafogli e via dicendo. Casellario ambulante: o piuttosto, vecchio somaro, che tirava zitto zitto, sempre d'un passo, sempre per la stessa strada la carretta, con tanto di paraocchi.

Orbene, cento volte questo vecchio somaro era stato frustato, fustigato senza pietà, così per ridere, per il gusto di vedere se si riusciva a farlo imbizzire un po', a fargli almeno almeno drizzare un po' le orecchie abbattute, se non a dar segno che volesse levare un piede per sparar qualche calcio. Niente! S'era prese le frustate ingiuste e le crudeli punture in santa pace, sempre, senza neppur fiatare, come se gli toccassero, o meglio, come se non le sentisse più, avvezzo com'era da anni e anni alle continue solenni bastonature della sorte.

Inconcepibile, dunque, veramente, quella ribellione in lui, se non come effetto d'una improvvisa alienazione mentale.

Tanto più che, la sera avanti, proprio gli toccava la riprensione; proprio aveva il diritto di fargliela, il capo-ufficio. Già s'era presentato, la mattina, con un'aria insolita, nuova; e – cosa veramente enorme, paragonabile, che so? al crollo d'una montagna – era venuto con più di mezz'ora di ritardo.

Pareva che il viso, tutt'a un tratto, gli si fosse allargato. Pareva che i paraocchi gli fossero tutt'a un tratto caduti, e gli si fosse scoperto, spalancato d'improvviso all'intorno lo spettacolo della vita. Pareva che gli orecchi tutt'a un tratto gli si fossero sturati e percepissero per la prima volta voci, suoni non avvertiti mai.

Così ilare, d'una ilarità vaga e piena di stordimento, s'era presentato all'ufficio. E, tutto il giorno, non aveva combinato niente.

La sera, il capo-ufficio, entrando nella stanza di lui, esaminati i registri, le carte:

– E come mai? Che hai combinato tutt'oggi?

Belluca lo aveva guardato sorridente, quasi con un'aria d'impudenza, aprendo le mani.

– Che significa? – aveva allora esclamato il capo-ufficio, accostandoglisi e prendendolo per una spalla e scrollandolo. – Ohé, Belluca!

– Niente, – aveva risposto Belluca, sempre con quel sorriso tra d'impudenza e d'imbecillità su le labbra. – Il treno, signor Cavaliere.

– Il treno? Che treno?

– Ha fischiato.

– Ma che diavolo dici?

– Stanotte, signor Cavaliere. Ha fischiato. L'ho sentito fischiare...

– Il treno?

– Sissignore. E se sapesse dove sono arrivato! In Siberia... oppure oppure... nelle foreste del Congo... Si fa in un attimo, signor Cavaliere!

Gli altri impiegati, alle grida del capo-ufficio imbestialito, erano entrati nella stanza e, sentendo parlare così Belluca, giù risate da pazzi.

Allora il capo-ufficio – che quella sera doveva essere di malumore – urtato da quelle risate, era montato su tutte le furie e aveva malmenato la mansueta vittima di tanti suoi scherzi crudeli.

Se non che, questa volta, la vittima, con stupore e quasi con terrore di tutti, s'era ribellata, aveva inveito, gridando sempre quella stramberia del treno che aveva fischiato, e che, perdio, ora non più, ora ch'egli aveva sentito fischiare il treno, non poteva più, non voleva più esser trattato a quel modo.

Lo avevano a viva forza preso, imbracato e trascinato all'ospizio dei matti.

Seguitava ancora, qua, a parlare di quel treno. Ne imitava il fischio. Oh, un fischio assai lamentoso, come lontano, nella notte; accorato. E, subito dopo, soggiungeva:

– Si parte, si parte... Signori, per dove? per dove?

E guardava tutti con occhi che non erano più i suoi. Quegli occhi, di solito cupi, senza lustro, aggrottati, ora gli ridevano lucidissimi, come quelli d'un bambino o d'un uomo felice; e frasi senza costrutto gli uscivano dalle labbra. Cose inaudite; espressioni poetiche, imaginose, bislacche, che tanto più stupivano, in quanto non si poteva in alcun modo spiegare come, per qual prodigio, fiorissero in bocca a lui, cioè a uno che finora non s'era mai occupato d'altro che di cifre e registri e cataloghi, rimanendo come cieco e sordo alla vita: macchinetta di computisteria. Ora parlava di *azzurre fronti* di montagne nevose, levate al cielo; parlava di viscidi cetacei che, voluminosi, sul fondo dei mari, con la coda *facevan la virgola*. Cose, ripeto, inaudite.

Chi venne a riferirmele insieme con la notizia dell'improvvisa alienazione mentale rimase però sconcertato, non notando in me, non che meraviglia, ma neppur una lieve sorpresa.

Difatti io accolsi in silenzio la notizia.

E il mio silenzio era pieno di dolore. Tentennai il capo, con gli angoli della bocca contratti in giù, amaramente, e dissi:

– Belluca, signori, non è impazzito. State sicuri che non è impazzito. Qualche cosa dev'essergli accaduta; ma naturalissima. Nessuno se la può spiegare, perché nessuno sa bene come quest'uomo ha vissuto finora. Io che lo so, son sicuro che mi spiegherò tutto naturalissimamente, appena l'avrò veduto e avrò parlato con lui.

Cammin facendo verso l'ospizio ove il poverino era stato ricoverato, seguitai a riflettere per conto mio:

«A un uomo che viva come Belluca finora ha vissuto, cioè una vita "impossibile", la cosa più ovvia, l'incidente più comune, un qualunque lievissimo inciampo impreveduto, che so io, d'un ciottolo per via, possono produrre effetti straordinarii, di cui nessuno si può dar la spiegazione, se non pensa appunto che la vita di quell'uomo è "impossibile". Bisogna condurre la spiegazione là, riattaccandola a quelle condizioni di vita impossibili, ed essa apparirà allora semplice e chiara. Chi veda soltanto una coda, facendo astrazione dal mostro a cui essa appartiene, potrà stimarla per se stessa mostruosa. Bisognerà riattaccarla al mostro; e allora non sembrerà più tale; ma *quale dev'essere*, appartenendo a quel mostro.

«Una coda naturalissima.»

Non avevo veduto mai un uomo vivere come Belluca.

Ero suo vicino di casa, e non io soltanto, ma tutti gli altri inquilini della casa si domandavano con me come mai quell'uomo potesse resistere in quelle condizioni di vita.

Aveva con sé tre cieche, la moglie, la suocera e la sorella della suocera: queste due, vecchissime, per cataratta; l'altra, la moglie, senza cataratta, cieca fissa; palpebre murate.

Tutt'e tre volevano esser servite. Strillavano dalla mattina alla sera perché nessuno le serviva. Le due figliuole vedove, raccolte in casa dopo la morte dei mariti, l'una con quattro, l'altra con tre figliuoli, non avevano mai né tempo né voglia da badare ad esse; se mai, porgevano qualche aiuto alla madre soltanto.

Con lo scarso provento del suo impieguccio di computista poteva Belluca dar da mangiare a tutte quelle bocche? Si procurava altro lavoro per la sera, in casa: carte da ricopiare. E ricopiava tra gli strilli indiavolati di quelle cinque donne e di quei sette ragazzi finché essi, tutt'e dodici, non trovavan posto nei tre soli letti della casa.

Letti ampii, matrimoniali; ma tre.

Zuffe furibonde, inseguimenti, mobili rovesciati, stoviglie rotte, pianti, urli, tonfi, perché qualcuno dei ragazzi, al buio, scappava e andava a cacciarsi fra le tre vecchie cieche, che dormivano in un letto a parte, e che ogni sera litigavano anch'esse tra loro, perché nessuna delle tre voleva stare in mezzo e si ribellava quando veniva la sua volta.

Alla fine, si faceva silenzio, e Belluca seguitava a ricopiare fino a tarda notte, finché la penna non gli cadeva di mano e gli occhi non gli si chiudevano da sé.

Andava allora a buttarsi, spesso vestito, su un divanaccio sgangherato, e subito sprofondava in un sonno di piombo, da cui ogni mattina si levava a stento, più intontito che mai.

Ebbene, signori: a Belluca, in queste condizioni, era accaduto un fatto naturalissimo.

Quando andai a trovarlo all'ospizio, me lo raccontò lui stesso, per filo e per segno. Era, sì, ancora esaltato un po', ma *naturalissimamente*, per ciò che gli era accaduto. Rideva dei medici e degli infermieri e di tutti i suoi colleghi, che lo credevano impazzito.

– Magari! – diceva. – Magari!

Signori, Belluca, s'era dimenticato da tanti e tanti anni – ma proprio dimenticato – che il mondo esisteva.

Assorto nel continuo tormento di quella sua sciagurata esistenza, assorto tutto il giorno nei conti del suo ufficio, senza mai un momento di respiro, come una bestia bendata, aggiogata alla stanga d'una nòria o d'un molino, sissignori, s'era dimenticato da anni e anni – ma proprio dimenticato – che il mondo esisteva.

Due sere avanti, buttandosi a dormire stremato su quel divanaccio, forse per l'eccessiva stanchezza, insolitamente, non gli era riuscito d'addormentarsi subito. E, d'improvviso, nel silenzio profondo della notte, aveva sentito, da lontano, fischiare un treno.

Gli era parso che gli orecchi, dopo tant'anni, chi sa come, d'improvviso gli si fossero sturati.

Il fischio di quel treno gli aveva squarciato e portato via d'un tratto la miseria di tutte quelle sue orribili angustie, e quasi da un sepolcro scoperchiato s'era ritrovato a spaziare anelante nel vuoto arioso del mondo che gli si spalancava enorme tutt'intorno.

S'era tenuto istintivamente alle coperte che ogni sera si buttava addosso, ed era corso col pensiero dietro a quel treno che s'allontanava nella notte.

C'era, ah! c'era, fuori di quella casa orrenda, fuori di tutti i suoi tormenti, c'era il mondo, tanto, tanto mondo lontano, a cui quel treno s'avviava... Firenze, Bologna, Torino, Venezia... tante città, in cui egli da giovine era stato e che ancora, certo, in quella notte sfavillavano di luci sulla terra. Sì, sapeva la vita che vi si viveva! La vita che un tempo vi aveva vissuto anche lui! E seguitava, quella vita; aveva sempre seguitato, mentr'egli qua, come una bestia bendata, girava la stanga del molino. Non ci aveva pensato più! Il mondo s'era chiuso per lui, nel tormento della sua casa, nell'arida, ispida angustia della sua computisteria... Ma ora, ecco, gli rientrava, come per travaso violento, nello spirito. L'attimo, che scoccava per lui, qua, in questa sua prigione, scorreva come un brivido elettrico per tutto il mondo, e lui con l'immaginazione d'improvviso risvegliata poteva, ecco, poteva seguirlo per città note e ignote, lande, montagne, foreste, mari... Questo stesso brivido, questo stesso palpito del tempo. C'erano, mentr'egli qua viveva questa vita «impossibile», tanti e tanti milioni d'uomini sparsi su tutta la terra, che vivevano diversamente. Ora, nel medesimo attimo ch'egli qua soffriva, c'erano le montagne solitarie nevose che levavano al cielo notturno le *azzurre fronti*... Sì, sì, le vedeva, le vedeva, le vedeva così... c'erano gli oceani... le foreste...

E, dunque, lui – ora che il mondo gli era rientrato nello spirito – poteva in qualche modo consolarsi! Sì, levandosi ogni tanto dal suo tormento, per prendere con l'immaginazione una boccata d'aria nel mondo.

Gli bastava!

Naturalmente, il primo giorno, aveva ecceduto. S'era ubriacato. Tutto il mondo, dentro d'un tratto: un cataclisma. A poco a poco, si sarebbe ricomposto. Era ancora ebro della troppa troppa aria, lo sentiva.

Sarebbe andato, appena ricomposto del tutto, a chiedere scusa al capo-ufficio, e avrebbe ripreso come prima la sua computisteria. Soltanto il capo-ufficio ormai non doveva pretender troppo da lui come per il passato: doveva concedergli che di tanto in tanto, tra una partita e l'altra da registrare, egli facesse una capatina, sì, in Siberia... oppure oppure... nelle foreste del Congo:

– Si fa in un attimo, signor Cavaliere mio. Ora che il treno ha fischiato...

ZIA MICHELINA

Quando il vecchio Marruca morì, il nipote – Marruchino come lo chiamavano – aveva circa vent'anni, e stava per partire soldato.

Cappellone, *un due*, povero Marruchino!

Senza figli del primo letto, lo zio gli s'era tanto affezionato che, rimasto vedovo, non aveva voluto ridarlo al fratello, di cui era figliuolo; anzi proprio per lui ancora in tenera età e bisognoso di cure materne, aveva, benché anziano, ripreso moglie. Sapeva che non avrebbe avuto mai figliuoli da parte sua; robusto però e ben piantato come un albero da ombra e non da frutto, aveva sempre tenuto a dimostrare che, se frutti non ne dava, questo non dipendeva da scarso vigore. Ragion per cui s'era scelta giovanissima la nuova sposa. E della scelta non s'era pentito.

Zia Michelina, di sangue placido, d'indole mite, subito s'era sentita a posto in quella casa di contadini arricchiti, ove tutto odorava delle abbondanti quotidiane provviste della campagna lontana e tutto aveva la solida quadratura dell'antica vita patriarcale. S'era mostrata paga del marito, pur di tant'anni maggiore di lei, e amorosissima del nipotino.

Ora questo nipotino – eccolo qua – era cresciuto, aveva vent'anni. E lei che non ne aveva ancora quaranta, si considerava già vecchia.

Piansero molto, l'una e l'altro, quella il marito e questi lo zio; il quale, da quel brav'uomo pieno di senno ch'era sempre stato, aveva nel testamento disposto che la proprietà più che modesta dei beni (case e poderi) andasse al nipote, e intero alla moglie l'usufrutto, vita natural durante. A patto, s'intende, che non avesse ripreso marito.

Marruchino (si chiamava veramente Simonello) partì per servir la patria con gli occhi ancora rossi di pianto. Un po' per quel servizio alla patria, un po' per lo zio.

Come una buona mamma, zia Michelina gli fece coraggio; gli raccomandò di pensar sempre a lei, e che le scrivesse appena aveva bisogno di qualche cosa, subito, che subito lei si sarebbe data cura di contentarlo in tutto; lei che restava sola, *amara* lei! a custodirgli per suo conforto la cameretta, il lettino, la guardaroba e ogni cosa, così come la lasciava.

Partito Marruchino, si diede tutta al governo dei poderi e delle case, come un uomo.

Negli ultimi tempi, non potendo più lo zio a causa dell'età, vi aveva atteso lui Marruchino, tolto presto dalle scuole, non perché fosse privo d'ingegno, ma anzi – a giudizio dello zio – perché ne aveva troppo. Difatti, non c'era stato mai verso di fargli intendere che gli potesse recar vantaggio il sapere che cosa gli altri uomini avevano fatto, fin dal tempo dei tempi, sulla faccia della terra. Marruchino sapeva bene che cosa vi avrebbe fatto lui. Perché immischiarsi nei fatti degli altri? Le altre parti del mondo? Quali? L'America? Non ci sarebbe mai andato. L'Africa? L'Asia? Le montagne che c'erano? i fiumi, i laghi, le città? Ma a lui bastava conoscer bene il pezzetto di terra in cui Dio aveva voluto farlo nascere!

Più ingegno di così?

Le lettere che ora mandava dal reggimento erano l'unico conforto di zia Michelina, quantunque, attraverso lo stento che le costava il decifrarle, le apparisse sempre più manifesto da esse, che Marruchino al reggimento aveva perduto del tutto quel battagliero buonumore con cui fin da ragazzo s'era coraggiosamente difeso, ribellandosi a una soverchia istruzione. Non si diceva intristito per la durezza della vita militare o per la lontananza dai luoghi cari, dalle persone care: tutt'altro! diceva anzi che voleva rinnovar la ferma e non ritornare mai più in paese, per una certa disperazione che gli era entrata nell'anima.

Disperazione? Che disperazione?

Più volte la zia lo pregò, lo scongiurò di confidargliela; Marruchino rispose sempre che non poteva; che non sapeva.

Eh, innamorato, certo... Ci voleva poco a intenderlo. Qualche passionaccia contrastata. Ragazzaccio! Bisognava mandargli danaro, molto danaro, perché si distraesse.

Con grande stupore zia Michelina si vide rimandare indietro il danaro, accompagnato da una protesta furiosa: ch'egli non voleva questo; ch'egli voleva esser capito, capito, capito.

Smarrita, stordita, zia Michelina stava a domandarsi ancora che cosa dovesse capire, quando, improvvisamente, ecco Marruchino piombarle in casa, in licenza.

Restò, nel vederselo davanti così cangiato, che quasi non pareva più lui. Magro, tutto occhi, come roso dentro da un verme che non gli desse requie.

– Io? Che cosa? Che vuoi da me? Che debbo capire?

Quante più carezze gli prodigò, tanto più furioso divenne. Alla fine, come un forsennato, se ne scappò via a passar gli ultimi giorni della licenza in uno dei poderi più lontani dal paese.

Nel vederlo scappar via così, ripensando al modo con cui la aveva guardata sottraendosi alle sue premure materne, alle sue carezze, zia Michelina si vide a un tratto assalire da un sospetto che le fece orrore; cadde a sedere su una seggiola, e rimase lì per un pezzo, pallida, con gli occhi sbarrati, a grattarsi con le dita la fronte:

– Possibile? Possibile?

Non osò mandare nessuno a prender notizie di lui, al podere.

Pochi giorni dopo, un contadino venne a ritirar la valigia e il cappotto di soldato e ad annunziare che il padroncino partiva il giorno dopo, perché la licenza era spirata.

Zia Michelina guardò a lungo in faccia quel contadino, come intronata. Partiva, senza neanche venire a salutarla? Ebbene, sì; forse meglio così.

E per quel contadino gli mandò una buona sommetta di danaro e la sua «materna» benedizione.

Quattro giorni dopo, venne alla casa di zia Michelina il cognato, padre di Marruchino, che dal giorno della morte del fratello non s'era più fatto vedere, a causa del testamento.

– Cara comare... cara comare...

«Comare» la chiamava e non cognata, perché l'altra, la prima moglie del fratello, aveva tenuto a battesimo Marruchino. Non era una buona ragione; ma, avendo sempre chiamato compare il fratello per via di quel battesimo, credeva di dover chiamare comare anche la seconda cognata.

– Cara comare...

E aveva negli occhi e sulle labbra un sorrisetto ambiguo, impacciato.

Calvo, secco, coriaceo, non somigliava affatto, né al fratello, né al figliuolo. Vedovo da molti anni, rozzo eppure astuto, sudicio e malvestito per avarizia, parlava senza mai guardare in faccia.

– Abbiamo Simonello furioso... Eh, cara comare, brutto guaio, brutto guaio, l'amore!

– Ah, dunque innamorato? – esclamò zia Michelina. – Benedetto figliuolo! L'ho tanto pregato, scongiurato di dirmi che cosa avesse; di dirlo alla mamma sua, che avrei fatto di tutto per contentarlo. Voi lo sapete, cognato! L'ho trovato qua di due anni, orfano di madre, e l'ho allevato io, come se fosse mio.

– Eh... eh... eh... – cominciò a fare il cognato, dimenando il capo, dimenandosi tutto sulla seggiola, sempre con quel sorrisetto ambiguo negli occhi e sulle labbra. – È appunto questo il guaio, cara comare! appunto questo!

– Questo? Perché? Che dite?

Il cognato, in luogo di rispondere, uscì in una domanda curiosa:

– Vi siete mai guardata allo specchio, cara comare?

Zia Michelina si sentì riassalire improvvisamente dall'orrore di quel primo sospetto. Ma misto di schifo, questa volta. Scattò in piedi.

– Mio figlio? – gli gridò. – Pensare una cosa simile, mio figlio? per me? Gliel'avrete messo in mente voi, demoniaccio tentatore! voi che non vi siete dato mai pace per quel maledetto testamento! Ho saputo tutto, m'hanno riferito tutto; l'avete gridato ai quattro venti che non è stato giusto, perché posso vivere ancora trenta e più anni, io; e che vostro figlio potrebbe anche morire prima ch'io gli lasciassi l'usufrutto della proprietà; e che la proprietà lo zio gliel'ha lasciata solo per guardarla da lontano; e che dovrà aspettare d'esser vecchio per potersi dire veramente padrone. O demoniaccio, e che credete? ch'io avrei lasciato il mio figliuolo così, ad aspettare, a sospirare la mia morte? Io, io stessa, appena ritornato, gli avrei detto: «Simonello mio, scegliti una buona compagna; portala qui; tu sarai il padrone; io godrò della tua felicità e alleverò i tuoi figliuoli, com'ho allevato te». Questo mi proponevo di dirgli! Ebbene, scriveteglielo voi! se avete in mente qualcuna che possa piacergli, ditemelo: gliela proporrò io stessa! Ma levate dal capo al vostro figliuolo un'infamia come questa che gli avete suggerita! Peccato mortale!

Il cognato, per quanto in prima sconcertato, non si diede per vinto. Si mostrò offeso dell'accusa; disse che lui non c'entrava; che tutti, parenti e amici, sapute le disposizioni del testamento, tutti d'accordo, avevano pensato che lodevolmente la cosa si potesse accomodar così; e che questo era segno che nessuno ci vedeva il male, che voleva vederci lei. Se c'era differenza d'età, che c'era sì, ma non poi tanta com'ella si figurava, questa differenza quasi spariva per la perfetta conservazione e la florida salute di lei, che certo era di quelle donne che non invecchiano mai. E infine, poiché zia Michelina, oppressa dall'onta, s'era messa a piangere, prendendo questo pianto come remissione, per confortarla e dimostrarle che Marruchino aveva ben ragione se si era innamorato di lei, ripeté il consiglio d'andarsi a guardare allo specchio.

– Fuori di qui! – gli gridò allora, levandosi di nuovo come una furia, zia Michelina. – Fuori di qui, demonio! Non voglio più vedervi! Né voi, né vostro figlio! Via il suo letto! via quanto c'è di lui in questa casa! Ah che serpe, mio Dio! che serpe mi sono allevata in petto! Via, via, via!

Per prudenza, il cognato si ritirò.

Zia Michelina rimase a piangere per più giorni di fila.

Vennero le vicine a confortarla, e si sfogò con esse, senza poter frenare ancora le lagrime.

Restò come basita, però, nell'accorgersi a un certo punto che nessuna di quelle vicine comprendeva e apprezzava il sentimento di lei; o meglio, che sì, lo apprezzavano e ne tenevano conto; ma tenevano anche conto del sentimento di lui, di Marruchino, e delle condizioni infelici in cui quel testamento dello zio lo aveva lasciato.

Ma perché infelici? perché?

Esasperata, zia Michelina ripeté alle vicine il suo proponimento di dar moglie al nipote, subito appena di ritorno, e di farlo padrone di tutto e contento.

Approvarono quelle, oh sì, e la lodarono molto; ma dissero, tanto per dire, badiamo! così, per ragionare… dissero che pure non era la stessa cosa, per il giovine.

– E che altra cosa allora?

Ecco: se lei non avesse avuto quel sentimento materno che diceva, e avesse invece potuto corrispondere a quello di lui, certo per Marruchino sarebbe stato molto meglio; perché, al modo che diceva lei, egli sarebbe rimasto sempre soggetto, come un figlio di famiglia. Non se ne sarebbe accorto, sta bene, per la bontà di lei! Ma se qualche dissapore, un giorno o l'altro, fosse sorto, com'era facile prevedere, tra donne, cioè tra lei e la moglie di lui, l'una di fronte all'altra, quasi suocera e nuora?

Ecco: c'era da considerar questo!

E i dissapori, si sa come cominciano, non si sa come possano andare a finire.

Zia Michelina si vide, si sentì sola. Sola e come sperduta.

Ma dunque, se questo era il mondo, se in questo mondo, di fronte all'interesse, non si capiva più nulla, neppure il sentimento più santo, quello dell'amor materno, che credevano tutti? che la vera «interessata» fosse lei? che volesse rimaner padrona di tutto e tener soggetto il nipote? Questo credevano? *Interessata*, lei! Ah, se veramente…

Fu un lampo. Balzò in piedi. Corse a guardarsi allo specchio.

Sì. Per vedere, per vedere se fosse tale davvero, tali le sue fattezze, tale il suo aspetto, che il nipote si fosse potuto accecare per lei fino al punto di non pensar più di quale amore lei finora lo aveva amato; e che gli altri lo potessero così facilmente scusare!

No, brutta non era; non mostrava certo ancora gli anni che aveva; ma non era, no, non poteva esser bella per quel ragazzo! Già sotto i capelli biondi sulle tempie, ne aveva tanti appassiti, quasi bianchi. Bianchi sarebbero diventati domani...

No, no! che! Era un'infamia. Era una perfidia.

Ma se almeno per un altro, ecco, se almeno per un vecchio della sua età potesse ancora esser tanto bella e piacente, da esser chiesta in moglie per la sua bellezza soltanto! Ecco, ecco, allora avrebbe lasciato tutto al nipote, a questo perfido che la voleva, che voleva la sua mamma per il danaro! Glielo avrebbe buttato in faccia e avrebbe dimostrato a tutti che non s'opponeva per questo.

Si vide allora, per parecchi mesi, zia Michelina uscir di casa e andare in chiesa e poi a spasso, tutta attillata, benché vestita di nero, con la *spagnoletta* di pizzo e il ventaglio, le scarpine lucide dai tacchetti alti, ben pettinata e con quell'impaccio particolare delle donne che non vogliono mostrare il desiderio d'esser guardate, e che è pure un'arte per farsi guardare.

Il ventaglio in mano le fremeva agitato convulsamente sotto il mento, a smorzar le vampe della vergogna e della rabbia.

– A spasso, zia Michelì? – le domandava dall'uscio velenosamente qualche vicina.

– A spasso, già! Avete comandi da darmi? – rispondeva dalla strada, inchinandosi con una smorfia di dispetto, che l'ombra dietro, nel sole, le rifaceva goffamente.

Ma dove andava? Non lo sapeva lei stessa. A spasso. E si guardava, andando, la punta delle scarpette; perché, ad alzar gli occhi, non avrebbe saputo dove né che cosa guardare e, sentendosi diventar rossa rossa, si sarebbe messa a piangere, ma proprio a piangere come una ragazzina.

Ora tutti, quasi capissero ch'era uscita di casa non per bisogno ma per mettersi in mostra, si fermavano per vederla passare; si scambiavano occhiate; qualcuno anche per chiasso la chiamava:

– Ps! Ps! – come si fa con le donne di mal affare.

Lei tirava via, più rossa che mai, senza voltarsi, col cuore che le ballava in petto; finché, non potendone più, andava a ficcarsi in qualche chiesa.

Santo Dio, perché faceva così? Una donna cerca marito per trovare uno stato. Ora, chi poteva immaginarsi che lei al contrario ne cercava un secondo per perdere quello che il primo le aveva lasciato? S'immaginavano invece che, ancora bella com'era, insofferente della vedovanza, cercasse piuttosto qualcuno con cui darsi bel tempo; e volevano persuaderla che per questo, sì, ne avrebbe trovati quanti ne voleva, e che poteva fare il piacer suo, senza commettere la pazzia di perdere con un secondo matrimonio l'usufrutto dei beni del primo marito. Libera d'ogni obbligo di fedeltà, non doveva dar conto a nessuno, se si metteva con questo o con quello.

A sentir questi discorsi zia Michelina si macerava dentro dallo sdegno, a cui non poteva dar sfogo, perché capiva che veramente l'apparenza era contro di lei. Uno solo, forse, uno solo poteva comprendere perché lei cercava marito, e accoglierla e prendersela in moglie per lo stesso fine: suo cognato, il padre di Marruchino, quel brutto, secco, sudicio avaraccio, a cui non pareva l'ora che il figlio diventasse padrone dell'eredità dello zio. Ecco l'unico mezzo! E così lei avrebbe dimostrato a tutti qual era il piacere che andava cercando.

Risoluta, si presentò un giorno in casa del cognato.

– So che andate dicendo a tutti che voglio finire di rovinare vostro figlio, mettendomi con qualcuno, per fargli commettere uno sproposito appena torna da soldato. Io voglio invece il suo bene: sposare, appunto, per levarmi di mezzo e lasciarlo padrone. Cerco uno che mi sposi, e non lo trovo. Mi vogliono tutti, ma nessuno per moglie; perché pare a tutti una pazzia ch'io debba perdere il mio, sposando un altro. Voi solo non potete crederlo, sapendo perché voglio farlo. Ebbene: sposatemi voi!

Il vecchio rimase un pezzo come stordito, a quella proposta a bruciapelo; poi sulle labbra cominciò a delinearglisi quel certo sorrisetto ambiguo dell'altra volta:

– Eh... eh... eh...

E astutamente, attraverso un faticoso garbuglio di parole le fece alla fine intendere che non per gli altri soltanto, ma anche per lui sarebbe stata una pazzia, una solenne pazzia; sì, perché tutto stava che lei, non volendo sposare suo figlio, non si mettesse con altri, e che il beneficio dell'usufrutto restasse in famiglia.

– E come, vecchiaccio? – gli gridò zia Michelina. – Mettendomi con voi? Ah, brutta bestia! E gli interessi di vostro figlio, che predicate e difendete da un anno, finirebbero così, trattandosi di voi? Ma piuttosto con un cane, mi metto allora, anziché con voi, laido vecchiaccio! Puh!

E zia Michelina se n'andò su le furie.

Sapeva ormai ciò che le restava da fare.

Appena Marruchino ritornò da soldato e le si presentò più magro e più torbido di com'era venuto in licenza, gli disse:

– Senti, svergognato. So perché vuoi sposare. E questo agli occhi miei, in parte, ti scusa. Tu vuoi che sposi io, perché perda tutto, e tu resti padrone. Ebbene, per questo solo ti sposo... Che fai? no, via! non t'arrischiare! Scostati, o ti tiro questo in faccia!

Marruchino avea tentato di saltarle al collo per baciarla, e lei avea brandito un lume.

Fremente, con gli occhi sbarrati, dietro la tavola, zia Michelina seguitò a gridargli:

– Se t'arrischi un'altra volta, guai a te! Lo faccio per lasciarti tutta la libertà di fare quello che ti parrà e piacerà. Pigliati tutte le donne che vuoi, tutti i piaceri che vuoi, a patto di non alzar mai gli occhi su me! Me n'andrò al podere a nascondermi, dove andasti a nasconderti tu per non aver le mie carezze di madre; e là resterò per sempre e non ti farai più vedere da me. Giura! Voglio che lo giuri!

Marruchino si contorse sotto l'imposizione e finse di giurare solo per piegarla a condiscendere alle nozze, non perché riconoscesse ch'ella aveva ragione sospettando di lui, che la volesse per il danaro.

– Bada! – riprese allora zia Michelina. – Tu hai giurato. Sappi, ragazzo, ch'io sono capace di tutto, d'ucciderti o d'uccidermi, se non stai al patto e non mantieni il giuramento. Bada!

Lo mandò via, e non volle più rivederlo fino al giorno stabilito per le nozze.

Andò in chiesa e al municipio vestita di nero, pallida, spettinata e piangente. Finita la cerimonia, lasciò tutti a banchettare; montò su una mula e se ne partì sola per il lontano podere.

Ma un po' la vanità, un po' le beffe della gente, un po' la parte che s'era assunta d'innamorato, persuasero Marruchino, dopo due giorni di combattimento con se stesso, ad andar di notte a picchiare alla porta della cascina di quel podere. Tempestò per ore e ore, tra un furibondo abbaiare di tutti i cani dei dintorni nelle tenebre notturne; finché lei non scese ad aprirgli.

Nella notte stessa, dopo un'ora appena, livido, sgraffiato in faccia, al collo, alle mani, se ne fuggì e, giunto all'alba al paese, corse a chiudersi in casa. Poche ore dopo, vennero ad arrestarlo, perché avevano trovata morta zia Michelina nel podere.

Gli sgraffi al collo e alla faccia, gli sgraffi e i morsi alle mani lo accusavano. Ma egli giurò e spergiurò di non averla uccisa lui, ma che s'era uccisa da sé, per aver egli voluto ciò che ogni marito è in diritto di pretendere dalla propria moglie; disse che, avendo ottenuto ciò che desiderava e per cui aveva tanto combattuto, non aveva nessuna ragione di commettere quel delitto; portò tanti testimoni che erano a conoscenza del suo sentimento, delle sue oneste intenzioni e delle opposizioni e minacce di lei; e fu assolto.

Ancora le vicine parlano di zia Michelina come d'una pazza; perché, Signore Iddio, se pur le faceva senso mettersi con un ragazzo che lei amava come un figliuolo, dato che questo ragazzo era poi divenuto suo marito, fargli da moglie alla fin fine non voleva mica dire andare alla guerra. Che storie!

IL PROFESSOR TERREMOTO

Quanti, di qui a molti anni, avranno la ventura di rivedere risorte Reggio e Messina dal terribile disastro del 28 dicembre 1908, non potranno mai figurarsi l'impressione che si aveva, allorché, passando in treno, pochi mesi dopo la catastrofe, cominciava a scoprirsi, tra il verde lussureggiante dei boschi d'aranci e di limoni e il dolce azzurro del mare, la vista atroce dei primi borghi in rovina, gli squarci e lo sconquasso delle case.

Io vi passai pochi mesi dopo, e da' miei compagni di viaggio udii i lamenti su l'opera lenta dello sgombero delle macerie, e tanti racconti di orribili casi e di salvataggi quasi prodigiosi e di mirabili eroismi.

C'era, in quello scompartimento di prima classe, un signore barbuto, il quale in particolar modo al racconto degli atti eroici mostrava di prestare ascolto. Se non che, di tratto in tratto, nei punti più salienti del racconto, scattava, scrollando tutta la magra persona irrequieta, in un'esclamazione, che a molti dava ai nervi, perché non pareva encomio degno all'eroismo narrato.

Se l'eroe era un uomo, egli esclamava, con quello scatto strano:

– Disgraziato!

Se donna:

– Disgraziata!

– Ma scusi, perché? – non poté più fare a meno di domandare a un certo punto un giovinotto, che gonfiava in silenzio da un pezzo.

Allora quel signore, come se anche lui da un pezzo attendesse quella domanda, protese impetuosamente la faccia verde di bile e sghignò:

– Ah, perché? Perché lo so io, caro signore! Lei s'indigna, è vero? s'indigna perché, se fosse stato presente al disastro, e una trave, un mobile, un muro non la avessero schiacciata come un topo; anche lei, è vero? vuole dir questo? anche lei sarebbe stato un eroe, avrebbe salvato... che dico? una donzella, eh? cinque fantolini, tre vegliardi, eh? parlo bene? stile eroico! dica la verità... Ma, caro signore, caro signore, e si figura che lei, dopo i suoi eroismi sublimi e gloriosi, sarebbe così lindo e pinto com'è adesso? No, sa! no, sa! non stia a crederlo, caro signore! Lei sarebbe come me, tale e quale. Mi vede? Come le sembro io? Viaggio in prima classe, perché a Roma mi hanno regalato il biglietto, non creda... Sono un povero disgraziato, sa? e lei sarebbe come me! Non mi faccia ridere... Un disgraziato! un disgraziato!

S'afferrò, così dicendo, con una mano e con l'altra le braccia e s'accasciò torvo e fremente nell'angolo della vettura, col mento affondato sul petto. L'ansito gli fischiava nel naso, tra l'ispida barbaccia nera, incolta, brizzolata.

Il giovinotto restò balordo, e si volse a guardare intorno, con un sorriso vano, il silenzio di tutti noi rimasti intenti a spiare il volto di quel singolare compagno.

Poco dopo, questi si sgruppò, come se la bile che gli fermentava in corpo gli si fosse rigonfiata in un nuovo bollore; sghignò come prima guardandoci tutti negli occhi; poi si volse al giovinotto; stava per riprendere a parlare, quando d'improvviso si alzò, e:

– Vuole il mio posto? – gli domandò. – Ecco, se lo prenda pure! Segga qua!

– Ma no... perché? – fece, più che mai intontito, quel giovinotto.

– Perché tante volte, sa com'è? uno parla e l'altro lo contraddice, non perché non sia convinto della ragione, ma perché quello sta seduto in un posto d'angolo. Lei mi guarda da un pezzo; me ne sono accorto; mi guarda e m'invidia perché sto qua, più comodo, col finestrino accanto e sostenuto da questo sudicio bracciuolo. Eh via! dica la verità... Tutti, specialmente in un lungo viaggio, invidiano i quattro fortunati, che stanno agli angoli. Via, segga qua e non mi contraddica più.

Il giovinotto rise con tutti noi di questo razzo inatteso; e, poiché quegli seguitava a insistere in piedi, lo ringraziò, dicendogli che rimanesse pur comodo al suo posto perché non lo contraddiceva per questo, ma perché non gli pareva proprio che si dovesse chiamar disgraziato chi aveva compiuto un'eroica azione.

– No, eh? – riprese quegli allora. – E senta questa! Prego, stieno a sentire anche lor signori. Narro il caso d'una povera donna, conosciuta da me, moglie d'un conduttore, qua, della ferrovia. Il marito viaggiava. Lei sola, inferma da tant'anni, mezza tisica, ebbe l'animo e la forza di salvare i suoi quattro figliuoli in una maniera... si figurino: scendendo e risalendo per quattro volte, dico quattro volte, con un bambino per volta aggrappato alle spalle, lungo un doccione di cisterna, dal terzo piano a terra. Una gatta non sarebbe stata capace di tanto! Sublime, è vero? Ora dico sublime anch'io, e voi tutti gongolate. Ma che sublime, signori miei! *Disgraziata! disgraziata!* Sapete come le andò a finire? Così, diciamo, precinta d'eroismo, così raggiante di sublimità, naturalmente apparve un'altra al marito commosso e ammirato fino al delirio, al marito che da parecchi anni, per un divieto dei medici, non la teneva più in conto di moglie e la trattava perciò a modo d'una cagna, a cinghiate e vituperii: gli apparve bella, capite? irresistibilmente desiderabile. Signori, quella poveretta morì dopo tre mesi, d'un aborto, naturale conseguenza del suo sublime eroismo!

A questa conclusione inaspettata e grottesca s'opposero, insorgendo, tutti i miei compagni di viaggio.

Ma che! ma via! ma perché doveva dirsi dipesa dall'eroismo la disgrazia di quella poveretta, e non piuttosto dal male di cui soffriva prima? Tanto vero che, se non avesse avuto quel male, apparendo allo stesso modo bella e desiderabile al marito per il recente eroismo, ella non sarebbe morta e avrebbe messo al mondo, pacificamente, un figliuolo.

Senza punto avvilirsi di quella vivace, concorde opposizione, il signore barbuto tornò a sghignare parecchie volte e, lasciando stare che anche questa della nascita d'un quinto figliuolo in quelle deliziose condizioni, a suo giudizio, sarebbe stata per se stessa una grande disgrazia, domandò se, a ogni modo, questo figliuolo, a giudizio nostro, non era stato frutto e conseguenza dell'eroismo.

Eh via, sì, questo almeno era innegabile.

Oh dunque! Innegabile? E se frutto e conseguenza dell'eroismo era stato il figliuolo, frutto e conseguenza dell'eroismo era anche la morte di lei.

Sissignori. Perché bisognava prender la donna com'era, col suo male; non già fabbricarsene una sana apposta, capace di mettere al mondo pacificamente un figliuolo, per il solo gusto di contraddire.

Il male, ella, lo aveva in sé. Ma, né fin allora ne era morta, né forse mai ne sarebbe morta, se quel suo eroismo non avesse tutt'a un tratto, dopo tanti anni d'abbandono e di maltrattamenti, ispirato al marito un tal desiderio di lei, da non fargli più tener conto del divieto dei medici.

Questo divieto, solo questo divieto era conseguenza del male; il divieto, e dunque l'abbandono, e dunque i maltrattamenti del marito. Invece, il desiderio improvviso e naturalissimo, il non tener conto di quel divieto e la morte erano conseguenza dell'eroismo. Tanto vero che, se ella non lo avesse compiuto, il marito, non solo non l'avrebbe ammirata né desiderata, ma la avrebbe trattata anche peggio di prima, e lei non sarebbe morta.

– Bella cosa! – esclamò a questo punto, acceso di fervido sdegno, il giovinotto. – E avrebbe fatto morire i quattro figliuoli senza nemmeno tentare di salvarli in qualche modo. Sarebbe stata una madre indegna e snaturata.

– D'accordo! – rimbeccò pronto quel signore. – Invece è stata un'eroina; e lei la ammira, e io la ammiro, e tutti la ammiriamo. Ma essa è morta.

«Mi consentirà, spero, che la chiami almeno per questo, disgraziata.»

Sono così tormentosamente dialettici questi nostri bravi confratelli meridionali. Affondano nel loro spasimo, a scavarlo fino in fondo, la saettella di trapano del loro raziocinio, e *fru* e *fru* e *fru*, non la smettono più. Non per una fredda esercitazione mentale, ma anzi al contrario, per acquistare, più profonda e intera, la coscienza del loro dolore.

– Eppure creda che per me, caro signore, – riprese poco dopo con un sospiro – non è stata tanto disgraziata questa donna che è morta, quanto sono disgraziati tutti coloro che, dopo uno di questi eroismi, sono rimasti vivi.

«Perché lei deve riconoscere che un eroismo è l'affare d'un momento. Un momento sublime, d'accordo! un'esaltazione improvvisa di tutte le energie più nobili dello spirito, un subito insorgere e infiammarsi della volontà e del sentimento, per cui si crea un'opera o si compie un atto degno di ammirazione, e diciamo pur di gloria, anche se sfortunato.

«Ma sono momenti, signori miei!

«(Scusatemi, se ora vi pare ch'io faccia una lezione: sono, di fatti, professore. Purtroppo!)

«La vita non è fatta di questi momenti. La vita ordinaria, di tutti i giorni, voi sapete bene com'è: irta sempre di piccoli ostacoli, innumerevoli e spesso insormontabili, e assillata da continui bisogni materiali, e premuta da cure spesso meschine, e regolata da mediocri doveri.

«E perché si sublima l'anima in quei rari momenti? Ma appunto perché si libera da tutte quelle miserie, balza su da tutti quei piccoli ostacoli, non avverte più tutti quei bisogni, si scrolla d'addosso tutte quelle cure meschine e quei mediocri doveri; e, così sciolta e libera, respira, palpita, si muove in un'aria fervida e infiammata, ove le cose più difficili diventano facilissime; le prove più dure, lievissime; e tutto è fluido e agevole, come in un'ebbrezza divina.

«Respirando, palpitando, movendosi nell'aerea sublimità di quei momenti, sa lei però, signor mio, che bei tiri le gioca, che razza di scherzetti le combina, che graziose sorprese le prepara la sua anima libera e sciolta da ogni freno, destituita d'ogni riflessione, tutta accesa e abbagliata nella fiamma dell'eroismo?

«Lei non lo sa; lei non se n'accorge; non se ne può accorgere. Se ne accorgerà, quando l'anima le ricascherà, come un pallone sgonfiato, nel pantano della vita ordinaria.

«Oh, allora...

«Guardi: torno da Roma, ove al Ministero da cui dipendo mi hanno inflitto una solenne riprensione: ove i miei maestri della *Sapienza* mi hanno accolto col più freddo sdegno, perché son venuto meno, dicono, a tutto ciò che s'aspettavano da me; e qua, guardi qua, ho un giornale ove si dice, a proposito d'un mio libercolo, che sono un vilissimo cinico grossolano, che mi pascolo nelle più basse malignità della vita e del genere umano: io, sissignori. Vorrebbero da me, ne' miei scritti, luce, luce d'idealità, fervor di fede, e che so io...

«Sissignori.

«Qua abbiamo questo bellissimo terremoto.

«Ce ne fu un altro, quindici anni fa, quand'io venni professore di filosofia al liceo, a Reggio di Calabria.

«Il terremoto d'allora non fu veramente come quest'ultimo. Ma le case, ricordo io, traballarono bene. I tetti si aprivano e si richiudevano, come fanno le palpebre. Tanto che, dal letto, in camera mia, attraverso una di queste aperture momentanee, io, con questi occhi, potei vedere in cielo la luna, una magnifica luna, che guardava placidissima nella notte la danza di tutte le case della città.

«Giovanotto, e allora sì acceso di tanta luce d'idealità e pieno di fede e di sogni, balzai subito dal terrore, che dapprima m'invase, eroe, eroe anch'io, credano pure, sublime, agli strilli disperati di tre creaturine, che dormivano nella camera accanto alla mia, e di due vecchi nonni e della lor figliuola vedova, che mi ospitavano.

«Con un solo paio di braccia, capiranno, non è possibile salvare sei, tutti in una volta, massime quando sia crollata la scala e tocchi a scendere da un balcone, prima su un terrazzino e poi dal terrazzino alla strada.

«A uno a uno, Dio aiutando!

«E ne salvai cinque, mentre le scosse seguitavano a breve distanza l'una dall'altra, scrollando e minacciando di scardinare la ringhiera del balcone a cui ci fidavamo. Avrei salvato del resto anche la sesta, se la troppa furia e il terrore non la avessero spinta sconsigliatamente a tentare da sé il salvataggio.

«Ma dicano loro: chi dovevo salvar prima? I tre bambini, no? Poi, la mamma.

«Era svenuta! E fu l'impresa più difficile. No, dico male: più difficile fu il salvataggio del vecchio padre paralitico, anche perché già le forze mie erano stremate e solo l'animo me le sosteneva. Ma si doveva avere, sì o no, una maggiore considerazione per quel povero vecchio accidentato e impotente a darsi aiuto da sé?

«Ebbene, non l'intendeva così la vecchia moglie; voleva esser salvata lei, non solo prima del marito paralitico, ma anche prima di tutti, e urlava, ballava dalla rabbia e dal terrore sul balconcino sconquassato, strappandosi i capelli, scagliando vituperii a me, alla figlia, al marito, ai nipotini.

«Mentr'io col vecchio scendevo dal terrazzo alla strada, ella, senz'aspettarmi, s'affidò al lenzuolo che pendeva dal balcone, e si calò giù. Vedendole scavalcare il parapetto del terrazzo, io dalla strada le gridai che or ora venivo su per lei, m'aspettasse; e, detto fatto, mi slanciai per risalire. Ma sì! Cocciuta, incornata, per non dovermi nulla, prese nello stesso tempo a discendere. A un certo punto, il lenzuolo, non potendo più reggerci entrambi, si snodò dalla ringhiera e patapùmfete, giù, io e lei.

«Io non mi feci nulla; lei si fratturò il femore.

«Parve questa, a tutti, e anche a me allora, povero imbecille, l'unica disgrazia che ci fosse toccata (in quel salvataggio, s'intende!). Ma anche a questa non si diede molto peso, perché in fin dei conti era una frattura, dovuta per giunta alla troppa furia, quando potevamo invece esser morti tutti quanti col terremoto.

«E la vita eroica seguitò, seguitò per circa tre mesi. Come professore di liceo, io m'ebbi una delle prime baracche, e naturalmente vi portai dentro i bambini, la signora, i due vecchi; e, come lor signori si possono immaginare, diventai – tranne che per quella vecchia – il loro nume.

«Ah, quella vita di bivacco, tre mesi, sotto la baracca, con la gioventù che ferve in corpo, e la riconoscenza che brilla e aizza, senza saperlo, senza volerlo, dagli occhi d'una madre ancora giovane e bella!

«Tutto facile, tra quelle difficoltà; tutto agevole, tra quella indescrivibile confusione; e l'alacrità più ilare, col disdegno dei più urgenti bisogni; e la soddisfazione, non si sa bene di che, una soddisfazione che inebria e incita a sempre nuovi sacrifizi, che non paion più tali, per il premio che danno.

«E tra le rovine, quindici anni fa, non come queste, è vero, luttuose e orrende, negli attendamenti, si folleggiava la notte, sotto le stelle davanti a questo mare divino; e canti e suoni e balli.

«Fu così, ch'io alla fine mi ritrovai secondo padre di tre bambini non miei, e poi, d'anno in anno, padre legittimo di cinque miei, che fanno – se non sbaglio – otto, e nove con la moglie, e undici coi suoceri, e dodici con me, e quindici – tutto sommato – con mio padre e mia madre e una mia sorella nubile, al cui mantenimento provvedo io.

«Ecco l'eroe, cari signori!

«Quel terremoto è passato; anche quest'altro è passato: terremoto perpetuo è rimasta la vita mia.

«Ma sono stato un eroe, non c'è che dire!

«E ora m'accusano che non faccio più il mio dovere; che sono un pessimo professore; e ho il disprezzo freddo di chi sperò in me; e i giornali mi danno del cinico; e non m'arrischio a parlare – per non dar spettacolo soverchio a lor signori – di tutto ciò che mi ribolle qua dentro e mi sconvolge la ragione, se penso ai sogni miei d'una volta, ai propositi miei!

«Signori, se in qualche momento di tregua io tento di raccogliermi e cedo alla vana speranza di potermi rimettere a conversare con l'anima mia d'un tempo, ecco quella vecchia sciancata, quella mia suocera immortale a cui è rimasta in corpo una rabbia inestinguibile contro di me, presentarsi alla soglia del mio studiolo, arrovesciar le mani sui fianchi con le gomita appuntate davanti e, chinandosi quasi fino a terra, ruggirmi tra le gengive bavose, non so se per imprecazione, o per ingiuria, o per condanna:

«"Terremoto! Terremoto! Terremoto!"

«I miei scolari l'hanno risaputo. E sapete come mi chiamano? Il professor Terremoto.

LA VESTE LUNGA

Era il primo viaggio lungo di Didì. Da Palermo a Zùnica. Circa otto ore di ferrovia.

Zùnica per Didì era un paese di sogno, lontano lontano, ma più nel tempo che nello spazio. Da Zùnica infatti il padre recava un tempo, a lei bambina, certi freschi deliziosi frutti fragranti, che poi non aveva saputo più riconoscere, né per il colore, né per il sapore, né per la fragranza, in tanti altri che il padre le aveva pur recati di là: celse more in rustici ziretti di terracotta tappati con pampini di vite; perine ceree da una parte e sanguigne dall'altra, con la corona; e susine iridate e pistacchi e lumie.

Tuttora, dire Zùnica e immaginare un profondo bosco d'olivi saraceni e poi distese di verdissimi vigneti e giardini vermigli con siepi di salvie ronzanti d'api e vivai muscosi e boschetti d'agrumi imbalsamati di zagare e di gelsomini, era per Didì tutt'uno, quantunque già da un pezzo sapesse che Zùnica era una povera arida cittaduzza dell'interno della Sicilia, cinta da ogni parte dai lividi tufi arsicci delle zolfare e da scabre rocce gessose fulgenti alle rabbie del sole, e che quei frutti, non più gli stessi della sua infanzia, venivano da un feudo, detto di Ciumìa, parecchi chilometri lontano dal paese.

Aveva queste notizie dal padre: lei non era mai stata più là di Bagheria, presso Palermo, per la villeggiatura: Bagheria, sparsa tra il verde, bianca, sotto il turchino ardente del cielo. L'anno scorso, era stata anche più vicino, tra i boschi d'aranci di Santa Flavia, e ancora con le vesti corte.

Ora, per il viaggio lungo fino a Zùnica indossava anche, per la prima volta, una veste lunga.

E le pareva d'esser già un'altra. Una damina proprio per la quale. Aveva lo strascico finanche negli sguardi; alzava, a tratti, le sopracciglia come a tirarlo su, questo strascico dello sguardo; e teneva alto il nasino ardito, alto il mento con la fossetta, e chiusa la bocca. Bocca da signora con la veste lunga; bocca che nasconde i denti, come la veste lunga i piedini.

Se non che, seduto dirimpetto a lei, c'era Cocò, il fratello maggiore, quel birbante di Cocò il quale, col capo abbandonato su la spalliera rossa dello scompartimento di prima classe, tenendo gli occhi bassi e la sigaretta attaccata al labbro superiore, di tanto in tanto le sospirava, stanco:

– Didì, mi fai ridere.

Dio, che rabbia! Dio, che prurito nelle dita!

Ecco: se Cocò non si fosse rasi i baffi come voleva la moda, Didì glieli avrebbe strappati, saltandogli addosso come una gattina.

Invece, sorridendo con le ciglia alzate, gli rispondeva, senza scomporsi:

– Caro mio, sei un cretino.

Ridere della sua veste lunga e anche, se vogliamo, delle arie che si dava, dopo il serio discorso che le aveva tenuto la sera avanti a proposito di questo viaggio misterioso a Zùnica...

Era o non era, questo viaggio, una specie di spedizione, un'impresa, qualcosa come la scalata a un castello ben munito in cima a una montagna? Erano o non erano macchine da guerra per quella scalata le sue vesti lunghe? E dunque, che c'era da ridere se lei, sentendosi armata con esse per una conquista, provava di tratto in tratto le armi col darsi quelle arie?

Cocò, la sera avanti, le aveva detto che finalmente era venuto il tempo di pensare sul serio ai casi loro.

Didì aveva sgranato tanto d'occhi.

Casi loro? Che casi? Ci potevano esser casi anche per lei, a cui pensare, e per giunta sul serio?

Dopo la prima sorpresa, una gran risata.

Conosceva una persona sola, fatta apposta per pensare ai casi suoi e anche a quelli di tutti loro: donna Sabetta, la sua governante, intesa donna Bebé, o donna Be', come lei per far più presto la chiamava. Donna Be' pensava sempre ai casi suoi. Investita, spinta, trascinata da certi suoi furibondi impeti improvvisi, la poveretta fingeva di mettersi a frignare e, grattandosi con ambo le mani la fronte, gemeva:

– Oh benedetto il nome del Signore, mi lasci pensare ai casi miei, signorina!

La prendeva per donna Be', adesso, Cocò? No, non la prendeva per donna Be'. Cocò, la sera avanti, le aveva assicurato che proprio questi benedetti *casi loro* c'erano, e serii, molto serii, come quella sua veste lunga da viaggio.

Fin da bambina, vedendo andare il padre ogni settimana e talvolta anche due volte la settimana a Zùnica, e sentendo parlare del feudo di Ciumìa e delle zolfare di Monte Diesi e d'altre zolfare e poderi e case, Didì aveva sempre creduto che tutti questi beni fossero del padre, la baronia dei Brilla.

Erano, invece, dei marchesi Nigrenti di Zùnica. Il padre, barone Brilla, ne era soltanto l'amministratore giudiziario. E quell'amministrazione da cui per vent'anni al padre era venuta la larga agiatezza, della quale loro due, Cocò e Didì, avevano sempre goduto, sarebbe finita tra pochi mesi.

Didì era veramente nata e cresciuta in mezzo a quell'agiatezza; aveva poco più di sedici anni; ma Cocò ne aveva ventisei; e Cocò serbava una chiara, per quanto lontana memoria dei gravi stenti tra cui il padre s'era dibattuto prima d'esser fatto, per maneggi e brighe d'ogni sorta, amministratore giudiziario dell'immenso patrimonio di quei marchesi di Zùnica.

Ora, c'era tutto il pericolo di ricadere in quegli stenti che, se anche minori, sarebbero sembrati più duri dopo l'agiatezza. Per impedirlo, bisognava che riuscisse, ora, ma proprio bene e in tutto, il piano di battaglia architettato dal padre, e di cui quel viaggio era la prima mossa.

La prima, no, veramente. Cocò era già stato a Zùnica col padre, circa tre mesi addietro, in ricognizione; vi si era trattenuto quindici giorni, e aveva conosciuto la famiglia Nigrenti.

La quale era composta, salvo errore, di tre fratelli e di una sorella. Salvo errore, perché nell'antico palazzo in cima al paese c'erano anche due vecchie ottuagenarie, due *zônne* (zie-donne), che Cocò non sapeva bene se fossero dei Nigrenti anche loro, cioè se sorelle del nonno del marchese o se sorelle della nonna.

Il marchese si chiamava Andrea; aveva circa quarantacinque anni e, cessata l'amministrazione giudiziaria, sarebbe stato per le disposizioni testamentarie il maggior erede. Degli altri due fratelli, uno era prete – *don Arzigogolo*, come lo chiamava il padre – l'altro, il così detto *Cavaliere*, un villanzone. Bisognava guardarsi dall'uno e dall'altro, e più dal prete che dal villanzone. La sorella aveva ventisette anni, un anno più di Cocò, e si chiamava Agata, o Titina: gracile come un'ostia e pallida come la cera; con gli occhi costantemente pieni d'angoscia e con le lunghe mani esili e fredde che le tremavano di timidezza, incerte e schive. Doveva essere la purezza e la bontà in persona, poverina: non aveva mai dato un passo fuori del palazzo: assisteva le due vecchie ottuagenarie, le due *zônne*; ricamava e sonava «divinamente» il pianoforte.

Ebbene: il piano del padre era questo: prima di lasciare quell'amministrazione giudiziaria, concludere due matrimoni: dare cioè a Didì il marchese Andrea, e Agata a lui, Cocò.

Didì al primo annunzio era diventata in volto di bragia e gli occhi le avevano sfavillato di sdegno. Lo sdegno era scoppiato in lei più che per la cosa in se stessa, per l'aria cinicamente rassegnata con cui Cocò la accettava per sé e la profferiva a lei come una salvezza. Sposare per denari un vecchio, uno che aveva ventotto anni più di lei?

– Ventotto, no, – le aveva detto Cocò, ridendo di quella vampata di sdegno. – Che ventotto, Didì! Ventisette, siamo giusti, ventisette e qualche mese.

– Cocò, mi fai schifo! Ecco: schifo! – gli aveva allora gridato Didì, tutta fremente, mostrandogli le pugna.

E Cocò:

– Sposo la Virtù, Didì, e ti faccio schifo? Ha un annetto anche lei più di me; ma la Virtù, Didì mia, ti faccio notare, non può esser molto giovane. E io n'ho tanto bisogno! sono un discolaccio, un viziosaccio, tu lo sai: un farabutto, come dice papà: metterò senno: avrò ai piedi un bellissimo paio di pantofole ricamate, con le iniziali in oro e la corona baronale, e un berretto in capo, di velluto, anch'esso ricamato, e col fiocco di seta, bello lungo. Il baronello Cocò La Virtù... Come sarò bello, Didì mia!

E s'era messo a passeggiare melenso melenso, col collo torto, gli occhi bassi, il bocchino appuntito, le mani una su l'altra, pendenti dal mento, a barba di capro.

Didì, senza volerlo, aveva sbruffato una risata.

E allora Cocò s'era messo a rabbonirla, carezzandola e parlandole di tutto il bene che egli avrebbe potuto fare a quella poveretta, gracile come un'ostia, pallida come la cera, la quale già, nei quindici giorni ch'egli s'era trattenuto a Zùnica, aveva mostrato, pur con la timidezza che le era propria, di vedere in lui il suo salvatore. Ma sì! certamente! Era interesse dei fratelli e specie di quel così detto *Cavaliere* (il quale aveva con sé, fuori del palazzo, una donnaccia da cui aveva avuto dieci, quindici, venti, insomma, non si sa quanti figliuoli) ch'ella restasse nubile, tappata lì a muffir nell'ombra. Ebbene, egli sarebbe stato il sole per lei, la vita. La avrebbe tratta fuori di lì, condotta a Palermo, in una bella casa nuova: feste, teatri, viaggi, corse in automobile... Bruttina era, sì; ma pazienza: per moglie, poteva passare. Era tanto buona poi, e avvezza a non aver mai nulla, si sarebbe contentata anche di poco.

E aveva seguitato a parlare a lungo, apposta, di sé solamente, su questo tono, cioè del bene che pur si riprometteva di fare, perché Didì, stuzzicata così da una parte e, dall'altra, indispettita di vedersi messa da canto, alla fine domandasse:

– E io?

Venuta fuori la domanda, Cocò le aveva risposto con un profondo sospiro:

– Eh, per te, Didì mia, per te la faccenda è molto, ma molto più difficile! Non sei sola.

Didì aveva aggrottato le ciglia.

– Che vuol dire?

– Vuol dire... vuol dire che ci sono altre attorno al marchese, ecco. E una specialmente... una!

Con un gesto molto espressivo Cocò le aveva lasciato immaginare una straordinaria bellezza.

– Vedova, sai? Su i trent'anni. Cugina, per giunta...

E, con gli occhi socchiusi, s'era baciate le punte delle dita.

Didì aveva avuto uno scatto di sprezzo.

– E se lo pigli!

Ma subito Cocò:

– Una parola, se lo pigli! Ti pare che il marchese Andrea... (Bel nome, Andrea! Senti come suona bene: *il marchese Andrea...* In confidenza però potresti chiamarlo Nenè, come lo chiama Agata, cioè Titina, sua sorella.) È davvero un uomo, Nenè, sai? Ti basti sapere che ha avuto la... la come si chiama... la fermezza di star vent'anni chiuso in casa. Vent'anni, capisci? non si scherza... dacché tutto il suo patrimonio cadde sotto amministrazione giudiziaria. Figurati i capelli, Didì mia, come gli sono cresciuti in questi venti anni! Ma se li taglierà. Puoi esserne sicura, se li taglierà. Ogni mattina, all'alba, esce solitario... ti piace? solitario e avvolto in un mantello, per una lunga passeggiata fino alla montagna. A cavallo, sai? La cavalla è piuttosto vecchiotta, bianca; ma lui cavalca divinamente. Sì, divinamente, come la sorella Titina suona divinamente il pianoforte. E pensa, oh, pensa che da giovine, fino a venticinque anni, cioè finché non lo richiamarono a Zùnica per il rovescio finanziario, lui «fece vita», e che vita, cara mia! fuori, in Continente, a Roma, a Firenze; corse il mondo; fu a Parigi, a Londra... Ora pare che da giovanotto abbia amato questa cugina di cui t'ho parlato, che si chiama Fana Lopes. Credo si fosse anche fidanzato con lei. Ma, venuto il dissesto, lei non volle più saperne e sposò un altro. Adesso che egli ritorna nel primo stato... capisci? Ma è più facile che il marchese, guarda, per farle dispetto, sposi un'altra cugina, zitellona questa, una certa Tuzza La Dia, che credo abbia sospirato sempre in segreto per lui, pregando Iddio. Dati gli umori del marchese e i suoi capelli lunghi, dopo questi venti anni di clausura, è temibile anche questa zitellona, cara Didì. Basta – aveva concluso la sera avanti Cocò, – ora chinati, Didì, e tieni con la punta delle dita l'orlo della veste su le gambe.

Stordita da quel lungo discorso, Didì s'era chinata, domandando:

– Perché?

E Cocò:

– Te le saluto. Quelle ormai non si vedranno più!

Gliele aveva guardate e le aveva salutate con ambo le mani; poi, sospirando, aveva soggiunto:

– Rorò! Ricordi Rorò Campi, la tua amichetta? Ricordi che salutai le gambe anche a lei, l'ultima volta che portò le vesti corte? Credevo di non dovergliele più rivedere. Eppure gliele rividi!

Didì s'era fatta pallida pallida e seria.

– Che dici?

– Ah, sai, morta! – s'era affrettato a risponderle Cocò. – Morta, te lo giuro, gliele rividi, povera Rorò! Lasciarono la cassa mortuaria aperta, quando la portarono in chiesa, a San Domenico. La mattina io ero là, in chiesa. Vidi la bara, tra i ceri, e mi accostai. C'erano attorno alcune donne del popolo, che ammiravano il ricco abito da sposa di cui il marito aveva voluto che fosse parata, da morta. A un certo punto, una di quelle donnette sollevò un lembo della veste per osservare il merletto della sottana, e io così rividi le gambe della povera Rorò.

Tutta quella notte Didì s'era agitata sul letto senza poter dormire.

Già, prima d'andare a letto, aveva voluto provarsi ancora una volta la veste lunga da viaggio, davanti allo specchio dell'armadio. Dopo il gesto espressivo, con cui Cocò aveva descritto la bellezza di colei... come si chiamava? Fana... Fana Lopes... – si era veduta, lì nello specchio, troppo piccola, magrolina, miserina... Poi s'era tirata su la veste davanti per rivedersi quel tanto, pochino pochino, delle gambe che aveva finora mostrato, e subito aveva pensato alle gambe di Rorò Campi, morta.

A letto, aveva voluto riguardarsele sotto le coperte: impalate, stecchite; immaginandosi morta anche lei, dentro una bara, con l'abito da sposa, dopo il matrimonio col marchese Andrea dai capelli lunghi...

Che razza di discorsi, quel Cocò!

Ora, in treno, Didì guardava il fratello sdraiato sul sedile dirimpetto e si sentiva prendere a mano a mano da una gran pena per lui.

In pochi anni aveva veduto sciuparsi la freschezza del bel volto fraterno, alterarsi l'aria di esso, l'espressione degli occhi e della bocca. Le pareva ch'egli fosse come arso, dentro. E quest'arsura interna, di trista febbre, gliela scorgeva negli sguardi, nelle labbra, nell'aridità e nella rossedine della pelle, segnatamente sotto gli occhi. Sapeva ch'egli rincasava tardissimo ogni notte; che giocava; sospettava altri vizii in lui, più brutti, dalla violenza dei rimproveri che il padre gli faceva spesso, di nascosto a lei, chiusi l'uno e l'altro nello scrittoio. E che strana impressione, di dolore misto a ribrezzo, provava da alcun tempo nel vederlo da quella trista vita impenetrabile accostarsi a lei; al pensiero che egli, pur sempre per lei buon fratellino affettuoso, fosse poi, fuori di casa, peggio che un discolo, un vizioso, se non proprio un farabutto, come tante volte nell'ira gli aveva gridato in faccia il padre. Perché, perché non aveva egli per gli altri lo stesso cuore che per lei? Se era così buono per lei, senza mentire, come poteva poi, nello stesso tempo, essere così tristo per gli altri?

Ma forse la tristezza era fuori: fuori, là, nel mondo, ove a una certa età, lasciati i sereni, ingenui affetti della famiglia, si entrava coi calzoni lunghi gli uomini, con le vesti lunghe le donne. E doveva essere una laida tristezza, se nessuno osava parlarne, se non sottovoce e con furbeschi ammiccamenti, che indispettivano chi – come lei – non riusciva a capirci nulla; doveva essere una tristezza divoratrice, se in sì poco tempo suo fratello, già così fresco e candido, s'era ridotto a quel modo; se Rorò Campi, la sua amicuccia, dopo un anno appena, ne era morta...

Didì si sentì pesare sui piedini, fino al giorno avanti liberi e scoperti, la veste lunga, e ne provò un fastidio smanioso: si sentì oppressa da una angoscia soffocante, e volse lo sguardo dal fratello al padre, che sedeva all'altro angolo della vettura, intento a leggere alcune carte d'amministrazione, tratte da una borsetta di cuoio aperta su le ginocchia.

Entro quella borsetta, foderata di stoffa rossa, spiccava lucido il turacciolo smerigliato di una fiala. Didì vi fissò gli occhi e pensò che il padre era, da anni, sotto la minaccia continua d'una morte improvvisa, potendo da un istante all'altro essere colto da un accesso del suo male cardiaco, per cui portava sempre con sé quella fiala.

Se d'un tratto egli fosse venuto a mancarle... Oh Dio, no, perché pensare a questo? Egli, pur con quella fiala lì davanti, non ci pensava. Leggeva le sue carte d'amministrazione e, di tratto in tratto, si aggiustava le lenti insellate su la punta del naso; poi, ecco, si passava la mano grassoccia, bianca e pelosa, sul capo calvo, lucidissimo; oppure staccava gli occhi dalla lettura e li fissava nel vuoto, restringendo un po' le grosse palpebre rimborsate. Gli occhi ceruli, ovati, gli s'accendevano allora di un'acuta vivezza maliziosa, in contrasto con la floscia stanchezza della faccia carnuta e porosa, da cui schizzavano, sotto il naso, gl'ispidi e corti baffetti rossastri, già un po' grigi, a cespugli.

Da un pezzo, cioè dalla morte della madre, avvenuta tre anni addietro, Didì aveva l'impressione che il padre si fosse come allontanato da lei, anzi staccato così, che lei, ecco, poteva osservarlo come un estraneo. E non il padre soltanto: anche Cocò. Le pareva che fosse rimasta lei sola a vivere ancora della vita della casa, o piuttosto a sentire il vuoto di essa, dopo la scomparsa di colei che la riempiva tutta e teneva tutti uniti.

Il padre, il fratello s'erano messi a vivere per conto loro, fuori di casa, certo; e quegli atti della vita, che seguitavano a compiere lì insieme con lei, erano quasi per apparenza, senza più quella cara, antica intimità, da cui spira quell'alito familiare, che sostiene, consola e rassicura.

Tuttora Didì ne sentiva un desiderio angoscioso, che la faceva piangere insaziabilmente, inginocchiata innanzi a un'antica cassapanca, ov'erano conservate le vesti della madre.

L'alito della famiglia era racchiuso là, in quella cassapanca antica, di noce, lunga e stretta come una bara: e di là, dalle vesti della mamma, esalava, a inebriarla amaramente coi ricordi dell'infanzia felice.

Tutta la vita s'era come diradata e fatta vana, con la scomparsa di lei; tutte le cose pareva avessero perduto il loro corpo e fossero diventate ombre. E che sarebbe avvenuto domani? Avrebbe ella sempre sentito quel vuoto, quella smania di un'attesa ignota, di qualche cosa che dovesse venire a colmarglielo, quel vuoto, e a ridarle la fiducia, la sicurezza, il riposo?

Le giornate eran passate per Didì come nuvole davanti alla luna.

Quante sere, senz'accendere il lume nella camera silenziosa, non se n'era stata dietro le alte invetriate della finestra a guardar le nuvole bianche e cineree che avviluppavano la luna! E pareva che corresse la luna, per liberarsi da quei viluppi. E lei era rimasta a lungo, lì nell'ombra, con gli occhi intenti e senza sguardo, a fantasticare; e spesso gli occhi, senza che lei lo volesse, le si erano riempiti di lagrime.

Non voleva esser triste, no; voleva anzi esser lieta, alacre, vispa. Ma nella solitudine, in quel vuoto, questo desiderio non trovava da sfogarsi altrimenti che in veri impeti di follia, che sbigottivano la povera donna Bebé.

Senza più guida, senza più nulla di consistente attorno, non sapeva che cosa dovesse fare nella vita, qual via prendere. Un giorno avrebbe voluto essere in un modo, il giorno appresso in un altro. Aveva anche sognato tutta una notte, di ritorno dal teatro, di farsi ballerina, sì, e suora di carità la mattina dopo, quand'erano venute per la questua le monacelle del *Boccone del povero*. E un po' voleva chiudersi tutta in se stessa e andar vagando per il mondo assorta nella scienza teosofica, come *Frau* Wenzel, la sua maestra di tedesco e di pianoforte; un po' voleva dedicarsi tutta all'arte, alla pittura. Ma no, no: alla pittura veramente, no, più: le faceva orrore, ormai, la pittura, come se avesse preso corpo in quell'imbecille di Carlino Volpi, figlio del pittore Volpi, suo maestro, perché un giorno Carlino Volpi, venuto invece del padre ammalato, a darle lezione... Com'era stato?... Lei, a un certo punto, gli aveva domandato:

– Vermiglione o carminio?

E lui, muso di cane:

– Signorina, carminio... così!

E l'aveva baciata in bocca.

Via, da quel giorno e per sempre, tavolozza, pennelli e cavalletto! Il cavalletto glielo aveva rovesciato addosso e, non contenta, gli aveva anche scagliato in faccia il fascio dei pennelli, e lo aveva cacciato via, senza neanche dargli il tempo di lavarsi la grinta impudente, tutta pinticchiata di verde, di giallo, di rosso.

Era alla discrezione del primo venuto, ecco... Non c'era più nessuno, in casa, che la proteggesse. Un mascalzone, così, poteva entrarle in casa e permettersi, come niente, di baciarla in bocca. Che schifo le era rimasto, di quel bacio! S'era stropicciate fino a sangue le labbra; e ancora a pensarci, istintivamente, si portava una mano alla bocca.

Ma aveva una bocca, veramente?... Non se la sentiva! Ecco: si stringeva forte forte, con due dita, il labbro, e non se lo sentiva. E così, di tutto il corpo. Non se lo sentiva. Forse perché era sempre assente da se stessa, lontana?... Tutto era sospeso, fluido e irrequieto dentro di lei.

E le avevano messo quella veste lunga, ora così... su un corpo, che lei non si sentiva. Assai più del suo corpo pesava quella veste! Si figuravano che ci fosse qualcuna, una donna, sotto quella veste lunga, e invece no; invece lei, tutt'al più, non poteva sentirvi altro, dentro, che una bambina; sì, ancora, di nascosto a tutti, la bambina ch'era stata, quando tutto ancora intorno aveva per lei una realtà, la realtà della sua dolce infanzia, la realtà sicura che sua madre dava alle cose col suo alito e col suo amore. Il corpo di quella bimba, sì, viveva e si nutriva e cresceva sotto le carezze e le cure della mamma. Morta la mamma, lei aveva cominciato a non sentire più neanche il suo corpo, quasi che anch'esso si fosse diradato, come tutt'intorno la vita della famiglia, la realtà che lei non riusciva più a toccare in nulla.

Ora, questo viaggio...

Guardando di nuovo il padre e il fratello, Didì provò dentro, a un tratto, una profonda, violenta repulsione.

Si erano addormentati entrambi in penosi atteggiamenti. Ridondava al padre da un lato, premuta dal colletto, la flaccida giogaia sotto il mento. E aveva la fronte imperlata di sudore. E nel trarre il respiro, gli sibilava un po' il naso.

Il treno, in salita, andava lentissimamente, quasi ansimando, per terre desolate, senza un filo d'acqua, senza un ciuffo d'erba, sotto l'azzurro intenso e cupo del cielo. Non passava nulla, mai nulla davanti al finestrino della vettura; solo, di tanto in tanto, lentissimamente, un palo telegrafico, arido anch'esso, coi quattro fili che s'avvallavano appena.

Dove la conducevano quei due, che anche lì la lasciavano così sola? A un'impresa vergognosa. E dormivano! Sì, perché, forse, era tutta così, e non era altro, la vita. Essi, che già c'erano entrati, lo sapevano; c'erano ormai avvezzi e, andando, lasciandosi portare dal treno, potevano dormire... Le avevano fatto indossare quella veste lunga per trascinarla lì, a quella laida impresa, che non faceva più loro alcuna impressione. Giusto lì la trascinavano, a Zùnica, ch'era il paese di sogno della sua infanzia felice! E perché ne morisse dopo un anno, come la sua amichetta Rorò Campi?

L'ignota attesa, l'irrequietezza del suo spirito, dove, in che si sarebbero fermate? In una cittaduzza morta, in un fosco palazzo antico, accanto a un vecchio marito dai capelli lunghi... E forse le sarebbe toccato di sostituire la cognata nelle cure di quelle due vecchie ottuagenarie, seppure il padre fosse riuscito nella sua insidia.

Fissando gli occhi nel vuoto, Didì vide le stanze di quel fosco palazzo. Non c'era già stata una volta? Sì, in sogno, una volta, per restarvi per sempre... Una volta? Quando? Ma ora, ecco... e già da tanto tempo, vi era, e per starvi per sempre, soffocata nella vacuità d'un tempo fatto di minuti eterni, tentato da un ronzio perpetuo, vicino, lontano, di mosche sonnolente nel sole che dai vetri pinticchiati delle finestre sbadigliava sulle nude pareti gialle di vecchiaia, o si stampava polveroso sul pavimento di logori mattoni di terracotta.

Oh Dio, e non poter fuggire... non poter fuggire... legata com'era, qua, dal sonno di quei due, dalla lentezza enorme di quel treno, uguale alla lentezza del tempo là, nell'antico palazzo, dove non si poteva far altro che dormire, come dormivano quei due...

Provò a un tratto in quel fantasticare che assumeva nel suo spirito una realtà massiccia, ponderosa, infrangibile, un senso di vuoto così arido, una così soffocante e atroce afa della vita, che istintivamente, proprio senza volerlo, cauta, allungò una mano alla borsetta di cuoio, che il padre aveva posato, aperta, sul sedile. Il turacciolo smerigliato della fiala aveva già attratto con la sua iridescenza lo sguardo di lei.

Il padre, il fratello seguitavano a dormire. E Didì stette un pezzo a esaminare la fiala, che luceva col veleno roseo. Poi, quasi senza badare a quello che faceva, la sturò pian piano e lentamente l'accostò alle labbra, tenendo fissi gli occhi ai due che dormivano. E vide, mentre beveva, che il padre alzava una mano, nel sonno, per scacciare una mosca, che gli scorreva su la fronte, lieve.

A un tratto, la mano che reggeva la fiala le cascò in grembo, pesantemente. Come se gli orecchi le si fossero all'improvviso sturati, avvertì enorme, fragoroso, intronante il rumore del treno, così forte che temette dovesse soffocare il grido che le usciva dalla gola e gliela lacerava... No... ecco, il padre, il fratello balzavano dal sonno... le erano sopra... Come aggrapparsi più a loro?

Didì stese le braccia; ma non prese, non vide, non udì più nulla.

Tre ore dopo, arrivò, piccola morta con quella sua veste lunga, a Zùnica, al paese di sogno della sua infanzia felice.

I NOSTRI RICORDI

Questa, la via? questa, la casa? questo, il giardino?

Oh vanità dei ricordi!

Mi accorgevo bene, visitando dopo lunghi e lunghi anni il paesello ov'ero nato, dove avevo passato l'infanzia e la prima giovinezza, ch'esso, pur non essendo in nulla mutato, non era affatto quale era rimasto in me, ne' miei ricordi.

Per sé, dunque, il mio paesello non aveva quella vita, di cui io per tanto tempo avevo creduto di vivere; quella vita che per tanto altro tempo aveva nella mia immaginazione seguitato a svolgersi in esso, ugualmente, senza di me; e i luoghi e le cose non avevano quegli aspetti che io con tanta dolcezza di affetto avevo ritenuto e custodito nella memoria.

Non era mai stata, quella vita, se non in me. Ed ecco, al cospetto delle cose – non mutate ma diverse perché io ero diverso – quella vita mi appariva irreale, come di sogno: una mia illusione, una mia finzione d'allora.

E vani, perciò, tutti i miei ricordi.

Credo sia questa una delle più tristi impressioni, forse la più triste, che avvenga di provare a chi ritorni dopo molti anni nel paese natale: vedere i proprii ricordi cader nel vuoto, venir meno a uno a uno, svanire: i ricordi che cercano di rifarsi vita e non si ritrovano più nei luoghi, perché il sentimento cangiato non riesce più a dare a quei luoghi la realtà ch'essi avevano prima, non per se stessi, ma per lui.

E provai, avvicinandomi a questo e a quello degli antichi compagni d'infanzia e di giovinezza, una segreta, indefinibile ambascia.

Se, al cospetto d'una realtà così diversa, mi si scopriva illusione la mia vita d'allora, que' miei antichi compagni – vissuti sempre fuori e ignari della mia illusione – com'erano? chi erano?

Ritornavo a loro da un mondo che non era mai esistito, se non nella mia vana memoria; e, facendo qualche timido accenno a quelli che per me eran ricordi lontani, avevo paura di sentirmi rispondere:

«Ma dove mai? ma quando mai?»

Perché, se pure a quei miei antichi compagni, come a tutti, l'infanzia si rappresentava con la soave poesia della lontananza, questa poesia certamente non aveva potuto mai prendere nell'anima loro quella consistenza che aveva preso nella mia, avendo essi di continuo sotto gli occhi il paragone della realtà misera, angusta, monotona, non diversa per loro, come diversa appariva a me adesso.

Domandai notizia di tanti e, con maraviglia ch'era a un tempo angoscia e dispetto, vidi, a qualche nome, certi visi oscurarsi, altri atteggiarsi di stupore o di disgusto o di compassione. E in tutti era quella pena quasi sospesa, che si prova alla vista di uno che, pur con gli occhi aperti e chiari, vada nella luce a tentoni: cieco.

Mi sentivo raggelare dall'impressione che quelli ricevevano nel vedermi chieder notizia di certuni che, o erano spariti, o non meritavano più che *uno come me* se ne interessasse.

Uno come me!

Non vedevano, non potevano vedere ch'io movevo quelle domande da un tempo remoto, e che coloro di cui chiedevo notizia erano ancora i miei compagni d'allora.

Vedevano me, qual ero adesso; e ciascuno di certo mi vedeva a suo modo; e sapevan degli altri – loro sì, sapevano – come s'eran ridotti! Qualcuno era morto, poco dopo il mio allontanamento dal paese, e quasi non si serbava più memoria di lui; ora, immagine sbiadita, attraversava il tempo che per lui non era stato più, ma non riusciva a rifarsi vivo nemmeno per un istante e rimaneva pallida ombra di quel mio sogno lontano; qualche altro era andato a finir male, prestava umili servizi per campar la vita e dava del *lei* rispettosamente a coloro coi quali da fanciullo e da giovanetto trattava da pari a pari;

qualche altro era stato anche in prigione, per furto; e uno, Costantino, eccolo lì: guardia di città: pezzo d'impertinente, che si divertiva a sorprendere in contravvenzione tutti gli antichi compagni di scuola.

Ma una più viva maraviglia provai nel ritrovarmi d'improvviso intimo amico di tanti che avrei potuto giurare di non aver mai conosciuto, o di aver conosciuto appena, o di cui anzi mi durava qualche ingrato ricordo o d'istintiva antipatia o di sciocca rivalità infantile.

E il mio più intimo amico, a detta di tutti, era un certo dottor Palumba, mai sentito nominare, il quale, poveretto, sarebbe venuto certamente ad accogliermi alla stazione, se da tre giorni appena non avesse perduto la moglie. Pure sprofondato nel cordoglio della sciagura recentissima, però, il dottor Palumba agli amici, andati a fargli le condoglianze, aveva chiesto con ansia di me, se ero arrivato, se stavo bene, dov'ero alloggiato, per quanto tempo intendevo di trattenermi in paese.

Tutti, con commovente unanimità, mi informarono che non passava giorno, che quel dottor Palumba non parlasse di me a lungo, raccontando con particolari inesauribili, non solo i giuochi della mia infanzia, le birichinate di scolaretto, e poi le prime, ingenue avventure giovanili; ma anche tutto ciò che avevo fatto da che m'ero allontanato dal paese, avendo egli sempre chiesto notizie di me a quanti fossero in caso di dargliene. E mi dissero che tanto affetto, una così ardente simpatia dimostrava per me in tutti quei racconti, che io, pur provando per qualcuno di essi che mi fu riferito un certo imbarazzo e anche un certo sdegno e avvilimento, perché, o non riuscivo a riconoscermi in esso o mi vedevo rappresentato in una maniera che più sciocca e ridicola non si sarebbe potuta immaginare, non ebbi il coraggio d'insorgere e di protestare:

«Ma dove mai? ma quando mai? Chi è questo Palumba? Io non l'ho sentito mai nominare!»

Ero sicuro che, se così avessi detto, si sarebbero tutti allontanati da me con paura, correndo ad annunziare ai quattro venti:

«Sapete? Carlino Bersi è impazzito! Dice di non conoscere Palumba, di non averlo mai conosciuto!»

O forse avrebbero pensato, che per quel po' di gloriola, che qualche mio quadretto mi ha procacciata, io ora mi vergognassi della tenera, devota, costante amicizia di quell'umile e caro dottor Palumba.

Zitto, dunque. No, che zitto! M'affrettai a dimostrare anch'io una vivissima premura di conoscere intanto la recente disgrazia di quel mio povero intimo amico.

– Oh, caro Palumba! Ma guarda... Quanto me ne dispiace! La moglie, povero Palumba? E quanti figliuoli gli ha lasciati?

Tre? Eh già, sì, dovevano esser tre. E piccini tutti e tre, sicuro, perché aveva sposato da poco... Meno male, però, che aveva in casa una sorella nubile... Già già... sì sì... come no? me ne ricordavo benissimo! Gli aveva fatto da madre, quella sorella nubile: oh, tanto buona, tanto buona anche lei... Carmela? No. An... Angelica? Ma guarda un po', che smemorato! An...tonia, già, Antonia, Antonia, ecco: adesso mi ricordavo benissimo! E c'era da scommettere che anche lei, Antonia, non passava giorno che non parlasse di me, a lungo. Eh sì, proprio; e non solo di me, ma anche della maggiore delle mie sorelle, parlava, della quale era stata compagna di scuola fino al primo corso normale.

Perdio! Quest'ultima notizia m'afferrò, dirò così, per le braccia e m'inchiodò lì a considerare, che infine qualcosa di vero doveva esserci nella sviscerata amicizia di questo Palumba per me. Non era più lui solo; c'era anche Antonia adesso, che si diceva amica d'una delle mie sorelle! E costei affermava d'avermi veduto tante volte, piccino, in casa mia, quando veniva a trovare quella mia sorella.

«Ma è mai possibile,» smaniavo tra me e me, con crescente orgasmo, «è mai possibile, che di questo Palumba soltanto io non abbia serbato alcun ricordo, la più lieve traccia nella memoria?»

Luoghi, cose e persone – sì – tutto era divenuto per me diverso; ma infine un dato, un punto, un fondamento sia pur minimo di realtà, o meglio, di quella che per me era realtà allora, le mie illusioni lo avevano; poggiava su qualche cosa la mia finzione. Avevo potuto riconoscer vani i miei ricordi, in quanto gli aspetti delle cose mi si eran presentati diversi dal mio immaginare, eppur non mutati; ma le cose erano! Dove e quando era mai stato per me questo Palumba?

Ero insomma come quell'ubriaco che, nel restituire in un canto deserto la gozzoviglia di tutta la giornata, vedendosi d'improvviso un cane sotto gli occhi, assalito da un dubbio atroce, si domandava:

«Questo l'ho mangiato qui; quest'altro l'ho mangiato lì; ma questo diavolo di cane dove l'ho mai mangiato?»

«Bisogna assolutamente,» dissi a me stesso, «ch'io vada a vederlo, e che gli parli. Io non posso dubitare di lui: egli è – qua – per tutti – di fatto – l'amico più intimo di Carlino Bersi. Io dubito di me – Carlino Bersi – finché non lo vedo. Che si scherza? c'è tutta una parte della mia vita, che vive in un altro, e della quale non è in me la minima traccia. È mai possibile ch'io viva così in un altro a me del tutto ignoto, senza che ne sappia nulla? Oh via! via! Non è possibile, no! Questo cane io non l'ho mangiato; questo dottor Palumba dev'essere un fanfarone, uno dei soliti cianciatori delle farmacie rurali, che si fanno belli dell'amicizia di chiunque fuori del cerchio del paesello nativo sia riuscito a farsi, comunque, un po' di nome, anche di ladro emerito. Ebbene, se è così, ora lo accomodo io. Egli prova gusto a rappresentarmi a tutti come il più sciocco burlone di questo mondo? Vado a presentarmigli sotto un finto nome; gli dico che sono il signor... il signor Buffardelli, ecco, amico e compagno d'arte e di studio a Roma di Carlino Bersi, venuto con lui in Sicilia per un'escursione artistica; gli dico che Carlino è dovuto ritornare a rotta di collo a Palermo per rintracciare alla dogana i nostri bagagli con tutti gli attrezzi di pittura, che avrebbero dovuto arrivare con noi; e che intanto, avendo saputo della disgrazia capitata al suo dilettissimo amico dottor Palumba, ha mandato subito me, Filippo Buffardelli, a far le condoglianze. Mi presenterò anzi con un biglietto di Carlino. Sono sicuro, sicurissimo, che egli abboccherà all'amo. Ma, dato e non concesso ch'egli veramente mi abbia una volta conosciuto e ora mi riconosca; ebbene: non sono per lui un gran burlone? Gli dirò che ho voluto fargli questa burla.»

Molti degli antichi compagni, quasi tutti, avevano stentato in prima a riconoscermi. E difatti, sì, m'accorgevo io stesso d'esser molto cambiato, così grasso e barbuto, adesso, e senza più capelli, ahimè!

Mi feci indicare la casa del dottor Palumba, e andai.

Ah, che sollievo!

In un salottino fiorito di tutte le eleganze provinciali mi vidi venire innanzi uno spilungone biondastro, in papalina e pantofole ricamate, col mento inchiodato sul petto e le labbra stirate per aguzzar gli occhi a guardare di sui cerchi degli occhiali. Mi sentii subito riavere.

No, niente, neppure un briciolo di me, della mia vita, poteva essere in quell'uomo.

Non lo avevo mai veduto, di sicuro, né egli aveva mai veduto me.

– Buff... com'ha detto, scusi?

– Buffardelli, a servirla. Ecco qua: ho un biglietto per lei di Carlino Bersi.

– Ah, Carlino! Carlino mio! – proruppe giubilante il dottor Palumba, stringendo e accostando alle labbra quel biglietto, quasi per baciarlo. – E come non è venuto? dov'è? dov'è andato? Se sapesse come ardo di rivederlo! Che consolazione sarebbe per me una sua visita in questo momento! Ma verrà... Ecco, sì... mi promette che verrà... caro! caro! Ma che gli è accaduto?

Gli dissi dei bagagli andati a rintracciare alla dogana di Palermo. Perduti, forse? Quanto se n'afflisse quel caro uomo! C'era forse qualche dipinto di Carlino?

E cominciò a imprecare all'infame servizio ferroviario; poi a domandarmi se ero amico di Carlino da molto tempo, se stavamo insieme anche di casa, a Roma...

Era maraviglioso! Mi guardava fisso fisso, e con gli occhiali, facendomi quelle domande, ma non aveva negli occhi se non l'ansia di scoprirmi nel volto se fosse sincera come la sua la mia amicizia e pari al suo il mio affetto per Carlino.

Risposi alla meglio, compreso com'ero e commosso da quella maraviglia; poi lo spinsi a parlare di me.

Oh, bastò la spinterella, lieve lieve, d'una parola: un torrente m'investì d'aneddoti stravaganti, di Carlino bimbo, che stava in via San Pietro e tirava dal balcone frecce di carta sul nicchio del padre beneficiale; di Carlino ragazzo, che faceva la guerra contro i rivali di piazza San Francesco; di Carlino a scuola e di Carlino in vacanza; di Carlino, quando gli tirarono in faccia un torso di cavolo e per miracolo non lo accecarono; di Carlino commediante e marionettista e cavallerizzo e lottatore e avvocato e bersagliere e brigante e cacciatore di serpi e pescatore di ranocchie; e di Carlino, quando cadde da un terrazzo su un pagliaio e sarebbe morto se un enorme aquilone non gli avesse fatto da paracadute, e di Carlino...

Io stavo ad ascoltarlo, sbalordito; no, che dico sbalordito? quasi atterrito.

C'era, sì, c'era qualcosa, in tutti quei racconti, che forse somigliava lontanamente ai miei ricordi. Erano forse, quei racconti, ricamati su lo stesso canovaccio de' miei ricordi, ma con radi puntacci sgarbati e sbilenchi. Potevano essere, insomma, quei racconti, press'a poco i miei stessi ricordi, vani allo stesso modo e inconsistenti, e per di più spogliati d'ogni poesia, immiseriti, resi sciocchi, come rattrappiti e adattati al misero aspetto delle cose, all'affliggente angustia dei luoghi.

E come e donde eran potuti venire a quell'uomo, che mi stava di fronte; che mi guardava e non mi riconosceva; che io guardavo e... ma sì! Forse fu per un guizzo di luce che gli scorsi negli occhi, o forse per un'inflessione di voce... non so! Fu un lampo. Sprofondai lo sguardo nella lontananza del tempo e a poco a poco ne ritornai con un sospiro e un nome:

– Loverde...

Il dottor Palumba s'interruppe, stordito.

– Loverde... sì, – disse. – Io mi chiamavo prima Loverde. Ma fui adottato, a sedici anni, dal dottor Cesare Palumba, capitano medico, che... Ma lei, scusi, come lo sa?

Non seppi contenermi:

– Loverde... eh, sì... ora ricordo! In terza elementare, sì!... Ma... conosciuto appena...

– Lei, come? Lei mi ha conosciuto?

– Ma sì... aspetta... Loverde, il nome?

– Carlo...

– Ah, Carlo... dunque, come me... Ebbene, non mi riconosci proprio? Sono io, non mi vedi? Carlino Bersi!

Il povero dottor Palumba restò come fulminato. Levò le mani alla testa, mentre il viso gli si scomponeva tra guizzi nervosi, quasi pinzato da spilli invisibili.

– Lei?... tu?... Carlino... lei? tu?... Ma come?... io... oh Dio!... ma che...

Fui crudele, lo riconosco. E tanto più mi dolgo della mia crudeltà, in quanto quel poverino dovette credere senza dubbio ch'io avessi voluto prendermi il gusto di smascherarlo di fronte al paese con quella burla; mentre ero più che sicuro della sua buona fede, più che sicuro ormai d'essere stato uno sciocco a maravigliarmi tanto, poiché io stesso avevo già sperimentato, tutto quel giorno, che non hanno alcun fondamento di realtà quelli che noi chiamiamo i nostri ricordi. Quel povero dottor Palumba credeva di ricordare... S'era invece composta una bella favola di me! Ma non me n'ero composta una anch'io, per mio conto, ch'era subito svanita, appena rimesso il piede nel mio paesello natale? Gli ero stato un'ora di fronte, e non mi aveva riconosciuto. Ma sfido! Vedeva entro di sé Carlino Bersi, non quale io ero, ma com'egli mi aveva sempre sognato.

Ecco, ed ero andato a svegliarlo da quel suo sogno.

Cercai di confortarlo, di calmarlo; ma il pover uomo, in preda a un crescente tremor convulso di tutto il corpo, annaspando, con gli occhi fuggevoli, pareva andasse in cerca di se stesso, del suo spirito che si smarriva, e volesse trattenerlo, arrestarlo, e non si dava pace e seguitava a balbettare:

– Ma come?... che dice?... ma dunque lei... cioè, tu... tu dunque... come... non ti ricordi... che tu... che io...

DI GUARDIA

– Tutti? Chi manca? – domandò San Romé, affacciandosi a una delle finestre basse del grazioso villino azzurro, dalle torricelle svelte e i balconi di marmo scolpiti a merletti e a fiorami.

– Tutti! tutti! – gli rispose a una voce, dal verde spiazzo ancor bagnato e luccicante di guazza, la comitiva dei villeggianti ravvivati dalla gaia freschezza dell'aria mattutina, essendo venuti su da Sarli a piedi.

Ma uno strillò:

– Manca Pepi!

– S'è affogato in Via della Buffa! – aggiunse la generalessa De Robertis, togliendosi dal braccio il seggio a libriccino per mettersi a sedere.

Tutti risero; anche San Romé dalla finestra, ma più per quel che vide: cioè, la Generalessa, enormemente fiancuta, che presentava il di dietro, china nell'atto d'assicurare i piedi del seggiolino su l'erba dello spiazzo.

– E perché manca Pepi?

– Mal di capo, – rispose Biagio Casòli. – Sono andato a svegliarlo io stamattina. Teme, dice, che gli prenda la febbre.

Questa notizia fu commentata malignamente, sotto sotto, dal crocchio delle signorine. Roberto San Romé se n'accorse dalla finestra; vide quella smorfiosa della Tani, tutta cascante di vezzi, ammiccare all'altra viperetta della Bongi, e si morse il labbro.

Intanto dallo spiazzo la comitiva impaziente gli gridava di far presto. S'eran levati tutti a buio, giù a Sarli, per fare pian piano la salita fino a Gori; da Gori a Roccia Balda c'erano tre ore buone di cammino, e bisognava andar lesti per arrivarci prima che il sole s'infocasse.

– Ecco, – disse San Romé, ritirandosi. – Dora sarà pronta. Un momentino.

E andò al piano di sopra a picchiare all'uscio della camera della cognata, che non s'era ancor fatta vedere.

La trovò stesa su una sedia a sdraio, in accappatoio bianco, coi bellissimi capelli biondi disciolti e una grossa benda bagnata, ravvolta studiatamente intorno al capo, come un turbante.

Pareva Beatrice Cenci.

– Come! – esclamò, restando. – Ancora così? Son tutti giù che t'aspettano!

– Mi dispiace, – disse Dora, socchiudendo gli occhi. – Ma io non posso venire.

– Come! – ripeté il cognato. – Perché non puoi? Che t'è accaduto?

Dora alzò una mano alla testa e sospirò:

– Non vedi? Non mi reggo in piedi, dal mal di capo.

San Romé strinse le pugna, impallidì, con gli occhi gonfi d'ira.

– Anche tu? – proruppe. – E temi niente niente che ti prenda la febbre, eh? Ma guarda un po' che combinazione! Il signor Pepi...

– Che c'entra Pepi?... – domandò lei accigliandosi lievemente.

– Mal di capo, mal di capo, anche lui. E non è venuto, – rispose San Romé, pigiando su le parole. – Bada, Dora, che giù è stata notata la malattia improvvisa di questo signore, e ti prego di non dar nuova esca alla malignità della gente.

Dora s'intrecciò sul capo le belle mani inanellate, lasciando scivolar su le braccia le ampie maniche dell'accappatoio; sorrise impercettibilmente, strizzò gli occhi un po' miopi, e disse:

– Non capisco. Non è permesso aver mal di capo in casa vostra?

– In casa nostra, – prese a risponderle San Romé, con violenza; ma si contenne; cangiò tono: – Su, Dora, ti prego, levati e smetti codesta commedia. Ho incomodato per te una ventina di signore e signori, e t'avverto che gonfio da un pezzo in silenzio e voglio che tu la finisca.

Ma Dora scoppiò in una risata interminabile. Poi si levò in piedi, gli s'accostò, reggendosi con una mano la benda su la fronte, e gli disse:

– Ma sai che mio marito stesso non si permetterebbe codesto tono con me? T'ha lasciato detto ch'io ti debbo proprio ubbidienza intera? Caro mio tutore, caro mio custode, caro mio signor carabiniere, ho mal di capo veramente, e basta così.

Si ritirò nella camera attigua, sbattendo l'uscio; ci mise il paletto, e gli mandò di là un'altra bella risata.

Roberto San Romé fece istintivamente un passo, quasi per trattenerla, e rimase tutto vibrante innanzi all'uscio chiuso, con le mani alle guance, come se lei con quel riso gliel'avesse sferzato.

Fu così viva questa impressione e gli fece tale impeto dentro, ch'egli sentì a un tratto quanto fosse ridicola la parte che rappresentava da circa tre mesi, da quando cioè suo fratello Cesare era venuto a lasciar la moglie a Gori, presso la madre da un anno inferma e relegata a letto.

Aveva fatto di tutto per renderle piacevole il soggiorno in quel borgo alpestre; la aveva condotta quasi ogni mattina giù a Sarli, dov'eran più numerosi i villeggianti; aveva concertato feste, escursioni, scampagnate. Dapprima, la cognatina elegante e capricciosa s'era annoiata e gliel'aveva dimostrato in tutti i modi: aveva scritto cinque, sei, sette volte al marito, ch'ella di Gori ne aveva già fin sopra gli occhi e che venisse subito subito a prenderla; ma, poiché Cesare su questo punto non s'era nemmeno curato di risponderle e, con la scusa di certi affari da sbrigare, se la spassava liberamente a Milano; per dispetto, là, s'era attaccata a quel signor Pepi che le faceva una corte scandalosa.

Ed era cominciato allora il supplizio di San Romé. Si poteva dare ufficio più ridicolo del suo? far la guardia alla cognata che, nel vederlo così vigile e sospettoso e costretto a usar prudenza, pareva glielo facesse apposta? Più d'una volta, non potendone più, era stato sul punto di piantarlesi di faccia e di gridarle:

«Bada, Dora, son tomo da rompergli il grugno io, a quel tuo spasimante! E se non ne sei persuasa, te ne faccio subito la prova.»

Ma più le mostrava stizza, e più lei gli sorrideva sfacciatamente. Oh, certi sorrisi, certi sorrisi che tagliavano più d'un rasoio e gli dicevano chiaro e tondo quanto fossero buffe quelle sue premure, quella sua mutria, quella sua sorveglianza.

Col tatto, col garbo, egli si lusingava d'esser riuscito finora a impedire che lo scandalo andasse tropp'oltre e diventasse irreparabile. Ma, dato il caratterino della cognata, non era ben sicuro di non aver fatto peggio, qualche volta, con quella assidua e mal dissimulata vigilanza, di non aver cioè provocato qualche imprudenza troppo avventata. Aveva voluto farle comprendere subito che s'era accorto di tutto e che avvertiva a ogni parola, a ogni sguardo, a ogni mossa di lei, quando Pepi era là e anche quando non c'era. Lei si era allora armata di quel suo riso dispettoso, quasi accettando la sfida ch'era negli sguardi cupi e fermi di lui. Non voleva riconoscergli alcuna autorità su lei. Ed era uscita, per esempio, sola per tempissimo dal villino, costringendolo a correre come un bracco, a scovarla nel bosco dei castagni, a mezza via tra Sarli e Gori. Sola – sì – l'aveva trovata sola, sempre: ma poi, più d'una volta, gli era parso di scorgere attraverso le stecche delle persiane Pepi là a Gori, di notte, presso il villino, Pepi che villeggiava a Sarli.

Forse, fino a quel giorno, non era accaduto nulla di grave. Ma ora? Ecco qua: ad onta di tutte le sue diligenze, si vedeva come preso al laccio. Era evidente, evidentissima un'intesa tra i due, tra il Pepi e Dora. E lui non poteva trarsi indietro: l'aveva proposta lui quella gita a Roccia Balda; aveva mandato già avanti la colazione per tutti lassù. Quei signori sarebbero potuti andare più agevolmente e più presto da Sarli, ed eran venuti su a Gori apposta per prender Dora e lui. Non poteva dunque, in nessun modo, con nessuna scusa, rimandarli indietro: doveva andar con loro senza meno. E certamente in quel giorno... ah povero Cesare!

Come annunziare intanto che anche Dora, come Pepi giù a Sarli, aveva il mal di capo?

San Romé scese allo spiazzo per un ultimo tentativo: pregare le signore che inducessero loro la cognata a venire.

Lo affollarono di domande: – Perché? – Che ha? – Si sente male? Oh guarda! – Oh poverina! – Ma come? – Da quando? – Che si sente?

Lui si guardò bene dal dichiarare il male che accusava la cognata; ma lo dichiarò lei, Dora, poco dopo là – come se nulla fosse – a quelle signore, e volle anche aggiungere, calcando su la voce:

– *Temo finanche che mi prenda la febbre.*

Roberto San Romé ebbe la tentazione di tirarle una spinta da mandarla a schizzar fuori della finestra. Ah, quanto gli avrebbe fatto bene al cuore, per votarselo di tutta la bile accumulata in quei tre mesi.

– Febbre? No, cara, – s'affrettò a dirle la Generalessa, proprio come se credesse al mal di capo. – Faccia sentire il polso... Agitatino, agitatino... Riposo, cara. Sarà un po' di flussione.

E chi le consigliò questo e chi quel rimedio e che si prendesse cura a ogni modo di quel male, che non avesse a diventar più grave, povera Dora, povera cara...

Sentì finirsi lo stomaco San Romé ascoltando gli amorevoli consigli di tutte quelle ipocrite, nelle quali aveva sperato aiuto e che invece: – Ma sì, pallidina! – Ma sì, le si vede dagli occhi! – Ma certo, un po' di riposo le farà bene! – Quanto ci duole! – Quanto ci dispiace! – Roccia Balda è lontana: non potrebbe far tanto cammino...

Baci, saluti, altre raccomandazioni e, per non far troppo tardi e perché la colazione era già partita per Roccia Balda, finalmente s'avviarono dolentissime di lasciarla, portandosi quel bravo, quel gentile San Romé che aveva avuto la felicissima idea di una gita così piacevole.

Né si fermarono lì. Attraversando, tra i prati cinti di altissimi pioppi, i primi ceppi di case, frazioni di Gori, tutte sonore d'acque correnti giù per borri e per zane, e vedendo San Romé pallido e taciturno, vollero esortarlo a gara a non apprensionirsi tanto, perché, via, in fin de' conti era una lieve indisposizione che sarebbe presto passata. E il pover uomo dovette allora sorridere e assicurar quelle buone signore, quelle care signorine che lui non era punto in pensiero per il male della cognata e ch'era anzi lieto, lietissimo di trovarsi in così bella compagnia per tutta la giornata.

Oh, il cielo era splendido e non c'era davvero pericolo che si rovesciasse uno di quegli acquazzoni improvvisi, così frequenti in montagna, a interromper la gita; né c'era alcuna probabilità di liberarsi prima di sera, con quel bravo signor Bortolo Raspi di Sarli, che pesava a dir poco un quintale e mezzo e a piedi era voluto venire, a piedi anche lui, vantandosi d'essere un gran camminatore, lui, e già cominciava a soffiare come un biacco e a far eco alla Generalessa, che s'era portato intanto il seggio a libriccino e dichiarava d'aver bisogno di sostare di tratto in tratto, lei, per non affaticarsi troppo il cuore. Stancare no, non si stancava la Generalessa; ma certo quanto più si va in là, eh? più si va piano. Lo sapeva bene il signor Generale suo marito, rimasto a Sarli, che non andava più neanche piano, da sette anni ormai in riposo assoluto.

– Nandino! Nandino! Non ti precipitare al tuo solito, figliuolo mio. T'accaldi troppo! San Romé, prego, San Romé, venga qua: così andranno un po' più piano quelle benedette ragazze.

E, per tenerlo con sé, gli volle narrare la sua storia, la Generalessa, come l'aveva narrata a tutti i villeggianti giù a Sarli: gli volle dare in quel momento la consolazione di sapere che suo papà aveva una bella posizione, perché guadagnava bene, suo papà; e che lei era anche marchesa, sicuro! ma che non ci teneva affatto: marchesa, perché suo papà, a diciott'anni, quand'era ancora «un tocco di ragazza da chiudere a doppia mandata in guardaroba» l'aveva dapprima sposata a un marchese, che però glien'aveva fatte vedere d'ogni colore; oh, le era toccato finanche a servirlo otto anni con la spinite. Rimasta vedova, bella (non lo diceva per vanità), aveva conosciuto il Generale, perché lei «teneva radunanze»: lui era un bel soldato: s'erano innamorati l'uno dell'altra; e, si sa, era finita come doveva finire. Nato Nandino, lei aveva saputo far le cose per bene: aveva dato il bambino a balia e aveva sposato.

– Bisogna sempre saper fare le cose per bene, caro mio!

– Eh già, – sorrideva San Romé, che si sentiva struggere dalla brama di mordere e avrebbe voluto risponderle che sapeva quel che le male lingue dicevano, che ella cioè era stata cameriera di quel marchese prima, del Generale poi.

Ma non pareva affatto, povera Generalessa! almeno fino a una cert'ora del giorno. Non ostante la pinguedine, lei di mattina era sempre poetica; poi, è vero, cascava a parlar di cucina, ma perché le era sempre piaciuto, diceva, attendere alle cure casalinghe; e insegnava volentieri alle amiche qualche buon manicaretto. Al Generale faceva lei da mangiare: sì, perché bocca schifa quel benedett'uomo! mai e poi mai avrebbe assaggiato un cibo apparecchiato da altre mani.

– Oh bello! oh bello!

E si fermò ad ammirare un prato, su cui una moltitudine di gambi esili, dritti, stendevano come un tenuissimo velo, tutto punteggiato in alto da certi pennacchietti d'un rosso cupo, bellissimi. Come si chiamava, quella pianta graziosa?

– Oh, cattiva! – grugnì il signor Raspi. – Le bestie non ne mangiano. Qui la chiamano *früiosa* o *scaletta*. Non serve a nulla, sa?

Che sguardo rivolse la Generalessa a quel savio uomo che dal tondo faccione, dagli occhietti porcini spirava la beatitudine della più impenetrabile balordaggine. Non comprendeva che, in certe ore poetiche, conveniva anche ammirare le cose che non servono a nulla.

– San Romé, non perché tema di stancarmi, ma, dico, per calcolar l'ora che si potrà fare, che via c'è ancora fino a Roccia Balda?

– Uh, tanta, signora mia! C'è tempo! – sbuffò San Romé. – Da dieci a dodici chilometri. Ora però entreremo nel bosco.

– Oh bello! oh bello! – ripeté la Generalessa.

San Romé non poté più reggere e la lasciò col Raspi. Di là, quelle pettegoline, la Bongi, la Tani, tenendosi per la vita, avevano attaccato un discorsetto fitto fitto, interrotto da brevi risatine, e di tanto in tanto si voltavano indietro a spiare se mai egli stesse in orecchi.

Su l'ultimo prato in declivio stavano a guardia d'alcuni giovenchi due brutte vecchie rugose e rinsecchite, intente a filar la lana all'ombra dei primi castagni del bosco.

– E la terza Parca dov'è? – domandò loro forte, seriamente, Biagio Casòli.

Quelle risposero che non lo sapevano, e allora il Casòli si mise a declamare:

> De' bei giovenchi dal quadrato petto,
> erte sul capo le lunate corna,
> dolci negli occhi, nivei, che il mite
> Virgilio amava.

Il signor Raspi, da lontano, si mise a ridere in una sua special maniera, come se frignasse, e domandò al Casòli:

– Che amava Virgilio? Le corna?

– Giusto le corna! – disse la Generalessa.

E tutti scoppiarono a ridere.

Lui, San Romé, le aveva già avvistate da lontano, quelle corna, e gli pareva assai che gli amici non ne profittassero per qualche poetica allusione.

Entrarono nel bosco. Ora avrebbero potuto distrarsi, tutti quei cari signori, ammirando, come faceva la Generalessa quasi per obbligo e il signor Raspi, per fare una piccola sosta e riprender fiato, qua una cascatella spumosa, là un botro scosceso e cupo all'ombra di bassi ontani, più là un ciottolo nel rivo, vestito d'alga, su cui l'acqua si frangeva come se fosse di vetro, suscitando una ridda minuta di scagliette vive; ma, nossignori! nessuno sentiva quella deliziosa cruda frescura d'ombra insaporata d'acute fragranze, quel silenzio tutto pieno di fremiti, di fritinii di grilli, di risi di rivoli.

Pur chiacchierando tra loro, facevan tutti, come San Romé che se ne stava in silenzio e diventava a mano a mano più fosco e più nervoso, un certo calcolo approssimativo. Dalla via che avevano percorsa, argomentavano a qual punto del viale che va da Sarli a Gori poteva esser giunto a quell'ora il Pepi. Senza dubbio, Dora gli sarebbe andata incontro pian piano, venendo giù da Gori. Poi certo, avvistandosi da lontano, avrebbero lasciato il viale, lei di sopra, lui di sotto, e sarebbero scesi nella valle boscosa del Sarnio per ritrovarsi, senza mal di capo, laggiù, ben protetti dagli alberi.

Tutte queste supposizioni si dipingevano così vive alla mente di San Romé, che gli pareva proprio di vederli, quei due, muovere al convegno, ridersi di lui, prima fra sé e sé, poi tutt'e due insieme; e apriva e chiudeva le mani, affondandosi le unghie nelle palme; quindi, notando che quegli altri si accorgevano del suo irrequieto malumore e che tuttavia, ora, non gli dicevano più nulla, come se paresse loro naturalissimo, si riaccostava ad essi, si sforzava a parlare, scacciando l'immagine viva, scolpita, di quel tradimento che gli pareva fatto a lui più che al fratello ignaro e lontano. Ma, poco dopo, all'improvviso, non potendo interessarsi di quelle vuote chiacchiere, era riassalito da quell'immagine e si sentiva schernito da quella gente, la quale, sapendo benissimo qual supplizio fosse per lui quella gita, ecco, gli sorrideva per dimostrarglisi grata del piacere ch'egli aveva loro procurato, e gli domandava certe cose, certe cose... Ecco qua: la Tani, per esempio, a un certo punto, se credeva che quell'albero là fosse stato colpito dal fulmine. Perché? Perché pareva che facesse le corna, quel ceppo biforcuto... No? E perché dunque più tardi, cioè quando finalmente arrivarono a Roccia Balda e tutti, dall'alto, si misero ad ammirare la vista maravigliosa della Valsarnia, perché la Generalessa volle saper da lui, come si chiamassero quei due picchi cinerulei, di là dall'ampia vallata? Ma per fargli vedere che gli facevano le corna, là, da lontano, anche i due picchi di Monte Merlo! No? E perché dunque, dopo colazione, quel bravo signor Bortolo Raspi cavò di tasca il fazzoletto, vi fece quattro nodini a gli angoli e se lo pose sul testone sudato? Ma per mostrargli anche lui due bei cornetti su la fronte...

Corna, corna, non vide altro che corna, da per tutto, San Romé quel giorno. Le toccò poi quasi con mano, quando, sul tardi, avendo accompagnato la comitiva fino a Sarli per la via più corta, e risalendosene solo per il viale a Gori, a un certo punto, giù nella valle, tra i castagni, intravide Pepi, seduto e assorto senza dubbio nel ricordo della gioia recente.

Si fermò, pallido, fremente, coi denti serrati, serrate le pugna, perplesso, come tenuto tra due: tra la prudenza e la brama impetuosa di lasciarsi andar giù a precipizio, piombare addosso a quell'imbecille, farne strazio e vendicarsi così della tortura di tutta quella giornata. Ma, in quel punto, gli arrivò dalla svolta del viale una vocetta limpida e fervida che canticchiava un'arietta a lui ben nota. Si voltò di scatto, e si vide venire incontro la cognata col capo appoggiato languidamente alla spalla d'un uomo che la teneva per la vita.

Roberto San Romé sentì stroncarsi le gambe.

– Cesare! – gridò, trasecolando.

Il fratello, che stava a guardare in estasi le prime stelle nel cielo crepuscolare, mentre la mogliettina tutta languida cantava, sussultò al grido e gli s'avvicinò con Dora, la quale, vedendolo, scoppiò in una di quelle sue interminabili risate.

– Tu qua? – fece San Romé. – E quando sei arrivato?

– Ma stamattina alle nove, perbacco! – gli rispose il fratello. – Non hai visto iersera il mio telegramma?

– Non l'ha visto, non l'ha visto – disse Dora, guardando il cognato con gli occhi sfavillanti. – Era già a Sarli per concertar la gita a Roccia Balda, e io non ho voluto dirgli nulla per non guastargli il divertimento che pareva gli stesse tanto a cuore. Mi dispiace solamente, – aggiunse, – che l'ho tenuto forse in pensiero a causa... a causa d'un certo mal di capo che ho dovuto simulare per sottrarmi alla gita. Passato, sai, caro? passato del tutto.

Prese anche il braccio del cognato, per risalire pian piano a Gori, e col tono di voce più carezzevole gli domandò:

– E di', Roberto, ti sei divertito?

DONO DELLA VERGINE MARIA

† Assunta.
† Filomena.
† Crocifissa.
† Angelica.
† Margherita.
†.....

Così: una crocetta e il nome della figlia morta accanto. Cinque, in colonna. Poi una sesta, che aspettava il nome dell'ultima: Agata, a cui poco ormai restava da patire.

Don Nuccio D'Alagna si turò le orecchie per non sentirla tossire di là; e quasi fosse suo lo spasimo di quella tosse, strizzò gli occhi e tutta la faccia squallida, irta di peli grigi; poi s'alzò.

Era come perduto in quella sua enorme giacca, che non si sapeva più di che colore fosse e che dava a vedere che anche la carità, se ci si mette, può apparire beffarda. La aveva certo avuta in elemosina quella vecchia giacca. E don Nuccio, per rimediare, dov'era possibile, al soverchio della carità, teneva più volte rimboccate sui magri polsi le maniche. Ma ogni cosa, come quella giacca, la sua miseria, le sue disgrazie, la nudità della casa pur tutta piena di sole, ma anche di mosche, dava l'impressione di una esagerazione quasi inverosimile.

Prima di recarsi di là, aspettò un pezzetto, sapendo che la figlia non voleva che accorresse a lei, subito dopo quegli accessi di tosse; e intanto cancellò col dito quel camposanto segnato sul piano del tavolino.

Oltre al lettuccio dell'inferma, in quell'altra camera, c'era soltanto una seggiola sgangherata e un pagliericcio arrotolato per terra, che il vecchio ogni sera si trascinava nella stanza vicina per buttarvisi a dormir vestito. Ma eran rimaste stampate a muro, sulla vecchia carta da parato scolorita, qua e là strappata e con gli strambelli pendenti, le impronte degli altri mobili pegnorati e svenduti; e ancora attaccato al muro qualche resto dei ragnateli un tempo nascosti da quei mobili.

La luce era tanta, in quella stanza nuda e sonora, che quasi si mangiava il pallore del viso emaciato dell'inferma giacente sul letto. Si vedevano solo in quel viso le fosse azzurre degli occhi. Ma in compenso poi, tutt'intorno, sul guanciale un incendio, al sole, dei capelli rossi di lei. E lei che, zitta zitta, a quel sole che le veniva sul letto si guardava le mani, o si avvolgeva attorno alle dita i riccioli di quei magnifici capelli. Così zitta, così quieta, che a guardarla e a guardar poi attorno la camera, in tutta quella luce, se non fosse stato per il ronzio di qualche mosca, quasi non sarebbe parsa vera.

Don Nuccio, seduto su quell'unica seggiola, s'era messo a pensare a una cosa bella bella per la figliuola: alla sola cosa a lei ormai desiderabile, che Dio cioè le aprisse la mente, che quel duro patire lì sul saccone sudicio di quel letto nella casa vuota la persuadesse a chiedere d'esser portata all'ospedale, dove nessuna delle sorelle, morte prima, era voluta andare.

Ci si moriva lo stesso? No: don Nuccio scoteva un dito, con convinzione: era un'altra cosa; più pulita.

Rivedeva difatti col pensiero una lunga corsia, lucida, con tanti e tanti lettini bianchi in fila, di qua e di là, e un finestrone ampio in fondo sull'azzurro del cielo; rivedeva le suore di carità, con quelle grandi ali bianche in capo e quel tintinnio delle medaglie appese al rosario, a ogni passo; rivedeva pure un vecchio sacerdote che lo conduceva per mano lungo quella corsia: egli guardava smarrito, angosciato dalla commozione, su questo e su quel letto; alla fine il prete gli diceva: «Qua» e lo attirava presso la sponda d'uno di quei letti, ove giaceva moribonda, irriconoscibile, quella sciagurata che, dopo avergli messo al mondo sei creaturine, se n'era scappata di casa per andar poi a finir lì. – Eccola! – Già a lui era morta la prima figlia, Assunta, di dodici anni.

– Come te! quella non ti perdona.

– Nuccio D'Alagna, – lo aveva ammonito severamente il vecchio sacerdote. – Siamo davanti alla morte.

– Sì, padre. Dio lo vuole, e io la perdono.

– Anche a nome delle figlie?

– Una è morta, padre. A nome delle altre cinque che le terranno dietro.

Tutte, davvero, una dopo l'altra. Ed egli, ora, era quasi inebetito. Se l'erano portata via con loro, la sua anima, le cinque figliuole morte. Per quest'ultima gliene restava un filo appena. Ma pur quel filo era ancora acceso in punta; aveva ancora in punta come una fiammellina. La sua fede. La morte, la vita, gli uomini, da anni soffiavano, soffiavano per spegnergliela: non c'erano riusciti.

Una mattina aveva veduto aprire a un suo vicino di casa, che abitava dirimpetto, lo sportello della gabbiola per cacciarne via un ciuffolotto ammaestrato ch'egli, alcuni giorni addietro, gli aveva venduto per pochi soldi.

Era d'inverno e pioveva. Il povero uccellino era venuto a batter le alucce ai vetri dell'antica finestra, quasi a chiedergli aiuto e ospitalità.

Aveva aperto la finestra, e che carezze a quel capino bagnato dalla pioggia! Poi se l'era posato su la spalla come un tempo, ed esso a bezzicargli il lobo dell'orecchio. Si ricordava dunque! Lo riconosceva! Ma perché quel vicino lo aveva cacciato via dalla gabbia?

Non aveva tardato a capirlo, don Nuccio. Aveva già notato da alcuni giorni, che la gente per via lo scansava, e che qualcuno, vedendolo passare, faceva certi atti.

L'uccellino gli era rimasto in casa, tutto l'inverno, a saltellare e a svolare cantando per le due stanzette, contento di qualche briciola di pane. Poi, venuto il bel tempo, se n'era andato via; non tutt'a un tratto, però: erano state prima scappatine sui tetti delle prossime case: ritornava la sera; poi non era tornato più.

E pazienza, cacciar via un uccellino! Ma cacciar via anche lui, buttarlo in mezzo a una strada, con la figlia moribonda... C'era coscienza?

– La coscienza, don Nuccio mio, io ce l'ho! Ma sono anche ricevitore del lotto – gli aveva detto lo Spiga, che da tant'anni lo teneva nel suo botteghino.

Ogni mestiere, ogni professione vuole una sua particolar coscienza. E uno che sia ricevitore del lotto, si può dire che commetta una cattiva azione, togliendo il pane di bocca a un vecchio, il quale, con la fama di iettatore che gli hanno fatta in paese, certo non chiama più gente al banco a giocare?

Don Nuccio s'era dovuto arrendere a questa lampante verità; e se n'era andato da quel botteghino piangendo. Era un sabato sera; e nella casa dirimpetto, quello stesso vicino che aveva cacciato il ciuffolotto dalla gabbia, festeggiava una vincita al lotto. E l'aveva registrata lui, don Nuccio, al banco, la scommessa di quel vicino. Ecco una prova della sua iettatura.

Seduto presso la finestra, guardava nella casa dirimpetto la mensa imbandita e i convitati che schiamazzavano mangiando e bevendo. A un certo punto, uno s'era alzato ed era venuto a sbattergli in faccia gli scuri della finestra.

Così voleva Dio.

Lo diceva senz'ombra d'irrisione, don Nuccio D'Alagna, che se tutto questo gli accadeva, era segno che Dio voleva così. Era anzi il suo modo d'intercalare. E, ogni volta, s'aggiustava sui polsi la rimboccatura delle maniche.

– Un corno! – gli rispondeva però, volta per volta, don Bartolo Scimpri: l'unico che non avesse paura, ormai, d'avvicinarlo.

Sperticatamente alto di statura, ossuto e nero come un tizzone, questo don Bartolo Scimpri, benché da parecchi anni scomunicato, vestiva ancora da prete. Le maniche della vecchia tonaca unta e inverdita avevano il difetto opposto di quelle della giacca di don Nuccio: gli arrivavano poco più giù dei gomiti lasciandogli scoperti gli avambracci pelosi. E scoperti aveva anche, sotto, non solo i piedacci imbarcati in due grossi scarponi contadineschi, ma spesso perfino i fusoli delle gambe cotti dal sole, perché le calze di cotone a furia di rimboccarle da capo attortigliate in un punto perché si reggessero, s'erano slabbrate e gli ricadevano sulla fiocca dei piedi.

Allegramente si vantava della sua bruttezza, di quella sua fronte, che dalla sommità del capo calvo pareva gli scivolasse giù giù fino alla punta dell'enorme naso, dandogli una stranissima somiglianza col tacchino.

– Questa è la vela! – esclamava, battendosi la fronte. – Ci soffia lo spirito divino!

Poi si prendeva con due dita il nasone:

– E questo, il timone!

Aspirava fortemente una boccata d'aria e, al rumore che l'aria faceva nel naso otturato, alzava subito quelle due dita e le scoteva in aria come se le fosse scottate.

Era in guerra aperta con tutto il clero, perché il clero – a suo dire – aveva azzoppato Dio. Il diavolo, invece, aveva camminato. Bisognava a ogni costo ringiovanire Dio, farlo viaggiare in ferrovia, col progresso, senza tanti misteri, per fargli sorpassare il diavolo.

– Luce elettrica! Luce elettrica! – gridava, agitando le lunghe braccia smanicate. – Lo so io a chi giova tanta oscurità! E Dio vuol dire Luce!

Era tempo di finirla con tutta quella sciocca commedia delle pratiche esteriori del culto: messe e quarant'ore. E paragonava il prete nella lunga funzione del consacrar l'ostia per poi inghiottirsela al gatto che prima scherza col topo e poi se lo mangia.

Egli avrebbe edificato la Chiesa Nuova. Già pensava ai capitoli della Nuova Fede. Ci pensava la notte, e li scriveva. Ma prima bisognava trovare il tesoro. Come? Per mezzo della sonnambula. Ne aveva una, che lo aiutava anche a indovinar le malattie. Perché don Bartolo curava anche i malati. Li curava con certi intrugli, estratti da erbe speciali, sempre secondo le indicazioni di quella sonnambula.

Si contavano miracoli di guarigioni. Ma don Bartolo non se ne inorgogliva. La salute del corpo la ridava gratis a chi avesse fiducia nei suoi mezzi curativi. Aspirava a ben altro lui! A preparare alle genti la salute dell'anima.

La gente però non sapeva ancor bene, se crederlo matto o imbroglione. Chi diceva matto, e chi imbroglione. Eretico era di certo; forse, indemoniato. Il tugurio dov'abitava, in un suo poderetto vicino al camposanto, sul paese, pareva l'officina d'un mago. I contadini dei dintorni vi si recavano la notte, incappucciati e con un lanternino in mano, per farsi insegnare dalla sonnambula il luogo preciso di certe *trovature*, tesori nascosti che dicevano di saper sotterrati nelle campagne del circondario al tempo della rivoluzione. E mentre don Bartolo addormentava la sonnambula, muto, spettrale, con le mani sospese sul capo di lei, al lume vacillante d'un lampadino a olio, tremavano. Tremavano, allorché, lasciando nel tugurio la donna addormentata, egli li invitava a uscir con lui all'aperto e li faceva inginocchiare sulla nuda terra, sotto il cielo stellato, e, inginocchiato anche lui, prima tendeva l'orecchio ai sommessi rumori della notte, poi diceva misteriosamente:

– *Ssss...* eccolo! eccolo!

E levando la fronte, si dava a improvvisare stranissime preghiere, che a quelli parevano evocazioni diaboliche e bestemmie.

Rientrando, diceva:

– Dio si prega così, nel suo tempio, coi grilli e con le rane. Ora all'opera!

E se qualche tarlo si svegliava nell'antica cassapanca che pareva una bara, là in un angolo, o la fiammella del lampadino crepitava a un soffio d'aria, un brivido coglieva quei contadini intenti e raggelati dalla paura.

Trovato il tesoro, sarebbe sorta la Chiesa Nuova, aperta all'aria e al sole, senz'altari e senz'immagini. Ciò che i nuovi sacerdoti vi avrebbero fatto, don Bartolo veniva ogni giorno a spiegarlo a don Nuccio D'Alagna, il quale era pure il solo che, almeno in apparenza, stesse a sentirlo senza ribellarsi o scappar via con le mani agli orecchi.

– Lasciamo fare a Dio! – arrischiava soltanto, con un sospiro, a quando a quando.

Ma don Bartolo gli dava subito sulla voce:

– Un corno!

E gli dava da ricopiare, per elemosina, a un tanto a pagina, i capitoli della Nuova Fede che scarabocchiava la notte. Gli portava anche da mangiare e qualche magica droga per la figliuola ammalata.

Appena andato via, don Nuccio scappava in chiesa a chieder perdono a Dio Padre, a Gesù, alla Vergine, a tutti i Santi, di quanto gli toccava d'udire, delle diavolerie che gli toccava di ricopiar la sera, per necessità. Lui come lui, si sarebbe lasciato piuttosto morir di fame; ma era per la figlia, per quella povera anima innocente! I fedeli cristiani lo avevano tutti abbandonato. Poteva esser volere di Dio che in quella miseria, nera come la pece, l'unico lume di carità gli venisse da quel demonio in veste da prete? Che fare, Signore, che fare? Che gran peccato aveva commesso perché anche quel boccone di pane dovesse parergli attossicato per la mano che glielo porgeva? Certo un potere diabolico esercitava quell'uomo su lui.

– Liberatemene, Vergine Maria, liberatemene Voi!

Inginocchiato sullo scalino innanzi alla nicchia della Vergine, lì tutta parata di gemme e d'ori, vestita di raso azzurro, col manto bianco stellato d'oro, don Nuccio alzava gli occhi lagrimosi al volto sorridente della Madre divina. A lei si rivolgeva di preferenza perché gl'impetrasse da Dio il perdono, non tanto per il pane maledetto che mangiava, non tanto per quelle scritture diaboliche che gli toccava di ricopiare, quanto per un altro peccato, senza dubbio più grave di tutti. Lo confessava tremando. Si prestava a farsi addormentare da don Bartolo, come la sonnambula.

La prima volta lo aveva fatto per la figlia, per trovare nel sonno magnetico l'erba che gliela doveva guarire. L'erba non si era trovata; ma egli seguitava ancora a farsi addormentare per provar quella delizia nuova, la beatitudine di quel sonno strano.

– Voliamo, don Nuccio, voliamo! – gli diceva don Bartolo, tenendogli i pollici delle due mani, mentr'egli già dormiva e vedeva. – Vi sentite le ali? Bene, facciamoci una bella volatina per sollievo. Vi conduco io.

La figliuola stava a guardare dal letto con tanto d'occhi sbarrati, sgomenta, angosciata, levata su un gomito: vedeva le palpebre chiuse del padre fervere come se nella rapidità vertiginosa del volo la vista di lui, abbarbagliata, fosse smarrita nell'immensità d'uno spettacolo luminoso.

– Acqua... tant'acqua... tant'acqua... – diceva difatti, ansando, don Nuccio; e pareva che la sua voce arrivasse da lontano lontano.

– Passiamo questo mare, – rispondeva cupamente don Bartolo con la fronte contratta, quasi in un supremo sforzo di volontà. – Scendiamo a Napoli, don Nuccio: vedrete che bella città! Poi ripigliamo il volo e andiamo a Roma a molestare il papa, ronzandogli attorno in forma di calabrone.

– Ah, Vergine Maria, Madre Santissima, – andava poi a pregar don Nuccio davanti alla nicchia, – liberatemi Voi da questo demonio che mi tiene!

E lo teneva davvero: bastava che don Bartolo lo guardasse in un certo modo, perché d'un tratto avvertisse un curioso abbandono di tutte le membra, e gli occhi gli si chiudessero da sé. E prima ancora che don Bartolo ponesse il piede su la scala, egli, seduto accanto alla figlia, presentiva ogni volta, con un tremore di tutto il corpo, la venuta di lui.

– Eccolo, viene, – diceva.

E, poco dopo, difatti, ecco don Bartolo che salutava il padre e la figlia col cupo vocione:

– *Benedicite.*

– Viene, – disse anche quel giorno don Nuccio alla figlia, la quale, dopo quel forte assalto di tosse, s'era sentita subito meglio, davvero sollevata, e insolitamente s'era messa a parlare, non di guarigione, no – fino a tanto non si lusingava – ma, chi sa! d'una breve tregua del male, che le permettesse di lasciare un po' il letto.

Sentendola parlar così, don Nuccio s'era sentito morire. O Vergine Maria, che quello fosse l'ultimo giorno? Perché anche le altre figliuole, così: – «*Meglio, meglio,*» – ed erano spirate poco dopo. Questa, dunque, la liberazione che la Vergine gli concedeva? Ah, ma non questa, non questa aveva invocata tante volte; ma la propria morte: ché la figlia, allora, nel vedersi sola, si sarebbe lasciata portare all'ospedale. Doveva restar solo lui, invece? assistere anche alla morte di quell'ultima innocente? Così voleva Dio?

Don Nuccio strinse le pugna. Se la sua figliuola moriva, egli non aveva più bisogno di nulla; di nessuno; tanto meno poi di colui che, soccorrendo ai bisogni del corpo, gli dannava l'anima.

Si levò in piedi; si premette forte le mani sulla faccia.

– Papà, che hai? – gli domandò la figlia, sorpresa.

– Viene, viene, – rispose, quasi parlando tra sé; e apriva e chiudeva le mani, senza curarsi di nascondere l'agitazione.

– E se viene? – fece Agatina, sorridendo.

– Lo caccio via! – disse allora don Nuccio; e uscì risoluto dalla camera.

Questo voleva Dio, e perciò lo lasciava in vita e gli toglieva la figlia: voleva un atto di ribellione alla tirannia di quel demonio; voleva dargli tempo di far penitenza del suo gran peccato. E mosse incontro a don Bartolo per fermarlo sull'entrata.

Don Bartolo saliva pian piano gli ultimi scalini. Alzò il capo, vide don Nuccio sul pianerottolo a capo di scala e lo salutò al solito:

– *Benedicite.*

– Piano, fermatevi, – prese a dire concitatamente don Nuccio D'Alagna, quasi senza fiato, parandoglisi davanti, con le braccia protese. – Qua oggi deve entrare il Signore, per mia figlia.

– Ci siamo? – domandò afflitto e premuroso don Bartolo, interpretando l'agitazione del vecchio come cagionata dall'imminente sciagura. – Lasciatemela vedere.

– No, vi dico! – riprese convulso don Nuccio, trattenendolo per un braccio. – In nome di Dio vi dico: non entrate!

Don Bartolo lo guardò, stordito.

– Perché?

– Perché Dio mi comanda così! Andate via! L'anima mia forse è dannata; ma rispettate quella d'una innocente che sta per comparire davanti alla giustizia divina!

– Ah, mi scacci? – disse trasecolato don Bartolo Scimpri, appuntandosi l'indice d'una mano sul petto. – Scacci me? – incalzò, trasfigurandosi nello sdegno, drizzandosi sul busto. – Anche tu dunque, povero verme, come tutta questa mandra di bestie, mi credi un demonio? Rispondi!

Don Nuccio s'era addossato al muro presso la porta: non si reggeva più in piedi, e a ogni parola di don Bartolo pareva diventasse più piccolo.

– Brutto vigliacco ingrato! – seguitò questi allora. – Anche tu ti metti contro di me, codiando la gente che t'ha preso a calci come un cane rognoso? Mordi la mano che t'ha dato il pane? Io, t'ho dannato l'anima? Verme di terra! ti schiaccerei sotto il piede, se non mi facessi schifo e pietà insieme! Guardami negli occhi! guardami! Chi ti darà da sfamarti? chi ti darà da sotterrare la figlia? Scappa, scappa in chiesa, va' a chiederlo a quella tua Vergine parata come una sgualdrina!

Rimase un pezzo a fissarlo con occhi terribili; poi, come se, in tempo che lo fissava, avesse maturato in sé una feroce vendetta, scoppiò in una risata di scherno; ripeté tre volte, con crescente sprezzo:

– Bestia... bestia... bestia...

E se n'andò.

Don Nuccio cadde sui ginocchi, annichilito. Quanto tempo stette lì, sul pianerottolo, come un sacco vuoto? Chi lo portò in chiesa, davanti alla nicchia della Vergine? Si ritrovò là, come in sogno, prosternato, con la faccia sullo scalino della nicchia; poi, rizzandosi sui ginocchi, un flutto di parole che non gli parvero nemmeno sue gli sgorgò fervido, impetuoso dalle labbra:

– Tanto ho penato, tante ne ho viste, e ancora non ho finito... Vergine Santa, e sempre V'ho lodata! Morire io prima, no, Voi non avete voluto: sia fatta la Vostra santa volontà! Comandatemi, e sempre, fino all'ultimo, V'ubbidirò! Ecco, io stesso, con le mie mani sono venuto a offrirvi l'ultima figlia mia, l'ultimo sangue mio: prendetevela presto, Madre degli afflitti; non me la fate penare più! Lo so, né soli né abbandonati: abbiamo l'aiuto Vostro prezioso, e a codeste mani pietose e benedette ci raccomandiamo. O sante mani, o dolci mani, mani che sanano ogni piaga: beato il capo su cui si posano in cielo! Codeste mani, se io ne sono degno, ora mi soccorreranno, m'aiuteranno a provvedere alla figlia mia. O Vergine santa, i ceri e la bara. Come farò? Farete Voi: provvederete Voi: è vero? è vero?

E a un tratto, nel delirio della preghiera, vide il miracolo. Un riso muto, quasi da pazzo, gli s'allargò smisuratamente nella faccia trasfigurata.

– Sì? – disse, e ammutolì subito dopo, piegandosi indietro, atterrito, a sedere sui talloni, con le braccia conserte al petto.

Sul volto della Vergine, in un baleno, il sorriso degli occhi e delle labbra s'era fatto vivo; le ferveva negli occhi, vivo, il riso delle labbra; e da quelle labbra egli vide muoversi senza suono di voce una parola:

– *Tieni.*

E la Vergine moveva la mano, da cui pendeva un rosario d'oro e di perle.

– *Tieni*, – ripetevano le labbra, più visibilmente, poiché egli se ne stava lì come impietrito. Vive, Dio, vive, vive quelle labbra; e con così vivo, vivo e pressante invito il gesto della mano e anche del capo, anche del capo ora, accompagnava l'offerta, che egli si sentì forzato a protendersi, ad allungare una mano tremante verso la mano della Vergine; e già stava per riceverne il rosario, quando dall'ombra dell'altra navata della chiesa un grido rimbombò come un tuono:

– Ah, ladro!

E don Nuccio cadde, come fulminato.

Subito un uomo accorse, vociando, lo afferrò per le braccia, lo tirò su in piedi, scrollandolo, malmenandolo.

– Ladro! vecchio e ladro! Dentro la casa del Signore? Spogliare la santa Vergine? Ladro! ladro!

E lo trascinava, così apostrofandolo e sputandogli in faccia, verso la porta della chiesa. Accorse gente dalla piazza, e ora tra un coro d'imprecazioni rafforzate da calci, da sputi e da spintoni, don Nuccio D'Alagna, insensato:

– Dono, – balbettava gemendo, – dono della Vergine Maria...

Ma intravedendo su la piazza assolata l'ombra del cippo che sorgeva davanti la chiesa, come se quell'ombra si rizzasse d'improvviso dalla piazza, assumendo l'immagine di don Bartolo Scimpri, colossale, che scoteva il capo di nuovo in quella sua risata diabolica, diede un grido e s'abbandonò, inerte, tra le braccia della gente che lo trascinava.

LA VERITÀ

Saru Argentu, inteso Tararà, appena introdotto nella gabbia della squallida Corte d'Assise, per prima cosa cavò di tasca un ampio fazzoletto rosso di cotone a fiorami gialli, e lo stese accuratamente su uno dei gradini della panca, per non sporcarsi, sedendo, l'abito delle feste, di greve panno turchino. Nuovo l'abito, e nuovo il fazzoletto.

Seduto, volse la faccia e sorrise a tutti i contadini che gremivano, dalla ringhiera in giù, la parte dell'aula riservata al pubblico. L'irto grugno raschioso, raso di fresco, gli dava l'aspetto d'uno scimmione. Gli pendevano dagli orecchi due catenaccetti d'oro.

Dalla folla di tutti quei contadini si levava denso, ammorbante, un sito di stalla e di sudore, un lezzo caprino, un tanfo di bestie inzafardate, che accorava.

Qualche donna, vestita di nero, con la mantellina di panno tirata fin sopra gli orecchi, si mise a piangere perdutamente alla vista dell'imputato, il quale invece, guardando dalla gabbia, seguitava a sorridere e ora alzava una scabra manaccia terrosa, ora piegava il collo di qua e di là, non propriamente a salutare, ma a fare a questo e a quello degli amici e compagni di lavoro un cenno di riconoscimento, con una certa compiacenza.

Perché per lui era quasi una festa, quella, dopo tanti e tanti mesi di carcere preventivo. E s'era parato come di domenica, per far buona comparsa. Povero era, tanto che non aveva potuto neanche pagarsi un avvocato, e ne aveva uno d'ufficio; ma per quello che dipendeva da lui, ecco, pulito almeno, sbarbato, pettinato e con l'abito delle feste.

Dopo le prime formalità, costituita la giuria, il presidente invitò l'imputato ad alzarsi.

– Come vi chiamate?

– Tararà.

– Questo è un nomignolo. Il vostro nome?

– Ah, sissignore. Argentu, Saru Argentu, Eccellenza. Ma tutti mi conoscono per Tararà.

– Va bene. Quant'anni avete?

– Eccellenza, non lo so.

– Come non lo sapete?

Tararà si strinse nelle spalle e significò chiaramente con l'atteggiamento del volto, che gli sembrava quasi una vanità, ma proprio superflua, il computo degli anni. Rispose:

– Abito in campagna, Eccellenza. Chi ci pensa?

Risero tutti, e il presidente chinò il capo a cercare nelle carte che gli stavano aperte davanti:

– Siete nato nel 1873. Avete dunque trentanove anni.

Tararà aprì le braccia e si rimise:

– Come comanda Vostra Eccellenza.

Per non provocare nuove risate, il presidente fece le altre interrogazioni, rispondendo da sé a ognuna:

– È vero? – è vero? – Infine disse:

– Sedete. Ora sentirete dal signor cancelliere di che cosa siete accusato.

Il cancelliere si mise a leggere l'atto d'accusa; ma a un certo punto dovette interrompere la lettura, perché il capo dei giurati stava per venir meno a causa del gran lezzo ferino che aveva empito tutta l'aula. Bisognò dar ordine agli uscieri che fossero spalancate porte e finestre.

Apparve allora lampante e incontestabile la superiorità dell'imputato di fronte a coloro che dovevano giudicarlo.

Seduto su quel suo fazzolettone rosso fiammante, Tararà non avvertiva affatto quel lezzo, abituale al suo naso, e poteva sorridere; Tararà non sentiva caldo, pur vestito com'era di quel greve abito di panno turchino; Tararà infine non aveva alcun fastidio dalle mosche, che facevano scattare in gesti irosi i signori giurati, il procuratore del re, il presidente, il cancelliere, gli avvocati, gli uscieri, e finanche i carabinieri. Le mosche gli si posavano su le mani, gli svolavano ronzanti sonnacchiose attorno alla faccia, gli s'attaccavano voraci su la fronte, agli angoli della bocca e perfino a quelli degli occhi: non le sentiva, non le cacciava, e poteva seguitare a sorridere.

Il giovane avvocato difensore, incaricato d'ufficio, gli aveva detto che poteva essere sicuro dell'assoluzione, perché aveva ucciso la moglie, di cui era provato l'adulterio.

Nella beata incoscienza delle bestie, non aveva neppur l'ombra del rimorso. Perché dovesse rispondere di ciò che aveva fatto, di una cosa, cioè, che non riguardava altri che lui, non capiva. Accettava l'azione della giustizia, come una fatalità inovviabile.

Nella vita c'era la giustizia, come per la campagna le cattive annate.

E la giustizia, con tutto quell'apparato solenne di scanni maestosi, di tocchi, di toghe e di pennacchi, era per Tararà come quel nuovo grande molino a vapore, che s'era inaugurato con gran festa l'anno avanti. Visitandone con tanti altri curiosi il macchinario, tutto quell'ingranaggio di ruote, quel congegno indiavolato di stantuffi e di pulegge, Tararà, l'anno avanti, s'era sentita sorgere dentro e a mano a mano ingrandire, con lo stupore, la diffidenza. Ciascuno avrebbe portato il suo grano a quel molino; ma chi avrebbe poi assicurato agli avventori che la farina sarebbe stata quella stessa del grano versato? Bisognava che ciascuno chiudesse gli occhi e accettasse con rassegnazione la farina che gli davano.

Così ora, con la stessa diffidenza, ma pur con la stessa rassegnazione, Tararà recava il suo caso nell'ingranaggio della giustizia.

Per conto suo, sapeva che aveva spaccato la testa alla moglie con un colpo d'accetta, perché, ritornato a casa fradicio e inzaccherato, una sera di sabato, dalla campagna sotto il borgo di Montaperto nella quale lavorava tutta la settimana da garzone, aveva trovato uno scandalo grosso nel vicolo dell'Arco di Spoto, ove abitava, su le alture di San Gerlando.

Poche ore avanti, sua moglie era stata sorpresa in flagrante adulterio insieme col cavaliere don Agatino Fiorìca.

La signora donna Graziella Fiorìca, moglie del cavaliere, con le dita piene d'anelli, le gote tinte di uva turca, e tutta infiocchettata come una di quelle mule che recano a suon di tamburo un carico di frumento alla chiesa, aveva guidato lei stessa in persona il delegato di pubblica sicurezza Spanò e due guardie di questura, là nel vicolo dell'Arco di Spoto, per la constatazione dell'adulterio.

Il vicinato non aveva potuto nascondere a Tararà la sua disgrazia, perché la moglie era stata trattenuta in arresto, col cavaliere, tutta la notte. La mattina seguente Tararà, appena se la era vista ricomparire zitta zitta davanti all'uscio di strada, prima che le vicine avessero tempo d'accorrere, le era saltato addosso con l'accetta in pugno e le aveva spaccato la testa.

Chi sa che cosa stava a leggere adesso il signor cancelliere...

Terminata la lettura, il presidente fece alzare di nuovo l'imputato per l'interrogatorio.

– Imputato Argentu, avete sentito di che siete accusato?

Tararà fece un atto appena appena con la mano e, col suo solito sorriso, rispose:

– Eccellenza, per dire la verità, non ci ho fatto caso.

Il presidente allora lo redarguì con molta severità:

– Siete accusato d'aver assassinato con un colpo d'accetta, la mattina del 10 dicembre 1911, Rosaria Femminella, vostra moglie. Che avete a dire in vostra discolpa? Rivolgetevi ai signori giurati e parlate chiaramente e col dovuto rispetto alla giustizia.

Tararà si recò una mano al petto, per significare che non aveva la minima intenzione di mancare di rispetto alla giustizia. Ma tutti, ormai, nell'aula, avevano disposto l'animo all'ilarità e lo guardavano col sorriso preparato in attesa d'una sua risposta. Tararà lo avvertì e rimase un pezzo sospeso e smarrito.

– Su, dite, insomma, – lo esortò il presidente. – Dite ai signori giurati quel che avete da dire.

Tararà si strinse nelle spalle e disse:

– Ecco, Eccellenza. Loro signori sono alletterati, e quello che sta scritto in codeste carte, lo avranno capito. Io abito in campagna, Eccellenza. Ma se in codeste carte sta scritto, che ho ammazzato mia moglie, è la verità. E non se ne parla più.

Questa volta scoppiò a ridere, senza volerlo, anche il presidente.

– Non se ne parla più? Aspettate e sentirete, caro, se se ne parlerà...

– Intendo dire, Eccellenza, – spiegò Tararà, riponendosi la mano sul petto, – intendo dire, che l'ho fatto, ecco; e basta. L'ho fatto... sì, Eccellenza, mi rivolgo ai signori giurati, l'ho fatto propriamente, signori giurati, perché non ne ho potuto far di meno, ecco; e basta.

– Serietà! serietà, signori! serietà! – si mise a gridare il presidente, scrollando furiosamente il campanello. – Dove siamo? Qua siamo in una Corte di giustizia! E si tratta di giudicare un uomo che ha ucciso! Se qualcuno si attenta un'altra volta a ridere, farò sgombrare l'aula! E mi duole di dover richiamare anche i signori giurati a considerare la gravità del loro compito!

Poi, rivolgendosi con fiero cipiglio all'imputato:

– Che intendete dire, voi, che non ne avete potuto far di meno?

Tararà, sbigottito in mezzo al violento silenzio sopravvenuto, rispose:

– Intendo dire, Eccellenza, che la colpa non è stata mia.

– Ma come non è stata vostra?

Il giovane avvocato, incaricato d'ufficio, credette a questo punto suo dovere ribellarsi contro il tono aggressivo assunto dal presidente verso il giudicabile.

– Perdoni, signor presidente, ma così finiremo d'imbalordire questo pover uomo! Mi pare ch'egli abbia ragione di dire che la colpa non è stata sua, ma della moglie che lo tradiva col cavalier Fiorìca. È chiaro!

– Signor avvocato, prego, – ripigliò, risentito, il presidente. – Lasciamo parlare l'accusato. A voi, Tararà: intendete dir questo?

Tararà negò prima con un gesto del capo, poi con la voce:

– Nossignore, Eccellenza. La colpa non è stata neanche di quella povera disgraziata. La colpa è stata della signora... della moglie del signor cavaliere Fiorìca, che non ha voluto lasciar le cose quiete. Che c'entrava, signor presidente, andare a fare uno scandalo così grande davanti alla porta di casa mia, che finanche il selciato della strada, signor presidente, è diventato rosso dalla vergogna a vedere un degno galantuomo, il cavaliere Fiorìca, che sappiamo tutti che signore è, scovato lì, in maniche di camicia e coi calzoni in mano, signor presidente, nella tana d'una sporca contadina? Dio solo sa, signor presidente, quello che siamo costretti a fare per procurarci un tozzo di pane!

Tararà disse queste cose con le lagrime agli occhi e nella voce, scotendo le mani innanzi al petto, con le dita intrecciate, mentre le risate scoppiavano irrefrenabili in tutta l'aula e molti anche si torcevano in convulsione. Ma, pur tra le risa, il presidente colse subito a volo la nuova posizione in cui l'imputato veniva a mettersi di fronte alla legge, dopo quanto aveva detto. Se n'accorse anche il giovane avvocato difensore, e di scatto, vedendo crollare tutto l'edificio della sua difesa, si voltò verso la gabbia a far cenno a Tararà di fermarsi.

Troppo tardi. Il presidente, tornando a scampanellare furiosamente, domandò all'imputato:

– Dunque voi confessate che vi era già nota la tresca di vostra moglie col cavaliere Fiorìca?

– Signor presidente, – insorse l'avvocato difensore, balzando in piedi, – scusi... ma io così... io così...

– Che così e così! – lo interruppe, gridando, il presidente. – Bisogna che io metta in chiaro questo, per ora!

– Mi oppongo alla domanda, signor presidente!

– Lei non può mica opporsi, signor avvocato. L'interrogatorio lo faccio io!

– E io allora depongo la toga!

– Ma faccia il piacere, avvocato! Dice sul serio? Se l'imputato stesso confessa...

– Nossignore, nossignore! Non ha confessato ancora nulla, signor presidente! Ha detto soltanto che la colpa, secondo lui, è della signora Fiorìca, che è andata a far uno scandalo innanzi alla sua abitazione.

– Va bene! E può lei impedirmi, adesso, di domandare all'imputato se gli era nota la tresca della moglie col Fiorìca?

Da tutta l'aula si levarono, a questo punto, verso Tararà pressanti, violenti cenni di diniego. Il presidente montò su tutte le furie e minacciò di nuovo lo sgombro dell'aula.

– Rispondete, imputato Argentu: vi era nota, sì o no, la tresca di vostra moglie?

Tararà, smarrito, combattuto, guardò l'avvocato, guardò l'uditorio, e alla fine:

– Debbo... debbo dire di no? – balbettò.

– Ah, broccolo! – gridò un vecchio contadino dal fondo dell'aula.

Il giovane avvocato diede un pugno sul banco e si voltò, sbuffando, a sedere da un'altra parte.

– Dite la verità, nel vostro stesso interesse! – esortò il presidente l'imputato.

– Eccellenza, dico la verità, – riprese Tararà, questa volta con tutt'e due le mani sul petto. – E la verità è questa: che era come se io non lo sapessi! Perché la cosa... sì, Eccellenza, mi rivolgo ai signori giurati; perché la cosa, signori giurati, era tacita, e nessuno dunque poteva venirmi a sostenere in faccia che io la sapevo. Io parlo così, perché abito in campagna, signori giurati. Che può sapere un pover uomo che butta sangue in campagna dalla mattina del lunedì alla sera del sabato? Sono disgrazie che possono capitare a tutti! Certo, se in campagna qualcuno fosse venuto a dirmi: «Tararà, bada che tua moglie se l'intende col cavalier Fiorìca», io non ne avrei potuto fare di meno, e sarei corso a casa con l'accetta a spaccarle la testa. Ma nessuno era mai venuto a dirmelo, signor presidente; e io, a ogni buon fine, se mi capitava qualche volta di dover ritornare al paese in mezzo della settimana, mandavo avanti qualcuno per avvertirne mia moglie. Questo, per far vedere a Vostra Eccellenza, che la mia intenzione era di non fare danno. L'uomo è uomo, Eccellenza, e le donne sono donne. Certo l'uomo deve considerare la donna, che l'ha nel sangue d'essere traditora, anche senza il caso che resti sola, voglio dire col marito assente tutta la settimana; ma la donna, da parte sua, deve considerare l'uomo, e capire che l'uomo non può farsi beccare la faccia dalla gente, Eccellenza! Certe ingiurie... sì, Eccellenza, mi rivolgo ai signori giurati; certe ingiurie, signori giurati, altro che beccare, tagliano la faccia all'uomo! E l'uomo non le può sopportare! Ora io, padroni miei, sono sicuro che quella disgraziata avrebbe avuto sempre per me questa considerazione; e tant'è vero, che io non le avevo mai torto un capello. Tutto il vicinato può venire a testimoniare! Che ci ho da fare io, signori giurati, se poi quella benedetta signora, all'improvviso... Ecco, signor presidente, Vostra Eccellenza dovrebbe farla venire qua, questa signora, di fronte a me, ché saprei parlarci io! Non c'è peggio... mi rivolgo a voi, signori giurati, non c'è peggio delle donne cimentose! «Se suo marito», direi a questa signora, avendola davanti, «se suo marito si fosse messo con una zitella, vossignoria si poteva prendere il gusto di fare questo scandalo, che non avrebbe portato nessuna conseguenza, perché non ci sarebbe stato un marito di mezzo. Ma con quale diritto vossignoria è venuta a inquietare me, che mi sono stato sempre quieto; che non c'entravo né punto, né poco; che non avevo voluto mai né vedere, né sentire nulla; quieto, signori giurati, ad affannarmi il pane in campagna, con la zappa in mano dalla mattina alla sera? Vossignoria scherza?» le direi, se l'avessi qua davanti questa signora. «Che cosa è stato lo scandalo per vossignoria? Niente! Uno scherzo! Dopo due giorni ha rifatto pace col marito. Ma non ha pensato vossignoria, che c'era un altro uomo di mezzo? e che quest'uomo non poteva lasciarsi beccare la faccia dal prossimo, e che doveva far l'uomo? Se vossignoria fosse venuta da me, prima, ad avvertirmi, io le avrei detto: «Lasci andare, signorina! Uomini siamo! E l'uomo, si sa, è cacciatore! Può aversi a male vossignoria d'una sporca contadina? Il cavaliere, con lei, mangia sempre pane fino, francese; lo compatisca se, di tanto in tanto, gli fa gola un tozzo di pane di casa, nero e duro!». Così le avrei detto, signor presidente, e forse non sarebbe accaduto nulla, di quello che purtroppo, non per colpa mia, ma per colpa di questa benedetta signora, è accaduto.

Il presidente troncò con una nuova e più lunga scampanellata i commenti, le risa, le svariate esclamazioni, che seguirono per tutta l'aula la confessione fervorosa di Tararà.

– Questa dunque è la vostra tesi? – domandò poi all'imputato.

Tararà, stanco, anelante, negò col capo.

– Nossignore. Che tesi? Questa è la verità, signor presidente.

E in grazia della verità, così candidamente confessata, Tararà fu condannato a tredici anni di reclusione.

VOLARE

Cortesemente la morte, due anni fa, le aveva fatto una visitina di passata:

– No, comoda! comoda!

Solo per avvertirla che sarebbe ritornata tra poco. Per ora, lì, da brava, a sedere su quella poltrona; in attesa.

Ma come, Dio mio? Così, senza più forza neanche di sollevare un braccio?

Brodi consumati, polli, che altro? Latte d'uccello; lingue di pappagallo...

Cari, i signori medici!

Prima che questo male la assolasse così, poteva almeno aiutare un poco le due povere figliuole, recandosi a cucire a giornata ora da questa ora da quella signora, che le davano da mangiare e qualche soldo; più per carità che per altro, lo capiva lei stessa. Non ci vedeva quasi più; le dita avevano perduto l'agilità, le gambe la forza di mandare avanti il pedale della macchina. Eh, ci galoppava, prima, su un pedale di macchina! Ora, invece...

Niente quasi, quel che portava a casa; ma pure poteva dire allora di non stare del tutto a carico delle figliuole. Le quali lavoravano, poverine, dalla mattina alla sera, la maggiore a bottega, la minore a casa: astucci, scatole, sacchettini per nozze e per nascita: lavoro fino, delicato; ma che non fruttava quasi più nulla ormai. Figurarsi che la maggiore, Adelaide, nella bottega dov'era anche addetta alla vendita e alla cassa, tirava in tutto tre lire al giorno. Guadagnava un po' più la minore, col lavoro a cottimo; ma non trovava da lavorare ogni giorno, Nené.

Tutt'e tre, insomma, riuscivano a mettere insieme appena appena tanto da pagar la pigione di casa e da levarsi la fame; non sempre.

Ma ora, al principio di quell'inverno, anche Adelaide s'era ammalata, e come! Veramente avvertiva da un pezzo quello spasimo fisso alle reni; ma finché s'era potuta reggere, non ne aveva detto nulla. Poi le si erano gonfiate le gambe e aveva dovuto farsi vedere da un medico.

– Dottore, che è?

Niente. Cosa da nulla. Nefrite. State a letto tre o quattro mesi, ben riguardata dal fresco, con una bella fascia di lana attorno alla vita; letto, lana e latte; latte, lana e letto. Tre *elle*. La nefrite si cura così.

Quel guadagno fisso, su cui facevano il maggiore assegnamento, era venuto per tanto a mancare. E allegramente! La padrona della bottega aveva promesso di serbare il posto ad Adelaide, e che intanto, per tutto il tempo della malattia, non avrebbe fatto venir meno il lavoro a Nené. Ma con un paio solo di mani che poteva fare adesso questa povera figliuola, cresciute le spese per la cura di due malate?

Tutto quello che avevano potuto mettere in pegno, lo avevano già messo. Fosse morta lei, almeno, vecchia e ormai inutile! Adelaide, dal letto, pur con quel tarlo alle reni, aiutava la sorella, incollava i cartoncini, li rifilava. Ma lei? Niente. Neanche la colla in cucina poteva preparare. Doveva rimanere lì, per castigo, lei, su quella poltrona, ad affliggere le due figliuole con la sua vista e i suoi lamenti. Perché si lamentava, anche, per giunta! Sicuro. Certi lamenti modulati, nel sonno. La debolezza – bestialmente – la faceva lamentare così, appena socchiudeva gli occhi. Per cui si sforzava di tenerli quanto più poteva aperti.

Ma che bello spettacolo, allora! Pareva una tomba, quella camera. Senz'aria, senza luce, là, a mezzanino, in una delle vie più vecchie e più anguste, presso Piazza Navona. (E dalla piazza, piena di sole nelle belle giornate, arrivavano in quella tomba gli allegri rumori della vita!)

Avrebbe tanto desiderato, la signora Maddalena, d'andare ad abitar lontano lontano, magari fuor di porta, non potendo dove sapeva lei. Si sarebbe contentata anche su ai quartieri alti, magari in una stanza più piccola, ma non così oppressa dalle case di rimpetto. Lì però eran più basse le pigioni, e vicina la bottega ove Adelaide doveva recarsi ogni mattina; quando vi si recava.

Tre lettini, in quella camera, un cassettone, un tavolino, un divanuccio e quattro sedie. Puzzo di colla, tanfo di rinchiuso. La povera Nené non aveva più tempo, e neanche voglia, per dir la verità, di fare un po' di pulizia. Sul cassettone, ci si poteva scrivere col dito, tanta era la polvere. Stracci e ritagli per terra. E lo specchio, su quel cassettone, fin dall'estate scorsa, tutto ricamato dalle mosche. Ma se non si curava più neanche della sua persona, quella povera figliuola...

Eccola là, tutta sbracata, senza busto, in sottanina e col corpetto sbottonato, e i capelli spettinati che le cascavano da tutte le parti. Ma che seno e che respiro di gioventù!

S'era forse ingrassata un po'; ma era pur tanto bellina ancora! Un po' meno, forse, della sorella maggiore, che aveva un volto da Madonna, prima che il male glielo gonfiasse a quel modo. Ma ormai Adelaide aveva trentasei anni. Dieci di meno, Nené, perché tra l'una e l'altra c'erano stati tre maschi che il buon Dio aveva voluti per sé. I maschi, che avrebbero potuto sostener la casa e formarsi facilmente uno stato, morti; e quelle due povere figliuole, invece, che le avevano dato e le davano tuttora tanto pensiero, quelle sì, le erano rimaste. E non trovare in tanti anni da accasarsi, belline com'erano, sagge, modeste, laboriose. Eppure, oh, se ne facevano, di matrimonii! Quanti sacchetti, quante scatoline ogni giorno! Ma li facevano per le altre, i sacchetti e le scatoline, le sue figliuole.

Uno solo s'era fatto avanti, l'inverno scorso: un bel tipo! Vecchio impiegato in ritiro, tutto ritinto, doveva aver messo da parte – chi sa come – una buona sommetta, perché prestava a usura. Nené aveva detto di sì, solo per farle chiudere gli occhi meno disperatamente. Ma poi s'era presto capito che tanta voglia di sposare colui non la aveva, e che invece... Ma sì, tutt'a un tratto, s'era sparsa la voce che lo avevano messo dentro per offese al buon costume.

Così vecchio, e così... Ma già, il mondo, tutto rivoltato! E non aveva avuto il coraggio di ripresentarsi, dopo tre mesi, appena uscito dal carcere? Prima nero come un corvo, e ora biondo come un canarino... Per poco Nené non gli aveva fatto ruzzolar le scale. Eppure ancora, laido vecchiaccio sfrontato, la seguiva e la infastidiva per via, quand'ella si recava a lasciare a bottega i sacchettini e le scatolette o a prender le commissioni.

Più che per Adelaide la signora Maddalena sentiva pietà per questa più piccola. Perché Adelaide, almeno, da ragazzina, aveva goduto, mentre Nené era nata e cresciuta sempre in mezzo alla miseria.

Di tratto in tratto la signora Maddalena alzava gli occhi a un ritratto fotografico ingiallito e quasi svanito, appeso in cornice alla parete di faccia; e, contemplando quella figura d'uomo zazzeruto, tentennava amaramente il capo.

Lo aveva sposato per forza. Ai suoi tempi, quel tomo lì, era stato un famoso baritono buffo.

Da giovane lei aveva studiato canto, perché aveva una bellissima voce di soprano sfogato. Faceva all'amore, allora, con un giovanotto che forse l'avrebbe resa felice. Ma la madre, donna terribile, un giorno – rimedio spiccio – l'aveva schiaffeggiata pulitamente al balcone, *coram populo*, mentre stava in dolce corrispondenza con l'innamorato seduto sul balcone dirimpetto.

Aveva esordito a Palermo, prima del 1860, al *Carolino*, e aveva fatto furore. Eh, altro... Ma quell'uomo là con la zazzera, che cantava con lei, innamorato cotto, l'aveva chiesta subito in moglie. E subito, appena sposati, le aveva proibito di seguitare a cantare. Per gelosia, pezzo d'imbecille! Sì, guadagnava tesori, lui, è vero, e la teneva come una regina, ma sempre incinta, e senza casa, di città in città, con un esercito di casse e di fagotti appresso. E i denari, com'erano entrati, eran volati via. Poi lui s'era ammalato, aveva perduto la voce di baritono buffo, e buonanotte ai sonatori! Lui, morto in un ospedale; e lei rimasta in mezzo alla strada con cinque figliuoli, tutti piccini così.

Non solo il corpo, ma pure l'anima si sarebbe venduta per dar da mangiare a quei piccini. Aveva fatto di tutto; anche da serva, tre mesi; poi, i tre maschietti le erano morti fra gli stenti; e quelle due femminucce se le era tirate su, non sapeva più come neanche lei. Eccole là.

– Piove, Nené?

– Piove.

Da quindici giorni pioveva, signori miei, senza smettere un momento. E per l'umidaccio che la acchiappava subito alle reni, Adelaide, ecco, non si poteva tenere neppure a sedere sul letto.

Oh! sonavano alla porta. E chi poteva essere con quella bella giornata?

La signora Elvira, che piacere!, la padrona della bottega d'Adelaide. S'era incomodata a venir lei stessa a pagare fino in casa la settimana? Quanta bontà... No?

– No, care mie, – prese a dire la signora Elvira, deponendo nelle mani di Nené l'ombrello sgocciolante e poi un fazzoletto e poi la borsetta, per tirarsi su e commiserare le sue sottane zuppe da strizzare.

In gioventù, una trentina d'anni fa, si doveva esser molto compiaciuta di se stessa, quella signora Elvira, se con tanta ostinazione aveva voluto conservarsi tal quale, coi capelli biondi d'allora e il roseo delle guance e il rosso delle labbra e quella ridicola formosità del busto e dei fianchi. Sapendo di non poter più ingannare nessuno e neanche se stessa, si ritruccava quella sua povera maschera sciupata con violento dispetto per rappresentare almeno per qualche momento, di sfuggita, davanti allo specchio quella lontana immagine di gioventù passata invano, ahimè. Se non che, certe volte, se ne dimenticava; e allora il contrasto fra quella truccatura di rosea zitellina e la sguaiataggine della vecchia inacidita, strideva buffissimo e sconcio.

– No no, care mie, – seguitò. – Bontà, scusate, bontà fino a un certo punto! Se non mi sfogo, schiatto. Dov'è la tasca? Eccola qua! Leggi, leggi tu, anima mia; leggi qua!

– Che cos'è? – domandò la signora Maddalena dalla poltrona, costernata.

La signora Elvira porse a Nené una lettera e rispose con le mani per aria:

– Che cos'è? Centoquattordici lire di ritenuta! Bisogna che mi vuoti il cuore dalla bile, o schiatto! Sono parti da fare a una come me? Ma dico... Lo sa Dio quel che sto patendo per voi a bottega, per serbare il posto a Lalla, e tu intanto, anima mia, qua... centoquattordici lire di ritenuta? Impazzisco.

– Ma che c'entro io? – fece Nené.

– Che c'entri tu? – rimbeccò pronta quella. – E il lavoro chi l'ha fatto?

– Non io sola.

– Tu per la maggior parte; tu che vuoi prendertene sempre più di quello che puoi fare! Ed ecco che ne viene. Hai visto? Piombi la sera tardi a bottega, approfitti che non ho tempo di vedere e che mi fido di te... Ah, cara mia, no! Io non le pago. Centoquattordici lire? Fossi matta! Ci ho colpa anch'io, che non ho sorvegliato. Pagheremo, metà io, metà tu.

– E con che pago io? – fece Nené, quasi ridendo.

– Me lo sconti col lavoro, – rispose la signora Elvira. – Oh bella, toh! Cominciando da questa settimana.

– Signora Elvira...

– Non sento ragioni!

– Ma guardi come siamo tutt'e tre! Se ci toglie... Domani viene il padron di casa per la pigione...

– E tu non gliela dare!

– Come non gliela do? Siamo in arretrato di due mesi. Ci butta in mezzo alla strada. Creda, signora Elvira, che le vogliono fare una soperchieria, perché il lavoro...

– Zitta, zitta, bella mia, non mi parlare del lavoro! – la interruppe quella. – Ridammi il paracqua e ringrazia Dio, anima mia, se non ti volto le spalle, come dovrei. Se non tutto in una volta, sconterai a poco a poco, in considerazione, bada bene! di tua sorella che mi lasciò sempre contenta e di tua madre. C'è malattie; compatisco. Ti do la metà, e basta. Statevi bene.

Posò il denaro sul cassettone, e scappò via.

Le tre donne rimasero un pezzo a guardarsi negli occhi senza fiatare. La signora Maddalena e Adelaide s'erano accorte, e lei stessa, Nené, sapeva bene, che veramente la manifattura di quelle scatoline per un dolciere d'Aquila lasciava molto a desiderare. Premeva a Nené di raggranellare il mensile per il padrone di casa, e aveva lavorato anche di notte, con le mani stanche e gli occhi imbambolati dal sonno. Ora, con la giunta di quelle poche lire, il mensile per il padrone di casa lo metteva insieme; ma non restava nulla per la settimana ventura. Cioè, restavano i debiti coi fornitori, i quali certo, non ricevendo neppure il piccolo acconto promesso, non le avrebbero fatto più credito per un'altra settimana.

Stimando vano ogni sfogo di parole, si stettero zitte tutt'e tre. Nello sguardo della madre però e in quello d'Adelaide parve a Nené di scorgere come un rimprovero per quel lavoro eseguito male; quel rimprovero che forse avrebbero voluto rivolgerle a tempo e che non le avevano rivolto per delicatezza, giacché vivevano ormai alle spalle di lei. Parve anche a Nené che quel poco denaro lasciato lì sul cas-

settone dalla padrona della bottega fosse dato come in elemosina a lei che aveva lavorato, non perché
lo meritasse, ma solamente per riguardo alla sorella che se ne stava a letto e alla madre che se ne stava
in poltrona. Così infatti aveva detto colei. Non meritava dunque nessuna considerazione, lei come lei,
pur essendo ridotta in quello stato, peggio d'una serva? E sissignori! Per disgrazia, a un certo punto,
ad Adelaide scappò un sospiro in forma di domanda:

– E ora come si fa?

– Come si fa? – rispose agra Nené. – Si fa così, che mi corico anch'io e staremo a guardar dal letto
tutte e tre come piove.

Tin tin tin – di nuovo alla porta. Un'altra visita? La provvidenza, questa volta.

Un'amica di Nené. Una spilungona miope, tutta collo, dai capelli rossi crespi; e gli occhi ovati e
una bocca da pescecane. Ma tanto buona, poverina! Da più d'un anno non si faceva vedere. Ora veniva tutta festante, vestita bene, ad annunziare all'amica il suo prossimo matrimonio. Sposava, sposava
anche lei, e pareva non ci sapesse credere lei stessa. Stringeva forte forte le braccia a Nené nel darle
l'annunzio, e rideva (con quella bocca!) e per miracolo non saltava dalla gioia, senza pensare che lì,
in quella camera squallida, c'erano due povere malate e che la sua amica, tanto più giovane, tanto più
bellina di lei... Oh, ma ella era venuta per un buon fine! Sapeva delle malattie, sapeva delle angustie, e
aveva pensato subito alla sua Nené. Ecco: per commissionarle i sacchettini dei confetti. Li voleva fatti
da lei. Cento. E belli, belli, belli li voleva, e senza risparmio. Pagava lui, lo sposo.

– Un ottimo posto, sai! Segretario al Ministero della Guerra. E un anno meno di me. Un bel giovine, sì. Eccolo qua!

Aveva il ritratto con sé: lo aveva portato apposta per farlo vedere a Nené. Bello, eh? E tanto buono,
e tanto innamorato: uh, pazzo addirittura! Fra una settimana le nozze. Bisognava dunque che fossero
fatti presto, quei sacchettini.

Parlò sempre lei in quella mezz'oretta che si trattenne in casa dell'amica. Più non poteva, perché
era già tardi: alle cinque e mezzo lui usciva dal Ministero, volava da lei, e guai se non la trovava a casa.

– Geloso?

– No, Dio liberi! Geloso no, ma non vuol perdere neanche un minutino, capisci? Oh, senti, Nené
mia: senza cerimonie tra noi! Tu avrai certo bisogno di qualche anticipazioncina per le spese...

– No, cara, – le disse subito Nené. – Non ho proprio bisogno di nulla. Va' pure tranquilla.

– Proprio di nulla? E allora, cento, eh?

– Cento, ti servo io. E rallegramenti!

La sposina corse a baciare la signora Maddalena, poi Adelaide; baciò e ribaciò Nené, bacioni di
cuore, e via.

Le tre donne, questa volta, non tornarono a guardarsi negli occhi. La madre li richiuse, mentre le
labbra le fremevano di pianto. Adelaide li volse senza sguardo al soffitto. Poco dopo, Nené scoppiò in
una fragorosa risata.

– Bello davvero, oh, quello sposino!

– Fortune! – sospirò, dalla poltrona, la madre.

Adelaide, dal letto:

– Imbecille!

L'ombra s'era addensata nella camera. E spiccava solo, in quell'ombra, un fazzoletto bianco sulle
ginocchia della madre, e il bianco della rimboccatura del lenzuolo sul letto d'Adelaide. Ai vetri della
finestra, lo squallore dell'ultimo crepuscolo.

– Intanto, – riprese la madre, che non si scorgeva quasi più, – l'anticipazione... Sei andata a dirle
che non ne avevi bisogno...

– Già! Come farai? – soggiunse Adelaide.

Nené guardò l'una e l'altra, poi alzò le spalle e rispose:

– Semplicissimo! Non glieli farò.

– Come? Se hai preso l'impegno! – disse la madre.

E Nené:

– Mi prenderò il gusto di farla sposare senza sacchettini. Oh, a lei poi non glieli fo, non glieli fo e
non glieli fo! Questo piacere me lo voglio prendere. Non glieli fo.

La madre e la sorella non insistettero, sicure che la mattina dopo, ripensandoci meglio, Nené si sarebbe recata a provvedersi a credito della stoffa per quel lavoro di cui c'era tanto bisogno. Ma tutta la notte Nené s'agitò in continue smanie sul letto. Il padrone di casa venne nelle prime ore della giornata e si portò via tutto il denaro.

– Piove, Nené?

Pioveva anche quel giorno; e tutta la notte era piovuto.

Nené rifece il suo lettino; aiutò la madre a vestirsi; l'adagiò pian piano sulla poltrona; rifece anche il letto di lei e aggiustò alla meglio quello di Adelaide, che volle provarsi a seder di nuovo, sorretta dai guanciali. Ma perché? Se non c'era proprio nulla da fare...

Stettero in silenzio per un lungo pezzo. Poi la madre disse:

– E pettinati almeno, Nené! Non posso più vederti così arruffata!

– Mi pettino, e poi? – domandò Nené, riscotendosi.

– E poi... poi t'acconci un po' – aggiunse la madre. – Non vuoi davvero andare per quei sacchettini?

– Dove vado? con che vado? – gridò Nené, scattando in piedi, rabbiosamente.

– Potresti da lei...

– Da chi?

– Dalla tua amica, con una scusa...

– Grazie!

– Oh, per me, sai, – disse allora, stanca, la madre, – se mi lasci morire così, tanto meglio!

Nené non rispose, lì per lì; ma sentì in quel breve silenzio crescere in sé l'esasperazione; alla fine proruppe:

– Ma se non basto! se non basto! Non vedete? M'arrabatto e, per far più presto, invece di guadagnare, la ritenuta a quella strega ritinta! e qua i sacchettini alla giraffa sposa, che li vuol belli... Non ne posso più! Che vita è questa?

Adelaide allora balzò dal letto, pallida, risoluta:

– Qua la veste! Dammi la veste! Torno a bottega!

Nené accorse per costringerla a rimettersi a letto; la madre si protese, spaventata, dalla poltrona; ma Adelaide insisteva, cercando di svincolarsi dalla sorella.

– La veste! la veste!

– Sei matta? Vuoi morire?

– Morire. Lasciami!

– Adelaide! Ma dici sul serio?

– Lasciami, ti dico!

– Ebbene, va'! – disse allora Nené, lasciandola. – Voglio vederti!

Adelaide, lasciata, si sentì mancare; si sorresse al letto; sedette sulla seggiola, lì, in camicia; si nascose il volto con le mani e ruppe in pianto.

– Ma non fare storie! – le disse allora Nené. – Non prendere altro fresco, e non scherziamo!

La aiutò a ricoricarsi.

– Esco io, più tardi, – poi disse, facendosi davanti allo specchio sul cassettone, e ravviandosi dopo tanti giorni i capelli con un tale gesto, che la madre dalla poltrona rimase a mirarla per un lungo pezzo, atterrita.

Non disse altro Nené.

Prima d'uscire, col cappello già in capo, stette a lungo, a lungo, presso la finestra a guardar fuori, attraverso i vetri bagnati dalla pioggia.

Sul davanzale di quella finestra, in un angolo, era rimasta dimenticata una gabbietta, dalle gretole irrugginite, infradiciata ora dalla pioggia che cadeva da tanti giorni.

In quella gabbietta era stata per circa due mesi una passerina caduta dal nido, nei primi giorni della scorsa primavera.

Nené l'aveva allevata con tante cure; poi, quando aveva creduto ch'essa fosse in grado di volare, le aveva aperto lo sportellino della gabbia:

– Godi!

Ma la passeretta – chi sa perché! – non aveva voluto prendere il volo. Per due giorni lo sportellino era rimasto aperto. Accoccolata sulla bacchetta, sorda agli inviti dei passeri che la chiamavano dai tetti vicini, aveva preferito di morir lì, nella gabbia, mangiata da un esercito di formiche venute su per il muro da una finestrella ferrata del pianterreno, dov'era forse una dispensa. Proprio così. Quella passeretta era stata uccisa dalle formiche in una notte, mangiata dalle formiche, sciocca, per non aver voluto volare. Per non aver voluto cedere all'invito, forse, d'un vecchio passero spennacchiato, ch'era stato in gabbia anch'esso tre mesi, una volta, per offese al buon costume.

Ebbene, no. Dalle formiche, no, lei non si sarebbe lasciata mangiare.

– Nené, – chiamò la madre, per scuoterla.

Ma Nené uscì di fretta, senza salutar nessuno. Mandò i denari, ogni giorno. Non la rividero più.

IL COPPO

Che bevuto! No. Appena tre bicchieri.

Forse il vino lo eccitava più del solito, per l'animo in cui era dalla mattina, e anche per ciò che aveva in mente di fare, quantunque non ne fosse ancora ben sicuro.

Già da parecchio tempo aveva un certo pensiero segreto, come in agguato e pronto a scattar fuori al momento opportuno.

Lo teneva riposto, quasi all'insaputa di tutti i suoi doveri che stavano come irsute sentinelle a guardia del reclusorio della sua coscienza. Da circa venti anni, egli vi stava carcerato, a scontare un delitto che, in fondo, non aveva recato male se non a lui.

Ma sì! Chi aveva ucciso lui infine, se non se stesso? chi strozzato, se non la propria vita?

E, per giunta, la galera. Da venti anni. Vi s'era chiuso, da sé; se li era piantati a guardia da sé, con la baionetta in canna, tutti quegl'irsuti doveri, così che, non solo non gli lasciassero mai intravedere una probabile lontana via di scampo, ma non lo lasciassero più nemmeno respirare.

Qualche bella ragazza gli aveva sorriso per via?

– *All'erta, sentinellàaa!*

– *All'erta stòòò!*

Qualche amico gli aveva proposto di scappar via con lui in America?

– *All'erta, sentinellàaa!*

– *All'erta stòòò!*

E chi era più lui, adesso? Ecco qua: uno che faceva schifo, propriamente schifo, a se stesso, se si paragonava a quello che avrebbe potuto e dovuto essere.

Un gran pittore! Sissignori: mica di quelli che dipingono per dipingere... alberi e case... montagne e marine... fiumi, giardini e donne nude. Idee voleva dipingere lui; idee vive, in vivi corpi di immagini. Come i grandi!

Bevuto... eh, un tantino sì, aveva bevuto. Ma tuttavia, parlava bene.

– Nardino, parli bene.

Nardino. Sua moglie lo chiamava così, *Nardino*. Perdio, ci voleva coraggio! Un nome come il suo: Bernardo Morasco, divenuto in bocca a sua moglie *Nardino*.

Ma, povera donna, così lo capiva lei... ino, ino... ino, ino...

E Bernardo Morasco, passando il ponte, da Ripetta al Lungotevere dei Mellini, si rincalcò con una manata il cappellaccio su la folta chioma riccioluta, già brizzolata, e piantò gli occhi sbarrati ilari parlanti in faccia a una povera signora attempatella, che gli passava accanto, seguita da un barboncino nero, lacrimoso, che reggeva in bocca un involto.

La signora sussultò dallo spavento e al barboncino cadde di bocca l'involto.

Il Morasco restò un momento mortificato e perplesso. Aveva forse detto qualche cosa a quella signora? Oh Dio! Non aveva avuto la minima intenzione d'offenderla. Parlava con sé; di sua moglie, parlava... – povera donna anche lei!

Si scrollò. Ma che povera donna, adesso! Sua moglie era ricca, i suoi quattro figliuoli erano ricchi, adesso. Suo suocero era finalmente crepato. E così, dopo vent'anni di galera, egli aveva finito di scontare la pena.

Vent'anni addietro, quando ne aveva venticinque, aveva rapito a un usuraio la figliuola. Poverina, che pietà! Timida timida, pallida pallida e con la spalla destra un tantino più alta dell'altra. Ma lui doveva pensare all'Arte; non alle donne. Le donne, lui, non le aveva potute mai soffrire. Per quello che da una donna poteva aver bisogno, quella poverina, anche quella poverina bastava. Ogni tanto, con gli occhi chiusi, là e addio.

La dote, che s'aspettava, non era però venuta. Quell'usuraio del suocero, dopo il ratto, non s'era dato per vinto; e tutti allora si erano attesi da lui che, fallito il colpo, abbandonasse quella disgraziata all'ira del padre e al «disonor!». Buffoni! Come in un libretto d'opera. Lui? Ecco qua, invece, come s'era ridotto lui, per non dare questa soddisfazione alla gente e a quell'infame usuraio!

Non solo non aveva avuto mai una parola aspra per quella poverina, ma per non far mancare il pane prima a lei, poi ai quattro figliuoli che gli erano nati – via, sogni! via, arte! via, tutto!

Là, _tordi_, per tutti i negozianti di quadretti di genere: cavalieri piumati e vestiti di seta che si battono a duello in cantina; cardinali parati di tutto punto che giuocano a scacchi in un chiostro; ciociarette che fanno all'amore in piazza di Spagna; butteri a cavallo dietro una staccionata; tempietti di Vesta con tramonti al torlo d'uovo; rovine d'acquedotti in salsa di pomodoro; poi, tutti i peggio fattacci di cronaca per le pagine a colori dei giornali illustrati: tori in fuga e crolli di campanili, guardie di finanza e contrabbandieri in lotta, salvataggi eroici e pugilati alla Camera dei deputati...

Ci sputavano sopra, adesso, moglie e figliuoli, a queste sue belle fatiche, da cui per tanti anni era venuto loro un così scarso pane! Gli toccava anche questo, per giunta: la commiserazione derisoria di coloro per cui si era sacrificato, martoriato, distrutto. Diventati ricchi, che rispetto più, che considerazione potevano avere per uno che si era arrabattato a metter su sconci pupazzi e caricature per lasciarli tant'anni quasi morti di fame?

Ah, ma, perdio, voleva aver l'orgoglio di sputare anche lui ora, a sua volta, su quella ricchezza, e di provarne schifo; ora che non poteva più servirgli per attuare quel sogno che gliel'aveva fatto un tempo desiderare. Era ricco anche lui, allora, ricco d'anima e di sogni!

Che scherno, l'eredità del suocero, tutto quel denaro ora che il sentimento della vita gli s'era indurito in quella realtà ispida, squallida, come in un terreno sterpigno, pieno di cardi spinosi e di sassi aguzzi, nido di serpi e di gufi! Su questo terreno, ora, la pioggia d'oro! Che consolazione! E chi gli dava più la forza di strappare tutti quei cardi, di portar via tutti quei sassi, di schiacciare la testa a tutti quei serpi, di dare la caccia a tutti quei gufi? Chi gli dava più la forza di rompere quel terreno e rilavorarlo, perché vi nascessero i fiori un tempo sognati? Ah, quali fiori più, se ne aveva perduto finanche il seme! Là, i pennacchioli di quei cardi...

Tutto era ormai finito per lui.

Se n'era accorto bene, vagando quella mattina; libero finalmente, fuori della sua carcere, poiché la moglie e i figliuoli non avevano più bisogno di lui.

Era uscito di casa, col fermo proposito di non ritornarvi mai più. Ma non sapeva ancora che cosa avrebbe fatto, né dove sarebbe andato a finire.

Vagava, vagava; era stato sul Gianicolo, e aveva mangiato in una trattoria lassù... e bevuto, sì, bevuto... più, più di tre bicchieri... la verità! Era stato anche a Villa Borghese. Stanco, s'era sdraiato per più ore su l'erba d'un prato, e... sì, forse per il vino... aveva anche pianto, sentendosi perduto come in una lontananza infinita; e gli era parso di ricordarsi di tante cose, che forse per lui non erano mai esistite.

La primavera, l'ebbrezza del primo tepore del sole su la tenera erba dei prati, i primi fiorellini timidi e il canto degli uccelli. Quando mai, per lui, avevano cantato così gioiosamente gli uccelli?

Che strazio, in mezzo a quel primo verde, così vivido e fresco d'infanzia, sentirsi grigi i capelli, arida la barba. Sapersi vecchio. Riconoscere che nessun grido poteva più erompere a lui dall'anima, che avesse la gioia di quei trilli, di quel cinguettio; nessun pensiero più, nessun sentimento nascere a lui nella mente e nel cuore, che avessero la timidità gentile di quei primi fiorellini, la freschezza di quella prima erba dei prati; riconoscere che tutta quella delizia per le anime giovani, si convertiva per lui in una infinita angoscia di rimpianto.

Passata per sempre, la sua stagione.

Chi può dire, d'inverno, quale tra tanti alberi sia morto? Tutti paiono morti. Ma, appena viene la primavera, prima uno, poi un altro, poi tanti insieme, rifioriscono. Uno solo, che tutti gli altri finora avevano potuto credere come loro, resta spoglio. Morto.

Era lui.

Fosco, angosciato, era uscito da Villa Borghese; aveva attraversato Piazza del Popolo, imboccato via Ripetta; poi sentendosi per questa via soffocare, aveva passato il ponte, e giù per il Lungotevere dei Mellini.

Mortificato ancora per lo sgarbo involontario fatto a quella signora dal barboncino nero, incontrò là un mortorio che procedeva lento lento sotto gli alberi rinverditi, con la banda in testa. Dio, come stonava quella banda! Meno male che il morto non poteva più sentirla. E tutto quel codazzo d'accompagnatori... Ah, la vita!

Ecco, si poteva felicemente definire così, la vita: l'accordo della grancassa coi piattini. Nelle marce funebri, grancassa e piattini non suonano più d'accordo. La grancassa rulla, a tratti, per conto suo, come se ci avesse i cani in corpo; e i piattini, *cing!* e *ciang!* per conto loro.

Fatta questa bella riflessione e salutato il morto, riprese ad andare.

Quando fu al Ponte Margherita, si rifermò. Dove andava? Non si reggeva più su le gambe dalla stanchezza. Perché aveva preso per via Ripetta? Ora, passando il Ponte Margherita, si ritrovava di nuovo quasi di fronte a Villa Borghese. No, via: avrebbe seguito da quest'altra parte il Lungotevere fino al nuovo ponte Flaminio.

Ma perché? Che voleva fare, insomma? Niente... Andare, andare, finché c'era luce.

Oltre ponte Flaminio finiva l'arginatura; ma il viale seguitava spazioso, alto sul fiume, a scarpa su le sponde naturali, con una lunga staccionata per parapetto. A un certo punto, Bernardo Morasco scorse un sentieruolo, che scendeva tra la folta erba della scarpata giù alla sponda; passò sotto alla staccionata e scese alla sponda, abbastanza larga lì e coperta anch'essa di folta erba. Vi si sdraiò.

Le ultime fiamme del crepuscolo trasparivano dai cipressi di Monte Mario, lì quasi dirimpetto, e davano alle cose che nell'ombra calante ritenevano ancora per poco i colori come uno smalto soavissimo che a mano a mano s'incupiva vie più, e riflessi di madreperla alle tranquille acque del fiume.

Il silenzio profondo, quasi attonito, era lì presso però, non rotto, ma per così dire animato da un certo cupo tonfo cadenzato, a cui seguiva ogni volta uno sgocciolio vivo.

Incuriosito, Bernardo Morasco si rizzò sul busto a guardare, e vide dalla sponda allungarsi nel fiume come la punta d'una chiatta nera, terminata in una solida asse, che reggeva due coppi, due specie di nasse di ferro giranti per la forza stessa dell'acqua. Appena un coppo si tuffava, l'altro veniva fuori dalla parte opposta, sgocciolante.

Non aveva mai veduto quell'arnese da pesca; non sapeva che fosse, né che significasse; e rimase a lungo stupito e accigliato a mirarlo, compreso quasi da un senso di mistero per quel lento moto cadenzato di quei due coppi là, che si tuffavano uno dopo l'altro nell'acqua, per non prender che acqua.

L'inutilità di quel girare monotono d'un così grosso e cupo ordegno gli diede una tristezza infinita.

Si riaccasciò su l'erba. Gli parve che tutto fosse vano nella vita come il girare di quei due coppi nell'acqua. Guardò il cielo, in cui erano già spuntate le prime stelle, ma pallide per l'imminente alba lunare.

Si annunziava una serata di maggio deliziosa, e più nera e più amara si faceva a mano a mano la malinconia di Bernardo Morasco. Ah, chi gli levava più dalle spalle quei venti anni di galera, perché anche lui potesse godere di quella delizia? Quand'anche fosse riuscito a rinnovarsi l'animo, cacciandone via tutti i ricordi che ormai sempre gli avrebbero amareggiato lo scarso piacere di vivere, come avrebbe potuto rinnovarsi il corpo già logoro? Come andar più con quel corpo in cerca d'amore? Senza amore, senz'altro bene era passata per lui la vita, che poteva, oh sì, poteva esser bella! E tra poco sarebbe finita... E nessuna traccia sarebbe rimasta di lui, che pure aveva un tempo sognato d'avere in sé la potenza di dare un'espressione nuova, un'espressione sua alle cose... Ah, che! Vanità! Quel coppo che il fiume del tempo faceva girare, tuffare nell'acqua, per non prendere che acqua...

Tutt'a un tratto, s'alzò. Appena in piedi, gli parve strano che si fosse alzato. Avvertì che non si era alzato da sé, ma che era stato messo in piedi da una spinta interiore, non sua, forse di quel pensiero riposto, come in agguato dentro di lui, da tanti anni.

Era dunque venuto il momento?

Si guardò attorno. Non c'era nessuno. C'era il silenzio che, formidabilmente sospeso, attendeva il fruscio dell'erba a un primo passo di lui verso il fiume. E c'erano tutti quei fili d'erba, che sarebbero rimasti lì, tali e quali, sotto il chiarore umido e blando della luna, anche dopo la sua scomparsa da quella scena.

Bernardo Morasco si mosse per la sponda, ma solo quasi per curiosità di osservare da vicino quello strano ordegno da pesca. Scese su la chiatta, in cui stava confitto verticalmente un palo, presso i due coppi giranti.

Ecco: reggendosi a quel palo, egli avrebbe potuto spiccare un salto, balzar dentro a uno di quei coppi, e farsi scodellare nel fiume.

Bello! Nuovo! Sì... E afferrò con tutt'e due le mani il palo, come per far la prova; e, sorridendo convulso, aspettò che il coppo che or ora si tuffava di là nell'acqua facesse il giro. Come venne fuori di qua, man mano alzandosi, mentre quell'altro si tuffava, veramente fece un balzo e vi si cacciò dentro, con gli occhi strizzati, i denti serrati, tutto il volto contratto nello spasimo dell'orribile attesa.

Ma che? Il peso del suo corpo aveva arrestato il movimento? Rimaneva in bilico dentro il coppo?

Riaprì gli occhi, stordito di quel caso, fremente, quasi ridente... Oh Dio, non si moveva più?

Ma no, ecco, ecco... la forza del fiume vinceva... il coppo riprendeva a girare... Perdio, no... aveva atteso troppo... quell'esitazione, quell'arresto momentaneo dell'ordegno per il peso del suo corpo gli era già sembrato uno scherzo, e quasi ne aveva riso... Ora, oh Dio, guardando in alto, mentre il coppo si risollevava, vide come schiantarsi tutte le stelle del cielo; e istintivamente, in un attimo, preso dal terrore, Bernardo Morasco stese un braccio al palo, tutte e due le braccia, vi s'abbrancò con uno sforzo così disperato, che alla fine sguizzò dal coppo in piedi su la chiatta.

Il coppo, con un tonfo violentissimo per lo strappo, si rituffò schizzandogli una zaffata d'acqua addosso.

Rabbrividì e rise, quasi nitrì di nuovo, convulso, volgendo gli occhi in giro, come se avesse fatto lui, ora, uno scherzo al fiume, alla luna, ai cipressi di Monte Mario.

E l'incanto della notte gli apparve ritrovato, con le stelle ben ferme e brillanti nel cielo, e quelle sponde e quella pace e quel silenzio.

LA TRAPPOLA

No, no, come rassegnarmi? E perché? Se avessi qualche dovere verso altri, forse sì. Ma non ne ho! E allora perché?

Stammi a sentire. Tu non puoi darmi torto. Nessuno, ragionando così in astratto, può darmi torto. Quello che sento io, senti anche tu, e sentono tutti.

Perché avete tanta paura di svegliarvi la notte? Perché per voi la forza alle ragioni della vita viene dalla luce del giorno. Dalle illusioni della luce.

Il buio, il silenzio, vi atterriscono. E accendete la candela. Ma vi par triste, eh? triste quella luce di candela. Perché non è quella la luce che ci vuole per voi. Il sole! il sole! Chiedete angosciosamente il sole, voialtri! Perché le illusioni non sorgono più spontanee con una luce artificiale, procacciata da voi stessi con mano tremante.

Come la mano, trema tutta la vostra realtà. Vi si scopre fittizia e inconsistente. Artificiale come quella luce di candela. E tutti i vostri sensi vigilano tesi con ispasimo, nella paura che sotto a questa realtà, di cui scoprite la vana inconsistenza, un'altra realtà non vi si riveli, oscura, orribile: la vera. Un alito... che cos'è? Che cos'è questo scricchiolio?

E, sospesi nell'orrore di quell'ignota attesa, tra brividi e sudorini, ecco davanti a voi in quella luce vedete nella camera muoversi con aspetto e andatura spettrale le vostre illusioni del giorno. Guardatele bene; hanno le vostre stesse occhiaie enfiate e acquose, e la giallezza della vostra insonnia, e anche i vostri dolori artritici. Sì, il rodio sordo dei tofi alle giunture delle dita.

E che vista, che vista assumono gli oggetti della camera! Sono come sospesi anch'essi in una immobilità attonita, che v'inquieta.

Dormivate con essi lì attorno.

Ma essi non dormono. Stanno lì, così di giorno, come di notte.

La vostra mano li apre e li chiude, per ora. Domani li aprirà e chiuderà un'altra mano. Chi sa quale altra mano... Ma per loro è lo stesso. Tengono dentro, per ora, i vostri abiti, vuote spoglie appese, che hanno preso il grinzo, le pieghe dei vostri ginocchi stanchi, dei vostri gomiti aguzzi. Domani terranno appese le spoglie aggrinzite d'un altro. Lo specchio di quell'armadio ora riflette la vostra immagine, e non ne serba traccia; non serberà traccia domani di quella d'un altro.

Lo specchio, per sé, non vede. Lo specchio è come la verità.

Ti pare ch'io farnetichi? ch'io parli a mezz'aria? Va' là, che tu m'intendi; e intendi anche più ch'io non dica, perché è molto difficile esprimere questo sentimento oscuro che mi domina e mi sconvolge.

Tu sai come ho vissuto finora. Sai che ho provato sempre ribrezzo, orrore, di farmi comunque una forma, di rapprendermi, di fissarmi anche momentaneamente in essa.

Ho fatto sempre ridere i miei amici per le tante... come le chiamate? alterazioni, già, alterazioni de' miei connotati. Ma avete potuto riderne, perché non vi siete mai affondati a considerare il mio bisogno smanioso di presentarmi a me stesso nello specchio con un aspetto diverso, di illudermi di non esser sempre quell'uno, di vedermi un altro!

Ma sì! Che ho potuto alterare? Sono arrivato, è vero, anche a radermi il capo, per vedermi calvo prima del tempo; e ora mi sono raso i baffi, lasciando la barba; o viceversa; ora mi sono raso baffi e barba; o mi son lasciata crescer questa ora in un modo, ora in un altro, a pizzo, spartita sul mento, a collana...

Ho giocato coi peli.

Gli occhi, il naso, la bocca, gli orecchi, il torso, le gambe, le braccia, le mani, non ho potuto mica alterarli. Truccarmi, come un attore di teatro? Ne ho avuto qualche volta la tentazione. Ma poi ho pensato che, sotto la maschera, il mio corpo rimaneva sempre quello... e invecchiava!

Ho cercato di compensarmi con lo spirito. Ah, con lo spirito ho potuto giocar meglio!

Voi pregiate sopra ogni cosa e non vi stancate mai di lodare la costanza dei sentimenti e la coerenza del carattere. E perché? Ma sempre per la stessa ragione! Perché siete vigliacchi, perché avete paura di voi stessi, cioè di perdere – mutando – la realtà che vi siete data, e di riconoscere, quindi, che essa non era altro che una vostra illusione, che dunque non esiste alcuna realtà, se non quella che ci diamo noi.

Ma che vuol dire, domando io, darsi una realtà, se non fissarsi in un sentimento, rapprendersi, irrigidirsi, incrostarsi in esso? E dunque, arrestare in noi il perpetuo movimento vitale, far di noi tanti piccoli e miseri stagni in attesa di putrefazione, mentre la vita è flusso continuo, incandescente e indistinto.

Vedi, è questo il pensiero che mi sconvolge e mi rende feroce!

La vita è il vento, la vita è il mare, la vita è il fuoco; non la terra che si incrosta e assume forma.

Ogni forma è la morte.

Tutto ciò che si toglie dallo stato di fusione e si rapprende, in questo flusso continuo, incandescente e indistinto, è la morte.

Noi tutti siamo esseri presi in trappola, staccati dal flusso che non s'arresta mai, e fissati per la morte.

Dura ancora per un breve spazio di tempo il movimento di quel flusso in noi, nella nostra forma separata, staccata e fissata; ma ecco, a poco a poco si rallenta; il fuoco si raffredda; la forma si dissecca; finché il movimento non cessa del tutto nella forma irrigidita.

Abbiamo finito di morire. E questo abbiamo chiamato vita!

Io mi sento preso in questa trappola della morte, che mi ha staccato dal flusso della vita in cui scorrevo senza forma, e mi ha fissato nel tempo, in questo tempo!

Perché in questo tempo?

Potevo scorrere ancora ed esser fissato più là, almeno, in un'altra forma, più là... Sarebbe stato lo stesso, tu pensi? Eh sì, prima o poi... Ma sarei stato un altro, più là, chi sa chi e chi sa come; intrappolato in un'altra sorte; avrei veduto altre cose, o forse le stesse, ma sotto aspetti diversi, diversamente ordinate.

Tu non puoi immaginare l'odio che m'ispirano le cose che vedo, prese con me nella trappola di questo mio tempo; tutte le cose che finiscono di morire con me, a poco a poco! Odio e pietà! Ma più odio, forse, che pietà.

È vero, sì, caduto più là nella trappola, avrei allora odiato quell'altra forma, come ora odio questa; avrei odiato quell'altro tempo, come ora questo, e tutte le illusioni di vita, che *noi morti d'ogni tempo* ci fabbrichiamo con quel po' di movimento e di calore che resta chiuso in noi, del flusso continuo che è la vera vita e non s'arresta mai.

Siamo tanti morti affaccendati, che c'illudiamo di fabbricarci la vita.

Ci accoppiamo, un morto e una morta, e crediamo di dar la vita, e diamo la morte... Un altro essere in trappola!

– Qua, caro, qua; comincia a morire, caro, comincia a morire... Piangi, eh? Piangi e sguizzi... Avresti voluto scorrere ancora? Sta' bonino, caro! Che vuoi farci? Preso, co-a-gu-la-to, fissato... Durerà un pezzetto! Sta' bonino...

Ah, finché siamo piccini, finché il nostro corpo è tenero e cresce e non pesa, non avvertiamo bene d'esser presi in trappola! Ma poi il corpo fa il groppo; cominciamo a sentirne il peso; cominciamo a sentire che non possiamo più muoverci come prima.

Io vedo, con ribrezzo, il mio spirito dibattersi in questa trappola, per non fissarsi anch'esso nel corpo già leso dagli anni e appesito. Scaccio subito ogni idea che tenda a raffermarsi in me; interrompo subito ogni atto che tenda a divenire in me un'abitudine; non voglio doveri, non voglio affetti, non voglio che lo spirito mi s'indurisca anch'esso in una crosta di concetti. Ma sento che il corpo di giorno in giorno stenta vie più a seguire lo spirito irrequieto; casca, casca, ha i ginocchi stanchi e le mani grevi... vuole il riposo! Glielo darò.

No, no, non so, non voglio rassegnarmi a dare anch'io lo spettacolo miserando di tutti i vecchi, che finiscono di morir lentamente. No. Ma prima... non so, vorrei far qualche cosa d'enorme, d'inaudito, per dare uno sfogo a questa rabbia che mi divora.

Vorrei, per lo meno... – vedi queste unghie? affondarle nella faccia d'ogni femmina bella che passi per via, stuzzicando gli uomini, aizzosa.

Che stupide, miserabili e incoscienti creature sono tutte le femmine! Si parano, s'infronzolano, volgono gli occhi ridenti di qua e di là, mostrano quanto più possono le loro forme provocanti; e non pensano che sono nella trappola anch'esse, fissate anch'esse per la morte, e che pur l'hanno in sé la trappola, per quelli che verranno!

La trappola, per noi uomini, è in loro, nelle donne. Esse ci rimettono per un momento nello stato d'incandescenza, per cavar da noi un altro essere condannato alla morte. Tanto fanno e tanto dicono, che alla fine ci fanno cascare, ciechi, infocati e violenti, là nella loro trappola.

Anche me! Anche me! Ci hanno fatto cascare anche me! Ora, di recente. Sono perciò così feroce.

Una trappola infame! Se l'avessi veduta... Una madonnina. Timida, umile. Appena mi vedeva, chinava gli occhi e arrossiva. Perché sapeva che io, altrimenti, non ci sarei mai cascato.

Veniva qua, per mettere in pratica una delle sette opere corporali di misericordia: visitare gl'infermi. Per mio padre, veniva; non già per me; veniva per aiutare la mia vecchia governante a curare, a ripulire il mio povero padre, di là...

Stava qui, nel quartierino accanto, e s'era fatta amica della mia governante, con la quale si lagnava del marito imbecille, che sempre la rimbrottava di non esser buona a dargli un figliuolo.

Ma capisci com'è? Quando uno comincia a irrigidirsi, a non potersi più muovere come prima, vuol vedersi attorno altri piccoli morti, teneri teneri, che si muovano ancora, come si moveva lui quand'era tenero tenero; altri piccoli morti che gli somiglino e facciano tutti quegli attucci che lui non può più fare.

È uno spasso lavar la faccia ai piccoli morti, che non sanno ancora d'esser presi in trappola, e pettinarli e portarseli a spassino.

Dunque, veniva qua.

– Mi figuro, – diceva con gli occhi bassi, arrossendo, – mi figuro che strazio dev'esser per lei, signor Fabrizio, vedere il padre da tanti anni in questo stato!

– Sissignora, – le rispondevo io sgarbatamente, e le voltavo le spalle e me n'andavo.

Sono sicuro, adesso, che appena voltavo le spalle per andarmene, lei rideva, tra sé, mordendosi il labbro per trattenere la risata.

Io me n'andavo perché, mio malgrado, sentivo d'ammirar quella femmina, non già per la sua bellezza (era bellissima, e tanto più seducente, quanto più mostrava per modestia di non tenere in alcun pregio la sua bellezza); la ammiravo, perché non dava al marito la soddisfazione di mettere in trappola un altro infelice.

Credevo che fosse lei; e invece, no; non mancava per lei; mancava per quell'imbecille. E lei lo sapeva, o almeno, se non proprio la certezza, doveva averne il sospetto. Perciò rideva; di me, di me rideva, di me che l'ammiravo per quella sua presunta incapacità. Rideva in silenzio, nel suo cuore malvagio, e aspettava. Finché una sera...

Fu qua, in questa stanza.

Ero al buio. Sai che mi piace veder morire il giorno ai vetri d'una finestra e lasciarmi prendere e avviluppare a poco a poco dalla tenebra, e pensare: «Non ci sono più!» – pensare: – «Se ci fosse uno in questa stanza, si alzerebbe e accenderebbe un lume. Io non accendo il lume, perché non ci sono più. Sono come le seggiole di questa stanza, come il tavolino, le tende, l'armadio, il divano, che non hanno bisogno di lume e non sanno e non vedono che io sono qua. Io voglio essere come loro, e non vedermi e dimenticare di esser qua».

Dunque, ero al buio. Ella entrò di là, in punta di piedi, dalla camera di mio padre, ove aveva lasciato acceso un lumino da notte, il cui barlume si soffuse appena appena nella tenebra quasi senza diradarla, a traverso lo spiraglio dell'uscio.

Io non la vidi; non vidi che mi veniva addosso. Forse non mi vide neanche lei. All'urto, gittò un grido; finse di svenire, tra le mie braccia, sul mio petto. Chinai il viso; la mia guancia sfiorò la guancia di lei; sentii vicino l'ardore della sua bocca anelante, e...

Mi riscosse, alla fine, la sua risata. Una risata diabolica. L'ho qua ancora, negli orecchi! Rise, rise, scappando, la malvagia! Rise della trappola che mi aveva teso con la sua modestia; rise della mia ferocia: e d'altro rise, che seppi dopo.

È andata via, da tre mesi, col marito promosso professor di liceo in Sardegna.

Vengono a tempo certe promozioni.

Io non vedrò il mio rimorso. Non lo vedrò. Ma ho la tentazione, in certi momenti, di correre a raggiungere quella malvagia e di strozzarla prima che metta in trappola quell'infelice cavato così a tradimento da me.

Amico mio, sono contento di non aver conosciuto mia madre. Forse, se l'avessi conosciuta, questo sentimento feroce non sarebbe nato in me. Ma dacché m'è nato, sono contento di non aver conosciuto mia madre.

Vieni, vieni; entra qua con me, in quest'altra stanza. Guarda!

Questo è mio padre.

Da sette anni, sta lì. Non è più niente. Due occhi che piangono; una bocca che mangia. Non parla, non ode, non si muove più. Mangia e piange. Mangia imboccato; piange da solo; senza ragione; o forse perché c'è ancora qualche cosa in lui, un ultimo resto che, pur avendo da settantasei anni principiato a morire, non vuole ancora finire.

Non ti sembra atroce restar così, per un punto solo, ancora preso nella trappola, senza potersi liberare?

Egli non può pensare a suo padre che lo fissò settantasei anni addietro per questa morte, la quale tarda così spaventosamente a compirsi. Ma io, io posso pensare a lui; e penso che sono un germe di quest'uomo che non si muove più; che se sono intrappolato in questo tempo e non in un altro, lo debbo a lui!

Piange, vedi? Piange sempre così... e fa piangere anche me! Forse vuol essere liberato. Lo libererò, qualche sera, insieme con me. Ora comincia a far freddo; accenderemo, una di queste sere, un po' di fuoco... Se ne vuoi profittare...

No, eh? Mi ringrazii? Sì, sì, andiamo fuori, andiamo fuori, amico mio. Vedo che tu hai bisogno di rivedere il sole, per via.

NOTIZIE DEL MONDO

I

In tutto, due lagrimucce, tre ore coi gomiti sul tavolino, la testa tra le mani; sissignori: a forza di strizzarmi il cuore, eccole qua nel fazzoletto: proprio due, spremute agli angoli degli occhi. Da buoni amici, caro Momo, facciamo a metà. Una per te morto, una per me vivo. Ma sarebbe meglio, credi, che me le prendessi tutt'e due per me.

Come un vecchio muro cadente sono rimasto, Momino, a cui una barbara mano abbia tolto l'unico puntello. (Bella, eh? la barbara mano.) Ma non so piangere, lo sai. Mi ci provo, e riesco solo a farmi più brutto, e faccio ridere.

Sai che bell'idea piuttosto m'è venuta? di mettermi ogni sera a parlare da solo con te, qua, a dispetto della morte. Darti notizia di tutto quanto avviene ancora in questo porco mondaccio che hai lasciato e di ciò che si dice e di ciò che mi passa per il capo. E così mi parrà di continuarti la vita, riallacciandoti a essa con le stesse fila che la morte ha spezzate.

Non trovo altro rimedio alla mia solitudine.

Ridotto monaco di clausura nel convento della tua amicizia, nessuna parte di me è rimasta aperta a una relazione, sia pur lontana, con altri esseri viventi. E ora... mi vedi? ora che non ho più nulla da fare per te come in questi tre ultimi giorni dopo la tua morte, eccomi qua solo, in questa casa che non mi par mia, perché la vera casa mia era la tua.

Sentirai, sentirai, se mi ci metto per davvero, che bellissimi paragoni ti farò! Intanto, oltre a quello del muro cadente e della barbara mano, pigliati quest'altro del monaco di clausura.

Ho comperato un lume, lo vedi? Bello, di porcellana, col globo smerigliato. Prima non ne sentivo bisogno, perché le sere le passavo da te, e per venirmene a letto qua mi bastava un mozzicone di candela, che spesso mi davi tu.

Ora tanto è il silenzio, Momino, che lo sento ronzare. Un ronzio, sai? che pare piuttosto degli orecchi, quando ti s'otturano. Eh, tu l'hai otturati bene adesso, Momino mio! E m'immagino difatti che questo ronzio venga da lontano lontano. Da dove sei tu. Ed ecco, lo ascolto con piacere; mi ci metto dietro col pensiero, e vado e vado, finché – guarda, guarda, Momino, è venuta! – una terza lagrimuccia, di sperduta malinconia. Ma sarà per me, se permetti: mi sento davvero così solo!

Su, avanti, avanti. Vorrei proprio fartela vedere ancora, vedere e sentire, la vita, anche col tempo che fa, anche coi minimi mutamenti che vi succedono. Che se questo mondaccio sa e può fare a meno di tutti quelli che se ne vanno, di te non so né posso fare a meno io; e perciò, a dispetto della morte, bisogna che il mondo per mio mezzo continui a vivere per te, e tu per lui; o se no, me ne vado anch'io, e buona notte; me ne vado perché mi parrà proprio di non aver più ragione di restarci.

Tanto, è stata sempre così per me la vita: a lampi e a cantonate. Non sono riuscito a vederci mai niente. Ogni tanto, un lampo; ma per veder che cosa? una cantonata. Vale a dire, Momino, la coscienza che ti si para davanti di soprassalto: la coscienza d'una bestialità che abbiamo detto o fatto, tra le tante di cui al buio non ci siamo accorti.

Basta, diventerò l'uomo più curioso della terra: spierò, braccherò, andrò in giro tutto il giorno per raccoglier notizie e impressioni, che poi la sera ti comunicherò, qua, per filo e per segno. Tanta vita, lo so, come sfugge a me, sfuggirà anche a te: la vita, per esempio, degli altri paesi; ma (cosa che non ho mai fatta) leggerò anche i giornali per farti piacere; e ti saprò dire se quella cara nostra sorella Francia, se quella prepotente Germaniaccia...

Ah Dio mio, Momo, forse le notizie politiche non t'interessano più? Non è possibile: erano ormai quasi tutta la tua vita e dobbiamo seguitare a fare come ogni sera, quando, dopo cena, il portinaio ti portava su il giornale e tu, leggendolo, a qualche notizia, battevi forte il pugno sulla tavola e io restavo perplesso tra i bicchieri che saltavano e i tuoi occhiacci che mi fissavano di sui cerchi delle lenti insellate sempre un po' a sghimbescio sul tuo naso grosso. Te la pigliavi con me; mi apostrofavi, come se io poveretto, che non mi sono mai occupato di politica, rappresentassi davanti a te tutto il popolo italiano.

– Vigliacchi! Vigliacchi!

E quella sera che, terribilmente indignato, volevi dal terrazzino buttar giù nel fiume le tue medaglie garibaldine? Faceva un tempaccio! Pioveva a dirotto. E nel vederti così acceso manifestai l'opinione, ricordi? che non mettesse conto per questi porci d'Italia che tu rischiassi di prendere un malanno, uscendo sul terrazzino, sotto la pioggia. Come mi guardasti! Ma io t'ammiravo, sai? T'ammiravo tanto tanto, perché mi sembravi un ragazzo, in quei momenti, e spesso non sapevo trattenermi dal dirtelo e tu t'arrabbiavi e perfino m'ingiuriavi, quando alle tue ire focose opponevo questa mia bella faccia di luna piena, sorridente e stizzosa. Ti facevo uscir dai gangheri talvolta e dirne d'ogni colore. A qualcuna più grossa, tranquillissimo, ti domandavo:

– E come la ragioni?

E tu, rosso come un gambero, con gli occhi schizzanti dalle orbite:

– La ragiono, che sei un somaro!

Quanto mi ci divertivo! E mi suona ancora negli orecchi la tua voce, quando, con gli occhi chiusi, mi dicevi, quasi recitando a memoria:

– Per le anime lente e pigre come la tua, per le anime che non sanno cavar nulla da sé, tutto per forza è muto e senza valore.

E questo, perché non mi sapevo cavar dall'anima tutta quella candida santa ingenuità che tu cavavi dalla tua per vestirne uomini e cose. E quante volte non ti vidi parar così della bianca stola della tua sincerità qualche mala bestia, della quale ti bisognava un morso o un calcio per riconoscere la vera natura.

Ma tu volevi veder per forza tutto buono e tutto bello il mondo; e spesso ci riuscivi, perché è proprio in noi il modo e il senso delle cose; e segue appunto da ciò la diversità dei gusti e delle opinioni; e segue pure che, s'io voglio farti vedere ancora il mondo, bisogna che mi provi a guardarlo con gli occhi tuoi. E come farò?

Per cominciare, m'immagino che debbano interessarti maggiormente le cose che ti stavano più vicine; quelle, per esempio, di casa tua: tua moglie... Ah Momaccio, Momaccio, che tradimento! lasciamelo dire. Tante cose ti perdonai in vita: questa; no; né te la perdonerò mai. Tua moglie.

Se ai morti, nell'ozio della tomba, venisse in mente di porre un catalogo dei torti e delle colpe che ora si pentono avere nel decorso della loro vita commessi, catalogo che un bel giorno sarebbe edificante apparisse nella parte posteriore delle tombe, come il rovescio delle menzogne spesso incise nella lapide; tu nel tuo dovresti mettere soltanto:

SPOSAI. A. LVI. ANNI.
UNA. DONNA. DI XXX.

Basterebbe.

Senti. Mi par chiaro come la luce del sole che tu sei morto così precipitosamente per causa sua.

Non ti ripeterò qui, adesso, le ragioni che ti dissi cinque anni fa, nel giorno più brutto della mia vita, e delle quali facesti a tue spese la più trista delle esperienze. E poi, io dico, perché? che ti mancava? Stavamo così bene tutti e due insieme, in santa pace. Nossignori. La moglie. E sostenere che non era vero che la casa come ce l'eravamo fatta a poco a poco con quei miei vecchi mobili e con gli altri comperati di combinazione, ti potesse bastare; e quella bella polvere di vecchiaia che s'era ormai posata e distesa per noi su tutte le cose della vita, perché noi con un dito ci divertissimo a scriverci sopra: *vanità*;

e le care quiete abitudini che s'erano già da un pezzo stabilite tra noi, con la compagnia delle nostre bestioline, le due coppie di canarini, a cui badavo io, Ragnetta a cui badavi tu (e spesso, quand'era in caldo, ricordi? la lisciavi, e ti sgraffiava) e le due stupidissime tartarughe, marito e moglie, Tarà e Tarù, che ci davano motivo a tante sapientissime considerazioni, là nel terrazzino pieno di fiori. Sostenere, santo Dio, che sempre – come Tarù – ne avevi sentito il bisogno, tu, d'una moglie (all'età tua, vergognosaccio!), e che io non ti potevo compatire, perché le donne, io...

Traditore, traditore e fanatico!

Non facevi delle donne anche tu la stessissima mia stima prima che venisse su a cangiarti in un momento da così a così la bella *mademoiselle* delle due stanze d'abbasso, con la scusa di vedere quei fiori del terrazzino, che su a te attecchivano e giù a *mademoiselle*, nei vasi sul davanzale della finestra, non volevano attecchire?

Maledetto terrazzino!

– Uh che bellezza! uh che meraviglia! E chi li coltiva così bene tutti questi fiori?

E tu, subito:

– Io!

Come se tutti i semi, a uno a uno, per trovarteli, le gambe non me le fossi rotte io per intere giornate, pezzo d'ingrato! Ma il bisogno di farti subito bello davanti a quella *mademoiselle* esclamativa...

A vederti tutt'a un tratto quel lustro di vecchio ubriaco negli occhi piccini piccini, e liquefare in certi sorrisi da scemo, ti avrei bastonato, ti avrei bastonato, parola d'onore. E quando lei disse che giù con la mamma malata non faceva altro che parlare di noi due, della dolcezza della nostra vita in comune:

– Due poveri vecchi, – m'affrettai a dirle (ti ricordi?) guardandola con certi occhi da farla sprofondare tre palmi sottoterra dalla vergogna.

Tu lo notasti, e subito, imbecille (lasciamelo dire):

– No, sa? vecchio lui solo, signorina! e brontolone, e seccatore. Non creda mica alla dolcezza della nostra vita! Sapesse che arrabbiature mi fa prendere!

Passati ora una mano sulla coscienza: mi meritavo questo da te?

Lasciamo andare. Ti castigai. Questa casa che tengo in affitto da cinque anni, rappresentò il castigo per te; non ostante che poco dopo il tuo matrimonio non avessi saputo tener duro e avessi ripreso a vivere quasi tutto il giorno con te.

Ma il letto a casa tua, no, mai più!

E ogni notte, sai, prima di lasciarti, pregavo tutti i venti della terra che andassero a prendere e rovesciassero su Roma un uragano, perché tu provassi rimorso nel vedermi andar via solo, povero vecchio, a dormire altrove, mentre prima il mio lettuccio era accanto al tuo e tenevamo calda la cameretta nostra. Avrei voluto, guarda, in una di queste notti di pioggia e di vento, ammalarmi, per accrescerti il rimorso; anche morire... – sì, sono arrivato ad assaporare il tossico di queste volùttà. Ma io, ahimè! ho la pelle dura, io; e sei morto tu, invece, tu e per causa di lei – lasciamelo dire!

Ah Momino, Momino: corrotta veramente la Francia! Si diventa per forza o così enfatici o così sdolcinati a parlar francese, specialmente delle donne e con le donne! La signorina d'abbasso, sapendo che tu insegnavi il francese, voleva parlare il francese con te:

– *Oh que vous êtes gentil, monsieur Momino, de m'apprendre à prononcer si poliment le français!*

Vedi? E ora torno a maledire il momento che a tua insaputa mi posi con impegno a fartelo ottenere quel posticino alle tecniche. Stando con me, non ti sarebbe mancato mai nulla; invece, professor di francese, enfasi, enfasi, credesti di poterti permettere di prender moglie all'età tua, e ti rovinasti.

Non ci si pensi più. Tu sai che sentimenti nutra io per tua moglie: tuttavia, non dubitare, ti darò frequenti notizie anche di lei.

Ma voglio riallacciare le fila proprio dal momento che il mondo per te si fece vano; dal momento che, sentendoti colpire improvvisamente dalla morte, a tavola, mentre si cenava, alla mia esclamazione: «Non è niente! non è niente!» rispondesti:

– L'ora di dire addio.

Furono le tue ultime parole. Il giorno appresso, alle nove del mattino, dopo tredici ore di agonia: morto.

Mi parrà sempre d'udire nel silenzio della notte il tremendo rantolo della tua agonia. Che cosa orribile, Momino, rantolare a quel modo! Non mi pareva vero che lo potessi far tu! E ti sei tutto... ah Dio! il letto, la camicia... Tu sempre così pulito! E quell'arrangolio fischiante, che faceva venir la disperazione a chi ti stava vicino, di non poterti far nulla... E non dimenticherò mai, mai, la lugubre veglia della notte appresso, con tutte le finestre aperte sul fiume. Vegliare di notte un morto, con un fiume che si sente scorrere sotto; affacciarsi alla finestra e vedere andar piccola piccola l'ombra di qualche passante sul ponte illuminato...

Intanto, bisogna dire la verità: tua moglie t'ha pianto molto, sai? e seguita. Io no, ma, stordito come sono ancora, ho pensato a tutto, io.

Mezzanotte, Momino: l'ora solita. Me ne vado a letto.

Che silenzio! Mi pare che tutta la notte intorno sia piena della tua morte. E questo ronzio del lumetto...

Basta. Qua, nella camera attigua, per me, un letto candido e soffice. Tu chiuso in una doppia cassa in quel grottino al Pincetto, Numero 51, povero Momino mio!

Non ho il coraggio di dirti buona notte.

II

Oggi mi sono accorto che anche i cimiteri sono fatti per i vivi.

Questo del Verano, poi, addirittura una città ridotta. I poveri, peggio che a pianterreno; i ricchi, palazzine di vario stile, giardinetto intorno, cappella dentro; e coltiva quello un giardiniere vivo e pagato, e officia in questa un prete vivo e pagato.

Per esser giusti, ecco due posti usurpati ai morti di professione, nel loro stesso domicilio.

Vi sono poi strade, piazze, viali, vicoli e vicoletti, ai quali farebbero bene a porre un nome, perché i visitatori vi si potessero meglio orientare: il nome del morto più autorevole: *Via* (o vicolo) *Tizio*; *Viale* (o piazza) *Caio*.

Quando sarò anch'io dei vostri, Momo, se ci riuniamo qualche notte in assemblea, vedrai che farò questa e altre proposte, sia per l'affermazione, sia per la tutela dei nostri diritti e della nostra dignità.

Che te ne pare, intanto, stasera, di queste mie riflessioni? Con questo po' di vita che mi resta, non mi sento più di qua, caro Momo, dacché tu sei morto; e vorrei spenderlo, questo po' di resto, per darvi come posso, qualche sollazzo. Ma scommetto che ora tu mi dici al solito che queste mie riflessioni non sono originali.

Bada ch'era davvero curiosa (ora te lo voglio dire), che tutto quello che mi scappava di bocca in tua presenza tu pretendevi d'averlo letto in qualche libro, del quale spesso dicevi di non rammentarti né il titolo né l'autore.

Io di me non presumo troppo: non leggo mai nulla, tranne qualche libro antico, di tanto in tanto. So – questo è vero – che, se mi picchio un po' su la fronte, sento, perdio, che vi sta di casa un cervello; ma ignorante, sì; più di me è difficile trovarne un altro. Visto però che spesso i men savii sono coloro che si persuadono saper più, e fanno intanto le più scervellate pazzie; dovrei vergognarmene, non me ne vergogno.

Torniamo alla città ridotta.

Tua moglie ha commesso, secondo me, una di quelle sciocchezze, che non ho saputo mai tollerare in silenzio. Giudicane tu: si è impegnata nella spesa insostenibile d'una sepoltura privilegiata e temporanea per te.

Giacer morto in una tomba gentilizia o nel campo dei poveri o, nuda spoglia, ai piedi d'un albero o in fondo al mare o dove che sia, non è tutt'uno? Ugo Foscolo dice prima di sì, e poi di no, per certe sue nobili ragioni sociali e civili. Tu forse la pensi come Ugo Foscolo. Io no. Più vado avanti, io, e più odio la società e la civiltà. Ma lasciamo questo discorso. Fosse almeno una tomba fissa! Nossignori. Approfittando che nel Verano c'è pure l'*est locanda*, tua moglie ha preso a pigione per te uno di quei grottini detti loculi: venticinque lire per tre mesi, e poi dieci lire in più per ogni mese, dopo i tre.

Ora, capirai, questa spesa a mano a mano crescente, di qui a sette, otto mesi, tua moglie non potrà più, certo, sostenerla. E allora che avverrà?

Ma ella spera, dice, in uno sgombero. Mi spiego. Sai che nel cimitero, qualche volta, avvengono pure gli sgomberi, precisamente come in città? Sì. I morti sgomberano. O per dir meglio, i vivi superstiti, andando via da Roma, poniamo, per domiciliarsi in un'altra città, coi bauli e gli altri arredi di casa si portano via anche i loro morti, dei quali svendono la casa vecchia per comperarne loro una nuova nell'altro cimitero.

Che sciocco! le dico a te codeste cose, che ci stai e devi saperle. Ma io questa la imparo adesso, fresca fresca.

Ora, intendi? tua moglie spera in una di queste certo non frequenti occasioni. Io penso però che ella conta su tante cose che le verranno certo a fallire; e prima, che con tutta quella sua bravura nel parlar francese le debba durare tanto affetto e tal pensiero per te (ti chiedo licenza di dubitarne); e poi, che possa far tanti risparmi da accumulare quanto basti a comperar questa tomba, diciamo così, di seconda mano. E la pigione del loculo, in tutto questo tempo, chi la paga? Capisco che la pagherò io, – mi par di sentirmelo gridare da una vocina dentro la cassaforte qui accanto – ma ciò non toglie che non sia una segnalata pazzia.

E giacché siamo a questi discorsi angustiosi, intratteniamocene ancora un po'. Sai che sono metodico e meticoloso e che soglio tener conto di tutto. Sto facendo la nota delle spese mensili e ci sono anche quelle che ho fatte per te. Vogliamo parlare un po' d'interessi come prima?

Ho cercato di far tutto, Momino mio (trasporto funebre, sotterramento, eccetera), con decenza, salvando quella modestia che tu hai tanto raccomandato nel tuo testamento. Ma mi sono accorto che a Roma quasi quasi costa più il morire che il vivere, che pur costa tanto, e tu lo sai. Se te la facessi vedere, questa noticina presentatami ieri dall'agente della nuova Società di pompe funebri, ti metteresti le mani ai capelli. Eppure, prezzi di concorrenza, bada! Ma quello che m'ha fatto groppo è stato il pretino unto e bisunto della parrocchia qua di San Rocco, che ha voluto venti lire per spruzzarti un po' d'acqua su la bara e belarti un *requiem*... Ah, quando muoio io, niente! Già, al fuoco! È più spiccio e più pulito. Ognuno però la pensa a modo suo; e, pure da morti, abbiamo la debolezza di volerci in un modo, anziché in un altro. Basta.

Interessi.

Sai che ancora un po' di quel che avevo, mi resta; sai che i bisogni miei sono limitatissimi e che ormai nessun desiderio più m'invoglia di sperare; tranne quello di morir presto, sperare che sia senza avvedermene.

Che si diceva? Ah, dico: che debbo farmene di questo poco che mi resta? Lasciarlo, dopo morto, in opere di carità? Prima di tutto, chi sa come e dove andrebbe a finire; poi, io non ho di queste tenerezze tardive per il prossimo in generale. Il prossimo, io voglio sapere come si chiama.

Orbene, poiché certe cose si scrivono meglio che non si dicano a voce, ho scritto a tua moglie che era mia ferma intenzione, e che anzi stimavo come dovere, continuare a fare per la vedova dell'unico amico mio quel ch'ero solito di fare per lui: contribuire, cioè, alle spese di casa.

Momo, prenditi questo decottino a digiuno. Sai come m'ha risposto tua moglie? M'ha ringraziato, prima di tutto, come si può ringraziare un qualunque estraneo; ma lasciamo andare; ha poi soggiunto che, per il momento, sì, dice, purtroppo *si vede costretta* a non ricusare i miei *graziosi favori*, perché avendo *dischiavacciato* lo stipetto, dove tu eri solito di riporre *il sudor delle tue fatiche*, dice, non vi ha trovato che sole lire cinquanta, con le quali evidentemente, dice, non è possibile pagar la pigione di casa che scade il giorno quindici, saldare alcuni conti con parecchi fornitori di commestibili e farsi un modesto abito da lutto di assoluta necessità.

Indovinerai dalle frasi che ti ho trascritte chi ha dettato a tua moglie questa lettera: i *graziosi favori*, il *dischiavacciato*, il *sudor delle tue fatiche* non possono uscire che dalla bocca di tuo cognato... cioè, no: verrebbe a essere di te cognato di tua moglie, è vero? il signor Postella, insomma, il quale – te ne avverto di passata – ha preso definitivamente domicilio in casa tua insieme con la *sua metà*, e dormono nella stessa camera in cui sei morto, in cui dormivamo tu e io.

Andiamo avanti. La lettera mi annunziava, seguitando, alcuni disegni per l'avvenire: che tua moglie, cioè, spera, o almeno desidera, di trovar da lavorare in casa, o qualche dignitoso collocamento in una nobile famiglia, come lettrice o istitutrice, mettendo a profitto, dice, i *preziosi ammaestramenti* che tu le lasciasti in *unica e cara eredità*. Ma non ti dar pensiero neanche di questo. Finché ci sono qua io, sta' pur sicuro che non ne farà di nulla. Intanto la lettera terminava con questa frase: «*E fiducialmente La saluto!*» – Fiducialmente! Dove va a pescarle le espressioni tuo cognato? Bada che è buffo sul serio!

E a proposito del *dischiavacciato*: la chiave dello stipetto dove l'hai lasciata? Non si è potuta trovare: e quel linguaio, lo vedi, ha dovuto ricorrere al *dischiavacciamento*. Questi napoletani, quando parlano l'italiano... Ma, chi sa! la troppa fretta d'aprire non gli avrà forse lasciato cercar bene e trovare la chiave... Mi dispiace per lo stipetto, ch'era roba nostra in comune: lo stipetto di mia madre, una santa reliquia per me. Basta. Parliamo d'altro.

Questa notte la mia giacca, posata su la poltrona a piè del letto, d'accordo col lumino da notte relegato sul pavimento in un angolo della camera, s'è divertita a farmi provare un soprassalto, combinandomi uno scherzetto d'ombra.

Dopo aver dormito un pezzo con la faccia al muro, nel voltarmi mi sono mezzo svegliato e ho avuto la momentanea impressione che qualcuno fosse seduto su la poltrona.

Ho subito pensato a te. Ma perché mi sono spaventato?

Ah se tu potessi veramente, anche come una fantasima, farti vedere da me, le notti; venire qua comunque a tenermi compagnia!

Ma già, potendo, tu te n'andresti da tua moglie, ingrato! Ella però ti chiuderebbe la porta in faccia, sai? o scapperebbe via dallo spavento. E allora tu te ne verresti qua da me, per essere consolato; e io seduto come sono adesso davanti al tavolino, e tu di fronte a me, converseremmo insieme, come ai bei tempi... Ti farei trovare ogni sera una buona tazza di caffè e tu, caffeista, giudicheresti se lo faccio meglio io, o tua moglie; la pipetta e il giornale. Così te lo leggeresti da te il giornale; perché io, sai, non c'è verso: non ci resisto; mi ci sono provato tre volte e ho dovuto smettere subito.

Mi sono confortato pensando che se io, vivo, posso farne a meno, a più forte ragione potrai farne a meno tu, ormai, non è vero?

Dimmi di sì, ti prego.

Tornando questa mattina dal cimitero, mi son sentito chiamare per Via Nazionale:

– Signor Aversa! Signor Aversa!

Mi volto; il nipote del notaio Zanti, uno di quei giovanotti che tu (non so perché) chiamavi *discinti*. Mi stringe la mano e mi dice:

– Quel povero signor Gerolamo! Che pena!

Chiudo gli occhi e sospiro. E il giovinotto:

– Dica, signor Tommaso, e la moglie... la vedova?

– Piange, poverina.

– Me l'immagino! Andrò oggi stesso a fare il mio dovere...

Molte visite di condoglianza riceverà tua moglie, Momino. E se fosse brutta e vecchia? Nessuna.

Anche a costo di parer crudele, bisogna che io ti abitui a queste notizie. Con l'andar del tempo, temo non debba dartene di assai peggiori. La vita è trista, amico mio, e chi sa quali e quante amarezze ci riserba.

Mezzanotte. Dormi in pace.

III

Che buffoni, amico mio, che buffoni!

Sono venuti stamane a trovarmi il signor Postella e quella montagna di carne ch'egli ha il coraggio di chiamare *la sua metà*. Sono venuti a trovarmi per chiarire, dice, la lettera che ieri mi scrisse tua moglie.

Capisci che fa tuo cognato? Prima scrive in quella razza di maniera, e poi viene a chiarire.

Basta... L'intima e vera ragione della sua visita d'oggi però avrà pur bisogno, vedrai, d'esser chiarita meglio da una seconda visita, domani.

Io almeno non ho saputo vederci chiaro abbastanza. M'è parso soltanto di dover capire che il signor Postella intende di far doppio giuoco e ho voluto metter subito le carte in tavola.

Veramente, prima l'ho lasciato dire e dire. Plinio insegna che le donnole, innanzi che combattano con le serpi, si muniscono mangiando ruta. Io fo meglio: mi munisco lasciando parlare il signor Postella; assorbisco il succo del suo discorso; poi lo mordo col suo stesso veleno.

Ah, se avessi visto come si mostrava afflitto della lettera di tua moglie: afflittissimo! E siccome non la finiva più, a un certo punto, per consolarlo, gli ho detto:

– Senta, caro signor Postella, lei ha non so se la disgrazia o la fortuna di possedere uno stile. Dote rara! se la guardi! Dica un po', è forse pentito di quello che m'ha fatto scrivere ieri dalla moglie dell'amico mio?

Poveretto, non se l'aspettava. Ha battuto per lo meno cento volte di seguito le palpebre, per quel *tic* nervoso che tu gli sai; poi col risolino scemo di chi non vuol capire e finge di non aver capito:

– Come come?

La moglie non ha detto nulla, ma per lei ha scricchiolato la seggiola su cui stava seduta.

– Sì, badi, – ho ripreso io, impassibile – non desidererei di meglio, signor mio.

E allora è venuta fuori la spiegazione, durante la quale ho molto ammirato Postella moglie, che pendeva dalle labbra del marito e approvava col capo quasi a ogni parola, lanciandomi di tanto in tanto qualche sguardo, come per dirmi:

«Ma sente come parla bene?»

Io non so se quel baccellone di piano abbia mai posseduto un cervello; certo è che ora, se lo ha, non lo tiene più in esercizio, tale e tanta fiducia ripone in quello del marito, che è uno, sì, ma basta, secondo lei, per tutti e due, e ne avanza.

Per farla breve, il signor Postella ha confermato d'averla scritta lui la lettera; ma, beninteso! per espresso incarico di tua moglie, che nel dolore, dice, al quale tuttavia è in preda, non sentendosi in grado, dice, di stenderla lei, gliene suggerì i termini. Egli, il signor Postella, ne fu dolentissimo, ed ecco, me ne dava una prova con la sua visita d'oggi. Dall'altro canto però ha voluto scusar tua moglie, e che la scusassi anch'io considerando le *delicate* ragioni, dice, che le avevano consigliato di farmi scrivere in quel modo.

E qui s'è chiarito un equivoco, o meglio, un malinteso. Tua moglie, nel leggere la mia lettera – dove (promettendole che avrei continuato a far per lei quello che facevo per te) io avevo usato la frase *contribuire alle spese di casa* – ha capito, dice, ch'io volessi seguitare a vivere come per l'addietro, e cioè più a casa tua, che in queste tre stanzette mie... Ma, nel dirmi questo, le palpebre del signor Postella parevano addirittura impazzite sotto il mio sguardo a mano a mano più sdegnoso e sprezzante.

Io non mi faccio ombra d'illusione su la natura dei sentimenti di tua moglie per me: le antipatie sono reciproche. Ma non tua moglie, Momo, lui, lui, il signor Postella ha temuto invece che fosse mia intenzione seguitare nel solito andamento di vita, come se tu non fossi morto; guarda, ci metterei le mani sul fuoco. E avrà persuaso tua moglie a scrivermi a quel modo, dandole a intendere che la gente, altrimenti, avrebbe potuto malignare su lei e su me.

Si è assicurato così, che nessuno verrà più a molestarlo in casa di tua moglie.

Ma d'altra parte, poi, ha temuto che io, nel vedermi messo alla porta, per risposta, avrei chiuso la bocca al mio sacchetto, e allora, capisci? è venuto tutto sorridente a farmi scuse e cerimonie, che vorrebbero essere uncini per tirarmi a pagare.

– Ma stia tranquillo, caro signor Postella! – gli ho detto. – Stia tranquillo e rassicuri la signora, ch'io non verrò a disturbarla che assai di raro... – E stavo per aggiungere: «Tanto per saperne dare qualche notizia a Momino».

Ma qui proteste calorosissime del signor Postella, alle quali ha stimato opportuno di partecipare anche la moglie, ma con la mimica soltanto, quasi per rafforzare e rendere più efficaci i gesti del piccolo marito, che d'aiuto di parole non aveva bisogno.

Nelle ore pomeridiane di oggi, mi sono poi recato a casa tua, per intendermi con tua moglie.

Che impressione, Momo, la tua casa senza di te! La nostra, la nostra casa, Momino, senza di noi! Quei mobili nostri lì, subito dopo l'entratina, nella sala da pranzo con la portafinestra che dà sul terrazzino... Quella vecchia tavola massiccia, quadrata, che comperammo, Dio mio, trentadue anni fa in quella rivendita di mobili, per così poco... A rivederla, Momino, adesso, sotto la lampada a sospensione con quel berrettone rosso di cartavelina con cui l'ha parata tua moglie per paralume (eleganze di donnette nuove, che, lo sai, mi diedero subito ai nervi, appena tua moglie le portò; perché poi, tra l'altro, bisognava accorgersi che erano una stonatura tra la ruvida semplicità d'una casa patriarcale come la nostra) – basta, che dicevo? Ah, quella tavola, a rivederla... Il tuo posto... Ci stava su Ragnetta, sai? E m'è parsa più magra, povera bestiolina! Le ho grattato un po' la testa, come facevi tu, dietro le orecchie. Nel mezzo della tavola, intanto, sul tappeto ho visto che c'era il solito portafiori; e nel portafiori, garofani freschi. Non ho potuto fare a meno di notarli, perché – capirai – in una casa da cui è uscito un morto appena otto giorni fa... quei fiori freschi... – Ma forse erano dei vasi del terrazzino. Fatto sta, a ogni modo, che tua moglie ha potuto pensar di coglierli e di metterli lì, sulla tavola, e non davanti al tuo ritratto sul cassettone.

Basta. Appena mi vide, uno scoppio di pianto. Io ho avuto come un singhiozzo nella gola, e volentieri avrei dato un gran pugno in faccia al signor Postella che, additandomela, quasi facesse la spiegazione d'un *fenomeno* in un baraccone da fiera, ha esclamato:

– Così da otto giorni: non mangia, non dorme...

«E la lasci piangere, signor mio, finché ne ha la buona volontà!» m'è venuto quasi di gridargli.

Ora, io non nego che possa esser vera la notizia del signor Postella; ma perché ha voluto darmela? Ha forse avuto il sospetto ch'io non volessi credere? Dunque, può non esser vero? Oh Dio, come sono spesso imbecilli le persone scaltre.

– Non posso farle coraggio, cara Giulia, perché sono più sconsolato di lei, – ho detto a tua moglie. – Pianga, pianga pure, giacché Lei ha codesto benedetto dono delle lagrime: Momo ne merita molte.

Ho sentito a questo punto un sospirone di tua cognata, che se ne stava con le mani intrecciate sul ventre, e mi sono interrotto per guardarla. Ella ha guardato invece, con que' suoi occhi bovini, il marito, come per domandargli se aveva fatto male a sospirare e se stava *in decretis*.

– Perla d'uomo! – ha esclamato il signor Postella rispondendo allo sguardo della moglie e scrollando il capo. – Perla d'uomo!

Di' grazie al signor Postella, Momino.

Non ho potuto dirglielo io, perché, non so, quella sua faccia, quei suoi modi mi mettono un tal prurito nelle mani, che, se dovessi fargli una carezza, sento che lo schiaffeggerei voluttuosamente.

Egli se ne accorge e mi sorride.

Bella occupazione intanto, piangere e poter dire: «Non ho altro da fare!». Ho pensato questo guardando tua moglie, mentre io, impedito dai sospiri e dalle esclamazioni dei coniugi Postella, non potevo più parlare di te e non sapevo che dire e rimanevo lì impacciato e stizzito. Fui sul punto d'alzarmi e andarmene senza salutar nessuno; ma poi m'è sovvenuto lo scopo della visita, e ho detto senz'altro:

– Sono venuto, Giulia, per dirle che la sua lettera di ieri mi ha recato molto dispiacere. Questa mattina suo cognato, in casa mia, mi ha spiegato il malinteso sorto a cagione d'una mia frase...

Il signor Postella, che aveva drizzato le orecchie, qui m'interruppe, battendo le palpebre.

– Prego, prego...

– O parla lei, o parlo io! – gli ho intimato, brusco.

– Oh, ma... Parli lei...

– Dunque mi lasci dire. Prima di tutto, lei, cara Giulia, non doveva ringraziarmi affatto, di nulla.

– Come no? – fece a questo punto tua moglie, senza levar gli occhi dal fazzoletto.

– Proprio così, – le ho risposto io. – Son conti, Giulia, che ci faremo poi insieme Momo e io, nel mondo di là. Lei sa che, tra me e lui, non ci fu mai né tuo né mio. Non vedo la ragione d'un cambiamento, adesso. Momo per me non è morto. Lasciamo questo discorso. Se poi a Lei fa dispiacere ch'io venga qualche volta a pregarla di valersi di me in tutte le sue opportunità, me lo dica francamente, che io...

– Ma che dice mai, signor Tommaso! – esclamò tua moglie, interrompendomi. – Questa qui, lei lo sa bene, è casa sua; non è casa mia.

Mi venne fatto, non so perché, di guardare il signor Postella. Egli aprì subito le braccia mostrandomi le palme delle mani e fece col capo una mossettina e sorrise come per confermare le parole di tua moglie.

Faccia tosta! Mi sarei alzato; l'avrei preso per il bavero della giacca; gli avrei detto: «È casa mia? ne conviene? mi faccia dunque il piacere di levarmisi dai piedi!».

La moglie se ne stava quatta, musando, come una botta.

– È la casa di Momo, – ho risposto a Giulia infine, sillabando. – La casa di suo marito, non è mia.

– Ma se tutto qua appartiene a lei...

– Scusi, tutta quanta la casa non l'ha forse lasciata a lei, suo marito?

– Momo, – mi rispose tua moglie – non poteva lasciarmi ciò che non gli apparteneva.

– Come no? – ho esclamato io. – Ma che va a pensare lei adesso?

– Vuole che non ci pensi? Ma si metta un po' al posto mio... Vede come sono rimasta?

– Scusi, se lei non vuole tener conto di me, della casa che è sua, dell'ottima compagnia che potranno tenerle tanto sua sorella quanto il suo signor cognato...

– Io la ringrazio, signor Tommaso, e me le dichiaro gratissima per tutta la vita. Ma i suoi beneficii non posso più accettarli... Ci pensi, e m'intenderà... Per ora non mi sento in grado di dirle altro... Ne riparleremo, se non le dispiace, un'altra volta.

Sono rimasto stordito, Momino, come se mi avessero dato una gran legnata tra capo e collo. Tua moglie s'è alzata, ed è scappata via per nascondermi un nuovo scoppio di pianto.

Ho guardato il signor Postella, che mi ricambiò lo sguardo con aria di trionfo, come se volesse dire: «Vede che i termini della lettera erano proprio di lei?». Poi ha chiuso gli occhi ed ha aperto di nuovo le braccia, ma con un'altra espressione, stringendosi nelle spalle, come per significare:

«È fatta così! Bisogna compatirla...»

Secondo sospirone di tua cognata.

Stavo per prendere il cappello e il parapioggia, quando il signor Postella con la mano mi fece segno d'attendere, misteriosamente. Andò nella camera che è già divenuta sua e, poco dopo, ritornò con una scatolina in mano, nella quale ho veduto i tuoi tre anelli, l'orologio d'oro con la catena, due spille e la tabacchiera d'argento.

– Signor Aversa, se per caso volesse qualche ricordo dell'amico...

– Oh, grazie, non s'incomodi! – mi sono affrettato a dirgli. – Caro signor Postella, non ne ho bisogno.

– Intendo benissimo... Ma sa, siccome fa sempre piacere possedere qualche oggetto appartenuto a una persona cara, credo che...

– Grazie, grazie, no: vada a riporli, signor Postella.

– Se lo fa per Giulia, – ha insistito tuo cognato – le faccio notare che, essendo oggetti da uomo, credo che... Guardi, prenda l'orologio...

– Ma se non vuol nulla!... – si arrischiò di sospirare a questo punto Postella moglie.

– Tu non t'immischiare! – le diede subito su la voce il marito. – Il signor Tommaso lo fa per cerimonia. L'orologio solo, via... se lo prenda...

– Permetti? – riprese con timidezza la moglie. – Codesto orologio, Casimiro mio, al povero Momo lo aveva regalato appunto il signor Tommaso, quando tornò dal suo viaggio in Isvizzera...

– Ah sì? – fece il signor Postella rivolto a me, quasi con stupore, e mi parve che l'istinto predace gli sfavillasse negli occhi. – Ah sì? Scusi, e allora mi spieghi: sente che rumore fa?

E m'è toccato, Momino, di spiegargli il congegno del tuo orologio automatico: il martelletto che balza col moto della persona e carica così la macchina senza bisogno d'altra corda, ecc. ecc. Ti risparmio le frasi ammirative del signor Postella.

L'orso sogna pere, Momino: e di qui a qualche mese (e forse meno) se per caso ti venisse in mente di saper che ora è, va' a domandarlo a tuo cognato, va'.

Ti avverto intanto che è mezzanotte, col mio.

IV

Come ti senti, Momino?

Di' la verità: tu ti devi sentir male. Abbiamo tratto oggi dal loculo N. 51 al Pincetto la tua cassa per allogarla definitivamente in una modesta tomba che ti ho fatto costruire a mie spese per rimediare al primo errore di tua moglie, e che spettacolo, Momino! che spettacolo! L'ho ancora davanti agli occhi, e non me lo posso levare.

Dissero i portantini che non ne avevano veduto mai uno simile; e trattarono quella tua cassa come una cosa molto pericolosa, non solo per loro, ma anche per noi che assistevamo alla cerimonia, voglio dire tua moglie, io, e i coniugi Postella che erano venuti con lei.

Pericolosa, Momino, perché, sai? quella tua cassa di zinco s'era tutta così enormemente gonfiata e deformata, che da un momento all'altro, Dio liberi, avrebbe potuto scoppiare.

I portantini spiegarono naturalmente il fenomeno, attribuendolo cioè a uno straordinario sviluppo di gas. Ma dalla fretta con cui il signor Postella accolse questa spiegazione per vincere lo sbigottimento da cui tutti a quella vista fummo invasi, mi sorse all'improvviso il sospetto che, oscuramente, dalla prima impressione di quella tua cassa così gonfiata un rimorso gli fosse nato, che non al gas, ma a ben altro si dovesse attribuire la causa di quella tua enorme gonfiatura.

E ti confesso che mi sentii rimordere anch'io, Momino, per tutte le notizie che t'ho date. Temetti veramente, che la presenza nostra ti potesse far dare da un istante all'altro, a non star zitti, una così formidabile sbuffata, da scagliarci addosso quella tua cassa squarciata in mille pezzi da ogni parte.

Ma queste notizie, amico mio, tu dovresti ormai sapere perché e con che cuore io te le do; e non essere come gli altri che s'ostinano a non volere intendere perché venga tanta crudele apparenza di riso a tutto ciò che mi scappa dalla bocca. Come vuoi che faccia io, se mi diventa subito palese la frode che chiunque voglia vivere, solo perché vive, deve pur patire dalle proprie illusioni?

La frode è inevitabile, Momo, perché necessaria è l'illusione. Necessaria la trappola che ciascuno deve, se vuol vivere, parare a se stesso. I più non l'intendono. E tu hai un bel gridare: – Bada! bada! – Chi se l'è parata, appunto perché se l'è parata, ci dà dentro, e poi si mette a piangere e a gridare aiuto. Ora non ti pare che la crudeltà sia di questa beffa che fa a tutti la vita? E intanto dicono ch'è mia, solo perché io l'ho preveduta. Ma posso mai fingere di non capire, come tanti fanno, la vera ragione per cui quello ora piange e grida aiuto, e mostrare d'esser cieco anch'io, quando l'ho preveduta?

Tu dici:

– L'hai preveduta, perché tu non senti nulla!

Ma come e che potrei vedere e prevedere veramente, se non sentissi nulla, Momino? E come aver questo riso che par tanto crudele? Questa crudeltà di riso, anzi, tanto più è sincera, quanto e dove più sembra voluta, perché appunto strazia prima degli altri me stesso là dove esteriormente si scopre come un giuoco ch'io voglia fare, crudele. Parlando a te così, per esempio, di tutte queste amarezze, che dovrebbero esser tue, e sono invece mie.

Sai, poverina? era molto contenta però, oggi, tua moglie, e me lo diceva ritornando dal Verano, di saperti collocato bene ora, secondo i tuoi meriti, in una tomba pulita, nuova e tutta per te.

L'ho accompagnata fino al portone di casa, poi, dopo il tramonto, mi sono recato a passeggiare lungo la riva destra del Tevere oltre il recinto militare, in prossimità del Poligono. E qua ho assistito a una scenetta commovente, o che m'ha commosso per la speciale disposizione di spirito in cui mi trovavo.

Per la vasta pianura, che serve da campo d'esercitazione alle milizie, una coppia di cavalli lasciati in libertà si spassavano a rincorrere un loro puledretto vivacissimo, il quale, springando di qua e di là e facendo mille sgambetti e giravolte, dimostrava di prender tanta allegrezza di quel giuoco. E anche il padre e la madre pareva che da tutto quel grazioso tripudio del figlio si sentissero d'un tratto ritornati giovani e in quel momento d'illusione si obliassero. Ma poco dopo, d'un tratto, come se nella corsa un'ombra fosse passata loro davanti, s'impuntarono, scossero più volte, sbruffando, la testa e, stanchi e tardi, col collo basso andarono a sdraiarsi poco discosto. Invano il figlio cercò di scuoterli, di aizzarli novamente alla corsa e al gioco; rimasero lì serii e gravi, come sotto il peso d'una grande malinconia; e uno, che doveva essere il padre, scrollando lentamente la testa alle tentazioni del puledrino, mi parve che con quel gesto volesse significargli: «Figlio, tu non sai ciò che t'aspetta...».

L'ombra già calata su la vasta pianura, faceva apparir fosco nell'ultima luce Monte Mario col cimiero dei cupi cipressi ritti nel cielo denso di vapori cinerulei, dai quali per uno squarcio in alto la luna assommava come una bolla.

Cattivo tempo, domani, Momino!

Eh, comincia a far freddo, e ho bisogno d'un soprabito nuovo e d'un nuovo parapioggia.

Ho preso l'abitudine, sai? di stare ogni notte a guardare a lungo il cielo. Penso: «Qualcosa di Momino forse sarà ancora per aria, sperduta qua in mezzo ai nuovi misteriosi spettacoli che gli saranno aperti davanti».

Perché sono nell'idea che c'è chi muore maturo per un'altra vita e chi no, e che quelli che non han saputo maturarsi su la terra siano condannati a tornarci, finché non avranno trovata la via d'uscita.

Tu, per tanti rispetti, t'eri ben maturato per un'altra vita superiore; ma poi, all'ultimo, volesti commettere la bestialità di prender moglie, e vedrai che ti faranno tornare soltanto per questo.

Neanch'io, per dir la verità, mi sento maturo per un'altra vita. Ahimè, per maturarmi bene, dovrei, con questo stomaccio di taffetà che mi son fatto, digerir tante cose, che non riesco neppure a mandar giù: quel tuo signor Postella, per esempio!

Quanto mi piacerebbe, se ci facessero tornare tutti e due insieme! Sono sicuro che, pur non avendo memoria della nostra vita anteriore, noi ci cercheremmo su la terra e saremmo amici come prima.

Non rammento più dov'abbia letto d'una antica credenza detta del *Grande Anno*, che la vita cioè debba riprodursi identica fin nei menomi particolari, dopo trenta mil'anni, con gli stessi uomini, nelle medesime condizioni d'esistenza, soggetti alla stessa sorte di prima, e non solo dotati dei sentimenti d'una volta, ma anche vestiti degli stessi panni: riproduzione, insomma, perfetta.

Sarei propenso a immaginare tal credenza abbia avuto origine dal sogno di due esseri felici; ma poi non riesco a spiegarmi perché essi abbiano voluto assegnare un periodo così lungo al ritorno della loro felicità. Certo l'idea non poteva venire in mente a un disgraziato; e forse a nessuno oggi al mondo farebbe piacere la certezza che di qui a trenta mil'anni si ripeterà questa bella fantocciata dell'esistenza nostra. Il forte è morire. Morto, credo che nessuno vorrebbe rinascere. Che ne dici, Momino? Ah, tu già: ci hai qua tua moglie; me ne dimenticavo. Bisogna sempre parlare per conto proprio, a questo mondaccio.

... Mentre scrivo, in un bicchier d'acqua sul tavolino è caduto un insetto schifoso, esile, dalle ali piatte, a sei piedi, dei quali gli ultimi due lunghi, finissimi, atti a springare. Mi diverto a vederlo nuotare come un disperato, e osservo con ammirazione quanta fiducia esso serbi nell'agile virtù di que' due suoi piedi. Morrà certo ostinandosi a credere che essi sono ben capaci di springare anche sul liquido, ma che intanto qualcosina attaccata alle estremità gl'impicci nel salto; difatti, riuscendo vano ogni sforzo, coi piè davanti, nettandoli vivacemente, cerca distrigarsene.

Lo salvo, Momino, sì o no?

Se lo salvo, esso senza dubbio ne darà merito ai suoi piedi: affoghi dunque! E se invece fosse una graziosa farfallina rassegnata a morire? L'avrei tratta fuori da un pezzo, accuratamente... Oh carità umana corrotta dall'estetica!

Ecco, o insetto infelice, il salvataggio: caccio la punta di questa penna nell'acqua, poi ti farò asciugare un po' al calore del lume e infine ti metterò fuori della finestra. Ma l'acqua in cui sei caduto, se permetti, non la berrò. E di qui a poco tu, attirato novamente dal lume, forse rientrerai nella stanza e verrai a punzecchiarmi con la piccola proboscide velenosa. Ognuno fa il suo mestiere nella vita: io, quello del galantuomo, e t'ho salvato. Addio!

Notte serena. Mi trattengo un po' alla finestra a contemplare le stelle sfavillanti.

Zrì, di tratto in tratto. È un pipistrello invisibile, che svola curioso, qui, davanti al vano luminoso aperto nel buio della piazza deserta. *Zrì*: e par che mi domandi: «Che fai?»

– Scrivo a un morto, amico pipistrello! E tu che fai? Che cosa è mai codesta tua vita nottambula? Svoli, e non lo sai; come io, del resto, non so che cosa sia la mia; io che pure so tante cose, le quali in fondo non mi hanno reso altro servizio che quello di crescere innanzi a gli occhi miei, alla mia mente, il mistero, ingrandendomelo con le cognizioni della pretesa scienza: bel servizio davvero!

Che diresti tu, amico pipistrello, se a un tuo simile venisse in mente di scoprire un apparecchio da aggiustarti sotto le ali per farti volare più alto e più presto? Forse dapprima ti piacerebbe, ma, e poi?

Quel che importa non è volare più presto o più piano, più alto o più basso, ma sapere perché si vola. E perché dovrebbe affrettarsi la tartaruga condannata a vivere una lunghissima vita?

Nelle nostre favole intanto chiamiamo tarda e pigra la tartaruga, la quale, per aver tanto tempo davanti a sé, non si dà nessuna fretta, e chiamiamo pauroso il coniglio che al primo vederci scappa via.

Ma se ai topi di campagna, ai grilli, alle lucertole, agli uccelli, noi domandassimo notizia del coniglio, chi sa che cosa ci risponderebbero, non certo però, che sia una bestia paurosa. O che forse pretenderebbero gli uomini che, al loro cospetto, il coniglio si rizzasse su due piedi e movesse loro incontro per farsi prendere e uccidere? Meno male che il coniglio non ci sente! meno male che non ha testa da ragionare a modo nostro; altrimenti avrebbe fondamento di credere che spesso tra gli uomini non debba correre molta differenza tra eroismo e imbecillità.

E se per caso alla volpe, che ha la fama di savia, venisse in mente di comporre favole in risposta a tutte quelle che da gran tempo gli uomini van mettendo fuori calunniando le bestie; quanta materia non le offrirebbero queste scoperte umane, pipistrello mio, e questa scienza umana.

Ma la volpe non ci si metterebbe, perché sono sicuro che con la sua sagacia intenderebbe che, se per modo d'esempio, un favolista fa parlare un asino come un uomo sciocco, sciocco non è l'asino, ma asino è l'uomo.

Basta; chiudo la finestra, Momino: vado a letto.

Filosofia, eh? questa notte: un po' animalesca veramente, con quei cavalli a principio, e poi con quell'insetto e ora il pipistrello e la tartaruga e il coniglio e la volpe e l'asino e l'uomo...

V

Comprendo che il tempo (quello almeno abbocconato in giorni e lunazioni e mesi dai nostri calendarii) per te ormai è come nulla; ma io mi ero fatta l'illusione che, per mio mezzo, un barlume di vita potesse inalbarti il buio in cui sei caduto, e la mia voce, che pure è grossa, venir come vocina di ragnatelo a vellicare, non che altro, l'umido e nudo silenzio intorno a te.

Sono passati dieci mesi, Momo; te ne sei accorto? Ti ho lasciato al buio dieci mesi, senza scriverti un rigo... Ma sta' pur sicuro che non hai perduto nulla di nuovo: il mondo è sempre porco a un modo e sciocco forse un po' peggio.

Non credere che t'abbia un solo istante dimenticato. Mi ha prima distratto dallo scriverti ogni sera la ricerca d'un nuovo alloggio; poi ho pensato: «Ma davvero non saprei adattarmi a vivere in queste tre stanzette? Perché cerco una casa più ampia? per vedermi forse crescere attorno la solitudine?». E quest'ultimo pensiero mi ha gettato in preda a una tristezza indicibile.

Ah, per i vecchi che restano soli (e senza neanche la propria casa, aggiungi!) gli ultimi giorni sono proprio intollerabili.

Mi ritorna viva nell'anima l'impressione che provavo da giovine nel vedere per via qualche vecchio trascinare pesantemente le membra debellate dalla vita. Io li seguivo un tratto, assorto, quei poveri vecchi, osservando ogni loro movimento e le gambe magre, piegate, i piedi che pareva non potessero spiccicarsi da terra, la schiena curva, le mani tremule, il collo proteso e quasi schiacciato sotto un giogo disumano, di cui gli occhi risecchi, senza ciglia, nel chiudersi, esprimevano il peso e la pena. E provavo una profonda ambascia, ch'era insieme oscura costernazione e dispetto della vita, la quale si spassa a ridurre in così miserando stato le sue povere creature.

Per tutti coloro a cui torna conto restare scapoli, la porta della vita dovrebbe chiudersi su la soglia della vecchiaia, buono e tranquillo albergo soltanto per i nonni, cioè per chi vi entra munito del dolce presidio dei nipoti. Gli scapoli maturi dovrebbero interdirsene l'entrata, o entrarci appaiati da fratelli, com'era mia intenzione. Ma tu, nel meglio, mi tradisti; frutto del tradimento, la tua morte affrettata: maggior danno però, forse, per me rimasto così solo e abbandonato, che per te colpevole verso l'amico di tanta ingiustizia, per non dire ingratitudine.

Lasciami sfogare: ho traversato un periodo crudele. A un certo punto, ho fatto le valige, e via!

Ho voluto rivedere i tre laghi e, con particolar desiderio, quello di Lugano che, date le condizioni d'animo con cui avevo intrapreso il primo viaggio, al tempo del tuo matrimonio, mi aveva fatto maggiore impressione.

Sono rimasto disilluso!

Eppure dicono che i vecchi non riescono a veder più le cose come sono, bensì come le hanno altra volta vedute.

Più d'ogni altro mi ha fatto dispetto un certo gruppo d'alberi, di cui avevo serbato memoria, che fossero altissimi e superbi. Li ho ritrovati all'incontro quasi nani e storti, umili e polverosi: li ho guardati a lungo, non credendo a gli occhi miei; ma erano ben dessi, senz'alcun dubbio, lì, al lor posto; e ho sentito in fine come se essi avessero risposto così alla mia disillusione:

«Hai fatto male, vecchio, a ritornare! Eravamo per te alberi altissimi e superbi; ma, vedi ora? Noi siamo stati sempre così, tristi e meschini...»

Senza i tuoi augurii, ho compito a Moltrasio sul lago di Como sessant'anni. In un'umile trattoria ho alzato il bicchiere e borbottato:

– Tommaso, crepa presto!

Sono ritornato a Roma l'altro ieri.

E ora dovrei venire alle cose brutte per te; ma sento che non mi è possibile.

L'immagine di quella tua cassa gonfia m'occupa come un incubo lo spirito, e penso che, se non è ancora scoppiata, scoppierebbe, se ti dicessi ciò che sta per avvenire a casa tua.

Io non ci posso portare, amico mio, nessun rimedio.

T'ho detto che in principio fui distratto dallo scriverti dalla ricerca d'una nuova casa; ma non te n'ho detto la vera ragione, come poi del mio viaggio lassù.

Ti basti sapere che tua moglie voleva che mi riprendessi i mobili di mia pertinenza, che sono ancora nella casa che fu nostra, e che, alla mia assicurazione che non sapevo più che farmene né dove metterli e che perciò se li tenesse pure considerandoli ormai come suoi, mi rimandò l'assegno mensile, dicendomi di non averne più bisogno.

Pare difatti che suo cognato abbia intrapreso non so che negozio molto lucroso su medicinali con un suo socio di Napoli, per cui la salute, amico mio, diventerà sempre più preziosa; perché, con questo negozio, povero a chi la perde e vorrà riacquistarla.

Tua moglie usufruirà indirettamente di questo negozio, perché quel socio di Napoli pare che abbia un fratello, e pare che questo fratello, venuto a Roma per concludere la società, la abbia conclusa includendovi, per conto suo, tua moglie.

Sì, amico mio. Ella sposerà tra poco questo fratello del socio di Napoli. Ma io non me ne sarei scappato in Isvizzera per un caso così ordinario, perdonami, e così facilmente prevedibile, se...

Insomma, Momo, faccio conto che la tua cassa sia già scoppiata, e te lo dico. Tua moglie, con l'aiuto del signor Postella, ha avuto il coraggio di farmi intendere chiaramente che a un solo patto avrebbe respinto la profferta di matrimonio di quel fratello del socio di Napoli. E sai a qual patto? A patto che la sposassi io. Capisci? Io. Tua moglie. E sai perché? Per usare un ultimo riguardo alla tua santa memoria.

Ebbene, Momo, credi ch'io me ne sia scappato in Isvizzera per indignazione? No, Momo. Me ne sono scappato, perché stavo per cascarci. Sì, amico mio. Come un imbecille. E se imbecille non ti basta, di', di' pure come vuoi. Mi piglio tutto. Non ha altra ragione quest'interruzione di dieci mesi nella nostra corrispondenza.

Fin dov'ero arrivato, fin dov'ero arrivato, amico mio! Ero arrivato fino al punto d'accordarmi col pensiero che tu stesso, proprio tu mi persuadessi a sposare tua moglie, con tante considerazioni che, sebbene fondate in un proponimento disperato, tuttavia mi pareva di doverle riconoscere una più giusta dell'altra, una più dell'altra assennata. Sì. Per te, e per lei, giuste e assennate. Per te, in quanto dovesse riuscirti assai meno ingrato che la sposassi io, tua moglie, anziché un estraneo, perché così tu potevi esser sicuro di rimaner sempre terzo in ispirito nella famiglia, senz'essere mai dimenticato. Per lei, in quanto, se da una parte non s'avvantaggiava lasciando di sposare uno molto più giovane di me, dall'altra certamente ci avrebbe guadagnato la sicurezza assoluta dell'esistenza, la tranquillità, il poter rimanere nella propria casa, senz'abbassamento o mutamento di stato. E poi il piacere velenoso per te di vedermi fare, anche più vecchio di te, quello per cui, in vita, tanto ti condannai.

Ho potuto capire a tempo, per fortuna, tutto l'orrore della vita, amico mio, nei riguardi di chi muore. E che un vero delitto è seguitare a dare ai morti notizie della vita: di quella stessa vita, di cui dentro di noi fu composta la loro realtà finché vissero, e che seguitando a durare nel nostro ricordo finché noi viviamo, è naturale che ormai senza difesa e immeritamente debba esserne straziata. Parlandoti della vita, potevo arrivare, come niente, povero Momino mio, a concludere queste notizie del mondo con l'inviarti in un cartoncino litografato la partecipazione delle mie nozze con tua moglie. Hai capito?

E dunque, basta, via. Finiamola.

LA TRAGEDIA D'UN PERSONAGGIO

È mia vecchia abitudine dare udienza, ogni domenica mattina, ai personaggi delle mie future novelle.

Cinque ore, dalle otto alle tredici.

M'accade quasi sempre di trovarmi in cattiva compagnia.

Non so perché, di solito accorre a queste mie udienze la gente più scontenta del mondo, o afflitta da strani mali, o ingarbugliata in speciosissimi casi, con la quale è veramente una pena trattare.

Io ascolto tutti con sopportazione; li interrogo con buona grazia; prendo nota de' nomi e delle condizioni di ciascuno; tengo conto de' loro sentimenti e delle loro aspirazioni. Ma bisogna anche aggiungere che per mia disgrazia non sono di facile contentatura. Sopportazione, buona grazia, sì; ma esser gabbato non mi piace. E voglio penetrare in fondo al loro animo con lunga e sottile indagine.

Ora avviene che a certe mie domande più d'uno aombri e s'impunti e recalcitri furiosamente, perché forse gli sembra ch'io provi gusto a scomporlo dalla serietà con cui mi s'è presentato.

Con pazienza, con buona grazia m'ingegno di far vedere e toccar con mano, che la mia domanda non è superflua, perché si fa presto a volerci in un modo o in un altro; tutto sta poi se possiamo essere quali ci vogliamo. Ove quel potere manchi, per forza questa volontà deve apparire ridicola e vana.

Non se ne vogliono persuadere.

E allora io, che in fondo sono di buon cuore, li compatisco. Ma è mai possibile il compatimento di certe sventure, se non a patto che se ne rida?

Orbene, i personaggi delle mie novelle vanno sbandendo per il mondo, che io sono uno scrittore crudelissimo e spietato. Ci vorrebbe un critico di buona volontà, che facesse vedere quanto compatimento sia sotto a quel riso.

Ma dove sono oggi i critici di buona volontà?

È bene avvertire che alcuni personaggi, in queste udienze, balzano davanti agli altri e s'impongono con tanta petulanza e prepotenza, ch'io mi vedo costretto qualche volta a sbrigarmi di loro lì per lì.

Parecchi di questa lor furia poi si pentono amaramente e mi si raccomandano per avere accomodato chi un difetto e chi un altro. Ma io sorrido e dico loro pacatamente che scontino ora il loro peccato originale e aspettino ch'io abbia tempo e modo di ritornare ad essi.

Tra quelli che rimangono indietro in attesa, sopraffatti, chi sospira, chi s'oscura, chi si stanca e se ne va a picchiare alla porta di qualche altro scrittore.

Mi è avvenuto non di rado di ritrovare nelle novelle di parecchi miei colleghi certi personaggi, che prima s'erano presentati a me; come pure m'è avvenuto di ravvisarne certi altri, i quali, non contenti del modo com'io li avevo trattati, han voluto provare di fare altrove miglior figura.

Non me ne lagno, perché solitamente di nuovi me ne vengon davanti due e tre per settimana. E spesso la ressa è tanta, ch'io debbo dar retta a più d'uno contemporaneamente. Se non che, a un certo punto, lo spirito così diviso e frastornato si ricusa a quel doppio o triplo allevamento e grida esasperato che, o uno alla volta, piano piano, riposatamente, o via nel limbo tutt'e tre!

Ricordo sempre con quanta remissione aspettò il suo turno un povero vecchietto arrivatomi da lontano, un certo maestro Icilio Saporini, spatriato in America nel 1849, alla caduta della Repubblica Romana, per aver musicato non so che inno patriottico, e ritornato in Italia dopo quarantacinque anni, quasi ottantenne, per morirvi. Cerimonioso, col suo vocino di zanzara, lasciava passar tutti innanzi a sé. E finalmente un giorno ch'ero ancor convalescente d'una lunga malattia, me lo vidi entrare in camera, umile umile, con un timido risolino su le labbra:

– Se posso... Se non le dispiace...

Oh sì, caro vecchietto! Aveva scelto il momento più opportuno. E lo feci morire subito subito in una novelletta intitolata *Musica vecchia*.

Quest'ultima domenica sono entrato nello scrittoio, per l'udienza, un po' più tardi del solito.

Un lungo romanzo inviatomi in dono, e che aspettava da più d'un mese d'esser letto, mi tenne sveglio fino alle tre del mattino per le tante considerazioni che mi suggerì un personaggio di esso, l'unico vivo tra molte ombre vane.

Rappresentava un pover uomo, un certo dottor Fileno, che credeva d'aver trovato il più efficace rimedio a ogni sorta di mali, una ricetta infallibile per consolar se stesso e tutti gli uomini d'ogni pubblica o privata calamità.

Veramente, più che rimedio o ricetta, era un metodo, questo del dottor Fileno, che consisteva nel leggere da mane a sera libri di storia e nel veder nella storia anche il presente, cioè come già lontanissimo nel tempo e impostato negli archivii del passato.

Con questo metodo s'era liberato d'ogni pena e d'ogni fastidio, e aveva trovato – senza bisogno di morire – la pace: una pace austera e serena, soffusa di quella certa mestizia senza rimpianto, che serberebbero ancora i cimiteri su la faccia della terra, anche quando tutti gli uomini vi fossero morti.

Non si sognava neppure, il dottor Fileno, di trarre dal passato ammaestramenti per il presente. Sapeva che sarebbe stato tempo perduto, e da sciocchi; perché la storia è composizione ideale d'elementi raccolti secondo la natura, le antipatie, le simpatie, le aspirazioni, le opinioni degli storici, e che non è dunque possibile far servire questa composizione ideale alla vita che si muove con tutti i suoi elementi ancora scomposti e sparpagliati. E nemmeno si sognava di trarre dal presente norme o previsioni per l'avvenire; anzi faceva proprio il contrario: si poneva idealmente nell'avvenire per guardare il presente, e lo vedeva come passato.

Gli era morta, per esempio, da pochi giorni una figliuola. Un amico era andato a trovarlo per condolersi con lui della sciagura. Ebbene, lo aveva trovato già così consolato, come se quella figliuola gli fosse morta da più che cent'anni.

La sua sciagura, ancor calda calda, l'aveva senz'altro allontanata nel tempo, respinta e composta nel passato. Ma bisognava vedere da quale altezza e con quanta dignità ne parlava!

In somma, di quel suo metodo il dottor Fileno s'era fatto come un cannocchiale rivoltato. Lo apriva, ma non per mettersi a guardare verso l'avvenire, dove sapeva che non avrebbe veduto niente; persuadeva l'anima a esser contenta di mettersi a guardare dalla lente più grande, attraverso la piccola, appuntata al presente, per modo che tutte le cose subito le apparissero piccole e lontane. E attendeva da varii anni a comporre un libro, che avrebbe fatto epoca certamente: *La filosofia del lontano*.

Durante la lettura del romanzo m'era apparso manifesto che l'autore, tutto inteso ad annodare artificiosamente una delle trame più solite, non aveva saputo assumere intera coscienza di questo personaggio, il quale, contenendo in sé, esso solo, il germe d'una vera e propria creazione, era riuscito a un certo punto a prender la mano all'autore e a stagliarsi per un lungo tratto con vigoroso rilievo su i comunissimi casi narrati e rappresentati; poi, all'improvviso, sformato e immiserito, s'era lasciato piegare e adattare alle esigenze d'una falsa e sciocca soluzione.

Ero rimasto a lungo, nel silenzio della notte, con l'immagine di questo personaggio davanti agli occhi, a fantasticare. Peccato! C'era tanta materia in esso, da trarne fuori un capolavoro! Se l'autore non lo avesse così indegnamente misconosciuto e trascurato, se avesse fatto di lui il centro della narrazione, anche tutti quegli elementi artificiosi di cui s'era valso, si sarebbero forse trasformati, sarebbero diventati subito vivi anch'essi. E una gran pena e un gran dispetto s'erano impadroniti di me per quella vita miseramente mancata.

Ebbene, quella mattina, entrando tardi nello scrittoio, vi trovai un insolito scompiglio, perché quel dottor Fileno s'era già cacciato in mezzo ai miei personaggi aspettanti, i quali, adirati e indispettiti, gli erano saltati addosso e cercavano di cacciarlo via, di strapparlo indietro.

– Ohé! – gridai. – Signori miei, che modo è codesto? Dottor Fileno, io ho già sprecato con lei troppo tempo. Che vuole da me? Lei non m'appartiene. Mi lasci attendere in pace adesso a' miei personaggi, e se ne vada.

Una così intensa e disperata angoscia si dipinse sul volto del dottor Fileno, che subito tutti quegli altri (i miei personaggi che ancora stavano a trattenerlo) impallidirono mortificati e si ritrassero.

– Non mi scacci, per carità, non mi scacci! Mi accordi cinque soli minuti d'udienza, con sopportazione di questi signori, e si lasci persuadere, per carità!

Perplesso e pur compreso di pietà, gli domandai:

– Ma persuadere di che? Sono persuasissimo che lei, caro dottore, meritava di capitare in migliori mani. Ma che cosa vuole ch'io le faccia? Mi son doluto già molto della sua sorte; ora basta.

– Basta? Ah, no, perdio! – scattò il dottor Fileno con un fremito d'indignazione per tutta la persona. – Lei dice così perché non son cosa sua! La sua noncuranza, il suo disprezzo mi sarebbero, creda, assai meno crudeli, che codesta passiva commiserazione, indegna d'un artista, mi scusi! Nessuno può sapere meglio di lei, che noi siamo esseri vivi, più vivi di quelli che respirano e vestono panni; forse meno reali, ma più veri! Si nasce alla vita in tanti modi, caro signore; e lei sa bene che la natura si serve dello strumento della fantasia umana per proseguire la sua opera di creazione. E chi nasce mercé quest'attività creatrice che ha sede nello spirito dell'uomo, è ordinato da natura a una vita di gran lunga superiore a quella di chi nasce dal grembo mortale d'una donna. Chi nasce personaggio, chi ha la ventura di nascere personaggio vivo, può infischiarsi anche della morte. Non muore più! Morrà l'uomo, lo scrittore, strumento naturale della creazione; la creatura non muore più! E per vivere eterna, non ha mica bisogno di straordinarie doti o di compiere prodigi. Mi dica lei chi era Sancho Panza! Mi dica lei chi era don Abbondio! Eppure vivono eterni perché – vivi germi – ebbero la ventura di trovare una matrice feconda, una fantasia che li seppe allevare e nutrire per l'eternità.

– Ma sì, caro dottore: tutto questo sta bene, – gli dissi. – Ma non vedo ancora che cosa ella possa volere da me.

– Ah no? non vede? – fece il dottor Fileno. – Ho forse sbagliato strada? Sono caduto per caso nel mondo della Luna? Ma che razza di scrittore è lei, scusi? Ma dunque sul serio lei non comprende l'orrore della tragedia mia? Avere il privilegio inestimabile di esser nato personaggio, oggi come oggi, voglio dire oggi che la vita materiale è così irta di vili difficoltà che ostacolano, deformano, immiseriscono ogni esistenza; avere il privilegio di esser nato personaggio vivo, ordinato dunque, anche nella mia piccolezza, all'immortalità, e sissignore, esser caduto in quelle mani, esser condannato a perire iniquamente, a soffocare in quel mondo d'artifizio, dove non posso né respirare né dare un passo, perché è tutto finto, falso, combinato, arzigogolato! Parole e carta! Carta e parole! Un uomo, se si trova avviluppato in condizioni di vita a cui non possa o non sappia adattarsi, può scapparsene, fuggire; ma un povero personaggio, no: è lì fissato, inchiodato a un martirio senza fine! Aria! aria! vita! Ma guardi... *Fileno*... mi ha messo nome *Fileno*... Le pare sul serio che io mi possa chiamar Fileno? Imbecille, imbecille! Neppure il nome ha saputo darmi! Io, Fileno! E poi, già, io, io, l'autore della *Filosofia del lontano*, proprio io dovevo andare a finire in quel modo indegno per sciogliere tutto quello stupido garbuglio di casi là! Dovevo sposarla io, è vero? in seconde nozze quell'oca di Graziella, invece del notaio Negroni! Ma mi faccia il piacere! Questi sono delitti, caro signore, delitti che si dovrebbero scontare a lagrime di sangue! Ora, invece, che avverrà? Niente. Silenzio. O forse qualche stroncatura in due o tre giornaletti. Forse qualche critico esclamerà: «Quel povero dottor Fileno, peccato! Quello sì era un buon personaggio!». E tutto finirà così. Condannato a morte, io, l'autore della *Filosofia del lontano*, che quell'imbecille non ha trovato modo neanche di farmi stampare a mie spese! Eh già, se no, sfido! come avrei potuto sposare in seconde nozze quell'oca di Graziella? Ah, non mi faccia pensare! Su, su, all'opera, all'opera, caro signore! Mi riscatti lei, subito subito! mi faccia viver lei che ha compreso bene tutta la vita che è in me!

A questa proposta avventata furiosamente come conclusione del lunghissimo sfogo, restai un pezzo a mirare in faccia il dottor Fileno.

– Si fa scrupolo? – mi domandò, scombuiandosi. – Si fa scrupolo? Ma è legittimo, legittimo, sa! È suo diritto sacrosanto riprendermi e darmi la vita che quell'imbecille non ha saputo darmi. È suo e mio diritto, capisce?

– Sarà suo diritto, caro dottore, – risposi, – e sarà anche legittimo, come lei crede. Ma queste cose, io non le faccio. Ed è inutile che insista. Non le faccio. Provi a rivolgersi altrove.

– E a chi vuole che mi rivolga, se lei...

– Ma io non so! Provi. Forse non stenterà molto a trovarne qualcuno perfettamente convinto della legittimità di codesto diritto. Se non che, mi ascolti un po', caro dottor Fileno. È lei, sì o no, veramente l'autore della *Filosofia del lontano*?

– E come no? – scattò il dottor Fileno, tirandosi un passo indietro e recandosi le mani al petto. – Oserebbe metterlo in dubbio? Capisco, capisco! È sempre per colpa di quel mio assassino! Ha dato appena appena e in succinto, di passata, un'idea delle mie teorie, non supponendo neppure lontanamente tutto il partito che c'era da trarre da quella mia scoperta del cannocchiale rivoltato!

Parai le mani per arrestarlo, sorridendo e dicendo:

– Va bene... va bene... ma, e lei, scusi?

– Io? come, io?

– Si lamenta del suo autore; ma ha saputo lei, caro dottore, trar partito veramente della sua teoria? Ecco, volevo dirle proprio questo. Mi lasci dire. Se Ella crede sul serio, come me, alla virtù della sua filosofia, perché non la applica un po' al suo caso? Ella va cercando, oggi, tra noi, uno scrittore che la consacri all'immortalità? Ma guardi a ciò che dicono di noi poveri scrittorelli contemporanei tutti i critici più ragguardevoli. Siamo e non siamo, caro dottore! E sottoponga, insieme con noi, al suo famoso cannocchiale rivoltato i fatti più notevoli, le questioni più ardenti e le più mirabili opere dei giorni nostri. Caro il mio dottore, ho gran paura ch'Ella non vedrà più niente né nessuno. E dunque, via, si consoli, o piuttosto, si rassegni, e mi lasci attendere a' miei poveri personaggi, i quali, saranno cattivi, saranno scontrosi, ma non hanno almeno la sua stravagante ambizione.

LA MOSCA

LA MOSCA

Trafelati, ansanti, per far più presto, quando furono sotto il borgo, – su, di qua, coraggio! – s'arrampicarono per la scabra ripa cretosa, aiutandosi anche con le mani – forza! forza! – poiché gli scarponi imbullettati – Dio sacrato! – scivolavano.

Appena s'affacciarono paonazzi sulla ripa, le donne, affollate e vocianti intorno alla fontanella all'uscita del paese, si voltarono tutte a guardare. O non erano i fratelli Tortorici, quei due là? Sì, Neli e Saro Tortorici. Oh poveretti! E perché correvano così?

Neli, il minore dei fratelli, non potendone più, si fermò un momento per tirar fiato e rispondere a quelle donne; ma Saro se lo trascinò via, per un braccio.

– Giurlannu Zarù, nostro cugino! – disse allora Neli, voltandosi, e alzò una mano in atto di benedire.

Le donne proruppero in esclamazioni di compianto e d'orrore; una domandò, forte:

– Chi è stato?

– Nessuno: Dio! – gridò Neli da lontano.

Voltarono, corsero alla piazzetta, ov'era la casa del medico condotto.

Il signor dottore, Sidoro Lopiccolo, scamiciato, spettorato, con una barbaccia di almeno dieci giorni su le guance flosce, e gli occhi gonfi e cisposi, s'aggirava per le stanze, strascicando le ciabatte e reggendo su le braccia una povera malatuccia ingiallita, pelle e ossa, di circa nove anni.

La moglie, in un fondo di letto, da undici mesi; sei figliuoli per casa, oltre a quella che teneva in braccio, ch'era la maggiore, laceri, sudici, inselvaggiti; tutta la casa, sossopra, una rovina: cocci di piatti, bucce, l'immondizia a mucchi sui pavimenti; seggiole rotte, poltrone sfondate, letti non più rifatti chi sa da quanto tempo, con le coperte a brandelli, perché i ragazzi si spassavano a far la guerra su i letti, a cuscinate; bellini!

Solo intatto, in una stanza ch'era stata salottino, un ritratto fotografico ingrandito, appeso alla parete; il ritratto di lui, del signor dottore Sidoro Lopiccolo, quand'era ancora giovincello, laureato di fresco: lindo, attillato e sorridente.

Davanti a questo ritratto egli si recava ora, ciabattando; gli mostrava i denti in un ghigno aggraziato, s'inchinava e gli presentava la figliuola malata, allungando le braccia.

– Sisiné, eccoti qua!

Perché così, *Sisiné*, lo chiamava per vezzeggiarlo sua madre, allora; sua madre che si riprometteva grandi cose da lui ch'era il beniamino, la colonna, lo stendardo della casa.

– Sisiné!

Accolse quei due contadini come un cane idrofobo.

– Che volete?

Parlò Saro Tortorici, ancora affannato, con la berretta in mano:

– Signor dottore, c'è un poverello, nostro cugino, che sta morendo...

– Beato lui! Sonate a festa le campane! – gridò il dottore.

– Ah, nossignore! Sta morendo, tutt'a un tratto, non si sa di che. Nelle terre di Montelusa, in una stalla.

Il dottore si tirò un passo indietro e proruppe, inferocito:

– A Montelusa?

C'erano, dal paese, sette miglia buone di strada. E che strada!

– Presto presto, per carità! – pregò il Tortorici. – È tutto nero, come un pezzo di fegato! gonfio, che fa paura. Per carità!

– Ma come, a piedi? – urlò il dottore. – Dieci miglia a piedi? Voi siete pazzi! La mula! Voglio la mula. L'avete portata?

– Corro subito a prenderla, – s'affrettò a rispondere il Tortorici. – Me la faccio prestare.

– E io allora, – disse Neli, il minore, – nel frattempo, scappo a farmi la barba.

Il dottore si voltò a guardarlo, come se lo volesse mangiar con gli occhi.

– È domenica, signorino, – si scusò Neli, sorridendo, smarrito. – Sono fidanzato.

– Ah, fidanzato sei? – sghignò allora il medico, fuori di sé. – E pigliati questa, allora!

Gli mise, così dicendo, sulle braccia la figlia malata; poi prese a uno a uno gli altri piccini che gli s'erano affollati attorno e glieli spinse di furia fra le gambe:

– E quest'altro! e quest'altro! e quest'altro! e quest'altro! Bestia! bestia! bestia!

Gli voltò le spalle, fece per andarsene, ma tornò indietro, si riprese la malatuccia e gridò ai due:

– Andate via! La mula! Vengo subito.

Neli Tortorici tornò a sorridere, scendendo la scala, dietro al fratello. Aveva vent'anni, lui; la fidanzata, Luzza, sedici: una rosa! Sette figliuoli? Ma pochi! Dodici, ne voleva. E a mantenerli, si sarebbe aiutato con quel paio di braccia sole, ma buone, che Dio gli aveva dato. Allegramente, sempre. Lavorare e cantare, tutto a regola d'arte. Non per nulla lo chiamavano Liolà, il poeta. E sentendosi amato da tutti per la sua bontà servizievole e il buon umore costante, sorrideva finanche all'aria che respirava. Il sole non era ancora riuscito a cuocergli la pelle, a inaridirgli il bel biondo dorato dei capelli ricciuti che tante donne gli avrebbero invidiato; tante donne che arrossivano, turbate, se egli le guardava in un certo modo, con quegli occhi chiari, vivi vivi.

Più che del caso del cugino Zarù, quel giorno, egli era afflitto in fondo del broncio che gli avrebbe tenuto la sua Luzza, che da sei giorni sospirava quella domenica per stare un po' con lui. Ma poteva, in coscienza, esimersi da quella carità di cristiano? Povero Giurlannu! Era fidanzato anche lui. Che guaio, così all'improvviso! Abbacchiava le mandorle, laggiù, nella tenuta del Lopes, a Montelusa. La mattina avanti, sabato, il tempo s'era messo all'acqua; ma non pareva ci fosse pericolo di pioggia imminente. Verso mezzogiorno, però, il Lopes dice: – In un'ora Dio lavora; non vorrei, figliuoli, che le mandorle mi rimanessero per terra, sotto la pioggia. – E aveva comandato alle donne che stavano a raccogliere, di andar su, nel magazzino, a smallare. – Voi, – dice, rivolto agli uomini che abbacchiavano (e c'erano anche loro, Neli e Saro Tortorici) – voi, se volete, andate anche su, con le donne, a smallare. – Giurlannu Zarù: – Pronto, – dice, – ma la giornata mi corre col mio salario, di venticinque soldi? – No, mezza giornata, – dice il Lopes, – te la conto col tuo salario; il resto, a mezza lira, come le donne. – Soperchieria! Perché, mancava forse per gli uomini di lavorare e di guadagnarsi la giornata intera? Non pioveva; né piovve difatti per tutta la giornata, né la notte. – Mezza lira, come le donne? – dice Giurlannu Zarù. – Io porto calzoni. Mi paghi la mezza giornata in ragione di venticinque soldi, e vado via.

Non se n'andò: rimase ad aspettare fino a sera i cugini che s'erano contentati di smallare, a mezza lira, con le donne. A un certo punto, però, stanco di stare in ozio a guardare, s'era recato in una stalla lì vicino per buttarsi a dormire, raccomandando alla ciurma di svegliarlo quando sarebbe venuta l'ora d'andar via.

S'abbacchiava da un giorno e mezzo, e le mandorle raccolte erano poche. Le donne proposero di smallarle tutte quella sera stessa, lavorando fino a tardi e rimanendo a dormire lì il resto della notte, per risalire al paese la mattina dopo, levandosi a buio. Così fecero. Il Lopes portò fave cotte e due fiaschi di vino. A mezzanotte, finito di smallare, si buttarono tutti, uomini e donne, a dormire al sereno su l'aia, dove la paglia rimasta era bagnata dall'umido, come se veramente fosse piovuto.

– Liolà, canta!

E lui, Neli, s'era messo a cantare all'improvviso. La luna entrava e usciva di tra un fitto intrico di nuvolette bianche e nere; e la luna era la faccia tonda della sua Luzza che sorrideva e s'oscurava alle vicende ora tristi e ora liete dell'amore.

Giurlannu Zarù era rimasto nella stalla. Prima dell'alba, Saro si era recato a svegliarlo e lo aveva trovato lì, gonfio e nero, con un febbrone da cavallo.

Questo raccontò Neli Tortorici, là dal barbiere, il quale, a un certo punto distraendosi, lo incicciò col rasoio. Una feritina, presso il mento, che non pareva nemmeno, via! Neli non ebbe neanche il tempo di risentirsene, perché alla porta del barbiere s'era affacciata Luzza con la madre e Mita Lumìa, la povera fidanzata di Giurlannu Zarù, che gridava e piangeva, disperata.

Ci volle del bello e del buono per fare intendere a quella poveretta che non poteva andare fino a Montelusa, a vedere il fidanzato: lo avrebbe veduto prima di sera, appena lo avrebbero portato su, alla meglio. Sopravvenne Saro, sbraitando che il medico era già a cavallo e non voleva più aspettare. Neli si tirò Luzza in disparte e la pregò che avesse pazienza: sarebbe ritornato prima di sera e le avrebbe raccontato tante belle cose.

Belle cose, di fatti, sono anche queste, per due fidanzati che se le dicono stringendosi le mani e guardandosi negli occhi.

Stradaccia scellerata! Certi precipizi, che al dottor Lopiccolo facevano vedere la morte con gli occhi, non ostante che Saro di qua, Neli di là reggessero la mula per la capezza.

Dall'alto si scorgeva tutta la vasta campagna, a pianure e convalli; coltivata a biade, a oliveti, a mandorleti; gialla ora di stoppie e qua e là chiazzata di nero dai fuochi della debbiatura; in fondo, si scorgeva il mare, d'un aspro azzurro. Gelsi, carrubi, cipressi, olivi serbavano il loro vario verde, perenne; le corone dei mandorli s'erano già diradate.

Tutt'intorno, nell'ampio giro dell'orizzonte, c'era come un velo di vento. Ma la calura era estenuante; il sole spaccava le pietre. Arrivava or sì or no, di là dalle siepi polverose di fichidindia, qualche strillo di calandra o la risata d'una gazza, che faceva drizzar le orecchie alla mula del dottore.

– Mula mala! mula mala! – si lamentava questi allora.

Per non perdere di vista quelle orecchie, non avvertiva neppure al sole che aveva davanti agli occhi, e lasciava l'ombrellaccio aperto foderato di verde, appoggiato su l'omero.

– Vossignoria non abbia paura, ci siamo qua noi, – lo esortavano i fratelli Tortorici.

Paura, veramente, il dottore non avrebbe dovuto averne. Ma diceva per i figliuoli. Se la doveva guardare per quei sette disgraziati, la pelle.

Per distrarlo, i Tortorici si misero a parlargli della mal'annata: scarso il frumento, scarso l'orzo, scarse le fave; per i mandorli, si sapeva: non raffermano sempre: carichi un anno e l'altro no; e delle ulive non parlavano: la nebbia le aveva imbozzacchite sul crescere; né c'era da rifarsi con la vendemmia, ché tutti i vigneti della contrada erano presi dal male.

– Bella consolazione! – andava dicendo ogni tanto il dottore, dimenando la testa.

In capo a due ore di cammino, tutti i discorsi furono esauriti. Lo stradone correva diritto per un lungo tratto, e su lo strato alto di polvere bianchiccia si misero a conversare adesso i quattro zoccoli della mula e gli scarponi imbullettati dei due contadini. Liolà, a un certo punto, si diede a canticchiare, svogliato, a mezza voce; smise presto. Non s'incontrava anima viva, poiché tutti i contadini, di domenica, erano su al paese, chi per la messa, chi per le spese, chi per sollievo. Forse laggiù, a Montelusa, non era rimasto nessuno accanto a Giurlannu Zarù, che moriva solo, seppure era vivo ancora.

Solo, difatti, lo trovarono, nella stallaccia intanfata, steso sul murello, come Saro e Neli Tortorici lo avevano lasciato: livido, enorme, irriconoscibile.

Rantolava.

Dalla finestra ferrata, presso la mangiatoia, entrava il sole a percuotergli la faccia che non pareva più umana: il naso, nel gonfiore, sparito; le labbra, nere e orribilmente tumefatte. E il rantolo usciva da quelle labbra, esasperato, come un ringhio. Tra i capelli ricci da moro una festuca di paglia splendeva nel sole.

I tre si fermarono un tratto a guardarlo, sgomenti e come trattenuti dall'orrore di quella vista. La mula scalpitò, sbruffando, su l'acciottolato della stalla. Allora Saro Tortorici s'accostò al moribondo e lo chiamò amorosamente:

– Giurlà, Giurlà, c'è il dottore.

Neli andò a legar la mula alla mangiatoia, presso alla quale, sul muro, era come l'ombra di un'altra bestia, l'orma dell'asino che abitava in quella stalla e vi s'era stampato a forza di stropicciarsi.

Giurlannu Zarù, a un nuovo richiamo, smise di rantolare; si provò ad aprir gli occhi insanguinati, anneriti, pieni di paura; aprì la bocca orrenda e gemette, com'arso dentro:

– Muoio!

– No, no, – s'affrettò a dirgli Saro, angosciato. – C'è qua il medico. L'abbiamo condotto noi; lo vedi?

– Portatemi al paese! – pregò il Zarù, e con affanno, senza potere accostar le labbra: – Oh mamma mia!

– Sì, ecco, c'è qua la mula! – rispose subito Saro.

– Ma anche in braccio, Giurlà, ti ci porto io! – disse Neli, accorrendo e chinandosi su lui. – Non t'avvilire!

Giurlannu Zarù si voltò alla voce di Neli, lo guatò con quegli occhi insanguinati come se in prima non lo riconoscesse, poi mosse un braccio e lo prese per la cintola.

– Tu, bello? Tu?

– Io, sì, coraggio! Piangi? Non piangere, Giurlà, non piangere. È nulla!

E gli posò una mano sul petto che sussultava dai singhiozzi che non potevano rompergli dalla gola. Soffocato, a un certo punto il Zarù scosse il capo rabbiosamente, poi alzò una mano, prese Neli per la nuca e l'attirò a sé:

– Insieme, noi, dovevamo sposare...

– E insieme sposeremo, non dubitare! – disse Neli, levandogli la mano che gli s'era avvinghiata alla nuca.

Intanto il medico osservava il moribondo. Era chiaro: un caso di carbonchio.

– Dite un po', non ricordate di qualche insetto che v'abbia pinzato?

– No, – fece col capo il Zarù.

– Insetto? – domandò Saro.

Il medico spiegò, come poteva a quei due ignoranti, il male. Qualche bestia doveva esser morta in quei dintorni, di carbonchio. Su la carogna, buttata in fondo a qualche burrone, chi sa quanti insetti s'erano posati; qualcuno poi, volando, aveva potuto inoculare il male al Zarù, in quella stalla.

Mentre il medico parlava così, il Zarù aveva voltato la faccia verso il muro.

Nessuno lo sapeva, e la morte intanto era lì, ancora; così piccola, che si sarebbe appena potuta scorgere, se qualcuno ci avesse fatto caso.

C'era una mosca, lì sul muro, che pareva immobile; ma, a guardarla bene, ora cacciava fuori la piccola proboscide e pompava, ora si nettava celermente le due esili zampine anteriori, stropicciandole fra loro, come soddisfatta.

Il Zarù la scorse e la fissò con gli occhi.

Una mosca.

Poteva essere stata quella o un'altra. Chi sa? Perché, ora, sentendo parlare il medico, gli pareva di ricordarsi. Sì, il giorno avanti, quando s'era buttato lì a dormire, aspettando che i cugini finissero di smallare le mandorle del Lopes, una mosca gli aveva dato fastidio. Poteva esser questa?

La vide a un tratto spiccare il volo e si voltò a seguirla con gli occhi.

Ecco era andata a posarsi sulla guancia di Neli. Dalla guancia, lieve lieve, essa ora scorreva, in due tratti, sul mento, fino alla scalfittura del rasoio, e s'attaccava lì, vorace.

Giurlannu Zarù stette a mirarla un pezzo, intento, assorto. Poi, tra l'affanno catarroso, domandò con una voce da caverna:

– Una mosca, può essere?

– Una mosca? E perché no? – rispose il medico.

Giurlannu Zarù non disse altro: si rimise a mirare quella mosca che Neli, quasi imbalordito dalle parole del medico, non cacciava via. Egli, il Zarù, non badava più al discorso del medico, ma godeva che questi, parlando, assorbisse così l'attenzione del cugino da farlo stare immobile come una statua, da non fargli avvertire il fastidio di quella mosca lì sulla guancia. Oh fosse la stessa! Allora sì, davvero, avrebbero sposato insieme! Una cupa invidia, una sorda gelosia feroce lo avevano preso di quel giovane cugino così bello e florido, per cui piena di promesse rimaneva la vita che a lui, ecco, veniva improvvisamente a mancare.

A un tratto Neli, come se finalmente si sentisse pinzato, alzò una mano, cacciò via la mosca e con le dita cominciò a premersi il mento, sul taglietto. Si voltò al Zarù che lo guardava e restò un po' sconcertato vedendo che questi aveva aperto le labbra orrende, a un sorriso mostruoso. Si guardarono un po' così. Poi il Zarù disse, quasi senza volerlo:

– La mosca.

Neli non comprese e chinò l'orecchio:

– Che dici?

– La mosca, – ripeté quello.

– Che mosca? Dove? – chiese Neli, costernato, guardando il medico.

– Lì, dove ti gratti. Lo so sicuro! – disse il Zarù.

Neli mostrò al dottore la feritina sul mento:

– Che ci ho? Mi prude.

Il medico lo guardò, accigliato; poi, come se volesse osservarlo meglio, lo condusse fuori della stalla. Saro li seguì.

Che avvenne poi? Giurlannu Zarù attese, attese a lungo, con un'ansia che gl'irritava dentro tutte le viscere. Udiva parlare, là fuori, confusamente. A un tratto, Saro rientrò di furia nella stalla, prese la mula e, senza neanche voltarsi a guardarlo, uscì, gemendo:

– Ah, Neluccio mio! ah, Neluccio mio!

Dunque, era vero? Ed ecco, lo abbandonavano lì, come un cane. Provò a rizzarsi su un gomito, chiamò due volte:

– Saro! Saro!

Silenzio. Nessuno. Non si resse più sul gomito, ricadde a giacere e si mise per un pezzo come a grufare, per non sentire il silenzio della campagna, che lo atterriva. A un tratto gli nacque il dubbio che avesse sognato, che avesse fatto quel sogno cattivo, nella febbre; ma, nel rivoltarsi verso il muro, rivide la mosca, lì di nuovo.

Eccola.

Ora cacciava fuori la piccola proboscide e pompava, ora si nettava celermente le due esili zampine anteriori, stropicciandole fra loro, come soddisfatta.

L'ERESIA CATARA

Bernardino Lamis, professore ordinario di storia delle religioni, socchiudendo gli occhi addogliati e, come soleva nelle più gravi occasioni, prendendosi il capo inteschiato tra le gracili mani tremolanti che pareva avessero in punta, invece delle unghie, cinque rosee conchigliette lucenti, annunziò ai due soli alunni che seguivano con pertinace fedeltà il suo corso:

– Diremo, o signori, nella ventura lezione, dell'eresia catara.

Uno de' due studenti, il Ciotta – bruno ciociaretto di Guarcino, tozzo e solido – digrignò i denti con fiera gioia e si diede una violenta fregatina alle mani. L'altro, il pallido Vannìcoli, dai biondi capelli irti come fili di stoppia e dall'aria spirante, appuntì invece le labbra, rese più dolente che mai lo sguardo dei chiari occhi languidi e stette col naso come in punto a annusar qualche odore sgradevole, per significare ch'era compreso della pena che al venerato maestro doveva certo costare la trattazione di quel tema, dopo quanto glien'aveva detto privatamente. (Perché il Vannìcoli credeva che il professor Lamis quand'egli e il Ciotta, finita la lezione, lo accompagnavano per un lungo tratto di via verso casa, si rivolgesse unicamente a lui, solo capace d'intenderlo.)

E di fatti il Vannìcoli sapeva che da circa sei mesi era uscita in Germania (Halle a. S.) una mastodontica monografia di Hans von Grobler su l'*Eresia Catara*, messa dalla critica ai sette cieli, e che su lo stesso argomento, tre anni prima, Bernardino Lamis aveva scritto due poderosi volumi, di cui il von Grobler mostrava di non aver tenuto conto, se non solo una volta, e di passata, citando que' due volumi, in una breve nota; per dirne male.

Bernardino Lamis n'era rimasto ferito proprio nel cuore; e più s'era addolorato e indignato della critica italiana che, elogiando anch'essa a occhi chiusi il libro tedesco, non aveva minimamente ricordato i due volumi anteriori di lui, né speso una parola per rilevare l'indegno trattamento usato dallo scrittore tedesco a uno scrittor paesano. Più di due mesi aveva aspettato che qualcuno, almeno tra i suoi antichi scolari, si fosse mosso a difenderlo; poi, tuttoché – secondo il suo modo di vedere – non gli fosse parso ben fatto, s'era difeso da sé, notando in una lunga e minuziosa rassegna, condita di fine ironia, tutti gli errori più o meno grossolani in cui il von Grobler era caduto, tutte le parti che costui s'era appropriate della sua opera senza farne menzione, e aveva infine raffermato con nuovi e inoppugnabili argomenti le proprie opinioni contro quelle discordanti dello storico tedesco.

Questa sua difesa però, per la troppa lunghezza e per lo scarso interesse che avrebbe potuto destare nella maggioranza dei lettori, era stata rifiutata da due riviste; una terza se la teneva da più d'un mese, e chi sa quanto tempo ancora se la sarebbe tenuta, a giudicare dalla risposta punto garbata che il Lamis, a una sua sollecitazione, aveva ricevuto dal direttore.

Sicché dunque davvero Bernardino Lamis aveva ragione, uscito dall'Università, di sfogarsi quel giorno amaramente coi due suoi fedeli giovani che lo accompagnavano al solito verso casa. E parlava loro della spudorata ciarlataneria che dal campo della politica era passata a sgambettare in quello della letteratura, prima, e ora, purtroppo, anche nei sacri e inviolabili dominii della scienza; parlava della servilità vigliacca radicata profondamente nell'indole del popolo italiano, per cui è gemma preziosa qualunque cosa venga d'oltralpe o d'oltremare e pietra falsa e vile tutto ciò che si produce da noi; accennava infine a gli argomenti più forti contro il suo avversario, da svolgere nella ventura lezione. E il Ciotta, pregustando il piacere che gli sarebbe venuto dall'estro ironico e bilioso del professore, tornava a fregarsi le mani, mentre il Vannìcoli, afflitto, sospirava.

A un certo punto il professor Lamis tacque e prese un'aria astratta: segno, questo, per i due scolari, che il professore voleva esser lasciato solo.

Ogni volta, dopo la lezione, si faceva una giratina per sollievo giù per la piazza del Pantheon, poi su per quella della Minerva, attraversava Via dei Cestari e sboccava sul Corso Vittorio Emanuele. Giunto in prossimità di Piazza San Pantaleo, prendeva quell'aria astratta, perché solito – prima d'imboccare la Via del Governo Vecchio, ove abitava – d'entrare (furtivamente, secondo la sua intenzione) in una pasticceria, donde poco dopo usciva con un cartoccio in mano.

I due scolari sapevano che il professor Lamis non aveva da fare neppur le spese a un grillo, e non si potevano perciò capacitare della compera di quel cartoccio misterioso, tre volte la settimana.

Spinto dalla curiosità, il Ciotta era finanche entrato un giorno nella pasticceria a domandare che cosa il professore vi comperasse.

– Amaretti, schiumette e bocche di dama.

E per chi serviranno?

Il Vannìcoli diceva per i nipotini. Ma il Ciotta avrebbe messo le mani sul fuoco che servivano proprio per lui, per il professore stesso; perché una volta lo aveva sorpreso per via nel mentre che si cacciava una mano in tasca per trarne fuori una di quelle schiumette e doveva già averne un'altra in bocca, di sicuro, la quale gli aveva impedito di rispondere a voce al saluto che lui gli aveva rivolto.

– Ebbene, e se mai, che c'è di male? Debolezze! – gli aveva detto, seccato, il Vannìcoli, mentre da lontano seguiva con lo sguardo languido il vecchio professore, il quale se n'andava pian piano, molle molle, strusciando le scarpe.

Non solamente questo peccatuccio di gola, ma tante e tant'altre cose potevano essere perdonate a quell'uomo che, per la scienza, s'era ridotto con quelle spalle aggobbate che pareva gli volessero scivolare e fossero tenute su, penosamente, dal collo lungo, proteso come sotto un giogo. Tra il cappello e la nuca la calvizie del professor Lamis si scopriva come una mezza luna cuoiacea; gli tremolava su la nuca una rada zazzeretta argentea, che gli accavallava di qua e di là gli orecchi e seguitava barba davanti – su le gote e sotto il mento – a collana.

Né il Ciotta né il Vannìcoli avrebbero mai supposto che in quel cartoccio Bernardino Lamis si portava a casa tutto il suo pasto giornaliero.

Due anni addietro, gli era piombata addosso da Napoli la famiglia d'un suo fratello, morto colà improvvisamente: la cognata, furia d'inferno, con sette figliuoli, il maggiore dei quali aveva appena undici anni. Notare che il professor Lamis non aveva voluto prender moglie per non esser distratto in alcun modo dagli studii. Quando, senz'alcun preavviso, s'era veduto innanzi quell'esercito strillante, accampato sul pianerottolo della scala, davanti la porta, a cavallo d'innumerevoli fagotti e fagottini, era rimasto allibito. Non potendo per la scala, aveva pensato per un momento di scappare buttandosi dalla finestra. Le quattro stanzette della sua modesta dimora erano state invase; la scoperta d'un giardinetto, unica e dolce cura dello zio, aveva suscitato un tripudio frenetico nei sette orfani sconsolati, come li chiamava la grassa cognata napoletana. Un mese dopo, non c'era più un filo d'erba in quel giardinetto. Il professor Lamis era diventato l'ombra di se stesso: s'aggirava per lo studio come uno che non stia più in cervello, tenendosi pur nondimeno la testa tra le mani quasi per non farsela portar via anche materialmente da quegli strilli, da quei pianti, da quel pandemonio imperversante dalla mattina alla sera. Ed era durato un anno, per lui, questo supplizio, e chi sa quant'altro tempo ancora sarebbe durato, se un giorno non si fosse accorto che la cognata, non contenta dello stipendio che a ogni ventisette del mese egli le consegnava intero, aiutava dal giardinetto il maggiore dei figliuoli a inerpicarsi fino alla finestra dello studio, chiuso prudentemente a chiave, per fargli rubare i libri:

– Belli grossi, neh, Gennarie', belli grossi e nuovi!

Mezza la sua biblioteca era andata a finire per pochi soldi su i muricciuoli.

Indignato, su le furie, quel giorno stesso, Bernardino Lamis con sei ceste di libri superstiti e tre rustiche scansie, un gran crocefisso di cartone, una cassa di biancheria, tre seggiole, un ampio seggiolone di cuoio, la scrivania alta e un lavamano, se n'era andato ad abitare – solo – in quelle due stanzette di Via Governo Vecchio, dopo aver imposto alla cognata di non farsi vedere mai più da lui.

Le mandava ora per mezzo d'un bidello dell'Università, puntualmente ogni mese, lo stipendio, di cui tratteneva soltanto lo stretto necessario per sé.

Non aveva voluto prendere neanche una serva a mezzo servizio, temendo che si mettesse d'accordo con la cognata. Del resto, non ne aveva bisogno. Non s'era portato nemmeno il letto: dormiva con uno scialletto su le spalle, avvoltolato in una coperta di lana, entro il seggiolone. Non cucinava. Seguace a modo suo della teoria del Fletcher, si nutriva con poco, masticando molto. Votava quel famoso cartoccio nelle due ampie tasche dei calzoni, metà qua, metà là, e mentre studiava o scriveva, in piedi com'era solito, mangiucchiava o un amaretto o una schiumetta o una bocca di dama. Se aveva sete, acqua. Dopo un anno di quell'inferno, si sentiva ora in paradiso.

Ma era venuto il von Grobler con quel suo libraccio su l'*Eresia Catara* a guastargli le feste.

Quel giorno, appena rincasato, Bernardino Lamis si rimise al lavoro, febbrilmente.

Aveva innanzi a sé due giorni per finir di stendere quella lezione che gli stava tanto a cuore. Voleva che fosse formidabile. Ogni parola doveva essere una frecciata per quel tedescaccio von Grobler.

Le sue lezioni egli soleva scriverle dalla prima parola fino all'ultima, in fogli di carta protocollo, di minutissimo carattere. Poi, all'Università, le leggeva con voce lenta e grave, reclinando indietro il capo, increspando la fronte e stendendo le palpebre per poter vedere attraverso le lenti insellate su la punta del naso, dalle cui narici uscivano due cespuglietti d'ispidi peli grigi liberamente cresciuti. I due fidi scolari avevano tutto il tempo di scrivere quasi sotto dettatura. Il Lamis non montava mai in cattedra: sedeva umilmente davanti al tavolino sotto. I banchi, nell'aula, erano disposti in quattro ordini, ad anfiteatro. L'aula era buia, e il Ciotta e il Vannìcoli all'ultimo ordine, uno di qua, l'altro di là, ai due estremi, per aver luce dai due occhi ferrati che si aprivano in alto. Il professore non li vedeva mai durante la lezione: udiva soltanto il raspio delle loro penne frettolose.

Là, in quell'aula, poiché nessuno s'era levato in sua difesa, lui si sarebbe vendicato della villania di quel tedescaccio, dettando una lezione memorabile.

Avrebbe prima esposto con succinta chiarezza l'origine, la ragione, l'essenza, l'importanza storica e le conseguenze dell'eresia catara, riassumendole dai suoi due volumi; si sarebbe poi lanciato nella parte polemica, avvalendosi dello studio critico sul libro del von Grobler. Padrone com'era della materia, e col lavoro già pronto, sotto mano, a una sola fatica sarebbe andato incontro: a quella di tenere a freno la penna. Con l'estro della bile, avrebbe scritto in due giorni, su quell'argomento, due altri volumi più poderosi dei primi.

Doveva invece restringersi a una piana lettura di poco più di un'ora: riempire cioè di quella sua minuta scrittura non più di cinque o sei facciate di carta protocollo. Due le aveva già scritte. Le tre o quattro altre facciate dovevano servire per la parte polemica.

Prima d'accingervisi, volle rileggere la bozza del suo studio critico sul libro del von Grobler. La trasse fuori del cassetto della scrivania, vi soffiò su per cacciar via la polvere, con le lenti già su la punta del naso, e andò a stendersi lungo lungo sul seggiolone.

A mano a mano, leggendo, se ne compiacque tanto, che per miracolo non si ritrovò ritto in piedi su quel seggiolone; e tutte, una dopo l'altra, in men d'un'ora, s'era mangiato inavvertitamente le schiumette che dovevano servirgli per due giorni. Mortificato, trasse fuori le tasche vuote, per scuoterne la sfarinatura.

Si mise senz'altro a scrivere, con l'intenzione di riassumere per sommi capi quello studio critico. A poco a poco però, scrivendo, si lasciò vincere dalla tentazione d'incorporarlo tutto quanto di filo nella lezione, parendogli che nulla vi fosse di superfluo, né un punto né una virgola. Come rinunziare, infatti, a certe espressioni d'una arguzia così spontanea e di tanta efficacia? a certi argomenti così calzanti e decisivi? E altri e altri ancora gliene venivano, scrivendo, più lucidi, più convincenti, a cui non era del pari possibile rinunziare.

Quando fu alla mattina del terzo giorno, che doveva detter la lezione, Bernardino Lamis si trovò davanti, sulla scrivania, ben quindici facciate fitte fitte, invece di sei.

Si smarrì.

Scrupolosissimo nel suo officio, soleva ogni anno, in principio, dettare il sommario di tutta la materia d'insegnamento che avrebbe svolto durante il corso, e a questo sommario si atteneva rigorosissimamente. Già aveva fatto, per quella malaugurata pubblicazione del libro del von Grobler, una prima concessione all'amor proprio offeso, entrando quell'anno a parlare quasi senza opportunità dell'eresia catara. Più d'una lezione, dunque, non avrebbe potuto spenderci. Non voleva a nessun costo che si dicesse che per bizza o per sfogo il professor Lamis parlava fuor di proposito o più del necessario su un argomento che non rientrava se non di lontano nella materia dell'annata.

Bisognava dunque, assolutamente, nelle poche ore che gli restavano, ridurre a otto, a nove facciate al massimo, le quindici che aveva scritte.

Questa riduzione gli costò un così intenso sforzo intellettuale, che non avvertì nemmeno alla grandine, ai lampi, ai tuoni d'un violentissimo uragano che s'era improvvisamente rovesciato su Roma. Quando fu su la soglia del portoncino di casa, col suo lungo rotoletto di carta sotto il braccio, pioveva a diluvio. Come fare? Mancavano appena dieci minuti all'ora fissata per la lezione. Rifece le scale, per munirsi d'ombrello, e s'avviò sotto quell'acqua, riparando alla meglio il rotoletto di carta, la sua «formidabile» lezione.

Giunse all'Università in uno stato compassionevole: zuppo da capo a piedi. Lasciò l'ombrello nella bacheca del portinaio; si scosse un po' la pioggia di dosso, pestando i piedi; s'asciugò la faccia e salì al loggiato.

L'aula – buia anche nei giorni sereni – pareva con quel tempo infernale una catacomba; ci si vedeva a mala pena. Non di meno, entrando, il professor Lamis, che non soleva mai alzare il capo, ebbe la consolazione d'intravedere in essa, così di sfuggita, un insolito affollamento, e ne lodò in cuor suo i due fidi scolari che evidentemente avevano sparso tra i compagni la voce del particolare impegno con cui il loro vecchio professore avrebbe svolto quella lezione che tanta pena e tanta fatica gli era costata e dove tanto tesoro di cognizioni era con sommo sforzo racchiuso e tanta arguzia imprigionata.

In preda a una viva emozione, posò il cappello e montò, quel giorno, insolitamente, in cattedra. Le gracili mani gli tremolavano talmente, che stentò non poco a inforcarsi le lenti sulla punta del naso. Nell'aula il silenzio era perfetto. E il professor Lamis, svolto il rotolo di carta, prese a leggere con voce alta e vibrante, di cui egli stesso restò maravigliato. A quali note sarebbe salito, allorché, finita la parte espositiva per cui non era acconcio quel tono di voce, si sarebbe lanciato nella polemica? Ma in quel momento il professor Lamis non era più padrone di sé. Quasi morso dalle vipere del suo stile, sentiva di tratto in tratto le reni fenderglisi per lunghi brividi e alzava di punto in punto la voce e gestiva, gestiva. Il professor Bernardino Lamis, così rigido sempre, così contegnoso, quel giorno, gestiva! Troppa bile aveva accumulato in sei mesi, troppa indignazione gli avevano cagionato la servilità, il silenzio della critica italiana; e questo ora, ecco, era per lui il momento della rivincita! Tutti quei bravi giovani, che stavano ad ascoltarlo religiosamente, avrebbero parlato di questa sua lezione, avrebbero detto che egli era salito in cattedra quel giorno perché con maggior solennità partisse dall'Ateneo di Roma la sua sdegnosa risposta non al von Grobler soltanto, ma a tutta quanta la Germania.

Leggeva così da circa tre quarti d'ora, sempre più acceso e vibrante, allorché lo studente Ciotta, che nel venire all'Università era stato sorpreso da un più forte rovescio d'acqua e s'era riparato in un portone, s'affacciò quasi impaurito all'uscio dell'aula. Essendo in ritardo, aveva sperato che il professor Lamis con quel tempo da lupi non sarebbe venuto a far lezione. Giù, poi, nella bacheca del portinaio, aveva trovato un bigliettino del Vannìcoli che lo pregava di scusarlo presso l'amato professore perché «essendogli la sera avanti smucciato un piede nell'uscir di casa, aveva ruzzolato la scala, s'era slogato un braccio e non poteva perciò, con suo sommo dolore, assistere alla lezione».

A chi parlava, dunque, con tanto fervore il professor Bernardino Lamis?

Zitto zitto, in punta di piedi, il Ciotta varcò la soglia dell'aula e volse in giro uno sguardo. Con gli occhi un po' abbagliati dalla luce di fuori, per quanto scarsa, intravide anche lui nell'aula numerosi studenti, e ne rimase stupito. Possibile? Si sforzò a guardar meglio.

Una ventina di soprabiti impermeabili, stesi qua e là a sgocciolare nella buia aula deserta, formavano quel giorno tutto l'uditorio del professor Bernardino Lamis.

Il Ciotta li guardò, sbigottito, sentì gelarsi il sangue, vedendo il professore leggere così infervorato a quei soprabiti la sua lezione, e si ritrasse quasi con paura.

Intanto, terminata l'ora, dall'aula vicina usciva rumorosamente una frotta di studenti di legge, ch'erano forse i proprietarii di quei soprabiti.

Subito il Ciotta, che non poteva ancora riprender fiato dall'emozione, stese le braccia e si piantò davanti all'uscio per impedire il passo.

– Per carità, non entrate! C'è dentro il professor Lamis.

– E che fa? – domandarono quelli, meravigliati dell'aria stravolta del Ciotta.

Questi si pose un dito su la bocca, poi disse piano, con gli occhi sbarrati:

– Parla solo!

Scoppiò una clamorosa irrefrenabile risata.

Il Ciotta chiuse lesto lesto l'uscio dell'aula, scongiurando di nuovo:

– Zitti, per carità, zitti! Non gli date questa mortificazione, povero vecchio! Sta parlando dell'eresia catara!

Ma gli studenti, promettendo di far silenzio, vollero che l'uscio fosse riaperto, pian piano, per godersi dalla soglia lo spettacolo di quei loro poveri soprabiti che ascoltavano immobili, sgocciolanti neri nell'ombra, la formidabile lezione del professor Bernardino Lamis.

–... *ma il manicheismo, o signori, il manicheismo, in fondo, che cosa è? Ditelo voi! Ora, se i primi Albigesi, a detta del nostro illustre storico tedesco, signor Hans von Grobler...*

LE SORPRESE DELLA SCIENZA

Avevo ben capito che l'amico Tucci, nell'invitarmi, con quelle sue calorose e pressanti lettere a passare l'estate a Milocca, in fondo non desiderava tanto di procurare un piacere a me, quanto a se stesso il gusto di farmi restare a bocca aperta mostrandomi ciò che aveva saputo fare, con molto coraggio, in tanti anni d'infaticabile operosità.

Aveva preso a suo rischio e ventura certi terreni paludosi che ammorbavano quel paese, e ne aveva fatto i campi più ubertosi di tutto il circondario: un paradiso!

Non mi faceva grazia nelle sue lettere di nessuno dei tanti palpiti che quella bonifica gli era costata e di nessuno dei tanti mezzi escogitati, dei tanti guai che gli erano diluviati, di nessuna delle tante lotte sostenute, lui solo contro Milocca tutta: lotte rusticane e lotte civili.

Per invogliarmi forse maggiormente, nell'ultima lettera mi diceva tra l'altro che aveva preso in moglie una saggia massaia, massaia in tutto: otto figliuoli in otto anni di matrimonio (due a un parto), e un nono per via; che aveva anche la suocera in casa, bravissima donna che gli voleva un mondo di bene, e anche il suocero in casa, perla d'uomo, dotto latinista e mio sviscerato ammiratore. Sicuro. Perché la mia fama di scrittore era volata fino a Milocca, dacché in un giornale s'era letto non so che articolo che parlava di me e d'un mio libro, dove c'era un uomo che moriva due volte. Leggendo quell'articolo di giornale, l'amico Tucci s'era ricordato d'un tratto che noi eravamo stati compagni di scuola tant'anni, al Liceo e all'Università, e aveva parlato entusiasticamente del mio straordinario ingegno a suo suocero, il quale subito s'era fatto venire il libro di cui quel giornale parlava.

Ebbene, confesso che proprio quest'ultima notizia fu quella che mi vinse. Non capita facilmente a gli scrittori italiani la fortuna di veder la faccia dabbene d'uno dei tre o quattro acquirenti di qualche loro libro benavventurato. Presi il treno e partii per Milocca.

Otto ore buone di ferrovia e cinque di vettura.

Ma piano, con questa vettura! Cent'anni fa, non dico, sarà anche stata non molto vecchia; forse qualche molla, cent'anni fa, doveva averla ancora, anche se tre o quattro razzi delle ruote davanti e cinque o sei di quelle di dietro erano di già attorti di spago così come si vedevano adesso. Cuscini, non ne parliamo! Là, su la tavola nuda; e bisognava sedere in punta in punta, per cansare il rischio che la carne rimanesse presa in qualche fessura, giacché il legno, correndo, sganasciava tutto. Ma piano, con questo correre! Doveva dirlo la bestia. E quella bestia lì non diceva nulla: s'aiutava perfino col muso a camminare. Sì, centomila volte sì, scambio dei piedi, voleva metterci le froge per terra, come ce le metteva, povera decrepita rozza, tanto gli zoccoli sferrati le facevano male. E quel boia di vetturino intanto aveva il coraggio di dire che bisognava saperla guidare, lasciarla andare col suo verso, perché ombrava, ombrava e a frustarla, ritta gli si levava come una lepre, certe volte, quella bestiaccia lì.

E che strada! Non posso dire d'averla proprio veduta bene tutta quanta, perché in certi precipizi vidi piuttosto la morte con gli occhi. Ma c'erano poi le pettate che me la lasciavano ammirare per tutta un'eternità, tra i cigolii del legno e il soffiar di quella rozza sfiancata, che accorava. Da quanti mai secoli non era stata più riattata quella strada?

– Il pan delle vetture è il brecciale, – mi spiegò il vetturino. – Se lo mangiano con le ruote. Quando manchi il brecciale, si mangiano la strada.

E se l'erano mangiata bene oh, quella strada! Certi solchi che, a infilarli, non dico, ci s'andava meglio che in un binario, da non muoversene più però, badiamo! ma, a cascarci dentro per uno spaglio della bestia, si ribaltava com'è vero Dio ed era grazia cavarne sano l'osso del collo.

– Ma perché le lasciano così senza pane le vetture a Milocca? – domandai.

– Perché? Perché c'è il progetto, – mi rispose il vetturino.

– Il...?

– Progetto, sissignore. Anzi tanti progetti, ci sono. C'è chi vuol portare la via ferrata fino a Milocca, e chi dice il tram e chi l'automobile. Insomma si studia, ecco, per poi riparare come faccia meglio al caso.

– E intanto?

– Intanto io mi privo di comperare un altro legno e un'altra bestia, perché, capirà, se mettono il treno o il tram o l'automobile, posso fischiare.

Arrivai a Milocca a sera chiusa.

Non vidi nulla, perché secondo il calendario doveva esserci la luna, quella sera; la luna non c'era; i lampioni a petrolio non erano stati accesi; e dunque non ci si vedeva neanche a tirar moccoli.

Villa Tucci era a circa mezz'ora dal paese. Ma, o che la rozza veramente non ne potesse più o che avesse fiutato la rimessa lì vicina, come diceva sacrando il vetturino, il fatto è che non volle più andare avanti nemmeno d'un passo.

E non seppi darle torto, io.

Dopo cinque ore di compagnia, m'ero quasi quasi medesimato con quella bestia: non avrei voluto più andare avanti, neanch'io.

Pensavo:

«Chi sa, dopo tant'anni, come ritroverò Merigo Tucci! Già me lo ricordo così in nebbia. Chi sa come si sarà abbrutito a furia di batter la testa contro le dure, stupide realtà quotidiane d'una meschina vita provinciale! Da compagno di scuola, egli mi ammirava; ma ora vuol essere ammirato lui da me, perché, – buttati via i libri – s'è arricchito; mentr'io, là! potrò farmi giulebbare dal suocero dotto latinista, il quale, figuriamoci! mi farà scontare a sudore di sangue le tre lirette spese per il mio libro. E otto marmocchi poi, e la suocera, Dio immortale, e la nuora buona massaia. E questo paese che Tucci mi ha decantato ricchissimo e che intanto si fa trovare al buio, dopo quella stradaccia lì e questo legnetto qua per accogliere gli ospiti. Dove son venuto a cacciarmi?»

Mentre mi pascevo comodamente di queste dolci riflessioni, la rozza, piantata lì su i quattro stinchi, si pasceva a sua volta d'una tempesta di frustate, imperturbabilmente. Alla fine il vetturino, stanco morto di quella sua gran fatica, disperato e furibondo, mi propose di andare a piedi.

– È qui vicino. La valigia gliela porto io.

– E andiamo, su! Sgranchiremo le gambe, – dissi io, smontando. – Ma la via è buona, almeno? Con questo buio...

– Lei non tema. Andrò io avanti; lei mi terrà dietro, piano piano, con giudizio.

Fortuna ch'era buio! Quel ch'occhio non vede, cuore non crede. Quando però il giorno dopo vidi quest'altra strada lì, restai basito, non tanto perché c'ero passato, quanto per il pensiero che se Dio misericordioso aveva permesso che non ci lasciassi la pelle, chi sa a quali terribili prove vuol dire che m'ha predestinato.

Fu così forte l'impressione che mi fece quella strada e poi l'aspetto di quel paese – squallido, nudo, in desolato abbandono, come dopo un saccheggio o un orrendo cataclisma; senza vie, senz'acqua, senza luce – che la villa dell'amico mio e l'accoglienza ch'egli mi fece con tutti i suoi e l'ammirazione del suocero e via dicendo mi parvero rose, a confronto.

– Ma come! – dissi al Tucci. – Questo è il paese ricco e felice, tra i più ricchi e felici del mondo?

E Tucci, socchiudendo gli occhi:

– Questo. E te ne accorgerai.

Mi venne di prenderlo a schiaffi. Perché non s'era mica incretinito quel pezzo d'omaccione là; pareva anzi che l'ingegno naturale, con l'alacrità e l'esperienza della vita, nelle dure lotte contro la terra e gli uomini, gli si fosse ingagliardito e acceso; e gli sfolgorava dagli occhi ridenti, da cui io, sciupato e immalinconito dalle vane brighe della città, roso dalle artificiose assidue cure intellettuali, mi sentivo commiserato e deriso a un tempo.

Ma se, ad onta delle mie previsioni, dovevo riconoscer lui, Merigo Tucci, degno veramente d'ammirazione, quel paesettaccio no e poi no, perdio! Ricco? felice?

– Mi canzoni? – gli gridai. – Non avete neanche acqua per bere e per lavarvi la faccia, case da abitare, strade per camminare, luce la sera per vedere dove andate a rompervi il collo, e siete ricchi e felici? Va' là, ho capito, sai. La solita retorica! La ricchezza e la felicità nella beata ignoranza, è vero? Vuoi dirmi questo?

– No, al contrario, – mi rispose Merigo Tucci, con un sorriso, opponendo studiatamente alla mia stizza altrettanta calma. – Nella scienza, caro mio! La felicità nostra è fondata nella scienza più occhialuta che abbia mai soccorso la povera, industre umanità. Oh sì, staremmo freschi veramente, se fossero ignoranti i nostri amministratori! Tu m'insegni. Che salvaguardia può esser più l'ignoranza in tempi come i nostri? Promettimi che non mi domanderai più nulla fino a questa sera. Ti farò assistere a una seduta del nostro Consiglio comunale. Appunto questa sera si discuterà una questione di capitalissima importanza: l'illuminazione del paese. Tu avrai dalle cose stesse che vedrai e sentirai la dimostrazione più chiara e più convincente di quanto ti ho detto. Intanto, la ricchezza nostra è nelle meravigliose cascate di Chiarenza che ti farò vedere, e nelle terre che sono, grazie a Dio, così fertili, che ci dan tre raccolti all'anno. Ora vedrai; vieni con me.

Passò tutto; mi sobbarcai a tutto; mi sorbii come decottini a digiuno tutti gli spassi e le distrazioni della giornata, col pensiero fisso alla dimostrazione che dovevo avere quella sera al Municipio della ricchezza e della felicità di Milocca.

Tucci, ad esempio, mi fece visitare palmo per palmo i suoi campi? Gli sorrisi. Mi fece una nuova e più diffusa spiegazione della sua grande impresa lì su i luoghi? Gli sorrisi. E davvero l'impeto delle correnti aveva sgrottato tutte le terre e a lui era toccato asciugare e rialzar le campagne, corredandole della belletta, del grassume prezioso? Sì? davvero? Oh che piacere! Gli sorrisi. Ma far la roba è niente: a governarla ti voglio! E dunque gli ulivi si governano ogni tre anni con tre o quattro corbelli di sugo sostanzioso, pecorino? Sì? davvero? Oh che piacere! E gli sorrisi anche quando in cantina, con un'aria da Carlomagno, mi mostrò quattro lunghe andane di botti, e anche lì mi spiegò come valga più saper governare il tino che la botte e com'egli facesse più colorito il vino e come gli accrescesse forza e corpo mescolandovi certe qualità d'uve scelte, spicciolate, ammostate da sé, senza mai erbe, mai foglie di sambuco o di tiglio, mai tannino o gesso o catrame.

E sorrisi anche quando, più morto che vivo, rientrai in villa e mi vidi venire incontro la tribù dei marmocchi in processione, i quali, mostrandomi rotti i giocattoli che avevo loro donati la sera avanti, mi domandavano con un lungo, strascicato lamento, uno dopo l'altro, tra lagrime senza fine:

– Peeerché queeesto m'hai portaaato?

– Peeerché queeesto m'hai portaaato?

Carini! carini! carini!

E sorrisi anche al suocero, mio ammiratore, il quale – sissignori – era cieco, cieco da circa dieci anni e del mio libro non conosceva che qualche paginetta che il genero gli aveva potuto leggere di sera, dopo cena. Voleva egli ora che glielo leggessi io, il mio libro? Ma subito! E fu una vera fortuna per lui, che non potesse vedere il mio sorriso, e tutti quelli che gli porsi poi, ogni qualvolta il brav'uomo, ch'era straordinariamente erudito, m'interrompeva nella lettura (oh, quasi a ogni rigo!) per domandarmi con buona grazia se non credessi per avventura che avrei fatto meglio a usare un'altra parola invece di quella che avevo usato, o un'altra frase, o un altro costrutto, perché Daniello Bartoli, sicuro, Daniello Bartoli...

Finalmente arrivò la sera! Ero vivo ancora, non avrei saputo dir come, ma vivo, e potevo avere la famosa dimostrazione che Tucci mi aveva promesso.

Andammo insieme al Municipio, per la seduta del Consiglio comunale.

Era, come la maestra e donna di tutte le case del paese, la più squallida e la più scura: una catapecchia grave in uno spiazzo sterposo, con in mezzo un fosco cisternone abbandonato. Vi si saliva per una scalaccia buia, intanfata d'umido, stenebrata a malapena da due tisici lumini filanti, di quelli con le spere di latta, appiccati al muro quasi per far vedere come ornati di stucco, no, per dir la verità, non ce ne fossero, ma gromme di muffa, sì, e tante!

Saliva con noi una moltitudine di gente, attirata dalla discussione di gran momento che doveva svolgersi quella sera; saliva con un contegno, anzi con un cipiglio che doveva per forza meravigliare uno come me, abituato a non veder mai prendere sul serio le sedute d'un Consiglio comunale.

La meraviglia mi era poi accresciuta, dall'aria, dall'aspetto di quella gente, che non mi pareva affatto così sciocca da doversi con tanta facilità contentare d'esser trattata com'era, cioè a modo di cani, dal Municipio.

Tucci fermò per la scala un tozzo omacciotto aggrondato, barbuto, rossigno, che, evidentemente, non voleva esser distratto dai pensieri che lo gonfiavano.

– Zagardi, ti presento l'amico mio...

E disse il mio nome. Quegli si voltò di mala grazia e rispose appena, con un grugnito, alla presentazione. Poi mi domandò a bruciapelo:

– Scusi, com'è illuminata la sua città?

– A luce elettrica, – risposi.

E lui, cupo:

– La compiango. Sentirà stasera. Scusi, ho fretta.

E via, a balzi, per il resto della scala.

– Sentirai, – mi ripeté Tucci, stringendomi il braccio. – È formidabile! Eloquenza mordace, irruente. Sentirai!

– E intanto ha il coraggio di compiangermi?

– Avrà le sue ragioni. Su, su, affrettiamoci, o non troveremo più posto.

La *mastra sala*, la Sala del Consiglio, rischiarata da altri lumini a cui quelli della scala avevano ben poco da invidiare, pareva un'aula di pretura delle più sudice e polverose. I banchi dei consiglieri e le poltrone di cuoio erano della più venerabile antichità; ma, a considerarli bene nelle loro relazioni con quelli che tra poco avrebbero preso posto in essi e che ora passeggiavano per la sala, assorti, taciturni, ispidi come tanti cocomerelli selvatici pronti a schizzare a un minimo urto il loro sugo purgativo, pareva che non per gli anni si fossero logorati così, ma per la cura cupamente austera del pubblico bene, per i pensieri roditori che in loro, naturalmente, erano divenuti tarli.

Tucci mi mostrò e mi nominò a dito i consiglieri più autorevoli: l'Ansatti, tra i giovani, rivale dello Zagardi, tozzo e barbuto anche lui, ma bruno; il Colacci, vecchio gigantesco, calvo, sbarbato, dalla pinguedine floscia; il Maganza, bell'uomo, militarmente impostato, che guardava tutti con rigidezza sdegnosa. Ma ecco, ecco il sindaco in ritardo. Quello? Sì, Anselmo Placci. Tondo, biondo, rubicondo: quel sindaco stonava.

– Non stona, vedrai, – mi disse Tucci. – È il sindaco che ci vuole.

Nessuno lo salutava; solo il Colacci gigantesco gli s'accostò per battergli forte la mano su la spalla. Egli sorrise, corse a prender posto sul suo seggio, asciugandosi il sudore, e sonò il campanello, mentre il capo-usciere gli porgeva la nota dei consiglieri presenti. Non mancava nessuno.

Il segretario, senza aspettar l'ordine, aveva preso a leggere il verbale della seduta precedente, che doveva essere redatto con la più scrupolosa diligenza, perché i consiglieri che lo ascoltavano accigliati approvavano di tratto in tratto col capo, e in fine non trovarono nulla da ridire.

Prestai ascolto anch'io a quel verbale, volgendomi ogni tanto, smarrito e sgomento, a guardare l'amico Tucci. A proposito delle strade di Milocca, si parlava come niente di Londra, di Parigi, di Berlino, di New York, di Chicago, in quel verbale, e saltavan fuori nomi d'illustri scienziati d'ogni nazione e calcoli complicatissimi e astrusissime disquisizioni, per cui i capelli del magro, pallido segretario mi pareva si ritraessero verso la nuca, man mano ch'egli leggeva, e che la fronte gli crescesse mostruosamente. Intanto due o tre uscieri, zitti zitti, in punta di piedi, recavano a questo e a quel banco pile enormi di libri e grossi incartamenti.

– Nessuno ha da fare osservazioni al verbale? – domandò alla fine il sindaco, stropicciandosi le mani paffutelle e guardando in giro. – Allora s'intende approvato. L'ordine del giorno reca: *Discussione del Progetto presentato dalla Giunta per un impianto idro-termo-elettrico nel Comune di Milocca*. Signori Consiglieri! Voi conoscete già questo progetto e avete avuto tutto il tempo d'esaminarlo e di studiarlo in ogni sua parte. Prima di aprire la discussione, consentite che io, anche a nome dei colleghi della Giunta, dichiari che noi abbiamo fatto di tutto per risolvere nel minor tempo e nel modo che ci è sembrato più conveniente, sia per il decoro e per il vantaggio del paese, sia rispetto alle condizioni economiche del nostro Comune, il gravissimo problema dell'illuminazione. Aspettiamo dunque fiduciosi e sereni il vostro giudizio, che sarà equo certamente; e vi promettiamo fin d'ora, che accoglieremo ben volentieri tutti quei consigli, tutte quelle modificazioni che a voi piacerà di proporre, ispirandovi come noi al bene e alla prosperità del nostro paese.

Nessun segno d'approvazione.

E si levò prima a parlare il consigliere Maganza, quello dall'impostatura militaresca. Premise che sarebbe stato brevissimo, al solito suo. Tanto più che per distruggere e atterrare quel fantastico edificio di cartapesta (*sic*), ch'era il progetto della Giunta, poche parole sarebbero bastate. Poche parole e qualche cifra.

E punto per punto il consigliere Maganza si mise a criticare il progetto, con straordinaria lucidità d'idee e parola acuta, incisiva: il complesso dei lavori e delle spese; la sanzione che si doveva dare per l'acquisto della concessione dell'acqua di Chiarenza; i rischi gravissimi a cui sarebbe andato incontro il Municipio: il rischio della costruzione e il rischio dell'esercizio; l'insufficienza della somma preventivata, che saltava agli occhi di tutti coloro che avevano fatto impianti meccanici e sapevano come fosse impossibile conten le spese nei limiti dei preventivi, specialmente quando questi preventivi erano fatti sopra progetti di massima e con l'evidente proposito di fare appaiar piccola la spesa; il carattere impegnativo che aveva l'offerta dell'accollatario, fermi restando i dati su i quali l'offerta medesima era fondata; dati che per forza il Consiglio avrebbe dovuto alterare con varianti e aggiunte ai lavori idraulici, con varianti e aggiunte a gl'impianti meccanici; e ciò oltre a tutti i casi imprevisti e imprevedibili, di forza maggiore, e a tutte le accidentalità, incagli, intoppi, che certamente non sarebbero mancati. Come poi fare appunti particolareggiati senza avere a disposizione i disegni d'esecuzione e i dati necessarii? Eppure due enormi lacune apparivano già evidentissime nel progetto: nessuna somma per le spese generali, mentre ognuno comprendeva che non si potevano eseguire lavori così grandiosi, così estesi, così varii e delicati, senza gravi spese di direzione e di sorveglianza e spese legali e amministrative; e l'altra lacuna ben più vasta e profonda: la riserva termica che in principio la Giunta sosteneva non necessaria e che poi finalmente ammetteva.

E qui il consigliere Maganza, con l'aiuto dei libri che gli avevano recato gli uscieri, si sprofondò in una intricatissima, minuziosa confutazione scientifica, parlando della forza dei torrenti e delle cascate e di prese e di canali e di condotte forzate e di macchinarii e di condotte elettriche e delle relazioni da stabilire tra riserva termica e forza idraulica, oltre la riserva degli accumulatori; citando la Società *Edison* di Milano e l'*Alta Italia* di Torino e ciò che per simili impianti s'era fatto a Vienna, a Pietroburgo, a Berlino.

Eran passate circa due ore e il brevissimo discorso non accennava ancora di finire. Il pubblico stipato pendeva dalle labbra dell'oratore, per nulla oppresso da tanta copia d'irta, spaventevole erudizione. Io quasi non tiravo più fiato; eppure lo stupore mi teneva lì, con gli occhi sbarrati e a bocca aperta. Ma, alla fine, il Maganza, mentre il pubblico s'agitava, non già per sollievo, anzi per viva ammirazione, concluse così:

– La dura esperienza in altre città, o signori, ha purtroppo dimostrato che gl'impianti idro-termo-elettrici sono della massima difficoltà e serbano dolorosissime sorprese. Nessuno può far miracoli, e tanto meno, su la base d'un così fatto progetto, potrà farne il Municipio di Milocca!

Scoppiarono frenetici applausi e il consigliere Ansatti si precipitò dal suo banco ad abbracciare e baciare il Maganza; poi, rivolto al pubblico e ritornando man mano al suo posto, prese a gridare tutto infocato, con violenti gesti:

– Si osa proporre, o signori, oggi, oggi, come se noi ci trovassimo dieci o venti anni addietro, al tempo di Galileo Ferraris, si osa proporre un impianto idro-termo-elettrico a Milocca! Ah come mi metterei a ridere, se potesse parermi uno scherzo! Ma coi denari dei contribuenti, o signori della Giunta, non è lecito scherzare, ed io non rido, io m'infiammo anzi di sdegno! Un impianto idro-termo-elettrico a Milocca, quando già spunta su l'orizzonte scientifico la gloria consacrata di Pictet? Non vi farò il torto di credere, o signori, che voi ignoriate chi sia l'illustre professor Pictet, colui che con un processo di produzione economica dell'ossigeno industriale prepara una memoranda rivoluzione nel mondo della scienza, della tecnica e dell'industria, una rivoluzione che sconvolgerà tutto il macchinismo della vita moderna, sostituendo questo nuovo elemento di luce e di calore a tutti quelli, di potenza molto minore, che finora sono in uso!

E con questo tono e con crescente fuoco, il consigliere Ansatti spiegò al pubblico attonito e affascinato la scoperta del Pictet, e come col sistema da lui inventato le fiamme delle reticelle Auer sarebbero arrivate alle altissime temperature di tre mila gradi, aumentando di ben *venti volte* la loro luminosità; e come la luce così ottenuta sarebbe stata, a differenza di tutte le altre, molto simile a quella solare; e che se poi, al posto del gas, si fosse messa un'altra miscela derivante da un trattamento del carbon fossile col vapore acqueo e l'ossigeno industriale, il potere calorifico sarebbe aumentato di altre *sei volte*!

Mentr'egli spiegava questi prodigi, il consigliere Zagardi, suo rivale, quello che mi aveva compianto per la scala, sogghignava sotto sotto. L'Ansatti se ne accorse e gli gridò:

– C'è poco da sogghignare, collega Zagardi! Dico e sostengo di altre *sei volte*! Ci ho qui i libri; te lo dimostrerò!

E glielo dimostrò, difatti; e alla fine, balzando da quella terribile dimostrazione più vivo e più infocato di prima, concluse, rivolto alla Giunta:

– Ora in quali condizioni, o ciechi amministratori, in quali condizioni d'inferiorità si troverebbero il Municipio e il paese di Milocca, coi loro miserabili 1000 cavalli di forza elettrica, quando questo enorme rivolgimento sarà nell'industria e nella vita un fatto compiuto?

– Scusami, – diss'io piano all'amico Tucci, mentre gli applausi scrosciavano nella sala con tale impeto che il tetto pareva ne dovesse subissare, – levami un dubbio: non è intanto al buio il paese di Milocca?

Ma Tucci non volle rispondermi:

– Zitto! Zitto! Ecco che parla Zagardi! Sta' a sentire!

Il tozzo omacciotto barbuto s'era infatti levato, col sogghigno ancora su le labbra, torcendosi sul mento, con gesto dispettoso, il rosso pelo ricciuto.

– Ho sogghignato, – disse, – e sogghigno, collega Ansatti, nel vederti così tutto fiammante d'ossigeno industriale, paladino caloroso del professor Pictet! Ho sogghignato e sogghigno, collega Ansatti, non tanto di sdegno quanto di dolore, nel vedere come tu, così accorto, tu, giovane e vigile bracco della scienza, ti sia fermato alla nuova scoperta di quel professor francese e, abbagliato dalla luce venti volte cresciuta delle reticelle Auer, non abbia veduto un più recente sistema d'illuminazione che il Municipio di Parigi va sperimentando per farne poi l'applicazione generale nella *ville lumière*. Io dico il *Lusol*, collega Ansatti, e non iscioglierò inni in gloria della nuova scoperta, perché non con gl'inni si fanno le rivoluzioni nel campo della scienza, della tecnica e dell'industria, ma con calcoli riposati e rigorosi.

E qui lo Zagardi, non smettendo mai di tormentarsi sul mento la barbetta rossigna, piano piano, col suo fare mordace e dispettoso, parlò della semplicità meravigliosa delle lampade a *lusol*, nelle quali il calore di combustione dello stoppino e la capillarità bastavano a determinare senz'alcun meccanismo l'ascesa del liquido illuminante, la sua vaporizzazione e la sua mescolanza alla forte proporzione d'aria che rendeva la fiamma più viva e sfavillante di quella ottenuta con qualunque altro sistema. E per un miserabilissimo centesimo si sarebbe ormai avuta la stessa luce che si aveva a quattro o cinque centesimi col vile petrolio, a otto o dieci con l'ambiziosa elettricità, a quindici o venti col pacifico olio. E il *Lusol* non richiedeva né costruzioni di officine, né impianti, né canalizzazioni. Non aveva egli dunque ragione di sogghignare?

O fosse per la tempesta suscitata nella poca aria della sala dalle deliranti acclamazioni e dai battimani del pubblico, o fosse per mancanza d'alimento, essendosi la seduta già protratta oltre ogni previsione, il fatto è che, alla fine del discorso dello Zagardi, i lumi si abbassarono di tanto, che si era quasi al buio quando sorse per ultimo a parlare il Colacci, il vecchio gigantesco dalla pinguedine floscia. Ma ecco: prima un usciere e poi un altro e poi un terzo entrarono come fantasmi nell'aula, reggendo ciascuno una candela stearica. L'aspettazione nel pubblico era intensa: indimenticabile la scena che offriva quella tetra sala affollata, nella semioscurità, con quelle tre candele accese presso il vecchio gigantesco che con ampii gesti e voce tonante magnificava la Scienza, feconda madre di luce inestinguibile, produttrice inesauribile di sempre nuove energie e di più splendida vita. Dopo le scoperte mirabili di cui avevano parlato l'Ansatti e lo Zagardi, era più possibile sostenere l'impianto idro-termo-elettrico proposto dalla Giunta? Che figura avrebbe fatto il paese di Milocca illuminato soltanto a luce elettrica? Questo era il tempo delle grandi scoperte, e ogni Amministrazione che avesse veramente a cuore il decoro del paese e il bene dei cittadini, doveva stare in guardia dalle sorprese continue della Scienza. Il consigliere Colacci, pertanto, sicuro d'interpretare i voti del buon popolo milocchese e di tutti i colleghi consiglieri, proponeva la sospensiva sul progetto della Giunta, in vista dei nuovi studii e delle nuove scoperte che avrebbero finalmente dato la luce al paese di Milocca.

– Hai capito? – mi domandò Tucci, uscendo poco dopo nelle tenebre dello spiazzo sterposo innanzi al Municipio. – E così per l'acqua, e così per le strade, e così per tutto. Da una ventina d'anni il Colacci si alza a ogni fine di seduta per inneggiare alla Scienza, per inneggiare alla luce, mentre i lumi si spengono, e propone la sospensiva su ogni progetto, in vista di nuovi studii e di nuove scoperte. Così noi siamo salvi, amico mio! Tu puoi star sicuro che la Scienza, a Milocca, non entrerà mai. Hai una scatola di fiammiferi? Cavala fuori e fatti lume da te.

LE MEDAGLIE

Sciaramè, quella mattina, s'aggirava per la sua cameretta come una mosca senza capo.

Più d'una volta Rorò, la figliastra, s'era fatta all'uscio, a domandargli:

– Che cerca?

E lui, dissimulando subito il turbamento, frenando la smania, le aveva risposto, dapprima, con una faccetta morbida, ingenua:

– Il bastone, cerco.

E Rorò:

– Ma lì, non vede? All'angolo del canterano.

Ed era entrata a prenderglielo. Poco dopo, a una nuova domanda di Rorò, aveva ancora trovato modo di dirle che gli bisognava un... sì, un fazzoletto pulito. E lo aveva avuto; ma ecco, non si risolveva ancora ad andarsene.

La verità era questa: che Sciaramè, quella mattina, cercava il coraggio di dire una certa cosa alla figliastra; e non lo trovava. Non lo trovava, perché aveva di lei la stessa suggezione che aveva già avuto della moglie, morta da circa sette anni. Di crepacuore, sosteneva Rorò, per la imbecillità di lui.

Perché Carlandrea Sciaramè, agiato un tempo, aveva perduto a un certo punto il dominio dei venti e delle piogge, e dopo una serie di mal'annate, aveva dovuto vendere il poderetto e poi la casa e, a sessantotto anni, adattarsi a fare il sensale d'agrumi. Prima li vendeva lui, gli agrumi, ch'erano il maggior prodotto del podere (li vendeva per modo di dire: se li lasciava rubare, portar via per una manciata di soldi dai sensali ladri); ora avrebbe dovuto farla lui la parte del ladro, e figurarsi come ci riusciva!

Già, non gliela lasciavano nemmeno mettere in prova. Una volta tanto, qualche affaruccio, per pagargli la senseria, come carità. E per guadagnarsela, quella senseria, doveva correre, povero vecchio, un'intera giornata, infermiccio com'era, gracile, malato di cuore, con quei piedi gonfi, imbarcati in certe scarpacce di panno sforacchiate. Quand'era al vespro, rincasava, disfatto e cadente, con due lirette in mano, sì e no.

La gente però credeva che di tutte le pene che gli toccava patire si rifacesse poi nelle grandi giornate del calendario patriottico, nelle ricorrenze delle feste nazionali, allorché con la camicia rossa scolorita, il fazzoletto al collo, il cappello a cono sprofondato fin su la nuca, recava in trionfo le sue medaglie garibaldine del Sessanta.

Sette medaglie!

Eppure, arrancando in fila coi commilitoni nel corteo, dietro la bandiera del sodalizio dei Reduci, Sciaramè sembrava un povero cane sperduto. Spesso levava un braccio, il sinistro, e con la mano tremicchiante o si stirava sotto il mento la floscia giogaia o tentava di pinzarsi i peluzzi ispidi sul labbro rientrato; e insomma pareva facesse di tutto per nascondere così, sotto quel braccio levato, le medaglie, dando a ogni modo a vedere che non gli piaceva farne pompa.

Molti, vedendolo passare, gli gridavano:

– Viva la patria, Sciaramè!

E lui sorrideva, abbassando gli occhietti calvi, quasi mortificato, e rispondeva piano, come a se stesso:

– Viva... viva...

La Società dei Reduci Garibaldini aveva sede nella stanza a pianterreno dell'unica casupola rimasta a Sciaramè di tutte le sue proprietà. Egli abitava su, con la figliastra, in due camerette, a cui si accedeva per una scaletta da quella stanza terrena. Su la porta era una tabella, ove a grosse lettere rosse era scritto:

REDUCI GARIBALDINI

Dalla finestra di Rorò s'allungava graziosamente su quella tabella una rappa vagabonda di gelsomini.

Nella stanza, un tavolone coperto da un tappeto verde, per la presidenza e il consiglio; un altro, più piccolo, per i giornali e le riviste; una scansia rustica a tre palchetti, polverosa, piena di libri in gran parte intonsi; alle pareti, un gran ritratto oleografico di Garibaldi; uno, di minor dimensione, di Mazzini, uno, ancor più piccolo, di Carlo Cattaneo; e poi una stampa commemorativa della *Morte dell'Eroe dei Due Mondi*, fra nastri, lumi e bandiere.

Rorò, ogni giorno, rassettate le due camerette di sopra, indossata una ormai famosa camicetta rossa fiammante, scendeva in quella stanza a terreno e sedeva presso la porta a conversare con le vicine, lavorando all'uncinetto. Era una bella ragazza, bruna e florida, e la chiamavano *la Garibaldina*.

Ora Sciaramè, quel giorno, doveva dire appunto alla figliastra di non scendere più in quella stanza, sede della Società, e di rimanersene invece a lavorare su, nella sua cameretta, perché Amilcare Bellone, presidente dei Reduci, s'era lamentato con lui, non propriamente di quest'abitudine di Rorò, ch'era infine la padrona di casa, ma perché, con la scusa di venire a leggere i giornali, vi entrava quasi ogni mattina un giovinastro, un tal Rosolino La Rosa, il quale, per essere andato in Grecia insieme con tre altri giovanotti del paese, il Betti, il Gàsperi e il Marcolini, a combattere nientemeno contro la Turchia, si credeva garibaldino anche lui.

Il La Rosa, ricco e fannullone, era orgoglioso di questa sua impresa giovanile; se n'era fatta quasi una fissazione, e non sapeva più parlar d'altro. Uno de' suoi tre compagni, il Gàsperi, era stato ferito leggermente a Domokòs; ed egli se ne vantava quasi la ferita fosse invece toccata a lui. Era anche un bel giovane, Rosolino La Rosa: alto, smilzo, con una lunga barba quadra, biondo-rossastra, e un paio di baffoni in su, che, a stirarli bene, avrebbe potuto annodarseli come niente dietro la nuca.

Ci voleva poco a capire che non veniva nella sede dei Reduci per leggere i giornali e le riviste, ma per farsi vedere lì come uno di casa tra i garibaldini, e anche per fare un po' all'amore con Rorò dalla camicetta rossa.

Sciaramè lo aveva capito anche lui; ma sapeva pure che Rorò era molto accorta e che il giovanotto era ricco e sventato. Poteva egli, in coscienza, troncare la probabilità d'un matrimonio vantaggioso per la figliastra? Egli era vecchio e povero; tra breve, dunque, come sarebbe rimasta quella ragazza, se non riusciva a procurarsi un marito? Poi, non era veramente suo padre e non aveva perciò tanta autorità su lei da proibirle di fare una cosa, in cui non solo riteneva che non ci fosse nulla di male, ma da cui anzi prevedeva che potesse derivarle un gran bene.

D'altro canto, però, Amilcare Bellone non aveva torto, neanche lui. Questi erano affari di famiglia, in cui la Società dei Reduci non aveva che vedere. Già nella via si sparlava di quell'intrighetto del La Rosa e di Rorò, a cui pareva tenesse mano la Società; e il Bellone, ch'era di questa e del suo buon nome giustamente geloso, non poteva permetterlo. Che fare intanto? Come muoverne il discorso a Rorò?

Era da più di un'ora tra le spine il povero Sciaramè, quando Rorò stessa venne a offrirgliene il modo.

Già acconciata con la sua camicetta rossa fiammante, entrò nella camera del patrigno, spazientita:

– Insomma, esce o non esce questa mattina? Non mi ha fatto neanche rassettare la camera! Me ne scendo giù.

– Aspetta, Rorò, senti, – cominciò allora Sciaramè, facendosi coraggio. – Volevo dirti proprio questo.

– Che?

– Che tu, ecco, sì... dico, non potresti, dico, non ti piacerebbe lavorare quassù, in camera tua, piuttosto che giù?

– E perché?

– Ma, ecco, perché giù, sai? i... i soci...

Rorò aggrottò subito le ciglia.

– Novità? Scusi, si sono messi forse a pagarle la pigione, i signori Reduci?

Sciaramè fece un sorrisino scemo, come se Rorò avesse detto una bella spiritosaggine.

– Già, – disse. – È vero, non... non pagano la pigione.

– E che vogliono dunque? – incalzò, fiera, Rorò. – Che pretendono? Dettar legge, per giunta, in casa nostra?

– No: che c'entra! – si provò a replicare Sciaramè. – Sai che fui io, che volli io offrir loro...

– La sera, – concesse, per tagliar corto Rorò. – La sera, padronissimi! giacché lei ebbe la felicissima idea d'ospitarli qua. E so io quel che mi ci vuole ogni notte a prender sonno, con tutte le loro chiacchiere e le canzonacce che cantano, ubriachi! Ma basta. Ora pretenderebbero che io...?

– Non per te, – cercò d'interromperla Sciaramè, – non per te, propriamente, figliuola mia...

– Ho capito! – disse, infoscandosi, Rorò. – Avevo capito anche prima che lei si mettesse a parlare. Ma risponda ai signori Reduci così: che si facciano gli affari loro, ché ai miei ci bado io; se questo loro non accomoda, se ne vadano, che mi faranno un grandissimo piacere. Io ricevo in casa mia chi mi pare e piace. Devo renderne conto soltanto a lei. Dica un po': forse lei non si fida più di me?

– Io sì, io sì, figliuola mia!

– E dunque, basta così! Non ho altro da dirle.

E Rorò, più rossa in volto della sua camicetta, voltò le spalle e se ne scese giù, con un diavolo per capello.

Sciaramè diede un'ingollatina, poi rimase in mezzo alla camera a stirarsi il labbro e a battere le palpebre, stizzito, non sapeva bene se contro se stesso o contro Rorò o contro i Reduci. Ma qualche cosa bisognava infine che facesse. Intanto, questa: uscir fuori. Un po' d'aria! All'aria aperta, chi sa! qualche idea gli sarebbe venuta.

E scese la scaletta, con una mano appoggiata al muro e l'altra al bastoncino che mandava innanzi; poi giù un piede gonfio e poi l'altro, soffiando per le nari, a ogni scalino, la pena e lo stento; attraversò la stanza terrena e uscì senza dir nulla a Rorò, che già parlava con una vicina e non si voltò neppure a guardarlo.

Ah che sollievo sarebbe stato per lui se questa benedetta figliuola si fosse maritata, magari con qualche altro giovine, se non proprio col La Rosa! Col La Rosa, veramente – a pensarci bene – gli sembrava difficile: punto primo, perché Rorò era povera; poi, perché la chiamavano *la Garibaldina*, e i signori La Rosa, invece, per il figliuolo sventato cercavano una ragazza assennata, senza fumi patriottici. Non che Rorò ne avesse: non ne aveva mai avuti; ma s'era fatta pur troppo questa fama, e forse ora se n'avvaleva, come d'una ragna a cui nessuno poteva dire che lei avesse posto mano, per farvi cascare quel farfallino del La Rosa.

«Magari!» sospirava tra sé e sé Sciaramè, pensando che, veramente, pareva già avviluppato bene il farfallino.

Via, come andare a guastar quella ragna proprio adesso, per far piacere ai signori Reduci che non pagavano neppure la pigione? E in che consisteva, alla fin fine, tutto il male per Amilcare Bellone? Nel fatto che il La Rosa aveva portato in Grecia la camicia rossa. Dispetto e gelosia! La camicia rossa addosso a quel giovanotto pareva a quel benedett'uomo un vero e proprio sacrilegio, e lo faceva infuriare come un toro. Se a leggere i giornali, là dai Reduci, fosse venuto qualche altro giovanotto, certo non se ne sarebbe curato.

Così pensando, Sciaramè pervenne alla piazza principale del paese e andò a sedere, com'era solito, davanti a uno dei tavolini del Caffè, disposti sul marciapiede.

Lì seduto, ogni giorno, aspettava che qualcuno lo chiamasse per qualche commissione: aspettando, mangiato dalle mosche e dalla noia, s'addormentava. Non prendeva mai nulla, in quel Caffè, neanche un bicchier d'acqua con lo schizzo di fumetto; ma il padrone lo sopportava perché spesso gli avventori si spassavano con lui forzandolo a parlare e di Calatafimi e dell'entrata di Garibaldi a Palermo e di Milazzo e del Volturno. Sciaramè ne parlava con accorata tristezza, tentennando il capo e socchiudendo gli occhietti calvi. Ricordava gli episodii pietosi, i morti, i feriti, senz'alcuna esaltazione e senza mai vantarsi. Sicché, alla fine, quelli che lo avevano spinto a parlare per godérselo, restavano afflitti, invece, a considerare come l'antico fervore di quel vecchietto fosse caduto e si fosse spento nella miseria dei tristi anni sopravvissuti.

Vedendolo, quella mattina, più oppresso del solito, uno degli avventori gli gridò:

– E su, coraggio, Sciaramè! Tra pochi giorni sarà la festa dello Statuto. Faremo prendere un po' d'aria alla vecchia camicia rossa!

Sciaramè fece scattare in aria una mano, in un gesto che voleva dire che aveva altro per il capo. Stava per posare il mento su le mani appoggiate al pomo del bastoncino, quando si sentì chiamare rabbiosamente da Amilcare Bellone sopravvenuto come una bufera. Sobbalzò e si levò in piedi, sotto lo sguardo iroso del Presidente della Società dei Reduci.

– Gliel'ho detto, sai? a Rorò. Gliel'ho detto questa mattina – premise, per ammansarlo, accostandoglisi.

Ma il Bellone lo afferrò per un braccio, lo tirò a sé e, mettendogli un pugno sotto il naso, gli gridò:

– Ma se è là!

– Chi?

– Il La Rosa!

– Là?

– Sì, e adesso te lo accomodo io. Te lo caccio via io, a pedate!

– Per carità! – scongiurò Sciaramè. – Non facciamo scandali! Lascia andar me. Ti prometto che non ci metterà più piede. Credevo che bastasse averlo detto a Rorò... Ci andrò io, lascia fare!

Il Bellone sghignò; poi, senza lasciargli il braccio, gli domandò:

– Vuoi sapere che cosa sei?

Sciaramè sorrise amaramente, stringendosi nelle spalle.

– Mammalucco? – disse. – E te ne accorgi adesso? Lo so da tanto tempo, io, bello mio.

E s'avviò, curvo, scotendo il capo, appoggiato al bastoncino.

Quando Rorò, che se ne stava seduta presso la porta, scorse il patrigno da lontano, fece segno a Rosolino La Rosa di scostarsi e di sedere al tavolino dei giornali. Il La Rosa con una gambata fu a posto; aprì sottosopra una rivista, e s'immerse nella lettura.

E Rorò:

– Così presto? – domandò al patrigno, col più bel musino duro della terra. – Che le è accaduto?

Sciaramè guardò prima il La Rosa che se ne stava coi gomiti sul piano del tavolino e la testa tra le mani, poi disse alla figliastra:

– Ti avevo pregata di startene su.

– E io le ho risposto che a casa mia... – cominciò Rorò; ma Sciaramè la interruppe, minaccioso, alzando il bastoncino e indicandole la scaletta in fondo:

– Su, e basta! Debbo dire una parolina qua al signor La Rosa.

– A me? – fece questi, come se cascasse dalle nuvole, voltandosi e mostrando la bella barba quadra e i baffoni in su.

Si levò in piedi, quant'era lungo, e s'accostò a Sciaramè che restò, di fronte a lui, piccino piccino.

– State, state seduto, prego, caro don Rosolino. Vi volevo dire, ecco... Va' su tu, Rorò!

Rosolino La Rosa si spezzò in due per inchinarsi a Rorò, che già s'avviava per la scaletta, borbottando, rabbiosa.

Sciaramè aspettò che la figliastra fosse su; si volse con un fare umile e sorridente al La Rosa e cominciò:

– Voi siete, lo so, un buon giovine, caro don Rosolino mio.

Rosolino La Rosa tornò a spezzarsi in due:

– Grazie di cuore!

– No, è la verità – riprese Sciaramè. – E io, per conto mio, mi sento onorato...

– Grazie di cuore!

– Ma no, è la verità, vi dico. Onoratissimo, caro don Rosolino, che veniate qua per... per leggere i giornali. Però, ecco, io qua sono padrone e non sono padrone. Voi vedete: questa è la sede della Società dei Reduci; e io, che sono padrone e non sono padrone, ho verso i miei compagni, verso i socii, una... una certa responsabilità, ecco.

– Ma io... – si provò a interrompere Rosolino La Rosa.

– Lo so, voi siete un buon giovine – soggiunse subito Sciaramè, protendendo le mani, – venite qua per leggere i giornali; non disturbate nessuno. Questi giornali, però, ecco... questi giornali, caro don Rosolino mio, non sono miei. Fossero miei... ma tutti, figuratevi! Non essendo socio...

– Alto là! – esclamò a questo punto il La Rosa, protendendo lui, adesso, le mani, e accigliandosi. – Vi aspettavo qua: che mi diceste questo. Non sono socio? Benissimo. Rispondete ora a me: in Grecia, io, ci sono stato, sì o no?

– Ma sicuro che ci siete stato! Chi può metterlo in dubbio?

– Benissimo! E la camicia rossa, l'ho portata, sì o no?

– Ma sicuro! – ripeté Sciaramè.

– Dunque, sono andato, ho combattuto, sono ritornato. Ho prove io, badate, Sciaramè, prove, prove, documenti che parlano chiaro. E allora, sentiamo un po': secondo voi, che cosa sono io?

– Ma un bravo giovinotto siete, un buon figliuolo, non ve l'ho detto?

– Grazie tante! – squittì Rosolino La Rosa. – Non voglio saper questo. Secondo voi, sono o non sono garibaldino?

– Siete garibaldino? Ma sì, perché no? – rispose, imbalordito, Sciaramè, non sapendo dove il La Rosa volesse andar a parare.

– E reduce? – incalzò questi allora. – Sono anche reduce, perché non sono morto e sono ritornato. Va bene? Ora i signori veterani non permettono che io venga qua a leggere i giornali perché non sono socio, è vero? L'avete detto voi stesso. Ebbene: vado or ora a trovare i miei tre compagni reduci di Domokòs, e tutti quattro d'accordo, questa sera stessa, presenteremo una domanda d'ammissione alla Società.

– Come? come? – fece Sciaramè, sgranando gli occhi. – Voi socio qua?

– E perché no? – domandò Rosolino La Rosa, aggrottando più fieramente le ciglia. – Non ne saremmo forse degni, secondo voi?

– Ma sì, non dico... per me, figuratevi! tanto onore e tanto piacere! – esclamò Sciaramè. – Ma gli altri, dico, i... i miei compagni...

– Voglio vederli! – concluse minacciosamente il La Rosa. – Io so che ho diritto di far parte di questa Società più di qualche altro; e, all'occorrenza, Sciaramè, potrei dimostrarlo. Avete capito?

Così dicendo, Rosolino La Rosa prese con due dita il bavero della giacca di Sciaramè e gli diede una scrollatina; poi, guardandolo negli occhi, aggiunse:

– A questa sera, Sciaramè, siamo intesi?

Il povero Sciaramè rimase in mezzo alla stanza, sbalordito, a grattarsi la nuca.

Erano rimasti a far parte della Società dei Reduci poco più d'una dozzina di veterani, nessuno dei quali era nativo del paese. Amilcare Bellone, il presidente, era lombardo, di Brescia; il Nardi e il Navetta romagnoli, e tutti insomma di varie regioni d'Italia, venuti in Sicilia chi per il commercio degli agrumi e chi per quello dello zolfo.

La Società era sorta, tanti e tanti anni fa, d'improvviso una sera per iniziativa del Bellone. Si doveva festeggiare a Palermo il centenario dei Vespri Siciliani. Alla notizia che Garibaldi sarebbe venuto in Sicilia per quella festa memorabile, s'erano raccolti nel Caffè i pochi garibaldini residenti in paese, con l'intento di recarsi insieme a Palermo a rivedere per l'ultima volta il loro Duce glorioso. La proposta del Bellone, di fondare lì per lì un sodalizio di Reduci che potesse figurare con una bandiera propria nel gran corteo ch'era nel programma di quelle feste, era stata accolta con fervore. Alcuni avventori del Caffè avevano allora indicato al Bellone Carlandrea Sciaramè, che se ne stava al solito appisolato in un cantuccio discosto, e gli avevano detto ch'era anche lui un veterano garibaldino, il vecchio patriota del paese; e il Bellone, acceso dal ricordo dei giovanili entusiasmi e un po' anche dal vino, gli s'era senz'altro accostato: – Ehi, commilitone! *Picciotto! Picciotto!* – Lo aveva scosso dal sonno e chiamato, tra gli evviva, a far parte del nascente sodalizio. Costretto a bere, a quell'ora insolita, tropp'oltre la sua sete, Carlandrea Sciaramè s'era lasciata scappare a sua volta la proposta che, per il momento, la nuova Società avrebbe potuto aver sede nella stanza a terreno nel suo casalino. I Reduci avevano subito accettato; poi, dimenticandosi che Sciaramè aveva profferto quella stanza precariamente, erano rimasti lì per sempre, senza pagar la pigione.

Sciaramè però, dando gratis la stanza, aveva il vantaggio di non pagare le tre lirette al mese che pagavano gli altri per l'abbonamento ai giornali, per l'illuminazione, ecc. ecc. Del resto, per lui, il disturbo era, se mai, la sera soltanto, quando i socii si riunivano a bere qualche fiasco di vino, a giocare qualche partitina a briscola, a leggere i giornali e a chiacchierar di politica.

Nessuno supponeva che il povero Sciaramè, tra la figliastra e il Bellone, fosse come tra l'incudine e il martello. Il presidente bresciano non ammetteva repliche: impetuoso e urlone, s'avventava contro chiunque ardisse contradirlo.

– I ragazzini! oh! i ragazzini! – cominciò a strillare quella sera, dopo aver letta la domanda del La Rosa e compagnia, quasi ballando dalla bile e agitando la carta sotto il naso dei socii e sghignazzando, con tutto il faccione affocato. – I ragazzini, signori, i ragazzini! Eccoli qua! Le nuove camicie rosse, a tre lire il metro, di ultima fabbrica, signori miei, incignate in Grecia, linde, pulite e senza una macchia! Sedete, sedete; siamo qua tutti; apro la seduta: senza formalità, senz'ordine del giorno, le liquideremo subito subito, con una botta di penna! Sedete, sedete.

Ma i socii, tranne Sciaramè, gli s'erano stretti attorno per vedere quella carta, come se non volessero crederci e lo affollavano di domande, segnatamente il grasso e sdentato romagnolo Navetta, ch'era un po' sordo e aveva una gamba di legno, una specie di stanga, su cui il calzone sventolava e che, andando, dava certi cupi tonfi che incutevano ribrezzo.

Il Bellone si liberò della ressa con una bracciata, andò a prender posto al tavolino della presidenza, sonò il campanello e si mise a leggere la domanda dei giovani con mille smorfie e giocolamenti degli occhi, del naso e delle labbra, che suscitavano a mano a mano più sguaiate le risa degli ascoltatori.

Il solo Sciaramè se ne stava serio serio ad ascoltare, col mento appoggiato al pomo del bastoncino e gli occhi fissi al lume a petrolio.

Terminata la lettura, il presidente assunse un'aria grave e dignitosa. Sciaramè lo frastornò, alzandosi.

– A posto! A sedere! – gli gridò Bellone.

– Il lume fila – osservò timidamente Sciaramè.

– E tu lascialo filare! Signori, io ritengo oziosa, io ritengo umiliante per noi qualsiasi discussione su un argomento così ridicolo. (*Benissimo!*) Tutti d'accordo, con una botta di penna, respingeremo questa incredibile, questa inqualificabile... questa non so come dire! (*Scoppio d'applausi.*)

Ma il Nardi, l'altro romagnolo, volle parlare e disse che stimava necessario e imprescindibile dichiarare una volta per sempre che per garibaldini dovevano considerarsi quelli soltanto che avevano seguito Garibaldi (*Bene! Bravo! Benissimo!*), il vero, il solo, Giuseppe Garibaldi (*Applausi fragorosi, ovazioni*), Giuseppe Garibaldi, e basta.

– E basta, sì, e basta!

– E aggiungiamo! – sorse allora a dire, *pum*, il Navetta, – aggiungiamo, o signori, che la... la, come si chiama? la sciagurata guerra della Grecia contro la... la, come si chiama? la Turchia, non può, non deve assolutamente esser presa sul serio, per la... sicuro, la, come si chiama? la pessima figura fatta da quella nazione che... che...

– Senza che! – gridò, seccato, il Bellone, sorgendo in piedi. – Basta dire soltanto: «da quella nazione degenere!».

– Bravissimo! Del genere! del genere! Non ci vuol altro! – approvarono tutti.

A questo punto Sciaramè sollevò il mento dal bastoncino e alzò una mano.

– Permettete? – chiese con aria umile.

I socii si voltarono a guardarlo, accigliati, e il Bellone lo squadrò, fosco.

– Tu? Che hai da dire, tu?

Il povero Sciaramè si smarrì, inghiottì, protese un'altra volta la mano.

– Ecco... Vorrei farvi osservare che... alla fin fine... questi... questi quattro giovanotti...

– Buffoncelli! – scattò il Bellone. – Si chiamano buffoncelli e basta. Ne prenderesti forse le difese?

– No! – rispose subito Sciaramè. – No, ma, ecco, vorrei farvi osservare, come dicevo, che... alla fin fine, hanno... hanno combattuto, ecco, questi quattro giovanotti, sono stati al fuoco, sì... si sono dimostrati bravi, coraggiosi..., uno anzi fu ferito... che volete di più? Dovevano per forza lasciarci la pelle, Dio liberi? Se Lui, Garibaldi, non ci fu, perché non poteva esserci – sfido! era morto... – c'è stato il figlio però, che ha diritto, mi sembra, di portarla, la camicia rossa, e di farla portare perciò a tutti coloro che lo seguirono in Grecia, ecco. E dunque...

Fino a questo punto Sciaramè poté parlare meravigliato lui stesso che lo lasciassero dire, ma pur timoroso e a mano a mano vie più costernato del silenzio con cui erano accolte le sue parole. Non sentiva in quel silenzio il consenso, sentiva anzi che con esso i compagni quasi lo sfidavano a proseguire per veder dove arrivasse la sua dabbenaggine o la sua sfrontatezza, oppure per assaltarlo a qualche parola non ben misurata; e perciò cercava di rendere a mano a mano più umile l'espressione del volto e della voce. Ma ormai non sapeva più che altro aggiungere; gli pareva d'aver detto abbastanza, d'aver difeso del suo meglio quei giovanotti. E intanto quelli seguitavano a tacere, lo sfidavano a parlare ancora. Che dire? Aggiunse:

– E dunque mi pare...

– Che ti pare? – proruppe allora, furibondo, il Bellone, andandogli davanti, a petto.

– Un corno! un corno! – gridarono gli altri, alzandosi anch'essi.

E se lo misero in mezzo e presero a parlare concitatamente tutti insieme e chi lo tirava di qua e chi di là per dimostrargli che sosteneva una causa indegna e che se ne doveva vergognare. Vergognare, perché difendeva quattro mascalzoni scioperati! – O che le epopee, le vere epopee come la garibaldina, potevano avere aggiunte, appendici? Di ridicolo, di ridicolo s'era coperta la Grecia!

Il povero Sciaramè non poteva rispondere a tutti, sopraffatto, investito. Colse a volo quel che diceva il Nardi e gli gridò:

– L'impresa non fu nazionale? Ma Garibaldi, scusate, Garibaldi combatté forse soltanto per l'indipendenza nostra? Combatté anche in America, anche in Francia combatté, Cavaliere dell'Umanità! Che c'entra!

– Ti vuoi star zitto, Sciaramè? – tuonò a questo punto il Bellone, dando un gran pugno su la tavola presidenziale. – Non bestemmiare! Non far confronti oltraggiosi! Oseresti paragonare l'epopea garibaldina con la pagliacciata della Grecia? Vergognati! Vergognati, perché so bene io la ragione della tua difesa di questi quattro buffoni. Ma noi, sappi, prendendo stasera questa decisione, faremo un gran bene anche a te; ti libereremo da un moscone che insidia all'onore della tua casa; e tu devi votare con noi, intendi? La domanda dev'essere respinta all'unanimità, perdio! Vota con noi! vota con noi!

– Permettete almeno che io mi astenga... – scongiurò Sciaramè, a mani giunte.

– No! Con noi! con noi! – gridarono, inflessibili, i socii, irritatissimi.

E tanto fecero e tanto dissero, che costrinsero il povero Sciaramè a votar di no, con loro.

Due giorni dopo, sul giornaletto locale, comparve questa protesta del Gàsperi, il ferito di Domokòs.

GARIBALDINI VECCHI E NUOVI

Riceviamo e pubblichiamo:

Egregio Signor Direttore,
a nome mio e de' miei compagni, La Rosa, Betti e Marcolini, Le comunico la deliberazione votata ad unanimità dal Sodalizio dei Reduci Garibaldini, in seguito alla nostra domanda d'ammissione.

Siamo stati respinti, signor Direttore!

La nostra camicia rossa, per i signori veterani del Sodalizio, non è autentica. Proprio così! E sa perché? perché, non essendo ancor nati o essendo ancora in fasce, quando Giuseppe Garibaldi – il *vero*, il *solo* – come dice la deliberazione – si mosse a combattere per la liberazione della Patria, noi poveretti non potemmo naturalmente con le nostre balie e con le nostre mamme seguir Lui, allora, e abbiamo avuto il torto di seguire invece il Figlio (che pare, a giudizio dei sullodati veterani, non sia Garibaldi anche lui) nell'Ellade sacra. Ci si fa una colpa, infatti, del triste e umiliante esito della guerra greco-turca, come se noi a Domokòs non avessimo combattuto e vinto, lasciando sul campo di battaglia l'eroico Fratti e altri generosi.

Ora capirà, egregio signor Direttore, che noi non possiamo difendere, come vorremmo, il Duce nostro, la nobile idealità che ci spinse ad accorrere all'appello, i nostri compagni d'arme caduti e i superstiti, dall'indegna offesa contenuta nell'inqualificabile deliberazione dei nostri *Reduci*: non possiamo, perché ci troviamo di fronte a vecchi evidentemente rimbecilliti. La parola può parere in prima un po' dura, ma non parrà più tale quando si consideri che questi signori hanno respinto noi dal sodalizio senza pensare che intanto ne fa parte qualcuno, il quale *non solo non è mai stato garibaldino, non solo non ha mai preso parte ad alcun fatto d'armi, ma osa per giunta d'indossare una camicia rossa e di fregiarsi il petto di ben sette medaglie che non gli appartengono, perché furono di suo fratello morto eroicamente a Digione.*

Detto questo, mi sembra superfluo aggiungere altri commenti alla deliberazione. Mi dichiaro pronto a dimostrare coi documenti alla mano quanto asserisco. Se vi sarò costretto, smaschererò anche pubblicamente questo falso garibaldino, che ha pure avuto il coraggio di votare con gli altri contro la nostra ammissione.

Intanto, pregandola, signor Direttore, di pubblicare integralmente nel suo periodico questa mia protesta, ho l'onore di dirmi

Suo dev.mo
Alessandro Gàsperi

Era noto anche a noi da un pezzo che della Società dei Reduci Garibaldini faceva parte un messer tale che non è punto reduce *come non fu mai* garibaldino. *Non ne avevamo mai fatto parola, per carità di patria, né ce ne saremmo mai occupati, se ora l'atto inconsulto della suddetta Società non avesse giustamente provocato la protesta del signor Gàsperi e degli altri giovani valorosi che combatterono in Grecia. Riteniamo che la Società dei Reduci, per dare almeno una qualche soddisfazione a questi giovani e provvedere al suo decoro, dovrebbe adesso affrettarsi ad espellere quel socio per ogni riguardo immeritevole di farne parte.*

(N. d. R.)

Amilcare Bellone, col giornaletto in mano – mentre tutto il paese commentava meravigliato la protesta del Gàsperi – si precipitò, furente, nella sede della Società e, imbattutosi in Carlandrea Sciaramè, che s'avviava triste e ignaro al Caffè della piazza, lo prese per il petto e lo buttò a sedere su una seggiola, schiaffandogli con l'altra mano in faccia il giornale.

– Hai letto? Leggi qua!

– No... Che... che è stato? – balbettò Sciaramè, soprappreso con tanta violenza.

– Leggi! leggi! – gli gridò di nuovo il Bellone, serrando le pugna, per frenare la rabbia; e si mise a far le volte del leone per la stanza.

Il povero Sciaramè cercò con le mani mal ferme le lenti; se le pose sulla punta del naso; ma non sapeva che cosa dovesse leggere in quel giornale. Il Bellone gli s'appressò; glielo strappò di mano e, apertolo, gl'indicò nella seconda pagina la protesta.

– Qua! qua! Leggi qua!

– Ah, – fece, dolente, Sciaramè, dopo aver letto il titolo e la firma. – Non ve l'avevo detto io?

– Va' avanti! Va' avanti! – gli urlò il Bellone; e riprese a passeggiare.

Sciaramè si mise a leggere, zitto zitto. A un certo punto, aggrottò le ciglia; poi le spianò, sbarrando gli occhi e spalancando la bocca. Il giornale fu per cadergli di mano. Lo riprese, lo accostò di più a gli occhi, come se la vista gli si fosse a un tratto annebbiata. Il Bellone s'era fermato a guardarlo con occhi fulminanti, le braccia conserte, e attendeva, fremente, una protesta, una smentita, una spiegazione.

– Che ne dici? Alza il capo! Guardami!

Sciaramè, con faccia cadaverica, restringendo le palpebre attorno a gli occhi smorti, scosse lentamente la testa, in segno negativo, senza poter parlare; posò sul tavolino il giornale e si recò una mano sul cuore.

– Aspetta... – poi disse, più col gesto che con la voce.

Si provò a inghiottire; ma la lingua gli s'era d'un tratto insugherita. Non tirava più fiato.

– Io... – prese quindi a balbettare, ansimando, – io ci... ci fui io... a... a Calatafimi... a... a Palermo... poi a Milazzo... e in... in Calabria a... a Melito... poi su, su fino a... a Napoli... e poi al Volturno...

– Ma come ci fosti? Le prove! Le prove! I documenti! Come ci fosti?

– Aspetta... Io... con... con Stefanuccio... Avevo il somarello...

– Che dici? Che farnetichi? Le medaglie di chi sono? Tue o di tuo fratello? Parla! Questo voglio sapere!

– Sono... Lasciami dire... A Marsala... stavamo lì, al Sessanta, io e Stefanuccio, il mio fratellino... Gli avevo fatto da padre... a Stefanuccio... Aveva appena quindici anni, capisci? Mi scappò di casa, quando... quando sbarcarono i Mille... per seguir Lui, Garibaldi, coi volontarii... Torno a casa; non lo trovo... Allora presi a nolo un somarello... Lo raggiunsi prima di Calatafimi, per riportarmelo a casa... A quindici anni, ragazzino, che poteva fare, cuore mio?... Ma lui mi minacciò che si sarebbe fatto saltar la... la testa, dice, con quel vecchio fucile più alto di lui che gli avevano dato... se io lo costringevo a tornare indietro... la testa... E allora, persuaso dagli altri volontarii, lasciai in libertà il somarello... che poi mi toccò ripagare... e... e m'accompagnai con loro.

– Volontario anche tu? E combattesti?

– Non... non avevo... non avevo fucile...

– E avevi invece paura?

– No, no... Piuttosto morire che lasciarlo!

– Seguisti dunque tuo fratello?

– Sì, sempre!

E Sciaramè ebbe come un brivido lungo la schiena, e si strinse più forte il petto con la mano, curvandosi vie più.

– Ma le medaglie? La camicia rossa? – riprese il Bellone, scrollandolo furiosamente, – di chi sono? Tue o di tuo fratello? Rispondi!

Sciaramè aprì le braccia, senza ardire di levare il capo; poi disse:

– Siccome Stefanuccio non... non se le poté godere...

– Te le sei portate a spasso tu! – compì la frase il Bellone. – Oh miserabile impostore! E hai osato di gabbare così la nostra buona fede? Meriteresti ch'io ti sputassi in faccia; meriteresti ch'io... Ma mi fai pietà! Tu uscirai ora stesso dal sodalizio! Fuori! Fuori!

– Mi cacciate di casa mia?

– Ce n'andremo via noi, ora stesso! Fa' schiodare subito la tabella dalla porta! Ma come, ma come non mi passò mai per la mente il sospetto che, per essere così stupido, bisognava che costui Garibaldi non lo avesse mai veduto nemmeno da lontano!

– Io? – esclamò Sciaramè con un balzo. – Non lo vidi? io? Ah, se lo vidi! E gli baciai anche le mani! A Piazza Pretorio, gliele baciai, a Palermo, dove s'era accampato! Le mani!

– Zitto, svergognato! Non voglio più sentirti! Non voglio più vederti! Fai schiodare la tabella e guai a te se osi più gabellarti da garibaldino!

E il Bellone s'avviò di furia verso la porta. Prima d'uscire, si voltò a gridargli di nuovo:

– Svergognato!

Rimasto solo, Sciaramè provò a levarsi in piedi; ma le gambe non lo reggevano più; il cuore malato gli tempestava in petto. Aggrappandosi con le mani al tavolino, alla sedia, alla parete, si trascinò su.

Rorò, nel vederselo comparire davanti in quello stato, gettò un grido: ma egli le fece segno di tacere; poi le indicò il cassettone nella camera e le domandò quasi strozzato:

– Tu... le carte di là... al La Rosa?

– Le carte? Che carte? – disse Rorò, accorrendo a sostenerlo, tutta sconvolta.

– Le mie... i documenti di... di mio fratello... – balbettò Sciaramè appressandosi al cassettone. – Apri... Fammi vedere...

Rorò aprì il cassetto. Sciaramè cacciò una mano con le dita artigliate sul fascetto dei documenti logori, ingialliti, legati con lo spago; e, rivolto alla figliastra con gli occhi spenti, le domandò:

– Li... li hai mostrati tu... al La Rosa?

Rorò non poté in prima rispondere; poi, sconcertata e sgomenta, disse:

– Mi aveva chiesto di vederli... Che male ho fatto?

Sciaramè le si abbandonò fra le braccia, assalito da un impeto di singhiozzi. Rorò lo trascinò fino alla seggiola accanto al letto e lo fece sedere, chiamandolo, spaventata:

– Papà! papà! Perché? Che male ho fatto? Perché piange? che le è avvenuto?

– Va’... va’... lasciami! – disse, rantolando, Sciaramè. – E io che li ho difesi... io solo... Ingrati!... Io ci fui! Lo accompagnai... Quindici anni aveva... E il somarello... alle prime schioppettate... Le gambe, le gambe... Per due, patii... E a Milazzo... dietro quel tralcio di vite... un toffo di terra, qua sul labbro...

Rorò lo guardava, angosciata e sbalordita, sentendolo sparlare così.

– Papà... papà... che dice?

Ma Sciaramè, con gli occhi senza sguardo, sbarrati, una mano sul cuore, il volto scontraffatto, non la sentiva più.

Vedeva, lontano, nel tempo.

Lo aveva seguito davvero, quel suo fratellino minore, a cui aveva fatto da padre; lo aveva raggiunto davvero, con l’asinello, prima di Calatafimi, e scongiurato a mani giunte di tornarsene indietro, a casa, in groppa all’asinello, per carità, se non voleva farlo morire dal terrore di saperlo esposto alla morte, ancora così ragazzo! Via! Via! Ma il fratellino non aveva voluto saperne, e allora anche lui, a poco a poco, fra gli altri volontarii, s’era acceso d’entusiasmo ed era andato. Poi, però, alle prime schioppettate... No, no, non aveva desiderato di riavere il somarello abbandonato, perché, quantunque la paura fosse stata più forte di lui, non sarebbe mai scappato, sapendo che il suo fratellino, là, era intanto nella mischia e che forse in quel punto, ecco, gliel’uccidevano. Avrebbe voluto anzi correre, buttarsi nella mischia anche lui e anche lui farsi uccidere, se avesse trovato morto Stefanuccio. Ma le gambe, le gambe! Che può fare un povero uomo quando non sia più padrone delle proprie gambe? Per due, davvero, aveva patito, patito in modo da non potersi dire, durante la battaglia e dopo. Ah, dopo, fors’anche più! quando, sul campo di battaglia, aveva cercato tra i morti e i feriti il fratellino suo. Ma che gioia, poi, nel rivederlo, sano e salvo! E così lo aveva seguito anche a Palermo, fino a Gibilrossa, dove lo aveva aspettato, più morto che vivo, parecchi giorni: un’eternità! A Palermo, Stefanuccio, per il coraggio dimostrato, era stato ascritto alla legione dei Carabinieri genovesi, che doveva poi essere decimata nella battaglia campale di Milazzo. Era stato un vero miracolo, se in quella giornata non era morto anche lui, Sciaramè. Acquattato in una vigna, sentiva di tratto in tratto, qua e là, certi tonfi strani tra i pampini; ma non gli passava neanche per la mente che potessero esser palle, quando, proprio lì, sul tralcio dietro al quale stava nascosto... Ah, quel sibilo terribile, prima del tonfo! Carponi, con le reni aperte dai brividi, aveva tentato di allontanarsi; ma invano; ed era rimasto lì, tra il grandinare delle palle, atterrito, basito, vedendo la morte con gli occhi, a ogni tonfo.

Li conosceva dunque davvero tutti gli orrori della guerra; tutto ciò che narrava, lo aveva veduto, sentito, provato; c’era stato insomma davvero, alla guerra, quantunque non vi avesse preso parte attiva. Ritornato in Sicilia, dopo la donazione di Garibaldi a Re Vittorio del regno delle Due Sicilie, egli era stato accolto come un eroe insieme col fratellino Stefano. Medaglie, lui, però, non ne aveva avute: le aveva avute Stefanuccio; ma erano come di tutt’e due. Del resto, lui non s’era mai vantato di nulla: spinto a parlare, aveva sempre detto quel tanto che aveva veduto. E non avrebbe mai pensato di entrare a far parte della Società, se quella maledetta sera lì non ve lo avessero quasi costretto, cacciato in mezzo per forza. Dell’onore che gli avevano fatto e di cui egli alla fin fine non si sentiva proprio immeritevole, giacché per la patria aveva pure patito e non poco, s’era sdebitato ospitando gratis per tanti anni la Società. Aveva indossato, sì, la camicia rossa del fratello e si era fregiato il petto di medaglie non propriamente sue; ma, fatto il primo passo, come tirarsi più indietro? Non aveva potuto farne a meno, e s’era segretamente scusato pensando che avrebbe così rappresentato il suo povero fratellino in quelle feste nazionali, il suo povero Stefanuccio morto a Digione, lui che se le era ben guadagnate, quelle medaglie, e non se le era poi potute godere, nelle belle feste della patria.

Ecco qua tutto il suo torto. Erano venuti i nuovi garibaldini, avevano litigato coi vecchi, e lui c'era andato di mezzo, lui che li aveva difesi, solo contro tutti. Ah, ingrati! Lo avevano ucciso.

Rorò, vedendogli la faccia come di terra e gli occhi infossati e stravolti, si mise a chiamare aiuto dalla finestra.

Accorsero, costernati, ansiosi, alcuni del vicinato.

– Che è? che è?

Restarono, alla vista di Sciaramè, là sulla seggiola, rantolante.

Due, più animosi, lo presero per le ascelle e per i piedi e fecero per adagiarlo sul lettuccio. Ma non lo avevano ancora messo a giacere, che...

– Oh! Che?

– Guardate!

– Morto?

Rorò rimase allibita, con gli occhi sbarrati, a mirarlo. Guardò i vicini accorsi; balbettò:

– Morto? Oh Dio! Dio! Morto?

E si buttò sul cadavere, poi, in ginocchio, a piè del letto, con la faccia nascosta, le mani protese:

– Perdono, papà mio! Perdono!

I vicini non sapevano che pensare. Perdono? Perché? Che era accaduto? Ma Rorò parlava di certe carte, di certi documenti... che ne sapeva lei? Fu strappata dal letto e trascinata nell'altra camera. Alcuni corsero a chiamare il Bellone, altri rimasero a vegliare il morto.

Quando il presidente della Società dei Reduci, col Navetta, il Nardi e gli altri socii, sopravvenne, fosco e combattuto, Carlandrea Sciaramè sul suo lettuccio era parato con la camicia rossa e le sette medaglie sul petto.

I vicini, vestendo il povero vecchio, avevano creduto bene di fargli indossare per l'ultima volta l'abito delle sue feste. Non gli apparteneva? Ma ai morti non si sogliono passare, sulle lapidi, tante bugie, peggiori di questa? Là, le medaglie! Tutt'e sette sul cuore!

Pum, pum, pum, il Navetta, con la sua gamba di legno, gli s'accostò, aggrondato; lo mirò un pezzo; poi si voltò ai compagni e disse, cupo:

– Gli si levano?

Il Bellone, che s'era ritratto con gli altri in fondo alla camera, presso la finestra, a confabulare, lo chiamò a sé con la mano, si strinse nelle spalle e confermò il pensiero di quei vicini, brontolando:

– Lascia. Ora è morto.

Gli fecero un bellissimo funerale.

LA MADONNINA

Una scatola di giocattoli, di quelle con gli alberetti incoronati di trucioli e col dischetto di legno in-
collato sotto al tronco perché si reggano in piedi, e le casette a dadi e la chiesina col campanile e ogni
cosa: ecco, immaginate una di queste scatole, data in mano al Bambino Gesù, e che il Bambino Gesù si
fosse divertito a costruire al padre beneficiale Fiorìca quella sua parrocchietta così; la chiesina modesta,
dedicata a San Pietro, di fronte; e di qua, la canonica con tre finestrette riparate da tendine di mussola
inamidate che, intravedendosi di là dai vetri, lasciavano indovinare il candore e la quiete delle stanze
piene di silenzio e di sole; il giardinetto accanto, col pergolato e i nespoli del Giappone e il melagrano
e gli aranci e i limoni; poi, tutt'intorno, le casette umili dei suoi parrocchiani, divise da vicoli e vicoletti,
con tanti colombi che svolazzavano da gronda a gronda; e tanti conigli che, rasenti ai muri, spiavano
raccolti e tremanti, e gallinelle ingorde e rissose e porchetti sempre un po' angustiati, si sa, e quasi
irritati dalla soverchia grassezza.

In un mondo così fatto, poteva mai figurarsi il padre beneficiale Fiorìca che il diavolo vi potesse
entrare da qualche parte?

E il diavolo invece vi entrava a suo piacere, ogni qual volta gliene veniva il desiderio, di soppiatto e
facilissimamente, sicuro d'essere scambiato per un buon uomo o una buona donna, o anche spesso per
un innocuo oggetto qualsiasi. Anzi si può dire che il padre beneficiale Fiorìca stava tutto il santo giorno
in compagnia del diavolo, e non se n'accorgeva. Non se ne poteva accorgere anche perché, bisogna
aggiungere, neppure il diavolo con lui sapeva esser cattivo: si spassava soltanto a farlo cadere in piccole
tentazioni che, al più al più, scoperte, non gli cagionavano altro danno che un po' di beffe da parte dei
suoi fedeli parrocchiani e dei colleghi e superiori.

Una volta, per dirne una, questo maledettissimo diavolo indusse una vecchia dama della parrocchia, andata a Roma per le feste giubilari, a portare di là al padre beneficiale Fiorìca una bella tabacchiera d'osso con l'immagine del Santo Padre dipinta a smalto sul coperchio. Ebbene, si crederebbe?
Vi s'allogò dentro, non ostante la custodia di quell'immagine, e per più d'un mese, ai vespri, mentre
il padre beneficiale Fiorìca faceva alla buona un sermoncino ai divoti prima della benedizione, di là
dentro la tabacchiera si mise a tentarlo:

– Su, un pizzichetto, su! Facciamola vedere la bella tabacchiera... Per soddisfazione della dama che
te l'ha regalata e che sta a guardarti... Un pizzichetto!

E dàlli, e dàlli, con tanta insistenza, che alla fine il padre beneficiale Fiorìca, il quale non aveva
mai preso tabacco e aveva cominciato a prenderlo molto timidamente dal giorno che aveva avuto quel
regalo, ecco che doveva cedere a cavar di tasca la tabacchiera e il grosso fazzoletto di cotone a fiorami.
Conseguenza: il sermoncino interrotto da un'infilata di almeno quaranta sternuti e arrabbiate e strepitose soffiate di naso, che facevano ridere tutta la chiesina.

Ma la peggio di tutte fu quando questo diavolo maledetto s'insinuò nel cuore d'una certa Marastella, ch'era una poverina svanita di cervello, bambina di trent'anni, bellissima e cara a tutto il vicinato che
rideva dell'inverosimile credulità di lei tutta sempre sospesa a una perpetua ansiosa maraviglia. S'insinuò, dunque, nel cuore di questa Marastella e la fece innamorare *coram populo* del padre beneficiale
Fiorìca che aveva già circa sessant'anni e i capelli bianchi come la neve.

La poverina, vedendolo in chiesa, o sull'altare durante l'ufficio divino, o sul pulpito durante la
predica, non rifiniva più d'esclamare, piangendo a goccioloni grossi così dalla tenerezza e picchiandosi
il petto con tutte e due le mani:

– Ah Maria, com'è bello! Bocca di miele! Occhi di sole! Cuore mio, come parla e come guarda!

Sarebbe stato uno scandalo, se tutti, conoscendo la santa illibatezza del padre beneficiale e l'innocenza della povera scema, non ne avessero riso.

Ma un giorno Marastella, vedendo uscire il padre beneficiale dalla chiesa, s'inginocchiò in mezzo alla piazzetta e, presagli una mano, cominciò a baciargliela perdutamente e poi a passarsela sui capelli, su tutta la faccia, fin sotto la gola, gemendo:

– Ah padre mio, mi levi questo fuoco, per carità! per carità, mi levi questo fuoco!

Il povero padre Fiorìca, smarrito, sbalordito, chino sulla poverina, senza nemmeno tentare di ritirar la mano, le chiedeva:

– Che fuoco, Marastella, che fuoco, figliuola mia?

E forse non avrebbe ancora capito, se da tutte le casette attorno non fossero accorse le vicine a strappar da terra la scema con parole e atti così chiari, che il padre Fiorìca, sbiancato, trasecolato, tremante, se n'era fuggito, facendosi la croce a due mani.

Questa volta sì, il diavolo s'era troppo scoperto. Riconobbero tutti l'opera sua in quella pazzia di Marastella. E allora egli ne pensò un'altra, che doveva costare al padre beneficiale Fiorìca il più gran dolore della sua vita.

La perdita di Guiduccio. State a sentire.

Guiduccio era un ragazzo di nove anni, unico figliuolo maschio della più cospicua famiglia della parrocchia: la famiglia Greli.

Il padre beneficiale Fiorìca aveva in cuore da anni la spina di questa famiglia che si teneva lontana dalla santa chiesa, non già perché fosse veramente nemica della fede, ma perché lei, la chiesa, a giudizio del signor Greli (ch'era stato garibaldino, carabiniere genovese nella campagna del 1860 e ferito a un braccio nella battaglia di Milazzo) lei, la chiesa, s'ostinava a rimanere nemica della patria; ragion per cui un patriota come il signor Greli credeva di non potervi metter piede.

Ora, di politica il padre beneficiale Fiorìca non s'era impicciato mai e non riusciva perciò a capacitarsi come l'amor di patria potesse esser cagione che la mamma e le sorelle maggiori di Guiduccio e Guiduccio stesso non venissero in chiesa almeno la domenica e le feste principali per la santa messa. Non diceva confessarsi; non diceva comunicarsi. La santa messa almeno, la domenica, Dio benedetto! E, tentato al solito dal diavolaccio che gli andava sempre avanti e dietro come l'ombra del suo stesso corpo, cercava d'entrar nelle grazie del signor Greli.

– Eccolo là che passa! Non fingere di non vederlo. Salutalo, salutalo tu per il primo: un bell'inchino, con dignitosa umiltà!

Il padre Fiorìca ubbidiva subito al suggerimento del diavolo: s'inchinava sorridente; ma il signor Greli, accigliato, rispondeva appena appena, con brusca durezza, a quell'inchino e a quel sorriso. E il diavolo, si sa, ne gongolava.

Ora, un pomeriggio d'estate, vigilia d'una festa solenne, il diavolo, sapendo che il signor Greli s'era ritirato a casa molto stanco del lavoro della mattinata e s'era messo a letto per ristorar le forze con qualche oretta di sonno, che fece? salì non visto con alcuni monellacci al campanile della chiesina di San Pietro e lì dàlli a sonare, dàlli a sonare tutte le campane, con una furia così dispettosa, che il signor Greli, il quale era d'indole focosa e facilmente si lasciava prendere dall'ira, a un certo punto, non potendone più, saltò giù dal letto e, così come si trovava, in maniche di camicia e mutande, corse su in terrazza armato di fucile e – sissignori – commise il sacrilegio di sparare contro le sante campane della chiesa.

Colpì, delle tre, quella di destra, la più squillante: occhio d'antico carabiniere genovese! Ma povera campanella! Sembrò una cagnolina che, colta a tradimento da un sasso, mentre faceva rumorosamente le feste al padrone, cangiasse d'un tratto l'abbaìo festoso in acuti guaiti. Tutti i parrocchiani, raccolti per la festa davanti alla chiesa, si levarono in tumulto, furibondi, contro il sacrilego. E fu vera grazia di Dio, se al padre beneficiale Fiorìca, accorso tutto sconvolto e coi paramenti sacri ancora in dosso, riuscì d'impedire con la sua autorità che la violenza dei suoi fedeli indignati prorompesse e s'abbattesse sulla casa del Greli. Li arrestò a tempo, li placò, rendendosi mallevadore che il signor Greli avrebbe donato una campana nuova alla chiesa e che un'altra e più solenne festa si sarebbe fatta per il battesimo di essa.

Allora, per la prima volta, Guiduccio Greli entrò nella chiesina di San Pietro.

Veramente il padre beneficiale Fiorìca avrebbe desiderato che madrina della campana fosse la signora Greli, o almeno una delle figliuole, la maggiore che aveva circa diciott'anni. Rimase però grato poi, in cuor suo, al signor Greli di non aver voluto condiscendere a quel suo desiderio, vedendo il miracolo che il battesimo della campana operò nell'anima di quel fanciullo.

Fu forse per l'esaltazione della festa, o forse per la simpatia che gli testimoniarono tutti i fedeli della parrocchia; o piuttosto la voce ch'egli per primo trasse da quella campana benedetta, salito su in cima al campanile, nel luminoso azzurro del cielo. Il fatto è che da quel giorno in poi la voce di quella campana lo chiamò ogni mattina alla chiesa, per la prima messa. Di nascosto, udendo quella voce, balzava dal letto e correva in cerca della vecchia serva di casa perché lo conducesse con sé.

– E se papà non volesse? – gli diceva la serva.

Ma Guiduccio insisteva, scosso da un brivido a ogni rintocco della campana che seguitava a chiamar sommessa nella notte. E per l'angusta viuzza, ancora invasa dalle tenebre notturne, abbrividendo, si stringeva alla vecchia serva e, arrivato alla piazzetta della chiesa, alzava gli occhi al campanile, e allo sgomento misterioso che gliene veniva, non meno misterioso rispondeva il conforto che, appena entrato nella chiesa, gli veniva dai ceri placidi accesi sull'altare, nella frescura dell'ombra solenne insaporata d'incenso.

La prima volta che il padre beneficiale Fiorìca, voltandosi dall'altare verso i fedeli, se lo vide davanti inginocchiato dinanzi alla balaustrata, con gli occhioni, tra i riccioli castani, ancora imbambolati, spalancati e lucenti quasi di follia divina, si sentì fendere le reni da un lungo brivido di tenerezza e dovette far violenza a se stesso per resistere alla tentazione di scendere dall'altare a carezzare quel volto d'angelo e quelle manine congiunte.

Finita la messa, fece segno alla vecchia di condurre il bimbo in sagrestia; e lì se lo prese in braccio, lo baciò in fronte e sui capelli, gli mostrò a uno a uno tutti gli arredi e i paramenti sacri, le pianete coi ricami e le brusche d'oro e i camici e le stole, le mitrie, i manipoli, tutti odorosi d'incenso e di cera; lo persuase poi dolcemente a confessare alla mamma d'esser venuto in chiesa, quella mattina, per il richiamo della sua campana santa, e a pregarla che gli concedesse di ritornarci. Infine lo invitò – sempre col permesso della mamma – alla canonica, a vedere i fiori del giardinetto, le vignette colorate dei libri e i santini, e a sentire qualche suo raccontino.

Guiduccio andò ogni giorno alla canonica, avido dei racconti della storia sacra. E il padre beneficiale Fiorìca, vedendosi davanti spalancati e intenti quegli occhioni fervidi nel visetto pallido e ardito, tremava di commozione per la grazia che Dio gli concedeva di bearsi di quel meraviglioso fiorire della fede in quella candida anima infantile; e quando, sul più bello di quei racconti, Guiduccio, non riuscendo più a contenere l'interna esaltazione, gli buttava le braccia al collo e gli si stringeva al petto, fremente, ne provava tale gaudio e insieme tale sgomento, che si sentiva quasi schiantar l'anima, e piangendo e premendo le mani sulle terga del bimbo, esclamava:

– Oh figlio mio! E che vorrà Dio da te?

Ma sì! Il diavolo stava intanto in agguato dietro il seggiolone su cui il padre beneficiale Fiorìca sedeva con Guiduccio sulle ginocchia; e il padre beneficiale Fiorìca, al solito, non se n'accorgeva.

Avrebbe potuto notare, santo Dio, una cert'ombra che di tratto in tratto passava sul volto del fanciullo e gli faceva corrugare un po' le ciglia. Quell'ombra, quel corrugamento di ciglia erano provocati dalla bonaria indulgenza con cui egli velava e assolveva certi fatti della storia sacra; bonaria indulgenza che turbava profondamente l'anima risentita del fanciullo già forse messa in diffidenza a casa e fors'anche derisa dal padre e dalle sorelle.

Ed ecco allora in che modo il diavolo trasse partito da questi e tant'altri piccoli segni che sfuggivano all'accorgimento del padre Fiorìca.

Nel mese di maggio, dedicato alla Vergine, nella chiesetta di San Pietro, dopo la predica e la recita del rosario, dopo impartita la benedizione e cantate a coro al suono dell'organo le canzoncine in lode di Maria, si faceva il sorteggio tra i divoti d'una Madonnina di cera custodita in una campana di cristallo.

Donne e fanciulli, cantando le canzoncine in ginocchio, tenevano fissi gli occhi a quella Madonnina sull'altare, tra i ceri accesi e le rose offerte in gran profusione; e ciascuno desiderava ardentemente che quella Madonnina gli toccasse in sorte. Tuttavia, non poche donne, ammirando il fervore con cui Guiduccio pregava davanti a tutti, avrebbero voluto che la Madonnina, anziché a qualcuna di loro, sortisse a lui. E più di tutti, naturalmente, lo desiderava il padre beneficiale Fiorìca.

Le polizzine della riffa costavano un soldo l'una. Il sagrestano aveva l'incarico della vendita durante la settimana, e su ogni polizzina segnava il nome dell'acquirente. Tutte le polizzine poi, la domenica, erano raccolte arrotolate in un'urna di cristallo; il padre beneficiale Fiorìca vi affondava una mano, rimestava un po' tra il silenzio ansioso di tutti i fedeli inginocchiati, ne estraeva una, la mostrava, la svolgeva e, attraverso le lenti insellate sulla punta del naso, ne leggeva il nome. La Madonnina era condotta in processione tra canti e suoni di tamburi alla casa del sorteggiato.

S'immaginava il padre Fiorìca l'esultanza di Guiduccio, se dall'urna fosse sortito il suo nome, e vedendolo lì davanti all'altare inginocchiato, rimestando nell'urna avrebbe voluto che per un miracolo le sue dita indovinassero la polizzina che ne conteneva il nome. E quasi quasi era scontento della generosità del fanciullo, il quale, potendo prendere dieci polizze con la mezza lira che ogni domenica gli dava la mamma, si contentava d'una sola per non avere alcun vantaggio sugli altri ragazzi, a cui anzi lui stesso con gli altri nove soldi comperava le polizzine.

E chi sa che quella Madonnina, entrando con tanta festa in casa Greli, non avesse poi il potere di conciliare con la chiesa tutta la famiglia!

Così il diavolo tentava il padre beneficiale Fiorìca. Ma fece anche di più. Quando fu l'ultima domenica, venuto il momento solenne del sorteggio, appena lo vide salire all'altare ove accanto all'urna di cristallo stava la Madonnina di cera, zitto zitto gli si mise dietro le spalle e, sissignori, gli suggerì di leggere nella polizzina estratta il nome di Guiduccio Greli. Allo scoppio d'esultanza di tutti i divoti, Guiduccio però, diventato in prima di bragia, si fece subito dopo pallido pallido, aggrottò le ciglia sugli occhioni intorbidati, cominciò a tremar tutto convulso, nascose il volto tra le braccia e, guizzando per divincolarsi dalla ressa delle donne che volevano baciarlo per congratularsi, scappò via dalla chiesa, via, via, e rifugiandosi in casa, si buttò tra le braccia della madre e proruppe in un pianto frenetico. Poco dopo, udendo per la viuzza il rullo del tamburo e il coro dei divoti che gli portavano in casa la Madonnina, cominciò a pestare i piedi, a contorcersi tra le braccia della madre e delle sorelle e a gridare:

– Non è vero! Non è vero! Non la voglio! Mandatela via! Non è vero! Non la voglio!

Era accaduto questo: che dei dieci soldi che la mamma gli dava ogni domenica, nove Guiduccio li avea già dati al solito ai ragazzi poveri della parrocchia perché fossero iscritti anche loro al sorteggio; nel recarsi alla sagrestia con l'ultimo soldino rimastogli per sé, era stato avvicinato da un ragazzetto tutto arruffato e scalzo, il quale, da tre settimane ammalato, non aveva potuto prender parte alla festa e al sorteggio delle Madonnine precedenti, e vedendo ora Guiduccio con quell'ultimo soldino in mano, gli aveva chiesto se non era per lui. E Guiduccio glie l'aveva dato.

Troppe volte il signor Greli in casa, scherzando, aveva ammonito il figlio:

– Bada, Duccio! Ti vedo con la chierica! Duccio, bada: quel tuo prete ti vuole accalappiare!

E difatti, perché a lui quella Madonnina, se nessuna polizza recava il suo nome, quell'ultima domenica?

La signora Greli, per far cessare l'orgasmo del figlio, ordinò che subito la Madonnina fosse rimandata indietro, alla chiesa; e d'allora in poi il padre beneficiale Fiorìca non vide più Guiduccio Greli.

LA BERRETTA DI PADOVA

Berrette di Padova: belle berrette a lingua, di panno, a uso di quelle che si portano ancora in Sardegna, e che si portavano allora (cioè a dire nei primi cinquant'anni del secolo scorso) anche in Sicilia, non dalla gente di campagna che usava di quelle a calza di filo e con la nappina in punta, ma dai cittadini, anche mezzi signori; se è vera la storia che mi fu raccontata da un vecchio parente, il quale aveva conosciuto il berrettaio che le vendeva, zimbello di tutta Girgenti allora, perché dei tanti anni passati in quel commercio pare non avesse saputo ricavare altro guadagno che il nomignolo di *Cirlinciò*, che in Sicilia, per chi volesse saperlo, è il nome d'un uccello sciocco. Si chiamava veramente don Marcuccio La Vela, e aveva bottega sulla strada maestra, prima della discesa di San Francesco.

Don Marcuccio La Vela sapeva di quel suo nomignolo e se ne stizziva molto; ma per quanto poi si sforzasse di fare il cattivo e di mostrarsi corrivo a riavere il suo, non solo non gli veniva mai fatto, ma ogni volta alla fine era una giunta al danno perché, impietosendosi alle finte lagrime dei debitori maltrattati, per compensarli dei maltrattamenti, oltre la berretta ci perdeva qualche pezzo di *dodici tarì* porto sottomano.

S'era ormai radicata in tutti l'idea che non avesse in fondo ragione di lagnarsi di niente né d'adirarsi con nessuno; giacché, se da un canto era vero che gli uomini lo avevano sempre gabbato, era innegabile dall'altro che Dio, in compenso, lo aveva sempre aiutato. Aveva di fatti una cattiva moglie, indolente, malaticcia, sciupona, e se n'era presto liberato; un esercito di figliuoli, ed era riuscito in breve ad accasarli bene tutti quanti. Ora provvedeva sì gratuitamente di berrette tutto il cresciuto parentado, ma poteva esser certo che esso, all'occorrenza, non lo avrebbe lasciato morir di fame. Che voleva dunque di più?

Le berrette intanto volavano da quella bottega come se avessero le ali. Gliene portavano via figli, generi, nipoti, amici e conoscenti. Per alcuni giorni egli s'ostinava a correre ora dietro a questo, ora dietro a quello, per riavere almeno, tra tante, il costo di una sola. Niente! E giurava e spergiurava di non voler più dare a credenza:

– Neanche a Gesù Cristo, se n'avesse bisogno!

Ma ci ricascava sempre.

Ora, alla fine, aveva deciso di chiuder bottega, non appena esaurita la poca mercanzia che gli restava, della quale non avrebbe dato via neppure un filo, se non gli fosse pagato avanti.

Ma ecco venire un giorno alla sua bottega un tal Lizio Gallo, ch'era suo compare.

Per le sue berrette Cirlinciò non temeva del compare. Ben altro il Gallo, in grazia del comparatico, pretendeva da lui. Uomo sodo, denari voleva. E già gli doveva una buona sommetta. Ora dunque basta, eh?

– Che buon vento, compare?

Lizio Gallo aveva in vezzo passarsi e ripassarsi continuamente una mano su i radi e lunghi baffi spioventi e sotto quella mano, serio serio, con gli occhi bassi, sballarne di quelle, ma di quelle! Caro a tutti per il suo buon umore, non pure da Cirlinciò ch'era molto facile, ma dai più scaltri mercanti del paese riusciva sempre a ottenere quanto gli bisognasse ed era indebitato fino agli occhi, e sempre abbruciato di denari. Ma quel giorno si presentò con un'altr'aria.

– Male, compare! – sbuffò, lasciandosi cadere su una seggiola. – Mi sento stanco, ecco, stanco e nauseato.

E col volto atteggiato di tedio e di disgusto, disse seguitando, che non gli reggeva più l'animo a vivere così d'espedienti e ch'era troppo il supplizio che gli davano i raffacci aperti o le mute guardatacce dei suoi creditori.

Cirlinciò abbassò subito gli occhi e mise un sospiro.

– E pure voi sospirate, compare; vi vedo! – soggiunse il Gallo, tentennando il capo. – Ma avete ragione! Non posso più accostarmi a un amico, lo so. Mi sfuggono tutti! E intanto, più che per me, credetemi, soffro per gli altri, a cui debbo cagionare la pena della mia vista. Ah, vi giuro che se non fosse per Giacomina mia moglie, a quest'ora...

– Che dite! – gli diede sulla voce Cirlinciò.

– E sapete che altro mi tiene? – riprese Lizio Gallo. – Quel poderetto che mi recò in dote mia moglie, pur così gravato com'è d'ipoteche. Ho speranza, compare, che debba essere la mia salvezza, per via di non so che scavi che ci vuol fare il Governo. Dicono che là sotto ci sono le antichità di Camìco. Uhm! Rottami... Che saranno? Ma, se è vero questo, sono a cavallo. E non dubitate, compare: prima di tutti, penserei a voi. Già il Governatore m'ha fatto sapere che vuol parlare con me. Dovrei andarci domattina. Ma come ci vado?

– Perché? – domandò, stordito, Cirlinciò.

– Con questi stracci? Non mi vedete? Per l'abito, forse, potrei rimediare. Mio cognato, che ha su per giù la mia stessa statura, se n'è fatto uno nuovo da pochi giorni e me lo presterebbe. Ma la berretta? Ha un testone così!

– Ah! Anche voi! – esclamò allora Cirlinciò spalancando tanto d'occhi.

– Come, anch'io? – disse con la faccia più fresca del mondo il Gallo. – Che son forse solito di andare per via a capo scoperto? Ora questa berretta, vedete? non ne vuol più sapere.

– E venite da me? – riprese Cirlinciò, col volto avvampato di stizza. – Scusatemi, compare: gnornò! non ve la do! non ve la posso dare!

– Ma io non dico dare. Ve la pagherò.

– Avete i denari?

– Li avrò.

– Niente, allora! Quando li avrete.

– È la prima volta, – gli fece notare, dolente e con calma, il Gallo, – è la prima volta che vengo da voi per una padovana.

– Ma io ho giurato, lo sapete! Ho giurato! ho giurato!

– Lo so. Ma vedete perché mi serve?

– Non sento ragione! Piuttosto, guardate, piuttosto vi do tre *tarì* e vi dico di andarvela a comprare in un'altra bottega.

Lizio Gallo sorrise mestamente, e disse:

– Caro compare, se voi mi date tre *tarì*, lo sapete, io me li mangio, e berretta non me ne compro. Dunque, datemi la berretta.

– Dunque, né questa né quelli! – concluse Cirlinciò, duro.

Lizio Gallo si levò pian piano da sedere, sospirando:

– E va bene! Avete ragione. Cerco la via per uscire da questi guai e vedo che l'unica, per me, sarebbe di morire, lo so.

– Morire... – masticò Cirlinciò. – C'è bisogno di morire? Tanto, la berretta dovete levarvela in presenza del Governatore.

– Eh già! – esclamò il Gallo. – Bella figura ci farei per istrada con l'abito nuovo e la berretta vecchia! Ma dite piuttosto che non volete darmela.

E si mosse per uscire. Cirlinciò allora, al solito, pentito, lo acchiappò per un braccio e gli disse all'orecchio:

– Vi do tre giorni di tempo per il pagamento. Ma non lo dite a nessuno! Fra tre giorni... badate! sono capace di levarvela dal capo, per istrada, appena vi vedo passare. Sono porco io, se mi ci metto!

Aprì lo scaffale e ne trasse una bellissima berretta di Padova. Lizio Gallo se la provò. Gli andava bene.

– Quanto mi pesa! – disse, scotendo il capo. – Mi sentivo male, venendo qua; voi mi avete dato il colpo di grazia, compare!

E se ne andò.

Tutto poteva aspettarsi il povero Cirlinciò, tranne che Lizio Gallo, dopo due giorni, dovesse davvero morire!

Si mise a piangere come un vitello, dal rimorso, ripensando – ah! – alle ultime parole del compare – ah! – gli pareva di vederselo ancora lì, nella bottega, nell'atto di tentennare amaramente il capo, – ah! – ah! – ah!

E corse alla casa del morto, per condolersi con la vedova donna Giacomina.

Per via, tanta gente pareva si divertisse a fermarlo:

– È morto Lizio Gallo, sapete?

– E non vedete che piango?

Tutti in paese ne facevano le lodi e ne commiseravano la fine immatura, pur sorridendo mestamente al ricordo delle sue tante baggianate. I molti creditori chiudevano gli occhi, sospirando, e alzavano la mano per rimettergli il debito.

Cirlinciò trovò donna Giacomina inconsolabile. Quattro torcetti ardevano a gli angoli del letto, su cui il compare giaceva, coperto da un lenzuolo. Piangendo, la vedova narrò al compare com'era avvenuta la disgrazia.

– A tradimento, – diceva. – Ma già, volendola dire, da parecchio tempo, Lizio mio non pareva più lui!

Cirlinciò piangendo annuiva e in prova narrò alla vedova l'ultima visita del compare alla bottega.

– Lo so! lo so! – gli disse, donna Giacomina. – Ah, quanto se ne afflisse, povero Lizio mio! Le vostre parole, compare, gli rimasero confitte nel cuore come tante spade!

Cirlinciò pareva una fontana.

– E più mi piange il cuore, – seguitò la vedova, – che ora me lo vedrò portar via sul cataletto dei poveri, sotto uno straccio nero...

Cirlinciò allora, con impeto di commozione, si profferse per le spese d'una pompa funebre. Ma donna Giacomina lo ringraziò; gli disse esser quella l'espressa volontà del marito, e che lei voleva rispettarla, e che anzi il marito non avrebbe neppur voluto l'accompagnamento funebre, e che infine aveva indicato la chiesa ove, da morto, voleva passare l'ultima notte, secondo l'uso: la chiesetta cioè di Santa Lucia, come la più umile e la più fuorimano, per chi se ne volesse andare quasi di nascosto, senza mortorio.

Cirlinciò insistette; ma alla fine si dovette arrendere alla volontà della vedova.

– Ma quanto all'accompagnamento – disse, licenziandosi, – siate pur certa che tutto il paese oggi sarà dietro al povero compare!

E non s'ingannò.

Ora, andando il mortorio per la strada che conduce alla chiesetta di Santa Lucia, avvenne a Cirlinciò, il quale si trovava proprio in testa dietro al cataletto che quattro portantini, due di qua, due di là, sorreggevano per le stanghe, di fissare gli occhi lagrimosi su quella sua fiammante berretta di Padova, che il morto teneva in capo e che spenzolava e dondolava fuori della testata del cataletto. La berretta che il compare non gli aveva pagata. Tentazione!

Cercò più volte il povero Cirlinciò di distrarne lo sguardo; ma poco dopo gli occhi tornavano a guardarla, attirati da quel dondolio che seguiva il passo cadenzato dei portantini. Avrebbe voluto consigliare a uno di questi di ripiegare sul capo al morto la berretta e porvi sopra la coltre per fermarla.

«Ma sì! Non ci mancherebbe altro,» rifletteva, poi, «che io, proprio io vi richiamassi l'attenzione della gente. Già forse, vedendomi qua e guardando questa berretta, tutti ridono di me, sotto i baffi.»

Morso da questo sospetto, lanciò due occhiatacce oblique ai vicini, sicuro di legger loro negli occhi il temuto dileggio; poi si rivolse con rabbioso rammarico alla berretta dondolante. – Com'era bella! com'era fina! E ora, – peccato! – o sarebbe andata a finire sul capo a un becchino, o sottoterra, inutilmente, col compare.

Questi due casi, e maggiormente il primo ch'era il più probabile, cominciarono a esagitarlo così, che, senza quasi volerlo, si diede a pensare se ci fosse modo di riavere quella berretta. Lanciò di nuovo qualche occhiata intorno e s'accorse che molti, procedendo, seguivano quel dondolar cadenzato, che a lui cagionava tante smanie, anzi un vero supplizio. Gli parve perfino che, prendendo quasi a materia il rumore dei passi dei portantini, quel dondolio ripetesse forte, a tutti, senza posa:

È stato – gabbato,
È stato – gabbato...

No, perdio, no! Anche a costo di passare l'intera nottata nascosto nella chiesetta di Santa Lucia, egli doveva, doveva riavere quella berretta ch'era sua! Tanto, che se ne faceva più il compare, morto? Era nuova fiammante! ed egli avrebbe potuto rimetterla, senz'altro, dentro lo scaffale. Poiché, perdio, non si trattava soltanto di mantenere un proposito deliberato, ma anche di non venir meno a un giuramento fatto, ecco, a un giuramento! a un giuramento!

Così, quando il mortorio giunse (ch'era già sera chiusa) alla chiesetta fuorimano dove lo scaccino aveva preparato i due cavalletti su cui il misero feretro doveva esser deposto, mentre la gente assisteva alla benedizione del cadavere, andò a nascondersi quatto quatto dietro un confessionale.

Come la chiesa fu sgombra, lo scaccino con la lanterna in mano si recò a chiudere il portone, poi entrò in sagrestia a prender l'olio per rifornire un lampadino votivo davanti a un altare.

Nel silenzio della chiesa, quei passi strascicati rintronarono cupamente.

Della solenne vacuità dell'interno sacro, nel buio, Cirlinciò ebbe in prima tale sgomento, che fu lì lì per farsi avanti e pregare il sagrestano, che lo facesse andar via. Ma riuscì a trattenersi.

Rifornito d'olio il lampadino, quegli si accostò pian piano al feretro; si chinò; poi, senza volerlo, volse in giro uno sguardo e, prima di ritirarsi nella sua cameruccia sopra la sagrestia a dormire, tolse pulitamente con due dita la berretta al morto, e se la filò zitto zitto.

Cirlinciò non se n'accorse. Quando sentì chiudere e sprangare la porta della sagrestia, gli parve che la chiesa sprofondasse nel vuoto. Poi, nella tenebra, si avvisò a mala pena quel lumicino davanti all'altare lontano; a poco a poco quel barlume si allargò, si diffuse, tenuissimo, intorno. Gli occhi di Cirlinciò cominciarono a intravedere a stento, in confuso, qualche cosa. E allora, cauto, trattenendo il fiato, si provò a uscire dal nascondiglio.

Ma, contemporaneamente, altri due che si erano nascosti nella chiesetta con lo stesso intento, s'avanzavano cheti e chinati come lui, e con le mani protese, verso il feretro, ciascuno senza accorgersi dell'altro.

A un tratto però tre gridi di terrore echeggiarono nella chiesetta buia.

Lizio Gallo, credendosi solo ormai, s'era levato a sedere sul cataletto, imprecando al sagrestano e tastandosi la testa nuda. A quei tre gridi, urlò, anche lui, spaventato:

– Chi è là?

E, istintivamente, si ridistese sul cataletto, tirandosi di nuovo addosso la coltre.

– Compare... – gemette una voce soffocata dall'angoscia.

– Chi è?

– Cirlinciò?

– Quanti siamo?

– Porco paese! – sbuffò allora Lizio Gallo buttando all'aria la coltre e levandosi in piedi. – Per una berrettaccia di Padova! Quanti siete? Tre? Quattro? E voi, compare?

– Ma come! – balbettò Cirlinciò, appressandosi tutto tremante. – Non siete morto?

– Morto? Vorrei esserlo, per non vedere la vostra spilorceria! – gli gridò il Gallo, indignato, sul muso. – Come! non vi vergognate? Venire a spogliare un morto, come quel mascalzone del sagrestano! Ebbene, non la ho più, vedete? se l'è presa! E dire che l'avevo promessa a uno dei portantini... Non si può più neanche da morti esser lasciati in pace, al giorno d'oggi, in questo porco paese! Speravo di farmi rimettere i debiti... Ma sì! Quanti siete? tre, quattro, dieci, venti? Avreste la forza di tenere il segreto? No! E dunque facciamola finita!

Li piantò lì, allocchiti, intontiti come tre ceppi d'incudine, e andò a tempestare di calci e di pugni la porta della sagrestia.

– Ohé! ohé! Mascalzone! Sagrestano!

Questi accorse, poco dopo, in mutande e camicia, con la lanterna in mano, tutto stravolto.

Lizio Gallo lo agguantò per il petto.

– Va' a ripigliarmi subito la berretta, pezzo di ladro!

– Don Lizio! – gridò quello, e fu per cadere in deliquio.

Il Gallo lo sostenne in piedi, scrollandolo furiosamente.

– La berretta, ti dico, sporcaccione! E vieni ad aprirmi la porta. Non faccio più il morto.

LO SCALDINO

Quei lecci neri piantati in doppia fila intorno alla vasta piazza rettangolare, se d'estate per far ombra, d'inverno perché servivano? Per rovesciare addosso ai passanti, dopo la pioggia, l'acqua rimasta tra le fronde, a ogni scosserella di vento. E anche per imporrire di più il povero chiosco di Papa-re, servivano.

Ma senza questo male, del resto riparabile, ch'essi cagionavano d'inverno, sarebbero stati poi un bene, un refrigerio d'estate? No. E dunque? Dunque l'uomo, se qualche cosa gli va bene, se la prende senza ringraziar nessuno, come se ci avesse diritto; poco poco, invece, che gli vada male, s'inquieta e strilla. Bestia irritabile e irriconoscente, l'uomo. Gli basterebbe, santo Dio, non passare sotto i lecci della piazza, quand'è spiovuto da poco.

È vero però che, d'estate, Papa-re non poteva goder dell'ombra di quei lecci là, dentro il suo chiosco. Non poteva goderne perché non vi stava mai durante il giorno, né d'estate né d'inverno. Che cosa facesse di giorno e dove se ne stesse, era un mistero per tutti. Tornava ogni volta da via San Lorenzo, e veniva da lontano e con la faccia scura. Il chiosco era sempre chiuso, e Papa-re, quasi senza goderselo, ne pagava la tassa che grava su tutti i beni immobili.

Poteva parere un'irrisione considerar come «immobile» anche questo chiosco di Papa-re, che a momenti camminava solo, dai tanti tarli che lo abitavano, in luogo del proprietario sempre assente. Ma il fisco non bada ai tarli. Anche se il chiosco si fosse messo a passeggiare da sé per la piazza e per le strade, avrebbe pagato sempre la tassa, come un qualunque altro bene *immobile* davvero.

Dietro il chiosco, un po' più là, sorgeva un caffè posticcio, di legname, o – più propriamente, con licenza del proprietario – una baracca dipinta con cotal pretensione di stil floreale, dove fino a tarda notte certe così dette canzonettiste, con l'accompagnamento d'un pianofortino scordato, dai tasti ingialliti come i denti d'un pover uomo che digiuni per professione, strillavano... ma no, che strillavano, poverette, se non avevano neanche fiato per dire: «Ho fame»?

Eppure, quel caffè-concerto era ogni sera pieno zeppo d'avventori che, con la gola strozzata dal fumo e dal puzzo del tabacco, si spassavano come a un carnevale alle smorfie sguaiate e compassionevoli, ai lezii da scimmie tisiche, di quelle femmine disgraziate, le quali, non potendo la voce, mandavano le braccia e più spesso le gambe ai sette cieli («*Benee! Bravaa! Biiis!*»), e parteggiavano anche per questa o per quella, mettendo negli applausi e nelle disapprovazioni tanto calore e tanto accanimento, che più volte la questura era dovuta intervenire a sedarne la violenza rissosa.

Per questi egregi avventori Papa-re stava, d'inverno, ogni notte fin dopo il tocco, a morirsi di freddo nel chiosco, pisolando, con la sua mercanzia davanti: sigari, candele steariche, scatole di fiammiferi, cerini per le scale, e i pochi giornali della sera, che gli restavano dal giro per le strade consuete.

Sul far della sera, veniva al chiosco e aspettava che una ragazzetta, sua nipotina, gli recasse un grosso scaldino di terracotta; lo prendeva per il manico e, col braccio teso, lo mandava un pezzo avanti e dietro per ravvivarne il fuoco; poi lo ricopriva con un po' di cenere che teneva in serbo nel chiosco e lo lasciava lì, a covare, senza neanche curarsi di chiudere a chiave lo sportello.

Non avrebbe potuto resistere al freddo della notte per tante ore, senza quello scaldino, Papa-re, vecchio com'era ormai e cadente.

Ah, senza un paio di buone gambe, senza una voce squillante, come far più il giornalaio? Ma non gli anni soltanto lo avevano debellato così, né soltanto le membra aveva imbecillite dall'età: anche l'anima, per le tante disgrazie, povero Papa-re. Prima disgrazia, si sa, la scoronazione del Santo Padre; poi la morte della moglie; poi quella dell'unica figliuola; morte atroce, in un ospedale infame, dopo il disonore e la vergogna, dond'era venuta al mondo quella ragazzetta, per cui egli, ora, seguitava a vivere e a tribolare. Se non avesse avuto quella povera innocente da mantenere...

L'imagine del destino che opprimeva e affogava, nella vecchiaia, Papa–re, si poteva intravedere in quel suo gran cappellaccio roccioso e sbertucciato, che, troppo largo di giro, gli sprofondava fin sotto la nuca e fin sopra gli occhi. Chi gliel'aveva regalato? dove lo aveva ripescato? Quando, sott'esso, Papa-re fermo in mezzo alla piazza socchiudeva gli occhi, pareva dicesse: «Eccomi qua. Vedete? Se voglio vivere, devo stare per forza sotto questo cappello qua, che mi pesa e mi toglie il respiro!».

Se voglio vivere! Ma non avrebbe voluto vivere per nientissimo affatto, lui: s'era tremendamente seccato; non guadagnava quasi più nulla. Prima, i giornali glieli davano a dozzine; ora il distributore gliene affidava sì e no poche copie, per carità, quelle che gli restavano dopo aver fornito tutti gli altri rivenditori che s'avventavano vociando per aver prima le loro dozzine e far più presto la corsa. Papa-re, per non farsi schiacciare tra la ressa, se ne stava indietro ad aspettare che anche le donne fossero provviste prima di lui; qualche malcreato, spesso, gli lasciava andare un lattone, e lui se lo pigliava in santa pace e si tirava da canto per non essere investito a mano a mano da quelli che, ottenute le copie, si scagliavano a testa bassa, con cieca furia, in tutte le direzioni. Egli li vedeva scappar via come razzi, e sospirava, tentennando sulle povere gambe piegate.

– A te, Papa-re: sciala, due dozzine, stasera! C'è la rivoluzione in Russia.

Papa-re alzava le spalle, socchiudeva gli occhi, pigliava il suo pacco, e via dopo tutti gli altri, adoperandosi anche lui a correre con quelle gambe e forzando la voce chioccia a strillare:

– *La Tribùuuna!*

Poi, con altro tono:

– *La rivoluzione in Russiaaa!*

E in fine, quasi tra sé:

– *Importante stasera la Tribuna.*

Manco male che due portinai in via Volturno, uno in via Gaeta, un altro in via Palestro gli eran rimasti fedeli e lo aspettavano. Le altre copie doveva venderle così, alla ventura, girando per tutto il quartiere del Macao. Verso le dieci, stanco, affannato, andava a rintanarsi nel chiosco, ove aspettava, dormendo, che gli avventori uscissero dal caffè. Ne aveva fino alla gola, di quel mestieraccio! Ma, quando si è vecchi, che rimedio c'è? Vuotati pure il capo, non ne trovi nessuno. Là, il muraglione del Pincio.

Vedendo, sul tramonto, apparire la nipotina quasi scalza, con la vesticciuola sbrendolata, e infagottata, povera creatura, in un vecchio scialle di lana che una vicina le aveva regalato, Papa-re si pentiva ogni volta anche della poca spesa di quel fuoco che pur gli era indispensabile. Non gli restava più altro di bene nella vita, che quella bambina e quello scaldino. Vedendoli arrivare entrambi, sorrideva loro da lontano, stropicciandosi le mani. Baciava in fronte la nipotina e si metteva ad agitar lo scaldino per ravvivarne la brace.

L'altra sera, intanto, o che avesse l'anima più imbecillita del solito, o che si sentisse più stanco, nel mandare avanti e dietro lo scaldino, tutt'a un tratto, ecco che gli sfugge di mano, e va a schizzar là, in mezzo alla piazza, in frantumi. «Paf!» Una gran risata della gente, che si trovava a passare, accolse quel volo e quello scoppio, per la faccia che fece Papa-re nel vedersi scappar di mano il fido compagno delle sue fredde notti e per l'ingenuità della bimba che gli era corsa dietro, istintivamente, come se avesse voluto acchiapparlo per aria.

Nonno e nipotina si guardarono negli occhi, rimminchioniti. Papa-re, ancora col braccio proteso, nell'atto di mandare avanti lo scaldino. Eh, troppo avanti lo aveva mandato! E il carbone acceso, ecco, friggeva là, tra i cocci, in una pozza d'acqua piovana.

– Viva l'allegria! – diss'egli alla fine, riscotendosi e tentennando il capo. – Ridete, ridete. Starò allegro anch'io, stanotte. Va', Nena mia, va'. Alla fin fine, forse è meglio così.

E s'avviò per i giornali.

Quella sera, invece di venire a rintanarsi verso le dieci nel chiosco, prese un giro più alla lontana per le vie del Macao. Avrebbe trovato freddo il suo covo notturno, e più freddo avrebbe sentito a star lì fermo, seduto. Ma, alla fine, si stancò. Prima d'entrare nel chiosco volle guardare il punto della piazza, ove lo scaldino era schizzato, come se gli potesse venire di là un po' di caldo. Dal Caffè posticcio venivano le stridule note del pianofortino e, a quando a quando, gli scrosci d'applausi e i fischi degli avventori. Papa-re col bavero del pastrano logoro tirato fin sopra gli orecchi, le mani gronchie dal freddo, strette sul petto con le poche copie del giornale che gli erano rimaste, si fermò un pezzo a guardare dietro il vetro appannato della porta. Si doveva star bene, lì dentro, con un poncino caldo in corpo. Brrr! s'era rimessa la tramontana, che tagliava la faccia e sbiancava finanche il selciato della piazza. Non c'era più una nuvola in cielo e pareva che anche le stelle lassù tremassero tutte di freddo. Papa-re guardò, sospirando, il chiosco nero sotto i lecci neri, si cacciò i giornali sotto l'ascella e s'appressò per sfilare la sola banda davanti.

– Papa-re! – chiamò allora qualcuno, con voce roca, dall'interno del chiosco.

Il vecchio giornalaio ebbe un sobbalzo e si sporse a guardare.

– Chi è là?

– Io, Rosalba. E lo scaldino?

– Rosalba?

– Vignas. Non ti ricordi più? Rosalba Vignas.

– Ah, – fece Papa-re, che riteneva in confuso i nomi strambi di tutte le canzonettiste passate e presenti del caffè. – E perché non te ne vai al caldo? Che stai a far lì?

– Aspettavo te. Non entri?

– E che vuoi da me? Fatti vedere.

– Non voglio farmi vedere. Sto qua accoccolata, sotto la tavoletta. Entra. Ci staremo bene.

Papa-re girò il chiosco, con la banda in mano, ed entrò, curvandosi, per lo sportello.

– Dove sei?

– Qua, – disse la donna.

Non si vedeva, nascosta com'era sotto la tavoletta su cui Papa-re posava i giornali, i sigari, le scatole dei fiammiferi e le candele. Stava seduta dove di solito il vecchio appoggiava i piedi, quando si metteva a sedere sul sediolino alto.

– E lo scaldino? – domandò quella di nuovo, da lì sotto. – L'hai smesso?

– Sta' zitta, mi s'è rotto, oggi. M'è scappato di mano, nel dimenarlo.

– Oh guarda! E ti muori di freddo? Ci contavo io, sul tuo scaldino. Su, siedi. Ti riscaldo io, Papa-re.

– Tu? Che vuoi più riscaldarmi, tu, ormai. Sono vecchio, figlia. Va', va'. Che vuoi da me?

La donna scoppiò in una stridula risata e gli afferrò una gamba.

– Va', sta' quieta! – disse Papa-re, schermendosi. – Che tanfo di zozza. Hai bevuto?

– Un pochino. Mettiti a sedere. Vedrai che c'entriamo. Su, così... monta su. Ora ti riscaldo le gambe. O vuoi un altro scaldino? Eccotelo.

E gli posò su le gambe come un involto, caldo caldo.

– Che roba è? – domandò il vecchio.

– Mia figlia.

– Tua figlia? Ti sei portata appresso anche la bimba?

– M'hanno cacciata di casa, Papa-re! Mi ha abbandonata.

– Chi?

– Lui, Cesare. Sono in mezzo alla strada. Con la *pupa* in braccio.

Papa-re scese dal seggiolino, si curvò nel buio verso la donna accoccolata e le porse la bimba.

– Tieni qua, figlia, tieni qua, e vattene. Ho i miei guai; lasciami in pace!

– Fa freddo, – disse la donna con voce ancor più rauca. – Mi cacci via anche tu?

– Ti vorresti domiciliare qua dentro? – le domandò, aspro, Papa-re. – Sei matta o ubbriaca davvero?

La donna non rispose, né si mosse. Forse piangeva. Come una sfumatura di suono, titillante, dal fondo di via Volturno s'intese nel silenzio una mandolinata, che s'avvicinava di punto in punto, ma che poi, a un tratto, tornò a perdersi man mano, smorendo, in lontananza.

– Lasciamelo aspettare qua, ti prego, – riprese, poco dopo, la donna, cupamente.

– Ma aspettare, chi? – domandò di nuovo Papa-re.

– Lui, te l'ho detto: Cesare. È là, nel caffè. L'ho veduto dalla vetrata.

– E tu va' a raggiungerlo, se sai che è là! Che vuoi da me?

– Non posso, con la *pupa*. Mi ha abbandonata! È là con un'altra. E sai con chi? Con Mignon, già! con la celebre Mign... già, che comincerà a cantare domani sera. La presenta lui, figurati! Le ha fatto insegnare le canzonette dal maestro, a un tanto all'ora. Sono venuta per dirgli due paroline, appena esce. A lui e a lei. Lasciami star qua. Che male ti faccio? Ti tengo anzi più caldo, Papa-re. Fuori, con questo freddo, la povera creatura mia... Tanto, ci vorrà poco: una mezz'oretta sì e no. Via, sii buono, Papa-re! Rimettiti a sedere e riprenditi la bimba su le ginocchia. Qua sotto non la posso tenere. Starete più caldi tutti e due. Dorme, povera creatura, e non dà fastidio.

Papa-re si rimise a sedere e si riprese la bimba sulle ginocchia, borbottando:

– Oh guarda un po' che altro scaldino son venuto a trovare io qua, stanotte. Ma che gli vuoi dire?

– Niente. Due parole, – ripeté quella.

Tacquero per un buon pezzo. Dalla prossima stazione giungeva il fischio lamentoso di qualche treno in arrivo o in partenza. Passava per la vasta piazza deserta qualche cane randagio. Laggiù, imbacuccate, due guardie notturne. Nel silenzio, si sentivano perfino ronzare le lampade elettriche.

– Tu hai una nipotina, è vero, Papa-re? – domandò la donna, riscotendosi con un sospiro.

– Nena, sì.

– Senza mamma?

– Senza.

– Guarda la mia figliuola. Non è bella?

Papa-re non rispose.

– Non è bella? – insistette la donna. – Ora, che ne sarà di lei, povera creatura mia? Ma così... così non posso più stare. Qualcuno dovrà pure averne pietà. Tu capisci che non trovo da lavorare, con lei in braccio. Dove la lascio? E poi, sì! chi mi prende? Neanche per serva mi vogliono.

– Sta' zitta! – la interruppe il vecchio, scrollandosi, convulso; e si mise a tossire.

Ricordava la figlia, che gli aveva lasciato così, sulle ginocchia, una creaturina come quella. La strinse piano piano a sé, teneramente. La carezza però non era per lei, era per la nipotina, ch'egli in quel punto ricordava così piccola, e quieta e buona come questa.

Venne dal caffè un più forte scoppio d'applausi e di grida scomposte.

– Infame! – esclamò a denti stretti la donna. – Se la spassa là, con quella brutta scimmia più secca della morte. Di', viene qua ogni sera al solito, è vero? a comprare il sigaro, appena esce.

– Non so, – disse Papa-re, alzando le spalle.

– Cesare, il Milanese, come non sai? Quel biondo, alto, grosso, con la barba spartita sul mento, sanguigno. Ah, è bello! E lui lo sa, canaglia, e se n'approfitta. Non ti ricordi che mi prese con sé, l'anno scorso?

– No, – le rispose il vecchio, seccato. – Come vuoi che mi ricordi, se non ti lasci vedere?

La donna emise un ghigno, come un singulto, e disse cupamente:

– Non mi riconosceresti più. Sono quella che cantava i duettini con quello scimunito di Peppot. Peppot, sai? *Monte Bisbin*? Sì, quello. Ma non fa nulla, se non ti ricordi. Non sono più quella. M'ha finita, mi ha distrutta, in un anno. E sai? In principio, diceva anche che mi voleva sposare. Roba da ridere, figurati!

– Figurati! – ripeté Papa-re, già mezzo appisolato.

– Non ci credetti mai, – seguitò la donna. – Dicevo tra me: Purché mi tenga, ora. E lo dicevo per via di codesta creatura che, non so come, forse perché mi presi troppo di lui, avevo concepito. Dio mi volle castigare così. Poi, che ne sapevo io? poi fu peggio. Avere una figlia! pare niente! Gilda Boa... ti ricordi di Gilda Boa? mi diceva: «Buttala!». Come si butta? Lui, sì, la voleva buttare davvero. Ebbe il coraggio di dirmi che non gli somigliava. Ma guardala, Papa-re, se non è tutta lui! Ah, infame! Lo sa bene che è sua, che io non potevo farla con altri, perché per lui io... non ci vedevo più dagli occhi, tanto mi piaceva! E gli sono stata peggio d'una schiava, sai? M'ha bastonata, ed io zitta; m'ha lasciata morta di fame, ed io zitta. Ci ho sofferto, ti giuro, non per me, ma per codesta creatura, a cui, digiuna, non potevo dar latte. Ora, poi...

Seguitò così per un pezzo; ma Papa-re non la sentiva più: stanco, confortato dal calore di quella piccina trovata lì in luogo del suo scaldino, s'era al suo solito addormentato. Si destò di soprassalto, quando, aperta la vetrata del caffè, gli avventori cominciarono a uscire rumorosamente, mentre gli ultimi applausi risonavano nella sala. Ma, ov'era la donna?

– Ohé! Che fai? – le domandò Papa-re, insonnolito.

Ella s'era cacciata carponi, ansimante, tra i piedi della sedia alta, su cui Papa-re stava seduto; aveva schiuso con una mano lo sportello; e rimaneva lì, come una belva, in agguato.

– Che fai? – ripeté Papa-re.

Una pistolettata rintronò in quel punto fuori del chiosco.

– Zitto, o arrestano anche te! – gridò la donna al vecchio, precipitandosi fuori e richiudendo di furia lo sportello.

Papa-re, atterrito dagli urli, dalle imprecazioni, dal tremendo scompiglio dietro il chiosco, si curvò sulla piccina che aveva dato un balzo allo sparo, e si restrinse tutto in sé, tremando. Accorse di furia una vettura, che, poco dopo, scappò via di galoppo, verso l'ospedale di Sant'Antonio. E un groviglio di gente furibonda passò vociando davanti al chiosco e si allontanò verso Piazza delle Terme. Altra gente però era rimasta lì, sul posto, a commentare animatamente il fatto, e Papa-re, con gli orecchi tesi, non si moveva, temendo che la bimba mettesse qualche strillo. Poco dopo, uno dei camerieri del caffè venne a comperare un sigaro al chiosco.

– Eh, Papa-re, hai visto che straccio di tragedia?

– Ho... ho inteso... – balbettò.

– E non ti sei mosso? – esclamò ridendo il cameriere. – Sempre col tuo scaldino, eh?

– Col mio scaldino, già... – disse Papa-re, curvo, aprendo la bocca sdentata a uno squallido sorriso.

LONTANO

I

Dopo aver cercato inutilmente dappertutto questo e quel capo di vestiario e avere imprecato: – *Porco diavolo!* – non si sa quante volte, tra sbuffi e grugniti e ogni sorta di gesti irosi, alla fine Pietro Mìlio (o *Don Paranza* come lo chiamavano in paese) sentì il bisogno d'offrirsi uno sfogo andando a gridare alla parete che divideva la sua camera da quella della nipote Venerina:

– Dormi, sai! fino a mezzogiorno, cara. Ti avverto però che oggi non c'è lo sciocco che piglia pesci per te.

E veramente quella mattina don Paranza non poteva andare alla pesca, come da tanti anni era solito. Gli toccava invece (porco diavolo!) vestirsi di gala, o *impuparsi* secondo il suo modo di dire. Già! perché era viceconsole, lui, di Svezia e Norvegia. E Venerina, che dalla sera avanti sapeva del prossimo arrivo del nuovo piroscafo norvegese – ecco qua – non gli aveva preparato né la camicia inamidata, né la cravatta, né i bottoni, né la finanziera: nulla, insomma.

In due cassetti del canterano, in luogo delle camicie, aveva intravisto una fuga di spaventatissimi scarafaggi.

– Comodi! Comodi! Scusate del disturbo!

Nel terzo, una sola camicia, chi sa da quanto tempo inamidata, ingiallita. Don Paranza l'aveva tratta fuori con due dita, cautamente, come se anche quella avesse temuto abitata dai prolifici animaletti dei due piani superiori; poi, osservando il collo, lo sparato e i polsini sfilacciati:

– Bravi! – aveva aggiunto. – Avete messo barba?

E s'era dato a stropicciare sulle sfilacciche un mozzicone di candela stearica.

Era chiaro che tutte le altre camicie (che non dovevano poi esser molte) stavano ad aspettare da mesi dentro la cesta della biancheria da mandare al bucato i vapori mercantili di Svezia e Norvegia.

Viceconsole della Scandinavia a Porto Empedocle, don Paranza faceva nello stesso tempo anche da interprete su i rari piroscafi che di là venivano a imbarcar zolfo. A ogni vapore, una camicia inamidata: non più di due o tre l'anno. Per amido, poca spesa.

Certo non avrebbe potuto vivere con gli scarsi proventi di questa saltuaria professione, senza l'aiuto della pesca giornaliera e di una misera pensioncina di danneggiato politico. Perché, sissignori, bestia non era soltanto da ieri – come egli stesso soleva dire: – bestione era sempre stato: aveva combattuto per questa cara patria, e s'era rovinato.

Cara-patria perciò era anche il nome con cui chiamava qualche volta la sua miserabile finanziera.

Venuto da Girgenti ad abitare alla *Marina*, come allora si chiamavano quelle quattro casucce sulla spiaggia, alle cui mura, spirando lo scirocco, venivano a rompersi furibondi i cavalloni, si ricordava di quando Porto Empedocle non aveva che quel piccolo molo, detto ora Molo Vecchio, e quella torre alta, fosca, quadrata, edificata forse per presidio dagli Aragonesi, al loro tempo, e dove si tenevano ai lavori forzati i galeotti: i soli galantuomini del paese, poveretti!

Allora sì Pietro Mìlio faceva denari a palate! Di interpreti, per tutti i vapori mercantili che approdavano nel porto, non c'era altri che lui e quella pertica sbilenca di Agostino Di Nica, che gli veniva appresso, allora, come un cagnolino affamato per raccattar le briciole ch'egli lasciava cadere. I capitani, di qualunque nazione fossero, dovevano contentarsi di quelle quattro parole di francese che scaraventava loro in faccia, imperterrito, con pretto accento siciliano: – *mossiurre, sciosse*, ecc.

– Ma la cara patria! la cara patria!

Una sola, veramente, era stata la bestialità di don Paranza: quella di aver avuto vent'anni, al Quarantotto. Se ne avesse avuto dieci o cinquanta, non si sarebbe rovinato. Colpa involontaria, dunque. Nel bel meglio degli affari, compromesso nelle congiure politiche, aveva dovuto esulare a Malta. La bestialità d'averne ancora trentadue al Sessanta era stata, si sa! conseguenza naturale della prima. Già a Malta, a La Valletta, in quei dodici anni, s'era fatto un po' di largo, aiutato dagli altri fuorusciti. Ma il Sessanta! Ci pensava e fremeva ancora. A Milazzo, una palla in petto: e di quel regalo d'un soldato borbonico misericordioso non aveva saputo approfittare: – era rimasto vivo!

Tornato a Porto Empedocle, aveva trovato il paese cresciuto quasi per prodigio, a spese della vecchia Girgenti che, sdraiata su l'alto colle a circa quattro miglia dal mare, si rassegnava a morir di lenta morte, per la quarta o quinta volta, guardando da una parte le rovine dell'antica Acragante, dall'altra il porto del nascente paese. E al suo posto il Mìlio aveva trovato tant'altri interpreti, uno più dotto dell'altro, in concorrenza fra loro.

Agostino Di Nica, dopo la partenza di lui per l'esilio, rimasto solo, s'era fatto d'oro e aveva smesso di far l'interprete per darsi al commercio con un vaporetto di sua proprietà, che andava e veniva come una spola tra Porto Empedocle e le due vicine isolette di Lampedusa e di Pantelleria.

– Agostino, e la patria?

Il Di Nica, serio serio, picchiava con una mano su i dindi nel taschino del panciotto:

– Eccola qua!

Era rimasto però tal quale, bisognava dirlo, senza superbia. Madre natura, nel farlo, non s'era dimenticata del naso. Che naso! Una vela! In capo, quella stessa berrettina di tela, dalla visiera di cuoio; e a tutti coloro che gli domandavano perché, con tanti bei denari, non si concedesse il lusso di portare il cappello:

– Non per il cappello, signori miei, – rispondeva invariabilmente, – ma per le conseguenze del cappello.

Beato lui! «A me, invece,» pensava don Paranza, «con tutta la mia miseria, mi tocca d'indossare la finanziera e d'impiccarmi in un colletto inamidato. Sono viceconsole, io!»

Sì, e se qualche giorno non gli riusciva di pigliar pesci, correva il rischio d'andare a letto digiuno, lui e la nipote, quella povera orfana lasciatagli dal fratello, anche lui così fortunato che appena sbarcato in America vi era morto di febbre gialla. Ma don Paranza aveva in compenso le medaglie del Quarantotto e del Sessanta!

Con la canna della lenza in mano e gli occhi fissi al sughero galleggiante, assorto nei ricordi della sua lunga vita, gli avveniva spesso di tentennare amaramente il capo. Guardava le due scogliere del nuovo porto, ora tese al mare come due lunghe braccia per accogliere in mezzo il piccolo Molo Vecchio, al quale, in grazia della banchina, era stato serbato l'onore di tener la sede della Capitaneria e la bianca torre del faro principale; guardava il paese che gli si stendeva davanti agli occhi, da quella torre detta il *Rastiglio* a piè del Molo fino alla stazione ferroviaria laggiù e gli pareva che, come su lui gli anni e i malanni, così fossero cresciute tutte quelle case là, quasi l'una su l'altra, fino ad arrampicarsi all'orlo dell'altipiano marnoso che incombeva sulla spiaggia col suo piccolo e bianco cimitero lassù, col mare davanti, e dietro la campagna. La marna infocata, colpita dal sole cadente, splendeva bianchissima, mentre il mare, d'un verde cupo, di vetro, presso la riva, s'indorava tutto nella vastità tremula dell'ampio orizzonte chiuso da Punta Bianca a levante, da Capo Rossello a ponente.

Quell'odore del mare tra le scogliere, l'odore del vento salmastro che certe mattine nel recarsi alla pesca lo investiva così forte da impedirgli il respiro o il passo facendogli garrire addosso la giacca e i calzoni, l'odore speciale che la polvere dello zolfo sparsa dappertutto dava al sudore degli uomini affaccendati, l'odore del catrame, l'odore dei salati, l'afrore che esalava sulla spiaggia dalla fermentazione di tutto quel pacciame d'alghe secche misto alla rena bagnata, tutti gli odori di quel paese cresciuto quasi con lui erano così pregni di ricordi per don Paranza che, non ostante la miseria della sua vita, era per lui un rammarico pensare che gli anni che facevano lui vecchio erano invece la prima infanzia del paese; tanto vero che il paese prendeva sempre più, di giorno in giorno, vita coi giovani, e lui vecchio era lasciato indietro, da parte e non curato. Ogni mattina, all'alba, dalla scalinata di Montoro, il grido tre volte ripetuto d'un banditore dalla voce formidabile chiamava tutti al lavoro sulla spiaggia:

– Uomini di mare, alla fatica!

Don Paranza li udiva dal letto, ogni alba, quei tre appelli e si levava anche lui, ma per andarsene alla pesca, brontolando. Mentre si vestiva, sentiva giù stridere i carri carichi di zolfo, carri senza molle, ferrati, traballanti sul brecciale fradicio dello stradone polveroso popolato di magri asinelli bardati, che arrivavano a frotte, anch'essi con due pani di zolfo a contrappeso. Scendendo alla spiaggia, vedeva le spigonare, dalla vela triangolare ammainata a metà su l'albero, in attesa del carico, oltre il braccio di levante, lungo la riva, sulla quale si allineava la maggior parte dei depositi di zolfo. Sotto alle cataste s'impiantavano le stadere, sulle quali lo zolfo era pesato e quindi caricato sulle spalle degli *uomini di mare* protette da un sacco commesso alla fronte. Scalzi, in calzoni di tela, gli *uomini di mare* recavano il carico alle spigonare, immergendosi nell'acqua fino all'anca, e le spigonare, appena cariche, sciolta la vela, andavano a scaricare lo zolfo nei vapori mercantili ancorati nel porto o fuori. Così, fino al tramonto del sole, quando lo scirocco non impediva l'imbarco.

E lui? Lui lì, con la canna della lenza in mano. E non di rado, scotendo rabbiosamente quella canna, gli avveniva di borbottare nella barba lanosa che contrastava col bruno della pelle cotta dal sole e con gli occhi verdastri e acquosi:

– Porco diavolo! Non m'hanno lasciato neanche pesci nel mare!

II

Seduta sul letto, coi capelli neri tutti arruffati e gli occhi gonfi dal sonno, Venerina non si risolveva ancora a uscire dalla sua cameretta, quando udì per la scala uno scalpiccio confuso tra ansiti affannosi e la voce dello zio che gridava:

– Piano, piano! Eccoci arrivati.

Corse ad aprire la porta; s'arrestò sgomenta, stupita, esclamando:

– Oh Dio! Che è?

Davanti alla porta, per l'angusta scala, una specie di barella sorretta penosamente da un gruppo di marinai ansanti, costernati. Sotto un'ampia coperta d'albagio qualcuno stava a giacere su quella barella.

– Zio! zio! – gridò Venerina.

Ma la voce dello zio le rispose dietro quel gruppo d'uomini che s'affannava a salire gli ultimi gradini.

– Niente; non ti spaventare! Ho fatto pesca anche stamattina! La grazia di Dio non ci abbandona. Piano, piano, figliuoli: siamo arrivati. Qua, entrate. Ora lo adageremo sul mio letto.

Venerina vide accanto allo zio un giovine di statura gigantesca, straniero all'aspetto, biondo, e dal volto un po' affumicato, che reggeva sotto il braccio una cassetta; poi chinò gli occhi su la barella, che i marinai, per riprender fiato, avevano deposta presso l'entrata, e domandò:

– Chi è? Che è avvenuto?

– Pesce di nuovo genere, non ti confondere! – le rispose don Pietro, promovendo il sorriso dei marinai che s'asciugavano la fronte. – Vera grazia di Dio! Su, figliuoli: sbrighiamoci. Di qua, sul mio letto.

E condusse i marinai col triste carico nella sua camera ancora sossopra.

Lo straniero, scostando tutti, si chinò su la barella; ne tolse via cautamente la coperta, e sotto gli occhi di Venerina raccapricciata scoprì un povero infermo quasi ischeletrito, che sbarrava nello sgomento certi occhi enormi d'un così limpido azzurro, che parevano quasi di vetro, tra la squallida magrezza del volto su cui la barba era rispuntata; poi, con materna cura, lo sollevò come un bambino e lo pose a giacere sul letto.

– Via tutti, via tutti! – ordinò don Pietro. – Lasciamoli soli, adesso. Per voi, figliuoli, penserà il capitano dell'*Hammerfest*. – E, richiuso l'uscio, aggiunse, rivolto alla nipote: – Vedi? Poi dici che non siamo fortunati. Un vapore a ogni morte di papa; ma quell'uno che arriva, è la manna! Ringraziamo Dio.

– Ma chi è? Si può sapere che è avvenuto? – domandò di nuovo Venerina.

E don Paranza:

– Niente! Un marinaio malato di tifo, agli estremi. Il capitano m'ha visto questa bella faccia di min-chione e ha detto: «Guarda, voglio farti un regaluccio, brav'uomo». Se quel poveraccio moriva in viaggio, finiva in bocca a un pesce-cane; invece è voluto arrivare fino a Porto Empedocle, perché sapeva che c'era Pietro Mìlio, pesce-somaro. Basta. Andrò oggi stesso a Girgenti per trovargli posto all'ospedale. Passo prima da tua zia donna Rosolina! Voglio sperare che mi farà la grazia di tenerti compagnia finché io non ritornerò da Girgenti. Speriamo che, per questa sera, sia tutto finito. Aspetta oh... debbo dire...

Riaprì l'uscio e rivolse qualche frase in francese a quel giovane straniero, che chinò più volte il capo in risposta; poi, uscendo, soggiunse alla nipote:

– Mi raccomando: te ne starai di là, in camera tua. Vado e torno con tua zia.

Per istrada, alla gente che gli domandava notizie, seguitò a rispondere senza nemmeno voltarsi:

– Pesca, pesca: tricheco!

Forzando la consegna della serva, s'introdusse in casa di donna Rosolina. La trovò in gonnella e camicia, con le magre braccia nude e un asciugamani su le spallucce ossute, che s'apparecchiava il latte di crusca per lavarsi la faccia.

– Maledizione! – strillò la zitellona cinquantaquattrenne, riparandosi d'un balzo dietro una cortina. – Chi entra? Che modo!

– Ho gli occhi chiusi, ho gli occhi chiusi! – protestò Pietro Mìlio. – Non guardo le vostre bellezze!

– Subito, voltatevi! – ordinò donna Rosolina.

Don Pietro obbedì e, poco dopo, udì l'uscio della camera sbatacchiare furiosamente. Attraverso quell'uscio, allora, egli le narrò ciò che gli era accaduto, pregandola di far presto.

Impossibile! Lei, donna Rosolina, uscir di casa a quell'ora? Impossibile! Caso eccezionale, sì. Ma quel malato, era vecchio o giovane?

– Santo nome di Dio! – gemette don Pietro. – Alla vostra età, dite sul serio? Né vecchio, né giovane; è moribondo. Sbrigatevi!

Ah sì! prima che donna Rosolina si risolvesse a licenziarsi dalla propria immagine nello specchio, dovette passare più di un'ora. Si presentò alla fine tutta aggeggiata, come una bertuccia vestita, l'ampio scialle indiano con la frangia fino a terra, tenuto sul seno da un gran fermaglio d'oro smaltato con pendagli a lagrimoni, grossi orecchini agli orecchi, la fronte simmetricamente virgolata da certi mezzi riccetti unti non si sa di qual manteca, e tinte le guance e le labbra.

– Eccomi, eccomi...

E gli occhietti lupigni, guarniti di lunghissime ciglia, lappoleggiando, chiesero a don Pietro ammirazione e gratitudine per quell'abbigliamento straordinariamente sollecito. (Ben altro un tempo quegli occhi avevano chiesto a don Pietro: ma questi, Pietro di nome, pietra di fatto.)

Trovarono Venerina su tutte le furie. Quel giovine straniero s'era arrischiato a picchiare all'uscio della camera, dov'ella s'era chiusa, e chi sa che cosa le aveva bestemmiato nella sua lingua; poi se n'era andato.

– Pazienza, pazienza fino a questa sera! – sbuffò don Paranza. – Ora scappo a Girgenti. Di' un po': lui, il malato, s'è sentito?

Tutti e tre entrarono pian pianino per vederlo. Restarono, trattenendo il fiato, presso la soglia. Pareva morto.

– Oh Dio! – gemette donna Rosolina. – Io ho paura! Non ci resisto.

– Ve ne starete di là, tutt'e due, – disse don Pietro. – Di tanto in tanto vi affaccerete qua all'uscio, per vedere come sta. Tirasse almeno avanti ancora un paio di giorni! Ma mi par proprio ch'accenni d'andarsene, e non mi mancherebbe altro! Ah che bei guadagni, che bei guadagni mi dà la Norvegia! Basta: lasciatemi scappare.

Donna Rosolina lo acchiappò per un braccio.

– Dite un po': è turco o cristiano?

– Turco, turco: non si confessa! – rispose in fretta don Pietro.

– Mamma mia! Scomunicato! – esclamò la zitellona, segnandosi con una mano e tendendo l'altra per portarsi via Venerina fuori di quella camera. – Sempre così! – sospirò poi, nella camera della nipote, alludendo a don Pietro che già se n'era andato. – Sempre con la testa tra le nuvole! Ah, se avesse avuto giudizio...

E qui donna Rosolina, che toglieva ogni volta pretesto dalle continue disgrazie di don Paranza per parlare con mille reticenze e sospiri del suo mancato matrimonio, anche in quest'ultima volle vedere la mano di Dio, il castigo, il castigo d'una colpa remota di lui: quella di non aver preso lei in moglie.

Venerina pareva attentissima alle parole della zia; pensava invece, assorta, con un senso di pauroso smarrimento, a quell'infelice che moriva di là, solo, abbandonato, lontano dal suo paese, dove forse moglie e figliuoli lo aspettavano. E a un certo punto propose alla zia d'andare a vedere come stesse.

Andarono strette l'una all'altra, in punta di piedi, e si fermarono poco oltre la soglia della camera, sporgendo il capo a guardare sul letto.

L'infermo teneva gli occhi chiusi: pareva un Cristo di cera, deposto dalla croce. Dormiva o era morto?

Si fecero un po' più avanti; ma al lieve rumore, l'infermo schiuse gli occhi, quei grandi occhi celesti, attoniti. Le due donne si strinsero vieppiù tra loro; poi, vedendogli sollevare una mano e far cenno di parlare, scapparono via con un grido, a richiudersi in cucina.

Sul tardi, sentendo il campanello della porta, corsero ad aprire; ma, invece di don Pietro, si videro davanti quel giovine straniero della mattina. La zitellona corse ranca ranca a rintanarsi di nuovo; ma Venerina, coraggiosamente, lo accompagnò nella camera dell'infermo già quasi al buio, accese una candela e la porse allo straniero, che la ringraziò chinando il capo con un mesto sorriso; poi stette a guardare, afflitta: vide che egli si chinava su quel letto e posava lieve una mano su la fronte dell'infermo, sentì che lo chiamava con dolcezza:

– *Cleen... Cleen...*

Ma era il nome, quello, o una parola affettuosa?

L'infermo guardava negli occhi il compagno, come se non lo riconoscesse; e allora ella vide il corpo gigantesco di quel giovine marinaio sussultare, lo sentì piangere, curvo sul letto, e parlare angosciosamente, tra il pianto, in una lingua ignota. Vennero anche a lei le lagrime agli occhi. Poi lo straniero, voltandosi, le fece segno che voleva scrivere qualcosa. Ella chinò il capo per significargli che aveva compreso e corse a prendergli l'occorrente. Quando egli ebbe finito, le consegnò la lettera e una borsetta.

Venerina non comprese le parole ch'egli le disse, ma comprese bene dai gesti e dall'espressione del volto, che le raccomandava il povero compagno. Lo vide poi chinarsi di nuovo sul letto a baciare più volte in fronte l'infermo, poi andar via in fretta con un fazzoletto su la bocca per soffocare i singhiozzi irrompenti.

Donna Rosolina poco dopo, tutta impaurita, sporse il capo dall'uscio e vide Venerina che se ne stava seduta, lì, come se nulla fosse, assorta, e con gli occhi lagrimosi.

– Ps, ps! – la chiamò, e col gesto le disse: – che fai? sei matta?

Venerina le mostrò la lettera e la borsetta, che teneva ancora in mano, e le accennò d'entrare. Non c'era più da aver paura. Le narrò a bassa voce la scena commovente tra i due compagni, e la pregò che sedesse anche lei a vegliare quel poveretto che moriva abbandonato.

Nel silenzio della sera sopravvenuta sonò a un tratto, acuto, lungo, straziante, il fischio d'una sirena, come un grido umano.

Venerina guardò la zia, poi l'infermo sul letto, avvolto nell'ombra, e disse piano:

– Se ne vanno. Lo salutano.

III

– Zio, come si dice *bestia* in francese?

Pietro Mìlio, che stava a lavarsi in cucina, si voltò con la faccia grondante a guardare la nipote:

– Perché? Vorresti chiamarmi in francese? Si dice *bête*, figlia mia: *bête*, *bête*! E dimmelo forte, sai!

Altro che bestia si meritava d'esser chiamato. Da circa due mesi teneva in casa e cibava come un pollastro quel marinaio piovutogli dal cielo. A Girgenti – manco a dirlo! – non aveva potuto trovargli posto all'ospedale. Poteva buttarlo in mezzo alla strada? Aveva scritto al Console di Palermo – ma sì! – Il Console gli aveva risposto che desse ricetto e cura al marinaio dell'*Hammerfest*, fin tanto che esso non fosse guarito, o – nel caso che fosse morto – gli desse sepoltura per bene, che delle spese poi avrebbe avuto il rimborso.

Che genio, quel Console! Come se lui, Pietro Mìlio, potesse anticipare spese e dare alloggio ai malati. Come? dove? Per l'alloggio, sì: aveva ceduto all'infermo il suo letto, e lui a rompersi le ossa sul divanaccio sgangherato che gli cacciava tra le costole le molle sconnesse, così che ogni notte sognava di giacer lungo disteso sulle vette di una giogaia di monti. Ma per la cura, poteva andare dal farmacista, dal droghiere, dal macellaio a prender roba a credito, dicendo che la Norvegia avrebbe poi pagato? – Lì, boghe e cefaletti, il giorno, e gronghi la sera, quando ne pescava; e se no, niente!

Eppure quel povero diavolo era riuscito a non morire! Doveva essere a prova di bomba, se non ci aveva potuto neanche il medico del paese, che aveva tanto buon cuore e tanta carità di prossimo da ammazzare almeno un concittadino al giorno. Non diceva così, perché in fondo volesse male a quel povero straniero; no, ma – porco diavolo! – esclamava don Pietro – chi più poveretto di me?

Manco male che, fra pochi giorni, si sarebbe liberato. Il Norvegese, ch'egli chiamava *L'arso* (si chiamava Lars Cleen), era già entrato in convalescenza, e di lì a una, a due settimane al più, si sarebbe potuto mettere in viaggio.

Ne era tempo, perché donna Rosolina non voleva più saperne di far la guardia alla nipote: protestava d'esser nubile anche lei e che non le pareva ben fatto che due donne stessero a tener compagnia a quell'uomo ch'ella credeva veramente turco, e perciò fuori della grazia di Dio. Già si era levato di letto, poteva muoversi e... e... non si sa mai!

Donna Rosolina non aggiungeva, in queste rimostranze a don Pietro, che il contegno di Venerina, verso il convalescente, da un pezzo non le garbava più.

Il convalescente pareva uscito dalla malattia mortale quasi di nuovo bambino. Il sorriso, lo sguardo degli occhi limpidi avevano proprio una espressione infantile. Era ancora magrissimo; ma il volto gli s'era rasserenato, la pelle gli si ricoloriva leggermente; e gli rispuntavano più biondi, lievi, aerei, i capelli che gli erano caduti durante la malattia.

Venerina, nel vederlo così timido, smarrito nella beatitudine di quel suo rinascere in un paese ignoto, tra gente estranea, provava per lui una tenerezza quasi materna. Ma tutta la loro conversazione si riduceva, per Venerina che non intendeva il francese e tanto meno il norvegese, a una variazione di tono nel pronunziare il nome di lui, Cleen. Così, se egli si ricusava, arricciando il naso, scotendo la testa, di prendere qualche medicina o qualche cibo, ella pronunziava quel *Cleen* con voce cupa, d'impero, aggrottando le ciglia su gli occhi fermi, severi, come per dire: «Obbedisci: non ammetto capricci!». – Se poi egli, in uno scatto di gioconda tenerezza, vedendosela passar da presso, le tirava un po' la veste, col volto illuminato da un sorriso di gratitudine e di simpatia, Venerina strascicava quel *Cleen* in una esclamazione di stupore e di rimprovero, come se volesse dirgli: «Sei matto?».

Ma lo stupore era finto, il rimprovero dolce: espressi l'uno e l'altro per ammansare gli scrupoli di donna Rosolina che, assistendo a quelle scene, sarebbe diventata di centomila colori, se non avesse avuto sulle magre gote quella patina di rossetto.

Anche lei, Venerina, si sentiva quasi rinata. Avvezza a star sempre sola, in quella casa povera e nuda, senza cure intime, senza affetti vivi, da un pezzo s'era abbandonata a un'uggia invincibile, a un tedio smanioso: il cuore le si era come isterilito, e la sterilità del sentimento si disfaceva in lei nella pigrizia più accidiosa. Lei stessa, ora, non avrebbe saputo spiegarsi perché le andasse tanto di sfaccendare per casa, lietamente, di levarsi per tempo e d'acconciarsi.

– Miracoli! Miracoli! – esclamava don Paranza, rincasando la sera, con gli attrezzi da pesca, tutto fragrante di mare. Trovava ogni cosa in ordine: la tavola apparecchiata, pronta la cena. – Miracoli!

Entrava nella camera dell'infermo, fregandosi le mani:

– *Bon suarre, mossiur Cleen, bon suarre!*

– Buona sera, – rispondeva in italiano il convalescente, sorridendo, staccando e quasi incidendo con la pronunzia le due parole.

– Come come? – esclamava allora don Pietro stupito, guardando Venerina che rideva, e poi donna Rosolina che stava seria, seduta, intozzata su di sé, con le labbra strette e le palpebre gravi, semichiuse.

A poco a poco Venerina era riuscita a insegnare allo straniero qualche frase italiana e un po' di nomenclatura elementare, con un mezzo semplicissimo. Gl'indicava un oggetto nella camera e lo costringeva a ripeterne più e più volte il nome, finché non lo pronunziasse correttamente: – *bicchiere, letto, seggiola, finestra...* – E che risate quando egli sbagliava, risate che diventavano fragorose se s'accorgeva che la zia zitellona, legnosa nella sua pudibonda severità, per non cedere al contagio del riso si torturava le labbra, massime quando l'infermo accompagnava con gesti comicissimi quelle parole staccate, telegrafando così a segni le parti sostanziali del discorso che gli mancavano. Ma presto egli poté anche dire: *aprire, chiudere finestra, prendere bicchiere*, e anche *voglio andare letto*. Se non che, imparato quel *voglio*, cominciò a farne frequentissimo uso, e l'impegno che metteva nel superare lo stento della pronunzia, dava un più reciso tono di comando alla parola. Venerina ne rideva, ma pensò d'attenuare quel tono insegnando all'infermo di premettere ogni volta a quel *voglio* un *prego*. *Prego*, sì, ma poiché egli non riusciva a pronunziare correttamente questa nuova parola, quando voleva qualche cosa, aspettava che Venerina si voltasse a guardarlo, e allora congiungeva le mani in segno di preghiera e quindi spicciava più che mai imperioso e reciso il suo *voglio*.

La premessa di quel segno di preghiera era assolutamente necessaria ogni qual volta egli voleva presso di sé lo stipetto che il compagno gli aveva portato dal piroscafo, il giorno in cui ne era sceso moribondo. Venerina glielo porgeva ogni volta di mal animo e senza il garbo consueto. Quella cassetta rappresentava per lui la patria lontana: c'erano tutti i suoi ricordi e tante lettere e alcuni ritratti. Guardandolo obliquamente, mentr'egli rileggeva qualcuna di quelle lettere, o se ne stava astratto, con gli occhi invagati, Venerina lo vedeva quasi sotto un altro aspetto, come se fosse avvolto in un'altra aria che lo allontanasse da lei all'improvviso, e notava tante particolarità della diversa natura di lui, non mai prima notate. Quella cassetta, in cui egli frugava con tanta insistenza, le richiamava davanti a gli occhi l'immagine di quell'altro marinaio che lo aveva sollevato dalla barella come un bambino per deporlo sul letto, lì, e poi se n'era andato, piangendo. Ed ella si era presa tanta cura di quell'abbandonato! Chi era egli? Donde veniva? Quali ricordi custodiva con tanto amore in quella cassetta? Venerina scrollava a un tratto le spalle con un moto di dispetto, dicendo a se stessa: «Che me n'importa?» e lo lasciava lì solo nella camera, a pascersi di quei suoi segreti ricordi, e si tirava con sé la zia, che la seguiva stordita di quella risoluzione repentina:

– Che facciamo?

– Nulla. Ce n'andiamo!

Venerina ricadeva d'un tratto, in quei momenti, nel suo tedio neghittoso, inasprito da una sorda stizza o aggravato da una pena d'indefiniti desiderii: la casa le appariva vuota di nuovo, vuota la vita, e sbuffava: non voleva far nulla, più nulla!

IV

Lars Cleen, appena solo, si sentiva come caduto in un altro mondo, più luminoso, di cui non conosceva che tre abitanti soli e una casa, anzi una camera. Non si rendeva ragione di quei dispettucci di Venerina. Non si rendeva ragione di nulla. Tendeva l'orecchio ai rumori della via, si sforzava d'intendere; ma nessuna sensazione della vita di fuori riusciva a destare in lui un'immagine precisa. La campana... sì, ma egli vedeva col pensiero una chiesa del suo remoto paese! Un fischio di sirena, ed egli vedeva l'*Hammerfest* perduto nei mari lontani. E com'era restato una sera, nel silenzio, alla vista della luna, nel vano della finestra! Era pure, era pure la stessa luna ch'egli tante volte in patria, per mare, aveva veduta; ma gli era parso che lì, in quel paese ignoto, ella parlasse ai tetti di quelle case, al campanile di quella chiesa, quasi un altro linguaggio di luce, e l'aveva guardata a lungo, con un senso di sgomento angoscioso, sentendo più acuta che mai la pena dell'abbandono, il proprio isolamento.

Viveva nel vago, nell'indefinito, come in una sfera vaporosa di sogni. Un giorno, finalmente, s'accorse che sul coperchio della cassetta erano scritte col gesso tre parole: – *bet! bet! bet!* – così. Domandò col gesto a Venerina che cosa volessero significare, e Venerina, pronta:

– Tu, *bet*!

Lars Cleen restò a guardarla con gli occhi chiari ridenti e smarriti. Non comprendeva, o meglio non sapeva credere che... No, no – e con le mani le fece segno che avesse pietà di lui che tra poco doveva partire. Venerina scrollò le spalle e lo salutò con la mano.

– Buon viaggio!

– No, no, – fece di nuovo il Cleen col capo, e la chiamò a sé col gesto: aprì la cassetta e ne trasse una veduta fotografica di Trondhjem. Vi si vedeva, tra gli alberi, la maestosa cattedrale marmorea sovrastante tutti gli altri edifici, col camposanto prossimo, ove i fedeli superstiti si recano ogni sabato a ornare di fiori le tombe dei loro morti.

Ella non riuscì a comprendere perché le mostrasse quella veduta.

– *Ma mère, ici,* – s'affannava a dirle il Cleen, indicandole col dito il cimitero, lì, all'ombra del magnifico tempio. Anche lui, come don Pietro, non era molto padrone della lingua francese, che del resto non serviva affatto con Venerina. Trasse allora dalla cassetta un'altra fotografia: il ritratto d'una giovine. Subito Venerina vi fissò gli occhi, impallidendo. Ma il Cleen si pose accanto al volto il ritratto, per farle vedere che quella giovine gli somigliava.

– *Ma soeur,* – aggiunse.

Questa volta Venerina comprese e s'ilarò tutta. Se poi quella sorella fosse fidanzata o già moglie del giovane marinaio che aveva recato la cassetta, Venerina non si curò più che tanto d'indovinare. Le bastò sapere che *L'arso* era celibe. Sì: ma non doveva ripartire fra pochi giorni? Era già in grado di uscir di casa e di recarsi a piedi, sul tramonto, al Molo Vecchio.

Una frotta di monellacci scalzi, stracciati, alcuni ignudi nati, abbrustiti dal sole, seguiva ogni volta Lars Cleen in quelle sue passeggiate: lo spiavano, scambiandosi ad alta voce osservazioni e commenti che presto si mutavano in lazzi. Egli, stordito, abbagliato nell'aria che grillava di luce, si voltava ora verso l'uno ora verso l'altro, sorridendo; talora gli toccava di minacciare col bastone i più insolenti; poi sedeva sul muricciuolo della banchina a guardare i bastimenti ormeggiati e il mare infiammato dal riflesso delle nuvole vespertine. La gente si fermava a osservarlo, mentr'egli se ne stava in quell'atteggiamento, tra smarrito ed estatico: lo guardava, come si guarda una gru o una cicogna stanca e sperduta, discesa dall'alto dei cieli. Il berretto di pelo, il pallore del volto e l'estrema biondezza della barba e dei capelli attiravano specialmente la curiosità. Egli alla fine se ne stancava e piano piano rincasava, triste.

Dalla lettera lasciatagli dal compagno, insieme col denaro, sapeva che l'*Hammerfest*, dopo il viaggio in America, sarebbe ritornato a Porto Empedocle, fra sei mesi. Ne erano trascorsi già tre. Volentieri si sarebbe rimbarcato sul suo piroscafo di ritorno, volentieri si sarebbe riunito ai compagni; ma come trattenersi tre altri mesi, così, senza più alcuna ragione, nella casa che l'ospitava? Il Mìlio aveva già scritto al console in Palermo per fargli ottenere gratuitamente il rimpatrio. Che fare? partire o attendere? – Decise di consigliarsi col Mìlio stesso, una di quelle sere, al ritorno dalla pesca dei gronghi.

Venerina assistette, dopo cena, a quel dialogo che voleva essere in francese tra lo zio e lo straniero. Dialogo? Si sarebbe detto diverbio piuttosto, a giudicare dalla violenza dei gesti ripetuti con esasperazione dall'uno e dall'altro. Venerina, sospesa, costernata, a un certo punto, nel vedersi additata rabbiosamente dallo zio, diventò di bragia. Eh che! Parlavano dunque di lei? a quel modo? Vergogna, ansia, dispetto le fecero a un tratto tale impeto dentro, che appena il Cleen si ritirò, saltò su a domandare allo zio.

– Che c'entro io? Che avete detto di me?

– Di te? Niente, – rispose don Pietro, rosso e sbuffante, dopo quella terribile fatica.

– Non è vero! Avete parlato di me. Ho capito benissimo. E tu ti sei arrabbiato!

Don Pietro non si raccapezzava ancora.

– Che t'ha detto? Che t'ha inventato? – incalzò Venerina, tutta accesa. – Vuole andarsene? E tu lascialo andare! Non me n'importa nulla, sai, proprio nulla.

Don Paranza restò a guardare ancora un pezzo la nipote, stordito, con la bocca aperta.

– Sei matta? O io...

All'improvviso si diede a girare per la stanza come se cercasse la via per scappare e, agitando per aria le manacce spalmate:

– Che asino! – gridò. – Che imbecille! Oh somarone! A settantotto anni! Mamma mia! Mamma mia!
Si voltò di scatto a guardare Venerina, mettendosi le mani tra i capelli.

– Dimmi un po', per questo m'hai domandato... per dirlo a lui in francese, ch'ero bestia?

– No, non per te... Che hai capito?

Di nuovo don Pietro, con la testa tra le mani, si mise ad andare in qua e in là per la stanza.

– Bestione, somarone, e dico poco! Ma quella bertuccia di tua zia che ha fatto qui? ha dormito?
Porco diavolo! E tu? e questo pezzo di... Aspetta, aspetta che te l'aggiusto io, ora stesso!

E in così dire si lanciò verso l'uscio della camera, dove s'era chiuso il Cleen. Venerina gli si parò
subito davanti.

– No! Che fai, zio? Ti giuro che egli non sa nulla! Ti giuro che tra me e lui non c'è stato mai nulla!
Non hai inteso che se ne vuole andare?

Don Pietro restò come sospeso. Non capiva più nulla!

– Chi? lui? Se ne vuole andare? Chi te l'ha detto? Ma al contrario! al contrario! Non se ne vuole
andare! M'hai preso per bestia sul serio? Io, io te lo caccio via però, ora stesso!

Venerina lo trattenne di nuovo, scoppiando questa volta in singhiozzi e buttandoglisi sul petto. Don
Paranza sentì mancarsi le gambe. Con la mano rimasta libera accennò il segno della croce.

– In nome del Padre, del Figliuolo e dello Spirito Santo, – sospirò. – Vieni qua, vieni qua, figlia mia!
Andiamocene nella tua camera e ragioniamo con calma. Ci perdo la testa!

La trasse con sé nell'altra camera, la fece sedere, le porse il fazzoletto perché si asciugasse gli occhi
e cominciò a interrogarla paternamente.

Frattanto Lars Cleen, che aveva udito dalla sua camera il diverbio tra lo zio e la nipote senza com-
prenderne nulla, apriva pian piano l'uscio e sporgeva il capo a guardare, col lume in mano, nella saletta
buia. Che era avvenuto? Intese solo i singhiozzi di Venerina, di là, e se ne turbò profondamente. Perché
quella lite? E perché piangeva ella così? Il Mìlio gli aveva detto che non era possibile che egli stesse
nella casa più oltre: non c'era posto per lui; e poi quella vecchia matta della zia s'era stancata; e la nipote
non poteva restar sola con un estraneo in casa. Difficoltà, ch'egli non riusciva a penetrare. Mah! tant'altre cose, da che usciva di casa, gli sembravano strane in quel paese. Bisognava partire, senz'aspettare
il piroscafo: questo era certo. E avrebbe perduto il posto di nostromo. Partire! Piangeva per questo la
sua giovane amica infermiera?

Fino a notte avanzata Lars Cleen stette lì, seduto sul letto, a pensare, a fantasticare. Gli pareva di
vedere la sorella lontana; la vedeva. Ah, lei sola al mondo gli voleva bene ormai. E anche quest'altra
fanciulla qua, possibile?

– Questa? E tu vorresti?

Chi sa! Ogni qual volta ritornava in patria, la sorella gli ripeteva che volentieri avrebbe preferito di
non rivederlo mai più, mai più in vita, se egli, in uno di quei suoi viaggi lontani, si fosse innamorato di
una buona ragazza e la avesse sposata. Tanto strazio le dava il vederlo così, svogliato della vita e rimesso, anzi abbandonato alla discrezione della sorte, esposto a tutte le vicende, pronto alle più rischiose,
senz'alcun ritegno d'affetto per sé, come quella volta che, traversando l'Oceano in tempesta, s'era buttato dall'*Hammerfest* per salvare un compagno! Sì, era vero; e senza alcun merito; perché la sua vita,
per lui, non aveva più prezzo.

Ma lì, ora? possibile? Questo paesello di mare, in Sicilia, così lontano lontano, era dunque la meta
segnata dalla sorte alla sua vita? era egli giunto, senz'alcun sospetto, al suo destino? Per questo s'era
ammalato fino a toccare la soglia della morte? per riprendere lì la via d'una nuova esistenza? Chi sa!

– E tu gli vuoi bene? – concludeva intanto di là don Pietro, dopo avere strappato a Venerina, che
non riusciva a quietarsi, le scarse, incerte notizie che ella aveva dello straniero e la confessione di quegli
ingenui passatempi, donde era nato quell'amore fino a quel punto sospeso in aria, come un uccello
sulle ali.

Venerina s'era nascosto il volto con le mani.

– Gli vuoi bene? – ripeté don Pietro. – Ci vuol tanto a dir di sì?

– Io non lo so, – rispose Venerina, tra due singhiozzi.

– E invece lo so io! – borbottò don Paranza, levandosi. – Va', va' a letto ora, e procura di dormire. Domani, se mai... Ma guarda un po' che nuova professione mi tocca adesso d'esercitare!

E, scotendo il capo lanoso, andò a buttarsi sul divanaccio sgangherato.

Rimasta sola, Venerina, tutta infocata in volto, con gli occhi sfavillanti, sorrise; poi si nascose di nuovo il volto con le mani; se lo tenne stretto, stretto, così, e andò a buttarsi sul letto, vestita.

Non lo sapeva davvero, se lo amava. Ma, intanto, baciava e stringeva il guanciale del lettuccio. Stordita da quella scena imprevista, a cui s'era lasciata tirare, per un malinteso, dal suo amor proprio ferito, non riusciva ancor bene a veder chiaro in sé, in ciò che era avvenuto. Un senso scottante di vergogna le impediva di rallegrarsi di quella spiegazione con lo zio, forse desiderata inconsciamente dal suo cuore, dopo tanti mesi di sospensione su un pensiero, su un sentimento, che non riuscivano quasi a posarsi sulla realtà, ad affermarsi in qualche modo. Ora aveva detto di sì allo zio, e certo avrebbe sentito un gran dolore, se il Cleen se ne fosse andato; sentiva orrore del tedio mortale in cui sarebbe ricaduta, sola sola, nella casa vuota e silenziosa; era perciò contenta che lo zio fosse ora con lei, di là, a pensare, a escogitare il modo di vincere, se fosse possibile, tutte le difficoltà che avevano fino allora tenuto sospeso il suo sentimento.

Ma si potevano vincere quelle difficoltà? Il Cleen, pur lì presente, le pareva tanto, tanto lontano: parlava una lingua ch'ella non intendeva; aveva nel cuore, negli occhi, un mondo remoto, ch'ella non indovinava neppure. Come fermarlo lì? Era possibile? E poteva egli aver l'intenzione di fermarsi, per lei, tutta la vita, fuori di quel suo mondo? Voleva, sì, restare; ma fino all'arrivo del piroscafo dall'America. Intanto, certo, in patria nessun affetto vivo lo attirava; perché, altrimenti, scampato per miracolo dalla morte, avrebbe pensato subito a rimpatriare. Se voleva aspettare, era segno che anche lui doveva sentire... chi sa! forse lo stesso affetto per lei, così sospeso e come smarrito nell'incertezza della sorte.

Fra altri pensieri si dibatteva don Pietro sul divanaccio che strideva con tutte le molle sconnesse. Le molle stridevano e don Paranza sbuffava:

– Pazzi! Pazzi! Come hanno fatto a intendersi, se l'uno non sa una parola della lingua dell'altra? Eppure, sissignori, si sono intesi! Miracoli della pazzia! Si amano, si amano, senza pensare che i cefali, le boghe, i gronghi dello zio bestione non possono dal mare assumersi la responsabilità e l'incarico di fare le spese del matrimonio e di mantenere una nuova famiglia. Meno male, che io... Ma sì! Se padron Di Nica vorrà saperne! Domani, domani si vedrà... Dormiamo!

Faceva affaroni, col suo vaporetto, Agostino Di Nica. Tanto che aveva pensato di allargare il suo commercio fino a Tunisi e Malta e, a tale scopo, aveva ordinato all'Arsenale di Palermo la costruzione di un altro vaporetto, un po' più grande, che potesse servire anche al trasporto dei passeggeri.

«Forse,» seguitava a pensare don Pietro, «un uomo come *L'arso* potrà servirgli. Conosce il francese meglio di me e l'inglese benone. Lupo di mare, poi. O come interprete, o come marinaio, purché me lo imbarchi e gli dia da vivere e da mantenere onestamente la famiglia... Intanto Venerina gli insegnerà a parlare da cristiano. Pare che faccia miracoli, lei, con la sua scuola. Non posso lasciarli più soli. Domani me lo porto con me da padron Di Nica e, se la proposta è accettata, egli aspetterà, se vuole, ma venendosene con me ogni giorno alla pesca; se non è accettata, bisogna che parta subito subito, senza remissione. Intanto, dormiamo.»

Ma che dormire! Pareva che le punte delle molle sconnesse fossero diventate più irte quella notte, compenetrate delle difficoltà, fra cui don Paranza si dibatteva.

V

Da circa quindici giorni Lars Cleen seguiva mattina e sera il Mìlio alla pesca: usciva di casa con lui, vi ritornava con lui.

Padron Di Nica, con molti *se*, con molti *ma*, aveva accettato la proposta presentatagli dal Mìlio come una vera fortuna per lui (e le conseguenze?). Il vaporetto nuovo sarebbe stato pronto fra un mese al più, e lui, il Cleen, vi si sarebbe imbarcato in qualità di interprete – a prova, per il primo mese.

Venerina aveva fatto intender bene allo zio che il Cleen non s'era ancora spiegato con lei chiaramente, e gli aveva perciò raccomandato di comportarsi con la massima delicatezza, tirandolo prima con ogni circospezione a parlare, a spiegarsi. Il povero don Paranza, sbuffando più che mai, nel cresciuto impiccio, si era recato dapprima solo dal Di Nica e, ottenuto il posto, era ritornato a casa a offrirlo al Cleen, soggiungendogli nel suo barbaro francese che, se voleva restare, come gliene aveva espresso il desiderio, se voleva trattenersi fino al ritorno dell'*Hammerfest*, doveva essere a questo patto: che lavorasse; il posto, ecco, glielo aveva procurato lui: quando poi il piroscafo sarebbe arrivato dall'America, ne avrebbe avuti due, di posti; e allora, a sua scelta: o questo o quello, quale gli sarebbe convenuto di più. Intanto, nell'attesa, bisognava che andasse con lui ogni giorno alla pesca.

Alla proposta, il Cleen era rimasto perplesso. Gli era apparso chiaro che la scena di quella sera tra zio e nipote era avvenuta proprio per la sua prossima partenza, e che era stato lui perciò la cagione del pianto della sua cara infermiera. Accettare, dunque, e compromettersi sarebbe stato tutt'uno. Ma come rifiutare quel benefizio, dopo le tante cure e le premure affettuose di lei? quel benefizio offerto in quel modo, che non lo legava ancora per nulla, che lo lasciava libero di scegliere, libero di mostrarsi, o no, grato di quanto gli era stato fatto?

Ora, ogni mattina, levandosi dal divanaccio con le ossa indolenzite, don Pietro si esortava così:

– Coraggio, don Paranza! alla doppia pesca!

E preparava gli attrezzi: le due canne con le lenze, una per sé, l'altra per *L'arso*, i barattoli dell'esca, gli ami di ricambio: ecco, sì, per i pesci era ben munito; ma dove trovare l'occorrente per l'altra pesca: quella al marito per la nipote? chi glielo dava l'amo per tirarlo a parlare?

Si fermava in mezzo alla stanza, con le labbra strette, gli occhi sbarrati; poi scoteva in aria le mani ed esclamava:

– L'amo francese!

Eh già! Perché gli toccava per giunta di muovergliene il discorso in francese, quando non avrebbe saputo dirglielo neppure in siciliano.

– *Monsiurre, ma nièsse...*

E poi? Poteva spiattellargli chiaro e tondo che quella scioccona s'era innamorata o incapricciata di lui?

Dalla Norvegia o dal console di Palermo avrebbe avuto il rimborso delle spese, probabilmente; ma di quest'altro guaio qui chi lo avrebbe ricompensato?

– Lui, lui stesso, porco diavolo! M'ha attizzato il fuoco in casa? Si scotti, si bruci!

Quell'aria da mammalucco, da innocente piovuto dal cielo, gliel'avrebbe fatta smettere lui. E lì, su la scogliera del porto, mentre riforniva gli ami di nuova esca, si voltava a guardare *L'arso*, che se ne stava seduto su un masso poco discosto, diritto su la vita, con gli occhi chiari fissi al sughero della lenza che galleggiava su l'aspro azzurro dell'acqua luccicante d'aguzzi tremolii.

– Ohé, *Mossiur* Cleen, ohé!

Guardare, sì, lo guardava; ma lo vedeva poi davvero quel sughero? Pareva allocchito.

Il Cleen, all'esclamazione, si riscoteva come da un sogno, e gli sorrideva; poi tirava pian piano dall'acqua la lenza, credendo che il Mìlio lo avesse richiamato per questo, e riforniva anche lui gli ami chi sa da quanto tempo disarmati.

Ah, così, la pesca andava benone! Anch'egli, don Paranza, pensando, escogitando il modo e la maniera d'entrare a parlargli di quella faccenda così difficile e delicata, si lasciava intanto mangiar l'esca dai pesci: si distraeva, non vedeva più il sughero, non vedeva più il mare, e solo rientrava in sé, quando l'acqua tra gli scogli vicini dava un più forte risucchio. Stizzito, tirava allora la lenza, e gli veniva la tentazione di sbatterla in faccia a quell'ingrato. Ma più ira gli suscitava l'esclamazione che il Cleen aveva imparata da lui e ripeteva spesso, sorridendo, nel sollevare a sua volta la canna.

– Porco diavolo!

Don Paranza, dimenticandosi in quei momenti di parlargli in francese, prorompeva:

– Ma porco diavolo lo dico sul serio, io! Tu ridi, minchione! Che te n'importa?

No, no, così non poteva durare: non conchiudeva nulla, non solo, ma si guastava anche il fegato.

– Se la sbrighino loro, se vogliono!

E lo disse una di quelle sere alla nipote, rincasando dalla pesca.

Non s'aspettava che Venerina dovesse accogliere l'irosa dichiarazione della insipienza di lui con uno scoppio di risa, tutta rossa e raggiante in viso.

– Povero zio!

– Ridi?

– Ma sì!

– Fatto?

Venerina si nascose il volto con le mani, accennando più volte di sì col capo, vivacemente. Don Paranza, pur contento in cuor suo, alleggerito da quel peso quando meno se l'aspettava, montò su le furie.

– Come! E non me ne dici niente? E mi tieni lì per tanti giorni alla tortura? E lui, anche lui, muto come un pesce!

Venerina sollevò la faccia dalle mani:

– Non t'ha saputo dir nulla, neanche oggi?

– Pesce, ti dico! Baccalà! – gridò don Paranza al colmo della stizza. – Ho il fegato grosso così, dalla bile di tutti questi giorni!

– Si sarà vergognato – disse Venerina, cercando di scusarlo.

– Vergognato! Un uomo! – esclamò don Pietro. – Ha fatto ridere alle mie spalle tutti i pesci del mare, ha fatto ridere! Dov'è? Chiamalo; fammelo dire questa sera stessa: non basta che l'abbia detto a te!

– Ma senza codesti occhiacci, – gli raccomandò Venerina, sorridendo.

Don Paranza si placò, scosse il testone lanoso e borbottò nella barba:

– Sono proprio... già tu lo sai, meglio di me. Di' un po', come hai fatto, senza francese?

Venerina arrossì, sollevò appena le spalle, e i neri occhioni le sfavillarono.

– Così, – disse, con ingenua malizia.

– E quando?

– Oggi stesso, quando siete tornati a mezzogiorno, dopo il desinare. Egli mi prese una mano... io...

– Basta, basta! – brontolò don Paranza, che in vita sua non aveva mai fatto all'amore. – È pronta la cena? Ora gli parlo io.

Venerina gli si raccomandò di nuovo con gli occhi, e scappò via. Don Pietro entrò nella camera del Cleen.

Questi se ne stava con la fronte appoggiata ai vetri del balcone, a guardar fuori; ma non vedeva nulla. La piazzetta lì davanti, a quell'ora, era deserta e buia. I lampioncini a petrolio quella sera riposavano, perché della illuminazione del borgo era incaricata la luna. Sentendo aprir l'uscio, il Cleen si voltò di scatto. Chi sa a che cosa stava pensando.

Don Paranza si piantò in mezzo alla camera con le gambe aperte, tentennando il capo: avrebbe voluto fargli un predicozzo da vecchio zio brontolone; ma sentì subito la difficoltà d'un discorso in francese consentaneo all'aria burbera a cui già aveva composta la faccia e all'atteggiamento preso. Frenò a stento un solennissimo sbuffo d'impazienza e cominciò:

– *Mossiur Cleen, ma niêsse m'a dit...*

Il Cleen sorrise, timido, smarrito, e chinò leggermente il capo più volte.

– *Oui?* – riprese don Paranza. – E va bene!

Tese gl'indici delle mani e li accostò ripetutamente l'uno all'altro, per significare: «Marito e moglie, uniti...».

– *Vous et ma niêsse... mariage... oui?*

– *Si vous voulez*, – rispose il Cleen aprendo le mani, come se non fosse ben certo del consenso.

– Oh, per me! – scappò a don Pietro. Si riprese subito. – *Très-heureux, mossiur Cleen, très-heureux. C'est fait! Donnez-moi la main...*

Si strinsero la mano. E così il matrimonio fu concluso. Ma il Cleen rimase stordito. Sorrideva, sì, d'un timido sorriso, nell'impaccio della strana situazione, in cui s'era cacciato senza una volontà ben definita. Gli piaceva, sì, quella bruna siciliana, così vivace, con quegli occhi di sole; le era gratissimo dell'amorosa assistenza; le doveva la vita, sì... ma, sua moglie, davvero? già concluso?

– *Maintenant,* – riprese don Paranza, nel suo francese, – *je vous prie, mossiur Cleen: cherchez, cherchez d'apprendre notre langue... je vous prie...*

Venerina venne a picchiare all'uscio con le nocche delle dita.

– A cena!

Quella prima sera, a tavola, provarono tutti e tre un grandissimo imbarazzo. Il Cleen pareva caduto dalle nuvole; Venerina, col volto in fiamme, confusa, non riusciva a guardare né il fidanzato né lo zio. Gli occhi le si intorbidavano, incontrando quelli del Cleen e s'abbassavano subito. Sorrideva, per rispondere al sorriso di lui non meno impacciato, ma volentieri sarebbe scappata a chiudersi sola sola in camera, a buttarsi sul letto, per piangere... Sì. Senza saper perché.

«Se non è pazzia questa, non c'è più pazzi al mondo!» pensava tra sé dal canto suo don Paranza, aggrondato, tra le spine anche lui, ingozzando a stento la magra cena.

Ma poi, prima il Cleen, con qualche ritegno, lo pregò di tradurre per Venerina un pensiero gentile che egli non avrebbe saputo manifestarle; quindi Venerina, timida e accesa, lo pregò di ringraziarlo e di dirgli...

– Che cosa? – domandò don Paranza, sbarrando tanto d'occhi.

E poiché, dopo quel primo scambio di frasi, la conversazione tra i due fidanzati avrebbe voluto continuare attraverso a lui, egli, battendo le pugna su la tavola.

– Oh insomma! – esclamò. – Che figura ci faccio io? Ingegnatevi tra voi.

Si alzò, fra le risa dei due giovani, e andò a fumarsi la pipa sul divanaccio, brontolando il suo *porco diavolo* nel barbone lanoso.

VI

Il vaporetto del Di Nica compiva, l'ultima notte di maggio, il suo terzo viaggio da Tunisi. Fra un'ora, verso l'alba, il vaporetto sarebbe approdato al Molo Vecchio. A bordo dormivano tutti, tranne il timoniere a poppa e il secondo di guardia sul ponte di comando.

Il Cleen aveva lasciato la sua cuccetta, e da un pezzo, sul cassero, se ne stava a mirare la luna declinante di tra le griselle del sartiame, che vibrava tutto alle scosse cadenzate della macchina. Provava un senso d'opprimente angustia, lì, su quel guscio di noce, in quel mare chiuso, e anche... sì, anche la luna gli pareva più piccola, come se egli la guardasse dalla lontananza di quel suo esilio, mentr'ella appariva grande là, su l'oceano, di tra le sartie dell'*Hammerfest,* donde qualcuno dei suoi compagni forse in quel punto la guardava. Lì egli con tutto il cuore era vicino. Chi era di guardia, a quell'ora, su l'*Hammerfest?* Chiudeva gli occhi e li rivedeva a uno a uno, i suoi compagni: li vedeva salire dai boccaporti; vedeva, vedeva col pensiero il suo piroscafo, come se egli proprio vi fosse; bianco di salsedine, maestoso e tutto sonante. Udiva lo squillo della campana di bordo; respirava l'odore particolare della sua antica cuccetta; vi si chiudeva a pensare, a fantasticare. Poi riapriva gli occhi, e allora, non già quello che aveva veduto ricordando e fantasticando gli sembrava un sogno, ma quel mare lì, quel cielo, quel vaporetto, e la sua presente vita. E una tristezza profonda lo invadeva, uno smanioso avvilimento. I suoi nuovi compagni non lo amavano, non lo comprendevano, né volevano comprenderlo: lo deridevano per il suo modo di pronunziare quelle poche parole d'italiano che già era riuscito a imparare; e lui, per non far peggio, doveva costringere la sua stizza segreta a sorridere di quel volgare e stupido dileggio. Mah! Pazienza. L'avrebbero smesso, col tempo. A poco a poco, egli, con l'uso continuo e l'aiuto di Venerina, avrebbe imparato a parlare correttamente. Ormai, era detto: lì, in quel borgo, lì, su quel guscio e per quel mare, tutta la vita.

Incerto come si sentiva ancora, nella nuova esistenza, non riusciva a immaginare nulla di preciso per l'avvenire. Può crescere l'albero nell'aria, se ancora scarse e non ben ferme ha le radici nella terra? Ma questo era certo, che lì ormai e per sempre la sorte lo aveva trapiantato.

L'*Hammerfest,* che doveva ritornare dall'America tra sei mesi, non era più ritornato. La sorella, a cui egli aveva scritto per darle notizia della sua malattia mortale e annunziarle il fidanzamento, gli aveva risposto da Trondhjem con una lunga lettera piena d'angoscia e di lieta meraviglia, e annunziato che l'*Hammerfest* a New-York aveva ricevuto un contr'ordine ed era stato noleggiato per un viaggio nell'India, come le aveva scritto il marito. Chi sa, dunque, se egli lo avrebbe più riveduto. E la sorella?

Si alzò, per sottrarsi all'oppressione di quei pensieri. Aggiornava. Le stelle erano morte nel cielo crepuscolare; la luna smoriva a poco a poco. Ecco laggiù, ancora accesa, la lanterna verde del Molo.

Don Paranza e Venerina aspettavano l'arrivo del vaporetto, dalla banchina. Nei due giorni che il Cleen stava a Porto Empedocle, don Pietro non si recava alla pesca; gli toccava di far la guardia ai fidanzati, poiché quella scimunita di donna Rosolina non s'era voluta prestare neanche a questo: prima perché nubile (e il suo pudore si sarebbe scottato al fuoco dell'amore di quei due), poi perché quel forestiere le incuteva soggezione.

– Avete paura che vi mangi? – le gridava don Paranza. – Siete un mucchio d'ossa, volete capirlo?

Non voleva capirlo, donna Rosolina. E non s'era voluta disfare di nulla, in quella occasione, neppur d'un anellino, fra tanti che ne aveva, per dimostrare in qualche modo il suo compiacimento alla nipote.

– Poi, poi, – diceva.

Giacché pure, per forza, un giorno o l'altro, Venerina sarebbe stata l'erede di tutto quanto ella possedeva: della casa, del poderetto lassù, sotto il Monte Cioccafa, degli ori e della mobilia e anche di quelle otto coperte di lana che ella aveva intrecciate con le sue proprie mani, nella speranza non ancora svanita di schiacciarvi sotto un povero marito.

Don Paranza era indignato di quella tirchieria; ma non voleva che Venerina mancasse di rispetto alla zia.

– È sorella di tua madre! Io poi me ne debbo andare prima di lei, per legge di natura, e da me non hai nulla da sperare. Lei ti resterà, e bisogna che te la tenga cara. Le farai fare un po' di corte da tuo marito, e vedrai che gioverà. Del resto, per quel poco che il Signore può badare a uno sciocco come me, stai sicura che ci aiuterà.

Erano venuti, infatti, dal consolato della Norvegia quei pochi quattrinucci per il mantenimento prestato al Cleen. Aveva potuto così comperare alcuni modesti mobili, i più indispensabili, per metter su, alla meglio, la casa degli sposi. Erano anche arrivate da Trondhjem le carte del Cleen.

Venerina era così lieta e impaziente, quella mattina, di mostrare al fidanzato la loro nuova casetta già messa in ordine! Ma, poco dopo, quando il vaporetto finalmente si fu ormeggiato nel Molo e il Cleen poté scenderne, quella sua gioia fu improvvisamente turbata dalla stizza, udendo il saluto che gli altri marinai rivolgevano, quasi miagolando, al suo fidanzato:

– *Bon cion! Bon cion!*

– Brutti imbecilli! – disse tra i denti, voltandosi a fulminarli con gli occhi.

Il Cleen sorrideva, e Venerina si stizzì allora maggiormente.

– Ma non sei buono da rompere il grugno a qualcuno, di' un po'? Ti lasci canzonare così, sorridendo, da questi mascalzoni?

– Eh via! – disse don Paranza. – Non vedi che scherzano, tra compagni?

– E io non voglio! – rimbeccò Venerina, accesa di sdegno. – Scherzino tra loro, e non, stupidamente, con un forestiere che non può loro rispondere per le rime.

Si sentiva, quasi quasi, messa in berlina anche lei. Il Cleen la guardava, e quegli sguardi fieri gli parevano vampate di passione per lui; gli piaceva quello sdegno; ma ogni qualvolta gli veniva di manifestarle ciò che sentiva o di confidarle qualcosa, gli pareva d'urtare contro un muro, e taceva e sorrideva, senza intendere che quella bontà sorridente, in certi casi, non poteva piacere a Venerina.

Era colpa sua, intanto, se gli altri erano maleducati? se egli ancora non poteva uscire per le strade, che subito una frotta di monellacci non lo attorniasse? Minacciava, e faceva peggio: quelli si sbandavano con grida e lazzi e rumori sguaiati.

Venerina n'era furibonda.

– Storpiane qualcuno! Da' una buona lezione! È possibile che tu debba diventare lo zimbello del paese?

– Bei consigli! – sbuffava don Pietro. – Invece di raccomandargli la prudenza!

– Con questi cani? Il bastone ci vuole, il bastone!

– Smetteranno, smetteranno, sta' quieta, appena *L'arso* avrà imparato.

– Lars! – gridava Venerina, infuriandosi ora anche contro lo zio che chiamava a quel modo il fidanzato, come tutto il paese.

– Ma se è lo stesso! – sospirava, seccato, don Pietro, alzando le spalle.

– Cambiati codesto nome! – ripigliava Venerina, esasperata, rivolta al Cleen. – Bel piacere sentirsi chiamare la moglie de *L'arso*!

– E non ti chiamano adesso la nipote di *Don Paranza*? Che male c'è? Lui *L'arso*, e io, *Paranza*. Allegramente!

Non rideva più, ora, Venerina nell'insegnare al fidanzato la propria lingua: certe bili anzi ci pigliava!

– Vedi? – gli diceva. – Si sa che ti burlano, se dici così! Chiaro, chiaro! Ci vuol tanto, Maria Santissima?

Il povero Cleen – che poteva fare? – sorrideva, mansueto, e si provava a pronunziar meglio. Ma poi, dopo due giorni, doveva ripartire; e di quelle lezioni, così spesso interrotte, non riusciva a profittare quanto Venerina avrebbe desiderato.

– Sei come l'uovo, caro mio!

Questi dispettucci parevano puerili a don Pietro, condannato a far la guardia, e se ne infastidiva. La sua presenza intanto impacciava peggio il Cleen, che non arrivava ancora a comprendere perché ci fosse bisogno di lui: non era egli il fidanzato di Venerina? non poteva uscir solo con lei a passeggiare lassù, su l'altipiano, in campagna? Lo aveva proposto un giorno; ma dalla stessa Venerina si era sentito domandare:

– Sei pazzo?

– Perché?

– Qua i fidanzati non si lasciano soli, neppure per un momento.

– Ci vuole il lampione! – sbuffava don Pietro.

E il Cleen s'avviliva di tutte queste costrizioni, che gli ammiserivano lo spirito e lo intontivano. Cominciava a sentire una sorda irritazione, un segreto rodio, nel vedersi trattato, in quel paese, e considerato quasi come uno stupido, e temeva di istupidirsi davvero.

VII

Ma che non fosse stupido, lo sapeva bene padron Di Nica, dal modo con cui gli disimpegnava le commissioni e gli affari con quei ladri agenti di Tunisi e di Malta. Non voleva dirlo – al solito – non per negare il merito e la lode, ma per le conseguenze della lode, ecco.

Credette tuttavia di dimostrargli largamente quanto fosse contento di lui con l'accordargli dieci giorni di licenza, nell'occasione del matrimonio.

– Pochi, dieci giorni? Ma bastano, caro mio! – disse a don Pietro che se ne mostrava mal contento. – Vedrai, in dieci giorni, che bel figliuolo maschio ti mettono su! Potrei al massimo concedere che, rimbarcandosi, si porti la sposa a Tunisi e a Malta, per un viaggetto di nozze. È giovine serio: mi fido. Ma non potrei di più.

Spiritò alla proposta di don Pietro di far da testimonio nelle nozze.

– Non per quel buon giovine, capirai; ma se, Dio liberi, mi ci provassi una volta, non farei più altro in vita mia. Niente, niente, caro Pietro! Manderò alla sposa un regaluccio, in considerazione della nostra antica amicizia, ma non lo dire a nessuno: mi raccomando!

Dal canto suo, la zia donna Rosolina si strizzò, si strizzò in petto il buon cuore che Dio le aveva dato e venne fuori con un altro regaluccio a Venerina: un paio d'orecchini a pendaglio, del mille e cinque. Faceva però la finezza di offrire agli sposi, per quei dieci giorni di luna di miele, la sua campagna sotto il Monte Cioccafa.

– Purché, la mobilia, mi raccomando!

Camminavano sole quelle quattro seggiole sgangherate, a chiamarle col frullo delle dita, dai tanti tarli che le popolavano! E il tanfo di rinchiuso in quella decrepita stamberga, perduta tra gli alberi lassù, era insopportabile.

Subito Venerina, arrivata in carrozza con lo sposo, e i due zii, dopo la celebrazione del matrimonio, corse a spalancare tutti i balconi e le finestre.

– Le tende! I cortinaggi! – strillava donna Rosolina, provandosi a correr dietro l'impetuosa nipote.

– Lasci che prendano un po' d'aria! Guardi guardi come respirano! Ah che delizia!

– Sì, ma, con la luce, perdono il colore.

– Non sono di broccato, zia!

Quell'oretta passata lassù con gli sposi fu un vero supplizio per donna Rosolina. Soffrì nel veder toccare questo o quell'oggetto, come se si fosse sentita strappare quei mezzi riccetti unti di tintura che le virgolavano la fronte; soffrì nel vedere entrare coi pesanti scarponi ferrati la famiglia del garzone per porgere gli omaggi agli sposini.

Stava quel garzone a guardia del podere e abitava con la famiglia nel cortile acciottolato della villa, con la cisterna in mezzo, in una stanzaccia buia: casa e stalla insieme. Perplesso, se avesse fatto bene o male, recava in dono un paniere di frutta fresche.

Lars Cleen contemplava stupito quegli esseri umani che gli parevano d'un altro mondo, vestiti a quel modo, così anneriti dal sole. Gli parevano siffattamente strani e diversi da lui, che si meravigliava poi nel veder loro battere le palpebre, com'egli le batteva, e muovere le labbra, com'egli le moveva. Ma che dicevano?

Sorridendo, la moglie del garzone annunziava che uno dei cinque figliuoli, il secondo, aveva le febbri da due mesi e se ne stava lì, su lo strame, come un morticino.

– Non si riconosce più, figlio mio!

Sorrideva, non perché non ne sentisse pena, ma per non mostrare la propria afflizione mentre i padroni erano in festa.

– Verrò a vederlo, – le promise Venerina.

– *Nonsi!* Che dice, *Voscenza?* – esclamò angustiata la contadina. – Ci lasci stare, noi poveretti, *Voscenza*, goda. Che bello sposo! Ci crede che non ho il coraggio di guardarlo?

– E me? – domandò don Paranza. – Non sono bello io? E sono pure sposo, oh! di donna Rosolina. Due coppie!

– Zitto là – gridò questa, sentendosi tutta rimescolare. – Non voglio che si dicano neppure per ischerzo, certe cose!

Venerina rideva come una matta.

– Sul serio! sul serio! – protestava don Pietro.

E insistette tanto su quel brutto scherzo, per far festa alla nipote, che la zitellona non volle tornarsene sola con lui, in carrozza, al paese. Ordinò al garzone che montasse in cassetta, accanto al cocchiere.

– Le male lingue... non si sa mai! con un mattaccio come voi.

– Ah, cara donna Rosolina! che ne volete più di me, ormai? non posso farvi più nulla io! – le disse don Pietro in carrozza, di ritorno, scotendo la testa e soffiando per il naso un gran sospiro, come se si sgonfiasse di tutta quell'allegria dimostrata alla nipote. – Vorrei aver fatto felice quella povera figliuola!

Gli pareva di aver raggiunto ormai lo scopo della sua lunga, travagliata, scombinata esistenza. Che gli restava più da fare ormai? mettersi a disposizione della morte, con la coscienza tranquilla, sì, ma angosciata. Altri quattro giorni di noia... e poi, lì...

La carrozza passava vicino al camposanto, aereo su l'altipiano che rosseggiava nei fuochi del tramonto.

– Lì, e che ho concluso?

Donna Rosolina, accanto a lui, con le labbra appuntite e gli occhi fissi, acuti, si sforzava d'immaginare che cosa facessero in quel momento gli sposi, rimasti soli, e dominava le smanie da cui si sentiva prendere e che si traducevano in acre stizza contro quell'omaccio, ormai vecchio, che le stava a fianco. Si voltò a guardarlo, lo vide con gli occhi chiusi: credette che dormisse.

– Su, su, a momenti siamo arrivati.

Don Pietro riaprì gli occhi rossi di pianto contenuto, e brontolò:

– Lo so, sposina. Penso ai gronghi di questa sera. Chi me li cucina?

VIII

Superato il primo impaccio, vivissimo, della improvvisa intrinsechezza più che ogni altra intima, con un uomo che le pareva ancora quasi piovuto dal cielo, Venerina prese a proteggere e a condurre per mano, come un bambino, il marito incantato dagli spettacoli che gli offriva la campagna, quella natura per lui così strana e quasi violenta.

Si fermava a contemplare a lungo certi tronchi enormi, stravolti, d'olivi, pieni di groppi, di sproni, di giunture storpie, nodose, e non rifiniva d'esclamare:

– Il sole! il sole! – come se in quei tronchi vedesse viva, impressa, tutta quella cocente rabbia solare, da cui si sentiva stordito e quasi ubriacato.

Lo vedeva da per tutto, il sole, e specialmente negli occhi e nelle labbra ardenti e succhiose di Venerina, che rideva di quelle sue meraviglie e lo trascinava via, per mostrargli altre cose che le parevano più degne d'esser vedute: la grotta del Cioccafà, per esempio. Ma egli si arrestava, quando ella se l'aspettava meno, davanti a certe cose per lei così comuni.

– Ebbene, fichi d'India. Che stai a guardare?

Proprio un fanciullo le pareva, e gli scoppiava a ridere in faccia, dopo averlo guardato un po', così allocchito per niente! e lo scoteva, gli soffiava sugli occhi, per rompere quello stupore che talvolta lo rendeva attonito.

– Svegliati! svegliati!

E allora egli sorrideva, la abbracciava, e si lasciava condurre, abbandonato a lei, come un cieco.

Ricadeva sempre a parlarle, con le stesse frasi d'orrore, della famiglia del garzone, a cui entrambi avevano fatto la visita promessa. Non si poteva dar pace che quella gente abitasse lì, in quella stanzaccia, ch'era divenuta quasi una grotta fumida e fetida, e invano Venerina gli ripeteva:

– Ma se togli loro l'asino, il porcellino e le galline dalla camera, non vi possono più dormire in pace. Devono star lì tutti insieme; fanno una famiglia sola.

– Orribile! orribile! – esclamava egli, agitando in aria le mani.

E quel povero ragazzo, lì, sul pagliericcio per terra, ingiallito dalle febbri continue e quasi ischeletrito? Lo curavano con certi loro decotti infallibili. Sarebbe guarito, come erano guariti gli altri. E, intanto, il poverino, che pena! se ne stava a rosicchiare, svogliato, un tozzo di pan nero.

– Non ci pensare! – gli diceva Venerina, che pur se ne affliggeva, ma non tanto, sapendo che la povera gente vive così. Credeva che dovesse saperlo anche lui, il marito, e perciò, nel vederlo così afflitto, sempre più si raffermava nell'idea che egli fosse di una bontà non comune, quasi morbosa, e questo le dispiaceva.

Passarono presto quei dieci giorni in campagna. Ritornati in paese, Venerina accompagnò fino al vaporetto il marito, ma non volle imbarcarsi con lui per il viaggio di nozze concesso dal Di Nica.

Don Pietro ve la spingeva.

– Vedrai Tunisi, che quei cari nostri fratelli francesi, sempre aggraziati, ci hanno presa di furto. Vedrai Malta, dove tuo zio bestione andò a rovinarsi. Magari potessi venirci anch'io! Vedresti di che cuore mi schiaffeggerei, se m'incontrassi con me stesso per le vie de La Valletta, com'ero allora, giovane patriota imbecille.

No, no; Venerina non volle saperne: il mare le faceva paura, e poi si vergognava, in mezzo a tutti quegli uomini.

– E non sei con tuo marito? – insisteva don Pietro. – Tutte così, le nostre donne! Non debbono far mai piacere ai loro uomini. Tu che ne dici? – domandava al Cleen.

Non diceva nulla, lui: guardava Venerina col desiderio di averla con sé, ma non voleva che ella facesse un sacrifizio o che avesse veramente a soffrire del viaggio.

– Ho capito! – concluse don Paranza, – sei un gran *babbalacchio!*

Lars non comprese la parola siciliana dello zio, ma sorrise vedendo riderne tanto Venerina. E, poco dopo, partì solo.

Appena si fu allontanato dal porto, dopo gli ultimi saluti col fazzoletto alla sposa che agitava il suo dalla banchina del Molo e ormai quasi non si distingueva più, egli provò istintivamente un gran sollievo, che pur lo rese più triste, a pensarci. S'accorse ora, lì, solo davanti allo spettacolo del mare, d'aver sofferto in quei dieci giorni una grande oppressione nell'intimità pur tanto cara con la giovane sposa. Ora poteva pensare liberamente, espandere la propria anima, senza dover più sforzare il cervello a indovinare, a intendere i pensieri, i sentimenti di quella creatura tanto diversa da lui e che tuttavia gli apparteneva così intimamente.

Si confortò sperando che col tempo si sarebbe adattato alle nuove condizioni d'esistenza, si sarebbe messo a pensare, a sentire come Venerina, o che questa, con l'affetto, con l'intimità sarebbe riuscita a trovar la via fino a lui per non lasciarlo più solo, così, in quell'esilio angoscioso della mente e del cuore.

Venerina e lo zio, intanto, parlavano di lui nella nuova casetta, in cui anche don Pietro aveva preso stanza.

– Sì, – diceva lei, sorridendo, – è proprio come tu hai detto!

– *Babbalacchio*? Minchione? – domandava don Paranza. – Va' là, è buono, è buono...

– E buono che significa, zio? – osservava, sospirando, Venerina.

– Quest'è vero! – riconosceva don Pietro. – Infatti, i birbaccioni, oggi, si chiamano uomini accorti, e tuo zio per il primo li rispetta. Ma speriamo che l'aria del nostro mare, che dev'essere, sai, più salato di quello del suo paese, gli giovi. Ho gran paura anch'io, però, che somigli troppo a me, quanto a giudizio.

Gli si era affezionato, lui, don Pietro, ma non si proponeva, neppure per curiosità, di cercar d'indovinare com'egli la pensasse, né gli veniva in mente di consigliarlo a Venerina.

– Vedrai, – anzi le diceva, – vedrai che a poco a poco prenderà gli usi del nostro paese. Testa, ne ha.

Prima di partire, il Cleen aveva suggerito a Venerina di non lasciar andar più il vecchio zio alla pesca; ma don Pietro, non solo non volle saperne, ma anche s'arrabbiò:

– Non sapete più che farvene adesso de' miei gronghi? Bene, bene. Me li mangerò io solo.

– Non è per questo, zio! – esclamò Venerina.

– E allora volete farmi morire? – riprese don Paranza. – C'era ai miei tempi un povero contadino che aveva novantacinque anni, e ogni santa mattina saliva dalla campagna a Girgenti con una gran cesta d'erbaggi su le spalle, e andava tutto il giorno in giro per venderli. Lo videro così vecchio, ne sentirono pietà, pensarono di ricoverarlo all'ospedale e lo fecero morire dopo tre giorni. L'equilibrio, cara mia! Toltagli la cesta dalle spalle, quel poveretto perdette l'equilibrio e morì. Così io, se mi togliete la lenza. Gronghi han da essere: stasera e domani sera e fin che campo.

E se ne andava con gli attrezzi e col lanternino alla scogliera del porto.

Sola, Venerina si metteva anche a pensare al marito lontano. Lo aspettava con ansia, sì, in quei primi giorni; ma non sapeva neppur desiderarlo altrimenti che così; due giorni in casa e il resto della settimana fuori; due giorni con lui, e il resto della settimana, sola, ad aspettare ogni sera che lo zio tornasse dalla pesca; e poi, la cena; e poi, a letto, sì, sola. Si contentava? No. Neppure lei, così. Troppo poco... E restava a lungo assorta in una segreta aspettazione, che pure le ispirava una certa ambascia, quasi di sgomento.

– Quando?

IX

– Ih, che prescia! – esclamò don Paranza, appena si accorse delle prime nausee, dei primi capogiri. – Lo previde quel boia d'Agostino! Di' un po', hai avuto paura che tuo zio non ci arrivasse a sentire la bella musica del gattino?

– Zio! – gli gridò Venerina, offesa e sorridente.

Era felice: le era venuto il da fare, in quelle lunghe sere nella casa sola: cuffiette, bavaglini, fasce, camicine... – e non le sere soltanto. Non ebbe più tempo né voglia di curarsi di sé, tutta in pensiero già per l'angioletto che sarebbe venuto, – dal cielo, zia Rosolina! dal cielo! – gridava alla zitellona pudibonda, abbracciandola con furia e scombinandola tutta.

– E me lo terrà lei a battesimo, lei e zio Pietro!

Donna Rosolina apriva e chiudeva gli occhi, mandava giù saliva, con l'angoscia nel naso, fra le strette di quella santa figliuola che pareva impazzita e non aveva nessun riguardo per tutti i suoi cerotti.

– Piano piano, sì, volentieri. Purché gli mettiate un nome cristiano. Io non lo so ancora chiamare tuo marito.

– Lo chiami *L'arso*, come lo chiamano tutti! – le rispondeva ridendo Venerina. – Non me n'importa più, adesso!

Non le importava più di niente, ora: non s'acconciava neppure un pochino, quand'egli doveva arrivare.

– Rifatti un po' i capelli, almeno! – le consigliava donna Rosolina. – Non stai bene, così.

Venerina scrollava le spalle:

– Ormai! Chi n'ha avuto, n'ha avuto. Così, se mi vuole! E se non mi vuole, mi lasci in pace: tanto meglio!

Era così esclusiva la gioia di quella sua nuova attesa, che il Cleen non si sentiva chiamato a parteciparne, come di gioia anche sua: si sentiva lasciato da parte, e n'era lieto soltanto per lei, quasi che il figlio nascituro non dovesse appartenere anche a lui, nato lì in quel paese non suo, da quella madre che non si curava neppure di sapere quel che egli ne sentisse e ne pensasse.

Lei aveva già trovato il suo posto nella vita: aveva la sua casetta, il marito; tra breve avrebbe avuto anche il figlio desiderato; e non pensava che lui, straniero, era sul principio di quella sua nuova esistenza e aspettava che ella gli tendesse la mano per guidarlo. Non curante, o ignara, lei lo lasciava lì, alla soglia, escluso, smarrito.

E ripartiva, e lontano, per quel mare, su quel guscio di noce, si sentiva sempre più solo e più angosciato. I compagni, nel vederlo così triste, non lo deridevano più come prima, è vero, ma non si curavano di lui, proprio come se non ci fosse: nessuno gli domandava: «Che hai?». Era il *forestiere*. Chi sa com'era fatto e perché era così!

Non se ne sarebbe afflitto tanto, egli, se anche a casa sua, come lì sul vaporetto, non si fosse sentito estraneo. *Casa sua?* Questa, in quel borgo di Sicilia? No, no! Il cuore gli volava ancora lontano, lassù, al paese natale, alla casa antica, ove sua madre era morta, ove abitava la sorella, che forse in quel punto pensava a lui e forse lo credeva felice.

X

Una speranza ancora resisteva in lui, ultimo argine, ultimo riparo contro la malinconia che lo invadeva e lo soffocava: che si vedesse, che si riconoscesse nel suo bambino appena nato e si sentisse in lui, e con lui, lì, in quella terra d'esilio, meno solo, non più solo.

Ma anche questa speranza gli venne subito meno, appena guardato il figlioletto, nato di due giorni, durante la sua assenza. Somigliava tutto alla madre.

– Nero, nero, povero ninno mio! Sicilianaccio – gli disse Venerina dal letto, mentre egli lo contemplava deluso, nella cuna. – Richiudi la cortina. Me lo farai svegliare. Non mi ha fatto dormire tutta la notte, poverino: ha le dogliette. Ora riposa, e io vorrei profittarne.

Il Cleen baciò in fronte, commosso, la moglie: riaccostò gli scuri e uscì dalla camera in punta di piedi. Appena solo, si premette le mani sul volto e soffocò il pianto irrompente.

Che sperava? Un segno, almeno un segno in quell'esseruccio, nel colore degli occhi, nella prima peluria del capo, che lo palesasse *suo*, straniero anche lui, e che gli richiamasse il suo paese lontano. Che sperava? Quand'anche, quand'anche, non sarebbe forse cresciuto lì, come tutti gli altri ragazzi del paese, sotto quel sole cocente, con quelle abitudini di vita, alle quali egli si sentiva estraneo, allevato quasi soltanto dalla madre e perciò con gli stessi pensieri, con gli stessi sentimenti di lei? Che sperava? Straniero, straniero anche per suo figlio.

Ora, nei due giorni che passava in casa, cercava di nascondere il suo animo; né gli riusciva difficile, poiché nessuno badava a lui: don Pietro se n'andava al solito alla pesca, e Venerina era tutta intenta al bambino, che non gli lasciava neppur toccare:

– Me lo fai piangere... Non sai tenerlo! Via, via, esci un po' di casa. Che stai a guardarmi? Vedi come mi sono ridotta? Su, va' a fare una visita alla zia Rosolina, che non viene da tre giorni. Forse vuol fatta davvero la corte, come dice zio Pietro.

Ci andò una volta il Cleen, per far piacere alla moglie, ma ebbe dalla zitellona tale accoglienza, che giurò di non ritornarci più, né solo né accompagnato.

– Solo, gnornò, – gli disse donna Rosolina, vergognosa e stizzita, con gli occhi bassi. – Mi dispiace, ma debbo dirvelo. Nipote, capisco; siete mio nipote, ma la gente vi sa forestiere, con certi costumi curiosi, e chi sa che cosa può sospettare. Solo, gnornò. Verrò io più tardi a casa vostra, se non volete venire qua con Venerina.

Si vide, così, messo alla porta, e non seppe, né poté riderne, come Venerina, quand'egli le raccontò l'avventura. Ma se ella sapeva che quella vecchia era così fastidiosamente matta, perché spingerlo a fargli fare quella ridicola figura? voleva forse ridere anche lei alle sue spalle?

– Non hai trovato ancora un amico? – gli domandava Venerina.

– No.

– È difficile, lo so: siamo orsi, caro mio! Tu poi sei così, ancora come una mosca senza capo. Non ti vuoi svegliare? Va' a trovare lo zio, almeno: sta al porto. Tra voi uomini, v'intenderete. Io sono donna, e non posso tenerti conversazione: ho tanto da fare!

Egli la guardava, la guardava e gli veniva di domandarle: «Non mi ami più?». Venerina, sentendo che non si moveva, alzava gli occhi dal cucito, lo vedeva con quell'aria smarrita e rompeva in una gaia risata:

– Che vuoi da me? Un omaccione tanto, che se ne sta in casa come un ragazzino, Dio benedetto! Impara un po' a vivere come i nostri uomini: più fuori che dentro. Non posso vederti così. Mi fai rabbia e pena.

Fuori non lo vedeva. Ma dall'aria triste, con cui egli si disponeva a uscire, cacciato così di casa, come un cane caduto in disgrazia, avrebbe potuto argomentare come egli si trascinasse per le vie del paese, in cui la sorte lo aveva gettato, e che egli già odiava.

Non sapendo dove andare, si recava all'agenzia del Di Nica. Trovava ogni volta il vecchio dietro gli scritturali, col collo allungato e gli occhiali su la punta del naso, per vedere che cosa essi scrivessero nei registri. Non perché diffidasse, ma, chi sa! si fa presto, per una momentanea distrazione, a scrivere una cifra per un'altra, a sbagliare una somma; e poi, per osservare la calligrafia, ecco. La calligrafia era il suo debole: voleva i registri puliti. Intanto in quella stanzetta umida e buia, a pian terreno, certi giorni, alle quattro, ci si vedeva a mala pena: si dovevano accendere i lumi.

– È una vergogna, padron Di Nica! Con tanti bei denari...

– Quali denari? – domandava il Di Nica. – Se me li date voi! E poi, niente! Qua ho cominciato; qua voglio finire.

Vedendo entrare il Cleen, si angustiava:

– E mo'? E mo'? E mo'?

Gli andava incontro, col capo reclinato indietro per poter guardare attraverso gli occhiali insellati su la punta del naso, e diceva:

– Che cosa volete, figlio mio? Niente? E allora, prendetevi una seggiola, e sedete là, fuori della porta.

Temeva che gli scritturali si distraessero davvero, e poi non voleva che colui sapesse gli affari dell'agenzia prima del viaggio.

Il Cleen sedeva un po' lì, su la porta. Nessuno, dunque, lo voleva? Già egli non portava più il berretto di pelo; era vestito come tutti gli altri; eppure, ecco, la gente si voltava a osservarlo, quasi che egli si tenesse esposto lì, davanti all'agenzia; e a un tratto si vedeva girar innanzi su le mani e sui piedi, a ruota, un monellaccio, che per quella bravura da pagliaccetto gli chiedeva poi un soldo; e tutti ridevano.

– Che c'è? che c'è? – gridava padron Di Nica, facendosi alla porta. – Teatrino? Marionette?

I monellacci si sbandavano urlando, fischiando.

– Caro mio, – diceva allora il Di Nica al Cleen, – voi lo capite, sono selvaggi. Andatevene; fatemi questo piacere.

E il Cleen se ne andava. Anche quel vecchio, con la sua tirchieria diffidente, gli era venuto in uggia. Si recava su la spiaggia, tutta ingombra di zolfo accatastato, e con un senso profondo d'amarezza e di disgusto assisteva alla fatica bestiale di tutta quella gente, sotto la vampa del sole. Perché, coi tesori che si ricavavano da quel traffico, non si pensava a far lavorare più umanamente tutti quegli infelici ridotti peggio delle bestie da soma? Perché non si pensava a costruire le banchine su le due scogliere del nuovo porto, dove si ancoravano i vapori mercantili? Da quelle banchine non si sarebbe fatto più presto l'imbarco dello zolfo, coi carri o coi vagoncini?

– Non ti scappi mai di bocca una parola su questo argomento! – gli raccomandò don Paranza, una sera, dopo cena. – Vuoi finire come Gesù Cristo? Tutti i ricchi del paese hanno interesse che le banchine non siano costruite, perché sono i proprietarii delle spigonare, che portano lo zolfo dalla spiaggia sui vapori. Bada, sai! Ti mettono in croce.

Sì, e intanto su la spiaggia nuda, tra i depositi di zolfo, correvano scoperte le fogne, che appestavano il paese; e tutti si lamentavano e nessuno badava a provveder d'acqua sufficiente il paese assetato. A che serviva tutto quel denaro con tanto accanimento guadagnato? Chi se ne giovava? Tutti ricchi e tutti poveri! Non un teatro, né un luogo o un mezzo di onesto svago, dopo tanto e così enorme lavoro. Appena sera, il paese pareva morto, vegliato da quei quattro lampioncini a petrolio. E pareva che gli uomini, tra le brighe continue e le diffidenze di quella guerra di lucro, non avessero neanche tempo di badare all'amore, se le donne si mostravano così svogliate, neghittose. Il marito era fatto per lavorare; la moglie per badare alla casa e far figliuoli.

«Qua?» pensava il Cleen, «qua, tutta la vita?»

E si sentiva stringere la gola sempre più da un nodo di pianto.

XI

– L'*Hammerfest*! arriva l'*Hammerfest*! – corse ad annunziare a Venerina don Paranza, tutto ansante. – Ho l'avviso, guarda: arriverà oggi! E *L'arso* è partito. Porco diavolo! Chi sa se farà a tempo a rivedere il cognato e gli amici!

Scappò dal Di Nica, con l'avviso in mano:

– Agostino, l'*Hammerfest*!

Il Di Nica lo guardò, come se lo credesse ammattito.

– Chi è? Non lo conosco!

– Il vapore di mio nipote.

– E che vuoi da me? Salutamelo!

Si mise a ridere, con gli occhi chiusi, d'una sua speciale risatina nel naso, sentendo le bestialità che scappavano a don Pietro nel tumultuoso dispiacere che gli cagionava quel contrattempo.

– Se si potesse...

– Eh già! – gli rispose il Di Nica. – Detto fatto. Ora telegrafo a Tunisi, e lo faccio tornare a rotta di collo. Non dubitare.

– Sempre grazioso sei stato! – gli gridò don Paranza, lasciandolo in asso. – Quanto ti voglio bene!

E tornò a casa, a pararsi, per la visita a bordo. Su l'*Hammerfest*, appena entrato in porto, fu accolto con gran festa da tutti i marinai compagni del Cleen. Egli, che per gli affari del vice-consolato se la sbrigava con quattro frasucce solite, dovette quella volta violentare orribilmente la sua immaginaria conoscenza della lingua francese, per rispondere a tutte le domande che gli venivano rivolte a tempesta sul Cleen; e ridusse in uno stato compassionevole la sua povera camicia inamidata, tanto sudò per lo stento di far comprendere a quei diavoli che egli propriamente non era il suocero de *L'arso*, perché la sposa di lui non era propriamente sua figlia, quantunque come figlia la avesse allevata fin da bambina.

Non lo capirono, o non vollero capire. – *Beau-père! Beau-père!*

– E va bene! – esclamava don Paranza. – Sono diventato *beau-père*!

Non sarebbe stato niente se, in qualità di *beau-père*, non avessero voluto ubriacarlo, non ostante le sue vivaci proteste:

– *Je ne bois pas de vin.*

Non era vino. Chi sa che diavolo gli avevano messo in corpo. Si sentiva avvampare. E che enorme fatica per far entrare in testa a tutto l'equipaggio che voleva assolutamente conoscere la sposina, che non era possibile, così, tutti insieme!

– Il solo *beau-frère*! il solo *beau-frère*! Dov'è? *Vous seulement! Venez! venez!*

E se lo condusse in casa. Il cognato non sapeva ancora della nascita del bambino: aveva recato soltanto alla sposa alcuni doni, per incarico della moglie lontana. Era dispiacentissimo di non poter riabbracciare Lars. Fra tre giorni l'*Hammerfest* doveva ripartire per Marsiglia.

Venerina non poté scambiare una parola con quel giovine dalla statura gigantesca, che le richiamò vivissimo alla memoria il giorno che Lars era stato portato su la barella, moribondo, nell'altra casa dello zio. Sì, a lui ella aveva recato l'occorrente per scrivere quella lettera all'abbandonato; da lui aveva ricevuto la borsetta, e per averlo veduto piangere a quel modo ella s'era presa tanta cura del povero infermo. E ora, ora Lars era suo marito, e quel colosso biondo e sorridente, chino su la culla, suo parente, suo cognato. Volle che lo zio le ripetesse in siciliano ciò che egli diceva per il piccino.

– Dice che somiglia a te, – rispose don Paranza. – Ma non ci credere, sai: somiglia a me, invece.

Con quella porcheria che gli avevano cacciato nello stomaco, a bordo, se lo lasciò scappare, don Paranza. Non voleva mostrare il tenerissimo affetto che gli era nato per quel bimbo, ch'egli chiamava gattino. Venerina si mise a ridere.

– Zio, e che dice adesso? – gli domandò poco dopo, sentendo parlare lo straniero, suo cognato.

– Abbi pazienza, figlia mia! – sbuffò don Paranza. – Non posso attendere a tutt'e due... Ah, *Oui*... *L'arso*, sì. *Dommage!* che rabbia, dice... Eh! certo, non sarà possibile vederlo... se il capitano, capisci?... Già! già! *ouì*... *Engagement*... impegni commerciali, capisci! Il vapore non può aspettare.

Eppure quest'ultimo strazio non fu risparmiato al Cleen. Per un ritardo nell'arrivo delle polizze di carico, l'*Hammerfest* dovette rimandare d'un giorno la partenza. Si disponeva già a salpare da Porto Empedocle, quando il vaporetto del Di Nica entrò nel Molo.

Lars Cleen si precipitò su una lancia, e volò a bordo del suo piroscafo, col cuore in tumulto. Non ragionava più! Ah, partire, fuggire coi suoi compagni, parlare di nuovo la sua lingua, sentirsi in patria, lì, sul suo piroscafo – eccolo! grande! bello! – fuggire da quell'esilio, da quella morte! – Si buttò tra le braccia del cognato, se lo strinse a sé fin quasi a soffocarlo, scoppiando irresistibilmente in un pianto dirotto.

Ma quando i compagni intorno gli chiesero, costernati, la cagione di quel pianto convulso, egli rientrò in sé, mentì, disse che piangeva soltanto per la gioia di rivederli.

Solo il cognato non gli chiese nulla: gli lesse negli occhi la disperazione, il violento proposito con cui era volato a bordo, e lo guardò per fargli intendere che egli aveva compreso. Non c'era tempo da perdere: sonava già la campana per dare il segno della partenza.

Poco dopo Lars Cleen dalla lancia vedeva uscire dal porto l'*Hammerfest* e lo salutava col fazzoletto bagnato di lagrime, mentre altre lagrime gli sgorgavano dagli occhi, senza fine. Comandò al barcaiolo di remare fino all'uscita del porto per poter vedere liberamente il piroscafo allontanarsi man mano nel mare sconfinato, e allontanarsi con lui la sua patria, la sua anima, la sua vita. Eccolo, più lontano... più lontano ancora... spariva...

– Torniamo? – gli domandò, sbadigliando, il barcaiolo.

Egli accennò di sì, col capo.

LA FEDE

In quell'umile cameretta di prete piena di luce e di pace, coi vecchi mattoni di Valenza che qua e là avevano perduto lo smalto e sui quali si allungava quieto e vaporante in un pulviscolo d'oro il rettangolo di sole della finestra con l'ombra precisa delle tendine trapunte e lì come stampate e perfino quella della gabbiola verde che pendeva dal palchetto col canarino che vi saltellava dentro, un odore di pane tratto ora dal forno giù nel cortiletto era venuto ad alitare caldo e a fondersi con quello umido dell'incenso della chiesetta vicina e quello acuto dei mazzetti di spigo tra la biancheria dell'antico canterano.

Pareva che ormai non potesse avvenire più nulla in quella cameretta. Immobile, quella luce di sole; immobile, quella pace; come, ad affacciarsi alla finestra, immobili giù tra i ciottoli grigi del cortiletto i fili di erba, i fili di paglia caduti dalla mangiatoia sotto il tettuccio in un angolo, dalle tegole sanguigne e coi tanti sassolini scivolati dalla ripa che si stendeva scabra lassù.

Dentro, le piccole antiche sedie verniciate di nero, pulite pulite, di qua e di là dal canterano, avevano tutte una crocettina argentata sulla spalliera, che dava loro un'aria di monacelle attempate, contente di starsene lì ben custodite, al riparo, non toccate mai da nessuno; e con piacere pareva stessero a guardare il modesto lettino di ferro del prete, che aveva a capezzale, su la parete imbiancata, una croce nera col vecchio Crocefisso d'avorio, gracile e ingiallito.

Ma soprattutto un grosso Bambino Gesù di cera in un cestello imbottito di seta celeste, sul canterano, riparato dalle mosche da un tenue velo anche esso celeste, pareva profittasse del silenzio, in quella luce di sole, per dormire con una manina sotto la guancia paffuta il suo roseo sonno tra quegli odori misti d'incenso, di spigo e di caldo pane di casa.

Dormiva anche, su la poltroncina di juta a piè del letto, col capo calvo, incartapecorito, reclinato indietro penosamente sulla spalliera, don Pietro. Ma era un sonno ben diverso, il suo. Sonno a bocca aperta, di vecchio stanco e malato. Le palpebre esili pareva non avessero più forza neanche di chiudersi sui duri globi dolenti degli occhi appannati. Le narici s'affilavano nello stento sibilante del respiro irregolare che palesava l'infermità del cuore.

Il viso giallo, scavato, aguzzo, aveva assunto in quel sonno, e pareva a tradimento, un'espressione cattiva e sguaiata, come se, nella momentanea assenza, il corpo volesse vendicarsi dello spirito che per tanti anni con l'austera volontà lo aveva martoriato e ridotto in servitù, così disperatamente estenuato e miserabile. Con quello sguaiato abbandono, con quel filo di bava che pendeva dal labbro cadente, voleva dimostrare che non ne poteva più. E quasi oscenamente rappresentava la sua sofferenza di bestia.

Don Angelino, entrato di furia nella cameretta, s'era subito arrestato e poi era venuto avanti in punta di piedi. Ora da una decina di minuti stava a contemplare il dormente, in silenzio, ma con un'angoscia che di punto in punto, esasperandosi, gli si cangiava in rabbia; per cui apriva e serrava le mani fino ad affondarsi le unghie nella carne. Avrebbe voluto gridare per svegliarlo:

«Ho deciso, don Pietro: mi spoglio!»

Ma si sforzava di trattenere perfino il respiro per paura che, svegliandosi, quel santo vecchio se lo trovasse davanti all'improvviso con quell'angoscia rabbiosa che certo doveva trasparirgli dagli occhi e da tutto il viso disgustato; e anzi aveva la tentazione di far saltare con una manata fuori della finestra quella gabbiola che pendeva dal palchetto, tanta irritazione gli cagionava, nella paura che il vecchio si svegliasse, il raspio delle zampine di quel canarino su lo zinco del fondo.

Il giorno avanti, per più di quattr'ore, andando su e giù per quella cameretta, dimenandosi, storcendosi tutto, come per staccare e respingere dal contatto col suo corpicciuolo ribelle l'abito talare, e movendo sott'esso le gambe come se volesse prenderlo a calci, aveva discusso accanitamente con don Pietro sulla sua risoluzione d'abbandonare il sacerdozio, non perché avesse perduto la fede, no, ma perché con gli studii e la meditazione era sinceramente convinto d'averne acquistata un'altra, più viva e più libera, per cui ormai non poteva accettare né sopportare i dommi, i vincoli, le mortificazioni che l'antica gli imponeva. La discussione s'era fatta, da parte sua soltanto, sempre più violenta, non tanto per le risposte che gli aveva dato don Pietro, quanto per un dispetto man mano crescente contro se stesso, per il bisogno che aveva sentito, invincibile e assurdo, d'andarsi a confidare con quel santo vecchio, già suo primo precettore e poi confessore per tanti anni, pur riconoscendolo incapace d'intendere i suoi tormenti, la sua angoscia, la sua disperazione.

E infatti don Pietro lo aveva lasciato sfogare, socchiudendo ogni tanto gli occhi e accennando con le labbra bianche un lieve sorrisino, a cui non parevano neppure più adatte quelle sue labbra, un sorrisino bonariamente ironico, o mormorando, senza sdegno, con indulgenza:

– Vanità... vanità...

Un'altra fede? Ma quale, se non ce n'è che una? Più viva? più libera? Ecco appunto dov'era la vanità; e se ne sarebbe accorto bene quando, caduto quell'impeto giovanile, spento quel fervore diabolico, intepidito il sangue nelle vene, non avrebbe più avuto tutto quel fuoco negli occhietti arditi e, coi capelli canuti o calvo, non sarebbe stato più così bellino e fiero. Insomma, lo aveva trattato come un ragazzo, ecco, un buon ragazzo che sicuramente non avrebbe fatto lo scandalo che minacciava, anche in considerazione del cordoglio che avrebbe cagionato alla sua vecchia mamma, che aveva fatto tanti sacrifizi per lui.

E veramente, al ricordo della mamma, di nuovo ora don Angelino si sentì salire le lagrime agli occhi. Ma intanto, proprio per lei, proprio per la sua vecchia mamma era venuto a quella risoluzione; per non ingannarla più; e anche per lo strazio che gli dava il vedersi venerato da lei come un piccolo santo. Che crudeltà, che crudeltà di spettacolo, quel sonno di vecchio! Era pure nella miseria infinita di quel corpo stremato in abbandono la dimostrazione più chiara delle verità nuove che gli s'erano rivelate.

Ma in quel punto si schiuse l'uscio della cameretta ed entrò la vecchia sorella di don Pietro, piccola, cerea, vestita di nero, con un fazzoletto nero di lana in capo, più curva e più tremula del fratello. Parve a don Angelino che – chiamata dalle sue lagrime – entrasse nella cameretta la sua mamma, piccola, cerea e vestita di nero come quella. E alzò gli occhi a guardarla, quasi con sgomento, senza comprendere in prima il cenno con cui gli domandava:

– Che fa, dorme?

Don Angelino fece di sì col capo.

– E tu perché piangi?

Ma ecco che il vecchio schiude gli occhi imbambolati e con la bocca ancora aperta solleva il capo dalla spalliera della poltroncina.

– Ah, tu Angelino? che c'è?

La sorella gli s'accostò e, curvandosi sulla poltrona, gli disse piano qualche parola all'orecchio. Allora don Pietro si alzò a stento e, strascicando i piedi, venne a posare una mano sulla spalla di don Angelino, e gli domandò:

– Vuoi farmi una grazia, figliuolo mio? È arrivata dalla campagna una povera vecchia, che chiede di me. Vedi che mi reggo appena in piedi. Vorresti andare in vece mia? È giù in sagrestia. Puoi scendere di qua, dalla scaletta interna. Va', va', che tu sei sempre il mio buon figliuolo. E Dio ti benedica!

Don Angelino, senza dir nulla, andò. Forse non aveva neanche compreso bene. Per la scaletta interna della cura, buia, angustissima, a chiocciola, si fermò; appoggiò il capo alla mano che, scendendo, faceva scorrere lungo il muro, e si rimise a piangere, come un bambino. Un pianto che gli bruciava gli occhi e lo strozzava. Pianto d'avvilimento, pianto di rabbia e di pietà insieme. Quando alla fine giunse alla sagrestia, si sentì improvvisamente come alienato da tutto. La sagrestia gli parve un'altra, come se vi entrasse per la prima volta. Frigida, squallida e luminosa. E trovandovi seduta la vecchia, quasi non comprese che cosa vi stesse ad aspettare, e quasi non gli parve vera.

Era una decrepita contadina, tutta infagottata e lercia, dalle palpebre sanguigne orribilmente arrovesciate. Biasciando, faceva di continuo balzare il mento aguzzo fin sotto il naso. Reggeva in una mano due galletti per le zampe, e mostrava nel palmo dell'altra mano tre lire d'argento, chi sa da quanto tempo conservate. Per terra, davanti ai piedi imbarcati in due logore enormi scarpacce da uomo, aveva una sudicia bisaccia piena di mandorle secche e di noci.

Don Angelino la guatò con ribrezzo.

– Che volete?

La vecchia, sforzandosi di sbirciarlo, barbugliò qualcosa con la lingua imbrogliata entro le gote flosce e cave, tra le gengive sdentate.

– Come dite? Non sento. Vi chiamate zia Croce?

Sì, zia Croce. Era la zia Croce. Don Pietro la conosceva bene. La zia Croce Scoma; che il marito le era morto tant'anni fa, nel fiume di Naro, annegato. Veniva a piedi, con quella bisaccia sulle spalle, dalle pianure del Cannatello. Più di sette miglia di cammino. E con quell'offerta di due galletti e di quella bisaccia di mandorle e di noci e con le tre lire della messa doveva placare (don Pietro lo sapeva) San Calògero, il santo di tutte le grazie, che le aveva fatto guarire il figlio d'una malattia mortale. Appena guarito, però, quel figlio se n'era andato in America. Le aveva promesso che di là le avrebbe scritto e mandato ogni mese tanto da mantenersi. Erano passati sedici mesi; non ne aveva più notizia; non sapeva neppure se fosse vivo o morto. Lo avesse almeno saputo vivo, pazienza per lei, se non le mandava niente. Neanche un rigo di lettera! Niente. Ma ora tutti in campagna le avevano detto che questo dipendeva perché lei, appena guarito il figlio, non aveva adempiuto il voto a San Calògero. E certo doveva essere così: lo riconosceva anche lei. Il voto però non lo aveva adempiuto (don Pietro lo sapeva) perché s'era spogliata di tutto per quella malattia del figlio e le erano rimasti appena gli occhi per piangere: piangere sangue! ecco, sangue! Poi, andato via il figlio, vecchia com'era e senz'aiuto di nessuno, come trovare da mettere insieme l'offerta e quelle tre lire della messa, se guadagnava appena tanto ogni giorno da non morire di fame? Sedici mesi le ci eran voluti, e con quali stenti, Dio solo lo sapeva! Ma ora, ecco qua i due galletti, ed ecco le tre lire e le mandorle e le noci. San Calògero misericordioso si sarebbe placato e tra poco, senza dubbio, le sarebbe arrivata dall'America la notizia che il figlio era vivo e prosperava.

Don Angelino, mentre la vecchia parlava così, andava su e giù per la sagrestia, volgendo di qua e di là occhiate feroci e aprendo e chiudendo le mani, perché aveva la tentazione d'afferrare per le spalle quella vecchia e scrollarla furiosamente, urlandole in faccia:

– Questa è la tua fede?

Ma no: altri, altri, non quella povera vecchia; altri, i suoi colleghi sacerdoti avrebbe voluto afferrare per le spalle e scrollare, i suoi colleghi sacerdoti che tenevano in quell'abiezione di fede tanta povera gente, e su quell'abiezione facevano bottega. Ah Dio, come potevano prendersi per una messa le tre lire di quella vecchia, i galletti, le mandorle e le noci?

– Riprendete codesta bisaccia e andatevene! – le gridò, tutto fremente.

Quella lo guardò, sbalordita.

– Potete andarvene, ve lo dico io! – aggiunse don Angelino, infuriandosi vieppiù. – San Calògero non ha bisogno né di galletti né di fichi secchi! Se vostro figlio ha da scrivervi, state sicura che vi scriverà. Quanto alla messa, vi dico che don Pietro è malato. Andatevene! andatevene!

Come intronata da quelle parole furiose, la vecchia gli domandò:

– Ma che dice? Non ha capito che questo è un voto? È un voto!

E c'era nella parola, pur ferma, un tale sbalordimento per l'incomprensione di lui, quasi incredibile, che don Angelino fu costretto a fermarvi l'attenzione. Pensò ch'era lì in vece di don Pietro, e si frenò. Con parole meno furiose cercò di persuadere la vecchia a riportarsi i galletti e le mandorle e le noci, e le disse che, quanto alla messa, ecco, se proprio la voleva, magari gliel'avrebbe detta lui, invece di don Pietro, ma a patto che lei si tenesse le tre lire.

La vecchia tornò a guardarlo, quasi atterrita, e ripeté:

– Ma come! Che dice? E allora che voto è? Se non do quello che ho promesso, che vale? Ma scusi, a chi parlo? Non parlo forse a un sacerdote? E perché allora mi tratta così? O che forse crede che non do a San Calògero miracoloso con tutto il cuore quello che gli ho promesso? Oh Dio! oh Dio! Forse perché le ho parlato di quanto ho penato per raccoglierlo?

E così dicendo, si mise a piangere perdutamente, con quegli orribili occhi insanguati.

Commosso e pieno di rimorso per quel pianto, don Angelino si pentì della sua durezza, sopraffatto all'improvviso da un rispetto, che quasi lo avviliva di vergogna, per quella vecchia che piangeva innanzi a lui per la sua fede offesa. Le s'accostò, la confortò, le disse che non aveva pensato quello che lei sospettava, e che lasciasse lì tutto; anche le tre lire, sì; e intanto entrasse in chiesa, che or ora le avrebbe detto la messa.

Chiamò il sagrestano; corse al lavabo; e mentre quello lo aiutava a pararsi, pensò che avrebbe trovato modo di ridare alla vecchia, dopo la messa, le tre lire e i galletti e quell'altra offerta della bisaccia. Ma ecco, questa carità perché avesse il valore che potesse renderla accetta a quella povera vecchia, non richiedeva forse qualcosa ch'egli non sentiva più d'avere in sé? Che carità sarebbe stata il prezzo d'una messa, se per tutti gli stenti e i sacrifizi durati da quella vecchia per adempiere il voto, egli non avesse celebrato quella messa col più sincero e acceso fervore? Una finzione indegna, per una elemosina di tre lire?

E don Angelino, già parato, col calice in mano, si fermò un istante, incerto e oppresso d'angoscia, su la soglia della sagrestia a guardare nella chiesetta deserta; se gli conveniva, così senza fede, salire all'altare. Ma vide davanti a quell'altare prosternata con la fronte a terra la vecchia, e si sentì come da un respiro non suo sollevare tutto il petto, e fendere la schiena da un brivido nuovo. O perché se l'era immaginata bella e radiosa come un sole, finora, la fede? Eccola lì, eccola lì, nella miseria di quel dolore inginocchiato, nella squallida angustia di quella paura prosternata, la fede!

E don Angelino salì come sospinto all'altare, esaltato di tanta carità, che le mani gli tremavano e tutta l'anima gli tremava, come la prima volta che vi si era accostato.

E per quella fede pregò, a occhi chiusi, entrando nell'anima di quella vecchia come in un oscuro e angusto tempio, dov'essa ardeva; pregò il Dio di quel tempio, qual esso era, quale poteva essere: unico bene, comunque, conforto unico per quella miseria.

E finita la messa, si tenne l'offerta e le tre lire, per non scemare con una piccola carità la carità grande di quella fede.

CON ALTRI OCCHI

Dall'ampia finestra, aperta sul giardinetto pensile della casa, si vedeva come posato sull'azzurro vivo della fresca mattina un ramo di mandorlo fiorito, e si udiva, misto al roco quatto chioccolio della vaschetta in mezzo al giardino, lo scampanio festivo delle chiese lontane e il garrire delle rondini ebbre d'aria e di sole.

Nel ritrarsi dalla finestra sospirando, Anna s'accorse che il marito quella mattina s'era dimenticato di guastare il letto, come soleva ogni volta, perché i servi non s'avvedessero che non s'era coricato in camera sua. Poggiò allora i gomiti sul letto non toccato, poi vi si stese con tutto il busto, piegando il bel capo biondo su i guanciali e socchiudendo gli occhi, come per assaporare nella freschezza del lino i sonni che egli soleva dormirvi. Uno stormo di rondini sbalestrate guizzarono strillando davanti alla finestra.

«Meglio se ti fossi coricato qui,» mormorò tra sé, e si rialzò stanca.

Il marito doveva partire quella sera stessa, ed ella era entrata nella camera di lui per preparargli l'occorrente per il viaggio.

Nell'aprire l'armadio, sentì come uno squittio nel cassetto interno e subito si ritrasse, impaurita. Tolse da un angolo della camera un bastone dal manico ricurvo e, tenendosi stretta alle gambe la veste, prese il bastone per la punta e si provò ad aprire con esso, così discosta, il cassetto. Ma, nel tirare, invece del cassetto, venne fuori agevolmente dal bastone una lucida lama insidiosa. Non se l'aspettava; n'ebbe ribrezzo e si lasciò cadere di mano il fodero dello stocco.

In quel punto, un altro squittio la fece voltare di scatto, in dubbio se anche il primo fosse partito da qualche rondine sguizzante davanti alla finestra.

Scostò con un piede l'arma sguainata e trasse in fuori tra i due sportelli aperti il cassetto pieno d'antichi abiti smessi del marito. Per improvvisa curiosità si mise allora a rovistare in esso e, nel riporre una giacca logora e stinta, le avvenne di tastare negli orli sotto il soppanno come un cartoncino, scivolato lì dalla tasca in petto sfondata; volle vedere che cosa fosse quella carta caduta lì chi sa da quanti anni e dimenticata; e così per caso Anna scoprì il ritratto della prima moglie del marito.

Impallidendo, con la vista intorbidata e il cuore sospeso, corse alla finestra, e vi rimase a lungo, attonita, a mirare l'immagine sconosciuta, quasi con un senso di sgomento.

La voluminosa acconciatura del capo e la veste d'antica foggia non le fecero notare in prima la bellezza di quel volto; ma appena poté coglierne le fattezze, astraendole dall'abbigliamento che ora, dopo tanti anni, appariva goffo, e fissarne specialmente gli occhi, se ne sentì quasi offesa e un impeto d'odio le balzò dal cuore al cervello: odio di postuma gelosia; l'odio misto di sprezzo che aveva provato per colei nell'innamorarsi dell'uomo ch'era adesso suo marito, dopo undici anni dalla tragedia coniugale che aveva distrutto d'un colpo la prima casa di lui.

Anna aveva odiato quella donna non sapendo intendere come avesse potuto tradire l'uomo ora da lei adorato e, in secondo luogo, perché i suoi parenti s'erano opposti al matrimonio suo col Brivio, come se questi fosse stato responsabile dell'infamia e della morte violenta della moglie infedele.

Era lei, sì, era lei, senza dubbio! la prima moglie di Vittore: colei che s'era uccisa!

Ne ebbe la conferma dalla dedica scritta sul dorso del ritratto: *Al mio Vittore, Almira sua – 11 novembre 1873.*

Anna aveva notizie molto vaghe della morta: sapeva soltanto che il marito, scoperto il tradimento, l'aveva costretta, con l'impassibilità di un giudice, a togliersi la vita.

Ora ella si richiamò con soddisfazione alla mente questa condanna del marito, irritata da quel «mio» e da quel «sua» della dedica, come se colei avesse voluto ostentare così la strettezza del legame che reciprocamente aveva unito lei e Vittore, unicamente per farle dispetto.

A quel primo lampo d'odio, guizzato dalla rivalità per lei sola ormai sussistente, seguì nell'anima di Anna la curiosità femminile di esaminare i lineamenti di quel volto, ma quasi trattenuta dalla strana costernazione che si prova alla vista di un oggetto appartenuto a qualcuno tragicamente morto; costernazione ora più viva, ma a lei non ignota, poiché n'era compenetrato tutto il suo amore per il marito appartenuto già a quell'altra donna.

Esaminandone il volto, Anna notò subito quanto dissomigliasse dal suo; e le sorse a un tempo dal cuore la domanda, come mai il marito che aveva amato quella donna, quella giovinetta certo bella per lui, si fosse poi potuto innamorare di lei così diversa.

Sembrava bello, molto più bello del suo anche a lei quel volto che, dal ritratto, appariva bruno. Ecco: e quelle labbra si erano congiunte nel bacio alle labbra di lui; ma perché mai a gli angoli della bocca quella piega dolorosa? e perché così mesto lo sguardo di quegli occhi intensi? Tutto il volto spirava un profondo cordoglio; e Anna ebbe quasi dispetto della bontà umile e vera che quei lineamenti esprimevano, e quindi un moto di repulsione e di ribrezzo, sembrandole a un tratto di scorgere nello sguardo di quegli occhi la medesima espressione degli occhi suoi allorché, pensando al marito, ella si guardava nello specchio, la mattina, dopo essersi acconciata.

Ebbe appena il tempo di cacciarsi in tasca il ritratto: il marito si presentò, sbuffando, sulla soglia della camera.

– Che hai fatto? Al solito? Hai rassettato? Oh povero me! Ora non trovo più nulla!

Vedendo poi lo stocco sguainato per terra:

– Ah! Hai anche tirato di scherma con gli abiti dell'armadio?

E rise di quel suo riso che partiva soltanto dalla gola, quasi qualcuno gliel'avesse vellicata; e, ridendo così, guardò la moglie, come se domandasse a lei il perché del suo proprio riso. Guardando, batteva di continuo le palpebre celerissimamente su gli occhietti acuti, neri, irrequieti.

Vittore Brivio trattava la moglie come una bambina non d'altro capace che di quell'amore ingenuo e quasi puerile di cui si sentiva circondato, spesso con fastidio, e al quale si era proposto di prestar solo attenzione di tempo in tempo, mostrando anche allora una condiscendenza quasi soffusa di lieve ironia, come se volesse dire: «Ebbene, via! per un po' diventerò anch'io bambino con te: bisogna fare anche questo, ma non perdiamo troppo tempo!».

Anna s'era lasciata cadere ai piedi la vecchia giacca in cui aveva trovato il ritratto. Egli la raccattò infilzandola con la punta dello stocco, poi chiamò dalla finestra nel giardino il servotto che fungeva anche da cocchiere e che in quel momento attaccava al biroccio il cavallo. Appena il ragazzo si presentò in maniche di camicia nel giardino davanti alla finestra, il Brivio gli buttò in faccia sgarbatamente la giacca infilzata, accompagnando l'elemosina con un: «Tieni, è per te!».

– Così avrai meno da spazzolare – aggiunse, rivolto alla moglie, – e da rassettare, speriamo!

E di nuovo emise quel suo riso stentato battendo più e più volte le palpebre.

Altre volte il marito s'era allontanato dalla città e non per pochi giorni soltanto, partendo anche di notte come quella volta; ma Anna, ancora sotto l'impressione della scoperta di quel ritratto, provò una strana paura di restar sola, e lo disse, piangendo, al marito.

Vittore Brivio, frettoloso nel timore di non fare a tempo e tutto assorto nel pensiero dei suoi affari, accolse con mal garbo quel pianto insolito della moglie.

– Come! Perché? Via, via, bambinate!

E andò via di furia, senza neppur salutarla.

Anna sussultò al rumore della porta ch'egli si chiuse dietro con impeto; rimase col lume in mano nella saletta e sentì raggelarsi le lagrime negli occhi. Poi si scosse e si ritirò in fretta nella sua camera, per andar subito a letto.

Nella camera già in ordine ardeva il lampadino da notte.

– Va' pure a dormire – disse Anna alla cameriera che la attendeva. – Fo da me. Buona notte.

Spense il lume, ma invece di posarlo, come soleva, su la mensola, lo posò sul tavolino da notte, presentendo – pur contro la propria volontà – che forse ne avrebbe avuto bisogno più tardi. Cominciò a svestirsi in fretta, tenendo gli occhi fissi a terra, innanzi a sé. Quando la veste le cadde attorno ai piedi, pensò che il ritratto era là e con viva stizza si sentì guardata e commiserata da quegli occhi dolenti, che tanta impressione le avevano fatto. Si chinò risolutamente a raccogliere dal tappeto la veste e la posò senza ripiegarla, su la poltrona a piè del letto, come se la tasca che nascondeva il ritratto e il viluppo della stoffa dovessero e potessero impedirle di ricostruirsi l'immagine di quella morta.

Appena coricata, chiuse gli occhi e s'impose di seguire col pensiero il marito per la via che conduceva alla stazione ferroviaria. Se l'impose per astiosa ribellione al sentimento che tutto quel giorno l'aveva tenuta vigile a osservare, a studiare il marito. Sapeva donde quel sentimento le era venuto e voleva scacciarlo da sé.

Nello sforzo della volontà, che le produceva una viva sovreccitazione nervosa, si rappresentò con straordinaria evidenza la via lunga, deserta nella notte, rischiarata dai fanali verberanti il lume tremulo sul lastrico che pareva ne palpitasse: a piè d'ogni fanale, un cerchio d'ombra; le botteghe, tutte chiuse; ed ecco la vettura che conduceva Vittore. Come se l'avesse aspettata al varco, si mise a seguirla fino alla stazione: vide il treno lugubre, sotto la tettoia a vetri; una gran confusione di gente in quell'interno vasto, fumido, mal rischiarato, cupamente sonoro: ecco, il treno partiva; e, come se veramente lo vedesse allontanare e sparire nelle tenebre, rientrò d'un subito in sé, aprì gli occhi nella camera silenziosa e provò un senso angoscioso di vuoto, come se qualcosa le mancasse dentro.

Sentì allora confusamente, smarrendosi, che da tre anni forse, dal momento in cui era partita dalla casa paterna, ella era in quel vuoto, di cui ora soltanto cominciava ad assumer coscienza. Non se n'era accorta prima, perché lo aveva riempito solo di sé, del suo amore, quel vuoto; se ne accorgeva ora, perché in tutto quel giorno aveva tenuto quasi sospeso il suo amore, per vedere, per osservare, per giudicare.

«Non mi ha neppure salutata!» pensò; e si mise a piangere di nuovo, quasi che questo pensiero fosse determinatamente la cagione del pianto.

Sorse a sedere sul letto: ma subito arrestò la mano tesa, nel levarsi, per prendere dalla veste il fazzoletto. Via, era ormai inutile vietarsi di rivedere, di riosservare quel ritratto! Lo prese. Riaccese il lume.

Come se la era raffigurata diversamente quella donna! Contemplandone ora la vera effigie, provava rimorso dei sentimenti che la immaginaria le aveva suggeriti. Si era raffigurata una donna, piuttosto grassa e rubiconda, con gli occhi lampeggianti e ridenti, inclinata al riso, a gli spassi volgari. E invece, ora, eccola: una giovinetta che dalle pure fattezze spirava un'anima profonda e addolorata; diversa sì, da lei, ma non nel senso sguaiato di prima: al contrario; anzi quella bocca pareva non avesse dovuto mai sorridere, mentre la sua tante volte e lietamente aveva riso; e certo, se bruno quel volto (come dal ritratto appariva), di un'aria men ridente del suo, biondo e roseo.

Perché, perché così triste?

Un pensiero odioso le balenò in mente, e subito staccò gli occhi dall'immagine di quella donna, scorgendovi d'improvviso un'insidia non solo alla sua pace, al suo amore che pure in quel giorno aveva ricevuto più d'una ferita, ma anche alla sua orgogliosa dignità di donna onesta che non s'era mai permesso neppure il più lontano pensiero contro il marito. Colei aveva avuto un amante! E per lui forse era così triste, per quell'amore adultero, e non per il marito!

Buttò il ritratto sul comodino e spense di nuovo il lume, sperando di addormentarsi, questa volta, senza pensare più a quella donna, con la quale non poteva aver nulla di comune. Ma, chiudendo le palpebre, rivide subito, suo malgrado, gli occhi della morta, e invano cercò di scacciare quella vista.

– Non per lui, non per lui! – mormorò allora con smaniosa ostinazione, come se, ingiuriandola, sperasse di liberarsene.

E si sforzò di richiamare alla memoria quanto sapeva intorno a quell'altro, all'amante, costringendo quasi lo sguardo e la tristezza di quegli occhi a rivolgersi non più a lei, ma all'antico amante, di cui ella conosceva soltanto il nome: Arturo Valli. Sapeva che costui aveva sposato qualche anno dopo, quasi a provare ch'era innocente della colpa che gli voleva addebitare il Brivio di cui aveva respinto energicamente la sfida, protestando che non si sarebbe mai battuto con un pazzo assassino. Dopo questo rifiuto, Vittore aveva minacciato di ucciderlo ovunque lo avesse incontrato, foss'anche in chiesa; e allora egli era andato via con la moglie dal paese, nel quale era poi ritornato, appena Vittore, riammogliatosi, se n'era partito.

Ma dalla tristezza di questi avvenimenti da lei rievocati, dalla viltà del Valli e, dopo tanti anni, dalla dimenticanza del marito, il quale, come se nulla fosse stato, s'era potuto rimettere nella vita e riammogliare, dalla gioia che ella stessa aveva provato nel divenir moglie di lui, da quei tre anni trascorsi da lei senza mai un pensiero per quell'altra, inaspettatamente un motivo di compassione per costei s'impose ad Anna spontaneo; ne rivide viva l'immagine, ma come da lontano lontano, e le parve che con quegli occhi, intensi di tanta pena, colei le dicesse, tentennando lievemente il capo:

«Io sola però ne son morta! Voi tutti vivete!»

Si vide, si sentì sola nella casa: ebbe paura. Viveva, sì, lei; ma da tre anni, dal giorno delle nozze, non aveva più riveduto, neanche una volta, i suoi genitori, la sorella. Lei che li adorava, e ch'era stata sempre con loro docile e confidente, aveva potuto ribellarsi alla loro volontà, ai loro consigli per amore di quell'uomo; per amore di quell'uomo s'era mortalmente ammalata e sarebbe morta, se i medici non avessero indotto il padre a condiscendere alle nozze. Il padre aveva ceduto, non consentendo, però, anzi giurando che ella per lui, per la casa, dopo quelle nozze, non sarebbe più esistita. Oltre alla differenza di età, ai diciotto anni che il marito aveva più di lei, ostacolo più grave per il padre era stata la posizione finanziaria di lui soggetta a rapidi cambiamenti per le imprese rischiose a cui soleva gettarsi con temeraria fiducia in se stesso e nella fortuna.

In tre anni di matrimonio Anna, circondata da agi, aveva potuto ritenere ingiuste o dettate da prevenzione contraria le considerazioni della prudenza paterna, quanto alle sostanze del marito, nel quale del resto ella, ignara, riponeva la medesima fiducia che egli in se stesso; quanto poi alla differenza d'età, finora nessun argomento manifesto di delusione per lei o di meraviglia per gli altri, poiché dagli anni il Brivio non risentiva il minimo danno né nel corpo vivacissimo e nervoso, né tanto meno poi nell'animo dotato d'infaticabile energia, d'irrequieta alacrità.

Di ben altro Anna, ora per la prima volta, guardando (senza neppur sospettarlo) nella sua vita con gli occhi di quella morta, trovava da lagnarsi del marito. Sì, era vero: della noncuranza quasi sdegnosa di lui ella si era altre volte sentita ferire; ma non mai come quel giorno; e ora per la prima volta si sentiva così angosciosamente sola, divisa dai suoi parenti, i quali le pareva in quel momento la avessero abbandonata lì, quasi che, sposando il Brivio, avesse già qualcosa di comune con quella morta e non fosse più degna d'altra compagnia. E il marito che avrebbe dovuto consolarla, il marito stesso pareva non volesse darle alcun merito del sacrifizio ch'ella gli aveva fatto del suo amore filiale e fraterno, come se a lei non fosse costato nulla, come se a quel sacrifizio egli avesse avuto diritto, e per ciò nessun dovere avesse ora di compensarnela. Diritto, sì, ma perché lei se ne era così perdutamente innamorata allora; dunque il dovere per lui adesso di compensarla. E invece...

«*Sempre così!*» parve ad Anna di sentirsi sospirare dalle labbra dolenti della morta.

Riaccese il lume e di nuovo, contemplando l'immagine, fu attratta dall'espressione di quegli occhi. Anche lei dunque, davvero, aveva sofferto per lui? anche lei, anche lei, accorgendosi di non essere amata, aveva sentito quel vuoto angoscioso?

– Sì? sì? – domandò Anna, soffocata dal pianto, all'immagine.

E le parve allora che quegli occhi buoni, intensi di passione, la commiserassero a lor volta, la compiangessero di quell'abbandono, del sacrifizio non rimeritato, dell'amore che le restava chiuso in seno quasi tesoro in uno scrigno, di cui egli avesse le chiavi, ma per non servirsene mai, come l'avaro.

TRA DUE OMBRE

Stridore di catene e scambio di saluti e d'auguri, ultime raccomandazioni e grida di richiamo tra i passeggeri di terza classe e la gente che s'affollava su lo scalo dell'Immacolatella o sulle barchette ballanti attorno al piroscafo in partenza.

– De venì cu tte! de venì cu tte!

– No! no! t' 'o ddico!

– E nun avè paura!

– Core mio, core 'e mamma, stenne 'e mmane!

– Addó sta? addó sta?

– Mo sta cca!

– Allegramente!

E tra tanta confusione, per accrescere l'agitazione di chi partiva, il suono titillante dei mandolini d'una banda di musici girovaghi.

– Faustino! Dio mio, guarda Ninì... guarda Bicetta... – gridava al Sangelli la moglie che non si moveva per timore del mal di mare, prima ancora che il piroscafo si mettesse in movimento.

Non c'era stato verso d'indurla ad andare a sedere sul piano di coperta destinato alla prima classe, a pruavia. S'era buttata come una balla sul sedile del lucernario della camera di poppa; e così grassa come s'era fatta pochi anni dopo il matrimonio, bionda e pallida, con gli occhi azzurri ovati, non si curava nemmeno dello spettacolo che dava con quel suo ridicolo sgomento, aggrappata con la mano tozza piena d'anelli al bracciuolo di legno del sedile, quasi che, tenendolo così, volesse impedire lo scotimento fitto fitto e continuo della macchina già sotto pressione.

Strillava lamentosamente per Bicetta, per Ninì, per Carluccio, ma non osava neppure girare un po' la testa per vedere dove fossero. L'ampio velo turchino attorno al cappello di paglia, col vento, le sbatteva in faccia; lo lasciava sbattere, pur di non muoversi; e teneva fissi gli occhi spaventati a una manica a vento lì presso, suo incubo forse, ma anche riparo e protezione.

– Carluccio, Dio mio, dov'è? Faustino! Faustino! E Bicetta?

Con l'aria che batteva viva, da terra là sopra coperta e che si portava via il fumo della ciminiera tra il cordame dell'alberatura, nel chiarore aperto e fresco, tutto lampeggiante dei riflessi del sole al tramonto sul mare un po' mosso a ogni sollevarsi dei parasoli, quei tre benedetti ragazzi, che non erano stati mai su un piroscafo, parevano impazziti; si ficcavano tra la gente, da per tutto, tra le scale sul passavanti, le lapazze, i ponti di sbarco, sotto le lance; volevano veder tutto, e correvano davvero il rischio anche di precipitar giù in mare.

Faustino Sangelli, andando loro dietro, si sentiva intanto finir lo stomaco a quelle raccomandazioni della moglie. Non gli era parso mai tanto ridicolo il suo nome in diminutivo sulle labbra di quella donna così grassa, né mai tanto sgradevole la voce di lei.

Avrebbe voluto gridarle:

«E sta' zitta! Non vedi che sto badando a loro?»

Ma aveva sulle labbra, rassegato, un sorriso freddo e fatuo, come di chi si presti a far cosa che a lui veramente non appartenga o non prema molto.

Oh Dio, come? I figliuoli? Non gli premevano i figliuoli? Sì, gli premevano. Ma in quel momento, Faustino Sangelli – il quale aveva già trentasei anni e qualche pelo bianco, più d'uno, nella barba e alle tempie – si sentiva proprio costretto a sorridere in quel modo, di quel mezzo sorriso freddo e fatuo, tra di compiacenza e di rassegnazione. Non poteva farne a meno. Avrebbe seguitato a sorridere così, anche se Carluccio o Ninì o Bicetta fossero caduti – non in mare, no, Dio liberi! – ma lì sopra coperta e si fossero messi a piangere. Perché non sorrideva lui così, propriamente; ma un altro Faustino Sangelli, di circa diciott'anni, e dunque senza quella barba, e dunque senza né quella moglie né quei figliuoli.

Questo gli avveniva per il fatto che, tra la gente che quella sera partiva da Napoli col piroscafo per la Sicilia, aveva intraveduto e riconosciuto subito un suo lontano parente, un tal Silvestro Crispo, già tutto grigio e più ispido e più cupo di quando, tanti e tanti anni addietro, lui, Faustino Sangelli, allor quasi ragazzo imberbe, studentello matricolino di lettere all'Università di Palermo, gli aveva tolto l'amore di Lillì, loro comune cugina, di cui tutti e due allora erano perdutamente innamorati; e quel poveretto aveva tentato d'uccidersi, chiudendosi in camera una notte col braciere acceso. Ora Lillì da otto anni era moglie di colui; e Faustino Sangelli sapeva che, nonostante l'età, si conservava ancora bellissima e fresca.

Tutti i ricordi scottanti, gli errori, i rimorsi della prima gioventù, improvvisamente, alla vista di quell'uomo, gli avevano fatto un tale impeto dentro, che n'era come stordito. Al solo pensiero che quel Silvestro Crispo potesse vederlo, invecchiato e così dietro a quei tre ragazzi mal vestiti, e con quella moglie grassa e ridicola che strillava di là, si sentiva vaneggiare in un avvilimento di vergogna, acre e insopportabile, al quale reagiva seguitando a sorridere a quel modo, mentre avvertiva con una lucidità che gl'incuteva quasi ribrezzo, che non soltanto lui qual era adesso, ma lui anche qual era stato tant'anni addietro, sedici anni addietro, viveva tuttora e sentiva e ragionava con quegli stessi pensieri, con quegli stessi sentimenti, che già da tanto tempo credeva spenti o cancellati in sé; ma così vivo, così «presentemente» vivo che, quasi non parendogli più vero in quel momento tutto ciò che lo circondava, e pur non potendo negarne a se stesso la realtà, non potendo negare per esempio che quei tre ragazzi là fossero suoi; ecco qua, sorrideva, proprio come se non fossero; proprio come se lui non fosse questo Faustino d'adesso, ma quello: diviso in due vite distanti e contemporanee; vere tutt'e due, e vane tutt'e due nello stesso tempo; e di là quella biondona pallida, di cui gli arrivava la voce sgraziata: «*Faustino! Faustino!*» – e qua, fuggente e ammiccante tra il rimescolio dei passeggeri sopra coperta, Lillì, Lillì di ventidue anni, bella come quando di nascosto, da lontano, per tentarlo, tenendo socchiuso l'uscio della sua cameretta si scopriva il seno tra il candor delle trine e con la mano faceva appena appena l'atto d'offrirglielo e subito con la stessa mano se lo nascondeva.

Aveva quattr'anni più di lui, Lillì. E che passione, che frenesie, prima ch'ella accondiscendesse a fidanzarsi con lui, corteggiata da tanti, anche da quel povero Silvestro Crispo, che s'affannava in tutti i modi a lavorare per farsi uno stato e ottener subito la mano di lei! Ma allora Lillì non si curava di nessuno dei due: di Silvestro Crispo, perché troppo rozzo, ispido e brutto; di lui, perché troppo ragazzo; e s'univa perfidamente a tutti i parenti che se lo prendevano a godere per lo spettacolo che dava loro con quella sua passione precoce e della gelosia che lo assaliva appena vedeva qualcuno ottenere i sorrisi di lei. Finché, all'improvviso, chi sa perché, forse per qualche dispetto o per qualche disinganno inatteso o per prendersi una subita rivincita su qualcuno, ella gli s'era accostata amorosa, gli s'era promessa, ma a patto che subito egli si fosse apertamente fidanzato con lei. Lì per lì, gli era parso di toccare il cielo col dito. Per più d'un mese aveva dovuto combattere per strappare il consenso al padre, il quale saggiamente gli aveva fatto osservare ch'era troppo intempestivo per lui un impegno di quel genere; che la cugina aveva quattr'anni più di lui, e che egli, ancora studente, avrebbe dovuto aspettare per lo meno altri sei anni per farla sua. Ostinato, dopo molte promesse e giuramenti, era riuscito a spuntarla. Se non che, subito dopo, nel vedersi presentare a tutti, così ancor quasi ragazzo, senza uno stato, come promesso sposo di Lillì, s'era sentito ridicolo agli occhi di tutti e specialmente di quegli altri giovanotti che, corrisposti, avevano per qualche tempo amoreggiato con la sua fidanzata. La passione, così cocente quand'era nascosta, contrariata e derisa, aveva perduto a un tratto il fervore, tutta la poesia; e poco dopo egli se n'era scappato dalla Sicilia per troncare quel fidanzamento, ch'era stato intanto il colpo di grazia per quel Silvestro Crispo. Nel vedersi posposto a un giovanottino ancor imberbe, senza né arte né parte, lui che già lavorava, lui che era già uomo; sdegnato, disperato, aveva voluto uccidersi; ed era stato salvato per miracolo.

Ora eccolo là! Marito di Lillì. Padre (sapeva anche questo, Faustino Sangelli), padre d'un bambino, di cui gli avevano tanto vantato la bellezza. Bello come mammà. Dunque, forse felice, quell'uomo lì. Mentre lui... Ecco perché, correndo appresso a quei bambini non belli e mal vestiti, aveva bisogno di sorridere a quel modo Faustino Sangelli in quel momento; bisogno, proprio bisogno di veder viva, di ventidue anni, là, fuggente e ammiccante, tra il rimescolio dei passeggeri Lillì, Lillì che accennava, così fuggendo e riparandosi dietro le spalle dei passeggeri, di scoprirsi ancora il seno e far con la mano appena appena l'atto d'offrirglielo e subito con la stessa mano l'atto di nasconderselo. Ah, tante volte, tante volte, ebbro d'amore, gliel'aveva baciato, lui, quel piccolo seno! E ora voleva che quell'uomo lì lo sapesse. Sì, sì. Sorrideva a quel modo per farglielo sapere. E con tal rabbia, con tal livore – pur con quel sorriso sulle labbra – pensava, sentiva, vedeva tutto questo, che a un certo punto costretto a correre fin quasi ai piedi di Silvestro Crispo per acchiappare a tempo uno dei bambini che stava per cadere, acchiappatolo, si rizzò tutto fremente davanti a lui, quasi a petto, come se si aspettasse che quello dovesse saltargli al collo per strozzarlo.

Silvestro Crispo, invece, lo guardò appena con la coda dell'occhio; evidentemente senza riconoscerlo. E s'allontanò pian piano.

Faustino Sangelli restò di gelo a quello sguardo d'assoluta indifferenza. Da che rideva, da che baciava vivo, con labbra ardenti, il tepido, piccolo seno bianco di Lillì, e costringeva quell'uomo a chiudersi in camera con un braciere acceso per asfissiarsi, ecco che d'un tratto spariva in lui l'immagine di ciò ch'era stato, come un'ombra; e un'altra ombra d'improvviso sottentrava, l'ombra miserabile di se stesso, ombra irriconoscibile, se colui non lo aveva riconosciuto, dopo sedici anni: i sedici anni di tutti i suoi sogni svaniti, e di tante noie e di tante amarezze; i sedici anni che lo avevano invecchiato precocemente; che gli avevano portato la sciagura di quella moglie, il tormento di quei figliuoli.

Di furia, inferocito, con la scusa della caduta di quel piccino riparata a tempo, mentre tra il cresciuto clamore la sirena della ciminiera avventava il rauco fischio formidabile, acchiappò gli altri due, andò a prendere la moglie, e giù, a cuccia! a cuccia!

– Andiamo a dormire!

Ma Ninì voleva il biscotto; l'acqua, Bicetta; Carluccio, la tromba.

– A dormire! a dormire! Avete sentito il babau?

– Oh Dio, Faustino, e non è presto?

– Che presto! che presto! Meglio che ti trovi accucciata, prima che si esca dal porto! Giù! giù!

– La tromba, papà!

– Oh Dio, Faustino, mi gira la testa...

– Ma se siamo ancora fermi! Se ancora non si muove!

– *Biccotto*, papà!

– Papà, quando bevo?

– Giù! giù! Berrai giù! Andiamo!

– Oh Dio, Faustino...

– Corpo di... Giusto qua?... Cameriere! cameriere!

Tutta la nottata, quella delizia lì. E fosse stato cattivo il mare! Ma che! Un olio. E che strilli, che strilli!

– Sta' zitta! Pare che ti scannino!

– Oh Dio, muoio! Reggimi, Faustino! Ah, non arrivo... non arrivo... Voglio scendere!

– Scendiamo, papà.

– A casa, andiamo a casa, papà!

– Mammà, oh Dio! ho paura, papà!

– Fermi, perdio! E tu stenditi giù, supina, o vado a buttarmi a mare!

Di solito tanto paziente con la moglie e coi figliuoli, era diventato una belva, Faustino Sangelli, quella notte, per mare.

Ma come Dio volle, verso il tocco, la moglie s'assopì; i bambini s'addormentarono.

Egli rimase un pezzo nella cuccetta, seduto, coi gomiti sulle ginocchia e la testa tra le mani. E stando così seduto, si vide, a un certo punto, sotto gli occhi emergere il pancino, che da alcuni anni gli era cresciuto; e vide quasi per ischerno ciondolare dalla catena dell'orologio una medaglina d'oro, premio volgare d'un misero concorso vinto. A diciott'anni, innamorato di Lillì, aveva sognato la gloria. Era finito professor di liceo, non tanto miserabile perché la moglie gli aveva recato una buona dote. Ah Dio, un po' d'aria, un po' d'aria! Si sentita soffocare!

Spense la lampadina elettrica; uscì dalla cuccetta; attraversò un po' barcollando e reggendosi alle pareti di legno del corridoio, e salì in coperta.

La notte era scurissima, polverata di stelle. Gli alberi del piroscafo vibravano allo scotimento della macchina e dalla ciminiera sboccava continuo un pennacchio di fumo denso, rossastro. Il mare, tutto nero, rotto dalla prua, s'apriva spumeggiando un poco lungo i fianchi del piroscafo. Tutti i passeggeri s'erano ritirati nelle loro cuccette.

Faustino Sangelli tirò su il bavero del pastrano; si diede una rincalcata al berretto da viaggio; passeggiò un tratto sul ponte riservato alla prima classe; guardò i passeggeri di terza buttati come bestie a dormire su la coperta, con le teste sui fagotti, attorno alla bocca della stiva: poi, alzando il capo, vide dall'altra parte, sul ponte di poppa riservato ai passeggeri di seconda, uno – lui? – presso il parapetto, appoggiato a una delle bacchette di ferro che sorreggevano la tenda.

Al buio non discerneva bene. Ma pareva lui, Silvestro Crispo. Doveva esser lui. Forse, anche prima che egli lo scorgesse tra i passeggeri in partenza quella sera da Napoli, era stato scorto da lui. E forse, quand'egli sorreggendo il bambino che stava per cadere, s'era rizzato a guardarlo, lo sguardo che colui gli aveva rivolto con la coda dell'occhio nell'allontanarsi non era d'indifferenza, ma di sdegno, e forse d'odio. Ora là, fermo, insaccato nelle spalle, anch'esso col bavero del pastrano tirato su e il berretto rincalcato, guardava il mare. Da guardare però non c'era nulla, in quella tenebra. Dunque pensava. Anche lui, dunque, sapendo che l'antico rivale viaggiava sullo stesso piroscafo, non poteva dormire, quella notte. Che pensava?

Faustino Sangelli stette a spiarlo un pezzo con una pena, che, a mano a mano crescendo, gli si faceva più amara e più angosciosa: pena della vita che è così; pena delle memorie che dolgono, come se i dolori presenti non bastassero al cuore degli uomini. Ma a poco a poco cominciò quasi a svaporargli, quella pena, nella vastità sconfinata, tenebrosa, sotto quella polvere di stelle, e si vide, si sentì piccolissimo, e piccolissimo vide il rivale; piccolissima, la sua miseria annegarsi nel sentimento che gli s'allargava smisurato, della vanità di tutte le cose. Allora, con amaro dileggio, si persuase a profittar del mare tranquillo e del sonno della moglie e dei figliuoli per farsi una dormitina anche lui, fino all'approdo in Sicilia a giorno chiaro.

Così fece. Ma la bella filosofia gli venne meno di nuovo, come il piroscafo fu per doppiare Monte Pellegrino e imboccare il golfo di Palermo. Ora la moglie era diventata coraggiosissima: una leonessa; e anche i figliuoli, tre leoncini. Volevano andare sul ponte subito subito a godere della magnifica vista dell'entrata a Palermo.

– Nossignori! Non permetto! Prima aspettate che il vapore si fermi!
– Oh Dio, Faustino, ma se tutti gli altri passeggeri sono già su!
– Va bene. E voi state giù.
– Ma perché?
– Perché voglio così!

Figurarsi se si voleva far vedere da quello alla luce del giorno, con quella moglie accanto tutta ammaccata e spettinata, con quei tre piccini con gli abitucci sporchi e tutti raggrinziti!

Ma quando, alla fine, il vapore s'ormeggiò e dalla banchina dello scalo fu buttato il pontile sul barcarizzo – via! via di furia! il facchino avanti, con le valige, lui Faustino dietro, coi due maschietti uno per mano; la moglie appresso, con la Bicetta. Se non che, giunto a mezzo del pontile, gettando per caso uno sguardo sotto la tettoia della banchina alla gente venuta ad assistere allo sbarco dei passeggeri, Faustino Sangelli non vide e non capì più nulla.

Lì, su la banchina, sotto la tettoia, c'era Lillì, Lillì venuta col suo bambino ad accogliere il marito, Lillì che lo guardava, sbalordita, con tanto d'occhi; più che sbalordita, quasi oppressa di stupore.

La intravide appena. Lo stesso viso; lo stesso corpo, saldo, svelto, formoso; solo gli parve che avesse i capelli ritinti, dorati. Il pontile, la folla, le valige, lo scalo, la tettoia, tutto gli girò attorno. Avrebbe voluto sprofondare, sparire. Dov'era il facchino? Chi aveva per mano? Si cacciò nell'ufficio della dogana; ma, in tempo che faceva visitare le valige ai doganieri, vide Silvestro Crispo attraversar l'ufficio, fosco e solo.

E come? Lillì dunque non s'era accorta del marito? Se l'era lasciato passar davanti senz'accorgersene? Ed era venuta apposta così di buon mattino allo scalo, per accoglierlo all'arrivo. Tanta impressione dunque le aveva fatto la vista inattesa di lui, dopo tanti anni? E chi sa che scena tra poco sarebbe accaduta a casa, quand'ella, ritornando col bambino, vi avrebbe trovato il marito, già arrivato; il marito che avrebbe indovinato subito la ragione per cui ella non s'era accorta di lui, là sulla banchina dello scalo!

Fu per goderne malignamente, Faustino Sangelli; ma ecco che, sballottato con la moglie e i tre figliuoli dentro un enorme e sgangherato omnibus d'albergo, tutto fragoroso di vetri, là per il viale dei Quattro Venti si vide raggiungere da una carrozzella, la quale si mise lenta lenta a seguire il lentissimo enorme omnibus fragoroso.

Nella carrozzella c'era Lillì col suo bambino.

Faustino Sangelli si sentì strappare le viscere, tirare il respiro, e non seppe più da che parte voltarsi a guardare per non veder l'antica fidanzata che gli veniva appresso, appresso, e che lo guardava sbalordita con tanto d'occhi. Patì morte e passione. Quegli occhi, così stupiti, gli dicevano quant'era cambiato; lo guardavano come di là da un abisso, ove adesso anche il ricordo della sua lontana immagine precipitava e ogni rimpianto, tutto. E di qua dall'abisso, sul carrozzone traballante e fragoroso, ecco, c'era lui, lui quale s'era ridotto, fra quei tre figliuoli non belli e quella stupida moglie. Ah, fare un salto da quel carrozzone a quella carrozzella, mettere a terra il bambino di lei, e attaccarsi con la bocca a quella bocca che era stata sua tant'anni fa; commettere l'ultima pazzia, fuggire, fuggire... – Perché lo guardava ella così? Che pensava? Che voleva? Ecco, si chinava verso il bambino che le sedeva accanto, poi rialzava la testa e sorrideva, sorrideva guardando verso lui, tentennando lievemente il capo. Lo derideva? Su le spine, temendo che la moglie guardando a quella carrozzella s'accorgesse della sua agitazione, si prese sulle ginocchia uno dei figliuoli, gli grattò con una mano la pancina e si mise a ridere, a ridere anche lui, a ridere per fare a sua volta un ultimo dispetto a lei che seguitava a venirgli appresso senz'essersi accorta del marito arrivato con lui.

– Ti sei smattinata, e adesso a casa sentirai, cara, sentirai!

Pensava, e rideva, rideva. Ma come una lumaca sul fuoco.

NIENTE

La *botticella* che corre fragorosa nella notte per la vasta piazza deserta, si ferma davanti al freddo chiarore d'una vetrata opaca di farmacia all'angolo di via San Lorenzo. Un signore impellicciato si lancia sulla maniglia di quella vetrata per aprirla. Piega di qua, piega di là – che diavolo? – non s'apre.

– Provi a sonare, – suggerisce il vetturino.

– Dove, come si suona?

– Guardi, c'è lì il pallino. Tiri.

Quel signore tira con furia rabbiosa.

– Bell'assistenza notturna!

E le parole, sotto il lume della lanterna rossa, vaporano nel gelo della notte, quasi andandosene in fumo.

Si leva lamentoso dalla prossima stazione il fischio d'un treno in partenza. Il vetturino cava l'orologio; si china verso uno dei fanaletti; dice:

– Eh, vicino le tre...

Alla fine il giovine di farmacia, tutto irto di sonno, col bavero della giacca tirata fin sopra gli orecchi, viene ad aprire.

E subito il signore:

– C'è un medico?

Ma quegli, avvertendo sulla faccia e sulle mani il gelo di fuori, dà indietro, alza le braccia, stringe le pugna e comincia a stropicciarsi gli occhi, sbadigliando:

– A quest'ora?

Poi, per interrompere le proteste dell'avventore, il quale – ma sì, Dio mio, sì – tutta quella furia, sì, con ragione: chi dice di no? – ma dovrebbe pure compatire chi a quell'ora ha anche ragione d'aver sonno – ecco, ecco, si toglie le mani dagli occhi e prima di tutto gli fa cenno d'aspettare; poi, di seguirlo dietro il banco, nel laboratorio della farmacia.

Il vetturino intanto, rimasto fuori, smonta da cassetta e vuole prendersi la soddisfazione di sbottonarsi i calzoni per far lì apertamente, al cospetto della vasta piazza deserta tutta intersecata dai lucidi binarii delle tramvie, quel che di giorno non è lecito senza i debiti ripari.

Perché è pure un piacere, mentre qualcuno si dibatte in preda a qualche briga per cui deve chiedere agli altri soccorso e assistenza, attendere tranquillamente, così, alla soddisfazione d'un piccolo bisogno naturale, e veder che tutto rimane al suo posto: là, quei lecci neri in fila che costeggiano la piazza, gli alti tubi di ghisa che sorreggono la trama dei fili tramviari, tutte quelle lune vane in cima ai lampioni, e qua gli uffici della dogana accanto alla stazione.

Il laboratorio della farmacia, dal tetto basso, tutto scaffalato, è quasi al buio e appestato dal tanfo dei medicinali. Un sudicio lumino a olio, acceso davanti a un'immagine sacra sulla cornice dello scaffale dirimpetto all'entrata, pare non abbia voglia di far lume neanche a se stesso. La tavola in mezzo, ingombra di bocce, vasetti, bilance, mortai e imbuti, impedisce di vedere in prima se sul logoro divanuccio di cuoio, là sotto a quello scaffale dirimpetto all'entrata, sia rimasto a dormire il medico di guardia.

– Eccolo, c'è – dice il giovine di farmacia, indicando un pezzo d'omone che dorme penosamente, tutto aggruppato e raffagottato, con la faccia schiacciata contro la spalliera.

– E lo chiami, perdio!

– Eh, una parola! Capace di tirarmi un calcio, sa?

– Ma è medico?

– Medico, medico. Il dottor Mangoni.

– E tira calci?

– Capirà, svegliarlo a quest'ora...

– Lo chiamo io!

E il signore, risolutamente, si china sul divanuccio e scuote il dormente.

– Dottore! dottore!

Il dottor Mangoni muggisce dentro la barbaccia arruffata che gl'invade quasi fin sotto gli occhi le guance; poi stringe le pugna sul petto e alza i gomiti per stirarsi; in fine si pone a sedere, curvo, con gli occhi ancora chiusi sotto le sopracciglia spioventi. Uno dei calzoni gli è rimasto tirato sul grosso polpaccio della gamba e scopre le mutande di tela legate all'antica con una cordellina sulla rozza calza nera di cotone.

– Ecco, dottore... subito, la prego, – dice impaziente il signore. – Un caso d'asfissia...

– Col carbone? – domanda il dottore, volgendosi ma senza aprir gli occhi. Alza una mano a un gesto melodrammatico e, provandosi a tirar fuori la voce dalla gola ancora addormentata, accenna l'aria della «Gioconda»: *Suicidio? In questi fieeeriii momenti...*

Quel signore fa un atto di stupore e d'indignazione. Ma il dottor Mangoni, subito, arrovescia indietro il capo e incignando ad aprire un occhio solo:

– Scusi, – dice, – è un suo parente?

– Nossignore! Ma la prego, faccia presto! Le spiegherò strada facendo. Ho qui la vettura. Se ha da prendere qualche cosa...

– Sì, dammi... dammi... – comincia a dire il dottor Mangoni, tentando d'alzarsi, rivolto al giovine di farmacia.

– Penso io, penso io, signor dottore, – risponde quello, girando la chiavetta della luce elettrica e dandosi attorno tutt'a un tratto con una allegra fretta che impressiona l'avventore notturno.

Il dottor Mangoni storce il capo come un bue che si disponga a cozzare, per difendersi gli occhi dalla subita luce.

– Sì, bravo figliuolo, – dice. – Ma mi hai accecato. Oh, e il mio elmo? dov'è?

L'elmo è il cappello. Lo ha, sì. Per averlo, lo ha: positivo. Ricorda d'averlo posato, prima d'addormentarsi, su lo sgabello accanto al divanuccio. Dov'è andato a finire?

Si mette a cercarlo. Ci si mette anche l'avventore; poi anche il vetturino, entrato a riconfortarsi al caldo della farmacia. E intanto il commesso farmacista ha tutto il tempo di preparare un bel paccone di rimedii urgenti.

– La siringa per le iniezioni, dottore, ce l'ha?

– Io? – si volta a rispondergli il dottor Mangoni con una maraviglia che provoca in quello uno scoppio di risa.

– Bene bene. Dunque, si dice, carte senapate. Otto, basteranno? Caffeina, stricnina. Una *Pravaz*. E l'ossigeno, dottore? Ci vorrà pure un sacco d'ossigeno, mi figuro.

– Il cappello ci vuole! il cappello! il cappello prima di tutto! – grida tra gli sbuffi il dottor Mangoni. E spiega che, tra l'altro, c'è affezionato lui a quel cappello, perché è un cappello storico: comperato circa undici anni addietro in occasione dei solenni funerali di Suor Maria dell'Udienza, superiora del ricovero notturno al vicolo del Falco, in Trastevere, dove si reca spesso a mangiare ottime ciotole di minestra economica, e a dormire, quando non è di guardia nelle farmacie.

Finalmente il cappello è trovato, non lì nel laboratorio ma di là, sotto il banco della farmacia. Ci ha giocato il gattino.

L'avventore freme d'impazienza. Ma un'altra lunga discussione ha luogo, perché il dottor Mangoni, con la tuba tutta ammaccata tra le mani, vuole dimostrare che il gattino, sì, senza dubbio, ci ha giocato, ma che anche lui, il giovine di farmacia, le ha dovuto dare col piede, per giunta, una buona acciaccata sotto il banco. Basta. Un gran pugno allungato dentro la tuba, che per miracolo non la sfonda, e il dottor Mangoni se la butta in capo su le ventitré.

– Ai suoi ordini, pregiatissimo signore!

– Un povero giovine, – prende a dir subito il signore rimontando sulla *botticella* e stendendo la coperta su le gambe del dottore e su le proprie.

– Ah, bravo! Grazie.

– Un povero giovine che m'era stato tanto raccomandato da un mio fratello, perché gli trovassi un collocamento. Eh già, capisce? come se fosse la cosa più facile del mondo; t-o-to, fatto. La solita storia. Pare che stiano all'altro mondo, quelli della provincia: credono che basti venire a Roma per trovare un impiego: t-o-to, fatto. Anche mio fratello, sissignore! m'ha fatto questo bel regalo. Uno dei soliti spostati, sa: figlio d'un fattore di campagna, morto da due anni al servizio di questo mio fratello. Se ne viene a Roma, a far che? niente, il giornalista, dice. Mi presenta i titoli: la licenza liceale e uno zibaldone di versi. Dice: «Lei mi deve trovar posto in qualche giornale». Io? Roba da matti! Mi metto subito in giro per fargli ottenere il rimpatrio dalla questura. E intanto, potevo lasciarlo in mezzo alla strada, di notte? Quasi nudo, era; morto di freddo, con un abituccio di tela che gli sventolava addosso; e due o tre lire in tasca: non più di tanto. Gli do alloggio in una mia casetta, qua, a San Lorenzo, affittata a certa gente... lasciamo andare! Gentuccia che subaffitta due camerette mobiliate. Non mi pagano la pigione da quattro mesi. Me n'approfitto; lo ficco lì a dormire. E va bene! Passano cinque giorni; non c'è verso d'ottenere il foglio di rimpatrio dalla questura. La meticolosità di questi impiegati: come gli uccelli, sa? cacano da per tutto, scusi! Per rilasciare quel foglio debbono far prima non so che pratiche là, al paese; poi qua alla questura. Basta: questa sera ero a teatro, al *Nazionale*. Viene, tutto spaventato, il figlio della mia inquilina a chiamarmi a mezzanotte e un quarto, perché quel disgraziato s'era chiuso in camera, dice, con un braciere acceso. Dalle sette di sera, capisce?

A questo punto il signore si china un poco a guardare nel fondo della vettura il dottore che, durante il racconto, non ha più dato segno di vita. Temendo che si sia riaddormentato, ripete più forte:

– Dalle sette di sera!

– Come trotta bene questo cavallino, – gli dice allora il dottor Mangoni, sdraiato voluttuosamente nella vettura.

Quel signore resta, come se al buio abbia ricevuto un pugno sul naso.

– Ma scusi, dottore, ha sentito?

– Sissignore.

– Dalle sette di sera. Dalle sette a mezzanotte, cinque ore.

– Precise.

– Respira però, sa! Appena appena. È tutto rattrappito, e...

– Che bellezza! Saranno... sì, aspetti, tre... no, che dico tre? cinque anni saranno almeno, che non vado in carrozza. Come ci si va bene!

– Ma scusi, io le sto parlando...

– Sissignore. Ma abbia pazienza, che vuole che m'importi la storia di questo disgraziato?

– Per dirle che sono cinque ore...

– E va bene! Adesso vedremo. Crede lei che gli stia rendendo un bel servizio?

– Come?

– Ma sì, scusi! Un ferimento in rissa, una tegola sul capo, una disgrazia qualsiasi... prestare aiuto, chiamare il medico, lo capisco. Ma un pover uomo, scusi, che zitto zitto si accuccia per morire?

– Come! – ripete, vieppiù trasecolato, quel signore.

E il dottor Mangoni, placidissimo:

– Abbia pazienza. Il più l'aveva fatto, quel poverino. Invece del pane, s'era comperato il carbone. Mi figuro che avrà sprangato l'uscio, no? otturato tutti i buchi; si sarà magari alloppiato prima; erano passate cinque ore; e lei va a disturbarlo sul più bello!

– Lei scherza! – grida il signore.

– No no; dico sul serio.

– Oh perdio! – scatta quello. – Ma sono stato disturbato io, mi sembra! Sono venuti a chiamarmi...

– Capisco, già, a teatro.

– Dovevo lasciarlo morire? E allora, altri impicci, è vero? come se fossero pochi quelli che m'ha dati. Queste cose non si fanno in casa d'altri, scusi!

– Ah, sì, sì; per questa parte, sì, ha ragione, – riconosce con un sospiro il dottor Mangoni. – Se ne poteva andare a morire fuori dai piedi, lei dice. Ha ragione. Ma il letto tenta, sa! Tenta, tenta. Morire per terra come un cane... Lo lasci dire a uno che non ne ha!

– Che cosa?

– Letto.

– Lei?

Il dottor Mangoni tarda a rispondere. Poi, lentamente, col tono di chi ripete una cosa già tant'altre volte detta:

– Dormo dove posso. Mangio quando posso. Vesto come posso.

E subito aggiunge:

– Ma non creda oh, che ne sia afflitto. Tutt'altro. Sono un grand'uomo, io, sa? Ma dimissionario.

Il signore s'incuriosisce di quel bel tipo di medico in cui gli è avvenuto così per caso d'imbattersi; e ride, domandando:

– Dimissionario? Come sarebbe a dire dimissionario?

– Che capii a tempo, caro signore, che non metteva conto di nulla. E che anzi, quanto più ci s'affanna a divenir grandi, e più si diventa piccoli. Per forza. Ha moglie lei, scusi?

– Io? Sissignore.

– Mi pare che abbia sospirato dicendo sissignore.

– Ma no, non ho sospirato affatto.

– E allora, basta. Se non ha sospirato, non ne parliamo più.

E il dottor Mangoni torna a rannicchiarsi nel fondo della vettura, dando a vedere così che non gli pare più il caso di seguitare la conversazione. Il signore ci resta male.

– Ma come c'entra mia moglie, scusi?

Il vetturino a questo punto, si volta da cassetta e domanda:

– Insomma, dov'è? A momenti siamo a Campoverano!

– Uh, già! – esclama il signore. – Volta! volta! La casa è passata da un pezzo.

– Peccato tornare indietro, – dice il dottor Mangoni, – quando s'è quasi arrivati alla meta.

Il vetturino volta, bestemmiando.

Una scaletta buia, che pare un antro dirupato: tetra umida fetida.

– Ahi! Maledizione. Diòòòdiodio!

– Che cos'è? s'è fatto male?

– Il piede. Ahiahi. Ma non ci avrebbe un fiammifero, scusi?

– Mannaggia! Cerco la scatola. Non la trovo!

Alla fine, un barlume che viene da una porta aperta sul pianerottolo della terza branca.

La sventura, quando entra in una casa, ha questo di particolare: che lascia la porta aperta, così che ogni estraneo possa introdursi a curiosare.

Il dottor Mangoni segue zoppicando il signore che attraversa una squallida saletta con un lumino bianco a petrolio per terra presso l'entrata; poi, senza chieder permesso a nessuno, un corridoio buio, con tre usci: due chiusi, l'altro, in fondo, aperto e debolmente illuminato. Nello spasimo di quella storta al piede, trovandosi col sacco dell'ossigeno in mano, gli viene la tentazione di scaraventarlo alle spalle di quel signore; ma lo posa per terra, si ferma, s'appoggia con una mano al muro, e con l'altra, tirato su il piede, se lo stringe forte alla noce, provandosi a muoverlo in qua e in là, col volto tutto strizzato.

Intanto, nella stanza in fondo al corridoio, è scoppiata, chi sa perché, una lite tra quel signore e gl'inquilini. Il dottor Mangoni lascia il piede e fa per muoversi, volendo sapere che cosa è accaduto, quando si vede venire addosso come una bufera quel signore che grida:

– Sì, sì, da stupidi! da stupidi! da stupidi!

Fa appena a tempo a scansarlo; si volta, lo vede inciampare nel sacco d'ossigeno:

– Piano! piano, per carità!

Ma che piano! Quello allunga un calcio al sacco; se lo ritrova tra i piedi; è di nuovo per cadere e, bestemmiando, scappa via, mentre sulla soglia della stanza in fondo al corridoio appare un tozzo e goffo vecchio in pantofole e papalina, con una grossa sciarpa di lana verde al collo, da cui emerge un faccione tutto enfiato e paonazzo, illuminato dalla candela stearica, sorretta in una mano.

– Ma scusi... dico, o che era meglio allora, che lo lasciavamo morire qua, aspettando il medico?

Il dottor Mangoni crede che si rivolga a lui e gli risponde:

– Eccomi qua, sono io.

Ma quello alza e protende la mano con la stearica; lo osserva, e come imbalordito gli domanda:

– Lei? chi?

– Non diceva il medico?

– Ma che medico! ma che medico! – insorge, strillando, nella camera di là, una voce di donna.

E si precipita nel corridoio la moglie di quel degno vecchio in pantofole e papalina, tutta sussultante, con una nuvola di capelli grigi e ricci per aria, gli occhi affumicati ammaccati e piangenti, la bocca tagliata di traverso, oscenamente dipinta, che le freme convulsa. Sollevando il capo da un lato, per guardare, soggiunge imperiosa:

– Se ne può andare! se ne può andare! Non c'è più bisogno di lei! L'abbiamo fatto trasportare al Policlinico, perché moriva!

E cozzando in un braccio il marito violentemente:

– Fallo andar via!

Ma il marito dà uno strillo e un balzo perché, così cozzato nel braccio, ha avuto sulle dita la sgocciolatura calda della candela.

– Eh, piano, santo Dio!

Il dottor Mangoni protesta, ma senza troppo sdegno, che non è un ladro né un assassino da esser mandato via a quel modo; che se è venuto, è perché sono andati a chiamarlo in farmacia; che per ora ci ha guadagnato soltanto una storta al piede, per cui chiede che lo lascino sedere almeno per un momento.

– Ma si figuri, qua, venga, s'accomodi, s'accomodi, signor dottore, – s'affretta a dirgli il vecchio, conducendolo nella stanza in fondo al corridoio; mentre la moglie, sempre col capo sollevato da un lato per guardare come una gallina stizzita, lo spia impressionata da tutta quella feroce barba fin sotto gli occhi.

– Bada, oh, se per aver fatto il bene, – dice ora, ammansata, a mo' di scusa, – ci si deve anche prendere i rimproveri!

– Già, i rimproveri, – soggiunge il vecchio, cacciando la candela accesa nel bocciuolo della bugia sul tavolino da notte accanto al lettino vuoto, disfatto, i cui guanciali serbano ancora l'impronta della testa del giovinetto suicida. Quietamente si toglie poi dalle dita le gocce rapprese, e seguita: – Perché dice che nossignori, non si doveva portare all'ospedale, non si doveva.

– Tutto annerito era! – grida, scattando, la moglie. – Ah, quel visino. Pareva succhiato. E che occhi! E quelle labbra, nere, che scoprivan qua, qua, i denti, appena appena. Senza più fiato...

E si copre il volto con le mani.

– Si doveva lasciarlo morire senza aiuto? – ridomanda placido il vecchio. – Ma sa perché s'è arrabbiato? Perché sospetta, dice, che quel povero ragazzo sia un figlio bastardo di suo fratello.

– E ce l'aveva buttato qua, – riprende la moglie balzando in piedi di nuovo, non si sa se per rabbia o per commozione. – Qua, per far nascere in casa mia questa tragedia, che non finirà per ora, perché la mia figliuola, la maggiore, se n'è innamorata, capisce? Come una pazza, vedendolo morire – ah, che spettacolo! – se l'è caricato in collo, io non so com'ha fatto! se l'è portato via, con l'aiuto del fratello, giù per le scale, sperando di trovare una carrozza per istrada. Forse l'hanno trovata. E mi guardi, mi guardi là quell'altra figliuola, come piange.

Il dottor Mangoni, entrando, ha già intraveduto nell'attigua saletta da pranzo una figliolona bionda scarmigliata intenta a leggere, coi gomiti sulla tavola e la testa tra le mani. Legge e piange, sì; ma col corpetto sbottonato e le rosee esuberanti rotondità del seno quasi tutte scoperte sotto il lume giallo della lampada a sospensione.

Il vecchio padre, a cui il dottor Mangoni ora si volta come intronato, fa con le mani gesti di grande ammirazione. Sul seno della figliuola? No. Su ciò che la figliuola sta leggendo di là fra tante lagrime. Le poesie del giovinetto.

– Un poeta! – esclama. – Un poeta, che se lei sentisse... Oh, cose! cose! Me ne intendo, perché professore di belle lettere a riposo. Cose grandi, cose grandi.

E si reca di là per prendere alcune di quelle poesie; ma la figliuola con rabbia se le difende, per paura che la sorella maggiore, ritornando col fratello dall'ospedale, non gliele lascerà più leggere, perché vorrà tenersele per sé gelosamente, come un tesoro di cui lei sola dev'esser l'erede.

– Almeno qualcuna di queste che hai già lette, – insiste timidamente il padre.

Ma quella, curva con tutto il seno su le carte, pesta un piede e grida: – No! – Poi le raccoglie dalla tavola, se le riprende con le mani sul seno scoperto e se le porta via in un'altra stanza di là.

Il dottor Mangoni si volta allora a guardar di nuovo quella tristezza di lettino vuoto, che rende vana la sua visita; poi guarda la finestra che, non ostante il gelo della notte, è rimasta aperta in quella lugubre stanza per farne svaporare il puzzo del carbone.

La luna rischiara il vano di quella finestra. Nella notte alta, la luna. Il dottor Mangoni se la immagina, come tante volte, errando per vie remote, l'ha veduta, quando gli uomini dormono e non la vedono più, inabissata e come smarrita nella sommità dei cieli.

Lo squallore di quella stanza, di tutta quella casa, che è una delle tante case degli uomini, dove ballonchiano tentatrici, a perpetuare l'inconcludente miseria della vita, due mammelle di donna come quelle ch'egli ha or ora intravedute sotto il lume della lampada a sospensione nella stanza di là, gl'infonde un così frigido scoraggiamento e insieme una così acre irritazione, che non gli è più possibile rimanere seduto.

Si alza, sbuffando, per andarsene. Infine, via, è uno dei tanti casi che gli sogliono capitare, stando di guardia nelle farmacie notturne. Forse un po' più triste degli altri, a pensare che probabilmente, chi sa! era un poeta davvero quel povero ragazzo. Ma, in questo caso, meglio così: che sia morto.

– Senta, – dice al vecchio che s'è alzato anche lui per riprendere in mano la candela. – Quel signore che li ha rimproverati e che è venuto a scomodarmi in farmacia, dev'essere veramente un imbecille. Aspetti: mi lasci dire. Non già perché li ha rimproverati, ma perché gli ho domandato se aveva moglie, e mi ha risposto di sì; ma senza sospirare. Ha capito?

Il vecchio lo guarda a bocca aperta. Evidentemente non capisce. Capisce la moglie, che salta su a domandargli:

– Perché chi dice d'aver moglie, secondo lei, dovrebbe sospirare?

E il dottor Mangoni, pronto:

– Come m'immagino che sospira lei, cara signora, se qualcuno le domanda se ha marito.

E glielo addita. Poi riprende:

– Scusi, a quel giovinetto, se non si fosse ucciso, lei avrebbe dato in moglie la sua figliuola?

Quella lo guarda un pezzo, di traverso, e poi, come a sfida, gli risponde:

– E perché no?

– E se lo sarebbero preso qua con loro in questa casa? – torna a domandare il dottor Mangoni.

E quella, di nuovo:

– E perché no?

– E lei, – domanda ancora il dottor Mangoni, rivolto al vecchio marito, – lei che se n'intende, professore di belle lettere a riposo, gli avrebbe anche consigliato di stampare quelle sue poesie?

Per non esser da meno della moglie, il vecchio risponde anche lui:

– E perché no?

– E allora, – conclude il dottor Mangoni, – me ne dispiace, ma debbo dir loro, che sono per lo meno due volte più imbecilli di quel signore.

E volta le spalle per andarsene.

– Si può sapere perché? – gli grida dietro la donna inviperita.

Il dottor Mangoni si ferma e le risponde pacatamente:

– Abbia pazienza. Mi ammetterà che quel povero ragazzo sognava forse la gloria, se faceva poesie. Ora pensi un po' che cosa gli sarebbe diventata la gloria, facendo stampare quelle sue poesie. Un povero, inutile volumetto di versi. E l'amore? L'amore che è la cosa più viva e più santa che ci sia dato provare sulla terra? Che cosa gli sarebbe diventato? L'amore: una donna. Anzi, peggio, una moglie: la sua figliuola.

– Oh! oh! – minaccia quella, venendogli quasi con le mani in faccia. – Badi come parla della mia figliuola!

– Non dico niente, – s'affretta a protestare il dottor Mangoni. – Me l'immagino anzi bellissima e adorna di tutte le virtù. Ma sempre una donna, cara signora mia: che dopo un po', santo Dio, lo sappiamo bene, con la miseria e i figliuoli, come si sarebbe ridotta. E il mondo, dica un po'? Il mondo, dove io adesso con questo piede che mi fa tanto male mi vado a perdere; il mondo veda lei, veda lei, signora cara, che cosa gli sarebbe diventato! Una casa. Questa casa. Ha capito?

E facendo scattar le mani in curiosi gesti di nausea e di sdegno, se ne va, zoppicando e borbottando:

– Che libri! Che donne! Che casa! Niente... niente... niente... Dimissionario! dimissionario! Niente.

MONDO DI CARTA

Un gridare, un accorrere di gente in capo a Via Nazionale, attorno a due che s'erano presi: un ragazzaccio sui quindici anni, e un signore ispido, dalla faccia gialliccia, quasi tagliata in un popone, su la quale luccicavano gli occhialacci da miope, grossi come due fondi di bottiglia.

Sforzando la vocetta fessa, quest'ultimo voleva darsi ragione e agitava di continuo le mani che brandivano l'una un bastoncino d'ebano dal pomo d'avorio, l'altra un libraccio di stampa antica.

Il ragazzaccio strepitava pestando i piedi sui cocci d'una volgarissima statuetta di terracotta misti a quelli di gesso abbronzato della colonnina che la sorreggeva.

Tutti attorno, chi scoppiava in clamorose risate, chi faceva un viso lungo lungo e chi pietoso: e i monelli, attaccati ai lampioni, chi abbaiava, chi fischiava, chi strombettava sul palmo della mano.

– È la terza! è la terza! – urlava il signore. – Mentre passo leggendo, mi para davanti le sue schifose statuette, e me le fa rovesciare. È la terza! Mi dà la caccia! Si mette alle poste! Una volta al Corso Vittorio; un'altra a Via Volturno; adesso qua.

Tra molti giuramenti e proteste d'innocenza, il figurinaio cercava anch'esso di farsi ragione presso i più vicini:

– Ma che! È lui! Non è vero che legge! Mi ci vien sopra! O che non veda, o che vada stordito, o che o come, fatto si è...

– Ma tre? Tre volte? – gli domandavano quelli tra le risa.

Alla fine, due guardie di città, sudate, sbuffanti, riuscirono tra tutta quella calca a farsi largo; e siccome l'uno e l'altro dei contendenti, alla loro presenza, riprendevano a gridare più forte ciascuno le proprie ragioni, pensarono bene, per togliere quello spettacolo, di condurli in vettura al più vicino posto di guardia.

Ma appena montato in vettura, quel signore occhialuto si drizzò lungo lungo sulla vita e si mise a voltare a scatti la testa, di qua, di là, in su, in giù; infine s'accasciò, aprì il libraccio e vi tuffò la faccia fino a toccar col naso la pagina; la sollevò, tutto sconvolto, si tirò sulla fronte gli occhialacci e rituffò la faccia nel libro per provarsi a leggere con gli occhi soltanto; dopo tutta questa mimica cominciò a dare in smanie furiose, a contrarre la faccia in smorfie orrende, di spavento, di disperazione:

– Oh Dio. Gli occhi. Non ci vedo più. Non ci vedo più!

Il vetturino si fermò di botto. Le guardie, il figurinaio, sbalorditi, non sapevano neppure se colui facesse sul serio o fosse impazzito; perplessi nello sbalordimento, avevano quasi un sorriso d'incredulità sulle bocche aperte.

C'era là una farmacia; e, tra la gente ch'era corsa dietro la vettura e l'altra che si fermò a curiosare, quel signore, tutto scompigliato, cadaverico in faccia, sorretto per le ascelle, vi fu fatto entrare.

Mugolava. Posto a sedere su una seggiola, si diede a dondolare la testa e a passarsi le mani sulle gambe che gli ballavano, senza badare al farmacista che voleva osservargli gli occhi, senza badare ai conforti, alle esortazioni, ai consigli che gli davano tutti: che si calmasse; che non era niente; disturbo passeggero; il bollore della collera che gli aveva dato agli occhi. A un tratto, cessò di dondolare il capo, levò le mani, cominciò ad aprire e chiudere le dita.

– Il libro! Il libro! Dov'è il libro?

Tutti si guardarono negli occhi, stupiti; poi risero. Ah, aveva un libro con sé? Aveva il coraggio, con quegli occhi, di andar leggendo per istrada? Come, tre statuette? Ah sì? e chi, chi, quello? Ah sì? Gliele metteva davanti apposta? Oh bella! oh bella!

– Lo denunzio! – gridò allora il signore, balzando in piedi, con le mani protese e strabuzzando gli occhi con scontorcimenti di tutto il volto ridicoli e pietosi a un tempo. – In presenza di tutti qua, lo denunzio! Mi pagherà gli occhi! Assassino! Ci sono due guardie qua; prendano i nomi, subito, il mio e il suo. Testimoni tutti! Guardia, scrivete: Balicci. Sì, Balicci; è il mio nome. Valeriano, sì, via Nomentana 112, ultimo piano. E il nome di questo manigoldo, dov'è? è qua? lo tengano! Tre volte, approfittando della mia debole vista, della mia distrazione, sissignori, tre schifose statuette. Ah, bravo, grazie, il libro, sì, obbligatissimo! Una vettura, per carità. A casa, a casa, voglio andare a casa! Resta denunziato.

E si mosse per uscire, con le mani avanti; barellò; fu sorretto, messo in vettura e accompagnato da due pietosi fino a casa.

Fu l'epilogo buffo e clamoroso d'una quieta sciagura che durava da lunghissimi anni. Infinite volte, per unica ricetta del male che inevitabilmente lo avrebbe condotto alla cecità, il medico oculista gli aveva dato di smettere la lettura. Ma il Balicci aveva accolto ogni volta questa ricetta con quel sorriso vano con cui si risponde a una celia troppo evidente.

– No? – gli aveva detto il medico. – E allora seguiti a leggere, e poi mi lodi la fine! Lei ci perde la vista, glielo dico io. Non dica poi, se me lo credevo! Io la ho avvertita!

Bell'avvertimento! Ma se vivere, per lui, voleva dir leggere! Non dovendo più leggere, tanto valeva che morisse.

Fin da quando aveva imparato a compitare, era stato preso da quella mania furiosa. Affidato da anni e anni alle cure di una vecchia domestica che lo amava come un figliuolo, avrebbe potuto campare sul suo più che discretamente, se per l'acquisto dei tanti e tanti libri che gl'ingombravano in gran disordine la casa, non si fosse perfino indebitato. Non potendo più comprarne di nuovi, s'era dato già due volte a rileggersi i vecchi, a rimasticarseli a uno a uno tutti quanti dalla prima all'ultima pagina. E come quegli animali che per difesa naturale prendono colore e qualità dai luoghi, dalle piante in cui vivono, così a poco a poco era divenuto quasi di carta: nella faccia, nelle mani, nel colore della barba e dei capelli. Discesa a grado a grado tutta la scala della miopia, ormai da alcuni anni pareva che i libri se li mangiasse davvero, anche materialmente, tanto se li accostava alla faccia per leggerli.

Condannato dal medico, dopo quella tremenda caldana, a stare per quaranta giorni al buio, non s'illuse più neanche lui che quel rimedio potesse giovare, e appena poté uscire di camera, si fece condurre allo studio, presso il primo scaffale. Cercò a tasto un libro, lo prese, lo aprì, vi affondò la faccia, prima con gli occhiali, poi senza, come aveva fatto quel giorno in vettura; e si mise a piangere dentro quel libro, silenziosamente. Piano piano poi andò in giro per l'ampia sala, tastando qua e là con le mani i palchetti degli scaffali. Eccolo lì, tutto il suo mondo! E non poterci più vivere ora, se non per quel tanto che lo avrebbe aiutato la memoria!

La vita, non l'aveva vissuta: poteva dire di non aver visto bene mai nulla: a tavola, a letto, per via, sui sedili dei giardini pubblici, sempre e da per tutto, non aveva fatto altro che leggere, leggere, leggere. Cieco ora per la realtà viva che non aveva mai veduto; cieco anche per quella rappresentata nei libri che non poteva più leggere.

La grande confusione in cui aveva sempre lasciato tutti i suoi libri, sparsi o ammucchiati qua e là sulle seggiole, per terra, sui tavolini, negli scaffali, lo fece ora disperare. Tante volte s'era proposto di mettere un po' d'ordine in quella babele, di disporre tutti quei libri per materie, e non l'aveva mai fatto, per non perder tempo. Se l'avesse fatto, ora, accostandosi all'uno o all'altro degli scaffali, si sarebbe sentito meno sperduto, con lo spirito meno confuso, meno sparpagliato.

Fece mettere un avviso nei giornali, per avere qualcuno pratico di biblioteche, che si incaricasse di quel lavoro d'ordinamento. In capo a due giorni gli si presentò un giovinotto saccente, il quale rimase molto meravigliato nel trovarsi davanti un cieco che voleva riordinata la libreria e che pretendeva per giunta di guidarlo. Ma non tardò a comprendere, quel giovanotto, che – via – doveva essere uscito di cervello quel pover uomo, se per ogni libro che gli nominava, eccolo là, saltava di gioia, piangeva, se lo faceva dare, e allora, palpeggiamenti carezzevoli alle pagine e abbracci, come a un amico ritrovato.

– Professore, – sbuffava il giovanotto. – Ma così badi che non la finiamo più!

– Sì, sì, ecco, ecco, – riconosceva subito il Balicci. – Ma lo metta qua, questo: aspetti, mi faccia toccare dove l'ha messo. Bene, bene qua, per sapermi raccapezzare.

Erano per la maggior parte libri di viaggi, d'usi e costumi dei varii popoli, libri di scienze naturali e d'amena letteratura, libri di storia e di filosofia.

Quando alla fine il lavoro fu compiuto, parve al Balicci che il buio gli s'allargasse intorno in tenebre meno torbide, quasi avesse tratto dal caos il suo mondo. E per un pezzo rimase come rimbozzolito a covarlo.

Con la fronte appoggiata sul dorso dei libri allineati sui palchetti degli scaffali, passava ora le giornate quasi aspettando che, per via di quel contatto, la materia stampata gli si travasasse dentro. Scene, episodii, brani di descrizioni gli si rappresentavano alla mente con minuta, spiccata evidenza; rivedeva, rivedeva proprio in quel suo mondo alcuni particolari che gli erano rimasti più impressi, durante le sue riletture: quattro fanali rossi accesi ancora, alla punta dell'alba, in un porto di mare deserto, con una sola nave ormeggiata, la cui alberatura con tutte le sartie si stagliava scheletrica sullo squallore cinereo della prima luce; in capo a un erto viale, su lo sfondo di fiamma d'un crepuscolo autunnale, due grossi cavalli neri con le sacche del fieno alla testa.

Ma non poté reggere a lungo in quel silenzio angoscioso. Volle che il suo mondo riavesse voce, che si facesse risentire da lui e gli dicesse com'era veramente e non come lui in confuso se lo ricordava. Mise un altro avviso nei giornali, per un lettore o una lettrice; e gli capitò una certa signorinetta tutta fremente in una perpetua irrequietezza di perplessità. Aveva svolazzato per mezzo mondo, senza requie, e anche per il modo di parlare dava l'immagine d'una calandrella smarrita, che spiccasse di qua, di là il volo, indecisa, e s'arrestasse d'un subito, con furioso sbattito d'ali, e saltellasse, rigirandosi per ogni verso.

Irruppe nello studio, gridando il suo nome:

– Tilde Pagliocchini. Lei? Ah già... me lo... sicuro, Balicci, c'era scritto sul giornale... anche su la porta... Oh Dio, per carità, no! guardi, professore, non faccia così con gli occhi. Mi spavento. Niente, niente, scusi, me ne vado.

Questa fu la prima entrata. Non se n'andò. La vecchia domestica, con le lagrime a gli occhi, le dimostrò che quello era per lei un posticino proprio per la quale.

– Niente pericoli?

Ma che pericoli! Mai, che è mai? Solo, un po' strano, per via di quei libri. Ah, per quei libracci maledetti, anche lei, povera vecchia, eccola là, non sapeva più se fosse donna o strofinaccio.

– Purché lei glieli legga bene.

La signorina Tilde Pagliocchini la guardò, e appuntandosi l'indice d'una mano sul petto:

– Io?

Tirò fuori una voce, che neanche in paradiso.

Ma quando ne diede il primo saggio al Balicci con certe inflessioni e certe modulazioni, e volate e smorzamenti e arresti e scivoli, accompagnati da una mimica tanto impetuosa quanto superflua, il pover uomo si prese la testa tra le mani e si restrinse e si contorse come per schermirsi da tanti cani che volessero addentarlo.

– No! Così no! Così no! per carità! – si mise a gridare.

E la signorina Pagliocchini, con l'aria più ingenua del mondo:

– Non leggo bene?

– Ma no! Per carità, a bassa voce! Più bassa che può! quasi senza voce! Capirà, io leggevo con gli occhi soltanto, signorina!

– Malissimo, professore! Leggere a voce alta fa bene. Meglio poi non leggere affatto! Ma scusi, che se ne fa? Senta (*picchiava con le nocche delle dita sul libro*). Non suona! Sordo. Ponga il caso, professore, che io ora le dia un bacio.

Il Balicci s'interiva pallido:

– Le proibisco!

– Ma no, scusi! Teme che glielo dia davvero? Non glielo do! Dicevo per farle avvertir subito la differenza. Ecco, mi provo a leggere quasi senza voce. Badi però che, leggendo così, io fischio l'*esse*, professore!

Alla nuova prova, il Balicci si contorse peggio di prima. Ma comprese che, su per giù, sarebbe stato lo stesso con qualunque altra lettrice, con qualunque altro lettore. Ogni voce, che non fosse la sua, gli avrebbe fatto parere un altro il suo mondo.

– Signorina, guardi, mi faccia il favore, provi con gli occhi soltanto, senza voce.

La signorina Tilde Pagliocchini si voltò a guardarlo, con tanto d'occhi.

– Come dice? Senza voce? E allora, come? per me?

– Sì, ecco, per conto suo.

– Ma grazie tante! – scattò, balzando in piedi, la signorina. – Lei si burla di me? Che vuole che me ne faccia io, dei suoi libri, se lei non deve sentire?

– Ecco, le spiego, – rispose il Balicci, quieto, con un amarissimo sorriso. – Provo piacere che qualcuno legga qua, in vece mia. Lei forse non riesce a intenderlo, questo piacere. Ma gliel'ho già detto: questo è il mio mondo; mi conforta il sapere che non è deserto, che qualcuno ci vive dentro, ecco. Io le sentirò voltare le pagine, ascolterò il suo silenzio intento, le domanderò di tanto in tanto che cosa legge, e lei mi dirà... oh, basterà un cenno... e io la seguirò con la memoria. La sua voce, signorina, mi guasta tutto!

– Ma io la prego di credere, professore, che la mia voce è bellissima! – protestò, sulle furie, la signorina.

– Lo credo, lo so – disse subito il Balicci. – Non voglio farle offesa. Ma mi colora tutto diversamente, capisce? E io ho bisogno che nulla mi sia alterato; che ogni cosa mi rimanga tal quale. Legga, legga. Le dirò io che cosa deve leggere. Ci sta?

– Ebbene, ci sto, sì. Dia qua!

In punta di piedi, appena il Balicci le assegnava il libro da leggere, la signorina Tilde Pagliocchini volava via dallo studio e se n'andava a conversare di là con la vecchia domestica. Il Balicci intanto viveva nel libro che le aveva assegnato e godeva del godimento che si figurava ella dovesse prenderne. E di tratto in tratto le domandava: – Bello, eh? – oppure: – Ha voltato? – Non sentendola nemmeno fiatare, s'immaginava che fosse sprofondata nella lettura e che non gli rispondesse per non distrarsene.

– Sì, legga, legga... – la esortava allora, piano, quasi con voluttà.

Talvolta, rientrando nello studio, la signorina Pagliocchini trovava il Balicci coi gomiti su i bracciuoli della poltrona e la faccia nascosta tra le mani.

– Professore, a che pensa?

– Vedo... – le rispondeva lui, con una voce che pareva arrivasse da lontano lontano. Poi, riscotendosi con un sospiro: – Eppure ricordo che erano di pepe!

– Che cosa, di pepe, professore?

– Certi alberi, certi alberi in un viale... Là, veda, nella terza scansia, al secondo palchetto, forse il terz'ultimo libro.

– Lei vorrebbe che io le cercassi, ora, questi alberi di pepe? – gli domandava la signorina, spaventata e sbuffante.

– Se volesse farmi questo piacere.

Cercando, la signorina maltrattava le pagine, s'irritava alle raccomandazioni di far piano. Cominciava a essere stufa, ecco. Era abituata a volare, lei, a correre, a correre, in treno, in automobile, in ferrovia, in bicicletta, su i piroscafi. Correre, vivere! Già si sentiva soffocare in quel mondo di carta. E un giorno che il Balicci le assegnò da leggere certi ricordi di Norvegia, non seppe più tenersi. A una domanda di lui, se le piacesse il tratto che descriveva la cattedrale di Trondhjem, accanto alla quale, tra gli alberi, giace il cimitero, a cui ogni sabato sera i parenti superstiti recano le loro offerte di fiori freschi:

– Ma che! ma che! ma che! – proruppe su tutte le furie. – Io ci sono stata, sa? E le so dire che non è com'è detto qua!

Il Balicci si levò in piedi, tutto vibrante d'ira e convulso:

– Io le proibisco di dire che non è com'è detto là! – le gridò, levando le braccia. – M'importa un corno che lei c'è stata! È com'è detto là, e basta! Dev'essere così, e basta! Lei mi vuole rovinare! Se ne vada! Se ne vada! Non può più stare qua! Mi lasci solo! Se ne vada!

Rimasto solo, Valeriano Balicci, dopo aver raccattato a tentoni il libro che la signorina aveva scagliato a terra, cadde a sedere su la poltrona; aprì il libro, carezzò con le mani tremolanti le pagine gualcite, poi v'immerse la faccia e restò lì a lungo, assorto nella visione di Trondhjem con la sua cattedrale di marmo, col cimitero accanto, a cui i devoti ogni sabato sera recano offerte di fiori freschi – così, così com'era detto là. – Non si doveva toccare. Il freddo, la neve, quei fiori freschi, e l'ombra azzurra della cattedrale. – Niente lì si doveva toccare. Era così, e basta. Il suo mondo. Il suo mondo di carta. Tutto il suo mondo.

IL SONNO DEL VECCHIO

Mentre nel salotto della Venanzi ferveva la conversazione in varie lingue su i più disparati argomenti, Vittorino Lamanna pensava alle due notizie che la padrona di casa gli aveva date, appena entrato. L'una buona, l'altra cattiva. La buona, che alla lettura della sua commedia avrebbe assistito, quel giorno, Alessandro De Marchis, il vecchio venerando che tanta luce di pensiero aveva diffuso nel mondo co' suoi libri di scienza e di filosofia e che giustamente ora la patria considerava come una delle sue più fulgide glorie. La cattiva, che Casimiro Luna, il «brillante» giornalista Luna, reduce da Londra, ove si era recato a «intervistare» un giovine scienziato italiano che aveva fatto or ora una grande scoperta scientifica, ne avrebbe parlato nella radunanza, prima che «l'intervista» fosse pubblicata sul giornale della sera.

Il Lamanna non invidiava al Luna tutte quelle doti appariscenti, che in pochi anni lo avevano reso il beniamino del pubblico, specialmente femminile; gl'invidiava la fortuna. Prevedeva che tra breve tutti gli sguardi si sarebbero rivolti con simpatia al giornalista effimero, elegantissimo, e che nessuno più avrebbe badato a lui; e si lasciava vincere a poco a poco dal malumore, al quale, senza bisogno, pareva facesse da mantice un certo signore che la Venanzi gli aveva messo alle costole: un signore arguto, calvo, di cui non ricordava più il nome, ma che gli ricordava invece quello di tutti gli altri lì presenti, dicendo male di ciascuno.

– Chi vuole, caro signore, che capisca un'acca della sua commedia, tra tutta questa gente qui? Non se ne curi, però. Basterà si sappia che lei l'ha letta nel salotto *intellettuale* della Venanzi. Ne parleranno i giornali. Il che, al giorno d'oggi, vuol dire tutto. La maggior parte, come vede, sono forestieri che spiccicano appena appena qualche parola d'italiano. Non sanno bene come si scriva la parola *soldo*, ma s'accorgono subito adesso se il soldo è falso, e sanno meglio di noi che vale cinque centesimi. L'industria dei forestieri? Idea sbagliata, caro signore! Perché...

Venne, per fortuna, la signora Alba Venanzi a liberarlo da quel tormento. Era entrata nel salotto la marchesa Landriani, a cui la Venanzi lo voleva presentare.

– Marchesa, eccole il nostro Vittorino Lamanna, futura gloria del teatro nazionale.

– Per carità! – disse Vittorino Lamanna, arrossendo, inchinandosi e sorridendo.

La vecchia e grassa marchesa Landriani, dall'aria perennemente stordita, stava a togliersi dal naso gli occhiali a staffa azzurri e, prima d'inforcarsi quelli chiari, rimase un pezzo con gli occhi chiusi e un sorriso freddo, rassegato sulle labbra pallide.

– Conosco, conosco... – disse, molle molle. – Mi aiuti a rammentare dove ho letto di recente roba sua.

– Mah, – fece il Lamanna, compiaciuto, cercando nella memoria. – Non saprei.

E citò una o due riviste, dove aveva di recente stampato qualche cosa.

– Ah, ecco, sì. Bravo! Non ricordavo bene. Leggo tanto, leggo tanto, che poi mi trovo imbarazzata. Sì sì, appunto. Bravo, bravo.

E lo guardò con le lenti chiare, e col sorriso freddo rassegato ancora sulle labbra.

– Quella lì? – diceva, poco dopo, all'orecchio del Lamanna il signore calvo, che evidentemente lo perseguitava. – Quella lì? Una talpa, caro signore! Non conosce neppure l'o. E non di meno, va ripetendo che conosce tutti, che ha letto *roba* di tutti. Lo avrà detto anche a lei, scusi, non è vero? Non ci creda, per carità! Una talpa di prima forza, le dico.

Entrò, in quel momento, Casimiro Luna. Vittorino Lamanna lo conosceva bene, fin da quand'era, come lui, un ignoto. Ragion per cui il Luna lo degnò appena d'un freddissimo saluto.

– Miro! Miro!

Lo chiamavano tutti per nome, così, di qua e di là, ed egli aveva un sorriso e una parola graziosa per ciascuno. Accennò di ghermire una rosa dal seno d'una signora e poi egli stesso fece un gesto di stupore e d'indignazione per la sua temerità, e la signora ne rise, felicissima. La padrona di casa non ebbe bisogno di presentarlo a nessuno. Lo conoscevano tutti.

Nel vederlo così vezzeggiato e incensato, Vittorino Lamanna pensava quanto facile dovesse riuscire a colui il far valere quel po' d'ingegno di cui era dotato, quanto facile la vita. «*Vita?*» domandò tuttavia a se stesso. «E che vita è mai quella ch'egli vive? Una continua stomachevole finzione! Non uno sguardo, non un gesto, non una parola, sinceri. Non è più un uomo: è una caricatura ambulante. E bisogna ridursi a quel modo per aver fortuna, oggi?» Sentiva, così pensando, un profondo disgusto anche di sé, vestito e pettinato alla moda, e si vergognava d'esser venuto a cercare la lode, la protezione, l'aiuto di quella gente che non gli badava.

A un tratto, nel salotto si fece silenzio e tutti si volsero verso l'uscio, in attesa. Entrava, a braccio della moglie, Alessandro De Marchis.

Ansava il grand'uomo, tozzo e corpulento, dal testone calvo, sotto la cui cute liscia giallastra spiccava la trama delle vene turgide. La moglie coi capelli fulvi, pomposamente acconciati, lo sorreggeva, diritta, tronfia, e guardava di qua e di là, sorridendo con le labbra dipinte.

Tutti si mossero a ossequiare.

Alessandro De Marchis, lasciandosi cadere pesantemente sul seggiolone preparato apposta per lui, sorrideva con la bocca sdentata, senza baffi né barba, ed emetteva, tra l'ansito che gli davano la pinguedine e la vecchiaia, come un grugnito, e guardava con gli occhi quasi spenti, scialbi, acquosi.

Ma subito un vivissimo imbarazzo si diffuse nel salotto: tutti gli occhi, appena guardavano al grand'uomo, si voltavano altrove, schivandosi a vicenda.

La De Marchis, infocata in volto, contenendo a stento il dispetto, accorse presso il marito, gli si parò davanti, vicinissima, e gli disse piano, ma con voce vibrata:

– Alessandro, abbottonati! Vergogna!

Il povero vecchio si recò subito la grossa mano tremante, ove la moglie imperiosamente con gli occhi gl'indicava, e la guardò quasi impaurito, con un sorriso scemo sulle labbra.

Poco dopo, mentre Casimiro Luna riferiva «brillantemente» il suo colloquio col giovine inventore italiano sulla famosa scoperta, un'altra impressione più penosa della prima dovettero provare i convenuti nel salotto della Venanzi, guardando il vecchio glorioso.

Alessandro De Marchis, che era pure un celebre fisico, i cui libri senza dubbio quel giovine inventore italiano aveva dovuto studiare e consultare, Alessandro De Marchis s'era messo a dormire, col testone reclinato sul petto.

Vittorino Lamanna fu tra i primi ad accorgersene, e si sentì gelare. Casimiro Luna seguitava a parlare; ma, a un certo punto, seguendo lo sguardo degli altri, e vedendo anche lui il De Marchis immerso nel sonno, atteggiò il volto di tal commiserazione che a più d'uno scappò irresistibilmente un breve riso subito soffocato.

– Ma a ottantasei anni, scusi, – osservò piano, all'orecchio del Lamanna, quello stesso signore arguto, – a ottantasei anni, davanti alla soglia della morte, che può più importare, caro signore, ad Alessandro De Marchis che Guglielmo Marconi abbia scoperto il telegrafo senza fili? Domani morrà. È già quasi morto. Lo guardi.

Vittorino Lamanna, pallido, alterato, si voltò per dirgli sgarbatamente che si stesse zitto; ma incontrò lo sguardo della Venanzi che gli fece un cenno, levandosi e uscendo dal salotto. Si alzò anche lui poco dopo, e la seguì nel salottino accanto.

La trovò, che accendeva una sigaretta, traendo con voluttà le prime boccate di fumo.

– Fumate, fumate, Lamanna, fumate anche voi, – gli disse, presentandogli una scatola di sigarette. – Non ne potevo più! Se non fumo, muoio.

Arrivò dal salotto, attraverso la vetrata, un fragoroso scoppio di risa.

– Caro, caro, quel Luna! Sentite? Trova modo di far ridere anche parlando di una scoperta scientifica. Speriamo che si svegli! – sospirò poi, alludendo al De Marchis. – Chi sa come deve soffrirne quella povera Cristina!

– Cristina? – domandò, accigliato, Vittorino Lamanna.

– La moglie, – spiegò la Venanzi. – Non l'avete veduta? È tanto bella! Forse ora s'aiuta un po' con la chimica. Ah, è stato un vero peccato sacrificare alla gloria di quel vecchio tanta bellezza! Calcolo sbagliato! Il vecchio glorioso se ne sta lì, come vedete, abbandonato dalla vita, dimenticato dalla morte. La povera Cristina, evidentemente, contò che, sì, il sacrifizio della sua bellezza alla gloria non sarebbe durato tanto, e che la luce di questa gloria avrebbe poi illuminato meglio la sua bellezza. Calcolo sbagliato! E ora, poverina, vuol cavare dalla gloria a cui s'è sacrificata tutte quelle magre soddisfazioni che può: si trascina il marito dappertutto; per miracolo non si appende al collo le innumerevoli decorazioni di lui, nazionali e forestiere. Il vecchio però, eh! il vecchio se ne vendica: dorme così dappertutto, sapete! Dorme, dorme. Ed è già molto che non ronfi!

Vittorino Lamanna sentì cascarsi le braccia. Pensò alla prossima lettura della sua commedia, mentre il vecchio dormiva; pensò al detto di un celebre commediografo francese: che durante la lettura o la rappresentazione d'un dramma, il sonno debba esser considerato come un'opinione, e si lasciò scappare dalle labbra:

– Oh Dio! E allora?

La Venanzi, a questo ingenuo sospiro, scoppiò a ridere, proprio di cuore.

– Non temete, non temete! – gli disse poi. – Procureremo di tenerlo sveglio. Ma già, vedrete che non ce ne sarà bisogno. L'arte vostra farà da sé il miracolo.

– Ma se mi dice che dorme sempre!

– No: sempre sempre poi no! Se mai, però, gli metteremo accanto il Gabrini: sapete? quello che vi tormenta. Me ne sono accorta. Ah, il Gabrini è terribile! Capacissimo d'allungargli sotto sotto qualche pizzicotto. Lasciate fare a me!

Entrò in quel momento Flora, la bellissima figliuola della Venanzi, a chiamare la madre. Casimiro Luna aveva finito d'esporre la sua «intervista» ed era scappato via.

La Venanzi carezzò la splendida figliuola alla presenza del giovanotto, le ravviò i capelli, le rassettò sul seno ricolmo le pieghe della camicetta di seta. Flora la lasciò fare, sorridente, con gli occhi rivolti al giovine; poi disse alla madre:

– Sai che donna Cristina è andata via anche lei?

La madre allora s'adirò fieramente.

– Via? E mi lascia lì quel mausoleo addormentato? Ah! È un po' troppo, mi pare! Dov'è andata?

– Mah! – sospirò la figlia. – Ha detto che ritornerà tra poco.

Poi si volse al Lamanna e aggiunse:

– Non dubiti: glielo sveglio io, or ora, con una tazza di tè.

Il Lamanna, già col sangue tutto rimescolato, avrebbe voluto pregare la Venanzi di mandare a monte la lettura della commedia e di permettergli d'andar via di nascosto. Ma la signora Alba s'era già levata e aveva schiuso la bussola per rientrare in salotto con la figlia.

Quando, di lì a poco, questa con una tazza di tè in una mano e nell'altra il bricco del latte, pregò la signora inglese che sedeva accanto al De Marchis di scuoterlo per un braccio, Vittorino Lamanna, divenuto nervosissimo, avrebbe voluto gridarle: «Ma lo lasci dormire, perdio!». Così, quelli che non sapevano del continuo sonno del vecchio, avrebbero potuto attribuirne la causa alla relazione del Luna e non alla prossima lettura della sua commedia.

Destato, Alessandro De Marchis guardò Flora con gli occhi stralunati:

– Ah sì... Guglielmo... Guglielmo Marconi...

– No, scusi, senatore, – disse Flora, con un sorriso. – Col latte o senza?

– Col... col latte, sì, grazie.

Preso il tè, rimase sveglio. Vittorino Lamanna, che già si disponeva alla lettura, accolse in sé la lusinga che la sua commedia avrebbe veramente incatenato l'attenzione del vecchio, come la Venanzi gli aveva lasciato sperare, e lesse a voce alta il titolo: *Conflitto*.

Lesse i personaggi, lesse la descrizione della scena, e volse una rapida occhiata al De Marchis.

Questi se ne stava ancora con le ciglia corrugate e pareva attentissimo. Il Lamanna si riaffermò in quella lusinga, e cominciò a leggere la prima scena, tutto rianimato.

S'era proposto di rappresentare un conflitto d'anime, diceva lui. Un vecchio benefattore, ancor valido, aveva sposato la sua beneficata; questa, presa poco dopo d'amore per un giovane, si dibatteva tra il sentimento del dovere e della gratitudine e il ribrezzo che provava nell'adempimento de' suoi doveri di sposa, mentre il suo cuore era pieno di quell'altro. Tradire, no; ma mentire, mentire neppure!

Orbene, chi sa! il De Marchis forse avrebbe potuto intravedere in quella situazione drammatica un caso simile al suo, e avrebbe prestato attenzione fino all'ultimo. E il Lamanna seguitava a leggere con molto calore.

A un tratto però, dagli occhi degli ascoltatori comprese che il vecchio s'era rimesso a dormire. Non ebbe il coraggio di guardare per accertarsene. Cercò invece gli occhi del Gabrini e li incontrò subito appuntati su lui, taglienti di ironia.

– *A ottantasei anni, davanti alla soglia della morte...* – gli parve di leggere in quello sguardo; e subito sentì tutto il sangue affluirgli alle guance, dalla stizza; si confuse, s'impappinò, perdette il tono, il colore, la misura; e, con un gran ronzio negli orecchi, in preda a una esasperazione crescente di punto in punto, strascinò miseramente la lettura del suo lavoro fino alla fine.

Fu un supplizio per lui e per gli altri, che parve durasse un secolo. Finito, non vide l'ora di trovarsi solo in casa per lacerare in mille minutissimi pezzi quel suo *atto unico*, ch'era stato per lui strumento d'indicibile tortura.

Mezz'ora dopo, nel salotto della Venanzi non c'era più nessuno, tranne il vecchio che dormiva sul seggiolone, col capo rovesciato sul petto, le labbra flosce, da cui pendeva sul panciotto un filo di bava.

Madre e figlia, nel salottino accanto, parlavano della pessima figura fatta dal Lamanna e mangiucchiavano intanto qualche violetta inzuccherata.

– Oh! – esclamò a un tratto la madre. – Quella lì non torna. Bisogna svegliare il vecchio.

Si recarono nel salotto e stettero un po' a contemplare con una certa pena mista di ribrezzo quel glorioso dormente, in cui ogni luce d'intelletto era estinta da un pezzo.

Lo scossero pian piano, poi più forte. Stentò non poco Alessandro De Marchis a comprendere che la moglie lo aveva abbandonato lì.

– Se vuole, – gli disse la Venanzi, – lo farò accompagnare fino a casa.

– No, – rispose il vecchio, provandosi più volte a levarsi dal seggiolone. – Mi basta... mi basta fino a piè della scala. Poi mi metto in vettura.

Riuscì finalmente a tirarsi su; guardò Flora; le accarezzò una guancia.

– Sei un po' sciupatina, – le disse. – Bellina mia, che cos'è? facciamo forse all'amore?

Flora, senza arrossire, alzò una spalla e sorrise.

– Che dice mai, senatore!

– Male! – riprese allora il De Marchis. – A diciannove anni bisogna fare all'amore. E credi pure che non c'è niente di meglio, bellina mia.

Si accostò lentamente a una mensola, per tuffar la faccia in un gran mazzo di rose; poi, ritraendola, sospirò:

– Povero vecchio...

Scese pian piano, a gran fatica, la scala, appoggiato al cameriere; si mise in vettura e poco dopo si addormentò anche lì, senza il più lontano sospetto che la sera, nelle «note mondane», tutti i giornali più in vista avrebbero parlato di lui, del suo grande compiacimento per i trionfi di Guglielmo Marconi, della sua vivissima simpatia per Casimiro Luna e anche della sua paterna benevolenza per Vittorino Lamanna, giovane commediografo di belle speranze.

LA DISTRUZIONE DELL'UOMO

Vorrei sapere soltanto se il signor giudice istruttore[1] ritiene in buona fede d'aver trovato una sola ragione che valga a spiegare in qualche modo questo ch'egli chiama *assassinio premeditato* (e sarebbe, se mai, doppio assassinio, perché la vittima stava per compire felicemente l'ultimo mese di gravidanza).

Si sa che Nicola Petix s'è barricato in un silenzio impenetrabile, prima davanti al commissario di polizia, appena arrestato, poi davanti a lui, voglio dire al signor giudice istruttore che inutilmente tante volte e in tutte le maniere s'è provato a interrogarlo, e infine anche davanti al giovane avvocato che gli hanno imposto d'ufficio, visto che fino all'ultimo non ha voluto incaricarne uno di sua fiducia per la difesa.

Di questo silenzio così ostinato si dovrebbe pur dare, mi sembra, una qualche interpretazione.

Dicono che in carcere Petix dimostra la smemorata indifferenza d'un gatto che, dopo aver fatto strazio d'un topo o d'un pulcino, si raccolga beato dentro un raggio di sole.

Ma è chiaro che questa voce, la quale vorrebbe dare a intendere che Petix consumò il delitto con l'incoscienza d'una bestia, non è stata accolta dal giudice istruttore, se egli ha creduto di dovere ammettere e sostenere la premeditazione nell'assassinio. Le bestie non premeditano. Se s'appostano, il loro agguato è parte istintiva e naturale della loro naturalissima caccia, che non le fa né ladre né assassine. La volpe è ladra per il padrone della gallina: ma per sé la volpe non è ladra: ha fame; e quand'ha fame, acchiappa la gallina e se la mangia. E dopo che se l'è mangiata, addio, non ci pensa più.

Ora Petix non è una bestia. E bisogna vedere, prima di tutto, se questa indifferenza è vera. Perché, se vera, anche di questa indifferenza si dovrebbe tener conto, come di quel silenzio ostinato, di cui – a mio modo di vedere – sarebbe la conseguenza più naturale; corroborati come sono l'una e l'altro dall'esplicito rifiuto d'un difensore.

Ma non voglio anticipar giudizi, né mettere avanti per ora la mia opinione.

Seguito a discutere col signor giudice istruttore.

Se il signor giudice istruttore crede che Petix sia da punire con tutti i rigori della legge, perché per lui non è uno scemo feroce da paragonare a una bestia, né un pazzo furioso che per nulla abbia ucciso una donna a poche settimane dal parto; la ragione del delitto, di quest'*assassinio premeditato*, quale può essere stata?

Una passione segreta per quella donna, no. Basterebbe che il giovane avvocato d'ufficio mettesse sotto gli occhi ai signori giurati, per un momento, un ritratto della povera morta. La signora Porrella aveva quarantasette anni e a tutto ormai poteva somigliare tranne che a una donna.

Ricordo d'averla veduta pochi giorni prima del delitto, sulla fine d'ottobre, a braccetto del marito cinquantenne, un pochino più piccolino di lei, ma col suo bravo pancino anche lui il signor Porrella, per il viale nomentano sul tramonto, non ostante il vento che sollevava in calde raffiche fragorose le foglie morte.

Posso assicurare sulla mia parola d'onore, ch' era una provocazione la vista di quei due, fuori a passeggio in una giornata come quella, con tutto quel vento, tra il turbine di tutte quelle foglie morte, piccoli sotto gli alti platani nudi che armeggiavano nel cielo tempestoso con l'ispido intrico dei rami.

Buttavano i piedi allo stesso modo, nello stesso tempo, gravi, come per un compito assegnato.

---

1 Parliamo del delitto di Petix.

Forse credevano che di quella passeggiata non si potesse assolutamente fare a meno, ora che la gravidanza era agli ultimi giorni. Prescritta dal medico; consigliata da tutte le amiche del vicinato.

Seccante forse, sì, ma naturalissimo per loro che quel vento insorgesse così di tratto in tratto e sbattesse furiosamente di qua e di là tutte quelle foglie accartocciate senza mai riuscire a spazzarle via; e che quei platani là, poiché a tempo avevano rimesso le foglie, ora a tempo se ne spogliassero per rimaner come morti fino alla ventura primavera; e che là quel cane randagio fosse condannato da ogni fiuto nel naso a fermarsi a tutti i tronchi di quei platani e ad alzare con esasperazione un'anca per non spremer che poche gocciole appena, dopo essersi rigirato più e più volte smaniosamente per cercarne il verso.

Giuro che non a me soltanto, ma a quanti passavano quel giorno per il viale nomentano sembrava incredibile che quell'omino là potesse mostrarsi così soddisfatto di portarsi a spasso quella moglie in quello stato; e più incredibile che quella moglie si lasciasse portare, con un'ostinazione che tanto più appariva crudele contro se stessa, quanto più lei sembrava rassegnata allo sforzo insopportabile che doveva costarle. Barellava, ansimava e aveva gli occhi come induriti nello spasimo, non già di quello sforzo disumano, ma della paura che non sarebbe riuscita a portare fino all'ultimo quel suo ingombro osceno nel ventre che le cascava. È vero che di tanto in tanto abbassava su quegli occhi le palpebre livide. Ma non tanto per vergogna le abbassava, quanto per il dispetto di vedersi obbligata a sentirla, quella vergogna, dagli occhi di chi la guardava e la vedeva in quello stato, alla sua età, vecchia ciabatta ancora in uso per una cosa che pareva tanto. Infatti, tenendo per il braccio il marito, avrebbe potuto con qualche strizzatina sotto sotto richiamarlo dalla soddisfazione a cui spesso e con troppa evidenza s'abbandonava, d'esser lui, pur così piccolino e calvo e cinquantenne, l'autore di tutto quel grosso guaio lì. Non lo richiamava, perché era anzi contenta che avesse il coraggio di mostrarla lui, quella soddisfazione, mentre a lei toccava di mostrarne vergogna.

Mi pare di vederla ancora, quando, a qualche raffica più violenta che la investiva da dietro, si fermava su le tozze gambe larghe, a cui s'attaccava la veste che gliele disegnava sconciamente, mentre davanti le faceva pallone. Allora ella non sapeva a qual riparo correr prima col braccio libero; se abbassare cioè quel pallone della veste, che rischiava di scoprirla tutta davanti, o se tener per la falda il vecchio cappello di velluto viola, alle cui malinconiche piume nere nasceva col vento una disperata velleità di volo.

Ma veniamo al fatto.

Vi prego (se avete un po' di tempo) d'andare a visitar quel vecchio casone di Via Alessandria, dove abitavano i coniugi Porrella e anche, in due stanzette del piano di sotto, Nicola Petix.

È uno di quei tanti casoni, tutti brutti a un modo, come bollati col marchio della comune volgarità del tempo in cui furon levati in gran furia, nella previsione che poi si riconobbe errata d'un precipitoso e strabocchevole affluir di regnicoli a Roma subito dopo la proclamazione di essa a terza Capitale del regno.

Tante private fortune, non solo di nuovi arricchiti, ma anche d'illustri casati, e tutti i sussidii prestati dalle banche di credito a quei costruttori, che parvero per più anni in preda a una frenesia quasi fanatica, andarono allora travolti in un enorme fallimento, che ancor si ricorda.

E si videro, dov'erano antichi parchi patrizii, magnifiche ville e, di là dal fiume, orti e prati, sorger case e case e case, interi isolati, per vie eccentriche appena tracciate; e tante all'improvviso restare – ruderi nuovi – alzate fino ai quarti piani, a infracidar senza tetto, con tutti i vani delle finestre sguarniti, e fissato ancora in alto, ai buchi dei muri grezzi, qualche resto dell'impalcatura abbandonata, annerito e imporrito dalle piogge; e altri isolati, già compiuti, rimaner deserti lungo intere vie di quartieri nuovi, per cui non passava mai nessuno; e l'erba nel silenzio dei mesi rispuntare ai margini dei marciapiedi, rasente ai muri e poi, esile, tenerissima, abbrividente a ogni soffio d'aria, riprendersi tutto il battuto delle strade.

Parecchie di queste case poi, costruite con tutti i comodi per accogliere agiati inquilini, furono aperte, tanto per trarne qualche profitto, all'invasione della gente del popolo. La quale, come può bene immaginarsi, ne fece in poco tempo tale scempio, che quando alla fine, con l'andar degli anni, cominciò a Roma veramente la penuria degli alloggi, troppo presto temuta prima, troppo tardi rimediata poi per la paura che teneva tutti di far nuove costruzioni a causa di quella solenne scottatura, i nuovi proprietarii, che le avevano acquistate a poco prezzo dalle banche sussidiatrici degli antichi costruttori falliti, facendosi ora il conto di quanto avrebbero dovuto spendere a riattarle e rimetterle in uno stato di decenza per darle in affitto a inquilini disposti a pagare una più alta pigione, stimarono più conveniente non farne nulla e contentarsi di lasciar le scale con gli scalini smozzicati, i muri oscenamente imbrattati, le finestre dalle persiane cadenti e i vetri rotti imbandierate di cenci sporchi e rattoppati, stesi sui cordini ad asciugare.

Se non che, adesso, in qualcuna di queste grandi e miserabili case, pur tra cotali inquilini rimasti a compir l'opera di distruzione sulle pareti e su gli usci e sui pavimenti, qualche nobile famiglia decaduta o di medio ceto, d'impiegati o di professori, ha cominciato a cercar ricovero, o per non averlo trovato altrove o per bisogno o amor di risparmio, vincendo il ribrezzo di tutto quel lerciume e più della mescolanza con quello che sì, Dio mio, prossimo è, non si nega, ma che pur certamente, poco poco che si ami la pulizia e la buona creanza, dispiace aver troppo vicino; e non si può dire del resto che il dispiacere non sia contraccambiato; tanto vero che questi nuovi venuti sono stati in principio guardati in cagnesco, e poi, a poco a poco, se han voluto esser visti men male, han dovuto acconciarsi a certe confidenze piuttosto prese che accordate.

Ora in quel casone là di Via Alessandria, quando avvenne il delitto, i coniugi Porrella abitavano da circa quindici anni; Nicola Petix, da una diecina. Ma mentre quelli da un pezzo erano entrati nelle grazie di tutti i più antichi casigliani, Petix s'era attirato al contrario sempre più l'antipatia generale, per il disprezzo con cui guardava, a cominciar dal portinaio ciabattino, tutti; senza mai voler degnare non che d'una parola, ma neppur d'un lieve cenno di saluto, nessuno.

Ho detto, veniamo al fatto. Ma un fatto è come un sacco che, vuoto, non si regge.

Se n'accorgerà bene il signor giudice istruttore, se – come pare – vorrà provarsi a farlo reggere così, senza prima farci entrar dentro tutte quelle ragioni che certamente lo han determinato, e che lui forse non immagina neppure.

Petix ebbe per padre un ingegnere spatriato da gran tempo e morto in America, il quale tutta la fortuna raccolta in tanti anni laggiù con l'esercizio della professione lasciò in eredità a un altro figliuolo, maggiore di due anni di Petix e ingegnere anche lui, con l'obbligo di passare mensilmente al fratello minore, vita natural durante, un assegnino di poche centinaia di lire, quasi a titolo d'elemosina e non perché gli spettassero di diritto, essendosi già «mangiata», com'era detto nel testamento, «tutta la legittima a lui spettante in un ozio vergognoso».

Quest'ozio di Petix sarà bene intanto che non venga considerato solamente dal lato del padre, ma un po' anche da quello di lui, perché Petix veramente frequentò per anni e anni le aule universitarie, passando da un ordine di studii all'altro, dalla medicina alla legge, dalla legge alle matematiche, da queste alle lettere e alla filosofia: non dando mai, è vero, nessun esame, perché non si sognò mai di fare il medico o l'avvocato, il matematico o il letterato o il filosofo: Petix non ha voluto fare in verità mai nulla; ma ciò non vuol dire che se ne sia stato in ozio, e che quest'ozio sia stato vergognoso. Ha meditato sempre, studiando a suo modo, sui casi della vita e sui costumi degli uomini.

Frutto di queste continue meditazioni, un tedio infinito, un tedio insopportabile tanto della vita quanto degli uomini.

Fare per fare una cosa? Bisognerebbe star dentro alla cosa da fare, come un cieco, senza vederla da fuori; o se no, assegnarle uno scopo. Che scopo? Soltanto quello di farla? Ma sì, Dio mio: come si fa. Oggi questa e domani un'altra. O anche la stessa cosa ogni giorno. Secondo le inclinazioni o le capacità, secondo le intenzioni, secondo i sentimenti o gl'istinti. Come si fa.

Il guaio viene, quando di quelle inclinazioni e capacità e intenzioni, di quei sentimenti e istinti, seguiti da dentro perché si hanno e si sentono, si vuol vedere da fuori lo scopo, che appunto perché cercato così da fuori non si trova più, come non si trova più nulla.

Nicola Petix arrivò presto a questo nulla, che dovrebbe essere la quintessenza d'ogni filosofia.

La vista quotidiana dei cento e più inquilini di quel casone lercio e tetro, gente che viveva per vivere, senza saper di vivere se non per quel poco che ogni giorno pareva condannata a fare: sempre le stesse cose; cominciò presto a dargli un'uggia, un'insofferenza smaniosa; che si esasperava sempre più di giorno in giorno.

Soprattutto intollerabili gli erano la vista e il fracasso dei tanti ragazzini che brulicavano nel cortile e per le scale. Non poteva affacciarsi alla finestra su quel cortile, che non ne vedesse quattro o cinque in fila chinati a far lì i loro bisogni mentre addentavano qualche mela fradicia o un tozzo di pane; o sull'acciottolato sconnesso, ove stagnavano pozze di acqua putrida (seppure era acqua) tre maschietti buttati carponi a spiare donde e come faceva pipì una bambinuccia di tre anni che non se ne curava, grave, ignara e con un occhio fasciato. E gli sputi che si tiravano, i calci, gli sgraffi che si davano, le strappate di capelli, e gli strilli che ne seguivano, a cui partecipavano le mamme da tutte le finestre dei cinque piani; mentre, ecco, la signorina maestrina dalla faccetta sciupata e dai capelli cascanti attraversa il cortile con un grosso mazzo di fiori, dono del fidanzato che le sorride accanto.

Petix aveva la tentazione di correre al cassetto del comodino per tirare una rivoltellata a quella maestrina, tale e tanta furia d'indignazione gli provocavano quei fiori e quel sorriso del fidanzato, le lusinghe dell'amore in mezzo alla stomachevole oscenità di tutta quella sporca figliolanza, che tra poco quella maestrina si sarebbe anche lei adoperata ad accrescere.

Ora pensate che da dieci anni ogni giorno Nicola Petix assisteva in quel casone alle periodiche immancabili gravidanze di quella signora Porrella, la quale, arrivata fra nausee, trepidazioni e patimenti al settimo o l'ottavo mese, ogni volta rischiando di morire, abortiva. In diciannove anni di matrimonio quella carcassa di donna contava già quindici aborti.

La cosa più spaventevole per Nicola Petix era questa: che non riusciva a vedere in quei due la ragione per cui, con un'ostinazione così cieca e feroce contro se stessi, volevano un figlio.

Forse perché diciott'anni addietro, al tempo della prima gravidanza, la donna aveva preparato di tutto punto il corredino del nascituro: fasce, cuffiette, camicine, bavaglini, vestine lunghe infiocchettate, pedalini di lana, che aspettavano ancora di essere usati ormai ingialliti e stecchiti nella loro insaldatura, come cadaverini.

Ormai da dieci anni tra tutte quelle donne del casamento che figliavano a più non posso e Nicola Petix che a più non posso odiava questa loro sporca figliolanza, s'era impegnata come una sfida: quelle a sostenere che la signora Porrella avrebbe questa volta fatto il figlio e lui a dir di no, che neanche questa volta l'avrebbe fatto. E quanto più premurose, con infinite cure e consigli e attenzioni, quelle covavano il ventre della donna che di mese in mese ingrossava; tanto più lui, vedendolo di mese in mese ingrossare, si sentiva crescere l'irritazione, la smania, il furore. Negli ultimi giorni d'ogni gravidanza, alla sua fantasia sovreccitata tutto quel casone si rappresentava come un ventre enorme travagliato disperatamente dalla gestazione dell'uomo che doveva nascere. Non si trattava più per lui del parto imminente della signora Porrella, che doveva dargli una sconfitta; si trattava dell'uomo, dell'uomo che tutte quelle donne volevano che nascesse dal ventre di quella donna; dell'uomo quale può nascere dalla bruta necessità dei due sessi che si sono accoppiati.

Ebbene, l'uomo volle distruggere Petix quando fu certo che finalmente quella sedicesima gravidanza avrebbe avuto il suo compimento. L'uomo. Non uno dei tanti, ma tutti in quell'uno; per fare in quell'uno la vendetta dei tanti che vedeva lì, piccoli bruti che vivevano per vivere, senza saper di vivere, se non per quel poco che ogni giorno parevano condannati a fare: sempre le stesse cose.

E avvenne pochi giorni dopo ch'io vidi i due coniugi Porrella per il viale nomentano, tra il turbine di quelle foglie morte, buttare i piedi allo stesso modo, nello stesso tempo, gravi, compunti, come per un compito assegnato.

La meta della quotidiana passeggiata era un pietrone oltre la Barriera, dove il viale, svoltando ancora una volta dopo Sant'Agnese e restringendosi un poco, declina verso la vallata dell'Aniene. Ogni giorno, seduti su quel pietrone, si riposavano della lunga e lenta camminata per una mezz'oretta, il signor Porrella guardando il ponte fosco e certamente pensando che di là erano passati gli antichi romani; la signora Porrella seguendo con gli occhi qualche vecchia cercatrice d'insalata tra l'erba del declivio lungo il corso del fiume, che appare lì sotto per un breve tratto dopo il ponte; o guardandosi le mani e rigirandosi pian piano gli anelli attorno alle tozze dita.

Anche quel giorno vollero arrivare alla meta, non ostante che il fiume per le abbondanti piogge recenti fosse in piena e straripato minacciosamente sul declivio, quasi fin sotto a quel loro pietrone; e non ostante che, seduto su questo, come se stesse ad aspettarli, scorgessero da lontano il loro coinquilino Nicola Petix: tutto aggruppato e raccolto in sé come un grosso gufo.

Si fermarono, scorgendolo, contrariati e perplessi per un istante, se andare a sedere altrove o tornare indietro. Ma quello stesso avvertimento di contrarietà e di diffidenza li spinse appunto ad accostarsi, perché sembrò loro irragionevole ammettere che la presenza invisa di quell'uomo e anche l'intenzione che pareva in lui evidente d'esser venuto lì per essi potessero rappresentare *qualcosa* di così grave, da rinunziare a quella sosta consueta, di cui la pregnante specialmente aveva bisogno.

Petix non disse nulla; e tutto si svolse in un attimo, quasi quietamente. Come la donna s'accostò al pietrone per mettervisi a sedere egli la afferrò per un braccio e la trasse con uno strappo fino all'orlo delle acque straripate; là le diede uno spintone e la mandò ad annegare nel fiume.

SGOMBERO

Squallida stanza a terreno. Un lettuccio su cui giace rigido, ma non ancora composto nel consueto atteggiamento dei morti, il cadavere d'un vecchio, con la barba messa da malato e i globi degli occhi stravolti, quasi trasparenti sotto le pàlpebre esili come veli di cipolla. Le braccia fuori delle coperte e le mani giunte sul petto. Il letto ha la testata contro la parete, e un Crocefisso è appeso al capezzale. Accanto al letto è un tavolinetto da notte con qualche bicchiere di medicinale, una bottiglia e un candeliere di ferro. Nel mezzo, un usciolo semiaperto; e più là, un antico canterano con l'impiallacciatura crepacchiata, con su qualche rozza suppellettile. Inginocchiata alla sponda destra del letto e arrovesciata su esso con tutto il busto e la faccia e le braccia lungo distese, è la vecchia moglie del morto, vestita di nero, con un fazzoletto violaceo in testa. Non dà segno di vita. Davanti all'usciolo semiaperto è una ragazzina di otto o nove anni, del vicinato, con gli occhi sbarrati e un dito alla bocca, in sgomenta contemplazione del cadavere. Nell'ombra dell'àndito, attraverso la semiapertura dell'usciolo, s'intravedono uomini e donne del vicinato che spìano e non osano entrare. Nella parete destra è una finestra che dà sul cortile; e anche di qua s'intravedono, attraverso i vetri, altri visi di curiosi che spiano. Nella parete sinistra è un decrepito armadio di legno tinto, a due sportelli. Sedie impagliate; un tavolino.

Si sente dall'àndito la voce di Lora:

– Fate largo! Lasciatemi passare!

Entra.

Ha poco più di vent'anni. Aria equivoca. Modi bruschi. Porta avvolto nella carta un cero, e in mano frutta di vivaci colori: arance, mele. Appena entrata, dice alla ragazza:

– Ah, brava, t'han lasciata entrare? Così poi da grande ti rammenti quando hai visto un morto la prima volta. Vuoi anche toccarlo col ditino? No? E allora vattene!

La prende e la mette fuori dell'uscio, dicendo a quelli dell'àndito:

– C'è un funerale di prima classe in capo alla via: l'ho visto io passando: tiro a quattro, cocchiere e famigli in parrucca bianca, una sciccheria! correte, correte a vederli! Amate il sudicio come le mosche?

E tira a sé l'usciolo.

– Ma già, l'ippopòtamo... – esclama in mezzo alla stanza, scrollando le spalle. – Quando hai visto al Giardino Zoologico che Dio ha creato anche l'ippopòtamo, di che ti vuoi più maravigliare? C'è l'ippopòtamo, come c'è chi si piglia le bambine e poi le ammazza; e c'è chi deve far la sgualdrina, e chi ti butta in mezzo alla strada. E le mosche. Le mosche.

Posa sul canterano il cero e la frutta. Gli occhi le vanno allora a quegli altri che stanno a spiare dai vetri della finestra. Vi corre, irritata:

– Ma guarda, anche qua, appiccicate ai vetri!

Appena apre la finestra, quelli scappano via. E allora lei si sporge a gridar fuori:

– Ma sì, ma sì, sono io! Che peste, eh, *Bigiù*? Ma mi sai dire perché sei da più di me tu? perché vendi a casa all'ingrosso, a pezze intere, e io faccio la mercantina di strada e vendo a metro? Che vuoi! Tu l'assaggi ancora col pollice e l'indice la stoffa; io non l'assaggio più, stoffetta di liquidazione. Va', va' su, che la scala può darsi che toccherà di scenderla anche a te. Allegra, comare! Siamo entrati in due, a braccetto, stamattina, la Morte, e il Disonore, già, il Disonòòòre! Ma guarda che faccia! Toh, cara, aspetta: ti butto una meluccia.

Prende una mela rossa dal canterano e fa per gettarla alla ragazzina messa fuori poc'anzi.

– Scappi? Non la vuoi! Be', me la mangio io.

L'addenta e richiude la finestra, facendo, subito dopo, l'atto di turarsi il naso:

– F*ffff* questo puzzo ardente di lavatoio!

Guarda sul letto il cadavere del padre:

– Mangio, sì, mangio, e mi possa far veleno! Digiuna da ieri. Le mani, eh, ora non le stacchi più! Certi schiaffoni! E mi sputavi anche in faccia, m'acciuffavi pei capelli, mi sbattevi di qua e di là a furia di pedate! Ragazzina, che vuoi?, ne sapevo già più d'un'immagine sacra a capo del letto. Ora le tieni l'una sull'altra, così sul petto, le mani, fredde come la pietra.

Va a scuotere per la spalla la madre.

– Su, mamma: sei digiuna da ieri anche tu: bisogna che prenda qualche cosa.

D'improvviso ha il dubbio che non le abbiano reso giusto il resto, e fa il conto:

– Quattro e otto, dodici, e cinque, diciassette. Aspetta. Che altro ho comprato? Ah, già, da quell'imbecille, la frutta. Vendeva gli uccellini a mazzo, legati pei fori del becco, e me li ha sbattuti in faccia, mascalzone, senza neppur vedere che portavo un cero.

Sobbalza, sovvenendosene:

– Ah già, il cero.

Lo va a prendere dal canterano e lo scartoccia.

– Perché non si dica che non te l'abbiamo acceso.

Prende il candeliere di ferro dal tavolinetto da notte.

– Speriamo che lo regga.

Pianta il cero nel bocciolo del candeliere.

– Toh, guarda, come fatto su misura.

C'è sul tavolinetto una scatola di fiammiferi. Accende il cero e lo posa lì.

– Ardere e sgocciolare: bella professione. Come le vergini.

– Tu lo vedi? No. E neppure i santi di legno su l'altare. Ma noi li vediamo illuminati i santi, e c'inginocchiamo. è tutta fede, la fabbrica dei ceri. Ora crediamo che tu stia godendo di là. Ma non lo dài a vedere, poveretto. Su, mamma, oh: bisognerà pur vestirlo prima che s'indurisca. Piangi, sì, seguita a piangere. Bella professione anche la tua, lì buttata per morta anche tu. Bisogna far presto. è grazia che abbiano aspettato che morisse. Vogliono fuori tutto prima di sera. E alle quattro verranno quelli della Misericordia. Non daranno neanche al cero il tempo di consumarsi tutto.

Guarda il cero acceso, poi alza gli occhi al Crocefisso appeso al muro.

– Ah, il Crocefisso tra le mani.

Va all'altra sponda del letto; accosta una sedia e vi monta; stacca il Crocefisso; lo tiene un po' tra le mani:

– Ah Cristo! I poveri che ricorrono a Te... L'hai fatto apposta! Chi può avere più il coraggio di lagnarsi della sua sorte con Te, e di tutto il male che gli altri gli fanno, se Tu stesso senza peccato Ti sei lasciato mettere in croce con le braccia aperte, Cristo! La speranza che si godrà di là, sì. La fiamma di questo cero da quattro soldi.

Salta dalla sedia e mette il Crocefisso tra le mani del morto, dicendo alla madre:

– Oh, bada che gli si sono davvero indurite: tu non lo vesti più, o bisognerà spaccar di dietro la giacca per infilargli le maniche di qua e di là. Ah, non vuoi muoverti? Aspetti che ti prendano per un braccio e ti buttino fuori della porta? Be', guarda!

Prende la sedia e vi si siede.

– Mi metto ad aspettare anch'io che venga uno spazzino con la pala e la scopa a buttarmi sul carretto delle immondizie. Beato chi s'è levato il pensiero di muoversi, anche di qui là, anche d'alzare una mano per portarsi un boccone alla bocca! Tanto poi, alla fine, hai ragione, tutto si fa da sé, quando non hai più voglia di nulla. Entrano, ti tirano per le braccia a rimetterti in piedi; tu non ci stai; ma non ti confondere, se non ti ci vogliono, non ti dànno neanche il tempo d'abbatterti, t'allungano una pedata o ti tirano uno spintone alle spalle e ti mandano a ruzzolare nella strada. Gli stracci, il letto col morto, il canterano, tutto in mezzo alla strada: se lo pigli chi vuole! E tu lì per terra, bocconi, come ora sul letto, tra la gente che si ferma a guardarti. Viene una guardia: «Proibito dormire sulla strada». E allora dove? «Sgombrate!» Tu non sgombri. Niente paura. Qualcuno, se proprio non vuoi, ci penserà a farti sgombrare. Avrà pur diritto, chi non ha più casa, a un posto dove stare, sulla terra: su un paracarro come un fantoccio posato; su un gradino di chiesa; su un sedile di giardino; accorrono i bambini: sì, la nonnina. Che dici, bello mio? Cecce? Non ti capisco. Ah, ti vuoi mettere a cecce qua con me? Babba non vuole. Va' a vedere i pesciolini nella vasca. Rossi, sì. Uh, Dio sia lodato! Poi ti metti con la mano così, e qualcuno passando ti butterà un soldo o un tozzo di pane. Ma io no, sai; guarda: puh, uno sputo! La mano, io, piuttosto che a chiedere, la stendo a graffiare, rubare, ammazzare; e poi, sì, la galera: da mangiare e dormire gratis.

Si alza, esasperata, e va a dire al padre:

– M'approfitto che non puoi più sentire e mi sfogo per tutti gli schiaffi che mi desti. Non lo volesti mai capire come fu, che ci si può arrivare senza saperlo, quando meno ci pensi, che ti ci trovi preso, mentre piangi e ti disperi, perché il tuo corpo, toccato senza intenzione, ha sentito da sé una dolcezza che ti si fa viva in mezzo alla disperazione e te l'avvampa, tutt'a un tratto, insieme con tutte le cose che non vedi più, cieco, abbracciato e disperato, in un piacere che non t'aspettavi. Fu così. Fu così. Qua. Me lo lasciasti tu, qua, tuo nipote tradito dalla moglie. Piangeva, seduto qua su questo stesso letto; gli presi così la testa per confortarlo; si mise a smaniare, a frugarmi con la faccia sul petto: eh, donna, così, che ci si debba sentir piacere, non mi sono fatta da me! S'accese il sangue a tutt'e due; e anche lui, dopo, rimase lì steso come morto, dallo spavento d'avermi avuta. E poi se ne tornò dalla moglie consolato, vigliacco! d'aver conosciuto da me, disse, che tutte le donne, tanto, sono uguali, e oneste non ce n'è; uguali come gli uomini, la stessa carne; e che dunque non c'è perché – disse – se lo fa un uomo tante volte, e non è nulla, se lo fa poi la donna, una volta, debba parer tanto da considerarla perduta per sempre. «Infine, ti sei preso un piacere anche tu!» Vigliacco, e il figlio? Per te non fu nulla; ma per me... Ah, padre, sei morto e ti perdono, ma se mi sono dannata così, lo debbo a te. Tutti uniti nel giudizio d'una donna, voi uomini: tutti: non c'è padre; non c'è fratelli; anzi loro, i più feroci. E il più feroce di tutti fosti tu, che mi buttasti come una cagna sulla strada. Ma io così, guarda, mi levai lagrime e sputi dalla faccia, e la presentai al primo che passò. La strada, la rabbia di gettarti in faccia la vergogna che non volesti tenere nascosta. Ma poi il figlio, il figlio... Non è vero quello che si dice; sarà vero dopo, ma prima no; sentirselo, cosa spaventosa! E poi quando nasce... è vero dopo; la creaturina che ti cerca... Te lo venni a lasciare qua, d'otto mesi, una notte, dietro la porta, nella cesta del suo corredino. Dev'esserci ancora, il corredino; o l'avete venduto? Dio, ti ringrazio d'essertelo preso con Te così bambino! Su su, vestiamo lui adesso!

Va ad aprire l'armadio; ne cava un abito di panno marrone appeso alla gruccia. Si volta alla madre:

– È vero che l'addormentava lui, ogni sera, con quella canzone... com'era? che la cantavi anche tu, a me bambina. Me lo vennero a dire, una notte che pioveva, uno che passò di qua e lo sentì dal cortile. E poi voleva da me... capisci? dopo avermi detto questo!

Guarda l'abito del padre che ha ancora in mano; l'esamina:

– Oh, ma quest'abito è ancora buono. Quasi quasi... Tanto, se ha già fatto la sua comparsa davanti a Dio, per quelli che tra poco se lo verranno a prendere, che gli serve più l'abito? E tu, stretta come sei... qua c'è dell'altra roba... potresti intenderti con un rigattiere. Oh, mi senti? Bisogna far fagotto! Ci sarà altra roba nel canterano...

Va al canterano; ne apre il primo cassetto; rovista dentro: stracci. Apre il secondo; non c'è nulla. Apre il terzo: c'è il corredino.

– Ah, è qui.

Lo guarda. S'accascia a terra. Ne tira fuori qualche capo: una fascia arrotolata, una camicina, un bavaglino; poi alla fine, una cuffietta: introduce una mano a pugno chiuso nel cavo di essa, e come se cullasse un bimbo si mette a canticchiare con una voce lontana la vecchia canzone della madre. E mentre canta, tutto a mano a mano s'oscura, finché, spenta ogni luce, si vede soltanto la fiamma del cero.

Silenzio.

RISORSE ONLINE

Testi ed edizioni

 Mal giocondo, 1889.

 Pasqua di Gea, 1891.

 Arte e coscienza d'oggi, 1893.

 Amori senza amore, 1894.

 Elegie renane, 1895.

 Goethe, *Elegie romane*, traduzione di Luigi Pirandello, 1896, con illustrazioni di Ugo Fleres.

 L'esclusa, 1901.

 Zampogna, 1901.

 Il turno, 1902.

 Quand'ero matto..., 1902.

 Beffe della morte e della vita, 1902-1903.

 Bianche e nere, 1904.

Il fu Mattia Pascal, 1904.

 Erma bifronte, 1906.

 Arte e scienza, 1908.

 L'umorismo, 1908.

 I vecchi e i giovani, 1909-1913.

 Suo marito, 1911.

 Si gira..., 1916.

 Pensaci, Giacomino!, *Così è (se vi pare)*, *Il piacere dell'onestà*, 1917.

 La signora Frola e il signor Ponza, suo genero, 1917.

 L'uomo, la bestia e la virtù, 1919.

 Ciascuno a suo modo, 1924.

 Quaderni di Serafino Gubbio operatore, 1924.

 Uno, nessuno e centomila, 1926.

Sitografia e documenti utili

 Studio di Luigi Pirandello. Istituto di Studi Pirandelliani e sul Teatro Contemporaneo.

 Paolo Di Paolo, *Il segreto di un Nobel italiano. Solitudini e dolori di Luigi Pirandello, attraverso le pagine di alcuni biografi (Camilleri, Gardair, Gioanola)*, «Contributi», 19 ottobre 2003.

 Luciano Lucignani, *Cara Lina ti debbo piantare...*, «la Repubblica», 22 dicembre 1984.

 Gaetano Saglimbeni, *Pirandello: dalle "diavolette tedesche" alla "musa ispiratrice" Marta Abba*, «Blogtaormina», 10 dicembre 2014.

 Pirandello e lo zolfo, Comune di Aragona.

 Seguendo la via delle zolfare: un viaggio alla ricerca della vena gialla dello zolfo.

 L'idea di umorismo in Pirandello, Treccani.

 Paolo Puppa, *Pirandello vs d'Annunzio*.

 Franca Angelini, *Grazia Deledda, suo marito e Pirandello*.

 Valeria Palumbo, *Quando Pirandello sbeffeggiò il marito moderno di Grazia Deledda*, «Corriere della Sera», 7 marzo 2017.

 Se il film parlante abolirà il teatro, «Corriere della Sera», 16 giugno 1929.

Video e filmati

Adattamenti cine-televisivi di Romanzi

 Feu Mathias Pascal, regia di Marcel L'Herbier, 1926.

 L'homme de nulle part, regia di Pierre Chenal, 1937, con Isa Miranda.

 L'esclusa, regia di Piero Schivazappa, 1980, con Scilla Gabel, Silvana Tranquilli, Arnoldo Foà.

 Le due vite di Mattia Pascal, regia di Mario Monicelli, 1985, con Marcello Mastroianni.

 Trasposizione teatrale dei *Quaderni di Serafino Gubbio operatore,* a cura di Adolfo Margiotta, prodotto dal Teatro Stabile di Roma sotto la direzione artistica di Giorgio Albertazzi, 2006.

Adattamenti cine-televisivi di Novelle

 Questa è la vita, film a episodi del 1954: *La giara*, regia di Giorgio Pastina; *Il ventaglino*, regia di Mario Soldati; *La patente*, regia di Luigi Zampa (con Totò); *Marsina stretta*, regia di Aldo Fabrizi.

 La patente, regia di Corrado Pavolini, 1956, con Mario Scaccia e Susanna Levi.

 Camere d'affitto, episodio in *Il mondo di Pirandello*, sceneggiato Rai in cinque puntate per la regia di Luigi Filippo D'Amico, 1968.

 Amori senza amore, regia di Luigi Filippo D'Amico, 1968, con Gabriele Ferzetti, Marina Malfatti e Jacques Sernas.

 Ciaula scopre la luna, regia di Roberto Quagliano, 2019.

Adattamenti cine-televisivi di Commedie

 La morsa, regia di Alessandro Blasetti, 1952, con Amedeo Nazzari.

 La morsa, regia di Gianfranco Bettetini, 1970, con Sergio Fantoni, Lea Massari e Silvano Tranquilli.

 Come tu mi vuoi (As You Desire Me), regia di George Fitzmaurice, 1932, con Greta Garbo.

 Pensaci Giacomino!, regia di Gennaro Righelli, 1936, con Angelo Musco.

 Pensaci, Giacomino!, regia di Nello Rossati, 1975, con Salvo Randone.

 Ma non è una cosa seria!, regia di Mario Camerini, 1935 (selezione di scene).

 Lumìe di Sicilia, regia di Silverio Blasi, 1957, con Paolo Carlini e Paola Borboni.

 All'uscita, regia di Giorgio Pressburger, 1986.

 Cecè, regia di Andrea Camilleri, 1978, con Carlo Giuffrè.

 Il giuoco delle parti, regia di Giogio De Lullo, 1970, con Romolo Valli, Rossella Falk, Carlo Giuffrè.

 Così è (se vi pare), regia di Vittorio Cottafavi, 1964, con Giancarlo Sbragia.

 Così è (se vi pare), regia di Giorgio De Lullo, 1974, con Paolo Stoppa, Rossana Falk, Romolo Valli, Rina Morelli.

 Così è (se vi pare), di Franco Zeffirelli, 1986, con Paola Borboni e Pino Colizzi.

Enrico IV, regia di Claudio Fino, 1967, con Salvo Randone.

 Enrico IV, regia di Giorgio De Lullo, 1979, con Romolo Valli.

 Turi Ferro nella sua celebre interpretazione di *Liolà*, spezzoni e intervista, 1968.

 Liolà, regia di Maurizio Scaparro, 1996, con Massimo Ranieri.

 Come prima, meglio di prima, regia di Luigi Squarzina, 1995, con Marina Malfatti e Sergio Basile.

 Sei personaggi in cerca d'autore, regia di Giorgio De Lullo, 1965, con Romolo Valli e Rossella Falk.

 Questa sera si recita a soggetto, regia di Paolo Giuranna, 1968.

 La signora Morli, una e due, regia di Ottavio Spadaro, 1972.

 Come tu mi vuoi, regia di Susan Sontag, 1981.

 La ragione degli altri, regia di Andrea Camilleri, 1985, con Maddalena Crippa e Remo Girone.

 L'uomo, la bestia e la virtù, regia di Steno, 1953, con Totò, Orson Welles, Viviane Romance e Carlo Delle Piane.

 L'uomo, la bestia e la virtù, regia di Carlo Cecchi, 1991.

 L'uomo, la bestia e la virtù, regia di Fabio Grossi, 2005, con Leo Gullotta e Antonella Attili.

 L'uomo, la bestia e la virtù, regia di Monica Conti, 2014, con Roberto Trifirò e Maria Ariis.

Tutto per bene, regia di Anton Giulio Majano, 1966, con Renzo Ricci e Raffaella Carrà.

 Non si sa come, regia di Arnaldo Ninchi, 1978.

 Trovarsi, regia di Giorgio De Lullo, 1975, con Rossella Falk e Ugo Pagliai.

 Vestire gli ignudi, regia di Giancarlo Sepe, 1985, con Mariangela Melato.

 Il piacere dell'onestà, regia di Franco Enriquez, 1954, con Romolo Valli e Enrico Maria Salerno.

 Il piacere dell'onestà, regia di Lamberto Puggelli, 1982, con Alberto Lionello e Erika Blanc.

 L'amica delle mogli, regia di Giorgio De Lullo, 1970, con Romolo Valli e Rossella Falk.

 L'uomo dal fiore in bocca, regia di Maurizio Scaparro, 1970, con Vittorio Gasmann.

Documenti video

 Pirandello dirige a Roma le prove generali de *La nuova colonia*, Giornale Luce, 1928.

 Lettera di Pirandello all'attrice Marta Abba.

 Marta Abba, in una videointervista, rievoca i suoi rapporti artistici con Pirandello.

 La consegna del premio Nobel a Luigi Pirandello, Giornale Luce, 1934.

 Intervista a Luigi Pirandello sul Premio Nobel appena assegnato.

Pirandello legge un brano dalla sua prefazione ai *Sei personaggi in cerca d'autore*. Incisione effettuata nell'aprile del 1926 a Milano per la collana *La parola dei grandi*.

 In cerca d'autore. Studio sui "Sei personaggi" di Luigi Pirandello, RaiPlay.

Contributi critici

 Rino Caputo, *Cielo di carta. Pirandello nostro contemporaneo*, Le Pillole della Dante.

 Luigi Pirandello, figlio del "Caos", RaiPlay

 I grandi della letteratura italiana, Luigi Pirandello, RaiPlay.

 Documentario su Luigi Pirandello per "La selva delle lettere", regia di Luigi Boneschi, con Andrea Pirandello, Enzo Lauretta, Sarah Zappulla Muscarà.

 Camilleri racconta Pirandello. "Il silenzio del Nobel", intervista di Felice Cavallaro.

 Camilleri racconta la Sicilia di Pirandello e Quasimodo, RaiPlay.

 Andrea Camilleri ricostruisce la storia delle ceneri di Pirandello.

 Presentando la commedia *L'abito nuovo* (scritta a quattro mani con Pirandello), Eduardo De Filippo rievoca il suo rapporto con il "Maestro", 1964.

 Studio di Luigi Pirandello a Roma, il villino di via Bosio, 2011.

 Il villino abitato da Pirandello a Roma, RaiPlay.

 Ad Agrigento, l'intervista impossibile di Osvaldo Bevilacqua a Pirandello, regia di Rosario Montesanti.

Laboratorio Ronconi. In cerca d'autore, RaiPlay.

 Un attore in cerca d'autore. Sulle tracce di Pirandello, RaiPlay.

Printed by Amazon Italia Logistica S.r.l.
Torrazza Piemonte (TO), Italy

52919347R00286